Ich kehre zurück nach Afrika

Ins dunkle Herz Afrikas

Stefanie Gercke wurde auf Bubaque in Guinea-Bissau geboren. Sie verbrachte ihre Jugendjahre in Lübeck und Hamburg und wanderte nach ihrer Heirat mit zwanzig nach Südafrika aus. Ende der siebziger Jahre musste sie zusammen mit ihrem Mann das Land aus politischen Gründen verlassen. Sie leben heute in Schleswig-Holstein.

STEFANIE GERCKE

ICH KEHRE ZURÜCK NACH AFRIKA

Roman

Weltbild

Besuchen Sie uns im Internet:
www.weltbild.de

Genehmigte Lizenzausgabe für Verlagsgruppe Weltbild GmbH,
Steinerne Furt, 86167 Augsburg
Ich kehre zurück nach Afrika
Copyright © 1998 by Stefanie Gercke
Copyright © 1999 by Droemersche Verlagsanstalt
Th. Knaur Nachf., München
Ins dunkle Herz Afrikas
Copyright © 2000 by Stefanie Gercke
Copyright © 2001 by Droemersche Verlagsanstalt
Th. Knaur Nachf., München
Umschlaggestaltung: Thomas Jarzina, Köln
Umschlagmotiv: corbis, Deutschland
Gesamtherstellung: Oldenbourg, Graph. Betriebe Druckerei GmbH,
Hürderstraße 4, 85551 Kirchheim
ISBN 3-8289-7363-9

2006   2005   2004   2003
Die letzte Jahreszahl gibt die aktuelle Lizenzausgabe an.

Dienstag, den 26. März 1968

Durch das Dröhnen der Flugzeugmotoren meinte sie die Stimme ihres Vaters zu hören, traurig und voller Sehnsucht. »Du bist in Afrika geboren, auf einer kleinen Insel im weiten, blauen Meer.« Seine Worte waren so klar wie damals, vor fast dreiundzwanzig Jahren. Sie sah ihn am Fenster lehnen, das blind war von dem peitschenden Novemberregen, seine breiten Schultern nach vorn gefallen, und ihr war, als vernähme sie wieder die windverwehte Melodie von sanften kehligen Stimmen, als stiege ihr dieser Geruch von Rauch und feuchter, warmer Erde in die Nase.

»Afrika« hatte er geflüstert, und sie wusste, dass er den dunklen Novemberabend nicht sah, dass er weit weg war von ihr, in diesem fernen, leuchtenden Land, dessen Erinnerung ihm, ihrem turmgroßen, starken Vater, die Tränen in die Augen trieb.

Die Stirn gegen das kalte Fenster des großen Jets gepresst, sah sie hinunter auf das Land, das sie liebte, ihr Paradies. Ein Schluchzen stieg ihr in die Kehle. Sie schüttelte ihre dichten, honigfarbenen Haare schützend vor das Gesicht. Niemand durfte ihr etwas anmerken, niemand durfte wissen, dass sie dieses Land für immer verließ, niemand! Besonders nicht der Kerl da vorne, der in dem hellen Safarianzug mit dem schwarzen Bürstenschnurrbart, der so ruhig an der Trennwand zur ersten Klasse lehnte. Vorhin, als sie einstieg, stand er zwischen den Sitzen in einer der letzten Reihen. Sein Genick steif wie ein Stock, ließ er seine Augen ständig über seine Mitpassagiere wandern. Von Gesicht zu Gesicht, jede ungewöhnliche Regung registrierend, ohne Unterlass. Daran hatte sie ihn erkannt, an dem ruhelosen, lauernden Ausdruck seiner Augen. Einer von BOSS, dem Bureau of State Security, ein Agent

der Staatssicherheit, der gefürchtetsten Institution Südafrikas. BOSS, die eine Akte über sie führten.
Tief unter ihr glitt die Küste von Durban dahin. Die Bougainvillen leuchteten allenthalben wie rosafarbene Juwelen auf den sattgrünen Polstern gepflegter Rasenflächen. Ihre Augen ertranken in stillen Tränen.
Reiss dich zusammen, heulen kannst du später!
So verharrte sie lautlos, saß völlig bewegungslos, zwang sich, das Schluchzen hinunterzuschlucken. Sie tat es für ihre Kinder, ihre Zwillinge, Julia und Jan, den Mittelpunkt ihrer kleinen Familie, die ganz still neben ihr in den Sitzen hockten.
Ihre Gesichter, von der afrikanischen Sonne tief gebräunt, waren angespannt und blass, ihre Augen in verständnisloser Angst aufgerissen. Obwohl sie sich bemüht hatte, sich nichts anmerken zu lassen, mussten sie dennoch etwas gespürt haben. Sie waren gerade erst vier Jahre alt geworden. Viel zu jung, um so brutal aus ihrem behüteten Dasein gerissen zu werden, zu klein, um zu verstehen, dass von nun an nichts mehr so sein würde, wie es bisher war. Vor wenigen Wochen erst hatten sie mit einer übermütigen Kuchenschlacht ihren Geburtstag gefeiert, doch Henrietta hatte Mühe, sich daran zu erinnern, denn die folgenden Ereignisse töteten alles andere in ihr, ihre Gefühle, ihre Erinnerungen, ihre Sehnsüchte. Es war, als wüchse ein bösartiges Geschwür in ihr, das sie ausfüllte und langsam von innen auffrass.
Das metallische Signal des bordinternen Lautsprechers schnitt scharf durch das sie umgebende Stimmengesumm. Das Geräusch kratzte über ihre rohen Nerven, sie zuckte zusammen, fing die Bewegung aber sofort auf. Um keinen Preis auffallen! Nur nicht in letzter Sekunde die Fassung verlieren und den Mann gefährden, der dort unten, irgendwo in dem unwegsamen, feucht heißen, schlangenverseuchten Buschurwald im Norden Zululands versuchte, über die Grenze nach Moçambique zu gelangen. Ihr Mann. Es war ihr plötzlich, als spüre sie seine Hand in der ihren. So stark war ihre Vorstellungskraft, dass sie seine Wärme fühlte. Sie strömte in ihren Arm und breitete sich wohlig in ihr aus, so als teilten sie denselben Blutkreislauf. Sie wusste, solange diese Hand die ihre hielt, konnte ihr nie etwas wirklich Furchtbares passieren. Ihr nicht und

Julia und Jan nicht. Sie schloss die Augen und gab sich für einen Augenblick dieser kostbaren Wärme und Geborgenheit hin.
Doch ebenso plötzlich war es vorbei, es fröstelte sie. Eiskalte Angst ergriff ihre Seele. Denn sollte der Agent von BOSS misstrauisch werden, merken, dass sie auf der Flucht war und nicht die Absicht hatte, nach Südafrika zurückzukehren, würden sie ihn fangen, bevor er die Grenze überquert hatte. Verschnürt wie Schlachtvieh, würden sie ihn in ein vergittertes Auto werfen und dann in einem ihrer berüchtigten Gefängnisse verschwinden lassen. Als Staatsfeind unter dem 180-Tage-Arrest-Gesetz, einhundertachtzig Tage ohne Anklage, ohne Verurteilung und ohne die Möglichkeit für den Gefangenen, einen Anwalt oder auch nur seine Familie zu benachrichtigen. Nach 180 Tagen würden sie ihn freilassen aus der dumpfen, dämmrigen Zelle, zwei, drei Schritte in den strahlenden afrikanischen Sonnenschein machen lassen, die Freiheit des endlosen Himmels kosten, um ihn auf der Stelle für weitere 180 Tage zu inhaftieren. »Bis die Hölle zufriert«, pflegte Dr. Piet Kruger, Generalstaatsanwalt von Südafrika, zynisch zu bemerken. Irgendwann würden sie ihn mit gefälschten Anschuldigungen vor Gericht stellen und dann für viele Jahre qualvoll hinter Gittern verrotten, zum Tier verkommen lassen. Ihr wurde speiübel von den Bildern, die sich ihr aufdrängten.
Als aber die Stewardess sie nach ihrem Getränkewunsch fragte, konnte sie lächeln, und ihre Stimme war klar und ohne Schwankungen. In den letzten Wochen musste sie das lernen. Zu lächeln, obwohl ihr das Herz brach. Sie hatte Dinge gelernt und Dinge getan, von denen sie nie ahnte, dass sie dazu fähig sei. Sie hatte gelogen, getäuscht und jede Menge Gesetze gebrochen, mit lachendem Gesicht und einem stummen Schrei in der Kehle, der sie fast erstickte.
Der weiße Jet flog hinaus über die blaue Unendlichkeit des Indischen Ozeans. Der wie helles Gold schimmernde Strand, der um Natal liegt wie ein breites Halsband, wurde zu einem feinen, leuchtenden Reif, die Küste versank im Dunst der Ferne. Kurz darauf legte sich das Flugzeug in eine scharfe Kurve landeinwärts, und sie erkannte Umhlanga Rocks an der aus dem dünnen Salzschleier steigenden Hügellandschaft und

dem rotweißen Leuchtturm, der vor dem traditionsreichen Oyster Box Hotel die Seefahrer vor den tückischen, felsbewehrten Küstengewässern warnte. Und weil sie wusste, wo sie suchen musste, entdeckte sie das silbergraue Schieferdach ihres Hauses, oben am Hang, unter den Flamboyants. Sie sah es nur für den winzigen Bruchteil eines Augenblicks zwischen dem flirrenden Grün, dann versank es in dem Meer von Bäumen.

Vor etwas mehr als acht Jahren war sie hier gelandet, hungrig nach Leben nach den Einschränkungen der Nachkriegsjahre in Deutschland, gierig nach Freiheit, froh, endlich den erstickenden Vorschriften und Traditionen einer seelisch verkrüppelten Gesellschaft entronnen zu sein. So kam sie im Dezember 1959 nach Südafrika, noch nicht zwanzig Jahre alt, sprühend von Lebensenergie, erfüllt von unbändiger Willenskraft, hier ihr Leben aufzubauen.

Sarahs dunkles Gesicht tauchte vor ihr auf, daneben das von Tita, gerahmt von ihren flammenden Locken, und hinter ihnen gruppierten sich die Menschen, die sie liebte und die sie jetzt verlassen musste. »Ich kehre zurück, Afrika«, schwor sie und dachte dabei an Papa. »Einmal noch nach Afrika – ich werde nicht nur davon träumen.« Eine übermächtige Wut packte sie auf alle, die ihr und ihrer Familie das antaten, Kampfgeist brach durch ihren Schmerz, doch sie grub ihre Fingernägel tief in die Handflächen. Noch musste sie durchhalten, noch wenige Stunden. In knapp fünfundvierzig Minuten war die Landung auf dem Jan-Smuts-Airport in Johannesburg vorgesehen. Zwei Stunden später würde sie dann an Bord der British-Airways-Maschine dieses Land verlassen. *Wenn sie mich nicht erwischen! Bis dahin muss ich weiter lächeln und lügen und mich verstellen.*

Sie sah hinunter auf ihr Paradies, um sich jede Einzelheit einzuprägen. Das Flugzeug stieg steil und schnell, und Umhlanga verschwand hinter den fruchtbaren, grünen Hügeln von Natal. Zurück blieb der Abdruck dieses Bildes, das sich tief und unauslöschlich in ihr Gedächtnis grub.

❖

Es begann vor langer Zeit, als Henrietta noch sehr klein war, als Entfernungen noch in Tagen und Wochen gemessen wurden, zu der Zeit, als sie die Welt bewusst wahrzunehmen begann.
Im sterbenden Licht eines dunklen, stürmischen Novembertages, auf dem dünnen Teppich über dem harten Parkettboden im Wohnzimmer ihrer Großmutter in Lübeck sitzend, wendete sie die steifen Seiten ihres Lieblingsbilderbuches über wilde Tiere in einem fremdartigen, grünen Blätterwald und badete ihre ungestüme Kinderseele in den leuchtenden, bunten Farben. Regen explodierte gegen die Fensterscheiben, und Wind heulte durch die kahlen Bäume, fegte fauchend um die Häuserecken. Ihr Vater lehnte seinen Kopf in den blauen Ohrensessel zurück. Seine Hände, die ein Buch hielten, sanken auf die Knie. »Afrika«, sagte er nach einer Weile leise, und nach einer langen, stillen Pause, »nur noch einmal Afrika.« Seine hellen, blauen Augen blickten durch den grauen Regenvorhang, als sähe er ein Land und eine Zeit jenseits der kalten, unwirtlichen Novemberwelt.
Das kleine Mädchen auf dem Boden hob den Kopf, Lampenlicht vergoldete ihre Locken, und lauschte dem Nachhall der Worte. »Afrika?« wiederholte sie fragend.
Ihr Vater sah hinunter auf seine Tochter und nickte. »Es ist nicht zu früh, du wirst es verstehen«, murmelte er und drückte sich mit seinen kräftigen Armen aus dem Sessel auf die Füße. Sein rechtes Bein war schwach und dünn wie das eines Kindes und musste durch eine Metallschiene gestützt werden. Die Folgen eines Unfalls und einer verpatzten Operation, die ihn zum Krüppel gemacht hatten. Er stützte sich schwer auf seinen Stock und hinkte zum Glasschrank, der stets verschlossen war und Dinge von seltsamen, fremden Formen hinter den Spitzengardinen verbarg. Er holte einen fleckigen, vergilbten Leinensack heraus und legte ihn geöffnet in ihren Schoss. »Nimm es heraus.«
Ein schwacher, staubiger Geruch von getrocknetem Gras stieg ihr in die Nase, süßlich und kaum wahrnehmbar. Vorsichtig griff sie hinein. An einer festen, geflochtenen Kante aus Bast, die mit schmalen, gezähnten

Muscheln besetzt war, hing ein dickes, puscheliges Röckchen aus dunkelbraunem, vom Alter brüchigen Gras. Es war länger als ihr ausgestrecktes Kinderärmchen und reichte bis auf den Teppich.
»Es war dein erstes Kleidungsstück«, lächelte ihr Vater, »ein Baströckchen, wie es die Eingeborenen, die es dir schenkten, auch trugen. Denn du bist in Afrika geboren, auf einer kleinen Insel, unter hohen, flüsternden Palmen, genau in dem Moment, als der große Regen begann. Vor dir war noch nie ein weißes Kind auf dieser Insel geboren worden, und für sie, die sie eine schwarze Haut hatten, warst du ein kleines Wunder mit deinen blonden Haaren und blauen Augen. So nahmen sie dich in ihren Stamm auf." Er trat ans Fenster, das jetzt dunkel und undurchsichtig war und an dem der Regen wie ein Sturzbach herunterfloss. »Es ist eine sehr kleine Insel. Sie liegt über dem Äquator zwischen anderen Inseln in einem weiten, blauen Meer.« Seine Stimme wurde leiser, und sie hatte Mühe, seine Worte zu verstehen. »Es ist immer warm dort und hell, und Blumen blühen das ganze Jahr.«
Er schwieg und wendete sein Gesicht ab. Seine Schultern bewegten sich.
Henrietta vergrub ihre Nase in dem Baströckchen und sog den Duft ein. Etwas rührte sich in ihr. Sie fühlte eine Wärme auf ihrer Haut, unvergleichlich heißer und lebendiger als die nördliche, blasse Sonnenwärme, und sie hörte eine windverwehte, weit entfernte Melodie von sanften, kehligen Stimmen. Ein anderer Geruch berührte ihr Gesicht, rauchig und vertraut. Schmetterlingszart stieg er auf und streichelte sie. Ein berauschendes Gefühl von Dazugehören und Frieden umschloss sie, hüllte sie ein. Sie hob ihre Augen zu ihrem Vater. »Afrika« fragte sie, und er nickte.
So begann es.
Afrika. Für Henrietta wandelten sich das Wesen und der Inhalt des Wortes über die Jahre. Für das kleine Kind war es die Welt der Wunder und Märchen, der Traum von Schätzen und dunkelhäutigen Prinzen in prächtigen Gewändern und fernen, in der Sonne glitzernden Küsten, ihr Traum, in den sie sich in den trüben, nordischen Wintern flüchtete.
In jener turbulenten, chaotischen Zeitspanne zwischen Pubertät und Erwachsenwerden war es der geheime Zufluchtsort, in den sie sich zurückzog, wenn die Welt zu viel von ihr verlangte. Der Ort war nir-

gendwo, hatte keine bestimmte Form, es war nur ein warmes, dunkles Gefühl, ein Rhythmus und eine Erinnerung, Frieden gefunden zu haben.

Wenn ihre Sehnsucht nach Licht und Wärme etwas anderes verlangte als nur Sonne, wenn die verknöcherten Vorschriften ihrer Umgebung zu einem Gefängnis wurden, dann hatte das Wort Afrika die Bedeutung von Hoffnung und Trost und einer Verheißung von Freiheit. Ohne dieses Afrika, ihr Afrika, konnte sie nicht überleben.

»Du bist in Afrika geboren, auf einer kleinen Insel im weiten, blauen Meer«, hatte ihr Vater gesagt, und dann roch sie diesen Duft, rauchig und vertraut, und hörte die windverwehte Melodie dunkler, sanfter Stimmen. Seine Worte waren wie ein Samen, und ihre Sehnsucht, dieses Verlangen nach dem Ort, der ihre Heimat war, wuchs daraus als kräftige, widerstandsfähige Pflanze. Sie wusste, dass sie eines Tages zurück nach Afrika gehen musste. »Gleich, wenn ich groß bin!« Um sie herum wurde es dann hell und warm, selbst wenn draußen alles Leben unter einer Eisdecke gefror.

Erstes Kapitel

Es war 1959, wenige Tage nach dem Weihnachtsfest. Über dem Limpopo-Fluss wachte Henrietta auf. Sie streckte sich, so gut es in dem engen Sitz möglich war, und das gestaute Blut stach in ihren Beinen. Ein höchst unangenehmes Gefühl. Sie fror unter ihrem dünnen Mantel. Die ausgetrocknete Luft, abgestanden, stickig und beißend von den vielen Zigaretten ihrer Mitreisenden, kratzte ihr im Hals. Sie hustete, und der Mann neben ihr bewegte sich im Schlaf. Sie streifte seine Hand, die ihm herübergerutscht war, von ihrem Knie. Er hatte ihr den Fensterplatz überlassen. Dafür war sie ihm dankbar, hatte aber seine hartnäckigen Versuche, sie in eine Unterhaltung zu verwickeln, und seinen Vorschlag, Adressen auszutauschen, im Ansatz abgewürgt. Für ihr neues Leben in Südafrika wollte sie frei sein wie ein Vogel und ohne eine Verbindung zur Vergangenheit. Leise schob sie das Rollo hoch und drückte ihr Gesicht gegen die kühle Scheibe. Sie flogen sehr tief, denn die Maschine war vollkommen überladen. Es war nicht einmal Platz für die Bordverpflegung, für jede Mahlzeit mussten sie landen. Draußen herrschte noch Dunkelheit. Nicht die bläulichschwarze der nördlichen Länder, sondern die samtene, glühende Dunkelheit der Tropen, fast greifbar weich.

Fast sechzig Stunden war sie jetzt unterwegs auf einer Reise, die in Hamburg ihren Anfang genommen hatte. Hamburg, Basel, Kairo, Khartoum, Entebbe, Nairobi, Salisbury, Bulawayo – Stationen einer Reise, deren Eindrücke mit der zunehmenden Erschöpfung auf dem langen Weg ineinander flossen. Auf schneidende Kälte folgte brütende Wüstenhitze, auf tintige schwarze Nacht blendendes Sonnenlicht. Bilder und Sprachfetzen füllten ihren Kopf, fremdartige Gerüche stiegen ihr in die Nase. Die Ausdünstungen der vielen Menschen im Flugzeug, die zu lange zusammengepfercht auf zu engem Raum mit zu wenigen, völlig überlasteten und verdreckten Waschräumen zu kämpfen hatten, legten sich klebrig auf ihre Geschmacksnerven. All das und das ständige Dröhnen und Vibrieren der vier Propellermotoren betäubte sie und verdrängte alle anderen Gedanken und Gefühle.

Der Abschied von den Eltern am Abend des ersten Weihnachtsfeiertages auf dem zugigen, knochenkalten Hamburger Hauptbahnhof war trostlos gewesen. Ihr Vater stand vor ihr, kerzengerade und bleich in dem trüben Schein der Bahnhofsleuchten. »Pass auf dich auf, benimm dich«, sagte er tonlos, »und grüß mir Afrika.«

Dietrich, blass und schmal, fünf Jahre jünger als sie, boxte sie hart. »Na, Schwesterlein, lass dich man nicht von Löwen fressen!«

Ihre Mutter hatte rotgeränderte Augen und zerknüllte ein nasses Taschentuch. Sie reichte ihrer Tochter die Wange zum Kuss, brachte aber kein Wort heraus. Der Auslöser für diese Reise, David, schien vergessen. Nur dieser schmerzhafte Abschied blieb. Frierend verkroch Henrietta sich in ihrem dünnen Mantel.

Es folgte eine vierzehnstündige Zugfahrt durch das tief verschneite, nachtdunkle Deutschland nach Basel. Für wenige, kostbare Stunden fiel sie in einen unruhigen Schlaf, häufig gestört durch das Trampeln zusteigender Passagiere im Gang. Morgens in Basel angekommen, trat sie hinaus auf den Centralbahnplatz und versank sofort bis zu den Knöcheln im Schnee. Das Wetter passte zu ihrer Stimmung. Eine milchig weiße, verwaschene Sonne ertrank in schweren, grauen Wolken. Schneefall setzte ein. Ein eisiger Wind türmte den Schnee am Straßenrand auf und verwandelte die Straße zum Flughafen in einen spiegelglatten, weißen Kristalltunnel. Die Taxifahrt vom Bahnhof zum Flughafen befriedigte ihren Hunger nach Abenteuer vorerst vollauf.

Der Start der hoffnungslos überladenen DC 6 erfüllte sie mit den schlimmsten Befürchtungen. Mächtige Räummaschinen fraßen eine provisorische Startbahn durch die Schneemassen, die sie aus dicken Kanonenrohren auf die Seiten bliesen, wodurch sich bald ein Tunneleffekt ergab, der sie unangenehm an die Taxifahrt erinnerte. Schwerfällig erhob sich das Flugzeug in die Luft und tauchte mit brüllenden Motoren in die dicke Wolkendecke. Während ihrer düsteren Vision von einem heulenden Absturz und darauf folgender Flammenhölle brach die Maschine plötzlich durch die Wolken und schwebte über den blendend weißen Gipfeln der schneebedeckten Alpen in einen strahlenden, tiefblauen Himmel. Aufregung packte sie. Zum ersten Mal empfand sie keine Begrenzung, ahnte sie, was Freiheit hieß. Die Gefängnismauern öffneten sich, und sie wagte einen Schritt hinaus.

Nach Zwischenlandungen in Genf und Kairo, wo sie zu Abend aßen und von freundlichen braunen, in lange helle Gewänder gekleideten Männern zu einem Basar geführt wurden, wo Messingwaren, kleine Mumienpuppen und echte, wirklich ganz echte, altägyptische Statuen angeboten wurden, befanden sie sich gegen Mitternacht über der Nubischen Wüste. Hier stieg die am Tag von einer glühenden Sonne aufgeheizte Luft auf, prallte gegen die kalten Luftschichten der Nacht und verursachte extreme Turbulenzen. Das Flugzeug sackte weg wie ein Stein, arbeitete sich ächzend hoch und fiel dann wieder mehrere hundert Meter tief in ein Luftloch.

Die meisten Passagiere wurden aus einem unruhigen Dämmerschlaf gerissen, als sie in Khartum landeten. Die Luft, die durch die geöffneten Türen strömte, erschien ihr höllenheiß nach der Winterkälte in Basel und der Kühle in Kairo. Sie durften nicht aussteigen. Drei Stunden mussten sie so ausharren, bevor sie endlich nach Entebbe und Nairobi starteten, wo, wie auch während der vorigen Zwischenstopps, weitere Passagiere auf sie warteten. Wem nicht von den schlingernden Bewegungen der tief fliegenden Maschine schlecht wurde, wurde bald von suggestiven Würgegeräuschen und dem nachfolgenden, stechenden Gestank überwältigt.

Sie nahm Hitze, Gestank und Hunger nicht wahr, und schlafen konnte sie erst recht nicht, denn unter ihr war Afrika. Unter dem tiefblauen Nachthimmel lag die dunkle, verzauberte Masse Land, der warme mütterliche Koloss Afrika, das Land, in dem sie immer in ihren Träumen gelebt hatte. Unmerklich lichtete sich das Nachtblau draußen, und kühles, türkisfarbenes Licht modellierte Hügel und Täler aus den tiefen

Schatten. Kleine Seen leuchteten auf wie Diamanten. Ein Laut fing sich in ihrer Kehle. Ob es ein Lachen war oder ein Schluchzen, wusste sie selbst nicht. Sie befand sich in einem köstlichen Zustand der Schwerelosigkeit, zwischen gestern und morgen, losgelöst von ihrem Leben, ohne Gewicht, das sie am Boden hielt. Sie vergaß das dröhnende Flugzeug, sie vergaß ihre Kindheit und ihre Eltern, sie vergaß sogar die vielen Menschen um sich herum. Sie war allein, sie flog ihrem neuen Leben in Afrika entgegen, und es war berauschend. Sie schwang sich jubilierend wie eine Lerche im Frühsommer auf ihren Gedanken hinaus in die unendliche Weite des Himmels. Zeit war keine Dimension, sie sah ihre Zukunft vor sich, eine lichtdurchflutete Landschaft, und der Horizont war so weit, dass sie ihn nicht erkennen konnte.
»He, kommen Sie zurück, fliegen Sie nicht davon ...« Bayerische Klangfärbung.
Die Lerche hielt abrupt inne mit Jubilieren, legte die Flügel an und landete unsanft in der Wirklichkeit. Sie fuhr herum. Ihr Sitznachbar war aufgewacht und beugte sich lächelnd zu ihr herüber. Dichte, kurz geschnittene, schwarze Haare, schläfrige Augen, tiefblau, ganz ungewöhnlich, ein kräftiges, längliches Gesicht mit einem Zwei-Tage-Bart. *Ziemlich attraktiv, und er weiß das. Er hat diese gewisse Arroganz.* Seinen Namen kannte sie nicht, wollte ihn auch gar nicht wissen. Jetzt war er nur ein Mensch, mit dem sie diesen Augenblick teilen konnte. Das Türkis löste sich auf. Eine feurige Linie zeichnete die Konturen der Landschaft nach, und dann schob sich die riesige, rotgoldene Sonnenscheibe über den Rand der Welt. Ihre dunkelblauen Augen glühten in dem übernächtigten, blassen Gesicht, ungebändigte, kurze blonde Locken hingen über ihre Brauen. »Haben Sie je etwas Schöneres gesehen?«
»O ja – Sie!« Er grinste sie an. Siegessicher. Arrogant.
Sie zuckte zusammen. Er hatte den Augenblick zerstört.
Er schien das zu spüren. »Entschuldigen Sie«, murmelte er verlegen.
Sie antwortete nicht, sondern drehte ihm den Rücken zu und schloss ihre heißen, trockenen Augen. Die folgenden vierundzwanzig Stunden mit den letzten Zwischenlandungen in Entebbe, wo sie am späten Vor-

mittag in einem luftigen, weißen Gebäude frühstückten, dann in Nairobi, Salisbury und Bulawayo nahm sie nur noch durch den Schleier totaler Übermüdung wahr. Über dem Rand des südafrikanischen Hochplateaus geriet die Maschine in die dort herrschenden berüchtigten Luftlöcher und stürzte urplötzlich mehrere hundert Meter tief hinunter. Sie wurde rüde und gründlich wach gerüttelt. Dann endlich, nach mehr als zweieinhalb Tagen, landeten sie in Johannesburg.
Henriettas erster Schritt aus dem stickigen, nach dem infernalischen Insektenspray des südafrikanischen Gesundheitsinspektors stinkenden Halbdunkel der immer noch übervollen DC 6 hinaus auf die Gangway in den klaren, durchsichtigen Hochlandmorgen war wie der Schritt einer Gefangenen in die Freiheit. Die Passagiere, ein jämmerlicher Haufen übermüdeter, ungewaschener Menschen, wurden sofort in die große, weite Ankunftshalle gebracht. Nach mühseligem, endlosem Ausfüllen von Formularen in Englisch und Afrikaans waren die ersten Einwanderungsformalitäten erledigt. Zusammen mit einigen anderen Mitreisenden ging sie hinüber zur Maschine nach Durban. Ihr alter Sitznachbar befand sich auch dabei. Sie beantwortete seinen erfreuten Gruß mit einem knappen Nicken und ignorierte ihn danach.
Bald glitten unter ihnen die Höhenzüge des Witwatersrand vorbei. Karg und ausgetrocknet lag die rote Erde, das spärliche Gras zu einem Strohgelb verbrannt. Im bläulichen Dunst entdeckte sie manchmal winzige Dörfer, ein paar quadratische Gebäude, deren Blechdächer in der Sonne blitzten. Über Osttransvaal begann sich das Bild zu ändern. Dichtes, staubgrünes Buschwerk überzog die Hänge der Drakensberge, die sich im Osten vor dem schmalen Küstensaum Natals bis zu Höhen von über dreitausend Metern türmten. Hier und da klebten ein paar strohgedeckte Rundhütten an den Berghängen, und zart bläuliche Rauchschleier stiegen kerzengerade in die stille, klare Luft.
Und dann fiel das Land langsam ab, die Berge wurden zu weichen Linien, das Gras war üppig und saftig. Silbrige Wasserfälle glitzerten im Morgendunst; die Swimmingpools (fast jedes Haus schien einen zu haben) lagen wie Türkise auf grünem Samt.
»Dort unten liegt Natal«, sagte die alte Frau mit dem sonnengegerbten

Gesicht, die neben ihr saß, und ihre blauen Augen strahlten in einem Kranz weißer Lachfalten. »Das schönste Land der Erde.« Sie sagte es ohne Pathos, ohne besondere Betonung, was Henrietta tief beeindruckte. Und dann war der lange Weg zu Ende. Sie landeten kurz nach elf Uhr in Durban. Mit wenigen, geübten Handgriffen schwang die Crew die schweren Türen nach draußen, und Henrietta trat als erste heraus.
Die Sonne, die sie traf, hatte nichts mit der blassen, weißlichen Scheibe zu tun, die sich durch den Hamburger Nieselregen kämpfen musste und deren Strahlen nur im Hochsommer die Kraft besaßen, sie zu wärmen. Diese Sonne war heiß, sie tanzte und prickelte wie tausend Nadeln auf ihrer Haut. Warme, feuchte Luft umschmeichelte sie, machte das Atmen köstlich und leicht nach der trockenen, verbrauchten Kabinenluft. Ihre Haut badete in der ungewohnten, feuchten Wärme.
Ein Geruch strich über ihr Gesicht, so vertraut und lieblich, dass ihr Herz sang. Ein Geruch, salzig von der Gischt des nahen Meeres, von feuchtheißer Erde und süßen, überreifen Früchten, und, nicht mehr als ein Hauch, zarter, würziger Rauch. Durch geblähte Nasenflügel sog sie diese Luft ein, berauschte sich an diesem Duft. Sie legte den Kopf in den Nacken und ertrank in dem unbeschreiblichen Blau des afrikanischen Himmels. Ihr war, als hätte sie noch nie so weit sehen können, als wäre sie noch nie so frei gewesen. Sie entließ die zehrende Wut, die sie in sich trug, und Friede erfüllte sie. In dem gleißenden Licht flimmerte die Landschaft wie eine Fata Morgana. Links begrenzten niedrige Hügel das Rollfeld, rechts ein flacher roter Backsteinbau, das Flughafengebäude.
Hinter den hohen Fenstern erkannte sie die Umrisse einer Menschenmenge. Der Strom der Mitreisenden spülte sie vorwärts in das Dämmerlicht der Ankunftshalle. Nie zuvor gehörte Laute berührten ihre Ohren. Das sanfte Klatschen nackter Füße auf kühlem Steinboden, eigenartig gedehntes Englisch und gelegentlich Afrikaans, die harsche, raue Sprache der Buren, abgehackt und ohne Melodie. Doch alles überlagernd, eigentümlich vertraut und beruhigend der gutturale, weiche Singsang der Schwarzen, lang gezogene Laute voller Musik und Rhythmus.
Eine lautstarke Auseinandersetzung hinter der Absperrung zog die Blicke aller Ankommenden auf sich. Eine kleine, rundliche Frau, rosa

Strohhut auf festgedrehten, blonden Löckchen, schob den uniformierten Beamten, der ihr den Weg zu versperren suchte, einfach zur Seite und lief mit ausgebreiteten Armen auf sie zu. »Henrietta, meine Liebe, komm in Tante Gertrudes Arme!« Sie umschlang und küsste sie überschwänglich. Henrietta stand steif in ihren Armen. Solche Körperlichkeiten waren ihr fremd. »Himmel, bist du groß geworden, seit ich euch in Hamburg besucht habe. Was neun Jahre so ausmachen«, trillerte die Tante mit deutlich englischem Akzent, »komm, sag deinem Onkel Hans guten Tag.« Auf kurzen Beinen lief sie geschäftig vor ihr her. Plötzlich blieb sie stehen und drehte sich ihr zu. »Himmel, ich liebe dich, Kind, aber flieg bloß wieder nach Hause, hier ist eine ganz grässliche Rezession. Absolut keine Jobs zu finden!«

Henrietta kämpfte leicht erschreckt mit einer Antwort. Dieses Problem hatte sie nicht im entferntesten einkalkuliert. »Das wird nicht gehen«, stotterte sie, »dazu habe ich kein Geld. Ich werde es schaffen müssen.«

»Nun, meine Liebe, das wird schwierig werden«, antwortete ihre Tante und lächelte nicht.

Ein hochgewachsener, breitschultriger Mann, hagere Gesichtszüge, weiße Haare, trat ihnen entgegen. *Onkel Hans,* »*Gertrude, hör auf mit deinen Horrorgeschichten. Guten Tag, Henrietta, wie geht es deinem Vater?*«

Seine Hand lag rau und trocken in der ihren. »Gut, danke, er lässt dich grüßen und dir sagen, du möchtest gelegentlich seine Briefe beantworten.« Er sah Papa sehr ähnlich, nur waren seine Züge schärfer, klarer, wie vom Wind modelliert.

»Wird er doch nie«, unterbrach Gertrude, »ich glaub', er kann gar nicht schreiben.« Sie lachte. Ein eigenartiges Geräusch. Viel später einmal, in einer warmen Nacht draußen im Busch, hörte Henrietta ein Tier so lachen und musste sofort an Tante Gertrude denken. Das sei eine Hyäne, sagte man ihr. Suchend sah sie sich um. »Wo sind Carla und Cori? Ich bin schon sehr gespannt auf sie.«

»Deine Cousine Carla hat gesellschaftliche Verpflichtungen in Kapstadt«, antwortete Tante Gertrude bedeutungsvoll. »Ihr Verlobter Benedict stammt aus einer der ältesten südafrikanischen Familien. Seine Cousine heiratet heute den jungen Kappenhofer.«

Henrietta nickte. Kappenhofer war ihr kein geläufiger Name. »Kappenhofer«, wiederholte Gertrude suggestiv, »das ist die prominenteste und reichste Familie des Landes, unser Adel, sozusagen.« Sie zupfte an ihren blonden Löckchen. »Gold- und Diamantenminen«, fügte sie etwas ungeduldig hinzu, als der Name noch immer keinerlei Eindruck auf ihre Nichte machte.
»Oh«, sagte diese, »wie schön für Carla.«
»Sie lässt dich herzlich grüßen. In einer Woche ist sie wieder zurück. Ich hoffe, ihr werdet Freundinnen, meine Liebe. Sie kann dich als Gast im Tennisklub einführen – du spielst doch Tennis? – Was?« rief sie zutiefst erstaunt, als Henrietta verneinte, »du spielst kein Tennis? Ja, was macht ihr denn in eurer Freizeit?«
Vor Henriettas Augen blitzten der graue, kiesbestreute Schulhof ihres Gymnasiums in Hamburg und ihr stolzester Besitz, ein NSU-Fahrrad, auf. Tennis? Sie zuckte mit den Schultern. Im Sommer fuhr sie hinaus zum Bredenbeker Teich zum Schwimmen, im Winter traf man sich in Planten und Blomen zum Schlittschuhlaufen. »Schwimmen«, antwortete sie, »im Sommer.«
»Oh, schwimmen, nun ja«, Gertrudes Haltung drückte deutlich den Rang des Schwimmsports auf ihrer Prestigeleiter aus. »Nun, hier wirst du schon Tennisspielen lernen müssen, sonst gehörst du nicht dazu.« Sie ließ diese Worte wie eine Drohung klingen. »Carla wird dich unter ihre Fittiche nehmen und zu einer richtigen Südafrikanerin machen. So, und nun lasst uns gehen, Jackson wartet mit dem Tee.«
»Und Corinne, wie geht es ihr?« fragte Henrietta. »Cori? Die kommt heute Abend mit ihrem Mann zu deiner Begrüßungsparty aus Empangeni.«
Keine detaillierte Beschreibung der gesellschaftlichen Position?
»Corinne ist eine Messalliance eingegangen«, pflegte Mama zu sticheln, »ein gewisser Freddy Morgan, Schuhverkäufer oder so etwas Ordinäres. Arme Gertrude!«
»Nun komm schon!« drängte Gertrude ungeduldig, »wir müssen deine Koffer holen. Platz da!« Sie rannte los, die Arme vorgestreckt, und die dichte Menschenmenge teilte sich gehorsam. Kurz darauf standen die

zwei Koffer, die Henriettas ganze Habe darstellten, neben ihnen. »Boy!« schrie Gertrude gebieterisch.
Ein schwarzhäutiger Mann in einem blauen Overall, breite, verhornte Füße in Sandalen aus zerschnittenen Gummireifen, schlurfte gemächlich auf sie zu. »Yebo, Missus«, murmelte er. Er sah niemanden an, er stand nur geduldig und wartete.
»Thata lo Koffer zu dem blauen Combi draußen, und hamba shesha!« befahl Gertrude.
»Yebo, Missus.« Der Schwarze klemmte sich einen Koffer unter den Arm und packte den anderen und das Handgepäck an den Griffen. Das Gewicht zog seine Wirbelsäule krumm. »Ich nehme das Handgepäck«, bot Henrietta besorgt an, »alles auf einmal ist doch zu schwer.«
Der Schwarze hob ruckartig den Kopf und bedachte sie mit einem ungläubigen Blick. Dann gingen seine müden Augen hilfesuchend zu Gertrude. Auf ihre knappe Handbewegung hin nickte er, packte die Koffer und das Handgepäck und trollte sich. Mit schnellen Vogelbewegungen eilte sie ihm voraus.
»Die Schwarzen sind stark wie Ochsen«, bemerkte ihr Onkel, »kommt von dem vielen Kaffirbier, das sie den ganzen Tag saufen. Wird aus Hirse gebraut, sehr nahrhaft, das Zeug.«
Der schwarze Kofferträger hievte das Gepäck in das Heck des großen, blauen Wagens und nahm die Münze, die ihm Gertrude gab, mit beiden Händen, helle Handflächen nach oben, und unterwürfig gebeugtem Nacken.
Die Temperatur im Wagen war brütend. In heißen Schwaden wehte aus dem nahen Hafen der Geruch herüber, der allen Häfen dieser Welt gemeinsam ist, eine Mischung aus Teer, Öl, sonnengewärmtem Holz, verwesendem Fisch und faulendem Seetang. Das Geschehen am Straßenrand war geschäftig und laut, voller Farben und Gerüche. Kurkuma und Kardamom hing in der Luft, und es blühten Blumen und Bäume, einfach so am Wegesrand, viel üppiger und farbiger als in Deutschland. Henrietta war, als spazierte sie durch ihr Kinderbuch. Junge, grazile Inderinnen in hauchzarten, leuchtend gefärbten Saris schwebten durch die Menge. Pralle schwarze Frauen mit dicken, bunten

Perlenschnüren am Hals und an den Füßen hockten in primitiven, hölzernen Verkaufsständen mit ein paar Palmwedeln als Sonnenschutz und boten ihre Waren an. Da waren schwarze, bauchige Tongefäße mit eingeritzten Verzierungen, geflochtene Grasmatten, kunstvoller Halsschmuck, gefädelt aus vielfarbigen Perlen, ein paar Früchte, getrocknete, goldene Maiskolben. Laut und fröhlich schwatzten sie untereinander, mehrere trugen ihre schlafenden Säuglinge in einem Tragetuch auf dem Rücken, aus dem nur die kleinen, dunklen Köpfchen hervorsahen.
Gertrude redete fast unablässig, deutete auf Gebäude, nannte Straßennamen, streifte geschichtliche Zusammenhänge. Die Farbenpracht war überwältigend, die Duftmischung betäubend. Henrietta, erdrückt vom Wasserfall der neuen Eindrücke und Tante Gertrudes Redestrom, schwieg erschöpft. Das Straßenbild begann sich zu wandeln. Immer mehr weiße Gesichter tauchten zwischen den dunklen auf, gepflegte Parkanlagen säumten die breiten Straßen, und hohe weiße Häuser blendeten im Licht. Eine Reihe hochragender, schlanker Palmen, so hoch wie ein vierstöckiges Haus, warfen flirtende Schatten auf die Straße.
»Das legendäre Hotel Edwards.« Gertrude deutete auf ein weißes Gebäude mit dramatischem Säulenportal. »Graham Greene hat hier ein Buch geschrieben.«
»Somerset Maugham«, knurrte Onkel Hans.
»Und, Maugham oder Greene, wen interessiert's?« zischte sie.
»Maugham und Greene vermutlich«, murmelte Hans. »Was hört ihr von Diderich?« wandte er sich an Henrietta. »Hat sich mein lieber Bruder mal gemeldet, der Herumtreiber? Wo ist er jetzt eigentlich? Immer noch in Mexiko oder Venezuela oder wo auch immer er im Dschungel herumkriecht?« »Brasilien«, korrigierte Henrietta, »er war in Brasilien, am Amazonas. Jetzt ist er in den USA, New York.«
»New York! Also wieder im Dschungel! Was macht er denn da? Hat er eigentlich je wieder geheiratet?«
»Nein, er hat sich wohl nie von dem schrecklichen Tod seiner Frau erholt.«
Gertrude schnaubte. »Lächerlich! Ermordet hat er sie.«

Onkel Hans wechselte krachend den Gang. »Oh, Gertrude, rede keinen Quatsch! Du weißt genau, dass es ein Unfall war.« »Ach, Quatsch ist das also?« Seine Frau betastete pikiert ihre festgedrehten Löckchen. »Besoffen war er und hat die zugefrorene Alster im Mondlicht mit einer Straße verwechselt. Ich möchte wissen, wie er es geschafft hat, sich aus dem gesunkenen Auto zu befreien und trotz der Kälte an Land zu gelangen. Charlotte jedenfalls starb, und er ist mit ihrem Geld auf und davon und hat es mit irgendwelchen brasilianischen Miezen durchgebracht.« Ihre Miene war gehässig verzerrt, ihr Ton giftig.
Henrietta fühlte sich unangenehm berührt. Onkel Diderichs Geschichte gehörte zu den Familiensagas, die im Laufe der Jahre durch ständiges Wiederholen, durch Hinzufügen und Weglassen, durch die subtilen Veränderungen, die jeder Erzähler durch seinen eigenen Charakter bewirkt, zu Legenden geworden waren. Onkel Diderich, fünfzehn Jahre jünger als ihr Vater, war immer ihr heimlicher Held gewesen. Einer, der seiner geliebten Frau in den Tod folgen wollte, dann aber in die Fremde in den Urwald zog, um Vergessen zu finden, war unwiderstehlich romantisch. »Charlotte war tot, bevor sie durchs Eis brachen«, verteidigte sie ihn hitzig. »Er musste einem anderen Wagen ausweichen. Sie sind erst gegen einen Baum geprallt, bevor sie in die Alster stürzten. Charlotte brach sich das Genick und wurde aus der aufspringenden Tür ins Wasser geschleudert. Man fand sie am nächsten Tag im Ufergestrüpp. Er hat sogar versucht, sich umzubringen, als er herausfand, dass sie ein Baby erwartete.«
Onkel Hans amüsierte sich offensichtlich über so viel Pathos. »Und was macht er in New York?«
»Ich weiß es nicht genau, irgendetwas an der Börse ...« »Saaldiener vermutlich«, fuhr Gertrude dazwischen.
Henrietta überhörte diese Bemerkung. »Er hat mir einmal eine Kette mit einem Smaragd geschickt, weil ich ihm bei seinem Hamburgbesuch die Stadt gezeigt habe. Er hat den Stein selbst gefunden.« In das eleganteste Restaurant hatte er sie geführt, ihr aus dem Mantel geholfen, ritterlich den Stuhl zurechtgerückt und ihr eine Rose von einem Zigeunerjungen gekauft. Sie war vierzehn und verliebte sich unsterblich in ihn. Jeden

Tag schrieb sie ihm danach, fast ihr ganzes Taschengeld ging für die Briefmarken drauf.
»So, hat er das? Carla hat nichts von ihm bekommen.« Gertrudes Stimme war spitz vor Missgunst. »Woher hat er denn das Geld, dir einen Ring machen zu lassen? Ich dachte, er hat alles verloren.«
Henrietta hätte ihre Worte am liebsten wieder heruntergeschluckt und verschwieg, dass der Smaragd so groß war, obendrein eingefasst von kleinen Diamanten, dass Mama ihn an sich nahm und verkaufte. »Du kostest uns schließlich genug Geld, da kommt das gerade recht«, beschied sie ihr. Danach versteckte Henrietta seine Geschenke, kleine Schmuckstücke, Bücher und bunte, handgewebte Schals. Seine Briefe trug sie immer bei sich, denn Mama durchsuchte regelmäßig ihren Schreibschrank. »Ich muss doch wissen, was du treibst!« Ihre Augen blinkten misstrauisch hinter dicken Gläsern.
Der Mund ihrer Tante war ein fest zusammengepresster Strich. »Na, ich wette, es war kein echter Smaragd.«
Henrietta ließ ihr das letzte Wort und schloss die Augen. Ihre Aufnahmefähigkeit hatte die äußerste Grenze erreicht. Ihr Kopf sank gegen das Polster, und sie ließ sich auf einer Welle totaler Ermattung treiben. Die feuchte Hitze, das hypnotisch gleichmäßige Motorengeräusch, die Vibrationen der Reifen auf der Straße, alles kam zusammen. Sie schlief ein. Ihre Tante rüttelte an ihrer Schulter. »Henrietta, wach auf. Sieh dir das Meer an. Ist es nicht imposant?«
Und dann sah sie es, das Meer, von dem sie so lange geträumt hatte, wild und schön unter der hohen Kuppel des afrikanischen Himmels. Ein tiefes Blaugrün, schneeweiße Wellenkronen, über den Brechern ein glitzernder Schleier aus Wassertropfen und Salzkristallen. Himmel und Ozean schienen ohne Grenzen, sie vereinigten sich zu einer lichterfüllten Schale aus durchsichtigem, blauem Kristall. »Bitte, können wir hier anhalten?« rief sie, »ich muss hinunter zum Wasser!«
Seufzend bog Onkel Hans von der Hauptstrasse ab, überquerte den Marktplatz eines kleinen, verschlafen wirkenden Ortes und hielt am Ende einer baumgesäumten Straße im Schatten einer vielstämmigen, vom ewigen Seewind zerfledderten Bananenstaude. Henrietta zog ihre

Schuhe und Strümpfe aus und rannte durch einen Tunnel von überhängenden Ästen den Abhang hinunter in die gleißende Helle der Strandwelt. Ihre Füße versanken in dem heißen, grobkörnigen Sand, die zarte Haut zwischen den Zehen zog sekundenschnell Brandblasen. Es war, als durchquere sie ein glühendes Lavafeld. Vorbei an dem mächtigen Zementsockel des weiß-roten Leuchtturmes, erreichte sie endlich den feuchten Sand am Saum des Meeres und rettete sich auf einen flachen, schwarzen Felsen, der seidig glatt unter ihren gepeinigten Sohlen war. Es war Niedrigwasser, und auf einer Breite von etwa fünfzig Metern und mehreren hundert Metern Länge ragte ein Riff von großen, rundgewaschenen Felsen auf. In den Mulden standen glasklare kleine Teiche, in denen bunte Fischchen herumhuschten, draußen schlug die Brandung donnernd gegen die seepockenverkrustete, steinerne Barriere. Sie stand ganz still. Um sie herum war ein heimliches Wispern und Rauschen, als flüsterten die Felsen untereinander, als erzählten sie sich Geschichten aus uralten Zeiten. Langsam drehte sie sich auf dem Felsen und blickte nach Norden. Auf den steilen, haushohen Hängen – hier war der Sand weiß, und sie erinnerten sie an die Dünen von Sylt – standen Agaven und wucherten fleischige, kriechende Pflanzen von sattem Hellgrün mit purpurroten, margeritenähnlichen Blüten zwischen blauen Trichterwinden bis hinunter auf das blasse, rötlichgoldene Ocker des Strandes, der sich irgendwo in der grandiosen Unendlichkeit hinter dem schimmernden Salzschleier verlor. Hier und da duckte sich ein kleines Haus auf dem Dünenzug. Ihr Blick glitt über eine vielstufige Steintreppe hinter dem Leuchtturm. Sie führte zu einem lang gestreckten, flachen Gebäude, das ein kleiner Glockenturm überragte und zu teilen schien, verglaste Rundbögen zur Rechten, offene Rundbögen zur Linken, die die Terrassen des ersten Stocks trugen. »The Oyster Box Hotel« las sie auf einem Holzschild.
»Wie heißt dieser Ort?« fragte sie, als sie wieder im Auto saß.
»Umhlanga Rocks«, antwortete Gertrude.
»Umhlanga Rocks -was bedeutet das?«
»Umhlanga ist Zulu und heißt Ort des Schilfrohrs. Bei Unwetter, wenn der Umhlanga-Fluss durchbricht, trägt er Schilfrohr und Zuckerrohrstängel ins Meer, die die Strömung auf die Felsen wirft.«

»Hier werde ich leben«, bemerkte ihre Nichte.
Onkel Hans grunzte spöttisch. »Da wirst du aber noch lange und hart arbeiten müssen, meine Liebe, denn Umhlanga ist eine der teuersten Wohngegenden hier.«
»Dann werde ich eben lange und hart arbeiten, aber hier werde ich leben.« Sie antwortete in einem Ton, der keine Zweifel und keine Einwände zuließ. Und so lange, bis Umhlanga im blauen Dunst des sommerheißen Tages verschwand, blickte sie unverwandt aus dem Rückfenster. Als sie sich wieder umdrehte, sah sie frisch und strahlend aus, war ihre Müdigkeit verflogen. Sie hatte ihr Ziel gefunden, sie wusste, wie sich ihr Leben entwickeln würde.
»Ich muss noch zur Apotheke«, sagte Gertrude, »ich brauche Aspirin. Meine Migräne lauert bereits im Hinterkopf«
Onkel Hans verzog unmutig sein Gesicht, bog aber wortlos in eine kleine Sandstraße ein. Rosa Kaskaden von Bougainvillea ergossen sich über die Böschung, verknorpelte Jacarandabäume fächerten ihre grünen Kronen im sachten Wind. Die Apotheke befand sich in einer kleinen Ladenzeile, die eine große Fläche hart gebackener, roter Erde säumte. Großblättrige Pflanzen mit flammendroten Blüten wucherten allenthalben. Es war heiß und feucht, und die Frauen und Mädchen trugen leichte, luftige Kleider und große Hüte mit Schleifen, die vor dem üppigen, tropischen Grün wie exotische Schmetterlinge flatterten. Aber trotz des geschäftigen Werktagmorgens rührte sich niemand in dem weiten Rund. Alle schienen zu Statuen erstarrt.
Da bemerkte Henrietta das Mädchen, das in der sengenden Sonne quer über den roten Platz lief. Eine junge Frau, schön und seidig schwarz und völlig nackt. Sie schrie unablässig, ihre Haut war an vielen Stellen aufgeplatzt, und das rohe, blutige Fleisch lag offen wie das einer aufgebrochenen, überreifen Feige. Sie rannte mit klatschenden, nackten Füßen. Sie rannte um ihr Leben. Der Mann, der sie verfolgte, ein Schwarzer, schwang eine Flasche am Hals, deren Boden in großen, scharfen Zacken herausgebrochen war. Immer wenn er das Mädchen erwischte, zerfetzte er ihr damit den Rücken, und jedes Mal steigerte sich das Schreien der jungen Frau zu einem gellenden »Aiii!«

Gleißende Sonnenstrahlen trafen auf die Glasfront der Apotheke, die das Licht weißsprühend zersplitterte, sodass der weißgekleidete Mann, der in der Tür stand, als tanzende Silhouette erschien. Er war hochgewachsen mit karottengelben, gewellten Haaren und einem dikken karottengelben Schnauzer. Sein Mund hing offen, und seine Augen spiegelten den Schrecken des Mädchens wider, das geradewegs auf ihn zurannte. Sie hatte ihn fast erreicht, nur die schmale Straße lag zwischen ihnen. Der Apotheker hob abwehrend die Arme, sein Gesicht grau unter den vielen Sommersprossen. Für einen flüchtigen Moment hielt die junge Schwarze in ihrem gehetzten Lauf inne. »Eines Tages werde ich dich dafür umbringen«, schleuderte sie dem Mann in Weiß entgegen. In diesem Moment holte sie ihr Verfolger wieder ein, schwang die Flasche und traf.

Sie drehte sich graziös, die Arme wie zu einer Pirouette über den Kopf erhoben und fiel quer über die Motorhaube von Hans Tresdorfs Wagen. Ihr Blut spritzte gegen die Windschutzscheibe. Henrietta schrie und kreuzte abwehrend die Hände. Das Mädchen blickte sie durch die blutverschmierte Scheibe aus mandelförmigen, samtschwarzen Gazellenaugen an, die in Tränen schwammen. Sie hatte eine gerade Nase mit breiten, geblähten Flügeln und einen vollen, üppig geschnittenen Mund mit großen, schneeweißen Zähnen. *Ein ganz junges Mädchen, jünger als ich!* Henrietta saß wie versteinert.

Das Mädchen rollte auf den Rücken. »Hilfe!« formte ihr Mund, und ihre Augen flehten. Ihr rechtes Ohr hing nur noch an wenigen blutenden Hautfasern, die langsam zerrissen. Im Zeitlupentempo glitt sie von der Motorhaube auf den Boden. Ihr Ohr blieb auf der Windschutzscheibe kleben.

Henrietta schrie und wollte die Tür aufstoßen. Ihr Onkel beugte sich blitzschnell vor und drückte auf den Türsicherungsknopf. Ebenso schnell verschloss er auch alle anderen Türen. »Bist du verrückt? Du bleibst drinnen!« brüllte er sie an.

»Um Himmels willen, wir müssen doch helfen! Die Frau verblutet!« Sie trommelte mit den Fäusten an die Tür. »Was ist los mit euch? Was geht da vor?«

»Was weiß ich!« antwortete Hans kurz. »Und um unserer Sicherheit willen will ich es auch gar nicht wissen. Wir müssen sofort hier weg!« Mit aufheulendem Motor fuhr er ein paar Meter rückwärts. Das Ohr glitt auf einer Blutspur an der Windschutzscheibe herunter und fiel in den Straßenstaub. Dann ratschte er in den Vorwärtsgang und schoss die Straße hinunter.

Henrietta kauerte auf dem Rücksitz. »Bitte, lasst uns wenigstens Polizei und Krankenwagen rufen«, wimmerte sie.

»Wozu«, ihr Onkel zucke gleichmütig seine breiten Farmerschultern, »sie hat vermutlich selbst schuld, und außerdem sind die zäh. Nicht umzubringen.«

Das Gesicht blutleer, starrte Henrietta durch die Rückscheibe. Der Platz lag leer gefegt. Der Apotheker, alle Umstehenden waren verschwunden, der Mann mit der Flasche nicht mehr zu sehen. Es war vollkommen ruhig. Die Bougainvillen wippten im Sonnenwind, ein unendlicher blauer Himmel wölbte sich darüber, die rote Erde schimmerte in der Hitze. Das Grün der üppigen tropischen Vegetation vibrierte mit Lebendigkeit, und das Mädchen am Boden war nur noch ein kaffeebrauner Fleck in diesem friedlichen Bild. Sie rührte sich nicht mehr. Die Szene wurde kleiner, verschwommener, alle Farben und Konturen zerflossen, wurden zu breiten Pinselstrichen, wie in einem sonnendurchfluteten van Gogh. Es war sehr schön, und das Kaffeebraun des Mädchens bildete einen wunderbaren Kontrast zu den glühenden Farben.

»Die sind anders als wir, die machen das unter sich auf ihre Weise aus«, bemerkte Gertrude endlich, »du wirst das schon noch lernen, wenn du erst länger hier bist.«

»Was heißt das, die machen das unter sich aus? Können die sich so einfach gegenseitig umbringen, ohne dass sie zur Rechenschaft gezogen werden?«

»Ag, nié, Man«, antwortete Onkel Hans auf afrikaans, »die werden dann natürlich aufgehängt.«

»Aufgehängt?« würgte Henrietta und wurde fahl bleich.

»Aber ja doch! Am Halse aufgehängt, bis dass der Tod eintritt.« Er lachte.

Es nahm ihr den Atem. *Aufgehängt, totgemacht.* Schwer lagen ihre Glieder im rauen Sitzpolster, ihre Augen brannten heiß in den Höhlen, ein dumpfer Schmerz füllte sie aus. Alles, was sie sah, waren die riesigen, dunklen Augen des Mädchens. Alles, was sie hörte, war ihr Schrei nach Hilfe. Ihr Atemzug wurde zu einem Schluchzen, sie schloss die Lider wie zum Schutz. Ihre Gedanken verschwammen.

Eine lose Feder in der Rückenlehne stach schmerzhaft zwischen ihre Schulterblätter. Mit einem Ruck setzte sie sich auf und benötigte einen kurzen Moment, um sich sicher zu sein, wo sie sich befand. Der Blutfleck an der Windschutzscheibe war zu einer schwarzen Kruste getrocknet. Das Ohr war abgefallen. *Ich werde nie lernen, so etwas zu verstehen, ich will es nicht lernen!* Als jedoch das Bleierne in ihren Gliedern langsam wich, der Druck in ihrem Kopf abnahm und ihre Lebensgeister erwachten, verblasste das Bild des Mädchens, und ihren Schrei hörte sie nur noch aus weiter Ferne.

Sie sah aus dem Wagenfenster. Der holprige Weg hatte sich zu einem grünen Tunnel verengt. Wuchernde Pflanzen griffen mit langen Ranken nach ihnen, Winden mit riesigen gelben Blütenschalen, die auf Kinderköpfchen gepasst hätten, schlangen sich um die Äste der Bäume. Plötzlich knallte ein Objekt von der Größe einer länglichen Bowlingkugel donnernd auf die Motorhaube. Es brach auseinander, hellgelbes Fruchtfleisch spritzte, im Blech blieb eine runde Delle. Henrietta schrie, Gertrude lachte, Hans fluchte. »Diese verdammten Affen!« brüllte Onkel Hans, »ich schieß sie ab, alle miteinander! Meine größten Avocados! Sie klauen nicht nur die reifsten, schönsten Früchte, sondern sie bewerfen uns auch noch damit. Sie finden den Knall auf dem Autoblech so witzig, diese Mistviecher!«

»Affen! Hier gibt es Affen?« stotterte seine Nichte, und die Aufregung löschte gnädig für den Moment die Erinnerung an das schwarze Mädchen. Sie starrte fasziniert in den mächtigen, hohen Baum. Affen auf dem eigenen Grundstück. Afrika! Sie setzte sich auf und blickte hierhin und dorthin und trank die Wunder da draußen in vollen Zügen. »Habt ihr Schlangen hier?«

»Massenweise«, antwortete ihr Onkel trocken, »alles, was Rang und Na-

men hat unter den Giftschlangen.« Er grinste tückisch in den Rückspiegel. »Hier draußen darfst du nie unter den Bäumen entlanggehen und nie vom Weg abweichen, nie ins Gebüsch wandern.«
Ein Kribbeln lief ihre Wirbelsäule hinunter. Sie betrachtete die prunkende Natur um sich herum mit neu gewonnenem Respekt und hatte plötzlich das unbehagliche Gefühl, dass ihre Ankunft von vielen neugierigen Augen verfolgt wurde. Im selben Moment schreckte sie ein Knacken und Prasseln im Unterholz. Ein riesiges gelbes Tier brach durch den Pflanzenvorhang und schoss auf sie zu. Es versuchte, seinen mächtigen Kopf durch das Fenster des fahrenden Wagens zu stecken, öffnete sein Furcht erregendes, zähnebewehrtes Maul und brüllte. Dolchartige gelbliche Zähne unter gefletschten Lefzen schnappten nur Zentimeter vor ihrer Nase zusammen. Sie schrie auf.
Onkel Hans wieherte. »Das ist George, unsere Dogge. Völlig harmlos, der will nur spielen! George, benimm dich. Platz, du dummer Köter!"
George klappte sein monströses Maul zu und trabte mit verlangendem Blick neben ihnen her.
Goldgrünes Dämmerlicht wechselte zu blendender Helligkeit. Eingebettet in sanft gewellte Rasenflächen zwischen bunten Blumeninseln lag das Haus. Es war weiß gekalkt mit einem tief heruntergezogenen Strohdach. Ein prächtiger Flamboyant, aus dessen dicken, verschlungenen Wurzeln ein kurzer, mächtiger Stamm wuchs, bildete mit zartgrünen, filigranartigen Blätterwedeln einen lebenden Sonnenschirm vor der überdachten Terrasse. Über den hellgrünen Blättern standen wie feurige Kronen gefiederte rote Blüten.
Ein massiger schwarzer Mann mittleren Alters trat aus einem Seiteneingang des Hauses. Sein kahl rasierter Kopf glänzte wie altes Ebenholz. Über einer Uniform aus einem königsblauen, kurzärmeligen Baumwollhemd mit passender Hose trug er eine knöchellange weiße Schürze. Er lächelte nicht. »Wird aber auch langsam Zeit«, murrte er missgelaunt, »der Tee ist schon fast kalt.«
»Dann koche Neuen und hör auf zu meckern, Jackson«, befahl Gertrude, seinen Vorwurf völlig ignorierend, »und trage die Koffer von Miss Henrietta ins Rondavel.

Henrietta war der Auftritt peinlich. »Guten Morgen, Jackson«, sagte sie höflich und setzte ein gewinnendes Lächeln auf, »es tut mir Leid, dass wir zu spät kommen.«
Jackson drehte seinen kugelförmigen Kopf und sah sie aus blutunterlaufenen braunen Augen an. Henrietta fuhr zurück. Die Augen und der Blick erinnerten sie unangenehm an George. Nach einer Weile senkte er seine Lider, nickte und nahm wortlos die Koffer.
Gertrude ergriff ihren Arm. »Komm, du wohnst im Rondavel.« Sie zeigte auf ein rundes, kleines Haus mit einem hohen, spitzen Strohdach, wie das einer Eingeborenenhütte. Jackson stieß die Tür auf, und sie trat ein.
Der weißgekalkte, kreisrunde Raum war luftig und ziemlich groß. Weiße, hauchfeine Musselingardinen hoben sich in einer sanften Brise. Der weinrote Steinboden war angenehm kühl. Über ihr ertönte ein leises, kicherndes Lachen. Erschrocken sah sie hoch. Das Strohdach lag frei auf einer Rundholzkonstruktion, und mehrere blanke, schwarze Augenpaare starrten aus dem tiefen Schatten über den Dachbalken auf sie herunter. Eine huschende Bewegung, Staub rieselte herab. Sie fuhr zusammen. »Was ist das?«
Onkel Hans legte ihr beruhigend eine Hand auf die Schulter. »Das sind nur Geckos.« Seine Mundwinkel bogen sich zu einem Grinsen. »Aber es könnte auch mal eine Schlange dabei sein.«
»Schlangen, hier im Haus?« Sie räusperte sich nervös. »Auch giftige?«
»Natürlich. Aber auch gelegentlich Pythons, die sind nicht giftig, die sind nur gefährlich, wenn sie länger als zwei Meter sind. Dann erwürgen sie dich, bevor sie dich verschlingen. Am besten kaufst du dir ein Buch über Schlangen und lernst sie zu unterscheiden.«
»Papperlapapp«, fuhr ihm Gertrude über den Mund, »schlag sie erst tot, und sieh dann nach, ob sie giftig war!«
»Was passiert, wenn man gebissen wird?« krächzte Henrietta. Ihr Hals war plötzlich trocken.
»Och, das ist unterschiedlich«, grinste Hans, »bei Mambas haben wir hier in Natal eine hundertprozentige Todesrate. Anders ist es mit Puffottern«, dozierte er, »da verlierst du, wenn du Glück hast, nur das gebis-

sene Körperteil. Am besten schneidest du es gleich ab, sonst verrottest du langsam innerlich. Abbinden nützt nichts, es beschleunigt nur das Absterben. Du stirbst Zentimeter für Zentimeter am lebendigen Leib. Vielen Farmern hier fehlt ein Finger oder ein Fuß. Wenn dich eine Boomslang‹, wieder dieses tückische Grinsen, »eine grüne Baumschlange, richtig erwischt, verblutest du innerlich. Selbst wenn du tot bist, läuft dir das Blut noch aus Mund und Nase. Wichtig ist, dass du das Antiserum rechtzeitig bekommst.«

Sie verlor alle Farbe. »Woher bekommt man das Serum?« Verstohlen suchte sie den Boden und die im Schatten liegenden Flächen mit den Augen ab.

»Oh, das hat jeder hier im Eisschrank. Zum Doktor schafft man es meist nicht.«

»Hans, spar dir deine Schauergeschichten für später auf.« befahl Gertrude unwirsch. »Schlaf du dich erst einmal aus, Kind, um sechs erwarten wir dich im Haus. Wir haben alle unsere Freunde und Nachbarn zu deiner Begrüßung eingeladen.«

Kurz darauf verdunkelte Jackson die Tür, ohne dass sie ihn hatte kommen hören. Er bewegte sich trotz seines schweren Körpers leicht und lautlos. »Tee und Scones, Madam.« Er brachte ein Tablett mit Tee und kleinen, runden Kuchen, die unter einer üppigen Portion Marmelade und Schlagsahne fast verschwanden. Ehe sie ihm danken konnte, hatte er sich bereits wieder entfernt, leise und unauffällig.

Nun war sie allein, sie hatte ihr Elternhaus wirklich verlassen. Es war still und heiß. Eine Zikade strich ein-, zweimal halbherzig ihre Saiten und verstummte dann auch. Sie schob die leichten Gardinen beiseite und schloss die Lider gegen die Helligkeit. Müdigkeit senkte sich auf sie wie ein schweres Gewicht. Sie war ausgepumpt, hatte die Grenzen ihrer Kraft erreicht. Ihre Beine gaben unter ihr nach, sie schaffte es noch bis zum Bett und schlief sofort ein, ohne sich auch nur den Rock auszuziehen. Im Schlaf liefen ihr die Tränen die Wangen herunter. Aber die trockneten bald in dem leichten, weichen Wind, der sie durch das offene Fenster streichelte.

Die Sonne stand schon tief über den Hügeln, als sie aufwachte, die Hitze

aber hatte kaum nachgelassen. Sie duschte geschlagene zwanzig Minuten und schlüpfte dann in ein ärmelloses weißes Kleid, das sie sich in den langen dunklen Monaten ihres letzten Hamburger Winters genäht hatte. Entsetzt hatte Mama den taillentiefen Rückenausschnitt gemustert. »So viel Fleisch! Schamlos! Denk daran, was in den Köpfen der Eingeborenen vorgeht!« In Mamas Vorstellung hatten die nur Eins im Sinn.
Es klopfte, und Tante Gertrude trat ein. »Nun, fühlst du dich wieder menschlich?« Sie führte sie über die Terrasse durch ein großes Zimmer, vollgestellt mit dunklen, altmodischen Möbeln, hinaus auf einen Innenhof. Dunkelbraun gebranntes Ziegelsteinpflaster, das darin eingelassene Schwimmbad gläsern blaugrün, und in der Mitte eine gedrungene Dattelpalme, deren ausladende Wedel fast den ganzen Patio überdachten. Blumentröge mit hohen Anthurien säumten das Pflaster, deren spektakuläre Blüten wie prächtige rosa Schmetterlinge im Nachtwind tanzten. Ihre Schatten gaukelten im Flackern knisternder Fackeln über die Gesichter der vielen Gäste. Ein wenig abseits stand, in eine Rauchwolke gehüllt, Onkel Hans und grillte Unmengen von Fleisch auf einem riesigen Grill, einer der Länge nach durchgeschnittenen Tonne zwischen zwei gemauerten Ziegelblöcken, deren Oberfläche gleichzeitig als Tisch diente. Daran gewöhnt, Fleischmengen in Gramm zu bemessen, konnte Henrietta nur sprachlos zusehen, wie er langsam, aber stetig den halbmeterhohen, in einer Schubkarre aufgehäuften Steakberg abbaute.
»Juhu!« Eine zierliche, tiefgebräunte Frau stürzte aus der Tiefe des Hauses. Unter einer Wolke feiner, schwarzer Locken glitzerten neugierige schwarze Augen, wie die einer hungrigen Raubmöwe. Ein enormer Diamant funkelte auf der fein zerknitterten Pergamenthaut ihres Halses. Sie balancierte eine sehr große Platte mit kleinen Pasteten, hübsch garniert mit Tomaten und Petersilie. »Boy, nimm mir das ab!« Jackson erschien lautlos, wie aus dem Nichts, die blutunterlaufenen Augen in seinem maskenhaften Ebenholzgesicht unergründlich. Die Neuangekommene zeigte ein brillantes, knallrot geschminktes Lächeln, ihre flinken Äuglein glitten über Henrietta. »Hallo, ich bin Liz Kinnaird, und das ist mein Mann, Tom.« Sie deutete mit dem Daumen über ihre Schulter. »Er hat

ein Holzbein, Krokodil, weißt du.« Sie kicherte. »Den Rest hat es als ungenießbar wieder ausgespuckt.«
Tom Kinnaird stampfte mit seinem Holzbein unter lautem Gebrüll und Händeklatschen der Umstehenden einen wilden, archaischen Tanz. Sein kugelrunder, rotverbrannter Kopf, auf dem spärlich hier und da ein Haar hochstand, schwang zwischen massigen Schultern im Rhythmus auf und nieder. Die langen Spitzen seines schwarzgrauen Schnauzers reichten hochgezwirbelt bis zu den Ohren. Die Ähnlichkeit mit einem fröhlichen Walross war frappierend.
»Ein Krokodil?« krächzte Henrietta.
Gertrude lachte sarkastisch. »Ach wo, das war Gangrän im letzten Krieg. Er trat sturzbetrunken in der Offiziersmesse in die Splitter seiner Whiskyflasche. Damals gab es noch kein Penicillin. Er ist unter Zulus aufgewachsen und benimmt sich gelegentlich auch wie ein Wilder. Hat wohl wieder prophylaktisch getankt. Den richtigen Rhythmus kriegt er erst ab ein Promille hin.« Sie nahm Henriettas Arm. »So, iss erst mal, bevor ich dich der Meute zum Fraß vorwerfe!«
Der Tisch war überladen mit fremdartigen, köstlich duftenden Leckereien. In der Mitte türmte sich auf einer silbernen Platte eine halbmeterhohe Pyramide von Langusten. Unvorstellbarer Luxus.
Gertrude reichte ihr eine goldgelbe, kindskopfgroße Frucht. »Papayas, sehr delikat«, erklärte sie, »sie machen einen schönen weichen Stuhlgang. Hervorragend, wenn du Hämorrhoiden hast.« Sie füllte einen tiefen Teller mit Muscheln und legte eine Languste dazu. »Hier, probier mal. Die jungen Leute haben die Langusten bei den Felsen gefangen. Weihnachten ist die beste Langustenzeit.«
Die Langusten sahen sie aus glasigen Knopfaugen an, die rasiermesserscharfen Stacheln zwischen ihren Fühlern waren wie Angriffswaffen auf sie gerichtet, die halb geöffneten Muscheln verströmten einen intensiven Geruch nach Tang, säuerlichem Wein und Knoblauch und schienen nach ihr zu schnappen. Durchdringender Dunst von gebratenen Hähnchen wehte in Schwaden vom Grill herüber. In ihrem Kopf wurde es plötzlich leicht. Sie schwankte.
Weihnachten? Als sie als kleines Kind vierundvierzig aus Afrika aus ihrer

hellen Sommerwelt nach Deutschland gekommen war, war es Weihnachten gewesen. Nur Großmamas Geschichten von einem Tannenbaum mit Lichtern, reich gedeckten Gabentischen, Gänsebraten mit Klößen und Schokoladenlebkuchen von der Tante aus Nürnberg und einem knisternden Feuer im Kamin wärmten sie.
Auch der erste Nachkriegswinter war streng und bitterkalt, doch die Menschen trafen in hoffnungsvoller Freude ihre Vorbereitungen für ihr erstes Friedensweihnachten. Sie stand mit Großmama auf dem Hof der Marienkirche in Lübeck und fror jämmerlich. Es war Mittagszeit. Die dunkelblaue Trainingshose war dünn, und der schneidend kalte Wind biss sich durch den fadenscheinigen Stoff in ihre bloße Haut. Sie trippelte von einem Bein aufs andere, um wieder Gefühl in ihre steif gefrorenen Füße, die erstarrten Zehen, zu trampeln.
Ihre Stiefel hatten einmal ihrem Cousin gehört und waren wie er, klobig und zu groß. Mama hatte zerknüllte Zeitung in die Spitzen gestopft. Schneematschfeuchtigkeit kroch durch die Risse in dem harten Leder, die Zeitung war nass und zusammengedrückt, und ihre Zehen scheuerten sich wund an dem Klumpen. Schwere Schneewolken wälzten sich über die Dächer der Lübecker Altstadt.
Obwohl sich viele Menschen auf dem Kirchhof um den Pferdewagen mit den wenigen Tannenbäumen drängten, war es seltsam ruhig. Diejenigen, die ein Bäumchen ergattert und gegen kostbare Zigaretten oder Zucker eingetauscht hatten, drückten es mit blaugefrorenen Händen an sich, und ihre Augen leuchteten andächtig aus ihren ausgemergelten, bleichen Gesichtern. Ihre Großmutter, eine hochgewachsene, in Schwarz gekleidete Frau, die sich trotz ihres Alters kerzengerade hielt, legte den kümmerlichen kleinen Weihnachtsbaum auf den hölzernen Handleiterwagen. »Du wirst sehn, Henrietta«, lächelte sie, »es geht aufwärts von nun an. Wir haben einen richtigen Weihnachtsbaum. Alles wird wieder gut werden.«
»Das Christkind wird kommen, und wenn du schön artig warst, wird es dir auch etwas bringen«, sagte Mama zu Hause und knöpfte ihr das kratzige Kleid unterm Kinn zu.
Henriettas Herz begann zu klopfen. Buntstifte und einen Malblock,

davon träumte sie. Frierend lehnte sie in der großen Küche an dem langen, emaillierten Herd mit den blinkenden Messingbeschlägen, denn zur Feier des Tages trug sie nur Kniestrümpfe und keine pludrigen Trainingshosen unter dem Rock. Sie bewegte ihre wund gescheuerten Zehen in den engen schwarzen Lackschuhen mit der schmalen Knöpfchenspange. Sie passten gerade noch. Cousine Inga hatte sie ausgelatscht. Buntstifte! Ihr Herz wollte sich nicht beruhigen.
Dann, endlich, erklang die Weihnachtsglocke. Ihre Vorfreude schlug in höchste Spannung um. Sie begann, ihre Schuhe auf und zuzuknöpfen, um den heiß ersehnten und gefürchteten Augenblick hinauszuzögern, doch Mama schob sie kurzerhand in das Weihnachtszimmer. Es war hell erleuchtet und warm, und auf dem kleinen Weihnachtsbaum, der fast unter Großmamas schönem altem Christbaumschmuck verschwand, brannten vier Kerzen.
Ihr Blick flog durch das Zimmer, und ihr Herz stockte. Nichts. Gar nichts. Keine Buntstifte, kein Malblock. Im selben Moment wehte aus der Küche ein fettiger Brathähnchengeruch herüber, und plötzlich war alles zu viel für sie. Ihr wurde übel, und sie übergab sich auf den Teppich direkt vor dem Weihnachtsbäumchen. Schwarzbrot, eingebrockt in Magermilch, hatte es zum Frühstück gegeben, wie jeden Tag.
»Kind, was machst du denn da? Der gute Teppich!« Alle stürzten sich auf sie, Hände schoben sie unsanft beiseite, das Brathähnchen roch. Sie übergab sich wieder.
»Kind, was ist denn, ist dir nicht gut?« Tante Gertrudes Stimme klang besorgt. »Du bist ja schneeweiß geworden, hast eine Gänsehaut. Dir kann doch unmöglich kalt sein. Wir haben über dreißig Grad im Schatten.«
Aus riesigen, verwirrten Augen blickte Henrietta um sich. Dreißig Grad im Schatten? Zu Weihnachten? Mühsam tauchte sie aus der Tiefe ihrer Erinnerung auf. Sie fühlte sich aus den Fugen geraten, ausgehebelt, wie ein losgetretener Kieselstein in einem reißenden Strom.
Lieschen, die Kinderfrau, die ihren Vater und seine fünf Brüder großgezogen hatte, selbst schon an die achtzig Jahre, rettete sie vor dem ungeduldigen, schlagkräftigen Zorn ihres Vaters. Sie huschte herein, den

Feudeleimer in der Hand. »Lass man, Kind, ich mach das schon, das kriegen wir wieder hin.« Auf den Knien liegend, klatschte sie den Feudel auf die unappetitliche Masse, rieb und tupfte, bis nur noch ein dunkler, nasser Fleck von Henriettas Missgeschick zeugte. »War ja auch zu viel für dich«, sagte sie mit ihrer dünnen, alten Stimme, »warst ja völlig durchgefroren, und Mittag haste auch nicht gegessen.« Leise ächzend drückte sie sich aus der Hocke hoch. »Nu, siehste woll, nichts mehr zu sehen.«
»Danke, Lieschen«, sagte Großmama, die bei dem kleinen Drama keine Miene verzogen hatte, »für heute können Sie gehen.« Sie nahm Henriettas Hand. »Contenance, Henrietta, Contenance. Sieh doch unter dem Weihnachtsbaum nach.«
Sie bekam ihre Buntstifte, doch seitdem fror sie immer Weihnachten, auch als sie in Hamburg in ihrem Haus längst eine bullig warme Zentralheizung hatten.
Ein zarter Wind sprang über die Patiowand, küselte über den Boden, strich warm über ihre bloße Haut, und die Gänsehaut auf ihren Armen glättete sich in der sommerheißen afrikanischen Nacht.
»Alle mal herhören!« rief Gertrude, »hier ist sie also, Henrietta, meine Nichte aus Deutschland!« Sie gab ihr einen kleinen Schubs. »Nun mach mal die Runde.«
Alle drehten sich zu ihr und musterten sie völlig ungeniert. Einmal rauf und dann wieder runter und dann noch einmal in allen Einzelheiten.
Henrietta fühlte sich befingert. Eingeschüchtert starrte sie in das Meer neugieriger Gesichter. Ihre Zunge gehorchte nicht. Alle die sorgfältig gepaukten englischen Redewendungen, die geschliffenen Höflichkeitsfloskeln waren wie weggewischt. Langsam kroch ihr die Röte den Hals hinauf, ihre Wangen glühten.
»Hallo«, sagte eine wohlmodulierte Stimme in Queen's English, »ich bin Duncan Daniels, willkommen in Südafrika!« Der junge Mann, mittelgroß und schlank, war kaum älter als sie selbst. Amüsierte hellblaue Augen in einem länglichen Gesicht mit einem langen, kantigen Kinn und zu einem Lächeln gebleckte, große weiße Zähne, wie ein spöttisch grinsendes Pferd. Zu einem schwarzen Jackett mit Goldknöpfen trug er einen blaugrün karierten Schottenrock, karierte Kniestrümpfe und Schnallenschuhe, eine

Dachsfelltasche hing ihm vom Gürtel. Unter seinem Kinn rieselten die Spitzen eines schneeweißen Jabots. »Wir sind Schotten«, erklärte er überflüssigerweise, »wir leben zwar schon seit vier Generationen hier, aber Tradition ist alles, besonders im Busch!« Spöttisch flickte er sein Jabot. »Man muss doch Vorbild sein für die Wilden.« Er zog ein junges, selbstbewusstes Mädchen mit einem lachenden Gesicht unter hochtoupierten blonden Haaren aus der Menge. Der Rock ihres rückenfreien, schwarzen Tüllkleids bauschte sich voluminös. »Das ist Diamanta, meine Schwester. Eine zikkige Freundin hat sie in einem Wutanfall Glitzy getauft. Der Name blieb hängen«, er lächelte ironisch, »sonst heißen wir alle mit D, wie mein Vater Dirk Daniels. Glitzy, das ist Henrietta aus Deutschland.«

»Hallofreutmichdichkennenzulernen«, sprudelte Diamanta mit atemlos rauer Stimme, »ich werde dich Henri nennen.« »Lieber nicht, ich hasse den Namen. Mein Vater nennt mich so, wenn ihm einfällt, dass er eigentlich einen Sohn haben wollte.«

»Nieder mit den Männern!« Die junge Südafrikanerin lachte so herzhaft, dass ihre üppige Figur bebte.

Henrietta lachte mit. Sie hatte das wohlige Gefühl, zwei Freunde gefunden zu haben. »Diamanta?« fragte sie mit sorgfältig neutraler Stimme. »Ein ungewöhnlicher Name.«

Diese kicherte. »Großpapa Daniel fand einen riesigen Diamanten just an dem Tag, als ich geboren wurde. So nannte man mich Diamanta. Als Talisman sozusagen, für zukünftiges Glück. Hat ihm aber nicht viel genützt. Er erstickte kurz darauf an einer Fischgräte.«

»Oh!« Henrietta hatte Mühe, ihr Lachen zu unterdrücken.

»Wir würden dich gern zum Tee einladen«, sagte Duncan. »Meine Eltern konnten heute leider nicht kommen, sie möchten dich jedoch sehr gerne kennenlernen. Übernächsten Sonntag. Diesen Sonntag sucht uns die Polomeute heim.«

Henrietta strahlte. »Mit Vergnügen. Wie komme ich zu euch? Kann ich laufen, oder gibt es einen Bus?«

Glitzy riss entsetzt ihre hellblauen Augen auf. »Laufen? Meine Güte, das tut man hier nicht, und einen Bus gibt es schon gar nicht. Wir holen dich ab, so gegen halb fünf.«

Die Geräuschkulisse wurde lauter, Gesprächsfetzen vermischten sich zu einem schrillen Brei. Die Szenerie drehte sich um sie, sie wurde zum Auge eines Strudels. Immer neue Gesichter schoben sich an sie heran, die Worte und verschiedenen Akzente fremd in ihren Ohren. Näselnd, sehr britisch, hinter einem mächtigen rotblonden Schnauzer hervor: »Meine Liebe, wir brauchen junges Blut. Müssen doch die schwarze Flut eindämmen, haha! Also, bald heiraten, junge Lady, damit das Land viele kleine, stramme Südafrikaner bekommt!« Ein anzüglicher Blick in ihren Ausschnitt, und das rote, schnurrbärtige Gesicht tauchte wieder ins Whiskyglas ein.
Eine kleine runde Frau mit dick gepuderten, etwas groben Zügen, deren Namen Henrietta nicht verstanden hatte, redete lange und eindrücklich in einem grauenvoll harten, abgehackten Englisch auf sie ein. »Sie müssen also jetzt sofort Afrikaans lernen«, schloss sie ihre Ausführungen energisch, »wir sind der letzte Hort der Zivilisation, die Rettung der weißen Welt, die Auserwählten. Gott hat Weiße und Schwarze gemacht, hätte er die Menschheit milchkaffeefarben haben wollen, hätte er sie so erschaffen.«
Henrietta nickte schwach. Bleierne Müdigkeit machte sie schwindelig. Mit größter Anstrengung hob sie ihre Lider und sah sich einer tonnenförmigen älteren Frau gegenüber, deren harte schwarze Augen sie abschätzend taxierten. »Meine Liebe, ein bisschen kurz Ihr Rock, nicht wahr? Den sollten Sie hier länger tragen, wegen der Eingeborenen, verstehen Sie? Wir müssen mit gutem Beispiel vorangehen, wir können schließlich hier nicht halb nackt herumlaufen wie die Wilden.« Sie führte ihre fleischige Hand mit dem riesigen Rubin an ihre festzementierten blonden Dauerwellen, die an den Wurzeln Schwarz zeigten. »Ich muss mit Gertrude reden. Sie haben noch einiges zu lernen.«
Henrietta starrte entgeistert auf die wogende, sommersprossige Fläche ihres üppigen, abgrundtiefen Dekolletés, die dampfende fremde Körperwärme strahlte heiß auf die Haut. Sie trat einen Schritt zurück und prallte gegen die Wand. Sie konnte nicht entkommen.
»Wir Damen vom Gartenklub«, fuhr die Frau mit den harten schwarzen Augen fort und vollführte eine umfassende Handbewegung, »wir

Damen nehmen jetzt Schießunterricht. Wir erwarten Sie natürlich auch dazu, das Land braucht junge Leute, die ihren Mann stehen können.« Der Rubin funkelte blutrot.
Schießen. Angst packte Henrietta an der Kehle. Krieg! Waffen bedeuteten Krieg. »Schießunterricht«, brachte sie mühsam hervor, »was meinen Sie mit Schießunterricht? Wozu?«
Die Dame reckte kampfbereit ihr Kinn, die juwelengeschmückte Faust ballte sich. »Wir müssen bereit sein, wenn die schwarzen Horden über uns kommen. Sie rotten sich schon zusammen, sie kommen über die Grenze aus den kommunistischen Trainingslagern, sie morden und brandschatzen und jagen unsere Polizeistationen in die Luft. Eine ganze Familie sollen sie zerstückelt haben. Europäer natürlich.« Ihre Augen waren undurchsichtig und flach, ihre Stimme ein fanatisches Zischen. »Erst hackten sie ihnen Hände und Füße ab, dann die Beine bis zum Knie und die Arme am Ellenbogen. Wie Schlachtvieh sollen sie die Leute in kleine Stücke gehauen haben. Als man sie fand, sagt man, fehlten ein paar Teile!« Sie atmete schwer. »Ich will nicht darüber nachdenken, was sie damit gemacht haben! Also, junge Dame, lernen wir schießen, um unsere Jungs zu unterstützen und um uns zu verteidigen, wenn unsere Jungs nicht da sind.«
Henrietta bekam plötzlich kaum noch Luft. Diese Augen schienen sie festzunageln. Das hörte sich ja an wie Krieg. *In meinem Paradies.* Mit großer Anstrengung drückte sie sich an der Frau vorbei und tauchte dankbar in der fröhlichen, lärmenden Normalität des Festes unter. »Wer ist die Dame mit den blonden Zementlocken dort?« fragte sie Gertrude leise, »Sie macht mir Angst. Sie redet von Krieg und schwarzen Horden.«
Gertrude lächelte fein. »Das ist Elsa de Kock. Wenn die ihre Locken nicht mit Haarspray fixiert, kräuseln sie sich stark, und eigentlich sind sie auch schwarz und nicht blond. Du verstehst, was ich meine?« Ein verschwörerischer Blick unter falschen Wimpern. »Ist dir nicht aufgefallen, dass ihre Gesichtszüge – nun, sagen wir einmal, etwas grob sind? Hier nennt man das Berührung mit der Teerquaste. Ständig redet sie von der schwarzen Gefahr. Solche Leute sind die glühendsten Schwarzenhasser.«

Henrietta sah verständnislos drein.

Liz Kinnaird gesellte sich zu ihnen. »Deine Tante meint, dass sie einen dunklen Punkt in ihrem Stammbaum hat.«

»Dunkel, das ist gut!« Gertrude verzog geringschätzig ihre Mundwinkel. »Gar nicht so weit zurück, meine ich, vielleicht eine Xhosa aus der Transkei oder eine Hottentottin, wenn man ihren Hintern in Betracht zieht.« Die Damen lachten einander an und nippten an ihrem Drink.

»Boy, hol mir einen Wein!« Mrs. de Kock hob gebieterisch ihr leeres Glas.

Jackson nickte. Er bewegte sich lautlos wie ein massiger Schatten zwischen den Gästen, räumte Gläser weg, füllte Neue. Er lächelte nie und schien alles zu sehen. Es dauerte etwas, ehe er mit dem Wein erschien.

»Oh, wo bleibt denn dieser Kaffir mit meinem Wein?« rief Mrs. de Kock ungeduldig.

Henrietta fing den Blick auf, den Jackson Mrs. de Kock zuwarf, und bekam eine Gänsehaut. Für Sekunden war seine Maske gefallen, und sie hatte einen Mann gesehen, der imstande war zu töten.

Ein durchscheinendes, elfenhaftes Wesen in einem fließenden, weißen Gewand, umweht von einem Schleier glänzender, champagnerfarbener Haare, schlängelte sich durch die Menge. Diamanten tropften von ihren Ohren und ergossen sich als funkelnder Wasserfall in ihren tiefen Ausschnitt. Auf ihrer Schulter saß eine Siamkatze mit blauen Augen. Als sie Duncan erspähte, glitt sie auf ihn zu. »Duckie Darling«, gurrte sie und rankte ihren zarten Körper um ihn. Ihr Blick aus halb geschlossenen, katzengrünen Augen heftete sich lüstern an seine Lippen. »Hallo, Süßer.«

»Cori, du bist blau ... «

»Veilchenblau«, lächelte Cori verklärt und küsste ihn auf den Mund. »Herrlicher Zustand.« Die Katze fauchte und schlug mit den Krallen nach ihm. »Ruhig, mein Baby.« Sie küsste die Katze.

Duncan wich ihr aus. »Halt deinen Tiger im Zaum.« Er drehte sie herum, bis sie Henrietta ins Gesicht sah. »Henrietta, das ist Cori, deine Cousine – Cori, sei artig und sag hallo zu Henrietta.«

»Hallo, das ist Sirikit, mein Baby,«, kicherte Cori. Ein dürrer, blasser

Mann tauchte hinter ihr auf, dessen enormer Schnauzer sein mageres Gesicht fast verdeckte. »Das ist mein Mann Freddy. Er macht Schuhe und scheffelt Geld.« Sie schob ihn vor.

»Guten Tag«, murmelte Freddy und senkte die Lider müde über blassblaue Augen. Sein außergewöhnlich farbenfreudiges Hemd hing lose über seine voluminösen Hosen. Er schien die Bequemlichkeit über alles zu schätzen.

»Freddy baut gerade ein Auto aus Zement«, grinste Duncan, »sein Boot ist schon fertig, und danach will er ein Flugzeug bauen.«

»Aus Zement?« Henrietta glaubte, nicht richtig gehört zu haben.

Freddy hob die Lider. »Sicher.« Er dehnte jede Silbe, wie ein texanischer Cowboy, die Aussprache jedoch war pures, hartes Schottisch. »Hervorragendes Zeugs.« Als wäre diese Anstrengung schon zu viel gewesen, senkte sich der Vorhang wieder vor seinen Blick, er sackte haltsuchend gegen eine Wand und hielt sich an seinem gefüllten Brandyglas fest. Er wirkte wie jene Bürschchen, die ihr Geld geerbt haben. Arrogant, verwöhnt, dem Alkohol zugetan.

Cori wiegte ihre Katze. »Flugzeug, Auto, sogar unser Bett, alles macht unser Daddy aus Zement, nicht wahr, meine Zuckerschnute?«

Ihre Mutter schob sich durch die Gäste. »Bring dieses Vieh weg!« fauchte sie.

»Mein Baby kommt überallhin mit«, schnappte Cori.

»Das ist eine Katze, kein Baby. Schaff dir ein Kind an, dann brauchst du keine Katze. Oder hat dein Mann nur Zement im Kopf?«

Coris Rücken wurde steif. Aber sie lächelte. »Kinder, wer will schon Kinder«, sagte sie leichthin. Doch Henrietta sah die Tränen in ihren Augenwinkeln. Eine löste sich von den gesenkten Wimpern und rollte über die Wange. Dann glitt Cori davon.

Freddy stand plötzlich neben Gertrude. Blitzschnell. Er hatte nichts Gelangweiltes, Verwöhntes mehr. »Halt dein verdammtes Schandmaul, Gertrude, sonst stopfe ich es dir!« Er schwang herum und folgte seiner Frau.

Gertrude wich zurück. »Herrje, bist du empfindlich!« rief sie. »Fürchterlicher Mensch, keine Kinderstube!« raunte sie Henrietta zu.

Er liebt seine Frau, dachte Henrietta und beneidete Cori. Lachsalven explodierten, Wortfetzen schrillten, die Reste des Essens vertrockneten auf dem Buffet. Rauchgeschwängerte Hitzefeuchtigkeit legte sich dampfig und klebrig auf ihre Lungen. Riesige Nachtfalter flatterten um die Funken sprühenden Fackeln. Ihre Schatten geisterten über die schwatzende, wogende Menge und verzerrten faunisch ihre Gesichter, deren Münder rhythmisch auf- und zuklappten. Rauchschwaden standen darüber, rosa im Widerschein der Holzkohlenglut. Sie schien als Einzige noch nüchtern zu sein. Müdigkeit rauschte in ihren Ohren, überdeckte alle Geräusche und Gefühle. Durchsichtig vor Erschöpfung, lehnte sie sich gegen die Wand. Und schlief sofort ein. Als ihre Knie nachgaben und sie an der Wand herunterzugleiten drohte, schreckte sie hoch. Mit letzter Kraft schlich sie davon und tastete sich über den stockdunklen Gartenweg.
Unvermutet stand Jackson neben ihr. Er trug eine Taschenlampe. »Zu gefährlich für Madam«, raunte er, »Schlangen. Sie schlafen nachts auf den warmen Steinen.« Er ging voran ins Rondavel und machte Licht. »Gute Nacht, Madam«, sagte er noch und war weg.
Henrietta trank einen Schluck Wasser aus der mit einem perlenbeschwerten Spitzendeckchen abgedeckten Karaffe, zog sich nur noch das Kleid über den Kopf und fiel aufs Bett.
Die Nacht senkte sich sanft, und das Schlaflied Afrikas wiegte sie in den Traum. Die Zikaden sangen, Baumfrösche flöteten ihre klare Melodie, und weit entfernt seufzte und atmete das Meer.

❖

Zu ihrem zwanzigsten Geburtstag, am ersten Januar, bekam sie von Tante Gertrude und Onkel Hans einen gelben Sonnenhut. Das Geschenk ihrer Eltern hatte sie im Koffer mitgebracht. Sie packte es aus. Ein Skizzenbuch und Aquarellfarben. Glücklich begann sie sofort eine Serie von zarten Blumenbildern.
Die nächsten Tage verschmolzen ineinander. Die Helligkeit stach ihr in die Augen, Farben zündeten ein Feuerwerk in ihrem Kopf, die Hitze versengte ihre Haut. Sie stopfte sich voll mit köstlichen, saftigen Früch-

ten aus dem Obstgarten ihrer Tante. Pfirsiche, Papayas, Melonen, Aprikosen, süß und reif, direkt vom Baum. Sonst ernährte sie sich fast nur von Salat, den sie bei Sammy, dem indischen Gemüsemann, kaufte. Jeden Tag fuhr er mit seinem kleinen Lieferwagen vor, auf dem sich die Obst- und Gemüsestiegen stapelten, hupte durchdringend und wartete auf die Hausfrauen der Umgebung.
Es war die Zeit für ein gemütliches Schwätzchen. In kleinen Grüppchen standen die Frauen in angeregter Unterhaltung, die Weißen hier und die Schwarzen dort. Sammy amüsierte Gertrudes Nachbarinnen mit Neuigkeiten und Klatsch, dem er einen intimen, Augen zwinkernden Anstrich gab, wodurch der kleine, drahtige Mann trotz seiner dunklen Haut deutlich machte, dass er eine andere gesellschaftliche Stellung bekleidete als die schwarzen Hausangestellten. Er bediente sie mit herablassender Arroganz und stets erst, wenn keine Weiße mehr wartete. Die jungen Schwarzen schien das nicht weiter zu kümmern. Fröhlich zwitscherten sie untereinander, ein Schwarm seidig brauner, buntgefiederter Paradiesvögel. Jackson, der für Tante Gertrude einkaufte, paradierte gockelnd vor ihnen herum. Er schlug sein Rad, spreizte seine Federn, neckte sie, und sie erwiderten es mit entzücktem Kokettieren hinter vorgehaltenen Händen.
Wenige Tage später bekam Henrietta entsetzlichen Brechdurchfall. Für vierundzwanzig Stunden war sie sterbenskrank. Bleich und zittrig, von dem Flüssigkeitsverlust völlig ausgelaugt, schleppte sie sich am nächsten Tag tapfer zum Mittagessen.
»Du siehst aus wie durchgekaut und ausgespuckt.« Ihr Onkel grinste. »Hast du denn Obst und Gemüse nicht desinfiziert? Das muss man hier unbedingt. Sammy und seine Kollegen düngen nämlich mit Nachterde.« Er lachte lauthals.
Etwas an seiner Art zu lachen hielt sie davon ab, zu fragen, was Nachterde war.
Aber er kannte keine Gnade. »Sammy Singh leert den Inhalt seines Plumpsklos über den Salat- und Gemüsebeeten aus«, erklärte er, »das macht den Salat so schön grün.« Er wieherte schadenfroh, als sie sich vor Ekel schüttelte.

Jackson brachte die Suppe und einen Salat. Sie war dick und von kranker, gelber Farbe. »Nun iss, Kind«, drängte Tante Gertrude, »du brauchst Flüssigkeit. Das ist eine scharfe Currysuppe, die regt den Kreislauf an. Du solltest auch viel Cola trinken und Salziges essen, das Beste nach so einem Brechdurchfall.«
Sie würgte ein paar Löffel voll hinunter. Den Salat rührte sie nicht an. Das Bild des mit Nachterde so elegant beschriebenen Inhalts des Plumpsklos stand zu lebendig vor ihren Augen. Als Hauptgang servierte Jackson zerfallenen Braten in einer öligen Soße, verbrannte Auberginenscheiben, wässrige Kartoffeln und große, bissfeste Erbsen. Es schmeckte entsetzlich.
»Jackson!« schrie Tante Gertrude und spuckte die Auberginenscheibe aus.
Als er, lässig das Geschirrhandtuch in den Gürtel gesteckt, aus der Küche hereinschlenderte, deutete sie mit ihren fettgepolsterten Fingern auf die kohlschwarzen Auberginen. »Sie sind verbrannt!«
Der massige Schwarze beugte sich über den Teller und besah die beanstandeten Auberginen interessiert. Er zeigte sich unbeeindruckt. »Das war der Herd, Madam.« Sein Ton war aufreizend ausdruckslos. »Er war zu heiß.«
Sie fuhr empört hoch. »Ach, und die wässrigen Kartoffeln und die Soße, die fast nur aus Öl besteht, war das auch der Herd?«
»O nein, Madam«, antwortete er eifrig, »das waren meine Hände. Sie haben einfach nicht rechtzeitig aufgehört, Öl zu gießen.« Ein Zucken seiner Brauen, ein fast unmerkliches Heben der Mundwinkel, und das Kinn nur eben vorgestreckt. Er war ein Meister der Körpersprache. Da stand er, den muskulösen Körper leicht nach hinten geneigt, die nackten, verhornten Füße fest auf dem Boden gespreizt, den Kopf zur Seite gelegt. Eine einzige, unverschämte Provokation.
Gertrude kochte. Ihre Blicke verhakten sich in einem Machtkampf, der Henrietta in höchstem Maße befremdlich erschien. Unterwürfigkeit hatte sie von dem Zulu erwartet und Angst. Sie sah nur Herausforderung und Spott in dem schwarzen Gesicht.
Das Verhalten ihrer Tante war jedoch viel verwirrender. Wütend und of-

fensichtlich frustriert hielt sie dem Blick aus den höhnischen schwarzen Augen nur für kurze Sekunden stand. Dann senkte sie die Lider. Der Schwarze nickte und drehte sich um und ging. Er ging einfach hinaus.
»Verdammter Kaffir«, zischte die weiße Frau in hilfloser Wut hinter ihm her, schnell und stoßweise atmend. »Hat vermutlich wieder Dagga geraucht. Hast du seine Augen gesehen? Ganz glasig, wie ein gekochter Fisch. Du könntest ja auch mal etwas sagen, Hans!«
Ihr Mann schnaubte durch die Nase. Es sollte wohl so etwas wie ein Lachen sein. »Ich denke ja gar nicht daran, du hast selbst schuld, so inkonsequent, wie du bist. Schmeiß den Kerl doch endlich raus, das hättest du schon vor Jahren tun sollen.« »Jackson hinauswerfen?« Es lag echter Horror in Gertrudes Stimme. »Er ist der beste Boy der Gegend, das weißt du. Außerdem klaut er nicht.«
»Bist du dir sicher?«
»Ich vermisse jedenfalls nichts«, wich sie aus. »Aber du musst mal wieder den Garten nach Dagga-Anpflanzungen durchsuchen.«
»Dagga?« wiederholte Henrietta, die atemlos diesem erstaunlichen Austausch gefolgt vor.
»Cannabis«, erklärte Gertrude. »Sie pflanzen es alle an. Mitten in deinem schönsten Blumenbeet findest du plötzlich ein paar gesunde, kräftige Dagga-Pflanzen.« Sie sah ihre Nichte an und lachte dann trocken. »Du hast vermutlich erwartet, dass ich Jackson auspeitsche, nicht wahr?« Und, seufzend in der Art von jemandem, der sich schon häufiger so verteidigen musste, setzte sie hinzu: »Du wirst schnell merken, dass das Verhältnis zwischen Schwarz und Weiß in Südafrika eben nicht schwarzweiss ist.« Sie aß weiter, ihre Wut wie weggeblasen.
In der Küche lärmte Jackson scheppernd mit den Töpfen. Herausfordernd, fand Henrietta. »Was hat es mit Schwarz und Weiß zu tun, wenn ein Hausdiener seine Arbeit nicht ordentlich macht und obendrein frech ist? Das lässt doch kein Arbeitgeber der Welt durchgehen!«
Gertrudes Nacken wölbte sich wie der eines sich aufbäumenden Pferdes. »Das verstehst du nicht.«
»Dann erkläre es mir doch!«
Gereizt warf die ältere Frau ihre Gabel hin. »Das ist zu komplex. Wenn

du erst einmal ein paar Jahre hier gelebt hast, wirst du wissen, was ich meine.«
Ihr Mann grinste bösartig. »Was sie meint, liebe Henrietta, ist, dass sie, wenn sie Jackson rauswirft, entweder die Hausarbeit selbst machen muss, und das wäre natürlich undenkbar. Eine weiße Madam rutscht nicht auf den Knien und schrubbt den Boden! Oder sie muss sich einen neuen Boy oder ein Girl suchen. Beides ist mühsam und stört beim Tennisspielen.«
Ein Blitz erhellte neonweiß die wütend verzerrten Züge Gertrudes. Ihre Antwort ging in krachendem Donner unter. Henrietta zuckte zusammen. Bisher waren die Tage brütend heiß gewesen, brannte eine grelle, weiße Sonne aus einem tiefblauen Himmel, ätzte alle Konturen überscharf und zog den Horizont als klaren, harten Strich.
»Hast du Angst vor Gewitter?« fragte ihr Onkel hoffnungsvoll.
Henrietta lachte. »Nein, ich liebe das Wetter hier, nur in Hamburgs grauer Einheitssoße werde ich depressiv.« Nach etwas mehr als einer Woche in seinem Haus kannte sie seine boshafte Art.
Mit großem Vergnügen brachte er andere in Verlegenheit, stellte sie bloß und machte sich dann mit einem süffisanten Lächeln über sie lustig. Es hatte ihn zu einem einsamen Mann gemacht. Die Freunde, die jeden Nachmittag auf der Veranda saßen, Unmengen von Tee tranken, Gurkensandwiches assen und diskutierten, waren Gertrudes Freunde. Sie hockte dann mittendrin, rauchend, lächelnd, mit temperamentvollen Gesten erzählend.
Die ersten harten Getränke erschienen, noch bevor die Sonne tief stand. Henrietta konnte sie bis spät in die Nacht reden und argumentieren hören. Onkel Hans war dann längst im Bett, denn das Leben auf der Farm erwachte schon mit Sonnenaufgang, und jeder Tag war hart und anstrengend.
Sie ging auf die Veranda. Der weite Himmel war schwarz, Blitze sprangen von Wolke zu Wolke, entluden sich, vielfach verästelt, mit ohrenbetäubendem Zischen in apokalyptischen Explosionen. Ihr Abbild brannte sich in ihre Netzhaut. Der Regen begann nicht langsam mit großen, sanften Tropfen, sondern unmittelbar, als wäre dort oben ein

Damm gebrochen, das Wasser fiel als dichter Vorhang herunter. Innerhalb von Minuten war aus dem Garten ein See geworden. Reißende Flüsschen stürzten sich die Gehwege hinunter, strudelten um die Wurzeln der Bäume, wuschen die rote Erde aus und trugen sie hinunter zum Meer. Ihr Onkel unterbrach seinen Streit mit seiner Frau. Er stand auf und spähte hinaus. »Hai-Wetter.«
»Hai-Wetter?« Henrietta glaubte, nicht richtig gehört zu haben.
»Hai-Wetter«, nickte er. »Die Haie jagen am liebsten nach einem großen Regen in den aufgewühlten, trüben Schlammwolken der Küstengewässer. Schwimmen ist dann viel zu gefährlich.« Streitlustig wandte er sich an Gertrude. »Das Schwimmbecken wird wieder überlaufen. Hat Jackson den Abfluss gereinigt?«
»Gesagt hab ich es ihm«, schnappte Gertrude.
»Aber hast du auch kontrolliert, ob er es gemacht hat?« »Das kannst du schließlich ja auch mal machen!«
»Jackson ist dein Hausboy!«
»Um Himmels willen, da schwimmt eine Schlange!« schrie Henrietta. Ein Blitz erhellte den Garten. »Sie ist grün, ist sie gefährlich?«
»Wenn sie grau-schwarze Flecken an der Seite hat, nicht«, antwortete ihr Onkel über die Schulter, »wenn nicht, könnte es natürlich eine grüne Mamba sein oder eine Bomslang. Sie werden von den Zuckerrohrfeldern heruntergespült. Sei vorsichtig, wenn du nachher zum Rondavel gehst.«
Das Reptil hatte sich in den frei gespülten Wurzeln des alten Jacarandasbaums verfangen und glitt, ohne die Blätter zu bewegen, hinauf in die Krone. Dort wickelte sie sich um einen armdicken Ast und zog ihre kraftvollen, geschmeidigen Muskeln zusammen. Kein noch so starker Sturm würde sie jetzt herunterschütteln. Ihre schwarze, gespaltene Zunge schmeckte die Luft ihrer Umgebung. In dem zuckenden Licht der elektrischen Entladungen sah Henrietta, wie die Schlange, offensichtlich zufrieden mit ihrem Zufallsquartier, ihren großen, stumpfnasigen Kopf in eine Schlinge ihres glänzenden, nassen Körpers duckte, der von reinem Grün war.
So abrupt, wie es begonnen hatte, fiel das Unwetter in sich zusammen. Der Sturm verzog sich grollend aufs Meer, tobte dort noch eine Weile

über dem tiefschwarzen Horizont und beruhigte sich dann allmählich. Nur gelegentlich war noch ein tiefes Rumpeln zu hören, als würde sich eine Herde Elefanten unterhalten. Die Sonne brach durch die Wolkenwand, und die Welt schimmerte unter einem Tuch von glitzernden Wassertropfen. »Afrika! Ist es nicht wunderbar?« Kleine Wasserfontänen spritzten hoch, als sie mit ein paar Tanzschritten über den überschwemmten Rasen wirbelte.
Gertrude schickte ihr einen missgelaunten Blick über den Rand ihrer Lesebrille. »Warte nur, bis die Mücken kommen.« Sie schloss die feinmaschigen Moskitotüren.
Und sie kamen, kaum dass es dunkel war. Sie erhoben sich in Schwärmen aus den Niederungen in die feuchtigkeitsgeschwängerte Luft, und sie waren furchtbar hungrig. Lüstern stürzten sie sich auf Henriettas nackte Arme und Beine. Bald war sie mit walnussgroß angeschwollenen Stichen übersät. Sie saß unter dem Vordach ihres Rondavels, versuchte ihr Englisch mit Hilfe eines Agatha-Christie-Krimis aufzupolieren. Abwesend kratzte sie sich, bis die Stiche bluteten.
Aus dem Nichts kommend stand Jackson in dem spärlichen Licht der einzelnen gelben Glühbirne. Er bückte sich, brach das dicke, fleischige Blatt einer am Boden rankenden Pflanze, deren herrliche, orchideenrosa Blüten sich zur Nacht geschlossen hatten, und quetschte ein wenig Saft heraus. Er träufelte die Flüssigkeit auf einen stark geschwollenen Stich auf ihrem Arm. Es stach, und sie zuckte zurück, aber allmählich verschwand der unerträgliche Juckreiz, ihre Haut kühlte ab. »Oh, Jackson, das ist ja fantastisch! Wie heißt die Pflanze?«
»Itch-me-not«, antwortete er todernst mit einem Funkeln in der Tiefe seiner dunklen Augen, »Juck-mich-nicht.«
»Kennst du alle Pflanzen, Jackson?«
»Yebo, Madam, alle. Und ich weiß auch um ihre Heilkräfte von meiner Großmutter. Sie war eine Sangoma. Sie konnte alles heilen und kannte viele Zauber. Sie war eine sehr mächtige Frau.«
Sie war ungeheuer beeindruckt. *Afrika!*
Der Schwarze hielt ihr ein flaches Döschen auf seiner hellrosa Handfläche hin. »Madam muss etwas gegen die Kratzer tun, sonst gibt es Na-

tal-Geschwüre. Wir nennen sie so, weil es etwas mit Natals Klima zu tun hat. Es ist heiß und feucht hier, wie in einem Gewächshaus. Wunden heilen nicht, sie eitern schnell und vergiften das Blut. Ich habe Madam ein Muti mitgebracht.«
Ehrfurchtsvoll tupfte sie sich auf jeden Kratzer ein wenig von der Salbe.
»Was ist ein Muti?«
»Unser Wort für Medizin der Sangomas.«
»Diese Creme hier? Ist das ein Rezept deiner Großmutter?«
»Nein«, antwortete Jackson, ohne eine Miene zu verziehen. »Es ist eine Antibiotikum-Salbe aus Madams Medizinschrank.« Er lachte das breite, spontane Lachen der Afrikaner, dieses herrliche Lachen, das tief aus dem Bauch kommt, dieses Geräusch schierer Lebensfreude, das Henrietta einhüllte in Wärme und Licht und das wie ein Versprechen für die Zukunft war. Das Weiß seiner Augen und die weißen Zähne leuchteten. Dann verschluckte ihn die Nacht.
Zaubermedizin und Antibiotikum friedlich nebeneinander. *Afrika!* Lächelnd schlief sie ein. Es wurde eine unruhige Nacht, denn sie hatte vergessen, die Moskitofenster zu schließen. Die Geckos an den Wänden kicherten, und ihre Bäuche füllten sich mit Mücken und wurden prall und so schwer, dass sie ihren Halt verloren und mit einem leisen Klatschen herunterplumpsten. Sie hörte sie lachen und rascheln und tat kein Auge zu. Erst die ersten heißen Sonnenstrahlen vertrieben die gierigen kleinen Insekten, und die Geckos verschwanden in Mauerritzen und hinter den Bildern und hielten ihren Verdauungsschlaf. Auch sie schlief endlich erschöpft ein.

Die laute Stimme ihres Onkels weckte sie. »Gertrude, ich hole den Fisch«, brüllte er, »Henrietta, kommst du mit zum Strand?«
Sie setzte sich auf. Zum Strand! Minuten später, die Haare noch nass von der hastigen Dusche, sprang sie zu ihm in den Jeep. Es war warm und sehr windig, und alle Farben waren klar und kräftig.
»Jeden Sonnabendmorgen kaufe ich frischen Fisch von den Brandungsbooten am Strand«, sagte ihr Onkel. »Die Jungs fahren im Morgengrauen hinaus, dorthin, wo gerade die Fische stehen, und angeln. Vom

Tuna über Barracuda und die großen Tiefseefische bringen sie alles mit.«
Sie parkten wieder unter den sturmzerfetzten Blättern der hohen, vielstämmigen Bananenstaude. Das Schild in ihrem Schatten war ihr letztes Mal nicht aufgefallen.
»Durchgang zum Strand. Nur für Weiße«, las sie laut. »Wieso nur für Weiße?« fragte sie.
»Weil Schwarze hier nicht erlaubt sind.« »Ja, aber wieso nicht?«
»Weil sie schwarz sind!«
»Aber das ist doch albern, das ist doch kein Grund!«
»Es ist das Gesetz.« Er ging rasch durch den dämmrigen Baumkronentunnel über einen ausgetrampelten Pfad den hier dicht mit blau blühenden Trichterwinden bewachsenen, steilen Dünenabhang hinunter zum Strand.
Henrietta folgte ihm. »Das klingt ja wie ›Für Hunde verboten‹!« schrie sie trotzig hinter ihm her.
Er blieb stehen. »Richtig, für Hunde ist es auch verboten. Wir haben unsere Strände, die haben ihre Strände, und lass dir gesagt sein, die sehen aus wie Müllhalden. Rede nicht diesen rührseligen Unsinn, dass alle Menschen gleich sind. Eingeborene sind primitiv und dreckig und ungebildet und lassen alles verkommen. Außerdem wollen die mit uns sowenig zu tun haben wie wir mit ihnen. Wir dürfen in ihren Reservaten auch nicht wohnen, warum sollten wir ihnen also erlauben, sich in unseren Vororten aufzuhalten?«
Für Momente erschien ihr die Sonne schwächer, die Luft kühler. »Reservate! Ich dachte, die seien nur für Tiere.«
Aus zusammengekniffenen Augen sah er sie an. »Mein liebes Kind, du begibst dich hier auf gefährliches Pflaster. Ich rate dir dringend, deine Ansichten zu ändern. Sonst bist du schnell als liberal abgestempelt und mit einem Fuß im Gefängnis.«
Ihr blieb die Luft weg. »Gefängnis? Nur für Worte?«
»Nur für Worte! Um zu verhindern, dass denen dann Taten folgen, also sieh dich vor!« Er sah auf seine Uhr. »Ich geh auf ein Bier in die Oyster Box.« Er deutete auf zwei parallele, blauschwarze Felsbarrieren, die im spitzen Winkel gegen die Brandung ins Meer hinausliefen, dazwischen

spiegelglattes Wasser. »Das ist Grannys Pool. Wir nennen es Grossmutters Schwimmbad, weil das Wasser hier flach ist und viel ruhiger als draußen. Gegen zwölf landen dort die Boote. Wir treffen uns dann.« Er musterte ihre winterweiße europäische Haut. »Pass auf, dass du nicht verbrennst, die afrikanische Sonne ist mörderisch.« Er stieg die Steinstufen vom rot-weißen Leuchtturm hinauf zum Oyster Box Hotel, das sich, flach und lang gestreckt, oben an die Dünenkrone schmiegte. Sein Schritt war schwer, sein Nacken, negerbraun mit tief eingekerbten Querfalten. Farmerhals. Immer gegen die Elemente gebeugt.
Wütend schleuderte sie einen Stein ins Meer. »Ich werd' nie so wie ihr!« schrie sie gegen das Brüllen der Brandung, »nie!« Sie lief barfuß, Turnschuhe in der Hand. Ein Röhren und Orgeln umfing sie, der starke Seewind fegte ungehindert über die weite Strandfläche, zerrte ihr die Bluse von den Schultern. Sie sah sich um. Die wenigen Menschen am Strand verloren sich in der grandiosen Weite, schmale, kleine Silhouetten in der blendenden, weißen Strandwelt. Drei Jungen angelten auf den meterhohen Felsen in der donnernden, schäumenden Gischt. Immer wieder bogen sich ihre schweren Brandungsangeln wie Flitzbogen, und ein wild zappelnder, silberglänzender Junghai landete am Strand, wo er sandpaniert langsam verendete. Sie zählte vierundzwanzig sandverkrustete Fischleichen. Mainas zankten sich lautstark um die Köderreste. Irgendwann waren die Vorfahren dieser seidig braunen Stare an Bord eines Schiffes aus Indien hier angekommen und hatten sich über das ganze Land verbreitet. Henrietta hatte sich gleich in sie verliebt. Laut und frech waren sie, mit einem angeberischen, aufreizenden Gang, und wenn es darum ging, einen Leckerbissen zu stehlen, näherten sie sich unerschrocken den Menschen bis auf kürzeste Entfernung.
Ein Kribbeln am Fuß lenkte sie ab. Ein winziger, fast durchsichtiger Fisch driftete durch das klare, handwarme Wasser und kitzelte ihre Zehen mit kleinen Bissen. Sie sank fasziniert in die Knie, das Donnern der Brandung entfernte sich und tauchte ein in eine kleine Zauberwelt.
Der winzige See zwischen den Felsen war kaum so groß wie eine Badewanne und nicht einmal so tief. Unter Wasser wuchsen seltsame Gewächse in nie gesehenen Formen und Farben. Gekräuselte Blätter in

zartem Burgunderrot, daneben Beeren in Kobaltblau und ein Haufen leuchtender Türkise in alt goldener Fassung. Wie glitzernder Sternenstaub driftete ein Schwarm mikroskopisch kleiner Jungfische im sonnendurchfluteten Wasser. Verzaubert lauschte sie dem Flüstern und Wispern der Felsen untereinander. Als sie sich aufrichtete, umfing sie wieder das Tosen der Brandung, der Wind fuhr ihr in die Haare, es roch feuchtwarm nach Seetang und Meer. Salzkristalle überkrusteten ihre Haut, machten sie heiß und rissig, ihre Finger juckten vom Nesselgift der Seeanemonen.

Die Morgensonne floss über das Meer wie flüssiges Platin. Unaufhörlich rollten die langen Wellen auf den Strand zu, der im flimmernden Gegenlicht nach Norden verschwamm, im Süden durch die Perlenkette der weißen Gebäude an Durbans kilometerlanger Strandpromenade begrenzt wurde. Die Wogenberge hoben sich, ihr Kamm wurde gläsern grün, und brachen. Donnernd warfen sie sich auf die Felsen, saugten und rüttelten gierig an allem, was darauf lebte. Wieder und wieder hoben sich die Wellen, brachen, seufzten, rollten zurück, und da kam schon die nächste. Hypnotisch.

Sie balancierte über den muschelbewehrten Grat des nächsten Felsens. In dem tiefen Felsenteich unter ihr lag ein Stapel Autoreifen versenkt. Seepocken verkrusteten die Oberfläche und hatten sie allmählich in ein Gebilde verwandelt, das dorthin gehörte. Im Kreis der Reifen, im glasklaren Wasser berührt von einem Sonnenstrahl, tanzte ein filigranes Zauberwesen einen Schleiertanz, zeitlupenlangsam. Ein Laut des Entzückens fing sich in ihrer Kehle. Es war ein kleiner Fisch, ein Rotfeuerfisch, der seine durchsichtigen Schleierflossen weit ausgefächert in der sanften Bewegung des Wassers wiegte. Er drehte sich und rüschte und kräuselte seinen Flossensaum, zog die Schleier über die Augen und flirtete wie eine Flamencotänzerin. So wiegte er sich allein und selbstvergessen in seinem kleinen Universum, unberührt von der lauten, gefährlichen Welt hinter der Felsbarriere. Ihr stiegen die Tränen in die Augen. Ihr Paradies. *Tanze, mein Prinzchen, tanze!*

Angezogen von den wehenden Flossen, schwamm ein winziger Jungfisch neugierig näher. Die hervorstehenden Augen des Tänzers rollten nach

vorn, erfassten das Fischchen, und blitzschnell schnappte er zu und verschluckte ihn, schlug eine anmutige Kapriole und tanzte ungerührt weiter, die Giftstacheln auf seinem Rücken« weit gespreizt.
Afrika! Fressen oder gefressen werden. Sie schlenderte in den auslaufenden Wellen in Richtung Granny's Pool. Auf dem nassen, glänzenden Sand blieb, von einer Wellenzunge dorthin getragen, eine daumengroße, kobaltblaue Qualle zurück, durchsichtig wie aus hauchfeinem Glas geblasen, exquisit anzusehen. Die nächste Welle hob sie an, spülte sie an ihren Fuß. Meterlange Tentakel schlangen sich um ihren Knöchel, stachen sie wie tausend Nadeln. Sie schrie auf vor Schmerz und schleuderte die Qualle weg. Zornig rote Quaddeln begannen auf ihrer Haut zu sprießen. Vor ihr lief ein Kleinkind, nüsschenbraun mit kupfergoldenen Locken, und griff juchzend nach einem dieser Teufelsdinger. »Nein!« schrie sie und riss das Kleine weg. »Nein!«
Und da war schon eine junge Frau mit kupfergoldenem Lockenkopf und nahm das Kind in den Arm. »Danke«, lächelte sie. Ein bezauberndes Lächeln mit gekrauster Nase und tanzenden Sommersprossen auf honigfarbener Haut. »Ich hatte nicht gemerkt, dass der Wind gedreht hat. Es ist Bluebottle-Wind, da muss man aufpassen.«
»Bluebottle-Wind?«
Die junge Frau, kaum älter als sie selbst, hielt ihr Baby locker auf der Hüfte und strich ihm die nass geschwitzten, kupfernen Locken aus dem Gesicht. Ihre Bewegungen waren graziös. An ihren Fingern funkelten mehrere Ringe, ein erbsengroßer Diamant schoss weiße Blitze. »Ja, immer bei Nordoststurm werden die Bluebottles angeschwemmt. Für Samantha hier könnten sie tödlich sein. Sehr junge oder alte, schwache Menschen können schnell einen Kreislaufkollaps bekommen.« Ihr Blick streifte Henriettas Fuß. »Oje, das muss weh tun. Hast du Antihistamincreme da?«
Henrietta lächelte hilflos. »Ich weiß nicht einmal, was das ist.«
»Komm, ich reibe dir das ein.« Wieder dieses strahlende Lächeln. »Ich heiße Florentina, von Florenz. Meine Eltern haben dort ihre Flitterwochen verbracht.« Sie lachte auf, ihre grüngesprenkelten braunen Augen sprühten, »ich kann wohl froh sein, dass sie nicht nach Paris gefahren sind. Wer es mit mir verderben will, nennt mich Flo, meine

Freunde nennen mich Tita, und das ist meine Tochter Samantha. Bist du auf Urlaub hier?«

»Nein, ich bin richtig eingewandert. Ich heiße Henrietta.« Sie folgte ihr in den Schatten eines großen, geblümten Sonnenschirms.

»Eingewandert? Wie aufregend! Von wo?«

»Deutschland, Hamburg – das ist oben in Norddeutschland.«

»Klingt kalt«, lachte die junge Südafrikanerin.

»Das ist es auch. Kalt und grau, zumindest sehr oft.«

Eine gemütliche, dicke schwarze Frau, rosa Arbeitskittel mit passendem rosa Kopftuch, setzte zwei schwere Papiertüten unter dem Schirm ab und nahm die juchzende Samantha in den Arm.

»Gladys, hast du alles bekommen?«

»Ja, Madam, alles.« Aus einem Picknickkorb nahm sie ein schneeweißes Tischtuch und deckte, den Korb als Tisch benutzend, eine kleine Tafel, komplett mit Silberbesteck und Porzellanteller.

Tita machte eine einladende Handbewegung. »Leiste mir doch Gesellschaft beim Lunch. Du kannst mir von Hamburg erzählen und warum du ausgewandert bist. Mein Mann Neil ist Journalist, vielleicht kann er eine Geschichte über dich schreiben.«

Draußen auf dem Meer tauchten mehrere winzige Motorboote auf. Sie kamen aus dem blendenden Licht, tanzende Schemen in der grellen Helligkeit. Eine Menschentraube sammelte sich um Granny's Pool. Auf den Treppen des Oyster Box Hotels erschien auch schon Onkel Hans.

»Ich würde wirklich sehr gern bleiben, aber mein Onkel wartet, er will ein paar Fische von den Brandungsbooten kaufen.«

»Schade.« Tita wühlte in ihrer Strandtasche. »Hier, meine Nummer. Ruf mich an, dann treffen wir uns bei mir zum Tee. «

Einfach so. Wie leicht war hier alles, wie freundlich die Menschen! Das Gefühl berauschte sie. Schnell schrieb sie die Telefonnummer der Farm auf und gab sie der neuen Freundin.

»Oh, die kenne ich, das ist Carla Tresdorfs Nummer – du musst die Cousine aus Deutschland sein?« Fragend hob Tita die Brauen.

»Stimmt, das bin ich.« Jeder schien hier jeden zu kennen! »Wie interessant. Ruf mich gleich am Montag an.«

Glücklich lief Henrietta den Strand hinunter zu Granny's Pool. Sie drehte sich mehrfach um und winkte, bis sie die beiden nur noch an ihren kupfergold glühenden Haarschöpfen erkennen konnte. *Bluebottle-Wind. Das vergesse ich nie mehr, ganz sicher nicht.*
Weit draußen, in der langen Dünung des Indischen Ozeans, kreisten die Boote hinter der Brandung, eins löste sich aus dem Kreis und ritt auf dem Kamm der Welle auf die Küste zu. Im Bug stand ein Mann in der Pose eines Gladiators in seinem Streitwagen. Er trug, wie sein Partner im Heck, eine signalorangefarbene Schwimmweste. Am Eingang von Granny's Pool schwang das Boot in eine scharfe Linkskurve, pflügte ein paar Meter gefährlich quer durch die Brecher. Die Menschenmenge um sie herum wich zurück, jemand zog sie von der Wassergrenze zur Seite. Pfeilschnell, mit brüllenden Motoren schoss das Boot durchs flache Wasser, bohrte sich mit dem Bug in den Sand, wo sie eben noch gestanden hatte. Die Menge schloss sich sofort um das Boot.
»Hallo, Bill!« brüllte Onkel Hans, »was Anständiges dabei?« Bill, Mitte Dreißig, tiefbraun gebrannt, struppige hellblonde Haare, Stiernacken, mächtige Armmuskeln, klatschnasses T-Shirt über Jeans, die kniekurzen Hosenbeine ausgefranst. Ein Klotz von einem Mann. »He, Hans, Snoek haben wir heute und ein paar ›Cudas‹.«
»Leg mir zwei schöne Snoeks beiseite!«
»Okay, Mann!« Er und sein Partner, ebenso kräftig und ebenso blond, zogen das Boot mit einem Jeep weiter auf den Sand.
Ein paar halbwüchsige Jungen sprangen ins Boot, eine einfache Kunststoffschale mit zwei riesigen Motoren, und bewunderten die aufgetürmten Fischleiber, keiner davon kleiner als ihr Arm.
»Mann, sieh dir das mal an!«
Ein flachsblonder, braungebrannter Bengel mit einem verwegenen Grinsen stemmte einen Thunfischkopf hoch, dessen Körper hinter der Brustflosse abgerissen war. Mit einem Durchmesser von mindestens vierzig Zentimetern und einer Länge von einem halben Meter war der Kopf für den Jungen fast zu schwer. »Was ist passiert, Bill?« ächzte er.
»Hai hat ihn erwischt.« Bill schien von der wortkargen Sorte.
Ein Hai? Henriettas Augen flogen zurück zu den Überresten des riesigen

55

Thunfischs, und jetzt erkannte sie auch deutlich die ausgezackten Zahnspuren.
»Ein Hai hat ihn einfach durchgebissen? Gibt es hier viele Haie?« Ihre Stimme stieg.
»Oh, es wimmelt von ihnen da draußen.«, antwortete ihr Onkel. Er grinste auf eine Weise, die ihr gar nicht behagte. »Erst kürzlich haben Fischer einen Zweitausendpfünder gefangen.«
Ihr sackte das Blut in die Beine. »Zweitausend Pfund? Tausend Kilo! Der muss ja so groß wie ein Rhinozeros gewesen sein!« Eine Gänsehaut prickelte auf ihren Armen. *Haie! Afrika!*
»Oh, mindestens!« Er zog einen schlanken Fisch mit tiefblau glänzendem Rücken am Schwanz hoch. »Der ist auch für mich, Bill.«
Dieser holte ein paar Bier und eine Cola für Henrietta. Dankbar kühlte sie ihre mittlerweile glasig angeschwollenen, infernalisch juckenden Finger an der eiskalten Coladose. Der Blasenkranz um ihren Knöchel, da wo die Bluebottle sie erwischt hatte, stach, als attackiere sie jemand mit glühenden Messern, ihre Schultern brannten.
Bill wog die Fische, die sich Hans ausgesucht hatte, einzeln mit einer Handwaage und nannte nach kurzem, angestrengtem Kalkulieren mit ausdrucksvoller Mimik den Preis.
»Bill, der ist nie und nimmer neun Pfund! Meine Tochter war acht Pfund bei der Geburt, und die war größer!« protestierte Hans.
»Eh«, machte Bill und inspizierte die Waage. »Mann, Donnie!« schrie er dann ohne jede Verlegenheit, »das ist die Touristenwaage, du Idiot, hol mir die richtige!« Sechs Pfund wog der Fisch dann.
Hans Tresdorf grinste zufrieden und wischte sich mit dem Handrücken den Schaum vom Mund. »Du hast Sonnenbrandblasen«, bemerkte er mit einem Blick auf Henriettas Schultern. »Ich hab dich gewarnt. – Nun, wer nicht hören will, muss fühlen«, setzte er hinzu, und sie hörte das ferne Echo ihres Vaters, »dann sitzt die Lektion wenigstens. Geh heute nicht mehr in die Sonne.«
»Das wird leicht sein.« Bill zeigte aufs Meer hinaus. Am äußersten Horizont, über dem Mosambik-Strom, stand klar abgegrenzt eine blauschwarze Gewitterwand. Blitze zuckten dramatisch. Eine gleißende,

weiße Sonne verwandelte das Meer davor in flüssiges Blei. Er beschattete seine Augen. »Das kommt rüber.«

Die anderen Brandungsboote jagten in schneller Folge über die Wellenkämme und landeten knirschend auf dem Sand, verfolgt von der Gewitterfront, die hinter ihnen wie ein schwarzer Vorhang über den Himmel zog. Die erste Sturmböe fegte übers Meer und wirbelte Sonnenschirme über den Sand, peitschte die Palmen bis zum Boden. Wellen türmten sich zu Bergen, der Schaum auf ihren Kämmen flog wie sturmzerfetzte Fahnen.

»Henrietta! Komm, wir müssen los, sonst schwimmen wir weg!« Onkel Hans eilte über den leer gefegten Strand, die drei Fische trug er an den Kiemen zusammengebunden.

Und dann öffnete sich der Himmel. Wie ein Wasserfall stürzten die Regenmassen herunter. Die Welt wurde silbrig, die Sichtweite betrug keine zehn Meter. Köstlich kühl rann die Nässe über Henriettas verbrannte Haut. Irgendwo hinter dem Regenvorhang ertönte eine Autohupe. Sie lief durch ihn darauf zu, fühlte sich unsichtbar, seltsam geschützt, wie in einem Kokon. Sie lief, den Kopf in den Nacken geworfen, und wäre am liebsten immer weiter gelaufen, weiter, die Küste Afrikas entlang, gen Norden, bis ans Ende im Irgendwo.

Doch Onkel Hans hupte noch einmal, lang und anhaltend. »Wo bleibst du denn?« fuhr er sie wütend an, als sie endlich, durch die tiefen Pfützen watend, das Auto erreichte.

Das ohrenbetäubende Hämmern des Regens auf dem Autodach jagte ihren Herzschlag hoch. Sie duckte sich unwillkürlich. Knietief strudelte das Wasser die abschüssige Straße hinunter, abgerissene Zweige und Blätter, Schlamm und kleinere Steine türmten sich rasch zu einem Damm vor den Jeep.

»Sieh dir das an!« brüllte ihr Onkel, »nun muss ich uns erst wieder freischaufeln. Nächstes Mal komme sofort, wenn ich dich rufe!« Fluchend, knallrot im Gesicht, schaufelte er das angeschwemmte Treibgut vor dem Jeep weg.

Sie hörte ihn nicht einmal. Das Naturschauspiel da draußen, das Wilde, Ungezügelte dieses Landes nahm sie restlos gefangen. Giftschlangen, Haie,

Raubtiere, glühende Farben, nichts war sanft und gemäßigt, nichts verwaschen und grau. Die Natur prunkte und prahlte, schleuderte Blitze, versengte das Land mit Sonnenstrahlen wie aus Feuer, ertränkte es in Wolkenbrüchen von sintflutähnlichen Ausmaßen. Sie entfaltete sich in ihrer ganzen gewaltigen Herrlichkeit, und nachts hüllte sie sich in ein blausamtenes Tuch, so weich, so sanft, dass alle Kreaturen Frieden fanden. *Hier weiß ich, dass ich lebendig bin.* Ihr Herz floss schier über. Die verbrannte Haut ihrer Schultern hatte mittlerweile große, pralle Blasen gezogen, die Kniekehlen schmerzten infernalisch. Aber sie fühlte sich wunderbar und lebendig, voll überschüssiger Energie. Etwas Unbeschreibliches lag hier in der Luft, in dieser herrlichen, sammetweichen süßen Luft, die sich so leicht atmete und wie prickelnder Champagner schmeckte.
Dann war es plötzlich vorbei. Die Sonne brach durch, und die Erde dampfte. Die Dächer der Häuser glänzten wie mit Hochglanzlack überzogen, an den Pflanzen zitterten Milliarden funkelnder Regentropfen. Für einen Moment war es ganz still, ohne einen Laut, ehe ein Baumfrosch, stockend zuerst, sein klares Lied anstimmte. Nach und nach fielen Hunderte in dieses Flötenkonzert ein, und die Luft vibrierte mit ihrer Lebensfreude.
»Steig ein«, befahl ihr Onkel schwankend. Sein Atem roch stark nach Bier und Whisky, seine Augen waren gerötet und glasig. Offensichtlich war er sturzbetrunken. Mit schleuderndem Heck jagten sie davon. »Hoppla!« brüllte er und wieherte.
Kurz vor der Farm zerplatzte mit saftigem Platsch eine große, geflügelte Ameise auf der Windschutzscheibe und hinterließ einen buttrigen, schmierigen Klecks, die hauchzarten, silbrigen Flügel blieben kleben. »Verflucht, die Termiten schwärmen!« Onkel Hans warf den Scheibenwischer an. Er zog eine milchige Spur. Dann regnete es Termiten. Bald blieben die Wischer knirschend stehen, und es wurde dunkel im Auto. Der Jeep rumpelte auf die matschige Böschung der Einfahrt und legte sich schräg. Sie stiegen aus. »Der Swimmingpool wird schön aussehen«, knurrte Onkel Hans, zusehends nüchterner. Er behielt recht. Auf der Wasseroberfläche des Schwimmbeckens schwappte eine zusammenhängende Decke von mehreren Zentimetern der Insekten. »Jackson!« brüllte er.

Wie es seine Art war, stand dieser plötzlich neben ihnen. Nach einer halben Stunde trug er drei große Eimer mit Termiten weg. Hans Tresdorf zertrat ein paar Übriggebliebene. »Ich hasse diese gierigen kleinen Bastarde«, sagte er mit Inbrunst, »sie fressen uns das Haus unterm Hintern weg. Letztes Jahr haben sie einen riesigen Kaffirboom umgelegt, der uns die großen Fenster zertrümmert hat. Hat mich ein Vermögen gekostet.« Hinten im Garten knatterte ein Feuer wie Maschinengewehrschüsse. Er lauschte. »Der frisst die wie geröstete Erdnüsse«, murmelte er.
»Jackson isst die Termiten?« Henrietta traute ihren Ohren nicht.
»Ja, mit Salz und Pfeffer, sehr nahrhaft, Protein, weißt du.«
Zu ihren Füßen lagen die zertretenen Insektenleiber, zartgelb, von buttriger Konsistenz, einige wanden sich noch in Todeszuckungen. Mit Salz und Pfeffer! Ein bisschen viel Afrika?

Zweites Kapitel

Sonntags lastete eine Hitzedecke über dem Land und erstickte jedes Geräusch. Henrietta döste im Schatten der Bougainvilleae. Ihre Gedanken trieben im Niemandsland zwischen Schlaf und Tagtraum, flogen hin und her zwischen den Kontinenten. Hinter ihren geschlossenen Lidern drehte sich ein Kaleidoskop von Bildern, und sie versuchte eine Verbindung von dem kalten, grauen Land, das sie erst vor so kurzer Zeit verlassen hatte, zu der Hitze und den prangenden Farben ihrer neuen Umgebung herzustellen, noch immer nicht sicher, welches ihre Wirklichkeit war.
Das Telefon klingelte in der Tiefe des hitzedämmrigen Hauses, und Jacksons raue, schläfrige Stimme drang in ihr Bewusstsein. »Miss Henrietta!« Sie richtete sich auf. Das Oberteil ihres knappen Bikinis rutschte, blitzschnell bedeckte sie sich mit einem Handtuch. »Man darf sie nicht reizen, denk dran«, lautete die Anweisung von Tante Gertrude, »es sind und bleiben Wilde.«
Das schwarze Gesicht über ihr war ohne jegliche Reaktion. Er reichte ihr das Telefon. »Wir holen dich um halb drei ab«, flötete Glitzy durch das Rauschen einer schlechten Verbindung. »Bis dann.« Eine dreiviertel Stunde später schoss sie am Steuer eines kleinen buckligen Autos rasant die Auffahrt hoch, enthusiastisch verfolgt von einem zähnebleckend grinsenden George.
Henrietta sprang auf den Beifahrersitz. »Wohin fahren wir?« »Virginia, Duncan wartet schon auf uns«, erklärte ihre Freundin und überholte einen ausgeklapperten alten Straßenkreuzer, der, überquellend von schwarzen Menschen, regelmäßig mit dem Chassis auf der Straße aufschlug und jedes Mal eine Funken sprühende Spur zog. »Kafferntaxi«, fauchte Glitzy und hupte wütend.

Henrietta schwieg betreten und sah hinaus. Üppig wucherndes Grün, weiße Häuser in blumengefüllten Gärten, dazwischen die Brandung. Dann bogen sie nach links ab. Bevor sie begriff, wo sie sich befanden, parkte Glitzy schon vor einer niedrigen Halle, stieg aus und lief auf ein kleines, einmotoriges Flugzeug zu.
»Hallo, Henrietta, Mummy wartet schon mit dem Tee!« Duncan schwang sich breit grinsend von einem Flügel herunter. Er bot, ganz in Weiß, einen eleganten Anblick. »Willkommen an Bord.«
Ein Flugzeug? »Ich verstehe nicht, wo wohnt ihr denn?«
»Nördlich von hier. In Zululand. Es ist zu umständlich und heiß mit dem Auto. Mummy vergisst immer irgendetwas beim Einkaufen, und wenn der Zucker alle ist, gibt es keinen Laden in der Nähe. Deswegen hat Daddy das Flugzeug angeschafft.«
»Ihr *fliegt* nach Durban, nur um Zucker zu kaufen? «
Glitzy lachte und rückte ihren toupierten, lackierten Haarturm zurecht. »Na klar, man kann schließlich nicht verlangen, dass wir Tee ohne Zucker trinken. Komm, steig ein.«
Henrietta versuchte zu verkraften, dass es hier Leute gab, die da, wo sie Fahrrad fahren würde, ein Flugzeug benutzten. Welche Dimensionen! Vor ihren Augen tauchte das stolze Gesicht von Papa auf, als er mit dem himmelblauen, gebrauchten Volkswagen nach Hause kam. Ein Flugzeug! Sie zog ihren engen Rock hoch und kletterte die dreistufige Metallleiter hinauf, und dann rasten sie mit dem durchdringenden Geräusch eines attackierenden Wespenschwarmes die Startbahn hinunter. Die kleine Maschine drehte die Nase nach Norden und folgte in etwa fünfhundert Metern Höhe der Küstenlinie. Links sattgrünes, hügeliges Land, rechts tiefblaues Meer mit weißen Schaumkronen. Glitzys endloser Redestrom spülte über sie hinweg, sie hörte ihr kaum zu, so sehr faszinierte sie die lichterfüllte Welt, in der sie schwebten. Unter ihnen tauchte ein breiter grellweißer Strand auf. Dichter grüner Busch wucherte bis auf den Sand.
»Tongaat Beach«, deutete Glitzy hinunter, »Indergebiet.«
»Indergebiet? Heißt das, dass Weiße dort nicht schwimmen dürfen? Wie schade, es ist ein wunderschöner Strand.«

»Welch eine eigenartige Frage!« sagte Glitzy verblüfft. »Von dieser Seite habe ich das nie betrachtet. Inder müssen Tongaat Beach benutzen. Inder dürfen nicht an unsere Strände. Ich nehme an, dass Europäer an ihren Strand dürfen. Aber wer will schon mitten in einem Haufen indischer Bälger am Strand liegen? Einzeln habe ich ja nichts gegen sie, aber sie treten immer in Horden auf. Entsetzlich, der Dreck und Lärm und alles.«
Henrietta sah hinunter. Der Strand, der sich schimmernd in der Ferne auflöste, lag friedlich und vollkommen menschenleer bis auf zwei einsame Fischer dort, wo die Wellen den Sand leckten. »Glitzy, es ist fast kein Mensch da unten!«
Ihre Freundin zuckte eigensinnig mit den Schultern. »Ich sag' dir, wenn die kommen, kommen sie in Horden, das weiß doch jeder.«
Sie stiegen höher und flogen landeinwärts über die blaugrünen Hügel Zululands. Hie und da waren größere Flächen gerodet, und strohbedeckte, halbkugelförmige Hütten wuchsen in einem Hexenkreis wie Pilze aus der roten Erde.
Afrika! Henrietta seufzte glücklich.
»Zulu-Kral!« Duncan stellte die Maschine auf den Kopf und stieß hinunter wie ein Falke auf der Jagd. Der Motor heulte, und die Erde kam in alarmierender Geschwindigkeit näher. Als er Henriettas panischen Ausdruck sah, lachte er und fing das Flugzeug in einer flachen Kurve knapp hundert Meter über einer solchen Siedlung ab. Winzige Spielzeuggestalten kamen aus den Hütten gerannt. Duncan grüßte mit wackelnden Tragflächen. »Die Familie arbeitet für uns, ich kenne sie alle.« Dann zog er hoch in das endlose Blau des Himmels, und ihr Magen fand seinen angestammten Platz wieder.
Wenige Minuten später landeten sie auf einer roten Sandpiste im Busch. Brütende Hitze schlug ihnen entgegen, kein Lüftchen rührte sich hier, weit vom Meer entfernt, und kein Dunstschleier milderte die brennende Sonne. Sie stiegen um in einen Jeep, die offene Ladefläche nur geschützt durch ein Sonnendach aus Segeltuch. In rascher Fahrt verfolgten sie einen schmalen holprigen Sandweg, der sich durch die Zuckerrohrfelder wand. Aus einer Haarnadelkurve heraus öffnete sich die Landschaft, sie

befanden sich am Fuß eines lang gezogenen Hügels. Er war geformt wie eine gigantische Endmoräne, auf dessen höchstem Punkt ein rosafarbenes Haus stand. Säulen trugen das Eingangsportal, und Dutzende kleiner Türmchen und Erker überzogen bizarr seine Fassade wie Seepocken einen Felsen. Der Effekt war pures Hollywood.
Glitzy verfolgte Henriettas Blick und kicherte. »Daddy konnte sich nicht zwischen einem Schloss und einem Südstaatenlandsitz entscheiden. Weißt du, so wie Twelve Oaks. So hat er beide kombiniert. Außerdem war er mal auf den Bermudas, da sollen alle Häuser rosa sein. Als junger Mann ist er durch die ganze Welt gezogen, ich denke, wir können noch von Glück sagen, dass er unserem Haus kein vergoldetes Pagodendach verpasst hat.«
Ein weißgekleideter Schwarzer öffnete ihnen das weißlackierte Portal. »Miss Glitzy, Master Duncan – Madam wartet schon.«
»Hallo, Nelson, ist Daddy auch da?« Nelson nickte, und sie stöhnte. »Dann gibt es heute Abend wieder Kudu. Ich hasse Kudu! Daddy hat eine Wildfarm«, erklärte sie, »die alten Tiere schießt er ab, und wir müssen sie essen, zäh und faserig, wie sie sind.«
Die Eingangshalle war hoch und kühl und hell. Hohe Räume, hohe Fenster, zu tiefem Honiggold polierte Möbel, das Parkett eine Schattierung heller. Überall in Silberkübeln verschwenderische Blumensträuße in zarten Pastellfarben. An der Stirnseite öffneten sich hohe Glastüren auf die Terrasse zu einem atemberaubenden Blick. Über sanft gewellte Rasenflächen, über die Kronen von blühenden Bäumen hinaus auf das weite, sonnenbeschienene Land. Henrietta war beeindruckt. »Wo endet euer Land?«
»Da hinten, irgendwo hinter den Hügeln.« Die Hügelkette begrenzte den Horizont.
»Himmel«, flüsterte die junge Deutsche überwältigt, »ein Königreich!«
Unter der breiten, flachen Krone eines uralten Jacarandas, die das Sonnenlicht zu einem goldgesprenkelten Grün filterte, saß eine Gruppe Menschen. Für einen Moment glaubte Henrietta, in ein Gemälde von Renoir zu treten. In zierlichen Korbsesseln saßen drei Damen in fließenden, gerüschten Kleidern aus spinnwebfeiner, geblümter Seide, vollendet mit kurzen Handschuhen und breitkrempigen Sonnenhüten aus gesteif-

tem Organza mit Stoffblumenbouquets. Sie schienen aus einem anderen Jahrhundert zu stammen, hätten besser in einen sanften englischen Garten gepasst als in diesen kraftstrotzenden, farbenfreudigen hier unter der afrikanischen Sonne. In ihrer Mitte ein Herr in heller Tropenkleidung. Man las und unterhielt sich. Als sie der jungen Leute gewahr wurde, erhob sich die weißhaarige Frau neben ihm. Sie war von mütterlicher Gestalt und streckte Henrietta beide Hände entgegen. »Du musst Henrietta Tresdorf sein, willkommen. Ich bin Melissa Daniels.«
Henrietta sah hinunter in die blauen, lächelnden Augen und fühlte sofort Zuneigung zu dieser Frau. »Guten Tag, Mrs. Daniels, vielen Dank für die Einladung.« Sie überreichte ihr einen Biedermeierstrauß aus rosa Röschen in einer Manschette von tiefgrün glänzenden Anthurienblättern. Er stammte aus Gertrudes geheiligtem Rosenbeet. Blumenläden schien es in diesem Land nicht zu geben.
Melissa Daniels lächelte mit großem Charme. »Bitte nenne mich Melissa.« Sie nahm die Rosen entgegen. »Wie entzückend von dir, ich liebe Rosen! Nun komm, meine Liebe, lerne die Familie kennen. Dirk, das ist Henrietta Tresdorf, mein Mann Dirk.«
Die Aura des wahren Mannes umgab Dirk Daniels, des Eroberers, der seine Liebste auf dem Rücken eines feurigen Rappens davonträgt. Groß und massig, saß er zurückgelehnt in dem Korbstuhl, die Beine breit und fest auf dem Boden. Die Ähnlichkeit mit seinem Sohn lag in den hellen Augen und dem kantigen Kinn. Aber das war auch schon alles. Duncan erschien schmal und elegant gegen die imposante Figur seines Vaters, fast zierlich. Es fiel ihr schwer, diesen Mann mit den eleganten, femininen Räumen des Hauses in Beziehung zu bringen.
Er erhob sich. »Guten Tag, kleine Lady«, lächelte er. Sein dichtes Haar war eine schlohweiße Mähne, die Haut tiefbraun gegerbt. Der zu seinen Füßen kauernde riesige, löwengelbe Hund spannte die Muskeln, hob den Kopf von den Pranken und knurrte –, leise, aber die Warnung war unmissverständlich. »Ruhig, Simba«, befahl Mr. Daniels. Der Hund verstummte, fixierte sie aber unverwandt mit seinen Bernsteinaugen. »Nur keine Angst vor Simba zeigen, kleine Lady. Angst riecht er, das löst Aggressionen in ihm aus.«

Etwas in seinem Ton und in seiner Haltung bewirkte, dass Henrietta sich wieder wie ein kleines Mädchen fühlte, und es verdross sie. Melissa führte sie zu den zwei älteren Damen. Ängstliche, ältliche, verknitterte Gesichter wandten sich ihr zu, unberührt von der Sonne, ähnlich wie ein Ei dem anderen. »Meine Cousinen, Mary und Arm Deare. Sie sind für eine Weile zu Besuch aus Schottland gekommen.«
Die breitkrempigen Hüte wippten auf und nieder. »Wir freuen uns, Ihre Bekanntschaft zu machen«, wisperten Mary und Arm mit hohen, dünnen Stimmchen. Simbas bernsteingelber Blick löste sich von Henrietta und glitt hinüber zu ihnen. Er ließ sie theatralisch erschauern, und sie drückten sich tiefer in ihre Korbsessel.
Ein flaches Klatschen lenkte Henriettas Aufmerksamkeit in den tiefen Schatten des alten Jacaranda. Zusammengekauert hockte ein uralter Mann mit einer Fliegenklatsche in der Hand in einem kunstvollen Korbstuhl.
»Das ist Pops, Mummys Vater«, flüsterte Glitzy, »sieh dich vor, er ist bissig und hat heute noch nicht gefrühstückt.« Sie kicherte.
»Henrietta«, stellte Melissa vor, »das ist mein Vater, Angus Ferguson. Sprich etwas lauter, er ist ein wenig schwerhörig.« »Nur, wenn es ihm passt«, murmelte Glitzy ungezogen.
Henriettas Augen gewöhnten sich an das Dämmerlicht unter den herabhängenden Zweigen. Der Mann, den sie Pops nannten, war klein und vertrocknet. Seine Knochen schienen nicht mit Fleisch gepolstert zu sein, ein Skelett, das von einer bräunlich-vergilbten Pergamenthaut überzogen war. Er war völlig kahl, aber ein grauweißer, struppiger, an den Enden gelblicher Schnurrbart hing wie ein Vorhang über seinen Mund und die untere Gesichtshälfte. Das einzig Lebendige an ihm waren seine Augen. Jettschwarz, funkelten sie wie polierte Steine tief in den Augenhöhlen. Er hatte etwas von einem Faun, einem boshaften, durchtriebenen Waldgeist. Die Fliegenklatsche hielt er locker quer über seine Knie gelegt.
»Pops«, sagte Melissa mit ihrer sanften Stimme, »das ist Henrietta Tresdorf Sie ist die Nichte von Hans Tresdorf.«
Diese Augen! Sie bohrten sich in die ihren, es lag kein Willkommen

darin, keine Freundlichkeit dem Gast gegenüber. »Guten Tag, Mr. Ferguson«, sagte sie und versuchte ein Lächeln. Nichts. Nur dieser Blick, der sie abtastete. Hilfesuchend drehte sie sich zu ihrer Freundin um, als Angus Ferguson endlich antwortete. »Was sind Sie? Eine Hunnin, eine Deutsche?« Seine Stimme klang heiser und verschleimt, aber überraschend stark für den ausgezehrten, alten Mann. »Ich hasse alle Hunnen – ihr seid alle Nazis – ihr habt meinen Sohn ermordet.« Blitzschnell, wie die vorgeschleuderte Zunge eines Chamäleons, zuckte seine Hand mit der Fliegenklatsche und ein kleiner, gelber Schmetterling fiel zerdrückt auf den Boden. »Ich hasse Gelb«, kicherte Pops, »dummes Tier.« Als hätte er sie geschlagen, stand sie wie angewurzelt, konnte keine Worte finden. Niemand sprach. Der kleine Falter verendete. Sie hob ihn vorsichtig hoch. »Er ist tot«, flüsterte sie, »warum? Es war doch nur ein kleiner Schmetterling, der niemandem etwas zuleide getan hat.«
»Ach, Mitleid hat sie mit einem Tier«, höhnte der Alte, »wo war denn dieses Mitleid, als ihr die sechs Millionen Juden vergast habt – oder wollen Sie mir erzählen, dass es nur drei Millionen waren?«
Sie fuhr zurück. Dass seine Stimme so hart und schneidend aus diesem vertrockneten, zusammengeschrumpften Körper kommen konnte!
Sie blickte in die Runde. Niemand kam ihr zu Hilfe. Was machte den alten Mann, dieses vertrocknete Bündel Mensch, so mächtig, dass sich alle hier vor ihm duckten, selbst der imposante Dirk Daniels? Sie richtete sich auf, verschränkte die Arme, stand breitbeinig da, das Feuer der Jugend in ihren Augen. »Was werfen Sie mir vor, Mr. Ferguson? Ich bin zwanzig Jahre alt, bei Kriegsende war ich knapp fünf Jahre. Ist die Schuld erst getilgt, wenn die Kriegsgeneration ausgestorben ist? Wir werden ein neues Deutschland aufbauen, eines, in dem solche Greuel nie wieder geschehen können. Im Übrigen kamen die Hunnen aus Ostasien, nicht aus Deutschland!«
Der Alte schlug zornig mit der Fliegenklatsche auf den Tisch. Eine blauschwarze Schmeißfliege blieb verkrümmt liegen. »Deutschland, was ist das? Ihr seid doch nur ein Kunstgebilde mitten in Europa, wo jeder Straßenköter seine Marke hinterlassen hat«, höhnte er und ließ wieder sein heiseres, keuchendes Lachen hören. »Eure Generation ist von Nazis

geboren und von Nazis erzogen. Wie wollt ihr ein neues Deutschland aufbauen?«
Sie hielt seinem Blick stand. »Wir sind wachsam und lassen nicht zu, dass es je vergessen wird!«
Gehässig verzog er seine Lippen. »O ja, aus der Entfernung von ungefähr achttausend Meilen, denn Sie sind ja hier und nicht dort. Sie haben es sich leicht gemacht, Sie sind weggelaufen. Feigling!«
Sie wich vor ihm zurück. *Weggelaufen! Es stimmte.* Sie wollte der Scheinheiligkeit, der muffigen Enge entkommen. Und bei jedem, der über fünfunddreißig war, fragte sie sich unwillkürlich, was er wohl getan hatte in diesen entsetzlichen Jahren von 1933 bis 1945. Sie blickte in glatte, satte Gesichter und sah dahinter die Gesichter der Konzentrationslagerinsassen. Sie hörte in der Schule über die Experimente an Häftlingen und bekam Angst, zum Arzt zu gehen. Ihren Traum Afrika vor Augen, entschied sie, unbehelligt von anderer Leute Vergangenheit durch ihr Leben zu gehen. Ihre eigenen Erfahrungen sollten ihre Vergangenheit werden, so, als liefe sie allein über ein weites Feld mit Neuschnee, die Spur ihrer Schritte klar und in einer geraden Linie. Sie hatte das beschlossen, lange bevor die Sache mit David passierte.
»Und wovor bist du davongelaufen, Angus Ferguson, als du ohne einen Pfennig in dieses Land kamst, damals vor sechzig Jahren?« Eine neue Stimme, klar und kräftig.
Henrietta wirbelte herum. Unbemerkt von allen war eine schlanke, hochgewachsene alte Dame auf die Terrasse getreten. Sie maß sicherlich einen Meter achtzig und hielt sich trotz ihres offensichtlich hohen Alters gerade wie ein Stock. Sie war ganz in Schwarz gekleidet. Ein schwarzer Strohhut warf tiefe Schatten auf ihr aristokratisch geschnittenes Gesicht. In ihren beachtlich großen Ohren funkelte je ein makelloser, erbsengroßer Diamant. »War da nicht etwas mit einem Mann in Glasgow, der in einer Kneipenprügelei so schwer verletzt wurde, dass er starb? Totschlag nannten es die Behörden.«
Der alte Angus zog sich in sich zusammen wie eine aufgeschreckte Schlange. Sein Kopf verschwand zwischen den knochigen Schultern, seine schwarzen Augen sprühten Wut und Hass.

Die alte Dame, nach einem kurzen, stummen Blickaustausch mit ihm, hob verachtungsvoll ihr Kinn. Dann wandte sie sich Henrietta zu. »Sie müssen die junge Tresdorf sein«, sagte sie auf deutsch mit unverkennbar schleswig-holsteinischer Färbung, »ich bin Luise von Plessing. Halten Sie sich fern von dem alten Teufel hier. Er ist boshaft und hinterhältig.«
»Von allen Hunnen, die ich das Unglück habe zu kennen«, knurrte Angus, »hasse ich dich am meisten, Luise von Plessing.«
Ein Lächeln erhellte das faltige Gesicht der alten Dame, ihre blauen Augen blitzten amüsiert aus einem Strahlenkranz tiefer Falten. »Das rührt daher, dass ich dich genau durchschaue und mich deine niederträchtigen Spielchen kalt lassen. Du weißt, dass du mich nicht einschüchtern kannst.«
Melissa, die dem Wortwechsel schweigend mit deutlicher Unruhe zugehört hatte, schien sich auf ihre Rolle als Gastgeberin zu besinnen. »Luise, meine Liebe, wie schön, dass du kommen konntest.« Sie ergriff beide Hände der alten Dame. »Du hast Henrietta nun schon kennen gelernt. Henrietta, Mrs. von Plessing wohnt ganz in der Nähe deines Onkels.«
Henrietta war verzaubert von dieser Frau, die eine ruhige Würde und Güte ausstrahlte, deren Art von einem solchen Charme war, dass die Jahre von ihr abfielen, sobald sie sprach. »Es freut mich sehr, Sie kennen zu lernen.« Sie deutete einen Knicks an. Luise von Plessing war eine Person, bei der ihr das ganz natürlich erschien.
»Ich hoffe, Sie besuchen mich bald einmal. Sie werden mir immer willkommen sein. Ich kenne Ihre Familie recht gut.« Eine alte, schwarze Frau, rosa Kittelschürze und rosa Kopftuch, brachte rotgoldenen Tee in durchscheinenden, chinesischen Porzellantassen. Dazu gab es warme Scones, köstlich hell und locker.
»Mavis, wir brauchen noch Tee. Fülle die Kanne bitte auf.« Melissa sprach, ohne das schwarze Hausmädchen direkt anzusehen.
»Ja, Ma'am«, antwortete diese und nahm die silberne Teekanne. Sie ging langsam und schwerfällig, belastete ein Bein deutlich stärker, was ihr einen schaukelnden Gang gab.
»Mavis wird alt«, bemerkte Duncan.
»Mavis wird fett und faul«, berichtigte sein Vater. »Du wirst dich bald nach einem neuen Mädchen umsehen müssen, Melissa.«

»Kommt gar nicht in Frage, noch schafft sie die Küche, und du weißt, sie kocht hervorragend. Grace und Nelson machen die schwere Putzarbeit. Mavis ist ein guter Kaffir, vom alten Schrot und Korn. Die jungen Dinger sind mir zu aufsässig und faul.«
Angus Ferguson, geräuschvoll seinen Tee schlürfend, mischte sich ein. »Das sind Stadtkaffirs, die Tsotsies, ohne Verbindung zu ihren Stammesgemeinschaften. Ich sag' euch, wenn Verwoerd da nicht hart durchgreift, ist das der Anfang vom Ende!« Er nahm sein Gebiss heraus und reinigte es sorgfältig von Essensresten. Es hatte einen dunkelgelben Farbton angenommen, wie antikes Elfenbein. »Man müsste die Passgesetze verschärfen!«
»Dann können wir ja gleich wieder Stadttore einrichten, wie im mittelalterlichen England«, murmelte Duncan aufmüpfig. »Was sind Passgesetze?« flüsterte Henrietta Glitzy zu, »Pässe braucht man doch nur an der Landesgrenze.«
»Nein, die Eingeborenen müssen alle einen Pass tragen, und nur die, die eine spezielle Erlaubnis haben, dürfen in die weißen Städte.«
Henrietta schwieg einen Augenblick nachdenklich. »Mit Eingeborenen, meinst du da die Schwarzen?«
»Natürlich.«
»Aber du bist doch auch hier geboren.«
»Das ist etwas ganz anderes. Wir sind Europäer.« »Glitzy, ihr seid Afrikaner!«
»Das sagst du besser nie wieder!«
Henrietta verschleierte ihren Blick. »Gut. Also warum dürfen sie nicht in die Städte?«
»Weil sie Kaffirs sind und das Gesetz es so will.« »Das versteh ich nicht!« »Wenn du etwas länger hier lebst, wirst du das schon noch verstehen.« Dirk Daniels sprach in einem strengen Ton, der klarmachte, dass es ihr nicht geziemte, über dieses Thema zu diskutieren.
Dieser Satz! Er war ein Knüppel, um ihre Fragen totzuschlagen. Was verbarg sich ihrer Beobachtung? Sie war kaum zwei Wochen im Land, und dieser Satz verfolgte sie, hing als dunkle Wolke am makellosen Himmel ihres Paradieses.

»Komm, ich zeig dir das Haus und den Garten!« Glitzy zog sie energisch hoch. »Sag mal, kannst du reiten?«
Henrietta ließ sich ablenken. »O ja, ich kann sogar springreiten, ich hab Stunden in einem Aufsatzwettbewerb des ältesten Reitclubs in Hamburg gewonnen.« Sie lächelte in der Erinnerung.
»Na, prima«, sagte Glitzy erfreut, »komm mit, ich leih dir ein Paar Reithosen. Welche Größe hast du?« Ihr Zimmer war rosa. Rosa Bettdecke, rosa getönte Wände, rosa geblümte Gardinen. Glitzy warf die Türen zu einem eingebauten Schrank auf und riss Kleidungsstücke heraus. Dort flogen ein paar Hosen, hier landete ein Rock, bis sie triumphierend eine knallenge Reithose hochhielt. »Hier, mir ist sie zu klein, aber dir«, sie warf einen neidischen Blick auf Henriettas schmale Hüften, »dir passt sie bestimmt. Welche Schuhgröße hast du?«
»Ich kann doch auch barfuß reiten ...«
»Es ist besser mit Stiefeln, falls wir absteigen. Hier ist Schlangenland, das ist zu gefährlich. Mummys Stiefel werden dir passen.«
Henrietta war begeistert. In Hamburg hatte ihr Taschengeld nur für Turnschuhe und Blue Jeans gereicht, deren Hosenboden sie ungeschickt mit Leder verstärkt hatte. Sie bückte sich, um ihrer Freundin beim Aufräumen zu helfen. Das Zimmer sah aus, als hätte ein Tornado darin gewütet.
»Ach, lass das, dazu ist Grace da«, wehrte Glitzy ab und ließ achtlos ihre Shorts auf den Fußboden fallen.
Die Ställe lagen weit ab vom Haus, noch hinter dem von einer Hibiskushecke geschützten Swimmingpool, verdeckt durch einen meterhohen Bambushain, der mit seinen gefräßigen Wurzeln einem kleinen, langsam fließenden Bach allmählich das Leben abwürgte. An die Ställe war eine Art Garage angebaut. »Die Dienerquartiere«, erklärte Glitzy kurz. »Du reitest Grenadier, er ist relativ friedlich.«
Grenadier stellte sich als schwarzglänzender Traum in Pferdegestalt heraus, elegant wie ein Hannoveraner mit einer breiten, muskulösen Brust. Henrietta rieb die empfindliche Stelle hinter seinen Ohren. »Na, du Prachtstück, was bist du für ein schöner Kerl.« Grenadier rollte ekstatisch mit den Augen und blähte seine Nüstern. Er war weich im Maul

und gemütlich wie ein Sofasessel. Als sie ihm ein paar Rückwärtsschritte abforderte, schlug er erstaunt mit dem Kopf, gehorchte schließlich, drückte seinen Widerwillen aber durch heftiges Schwanzpeitschen aus.
»Er liebt blonde Frauen.« Glitzy saß auf einer temperamentvollen, zart gebauten Stute, die ständig herumtänzelte, aber nicht nervös, sondern offensichtlich aus schierem Überfluss an Lebensfreude. Kaum berührte ihre Reiterin ihre Flanken mit den Hacken, schoss sie vorwärts. Grenadier richtete ein Ohr auf Henrietta aus, das andere nach vorn, und trabte freudig hinter seiner Stallgenossin her.
Henrietta badete in der offensichtlichen Anerkennung der Familie, als sie im Schritt an ihnen vorbeizogen. *Hacken runter, Schultern zurück, Kinn hoch und Hände zusammen.* Wie heute tönten ihr die Befehle ihres Reitlehrers in Hamburg, des alten ehemaligen Obersts, der sie damals gedrillt hatte, in den Ohren. Sie wölbte graziös ihren Hals und blickte kokett zur Familie hinüber. Ein kleiner Schwarm Perlhühner, der in Melissas Beeten herumkratzte, stieg gackernd direkt vor Grenadier hoch. Er machte einen Satz und galoppierte im Kreis. Sie verlor die Steigbügel, fiel auf seinen Hals und blieb dort festgeklammert hängen. Ihr Hintern hüpfte unkontrolliert auf und ab, ihr Gesicht lief krebsrot an vor Scham. Dirk Daniels lachte schallend, die schottischen Cousinen kicherten, Melissa lächelte.
»Hier sitzt man eigentlich auf einem Pferd, man hängt nicht«, höhnte eine unbekannte männliche Stimme hinter ihr.
Gedemütigt und wütend auf sich selbst, fuhr sie herum, zischend wie eine gereizte Kobra. Aber dann vergaß sie ihre Worte, ihre Wut verdunstete. Vor ihr stand ihr Traummann. Dichte hellblonde Haare fielen ihm ins Gesicht, das unter der brennenden afrikanischen Sonne die Farbe von dunklem Butterkaramel angenommen hatte. Sein Lächeln ließ ihr die Knie weich werden und das Blut wie Sekt in den Adern prickeln. Und dann seine Augen! Sie sah nur diese Augen. Leuchtend hellblau in einem Kranz von dunklen Wimpern, hielten sie ihren Blick und machten sie willenlos, als sei sie hypnotisiert. Weißes, bauschiges Hemd, Athletenhüften in engen, cremefarbenen Jodhpurs, ein strahlender, junger Burt Lancaster in der Rolle eines Freibeuters. Er hielt die Zügel einer

bildschönen, kastanienbraunen Stute, eines groß rahmigen Tieres, trotzdem reichten seine ausladenden Schultern bis auf eine handbreit an die des Pferdes heran.

Sie verspürte ein unbändiges Verlangen, die länglichen Grübchen neben seinem Mund zu küssen. Flüchtig drängte sich Wolfgang in ihre Gedanken, von dem sie sich am letzten Abend in Hamburg verabschiedet hatte. Mittelgroß, mittelbraune Haare, braune Dackelaugen in einem blassen Gesicht, mittelmäßig in der Schule und mittelmäßig sportlich, aber ein seelenvoller Künstler auf der Geige und empfindsam wie seine Geigensaiten. Er hatte geweint, als sie ging. Anfänglich war sie verliebt in ihn gewesen. Er sah so romantisch und so geheimnisvoll traurig aus, wenn er seiner Geige sehnsuchtsvolle Töne entlockte. Immer häufiger jedoch ging er ihr auf die Nerven mit seiner ständig zur Schau getragenen Seelenpein, seinen schwülstigen Liebesschwüren, die sich wie Sirup über sie ergossen. Seine Küsse und Liebkosungen schmeckten eigentlich immer ein wenig fade, wie aufgewärmter Kaffee. Außerdem glaubte er daran, dass ein Mädchen jungfräulich in die Ehe zu gehen hatte.

»Hallo«, sagte dieser Traummann und lächelte sie strahlend an, »ich bin Benedict Beaumont.«

Wolfgangs Gesicht verblasste im Nebel der Vergangenheit. Sie brachte noch immer kein Wort hervor. Sterne tanzten vor ihren Augen, ihr Herz jagte, das Atmen fiel ihr schwer.

»Hat die Katze deine Zunge gefressen?« spottete Benedict und schwang sich mit einer fließenden Bewegung mühelos in den Sattel, »oder verstehst du kein Englisch? Ich bin der Verlobte von Carla Tresdorf, du musst Henrietta sein. Wir sind vorhin aus Cape Town gekomen. Unsere Farm liegt nicht weit von hier.«

Der Himmel verdunkelte sich, die Sterne erloschen, die Welt stürzte ein. Cousine Carlas Verlobter! Sie hasste Carla, oh, wie sie Cousine Carla hasste! Sie benötigte alle Kraft, um sich zusammenzureißen. »Hallo«, brachte sie schließlich heiser hervor. Ihr Blick flatterte hilflos herum, ihr Gesicht glühte, sie fürchtete ernstlich, ihre Fassung zu verlieren und sich lächerlich zu machen. Grenadier entdeckte plötzlich ein saftiges Büschel

Gras, das sich zwischen den Clivien breitmachte. Schwungvoll streckte er seinen schönen Kopf vor und zog dabei seine völlig unaufmerksame Reiterin aus dem Sattel. Zu ihrem größten Entsetzen fand sich Henrietta zum zweiten Male an seinem Hals hängend wieder.

Benedict warf den Kopf zurück und brüllte vor Lachen. »Ist das der neueste Stil, oder hast du noch nie auf einem Pferd gesessen?« Er wischte sich die Lachtränen aus den hinreißenden Augen.

Sie schluchzte vor Wut und Scham. Sie hasste sie alle, besonders aber diesen rüden, eingebildeten Kerl, der da vor ihr auf seiner Stute herumtänzelte, sie auslachte und es fertig brachte, sie nur mit einem Blick aus seinen unglaublichen Augen zu einem Häufchen bibbernden Verlangens zu reduzieren. Sie schoss ihm einen mörderischen Blick zu und zwang sich dann zu einem zähnebleckenden Lächeln. »Ich reite sonst nur auf wilden Stieren«, fauchte sie. Vor ihr wand sich der rote Sandweg über ebenes Gelände für mindestens einen Kilometer, bevor er im Zuckerrohrfeld verschwand. »Versuch doch, mich einzuholen!« schrie sie und grub Grenadier ihre Hacken in die Seite. Er machte einen mächtigen Satz vorwärts, aber dieses Mal war sie vorbereitet. Sie stellte sich in die Steigbügel und schmiegte ihren Kopf an den glänzenden Pferdehals. Grenadier fegte in gestrecktem Galopp über den von der Sonne steinhart gebackenen Sand. Hinter sich hörte sie Glitzy etwas rufen, war aber noch viel zu wütend, um hinzuhören. Eine grüne Wand aus meterhohen Zuckerrohrhalmen flog an ihr vorbei. Grenadiers Hufe donnerten, ihr Blut raste. Benedict war ihr dicht auf den Fersen, weißer Schaum fleckte die Brust seiner kastanienbraunen Stute. »Go, Grenadier, go!« schrie sie, und Grenadier streckte sich noch einmal. Er schien zu fliegen. Und dann, nach der Kurve, war der Weg plötzlich zu Ende.

Ein Holztor, Stacheldraht, stramm eine Handbreit über der obersten Latte gespannt, blockierte den Weg. Daneben knäulte sich eine große Rolle Stacheldraht und schloss die einzige Lücke, durch die man auf die andere Seite hätte gelangen können. »O, mein Gott«, stöhnte sie unwillkürlich. Grenadier zu zügeln, ihn zum Stehen zu bringen, dafür war es zu spät. »Hilf mir, Grenadier!« schrie sie und nahm die Zügel zurück.

Das große Pferd stieg hoch, zog gehorsam seine Vorderbeine an, und sie kamen sicher auf der anderen Seite auf, am ganzen Körper vor Erregung und Erleichterung flatternd, ließ sie ihn ausgaloppieren.

Glitzy war noch nicht zu sehen. Benedict, seine Aufmerksamkeit durch ihren spektakulären Sprung abgelenkt, wartete zu lange, und dann war es zu spät, um sein Pferd auch zu dem Sprung zu zwingen. Blitzschnell, in letzter Sekunde half die Stute sich selbst. Sie setzte sich auf ihre Flanken, steckte den Kopf zwischen die Beine und kam, beide Vorderbeine steif über den harten Sand rutschend, einen Meter vor dem Tor zu stehen. Ihr Reiter segelte mit dem Schwung der ursprünglichen Geschwindigkeit elegant aus dem Sattel über ihren Hals und landete mit gespreizten Armen und Beinen in dem Stacheldrahtknäuel. Er brüllte wie ein Stier.

Glitzy, die fast fünfzig Meter hinter ihm gewesen war, zügelte ihr Pferd rechtzeitig und sprang ab. »Das geschieht dir recht«, schrie sie den stöhnenden, aus vielen kleinen und größeren Wunden blutenden Benedict an, »du weißt doch, dass hier ein Tor ist! Hör auf zu brüllen, wir holen dich hier schon raus.« Unbeeindruckt von seinem Gejammer, wandte sie sich Henrietta zu, ihre Miene finster. »Mach so etwas nie wieder. Du kennst Afrika nicht, das ist hier kein Park in Deutschland. Du hättest ebenso gut einem Nashorn gegenüberstehen können, und das ist gefährlicher als so ein kleiner Haufen Stacheldraht! Ist Grenadier in Ordnung?«

»Ja«, antwortete Henrietta, beschämt über ihren kindischen Streich. »Es tut mir Leid, dass ich ihn gefährdet habe.«

Glitzy war besänftigt. »Okay, okay – hilf mir mal hier.« Sie kniete vor Benedict, der unter seiner Sonnenbräune alle Farbe verloren hatte. Er biss die Zähne zusammen, dass seine Wangenmuskeln wie Stränge hervortraten, als sie begann, ihn Stachel für Stachel zu befreien. Henrietta kniete neben ihr und hielt seinen rechten Arm fest, um zu verhindern, dass der Stachel, der die äußere Handkante vom Finger bis zum Handgelenk aufgeschlitzt hatte, sich noch tiefer in das blutige Fleisch grub. Endlich war er bis auf seine Hand frei. »So, jetzt beiß die Zähne zusammen«, befahl Glitzy und grinste böse, »ein Indianer kennt keinen

Schmerz!« Langsam zog sie das dreifache Stachelknäuel mit den geschliffenen Spitzen aus seiner Hand.
Sein Blut stürzte über Henriettas Arm. Ein warmes, intimes Gefühl. Die Berührung traf sie wie ein elektrischer Schlag. Sie erschauderte und legte ihr gefaltetes Taschentuch als Druckverband auf sein Handgelenk und knotete die Enden fest. »Kannst du gehen?« Besorgt versuchte sie, ihn zu stützen.
Grob stieß er sie zurück. »Ich bin doch kein Baby«, knurrte er und schleppte sich zu seinem Pferd. Glitzy hielt die Stute, und er schwang sich hinauf. Stöhnend presste er seine verletzte Hand gegen die Brust. Im Schritt ritten sie zurück zum Haus, Benedict in der Mitte, flankiert von den beiden Mädchen.
Dirk Daniels war aufs höchste amüsiert. »Sieh da, der Held kehrt aus dem Krieg zurück, mit zwei Jungfrauen als Eskorte.«
Melissa erfasste die Situation sofort. »Ich rufe Dr. Mac an, Bennys Hand muss genäht werden, und er braucht eine Tetanusspritze.«
»Dr. McLeod ist ein Original«, erzählte Glitzy während der Fahrt zum Arzt, »ständig kaut er Tabak, seine Zähne sind schon ganz braun, sieht aus wie ein verwitterter alter Baumstamm und spricht einen Dialekt aus dem schottischen Hochland, den kaum einer versteht, aber er hatte immer Lutschstangen für uns Kinder.«
Doch Dr. Mac war nicht da. Dafür stand eine zierliche junge Frau in der Tür seiner Praxis. Große, schwarze Kirschaugen, dunkle, glatte Haare wie ein Seidenvorhang bis zu den Hüften und eine zarte, cremige Porzellanhaut. Ach bin Dr. Anita Alessandro, Dr. McLeod ist in Schottland. Ich vertrete ihn.«
Benedict wischte sich bei diesem Anblick die Leidensmiene aus dem Gesicht und grinste, wenn auch mit Mühe. Er hielt ihr seine Hand hin, aus dem durchgeweichten Taschentuchverband lief das Blut seinen Arm hinunter. »Das ist nichts, ein kleiner Kratzer«, krächzte er und wölbte angeberisch seine Brust vor.
Die junge Ärztin quittierte sein Gockelgehabe mit einem amüsierten Glitzern in ihren sinnlichen Augen. »Legen Sie sich bitte hin.« Sie deutete mit dem Kinn auf die lederbezogene Liege.

»Wozu? Ich bin doch kein Weichling!«

Dr. Alessandro lächelte fein und nahm eine lange, gebogene Nadel von ihrem Instrumententablett. Benedict wurde weiß und sank auf die Liege. »Was machen Sie denn da?« ächzte er schwach.

»Die Wunde muss genäht werden.« Vorsichtig drückte sie die tiefe Tasche, die an der Handkante hinunter aufklaffte, zusammen.

»Aber doch nicht bei lebendigem Leib, so ganz ohne Narkose!« Er fing an zu schwitzen und zeigte das Weiße seiner Augen, wie ein ängstliches Pferd.

Dr. Alessandros Lippen zuckten. »Das ist doch nichts, nur ein kleiner Kratzer«, gab sie ihm seine Worte zurück, »die paar Piekser halten Sie doch sicher auch so aus.« Ihre dunklen Augen verspotteten ihn.

Er knirschte mit den Zähnen, fiel fast in Ohnmacht, er atmete ganz flach und schnell, aber kein Laut kam über seine Lippen, als die schöne, junge Ärztin mit zierlichen Stichen gekonnt seine Hand vernähte. Henrietta hätte ihr am liebsten die Augen ausgekratzt.

»Ihr glaubt ja nicht, wen Dr. Mac als seine Vertretung eingestellt hat!« rief Glitzy, zurück auf der Farm. »Eine feurige Italienerin, weiß der Himmel, wo er die aufgetrieben hat. Benny, der Dummkopf, hat sich, nur um ihr zu imponieren, seine Hand ohne lokale Betäubung nähen lassen. Männer!« Sie verdrehte die Augen himmelwärts.

»Ich habe deinen Vater angerufen«, sagte Melissa, »er kommt mit dem Landrover und einem Boy, um dich und Ruby zu holen. So, und nun setz dich hierher. Mavis hat dir einen starken, süßen Tee gemacht.« Sie stellte eine Cognacflasche vor ihn. »Ich denke, ein wenig davon kannst du jetzt gebrauchen.«

»Du musst noch eine Menge lernen, mein Junge«, schnappte Benedicts Vater kurze Zeit später, während er Ruby untersuchte, »dich wie ein Hampelmann an der Strippe manipulieren zu lassen. Lächerlich! Als Nächstes lässt du dir einen Arm abschneiden, nur weil dich ein hübsches Mädchen dazu herausfordert. Wann wirst du endlich erwachsen? Du bist vierundzwanzig Jahre alt, in deinem Alter hab ich schon die Farm geleitet, und zwar allein!« Die tiefen Sorgenfalten um seinen Mund wurden noch schärfer, seine Nase trat spitz aus dem ausgezehrten Gesicht.

Henrietta musterte Michel Beaumont. Groß, hager und leicht gebeugt, seine Muskeln standen wie Stricke unter der geschrumpften, sonnengegerbten Haut hervor. Die bläuliche Blässe unter seinen eingesunkenen Augen ließ auf eine tiefe Erschöpfung schließen. *Er sieht nicht gesund aus.* Und dann sah sie es, unter seinem Haaransatz hinter dem Ohr, wie eine tödliche Krake, dieses schwarze, warzenartige Geschwür. Aggressiv und bösartig wirkte es. Seine Hand kam hoch und berührte vorsichtig die intakte Haut um das Geschwür herum. Es schien ein Reflex zu sein.

Benedict zog ein mürrisches Gesicht. »Oh, bitte, Daddy -!«

»Was heißt hier ›Oh, bitte, Daddy‹! Es ist dir peinlich, die Wahrheit hier vor anderen zu hören, nicht wahr?« Michel Beaumont streifte ihn mit verbittertem Blick. »Du bist ein Versager, Benedict, mein Sohn, du bist leichtsinnig und verantwortungslos! Wer macht jetzt den Transport nach Johannesburg, kannst du mir das sagen?« Seine Hände bebten vor Zorn, als er behutsam die Vorderläufe seiner Stute betastete. Dann übergab er die Zügel dem drahtigen, kleinen Schwarzen, der geduldig wie ein Schatten neben ihm wartete. »Bring sie nach Hause, Isaac, aber langsam.«

Dirk Daniels nahm seine Zigarre aus dem Mund. »Was ist, Mick, brauchst du Hilfe? Ich könnte dir einen Fahrer leihen – aber was ist denn mit Thomson, ist der nicht abkömmlich?«

Mick Beaumont antwortete nicht gleich. Er wippte auf seinen Fußballen und biss sich auf die Lippen. »Ich hab ihn entlassen müssen«, antwortete er tonlos, sein Nacken steif wie bei einem störrischen Pferd, »ich kann ihn nicht mehr bezahlen. Mein«, er holte gequält Luft, »mein Kaffee-Experiment ist fehlgeschlagen.«

»Oh, Michel, das tut mir Leid!« Luise von Plessing legte ihm spontan die Hand auf den Arm, »du warst doch so zuversichtlich.«

Für einen Moment wirkte er zutiefst niedergeschlagen. »Der letzte Sommer war zu feucht und zu heiß für Kaffee. Die Pflanzen sind fast alle eingegangen. An den wenigen, die noch stehen, verfaulen die jungen Bohnen, bevor sie reifen können.«

»Tut mir verdammt Leid, alter Junge«, knurrte Dirk Daniels mit gerunzelter Stirn, »gibt es irgendetwas, was ich tun kann?«

Mick Beaumont versuchte ein Lächeln. Es geriet zu einer Mitleid erregenden Grimasse. »So ist das Leben, ich werd's schon schaffen. Komm, Benedict, wir fahren. Guten Tag allerseits.«
»Schrecklich«, seufzte Melissa, als der Jeep außer Sichtweite war, »wenn ich das schwarze Ding da an seinem Hals sehe, wird mir ganz übel. Ich wünschte, er würde es mit einem kleinen Halstuch bedecken. Nicht gerade angenehm für uns, das sehen zu müssen.«
»Oh, Mummy«, rief ihre Tochter, »Mick hat ein Melanom, und es bringt ihn um. Was erwartest du – die steife Oberlippe und den ganzen antiquierten Unsinn?«
»Diamanta!« brüllte ihr Vater.
»Nun, Kind«, sagte Melissa spitz, »man sollte seine Probleme für sich behalten und nicht anderen aufdrängen.«
»Oh, Melissa, sei nicht so entsetzlich britisch«, bemerkte Frau von Plessing. »Der schwarze Krebs frisst ihn auf. Kann uns allen passieren, das weißt du, unsere Sonne ist mörderisch..« Sie rückte ihren Hut zurecht.
Henriettas Kopfhaut prickelte. Der schwarze Krebs, tödliche Sonne. *Ist denn nichts in Afrika sanft und harmlos?*
Dirk schüttelte verständnislos den Kopf. »Wahnsinn! Kaffee in Natal! Viel zu nass, viel zu heiß. Sein ganzes Geld hat er in das Projekt gesteckt!« Er kaute auf seiner Zigarre, rollte sie im Mund herum. »Wahnsinn«, wiederholte er, »er muss praktisch bankrott sein, der arme Kerl, aber er war schon immer ein Dickschädel. Das bretonische Rhinozeros wird er ja nicht umsonst genannt.«
»Kannst du ihm nicht helfen, Daddy?« fragte Duncan.
»Schwierig, schwierig«, er wiegte seinen mächtigen Schädel, »sein Stolz, weißt du. Aber ich denke, ich werde ihm ein Angebot für Ruby machen. Sie hat großes Potenzial, ich wollte sie schon immer haben, jetzt wird er mein Angebot wohl nicht mehr ablehnen können.« Zufrieden grinsend, zog er Simba spielerisch an den Ohren.
»Unsinn, viel zu nervös«, krächzte Pops, »lass die Finger davon!« Es schien ein Befehl zu sein.
»Nun, wir können ja darüber reden«, lenkte Dirk hastig ein, »man sollte es sich überlegen, es ist ein gutes Tier.«

»Sie ist zu nervös, sag ich dir!« grollte Pops und hieb mit erstaunlicher Kraft die Fliegenklatsche auf den Stamm des alten Jacaranda. Ein kleiner Gecko fiel mit herausquellenden Eingeweiden leblos zu Boden.
Henrietta fuhr angewidert hoch. Die Familie duckte sich. Luise von Plessing schob ihren Sessel geräuschvoll schurrend zurück, stand wortlos auf, war mit zwei, drei Schritten neben dem alten Mann. Sie entriss ihm die Klatsche und schlug ihm rechts und links damit ins Gesicht und warf sie in weitem Bogen ins Gebüsch. »Ich muss jetzt gehen«, sagte sie ruhig zu Melissa. Sie drehte sich zu Henrietta. Ein liebenswürdiges Lächeln zerknitterte ihr Gesicht. »Besuchen Sie mich nächste Woche, Henrietta. Ich werde Ihnen William mit dem Wagen schicken. Dirk, bring mich bitte zum Wagen!«
Pops zitterte vor Wut, zischte und brabbelte vor sich hin, Speichel rann ihm übers Kinn. Der Abdruck der Klatsche brannte rot auf seiner Haut. Die schottischen Cousinen duckten sich bebend in ihre Sessel und hechelten wie verängstigte Tiere. Glitzy grinste, aber so, dass ihr Großvater es nicht sehen konnte. »Nelson!« brüllte Pops heiser, »bring mich hinein, Boy!« Nelson erschien im Laufschritt und hob den alten Mann, der nichts zu wiegen schien, in seinen kräftigen Armen in den Rollstuhl und schob ihn ins Haus.
Die Unterhaltung danach tröpfelte zäh. Um halb acht zog die Nacht sachte eine dunkle Satindecke über den glühenden Himmel. Die Baumfrösche erhoben einer nach dem anderen ihre Stimmen, die Moskitos stiegen in dunklen Wolken aus ihren Tagesverstecken und fielen gierig über jeden Quadratzentimeter bloßer Haut her. Es wurde Zeit, die Farm zu verlassen. Glitzy überraschte sie am Steuer eines schneeweißen Volkswagens mit blutroten Polstern. »Ich muss zurück in die Uni, da brauch ich mein Auto. Die haben noch keine Landebahn.« Sie grinste ironisch. Sie fuhr wie von Teufeln gejagt, und Henrietta war froh, als sie endlich mit einem mächtigen Ruck vor dem Haus ihres Onkels zum Stehen kamen. Es war hell erleuchtet. Glitzy knallte mit der Autotür. »Carla scheint wieder dazusein. Ich komme besser mit und beschütze dich vor dem Piranha.«
Henrietta musterte sie befremdet. *Piranha?*

Sie betraten den Innenhof. Eine junge Frau erhob sich. Sie war eine Vision von Eleganz, wie sie da im sanften Schein der Glaskuppellampen stand. Schweres, kastanienbraunes Haar, hochgesteckt zu einer komplizierten Frisur, eine glänzende Locke ringelte sich in den schlanken Nacken. Das eng anliegende perlmuttrosa Futteralkleid betonte eine perfekte Figur. Schmale Taille, sanfte Hüften und erstaunlich üppige Brüste. Ihre Haut war zart gebräunt und klar und von seidigem Schimmer. Perlzähne glänzten zwischen fein geschwungenen, halb geöffneten Lippen. Das Bemerkenswerteste an der jungen Frau jedoch waren ihre Augen. Silbergrau lagen sie eingebettet in hohen Wangenknochen wie zwei kühle Bergseen im Morgennebel. Sie lockten verführerisch, hielten aber gleichzeitig jedes Gegenüber auf Abstand. Ein Gesicht, wie von Botticelli gemalt. Unschuldig und schön, aber etwas verderbt, ein Hauch von Dekadenz, wie die zweite Elfe von rechts in seinem Bild ›Frühling‹.
»Hallo, ich bin Carla«, sagte das exquisite Geschöpf und reichte ihr lasziv die Hand. Der Verlobungsdiamant funkelte aufdringlich.
Sie fühlte sich wie ein Bauerntrampel neben einer Prinzessin. Sie dachte an Benedict, und ihr Herz zerbrach. Vorsichtig nahm sie die dargebotene Hand, so zerbrechlich wirkte sie, und zuckte zurück, als Carla mit sehnigen, tennisgestählten Fingern ihre Finger schmerzhaft zusammenpresste. »Guten Tag, Carla« stotterte sie, »wie schön, dass ich dich endlich kennen lerne.«
»Mr. Kappenhofer hat Carla und Benedict in seinem Flugzeug nach Durban mitgenommen und sie dann von seinem Chauffeur nach Hause bringen lassen.« Tante Gertrude atmete schwer vor Stolz und Wichtigkeit. Verklärt himmelte sie ihre Tochter an.
Carla legte ihr eine Hand auf den Arm, eine feingliedrige, zarte Hand, und murmelte: »Mama, bitte, das interessiert doch keinen. Obwohl ich sagen muss«, seufzte sie, »so ein klimatisierter Rolls-Royce ist doch recht willkommen an so einem heißen Tag.«
Glitzy kicherte, vollführte eine gezierte Drehung um ihre eigene Achse, hob ihre rechte Hand, als hielte sie diese einem Galan zum Handkuss hin. »Meine Güte, wie vornehm«, säuselte sie affektiert.
Carlas goldene Haut wurde augenblicklich von einem tiefen Rot überzogen, für einen kurzen Moment sprühten ihre Augen weißglühende

Funken. Dann senkten sich die schweren, silbrig getönten Lider, und als sie ihren Blick wieder freigaben, war er kühl und distanziert wie vorher. Eine beeindruckende Darbietung von Selbstkontrolle.
Diamanta Daniels grinste spöttisch, herausfordernd. »Benedict muss sehr neugierig auf Henrietta gewesen sein, er hat sich sofort auf Ruby geschwungen und uns auf der Farm besucht«, stichelte sie.
Carlas Kopf kam hoch, ihre Haltung wurde wachsam. Ein Sturm kräuselte die Oberfläche der silbrigen Bergseeaugen.
»Du weißt ja«, bohrte Glitzy vergnügt weiter, »dass er noch nie einer Herausforderung widerstehen konnte – schon gar nicht der von einem schönen Mädchen.«
Henrietta beobachtete nervös, wie die wütende Röte langsam die Wangen ihrer Cousine färbte und der Vulkan zu kochen begann. Sie hatte das Gefühl, einem Duell beizuwohnen. Hektisch versuchte sie, Glitzy zu bremsen. Vergebens.
»Erst hat er sich von Henrietta zu einem Wettrennen herausfordern lassen, der Dummkopf, und Ruby hat ihn dabei in einen Stacheldrahthaufen abgeladen. Wir haben ihn dann herausgeklaubt und zu Dr. Macs Vertretung gebracht, einer hinreißenden Erscheinung namens Dr. Anita Alessandro. Typ Kirschaugen, Schmollmund, lange, dunkle Haare und eine Figur wie eine Porzellanpuppe. Stell dir vor, dann hat der Idiot sich seine Hand ohne Betäubung nähen lassen, nur um Dr. Alessandro zu beeindrucken. Na, du kennst Benny ja, er fällt immer wieder auf die gleichen Frauen herein.« Mit einem zufriedenen Katzenlächeln beobachtete sie die Wirkung ihrer Worte.
Carla bebte und sprühte Funken. Henrietta zog sich ein paar Schritte aus der Schusslinie zurück. Onkel Hans versteckte sein Lächeln hinter der Hand, Tante Gertrude jedoch griff frontal an. »Wir wissen doch alle, wie eifersüchtig du auf Carla bist.« Anzüglich lief ihr abschätzender Blick über Glitzys füllige Figur.
Aber diese lachte nur noch lauter. »Oh, die meisten Männer mögen ihre Blondinen üppig. Bye-bye, meine Lieben – ich ruf dich an, Henrietta, halt die Ohren steif.« Eine Kiesfontäne spritzte unter ihren Reifen hoch, und weg war sie.

Carla sog hektisch an einer Zigarette, lief erregt und steif vor Wut im Patio hin und her, ihre Absätze spielten einen Trommelwirbel auf den Fliesen. Die Luft, die sie umgab, knisterte. »Kind, reg dich nicht über diese dumme Pute auf, sie ist doch überhaupt nicht sein Typ. Denk doch nur daran, wie fett sie ist!«
Ihre Tochter schwang herum, starrte ihre Mutter aus blitzenden Augen an und drückte mit heftigen Stößen ihre Zigarette in einem Aschenbecher aus. »Pops liebt sie abgöttisch, und er hat das Geld«, sagte sie dann lapidar. Ihre Mutter schwieg und beugte ihren Kopf, wie in einem Schuldeingeständnis.
Henrietta wünschte sich weit weg. Unauffällig ging sie zur Tür.
Aber Carla merkte es. »Und du«, fuhr sie zu ihr herum, offensichtlich erfreut, ihre Wut an ihr auslassen zu können, »hast dich unmöglich benommen! Was muss die Familie Daniels von dir gedacht haben? So benimmt sich keine Dame in diesem Land. Es ist besser, wenn du das bald lernst.«
»Immer bis zehn zählen, bevor du antwortest«, sagte Großmama immer, »eine Dame verliert nie die Contenance.« Henrietta schloss die Augen und zählte. »Es tut mir Leid«, sagte sie, bei zwanzig angelangt, »ich meinte es als Scherz; dass sich dein Verlobter«, sie erstickte fast an dem Wort, »dabei verletzt hat, ist mir natürlich besonders unangenehm. – Er war aber sehr tapfer«, setzte sie hinzu, sah aber sofort, dass sie einen Fehler gemacht hatte.
Carla, die ihr nur bis zum Kinn reichte, trat so dicht an sie heran, dass sie durch ihr klebrig-süsses Parfum die Zigarette in ihrem Atem riechen konnte. »Lass die Finger von Benedict«, zischte sie, ihre Augen schmale, helle Schlitze, perlweiße, scharfe Zähnchen blitzten, »er gehört mir!« Mit dem letzten Wort stieß sie ihr Kinn vor.
Henrietta sprang zurück. Für ein paar irreale Sekunden befürchtete sie, gebissen zu werden. Sie schwang herum und rannte wie gehetzt zum Rondavel, riss sich dort die verschwitzten Kleider vom Leib und fand erst zu sich, als das lauwarme Wasser der Dusche an ihr heruntertrauschte. *Hier bleib ich nicht länger, ich muss so schnell wie möglich einen Job finden. Und eine Wohnung.*

Sie wurde von Gefühlen geschüttelt, die sie noch nie erlebt hatte. Ihr Herz sang, Schmetterlinge tanzten im Magen, eine seltsame, süße Schwäche lähmte ihre Glieder. Dann kam der Gedanke an Carla, und sie stürzte in einen Abgrund schwarzer Verzweiflung. Benedict und Carla, hämmerte es in ihrem Kopf. Carla, ihre Cousine. In dieser Nacht träumte sie von Benedict. Er schwang sich in gebauschtem, weißem Rüschenhemd und eng anliegenden Hosen, unerreichbar für sie, durch die Wanten eines Clippers. Als Galionsfigur ringelte sich eine zierliche Schlange mit Menschengesicht und einer kastanienbraunen Haarkrone und Augen aus Diamanten. Sie warf sich herum und stöhnte im Schlaf, kämpfte sich durch ihre Träume, wachte immer wieder auf, bis sie schließlich aufstand und in dem Korbstuhl vor dem Rondavel auf den Sonnenaufgang wartete.

Drittes Kapitel

AM NÄCHSTEN MORGEN drückte eine weißgraue, tief hängende Wolkendecke auf Natal und hielt die feuchtheiße Luft unter sich gefangen. Schimmel blühte auf Büchern und Lederschuhen, jede schnelle Bewegung verursachte einen Schweißausbruch. Henrietta fand Carla und Gertrude im Schatten des Flamboyants beim Elfuhrtee. Letztere starrte mit einem Gesichtsausdruck in ihre Teetasse, als schwämme darin eine besonders große Kakerlake. »Jackson!« schrie sie schrill, »komm her, diese Milch ist sauer!«

Für eine ganze Weile passierte gar nichts. Dann kündigte langsames Schlurfen das Kommen von Jackson an. Gemütlich schlenderte er hinaus auf den Innenhof. »Madam hat gerufen?«

»Die Milch ist schlecht, warum passt du nicht besser auf?«

Jackson nahm die zierliche, silberne Milchkanne, steckte seine Nase hinein und sog die Luft zischend ein. »Die Milch ist gut«, stellte er fest und sah Tante Gertrude unter halb geschlossenen Lidern an. Seine dunkle Haut glänzte fettig, alte Pockennarben erschienen als Kraterlandschaft.

»Widersprich mir nicht immer, Dummkopf, die Milch ist sauer, sie ist ja schon geronnen!« kreischte Gertrude und tupfte sich erregt mit der Serviette den schweißnassen Hals, »und steck deine Nase gefälligst nicht in unser Essen. Bring sofort frische Milch!«

Jacksons Mundwinkel zuckten in einem unterdrückten Lächeln. »Keine Milch mehr da. Tut mir Leid.« Er fingerte, wie verlegen, an seinem blauen Arbeitskittel. Die obersten Knöpfe waren ausgerissen, und ein löcheriges, graugewaschenes Unterhemd war zu sehen.

Gertrude lief krebsrot an. »Warum hast du mir das vorhin nicht gesagt, als ich einkaufen ging?«

Der Zulu hob die Lider, Triumph glitzerte in seinen Augen, ein amüsiertes Grinsen legte seine oberen Zähne frei. »Vorhin hatten wir noch Milch.« In sich hineinkichernd, verschwand er in der Küche.
Gertrude kochte vor Wut. Sie atmete laut, ihr Busen wogte. »Und bring deine Uniform in Ordnung! Es ist eine Schande, wie du wieder herumläufst, verdammter Kaffir!« gellte sie.
Carla schickte einen ungeduldigen Blick gen Himmel. »Oh, Mutter, lass dich doch nicht immer wieder von dem Kaffir provozieren! Merkst du denn nicht, dass er es nur darauf anlegt? Ich wette, er hat einen ganzen Liter frischer Milch in der Küche.«
»Ach, Quatsch«, fauchte ihre Mutter, »der ist einfach dumm, wie alle Kaffern.«
»Dumm?« dachte Henrietta, »bauernschlau mit einem herrlichen Sinn für Komik, listig, ein geschickter Ränkeschmied. Das alles bestimmt – aber dumm?« Warmherzig hatte er sich ihr gezeigt, beschützend und besorgt um sie. Sein spontaner Humor war umwerfend. Keinem hier schien das aufzufallen. »Sie sind wie dumme Kinder«, sagte auch Papa immer, »sie lachen ständig, tanzen und singen bei jeder Gelegenheit, auch wenn es ihnen schlecht geht. Außerdem haben sie keinen Sinn für Pflicht und Arbeit.«
»Und sie klauen«, empörte Mama sich dann regelmäßig, »eines Tages verschwanden auf unserer Farm Papas Lackschuhe, die Besten mit den breiten Ripsschleifen, die so teuer gewesen waren. Nun, ein paar Tage später sahen wir einen verdreckten, alten Eingeborenen in Papas Lackschuhen durchs Dorf stolzieren! Seine breit gelatschten Plattfüße passten nicht in die Schuhe, so hatte er einfach die Sohlen abgetrennt! Ich meine, das zeigt doch, wie dumm und primitiv die sind. Schuhe ohne Sohlen!«
»Lackschuhe im Urwald?« fragte Henrietta ungläubig.
Papa sah sie streng an. »Man hat ja schließlich ein gewisses Niveau aufrechtzuerhalten, besonders im Urwald.«
»Wir zogen uns natürlich immer zum Essen um«, erklärte Mama.
Gertrude, jetzt ruhiger, fächelte sich mit der Morgenzeitung Luft zu. »Wir sind von Lady Rickmore zum Tee in die Oyster Box eingeladen.«

Carla stand hastig auf. »Ich muss hinüber zu Benedict, ein bisschen Händchen halten, weißt du. Er erwartet mich zum Lunch.«
»Oh.« Gertrude verzog enttäuscht ihr Gesicht. »Schade. Henrietta, mach dich fertig, wir fahren gleich.« Zehn Minuten später erschien sie, weiße Handschuhe zum dottergelben Flatterkleid und breitkrempigen, weißen Tüllhut. »Ich hole eben die Post.« Sie ging zu dem schmiedeeisernen Postkasten. Er stand unter den ausladenden Zweigen des alten, wilden Mangobaumes in einem Teppich roter und rosa Impatiens. Sie schloss die Tür auf und griff hinein.
Henrietta sah, dass der oberste Brief leicht bebte, etwas darunter bewegte sich, und dann glitt er zur Seite. Die Schlange war borkenbraun gesprenkelt und lag aufgerollt auf einem Gartenkatalog und züngelte mit gespaltener, schwarzer Zunge. Wie in Zeitlupe sah Henrietta Gertrudes geöffnete Hand zugreifen, sah, wie die Schlange ihren diamantförmigen Kopf zischend zurückzog, wie eine losgelassene Sprungfeder vorschnellte und mit weit aufgerissenem rosa Rachen zuschlug. »Nein!« schrie sie und stieß ihre Tante zu Boden. Die Schlange segelte, den Rachen immer noch weit aufgerissen, vom eigenen Schwung getragen über deren Kopf hinweg und landete auf Henriettas Fuß. Mit einer Bewegung schleuderte sie das Tier ins Gebüsch.
»Oh, mein Gott«, schluchzte Gertrude, »oh, mein Gott, sie hat mich fast erwischt!« Sie zitterte am ganzen Körper, der Tüllhut rutschte ihr verwegen tief in die Stirn. »Wo ist das Biest hingekrochen?« quiekte sie. »Es ist wichtig, wir müssen wissen, wo es ist, wir müssen es umbringen.«
»Sie ist mir auf den Fuß gesprungen, ich hab sie dort hinten ins Gebüsch geschleudert. Sie wird sich verkrochen haben.« Gertrude erhob sich mühselig auf zitternden Beinen. Ihre Augen suchten unablässig den Boden ab. »Jackson muss hier alles abschneiden. Alles! – Jackson!«, schrie sie, »komm sofort her!«
»Yebo, Madam«, antwortete eine tiefe Stimme direkt hinter ihnen. Da stand er und wischte seine Hände an seinen Hosen ab.
»Wie oft muss ich dir noch sagen, dass du dich nicht immer so anschleichen sollst. Ich krieg deinetwegen noch einen Herzinfarkt! Dummer Kaffir!« Ihre Stimme kippte als Reaktion auf den Schock. »Und sieh, was

passiert ist, nur weil du die Pflanzen nicht ordentlich zurückschneidest und das Unkraut wuchern lässt. Eine Schlange hat mich fast erwischt. Schneid hier alles ab, hörst du, alles!« Ihre Hand beschrieb einen großen Kreis.

Der Schwarze drehte seinen Kopf langsam im Halbrund. Sein schläfriger Blick glitt über die üppigen Impatiens, die Clivien unter den Bäumen und Büschen, die unordentlich ineinander verhakten und verfilzten Ranken der Bougainvillea, die den kleinen Abhang wie ein schäumender, roter Wasserfall hinunterstürzten, hinauf zu der Krone des alten Mangobaumes. »Alles«, fragte er, »wegen einer Schlange?«

»Alles«, fauchte Gertrude, die seinem Blick nicht gefolgt war.

Er seufzte ergeben, den Kopf gesenkt, doch Henrietta entging das amüsierte Funkeln in seinen Augen nicht. Sie sah ihm nach. Er wiegte sich in den Hüften, federte in den Knien, wirbelte die Schürze wie einen Propeller. Er schien in bester Laune. Sie wurde das unbehagliche Gefühl nicht los, dass er etwas im Schilde führte.

Gertrude, ihre Kleidung geordnet, den Hut befestigt, fuhr nun die gewundene Küstenstraße hinunter nach Umhlanga Rocks. Sie tankten bei Sams Tankstelle. »Sam, du glaubst es nicht«, rief sie, während der Tankstellenboy ihren Tank auffüllte, »das Biest schoss aus dem Briefkasten, Giftzähne, groß wie Säbel, mindestens einen Inch lang waren die Dinger also, wenn meine Nichte Henrietta hier nicht so schnell reagiert hätte ... « Sie schüttelte sich theatralisch.

Beeindruckt pfiff Sam durch die Zähne. »Du hast wirklich einen Schutzengel gehabt.« Er beäugte Henrietta mit schief gelegtem Kopf. »Einen sehr hübschen, muss ich sagen.« Er war untersetzt und knorrig, wie der Stamm eines alten Olivenbaumes, sein runder Schädel, Gesicht, Hals und Hände, überall wo seine Haut der Sonne ausgesetzt war, war sie tiefbraun gebeizt. Sein Gesicht glich einer verschrumpelten, braunen Zwetschge mit schwarzen, neugierigen Spatzenaugen. »Hallo, Miss Henrietta, hoffentlich gefällt es Ihnen bei uns. Wir brauchen junges Blut.« Er stieß ein eigentümlich hohes, heiseres Kichern aus. »Gertrude, sag Hans, dass er etwas verpasst hat. Ich bin heute vor Sonnenaufgang mit dem Boot draußen gewesen, wollte mal sehen, wo die Barracudas stehen. Als

die Sonne über den Horizont kam, sprang ein Mantarochen. Riesig, sag'
ich dir, der Größte, den ich je gesehen habe. Mindestens acht Fuß von
Flügelspitze zu Flügelspitze. Er sprang dreimal, gegen die aufgehende
Sonne, wie in einem verdammten Hollywoodfilm! Ich schwöre dir, ich
hab ihm direkt in die Augen gesehen, so nahe war er.«
Henrietta musterte den kleinen Mann erstaunt. Er wirkte uralt. In
Deutschland saßen uralte Menschen im schwachen Sonnenlicht zusammengesunken auf Parkbänken oder gingen mühselig an Stöcken
humpelnd spazieren, aber sie fuhren sicherlich nicht mehr mit kleinen,
schnellen Motorbooten, die wie Derwische auf den Wellen tanzten, auf
das raue Meer hinaus zum Tiefseefischen. »Wie alt ist Sam?« fragte sie,
als sie davonfuhren.
»Wird neunzig Jahre nächstes Weihnachten.«
Neunzig! Ihre Nichte schwieg beeindruckt. Es musste an dem Klima hier
liegen. Immer warm, angenehm, keine Winterkälte, die in die Knochen
kroch und allen Lebenswillen nahm, keine dunkle Jahreszeit, die auf die
Seele drückte. Hier war ewige Sonne, heiß, gleißend, hell, das Symbol
des Lebens. Sie atmete tief und verzückt. Ja, sie hatte die richtige
Entscheidung getroffen, hier war das Paradies, hier lohnte es sich zu
leben.
Vor ihnen fuhr ein klappriger alter Lastwagen. Auf seiner Ladefläche
stand ein großer Weidenkorb. Ein kleiner, schwarzer Katzenkopf schob
den Deckel hoch, der winzige Körper folgte. Das Kätzchen plumpste
herunter, fiel über die Kante der Ladefläche und kugelte direkt unter
Gertrudes Wagen. Diese bremste scharf. Henrietta sprang aus der Tür
und verschwand unter dem Auto, kaum dass es stand. Einen Moment
später tauchte sie wieder auf, staubbedeckt, das Kätzchen behutsam an
ihre Brust gedrückt. Es saß ganz still in ihrer Hand. Sie streichelte das
glänzende Fell, das sich unter ihrer behutsamen Berührung langsam glättete.
Der Fahrer des Lastwagens stieg aus. Ein abgerissener, ärmlich wirkender
älterer Mann, struppige, weiße Borstenhaare, struppiger, weißer Backenbart. Er lachte und zeigte seitlich eine Zahnlücke. Mit zwei Fingern
tippte er an seinen khakifarbenen Schlapphut. »Gertrude.«

Sein kurzärmeliges Khakihemd hatte nur zwei Knöpfe, und die knielangen Hosenbeine endeten in ausgefaserten Fransen.
»Guten Tag, Bob«, grüßte Gertrude, »das hier ist meine Nichte, Henrietta Tresdorf – Henrietta, das ist Bob Knox.«
Bob Knox verneigte sich leicht und berührte wieder mit zwei Fingern seinen Hut. »Miss Henrietta.«
»Guten Tag, Mr. Knox.« Sie hielt ihm das piepsig maunzende Kätzchen hin. »Es hat sich nichts getan.«
»Möchten Sie es behalten?« Wieder zeigte er seine Zahnlücke, seine himmelblauen Augen verschwanden in Lachfältchen.
Das Kätzchen knabberte sanft an ihrem Zeigefinger, streckte sich schnurrend. Da packte sie ein Gefühl, tief aus ihrem Inneren, ein Instinkt, der mit der Hilflosigkeit, der Verletzbarkeit des kleinen Wesens in ihrer Hand zu tun hatte und mit ihrer Zukunft hier. Sie fühlte ihre Füße fest und sicher auf dem Erdboden, seine Wärme prickelte unter ihren Fußsohlen. Ein Energiestrom schoss in ihr hoch und überflutete ihr Gesicht mit glühender Röte. Sie hätte die Welt umarmen können. Vorsichtig legte sie ihre gewölbte Hand über das Kätzchen. Vertrauensvoll rollte es sich in der sicheren, warmen Höhle zusammen. Sie wandte ihre leuchtenden Augen dem alten Bob zu.
»Unsinn, Bob«, fuhr Gertrude unwirsch dazwischen, »wir haben genug Katzen auf der Farm. Henrietta, gib das Vieh zurück.«
Diese setzte das kleine Tier wieder in den Korb. »Was haben Sie mit den Kätzchen vor?« Sie wurde von dem schrecklichen Verdacht geplagt, dass Mr. Knox die Kätzchen beseitigen wollte, wie das manche mit unerwünschten Katzenwürfen machten.
Er lächelte, als hätte er ihre wirkliche Frage sehr wohl verstanden. »Ich werde sie verschenken. Ich war eben beim Tierarzt und habe sie impfen lassen. Diesen kleinen schwarzen Teufel aber werde ich behalten, und wenn Sie eines Tages Ihr eigenes Haus haben, werde ich Ihnen ein Junges von ihr schenken.« Er grinste, tippte wieder zwei Finger an seinen Schlapphut. Bis bald, Miss Henrietta.«
Sie sah ihm nach. »Der arme alte Mann, was macht er? Wo wohnt er? Kann er so viele Katzen überhaupt ernähren?«

Gertrude lachte schallend. »Bob Knox? Machst du Witze? Bob Knox ist der reichste Mann weit und breit. Ihm gehört so gut wie alles hier. Wenn er Geld braucht, verkauft er ein paar Hektar Land, baut ein kleines Einkaufszentrum oder ein Hotel und ist schon wieder ein paar Millionen reicher.«

Henrietta warf einen ungläubigen Blick auf das Vehikel hinter ihnen. »Warum läuft er dann so herum, so abgerissen, und fährt ein so altes, kaputtes Auto?«

»Bob? Oh, das macht ihm Spaß, er hält nicht viel von Äußerlichkeiten.« Sie lächelte maliziös. »Was hast du denn erwartet? Einen Rolls und goldene Manschettenknöpfe?«

Henrietta schwieg verunsichert. Genau das hatte sie erwartet, gestand sie sich ein. Wie kurios. In Hamburg, da fuhr man, sobald man meinte, es sich leisten zu können, einen Dreihunderter Mercedes und kaufte Kleidung bei Horn am Jungfernstieg. In Hamburg, da konnte man genau erkennen, wie viel jemand hatte und was er war. Es gab da untrügliche Gradmesser. Kaschmir-Twinset, zweireihige Perlenkette, Schottenrock und marineblauer Blazer aus bestem Tuch. Unauffällig, gediegene Qualität, teuer. Klare Verhältnisse.

»Ich muss zu Connor's Store.« Gertrude stieg aus und bahnte sich zielstrebig ihren Weg durch eine Gruppe Schwarzer auf dem schmalen Bürgersteig. Ihr Schritt wurde nie langsamer, sie änderte nie ihre Richtung. Sie ging einfach weiter, als sei der Weg frei. Eine immens dicke schwarze Frau, ihr Baby mit einem Tuch auf ihren Rücken gebunden, watschelte ihnen entgegen. Henrietta trat auf die Fahrbahn, um ihr Platz zu machen. Die andere Frau wich im selben Moment ebenfalls dorthin aus, und sie stießen zusammen.

Die Schwarze stolperte. »Sorry, sorry, Madam.« Aufgeregt zeigte sie das Weiße ihrer Augen. Das Baby auf ihrem Rücken weinte.

Henrietta fing sie auf. »Nein, nein, es war meine Schuld.«

Gertrude fuhr mit schneidender Stimme dazwischen: »Du hast rechtzeitig vom Bürgersteig herunterzugehen, wenn Europäer kommen, das weißt du doch!«

»Ja, Madam«, flüsterte die junge Frau mit der samtbraunen Haut, ihr

Blick unter gesenkten Lidern hin und her flackernd, und schlich sich davon.

Das weiße Mädchen sah ihr nach. Sie schätzte, dass sie wohl ein paar Jahre jünger war als die andere Frau. »Warum soll sie mir ausweichen, Tante Trudi? Sie trug ein Kind, und sie ist älter als ich.«

»Sie ist ein Kaffir. Und nenn mich nicht Tante Trudi, das ist ordinär«, antwortete Gertrude und verschwand in Connor's Store.

Henrietta blieb stehen. Welch eine merkwürdige Gesellschaft, die weiße wie die schwarze. Warum ließ sich eine erwachsene Frau diese Behandlung gefallen? Vor ihr stiegen zwei Inderinnen aus einem großen, teuer aussehenden Wagen. Die Junge half der viel Älteren. Beide waren in hauchfeine, schillernde Saris gewickelt. Der golddurchwirkte Bordürensaum verdeckte ihre Füße, wehte und flog, sie schienen zu gleiten, ohne den Boden zu berühren. An ihren zarten Handgelenken klirrten unzählige Goldreifen, in einem Nasenflügel funkelte ein großer Diamant. Die junge Inderin war von klassischer Schönheit. Stolz trug sie ihren Kopf mit dem schweren, blauschwarzen Haar, das im Nacken zu einem kunstvollen Knoten geschlungen war. Eine junge Zulu in blauer Hausmädchenuniform ging, beladen mit Einkaufstaschen, hinter ihnen. Zwei Damen der besten Gesellschaft beim Einkaufsbummel, begleitet von ihrem Hausmädchen.

»Wie ist das mit den Indern?« fragte sie ihre Tante, die eben aus dem Laden trat, »ihre Hautfarbe ist braun, also sind sie, rein optisch, nicht als weiß zu bezeichnen.«

Gertrude schien belästigt durch diese Frage. Sie zuckte mit den Schultern. »Offiziell sind sie Asiaten, aber genau genommen sind sie natürlich auch Kaffern.«

»Aber sieh doch, die beiden Damen dort. Sie sind doch offensichtlich Damen der Gesellschaft, kultiviert ... «

»Sie sind dunkel ... oder?«

Das waren sie ohne Zweifel. Dunkel. Ihre Haut hatte den tiefen, satten Goldton von Teak. Beneidenswert, fand sie. Dann kam ihr ein Gedanke. »Was sind denn Japaner und Chinesen? Dunkel sind die doch nicht.«

»Oh, hör auf! Du wirst kaum mit solchen Leuten in Berührung kom-

men. Ich weiß es nicht einmal genau. Chinesen sind, soweit ich weiß, Asiaten, wie die Inder, aber Japaner gelten als Weiße.«
Ihre Nichte lachte ungläubig. »Aber das ist doch idiotisch!« Die Lippen ihrer Tante wurden schmal. »Mein liebes Kind, wenn du hier in diesem Land leben willst, dann achte seine Gesetze. Und so sind unsere Gesetze nun einmal, ohne sie wird unser Land von denen verschluckt. Wenn du länger hier lebst, wirst du das schon verstehen. Und nun Schluss mit dieser Diskussion!« fauchte sie und strebte ihr voraus durch die Drehtür des Oyster Box Hotel in die dämmrige Empfangshalle, die kühl und hoch war. Sie nickte dem livrierten Inder an der mahagonigetäfelten Rezeption zu. Eine antike chinesische Vase mit mehr als fünfzig langstieligen rosa Anthurien prangte auf dem polierten Tresen.
Sie gingen hinaus auf die verglaste, sonnendurchflutete Terrasse. Es war Teestunde. An kleinen Tischen saßen Damen mit Hüten und ordentlich gesteckten Locken und tranken mit zierlichen Bewegungen ihren Tee. Ältere, grauhaarige Herren in blauen Blazern mit Goldknöpfen und hellen Hosen, militärisch getrimmten Schnauzern in roten Gesichtern, schwadronierten in näselndem Englisch. Bewegungslos wie eine Statue aus schwarzem Onyx stand an jeder Säule ein Kellner.
Gertrude steuerte einen Tisch vor der letzten Glastür an. Eine Dame von imposanter Statur hatte dort Platz genommen. »Patty, meine Liebe, ich hoffe doch, ich komme nicht zu spät«, flötete sie und küsste die Luft neben ihrem Ohr. »Das ist Henrietta, meine Nichte; Henrietta, das ist Lady Rickmore.«
Die Angesprochene, groß, füllig, der graumelierte, rötliche Lockenwust zu einer dicken Rolle gezwungen, blickte streng unter ihrem grünen Hut hervor. »Gertrude, endlich!«
Henrietta streckte die Hand aus. »Guten Tag, ich freue mich, Sie kennen zu lernen.«
Lady Rickmore ignorierte ihre Hand und nickte nur hoheitsvoll. »Nun, meine Liebe, wie gefällt es Ihnen hier?«
Verlegen zog sie ihre Hand zurück. »O gut, sehr gut, danke.« Eilig schlängelte sich Liz Kinnaird durch die Tischreihen. »Entschuldigt, dass ich mich verspätet habe. Franks Pfleger wurde mal wieder nicht allein mit ihm fertig.«

»Wie geht es ihm?« fragte Gertrude.
»Schlechter. Es wird immer schwieriger.«
»Ich versteh nicht, warum ihr ihn nicht in ein Heim gebt«, näselte Lady Rickmore.
»Wenn du eins davon von innen gesehen hättest«, antwortete Liz heftig, »würdest du so etwas nicht sagen. Sie würden ihn mit Beruhigungspillen vollpumpen und einfach verwahren. Ich hab mit einer Klinik in der Schweiz Kontakt aufgenommen. Sie sollen mit einer neuen Gehirnoperation große Erfolge gehabt haben! Ihr werdet sehen, er wird wieder ganz gesund! – Er muss«, setzte sie inbrünstig hinzu, »er ist doch unser Sohn, alles, was wir haben.«
»Hat er immer noch diese Wutausbrüche?« fragte Gertrude. »Ich entsinne mich, dass er dir einmal den Arm gebrochen hat.«
»Seit er aus dem Koma aufgewacht ist, kann er seine Gliedmaßen nicht mehr kontrollieren, das macht ihn wütend! Er kann doch nichts dafür.« Liz' Stimme schwankte.
»Oh, ich bin sicher, alles wird gut werden«, schloss die aristokratische Lady das Thema nachdrücklich und neigte sich Henrietta zu. »Wie ich höre, sind Sie in Schwarzafrika geboren worden, Portugiesisch-Guinea, nicht wahr? Wie interessant! Sie müssen in Ihrer Jugend schon sehr viel erlebt haben.«
»Ich war leider noch viel zu klein«, rief Henrietta, »aber mein Vater hat mir die aufregendsten Geschichten erzählt. Da war der Tag, ich war noch ein winziges Baby, als eine riesige Ratte versuchte, mir die Kehle durchzubeißen.« Sie blickte dramatisch in die Runde, und die Damen machten passende entsetzte Geräusche. Dann sprudelte es nur so aus ihr heraus, die Worte strömten wie ein Wasserfall, eine Geschichte ergab sich aus der anderen. Die drei Damen, von eiserner Höflichkeit, hörten zu und nickten, nippten an ihrem Tee, und nur manchmal seufzte eine von ihnen, und ihr Blick traf den der anderen Damen.
»Oh, zur Hölle,« rief Henrietta in ihrer Begeisterung, »wäre ich nur älter gewesen, welche Abenteuer hätte ich erleben können!«
»Henrietta!« kreischte ihre Tante geschockt, »du fluchst?«
In das Schweigen hinein legte Lady Rickmore in einer unnachahmlichen

Geste ihre beringte Hand auf Gertrudes Arm. »Machen Sie sich nichts daraus, meine liebe Freundin! Bedenken Sie, sie ist aus den Kolonien, dazu noch aus einer portugiesischen Kolonie.« Ihre Stimme war daunensanft. Und Gertrude senkte den Kopf, als trüge sie eine schwere Last.
Henrietta lachte laut. »Ist das ein Verbrechen hier? Aus den Kolonien zu kommen? Ich sehe mich als weiße Afrikanerin. Außerdem war Südafrika doch auch eine Art Kolonie.«
Ihre Tante zuckte zusammen und hob mit einem Da-seht-ihr-was-ich-ertragen-muss-Ausdruck die Lider und lächelte gequält. Lady Rickmore ließ ein Lachen hören, klar wie eine Silberglocke. »Aber, meine liebe Henrietta, gelegentlich sind natürlich auch ganz ordentliche Leute in die Kolonien gegangen, wirklich brillante Menschen, meist die schwarzen Schafe guter Familien. Tatsächlich sind einige meiner besten Freunde in den Kolonien gewesen.« Sie lachte wieder ihr klingendes Lachen, tätschelte Henriettas Hand und tauschte unter der Hutkrempe amüsierte Blicke mit den anderen beiden Damen.
Henrietta drehte an ihrem Wappenring, unbewusst, wie immer, wenn ihr Selbstverständnis Bestätigung brauchte. Jedes Mitglied der Tresdorf-Familie bekam ihn zum 18. Geburtstag.
»Du kommst aus einer sehr alten Familie, einer deiner Ahnen war Kreuzfahrer«, erklärte Papa mit stolzem Blick an ihrem 18. Geburtstag.
Bis in alle Ewigkeit galoppierte der ferne Vorfahre auf einem feurigen Rappen als strahlender Held durch ihre Vorstellung, schwarzhaarig und blauäugig, wie der Roland aus ihrem alten Sagenbuch, mit stolz wehenden Federbüschen und fliegender Standarte.
Trotzig warf sie ihren Kopf in den Nacken.
»Mein liebes Kind«, sagte Tante Gertrude später im Auto ärgerlich, »du solltest dich befleißigen, nicht auf andere Leute einzureden, schon gar nicht immer von dir selbst reden. Und du hast geflucht! Ein nicht wiedergutzumachender faux pas in der hiesigen Gesellschaft. Mir scheint, ich werde dir einiges an Manieren beibringen müssen. Es wundert mich, dass dein Vater das vernachlässigt hat.«
Henrietta drehte ihren Ring, dachte an ihre Kinderstube und schluckte die Antwort hinunter. Sie erreichten die Farm in gespanntem Schweigen.

Eine Horde kreischender Affen begrüßte sie mit einem Hagel überreifer Avocados. Schwungvoll fuhr Gertrude zum Kücheneingang – und trat mit einem Aufschrei so hart auf die Bremse, dass Henrietta mit der Stirn auf dem Armaturenbrett aufschlug. Als sie sich aufrichtete, sah sie es auch.

Der große, schöne, alte Mangobaum, der sich wie eine luftige Basilika seit vielen Jahrzehnten über das Haus wölbte, lag am Boden. Sein Stamm war in drei Teile zersägt, seine Zweige bedeckten wie ein riesiges Zelt aus grünen Blättern fast die ganze Hoffläche. Die meterlangen, abgeschnittenen Bougainvillearanken dazwischen leuchteten wie blutende Wunden. Wo sie einmal wuchsen, standen nur noch Stümpfe. Der üppige, rosarote Impatiensteppich war zerfleddert, zertreten und zerfetzt, als hätte eine Herde wütender Elefanten alles platt gewalzt. Für einen Moment waren beide Frauen zu sehr geschockt, um zu reagieren, dann fing Gertrude Tresdorf an zu schreien. Sie schrie für eine volle Minute, ohne dass Henrietta irgendetwas verstehen konnte. Sie lief dunkelrot an und musste endlich nach Luft ringen. »Jackson«, kreischte sie dann, »Jackson, komm sofort her! Ich bringe ihn um, ich schwör's!« Sie schluchzte, Tränen strömten ihr die Wangen herunter.

Das Blätterzelt wackelte wild, und Jackson tauchte auf, sein nackter, schweißüberströmter Oberkörper über und über gesprenkelt mit grünen Blätterstücken. »Madam hat gerufen?« Seine Augen funkelten aufreizend.

Mit einem unartikulierten Knurrlaut ging Gertrude auf ihn los. Sie brach einen kräftigen Ast des Mangobaumes ab und schlug blindlings auf den Schwarzen ein. »Ich bring dich um, du verdammter Kaffir, ich bring dich um!« Völlig von Sinnen, prügelte sie auf ihn ein und fluchte und stöhnte dabei. Sie traf seinen Kopf, die Schultern und das Gesicht und brachte ihm eine stark blutende Platzwunde bei.

Jackson senkte seinen Kopf, zog die kräftigen Schultern hoch. Mit gekreuzten Armen schützte er sich gegen die Schläge. Henrietta gelang es endlich, ihrer wild um sich schlagenden Tante den Ast zu entwinden, nicht ohne selbst ein paar Schläge abzubekommen. Jackson ließ die Arme sinken und hob seinen Blick zu den beiden Frauen.

Henrietta erschrak zutiefst. Der glühende Hass, die schiere Mordlust in seinen blutunterlaufenen Augen traf sie wie ein Schlag. Seine Hände geballt, dass die muskelbepackten Arme zitterten, verbreitete sich seine rasende Wut in sengenden Wellen um ihn. Er war plötzlich riesig, bedrohlich. Das Erschreckendste jedoch war, dass er keinen Unterschied machte zwischen ihr und Tante Gertrude, er schien Henrietta gar nicht zu erkennen. Von plötzlicher Angst gepackt, zog sie ihre Tante hastig in die Küche und schloss die Tür.

»Der Mangobaum stand hier schon, als wir das Haus bauten«, schluchzte diese, am ganzen Körper zitternd, »ich bring den Bastard um!« Sie stürzte wieder zur Tür.

Henrietta fing sie ab. »Du hast ihm doch gesagt, er soll hier alles abschneiden, wegen der Schlangen.«

»Aber doch nur das Unterholz«, schrie Gertrude, »und das weiß er ganz genau. Er hat es nur aus Bösartigkeit getan, er weiß, wie sehr er mich damit trifft, das – Schwein!« Das Wort schien das schlimmste Schimpfwort ihres Vokabulars zu sein.

»Was ist denn hier los?« fragte Onkel Hans schroff, der gerade vom Patio in die Küche kam.

Schnell schilderte Henrietta ihm den Vorfall. »Er wird es sicher missverstanden haben.«

»Jackson? Ganz bestimmt nicht! Der wusste genau, was er tat. Jetzt hab ich es aber endgültig satt, den Kaffir schmeiß' ich raus! Wenn ich ihn nicht vorher totschlage!« Seine Nackenhaare sträubten sich, Hals- und Oberarmmuskeln schwollen an. Mit wenigen Schritten war er an der Küchentür und riss sie auf »Lass ihn, Hans«, sagte da Gertrude überraschend, ihre Stimme noch ganz belegt mit Tränen, »ich hab ihn schon verprügelt!«

»Bist du verrückt? Willst du ein Messer zwischen die Rippen haben?« Mit ungläubiger Wut starrte er seine Frau an.

»Unsinn, Jackson tut mir nichts!«

»Der Kaffir tanzt dir doch ständig auf der Nase herum!«

»Das ist meine Sache, sonst ist er ganz in Ordnung.« Sie wischte sich mit einem Küchenhandtuch ihr erhitztes Gesicht ab und ordnete ihre Haare.

»Vermutlich hat er wieder Dagga geraucht.« Der Gedanke schien ihr zu gefallen. Ihre Miene erhellte sich. »Ich werde nachsehen.« Sie lief über den Patio in den unteren Teil des Gartens und bahnte sich einen Weg durch ein kleines Maisfeld, kaum größer als zwanzig mal zwanzig Meter. Sie machte viel Krach dabei, klatschte in die Hände, stampfte mit den Füßen. Es dämmerte Henrietta, dass sie mit dem Lärm Schlangen zu vertreiben suchte. Bald zeigten nur die wild wackelnden Maispflanzen an, wo sie sich befand. Henrietta folgte ihr verdutzt.

»Ha!« tönte sie triumphierend aus der wogenden Mitte des Feldes. »Ha! Wusste ich's doch!« Über die Spitzen der fast zwei Meter hohen Maisstauden flogen herausgerissene Grünpflanzen mit langen, spitz gezahnten Blättern. Rechts und links flogen die Pflanzen, bis sich ein beachtlicher Haufen angesammelt hatte. Dann kämpfte sich Gertrude durch den Maiswald, erhitzt und verdreckt, ihre blonden Locken wüst um ihr rotes Gesicht, aber in sichtlich besserer Laune. Sie warf ein großes Bündel derselben Pflanzen auf den Haufen und trampelte mit teuflischem Vergnügen darauf herum, bis die zerdrückten Blätter sich zu einem schmierigen Brei mit der Erde vermischten. Auf Knien liegend, schaufelte sie dann mit bloßen Händen ein Loch, schob den Haufen hinein, häufte Erde darüber und stampfte alles fest. Dann warf sie die Arme hoch und vollführte einen Triumphtanz über dem Pflanzengrab. Ihr gelbes, erdverschmiertes Kleid flog um ihre plumpe Gestalt, die Schuhe hatte sie von sich geschleudert. »Ha!« schrie sie noch einmal und schnalzte mit den Fingern. Es klang wie eine Fanfare.

An der Peripherie ihres Gesichtskreises bemerkte Henrietta die massige Figur von Jackson und erschrak. Blut aus vielen kleinen Wunden lief ihm über das Gesicht, tropfte auf seine Schultern und wand sich in glänzenden Rinnsalen über seine Brust. Doch das mörderische Glühen in seinen Augen war erloschen, die Spannung aus den Schultern gewichen. Passiv sah er zu, wie die weiße Frau seine Dagga-Pflanzen vernichtete. Auf seltsame Weise, fühlte Henrietta, schien er zu akzeptieren, was da passierte.

Auch Gertrude hatte ihre Wut verloren, wirkte eigenartig zufrieden. Sie schwang ihre Hüften, straffte ihre Schultern und ging dicht an Jackson

vorbei, mit leicht zurückgelegtem Kopf sah sie ihm geradewegs und unverwandt in die Augen.
Henrietta hätte schwören können, dass der Anflug eines Lächelns in seinen Mundwinkeln zuckte. Ein Gleichgewicht schien wieder hergestellt. Verwirrt und verunsichert blieb sie zurück. *Afrika!*

❖

»Letitia Beaumont hat uns zum Dinner eingeladen.« Gertrude wedelte ein paar Tage später hocherfreut mit einem Büttenumschlag. »Benedicts Tante, sie gehört zu den Top Ten in der Durbaner Gesellschaft«, erläuterte sie Henrietta.
»Wie schön! Ich werde mein weißes Kleid anziehen.«
Carla drehte sich zu ihr herum. »Du bleibst hier. Wie ich höre, lässt dein Benehmen sehr zu wünschen übrig«, höhnte sie. »Du musst dich in Lady Rickmores Gegenwart unmöglich aufgeführt haben. Ich will mich vor Benedicts Familie nicht blamieren!«
Henrietta explodierte, und sie war nicht wählerisch mit ihren Ausdrücken. Sie schrien sich an wie zwei Fischweiber.
»Du könntest wirklich etwas mehr Dankbarkeit zeigen«, giftete Gertrude, »dass wir dich hier bei uns aufgenommen haben und versuchen, dir das Benehmen beizubringen, das dir die Türen zu der hiesigen Gesellschaft öffnet.«
»Ich verzichte auf eure so genannte Gesellschaft«, zischte Henrietta, weißglühend vor Wut, »ihr schwänzelt doch nur um Geld herum und richtet euch nach den verstaubten Maßstäben obskurer englischer Möchtegernadliger! Ich kann mit Messer und Gabel umgehen und bin stubenrein, das reicht hier allemal! Und für meinen Aufenthalt bei euch zahle ich schließlich!« Dann konnte sie sich nicht beherrschen, eins draufzusetzen. »Und paß du nur auf«, grinste sie ihre Cousine an, »dass dein Benedict sich nicht wieder in einen Stacheldrahthaufen setzt und der schönen Dr. Alessandro in die zarten Hände fällt.« Befriedigt drehte sie sich auf den Hacken um und entfloh ins Rondavel.

❖

»Du musst da raus«, sagte Tita Robertson kategorisch. Sie lagen in Liegestühlen auf der schattigen Terrasse des großen, luftigen Hauses der Robertsons. Es war stickig heute, die kochende Hitze, unter tief hängenden Wolken gefangen, strahlte glühend von den Steinmauern zurück. »Carla ist ein Miststück, glaub mir. Sie ist geldgierig und würde alles, aber auch alles tun, um in die High-Society aufzusteigen. Benny Beaumont ist ihre Fahrkarte dazu. Uralter Burenadel. Seine Familie ist, glaube ich, schon mit Jan van Riebeck herübergekommen, Hugenotten, weißt du. Aber total pleite. Er braucht Geld, denn der Lebenswandel, den er liebt, liegt weit über seinen Verhältnissen. Sein Vater fällt von einer Pleite in die andere. Nun hat Bennys Cousine auch noch meinen Cousin geheiratet, und meine Familie ist unanständig reich, der Geldadel dieses Landes sozusagen.« Sie sagte das ganz unaffektiert, fast entschuldigend. »Jeder, der Carla da in die Quere kommt, spielt mit seiner Gesundheit.«
»Was – was willst du denn damit sagen?«
Ihre Freundin sah sie überrascht an. »Ach, du meine Güte, hast du dich etwa in den schönen Benedict verliebt?« Die grünen Augen glitzerten. »Oh, là là, sieh dich vor, dass Carla nichts merkt.«
»Was kann sie schon tun?«
»Oh, die schüttet dir glatt Rattengift in den Tee!«
»Komisch, Glitzy nannte sie einen Piranha. – Kennst du Diamanta Daniels?«
»Natürlich, hier kennt jeder jeden. Glitzy und ich sind schon ewig befreundet. Wir waren zusammen im Internat in Lausanne.«
»Lausanne, Schweiz?« Nur Deutschlands Reichste konnten ihre Töchter dorthin schicken.
»Natürlich. Tolle Zeit! Glitzy blühte auf, endlich! Die ganze Familie zittert doch vor den Gemeinheiten von Pops, der Mumie.«
»Ist er so schlimm, wie er sich gibt?«
»Schlimmer! Seit Glitzys Vater den größten Teil seines Vermögens durch eine Fehlspekulation verlor – er hat fast sein ganzes Geld in irgendeiner

Mine versenkt, die sich dann als bodenlos herausstellte – hält Pops seine knochigen Finger fest auf dem Familienvermögen. Aber er liebt Glitzy. Ich sah sie neulich in einem neuen Auto. Vermutlich küsst sie ihm dafür jeden Tag die Füße.« Tita glitt vom Rand des Schwimmbeckens in das spiegelglatte Wasser und tauchte ab. Wie ein goldener Pfeil durchmaß sie das Becken, ihr Abbild zersplittert durch die Wellenbewegungen. Geschmeidig stieg sie am anderen Ende aus dem Wasser, von der perlenden Nässe in eine kostbare, diamantbesetzte Skulptur in Goldbronze verwandelt, kupferne Haare, nass und glänzend an den Kopf geschmiegt.

Kindergeschrei drang aus dem Haus, Gladys trug die kleine Samantha heraus, verschwitzt und rotbäckig vom Mittagsschlaf.

Tita nahm ihre Tochter in die Arme. »Gladys, bereite ihr Essen, ich füttere sie heute selbst. Dann leg mir die Sachen für heute Abend hin und lass mir um sechs ein Bad ein. – Und schick Moses zu mir!«

Kurz darauf erschien ein Schwarzer. Breite Schultern unter einer weißen Jacke mit kleinem Stehkragen. Er trug Sandalen. »Madam?«

»Moses, eine der Bodenvasen im Billardraum ist zerbrochen. Ich werde sie dir vom Gehalt abziehen.«

»Der Wind hat die Tür aufgeweht, Madam«, protestierte er. »Das wird dich lehren, sie in Zukunft festzustellen.«

Seine Kinnbacken mahlten, als kaue er auf Worten herum. Nach kurzem schweigendem Kampf schlug er die Augen nieder.

»Geht es deiner Tochter besser? Hat mein Arzt sie gesund gemacht?« fragte Tita, während sie mit Sammy spielte.

Er hob die Lider. »Ja, Madam, danke, Madam.«

»Sag ihm, er soll mir die Rechnung schicken, und nimm deiner Tochter ein paar Mangos von uns mit. Sie braucht jetzt Vitamine.« Sie wandte sich Henrietta zu. »Moses ist eigentlich ein guter Boy, aber ungeschickt wie alle Eingeborenen. Neil behauptet zwar, es hätte nichts damit zu tun, dass er ein Schwarzer ist, er ist eben einfach ein ungeschickter Mensch, aber das ist natürlich Unsinn. Jeder weiß, dass alle Eingeborenen ungeschickt sind. Neil als Journalist ist prinzipiell gegen alles, besonders gegen meine Meinung, die Regierung und gegen die Apartheid.« Sie

seufzte. »Er ist schrecklich idealistisch. Deswegen liebe ich ihn auch so, weil mir das völlig abgeht.«
Henrietta sah an ihr vorbei. Moses war stehen geblieben, den Kopf zur Seite geneigt, als lausche er. »Tita, ich glaube, Moses kann dich hören«, wisperte sie.
Tita lachte. »Und wenn schon, es ist doch die Wahrheit. Also, wo waren wir stehen geblieben?«
»Dass ich mich vor Carla vorsehen soll ...«
»O ja, richtig. Du brauchst als Erstes einen Job, damit du auf eigenen Beinen stehst – kannst du irgend etwas Besonderes?« Henrietta nahm nachdenklich einen Schluck Cola. Was konnte sie schon Besonderes? Das Abitur hatte sie sich ertrotzt. Sie brauchte das Abitur, denn sie wollte Medizin studieren und nach Afrika gehen und neue Heilmethoden für die großen Tropenkrankheiten finden. Wie sonst sollte sie Geld verdienen, um dort leben zu können?
»Abitur?« nörgelte Mama damals. »Du heiratest doch irgendwann, dann ist das nur vergeudete Zeit und hinausgeworfenes Geld.«
»Lerne etwas Praktisches, dann hast du dein ganzes Leben etwas«, knurrte Papa. »Sekretärin oder Krankenschwester, das sind doch ordentliche Berufe. Krank werden die Menschen immer. Außerdem sind deine Zeugnisse ja nicht gerade berühmt, du würdest es doch nicht schaffen. Also keine Diskussion mehr.«
Das genügte. Sie setzte sich hin, büffelte und präsentierte ihren Eltern ein Zeugnis, mit dem sie spielend ihre Versetzung in die Oberstufe schaffte. Mama machte aus ihrer Missbilligung keinen Hehl, Papa verlegte sich auf bissiges Sticheln. Ihre Leistungen wurden noch besser, und das Sticheln machte widerwillig Stolz Platz. Der große Tag kam, und sie legte ein glänzendes Abitur hin. Nun konnte sie Medizin studieren, vielleicht sogar in Afrika, und den Menschen dort helfen. Sie sah sich schon in Lambarene bei Albert Schweitzer, und ihr Herz floss über.
Ein einziger Satz von Papa machte ihre Träume zunichte.
»Studieren? Davon hab ich nichts gesagt. Wo denkst du hin? Weißt du, was das kostet? Du hast schließlich noch einen Bruder!«
»Dann arbeite ich eben nebenbei!« schrie sie unter Tränen.

»Kommt gar nicht in Frage. Es ist schließlich an der Zeit, dass du etwas zum Haushalt beiträgst. Du gehst ins Büro, und damit basta!« Er klemmte sein Monokel ins rechte Auge. Übergroß und grotesk verzerrt starrte es sie an.

»Du kannst mich nicht zwingen! Ich will studieren, ich habe ein Recht darauf«

Papa wurde nicht einmal laut. »Solange du deine Füße unter meinen Tisch steckst, tust du, was ich sage. Du bist noch nicht volljährig, du wirst also gehorchen.« Er ließ sein Monokel in den Schoß fallen. Die Unterredung war beendet.

Drei Tage heulte und bettelte sie. Es half nichts. Im Schnellkurs musste sie Steno und Maschine lernen und ihr Englisch aufpolieren. Heimlich besuchte sie einen Spanischkurs, einfach um einen Nutzen aus acht Jahren Lateinbüffeln zu haben. Spanisch fiel ihr leicht. In diesem Kurs lernte sie David kennen. David, ein Meter neunzig athletische Eleganz, edles, klassisch geschnittenes Gesicht, seelenvolle braune Augen und ein Lächeln, das ihr die Knie weich werden ließ. Er war gleichzeitig urkomisch und sehr einfühlsam, liebte Mozart, Satchmo und die französischen Impressionisten. Sein Vater war Diplomat, eine Tatsache, die Mama dazu veranlasste, ihn am Sonntag zum geheiligten Nachmittagskaffee mit Apfelkuchen zu bitten.

Der Besuch wurde zu einem Desaster. Sie hatte vergessen, tatsächlich schlicht vergessen, zu erwähnen, dass David tiefschwarz war und aus Abidjan stammte. Es schien ihr nicht wichtig.

Ihre Mutter bekam einen akuten Migräneanfall und zog sich nach den ersten sprachlosen Minuten nach Davids Ankunft mit einem Kissen über dem Kopf für drei Tage ins verdunkelte Schlafzimmer zurück. Ihr Vater, nach donnerndem Schweigen, zitierte sie allein in seine Bibliothek. Als sie herauskam, war sie schneeweiß, ein rot angeschwollener Handabdruck glühte auf ihrer Wange. »Komm, David, wir gehen«, sagte sie tonlos.

»Du bleibst hier!« brüllte ihr Vater.

Sie ignorierte ihn, das hatte sie noch nie gewagt. Sie nahm Davids Hand und verließ einfach das Haus. Das Zuklappen der Haustür hinter ihr beendete ihre Kindheit. In dieser Nacht kehrte sie nicht nach Hause zurück, sondern blieb bei einer Freundin. Ihr Vater stand schon in der Tür, als sie am nächsten Abend durch das Gartentor trat. Er packte sie wortlos am Arm und schob sie vor sich her ins Wohnzimmer. Dort saß ihre Mutter, tragische Miene, Tränenspuren, zerknülltes Taschentuch. »Hure«, zischte sie, »ich steck dich ins Kloster, wie Cousine Bertild! Sie war aufsässig und trieb sich mit Männern herum! So wird es dir auch ergehen.«

Henrietta musste unwillkürlich schlucken. Mama kam aus Regensburg und hatte nach dem frühen Tod ihrer Eltern einige Jahre in einer Klosterschule verbracht. Es musste sehr schlimm für sie gewesen sein, denn ihre Geschichten von vergitterten Zellen, kahl rasierten, stoppeligen Köpfen junger Mädchen, die aufsässig gewesen waren, hatten Henriettas Kindheit begleitet. Diese Drohung zeigte, wie sie die Sache empfand.

»Setz dich!« befahl ihr Vater. »Ich habe mit meinem Bruder gesprochen, in vier Wochen fliegst du hin und wirst mindestens ein Jahr dort bleiben. Du wirst dort entweder deiner Tante im Haushalt helfen oder dir eine Stellung suchen, das bleibt dir überlassen. Nach einem Jahr sehen wir weiter. Ich erwarte von dir, dass du dann fließend Englisch sprichst.«

Sie saß bewegungslos, zu verblüfft, um überhaupt einen klaren Gedanken zu fassen. Vaters Bruder? Hans oder Diderich? Nur Hans war verheiratet. Und Hans Tresdorf lebte in Natal, Südafrika – Afrika! Ihr Herz sprang, ein Adrenalinstoß zuckte durch ihren Körper. »Onkel Hans«, fragte sie atemlos, »und Tante Gertrude?«

»Ja, der wird dir dann schon beibringen, dass man mit Eingeborenen nicht verkehrt.«

Afrika! Sie musste alle Selbstbeherrschung aufwenden, um nicht jubelnd im Zimmer herumzuhüpfen. Südafrika zwar, nicht Schwarzafrika, weit weg von ihrer Insel, aber es war Afrika, und Natal sei, wie Tante Gertrude, die vor Jahren für ein paar Wochen in Hamburg bei ihnen weilte, erzählte, üppig grün und von leuchtenden, ungebrochenen Farben, gesäumt von einer endlosen Küste von wilder Schönheit. Zwar herrsche dort meist feuchte Hitze, berichtete sie, manchmal sei das ganz unerträglich, aber so sei es eben in Afrika. Plötzlich meinte Henrietta süßes Gras und diesen rauchigen, vertrauten Duft zu riechen, und deutlich hörte sie dunkle, weiche Stimmen. Ein tiefes, ruhiges Glück stieg in ihr hoch, wie eine warme Flut. Sie durfte heimkehren, und dann würde ihre Suche zu Ende sein. Die letzten vier Wochen in Deutschland wurden zu den schönsten ihres bisherigen Lebens. Sie tanzte durch die Tage, und nachts träumte sie von Afrika.

»Also, dein Englisch ist ja wirklich gut«, riss Tita sie aus ihren Gedanken, »einen netten, kleinen kontinentalen Akzent hast du, aber das ist in Ordnung, hier hat fast jeder einen. Ich werde mit Dad reden, der kennt Tausende von Leuten, der wird schon was finden.«

Und ihr Dad fand etwas.

»Tresenschwalbe oder Büromaus«, stichelte Carla beim Essen.

Henrietta ignorierte sie. Sie konnten sich nicht im selben Raum aufhalten, ohne sich gegenseitig an die Kehle zu gehen.

Gertrude ließ den Suppenlöffel sinken. »Sie haben dir tatsächlich einen Job angeboten? Na, ich muss sagen, du hast Glück.«

»Wie viel kriegst du?« fragte ihr Onkel, Tomatensuppe am Kinn.

»Sie haben mir fünfzig Rand geboten, aber das ist zu wenig. Ich brauche mindestens sechzig Rand, und das hab ich verlangt. Sie wollen es sich bis Montag überlegen.« Heute war Freitag, und das Wochenende würde lang werden. Sie brauchte diese Stellung. Sechzig Rand würden knapp für eine kleine Ein-Zimmer-Wohnung und ein spartanisches Leben reichen. Mit weniger konnte sie nicht überleben.

»Bist du wahnsinnig?« schrie Gertrude entgeistert. »Wir haben eine schlimme Rezession, Tausende von Arbeitslosen, keine Jobs, und du stellst Forderungen! Du bist doch nicht einmal Südafrikanerin, sondern nur eine Einwanderin!« Sie warf ihren Löffel auf den Teller, blutrote Tomatensuppe schwappte aufs Tischtuch. »Also, immer kannst du auch nicht hier bleiben, so dicke haben wir es auch nicht. Ruf sofort diese Leute an und akzeptiere ihre Bedingungen!«

Hans Tresdorf rieb sich seinen Nasenrücken mit zwei Fingern, eine Angewohnheit, die sie von ihrem Vater kannte. Er tat es immer, wenn

ihm etwas unangenehm war. »Gertrude, werde nicht peinlich. Friedrich zahlt immerhin sechs Rand monatlich für das Rondavel und vier für das Essen! Aber«, wandte er sich Henrietta zu, »ich denke, sie hat recht. Was ist das für ein Job? Wer sind die Leute?«
»Chefsekretärin und rechte Hand des Chefs bei Africonnex ...«
»Bei van Angeren? Wie kommst du denn an den heran? Und da müsstest du ja ziemlich gut Spanisch sprechen.«
»Der Vater meiner Freundin hat mir geholfen, außerdem bin ich ganz gut in Spanisch.«
»Und wer ist der Vater von dieser – wie heißt sie? Ich wusste gar nicht, dass du eine Freundin hast«, fragte ihre Tante spitz. »Wo hast du die denn aufgegabelt?«
»Ich habe sie am Strand kennen gelernt. Sie heißt Tita Robertson, ihr Vater heißt Julius Kappenhofer ... « Weiter kam sie nicht.
»Julius Kappenhofer!« fauchte Carla, schneeweiß geworden, und Onkel und Tante sahen sie wie vom Donner gerührt an. Henrietta, die genau wusste, was in ihren Köpfen vorging, genoss ihren Triumph schweigend.

Das war vor drei Monaten gewesen. Mr. van Angeren zahlte ihr die geforderten sechzig Rand, und die Arbeit machte ihr überraschenderweise Spaß. Mit ihrem Boss verstand sie sich prächtig. Rasch überhäufte er ihren Schreibtisch mit allem, was ihn bisher an seiner Lieblingsbeschäftigung, Handeln, Beziehungen knüpfen, Geschäfte abschließen, gehindert hatte.
Er handelte mit allem, vom Hafenkran bis zu chinesischen Miniaturen. Wer etwas suchte oder etwas verkaufen wollte, wandte sich an Mr. van Angeren.
»Du brauchst ein Auto«, entschied er, nachdem sie schon wieder zu spät gekommen war, weil Mr. Moreton, der sie jeden Morgen mitnahm, mal wieder verschlafen hatte. Öffentliche Verkehrsmittel gab es nicht. »Ich kann nicht fahren«, rief sie. »Dann lerne es, aber schnell! Das ist hier lebenswichtig. Du bekommst einen Kredit von mir und kaufst ein hüb-

sches kleines Auto und bist fortan immer pünktlich. Bitte einen netten Menschen, dir das Autofahren beizubringen. Fahrschulen gibt es hier nicht. Man klebt sich ein großes Schild mit einem L für Lehrling ans Auto, damit alle einen großen Bogen um einen machen, und los geht's. Die meisten überleben es.« Er grinste spitzbübisch.
Ein gütiges Schicksal wollte es, dass Benedict anwesend war, als sie von ihrem Dilemma erzählte. »Hat einer von euch Lust, mir das Fahren beizubringen?«
Der Frage begegneten die anwesenden Tresdorfs mit Schweigen. Während sie noch überlegte, wen sie bitten könnte, grinste Benedict seine Verlobte provozierend an. »Ich helf dir gerne, Henrietta. Du wirst sehen, bald fährst du besser Auto, als du reitest.«
Benedict! Der Himmel öffnete sich, die Engel jubilierten, und ihr Herz schlug gegen die Rippen wie die Schwingen eines gefangenen Vogels. Carla, die mit angezogenen Beinen auf dem Sofa saß, richtete ihren Oberkörper jetzt kerzengerade auf, drehte den Kopf und fixierte Henrietta mit einem unmissverständlichen Blick. Die Ähnlichkeit mit einer gereizten Kobra war groß. Aber Henrietta sah nur Benedict.
Himmlische zwei Wochen folgten. Jeden Tag für mehr als eine Stunde Schulter an Schulter mit ihm in demselben Auto zu sitzen, seine Stimme zu hören, seinen Geruch einzuatmen, das war die reine Glückseligkeit. Sie lernte sogar Autofahren dabei und bestand die Prüfung. Als sie jubelnd ihren Führerschein hochhielt, küsste er sie zur Belohnung auf die Wange und dann auf den Mund, ganz flüchtig nur, aber die zarte Berührung seiner Lippen kam einem Stromschlag gleich, Sterne tanzten vor ihren Augen. Die Atmosphäre zwischen Cousine Carla und ihr kühlte während dieser Zeit auf sibirische Temperaturen ab.
Sie kaufte sich einen todschicken, knallroten Mini, quetschte Tita, Neil und Samantha hinein und lud sie zu einem Picknick nach Shaka's Rock ein. Zum Sonnenuntergang saßen sie auf dem schroffen, hohen Felsen, wo Shaka, der legendäre Zulu-König, seine barschen Urteile vollstrecken ließ.
»Ziemlich drastisch«, sagte Neil, »Shaka hat die armen Kerle hier einfach runterwerfen lassen, sie starben aufgespießt auf den messerscharfen

Felsen. Den Rest besorgten die Haie. Manchmal lebten sie noch, wenn die fressgierigen Biester ihr grausiges Werk begannen.« Er grinste. »Die Verbrechensrate soll unter Shakas Herrschaft praktisch auf den Nullpunkt gesunken sein.«

»Hör auf, Neil, Henrietta wird schon ganz grün!« Tita nahm Sammy und kletterte vom Felsen. »Ich bin nächste Woche zur Vernissage von Esias-Bosch-Keramiken in Monkforts Galerie eingeladen. Du kommst mit, Henrietta. Mach dich hübsch, volle Kriegsbemalung, es sind tolle Männer da, einige davon sogar unverheiratet. Zieh irgendeinen umwerfenden Fummel an!«

Henrietta lachte. Typisch Tita, ständig auf der Jagd nach einem Mann für sie. Aber sie gehorchte. Da sie keinen Cent übrig hatte, entwarf und nähte sie ein Kleid, mühsam Stich für Stich mit der Hand. Schlicht, weiß, schulterfrei – vom Ausschnitt bis zum Saum prangte eine dramatische Schwertlilie in leuchtenden Blautönen – mit einer leichten, kurzärmeligen Jacke.

»Ich bin eifersüchtig«, kommentierte Tita, »alle Männer werden dir zu Füßen liegen.«

Als Dank für ihre Freundschaft hatte sie ihr einen kleinen Sommerpullover gestrickt, ganz einfach, ohne Schnörkel. Der Clou war die Farbe. Sie mischte verschiedene Garne und erzielte ein schillerndes Blaugrüngold, das Titas Hautton und ihre flammenden Haare zum Glühen brachte.

»Henrietta!« flüsterte Tita, »wie absolut himmlisch!« Sie trug ihn heute zur Vernissage.

Es war ein wunderschöner Apriltag, klar und ruhig, wie die Apriltage an der Küste von Natal so häufig sind, fast windstill mit angenehmen Temperaturen. Sie fuhren in dem roten Mini nach Durban und näherten sich auf der festgefahrenen Sandstraße, pockennarbig, voller tiefer Schlaglöcher, die sich etwa dreihundert Meter über dem Meer zwischen den Zuckerrohrfeldern entlangschlängelte, von Norden her den ersten Häusern von Umhlanga Rocks. Träumerisch blickte Henrietta über das üppig grüne Land, das sich in langen, sanften Wellen zum Indischen Ozean neigte, hinunter auf den Ort und hinaus auf das endlose Meer.

»Pass auf«, schrie Tita, »da liegt was auf der Straße!«
Henriettas Blick schnappte zurück, sie bremste hart und stieg aus. Mitten auf der Fahrbahn lag ein großes Holzschild im Staub. »For Sale« stand darauf, zu verkaufen, und darunter eine Telefonnummer. Sie spähte durch blühende Ranken in die wuchernde Wildnis. Links, etwas unterhalb des Fahrdamms, entdeckte sie im Gestrüpp eine niedrige, hölzerne Gartenpforte, dahinter, verklebt mit modernden Blättern, ein grün angelaufenes, weit heruntergezogenes Blechdach. Das kleine, weiße Haus darunter war in seinem tiefen Schatten kaum auszumachen. Auf dem Dach hatte eine winzige Kapuzinerkresse einen Platz zum Überleben gefunden. Die seidigen, goldorangefarbenen Blüten berührten etwas in ihr. Dieses zerbrechliche Pflänzchen bohrte seine haarfeinen Wurzeln unaufhaltbar in die winzigen Witterungsrisse in dem Blech. Pflanzenteile, Erde und Feuchtigkeit würden sich ansammeln, ihm Nahrung und Halt bieten. Nach nicht allzu langer Zeit würde das Blech porös werden an dieser Stelle, zerbröseln und schließlich einbrechen. Und so würde die kleine Kapuzinerkresse, die sie leicht zwischen Daumen und Zeigefinger zerquetschen konnte, ein Dach aus solidem Blech im Überlebenskampf besiegen. Sie atmete tief durch und nahm den Garten in sich auf. Die rote Erde, die durch das Grün schimmerte, die würzige, warme Feuchtigkeit, die von ihr aufstieg, der Schwarm Schmetterlinge dort auf den gelben Blüten, der Parfumduft des niedrigen Frangipanibaumes am Zaun, der sie umschmeichelte. Ihr Herz begann zu klopfen, das Blut stieg ihr in die Wangen.
»Ja«, dachte sie, »das ist es, danach hab' ich gesucht. Hier werde ich mein Wurzelgeflecht hinunterschicken und es fest verankern.« Das Pflänzchen ihrer Sehnsucht hatte endlich seinen Platz in Afrika gefunden.
»Henrietta, was machst du da?« schrie Tita ungeduldig aus dem Autofenster, ihre kupfernen Haare verschwitzt.
Henriettas Augen leuchteten. »Bitte, komm her, Tita, ich muss mir das ansehen, ich brauch' dich dabei!« Sie ging auf die niedrige, hölzerne Gartenpforte zu.
»Bist du verrückt, was interessiert dich diese Bruchbude?« »Ich glaube, hier werde ich leben!«

Das war zu viel für Tita. Trotz ihrer hohen Pfennigabsätze sprang sie aus dem Auto und hüpfte auf Zehenspitzen hinter ihr her. Henrietta öffnete mit erwartungsvoller Neugier die niedrige Pforte. Bei der Berührung zerfiel das Holz, und Tausende von Ameisen schwärmten über ihre nackten Arme. Mit kräftigen Zangen verbissen sie sich blitzschnell in ihrer Haut, die Ameisensäure brannte in unzähligen kleinen Wunden. »Tita, hilf mir, die fressen mich auf!« schrie sie hysterisch.
Ihre Freundin lachte. »Keine Angst, das sind nur Termiten, die sind nur gefährlich, wenn du aus Holz bist.«
Sie gingen in den Garten hinein. Großblättrige tropische Pflanzen wucherten bis in die breiten Kronen der Bäume und ließen das Sonnenlicht in grüngoldenen Flecken auf dem roten Boden tanzen, zwei leuchtend gelbe Webervögel turnten an den Halmen eines dichten Bambusbusches. Auch auf dem leicht abschüssigen, steingepflasterten Weg hatten die Pflanzen begonnen, sich ihren Grund zurückzuerobern. Dann, als sie die lappigen Blätter einer Bananenstaude beiseite schob, sah sie es. »Sieh nur!« wisperte sie verzückt. Vor ihnen stand ein Haus, ein winziges Haus mit einer auf Pfeilern ruhenden Holzveranda, einem Geländer aus gitterartigem Zaungeflecht, an dem die weiße Farbe abblätterte. Abseits lugte das Dach eines Gartenhäuschens durch das dichte Grün. Vorsichtig gingen sie die Treppe hinauf und betraten den warmen, rauen Holzboden der Veranda, die sich unter dem tief hängenden Dach um das ganze Haus zog. Kräftige Schlingpflanzen krochen das Geländer hoch, umschlangen die hölzernen Pfeiler, die das Dach trugen. Mit gierigen grünen Fingern griffen sie nach den Dachsparren. In wenigen Wochen würde das Haus mit einem Blättertuch zugedeckt sein. Hier und da huschte ein Gecko davon, bedrohlich aussehende Riesenwespen mit herunterhängendem, schwarzgeringeltem Hinterleib stiegen auf, monströse Tausendfüßler marschierten in Kolonnen über die Bohlen. Unbehaglich bewegte sie ihre Schultern. »Schlangenland«, murmelte Tita.
Die Fenster des kleinen Hauses waren dort, wo Regentropfen Staub gesammelt hatten, mit Schmutz verkrustet. Links neben der ehemals weißlackierten Haustür befand sich ein Raum, den sie anhand eines

primitiven Spülsteins als Küche identifizierten. Rechts neben der Tür sahen sie durch ein winziges, fast blindes, mit einer Spitzengardine aus Spinnweben verhängtes Fenster in einen kleinen Raum, in dem ein Holzkasten stand; an der Wand hing ein verrostetes Waschbecken.
»Oje, ein Plumpsklo.« Tita rümpfte die Nase, als könne sie den Inhalt riechen.
Henrietta strebte weiter auf der Veranda zur vorderen Seite des Hauses. Es stand auf abfallendem, mit Felsbrocken übersätem Grund. Die Vorderfront ruhte auf Pfeilern, die etwa eineinhalb Meter maßen. Hier gab es zwei Zimmer mit Blick auf das Meer, den jedoch ein schwerer, sonnendurchschienener Pflanzenvorhang versperrte, der alles in ein geheimnisvolles grünes Licht tauchte. Mit bloßen Händen riss sie ein Loch hinein und erweiterte es, bis es die Größe eines Bullauges hatte. Tita war ihr gefolgt, vorsichtig Abstand zu den verschmutzten Wänden haltend. Gemeinsam schauten sie hindurch. Eingerahmt von Ranken, die grüne Küste wie ein blaues Band säumend, glitzerte und funkelte der Ozean. In der Ferne zog ein weißer Dampfer seine Bahn. Wind war aufgekommen, und auf der unendlichen, blausilber schimmernden Fläche erschienen wie hingetupft weiße Schaumkronen. Es musste Ebbe sein, denn das Geräusch der unsichtbaren Brandung hinter der Felsbarriere vor Umhlangas Strand war hier nur ein fernes Wispern. Für eine atemlose Minute starrten sie schweigend auf das grandiose Panorama unter ihnen.
»Es hat ein Plumpsklo«, sagte Tita endlich.
»Das ist mir egal, ich setz' mich auch in den Garten, wenn ich dabei diesen Ausblick habe.« Henriettas Stimme schwankte vor Aufregung. Ihre Jacke klebte auf der Haut, und sie hängte sie an die Dachsparren, wo sie sich im Wind blähte wie die Fahne eines Eroberers, der aller Welt mit dem Hissen seines Banners seinen Anspruch auf dieses Territorium kundtat. Dann riss sie die restlichen Ranken herunter. Nun glitt ihr Blick über blühende Baumkronen ungehindert hinunter zum Meer und die Küste hinauf und hinunter, die sich im schimmernden Dunst der Ferne verlor. Es war sehr still. »Gleich fang ich an zu heulen«, wisperte sie und zog zwei alte Korbsessel von altmodisch geschwungener Form

aus der Tiefe der Veranda, wischte den Schimmel ab und breitete für die zögernde Tita ein Taschentuch auf dem durchgesessenen Sitz aus. Sie lehnte ihren Kopf an die schadhafte Rückenlehne und schloss die Augen. Wie im Traum sah sie das Haus von den gierigen Tentakeln der Pflanzen befreit, frisch gestrichen, schneeweiß außen und innen. In den glänzenden Fenstern spiegelte sich der gezähmte, üppige Garten.

»Henrietta, es ist verdammt ungemütlich hier, und außerdem kommen wir zu spät!«

Diese öffnete widerwillig seufzend die Augen und sah Tita an, ihre Schultern zusammengezogen, wie immer, wenn sie Sorgen hatte. »Woher soll ich bloß das Geld nehmen?«

»Bist du wahnsinnig? Willst du diese alte Bruchbude etwa kaufen? Hast du den Garten gesehen, das Plumpsklo, das Loch, das sich Küche nennt?«

Sie sah Tita an, ein kleines Lächeln saß in ihren Mundwinkeln. »Das verstehst du nicht. Hier werde ich leben, und irgendwie muss ich das Geld auftreiben. Betteln, stehlen oder borgen! Ich hatte nie ein eigenes Zimmer. Als meine Eltern mit mir vierundvierzig aus Afrika nach Deutschland zurückkehrten, zogen wir zu Großmutter nach Lübeck. Sie hatte ihr Haus bei einem Bombenangriff verloren und lebte in einer Wohnung in einem Mietshaus. Wir waren froh, bei ihr unterschlüpfen zu können, und sie brauchte keine Fremden aufzunehmen. Jeder, der ein paar Quadratzentimeter Platz hatte, bekam nämlich Flüchtlinge einquartiert. Ich hab' mit meinem kleinen Bruder im Ankleidezimmer geschlafen. Es war nicht mehr als ein etwas größerer Schrank. Als ich zehn war, zogen wir nach Hamburg. Unser Kinderzimmer dort maß ganze acht Quadratmeter. Mein Vater brauchte eine Bibliothek für seine vielen Bücher, und wir Kinder bekamen den kleinsten Raum im Haus. Fast zehn Jahre haben mein Bruder und ich da geschlafen, gespielt und Schularbeiten gemacht.« Ihre Freundin schwieg einen Moment betroffen. »Du bist total verrückt, aber ich glaube nicht, dass das Haus teuer sein wird. Bedenke das Plumpsklo! Außerdem scheint es schon sehr lange leer zu stehen. Du kannst ja die Nummer, die auf dem Schild steht, anrufen. Aber jetzt komm endlich, wir kommen jetzt schon zu spät!«

❖

»Sechshundert Guineas.« Die schweren Lider über den schwarzen Augen hoben sich, und Mr. Viljoen, der Makler, musterte die junge Frau, die auf dem Stuhl vor seinem Schreibtisch Platz genommen hatte. Seine fleischige Nase zuckte, als wittere sie etwas. Er strich sich über seinen glänzenden, üppigen Schnurrbart und wartete.
Henrietta machte eine schnelle Kalkulation im Kopf. Eine Guinea war ungefähr zwölf Mark. »Also siebentausendzweihundert Mark!« rief sie. »Das ist zu viel, das kann ich mir nicht leisten. Oder kann ich es vielleicht mieten?«
Mr. Viljoen schüttelte kategorisch den Kopf »Unmöglich, ich will das Haus los sein.«
Sie stand auf »Es war wohl eine verrückte Idee. Tut mir Leid, aber das ist völlig unerreichbar für mich.« Sie machte einen Schritt zur Tür, als sie der Makler stoppte.
»Einen Moment, vielleicht gibt es doch einen Weg. Wie viel verdienen Sie denn?«
Sie sank zurück auf den Stuhl. Hoffnung rauschte durch ihre Adern, aber sie bemühte sich, eine unbewegliche Miene zu zeigen.
»Denk dran«, hatte Neil, Titas Mann, ihr als Rat für die Verhandlung mitgegeben, »erst wenn beide Seiten jammern, ist es ein guter Preis.« Mr. van Angeren hatte ihr Gehalt bereits von sechzig auf fünfundsiebzig Rand erhöht. Sie atmete einmal durch. »Sechzig Rand«, log sie. Ihr Ton machte die Antwort zu einer Frage.
Nun lächelte Mr. Viljoen unter seinem schwarzen Schnurrbart mit großen quadratischen Zähnen, die weiß gegen seine ziemlich dunkle Haut waren. »Wenn Sie mir monatlich dreißig Rand geben, gehört das Haus Ihnen. Eine Art Mietkauf«
Sie rechnete blitzschnell. Dreißig Rand für das Haus, fünf Rand für das Auto – blieben vierzig Rand zum Leben, Haus ausbauen, Möbel kaufen etc. Ihr Herz begann zu hämmern. Es würde gehen, knapp, und sie würde für lange Zeit immer eben an den roten Zahlen vorbeischrammen, aber – sie holte tief Luft – es müsste gehen. Sie sah hoch und

schüttelte den Kopf. »Das ist zu viel. Zwanzig Rand und Gesamtpreis fünfhundert Guineas.« Sie zwang sich, ganz still zu sitzen. Die Knöchel ihrer Hand auf der Stuhllehne waren weiß, und ihre Augen leuchteten fiebrig.
»Miss Tresdorf, haben Sie ein Herz, wovon soll ich leben? Der Eigentümer wird das nie akzeptieren!« Viljoen strich sich erregt mit beiden Händen über den Kopf. Seine schwarzen, drahtigen, fest gekräuselten Haare knisterten unter seiner Handfläche.
Henrietta stand wieder auf und ging zur Tür. »Es tut mir Leid, ich kann mir einen größeren Betrag einfach nicht leisten. Auf Wiedersehen, Mr. Viljoen.« Das sagte sie laut, schweigend aber zählte sie die Schritte bis zur Tür. Sag ja, *nun sag doch schon* ja!
Der Makler trommelte sichtlich ärgerlich mit seinen Fingern auf der Schreibunterlage und sah ihr nach. Er wartete, bis sie die Tür geöffnet hatte. »Oh, verdammt noch mal, kommen Sie schon zurück! Fünfhundert Guineas und fünfundzwanzig Rand!«
Gewonnen! »Vierhundertfünfzig Guineas und fünfundzwanzig Rand«, schoss sie zurück und zitterte wie Espenlaub. Der Preis war sensationell für ein Haus in Umhlanga, wenn auch im ›wilden‹ Teil. Sie wagte nicht zu atmen.
Viljoen wedelte ärgerlich mit den Händen. »Oh, Sie können es haben, Sie kosten mich den letzten Nerv, aber Sie haben es. Solche Leute wie Sie ruinieren mich zwar, aber ich will den alten Kasten loswerden.« Er zog ein Formular hervor, füllte einige Positionen aus und erfragte dann ihre persönlichen Daten, prüfte die Vollmacht, die sie sich von ihren Eltern hatte besorgen müssen, um sich ein Auto kaufen zu können, da sie mit zwanzig Jahren hier nach dem Gesetz noch nicht geschäftsfähig war. Die Vollmacht lautete auf allgemeine Geschäftsfähigkeit. Glücklicherweise, den Kauf eines Hauses hätte Papa nie geduldet. Und dann unterschrieb sie. Sie war wie betäubt.
Viljoen stand auf, streckte seine Pranken aus und ergriff ihre widerstrebenden Hände. »Gratuliere! Wir sind froh, Einwanderer wie Sie zu bekommen. Tolle Leute, die Deutschen. Großartiger Mann, Hitler.

Wünschte, wir hätten ihn hier, und er würde ein paar Atombomben auf die Schwarzen werfen. Würde das Problem aus der Welt schaffen, und zwar endgültig. Willkommen!« Seine klebrige Überschwänglichkeit schwappte über ihr zusammen.
Hastig entzog sie ihm ihre Hände. »Danke«, stammelte sie, ergriff den Vertrag und floh aus dem Büro. Kaum war sie an der frischen Luft, entlud sich ihre Spannung in einem Jubelschrei. Den Kopf zurückgeworfen, wirbelte sie in einem übermütigen, ekstatischen Freudentanz über den kleinen Vorplatz. So registrierte sie nur unterbewusst, dass Mr. Viljoen seine großen Zähne in einem triumphierenden Grinsen entblößte, als er den Vertrag in seinem Safe einschloss.

»Das Donga-Haus?« rief Tante Gertrude und vergaß, weiter Tee einzuschenken. »Na, du hast Mut!« Sie lachte ungläubig. »Donga-Haus? Was ist das?«
Tante Gertrude widmete sich ganz dem Füllen ihrer Teetasse. »Oh, es ist auf einer Art Rinne gebaut, nennt man hier Donga.«
»Oh, daher.« Henrietta fand es lustig, dass ihr Haus – ihr Haus! – im Volksmund einen Namen hatte. Weiteres dachte sie sich nicht dabei. So sicher war sie sich in ihrer Entscheidung, so erfüllt von Tatendrang, so laut klang die Zukunftsmusik in ihren Ohren, dass sie das mühsam kaschierte Erstaunen, das versteckte Lächeln, die ungläubigen Blicke, die ihre Neuigkeit bei allen Freunden hervorrief, auf den Umstand bezog, dass sie sich als Frau an dieses Vorhaben wagte, und dem Namen Donga-Haus keine weitere Bedeutung beimaß. Ihr war längst bewusst, dass in der zutiefst chauvinistischen Männergesellschaft Südafrikas, dem Land der Pioniere, eine Frau als ein zartes, flatterhaftes Spielzeug galt, dem kein ernsthafter Gedanke über die schwerwiegenden Dinge des Lebens zugetraut werden konnte. Einer Frau mit eigener Meinung, die über den Kochtopfrand schaute und mehr als Kindererziehung beherrschte, das Tagesgeschehen der Welt begriff, einer Frau, die einen logischen Gedankengang entwickeln konnte und, ganz schlimm, diesen

auch kundtat, begegneten Südafrikas weiße Männer mit tiefstem Misstrauen und allen Anzeichen von Unsicherheit und Angst.
Erst das Erschrecken von Glitzy, die Verlegenheit von Melissa und besonders Pops' hämisches Grinsen machten sie stutzig. Der geknurrte Rat dann von Dirk, auf jeden Fall die Stützen, auf denen das Haus ruhte, genau prüfen zu lassen und eine Mauer oberhalb des Hauses zur Straße hin zu bauen, erfüllte sie mit einer unterschwelligen Unruhe.
Er schickte ihr einen Bauingenieur, der sich aus Gefälligkeit die Stützen genau ansah. »Die sind völlig in Ordnung, aber die Mauer sollten Sie bauen lassen. Hier ist die Adresse eines Maurers. Reeller Kerl, zieht einen nicht über den Tisch. Sagen Sie ihm, dass ich ihn empfohlen habe.«
Auf diese Weise lernte sie Sandy Millar kennen, einen drahtigen jungen Mann aus Yorkshire, dessen Dialekt sie kaum verstand. Aber das spielte keine Rolle, da er ohnehin sehr wortkarg war. Sie verstanden sich auch so prächtig. Ihre Unruhe legte sich. Zu ihrem Entzücken entdeckte er sehr bald, dass ihr Plumpsklo mit einer Klärgrube verbunden war. Nachdem er einige Rohre erneuert hatte, installierten sie als erste große Investition ein weißblinkendes Toilettenbecken. Sandy montierte den Wasserkasten an die frisch gelegten Rohre. Für ihre erste Sitzung nahm sie sich viel Zeit. Das anschließende Plätschern und Rauschen bereitete ihr großes Vergnügen, und sie richtete ihr Klo als ersten Raum richtig wohnlich ein. Ihr Geld reichte gerade noch für ein Waschbecken und eine Dusche, die nicht mehr war als eine gefliese Vertiefung mit Abfluss im Boden, davor ein himmelblauer Duschvorhang.
»Mein Badewohnzimmer«, nannte sie es stolz und hängte ein kleines Bücherregal an die Wand, sie hatte es selbst gezimmert, und es war ihr ganzer Stolz. Sie kaufte sich einige Heimwerkerbücher und studierte sie nun eifrig an diesem gemütlichen Ort und wurde von Tag zu Tag kundiger und geschickter.
»Mir fehlt ein T-Stück für die Wasserleitung«, rief sie Sandy zu, »ich fahr zu Gerald's.« In Mr. Gerald's Hardware-Store bekam man alles, von einem Stück Draht über Wasserrohre und Spülbecken bis zu Taucherausrüstungen, wenn man sich endlich durch das Chaos seiner ganz eigenen Ordnung gekämpft hatte. »Ein T-Stück, für meine Wasserleitung«,

erklärte sie geduldig noch einmal, und als sie sein zweifelndes Gesicht sah, zeichnete sie es mit wenigen Strichen auf »Hier, das meine ich!«
Mr. Gerald sah die junge Frau an. »Ein T-Stück, sind Sie sicher? Fahren Sie lieber noch einmal nach Hause, und fragen Sie Männe.«
»Männe?«
»Na, Ihren Mann, kleine Frau ...«
Sie verlor die Fassung. »Ich will ein T-Stück, und wenn Sie zu dämlich sind, das zu kapieren, fragen Sie jemanden, der es weiß«, schrie sie mit sich überschlagender Stimme, »ich weiß sehr genau, wovon ich rede! Nur zu Ihrer Information, ich bin nicht verheiratet, ich brauche keinen Mann, ich kann für mich selbst denken!« Schwer atmend hielt sie inne. Vollidiot! Mr. Gerald starrte sie mit gerunzelter Stirn an. »Sie müssen die verrückte Deutsche mit dem Donga-Haus sein«, murmelte er schließlich kopfschüttelnd, »das ist etwas anderes.« Sie bekam ihr T-Stück.
Sandy lachte. »Mädchen, was glaubst du denn, du bist doch das Gesprächsthema Nummer eins in jeder Bar in der Umgebung.«
Für einige Zeit danach hatte sie stets das Gefühl, wenn sie durch Umhlanga ging, einem Spießrutenlauf ausgesetzt zu sein. Aber sie gewöhnte sich daran, dass sich die Leute nach ihr umdrehten und ihr mit den Augen folgten und dann ihre Köpfe zusammensteckten. Bald merkte sie es nicht einmal mehr.

Viertes Kapitel

Tagsüber sorgte sie dafür, dass Mr. van Angeren ungestört seinen Geschäften nachgehen konnte, doch in jeder freien Minute schuftete sie in ihrem Haus. Sie schleppte Farbtöpfe in Gallonengröße heran, führte die Ziegelstein- und Stahlnagelwährung ein, das heißt, ein Lippenstift kostete sie hundert Stahlnägel. Sie verzichtete auf Lippenstift und viele andere Sachen, hauptsächlich auf das Mittagessen. Bald hatte sie kein Gramm Fett mehr auf den Knochen, und Muskelstränge traten hervor, wo sie nie welche vermutet hätte. Sie akzentuierten ihren Körper, sodass sie, verstärkt durch ihren neuen, abgestuften Kurzhaarschnitt, eher dem David von Michelangelo ähnelte als der Venus von Milo. Erst spätnachts fuhr sie auf der Sandstraße, die sich durch wogende Zuckerrohrfelder schlängelte, todmüde zur Farm zurück.

Sie hatte sich angewöhnt, immer eine Kanne Tee auf dem kleinen Campingkocher warm zu halten, den ihr Cori geschenkt hatte, denn fast jeden Tag kamen Freunde oder neue Bekannte vorbei, beladen mit allerlei Gerät für den Haushalt. Angefangen von ein paar Bechern, einem Haufen unterschiedlicher Besteckteile, bis zu einem verstaubten, unbenutzten Waschbecken und einem entsetzlich hässlichen, aber urgemütlichen Ohrensessel in Weinrot.

Zusammen mit Sandy besserte sie den Dielenfußboden im Haus aus, strich die Wände weiß und ersetzte angefaulte Holzteile. Abends war die Arbeit mühselig, denn das Haus hatte noch keinen Strom, und der flackernde Schein der Gaslampen und Kerzen täuschte ihre Wahrnehmung und ermüdete sie. Ende Juli blieb so viel auf ihrem Konto übrig, dass sie mit einem kleinen zusätzlichen Kredit endlich Elektrizität legen konnte. Es reichte auch noch für ein paar neue Fensterrahmen. Sie entfernten die alten Fenster zum Meer hin und vergrößerten den Durch-

bruch, bis die vorgefertigten Metallrahmen für die neuen Glasflügeltüren passten.
An diesem Tag arbeitete sie nicht mehr. Sie saß in den weit geöffneten Glastüren in einem der nunmehr weißlackierten und reparierten Korbstühle und blickte träumend in den Garten. Ihr Zeichenblock lag auf ihren Knien. Sie hatte den Rasensprenger angestellt, denn es war ein windiger, trockener Tag gewesen, voller Staub, der ihr noch in den Augenwinkeln saß. Winzige bunte Vögel flirrten durch den schimmernden Tropfenregen, und die Strahlen der sinkenden Sonne verwandelte sie in fliegende Edelsteine. Sie war hundemüde, alle Knochen taten ihr weh, und ihr Kontoauszug war eine Katastrophe, doch sie fühlte sich leicht und glücklich.

❖

Die Tage verschmolzen ineinander, langsam verging auch der August, und der September kam mit schweren, grauen Wolken und feuchtwarmen Stürmen. Auf ihrem Konto herrschte Ebbe, und ihr Kredit war total erschöpft. So richtete sie in dieser Zeit hauptsächlich den Garten her, der sie keinen Pfennig kostete, denn Melissa, die unerklärlicherweise von einem schlechten Gewissen geplagt zu sein schien, und Tita und Luise von Plessing überhäuften sie mit Ablegern und jungen Pflanzen aus ihrer eigenen Anzucht. Es war Frühling. Der knorrige Kaffirboom, der im Winter alle Blätter verloren hatte, blühte. Wie kleine orangerote Krönchen schwebten die Blüten in seinen kahlen Ästen. Der schmale Weg zum Haus wurde von einem Spalier junger Bauhinias gesäumt, deren schmetterlingszarte weiße Blüten die perfekte Illusion blühender europäischer Obstbäume vermittelten. Nach und nach legte sie einige Felsen unter der dünnen, roten Erdkrume frei und wuchtete sie herum, bis sie harmonisch zueinander gruppiert waren wie in einem japanischen Ziergarten. Es war Schwerstarbeit, ihre Hände wurden schwielig, und sie fiel abends körperlich völlig erschöpft ins Bett. Morgens hatte sie größte Schwierigkeiten, rechtzeitig wach zu werden. Vorsorglich stellte sie ihren Wecker in eine Blechschüssel.

Aber heute nützte selbst dieser Höllenlärm nichts. Erst als George, seinem morgendlichen Vergnügen frönend, den Postboten laut brüllend die Auffahrt hinunterjagte, kam sie zu Bewusstsein. Entsetzt bemerkte sie die Uhrzeit. In Windeseile machte sie sich fertig und rannte hinüber zum Haus, wo Gertrude und Carla beim Frühstück saßen. »Ich bin furchtbar spät dran«, keuchte sie und kippte schnell eine Tasse Kaffee hinunter. Er schmeckte scheußlich wie immer. Eilig klatschte sie fingerdick Erdnussbutter und Marmelade auf zwei Weißbrotscheiben und klappte sie zusammen. Sie kaute noch, als sie die gewundene Straße zur Hauptstraße hinunterraste. Es regnete und war kühl, kaum sechzehn Grad, und sie fror. Der Regen fiel aus einem einheitlich bleigrauen Himmel, nicht tobend und gewalttätig, wie die Sommergewitterstürme, sondern leise, gleichmäßig und nicht sehr ergiebig. Die Wochen vorher war es sehr trocken gewesen, ungewöhnlich für August, und durch die vom Meer herübergewehte Salzschicht waren die Straßen glitschig, wie mit Glatteis überzogen.

Ihre Hinterräder rutschten, als sie vor der Haarnadelkurve bremsen musste. Es war die Stelle mit den verwilderten Mangobäumen, Überreste einer alten Farm. Die Bäume bebten vom Geschrei der Vögel, die sich um die Früchte zankten.

Einen farbenprächtigen Turako hatte sie dort erst letzte Woche gesehen. Ihr Blick glitt suchend hinauf zu den Baumkronen.

In diesem Moment knallte ihr Auto auf ein Hindernis, es wurde dunkel vor der Windschutzscheibe, und der Wagen schlingerte außer Kontrolle. Entgeistert starrte sie in ein panisch aufgerissenes Auge, das sie erst nach einigen Sekunden als das eines kleinen Kalbes identifizierte. Es lag quer über ihrer Kühlerhaube auf dem Rücken, die Beine steif in die Luft gestreckt. Sie trat mit ganzer Kraft auf die Bremse, erwischte in ihrem Schreck das Gaspedal und schoss quer über die Straße, Wasser spritzte, der Mini pflügte durch den flachen Graben, rammte mit dem Kühler in die gegenüberliegende schlammige Uferböschung und blieb dort stecken, Heck in der Luft, die Hinterräder drehten frei. Durch den Schwung war das Kalb gegen die Frontscheibe gedrückt worden, das weiche Maul am Glas breit gequetscht, seine Zunge zog eine schmierige Schleimspur. Ein grotesker Anblick.

Das Kalb und sie sahen sich an. Plötzlich gab das Kalb einen hohen, schrillen Schrei von sich, mehr empört über diese unwürdige Attacke als verängstigt, rutschte strampelnd vom Auto herunter und raste davon, Augen wild rollend, Schwanz steil in die Höhe gereckt. Bis zur Bewegungslosigkeit geschockt, blieb Henrietta in ihrem Sitz. Ein heftiger Schmerz klopfte an ihrer Stirn. Ihre tastenden Finger fühlten ein walnussgroßes Horn. Schwankend stieg sie aus und versank prompt bis zu den Knien im muddigen Grabenwasser. Regen strömte stetig aus den niedrigen, lastenden Wolken, lief ihr kalt übers Gesicht. Ihr kleiner roter Liebling hatte die Nase in den Matsch gebohrt und die Hinterbeine in die Luft gestreckt. Den Kühler zierte eine Delle von Badewannendimension. Ratlos rüttelte sie am Auto. Nichts! Sie hing fest.
Mist, verdammter!
Weit und breit kein Mensch, kein Haus, geschweige denn ein so europäischer Luxus wie eine Telefonzelle. Und die Kosten? Ihr Budget war durch das Haus bis zum äußersten strapaziert, diese Möglichkeit hatte sie einfach nicht bedacht. Sie setzte sich an den Straßenrand und wollte sich gerade einem lustvollen Tränensturm hingeben, als sie das Tuckern eines asthmatischen Motors hörte.
Und dann, majestätisch und irgendwie nicht von dieser Welt, zuckelte ein schwarzer, uralter Rolls-Royce um die Haarnadelkurve, kam keuchend zum Stehen, und ein junger Mann stieg aus. »Kann ich Ihnen helfen, Madam?« Er verbeugte sich höflich.
Sie hätte ihn küssen können. »O ja, bitte!«
Ihr Reiter war mittelgroß, eher zierlich, und von sehr gepflegtem Äußeren. Italiener oder Franzose, urteilte sie, denn sein Englisch war eher britisch als südafrikanisch, mit einem Akzent, den sie nicht einzuordnen vermochte. Er krempelte die Ärmel hoch und arbeitete ohne Rücksicht auf seinen makellosen, hellen Safarianzug, und nach einer Viertelstunde stand ihr rotes Prachtstück wieder auf der Straße. Sie sahen sich an und lachten. Matsch bedeckte sie überall, vermischte sich mit dem Regen und schlängelte sich in braunen Rinnsalen an ihnen herunter. Er strich sich seine tropfnassen schwarzen Haare aus dem Gesicht und hinterließ eine braune Schlammspur auf seiner blassen, fast gelblichen Haut. Der Motor sprang

tatsächlich sofort an. Selig streckte sie dem jungen Mann die Hand hin. »Was hätte ich nur ohne Sie tun sollen! Ich bin Henrietta Tresdorf ...«
»Tony dal Bianco ...«
Italiener also, wie interessant. Sie lächelte strahlend.
Er versuchte, die verbogene Kühlerhaube zu schließen. Vergeblich. Sie sprang immer wieder auf. »Sie wird beim Fahren hochschlagen, das ist zu gefährlich. Ich bringe Sie zu einer Werkstatt.«
Und so geschah es. Er schleppte sie zu Sams Autowerkstatt, wo sie sich noch einmal überschwänglich bedankte. »Darf ich – ich meine, kann ich ...« Sie wurde rot und stotterte. Mit einem Blick streifte sie den Rolls und seine zumindest ursprünglich tadellose Erscheinung. Sie konnte ihm doch unmöglich Geld anbieten. Dann hatte sie eine Idee. »Darf ich Sie und -«, mit den Augen suchte sie einen Ehering, »und Ihre Frau am Sonnabend zum Tee einladen?«
Ein Lächeln strahlte aus seinen seltsam olivgrünen Augen. »Ich werde gerne kommen, danke, Miss Tresdorf ...«
»... Henrietta!«
»Danke, Henrietta.«
Sie gab ihm rasch die Adresse und Instruktionen, wie er zur Farm gelangen würde. »Bis Sonnabend dann, um vier.«
Der Regen sammelte sich in der schlammgefüllten Beule auf der Kühlerhaube und spritzte auf der Fahrt gegen die Windschutzscheibe, sodass sie fürchtete, sich auf ihren Tastsinn verlassen zu müssen, aber sie kam, wenn auch viel zu spät, heil ins Büro.
Am Sonnabend wartete sie an der Einfahrt auf Tony dal Bianco. George hatte wieder seinen schlechten Tag, und ein schlecht gelaunter George war mehr, als sie irgend jemandem zumuten wollte.
Er kam allein. »So schnell konnte ich nicht heiraten, um meine Frau mitbringen zu können.« Er grinste charmant und überreichte ihr ein kleines Päckchen.
Es knisterte verheißungsvoll. Sie lächelte ihn an. In diesem Moment trat Carla aus dem Haus. Sie blieb stehen, als sie Henrietta und Tony sah. Ihr Blick haftete auf seinem Gesicht. »Carla, das ist Mr. dal Bianco, der mich aus dem Graben gerettet hat. – Meine Cousine Carla Tresdorf.«

Carla stand ganz still, nur ihr Blick flackerte zwischen ihnen hin und her und kehrte immer wieder zu dem Tony dal Biancos zurück.

»Guten Tag«, sagte dieser, aber er lächelte nicht.

Irgendetwas ging hier vor, das spürte Henrietta, aber sie verstand es nicht. Carlas Ablehnung stand zwischen ihnen wie eine Mauer. Die feinen Härchen auf ihren Armen richteten sich auf, als sei die Luft um sie herum elektrisch aufgeladen. Mit wachsender Unruhe blickte sie von einem zum anderen. »Der Bediensteteneingang ist hinten«, sagte Carla mit eisigem Hochmut, drehte sich auf den Hacken herum und stakste davon.

Henrietta war sich sicher, nicht richtig verstanden zu haben. Doch ein Blick auf Tony dal Biancos eingefrorene Miene sagte ihr, dass sie sehr wohl richtig gehört hatte. »Spinnst du?« schrie sie hinter Carla her. »Wie kannst du wagen, meine Freunde zu beleidigen!«

Tonys Pupillen weiteten sich, schwarz und leidenschaftlich brannten seine Augen in dem bleich gewordenen Gesicht. Er schien sie nicht wahrzunehmen. Sie fuhr zurück. Solchen Hass hatte sie schon einmal gespürt, damals, als Tante Gertrude Jackson verprügelt hatte. Instinktiv legte sie ihm ihre Hand auf den Arm. »Tony, es tut mir entsetzlich Leid. Sie hat es sicher nicht so gemeint.«

Er nickte, und sie gingen schweigend zum Rondavel, wo sie auf der Terrasse für drei den Tisch gedeckt hatte. Nervös öffnete sie mit fliegenden Fingern sein Päckchen. Ein hauchzarter Seidenschal, spinnwebfein, schwebte auf den Boden und blieb liegen, leuchtend, wie eine exotische Blüte. »Oh, ist der schön!« rief sie. »Danke, Tony. Doch eigentlich wollte ich mich doch bei Ihnen für meine Rettung bedanken!« Ihr fehlten plötzlich die Worte, und Schweigen trennte sie wie eine Wand.

Sein Blick wanderte an ihr vorbei ins Rondavel. Ihr Zeichenblock lag auf dem kleinen Tisch, und einige Aquarelle von Bougainvillearanken, Vögeln und eine Federzeichnung einer Mungofamilie hatte sie mit Heftzwecken an die Wand gepinnt. »Haben Sie das gemalt? Das ist gut.« Dankbar für ein Thema, sprang sie auf. »Möchten Sie die Zeichnungen sehen?« Sie ging ihm voraus ins Rondavel. »Ich liebe Tiere und Blumen, ich kann mich nicht satt sehen ...« nun lächelte er doch. »Das ist offensichtlich ...«

Weiter kam er nicht. Die angelehnte Tür wurde aufgetreten, und zwei Männer in kakifarbener Uniform standen mit gezogener Pistole im Rondavel. Henrietta schrie auf. Einer der Männer, auf seiner Oberlippe saß wie mit Tinte gemalt ein schmales, tiefschwarzes Menjoubärtchen, packte Tony dal Bianco und warf ihn gegen die Mauer. Er schlug mit dem Kopf auf, gab jedoch keinen Laut von sich. Wie willenlos blieb er an die Wand gepresst stehen, unbeweglich.

»Was soll das, was wollen Sie?« schrie Henrietta.

Der zweite Mann schob sie beiseite, ging zum Bett, schlug die Decke zurück und befühlte das Laken. Inzwischen tastete der andere Tony nach Waffen ab. Mit gesenktem Kopf ließ er es geschehen. Henrietta stand schreckensstarr daneben.

Ein Zittern stieg in ihr hoch. Es begann in ihrem tiefsten Inneren, verbreitete sich in Wellen, es schüttelte sie, dass ihre Zähne klapperten, wie Castagnetten.

»Dreh dich um, Kaffir!« befahl der mit dem Oberlippenbart. *Kaffir? Wen meint er?*

»Er ist ein Kaffir, haben Sie das nicht gewusst?« fragte der Kerl, der ihr Bett befühlte, mit triefendem Spott in der Stimme. »Und mit einem Kaffir zu schlafen ist ein ernstes Verbrechen – das wissen Sie doch, oder haben Sie noch nichts vom Immorality Act gehört?«

»Nein, was ist das?« Sein schmieriges Grinsen, das schleimige Gefühl seiner anzüglichen Blicke schwemmte plötzlich eine so überwältigende Wut über sie hinweg, dass es ihr die Luft nahm, und das Zittern hörte abrupt auf. »Nehmen Sie Ihre Hände von meinem Bett!« schrie sie und sprang vor.

Der Polizist lachte und fing sie ab. Sie schrie wieder und kämpfte gegen seinen festen Griff. Er zog sie enger an sich. Plötzlich stand Carla hinter ihm. »Carla, was geht hier vor? Bitte hilf mir!« keuchte sie. Aber Carla glitt aus ihrem Blickfeld und verschwand.

»Na, wenn du es mit einem Kaffir machst, könnten wir doch auch mal!« Die Bewegung, die er machte, war eindeutig und obszön.

Sie riss sich los, scharfe Angst und die dumpfe Vorahnung von etwas Schrecklichem, Unbegreiflichem drückte ihr die Luft ab.

»Du kommst mit«, befahl der Schwarzhaarige und legte Tony dal Bianco grob Handschellen an, »wir werden dir schon austreiben, dich an weiße Frauen heranzumachen! Und Sie, Miss, sind besser vorsichtig in Zukunft und nehmen nicht jeden mit in Ihr Zimmer! In diesem Land kann das gefährlich werden.«
Stumpf starrte sie ihn an. Wie schmutzig das klang. »Wir haben doch nur Tee getrunken -«, begann sie und ärgerte sich sofort über den Versuch, sich zu verteidigen, »- ich meine, ich kann doch jeden mit auf mein Zimmer nehmen, den ich will ...«
»O nein, Miss, keine Kaffern, das ist gegen das Gesetz.«
»Was heißt hier K ...«, sie verschluckte sich an dem Wort, »Kaffir?« brachte sie mühsam heraus.
»Dieser Junge hier ist ein Farbiger, das sieht doch jeder!« Er packte ihn an der Kette der Handschellen und zog ihn hinaus.
Sie sah Tony ins blasse Gesicht, in die olivfarbenen Augen, die den ihren auswichen, und fand keine Antwort. Hilflos musste sie mit ansehen, wie er grob zu dem Polizeiauto, einem kleinen Lieferwagen mit vergittertem Rückteil, gestoßen wurde. »Oh, Tony«, schluchzte sie, »es tut mir Leid ich hab' nicht – ich wusste nicht ...« Sie brach ab und hob flehend ihre Augen zu seinen.
Er sah sie an aus leeren, toten Augen, Resignation und unendliche Traurigkeit lagen in seinen Zügen. »Es ist in Ordnung«, flüsterte er und wandte sich ab. Sein Körper war zusammengesunken. Er hatte sich gefügt, der Macht unterworfen. Er ließ mit sich geschehen. Das Polizeiauto fuhr ab, Tonys schmale Gestalt schwankte als jämmerliche Silhouette hinter den Gittern.
Völlig verstört rannte sie auf der Suche nach der Familie ins Haus. Sie fand sie im Esszimmer. Sie standen, Köpfe zusammengesteckt, und redeten leise miteinander. Ihre Blicke folgten dem entschwindenden Polizeiauto.
»Helft mir«, rief Henrietta hilfesuchend, »es ist etwas Furchtbares passiert!«
»Das kann man wohl sagen«, antwortete Onkel Hans, seine Miene unerklärlich kalt und abweisend, »was fällt dir eigentlich ein, einen Farbigen mit in dein Zimmer zu nehmen? Hat es dir dein Vater nicht beigebracht? Mit Kaffern lässt man sich nicht ein!«

»Ich versteh' das nicht!« Ihre Stimme überschlug sich. »Wovon redet ihr? Tony dal Bianco ist Italiener!«

»Italiener!« schnaubte Gertrude verächtlich. »Dem ist vielleicht mal ein Italiener durch den Stammbaum gelatscht und hat seinen Namen hinterlassen. Aber der ist eine gute Portion Inder, eine Prise Kapmalay vielleicht ...«

Es klang wie ein Kochrezept. »Woher willst du das wissen?« Henrietta war so erregt, dass ihr die Stimme versagte.

»Das sieht man doch«, sagte Carla abfällig.

Henrietta rief sich Tonys Gesicht ins Gedächtnis. *Man sieht es?* »Ich kann es nicht sehen!« protestierte sie. »Und wenn schon! Wir haben doch nur Tee getrunken.«

»Nicht in meinem Haus, hörst du«, zischte ihre Tante, »was du später in deinem Haus treibst, ist deine Sache. Hier benimmst du dich gefälligst.«

Die Drei standen wie eine unüberwindliche Mauer. Eben wollte sie sich resigniert abwenden, als sie offenen Triumph in Carlas halb geschlossenen Augen blitzen sah. Da erinnerte sie sich wieder daran, was ihr in der Aufregung entfallen war, das flüchtige Auftauchen von Carla vor ihrem Rondavel. Und nun wusste sie, was passiert war. »Du warst es, nicht?« fragte sie, äußerlich ganz ruhig. »Du hast die Polizei geholt, denn wer sonst wusste, dass Mr. dal Bianco bei mir war? Warum, Carla, was hab ich dir getan? Nur weil Benedict mir Fahrstunden gegeben hat? Hast du Angst, ich schnapp ihn dir weg?«

Volltreffer! Carlas Augen sprühten. Das ist es also, dachte sie, nichts als die Rache eines von Eifersucht zerfressenen Mädchens.

Hans Tresdorfs verständnisloser Blick flog von seiner Tochter zu seiner Nichte. Dann warf er die Hände in die Luft. »Frauen!« knurrte er und verdrehte die Augen, wie Männer das in solchen Momenten tun, und ging hinaus.

»Du treibst dich mit Kaffern herum«, fauchte Gertrude, »ich werde mit deinem Vater reden müssen! Er wird entsetzt sein.«

Henrietta sackte das Herz buchstäblich in die Hose.

»Warte du nur, bis Papa nach Hause kommt«, hatte Mama oft gedroht und ihm brühwarm Henriettas Missetaten erzählt.

»Komm mit in die Bibliothek!« sagte er dann in diesem furchtbaren Ton, der sie zu einem jämmerlichen Häufchen Angst reduzierte.
Sie musste den Rock hochheben und sich vornüber beugen. »Das wird dich lehren, frech zu deiner Mutter zu sein!« Er schlug mit seinen muskulösen, krückengestählten Armen im Takt zu seinen Worten.
Dann, als sie siebzehn war, passierte es. Diesmal prügelte er so auf sie ein, seine Hiebe trafen ihren Rücken und Nacken, dass sie plötzlich keine Luft mehr bekam. Todesangst stieg in ihr hoch und mit ihr eine ungeahnte Kraft. »Hör auf, hör sofort auf.« schrie sie ihm ins Gesicht, »wage nicht, mich noch einmal zu schlagen!« Ihr Herz hämmerte vor Angst vor dem, was nun kommen würde, aber zu ihrem maßlosen Erstaunen ließ ihr Vater seine Hand sinken. Ihre Blicke verhakten sich, und nach einem schweigenden Duell zwang sie sich, sich umzudrehen und zu gehen.
Aufrecht, mit kerzengeradem Rücken, erinnerte sich Henrietta mit Genugtuung. »Ich bin fast einundzwanzig Jahre, was soll er schon sagen?« Damit war für sie das Thema beendet.
Aber Carla ließ nicht locker. »Kaffernhure«, zischte sie.
Da war es aus mit ihrer Selbstbeherrschung. Bis aufs Blut gereizt, holte sie aus und schlug Carla mit solcher Wucht ins Gesicht, dass diese mehrere Schritte zur Seite stolperte. Der Abdruck von Henriettas vier Fingern stand rot auf ihrer bleichen Wange. Sofort tat es Henrietta Leid, und sie machte einen Schritt auf Carla zu. Diese wich zurück, stieß gegen den Esstisch und tastete mit der rechten Hand haltsuchend hinter sich. Ihre Oberlippe war hochgezogen, die Perlzähne standen spitz hervor, aus ihrer Kehle kam ein fauchender Laut.
Henrietta ließ die Arme sinken. »Carla!« Da kam Carlas Rechte im Schwung hinter ihrem Rücken hervor, ein Steakmesser umklammernd, und stach zu. Henrietta drehte sich instinktiv, das Messer senkte sich tief in ihren linken Arm, genau in Herzhöhe. Sie schrie auf, und Gertrude schrie auch.
Carla stand da, das blutverschmierte Messer zum nächsten Stich erhoben, das Gesicht eine verzerrte Grimasse, die Augen aufgerissen und starr.

Alarmiert von den Schreien, stürzte Onkel Hans herein. Er erfasste die Situation sofort, packte die Handgelenke seiner Tochter und drückte zu. Mit einem Schmerzenslaut ließ diese das Messer fallen. Es klirrte auf die Fliesen. »Verschwinde!« befahl er und schleuderte sie zur Tür. Ohne einen Blick rückwärts rannte Carla davon, Gertrude folgte ihr. Schwer atmend sah er Henrietta für ein paar Momente an, seine Brauen zusammengezogen, die blauen Augen stürmisch. »Wann ist dein Haus fertig?« fragte er schließlich.
»Ich weiß nicht genau«, stotterte sie. Diese Frage hatte sie nicht erwartet. Ihr Arm schmerzte heftig, Blut tropfte auf die Fliesen. *Sie hätte mich fast getötet, wenn ich mich nicht gedreht hätte, wäre ich jetzt tot!*
»Ich meine, wann kannst du hier aus- und dort einziehen?« Das Blut leckte warm an ihr herunter, schwarze Flecken tanzten vor ihren Augen. »Ich brauche noch einen Herd und ein Bett, dann könnte ich zumindest dort übernachten«, wisperte sie.
»Das Bett aus dem Rondavel kannst du mitnehmen, einen Herd werde ich dir liefern lassen. Ich möchte, dass du in fünf Tagen hier raus bist.« Eiskalt sein Ton, unerbittlich seine Miene »Jackson kann dir beim Umzug helfen. Das wäre dann wohl erledigt.« An der Tür drehte er sich noch einmal um. »Oh, bis dahin ist es wohl besser, wenn du die Mahlzeiten im Rondavel einnimmst. Jackson wird sie dir bringen. Er kann dich auch jetzt zum Arzt fahren.«
Sie nickte wie betäubt. Dann war sie allein. Langsam, vorsichtig ihren blutenden Arm haltend, schwankte sie ins Rondavel und sank aufs Bett, das noch so war, wie der Polizist es hinterlassen hatte. Über das, was er da gesucht hatte, wagte sie nicht nachzudenken. Ekel und Schock schüttelten sie wie ein Fieberanfall.
So fand sie Freddy. Jackson hatte ihn abgefangen, als er Avocados abholte. »Was ist passiert?« Grimmig folgte er ihrem Bericht. »Dieses Miststück! Du musst sie anzeigen!«
Aber dazu war sie nicht imstande. »Sie ist meine Cousine!«
»Sie hätte dich töten können. Du kannst hier nicht bleiben.« »Kannst du mich zu Tita Robertson bringen?«
»Gut, ich werde Jackson noch zwei Mann aus meiner Fabrik mit un-

serem Lastwagen schicken. Die können den Umzug machen.« Fürsorglich band er ein Handtuch um ihren Arm und lieferte sie kurze Zeit später bei Dr. Alessandro ab. Ihr Arm fest verbunden in einer Schlinge, ihr Hinterteil schmerzend von einer Tetanusspritze, brachte er sie dann zu Tita. »Noch einen Rat, Henrietta, sieh dich vor. Die Polizei kennt dich jetzt, und mit denen ist nicht zu spaßen. Der Immorality Act, das Gesetz, das eine intime Beziehung zwischen Weißen und Andersfarbigen unter Strafe stellt, ist eins ihrer Hobbys.«

Als ihr die Bedeutung seiner Worte klar wurde, stand sie Momente starr vor Schreck. *Polizeibekannt, sie!* Sie rannte in Titas Arme und berichtete ihr von dem Vorfall, unterbrochen von den Weinkrämpfen eines verzögerten Schocks.

»Dieses niederträchtige, falsche Luder!« kommentierte ihre Freundin und zwang sie, eine explosive Mischung von übersüßem Kaffee mit einem großzügigen Schuss Whisky zu trinken. »Bestes Mittel gegen Schock und kaputte Nerven. Runter damit!«

Sie gehorchte. »Woran hat Carla gleich erkannt, dass Tony nicht – nun ja, weiß ist?« fragte sie, als sie wieder Luft bekam. Ihre Freundin zuckte hilflos mit den Schultern. »Der Schnitt der Augen, eine leichte Verfärbung der Lippen, eine bestimmte Krause der Haare, ein Unterton in der Hautfarbe – ich kann es dir nicht genau erklären. Ich weiß nur, dass wir das hier alle sehen können. Wenn du länger hier bist, wirst du es auch auf Anhieb erkennen.«

Henrietta hoffte inständig, dass ihr Blick nie so voreingenommen werden würde.

Höchst besorgt rief sie ein paar Tage später Tonys Nummer an.

Eine Frau meldete sich. »Sie wagen es, hier anzurufen«, zischte sie, »wissen Sie, was die mit ihm gemacht haben? Ihretwegen Sie haben ihn verprügelt, sie haben ihm Elektroden an seine Geschlechtsteile geklemmt und Stromstöße durchgejagt ...«

»O nein!« Henrietta hatte Mühe zu atmen. »Das darf doch nicht wahr sein.«

»Vier Tage lang haben sie ihn gequält, dann haben sie ihn auf die Straße geworfen«, fuhr die Frau unbarmherzig fort, »er muss noch dankbar

sein, dass er nicht im Gefängnis geblieben ist. Und alles ihretwegen, Sie weißes Flittchen! Rufen Sie hier nie wieder an, lassen Sie uns in Frieden!« Die Leitung wurde unterbrochen.
Henrietta rannte ins Klo und erbrach sich. Sie fand, dass sie mit niemandem darüber reden konnte, auch nicht mit Tita und Neil. Die Farbe der großen Beule auf ihrer Stirn wechselte von Violett zu Grün, verblasste dann mit Gelbtönen und verschwand schließlich ganz. Aber noch Jahre danach blieb die Stelle empfindlich, und der leichte Schmerz hielt die Erinnerung an diesen Vorfall lebendig. Es blieb ihr ein seltsam wehmütiges Gefühl einer verpassten Gelegenheit, eines unerfüllten Bedürfnisses.

❖

Zwei Tage später zog sie um. Jackson und Freddys Arbeiter hatten im Handumdrehen alles aufgeladen. Glitzy, Duncan, Neil und Tita, alle kamen, um zu helfen. Moses schleppte einen bis zum Rand gefüllten Picknickkorb heran, genug, um eine Armee zu versorgen. »Falls wir hungrig von der Arbeit werden«, verkündete Tita fröhlich.
Glitzy brachte Nelson und Grace mit, ein junges, graziles Mädchen, dem die naive Lebensfreude aus dem runden braunen Gesicht strahlte. Melissa schickte vier Stühle und einen antiken Tisch. »Er ist alt und schäbig«, kommentierte Glitzy abfällig.
Sie war überwältigt. »Glitzy, er ist aus dem letzten Jahrhundert!«
»Eben drum!«
Alle arbeiteten wie die Galeerensklaven, und Titas Einschätzung der Menge der benötigten Verpflegung erwies sich als knapp ausreichend. Der Abend war sehr warm und still für September, den Monat der Frühlingsstürme an der Küste. Es wurde eine ausgelassene Party bis tief in die samtweiche Nacht. Auf dem Verandageländer flackerte eine Kette von vielen Kerzen und tauchte alles in einen warmen Goldton. Cori kam irgendwann hereingeweht, Sirikit auf der Schulter, in ihrem Kielwasser ein schläfriger Freddy. Das champagnerfarbene Haar floss ihr wie ein Wasserfall den Rücken herunter. Ein Parfum von Remy Martin umgab

sie. Sie küsste die Luft neben Henrietta. »Sei froh, dass du aus dem Schlangennest raus bist.« Sie drückte ihr einen Stapel Seidenbettwäsche in die Arme. »Gott, ist mir heiß«, stöhnte sie und umschlang Freddy wie eine Würgeliane. Neid stach Henrietta. Unvernünftigerweise hatte sie gehofft, dass Benedict auch kommen würde.

Plötzlich hatte Duncan eine Gitarre in der Hand. Das Kerzenlicht bewegte sich kaum, über ihnen glitzerte ein Sternenhimmel mit diamantener Prächtigkeit. Die Gitarrentöne fielen wie klingende Regentropfen in die Stille. Keiner sprach, jeder lauschte der sehnsuchtsvollen Melodie. Mit sanfter Stimme begann Tita zu singen. Leise summten die anderen mit. Die jubelnde Stimme von Grace kam aus dem Dunkel und übernahm die Führung, mit vollen, seidigen Tiefen und brillanten Höhen. Resonant wie Bassgeigen, fielen Moses und Jackson ein. Alle folgten. Ein Rhythmus, elementarer als ihr Herzschlag, ergriff ihre Körper, sie begannen sich zu wiegen. Die hölzerne Veranda bebte unter dem Stampfen nackter Füße. Im weichen Kerzenschein nahmen die Tänzer Konturen an. Jackson, Grace, Nelson und Moses. Cori glitt von Freddy herunter und wirbelte wie ein blasser Mondstrahl über die Veranda, Arme hochgereckt, den Kopf zurückgeworfen, schlängelte sie sich in der sinnlichen, lebensprühenden Musik. Ihre weiße Haut glänzte gegen die braunen Körper.

Die Welt war heil, hier, in diesem Moment, ohne Sprung. Henriettas Herz drohte zu bersten, sie war erfüllt von einem großen, wehmütigen Glücksgefühl, einer Sehnsucht, die sie hinaufzog zu den Sternen. Tränen stiegen ihr in die Augen und liefen über. Sie rannen ihre Wangen hinunter, ohne dass sie es fühlte. Erst sehr viel später, als das Mondlicht schon blasser wurde, ging sie ins Bett, doch sie war körperlich zu erschöpft und seelisch zu aufgewühlt, um gleich schlafen zu können. Wenn es einen Gott gibt, hier hatte sie ihn gespürt, heute, in ihrer ersten Nacht in ihrem Haus. Nun war sie wirklich allein, die Nabelschnur zerschnitten.

❖

Ein paar Tage später lud William, der baumlange Zulu, Faktotum und Beschützer der alten Frau von Plessing, zwei kleine Sofas mit pastellfarbenen Chintzbezügen ab. Mr. Knox stand kurz darauf mit einem Korb vor der Tür, ans dem ein schwarzes Kätzchen mit himmelblauen Augen hervorlugte. »Ihr Name ist Katinka«, grinste er, »sie ist die Tochter der kleinen Katze, die Sie damals gerettet haben.«
Henrietta hob das Kätzchen heraus. Schutzsuchend schmiegte es sich in ihre Hand. »Ich werde gut auf sie aufpassen«, strahlte sie, »vielen Dank.«
Als sie diesen Abend einschlief, lag Katinka zusammengerollt am Fußende ihres Bettes. Im Halbschlaf der frühen Morgenstunden fühlte sie ihre pulsierende Wärme in ihrer Halsgrube. Sie lächelte und schlief wieder ein.
Nach und nach vervollständigte sich so ihr Haushalt, sodass sie kaum etwas zu kaufen brauchte und ihren ganzen Verdienst in die Renovierung stecken konnte. Sie versuchte ohne Kühlschrank auszukommen. Sie stellte die Milchflasche in feuchte Tücher gehüllt an einen schattigen Platz, wo ein ständiger Luftzug herrschte. Ihre kleine Fleischportion hängte sie in einem Plastikbeutel unter den Wasserhahn und ließ das kalte Wasser darüber tropfen. Die Milch stockte zu Dickmilch, und schon nach wenigen Stunden schien sich das Fleisch von allein zu bewegen. Angeekelt starrte sie auf die weißlichen, schwarzköpfigen Fliegenmaden, die sich gierig durch ihr Abendessen fraßen. Schleunigst kratzte sie ihr letztes Bargeld zusammen und kaufte einen uralten, asthmatisch vor sich hinröchelnden Eisschrank, der Unmengen von Strom schluckte und im Nu einen dicken Eispanzer im Innenraum aufbaute. Doch ihr Essen überlebte wenigstens ein paar Tage.
Und dann, Anfang Oktober, nach einer Reihe von heißen, windstillen Tagen, an denen sich selbst die Vögel Kühle suchend tief in das Blättergewirr der Bäume duckten, kam der Regen. Nicht laut und tosend, sondern leise und weich. Gleichmäßig aus der schweren, grauen Wolkendecke rauschend, ging er über dein Land nieder. Es war früher Abend, sie stand auf der Veranda an der Vorderfront, trank eine Tasse Kaffee und sah hinaus in die silbrige Welt, in der sie das einzige Lebewesen zu sein schien. Büsche und Bäume verloren sich hinter dem Regenvorhang, das Meer, der Horizont waren ausgelöscht. Die tiefen Rinnen

und Furchen, die das Land in ihrem Rücken zerschnitten, füllten sich allmählich mit Wasser. Henrietta lauschte der Regenmelodie und ahnte nichts von dem Unheil, das sich hinter ihr zusammenbraute.

Gegen Viertel vor sieben, es war schon dunkel, stürzten sich die Fluten auf ihr Grundstück, rissen Boden und Büsche mit sich, das Wasser, gierig alles verschlingend, fand mühelos seinen angestammten Weg unter der dichten Pflanzendecke, hob einen Großteil davon ab, unterspülte locker liegende, kleine Felsbrocken und erreichte schnell das Haus. Büsche fingen sich an der Eingangstür, Steine, Geröll und Sand setzten sich fest und bildeten einen Wall. Das Wasser stieg und presste mit ungeheurer Kraft gegen die alte Tür. Mit einem Knall brach sie schließlich auf, krachte auf den Boden. Eine halbmeterhohe Schlammwelle stürzte auf Henrietta zu. Starr vor Schreck, konnte sie nur hilflos ans Verandageländer geklammert zuschauen, wie das schlammige Wasser durchs Wohnzimmer und über die Veranda in den Garten floss. Sie fühlte, wie die Pfeiler, auf denen ihr Haus ruhte, attackiert wurden, spürte, wie das Haus zitterte und schwankte. Für Minuten hing sie wie gelähmt am Geländer.

Dann fraß sich das Wasser zu den Elektrokontakten durch, und es wurde pechschwarz um sie herum. Sie tastete sich über die Geröllhaufen in den Garten. Das gurgelnde Wasser war lauwarm und roch faulig. Ein sich windender, länglicher Schuppenkörper berührte ihren nackten Arm. Eine Schlange? Sie schrie auf, aber der bleiche Schein der Straßenlaterne fiel auf eine große Eidechse. Oben am Straßenrand erinnerte sie sich an die quer zu ihrem Grundstück verlaufende Furche, die sie zu einem ableitenden Damm ausbauen konnte. Auf Händen und Füßen, wie ein Riesenwurm, kroch sie im Schlamm durch die Dunkelheit bis zur Gartenpforte, drückte diese mühsam auf und begann zu schaufeln.

Das Licht flackerte, und für einen Moment stand sie vollends im Dunkeln, da ging die Lampe an dem wild schwankenden Mast wieder an. Mit bloßen Händen kratzte sie Steinbrocken aus dem Schlamm, stapelte ausgerissene Büsche dagegen und baute so einen kleinen Deich. Sie arbeitete wie besessen. Längst hatte sie den Punkt der totalen Erschöpfung hinter sich gelassen, längst war alles, was sie tat, roboterhaft.

Nur die sie völlig beherrschende Angst um ihr Haus, ihren Ort der Freiheit, um alles, was sie auf dieser Welt besaß, half ihr weiterzumachen. Das Wasser, das kniehoch über die Straße stürzte, zögerte und sprang darin in seinen neuen Abfluss, und der Druck der Regen- und Geröllmassen auf ihr Haus verminderte sich, der Wasserspiegel im Haus sank. Sie tastete sich in die Küche. Schwindelig vor Erschöpfung, lehnte sie im Schein einer Kerze am Schrank und würgte ein Stück trockenen Brotes herunter. Das Blut rann ihr aus vielen Kratzern. Die Mülltonne, die auf den Wogen dümpelnd bis ins Wohnzimmer geschwommen war, kam an einer Wand zum Stehen, neigte sich langsam und kippte um. Der Deckel sprang ab, der verrottete Inhalt verbreitete sich und mit ihm ein Schwarm schwarzer Fliegen, der gefräßig über ihre Wunden herfiel. Sie sah hinunter auf den schwarzen, krabbelnden Pelz, sah, wie die Insekten ihre Rüssel in ihr Blut tauchten, sich daran labten, und brach zusammen. Ekel und Erschöpfung entluden sich in einer verzweifelten Tränenflut. Sie warf sich, nass, verschlammt, blutend, wie sie war, auf ihr Bett.
Als sie wieder zu sich kam, war es draußen heller. Schiefergraue Wolken mit regenschweren Hängebäuchen hingen über dem Land. Es tröpfelte nur noch, der Deich hatte gehalten, und das Wasser war aus dem Haus abgelaufen. Aber dort, wo einmal ihr Garten war, gluckerte ein Flüsschen, und eine solide Mauer aus Geröll und Astgewirr türmte sich auf der Straßenseite gegen die Veranda.
Das Geräusch eines sich nähernden Wagens drang in ihr Bewusstsein. Ächzend stand sie auf und bahnte sich mühsam einen Weg durch den Schutt. Ein uralter buckliger Mercedes, glänzend weiß, hielt vor ihrem Haus, und Frau von Plessing stieg aus. »Gott sei Dank, dass dir nichts passiert ist«, rief die alte Dame, »erstaunlich, das Haus steht auch noch. Wir hatten befürchtet, dass es diesmal doch weggeschwemmt wird.«
»Diesmal?« fragte Henrietta tonlos. *Diesmal?*
Frau von Plessing sah sie bestürzt an. »Du weißt doch, dass dein Haus über einer Donga gebaut wurde«
»Einer Donga«, wiederholte sie verständnislos. »Ja.«
Die alte Dame starrte sie entgeistert an. »Willst du damit sagen, dass dich niemand gewarnt hat?« Ihr Ausdruck zeigte, dass sie die Antwort

auf Henriettas bleichem Gesicht las. »O diese Halunken, Viljoen und Angus Ferguson, dem hat es nämlich gehört! Eine Donga ist eine Art von ausgewaschener Wasserrinne, die sich nur bei sehr starken Regenfällen füllt, das Wasser der Umgebung aufnehmend, wenn es anderweitig nicht schnell genug versickern kann. Dann allerdings kann die Rinne einen reißenden Sturzbach führen. Man kann eine Donga zuschütten und ein Haus darauf bauen, durch die Bodenformation der weiteren Umgebung wird das Wasser immer seinen alten Weg finden. Dieses Haus ist als Donga-Haus bekannt. Ich habe nichts gesagt, als ich hörte, dass du es gekauft hast, da ich annahm, du wüsstest das und es wäre deine Entscheidung gewesen, das Risiko einzugehen.« Mitfühlend blickte sie die junge Frau an. »Auf Dauer wirst du das Haus nur mit sehr teuren, umfangreichen Maßnahmen retten können.«

Ein bodenloser schwarzer Abgrund tat sich unter ihr auf, und sie wäre in den Schlamm gesunken, hätte sie Frau von Plessing nicht mit einem erstaunlich kräftigen Griff gehalten. Alle hatten sie es gewusst, Gertrude, Hans, die Daniels – alle. Sie erinnerte sich an das schmierige Grinsen des Maklers, hörte das hämische Lachen von Pops und wusste nun, warum die Daniels ihr gegenüber ein schlechtes Gewissen hatten. Plötzlich überfiel sie eine unbändige Wut, und wie immer gab Wut ihr Kraft. »Ich werde mich nicht mit eingekniffenem Schwanz davonschleichen, jetzt erst recht nicht«, tobte sie, »außerdem ist es ganz einfach«, sie sah die alte Dame an, »es ist wirklich sehr einfach. Ich habe einen Vertrag unterschrieben und muss zahlen. Ich muss es schaffen. Es ist alles, was ich habe.«

»Du kommst jetzt erst einmal mit!« Frau von Plessing hielt die Autotür auf »Ein gutes Frühstück und eine heiße Dusche wirken meist Wunder. In der Zwischenzeit kann William ein paar Leute organisieren und mit dem Aufräumen beginnen.«

Es kostete sie all ihre Kraft und jeden Cent, den sie besaß, um das Haus überhaupt zu reinigen und einen Wasser abweisenden Damm bauen zu lassen. Das kleine Gartenhäuschen war zwar fast einen Meter hoch mit Schlamm und Geröll angefüllt, aber die Mauern zeigten keine Risse, es schien auf solidem Untergrund zu stehen.

Glitzy bat sie zerknirscht um Verzeihung. »Pops hat uns verboten, dich zu warnen, und keiner hatte dann den Mut dazu.« Henrietta nickte. Was sollte sie auch sagen. Dirk Daniels, der es vermied, ihr ins Gesicht zu sehen, schickte ein paar seiner schwarzen Farmarbeiter und Material und ließ zusätzliche Stützen unter ihrem Haus hochmauern. Trotzdem flößte ihr jede regenschwere Wolke Angst ein. Die Nässe sickerte durch die Zimmerdecke ins Wohnzimmer, genau an der Stelle, wo die kleine, tapfere Kapuzinerkresse ihre Wurzeln in die Risse des Blechdachs gebohrt hatte. Ihr geliebter Ohrensessel wurde dabei völlig durchweicht und begann höchst unangenehm zu riechen.

Der wirkliche Schaden kam unmerklich. In der ständig herrschenden Feuchtigkeit an der Küste konnten ihre Sachen kaum trocknen. Bald überzog ein Schimmelpilzrasen ihren Ohrensessel, die Bücher quollen auf, ihre Wäsche bekam Stock- und Schimmelflecken, alle Türen verzogen sich, und auf jedem ihrer Schuhe wuchs ein grünlicher Pelz. Sie war verzweifelt. Sie borgte sich Ventilatoren. Daraufhin schoss ihre Stromrechnung in astronomische Höhen, und ihr Bankdirektor bat sie zu einem persönlichen Gespräch. Sie ging auf Diät und strich Nescafé zugunsten von Wimperntusche. An der Kasse des Supermarkts rutschte ihr ein Pfund Reis so mit durch. Sie behielt es. Ein paar Nächte quälten sie Vorstellungen von Polizisten mit klobigen Stiefeln und Gefängnis, aber sie behielt den Reis. Tag und Nacht ließ sie Fenster und Türen offen stehen, und in dem entstehenden Luftzug begannen ihre Sachen endlich zu trocknen. Nachts war sie zu müde, um Angst vor Eindringlingen zu verspüren. Sie schlief wie ein Stein.

Als Glitzy sie Anfang November zu ihrer Geburtstagsparty einlud, stürzte sie in Depressionen. Sie hatte so viel abgenommen, ihre Figur so verändert, dass nichts aus ihrem ohnehin sehr leeren Kleiderschrank passte. Verlangend streifte sie durch die Läden. Sie probierte ein billiges Baumwollfähnchen an und dachte an den Reis. Wie in Trance rollte sie das Kleid im Schutz der Umkleidekabine zu einer kleinen Wurst.

»Passt es?« trillerte die Verkäuferin und zog den Vorhang auf. Sie ließ das Kleid fallen, als wäre es glühendes Eisen. Traurig saß sie abends auf ihrem Bett. Plötzlich erinnerte sie sich an eine von Mamas Geschichten. »Wir haben einfach die Samtgardinen genommen, damals in Lübeck, nach dem Krieg«, hatte sie erzählt, »er musste den Tamino singen und hatte kein Kostüm. Himmel, war der Mann schön!« Sie seufzte. »Er wohnte während des Gastspiels bei Frederike. Es wurde ein voller Erfolg. Sie bekam neun Monate später eine entzückende Tochter. Ihr Mann war ja in russischer Gefangenschaft, weißt du.«
Samtgardinen! Sie hatte keine Gardinen, keine Tischdecken, nichts, was man zweckentfremden konnte. Sie strich übers Laken. Dabei spürte sie die feine Stoffqualität. Feinstes Leinen, leicht vergilbt vom Alter, denn es stammte aus Großmamas Brautschatz. Schnell riss sie es vom Bett und drapierte es um ihre schmale Figur, trägerlos mit weit schwingendem Rock. Es reichte! Mit angehaltenem Atem zerschnitt sie das alte Leinen, fieberhaft stichelte und fältelte sie, und sie schaffte es rechtzeitig.
»Wo hast du dieses Kleid her?« rief Glitzy. »Es sieht toll aus!«
Als der Abend vorüber war, hatte sie drei Aufträge für genauso ein Kleid.
»Ich habe noch eine alte Nähmaschine«, sagte Luise von Plessing, »ich brauche sie nicht mehr.« Sie brachte sie selbst vorbei. Blankgeputzt und frisch geölt trug sie William wie eine Opfergabe vor sich her. »Sie gehörte meiner Tochter. Sie lebt nicht mehr. Ich freue mich, wenn ich dir damit helfen kann.« In Frau von Plessings Stimme schwang etwas, das dem Kind Henrietta das Gefühl gab, gestreichelt worden zu sein. Impulsiv bedankte sie sich mit einem Kuss auf die weiche, faltige Wange. Erschrocken über sich selbst, instinktiv auf Abwehr gefasst, trat sie dann rasch einen Schritt zurück. Ehe sie jedoch eine Entschuldigung stammeln konnte, legte Luise von Plessing ihr sanft die Hand an die Wange und lächelte dieses unbeschreiblich anziehende Lächeln. Sie spürte die Handfläche warm und liebevoll auf ihrer Haut, und aus unerfindlichen Gründen schossen ihr die Tränen in die Augen. Zaghaft lächelte auch sie. Dann war der Moment vorbei, aber die Wärme in ihrem Herzen blieb.

Fünftes Kapitel

DAS GELD, das sie für die Kleider bekam, war wichtiger für sie als jeder Cent, den sie bei Mr. van Angeren verdiente. Als sie einen hinreißenden, unerreichbar teuren Sommerpullover in einem vornehmen Laden entdeckte, investierte sie in ein paar Stricknadeln und dünnes Baumwollgarn. Erst den vierten Pullover konnte sie selbst tragen. Die anderen wurden ihr von ihren Freundinnen und deren Müttern und wiederum deren Freundinnen aus den Händen gerissen.
Ihr Bankkonto erholte sich leicht, und sie konnte sich wieder Nescafé leisten. Sie wagte sogar, von einer Waschmaschine zu träumen, denn ihre Wäsche wusch sie bisher, indem sie alles in der Badewanne einweichte und dann, dabei ein Buch lesend, so lange darauf herumwanderte, bis die Haut an ihren Füßen weiß und schrumpelig wurde. Das Auswringen hinterher baute zwar ihre Armmuskeln auf, bescherte ihr aber auch stechende Rückenschmerzen. Unüberwindlich schien das Zeitproblem. Sechzehn Stunden arbeitete sie jeden Tag und schaffte doch nicht alles.
Das Problem aber löste sich auf eine höchst unerwartete Weise. Eines Sonntags Ende November klopfte es an ihrer Tür. Vor ihr stand breit grinsend ein junges, schwarzes Mädchen. Es fehlte ihr der rechte Vorderzahn, was ihrem Grinsen eine gewisse Verwegenheit gab, und aus ihren großen Gazellenaugen sprühte eine solch ansteckende Fröhlichkeit, dass sie strahlend zurücklächelte.
»Hallo, Madam«, kicherte die Schwarze und verbarg die Zahnlücke hinter einer Hand, »Sie brauchen ein Mädchen.« Henrietta starrte sie an. Das Unheimliche war, dass sie tags zuvor zu demselben Schluss gekommen war. Sie brauchte jemanden, dringend. »Kannst du nähen«, fragte sie atemlos, »oder stricken?« »Yebo, Ma'am.« »Was nun, nähen oder stricken?« »Nähen.« Wieder dieses ansteckende Grinsen. »Wo hast du das gelernt?«

»In der Fabrik, Ma'am.«
Besser und besser. Die langweilige Näharbeit auf jemanden abwälzen zu können, welch eine herrliche Vorstellung. »Wie heißt du?«
»Sarah, Nkosikazi.«
Wie viel sollte sie dem Mädchen an Bezahlung anbieten, und wo sollte sie wohnen? In dem kleinen Gartenhäuschen war zwar eine rostige Dusche und ein Plumpsklo, aber ohne Geld konnte man daraus keine menschliche Behausung machen. Aus der Traum! Sie schüttelte den Kopf. »Es tut mir Leid, Sarah, ich habe keinen Khaya für dich.«
Sarah grinste wieder. »Da ist ein Khaya, ich habe ihn gesehen.«
»Das Gartenhäuschen, ja, aber es ist nicht in Ordnung.« »Jackson sagt, es ist gut.«
Jackson! Sie lächelte in sich hinein. Die Buschtrommel schien hier tatsächlich zu funktionieren. »Sieh es dir an, dann wirst du selbst sehen, dass es unbewohnbar ist.«
Sarah warf einen flüchtigen Blick ins Gartenhäuschen. »Ist okay.«
»Aber Sarah, ich hab kein Geld, es in Ordnung zu bringen!« »Kein Problem«, meinte die schwarze Perle, »macht Jackson.« Sie schien zu kurzen, prägnanten Sätzen zu neigen.
Und so zog Sarah bei ihr ein. In welchem Verwandtschaftsverhältnis sie zu Jackson stand, war nicht herauszufinden. »Mein Vater«, sagte Sarah. »Meine Nichte«, sagte Jackson.
Auf ihre nachdrücklichen Fragen hin bedachte sie Sarah mit einem langen Blick aus den Augenwinkeln. »Bruder meines Vaters, also auch mein Vater.«
Mit zwei Freunden und Sarah räumte Jackson das Gartenhäuschen leer. Ihre Hilfe wurde lachend abgewehrt, so kochte sie einen großen Topf mit Gemüse und Fleisch. Zur Mittagszeit gesellten sich zwei weitere Mädchen hinzu, und bald erfüllte ihr helles Lachen, klar und hoch, wie das Singen von Geigen, und das dunkle, raue der Männer, voll und weich wie Sahne, die warme Luft. Henrietta, den Kochtopf in der Hand, verharrte und hörte ihnen zu. Eins der Mädchen trällerte eine Melodie, die anderen nahmen sie auf, machten sie zum Refrain. Jackson und seine Freunde ahmten im tiefen Bass den eindringlichen Rhythmus von

Trommeln nach, ein drängender, pulsierender Rhythmus, der Henrietta ins Blut ging. Sie schlich auf Zehenspitzen näher und spähte um die Ecke. Sarah in ihrem königsblauen Kittel tanzte, Knie gebeugt, Hintern herausgestreckt, und balancierte dabei ein Bündel Wäsche auf ihrem Kopf. Die anderen, aufgereiht zu einer Kette, die Männer mit nackten Oberkörpern, die jungen Frauen in bunten Hausmädchenuniformen, sangen und wiegten sich, während sie sich im Takt Sarahs Habseligkeiten zuwarfen, einer dem anderen, und im Khaya stapelten.
Henrietta trat um die Ecke, und die Schwarzen verstummten. Sie lächelte und machte einen Schritt auf sie zu. Sechs Paar braune Augen blickten sie an, keiner sprach. Sie setzte den Topf ab, blieb mit hängenden Armen stehen. Feuchtwarmer Erdgeruch, vermischt mit dem süßen Duft des Frangipanis, stieg ihr in die Nase, ein Schwarm Mainas stolzierte auf dem Dach des Gartenhäuschens herum und schimpfte. »Ich möchte mitmachen«, sagte sie, »ich gehöre doch dazu, hier ist Afrika.« Aber sie sagte es auf Deutsch, ganz leise, und dann ging sie, von einer unerklärlichen Schüchternheit befallen. Sie fühlte sich als Eindringling. Später, allein auf der Veranda, lauschte sie den fröhlichen Stimmen der jungen Afrikaner und wusste nicht, wie sie den tiefen Graben zu ihnen überqueren sollte.
Neugierig öffnete sie am nächsten Morgen die hellgrüne Brettertür des Khayas. Durch ein winziges Fenster hoch unter der Decke fiel nur wenig Licht. Verblüfft hielt sie inne. Sarahs Bett, ein Eisengestell mit einer klumpigen Kapokmatratze, balancierte prekär auf kleinen Ziegelsteintürmen etwa einen Meter über dem Steinboden. »Sarah, wozu hast du dein Bett so hoch gestellt?«
Sarahs Haut schluckte alles Licht. Nur das Weiße ihrer Augen leuchtete. »Tokoloshe«, wisperte sie kichernd. Ihre Hände verbargen ihre untere Gesichtshälfte, die herrlichen Augen unter den dichten aufgebogenen Wimpern funkelten.
»Tokoloshe? Was ist das? Ein Tier?«
»Nein, doch kein Tier«, Sarah lachte die unwissende Weiße aus, »nein, nein, kein Tier.« Sie bog sich vor Lachen, so als wüsste jeder, wer der Tokoloshe ist. »Es ist ein Geist, so hoch«, ihre flache Hand schwebte in einem Meter Höhe, »er ist ziemlich böse.«

»Aber es gibt doch keine Geister, Sarah!«
Die Antwort war wieder verschämtes Kichern. Henrietta gab ihr die Decke und ging. Es hatte keinen Sinn, weiter zu fragen.
»Der Tokoloshe!« rief Tita später am Telefon, »O Henrietta, das ist der destruktivste kleine Bastard, den es in Südafrika gibt. Er ist für alle Missgeschicke verantwortlich. Gegen den ist kein Kraut gewachsen!«
»Wann sehen wir uns?«
»Neil fliegt nach Johannesburg. Wir haben also sturmfreie Bude, komm doch gleich, ich mache uns etwas Leckeres zu essen.«
Aber sicher, dachte Henrietta sarkastisch, Gladys würde ihnen etwas Leckeres zu essen machen. Madam würde auf ihrem Hinterteil sitzen und sich vom süßen Nichtstun erholen! Gladys öffnete ihr die Tür.
»Madam, willkommen!«
»Der Mäher ist ruiniert!« hörte sie Neil brüllen. »Wo ist Moses?«
»Reg' dich ab«, kam Titas spöttische Stimme, »kauf einen kaffernfesten Rasenmäher, den auch ein Schwarzer nicht kleinkriegt, dann gibt's kein Problem.«
Sie ging den Stimmen nach und fand ihre Freunde am Schwimmbecken. Neil, ungewohnt im hellgrauen Anzug, war puterrot angelaufen. »Florentina, ich kann nicht glauben, dass du das gesagt hast, mit dieser Geisteshaltung ...«
»... werden Millionen Menschen in diesem Land klein gehalten«, seufzte Tita. »Kommt jetzt wieder die Leier von den unterprivilegierten Eingeborenen und dass alles nur unsere Schuld ist? Ich kann's nicht mehr hören! Weißt du, was Daddy immer sagt? Einer, der wirklich will, schafft es auch!« Sie kippte einen großen Cognac.
»Verwöhntes Balg! Du weißt doch überhaupt nicht, wovon du redest. Du hast noch nie einen Finger krumm gemacht.« Neil warf sich türknallend in sein Auto und jagte mit aufheulendem Motor davon.
»Wo bleibt dein Vortrag, auf wessen Rücken Daddy sein Geld verdient?« schrie sie ihm wütend nach. Dann sah sie Henrietta. »Hallo, tut mir Leid, aber Neil macht mich rasend. Dauernd hält er seine Tiraden gegen Apartheid und Regierung, stochert im Dreck, tritt einflussreichen Leuten auf die Zehen. Auf Daddy hackt er ständig herum, kapiert aber

nicht, dass nur dessen Name ihn vor ernsten Konsequenzen schützt. Ich hab' Angst um ihn.«
»Angst? Wer könnte ihm denn so gefährlich werden?«
Tita lachte trocken. »Das weiße Südafrika ist unermesslich reich, aber nur weil wir Millionen von Schwarzen haben, die für uns arbeiten, die all die glitzernden Diamanten, das Gold aus der Erde buddeln. Wer sonst würde viertausend Meter unter der Erdoberfläche bei fünfzig Grad Hitze, direkt am Eingang zur Hölle, durch Felsentunnel kriechen, in denen das Wasser von den Wänden leckt, die staubige Luft nach Schwefel stinkt und hinter jeder Biegung der Tod lauert, um für einen Hungerlohn Gold aus den Felsen zu sprengen? Gold, das Millionen Rand wert ist. Nach Arbeitsschluss kratzt man ihnen den Staub unter den Zehennägeln hervor, der durch seinen Goldgehalt mehr wert ist als ihr Lohn! Kein Weißer wäre so blöd. Es geht also um Geld, nichts weiter. Keiner will teilen, und es gibt Leute, die dafür sorgen, dass ihnen keiner in die Suppe spuckt.«
»Tita, du gibst ihm ja recht!«
»Natürlich, verdammt noch mal!« Verdrossen starrte sie in ihr Cognacglas. »Aber wie stellt er sich das vor? Sollen wir denen einfach die Herrschaft übergeben? Die würden alle Weißen abschlachten, uns Frauen vergewaltigen. Das Land würde in Blut ertrinken.«
Henrietta schwieg entschlossen.
»Du hast keinen Grund, dich aufs hohe Roß zu setzen. Eure Nazis haben die Juden zu Millionen enteignet, haben ihnen Besitz und Häuser gestohlen. Bist du sicher, dass das Haus, in dem du in Hamburg gewohnt hast, nicht einer jüdischen Familie gehört hat, die im KZ gestorben ist?« Ihre grünen Augen funkelten aggressiv.
»Tita, ich hab kein Wort gesagt«, bemerkte sie sanft.
»Ich kann doch sehen, was du denkst. Ich besitze ein riesiges Haus, jeder Handschlag wird mir abgenommen, ein paar hunderttausend schwarze Arbeiter sorgen dafür, dass unsere Familie in Geld schwimmt. Du hast recht, mein Leben ist herrlich, weil ich weiß bin. Ich kann das nicht alles einfach aufgeben. Wir müssten das Land verlassen, niemand in der Welt will uns haben. Du kannst deine Koffer packen und zurück nach Deutschland fliegen!« Sie erhob sich, schwankte. »Ich brauch einen

Cognac. Ich glaube, ich werde mich betrinken. Gladys«, schrie sie, »bring mir eine neue Flasche Cognac!«
»Du hast doch schon einen sitzen.«
»Hör auf, die Lehrerin zu spielen. Wo ist Sammy?« Sie nahm die Flasche Remy, die ihr Gladys auf einem Tablett reichte.
»Ich hab sie ins Bett gebracht, Madam.«
»Mami!« Ein Kinderstimmchen, irgendwo aus dem Garten. »Ins Bett?« Tita stellte die Flasche hin. »Das war doch Sammy!« Sie schob Gladys aus dem Weg und lief ins Kinderzimmer. Das Bett war leer. »Sie muss im Garten sein.« Beide spähten aus dem Fenster.
In der Mitte des Schwimmbeckens trieb Sammy, ihre Augen unter Wasser waren weit geöffnet, das Gesicht knallrot angelaufen. Sie paddelte wie ein Hund mit Händen und Füßen, schaffte es aber nicht, den Kopf über Wasser zu bekommen. »O mein Gott!« Tita riss das Fenster auf. »Sammy!«
Moses, der hinter der Hecke, die das Schwimmbad abschirmte, vorbeischlurfte, hob den Kopf bei diesem Schrei, sah Sammy, war mit wenigen Sätzen am Pool und stürzte sich hinein. Er landete direkt neben der Kleinen und ging unter wie ein Stein.
»Er kann nicht schwimmen«, wimmerte Tita und rannte los. Die beiden Frauen liefen durch die langen Gänge des weitläufigen Hauses, die Treppen hinunter, durch den vorderen Garten, über den gepflasterten Platz unter dem Mangobaum, sie sprangen über niedrige Hecken, Dornen zogen blutige Spuren auf ihren Beinen, zerrissen die Kleidung. »Sammy!« schluchzte Tita. »O mein Gott, Sammy.«
Moses stand auf dem Grund des Schwimmbads, der Wasserspiegel einen halben Meter über ihm. Mit gestreckten Armen, die Augen zugepresst, Zähne gebleckt, hielt er Sammy hoch, sodass ihr Kopf aus dem Wasser ragte.
»Mami«, hustete die Kleine, »ich kann schwimmen!«
Tita hechtete aus vollem Lauf ins Wasser, ergriff ihre Tochter, reichte sie Henrietta, die hinterhergesprungen war, und tauchte hinunter zu Moses. Sie packte ihn am Kragen und zog ihn ins flache Wasser. Keuchend, Wasser spuckend hing er am Rand.

Henrietta stand auf dem Rasen und hielt Sammy an den Beinen. Sanft massierte sie den geblähten Bauch. Zu ihrem Staunen erbrach die Kleine kein Wasser, sondern brachte nur einen ungeheuren Rülpser hervor. »Sie hat Luft geschluckt, Tita, sie muss unter Wasser einfach die Luft angehalten haben!«

Wortlos nahm Tita ihre Tochter, strich ihr die nassen Locken aus dem Gesicht. »Mein Baby«, flüsterte sie, jetzt stocknüchtern, »mein Kleines.« Sie legte ihr das Ohr auf die Brust. »Es rasselt nichts in der Lunge«, sagte sie, »aber ich rufe doch den Arzt. Das kann die übelsten Lungeninfektionen geben.« Sie kniete neben Moses, der mit einem schwachen Grinsen zu ihr hochsah. »Kannst du laufen, Moses?« Als er nickte, half sie ihm die Stufen hoch aus dem Wasser. »Leg dich ins Bett, ich komme gleich zu dir. Der Arzt wird auch gleich kommen.« Ihre Hand ruhte auf seinem Arm. »Mein Leben lang werde ich dir das nicht vergessen, Moses.«

Sammy trug keinen Schaden davon. Moses erholte sich bei voller Bezahlung für zwei Wochen in seinem heimatlichen Kraal. Tita richtete ein Konto zur Erziehung seiner Kinder ein, und Neil schrieb eine Geschichte über ihn. Für ein paar Tage wurde er zu einer Art Held. Man belobigte ihn, reichte ihn herum, er durfte sogar in der Küche des Bürgermeisters einen Kaffee trinken.

Sechstes Kapitel

SARAHS BEMERKENSWERTE PERSÖNLICHKEIT füllte das Haus, ihr Lachen, nach dem Henrietta süchtig wurde, erhellte ihre Tage. Ihr Wesen sprühte aus ihren ausdrucksvollen Augen. Senkte sie ihre Lider, entspannte sie ihre Gesichtszüge, verschwand sie wie hinter einer Mauer, und Henrietta konnte sie nicht mehr erreichen. Sie besaß die Weisheit und den unendlichen Reichtum von überliefertem Wissen ihres Volkes, das ursprünglicher war, näher am Leben als die Europäer. Sie war eine fertige Person, die wusste, wer sie war, woher sie kam, erkannte Dinge und Zusammenhänge instinktiv, die Henrietta erst lernen musste. Sie schien Henriettas Stimmungen zu spüren, bevor diese sichtbar wurden, und reagierte so, dass diese erst Wochen später merkte, wie sie manipuliert wurde. Ihre Schulbildung war spärlich, aber sie sog Wissen auf wie ein Schwamm. Den Eigenheiten der Weißen jedoch begegnete sie mit offenem Spott.
»Madam«, rief sie, »was ist mit diesen Fischen?« Gebannt beobachtete sie die bunten Guppies in Henriettas neuem Süßwasseraquarium. »Noch ziemlich klein sind die«, stellte sie fest.
Henrietta streute Futter ins Wasser. »Die werden nicht größer.«
»Da brauchen wir aber noch eine Menge mehr davon, bevor es ein Mittagessen wird«, antwortete Sarah missbilligend.
»Ich will die Fische nicht essen, nur ansehen. Sie sind hübsch.«
Wie schon öfter wurde sie mit jenem Blick aus schwarzen Augen konfrontiert, schräg aus den Augenwinkeln unter halb geschlossenen Lidern. Wer sich Fische hält, die nur Geld kosten und die man nicht essen kann, muss verrückt sein, sagte der Blick deutlich, aber was kann man anderes erwarten, es sind eben Weiße! Kopfschüttelnd in sich hineingluckend, trollte sich die Schwarze.

Sie lernte schnell, und Henrietta brachte ihr Stricken bei und konnte ihr bald die knifflichsten Muster anvertrauen.

Jede Woche stellte sie ihr Mehl, Zucker, Tee, Salz und Gemüse in abgepackten Portionen hin, Fleisch kaufte sie ihr jeden zweiten Tag frisch.

»Sonst versorgt sie ihre ganze Familie, und du hast keine Kontrolle«, warnte Tita. »Mehr braucht sie nicht, da musst du streng sein.«

Trotzdem stieg Henriettas Zuckerverbrauch auf sagenhafte fünf Pfund pro Woche. Sie stellte die junge Schwarze zur Rede.

»Ich mag Zucker«, murmelte ihre schwarze Perle und ließ ihren Blick vage nach draußen schweifen.

»Das sind zwanzig Pfund im Monat! Du wirst fett werden wie ein Schwein und nicht mehr laufen können!«

Sarah seufzte irritiert, ließ Schrubbürste und Wischtuch sinken, mit denen sie den Küchentisch attackiert hatte, und entfernte sich ohne ein weiteres Wort, ihr Schritt ungewohnt schwer.

Henrietta sah ihr bestürzt nach. Hoffentlich würde sie ihr nicht weglaufen! Zwei Stunden später jedoch stand Sarah wieder in der Küche, und auf dem Tisch stapelten sich acht Pfundpakete Zucker. »Sarah, wo kommen die her?«

Wieder dieser schräge Blick aus den Augenwinkeln unter den Wimpern hervor, ein leises, ungeduldiges Schnalzen mit der Zunge. »Hab' sie gefunden.«

Und damit hatte es sich, der Zuckerverbrauch sank auf erträgliche sieben Pfund im Monat.

Sarah schien ein etwas anderes Zeitgefühl zu haben. ›Morgen‹ war für sie ein flexibler Begriff. Von ihren Besuchen in ihrem heimatlichen Kraal kehrte sie dann zurück, wenn der Besuch beendet war. Am ersten Freitag im Dezember schickte Henrietta sie zum Einkaufen. Sie kehrte nicht zurück.

Zwei Wochen später stand sie, schwarze Ringe unter den Augen und einige frische Verletzungen im Gesicht, morgens singend in der Küche und machte ihre Arbeit. Henrietta verlangte eine Erklärung. Sarah schwieg, hantierte überlaut mit den Töpfen und zog ein Gesicht, das

deutlich zeigte, dass sie nicht wusste, wo das Problem lag. Sie war wieder da, war das nicht genug?
Henrietta gab auf. Aber lachen musste sie doch. *Oh, Sarah!*
Ohne viel Federlesens übernahm Sarah auch den Haushalt. Morgens weckte sie Henrietta laut und vergnügt mit einer Tasse Kaffee und deckte den Frühstückstisch. Danach machte sie schnell das Haus sauber. Mit den Ecken stand sie ziemlich auf dem Kriegsfuß, aber Henrietta war sich im Klaren darüber, dass niemand perfekt war, und machte nicht zu viel Aufhebens davon. Beim Staubwischen trällerte die junge Zulu eine rhythmische Melodie und schwang ihr ausgeprägtes Hinterteil im Takt. »Ich bin Bee-bop-Königin«, rief sie stolz, stampfte und drehte sich und ließ dabei ein hohes, durchdringendes Trillern hören. »Meine Mutter nannte mich itekenya – Tanzfloh!« Sie hüpfte hoch in die Luft und lachte glücklich.
Unwillkürlich ahmte Henrietta ein paar der Schritte nach, was Sarah mit einer Lachsalve auf dem Küchenfußboden zusammenbrechen ließ. Sie warf sich auf den Boden und schrie vor Lachen. »Nein, Madam – so!« Sie zeigte ihr eine schnelle Schrittfolge. Die beiden jungen Frauen tanzten und wirbelten durch die Küche, Sarah trillerte und stieß anfeuernde, helle Schreie aus, Henrietta, hochrot unter ihrer Sonnenbräune, klatschte in die Hände, stampfte die Füße, ihre Zähne blitzten weiß in ihrem glühenden Gesicht.
Ein Klopfen an der Tür unterbrach sie. Rasch ordnete Henrietta ihre verschwitzten Haare. Melissa Daniels kam, um ihr Kleid abzuholen.
Sarahs Essen brodelte auf dem Herd. Sie hob den Deckel und schnupperte mit gekrauster Nase. Kohl, Hammelfleisch mit viel Knoblauch, der Geruch war durchdringend. Sie zögerte. Wie Melissa kamen dieser Tage häufiger ihre Kundinnen ins Haus. Sarah setzte ihr Essen morgens auf und ließ es Stunden köcheln, und der Geruch zog in intensiven Schwaden durch das ganze Haus. Es musste sein. »Sarah, lass die Küchentür nach draußen offen, es riecht sehr nach deinem Essen, und koche in Zukunft abends. Dies ist ein altes Haus, da dringt der Geruch durch alle Ritzen.«
»Madam mag den Geruch nicht?« Sarahs Ton war ausdruckslos.

»Nein, Sarah, nicht sehr.«
»Okay!« Sarahs Gesicht wurde zu einer ausdruckslosen Maske, still nahm sie ihren Kochtopf, alle Fröhlichkeit schlagartig ausgelöscht, und verschwand. Beschämt sah ihr Henrietta nach.
»Himmlisch, Henrietta«, rief Melissa etwas später und drehte sich in dem eleganten Kleid aus schwarzem Leinen, »absolut himmlisch! Ich fühle mich wieder schlank! Du wirst einmal reich werden. Ich möchte dich zu unserer Weihnachtsparty einladen, dann kann ich dich allen meinen Freundinnen vorstellen.«
Weihnachten erfüllte sie ihr Versprechen. »Das ist Henrietta, sie ist ein Genie«, erzählte sie ihren Freundinnen, »seht nur!« Sie drehte eine kleine Pirouette. »Sie zaubert Kilos weg!«
Selbst Lady Rickmore, die ihren walzenförmigen Leib in ein himmelblaues Duchessekleid gezwängt hatte und einer blau glänzenden Leberwurst ähnelte, war geneigt, Interesse zu zeigen. »Ich werde bei Ihnen doch nur – hm – Europäer antreffen, nicht wahr?«
Henrietta drehte ihren Wappenring, dachte an ihr Haus und lächelte süß. Als die Weihnachtsnacht den heißen Strahlen der Morgensonne wich, hatte sie eine beachtliche Sammlung von Visitenkarten in ihrer Tasche und den Terminkalender der nächsten Woche ausgebucht. Es war ihr schönstes Weihnachtsgeschenk.
Das Haus der Daniels war voll, das Wetter ruhig und klar und sehr heiß. Die Jugend traf sich am Schwimmbecken, die älteren Herrschaften fächelten sich unter dem Jacaranda Kühlung zu. Derweil stand Mavis, die alte Köchin, umwabert von Bratenschwaden am Herd und schwang ihre Kochlöffel wie Dressurpeitschen. Ihre beiden Töchter waren zur Verstärkung mitgekommen und schnippelten, rührten und köchelten. Der Herd war seit drei Tagen ununterbrochen in Betrieb, der Eisschrank quoll über. In zwei Badewannen, gefüllt mit Eisstücken, stapelten sich Schüsseln mit Salaten, Süßspeisen, Platten mit kaltem Fleisch und appetitlichen weißen Langustenschwänzen. Dazwischen driftete Melissa in hauchfeiner, fließender Seide, unberührt von der Hitze, und gab mit sanfter Stimme Anweisungen.
Gegen sechs deckten Nelson und Grace die langen Tische unter den

schweren Zweigen des alten Jacaranda, in denen Hunderte von kleinen elektrischen Glühbirnen im sanften Abendwind schaukelten. Weiße, gestärkte Tischdecken, blitzendes Silber, funkelndes Kristall, als Begleitmusik zum Dinner die Geräusche der afrikanischen Nacht. Um acht war es dann soweit. Die Damen schwebten in schulterfreien Abendkleidern heran, die Herren trugen Dinnerjacket oder Smoking. Es war sehr festlich und angesichts brütender achtundzwanzig Grad im Schatten und weit über neunzig Prozent Luftfeuchtigkeit eine schweißtreibende Angelegenheit. Zwei Dutzend Kinder rannten johlend herum und stopften sich am Buffet bis zum Bersten voll. Ihre Eltern sammelten sie dort auf, wo sie umgefallen und eingeschlafen waren, legten sie in den Gästebetten ab, wie die Sardinen Kopf an Fuß. Als der Abend fortgeschritten war, stampfte Mr. Kinnaird wieder vergnügt klatschend seinen Zulutanz, und gegen zwei Uhr nachts sprangen die ersten Gäste mit Kleidern ins Schwimmbad. Es war ein durch und durch gelungenes Fest.
Lediglich Pops war nicht in weihnachtlicher Stimmung. Er saß wie ein bösartiger, verschrumpelter Kobold in seinem Stuhl, ermordete Fliegen und kicherte meckernd, als er Henrietta sah. »Na, ist das Haus schon weggeschwemmt, deutsches Mädchen?«
»Nein, ist es nicht und wird es nicht!« Sie setzte ein provozierendes Lächeln auf.
Ein Zischlaut entwich seinem zahnlosen Mund. Er zog den Kopf zwischen die Schultern und schlug erregt mit der Fliegenklatsche auf die Stuhllehne. Henrietta lächelte zufrieden und ignorierte ihn.

Überraschend erschien Luise von Plessing am zweiten Weihnachtstag im Donga-Haus mit einem Satz Stahlkochtöpfe. Sarah öffnete ihr, und sie richtete einige Worte in Zulu an sie. Sarah antwortete mit einem breiten Lächeln und ausladenden Gesten, reagierte dann aber mit zunehmendem Ernst. Frau von Plessing verabschiedete sich von ihr wie von einer Freundin. »Die arme Frau«, bemerkte sie zu Henrietta, »sie macht sich große Sorgen um ihre Mutter. Sie hat es mit der Lunge. Es geht ihr sehr schlecht.«

Betroffen wurde Henrietta klar, dass sie nicht einmal gewusst hatte, ob Sarahs Mutter noch lebte. Sie nahm sich vor, Sarah für ein paar Tage freizugeben, damit sie ihre Mutter besuchen könnte. »Ich werde versuchen, Zulu zu lernen«, sagte sie zu Luise und führte sie auf die Veranda.

»Es ist unerlässlich, dass wir ihre Sprache sprechen können«, sagte die alte Dame, »denn können wir nicht mit ihnen reden, werden wir sie nie verstehen, und das ist lebensnotwendig für uns. Unsere Zukunft ist untrennbar mit ihnen verbunden, wenn wir in Afrika überleben wollen.« Träumerisch blickte sie über die Baumkronen in die Ferne. »Welch ein herrliches Fleckchen Erde. Wir hatten eine große Farm mitten im Herzen von Zululand, mehrere hundert Hektar fruchtbares grünes Land.« Sie lächelte Henrietta an. »Als ich in dieses Land kam, lernte ich erst Zulu, dann Englisch. Jeden unserer Arbeiter kannte ich und seine Familie auch. Sie lebten noch in den traditionellen Stammesverbänden und hatten einen festen, beneidenswerten Familienzusammenhalt. Selbst die kleinen Kinder hatten ganz vorzügliche Manieren.« Sie horchte in sich hinein. »Es war eine wunderbare, unschuldige Zeit, in der alles seine Ordnung und jedes Ding seinen Platz hatte.« Sie schwieg. Laute aus dem Garten wurden hörbar. Sanftes, weiches Zulu, schläfrige Vogelstimmen. Es war dieser Friede um sie, dieses Gefühl, dass alles im Gleichgewicht war.

»Das Paradies«, wisperte Henrietta.

»O ja, das war es. Aber es ist lange her, sehr lange.« Sie reichte Henrietta eine kleine Schachtel. »Ich möchte, dass du das trägst. Du wirst den Sinn verstehen.«

Henrietta hob eine Münze an einer langen Goldkette heraus, eine Half Crown mit dem Abbild von George V. In die Münze war das Kreuz des Südens in Diamanten eingelassen, der größte funkelte im Schnittpunkt. »Ich habe es von meinem Mann bekommen, nachdem wir hier gelandet waren. Es bedeutet mir sehr viel.« Sie legte ihre Hand auf Henriettas, die sagen wollte, das ist zu viel, das kann ich nicht annehmen. »Sag nichts, Henrietta, ich habe keine Familie mehr. Du machst mir damit eine große Freude.«

Es dauerte eine ganze Weile, bis Henrietta wieder sprechen konnte, ohne dass ihre Stimme schwankte.

Aus Hamburg war ein Paket mit einer Blechdose mit Mamas wirklich leckerem Spritzgebäck, mit Lebkuchen von der Tante aus Nürnberg und einem Silberbesteck für zwei mit dem Wappen der Tresdorfs gekommen. »Das Junggesellenbesteck unserer Familie«, schrieb Papa, »ich bekam es von meinem Vater.« Es lag schwer und kühl in ihrer Hand, blankgeputzt und blinkend bis in die letzten Windungen der Gravur. Sie saß vor dem geöffneten Paket und dachte an ihre Eltern und ihren Bruder, stellte sich den Weihnachtsbaum mit den bemalten Wachsengeln und dem kleinen Silbervogel auf der Spitze vor. Sie konnte das Trommeln des Regens gegen die Fensterscheiben hören, sah die kahlen Äste sich im schneidend kalten Winterwind biegen, sah die gebeugten Menschen in dunklen Mänteln mit blassen Gesichtern. Aber sosehr sie sich auch bemühte, die Gesichter ihrer Familie entglitten ihr. Ihr Bruder war da, schmal und hoch aufgeschossen, ihr Vater, massig in seinem Ohrensessel, die Zigarettenspitze in der Hand. Ihre Mutter vor dem Herd mit der Weihnachtsgans, ihr Rücken krumm von ständig unterdrücktem Groll, angetan mit Schürze, ihre Frisur von einer Duschhaube aus Plastik vor den Küchendämpfen geschützt. Henrietta spürte ihre Unzufriedenheit, aber sie konnte ihr Gesicht nicht erkennen. Betroffen wurde ihr klar, dass sie nichts fühlte, kein Heimweh, keine Sehnsucht, sondern nur Erleichterung und eine nie zuvor gekannte Freiheit. Rasch schloss sie die Geschenke in den Schrank. Jetzt war es noch zu früh, um darüber nachzudenken.

Am 1. Januar 1961 wurde sie einundzwanzig. Um vierundzwanzig Uhr in der Silvesternacht stand sie allein auf ihrer Veranda. Weit draußen auf Reede lagen Schiffe, geschmückt mit Lichterketten. Einundzwanzig.

Volljährig! Frei! Sie zerriss die Geschäftsfähigkeitserklärung ihrer Eltern in winzig kleine Stücke und streute sie als Konfetti in den dunklen Garten. Sie blitzten einmal auf und verschwanden. »Prost.« Sie hob ein Glas Sekt und grüßte ihr Spiegelbild im Fenster. »Auf die Freiheit und die Zukunft! Und Erfolg«, setzte sie hinzu. Draußen stiegen die Raketen von den Schiffen hoch in den blauschwarzen Himmel und explodierten zwischen den Sternen und sanken Gold glitzernd wie der Schweif einer Sternschnuppe ins Wasser und erhellten die Küste und das Meer, verwandelten sie zu einer flimmernden Traumlandschaft. Die süß duftende Nacht legte sich um sie, Afrikas Melodie stieg in den Himmel. Sie schloss ihre Augen und überließ sich ihren Träumen.

Siebtes Kapitel

In den letzten Tagen des Januars fasste sie allen Mut zusammen und kündigte Mr. van Angeren. »Ich muss es wagen«, erklärte sie, »ich werde zwei Nähmaschinen und eine Strickmaschine kaufen und noch zwei Näherinnen einstellen. Ich habe genug Aufträge, um drei oder vier Monate überleben zu können.«

Der Direktor ihrer Bank, der Barclay's Bank in Durban North, reagierte mit Panik. Er zitierte sie zu sich und eröffnete ihr, dass der Kredit, den er ihr gewährt hatte, ab sofort fällig sei. »Ich kann es mir nicht leisten, den Kredit länger laufen zu lassen, ich bin ja kein Wohlfahrtsunternehmen.« Er setzte sich mit selbstgerechter Miene in seinem Stuhl zurück und sah Henrietta über den Rand seiner Brille an.

»Sie«, sagte diese eisig, jeder Zoll ihres gespannten Körpers ein Abbild ihrer Großmutter, kerzengerade, Kinn gehoben, eine unbewusste Arroganz im Blick, obwohl ihr zum Heulen zumute war, »Sie sind nur ein Angestellter dieser Bank, ein kleiner Filialleiter mit einem kleinen Gehalt, der sich hier aufpustet. Ich werde meine zukünftigen Geschäfte einer anderen Bank anvertrauen, hier fühle ich mich nicht angemessen behandelt.« Sie stand auf, und es gelang ihr, nicht zu zeigen, wie verzweifelt sie war. »Einen Scheck zum Ausgleich meines Kredites bekommen Sie in den nächsten Tagen.« Sie ging zur Tür. Sie machte kleine Schritte und hielt dabei die Luft an. Schon streckte sie die Hand zur Klinke, da räusperte er sich. Sie stoppte.

»Oh, kommen Sie zurück, Miss Tresdorf, vielleicht können wir einen Weg finden.« Er schützte sein rotes Mündchen zwischen seinen Hängebacken. »Sie sind wirklich eine sehr hartnäckige junge Frau.« Er lehnte sich zurück und tastete sie mit den Augen ab. »Und eine recht attraktive! Ja, nun, Miss Tresdorf, wie wäre es mit einem Dinner, ja, ich denke, das wäre passend. Ein Dinner! Das könnte mir helfen, meine Bilanzen in einem anderen Licht zu sehen. Ich kenne da ein nettes Lokal, klein und verschwiegen. Gute Küche, muss ich sagen, der Lammsattel ist wunderbar, ein bisschen viel Knoblauch, aber wirklich ganz, ganz wunderbar.« Er entblößte seine Zähne und klickte bei jedem ›ganz‹ mit einem Fingernagel dagegen.

Das Geräusch kratzte über Henriettas Nerven, seine Worte klebten wie Schleim an ihr. Wortlos drehte sie sich um und ging.

»Glauben Sie bloß nicht, dass Sie irgendwo sonst Geld kriegen, Sie Flittchen!« schrie er hinter ihr her.

Sie presste die Hände über die Ohren, lief durch die gläserne Schwingtür hinaus blindlings über die Straße, hörte nicht auf zu rennen, bis sie ihr Auto erreichte. In nur sechs Minuten schaffte sie es nach Umhlanga Rocks. Sie parkte unter der alten Banane und lief zum Strand, zu dem großen Felsen vor dem Leuchtturm. Sie nannte ihn ihren Felsen, denn hier oben, unter ihr die tosende Brandung, vor ihr der weite, schimmernde Ozean, über ihr der afrikanische Himmel, hier oben fand sie zu sich selbst. Wie eine Ertrinkende kroch sie hinauf. Sie kauerte sich zusammen. Woher sollte sie das Geld nehmen, den Kredit abzulösen, wovon sollte sie leben?

Sie sah hoch. In dem gischterfüllten Raum über der tosenden Brandung flatterte ein afrikanischer Eisvogel mit Schwarz-Weiß-geflecktem Gefieder. Der Seewind trieb sein Spiel mit ihm, warf ihn hin und her. Aber wild flatternd, im Wind rollend, spähte er unbeirrt nach Beute, stieß immer wieder hinab in das schäumende Meer, bis er mit einem großen, zappelnden Fisch wieder hochkam. Ein hartnäckiger kleiner Bursche, der nie aufgab.

Nie aufgeben!

Sie rutschte vom Felsen, fuhr nach Hause, suchte hastig alle Unterlagen zusammen, die ihren Kredit und das Haus betrafen, und kehrte nach Durban North zurück. Kurz darauf stand sie vor dem Manager der Standard Bank, der größten Bank am Platze.

Mr. Smythe hörte ihr aufmerksam zu. Ebenso aufmerksam studierte er ihre Unterlagen, überflog die Aufstellung ihrer Aufträge, prüfte die

Rechnungen, die belegten, welche Reparaturen und Verbesserungen sie an ihrem Haus vorgenommen hatte. Hauptsächlich aber hörte er ihr zu. Sie redete sich in Begeisterung, malte ein glühendes Bild von ihren Zukunftsaussichten, baute mit Worten ein weißes Schloss aus ihrem Haus. Als sie schwieg, nahm er seine Brille ab und ließ seinen Blick über sie gleiten. »Ist das eins Ihrer Kleider?«

Verwirrt blickte sie an sich herunter. Ein einfaches Kleid aus schwarzer Baumwolle, ärmellos, mit einem gestickten Schmetterling in schimmernden Blautönen auf der Schulter. Der knöchellange, weite Rock war bis zwei Handbreit oberhalb des Knies geschlitzt. Zu gewagt? »Ja«, flüsterte sie unsicher.

»Sie bekommen den Kredit«, sagte er und setzte seinen Namenszug unter den Kreditvertrag.

Sie konnte es kaum fassen. Als sie wieder in der blendenden Helligkeit der Nachmittagssonne stand, warf sie den Kopf in den Nacken und stieß einen Schrei aus. »Ja«, schrie sie und streckte die Faust hoch. Aus den Augenwinkeln nahm sie die schockierten Gesichter einiger Damen wahr. Egal, ihr Ruf als die verrückte Deutsche mit dem Donga-Haus hielt das aus.

Es war, als wäre ein Damm gebrochen. Die Ideen flogen ihr zu, ihr Stift jagte über das Papier, sie arbeitete Tag und Nacht, bis zum Umfallen. Dann, im April, fand sie Fatima, eine junge Inderin, eines jener ätherischen Wesen, die, eingehüllt in einen schimmernden Sari und mit einem kleinen Diamanten im Nasenflügel, einer Märchenprinzessin glichen. Sie war Schneiderin, und ihre geschickten Finger setzten ihre Entwürfe perfekt um.

Es gab nur ein Problem, und das war Sarah. Ihre Fröhlichkeit war wie weggewischt. Hasserfüllt vor sich hinbrabbelnd, verfolgte sie Fatima mit schwarzen, schwelenden Blicken. In der Küche knallte sie mit dem Geschirr herum und ließ schon mal etwas fallen, ruinierte ein schon fertiges Kleid, indem sie einfach das Bügeleisen darauf stellte, eingeschaltet natürlich. Bei ihrer Strickerei ließ sie die Maschen reihenweise von den Nadeln rutschen.

Henrietta war ratlos. Sie brauchte Fatima, und sie brauchte Sarah. Jedem Versuch, mit ihr zu reden, begegnete diese mit gesenkten Lidern und

verschlossenem Gesicht, ihre Antworten waren einsilbig und monoton. Sie kam einfach nicht an sie heran. Indessen passierten Fatima alle möglichen kleinen Missgeschicke. Kaffee ergoss sich über ihren Sari, ihre Stoffschere verschwand, das Kleid, an dem sie gerade arbeitete, wies plötzlich einen Riss auf. So konnte das nicht weitergehen. Sie starrte Sarah ins rebellische Gesicht. »Bitte, Sarah, sag mir, was los ist!«
»Nichts, Madam.« Wieder dieser gequälte Blick eines getretenen Hundes, wieder dieser obstinate Zug um den breiten Mund.
»Na, dann eben nicht«, schnappte sie ungeduldig und lud einen Stapel Strickmuster auf Sarahs Tisch ab. »Hier, die neuen Modelle. Ich brauche sie nächste Woche.« Sarah betrachtete den Stapel, und ihr Blick wurde abwesend. Nachmittags dann, nach der Mittagspause, war sie verschwunden. Henrietta brach vor Wut in Tränen aus und schrie Fatima an, als die mit einem geringschätzigen Zug um ihren schönen Mund bemerkte, dass alle Schwarzen eben unzuverlässig und dumm seien.
Wütend setzte sie sich an die Strickmaschine und schob den Schlitten über das stählerne Nadelbett, hin und her, so schnell sie konnte, bis sie völlig erschöpft abends abbrechen musste. Ihr rechter Arm hing herunter wie ein nutzloser Klumpen Fleisch, die Muskeln brannten unerträglich. Diese verdammte Sarah! Sie schleppte sich in die Küche, ignorierte das schmutzige Geschirr und die Kakerlaken, die raschelnd davonstoben, aß zwei Bananen und fiel ins Bett.
Am nächsten Morgen stand sie um sechs auf und zwang sich verbissen weiterzumachen. Am Abend des zweiten Tages wusste sie, dass sie es allein nicht schaffen würde. Sie ging hinüber zu ihrer Nachbarin Beryl Stratton. »Ich brauche ein Mädchen, Sarah ist abgehauen.«
Beryl verdrehte die Augen. »Es ist immer dasselbe mit den Kaffern!« Sie rief Dorothy, ihr Hausmädchen, und berichtete ihr von Henriettas Dilemma.
Dorothy nickte. »Hab's gehört. Ich schick' ein Mädchen.«
Am nächsten Morgen hörte sie im Traum Sarahs Singen und Trillern. Widerwillig wachte sie auf. Das Singen klang weiter. Sie sprang aus dem Bett und rannte in die Küche. Da stand Sarah, wie selbstverständlich, und bereitete das Frühstück.

»Wo warst du, Sarah?« Sie hatte Mühe, ihre Erleichterung zu verbergen. Wo immer Sarah gewesen war, sie musste erfahren haben, dass sie ein neues Mädchen suchte, und die Eifersucht hatte sie zurückgetrieben.
»Frühstück ist sofort fertig, Madam! Ich hab eine Pawpaw für Sie geerntet, sie ist ganz reif und süß«, antwortete diese und ignorierte ihre Frage völlig.
Oh, Sarah! Sie verdrehte hilflos die Augen und ging glücklich und zufrieden unter die Dusche.
Zwei Tage später gesellte sich ein Umfaan, ein halbwüchsiger Junge namens Maxwell, zu ihrem Haushalt. »Madam braucht einen Gärtner«, informierte er sie und trat von einem Fuß auf den anderen, während er seine Mütze auf dem Kopf hin- und herschob.
»Ich kann dir nur vier Rand zahlen«, protestierte sie schwach.
»Ist in Ordnung«, murmelte er, drückte sich an ihr vorbei und trollte sich zum Khaya. Zehn Minuten später kroch er Unkraut rupfend unter ihren Büschen herum.
»Ein Shangane«, knurrte Sarah geringschätzig, »Katzenfresser!«
Aus unerfindlichen Gründen hasste sie Maxwell und verfolgte ihn mit Verachtung, stieß ihn herum, schlug ihn sogar. Ständig schrie sie ihn an.
»Du dämlicher Kaffer!« hörte Henrietta sie eines Abends kreischen, und dann zerbarst etwas klirrend auf den Fliesen. Wütend stürmte sie in die Küche. Maxwell kroch aufgeregt über den Boden und klaubte die Splitter einer Tasse auf. Verschreckt starrte er zu seiner Arbeitgeberin hinauf, zischte und klickte leise und senkte dann seinen Kopf. Sarah grinste hämisch.
Auf dem Abtropfbrett lagen zerhackt die Fleischknochen für sein Abendessen, daneben das schwarz angelaufene Messer ihres silbernen Junggesellenbestecks. Die Schneide wies tiefe zackige Scharten auf. Entsetzt nahm sie es in die Hand. »Verdammt, Maxwell«, schrie sie, die zerbrochene Tasse vergessend, »du hast mein bestes Messer ruiniert!« Sie fuchtelte mit dem ramponierten Messer dicht vor seinem Gesicht herum. »Was zum Teufel hast du dir dabei gedacht? Sieh es dir an! Es ist mein kostbarstes Messer.«
Ungläubig huschte sein Blick über die mattschwarz angelaufene Klinge.

»Es ist ein altes Messer«, sagte er, »ich wollte nicht eins von den anderen, den Guten nehmen.«

Stumm sah sie ihn an. Es war tatsächlich ein altes Messer, sah nach nichts aus. In der Erfahrung Maxwells, eines Jungen direkt aus dem Kraal, war alt gleich wertlos. Woher sollte er wissen, dass es mehr wert war als alle anderen aus rostfreiem Stahl zusammen? Wie sollte sie ihm den Unterschied klarmachen? Sie schluckte ihre Verärgerung. »Nun gut, Maxwell, es ist nicht deine Schuld. Ich werde dir ein Hackmesser kaufen.« Als sie den Raum verließ, jaulte er auf. Sie drehte sich um. Sarah holte aus, verpasste ihm eine schallende Ohrfeige und setzte mit einem gezielten Fußtritt in seinen Hintern nach. Sie trennte die beiden. »Sarah, hör sofort auf, hier wird niemand geschlagen!«

»Der Katzenfresser hat es nicht besser verdient«, fauchte diese mit einem bösen Seitenblick auf den auf dem Boden kauernden Maxwell, der sich seine blutende Nase in seinem ausgeblichenen Hemd abwischte. Er zog zischend seine Oberlippe hoch, große, kräftige Schneidezähne entblößend. Seine geduckte Haltung und das giftige Zischen gaben ihm etwas Tierhaftes, Gefährliches. Sarah hob ihren Fuß zu einem weiteren Tritt.

»Sarah! Hör auf!. – Maxwell, geh in den Khaya, wasch dich und komm dann zu mir, ich werde dir ein Pflaster aufkleben. Sarah, komm mit mir!« befahl sie und ging voraus ins Bad. Kaum zwei Meter war sie gegangen, als Sarah durchdringend aufschrie. Sie wirbelte herum. Maxwell kniete noch am Boden, in seiner rechten Hand sein Handwerkszeug, die kleine rote Unkrautgabel, die Zinken blutverschmiert. Sarah hüpfte auf einem Bein und hielt sich die rechte Wade und stieß mit jedem Atemzug diesen hohen, Ohren zerfetzenden Schrei aus. Blut quoll zwischen ihren Fingern hervor.

»Jetzt ist aber Schluss!« brüllte Henrietta. »Gib mir die Unkrautgabel, sofort!« befahl sie Maxwell in einem Ton, den eine energische Mutter ihrem ungezogenen kleinen Sohn gegenüber anschlagen würde. Es musste wohl eine Saite in ihm berührt haben, denn er änderte seine Körperhaltung, die Spannung löste sich, und sein Kopf fiel vornüber. Schwerfällig richtete er sich auf und reichte ihr die Unkrautgabel. »Geh

in dein Zimmer und bleib da«, wies sie ihn an und packte dann die kreischende Sarah am Arm. »Reiß dich zusammen, du hast selbst schuld.« Sie untersuchte die Wunde. Zwei ordentliche kleine Löcher, wie von den Fängen einer Schlange, reichlich blutend, aber nicht sehr tief. »Du wirst es überleben«, bemerkte sie trocken. »Setz dich, ich hol' den Verbandskasten.«
»Ich töte dich, du dreckiger Katzenfresser!« schrillte Sarah dem davonlaufenden Maxwell nach.
»Du hältst jetzt den Mund, du hast selbst schuld! Weswegen hast du ihn geschlagen?«
Verstockt malte Sarah Kreise mit dem gesunden Fuß. »Er ist ein Shangane, einer, der Katzen frisst, ein Dreck unter meinen Fußsohlen. Ich bin eine Zulu. Ich bringe ihn um!« Sie hob ihre Augen, und Henrietta musste kurz an schwelende Kohlen denken. »Er ist da gegangen, wo er nicht hätte gehen dürfen«, bedeutete ihr die Zulu vieldeutig. Mehr war aus ihr nicht herauszukriegen.
»Das ist kein Grund!« Langsam stieg Henrietta die Wut in den Kopf. Frustriert zog sie Sarah etwas gröber hoch, als sie beabsichtigte. Das Mädchen stöhnte unterdrückt, krampfte sich zusammen und legte ihre Hand auf den Bauch, oberhalb des Nabels, in einer Geste, die Henrietta sofort erkannte. Seit Anbeginn der Dinge legten werdende Mütter ihre schützende Hand auf diese Art auf das wachsende Leben in ihrem Bauch.
»Sarah, du bekommst ein Kind!« rief sie.
»Nein, Madam.« Sarah wandte ihr Gesicht ab und malte schiefe Kreise mit dem Zeh in den Sand, einen neben den anderen.
»Sarah, ich werf dich deswegen nicht raus, aber ich muss es wissen! Wie weit bist du?«
Sarah mied ihren Blick, scharrte mit den Füßen, druckste herum. »Sechs Monate«, wisperte sie dann.
Sechs Monate! Nun bemerkte sie das durchgedrückte Kreuz, die Verlagerung des Schwerpunktes. Wo hatte sie nur ihre Augen gehabt? Sechs Monate! Jetzt war Juli, also würde das Baby irgendwann im Oktober kommen.

»Wer ist der Vater?«

Sarah senkte ihre Lider und presste ihren Mund zusammen.

Henrietta seufzte. Unmöglich, sie jetzt auf die Straße zu setzen. Aber einer der beiden musste gehen, und das war Maxwell.

»Bleib hier, Sarah, ich komme gleich wieder. Wir müssen miteinander reden!«

»Yebo, Madam.« Das Zulumädchen sah nicht auf.

Maxwell kauerte auf seinem Bett, die Unterarme lagen auf seinen Knien, der Kopf hing zwischen den Schultern. Es gab ihr einen Stich von Mitleid, aber sie konnte diese beiden Kampfhähne nicht nebeneinander im Haus haben. Es war einfach zu gefährlich. »Es tut mir Leid, Maxwell, aber du musst gehen. Jetzt sofort.« Sie stählte sich für eine Auseinandersetzung.

Aber Maxwell nickte nur und zog einen alten, zerfledderten Koffer ohne Schloss unter dem Bett hervor. Er war bereits fertig gepackt, er hatte also nichts anderes erwartet.

Um so besser! Sie reichte ihm seinen ausstehenden Lohn.

Er nahm das Geld und ging wortlos an ihr vorbei. In der Tür drehte er sich um. »Sie hat mich geschlagen, ich werde sie erst töten«, sagte er, ganz ruhig, »und dann Madam.« Damit ging er, eine schmale Gestalt mit dünnen Schultern, fast noch die eines Kindes, die sich unter der Last des Koffers beugten, und nackten Füßen, die zu groß waren für die spindeligen Beine. Verdrossen kehrte Henrietta in ihre Küche zurück, machte sich einen Pulverkaffee. Sie beschloss, seine Warnung nicht ernst zu nehmen. Er war schließlich kaum mehr als ein Kind. Viel wichtiger war die Frage, woher sie jetzt einen Gärtner nehmen sollte. Eigentlich hatte sie vorgehabt, Sarah für die nächste Zeit als Strafe den Garten machen zu lassen, aber eine im sechsten Monat schwangere Frau – das war unmöglich.

»Du musst sie rauswerfen«, riet Melissa Daniels, »sonst hast du das Balg hinterher auf dem Hals.«

»Aber wovon soll sie denn leben, sie bekommt doch keinen Job in diesem Zustand?« protestierte Henrietta.

»Die finden immer irgendeinen Platz, wo sie unterkriechen können, die haben riesige Familien. Da sorgt einer für den anderen.«

Henrietta fühlte so etwas wie Neid. Sie sehnte sich nach familiärer Wärme und Sicherheit. Wohin könnte sie sich in Not schon flüchten? Nicht zu ihren Eltern, das würde schon ihr Stolz verbieten. »Ich kann das nicht. Maxwell habe ich schon hinausgeworfen, aber Sarah in ihrem Zustand ...«
»Nun, du musst es wissen, meine Liebe, aber denk an meine Worte! Du wirst es bereuen. Im Übrigen solltest du dann wenigstens von ihr verlangen, dass sie dir einen Ersatzgärtner sucht.«
Sie folgte diesem Rat, und fünf Tage später stand Joshua vor der Tür. Alles an ihm war riesig, rund und riesig. Ein Körper wie ein Weinfass mit einer kahlen Fußballkugel als Kopf und Händen wie Vorderschinken mit runden, riesigen Wurstfingern. Verdattert musterte sie ihn. Ihre erste Regung war, ihn abzulehnen. Sie fühlte sich solcher Körperfülle nicht gewachsen. Allein seine Oberarme hatten den Umfang ihrer eigenen Oberschenkel. »Joshua«, begann sie unsicher.
»Yebo, Ma'am«, antwortete er in cremig-rauchigem Bass und lächelte mit großen weißen Zähnen. Den Ausschlag aber gab der Ausdruck seiner Augen. Er beäugte sie, so schien ihr, mit der liebevollen, nachsichtigen Neugier eines sanften Riesen für sein Junges.
»Okay, Joshua, du kannst bleiben«, hörte sie sich zu ihrem Erstaunen sagen, »aber du kannst hier nicht schlafen, wir haben nicht genügend Platz.« Sie hatte Tita versprechen müssen, dass der neue Gärtner nicht bei ihr auf dem Grundstück wohnen würde.
»Du bist eine Frau und wohnst allein. Es ist einfach zu gefährlich. Versprich es mir!« hatte ihre Freundin gefordert.
»Yebo, Madam, danke, Madam«, strahlte dieser, tat trotz seiner Körperfülle einen eleganten, kleinen Schnalzer und folgte Sarah zur kleinen Abstellkammer, in der die Gartengeräte aufbewahrt wurden. Es stellte sich heraus, dass in diesem großen, bärenstarken Kerl ein winziges Männchen wohnte, das Angst vor Spinnen hatte und zitterte, wenn ein Gewitter aufzog. Das einzig wirklich Große an ihm jedoch war seine Stimme. Fortan war ihr Garten erfüllt mit rhythmischen Gesängen. Joshuas vibrierender Bass, tief und resonant, gab den Rhythmus vor, erzählte die Geschichte. Sarah spielte mit der Melodie, ihre

Stimme klar und hell wie Flötentöne. Etwas in Henrietta erkannte den Rhythmus, den Herzschlag Afrikas. Er pulste durch ihr Blut, füllte ihr Herz, und ihre Seele wurde leicht und schwang sich der Sonne entgegen.

❖

Wie jeden Morgen, kurz bevor die Sonne feurig heiß aus dem Meer stieg, fuhr sie heute an den Strand von Umhlanga. Die baumgesäumten Straßen im Ort lagen noch still, nur gelegentliches Gelächter, unverkennbar aus schwarzen Kehlen, unterstrich die Stille. Auf den Büschen glänzte die Nachtfeuchtigkeit, Datura und Brunfelsia dufteten betörend. Sie lief an der Wassergrenze am Strand und war sich jeder Sinneswahrnehmung bewusst, ihre Haut spürte den leichten, lauen Wind und den grobkörnigen Sand aus zerriebenen Muschelschalen unter ihren Füßen. Der Himmel über dem ruhig atmenden Meer schimmerte für kurze Zeit in jener unbeschreiblich kostbaren Farbe der Innenseite einer Austernschale. Seidiges Perlmutt, silbern mit einem Hauch von Rosa, eine Vorahnung auf die ersten Strahlen der Sonne, die noch unter dem Horizont stand.

Warmer, kräftiger Seetanggeruch stieg ihr aus dem nassen Sand in die Nase. Weit draußen dümpelten ein paar Wellenreiter auf den langen, lautlos heranrollenden Wogen. Auf den Felsen warteten die ersten Angler geduldig auf die Beute des frühen Morgens. Sie rauschte auf den Wellenkämmen dahin, ihr Körper gespannt wie ein Bogen, ein Singen in ihrem Herzen und ein Jubelschrei auf ihren Lippen. Doch auch in der größten Verzückung über den verwegenen Ritt vergaß sie nie die dunklen Schatten, die in der dämmrigen Tiefe auf Beute lauerten, und blieb deswegen stets in der Nähe des Strandes.

Als der strahlende Widerschein am silbrigen Himmel zeigte, dass die Sonne in wenigen Minuten aus dem Ozean emportauchen würde, saß sie auf ihrem Felsen. Über ihr und um sie herum nur endloses Meer und endloser Himmel, kein Mensch drängte sich in ihr Blickfeld. Hier schwiegen die Stimmen ihrer Vergangenheit, hier sah sie nur die Gegenwart und die Zukunft, in den ersten gleißenden Sonnenstrahlen lag sie klar vor ihr, wusste sie, wer sie war und wohin ihr Weg sie führte. Dieser berauschende Moment war eine Droge für sie, und sie litt wie eine Süchtige an den Tagen, an denen Sturm und Regen ihr diesen Moment verwehrten.

Strotzend von frisch getankter Energie, sprang sie zu Hause aus dem Wagen. Der Duft von frisch gebrühtem Kaffee kitzelte ihre Nase, der Frühstückstisch war auf der Veranda gedeckt. Ein Brief lag neben der Kaffeekanne. »Wer hat den gebracht, Sarah?« rief sie.

Sarah drehte den Brief in den Händen, ihr schwarzes Gesicht misstrauisch. »Weiß ich nicht, hab' ich nicht gesehen. Wir müssen einen Hund haben, Madam, damit hier nicht jeder reinkommen kann!«

Der Brief war ohne Absender, kurz und sehr hässlich. »Einmal war wohl nicht genug«, stand da, »wir dulden kein Kaffernbordell! Geh dahin zurück, wo du herkommst, Kaffirbootie!«

Carla! Das war alles, was sie denken konnte. Außer den Robertsons wusste sonst niemand von dem Vorfall um Tony dal Bianco. Nur Carla und die Familie. Für einen Moment rasten ihre Gedanken unkontrolliert, sie hörte wieder das Hämmern an der Tür, Poltern von Polizistenstiefeln auf den Fliesen, grobe, laute Stimmen. Panik stieg wie eine Welle in ihr hoch, sie umklammerte die Tischplatte, spürte das Holz kühl unter ihrer schweißnassen Handfläche. Mit geschlossenen Augen versuchte sie der versunkenen, anderen Welt zu entkommen, die sie mit den Tentakeln ihrer Erinnerungen festhielt. Sie zwang sich, tief zu atmen. Allmählich ebbte die Panik ab, sie nahm ihre Umgebung wieder realistisch wahr, blockierte jeden Gedanken an die Urheber des Briefes. Sie konzentrierte sich auf ihre Wut, dass jemand in ihrer Abwesenheit durch ihren Garten in ihr Haus gegangen war und diesen Schmutz abgeladen hatte. Sie schüttelte sich. Es war, als kröchen schleimige Finger über ihre Haut. Sie zerriss den Brief in kleine Schnipsel.

Ein paar Stunden später stand Chico in ihrer Küche, pechschwarz, goldene Markierungen, übergroße Pfoten, die auf die künftige Größe des jungen Dobermanns schließen ließen. Temperament und Angriffslust funkelten aus seinen Augen. Er schloss sofort Freundschaft mit Katinka.

Sie jagten Geckos und Kakerlaken und schliefen zusammen in einem Korb vor Henriettas Schlafzimmertür.

❖

Am neunten Oktober morgens um halb drei wurde sie durch ein Stöhnen geweckt. Im Moment des Aufwachens wusste sie nicht, was sie geweckt hatte und wo sie sich befand. Ihre Augen gewöhnten sich langsam an das schwache, bläuliche Licht des wolkenverhangenen Mondes. Dann hörte sie es wieder. Ein lang gezogenes Stöhnen. Es schien aus der Küche zu kommen. Sofort blitzten die Bilder eines Horrorszenarios durch ihren Kopf. Sie sah von Chico zerfleischte Einbrecher blutüberströmt auf dem Küchenfußboden sterben, die Körper von Chico zerfetzt, oder, von denselben Einbrechern niedergemetzelt, Sarah in ihrem Blut. Zitternd schwang sie ihre Beine auf den Boden. Dann hörte sie Sarahs Stimme. »Madam, ich sterbe!« Und dann wieder dieses Stöhnen. Angstvoll rannte sie zur Küche, spähte, fest an die Wand gedrückt, vorsichtig hinein. Sie konnte niemanden erkennen und schaltete das Licht an. Sarah saß in eine Ecke gedrückt auf dem Boden, schweißnass, ihre Haut die Farbe von nasser Asche, weit aufgerissene Augen. Sie krümmte sich und stöhnte lustvoll. »Es kommt gleich, Madam.«, japste sie, »es will raus.«
Das Kind! Um Himmels willen, Sarah bekommt gerade hier auf meinem Küchenboden ihr Kind.
Blinde Panik ergriff sie. Was um alles in der Welt sollte sie tun? Dunkel erinnerte sie sich an die Geschichten von Großmutter. »Du brauchst viel heißes Wasser und saubere Leinentücher«, hörte sie ihre Stimme, »für das Blut, weißt du.«
Entsetzt starrte sie auf Sarah. Blut! Vor ihrem geistigen Auge ergossen sich Ströme von Blut über den Boden. »Bleib ganz ruhig, Sarah«, schrie sie, »ich rufe Dr. Alessandro.«
»Wie ist der Abstand der Wehen?« fragte die schlaftrunkene Stimme der jungen Ärztin, die vor kurzem Doktor Macs Praxis gekauft hatte.
»Einen Moment«, stammelte sie, raste wieder zu Sarah und starrte fest auf ihre Armbanduhr, während ihre Hand auf dem Bauch der wimmern-

den jungen Frau lag, um die Kontraktionen zu fühlen. »Zwanzig Minuten«, rief sie dann atemlos ins Telefon. Keine Antwort. »Dr. Alessandro? Hallo? Sind Sie noch da?«
»Hm«, machte diese, und sie wusste, dass die Ärztin einfach wieder eingeschlafen war. Nur das jetzt nicht, wo man sie so dringend brauchte! »Die Wehen sind alle zwanzig Minuten!« rief sie sehr laut.
Nun stöhnte die Ärztin. »Und deswegen rufst du an? Bring sie ins Krankenhaus – das dauert noch Stunden!« Geklapper und ein Klicken beendete das Gespräch.
Sarah jammerte und stöhnte, gelegentlich schrie sie kurz auf. Henrietta fühlte sich furchtbar allein gelassen. »Sarah, steh auf, ich bring' dich ins Krankenhaus!« Sie zerrte an der zusammengekrümmten Schwarzen, redete ihr gut zu, und schließlich lag Sarah auf dem Rücksitz ihres Autos, und sie jagte den Highway hinunter nach Durban. Mit kreischenden Reifen hielt sie vor dem Addington Hospital. »Schnell«, rief sie zwei Pflegern zu, die sich bereits eine Bahre gegriffen hatten, »sie bekommt ein Baby!«
Einer der Pfleger öffnete die Autotür. »Das ist ja 'n Kaffir, Mann.« Er knallte fluchend die Tür wieder zu. Beide schoben mit einem bösen Blick auf Henrietta die Bahre leer wieder weg.
»Was soll das heißen?« Sie geriet in Panik. »Warum nehmt ihr sie nicht mit?«
»Kaffern gehören hier nicht her, Madam«, sagte der eine eisig, »die gehören ins King Edwards zu den anderen Kaffern, obwohl ich nicht weiß, warum Sie soviel Aufhebens machen. Die kriegen ihre Kinder doch wie die Karnickel.« Er machte eine obszöne Geste, lachte und drehte sich weg.
Mistkerle! Kochend vor Wut, stieg sie ins Auto und fuhr nach Congella ins King Edwards, angetrieben von den gelegentlichen schrillen Aufschreien von Sarah. Die Vorstellung, hier im Auto ein Baby entbinden zu müssen, brachte sie dazu, alle Geschwindigkeitsbegrenzungen zu brechen. Der Pfleger im King Edwards, ein baumlanger Schwarzer in einer hellblauen Uniform, herrschte Sarah auf Zulu an. Mühselig kroch diese von dem Sitz und schleppte sich, grob von dem Pfleger am Ober-

arm gepackt, wimmernd und stöhnend ins Gebäude. Immer wieder zwang sie eine Wehe zum Stehen. Im Eingang wandte sie sich um. »Bitte, Madam«, flehte sie.
»Komm, komm«, schnappte der Pfleger ungeduldig, »du bist nicht krank, du kriegst nur ein Kind, das ist die natürlichste Sache auf der Welt, also stell dich nicht so an.«
Sarah rollte ihre aufgerissenen, schmerzerfüllten Augen. »Madam«, bettelte sie mit bebender Stimme.
Widerstrebend folgte ihr Henrietta in eine Art Bahnhofswartehalle. Sie war weiß gekachelt bis unter die Decke, und entlang der Wand waren Plastikstühle montiert. Stumm starrte sie auf das menschliche Elend vor sich. Jammern, Schreie, zermalmte, leblose Gestalten, blutverschmierte Wunden. An den Wänden der Gänge standen, Fuß an Kopf, schmale Pritschen, vielstimmiges Stöhnen hallte durch die Korridore, nicht sehr laut, aber ständig, wie das gequälte Seufzen des Windes in der Takelage eines großen Windjammers. Es stank bestialisch. Faulig, verrottet, nach Schweiß und Erbrochenem. Zwischen den Tragen patrouillierten, ein anderes Wort fand sie dafür nicht, schwarze Pfleger, die mit den Kranken umsprangen, als seien sie Gefängnisinsassen. Ab und zu kam ein weißer Arzt, im Mundwinkel eine unaufhörlich qualmende Zigarre, und warf einen flüchtigen Blick auf die Patienten. Berührte er sie, tat er es mit unerklärlicher Brutalität und Härte. Dazwischen hockten und lagen diejenigen, für die keine Pritsche mehr übrig war. Angehörige saßen herum, redeten laut durcheinander, rangen die Hände, wischten ihren Kranken Blut und Schweiß ab.
Auf einer Trage kauerten zwei Kinder, etwa zwei und drei Jahre alt. Dem Jüngeren rann das Blut aus einer Kopfwunde über das Gesicht, es floss als Bächlein über seinen Nasenrücken in die Augenhöhle und von dort aus zum Mundwinkel. Der Kleine steckte seine Zunge heraus und saugte es schlürfend ein. Niemand kam, um ihm das Blut abzuwischen, niemand kam, um die Kinder zu trösten. Impulsiv beugte sie sich zu ihnen hinunter. Der Meine mit der Kopfwunde hob mit allen Anzeichen von Angst abwehrend seine Arme und wimmerte. Sie hielt in ihrer Bewegung abrupt inne. *Der kleine Kerl hat Angst vor mir, Angst vor der weißen*

Frau! Mitleid trieb ihr die Tränen in die Augen. Leise murmelte sie Trostworte, Worte wie ein sanfter, warmer Strom, der den Kleinen liebkoste. Langsam senkte sich der Arm, und zwei riesige mandelförmige Augen mit dichten, aufgebogenen Wimpern blickten sie an. Vorsichtig begann sie, das Blut abzutupfen, und dann wagte sie es, ihre Hand an seine Wange zu legen und ihn zart zu streicheln. Wie seidig die schwarze Haut sich anfühlte, wie fein. Der Kleine, sichtlich erschöpft von seiner Verletzung, schmiegte sein Gesichtchen in die Hand der weißen Frau. Sie lächelte. Plötzlich wurde sie unsanft zur Seite geschoben.
»Was wollen Sie von meinem Sohn?« Eine weibliche Stimme, aggressiv. Sie fuhr herum. Vor ihr stand eine schwarze Frau, hager mit tiefen violetten Ringen unter den entzündeten Augen. Eine blutunterlaufene Schwellung zog sich von ihrer Stirn über die Wange bis zum Kinn.
»Lassen Sie ihn zufrieden«, zischte sie, nichts weiter als eine Mutter, die zum Schutz ihres Kindes kam.
Henrietta erkannte das. »Das Blut lief ihm herunter«, sagte sie beruhigend, »ich wollte es ihm nur abtupfen.«
Die Frau drängte sich an ihr vorbei, zog die Köpfe der beiden Kinder an ihre magere Brust, hielt ihre Körper mit ihren sehnigen Armen. Sie sagte nichts, sie sah die weiße Frau nur an. Ihr Blick aber war wie ein Stoß, der Henrietta zwei, drei Schritte rückwärts machen ließ.
»Gute Besserung«, flüsterte sie und streckte wie sehnsüchtig ihre Hand der Frau entgegen. Aber diese senkte ihren Blick, verschloss ihr Gesicht.
Henrietta wandte sich ab. Ihr Schritt wurde schleppend, als trüge sie schwere Wassereimer. Gefiltert durch ihre schwärmerische, empfindsame Seele, schien das feindliche Verhalten der Frau ihr persönlich zu gelten, als wäre etwas an ihr, das der Schwarzen Abscheu einflößte. Ihrer weißen Haut war sie sich in diesem Moment nicht bewusst.
Der Pfleger drehte sich zu ihr um. »Madam, Sie können jetzt nichts mehr tun, es geht ihr gut, gehen Sie am besten.« Seine Haltung, der Blick und auch der Ton seiner Worte waren nicht freundlich. Er machte deutlich, dass sie, die Weiße, hier nicht hingehörte. Er zog und trug die wimmernde Sarah mehr, als dass sie selbst ging.

❖

»Es war fürchterlich, Tita, als fände hier ein Krieg statt«, berichtete sie, als sie, um sich abzulenken, für eine schnelle Tasse Kaffee bei ihrer Freundin vorbeischaute, »warst du schon einmal da?«
»Ganz bestimmt nicht! Was hattest du da eigentlich zu suchen?«
»Sarahs Baby kam. Es ging ihr furchtbar schlecht.«
Tita bedeutete Gladys mit einer Handbewegung, neuen Kaffee zu brauen. »Es wäre besser gewesen, du hättest ihr gekündigt. Du musst drauf bestehen, dass sie das Kind zu ihren Verwandten gibt.«
»Aber sie muss es doch sicher noch stillen!«
»Oh, du bist unverbesserlich! Wie ich dich kenne, hast du schon Windeln besorgt.« Tita sah ihr ins Gesicht und lachte. »Wusste ich's doch. Komm, ich hab noch ein paar Sachen von Sammy für Sarah.«

❖

Am nächsten Tag, spät am Vormittag, stand Sarah wieder vor der Tür, erschöpft und grau im Gesicht. In ihren Armen trug sie, in ein weißes Tuch fest eingewickelt wie eine kleine Mumie, ihr Baby.
»Sarah!« rief Henrietta überrascht, »ich dachte, du würdest noch einige Tage im Krankenhaus bleiben.« Neugierig schob sie das Tuch, das das kleine braune Gesichtchen bedeckte, beiseite. »O wie süß, Sarah, was ist es, und ist alles in Ordnung?«
Der Hauch eines Lächelns huschte über das Gesicht der jungen Mutter. »Es ist ein Mädchen, Madam, es ist gesund. Ich nenne es Imbali, denn es ist wie eine kleine Blume.«
»Imbali! Welch ein hübscher Name! Darf ich sie halten?« Behutsam hob sie das winzige Wesen hoch. Imbali lag überraschend schwer und warm in ihren Armen. Mit einem leisen Maunzlaut drehte sie das Köpfchen und bohrte es gierig in ihre Brust.
Ihre Mutter lächelte. »Ich muss sie stillen, Madam.«
Henrietta folgte ihr in den Khaya. Dort stand ein rotlackiertes Kinderbettchen, ein großer Stapel Babykleidung, zwei Pakete Frotteewindeln

und Handtücher lagen auf Sarahs Bett. »Das Bettchen und die Kleidung sind von Missis Robertson, der Rest ist von mir.« Erwartungsvoll beobachtete sie die junge Schwarze.
Sarah streifte die Geschenke mit einem flüchtigen Blick unter gesenkten Wimpern. »Ist in Ordnung.« Ohne Umstände holte sie eine pralle braune Brust hervor und schob sie Imbali in den Mund, die sofort gierig zu saugen begann. Ihr Gesicht nahm einen abwesenden Ausdruck an, sie schien Henrietta vergessen zu haben.
Enttäuscht und verletzt rief Henrietta später Tita an. »Ich hatte eigentlich Freudenausbrüche erwartet!«
»Mach dir nichts draus, die Bantus sind so. Sie sehen ein Geschenk als Beleidigung an. Du verlangst nichts dafür, also ist es für dich ohne Wert. Du musst sie dafür arbeiten lassen.«
»Meine Güte, wie kompliziert.« Henrietta ließ den Hörer sinken. Da war sie wieder, die unsichtbare Mauer. Man sah sie nicht, konnte sie nicht fühlen, aber sie war da. Nachdenklich und ein wenig traurig ging sie in die Küche, um sich einen Kaffee zu machen. Doch die Kaffeedose war leer. Sie öffnete die Küchentür. »Sarah, warum ist kein Kaffee da?« schrie sie unnötig gereizt zum Khaya hinüber.
Sarah kam widerwillig in die Küche geschlurft, knallte heftig mit den Küchenschranktüren, schüttelte dann demonstrativ die leere Kaffeedose. »Kein Kaffee da«, verkündete sie vorwurfsvoll.
»Das sehe ich auch! Aber gestern war noch genügend da. Also, wo ist der Kaffee?«
Sarah rollte ihre ausdrucksvollen Augen gen Himmel, seufzte. »Weiß nicht. Der Tokoloshe.«
Sie explodierte. »Sarah, hast du ihn genommen? Antworte!« »Madam?« Ein dümmlicher Ausdruck senkte sich über das schwarze Gesicht, der ihr sattsam bekannte sture Zug legte sich wie eine Klammer um die aufgeworfenen Lippen.
»Verdammt, Sarah, du kannst alles haben, du sollst nur fragen, das weißt du doch. Komm mir nicht mit dem Tokoloshe. Hier.« Sie fischte einen Ein-Rand-Schein aus der Tasche. »Hol mir Kaffee bei Connor's, und beweg deinen Hintern!«

Sarah nahm das Geld und trollte sich.
Verdammter Kaffir! Kaum hatte sich dieser Gedanke in ihrem Kopf gebildet, saß sie kerzengerade. Schamröte stieg ihr ins Gesicht.
»Siehst du, ich hab's dir prophezeit«, spottete Tante Gertrude.
Als Sarah nach einer langen Stunde zurückkehrte, füllte sie ihr ein Beutelchen Kaffee ab. »Ich werde dir jeden Monat eine Dose Kaffee kaufen. Wenn du mehr brauchst, frag mich bitte.«
»Yebo, Ma'm«, antwortete ihre schwarze Perle, merklich fröhlicher, und bald zog anregender Kaffeeduft durchs Haus.

❖

Der Rest des Jahres 1961 verging rasch. Weihnachten feierte sie mit den Robertsons, die auch eine kleine Party zu ihrem zweiundzwanzigsten Geburtstag am 1. Januar gaben und sie mit einem neuen Herd überraschten.
Anfang Februar 1962 entschied der Gemeinderat, um die Touristenindustrie anzukurbeln, Hainetze zu installieren. Henrietta ließ sich bei ihrem nächsten Besuch von Neil erklären, wie sie funktionierten.
»Die Netze hängen in einer Entfernung von ungefähr dreihundert Metern parallel zur Küste von Bojen einige Meter hinunter«, er skizzierte auf einem Zeitungsrand mit ein paar Strichen, was er meinte, »oben, an den Seiten und unten sind sie zum Meer offen. Die Theorie ist nun, wenn ein Hai auf diese Seite der Netze gerät, überfällt ihn Panik, er schwimmt blindlings ins Netz, bleibt hängen und stirbt, denn er muss sich ständig bewegen, sonst erstickt er.«
»Und das wissen die Haie auch?« fragte sie trocken.
Er grinste. »Das hoffe ich sehr. Aber ehrlich gesagt sind mir die Netze in dieser Form auch nicht geheuer. Ich kann dir nur raten, auch weiterhin nur in der Nähe des Strandes oder in Grannys Pool zu schwimmen und gar nicht ins Wasser zu gehen, wenn die Flüsse nach einem starken Regen Schlamm ins Meer tragen. In den trüben Gewässern scheinen die Haie am liebsten zu jagen.«
Sie nickte. »Haiwetter. Davor hat mich schon Onkel Hans gewarnt.«

Kurz danach schrieb die Gemeinde, man habe gehört, dass sich eine große Anzahl Schwarzer regelmäßig in ihrem Haus aufhalte. In einer Wohngegend sei das nicht erlaubt.
Woher wissen die das? Der anonyme Brief?
Eine Woche nur gab man ihr Zeit, und sie hatte Glück. In Mount Edgecombe, der ehemaligen Zuckerrohrfarm, einem winzigen Ort, bestehend aus wenigen ebenerdigen Gebäuden, fand sie am Rande einer großen, sonnigen Lichtung im Eukalyptuswald einen kleinen Bungalow. Er hatte nur einen großen Raum, eine primitive Küche und eine ebenso primitive Toilette. Sie teilte ein Büro mit einer Regalwand ab und füllte sie mit Stoffballen in allen Regenbogenfarben. Trotz der niedrigen Miete brachten sie der Umzug und die monatlichen Unkosten an den Rand ihrer finanziellen Möglichkeiten.
»Ich brauche mehr Kunden«, klagte sie Tita Ende März, »ich müsste eine Modenschau veranstalten, aber ich habe kein Geld.«
»Das Durban July!« rief Tita. »Der Höhepunkt der Rennsaison, gesellschaftlich der wichtigste Tag im Jahr. Alle Damen sind schon in Panik, weil nichts Passendes in ihren Kleiderschränken hängt! Du führst die Kleider selber vor!«
»Bist du wahnsinnig, ich werde über meine Füße stolpern und flach auf mein Gesicht fallen!«
»Unsinn, ich mache mit, Cori und Glitzy bestimmt auch.«
Sie benutzten die Veranda als Laufsteg, und es wurde ein ungeheuer erfolgreicher Nachmittag. Die Damen verloren jegliche Hemmungen. Henrietta starrte konsterniert auf Dutzende Damen der ersten Gesellschaft, die sich fast nackt, erhitzt, Frisuren ruiniert, begierig durch den Kleiderberg wühlten. Als die Letzte ging, tanzte sie mit Tita durchs Haus. Es wurde ein Wendepunkt in ihrer Karriere. Mit dem prall gefüllten Auftragsbuch fuhr sie zu Mr. Smythe von der Standard Bank und redete derart überzeugend auf ihn ein, schwärmte so begeistert von ihrer Zukunft, dass Mr. Smythe, ein leises Lächeln um seinen strengen Mund, ihr einen Überziehungskredit gewährte, der ausreichte, um zwei von Fatimas Cousinen einzustellen, zwei weitere Nähmaschinen anzuschaffen und genügend Stoffe zu kaufen, um die laufenden Aufträge zu erfüllen.

Achtes Kapitel

Es wurde Mai, alle Pflanzen atmeten auf nach der Sommerhitze und begannen zu wuchern. Auch die letzten Narben der Flut verschwanden unter einem dichten Pflanzenteppich. Ihre Tage waren ausgefüllt mit Arbeit und ließen ihr keine Freizeit. Nur ihr morgendliches Rendezvous mit der aufgehenden Sonne hielt sie eisern ein.
Als sie einen Überschuss von fünfzig Rand auf ihrem Konto hatte, erlaubte sie sich, an einem Sonnabend auszuschlafen. Ein nachdrückliches Klopfen weckte sie. Widerwillig knurrend kroch sie aus dem Bett und öffnete die Tür.
Benedict stand grinsend vor ihr. »Hallo, Henrietta.«
Fassungslos starrte sie ihn an. *Benedict.* Eben hatte sie noch von ihm geträumt, der Gedanke an den wollüstigen Traum trieb ihr sofort die Röte ins Gesicht! »Hallo«, stammelte sie.
»Ich habe hier einen Brief für dich, der versehentlich bei uns abgegeben wurde.«
Sie drehte den Luftpostbrief herum. Der Absender war eine New Yorker Adresse. Befremdet öffnete sie ihn. Es waren nur wenige Zeilen, offensichtlich von einem Rechtsanwalt, mit denen er ihr mitteilte, dass ihr Onkel Diderich tödlich verunglückt war. »Mein Onkel Diderich, der Bruder meines Vaters, ist tot.«
»Ich weiß«, nickte Benedict, »Carla hat es mir vor einer Woche erzählt. Hat dir Gertrude nichts gesagt?«
Sie schüttelte den Kopf. Onkel Diderich, ihr heimlicher Held! Erst vor vier Wochen hatte er einen Besuch in Südafrika angekündigt. Traurigkeit überfiel sie. Ein Bindeglied zu ihrer Vergangenheit war für immer zerbrochen. Der Brief glitt ihr aus der Hand zu Boden.
Benedict bückte sich. Als er ihn aufhob, rutschte ein weiteres Blatt he-

raus. Flüchtig streifte er es mit einem Blick, stutzte und las ungeniert weiter. »He, Henrietta!« rief er ganz aufgeregt, »ich glaube, du erbst da was.«

»Kaum. Bei Onkel Diderich gibt es nichts zu erben, er war ein ganz armer Mann. Börsendiener oder so etwas.«

»Börsendiener?« Seine Stimme erkletterte die Tonleiter. »Dein Onkel muss schwerreich gewesen sein – hier, lies das mal.«

Der Brief war auf Englisch, und er besagte in trockenen Worten, dass sie, Henrietta Maria Tresdorf, als Alleinerbin des verstorbenen Diderich Hermann Tresdorf genannt war. Darunter stand, nüchtern aufgelistet, die Summe eines langen, farbigen Lebens:

1 Ledersäckchen, Inhalt:

Diamanten, gesamt ca. 80 Karat
Saphire, gesamt ca. 120 Karat
Smaragde, gesamt ca. 400 Karat
Opale, schwarze, Boulder, Matrix
gesamt ca. 600 Karat
1 Haus, 380 qm, doppelstöckig,
Gartenhaus, Schwimmbad,
in Long Bay, Tortola, British Virgin Islands,
Treuhandfonds zur Deckung der laufenden Kosten
Wertpapiere, Aktien, Konten –
Wert 500 000 Dollar, valutiert am
30. April 1962

Als Vermögensverwalter war ein Mr. John Mueller eingesetzt. Er war angewiesen, das Vermögen bis zu ihrem siebenundzwanzigsten Geburtstag für sie zu verwalten und ihr bis zu diesem Zeitpunkt einen monatlichen Unterhalt von 300 Dollar zu zahlen. Die Summe sollte regelmäßig dem aktuellen Lebenshaltungsindex angeglichen werden. Miss Tresdorf möge bitte umgehend mitteilen, ob sie die Erbschaft akzeptiere. Sie sah Benedict an. »Was heißt das?« flüsterte sie.

Benedict musste sich räuspern. »Das heißt, Baby, du schwimmst in Geld, du bist reich!«
Sie lächelte ein blasses, zaghaftes Lächeln. »Reich?« fragte sie ungläubig. »Reich?«
»Reich, Baby!« schrie er, warf die Arme um sie und schwang sie durch die Luft. »Und kannst dich in Geld suhlen!«
»Der arme Onkel Diderich«, stammelte sie, lachte verlegen und brach in Tränen aus. Es war einfach zu viel. Sie lehnte sich an ihn und heulte ihm das weiße T-Shirt nass.
Er zog sie fest an sich. Seine Hand streichelte ihre nackte Schulter. »Ist ja gut«, murmelte er immer wieder, »ist ja gut.« Behutsam wischte er ihre Tränen weg, dann beugte er sich herunter und küsste sie. Seine Hand glitt von ihrer Schulter hinauf zu ihrem Nacken, die andere lag auf ihrer linken Brust, warm und fest.
Das Schluchzen blieb ihr vor Überraschung in der Kehle stecken. Eine Sekunde stand sie noch spröde und steif, da streichelte er ihre Lippen mit seiner Zunge, ganz zart und leicht. Ein köstliches Kribbeln schoss ihre Nervenbahnen entlang bis in die Beine, ihr Herz sprang gegen die Rippen. Als er ihr Ohrläppchen zärtlich zwischen seine Lippen nahm, jagte ein Schauer durch sie hindurch.
»Lass die Finger von Benedict«, zischte Carla, »er gehört mir!« Der Verlobungsring funkelte aggressiv.
Sie schloss die Augen, schloss die Gegenwart aus und die Vergangenheit. Carlas Stimme ertrank im Strudel ihrer Gefühle. Seine Lippen wanderten ihren Hals entlang. »Du musst diesem Mister Mueller sofort antworten«, flüsterte er.
Sie tauchte aus unendlichen Tiefen hoch, verwirrt, ihr Verstand weigerte sich, die Situation nüchtern zu sehen. Ein Haus auf Tortola, British Virgin Islands, wo immer das sein mochte, Edelsteine, ein Taschengeld, hoch genug, um ihre Geldsorgen zu beenden. Das Vermögen, das sie an ihrem 27. Geburtstag erwartete, war zu unwirklich, zu weit weg. Wie viel war der Dollar wert? Vier Mark oder vier Mark fünfzig? Schwindel erregend. Es war zu viel auf einmal, der Brief und Benedicts Küsse. Überrumpelt und unsicher wusste sie nicht mehr, welchem Gefühl sie

trauen konnte. Sie wand sich aus seinen Armen. »Ich muss jetzt allein sein. Bitte erzähle niemandem von dieser Erbschaft. Versprich es!«
Er küsste sie lange und nachdrücklich, ehe er zögernd ging. Sie flüchtete sich hinunter zum Strand auf ihren großen Felsen. Stimmengewirr füllte ihren Kopf.
»Du bist reich«, rief Benedict. Dann hatte er sie geküsst.
»Sie hat mehr Geld«, fauchte Carla und meinte Glitzy Daniels. »Er ist total pleite, er braucht immer Geld.« Tita!
»Du kennst doch seinen Typ!« Glitzy lachte sie aus. »Kirschaugen, Schmollmund, lange, dunkle Haare und eine Figur wie ein Porzellanpüppchen.«
Das Blut stieg ihr in den Kopf. Natürlich hatte er sie nur wegen des Geldes geküsst, was denn sonst? Carlas zierlicher Schönheit war sie nicht gewachsen. Verzweiflung packte sie, ihre Gedanken jagten im Kreis. Doch auch jetzt taten das Atmen des Meeres, der weite Horizont, der Wind ihre Wirkung. Sie wurde ruhiger, ihr Gedankenchaos ordnete sich. Sie erlaubte sich, an das Geld zu denken. Dreihundert Dollar im Monat! Genug, um das Dach von Grund auf zu erneuern.
Eine Waschmaschine wurde erschwinglich und, am wichtigsten angesichts des nahenden Sommers, endlich ein Eisschrank, der nicht Eisberge im Inneren aufbaute und nach außen leckte. Mit dieser Größenordnung konnte sie gedanklich umgehen.
»Dear Mr. Mueller«, schrieb sie dann abends, und plötzlich erschien ihr alles absurd, sicher hatte sich jemand einen Scherz erlaubt. Sie schickte den Brief zwar ab, aber sie nahm sich vor, die ganze Sache zu vergessen. Zu ihrem größten Erstaunen kam nach zwei Wochen ein sehr freundlicher Brief von Mr. Mueller, in dem er um ihre Kontonummer und um Anweisungen, die Haushälterin des Hauses auf Tortola betreffend, bat. Diderich Tresdorf hatte versäumt, diesbezügliche Verfügungen zu treffen. Wenn er, Mueller, sich erlauben dürfte, ihr einen Rat zu erteilen, würde er Rosebud, die Haushälterin, behalten. Sie sei eine Seele von Mensch, sehr zuverlässig, und ihr Jamaican Chicken besonders erwähnenswert.
Rosebud – Rosenknospe – wie entzückend! Sie schrieb sofort ihre Zustimmung, froh, dass ihr siebenundzwanzigster Geburtstag noch so weit entfernt war und sie bis dahin keine Entscheidungen über den größeren

Teil des Vermögens zu treffen hatte. Es erschien ihr alles unwirklich. Als jedoch im Juni die erste Überweisung die Habenseite ihres schwindsüchtigen Kontos mit einem komfortablen Polster ausstattete, Mr. Smythe, der Bankmanager, ihr plötzlich ein strahlendes Lächeln schenkte und sie zuvorkommend zur Tür brachte, begann sie es langsam zu glauben.
Als Erstes ließ sie von Sandy das Dach erneuern. Die kleine Kapuzinerkresse löste sie vorsichtig von ihrem Platz und pflanzte sie in einen Kübel. Kaum hatte das Pflänzchen nahezu unbegrenzt Platz und Nahrung für seine Wurzeln, begann es zu wuchern und blühen, dass es eine Pracht war.
»Sie sollten Gitter vor den Fenstern anbringen lassen, schließlich wohnen Sie hier allein«, riet der kantige kleine Yorkshiremann.
»Gitter? Um Himmels willen, dann wohne ich ja in einem Gefängnis, das könnte ich nicht ertragen. Hier wird schon keiner einbrechen, hier ist nichts zu holen.«
Sandy, dessen deftige Finger geschickt ein genau zugeschnittenes Stück Holz in die Lücke einfügten, wo er vorher das verrottete Teil des Verandageländers herausgenommen hatte, lächelte mit mildem Spott. »Sie sind so unendlich viel reicher als jeder Schwarze. Sie haben ein Dach über dem Kopf, ein Auto, Sie haben jeden Tag zu essen, und Ihre Kleidung ist nicht aus dritter und vierter Hand. Glauben Sie mir, Sie sind reich!«
Sie sah ihn aufs höchste erstaunt an. Soviel auf einmal hatte Sandy noch nie geredet. »Chico passt schon auf mich auf«, beruhigte sie ihn. Doch ihre Nächte wurden unruhiger, unbekannte Geräusche hielten sie wach. Sie begann, Chico morgens zu füttern, sonst schlief er, vollgefressen, nachts fest und tief. Lautlos patrouillierte der große Hund nun nachts durchs Haus.

❖

Benedict Beaumont kam fast täglich, und oft schlief er nachts bei ihr. »Pass bloß auf, dass du kein Kind kriegst«, warnte Tita, »nimmst du die Pille?«

»Pille?«
»Willst du mir erzählen, dass du keine Antibabypille nimmst?«
Henrietta schüttelte peinlich berührt den Kopf. Sie war so offene Gespräche nicht gewohnt. Über so etwas redete man nicht, zumindest nicht in ihrer Familie.
»Bist du wahnsinnig?« kreischte Tita. »Das überlässt man doch nicht den Männern, und schon gar nicht Benedict Beaumont, Verantwortung ist für den ein Fremdwort. Es gibt jetzt eine Antibabypille, ich sag' dir, das ist die Antwort auf die Gebete jeder Jungfrau!«
Sie besorgte sich die Wunderpille, hochrot vor Verlegenheit. Zu ihrem Entsetzen nahm sie drei Kilo zu, und ihr Busen wuchs um eine ganze Größe.
»Besser als ein uneheliches Kind«, kommentierte Tita lakonisch. Sie machte deutlich, dass sie nicht allzu viel von Benedict hielt.
Henrietta lachte sie aus. »Du kennst ihn nicht, er liebt mich wirklich. Und ich liebe ihn!« Sie liebte ihn so, dass es ihr fast den Verstand raubte, obwohl seine Ansichten über die Rolle der Frau sie befremdeten. Frauen bekamen Kinder, sorgten für ihre Männer und machten sich schön. Intelligenz war für ihn keine Eigenschaft, die einer Frau zugebilligt werden konnte. Der Tatsache, dass sie ihre eigene Firma aufbaute, begegnete er mit herablassendem Spott und machte klar, dass er keiner Frau zutraute, auch nur das Haushaltsgeld selbst verwalten zu können.
Er liebt mich, er wird sich ändern, tröstete sie sich und träumte von ihrer gemeinsamen Zukunft. »Hast du es Carla gesagt?« fragte sie ihn, als sie abends in seinen Armen lag.
»Oh, Carla«, antwortete er und sah in die Ferne, »zur richtigen Zeit werde ich es ihr schon erzählen. Wart's nur ab.«
Sie wartete. Geduldig.

❖

Das Wetter in diesen Frühlingswochen war durchaus gemäßigt und erlaubte gutes Arbeiten. Obwohl es jetzt schon wieder auf den Sommer zuging und die ersten schwülen Tage auf den Arbeitsenthusiasmus ihrer

Mädchen drückten, war sie mehr als zufrieden. Sie sah hoch. Heute würde es wohl einen der ersten richtig heißen Tage geben. Sie trank schnell die dritte Tasse Kaffee und erhob sich vom Frühstückstisch, um die Post zu holen.

»Henrietta! Bist du schon wach?« Beryl Strattons Stimme schrillte aufgeregt durch die Morgenstille. Sie lehnte ihre wild schwingenden Brüste über den Gartenzaun.

»Was ist, ist etwas geschehen? Komm rein!«

Beryl gab ihr eine Zeitung. »Vorderseite, sieh es dir an! Ich bin völlig fertig mit den Nerven.«

FAMILIE IN STÜCKE GEHACKT! schrie die Überschrift.
POQO SCHLÄGT ZU!

Mit sensationslüsternen Worten beschrieb der nachfolgende Text die grausigen Einzelheiten. Auf einer entlegenen Farm in der Nähe von East London, an der Grenze zu Natal, war die Familie eines Farmers von einem Trupp Schwarzer überfallen und mit Pangas, den Hackschwertern der Zulus, in Stücke gehackt worden. Es wurde rekonstruiert, dass das Jüngste der drei Kinder, die zweijährige Jenny, im Arm ihres Vaters, der sie zu schützen suchte, mit einem Schlag zweigeteilt wurde.

Kreidebleich starrte sie Beryl an. »Wer macht so etwas?« Sie musste ihre Unterlippe mit den Zähnen still halten.

»Diese militanten schwarzen Schweine von POQO oder PAC, was weiß ich! Vielleicht auch vom Speer der Nation, Umkhonto we Sizwe, wie sie sich nennen«, sie spuckte die Zuluwörter förmlich aus, »das sind Mandela und seine Genossen, die, die in der letzten Zeit die Strommasten und Polizeistationen in die Luft gesprengt haben. Ich kann die nie auseinander halten, auch wenn Edward immer versucht, mir das zu erklären. Wer uns am Ende abschlachtet, macht doch keinen Unterschied. Edward sagt, das ist der Anfang vom Ende, er gibt Südafrika keine fünf Jahre mehr, dann versinken wir in einem Blutbad! Du lebst hier alleine, sei vorsichtig! Ich jedenfalls werde jetzt schießen lernen.« Damit ging sie. Benommen, wie unter Schock, fuhr Henrietta zum Postamt. In den meisten Gärten arbeiteten wie jeden Tag schwarze Gärtner. Einige hoben den Kopf und starrten sie feindselig an, ihre Gesichter unergründliche

Ebenholzmasken. *Oder bilde ich mir das ein?* In der Post drängten sich die Menschen dunkler Hautfarbe wie immer vor dem Schalter »Nicht-Europäer«, aber heute drückte ein schweres Schweigen die Menge nieder. Kein fröhliches Lachen, kein Durcheinander der Stimmen, nur lastende Stille. Oder ist es die ungewohnte Hitze, die alle müde und lethargisch macht? Mit gesenktem Blick leerte sie ihr Postfach, das sie vor einiger Zeit angemietet hatte, und floh nach draußen, durch den Eingang für Weiße natürlich, und war froh, dass es dort kein Gedränge gab. Warum stehen heute so viele Schwarze herum? Warum drehen die uns den Rücken zu und tuscheln mit zusammengesteckten Köpfen? Oder waren die immer so, hatte sie das nur nicht bemerkt?

Sie blieb wie angewurzelt stehen. Wir und die! Nun war es ihr also passiert. Nun hatte sie in ihren Gedanken diese unsichtbare Barriere gebaut. Nie hätte sie das von sich geglaubt! Es war also möglich, obwohl ihr diese Haltung im tiefsten Inneren fremd und zuwider war, dass sie die äußeren Umstände derart beeinflussten, dass diese Gedanken sie urplötzlich aus dem Nichts ansprangen.

»Das wirst du schon verstehen, wenn du erst länger hier lebst«, sang der unsichtbare Chor ihrer weißen Freunde. *Deutlich hörte sie Gertrudes hämisches Lachen.*

Als sie begriff, dass alle ein wenig recht hatten, schlich sich tiefe Trauer in ihr Herz, und diese trug einen gleißenden, flackernden Flor von Panik.

Benedict machte nicht viel Federlesens. Er legte einen Revolver auf den Tisch. Er lag da, matt schimmernd schwarz, tödlich aussehend, in sich schon eine Bedrohung. »Hier«, sagte er kurz, »du lernst jetzt schießen. Wir fahren zur Lagune, und ich bringe es dir bei.«

Wie betäubt nahm sie die schwere Waffe. Sie lag glatt und kühl in ihrer Hand und war so schwer, dass es ihr den Arm hinunterzog. Sie sollte damit schießen. Auf Menschen? »Ich kann das nicht, Benny, wirklich nicht.«

»Red keinen Unsinn, wenn einer versucht, dich umzubringen, wirst du es schon können. Außerdem sieh die praktische Seite. Du hast hier so viele Schlangen, die kannst du dann erschießen, das ist einfacher und gefahrloser, als sie zu erschlagen.«

Sie hatte keine Wahl, er bestand darauf. So lernte sie mit einem Revolver umzugehen, lernte ihn zu laden, den Hahn zu spannen und abzufeuern. Nach einiger Zeit hatte sie auch den Rückschlag unter Kontrolle. Zu ihrem Entsetzen fand sie heraus, dass sie ein Talent zum Schießen hatte, ihre Treffsicherheit nötigte selbst Benedict Lob ab. »Den trägst du jetzt immer mit dir herum. Ich habe Angst um dich, mein Liebling, ich will dich nicht verlieren.« Er küsste sie, und sie fühlte sich wunderbar, beschützt und umsorgt. »Denk dran«, warnte er, »vertraue Sarah nicht, die sind alle gleich. Ein Leben gilt ihnen nichts, die bringen dich um, wenn du zwischen ihnen und einer Flasche Whisky stehst.«
»Doch nicht Sarah, Benny, ich kenne sie gut, sie mag mich.« »Glaub mir, du kennst sie nicht«, fuhr er sie ungeduldig an, »du weißt nichts von ihr, nur das, was sie dir erlaubt zu sehen. Wenn sie ausgeht, weißt du, mit wem sie zusammen ist? Sie kann entweder in irgendeiner Kirchenveranstaltung sein oder bei einer Versammlung vom Speer der Nation. Sei nicht so vertrauensselig! Wenn du erst einmal länger hier lebst ...«
»Oh, hör schon auf«, rief sie und hielt ihm den Mund zu, »ich will es nicht mehr hören!« *Doch nicht Sarah!* Aber sie verbarg die Waffe vor Sarah, und sie sagte ihr nicht immer, wann sie plante wegzugehen oder wann sie allein zu Hause sein würde. Der Revolver begleitete sie von nun an überallhin. Das Gewicht der Waffe, die sie hinten an einem schmalen Gürtel, meist verborgen unter einem losen Oberteil, trug, wurde vertraut. Das Metall nahm ihre Körperwärme an und lag warm und fest, Schutz verheißend, an ihrem Rückgrat. Sie fühlte sich nackt, wenn sie ihn einmal vergaß. War sie nachts alleine, lag er unter Bennys Kopfkissen. Im Auto verstaute sie ihn im Handschuhfach. Nach einiger Zeit legte sie ihn, diskret in einer Tasche verborgen, auf den Beifahrersitz, geladen und griffbereit.
Ihr Verhältnis zu Sarah änderte sich nicht, zumindest an der Oberfläche. Sie lachten zusammen, arbeiteten zusammen, aber wie ein Tropfen Wasser, der seinen Weg durch einen Mauerriss findet, sickerte allmählich ein gewisses Misstrauen in ihre Gedanken. Nicht so ausgeprägt, als dass es diesen Namen verdiente, eigentlich nur eine Vorsicht, für alle Fälle. Danach gefragt, schloss sie nicht mehr so vehement aus, dass ihr, vielleicht nicht von Sarah, aber durch sie Unheil drohen könnte. Ihre

Beziehung hatte ihre Unschuld verloren. Das helle, strahlende Licht, in dem sie diesen Teil ihres Lebens sah, war etwas schwächer geworden.

❖

Freitags fuhren sie ins Autokino. Dort traf man sich. Es war eins der beliebtesten Wochenendvergnügen neben Rugby und Cricket. Eltern packten ihre Kinder, vom Säugling bis zum Teenager, in die üblichen, geräumigen Kombis, und dann ging es ab ins Drive-in. Kaum angekommen und glücklicher Inhaber eines guten Platzes und eines intakten Lautsprechers, reihten sie sich ein in die Schlange vor der Imbissstube, um Unmengen Hamburger, in Tomatenketchup ertränkter Hotdogs und Gallonen von Limonade und Cola zu kaufen. Keinen Alkohol, den gab es nur in speziell lizenzierten Läden, also brachte jeder mindestens einen Karton Bier in Dosen mit. Das Autokino hatte als Treffpunkt eine große gesellschaftliche Bedeutung. Es war dunkel, und die Autositze bequem. Durbans Jugend nutzte die Gelegenheit und fiel enthusiastisch und ausgehungert übereinander her. Jedes zweite Auto bebte und quietschte in den Federn. Blickte man über die Autodächer hinweg, hatte man den Eindruck einer Versammlung kopulierender Käfer.

Heute waren sie etwas spät dran, und die Reklame lief bereits. Benny hakte den Lautsprecher ein, sog schmatzend an einer Dose Bier und lümmelte sich in den Sitz. Gegen den hellen Himmel, der noch die schon untergegangene Sonne reflektierte, ganz oben auf den Stahlsäulen rechts und links der riesigen Leinwand, entdeckte Henrietta die Schattenrisse zweier Männer mit Maschinengewehren. »Benny, da oben sitzen Männer mit Gewehren, was ist los?«

»Merkst du das jetzt erst? Das sind Soldaten, die uns gegen Terroristen bewachen.« Seine freie Hand knetete ihren Busen, mit der anderen hielt er die Bierdose. »Keine Angst, die schießen hervorragend!«

Sie war sprachlos. Terroristen! Waren sie gefährdet, hier? Sie sah sich um. Kinder tobten herum, Leute standen an ihre Autos gelehnt, tranken, aßen, lachten. Picknickkörbe wurden geöffnet, Klappstühle im Halbkreis aufgestellt, aus dem Nachbarauto drang helles Stöhnen. Partystimmung. Das Autokino lag draußen vor der Stadt, weit und breit keine Häuser, kein freundliches Licht. Nur der grelle Strahl des Filmprojektors zerschnitt die Dunkelheit, der Widerschein des Filmes zuckte über die Gesichter und wurde von den Autofenstern reflektiert. Hinter dem Stacheldrahtzaun, der das gesamte Gelände umschloss, war inzwischen Nacht, pechschwarze, undurchdringliche, afrikanische Nacht. Der Chor der Nachttiere, der sich mit der Filmmusik mischte, erfüllte sie heute nicht mit Frieden. Sie erwischte sich dabei, dass sie ängstlich auf andere Geräusche achtete, lauschte, ob der Chor nicht plötzlich abbrach, gestört von der Gegenwart eines Eindringlings. *Terroristen?* Verstohlen holte sie den Revolver aus dem Handschuhfach und legte ihn griffbereit unter ihren Sitz. Sie gestand sich nicht ein, damit zu akzeptieren, dass die Waffe sie vor anderen Menschen schützen sollte, dass sie bereit war, damit zu schießen. Auf Menschen. Sie lehnte sich zurück. Sie fühlte sich so einfach sicherer.

In der Pause holte Benny Hotdogs und Cola. »Keine Chips mehr da«, sagte er und warf sich in seinen Sitz. Er packte eben seinen Hotdog aus, als die Tür aufgerissen wurde.

»Benedict!« Eine weibliche Stimme wie ein Peitschenknall. Er drehte sich um und wurde blass. »Verdammt!«

Henrietta sah sein Gesicht und blickte beunruhigt hoch. Sie stand da, schwarzes T-Shirt, schwarze Hose, eine Rachegöttin. Die silbrigen Augen funkelten wie Eiskristalle, ihr angespannter Körper vibrierte so, dass die umgebende Luft in Schwingungen zu geraten schien. »Carla!« flüsterte Henrietta.

»Benedict, was machst du hier, ich denke, du bist in Johannesburg?« Selbst Carlas Stimme erinnerte an klirrende Kälte. Benedict war ausgestiegen. Sein Mund hing offen. Henrietta sah die Hotdog-Reste zwischen seinen Zähnen. *Johannesburg?* Sie zog die Brauen zusammen. *Wieso Johannesburg?*

Carla glitt heran, stand dicht vor ihm. Henrietta ignorierte sie. »Du hast mir gesagt, du fährst nach Johannesburg! Was machst du hier?« Es war keine Frage, es war ein Frontalangriff.

»Carla«, stammelte Benedict, »reg dich nicht auf – das heißt, es ist etwas

dazwischengekommen – ich meine – das hier ist alles zufällig, wirklich.«
Er verhedderte sich jämmerlich.
Die Worte erreichten Henriettas Ohren, doch sie verstand ihren Sinn nicht. Sie erlebte die Szene wie durch ein verkleinerndes Fernrohr, distanziert, so als beträfe sie die ganze Sache nicht. Kleinigkeiten bemerkte sie. Schweißperlen, die sich, eine nach der anderen, auf seiner Stirn bildeten, als entsprängen sie einer Quelle, der winzige Fleck Eiscreme auf seinem Kragen. Der Blick, den ihm Carla zuwarf, hatte ihn sofort zum Schweigen gebracht. Er stand da, rot im Gesicht, die Schultern nach vorn gebeugt, und krümmte sich wie ein Wurm. Sie hätte nie geglaubt, dass ihr etwas so weh tun konnte wie der Anblick seines sich krümmenden Rückens. Als sie ebenfalls ausstieg, fuhr Carla zu ihr herum. »Ich habe dich gewarnt, lass deine Finger von Benedict, er ist mein Verlobter! – Benedict, du kommst mit.«
Henrietta sah an ihr vorbei in Benedicts Gesicht. Es gelang ihr, seine Augen mit den ihren festzuhalten. Unter ihrem ruhigen, unverwandten Blick richtete er sich etwas auf. Sie sagte nichts, sie sah ihn nur an. Er schwitzte ziemlich stark, und die Nässe rann ihm in den Kragen, der schon einen dunklen Rand hatte. Er räusperte sich, vermied jeglichen Blickkontakt mit den beiden Frauen. »Ich muss Henrietta nach Hause bringen, sie hat kein Auto hier.«
»Die kann zu Fuß gehen oder per Anhalter fahren!«
»Das – geht nicht, Carla, ich bringe sie nach Hause und ruf dich dann an.« Seine Stimme schwankte.
»Ich erwarte dich später auf der Farm. Wage nicht, wieder eine Ausrede zu finden!« stieß Carla drohend hervor, ging zu einem Auto weiter vorn, in dem einige junge Leute saßen, riss die Tür auf und warf sich hinein. Sie hockte da, Kopf aggressiv gesenkt zwischen hochgezogenen Schultern, wie ein bösartiger, schwarzer Geier.
Benedict zerrte Henrietta zurück ins Auto.
»Wann wirst du es ihr sagen?« brachte sie endlich heraus, als sie schon fast vor ihrem Haus angekommen waren.
»Ich sag's ihr, ich verspreche es. Es ist nicht leicht, wir waren fast zwei Jahre verlobt, vergiss das nicht!«

Sie stieg aus. »Nein, komm nicht mit hinein. Sag es ihr, Benedict, sag es ihr bald, am besten heute Abend, denn so halte ich es nicht mehr aus.« Dann ging sie, ohne zurückzusehen.
»Ich werd es tun, ganz bestimmt. Ich versprech's!« hallte seine Stimme über dem Motorengeräusch.

❖

Aber dazu kam er nicht. Das verhängnisvolle Ereignis, das unter sein bisheriges sorgloses Leben einen Schlussstrich setzte, passierte kurze Zeit später, als er nach einer Party bei Henrietta übernachtete.
Die Polizei rekonstruierte später diesen Tag:
Sonnabend, der dritte November 1962 war ein stürmischer, kühler Tag. Gegen acht Uhr abends ging Mick Beaumont, Benedicts Vater, in den Stall zu seinem Lieblingspferd Ruby, kletterte auf eine Leiter, schlang ein Seil über einen Stallbalken, knüpfte am anderen Ende eine Schlinge, legte sich diese um den Hals und schoss sich mit seiner alten Armeepistole in den Mund. Ruby schrie und stampfte vor Angst und Schreck, und es gelang ihr, die niedrige Stalltür zu zerschlagen. Wie von Furien gehetzt, galoppierte sie davon.
Benedict kehrte erst gegen zehn Uhr morgens auf die Farm zurück. Als er die Tür aufschloss, klingelte das Telefon. Dirk Daniels war am anderen Ende. »Hier passiert gleich ein Unglück, Benny! Ruby steht bei uns auf dem Rasen und frisst Melissas Blumen. Melissa sucht schon mein Schrotgewehr. Du weißt, wie sie sich mit ihren Blumen hat! Habt ihr Ruby noch nicht vermisst? Wo ist dein Vater? Sie scheint sich die Vorderläufe leicht verletzt zu haben. Am besten kommst du gleich rüber und holst sie ab.«
Missmutig machte sich Benedict auf die Suche nach seinem Vater. Ihm war überhaupt nicht danach, jetzt auf die Daniels-Farm zu fahren und Ruby abzuholen. Als er ihn endlich fand, weigerte er sich erst innerlich, ihn zu erkennen. Dann übergab er sich hilflos. Er klammerte sich an den Pfosten von Rubys Stall und würgte und brach, bis nur noch grüne Galle kam. Dann schleppte er sich zum Telefon.
Nachdem die Polizei zweifelsfrei festgestellt hatte, dass es Selbstmord war, stand er allein vor dem ungeordneten Wust von Papieren, die sein

Vater ihm hinterlassen hatte. Dirk Daniels und sein Buchhalter kamen von der Farm herüber, um ihm zu helfen. Was sie dann gemeinsam fanden, war eine Katastrophe. Auch das letzte Experiment, von dem sich sein Vater so viel versprochen hatte, war fehlgeschlagen. Doch was ihm wohl das Rückgrat gebrochen hatte, war der Brief seines Arztes, den Benedict in den Unterlagen fand, der ihm in wissenschaftlicher Terminologie mitteilte, dass sein Krebs im Endstadium und inoperabel sei, und ihm riet, seine Angelegenheiten zu ordnen. Michel Beaumont fand nicht mehr die Kraft, das zu tun. Er brachte sich um.

Benedict stand vor den Trümmern seines Lebens. Die Farm war total verschuldet. Um überhaupt überleben zu können, hatte sein Vater seit einiger Zeit heimlich Land verkauft. Die Geier warteten schon, denn es war gutes Land.

»Ich liebe diese Farm«, sagte Benny zu Henrietta, die stumm seine Hand hielt, und die Tränen standen ihm in den Augen, »ich werde sie nie verkaufen, es ist mein Land, hier bin ich aufgewachsen. Ich will nie woanders leben, ich kann es nicht.«

»Ich kauf' dir Ruby ab, dann hast du wenigstens etwas zum Leben für die nächste Zeit«, bot ihm Dirk Daniels an, ließ dabei seine begehrlichen Augen über Rubys glänzende Flanken gleiten und über ihre Kruppe hinweg über das weite Land. Benedict bat sich stotternd Bedenkzeit aus.

Nach der Beerdigung, als alle gegangen waren, standen Henrietta und er allein vor dem alten Farmhaus. Sein Arm lag um ihre Schultern, sie schmiegte sich an ihn. Der Tag war grau, nur weit draußen auf dem Meer zeigte ein blendender Silberstreifen, wo die Sonne stand.

»Ich liebe dich«, flüsterte er, »ich möchte dich heiraten.« Er umschlang sie ganz fest. »Bitte sag ja, ich könnte es nicht ertragen, wenn du nein sagst«, bettelte er, seinen Mund in ihren Haaren.

Und Henrietta, die das ganze vergangene Jahr von diesen Worten geträumt hatte, sie herbeigesehnt hatte wie nie zuvor etwas im Leben, sank ihm glückselig in die Arme. Ihre hartnäckige innere Stimme warnte ungehört.

Benedict streifte ihr einen zauberhaft altmodischen Ring seiner Großmutter über den Finger, winzige Perlen und Diamanten um einen weißen Opal, der in seiner Tiefe goldgrüne und rosa Reflexe hatte. Sie wurde rot vor Glück.

Obwohl sie abgemacht hatten, noch mit niemandem darüber zu sprechen, musste sie es einfach Tita und Neil erzählen. Ihre Freundin reagierte sehr ernst. »Ich hoffe, du hast dir das gut überlegt! Die Farm ist ruiniert, Benedict hat keinen roten Heller, bitte, sei ganz sicher, dass er nicht dein Geld und deine Zukunft heiratet. Du bist eine sehr erfolgreiche Geschäftsfrau mit brillanten Aussichten.«

»Oh, Tita, red keinen Unsinn!« Verliebt drehte sie ihren Ring.

»Es gibt einen Weg, das herauszufinden«, warf Neil ein, »sag ihm, dass du auf Gütertrennung bestehst. Das musst du sowieso; wenn du in Gütergemeinschaft verheiratet bist, hätte dein Mann praktisch Verfügungsgewalt über dein gesamtes Geld.« Henrietta schwieg betroffen. Niemand außer Benedict wusste von der Erbschaft, niemand konnte ahnen, wie sehr der Verdacht sie erschütterte. Bedrückt fuhr sie nach Hause. Noch an demselben Abend redete sie mit ihm darüber. Sein schneeweißes Gesicht und schockiertes Schweigen stachen ihr ins Herz.

»Es ist doch wirklich nur wegen meiner Firma! Sonst kann ich nicht einmal einen Scheck allein unterschreiben.«

»Ich verstehe dich nicht«, antwortete er endlich, »die Basis einer Ehe sollte Gemeinsamkeit sein. Hast du denn kein Vertrauen zu mir?« Er schien zutiefst gekränkt, und sie bekam sofort Gewissensbisse. Wie konnte sie nur so gefühllos und misstrauisch sein! Ihre innere Stimme jedoch ließ nicht locker. *Es ist doch nur eine Formalität. Er muss doch wissen, dass alles, was meins ist, auch seins sein wird. Warum also unterschreibt er diesen albernen Vertrag nicht?* Diesen Abend schickte sie ihn nach Hause, sie wollte allein sein. Bis spät in die Nacht saß sie und sah hinaus aufs Meer, das schiefergrau unter einem Sturmhimmel lag. Als sie gegen halb drei Uhr morgens endlich ins Bett ging, hatte Benedict gewonnen. Tita gab ihr die Adresse eines Anwaltes und den Rat, sich dort genau zu informieren. Sie legte die Adresse in die Kommode zu den Briefen ihrer Eltern. Am nächsten Tag verlobten sie sich, und sie schob ihre Zweifel beiseite. Die Zukunft würde schon alles regeln. Benedict liebte sie. Das war die Hauptsache.

»Lass uns irgendwo feiern, nur wir zwei allein«, murmelte er abends im Bett, und sie buchte drei Tage in der Zululand Safari Lodge im Hluhluwe Game Reserve, im Herzen Zululands. Es war ihr Verlobungsgeschenk. »Freitag fahren wir.« Sie lächelte aufgeregt. *Meine ersten Ferien in Südafrika, und das als Verlobte von Benedict!*
»Drei Tage!« Er verzog sein Gesicht. »Nun, besser als gar nichts. Wir werden dein Auto nehmen müssen, meins hat Getriebeschaden!«

❖

»Liebling, ich habe meine Kamera vergessen«, rief Benedict, Minuten bevor sie losfahren wollten, »ich fahre eben mit deinem Auto zur Farm. Bin sofort wieder zurück!«
»In Ordnung, aber mach zu, unsere Zeit ist kostbar!«
Sekunden später riss ihr ein markerschütternder Schrei den Kopf hoch. Im ersten Moment erkannte sie Bennys Stimme nicht einmal, so unmenschlich klang das Schreien. Sie raste nach draußen. Benedict hing, den Oberkörper über dem Vordersitz, halb in ihrem Auto, halb draußen, schlug um sich und schrie und schrie und schrie.
Sie beugte sich über ihn. »Benny ...«
Seine Schreie zerflossen in einem Wimmern. Er hörte auf, um sich zu schlagen. Er lag auf dem Bauch, das Gesicht weggedreht, seine Augen fest zugekniffen, die Lippen von den Zähnen zurückgezogen. Seine linke Hand lag verkrampft neben seinem Kopf, die Finger verkrümmt. Er zitterte, vom Kopf bis zu den Fußspitzen zitterte sein ganzer Körper wie Espenlaub. Es war ein erschreckender Anblick. Sie streckte die Hand nach ihm aus, nur die Fingerspitzen, als sie im Schatten seiner Armbeuge eine Bewegung zu sehen meinte. Sie hielt inne, aber da war nichts. Sie legte ihre Hand auf seine, um dieses grässliche Zittern zu stoppen. Seine Finger waren heiß und feucht unter ihren. »Nicht«, wimmerte er, »nicht.«
»Benny, Liebling, was ist geschehen? Dreh dich ...« Das Wort blieb ihr im Hals stecken. Ein kühler, starker, glatter Körper bewegte sich unter ihrer Hand. Vor ihren entsetzten Augen wand sich ein graubrauner

Schlangenkopf, diamantförmig und fast handtellergroß, zwischen ihren Fingern hervor. *Eine Puffotter!* Ihr Herz blieb stehen. Sie schrie gellend, sprang zurück, stolperte und fiel hintenüber. Die Schlange kroch langsam und ohne Hast unter Benedicts Körper hervor und glitt vom Autositz auf den Boden. Es gab ein trockenes, schabendes Geräusch. Sie wölbte ihren gedrungenen Hals und züngelte aufmerksam die Luft. Henrietta lag auf dem Bauch, auf gleicher Höhe mit der Schlange, kaum einen Meter von ihr. Die schönen schwarzen Augen waren starr auf sie gerichtet. Sie war so nahe, dass sie durch die halb geöffneten, harten Schuppenlippen bis in den rosa Schlund blicken konnte. Eine ringförmige, frisch vernarbte Verletzung zog sich um die Kehle des Biests.
Zu ihrem unbeschreiblichen Entsetzen fand sie, dass sie kein Glied rühren konnte. *Beweg dich, du musst ihm helfen!* Vergebens! Sie lag wie gelähmt. Das Reptil zog die kräftigen Muskeln seines armdicken Körpers zusammen und schob sich noch ein wenig auf sie zu. Sie konnte sich nicht rühren! Benedict stöhnte und begann sich aufzurichten. Henrietta sah, dass die Schwanzspitze der Puffotter über seinem Fuß lag. »Benny«, flüsterte sie gepresst, voll irrsinniger Angst, eine unbedachte Bewegung könnte die Schlange reizen, »rühr dich nicht, bleib ganz still.« Ihre Augen fest auf das Tier gerichtet, um jede Reaktion wahrzunehmen, schob sie, Zentimeter für Zentimeter, ihren Körper mit den Armen von der Schlange weg. Chico bellte, sie hörte es wie durch Watte. In der nächsten Sekunde kam er durch das Gartentor gestürmt. Instinktiv schien er zu wissen, welche Gefahr von der Schlange ausging. Vorderpfoten in den Sand gestemmt, Hinterteil hoch, Ohren zurückgelegt und Zähne gebleckt, sprang er wütend bellend um sie herum, wahrte aber immer einen Sicherheitsabstand, eben außerhalb des Aktionskreises der Schlange.
Das Biest schwang seinen wuchtigen Kopf herum, fixierte den neuen Gegner und züngelte. Und nun konnte sich Henrietta wieder bewegen. Sie sprang hoch. Flüchtig streiften ihre Gedanken den Revolver. Sie spürte das Zittern ihrer Hände. Unmöglich! Die Kugeln würden eher Benny treffen. Am Rande ihres Gesichtskreises entdeckte sie Sarah hinten im Garten. »Sarah, hol mir die große Forke und den Spaten,

schnell!« Die Schwarze verschwand. Am Straßenrand lagen einige Steine. *Zu klein!* Verzweifelt sah sie sich um. Spaten und Forke umklammernd, näherte sich Sarah wieder, zögerte, verharrte aber etwa zehn Meter von ihr entfernt. »Sarah, komm her, gib mir die Geräte!«
Sarah schüttelte nur den Kopf, rollte wild mit den Augen und blieb stehen. Henrietta erkannte, dass es nutzlos war, Sarahs Angst vor Schlangen war viel zu groß. Die Schlange immer im Auge behaltend, ging sie rückwärts auf das schlotternde schwarze Mädchen zu, deren Haut einen blaugrauen Ton angenommen hatte, und nahm die Geräte. Chico umsprang die wütend zischende Puffotter immer aufgeregter, stieß mit seinem Kopf vor, Zähne entblößt, aber blieb doch gut einen halben Meter außerhalb ihrer Reichweite.
Von hinten schlich sie sich an die Schlange heran, holte tief Luft, und wie ein Torero zum tödlichen Stoß, rammte sie die Gartenforke auf den Schlangenkopf nieder, schwang den Spaten mit aller Kraft und trennte den Kopf glatt von dem sich obszön windenden, dicken Körper. Die Puffotter riss ihren Rachen im Todeskampf weit auf. Voll Schrecken starrte Henrietta auf die riesigen Giftzähne, die wie gebogene Säbel hervorstanden. Mit dem Spaten schleuderte sie den Schlangenkopf weg, kickte den hin und her schlagenden, blutenden Körper aus dem Weg. »Sarah, komm her, hilf mir!« schrie sie. Sarah rührte sich nicht. »Die Schlange ist tot, komm her, verdammt noch mal!« Das Mädchen kroch heran, und zusammen zogen sie Benedict vorsichtig aus dem Auto.
Nun sah sie die parallel liegenden Nadelstiche auf seinem rechten Handgelenk. Wässriges Blut sickerte unaufhörlich aus der Bissstelle, die umgebende Haut war schwarzbläulich verfärbt und blasig geschwollen. Er schlotterte unkontrolliert, seine Haut war grau und kalt vor Schock. Gemeinsam mit Sarah schaffte sie es, ihn auf den Rücksitz zu legen. Sie fuhr, wie sie noch nie in ihrem Leben gefahren war. Wild hupend jagte sie über jede Kreuzung. Sie verfluchte Afrika, sie verfluchte die grausame Natur, sie verfluchte die Tatsache, dass es hier keine öffentlichen Telefone gab, keine Möglichkeit, Hilfe zu holen. Durban mit dem Addington Hospital war zu weit, sie musste in die Praxis von Dr. Alessandro nach Umhlanga. Sie wünschte, dass der alte Dr. Mac noch praktizierte,

aber er hatte vor rund einem Jahr die Praxis an die junge Ärztin übergeben. Dr. Mac war alter Afrikaner, er würde wissen, was bei Schlangenbissen zu tun war. Aber Dr. Alessandro? Sie kam aus dem Großstadtdschungel Mailands. Unaufhörlich hupend raste sie die Hauptstraße nach Umhlanga hinein und hielt quietschend vor der Praxis. Es war ein geschäftiger Freitagmorgen in Umhlanga. »Bitte, helft mir«, schrie sie schrill, »bitte, kann mir jemand helfen!« Sofort liefen mehrere Leute auf sie zu, Dr. Alessandro erschien in der Tür.
»Er ist von einer Puffotter am Handgelenk gebissen worden!« rief sie ihr zu.
»Bringt ihn rein«, befahl diese und lief in die Praxis.
Zwei kräftige junge Männer, einer davon der lokale Verkehrspolizist, hakten Benedict rechts und links unter und trugen ihn mehr, als dass er selber ging. Seine Augen waren halb geschlossen, die umgebende Haut bläulich grau. Sein Unterkiefer zitterte. Grünlich gelber Speichel tropfte ihm aus dem Mund.
»Eine Puffotter?« fragte der Polizist zweifelnd. »Sind Sie sich da sicher«
»Ganz sicher, ich hab sie erschlagen.«
»Merkwürdig«, murmelte er verwundert »Puffottern lieben dichten Busch. In besiedelten Gebieten kommen sie nicht vor.«
Als Henrietta hinter den Männern durch die Tür zum Behandlungsraum treten wollte, wurde sie so heftig beiseite gestoßen, dass sie gegen die Wand fiel. Mit einem wilden, schrillen Vogelschrei stürzte Carla herein und warf sich über Benedict, der bereits auf der Behandlungsliege lag. »Benny, Benny – o Benny ...« Sie legte ihren Kopf auf seine Brust und schluchzte.
Machen Sie Platz«, schnappte Dr. Alessandro und zog eine Spritze auf.
»Rufen Sie einen Krankenwagen, und sagen Sie im Addington Bescheid«, befahl sie ihrer Sprechstundenhilfe. Sie schien genau zu wissen, was zu tun war.
Carla umklammerte noch immer den mit geschlossenen Augen daliegenden Benedict. Gewaltsam zog sie der junge Polizist von ihm weg.
»Kommen Sie, Sie sind hier nur im Weg.«
Sie schrie und kämpfte, schlug nach ihm, bis sie Henrietta erblickte, die noch immer an der Wand lehnte. »Du«, zischte sie mit so viel Gift und

Vehemenz, dass diese sich duckte. »Du ...«, sie rang nach Luft »Wie kommt Benny in dein Auto? Kannst du mir das sagen? Wieso ist Benny dein Auto gefahren?« Sie packte Henrietta am Blusenausschnitt und schüttelte sie. »Antworte mir, warum bist nicht du gefahren?« Sie bleckte ihre Zähne wie ein Raubtier.
Henrietta starrte sie verblüfft an, momentan von Benedict abgelenkt. »Er hatte seine Kamera vergessen, und sein Auto ist kaputt ...« Sie hielt Carlas Handgelenke umklammert.
Diese riss sich los. »Wieso Benny – wieso nicht du? Es war dein Auto, in dem die Schlange war, wieso Benny ...?« Sie schlug ihr mit dem Handrücken ins Gesicht. Ihr Verlobungsdiamant hinterließ einen blutigen Riss auf Henriettas Wange. Beim Anblick des Blutes verlor Carla alle Kontrolle über sich und ging wieder auf sie los. »Was wollte er bei dir, du Schlampe, er ist mein Verlobter!«
Henrietta stand ganz still. Der Diamantring. Benedicts Verlobungsring, sie trug ihn noch immer. Alle Geräusche schienen sich zu entfernen, ihr Blickfeld war eingeengt, sodass nur noch Carlas hasserfülltes, verzerrtes Gesicht vor ihr war.
»Woher weißt du das?« fragte sie langsam mit glasklarer Stimme »Woher weißt Du, dass die Schlange in meinem Auto war? Ich habe kein Wort darüber gesagt!«
Totenstille senkte sich über den Raum. Carla stand schwer atmend da. Ihr weißes Kleid war mit Henriettas Blut verschmiert, die dunklen Haare hingen wirr um ihren Kopf.
Der junge Polizist, der gerade hinausgehen wollte, drehte sich um. »Das müssen Sie mir erklären, Ma'am.« Er ergriff Carlas Arm.
»Fassen Sie mich nicht an! Nehmen Sie Ihre Pfoten weg!«
»Ganz ruhig.« Der junge Mann in Uniform hakte sein Funkgerät vom Gürtel und begann hineinzusprechen. Dann führte er Carla, die sich noch immer heftig wehrte, mit geübtem Griff hinaus.
Henrietta schlug das Herz plötzlich bis zum Hals. Sie sah hinüber zu Benedict. *Aber er hat doch die Verlobung gelöst, das hat er mir doch versprochen!* Carla? War sie so rasend vor Enttäuschung und Eifersucht, dass sie – mit einer Schlange? Das war doch nicht möglich! Sie weigerte sich,

das zu glauben. Draußen hörte sie die ruhige Stimme des Polizisten und die schrille, aufgeregte von Carla. Kurz darauf kamen noch zwei andere männliche Stimmen dazu.

Dr. Alessandro erschien neben ihr, eine Tasse mit heißem Kaffee in der Hand und eine Tablette. »Hier, Henrietta, trink das und nimm die Tablette, du hast einen Schock.«

Wie auf Kommando gaben Henriettas Knie nach, und sie fiel in den Stuhl, der neben Benedict stand. Der Kaffee war heiß und sehr süß. Sie nahm ihren ganzen Mut zusammen »Wird Benedict – wird er überleben?« Sie wagte nicht, die Ärztin dabei anzusehen, so sehr fürchtete sie die Antwort.

Deren Stimme war kühl und professionell. »Ich habe alles getan, was ich konnte. Er hat eine Chance. Es besteht jedoch große Gefahr, dass er seine Hand verliert. Puffottern haben zytotoxisches Gift, ein Gift, das das Gewebe zersetzt. Das Blut koaguliert. Das gebissene Glied stirbt meistens ab. Eine Komplikation zusätzlich ist großer Blutverlust durch ausgedehnte innere Blutung.«

»O mein Gott«, flüsterte Henrietta und beugte sich dann über ihn. Er schien sehr benommen zu sein, auf seinem Arm breiteten sich große, blutunterlaufene Flecken aus. Sie küsste ihn voller Angst. Dann kam der Krankenwagen. »Kann ich mitfahren?« bat sie.

Die Männer mit der Krankentrage schoben sie zur Seite. »Nein, wir haben keinen Platz.« Ein paar Minuten später war der Krankenwagen mit Benny auf dem Weg nach Durban ins Addington-Krankenhaus.

Die Praxistür wurde geöffnet, und zusammen mit dem jungen Verkehrspolizisten trat ein anderer Mann ein. Er war in Zivil. »Cooper, CID«, stellte er sich vor, »Kriminalpolizei. Sie sind Henrietta Tresdorf und haben Mr. Beaumont hergebracht?«

Sie nickte. Ihre hellen Haare fielen ihr ins Gesicht, das totenbleich war unter der Sonnenbräune.

»Sind Sie sich absolut sicher, dass Sie nicht erwähnt haben, dass die Schlange in Ihrem Auto war?«

Sie sah ihn an. Lange. Ihre Gedanken überschlugen sich. Sie war sich hundertprozentig sicher, dass sie es nicht gesagt hatte. Das aber würde heißen,

dass Carla ...! Sie mochte den Gedanken nicht zu Ende denken. Hatte sie es aber doch gesagt und diese – Tatsache in der Aufregung vergessen, könnte sie Carla ins Gefängnis bringen. Wegen Mordverdacht. Unschuldig.
»Unschuldig«, höhnte Tony dal Bianco, »die und unschuldig?« »Nun, Miss Tresdorf?«
Sie vergrub ihr Gesicht in den Händen und versuchte durch das Dröhnen in ihrem Kopf sich zu erinnern, was sie gesagt hatte. Blitzschnell zogen Bildfolgen vor ihrem geistigen Auge vorbei. Sie sah Benedict, tot, sein Arm dunkelgrün, aufgeplatzt, mit gelben Gangrän-Blasen überzogen. *Das hat mir gegolten, nicht Benny, mich wollte sie töten!* Dann war da Carla im Gefängnis, ein winziges Betonloch als Zelle, vergitterte Fenster hoch unter der Decke, und dahinter, bevor sie es verhindern konnte, sah sie einen Galgen.
Sag schon ja, dann bist du sie los!
Bist du verrückt? Sie ist meine Cousine!
Du hast selber schuld, stell dich nicht so an!
Sie würgte. Dann zwang sie sich, hochzusehen. Sie hatte eine Entscheidung getroffen. Langsam schüttelte sie den Kopf. »Absolut sicher bin ich mir nicht.«
Kurz danach rannte Carla über den kleinen Platz, sprang in ihr Auto und raste mit quietschenden Reifen in Richtung Durban davon.
»*Wer Carla in die Quere kommt, spielt mit seiner Gesundheit*«, warnte Tita, »*die schüttet dir glatt Rattengift in den Tee!*«
»*Ich habe dich gewarnt*«, zischte Carla damals im Drive-in.
»*Piranha*«, rief Glitzy.
Henrietta presste die Hand über die Ohren.

Die Krankenschwester im Addington war freundlich, aber bestimmt. »Mr. Beaumont schläft, Sie können jetzt nicht zu ihm. Kommen Sie morgen, dann wissen wir mehr, und Sie werden ihn vielleicht sehen können. Seine Verlobte mussten wir auch nach Hause schicken.« Sie wandte sich wieder ihrer Patientenkartei zu.

»Ich bin seine Verlobte«, erwiderte sie bittend.
Die Schwester hob den Kopf, ihr Blick streifte demonstrativ Henriettas Ringfinger, an dem der zierliche Opalring von Benedicts Großmutter saß. »So«, sagte die Schwester und es war deutlich, dass sie an den funkelnden Verlobungsdiamanten Carlas dachte, »das behauptet die andere Dame auch. Ich schlage vor, Sie einigen sich, wer von Ihnen seine Verlobte ist. Die darf dann morgen kurz zu ihm.«
Henrietta blieb nichts weiter, als nach Hause zu fahren. Allein und mit schwerem Herzen.
Zwei Tage später saß sie an seinem Bett. Er hatte überlebt, aber noch kämpften die Ärzte um seine rechte Hand. Seine Haut hatte einen fahl bleichen Unterton bekommen, unter seinen Augen lagen tiefe graue Ringe. »Sie weiß es noch nicht, nicht wahr« flüsterte sie, »du hast es ihr nicht gesagt. Warum, Benny erklär' es mir, bitte!«
Er schüttelte den Kopf. Ich kann es einfach nicht«, presste er schließlich gequält hervor, »nicht jetzt. Ich weiß nicht, ob ich meine rechte Hand behalten werde, ich weiß nicht, ob ich die Farm verlieren werde, ich weiß nicht, wie mein Leben weitergehen soll.«
Sie sah, dass er jetzt seine Kraft zum Überleben brauchte, und schwieg.
»Bitte, flieg für mich nach Johannesburg. Der letzte Landverkauf, den mein Vater getätigt hat, ist noch nicht amtlich, meine Unterschrift fehlt noch. Hier hast du meine diesbezügliche Vollmacht. Ich brauche das Land, es ist fast ein Drittel der Gesamtfläche. Die Farm wird zu klein, um rentabel zu sein. Geh zu Dan Stafford, unserem Anwalt in Johannesburg, und versuche alles, um den Verkauf rückgängig zu machen. Er hat noch keine Handlungsvollmacht von mir, sonst würde ich dich nicht darum bitten.«
Sie flog am nächsten Tag nach Johannesburg. Vom Flughafen aus nahm sie ein Taxi zum Büro des Anwalts. In der Innenstadt, zwischen Rathaus und dem Hauptpostamt, gerieten sie in eine Demonstration. Tausende bewegten sich auf das Rathaus zu, alle schwarz, kein weißes Gesicht darunter. Sie konnte nicht erkennen, was auf den Plakaten stand.
»Wogegen demonstrieren sie?« fragte sie den weißen Taxifahrer.
»Keine Ahnung gegen irgendwas, die Muntus haben ja immer was,

wogegen sie demonstrieren. Es geht ihnen besser als allen anderen Kaffern in Afrika, aber sie demonstrieren. Undankbares Pack!«
»Muntus? Was heißt das?«
»Na eben Muntu, Kaffer. Heißt, glaub ich, Mensch in ihrer Sprache. Dann kann es ja auch kein Schimpfwort sein, nicht?« Er lachte böse.
Gebannt beobachtete sie das Geschehen.
Eine merkwürdig friedliche Atmosphäre lag über der Menge, kein lautes Wort war zu hören, nur ein Summen vieler Stimmen. Ihnen gegenüber stand eine Wand blaugekleideter, bis an die Zähne bewaffneter Polizisten, durchweg junge Burschen, die ihre Gewehre schussbereit quer vor dem Körper hielten.
Eine raue Stimme erhob sich. Die ersten Töne von Nkosi Sikelel'i-Afrika, der Freiheitshymne der Schwarzen, schwebten über den Menschen. Alle fielen ein. Der rhythmische Gesang schwoll an, die in den vorderen Reihen begannen sich zu wiegen und zu tanzen. Sehnsuchtsvoll stieg die schöne Melodie in den Sommerhimmel, inbrünstig sangen die Menschen. Henrietta bekam eine Gänsehaut. *Gott schütze Afrika!*
Die Polizeihunde, bösartig aussehende Rottweiler, zerrten bedrohlich knurrend an ihren Leinen, die Pferde der berittenen Polizisten tänzelten nervös. Singend erreichten die Schwarzen die Polizistenmauer, und Henrietta hielt den Atem an. Die Schwarzen streckten noch einmal die Fäuste in den Himmel. *Nkosi Sikelela!* Dann falteten sie ihre Beine und setzten sich auf die Straße, friedlich, geduldig, der Stoizismus jahrelangen Leidens in ihren Gesichtern.
Ihr Taxi ruckte, der Fahrer fand eine Lücke zwischen den Autos, und die nächste Häuserecke verwehrte ihr den Blick auf die Szene vor dem Rathaus. Die eindringliche Melodie des Freiheitsliedes der Schwarzen Südafrikas brannte sich in ihr Gedächtnis.
Dan Stafford, der Anwalt, lächelte milde. »Meine liebe junge Dame, es ist ganz ausgeschlossen, dass wir von diesem Verkauf zurücktreten, es wäre nicht gentlemanlike«
Henrietta studierte ihn. Korpulent, das rote Gesicht eines Genießers, weiße Haare, babyblaue Augen und ein ständiges Lächeln. Sie mochte

den Mann nicht. »Ich möchte mit dem Käufer, Mr. Simms sprechen, ich habe es Benedict versprochen.«
»Ich kann wirklich nicht verstehen, wieso Mr. Beaumont ausgerechnet Sie geschickt hat.« Mürrisch griff er zum Telefon. Sie fröstelte. Die Klimaanlage des Büros war auf Tiefkühltemperatur eingestellt, die Luft in den Räumen staubtrocken, unangenehm. Dan Stafford schien Mr. Simms, einen mittelgroßen Mann um die vierzig, breites Haifischgrinsen, heller Anzug mit gepolsterter Schulterpartie, gut zu kennen. »Miss Tresdorf, die Bevollmächtigte von Mr. Beaumont. Sie will den Kauf rückgängig machen. Ich hab' ihr gesagt, dass das natürlich unmöglich ist.«
»Miss Tresdorf«, eine Geste, ein Blick zu Dan Stafford, »ah, sehr erfreut, darf ich Ihnen zu Ihrer Verlobung gratulieren!« Henrietta starrte ihn sprachlos an. Woher wusste dieser Mann von ihrer Verlobung? Jetzt schien auch Mr. Stafford zu verstehen. »Miss Tresdorf! Natürlich! Bitte vergeben Sie mir. Auch von mir Glückwünsche zu Ihrer Verlobung. Möge Ihrer beider Verbindung eine lange und fruchtbare sein.« Er ergriff enthusiastisch ihre Hand und lächelte sie gönnerhaft an. »Das ändert natürlich alles. Ich denke, ich spreche in Mr. Simms Sinne, dass wir – äh«, er verbesserte sich, »dass er nicht auf dem Verkauf besteht.« Wieder dieser stumme Blickkontakt zu Mr. Simms, der beifällig nickte. »Ich denke, er wäre bereit, Abstand davon zu nehmen.«
Mit einem unguten Gefühl im Magen wartete sie auf seine nächsten Worte.
»Natürlich sind da die – ähem – Unkosten. Sie liegen bei, Mr. Simms korrigieren Sie mich, wenn ich falsch liege, circa dreißigtausend Rand?« Mr. Simms nickte.
»Dreißigtausend Rand«, wiederholte sie tonlos, schockiert. »Das ist ein Vermögen.«
Dan Stafford lächelte breit. »Nun ja, meine liebe junge Dame, Mr. Simms hat natürlich schon Pläne mit dem Land, Vorbereitungen getroffen, Märkte erforscht, das kostet, Miss Tresdorf das kostet! «
Sie schüttelte den Kopf. »Das ist unmöglich, Mr. Beaumont hat die dreißigtausend Rand nicht ...«
Der Haifisch grinste. »Aber Miss Tresdorf, wir würden doch jederzeit

einen Schuldschein mit Ihrer Unterschrift nehmen – Ihr finanzieller Hintergrund genügt uns vollauf.«

Er hatte es ihnen gesagt! Er hatte ihnen von der Erbschaft erzählt und weiß der Himmel, wem sonst noch. Es tat so weh, als hätte er sie mit einer anderen Frau betrogen. Sie stand auf, beide Männer sprangen von ihren Stühlen, ganz gentlemanlike. »Es tut mir Leid.« Ihre Stimme war trocken und hart. »Ich kann das nicht allein entscheiden, ich muss erst mit meinem Verlobten sprechen.«

Mr. Stafford zog ihr zuvorkommend den Stuhl zurück. »Natürlich, natürlich, das verstehen wir doch. Fliegen Sie nur zu Ihrem Verlobten, kleine Lady, wir haben Zeit.«

»Wir« haben Zeit, hatte er gesagt, und Henrietta hatte es wohl gehört. Sie nahm sich vor, Benedict zu raten, einen anderen Anwalt einzuschalten, dieser schien seine Interessen nicht so wahrzunehmen, wie er sollte. Sie trat auf die Straße, um sie herum brüllender Verkehr, bestialischer Gestank nach Auspuffgasen und Benzin. Die staubige Mittagshitze fing sich zwischen den Hochhäusern. Sie rief ein Taxi heran, und zwei Stunden später landete sie in Durban. Ohne Umweg fuhr sie ins Krankenhaus. Carla saß an seinem Bett. Henrietta hielt die Tür zu dem Krankenzimmer auf. »Verschwinde, Carla, ich muss mit Benedict reden!«

Carla fuhr herum, wollte sich auf sie stürzen. Doch etwas in Henriettas Miene, ihrer Haltung, die aufrecht war mit sehr geraden Schultern, ließ Carla das Zimmer wortlos verlassen. »Warum hast du Mr. Simms von meiner Erbschaft und unserer Verlobung erzählt? Wem hast du es noch gesagt? Hast du dir das so gedacht – mein Geld und dann Carla im Hintergrund?« Sie war so wütend, dass ihr die Stimme wegrutschte. »Aber, Henrietta, Liebling, wie kannst du so etwas sagen?« Mitleidheischend streckte er seinen bandagierten rechten Arm nach ihr aus. »Du verstehst das alles falsch.«

Sie wich zurück. »Ich will eine Antwort, Benedict!«

Er versuchte, sie in den Arm zu nehmen. Seine Kleidung roch nach Krankenhausdesinfektionsmitteln, aber seine Haut war vertraut, der Geruch stieg ihr in die Nase und machte ihr die Knie weich, wie ein Glas süßen Weins.

»Bitte, Benny, sag mir, woran ich bin.« Sie schmiegte ihr Gesicht in seine Halsgrube und schloss die Welt draußen aus. Der schmale Ring an ihrem Finger schnitt ihr ins Fleisch. Carlas Porzellangesicht schob sich in ihr Gedächtnis. Verdammt! Sie löste sich von ihm und trat einen Schritt zurück. »Benedict?«
Er runzelte die Stirn. »Ach, stell dich nicht so an, ich wusste nicht mehr ein und aus, die Gläubiger saßen mir im Nacken. Wenn ich den Teil der Farm verkaufe, ist der Rest wertlos.« »Du hast mich nicht einmal gefragt!« »Ich hab dich immerhin gebeten, meine Frau zu werden.« Sein Ton war vorwurfsvoll, auftrumpfend. »Ich biete dir schließlich den Namen Beaumont und eine herausragende gesellschaftliche Stellung, da ist es wohl selbstverständlich, dass wir alles gemeinsam besitzen. Eine Frau ohne Geld kann ich mir doch gar nicht leisten!«
Noch nie in ihrem Leben hatte sie sich so erniedrigt, so benutzt und so schmutzig gefühlt. Sie stand auf und zog ihren Verlobungsring vom Finger. Ihre Hände waren feucht, er rutschte leicht herunter. Behutsam legte sie ihn auf die Bettdecke und verließ den Raum, ganz leise, sah auch nicht zurück, als er sie rief. Die Tür fiel hinter ihr ins Schloss. Sie ging einfach aus seinem Leben.

Für Tage verkroch sie sich in ihrem Haus, wollte keinen sehen, konnte nichts essen, bekam nur Flüssiges hinunter. Am vierten Tag marschierte Tita durch die Tür, wies Sarah an, ein leichtes Omelett zu machen, und zwang Henrietta zu essen. »So, und nun raus mit der Sprache!«
Stockend begann Henrietta, dann brach ein Damm, und sie schluchzte die ganze Geschichte heraus, nur die Sache mit der Erbschaft verschwieg sie. »Bitte sag jetzt nicht, ich hab's dir doch gesagt! Ich könnte es nicht ertragen!«
»Ach, Unsinn! Ich werde dich schon auf andere Gedanken bringen. Wir machen wie jedes Jahr Ding-Dongs-Day ein Picknick in Mtunzini.«
»Wo ist Mtunzini«, heulte Henrietta, »und wer ist wir?«
»Mtunzini liegt an der südlichen Küste von Zululand. Es kommen Glitzy,

Duncan, irgendein Cousin mütterlicherseits von ihnen, der gerade zu Besuch ist, Cori und Fred, ein paar Leute, die du nicht kennst, einige, die du kennen lernen solltest, und Neil, Samantha und ich. Es kommen nicht Carla oder Benedict. Wir fahren ganz früh morgens, nehmen den Grill mit und machen ein Picknick in den Dünen am Meer.« »Klingt wunderbar, danke.« Henrietta lächelte unter Tränen. »Und was ist Ding-Dongs-Day?«

Tita hob belehrend den Zeigefinger. »Als angehende Südafrikanerin solltest du das wissen. Dingaan's Day, der 16. Dezember, an dem ein paar hundert Buren am Nkome-Floß zwölftausend Zulus, die Armee des Zulu-Königs Dingaan, vernichtend geschlagen haben. Die Zulus waren mit Assegais, das sind kurze Wurfspeere, und Knobkerries bewaffnet. Die sehen ganz harmlos aus. Lange Stöcke«, Tita zeigte mit ihren Händen etwa achtzig Zentimeter an, »so etwa, mit einem Kugelkopf, aus einem Stück aus schwerem Holz geschnitzt. Eine fürchterliche Waffe in ihren Händen. Sie werfen ihn, er dreht sich in der Luft um die eigene Achse, und treffen mit der Kugel den Kopf ihres Feindes. Der zerplatzt dann wie eine reife Tomate. Aber die Buren hatten Gewehre, und Dingaans Armee hatte keine Chance. Am Ende des Tages färbte das Blut von mehr als dreitausend Zulus das Flusswasser rot. Fortan hieß der Fluss Nkome nur noch Blood River. Die Buren sind furchtbar stolz auf diese Tat. Die englischen Südafrikaner nennen es den Ding-Dongs-Tag, weil sie keine Liebe für ihre burischen Landsleute hegen.«

»Oh.« Vor Henriettas innerem Auge türmten sich Berge von blutigen schwarzen Leibern. »Wie furchtbar!«

»Nun, das ist lange her, 1838 war das. Lass uns das Picknick besprechen. Jede Frau bringt einen selbst gemachten Salat, etwas Fleisch und die Männer eine Flasche.«

Ihr kamen sofort wieder die Tränen. »Ich werde also Salat, Fleisch und Flasche mitbringen, wenn ich schon keinen Mann habe.« Sie schniefte voller Selbstmitleid.

»Nun werde nicht melodramatisch und albern. Ich werde mich unter den begehrenswerten Junggesellen umsehen, du brauchst dringend Abwechslung. Vergiss Benedict, er ist es nicht wert, dass du seinetwegen heulst.«

Aber es tat noch zu weh, sie konnte noch nicht darüber nachdenken. So schob sie Benedict Beaumont erst einmal hinter eine seelische Mauer und nahm ihr tägliches Leben wieder auf. Sie vergrub sich in ihrer Arbeit und saß bis tief in die Nacht über ihren Entwürfen. Die neue Kollektion war fast fertig. Sie war zufrieden mit sich selber. Die neuen Jacken waren wirklich gut gelungen. Sie streckte sich und ging in die Küche, um sich ein Glas Wein zu holen. Es klirrte. Ohne das Licht einzuschalten, blieb sie stehen und lauschte. Ein bläulich silberner Streifen Mondschein lag auf dem Boden. In diesem Moment huschte ein Schatten über den Lichtstreifen. Sie hielt den Atem an, denn gleichzeitig hörte sie katzenleise Schritte, dann ein schleifendes Geräusch. Woher? Ihr stockte der Atem. Es war jemand im Haus! *Verdammt, die Verandatür ist offen und Chico im Bad eingesperrt!*
Vorsichtig schlich sie sich ins Schlafzimmer, öffnete mit fliegenden Händen ihre Nachttischschublade und hob den Revolver heraus. Das Metall war glatt und noch warm von der Tageshitze. Ein Zittern unterdrückend, spannte sie den Hahn und glitt zur Tür. »Sarah?« flüsterte sie. In die tiefe Stille kam als Antwort ein Knarren. Ein Dielenbrett. Im Wohnzimmer!
Geräuschlos schloss sie die Schlafzimmertür und sank in den kleinen Stuhl am Fenster. Ihre zitternden Hände waren kaum imstande, die schwere Waffe zu halten, geschweige denn, damit zu zielen. Sie packte den Revolver mit beiden Händen, klemmte ihn zwischen ihre Knie, zielte einfach auf die Tür und wartete. Für keine Sekunde machte sie sich klar, dass sie vorhatte, jeden Menschen, der sich durch diese Tür Zutritt zu ihrem Schlafzimmer verschaffte, zu erschießen. Alles an ihr war jetzt Instinkt. Ihre Sinne überscharf, sie witterte wie ein Tier, die kleinsten Geräusche donnerten ihr in den Ohren, ihre Augen glühten im Dunkel.
Der Türgriff wurde sacht heruntergedrückt, die Tür bewegte sich aus dem Rahmen. Ein schmales Band fahlen, diffusen Mondlichts erschien, wurde allmählich breiter, und dann stand er vor ihr. Seine rechte Hand schwang hoch, ein langes Messer blinkte und fuhr auf sie nieder.
Wie von selbst krümmte sich ihr Zeigefinger, der Schuss löste sich mit

ohrenbetäubendem Knall, der Rückstoß warf ihr die Arme hoch. Das Messer ritzte ihren linken Oberarm. Sie fühlte es kaum. Ein gurgelnder Schrei, dann ein dumpfer Fall, der die Dielenbretter zum Beben brachte. Sie ließ den Revolver zu Boden fallen. Für eine Ewigkeit saß sie da, das einzige Geräusch war das rasselnde, mühsame Atmen und leise Wimmern des Einbrechers. Ihre Nervenleitungen zwischen dem gedanklichen Befehl, aufzustehen und Hilfe zu holen, und dessen Ausführung durch ihre Gliedmaßen schienen gestört zu sein. Sie konnte sich einfach nicht rühren.
»Madam?«
Wie ein Windhauch erreichte das Wort ihre Ohren. Sie hob den Kopf.
»Sarah?«
»Yebo.«
»Oh, Sarah – lauf zu Madam Beryl. Sie soll die Polizei holen.«
Gegen ihre sonstige Gewohnheit rannte Sarah.
Nach langen Minuten vernahm Henrietta eine männliche Stimme.
»Henrietta? Wo bist du?«
Edward Stratton! Gott sei Dank! »Hier, im Schlafzimmer. Sei vorsichtig, da liegt jemand.«
In der nächsten Minute ging das Licht an. Für lange Sekunden war sie fast blind, tanzten Lichtblitze vor ihren Augen, dann, allmählich nahm der stöhnende Schatten auf ihrem Schlafzimmerboden Formen an. Ein junger Schwarzer, der mit abgewandtem Gesicht zusammengekrümmt auf der Seite in einer glänzenden Blutlache lag, ein langes Messer neben sich.
»Henrietta, verdammt, du bist verletzt!« Edward Stratton, hochgewachsen, elegant, englisch bis in die Knochen, der ehemalige Kommandeur einer Spezialeinheit in Kenia.
Sie schüttelte den Kopf, »Nein«, krächzte sie, »es ist nur ein Kratzer. Aber ich«, sie musste schlucken, »ich hab auf ihn geschossen.« Als sie diese Worte gesagt hatte, wurde ihr erst ihre Bedeutung bewusst. »O mein Gott, ich hab auf einen Menschen geschossen, Edward, ich hätte ihn töten können, stell dir das vor! Das ist ein Verbrechen! – Mir wird übel«, stöhnte sie plötzlich und schwankte.

»Beryl!« brüllte Edward Stratton, »nimm Henrietta mit zu uns, sieh zu, dass sie sich hinlegt, und mach ihr einen Tee mit viel Zucker. Mit Brandy. Dann rufe die Polizei und eine Kaffernambulanz!«
Beryl, ihr rundes, freundliches Gesicht bleich und geschockt, stützte Henrietta. »Komm, Liebes, das hier ist Männersache.«
Henrietta befreite sich sanft. »Nein, ich habe auf ihn geschossen, ich muss das hier ausbaden. Werde ich ins Gefängnis kommen?«
»Bist du verrückt? Er hat versucht, dich zu erstechen! Sieh dir das Messer an!« Er hob es auf. Die lange Klinge blinkte teuflisch. Mit einem Fuß drehte Edward den Verletzten so um.
»Maxwell!« schrie Henrietta. »Um Himmels willen.« »Kennst du ihn?«
»Er war mein Gärtner. Ich hab ihn entlassen. Er hat Sarah im Streit mit einer Unkrautgabel verletzt. Er drohte, Sarah und mich umzubringen. Ich hab es nicht ernst genommen. Er ist noch so jung.«
»Da hast du es. Das war Notwehr, mach dir keine Sorgen. Du hast seinen Oberarm getroffen. Er ist zerfetzt, der Knochen ist zerschmettert, aber der heilt wieder. Hast du einen Nylonstrumpf?« Er band den Strumpf stramm um den Oberarm direkt unter dem Schultergelenk und drehte das Ende zu einem Knebel. »So, das sollte genügen. Lass mal deinen Revolver sehen.«
Henrietta hob ihn vom Boden hoch, er war plötzlich so schwer, dass er ihr den Arm herunterzog.
Edward Stratton schnappte die Kammer heraus und kippte die verbleibenden fünf Patronen auf seine Handfläche. »Wer hat ihn geladen?« fragte er scharf.
»Benedict, als er sie mir gab. Warum?«
»Sieh dir das an.« Er hielt ihr eine Patrone hin. In die blanke Nase war ein tiefes Kreuz gekerbt. »Kein Wunder, dass Maxwells Arm fast abgerissen ist. Benny wollte sichergehen und hat daraus ein Dumdum-Geschoß gemacht. Das stoppt einen Kaffernbüffel.« Als er Henriettas verständnislosen Blick auffing, verzog er grimmig sein Gesicht. »Durch die gekerbte Spitze hat es keinen glatten Schusskanal, sondern zerfetzt innen alles und verursacht ein faustgroßes Ausschussloch. Irgendwo am Rumpf ist das tödlich. Maxwell hat Glück gehabt.« Er lud die Waffe und hielt sie ihr hin.

Henrietta wurde fahlweiß. Sie starrte den Revolver an, als sei er eine schwarze Mamba. »Ich kann das Ding nicht mehr anfassen«, flüsterte sie rau, »nie wieder.« Sie schlief nicht mehr diese Nacht.
Sarah fand sie morgens um sechs Uhr am Küchentisch vor einer Tasse kalten Kaffees hockend. Die Schwarze holte Rindsknochen für ihr Mittagessen aus dem Eisschrank. »Ich hätte ihn töten sollen«, knurrte sie und zerhackte die Knochen, »gleich damals. Er ist ein Tsotsie, ein Straßengangster. Ein Shangane-Tsotsie«, fügte sie mit finster rollenden Augen hinzu, »das sind die schlimmsten.« Sie schwang das Hackmesser und trennte mit einem mächtigen Schlag den Beinknochen durch. Es knirschte und krachte, als der Knochen zersplitterte. Sarah hatte außerordentlich kräftige Hände.

❖

»Notwehr«, urteilte der Polizist in Durbans Hauptpolizeirevier, »das Schwein hat Glück, dass es noch lebt. Bitte unterschreiben Sie hier, Miss Tresdorf. Sie werden noch in seinem Prozess aussagen müssen, aber das wird erst in einiger Zeit sein. Sie werden benachrichtigt. Der wird wohl baumeln.«
Sein Schreibtisch war alt und fleckig, mit tiefen Furchen in dem weichen Holz. Eine Ameise kroch darüber. Die Sonne, die durch das vergitterte Fenster schien, malte ordentliche kleine Quadrate auf die Holzoberfläche. Der Füllfederhalter des Polizisten kratzte über das Papier. Nebenan hackte jemand auf einer Schreibmaschine. Das Rauschen des Verkehrs schwoll und ebbte wieder ab, ein Hintergrundgeräusch, das sie in seiner Gleichmäßigkeit nur unterschwellig wahrnahm. Sonst war es merkwürdig still.
Baumeln. Hängen. Am Halse, bis dass der Tod eintritt. Sie würgte, verschluckte sich, hustete. Wie in Trance unterschrieb sie das Protokoll. Dann fand sie sich auf der Straße wieder. Erstaunt stellte sie fest, dass hier das Leben ganz normal weiterlief. Die Sonne schien, obwohl ein gelber Himmel und auffrischender Wind von einem nahenden Sturm kündete, Mainas stritten sich, laut schwatzend drängten sich einige in

farbenprächtige Schals gehüllte Zulufrauen an ihr vorbei, weiße Geschäftsleute in Hemdsärmeln pfiffen hinter einer Gruppe lachender junger Mädchen her, die wie bunte Papierfetzen im Wind zwischen den Hochhäusern die Smithstreet hinunterwirbelten. Henrietta setzte Fuß vor Fuß, zögernd und unsicher. Irgendwann fand sie in der West Street eine Telefonzelle und rief Tita an.
Tita reagierte sofort. »Da ist ein Café an der Ecke gegenüber dem Rathaus, setz dich rein, ich komme!« Dreißig Minuten später war sie da.
»Du armes Ding«, murmelte sie und strich ihr die Haare aus dem Gesicht. »Du kommst jetzt zu mir, und dann wird erst einmal etwas gegessen.«
Henrietta lächelte schwach. Typisch Tita, Nahrungsaufnahme war für sie ein Allheilmittel. »Ich werd' damit nicht fertig, Tita, ich, Henrietta Tresdorf, habe auf einen Menschen geschossen, und nur, weil ich nicht richtig gezielt habe, ist er noch am Leben. Ich wäre fast zur Mörderin geworden. Das Schlimmste ist, ich habe erst geschossen und dann darüber nachgedacht.«
»Jetzt hör einmal zu, Henrietta. Dieser Maxwell hatte die volle Absicht, dich zu erstechen. Danach hätte er Sarah und wahrscheinlich auch Imbali getötet. Du hast nicht nur dein, sondern auch Sarahs und Imbalis Leben gerettet. Rede also keinen Unsinn!«
Sie nickte. *Ich habe dich verstanden, liebe Freundin, aber ich habe Angst vor meinen Nächten, ich habe Angst, wer mich in meinen Träumen heimsuchen wird, denn dann bin ich allein.*
Ein Zeitungsjunge kam herein und schrie seine Schlagzeile heraus. »Demonstranten in Johannesburg singen Nkosi Sikele'i-Afrika! Protestmarsch endet in Gewalttätigkeiten.«
Henrietta kaufte ein Exemplar. Die anfänglich friedliche Demonstration der Schwarzen in Johannesburg war in Gewalttätigkeiten umgeschlagen, nachdem die Polizei auf die Demonstranten mit Gewehrkolben eingeprügelt hatte, denn das Singen von Nkosi Sikele'i-Afrika war in der Öffentlichkeit verboten. Es stelle eine Bedrohung der öffentlichen Sicherheit dar, hieß es.
Bedrohung? Diese friedlich singenden Menschen, die sich angesichts der

knurrenden Hunde und der schussbereiten Gewehre hingesetzt hatten? Betroffen starrte sie auf das Foto neben dem Artikel. Ein paar Schwarze, die Fäuste hochgereckt, die Münder wie zu einem Schrei geöffnet, Unterschrift »Der schwarze Mob beim Angriff«.

Sie erinnerte sich genau. Es war der Moment, kurz bevor sich die Menge auf den Boden setzte. Es war ihr, als hörte sie wieder dieses Lied, diese wunderschöne friedliche Melodie und sah die Menge tanzen. »Tita, das ist eine Lüge, das stimmt einfach nicht«, empörte sie sich, »sie waren ganz friedlich! Sie haben nur gesungen und getanzt. Das hier«, sie schlug auf die Seite, »das hier ist glatt gelogen! Wenn jemand brutal war, war es die Polizei!«

»Nicht so laut, um Himmel willen«, zischte Tita, »lass das bloß niemanden hören! Du musst dich geirrt haben. Ich kann mir nicht vorstellen, dass sie in der Zeitung eine Lüge verbreiten, und die Polizei weiß schon, wie man mit denen umgeht.« Sie sah ihre Freundin liebevoll an. »Sei etwas vorsichtig, Henrietta, es gibt zu viele Fallstricke, die du nicht kennen kannst, zu viele Menschen, die böse und hinterhältig sind. Du bist keine Südafrikanerin, noch nicht, und viele hier haben die Ansichten mancher Einwanderer satt und bekämpfen sie mit allen Mitteln. Wir haben eine Vereinigung in Südafrika, geheim und ziemlich exklusiv, den Broederbond. Sie sind sehr mächtig und sitzen überall. Sie haben ein Ziel, das ist ein weißes Südafrika. Wer oder was ihnen nicht in den Kram passt, wird unterdrückt. Wer ihnen in die Quere kommt, wird hier nicht mehr froh.«

Das Ungeheuer rührte sich in der dunklen, schmutzigen Tiefe, nur träge und ganz kurz, aber nun wusste Henrietta, dass es existierte. Sie schwieg schockiert. War da ein Unterton in Titas Worten? Nein, nicht Tita, ganz bestimmt nicht Tita! »Vielleicht habe ich mich geirrt, vielleicht sind die schwarzen Demonstranten am Schluss doch gewalttätig geworden.« Sie sagte es mehr, um sich selber zu überzeugen. Doch etwas in ihr zwang sie, sich der Wahrheit zu stellen. Die Zeitung hatte eine Lüge gedruckt, die von der Regierung als Grundlage für die Knebelung des größten Teils der Bevölkerung benutzt wurde. Wie ein störendes Sandkorn in einer Auster setzte sich das Wissen in ihr fest. Sie versuchte, es langsam mit einer Lage Vergessen nach der anderen zu bedecken. Aber es blieb ein

Fremdkörper und schabte die Stelle wund. Sie heilte nicht mehr. Zurück blieb ein Schmerz, eben unter der bewussten Wahrnehmungsschwelle, hartnäckig und störend, aber nicht so stark, dass sie das Bedürfnis hatte, etwas dagegen zu tun. Das Leben ging weiter, und das tägliche Leben in Umhlanga war für einen Weißen das Paradies auf Erden. Es fiel ihr immer leichter, den kleinen Schmerz zu vergessen.
Es war schon spät, als sie über die sanft gewellten Hügel nach Hause fuhr. Ihr Gartenweg lag dunkel im Schlagschatten der mondbeschienenen Büsche. In Sarahs Khaya brannte Licht. Gutturales Stimmengemurmel erfüllte die stille Nachtluft. Sie sah auf die Uhr. Zehn Uhr abends, und Sarah hatte offensichtlich noch Männerbesuch. Ohne weiter zu überlegen, lief sie den schmalen Weg zum Khaya. »Sarah!«
Das Gemurmel verstummte sofort. Sie hörte schnelle Schritte, Rascheln, jemand lief durch die Büsche. Ein Mann stand plötzlich vor ihr. Dunkle, intelligente Augen musterten sie aus dem schwarzen Gesicht. Er hob sein Kinn und lächelte. Da sah sie es ganz deutlich. An seinem Hals, von einem Ohr zum anderen, klaffte eine kaum verheilte Narbe. Jemand musste versucht haben, ihm die Kehle durchzuschneiden. Dann war er weg, ohne Geräusch, wie vom Boden verschluckt. Lautlos wie ein Dschungeltier.
»Madam?« Sarah knöpfte sich im Gehen ihren Kittel zu. »Wer war der Mann, der mit der Narbe?«
Sarah sah sich vage um, ihre Lippen schlaff. »Kein Mann mit einer Narbe hier.«
»Sarah, ich hab ihn deutlich gesehen.«
Sarah schüttelte den Kopf und rief ein paar Worte in Zulu.
Die Büsche teilten sich. Ein junger Schwarzer stand vor ihnen. Verlegen drehte er seine Mütze auf dem Kopf. »Guten Abend, Madam.« Ein breites, weißes Grinsen, freundliche Augen, muskelbepackte Arme. Eindeutig keine Narbe unter seinem Kinn. Hatte sie sich getäuscht?
»Das ist John, mein Bruder.« Sarah hielt ihre Lider gesenkt. »Bruder?« Sie glaubte kein Wort, wusste aber, dass es nutzlos war, zu argumentieren. »Guten Abend, John. Du kannst Sarah besuchen, aber bei Einbruch der Dunkelheit musst du gehen, verstanden?«

»Yebo!« Er klickte noch ein paar rasche Worte in Zulu, hob seine Hand zum Gruß und ging fort in die Nacht.
»Merk dir das, Sarah, kein Besuch nach Einbruch der Dunkelheit!«
»Ja, Madam.« Sarah verschwand in ihrem Khaya.
Es waren zwei Männer gewesen, sie war sich sicher, und der mit der Narbe war von einem anderen Kaliber als die Schwarzen, mit denen sie bisher in Berührung gekommen war. Seltsamerweise hatte sie keine Furcht gefühlt, nicht einmal Unbehagen. Von dem Mann mit der Narbe war nichts Bedrohliches ausgegangen.

❖

Was Maxwell betraf, kam es nie zu einem Prozess. Neil hörte es von seinem Informanten. Maxwell, der sich von dem Schuss in den Arm einigermaßen erholt hatte, starb Anfang Dezember nach einer Prügelei im Gefängnis. Es gab keine offizielle Verlautbarung über seinen Tod. Er hörte einfach auf zu existieren.
Nur in ihren Träumen lebte er weiter. Fast jede Nacht erschien er ihr, blutüberströmt, mit einem bluttriefenden, langen Messer in der Faust. Nach der dritten durchwachten Nacht verschrieb ihr Anita Alessandro ein leichtes Schlafmittel. »Du musst zur Ruhe kommen, du tust dir keinen Gefallen, wenn du durch Schlaflosigkeit gesundheitlich völlig herunterkommst.«
Gehorsam nahm sie eine Tablette, schlief wie ein Stein und wachte mit einem Kater auf. Sie wankte in die Küche, um zu frühstücken. Zu ihrem Erstaunen war Sarah noch nicht da. Nichts war vorbereitet. Endlich, mehr als eine Stunde verspätet, erschien die Schwarze. Ihre eingesunkenen, umschatteten Augen verrieten eine kurze, unruhige Nacht. Henrietta nahm an, dass sie gefeiert hatte. Sie sagte nichts, sah nur nachdrücklich auf ihre Uhr. Als Sarah aber immer wieder verschwand und die Arbeit liegen blieb, stellte sie die junge Schwarze zur Rede.
»Imbali ist krank, Madam, sie hat die ganze Nacht gespuckt und gebrochen, es lief aus ihr heraus, bis nichts mehr in ihr war. Ganz grüner Saft. Aber nun ist sie ruhig und schläft.«

»Oh, das tut mir Leid. Warum hast du nichts gesagt? Nimm dir den Nachmittag frei. Hat sie etwas getrunken?«
»Nein, Madam, sie wollte schlafen. Sie kann nachher trinken.«
Es war ein heißer Tag, windig mit dem Geruch von brennendem Zuckerrohr in der Luft. Oben in den Hügeln schwelte noch eins der abgeernteten Felder. Ein plötzlich aufkommender Wind entfachte einen Funkenregen, der auf ein anderes Zuckerrohrfeld übersprang. Obwohl das Zuckerrohr jetzt im Sommer in frischem Saft stand, lagen noch genug von den trockenen Stengeln der letzten Ernte dazwischen, um ein heißes Feuer zu nähren. Seitdem war die Luft trocken und kratzte im Hals. Eine Luft, in der man Durst hatte. »Sarah, ich möchte mir Imbali ansehen. Ich mache mir Sorgen.«
Sarah trocknete ihre Hände an der Schürze ab und führte sie wortlos in ihr Zimmer. Imbali lag in ihrem Kinderbettchen auf dem Rücken. Henrietta fühlte ihre Wange mit dem Handrücken. Heiß und trocken. Ihre Augen waren tief in die Höhlen gesunken, ihre Lippen rissig, sie atmete nur flach. Mit zwei Fingern nahm sie eine Hautfalte und hob sie an. Sie blieb stehen. »Sarah, wir müssen Imbali schnell zu einem Doktor bringen, sie braucht dringend Flüssigkeit.«
»Aber Madam, bitte, sie schläft ...«
Sie hob die Kleine hoch, sie lag erschreckend leicht in ihren Armen. »Sarah, schnell, wir haben keine Zeit, Babys sterben so schnell an Austrocknung!« Sie lief zum Auto. Vor der Praxis Dr. Alessandros nahm sie Sarah Imbali ab und stieß die Tür zum Wartezimmer auf »Schnell, Joanna, ich muss sofort zu Dr. Alessandro! Der Kleinen hier geht es schlecht.« Als sie den Widerstreit in Joannas teigig blassem Gesicht angesichts Imbalis Hautfarbe sah, wurde sie wütend. »Joanna, Sie bringen mich jetzt sofort zu Dr. Alessandro«, fauchte sie, »dieses Kind ist in Lebensgefahr!«
Die Ärztin erschien in der Praxistür. »Was ist hier los?«
Sie streckte ihr Imbali entgegen. »Es geht ihr sehr schlecht, sie hat die ganze Nacht Brechdurchfall gehabt.«
Die Ärztin warf einen Blick auf das Kind und eilte in ihren Behandlungsraum. »Den Tropf.« schnappte sie in Joannas Richtung. Sekunden

später kam diese mit dem fahrbaren Tropf angerannt. »Ist die Mutter da?« rief Dr. Alessandro. »Sie soll bitte herkommen.«
Eine junge weiße Mutter saß im Warteraum, auf den Knien einen kleinen Jungen, ein ziemlich fettes Kind mit weißblonden Locken. »He, ich war zuerst da«, rief sie zornig, »warten Sie gefälligst, bis Sie an der Reihe sind, und erst recht mit einem Kaffernbaby!«
Sarah hielt einen winzigen Moment inne, senkte ihren Kopf. Dann ging ein Ruck durch ihren Körper, und sie ging in den Behandlungsraum, ihren Kopf trotzig und stolz auf ihren Schultern.
Henrietta starrte die Frau verständnislos an, hoffend, dass sie sich verhört hatte. Aber der gereizte Zug um den vollen, eigensinnigen Mund der anderen belehrte sie eines Besseren. »Sie blöde, gefühllose Kuh!« sagte sie langsam, kaum ihre Wut im Zaum haltend. »Das Kind liegt praktisch im Sterben, und Sie wagen es, so etwas zu sagen! Was würden Sie machen, wenn Ihr Kind hier im Sterben läge? Würden Sie sich hinten anstellen? Bestimmt nicht! Sie würden mit Recht verlangen, dass man Ihr Kind sofort behandelt.« Erregt rannte sie im Raum umher, um ihre weißglühende Wut loszuwerden. Dann schob sie ihr Gesicht ganz dicht vor das der jungen Mutter. »Ich wünsche Ihnen, dass hier die Schwarzen eines Tages die Oberhand gewinnen, und das wird passieren, ihr könnt nicht mit knapp fünf Millionen Weißen fünfundzwanzig Millionen Schwarze für immer unterdrücken. Und an dem Tag, denken Sie dann daran, was ich Ihnen jetzt sage, an dem Tag werden Sie fühlen, was diese schwarze Frau eben gefühlt hat, und es wird dann zu spät sein, es wieder gutzumachen!« Sie trat auf die kleine Galerie vor der Praxis. Zwischen den Häusern schimmerte das Meer. Ein Schiff fuhr durch die Lücke, sein Kielwasser glitzerte in der Sonne. *Es hat keinen Zweck, ich komm' mit der Mentalität hier nicht zurecht, ich schaff' das nicht!*
Kurz darauf kamen Sarah und die Ärztin aus dem Behandlungsraum. »Ich behalte Imbali heute hier«, sagte Anita. »es war wirklich in allerletzter Minute. Gut gemacht, Henrietta!«
»Wird sie wieder ganz gesund? Sie ist so winzig. Sie war sehr leicht bei ihrer Geburt, wird ihr das nicht schaden?«

»Nein, mach dir keine Sorgen, sie wird wieder gesund.« Sie winkte die Mutter mit dem fetten Jungen herein, die schäumend vor Empörung an Henrietta vorbeirauschte und sie dabei fast umrannte.
Sarah ging schweigend die Treppe herunter. Sie sagte auch im Auto nichts. Aber als sie zu Hause ausstiegen, sah sie Henrietta in die Augen. »Ich danke Ihnen, Nkosikazi. Ich schulde Ihnen ein Leben.« Damit drehte sie sich um und verschwand in ihrem Zimmer. Henrietta fühlte, dass das ein Schwur war, nicht nur eine Redewendung.
Als sie Imbali abends abholten, war der Unterschied deutlich. Ihre Haut war nicht mehr faltig, sondern wieder prall und seidig, ihre Augen glänzten, sie schrie vor Durst. Sarah gab ihr im Auto sofort die Brust, und das zufriedene Schnaufen und Schmatzen des kleinen Wesens erfüllte das Wageninnere. Henrietta konnte kaum ihre Augen von dem Baby nehmen. Über Sarahs Gesicht rannen Tränen, sie schluchzte nicht, sagte kein Wort. Ganz still fielen sie aus ihren Augen, die groß und leuchtend auf ihrem Kind lagen. Henrietta drehte sich weg. Dieser Moment gehörte der jungen Mutter allein.
Imbali wurde wieder ganz gesund und der Sonnenschein im Haus, zutraulich wie ein Kätzchen.

Neuntes Kapitel

AM SECHZEHNTEN DEZEMBER stand Henrietta bei Tagesanbruch auf. Tita und Neil holten sie ab. Ein tiefblauer Himmel wölbte sich über Zululand. Die Sonne trocknete den zarten Dunstschleier, bis nur noch ein paar schneeweiße Wölkchen dahinsegelten. Auf den Sandbänken der Tugelamündung landete eine Flotte weißer Pelikane, fächerte die Flügel und füllte, rhythmisch im Takt einer unhörbaren Musik ihre Köpfe duckend, ihre großen Schnabelsäcke mit Fisch. Kraniche stolzierten durch den Uferschlamm. Sie erreichten als erste Mtunzini und fuhren durch den niedrigen, windgepeitschten Busch ans Meer.
Cori, Sirikit auf der Schulter, Freddy und deren Freunde folgten innerhalb von Minuten. Sie packten Picknickkörbe aus, stellten Sonnenschirme auf, legten Luftmatratzen und große Badetücher auf den Sand. Cori setzte Sirikit ab und spielte hingebungsvoll mit Sammy, die einen entzückenden dottergelben Sonnenhut und winzige Turnschuhe trug. Glitzy und Duncan mit ihrem Cousin schienen sich zu verspäten.
Henrietta kletterte auf die mit spärlichem Gras bewachsene, flache Sanddüne und war überwältigt. Vor ihr lag als glitzernder, funkelnder Diamantenteppich der Indische Ozean. Die Sonne stand zu dieser frühen Stunde noch im Osten über dem Meer. Es wehte nur ein leichter Wind. Der Ozean rollte in langen, majestätischen Wellen an den Strand, der sich im Norden und Süden in der blendenden Unendlichkeit auflöste. Sie warf sich ins Wasser. Es spritzte hoch, die Luft um sie herum war erfüllt von tosender, weißer Gischt. Sie lachte und tauchte unter den Brechern durch, wurde vom nächsten Wellenkamm hochgeschleudert. »Kommt auch rein!« rief sie den anderen zu, die am Strand hin und her liefen. »Es ist herrlich!« rief sie in den Wind und tauchte weg. Ziemlich weit draußen, hinter den sich brechenden Wellenkämmen, dort wo sich

das Meer hob und senkte und sog, kam sie in einem Wellental wieder hoch. Eine der kleinen Figuren am Strand stürzte sich ins Wasser. Wer es war, konnte sie nicht erkennen. Sie spielte selbstvergessen in den Wellen, tauchte, ritt auf den Wellenkämmen, ihr Kopf leicht und frei. Dann drehte sie sich auf den Rücken und dümpelte, das Gesicht zur Sonne, in einem Wellental und träumte.

Über ihr rollte ein Wasserberg auf sie zu. Sie öffnete die Augen. Ein pfeilschneller, torpedoförmiger Schatten, mindestens drei Meter lang, schoss durch die durchsichtige, grüne Krone, zerschnitt die Wasseroberfläche mit einer scharfen, schwarzen Flosse. Sie begriff erst gar nicht, was sie da gesehen hatte, dann fuhr es wie ein elektrischer Schlag durch sie hindurch. Ein Hai? Um Himmels willen, ein Hai! Instinktiv öffnete sie den Mund zu einem Schrei, gleichzeitig brach die Welle über ihr, Salzwasser geriet in ihre Lungen. Sie wurde unter Wasser gezogen, schlug mit der Schulter auf den Meeresgrund, bevor sie hochgesogen und von der Welle ausgespien wurde. Sie schrie, schluckte Wasser, spuckte, schrie wieder.

Die nächste Welle ergriff sie, wirbelte sie herum. Plötzlich packte sie etwas wie eine Eisenklammer am Oberarm und zerrte sie in rasender Geschwindigkeit durchs Wasser. Sie geriet völlig in Panik. Schreiend schlug sie um sich, versuchte zu entkommen, jedes Mal, wenn sie ihren Kopf über Wasser bekam, schrie und schrie sie. Dann traf sie ein Schlag hinter dem Ohr und alles wurde hell und leicht und dann dunkel. Als sie röchelnd und spuckend wieder zu sich kam, lag sie flach auf dem Bauch am Saum der auslaufenden Wellen. »Ein Hai«, keuchte sie und hustete, »da war ein Hai!«

»Wenn Sie vorhatten, sich umzubringen, war das ein guter Versuch«, bemerkte eine tiefe Stimme, die ihr vage bekannt vorkam, »Sie wären fast ertrunken!« Bayerisches Deutsch in Afrika?

Erstaunt machte sie eine halbe Drehung und sah zu ihm hoch. Sie erkannte ihn sofort an seinen Augen. Ungewöhnlich violettblau unter den nassen, schwarzen Haaren. Damals im Flugzeug war er noch winterblass gewesen, jetzt war er tiefbraun gebrannt, aber der schläfrige, leicht spöttische Blick war derselbe. Sie setzte sich abrupt auf. »Sie! Was machen Sie hier?«

»Willkommen unter den Lebenden!« grinste er. »Ich bin nur vorbeigekommen, um Sie aus dem Wasser zu ziehen!«
»Das war ziemlich leichtsinnig«, knurrte Freddy, »du hast Glück gehabt, dass du in eine Schule spielender Delphine geraten bist. Es hätte ein Hai sein können, hier gibt es keine Netze, keine Strandwacht, und es ist eine der gefährlichsten Küsten Südafrikas. Was zum Teufel hast du dir dabei gedacht?«
Sie sah verlegen in die Runde ihrer Freunde. »Das Wasser war so herrlich, die Sonne, ich konnte einfach nicht widerstehen.«
Ihr Retter reichte ihr eine Hand und zog sie mit einem Ruck auf die Füße. Er lächelte, seine unglaublichen Augen blitzten. »Heißen Sie zufällig Roland?« fragte sie atemlos und sah ihn mit triumphierend flatternder Standarte auf seinem Rappen in den Sonnenaufgang galoppieren.
»Roland?« Ein befremdeter Blick aus diesen gefährlichen Augen. »Nein. Ich bin Ian Cargill, ein Cousin von Duncan und Glitzy.«
»Henrietta Tresdorf«, stammelte sie, »danke – und es tut mir Leid.« Ein Cousin von Duncan und Glitzy, der Bayerisch sprach? Ein scharfer Schmerz klopfte hinter ihrem Ohr. Sie befühlte die Stelle.
Er sah es und zog ein zerknirschtes Gesicht. »Du hast dich so gewehrt, dass du uns fast beide hinuntergezogen hast – da hab ich einmal kurz zugeschlagen.« Er war ins Englische gewechselt.
Sie schüttelte sich wie ein nasses Kätzchen, die Wassertropfen flogen wie Perlen von ihrer sonnengebräunten Haut. Wieder spürte sie seinen festen Griff und die rasende Geschwindigkeit, mit der er sie durchs Wasser gezogen hatte. Welche Kraft er hat! Sie sah ihn verstohlen an. Alles an ihm strahlte Stärke aus. Wie ein Felsen stand er da, als könne ihn kein Sturm verrücken. Und dann diese Augen! Faszinierend nein, hypnotisch! Er war viel größer als Benedict, sie schätzte ihn auf gut eins neunzig, nicht so massig, eleganter, eher wie ein Leichtathlet. Benedict! Plötzlich wurde ihr bewusst, dass es nicht mehr schmerzte. Sie lächelte in seine Augen, ein strahlendes Lächeln. Es würde ein wunderschöner, unvergesslicher Tag werden.
Sie behielt recht. Auf der Heimfahrt saß sie in Duncans Wagen, hinten

neben Ian, und er hielt ihre Hand. Sie glühten von dem Tag in der Sonne, ihre Haut war salzverkrustet. Beide waren sie ein wenig beschwipst, obwohl sie keinen Alkohol getrunken hatten. Duncan setzte Henrietta vor ihrem Haus ab, Ian stieg mit aus. Er grinste. »Ich komm schon allein nach Hause, zur Not nehme ich Henriettas Auto.«
Sie lächelte. Ihr war eine andere Möglichkeit eingefallen.
Es wurde ein verzauberter Abend. Es war, als würden sie sich schon seit Ewigkeiten kennen. Sie beendete oft einen Satz, den er begonnen hatte, und ihre Körper erkannten einander. Sarah, die am nächsten Morgen ins Schlafzimmer kam, um die Vorhänge zurückzuziehen und den Morgenkaffee zu servieren, blieb einen kurzen Moment überrascht stehen, verschwand dann und kehrte wortlos mit zwei Tassen zurück. Später saßen sie auf der Veranda und frühstückten. Selbst Katinka und Chico schienen etwas Besonderes zu spüren, denn Katinka, die scheue Katinka, die niemanden außer Henrietta an sich heranließ, hüpfte Ian auf den Schoß und rollte sich schnurrend zusammen. Henrietta lachte laut und glücklich.
Zwei Tage und zwei Nächte berührten sie einander, flüsterten miteinander, ihre Finger ertasteten einander. Sie tauschten ihre Gedanken so intensiv, dass der eine das aussprach, was der andere dachte. Am Ende schwiegen sie miteinander, aneinander geschmiegt, die Hände verflochten. Henrietta dachte an nichts, sie fühlte und lebte nur in diesem Moment. Eine große Erschöpfung hatte sie ergriffen, als wäre sie gelaufen und gelaufen und nun angekommen, am Ende des Weges, an ihrem Ziel. Die Datura vor ihrem Haus duftete narkotisch. Für den Rest ihres Lebens versetzte sie der sinnliche Duft der weißgerüschten Engelstrompeten zurück in diese zwei Tage.
»Eigentlich heiße ich Ian Cargill-Nicolai, aber ich habe herausgefunden, dass der Name meinem Liebesleben sehr abträglich ist.«
»Oh?« Sie schmiegte sich in seine Arme.
»Ja, ehe ich meinen Namen aufgesagt hatte, tanzte meine Angebetete längst mit einem anderen davon. Dieses Mal wollte ich sichergehen und wählte die kurze Version.« »Nicolai – Nicolais gab's in Lübeck und Umgebung.« »Meine Mutter kommt aus der Gegend. Johanna Nicolai.«

»Johanna? Ich erinnere mich, dass da ein fürchterlicher Skandal war. Großmama redete häufig davon, obwohl das alles vor dem Krieg passiert sein muss. Lübecker Patriziertochter brennt mit einem schottischen Bauern durch. War das deine Mutter?«
»Bauer?« Die schwarzen Augenbrauen wölbten sich amüsiert. »Doch, man könnte ihn so nennen.«
»War er's nicht?«
Ian lächelte, und das Verlangen, seine Mundwinkel zu küssen, überwältigte sie. »Du wolltest von deinem Vater erzählen«, erinnerte sie ihn eine ganze Weile später.
»Nun, er erbte von Großvater, dem älteren Bruder von Onkel Dirks Vater, einige Ländereien in Schottland, die genügend abwarfen, dass er ein angenehmes Leben führen konnte, ohne sich über sein täglich Brot Gedanken machen zu müssen. So widmete er sich seinen beiden Leidenschaften, Pferden und Segelschiffen. Als er eine Werft an der Ostsee besuchte, um sich ein neues Boot bauen zu lassen, traf er meine Mutter. Sie verliebten sich unsterblich, sehr zum Missfallen ihrer Eltern, die alles versuchten, diese Verbindung zu verhindern. Die beiden ließen sich nicht beirren, sondern entwischten nach Paris und heirateten dort. Trauzeugen waren ein Flic und die Besitzerin des Bistros, wo sie täglich ihren Kaffee tranken.«
»Wie herrlich romantisch«, seufzte Henrietta, ihr Gesicht in seine Hand geschmiegt. Sie lagen in Liegestühlen auf der Veranda, es war bereits später Abend. Das Holzkohlenfeuer, auf dem sie Lammkoteletts gegrillt hatten, glühte noch.
»Ja, sie blieben ihr Leben lang ein Liebespaar.« Er lächelte in der Erinnerung. »Mummy wurde immer entsetzlich seekrank und litt so gottserbärmlich, dass Dad das Segeln stark einschränkte, dafür aber Fliegen lernte. Meine Mutter war so begeistert, dass sie heimlich ebenfalls Flugstunden nahm und meinen Vater zu Tode erschreckte, als sie vor seinen Augen in ein Flugzeug stieg und ein paar Runden drehte. Er bekam fast einen Herzinfarkt!«
»Kauften sie sich dann ihr eigenes Flugzeug?«
»O ja, das war unausweichlich. Sie bereisten damit die Welt. Sie flogen

von Ort zu Ort, von einer exotischen Insel zur anderen. Sie landeten in der Wüste, auf Urwaldpisten und einmal auf einer Landstraße. Nie passierte etwas.« Er sah hinaus aufs Meer. »Im Februar 1958 flogen sie wie jedes Jahr nach Mallorca zur Mandelblüte. Es war ein klarer, schöner Tag, ruhig, kein Sturm auf der Strecke, keine Nebel oder Turbulenzen. Sie kamen nie an. Ich war gerade einundzwanzig.« Er seufzte. »Es war viel zu früh, ich kannte sie nur als Kind, ich wollte sie als Erwachsener noch so viel fragen.«
»Hat man sie je gefunden?«
»Nein, nicht einmal Teile ihres Flugzeuges. Deswegen denke ich manchmal, sie fliegen immer noch da oben herum, verliebt, verrückt, und versessen auf das nächste Abenteuer.«
»Sie müssen faszinierend gewesen sein, ich hätte sie gern kennen gelernt.« Sie dachte an ihre Eltern.
»Einmal noch nach Afrika, nur einmal noch raus«, seufzte Papa sehnsüchtig jedes Mal, wenn in der Ferne des Hamburger Hafens eine Schiffssirene ihren Abschied heulte, verfolgte jedes Flugzeug, bis es in den Wolken verschwunden war.
»Bloß nicht«, sagte Mama dann immer weinerlich, »die Hitze, all die Krabbeltiere, kein fließend Wasser, die schmutzigen Eingeborenen. Gönn mir doch das bisschen Leben hier, das ist schon jämmerlich genug.«
Ein tiefes Mitleid mit ihren Eltern überfiel sie. Sie sah Papas zerfurchtes, graues Gesicht, die nie gestillte Sehnsucht in seinen Augen. »Meine Eltern haben ein hartes Leben gehabt. Meine Mutter ist ängstlich geworden und bitter. Ich weiß nicht, ob sie je glücklich waren, ob sie Träume hatten. Hast du Träume?«
Er sah auf sie hinunter, wie sie in seinem Arm lag, das Gesicht ihm zugewandt, die blauen Augen riesig, die vollen Lippen leicht geöffnet.
»O ja!« Sein Mund berührte ihren, die Datura duftete berauschend, ein riesiger, orangefarbener Mond stieg in den Himmel. Sie schloss die Augen.
Die ersten Strahlen der aufgehenden Sonne malten den Himmel rosa, als sie sich träge räkelte. »Und dein bayerischer Akzent?«
»Ich bin in München geboren, zufällig, meine Eltern waren gerade auf

der Durchreise. Ich hielt mich nicht an den Zeitplan und erschien drei Wochen zu früh.«

»Eine ganz beachtliche Frühgeburt«, gurrte sie und presste sich der Länge nach an seinen muskulösen Körper. »Aber man assimiliert doch nicht den örtlichen Akzent durch seine Geburt!«

»Oh, immer wenn die beiden in der Welt herumflogen, steckten sie mich in ein Internat am Tegernsee. Sie hatten sehr romantische Erinnerungen an den Tegernsee.«

Am dritten Tag kehrten sie in die Welt zurück. Sie fuhren zum Postamt, um zu telefonieren. Henrietta ging vor, während Ian das Auto parkte. Der Apparat in der Zelle war außer Betrieb, aber im Postamt gab es weitere Telefone. Es war dämmrig in dem Gebäude, das dunkle Holz der Wände und der dunkelrote Steinfußboden schluckten alles Licht. Es gab zwei Schalter, beide vergittert. Vor dem Schalter »Nicht-Europäer« wand sich die Menschenschlange bis zur Tür. An dem Schalter mit dem Schild »Nur Europäer« stand kein Mensch. Der Beamte starrte blicklos und gelangweilt in die Ferne. »Sie müssen warten«, sagte er, »das Telefon ist besetzt.«

»Aber das andere ist doch frei«, wandte sie ein.

»Das ist das Telefon für Eingeborene, das wollen Sie doch sicher nicht benutzen.« Er verzog die Gesichtsmuskeln, zustande kam ein schmieriges Lächeln.

»Das macht mir nichts, ich hab' es eilig.« Sein Blick daraufhin ging ihr durch und durch und erinnerte sie an die Hände des Polizisten, der ihr Laken abgetastet hatte, als sie Tony dal Bianco verhafteten. Ein Schauer lief ihr über die Haut. Sie verstummte, wartete, bis das andere Telefon frei war, und hasste sich dafür.

Als sie endlich mit Fatima sprach, tat sie, gemessen an der Menge der Arbeit, die sich auf ihrem Schreibtisch türmte, etwas Tollkühnes. Sie schloss kurzerhand die Fabrik zwischen Weihnachten und Neujahr und gab den Mädchen Urlaub. Ian rief seinen Arbeitgeber an und nahm sich bis zum 2. Januar frei, unbezahlt. Übermütig vor Glück, liefen sie hinaus in den Sonnenschein.

Wenn sie später an diese Zeit zurückdachte, sah sie alles nur in hellen,

strahlenden Farben, fühlte nur Wärme. Tatsächlich gab es kurz vor Weihnachten eine kühle Periode mit schweren, grauen Wolken und kalten Winden, die vom Kap hochheulten. Für sie beide aber war es eine lichterfüllte, leuchtende Zeit, und noch nach Jahren spürten sie die Wärme, wenn sie sich anschauten, und sahen den Widerschein des Lichts in ihren Augen. Weihnachten kam, das Wetter klarte auf der Rückseite des Tiefs wieder auf, und es wurde sehr heiß.
»Lass uns ein paar Langusten fangen und grillen«, schlug Henrietta vor, »ich hab' eine Lizenz.« Auf dem Weg zum Strand kauften sie bei Mister Gerald's Taucherbrille und Flossen für Ian.
Die See lag sehr glatt nach dem Sturm, die Ebbe sank ganz ungewöhnlich tief. Henrietta streifte sich ihre Flossen und die genoppten Handschuhe über. »Pack sie am dicken Teil der Fühler. Sie haben rasiermesserscharfe Stacheln auf dem Kopf, die darfst du keinesfalls berühren, sonst schneidest du dir die Hände in Streifen.«
Die erste Languste sprang ihm wild flappend aus der Hand. Er hechtete hinterher, stolperte über seine Flossen, schlug lang hin und landete mit der Nase in einem kleinen Felsenteich zu Füßen einer immens fetten schwarzen Frau. Henrietta ertrank fast vor Lachen. Wie ein missgelaunter Geier hockte die Schwarze auf dem Felsen inmitten einer Gruppe kichernder junger Zulumädchen. Als er sich aufrappelte, beäugte sie ihn böse und bellte gebieterisch eine Reihe Kommandos in Zulu. Die Mädchen verstummten sofort und stiegen zwischen den Felsen ins Wasser, barfuß, aber sonst vollbekleidet, um den Kopf gewundene, bunte Kopftücher. Mit einem groben Meißel, eine armlange Eisenstange, die vorne keilförmig abgeflacht war, hackten sie Austern von den Felsen und legten sie in einen Jutesack, den sie mit einem Strick um ihren Bauch befestigt trugen.
»Old Ida und ihre Austernmädchen«, flüsterte Henrietta, »sie ist eine von nur zwei Leuten, die eine kommerzielle Lizenz für Felsenaustern besitzen, eine Legende an der Nordküste.« Die Mädchen fielen über die Felsen her, hackten, ihre Köpfe dabei im Takt auf und ab wippend, die Austern aus ihrem steinernen Bett, wie ein farbenfreudiger, hungriger Vogelschwarm, der die Felsen leer pickte. Erst als die Flut schon so hoch

war, dass sie nach den Austern tauchen mussten, holte Old Ida sie mit einer Handbewegung an Land. Jede leerte ihren Sack auf einen Haufen und zählte dann die Austern, misstrauisch von Old Ida kontrolliert, wieder in den Sack zurück, hob ihn auf den Kopf und schritt davon, mit schwingenden Hüften und der Haltung einer Königin.
Mit sechs Felsenlangusten und drei Dutzend dunkelblau glänzenden Miesmuscheln kehrten Henrietta und Ian zum Haus zurück. Die Sonne ging hinter den Hügeln unter, tauchte ihre Welt in ein unirdisches Licht. Sie standen eng umschlungen auf der Terrasse, seine Wange an der ihren. »Ich kann ohne dich nicht mehr leben, das weißt du, nicht wahr?« Sie lachte glücklich. »Ja, ich weiß. Ich werde dich auch nicht mehr gehen lassen.« Ein atemloses Singen lag in der Luft. »Ist dir klar, dass wir uns eben verlobt haben? Richtig verlobt?« wisperte sie.
Er schloss sie in seine Arme, sein strahlendes Gesicht ganz dicht vor ihrem. »Ich fragte mich schon, wann du es merken würdest!« Er hielt ihr eine kleine Schachtel hin. »Mach sie auf.«
Ein Sonnenstrahl traf ihre Augen. Der Diamant funkelte in seinem samtenen Bett, rosa überhaucht wie ein Splitter von der Morgenröte. Dann lagen ihre Lippen auf seinem Mund, und die Worte, die sie flüsterten, waren nur für sie beide bestimmt.
Viel später, der Mond glitzerte schon auf dem Meer, klopfte Sarah an, um sich zu verabschieden. Henrietta hatte ihr für die Weihnachtstage freigegeben. »Ich gehe jetzt, Madam«, verkündete sie. Dann hielt sie inne, ihr Blick sprang von Henrietta zu Ian, zurück zu Henrietta. Sie warf den Kopf zurück und lachte tief in der Kehle, ihre Augen tanzten. »Ich sehe, dass Madam glücklich ist«, sagte sie in ihrer schönen rauen Stimme, »er ist ein guter Mann, Nkosikazi. Ihr werdet viele Kinder haben.« Ihr Lachen schwebte noch im Raum, als schon die Gartenpforte klappte.
Sie sahen sich an. »Wir müssen ja sehr offensichtlich sein«, bemerkte Henrietta trocken. Sie hob ihren Ringfinger, der Stein sprühte Feuer im Mondlicht. »Trägst du so etwas immer in deiner Hosentasche, nur für den Fall, dass du einer geeigneten Frau begegnest?«
»Ich hatte Glück, ich fand den Ring auf Anhieb, an dem Morgen, als wir im Ort telefonierten.«

»Du bist aber wirklich mutig. Da kannten wir uns doch erst zwei Tage!« Seine violettblauen Augen funkelten. »Ich kenne dich schon seit drei Jahren, und so lange suche ich nach dir. Seit unserem gemeinsamen Flug habe ich in jeder Frau nur dich gesehen.« Benedicts Gesicht tauchte flüchtig im Hintergrund auf, verblasste aber gleich wieder. »Ich hab das nicht so schnell gemerkt«, sagte sie verlegen, »ich muss blind gewesen sein.«
»Du meinst Benedict Beaumont?«
Röte kroch ihr ins Gesicht. »Woher weißt du das? Ich hab' noch keine Zeit gehabt, dir davon zu erzählen.«
»Ich weiß es seit etwa zwei Wochen, ich hab' dich in Johannesburg auf dem Flughafen gesehen. Ich bestach die Stewardess am Schalter, dass sie mir deinen Namen gab. Als ich hörte, dass du in Umhlanga wohnst, rief ich Duncan an. Der Rest war einfach. Der Tag in Mtunzini war nur unsertwegen geplant.« Er beobachtete lächelnd den Widerstreit der Gefühle auf ihrem Gesicht.
»Aber was hättest du gemacht, wenn er mitgekommen wäre?« »Ihn ertränkt vermutlich!«
Sie hatte sich noch nie so beschützt, so sicher gefühlt. Sie wusste erst jetzt, dass das wahre Glück nicht laut und überschwänglich war, sondern tiefer Frieden, das Wissen um die Ewigkeit und ein Jubilieren der Seele. Die weichen Knie, das hämmernde Herz, das Singen und Tanzen, das war Verliebtheit, nur für den Augenblick, nicht für ein ganzes Leben.

Schon Tage vor Weihnachten hatten sie im Postamt ein Gespräch nach Hamburg angemeldet, um der Familie ein frohes Fest zu wünschen. Nun hatte sie Neuigkeiten. Um elf Uhr morgens kam ihr Gespräch durch. Sie nahm den Hörer. »Durban ruft Johannesburg«, die Stimme des lokalen Postbeamten, »Johannesburg ruft Salisbury, Johannesburg ruft Salisbury.« Eine weibliche Stimme, etwas entfernt. Danach, immer schwächer, verschiedene Stimmen. »Salisbury ruft Nairobi, Nairobi bitte kommen – Nairobi hier, Nairobi ruft Paris ...« So ging es die ganze lange

Strecke über fast zehntausend Kilometer, bis sie die Stimme ihres Vaters hörte. »Tresdorf hier!«
»Papa«, rief sie aufgeregt, »hier ist Henrietta! Ich möchte euch allen ein frohes Weihnachtsfest wünschen!« Minutenlang tauschten sie Neuigkeiten aus. »Papa, ich habe mich verlobt«, sagte sie dann mit klopfendem Herzen und enger Kehle, »ich bin so glücklich!«
»Kennen wir ihn?« fragte ihr Vater gedehnt.
»Nein, er ist ein Cousin der Daniels und, stell dir vor, der Sohn von Johanna Nicolai – erinnerst du dich an sie?«
Sein Schweigen knisterte in der Leitung. Ihr Herz jagte. »So«, sagte Papa endlich, »gute Familie.«
Da wusste sie, dass es in Ordnung gehen würde. Gute Familie, dieses Prädikat war das höchste, das er zu vergeben hatte. Plötzlich konnte sie über die Kontinente hinweg ihre Gesichter erkennen, sah sie lächeln, sah, dass sie frohe, stolze Mienen hatten. »Ich bin so glücklich«, stammelte sie unter Tränen, »ich schreibe euch.«
Ian küsste ihr die Tränen weg. »Nun, gab es wilde Freudenschreie?«
Sie schüttelte den Kopf. Ihre Familie und Freudenschreie? »Nein, zu Freudenschreien neigen sie wirklich nicht.«

Zum Weihnachtsdinner waren sie auf die Daniels-Farm eingeladen.
»Werden wir es ihnen sagen?« fragte Henrietta.
»Meinst du, dass wir es verheimlichen können?«
»Oh, Henrietta«, schrie Glitzy begeistert, als sie ihre Verlobung, schüchtern Hand in Hand stehend, bekanntgaben, »willkommen in der Familie!«
»Werdet glücklich, Kinder«, hauchte Melissa. Henrietta fühlte sich eingehüllt in eine dezente Wolke von ›Joy‹ und Herzlichkeit, die sie nie erwartet und in ihrem Leben so auch nie kennengelernt hatte. In Norddeutschland war das alles förmlicher und distanzierter, Körperkontakt immer eher lau und flüchtig.
Pops hockte in seinem Stuhl im Schatten der Pergola. Rhythmisch schlug er mit der Fliegenklatsche auf den Tisch und betrachtete seinen

Großneffen sauertöpfisch. »Von allen Mädchen auf dieser Welt musst du ausgerechnet diese Hunnin heiraten?«

»Allerdings, Pops, und ich hoffe, du wirst sie so gern haben wie ich. Sie ist etwas ganz Besonderes.«

Der alte Mann kratzte missmutig seinen kahlen Kopf. »Hatte gedacht, dass ich das Donga-Haus an eine Dumme losgeworden bin«, knurrte er, »jetzt ist es wieder in der Familie. Dumme Sache!«

»Schenk uns die Rückzahlungen zur Hochzeit, Pops, damit kannst du dann dein Gewissen beruhigen.«

»Bin ich der Weihnachtsmann?« brabbelte Pops missgelaunt. Es wurde ein langer, unvergesslicher Abend.

»Ich mag noch gar nicht an den zweiten Januar denken«, flüsterte Henrietta nachts in seinen Armen. »Wie geht es dann weiter?«

Er lag auf dem Rücken, ihren Kopf auf seiner Brust. Das Mondlicht flutete in das Zimmer. »Das ist ein Problem. Eigentlich wollte ich in vier Wochen wieder zurück nach Schottland und mich dort in eine Fabrik einkaufen. Mein Bruder Patrick ist der Farmer in der Familie, ein sehr guter übrigens. Ich hab keine Ader dafür. So hat er die Ländereien übernommen, und ich bekomme ein kleines Einkommen daraus. Wo möchtest du leben?«

»Hier! Stell dir nur den ewigen Regen und Nebel in Deutschland und Schottland vor!«

Er grinste erleichtert. »Dann muss ich hier etwas finden, wovon wir leben können.«

Onkel Diderichs Erbschaft! Wie würde er damit umgehen? Würde er verletzt sein, wollen, dass sie nur von seinem Geld lebten? Oder würde er sich voller Freude ihres Geldes bedienen, um seine beruflichen Ambitionen zu verwirklichen? »Da ist noch etwas, was ich dir nicht erzählt habe.«

»Beichte alle deine Sünden, Liebling, ich vergebe sie dir im Voraus. Restlos.«

»Ich bin nicht das, was du denkst«, sagte sie gequält.

Amüsiert starrte er sie an. »Warte, sag es nicht – du bist ein Wesen von einem anderen Stern.«

»Oh, Ian, es ist viel schlimmer«, rief sie, »ich hatte einen Onkel, Onkel Diderich, und der ist gestorben. Er hat mir entsetzlich viel Geld hinterlassen. Ich kriege es erst, wenn ich siebenundzwanzig bin, aber dann bin ich das, was man reich nennt.« Unsicher sah sie ihn an.
Er legte sein Gesicht in ernste Falten. »Das ist ja ganz furchtbar! Ich kann natürlich keine Frau heiraten, die selber Geld hat, das wäre katastrophal für mein Selbstbewusstsein!« Als er ihre entsetzte Miene sah, brach er lachend zusammen. »Du bist doch ein Dummerchen. Ich hab deinen Blick, mit dem du mich im Flugzeug aufgespießt hast, nicht vergessen. Ich habe meine Hormone im Zaum, nie wieder werde ich von männlicher Überlegenheit auch nur zu träumen wagen. Ob du Geld hast oder bettelarm bist, ist mir völlig egal. Ich heirate dich, doch nicht das Geld! Es ist wunderbar für dich, Liebes, und ganz einfach, wir heiraten mit Gütertrennung, und du wirst dein Geld in deine Firma investieren. Außerdem werde ich dich bis zu deinem siebenundzwanzigsten Geburtstag durchfüttern müssen!«
Sprachlos vor Glück, fiel sie ihm in die Arme. Wie hatte sie zweifeln können? Sie kuschelte sich an ihn, hüllte sich ein in seine Wärme und Kraft. Sie war glücklich, so glücklich wie noch nie in ihrem Leben. *So wird es sein, wie jetzt, wir beide zusammen, für immer.* Sie lehnte ihren Kopf zärtlich an seine Schulter und schloss die Augen, sicher in dem Gespinst ihrer Liebe. Danach schliefen sie traumlos, bis die Sonne sie weckte.
Am ersten Januar feierten sie abends in der Oyster Box ihren dreiundzwanzigsten Geburtstag. Austern gab es und Langusten und zum Schluss eine Baisertorte mit Vanilleeis und Ananasfüllung. Sie speisten bei Kerzenlicht unter dem sternenfunkelnden Nachthimmel, die Zikaden sangen, der Ozean atmete ruhig, und Frangipaniduft umschmeichelte sie.
»So wird es immer sein«, flüsterte Ian, »unser ganzes Leben lang.«
Der zweite Januar kam, unausweichlich. Jede Minute dieses Tages kosteten sie aus, ständig berührten einander, redeten leise, die Außenwelt war ausgeschlossen, es gab nur sie zwei. Sie bewegten sich wie unter einer Glasglocke, ihre Liebe umgab sie wie ein Strahlenkranz. Fremde

Leute auf der Straße grüßten sie und lächelten sie an. »Wie soll ich bloß ohne dich atmen?« fragte Henrietta mit Tränen in den Augen.
Zärtlich küsste er ihr die Tränen aus den Augenwinkeln. »In weniger als zwei Wochen bin ich wieder bei dir«, tröstete er, »und dann wissen wir schon mehr.«
»Zwei Wochen!« stöhnte sie verzweifelt. »Wenigstens habe ich im Büro ein Telefon.«
Sie versprachen sich, jeden Tag anzurufen, jeden Tag zu schreiben, an bestimmten Zeiten am Tag aneinander zu denken. Trotzdem brach ihr fast das Herz, als sie seinem Flugzeug nachsah, das in dem tiefblauen Himmel bald nur noch ein winziger strahlender Punkt in der Unendlichkeit war. Einsamer als je zuvor in ihrem Leben, fuhr sie ins Büro. Hungrig stürzte sie sich auf den Papierhaufen, der sich auf ihrem Schreibtisch stapelte.
Freitag, zurückgekehrt aus Mount Edgecombe, saß sie auf der Kante ihres Bettes und fühlte den Druck des einsamen Wochenendes vor sich. Tita und Neil waren in Kapstadt und besuchten Kappenhofers in deren Ferienhaus. Ferienpalast, verbesserte sich Henrietta, nach den Fotos zu urteilen. Glitzy könnte sie anrufen. Glitzy. Endloses Geschnatter über Mode, abwesende Freundinnen und Männer. Bloß nicht! Ihre Liebe zu Ian war noch zu privat, noch zu jung und zart, als dass sie sie den bohrenden Fragen der scharfzüngigen, neugierigen Glitzy aussetzen wollte. Ihr Blick fiel auf ihren Kleiderschrank. Den könnte sie aufräumen! Sie stand auf und öffnete die Tür. Das Chaos in den Fächern dämpfte ihre guten Vorsätze erheblich. Sie fischte eine Seidenbluse heraus, die Ian besonders liebte. Plötzlich warf sie in hektischer Eile ein paar Kleidungsstücke in ihren kleinen Koffer. Als sie wieder zu sich kam, saß sie im Auto und war auf dem Weg zum Flughafen. Vier Stunden später stand sie vor dem weißen Apartmenthaus in Johannesburg und las das Namensschild: Ian Cargill. Sie hob einen zitternden Knöchel und klopfte.
Für immer erinnerte sie sich an den Blick aus seinen Augen, für immer fühlte sie den Druck seiner Arme um sie. Nachdem sie sich ganz von neuem entdeckt hatten, ihre Hände jedes Stückchen Haut gestreichelt,

lagen sie satt voneinander und herrlich träge auf seinem Bett. »Wie lange?« fragte er endlich.
»Montag Nachmittag«, sie streckte sich genießerisch, »eine Ewigkeit.« Sie lag mit dem Kopf in seiner Halsgrube und war restlos, in höchstem Maße, ekstatisch glücklich. »Was wollen wir mit unserer Ewigkeit anfangen?«
»Morgen früh fahren wir hinauf nach Afrika, es gibt da einen Stausee, Loskop Dam, nördlich von Johannesburg, zwei, drei Stunden über ein paar wilde Sandstraßen. Wir grillen Lammkoteletts und schwimmen im See.«
»Ich liebe dich so,«, stöhnte sie und schlang ihre Beine um seine Hüften, »außerdem schmeckst du gut ...«
Er lachte tief in der Kehle, seine Lippen wanderten über ihre geschlossenen Augenlider, machten wollüstige Station bei ihrem Mund. »Du auch.«
Draußen wechselte der Himmel von Azurblau zu durchsichtigem Türkis, das Feuer der sinkenden Sonne glühte über dem Horizont. Die Nacht kam, schnell und ohne Dämmerung. Indigo wich Tintenschwarz, und ein Netz von blinkenden Lichtern bedeckte die Hügel von Johannesburg.
Johannesburgs Innenstadt war von überwältigender Hässlichkeit. Kein Baum, kein Strauch, nicht einmal Unkraut wuchs in den auf dem Reißbrett phantasieloser Stadtväter entstandenen Straßen, die einfach im Schachbrettmuster rechtwinklig zueinander liefen. Die klaustrophobisch in den Himmel wachsenden Hochhäuser nahmen ihr die Luft zum Atmen. Der Kontrast der Schlagschatten der Hochhäuser zu den grellen Sonnenflecken blendete sie, das Echo der Zeitungsjungen, die ihre Schlagzeilen herausschrien, die hupenden Autos, die sich, Stoßstange an Stoßstange, durch die sechsspurigen Straßen schoben, der Gestank der bläulich über ihnen hängenden Auspuffgase betäubte ihre Empfindungen. In der Nachmittagshitze drängten sich Menschen aller Hautfarben auf den Gehwegen.
Doch über allem schwebten Flötentöne von einer Art, wie sie sie noch nie zuvor vernommen hatte, eine schrille, fröhliche Melodie von hohen,

tanzenden Tönen. Ein paar kleine schwarze Jungen, keiner von ihnen älter als zehn Jahre, hüpften herum, bliesen virtuos auf umfunktionierten Fahrradpumpen. Sie lachten voller überschäumender Lebensfreude, diese kleinen Kobolde, ließen ihre Flöten singen trotz ihrer zerrissenen Kleidung, ihrer offensichtlichen Armut. »Pennypipers.«, rief Ian, »die gehören zu Jo'burg!« Sie warf ihnen eine Hand voll Münzen zu, und noch lange hörte sie die Flöten, auch als sie schon viel zu weit entfernt waren. Aber vielleicht täuschte sie das Echo in den Straßenschluchten.
In den nördlichen Vororten wurden die Straßen zu Alleen mit dichten Baumreihen, die Grundstücke wurden größer, prächtige Villen lagen weit zurück in üppigen Gärten. Der würzige Geruch frisch gemähten Grases hing allenthalben in der Luft, und das sanfte Rauschen der Rasensprenger begleitete sie. Bald fuhren sie aus dem lichten Baumschatten in die brutale, knisternd-trockene Hochsommerhitze des Highvelds. Northcliff Hill erhob sich schemenhaft hinter dem Hitzeschleier, und vor ihnen dehnte sich endloses, mit dorrendem Gras überzogenes, welliges Land. Der letzte Tropfen Feuchtigkeit wurde ihnen aus den Poren gesogen und verdunstete sofort. Sie tranken literweise und blieben dennoch durstig.
Knatternd ratterten sie mit siebzig Stundenkilometern über die Waschbrettoberfläche der mehr als hundert Meter breiten Sandstraße. »Es gibt nur zwei Geschwindigkeiten hier«, schrie Ian, »entweder so langsam, dass du jede Welle ausfährst, oder so schnell, dass du nur die Wellenkuppen berührst. Beides macht seekrank und rüttelt die Knochen durcheinander.« Die Staubwolke, die sie aufwirbelten, stand noch kilometerweit hinter ihnen in der leeren Landschaft. Gegen elf Uhr parkten sie im Eukalyptuswald, der bis zum Ufer des Loskop-Dammes wuchs. Henrietta streckte dankbar ihre schmerzenden Glieder. »Himmel, ist das heiß, lass uns schwimmen!« Sie beluden sich wie die Packesel und gingen die zweihundert Meter zum See. Auf einer kleinen Lichtung zwischen den Bäumen stellten sie ihre Sachen ab. Verheißungsvoll glitzerte der nahe See durch den Busch. »Das Wasser ist herrlich«, rief sie und watete bis zu den Knien hinein.
Bald zischten die Lammkoteletts auf dem Grill, und der Wein kühlte in

schmelzenden Eiswürfeln. Ian wendete die gerösteten Brotscheiben, sie saß im Bikini neben ihm, ihren Kopf an seiner Schulter. Der See lag spiegelglatt, nur in Ufernähe kräuselte sich die Wasseroberfläche sanft. Lautloses, glitzerndes Kielwasser zog ihren Blick an. Die Sonne blendete, und sie schloss ihre Lider zu Schlitzen.

Aus dem Kielwasser wurde ein baumstammlanges Objekt. Dann tauchten plötzlich zwei hühnereigroße Augenhöcker auf, und Augen fixierten sie, schöne Augen, klares Gelbgrün, die Lidspalte schmal und starr.

Dann explodierte die Welt. Das Krokodil brach wie ein Vulkan durch die Wasseroberfläche, seine Zähne starrenden Kinnladen zu einem tödlichen Grinsen geöffnet. Henriettas gesamtes Gesichtsfeld wurde ausgefüllt von dem angreifenden Reptil. Sie schrie nicht, sie begriff gar nicht, was geschah. Mit einer einzigen, fließenden Bewegung riss Ian sie hoch und schleuderte sie mit übermenschlicher Kraft ein paar Meter hinter sich. Die Furcht erregenden Kinnladen schnappten mit dem Geräusch einer zufallenden Autotür ins Leere. Ian packte den glühenden Grill und warf ihn auf das Tier, das sich brüllend aufbäumte und mit einem gewaltigen Schwanzschlag im See verschwand.

»O mein Gott«, krächzte Henrietta, »was war das?« Ian atmete schwer. »Ein sehr hungriges Krokodil.« Er nahm sie besorgt in den Arm. »Bist du verletzt?«

Sie schüttelte den Kopf »Nur mein Herz hat aufgehört zu schlagen.« Ihr Blick fiel auf ein Schild, das am Boden lag. »Vorsicht, Bilharziose«, las sie entsetzt, »Vorsicht, Krokodile. Picknicken strikt verboten!« Sie ließ das Schild fallen. »Bilharziose! O mein Gott, ich war im Wasser! Hoffentlich hab ich mich nicht infiziert!«

Hastig packten sie wieder zusammen und rannten wie von Furien gehetzt durch das Unterholz. Am Straßenrand sahen sie einen kleinen Wegweiser, der die Existenz eines Hotels mit Swimmingpool ganz in der Nähe verkündete. »Gott sei Dank«, seufzte sie, »alles, was ich jetzt möchte, ist ein erfrischendes, sicheres Bad im Pool.«

Das Hotel duckte sich unter alten Jacarandas, ein weißes, einstöckiges Gebäude mit rotem Blechdach und einer breiten, überdachten Veranda mit herrlichem Schatten. Ein kleiner Sandweg führte zu dem Schwimm-

bad, das verlockend türkis in der Sonne lag. Henrietta warf sich ein Handtuch über die Schulter und lief hin. Ein zwei Meter hoher Zaun trennte das Becken und die kleine Liegewiese davor von dem übrigen Gelände. Am Tor hing ein Schild. »Schwimmen sonntags verboten« stand da. Fassungslos drehte sie sich zu Ian um. »Ich glaub das nicht, sieh dir das an.«
Ian las es und brüllte vor Lachen. »Entweder wir werden von der Sonne gekocht, von Krokodilen verspeist, oder Bilharziawürmer fressen uns Löcher in die Darmwände, bis wir Blut pinkeln! Ich hoffe, dass wir wenigstens sonntags hier essen dürfen«, keuchte er.
Auf der Veranda saßen ein älteres Paar und ein bulliger Mann in Hemdsärmeln mit einer dicken Zigarre im Mund. Es schienen die einzigen weiteren Gäste zu sein. Sie bestellten ein üppiges Mahl, und am Ende mieteten sie, müde von dem reichlichen Essen und matt von der Hitze, ein Zimmer für ein paar Stunden, stellten sich eine halbe Stunde unter die lauwarme Dusche, probierten dann voller frischer Energie das Bett und stellten sich wieder unter die Dusche. Danach hatten sie erneut einen Bärenhunger. »Welch ein herrlicher Tag«, seufzte Henrietta, als sie über die Sandstraße heimwärts ratterten, »welch ein perfekter afrikanischer Tag!«
Doch Montagnachmittag kam unausweichlich. Als sie im Flugzeug saß und unter ihr die Stadt im Hitzedunst verschwand, wusste sie, dass von nun an ein Teil von ihr immer bei ihm sein würde, ohne ihn würde sie nie wieder ein Ganzes sein.

❖

»Ah, das junge Glück.« Gertrudes Stimme, schneidend gehässig. Henrietta, die am Obststand von Mr. Connor eine Ananas ausgewählt hatte, zuckte zusammen. »Hallo, Tante Gertrude.«
Gertrude hob ihre Hand hoch. Henriettas Verlobungsdiamant fing die durch die staubigen Fenster gefilterten Sonnenstrahlen ein und warf sie Funken sprühend zurück. »Nobel, nobel, das muss ich Mister Cargill lassen. Er wirft mit der Wurst nach der Speckseite.«

»Was willst du damit sagen?«
»Nun, du bist doch eine erstklassige Partie, nicht wahr? Wie hast du das eigentlich hingekriegt? Oder wie erklärst du dir, dass Carla nichts von Diderich bekommen hat, ganz zu schweigen von seinem eigenen Bruder, deinem Onkel Hans.« »Tante Gertrude ...«
»Lass mich ausreden! Wir haben gewartet, dass du zumindest anbietest, die Erbschaft zu teilen, aber du willst dir ja wohl alles unter den Nagel reißen. Wir denken daran, das Testament anzufechten! Mach dich auf etwas gefasst!« Sie rauschte an Henrietta vorbei, ließ ihr keine Gelegenheit zu antworten.
Wütend raste sie nach Hause und rief Ian an. »Sie hat kein Recht!« schrie sie, krebsrot vor Wut. »Und Benedict, dieser Bastard hat allen davon erzählt! Ich wünschte, Onkel Diderich hätte das Geld dem Tierheim vermacht!«
»Reg dich nicht auf, Liebling, das ist nur eine leere Drohung. Vergiss es einfach. Sie können nichts machen, das Geld steht nur dir zu. Außerdem dauert es noch Jahre, ehe du die Erbschaft antreten kannst. Bis dahin vergiss die ganze Sache!«

❖

Freitag, der 11. Januar 1963, war der Tag, an dem Ian wiederkommen würde, das einzige Datum, das für sie existierte. Ihre Telefonrechnung im Büro stieg sprunghaft. Sie litt an permanentem Schlafdefizit und arbeitete die Nächte durch. Aber auch eine Ewigkeit geht irgendwann zu Ende, und der Morgen des elften Januar zog herauf, stickig mit regenschweren Wolken, die sich schon früh leerten. Sie stand schon um sechs auf der Veranda und starrte hinaus in den rauschenden Regen. *Ian!* Ohne Vorwarnung überfiel sie die Erkenntnis, dass sie ihn noch nicht einmal einen vollen Monat kannte. *»Drum prüfe, wer sich ewig bindet«, predigte Großmama.*
Lasst mich endlich in Frieden, ich werde schon alleine mit meinem Leben fertig. Sie fingerte an ihrem Verlobungsring und schloss die Augen. Sofort schob sich sein Gesicht vor ihren inneren Blick, sie fühlte seine

Hände, hörte seine Stimme. Ihre Sehnsucht war so stark, dass sie ihn sogar riechen konnte. Das Blut schoss ihr in den Kopf, die Welt um sie herum lag in strahlendem Licht. Laut singend duschte sie sich, tanzte durchs Haus, scherzte mit Sarah. Sogar Joshua, der sonst in seiner eigenen Welt lebte, seine Gefühle nur in seinem Gesang ausdrückte, schien zu merken, was vor sich ging. Nach dem Wolkenbruch ging er in den Garten und kam mit einem Arm voll Bougainvilleazweigen in die Küche. »Für Master Ian.« Er grinste schüchtern.

Er sollte gegen sechzehn Uhr landen, um drei stand sie am Flughafen. Über dem Rollfeld flimmerte die Januarhitze. Das dämmrige Flughafengebäude wimmelte von Menschen. Schweiß, Gewürze, Essensgeruch mischten sich, die Luft war zum Schneiden dick. Es erinnerte mehr an einen Bazar als an eine Wartehalle. Eine indische Familie verabschiedete zahlreich und geräuschvoll einen Verwandten, die Frauen in bunten Saris und klirrendem Goldschmuck, die Männer in engen Safarianzügen aus knitterfreiem Polyester, hellblau oder beige. Ihre Kinder waren bezaubernd, bildhübsch mit riesigen dunklen Augen und zartem, kupferbraunem Teint. Weiße Geschäftsleute, alle braungebrannt mit offenen Hemdkragen, standen in einer Gruppe. Laut und aufschneiderisch erzählten sie von ihren Geschäften. An der breitbeinigen Haltung des einen und den ihm zugewandten Gesichtern der Übrigen war die Hackordnung klar zu erkennen. Auf einer Bank saßen drei alte, rosa gepuderte Ladies, geschützt von großen Hüten, die knochigen Schultern in dünnen, geblümten Seidenkleidern abweisend nach vorn gekrümmt.

Die einzigen schwarzen Personen waren zwei in blaue Overalls gekleidete Männer, die den Boden wischten. Sanft klatschten ihre nackten Füße auf den Steinen, sie schoben Bananenschalen, Zigarettenkippen, Papierstückchen vor sich her, alles, was Menschen so wegwerfen. Eine riesige Kakerlake, schon träge von dem überall ausgelegten Gift, krabbelte über den Dreckhaufen. Ihre Köpfe hielten die Männer gesenkt, Blickkontakt hatten sie mit niemandem, ihre Körpersprache war nur die Reaktion auf die Umwelt. Sie machte sie so gut wie unsichtbar.

In der Menge entdeckte sie die Kinnairds. Tom schob Frank, der mit weit offenem Mund schlief, im Rollstuhl. Speichel rann ihm übers Kinn. Zwei Träger folgten ihnen mit mehreren Koffern.

»Hallo, Liz, wo wollt ihr denn hin?«

»Oh, Henrietta, guten Tag. Wir fliegen in die Schweiz. Frank soll dort in einer Spezialklinik behandelt werden.«

Aufheulende Motoren elektrisierten Henrietta. Die Maschine aus Johannesburg war gelandet. »Alles Gute, Liz, Tom, ich muss los!« Die Maschine rollte aus, die Gangway wurde herangefahren, und die Crew schwang die schweren Türen nach außen. Ohne Hast kamen die ersten Passagiere die Treppe herunter.

Er musste sich ducken, und ihr wurde erneut bewusst, wie groß er war. Mit Kopf und Schultern überragte er die Menge. Seine dunklen, kurzen Haare glänzten in der Sonne wie ein Nerzfell. Ihr wurde die Kehle trocken, als er auf sie zukam. Für eine Sekunde sah sie ihn stumm an, ertrank in seinen magnetischen Augen, dann flog sie ihm in die Arme, und es dauerte eine Weile, bis sie wieder Luft bekam. »Oh, ich hab dich so vermisst«, wisperte sie und küsste ihn noch einmal.

Um sie herum teilte sich die Menge, Gesichter wandten sich ihnen zu, lächelten das Lächeln, das die Menschen für kleine Kinder und Verliebte aufsparen, das die Gesichter erhellt und das noch lange in ihren Augen glänzt. Die beiden waren in sich selbst versunken und bemerkten nichts. Schließlich gingen sie eng umschlungen zum Wagen. Er warf seinen Koffer auf den Rücksitz und verstaute seine langen Beine irgendwie unter dem Armaturenbrett. »Diese rollenden Einkaufswagen sind wirklich nicht für meine Größe gemacht, ich muss mir ja die Knie hinter die Ohren klemmen, fahr bloß vorsichtig!«

»Dann musst du aber deine Hand da wegnehmen«, lachte sie glücklich und entfernte seine feste, warme Hand von ihrem Oberschenkel, »sonst landen wir im Graben.«

Sie bog ab auf die Schnellstraße nach Umhlanga. Seine Hand lag in ihrem Nacken, sanft rieb er seinen Daumen über die zarte Haut. Sie fühlte ihre Haut unter seinen Fingern feucht werden. Genüsslich bog sie ihren Hals und schloss die Augen. Der Wagen schlingerte. »Um Himmels willen, Liebling, lass das, wir kommen sonst nicht lebend nach Haus.«

Wundersamerweise schaffte sie die Rückfahrt ohne größeres Missgeschick. Joshua stand im Garten, ein weißes Grinsen spaltete sein Gesicht. Sarah war Herrin der Lage. Würdevoll öffnete sie die Tür. »Willkommen, Master! Tee, Master?«
Ian lachte und faltete sich aus dem niedrigen Autositz. Er fischte drei Geldscheine aus der Hosentasche und drückte sie Sarah in die Hand. »Hier, Sarah, ihr werdet ja jetzt doppelt so viel Arbeit haben. Verteile es, wie es dir richtig erscheint.« Sarahs Würde zerschmolz in einem erfreuten Kichern. »Danke, Master, danke.« Sie nahm die Geldscheine mit beiden Händen entgegen, wie es richtig war. Es hieß, sieh hier, ich will dir nichts Böses, meine Hände sind waffenlos.
Ian schloss Henrietta in seine Arme und trug sie ins Haus. Im Schlafzimmer setzte er sie ab. »Endlich zu Hause«, flüsterte er und küsste sie aufs Ohrläppchen. Ein herrlich wollüstiger Schauer durchlief sie. Seine Lippen wanderten unter dem Ohrläppchen ihren Hals hinunter. Sie gab einen Laut wie ein schnurrendes Kätzchen.

»Ich möchte etwas besprechen«, verkündete er beim Frühstück.
»Was ist das?« Henrietta lächelte ihn verliebt an.
»Ich möchte dich heiraten«, sagte er, gar nicht sehr laut.
Sie setzte sich kerzengerade auf und ließ ihren Verlobungsring in der frühen Sonne funkeln. »Ich dich auch, aber mir ist so, als hättest du mich das schon mal gefragt.«
Er grinste, seine veilchenblauen Augen blitzten. »Ich meine jetzt, hier. Ich hab das Bedürfnis, zu sagen: »Das ist meine Frau!«
»Oh.« Das Blut stieg ihr in die Wangen und brachte ihr Gesicht zum Leuchten. Sie setzte sich auf seinen Schoß. »O ja«, gurrte sie, »wann – heute? Oder jetzt gleich?«
Er grinste. »Nein, mein Schatz, aber wie wäre es mit Freitag, dem 25. Januar, kannst du noch so lange warten? «
»Eine Woche!« seufzte sie. »Wer wird Trauzeuge?«
Sein Grinsen wurde breiter. »Ich dachte an Neil und Tita und Duncan

und Glitzy. Und ich habe vorsichtshalber ein paar Freunde ins Oyster Box Hotel eingeladen.«

Sie bekam kaum Luft vor Aufregung. »Was soll ich bloß anziehen?« jammerte sie und flatterte auf der Veranda herum wie ein orientierungsloser Falter. Ian brüllte vor Lachen. Sie rannte hinein und holte ihren Zeichenblock. »Ein Etuikleid, denke ich«, murmelte sie konzentriert, »mit einer Jacke.« Sie skizzierte ein paar Minuten, die Zunge fest zwischen den Zähnen. »Hier, gefällt dir das?«

»Sensationell«, murmelte er, aber es war nicht klar, was er meinte, sie oder das Kleid. Zart berührte er ihre Halsgrube mit seinen Lippen. Sie stand ganz still. Seine Lippen bewegten sich auf ihrem Hals, warm, weich, fordernd. Sie bog ihren Hals. Irgendwann fiel ihr Kleid auf den Boden, sie stiegen darüber hinweg, ineinander versunken. Er hob sie hoch und trug sie hinüber ins Schlafzimmer. »Schließ die Vorhänge«, stöhnte sie.

»Ich muss meine Eltern anrufen«, sagte sie viel später. Seit ein paar Tagen hatte sie eine Gemeinschaftsleitung, die sie sich mit drei anderen, unter anderem Beryl, teilte.

Glitzy kicherte, als sie es hörte. »Henrietta, sei bloß vorsichtig, was du in Zukunft am Telefon sagst, alle drei hören sicher mit! Auf der anderen Seite ist so eine Partyline eine höchst unterhaltsame Sache. Man braucht eigentlich keine Tageszeitung mehr.« Und tatsächlich geriet sie mehrfach in Beryls Gespräche und war so fasziniert, dass sie nicht immer sofort auflegte. Einmal unterbrach Beryl ihren Redefluss plötzlich. »Henrietta, bist du das?« fragte sie nach einer kleinen Pause. Diese legte mit vor Scham hochrotem Gesicht so sanft wie möglich auf. Danach war sie sehr vorsichtig, horchte auf das hohle Echo, das ihr zeigte, dass noch jemand in der Leitung war, und sprach mit Ian nur auf Deutsch in kryptischen Umschreibungen und Andeutungen. Sie meldete das Gespräch für den Nachmittag an.

Die Verbindung war schlecht. »Papa, wünsch mir Glück, wir werden nächste Woche heiraten!« rief sie mit schwankender Stimme. Es knis-

terte in der Leitung, ferne Stimmen eines anderen Gespräches kreuzten das ihre, atmosphärische Störungen verzerrten es. Ihr Vater schwieg. Sie wartete. »Hast du mich verstanden, Papa? Wir werden nächste Woche heiraten!« Ihr Herz begann fühlbar zu klopfen. Nervös wand sie die Telefonschnur um ihren Zeigefinger. »Papa?«
Er räusperte sich. »Was heißt heiraten?« Es klang aggressiv, und sie konnte nicht verhindern, dass sich ihr Magen zusammenkrampfte.
»Wir werden am 25. Januar heiraten, im Standesamt«, wiederholte sie, und ihr Herz war seltsam schwer.
»Ach, gibt es so etwas da?«
»Natürlich«, antwortete sie erstaunt.
»Wir sind Lübecker, und bei uns wird in der Marienkirche geheiratet und im Schabbelhaus gefeiert«, sagte Papa. Sie konnte hören, dass er rauchte. »Das wird ordentlich geplant, mit Anzeigen und schriftlichen Einladungen. So wird das bei uns gemacht. Hier hat alles seine Ordnung.«
»Heiraten«, zischte Mama aus dem Hintergrund, »in irgendeinem Kaff in Afrika, wie eine Negerin aus dem Busch!«
»Werdet ihr kommen? – Bitte!«
»Wie stellst du dir das vor, so kurzfristig? So schnell kann ich nicht disponieren.« Eine Pause, dann gedehnt: »Außerdem müssen wir erst über die Sache mit der Erbschaft sprechen, Henri.«
Henri. Henrietta sagte nichts. Sie schob ihre Hand in die von Ians. Warm und sicher, geborgen wie ein Vögelchen im Nest, lag sie in seiner Handfläche.
»Du hast uns zwar von Diderichs Hinterlassenschaft erzählt, wir waren jedoch pikiert, dass wir von anderen hören mussten, wie groß dieses Vermögen ist. Du hast vergessen, zu erwähnen, dass es ein Millionenbetrag ist, liebe Tochter. Ich sehe es zum Beispiel als selbstverständlich an, dass du unsere Flugpassagen bezahlst. Meine Tochter ist Millionärin, es ist eine Schande, dass ich darum bitten muss.«
Sie antwortete noch immer nicht. Ein großer, leerer, schmerzender Raum drückte ihr innerlich die Luft ab.
Ian, der sein Ohr dicht an den Hörer gepresst hatte, nahm ihn ihr ab.

»Schwiegervater«, sagte er ruhig, »Henrietta erbt erst, wenn sie siebenundzwanzig ist. Bis dahin hat sie kein Geld, nur einen relativ geringen monatlichen Betrag. Wenn dir jedoch die Kosten für die Reise zu viel sein sollten, werde ich natürlich dafür aufkommen.«
»Das ist nicht der Sinn der Sache.«
»Nein?« fragte Ian. »Was denn? Du vergisst, dass wir bald verheiratet sind, von nun an tragen wir alles gemeinsam. Henriettas Erbschaft hat überhaupt nichts mit euch zu tun. Sie hat das Geld von Diderich geerbt, und was sie damit macht, ist ihre Sache. Sie bekommt schon genug Druck von Gertrude und deren Familie.«
»Was hat die damit zu tun?« hörten sie Mama empört rufen.
»Sie ist genau wie du die Frau von Diderichs Bruder«, knurrte Ian. »Es ist an der Zeit, dass das aufhört. Henrietta bekommt die Erbschaft erst in ein paar Jahren, und bis dahin möchte ich, dass ihr sie von jetzt ab wegen des Geldes in Frieden lasst.« Plötzlich war Henrietta alles zu viel.
»Ich hab's satt!« schrie sie ins Telefon und wehrte Ians beruhigende Geste ab. »Ich hab Diderich nicht darum gebeten! Er war dein Bruder! Wenn er mir das Geld hinterlassen hat und nicht euch, wird er seine Gründe gehabt haben! Woher soll ich jetzt das Geld für eure Flüge nehmen? Ihr benehmt euch wie Schmarotzer! Entschuldigt euch sofort, sonst breche ich jeden Kontakt mit euch ab. Sofort!«
Die Welt hörte auf sich zu drehen. Papa sog zischend Luft durch die Zähne. Ein Warnsignal aus ihrer Kindheit. Henrietta wartete, dass bei diesem Geräusch der blanke Schrecken wie in ihrer Jugend in ihr hochkröche. Aber nichts passierte. Sie sah in ihren Gedanken nur einen alternden Mann, hager, die Haut faltig, weil sein Lebenssaft allmählich eintrocknete, die Haare schütter und die früher so ausladenden Schultern knochig und gebeugt. »Überleg dir gut, was du sagst, ich meine es ernst.« Ihre Stimme war klar und fest. Bruchstücke von Kindheitserinnerungen spülten hoch, das Gefühl des Ausgeliefertseins, Kleinseins, der Ohnmacht des Kindes gegenüber den allmächtigen Erwachsenen. Die Leitung sang und rauschte.
Endlich antwortete Friedrich Tresdorf »Es ist gut, min Deern, nicht nötig, sich aufzuregen. Ich werde schreiben.«

»Das ist doch ... «, stammelte Mama erstickt.
»Halt den Mund, Magda!« hörte sie Papa, dann legte er auf. Ungläubig lächelnd legte sie den Hörer hin. Papa hatte nachgegeben. Zum ersten Mal in ihrem Leben. Jetzt war sie wirklich erwachsen.

Am Montag klingelte das Telefon. Die Stimme war heiser, die einer Kettenraucherin. »Ich bin Elaine, eine Freundin von Tita. Ich habe so viel von Ihnen gehört, Henrietta, dass ich Sie und Ian kennen lernen möchte, er soll ja zum Anbeißen sein.« Sie kicherte. »Freitag feiern wir unseren zehnten Hochzeitstag mit einer großen Party. Ich erwarte Sie um acht. Tita kennt den Weg.«
Überrascht und erfreut dankte Henrietta. Die Adresse war im alten Teil von Westville, in dem die Grundstücke nach Hektar bemessen wurden, die Häuser, in große smaragdgrüne Flächen von sprichwörtlichem englischem Rasen gebettet wie Juwelen in Samt, aussahen wie Tudorschlösser und die Eigentümer mehr Geld besaßen, als sie je ausgeben konnten. So eine Einladung war, abgesehen von der Gelegenheit, neue Freunde zu gewinnen, für sie beruflich Gold wert.
Das Haus lag hell erleuchtet in einer weiten, dunklen Parklandschaft, mindestens fünfzehn Autos blockierten die Zufahrt. »Tutti frutti« zerhämmerte die Stille der Nacht. Ihre Gastgeberin war eine Platinblondine mit Lederhaut und unzähligen auseinander laufenden Sommersprossen. Sie war sicherlich einen Meter achtzig, klapperdürr und trug ein rosa Hängekleidchen. Diamanten perlten an ihr herunter wie Tropfen nach einem Sommerregen. Sie klimperte mit künstlichen Wimpern, schwarz und dick, wie Fliegenbeine. Neben ihr stand ein Korb, in dem mehrere Schlüssel lagen. »Also, meine Süßen, jede Dame legt ihren Schlüssel in den Korb, und jeder Herr nimmt beim Abschied einen heraus.« Ihr Atem roch nach Alkohol. »Damit steht das Programm für die Nacht fest.« Sie kicherte, aber ihre Augen klebten an Ian.
Der ließ seinen schläfrigen Blick einmal über die Dame laufen. »So? Wie amüsant. Feiern wir heute nicht Ihren Hochzeitstag?«

»Ja«, hauchte sie rau, »den Zehnten. Finden Sie nicht, dass Abwechslung die Liebe jung hält?« Sie wölbte ihre knallroten Lippen.
»Oh, absolut! Liebling, leg deinen Schlüssel in den Korb.«
Entsetzt starrte sie ihn an. Das konnte niemals sein Ernst sein.
»Mach nur«, sagte er. Seine Mundwinkel zuckten.
Zögernd und befremdet legte sie ihren Schlüssel hinein.
Im selben Moment nahm er ihn wieder heraus. »Vielen Dank für die nette Party, aber wir müssen jetzt wirklich gehen. So einem Nachtprogramm kann ich nicht widerstehen. Komm, Liebes.«
Henrietta lachte laut auf. Tita, die eben angekommen war, hörte sie. »Na, das klingt ja richtig nach Partystimmung, darf ich teilhaben?« Dann sah sie den Korb mit den Schlüsseln. Ihre Brauen zogen sich zusammen. »Oh, Elaine, wie geschmacklos, musst du denn alles mitmachen?«
»Wir wollten sowieso gerade gehen, warum kommt ihr nicht mit?« schlug Ian vor. »Lasst uns ins Popote fahren und eine Party zu viert feiern.«
Sie ließen ihre angetrunkene Gastgeberin stehen, die ihnen ein paar wütende Beleidigungen hinterherschrie und sich an die Brust eines eleganten, braungebrannten Mannes warf. Er reichte ihr kaum bis zur Schulter und hatte Mühe, sie aufrecht zu halten.
»Elaine ist so schrecklich gewöhnlich«, sagte Tita, »aber Peter, ihr Mann, ist völlig abhängig von ihr, sie hat das Geld.«
Ein Mann in hellem Jackett kam hinter den parkenden Autos hervor. »Hey, Ian, Mann, es ist gut, dich zu sehen.« Ian verschluckte sich fast, als er ihm herzhaft auf den Rücken schlug. Der Mann grinste breit über sein sommersprossiges Gesicht, rotbraune Augen verschwanden in Lachfalten, schütteres, rötlich blondes Haar stand als Kranz um seinen Schädel. Seinen breitschultrigen, bulligen Körper balancierte er mit erstaunlicher Leichtfüßigkeit.
»Peter, was machst du denn hier? Ich denke, du sitzt in Kapstadt. Ich wollte dich eigentlich in diesem Monat besuchen!« »Oh, das ist richtig, aber das ist mein Hochzeitstag, der da gefeiert wird. Ich hatte Befehl, dabei zu sein!« Er lachte dröhnend und beobachtete seine Frau in den Armen des eleganten jungen Mannes, dessen hellblonde Haare im

Mondlicht schimmerten. »Sonst hab' ich einen Stellvertreter!« Ein anzügliches Grinsen.
»Marais, natürlich! Doch es ist ein nicht unüblicher Name hier.« Ian schüttelte ihm kräftig die Hand. »Henrietta, das ist Pete Marais, einer meiner ältesten südafrikanischen Freunde. Ich bin mit seinem kleinen Bruder in Cambridge gewesen. Wir haben uns seit einer Ewigkeit nicht mehr gesehen. Pete, das ist meine zukünftige Frau, Henrietta Tresdorf.«
Sie fühlte den prüfenden Blick, das Abschätzen, mit dem Pete ihre Person erfasste. Offensichtlich gefiel ihm, was er sah, denn er streckte ihr strahlend seine Hand hin. »Sie können sich gar nicht vorstellen, wie sehr ich mich freue, Sie kennen zu lernen. Sie müssen eine ganz besondere Frau sein, wenn Ian Ihretwegen seinem Junggesellenleben entsagt.«
Seine Hand war feucht und klebrig, aber es war ja ein heißer Tag gewesen. Seine ganze Art war offen und unkompliziert, und ein plötzliches, wenn auch sehr vages, ungutes Gefühl ignorierte sie, irritiert über sich selbst. »Ich freue mich auch«, antwortete sie, als Kompensation vielleicht etwas übertrieben herzlich.
»Ich bin noch einen Tag in Durban. Ich treffe einen Mann, mit dem ich über eine Filiale in Natal verhandeln will. Ruf mich morgen an, Ian, dann können wir uns sehen. Wir haben viele Jahre aufzuholen. Jetzt muss ich mich da drinnen wieder blicken lassen.«
Ian hielt ihn zurück. »Pete, warte mal, ich muss mal kurz mit dir reden. Entschuldige mich, Henrietta, ich bin gleich wieder da.« Die beiden Männer gingen etwas abseits, und Henrietta sah, wie Ian auf Pete einredete, dieser plötzlich interessiert hochblickte, mehrmals nickte, und als sie sich dann trennten, hatte sie das deutliche Gefühl, dass sie zu einer Übereinstimmung in einer wichtigen Sache gekommen waren. Erwartungsvoll sah sie Ian entgegen.
Er legte seinen Arm um sie. »Stellt euch vor, Pete will hier eine Filiale eröffnen, er braucht jemanden, der die hiesige Niederlassung leitet. Einen Ingenieur.«
»Was ist sein Geschäft, Ian?« fragte Neil.
»Er hat ein Patent auf eine spezielle Methode, glasfaserverstärkten Kunststoff zu formen, und baut Boote. Sein Größtes ist eins von den

kleinen Seenotkreuzern, die praktisch unsinkbar sind. Wir wollen untersuchen, welche Einsatzmöglichkeiten es sonst noch gibt, und dann eine Fabrik aufbauen. So, Kinder, jetzt wird gefeiert. Ich lade euch ins Popote zu einem Festessen ein!«

Sie hatten Glück, noch einen Tisch zu bekommen. Die Klimaanlage blies mit Eisschranktemperatur ihren Nacken hinunter. Henrietta fröstelte in ihrem trägerlosen Futteralkleid, und Ian hängte ihr sein Jakkett über die Schultern. Hinter ihnen öffnete sich die Tür zur Straße, ein Schwall feuchtwarmer Luft, die nach Seetang und Fäulnis roch, wehte herein. Ein indischer Zeitungsjunge in der Uniform der *Daily Mail* bot die Frühausgabe der Zeitung an. »Fünf Terroristen verhaftet«, rief er mit heiserem Stimmchen, »Todesurteile gefordert.«

Neil, blasse Haare, blasse Augen, blasse Haut, auf den ersten Blick nicht bemerkenswert, aber der plötzlich den Raum zu füllen schien, wenn die Leidenschaft und Liebe für sein Land, für seinen Beruf aus seinen Augen glühte, winkte ihn heran. Schweigend studierte er die Überschriften. »Schlimme Sache«, sagte er schließlich. »Unser Land geht einen gefährlichen Weg. Wir können nicht Millionen Menschen radikal unterdrücken, ihnen alle Rechte nehmen, und erwarten, dass das Land friedlich bleibt. Alles, was Mandela fordert, ist das Recht für alle Schwarzen, als gleichberechtigte Bürger in dem Land ihrer Vorfahren zu leben. Wäre ich schwarz, würde ich auch Bomben werfen. Wusstet ihr, dass es unter den zum Tode Verurteilten keine Weißen gibt?«

»Neil, leise!« Tita legte ihm die Hand warnend auf den Arm. Er schüttelte ihre Hand ab. »Die Regierung will Sondergesetze einführen. Sie können dann jeden auf einen Verdacht hin verhaften und neunzig Tage im Gefängnis verschwinden lassen, ohne dass er das Recht auf irgendwelche Kontakte zur Außenwelt hat, nicht einmal zu einem Anwalt. Die Ultrakonservativen gewinnen immer mehr an Einfluss. Der Broederbond wird immer stärker, und BOSS, das Büro für Staatssicherheit, wird immer mächtiger.«

Henrietta sah hoch. »BOSS? Büro für Staatssicherheit? Jetzt verstehe ich! Kürzlich war ich beim deutschen Konsul. Er führte ein Telefongespräch in meinem Beisein und beendete es mit den Worten: »So, ich bin fertig,

habt ihr alles gut verstanden? – Boss hört immer mit«, sagte er dann zu mir, und damals hab ich nicht begriffen, was er meinte.« Sie sah Neil an. »Sein Telefon wird abgehört, nicht wahr?« Wie eine glühende kleine Kugel manifestierte sich Angst in ihrer Magengegend.
Neil leckte seinen Löffel ab. »BOSS ist überall, steckt seine Nase in alles, weiß alles. Wie die Gestapo. Bist du ihnen einmal aufgefallen, gibt es eine Akte über dich. Dann kannst du machen, was du willst, sie wissen es schon vorher.«
Tita schoss ihm einen warnenden Blick zu. »Oh, Neil, nun erschreck Henrietta nicht so. Sieh sie dir doch einmal an, sie ist ja ganz grün. Solange du kein Kommunist oder so etwas bist, interessiert sich niemand für dich, Henrietta!«
Henrietta schwieg betroffen. »Was heißt ›oder so etwas‹?« fragte sie schließlich.
»Sie meint«, erklärte Neil, »im weitesten Sinne Leute, die sich nicht an unsere Gesetze halten. Da aber unsere Gesetze häufig idiotisch, vor allem menschenverachtend und kriminell sind ...«
»Neil, sei vorsichtig!«
»... menschenverachtend und kriminell sind«, fuhr er vehement fort, »ist es nicht schwierig, mit den Gesetzen in Konflikt zu geraten. Ihr Einwanderer könnt euch meist nicht vorstellen, dass eine kleine Freundlichkeit einem Schwarzen gegenüber genügt, um als Kaffernliebling, als Kaffirbootie, abgestempelt zu werden. Das wiederum genügt, um dich in Schwierigkeiten zu bringen. Es gibt so viel Neid hier, so viel Denunziantentum. Wenn ich Gladys abends einmal irgendwohin fahre, weil es zu Fuß zu weit oder zu gefährlich ist, muss sie immer hinten im Wagen sitzen. Sonst hab ich schnell eine Anzeige unter dem Immorality Act am Hals. Irgendein Nachbar sieht mich immer, und es gibt genug, die mich nicht leiden können.«
Das war es also. Das Monster fletschte seine Zähne, und ihr sträubten sich die feinen blonden Härchen auf ihren Armen. »Ich werde vorsichtig sein«, versprach sie, mehr sich selbst. Tita warf die Serviette hin. »Ich will kein Dessert mehr. Lasst uns zu Hause noch einen Wein trinken und etwas reden. Gladys wird sich freuen, sie ist allein mit Sammy.

Moses ist seit Tagen verschwunden, ich werd mir einen neuen Hausboy suchen müssen.«

Die anderen stimmten niedergedrückt und wortlos zu. Ihre Partystimmung war verflogen.

Ian zahlte schweigend die Rechnung, und sie traten hinaus in die stickige Nacht. Im Rinnstein lag eine tote Ratte und stank bestialisch. Etwas, was an ihr genagt hatte, huschte als Schatten von ihr weg. Es raschelte, ein Tier fiepte hoch und angstvoll. Ein schwankendes Straßenlicht spiegelte sich in einer öligen Pfütze, hinter ihnen war ein Schlurfen zu hören, wie von langsamen, vorsichtigen Schritten. Schnell liefen sie zu ihren Autos.

Das Erste, was sie hörten, als sie die Auffahrt hochfuhren, waren diese entsetzlichen Schreie. Titas Haus lag in tiefster Dunkelheit, nur ein Fenster im oberen Stock war hell erleuchtet. In dem grellen Rechteck stand ein großer, muskulöser Mann, der ein strampelndes Kind an seinen ausgestreckten Armen aus dem offenen Fenster hielt. Es schrie und schrie in hohen, durchdringenden Stößen.

»O Gott, Ian, das ist Sammy! Was geht da vor?« Henrietta sprang aus dem Wagen.

Tita rannte schon auf das Haus zu. »Sammy!« schrie sie gellend.

»Hilfe, Neil!«

Sammy stieß noch immer diese schrillen, hohen Schreie aus. Sie hing kopfüber über dem Abgrund.

»Tula wena«, brüllte der Mann im Fenster heiser, »sei leise, weißes Baby, oder ich töte dich!«

»Moses«, flüsterte Neil geschockt, »es ist Moses! Halt, Moses, nicht!« brüllte er.

Moses zuckte zusammen, öffnete seine Hände, und Sammy fiel in die Tiefe. Tita schaffte es nicht ganz. Ihr Kind stürzte zwei Meter vor ihr zu Boden. Für atemlose Momente war kein Laut zu hören, die Szene erstarrte zu einem Tableau.

Neil lief auf das Haus zu. »Ich bring dich um, du mörderischer schwarzer Kaffernbastard«, brüllte er und hob im Laufen einen scharfkantigen, faustgroßen Stein hoch, hielt ihn wie einen Dolch zum Todesstoß, »ich hack dich in Stücke!« »Neil, nicht! Warte!« Ian raste zum Wagen, griff durchs offene Fenster, holte den Revolver aus dem Handschuhfach und folgte Neil mit langen Sätzen.

Neil brüllte wie ein Stier und verschwand im Haus. Heisere, tiefe Schreie von Moses mischten sich mit Gladys' schrillem Kreischen. »Neil, hör auf, du bringst ihn um!« Ians kraftvolle Stimme!

Tita schien nichts zu hören. Sie wimmerte leise und sank vor dem regungslosen Körper ihrer Tochter auf die Knie. Sammy lag wie leblos in der Gardenienhecke. Ihr Mund hing offen, Blut lief aus einer Kopfwunde und verklebte ihre Haare. Sie war leichenblass, ihre Augen waren geschlossen.

Lautloses Schluchzen schüttelte Tita. Bebend berührte sie mit den Fingerspitzen die Wange ihrer Tochter »Sammy«, wisperte sie, »oh, mein Liebling.« Ihre Stimme brach, ihr Kopf sank nach vorn.

Sammys Lider flatterten, hoben sich, aus riesigen Augen blickte sie ihre Mutter verständnislos an. Sie hustete.

Titas Kopf schnappte hoch.

»Mummy, es tut weh.« Sammy streckte ihr die blutverschmierten Ärmchen entgegen.

Mit unendlicher Zärtlichkeit und einem Ausdruck auf ihrem Gesicht, als hätte sie eben ein Wunder erlebt, hob Tita ihr Kind hoch. Sprechen konnte sie offensichtlich nicht.

Henrietta kniete neben ihr. »Halt sie still, Tita«, sagte sie und prüfte rasch mit sanftem Fingerdruck ihre zarten Glieder. »Nichts, oh, Tita, sie hat Glück gehabt. Ich glaube, sie hat nichts gebrochen. Lass sie uns ins Haus bringen.«

Ein schwarzgekleideter, schwarzhäutiger Mann brach durch die Büsche, stoppte, starrte sie aus glasigen, blutunterlaufenen Augen an, frisches Blut lief aus einem langen Schnitt von seiner Stirn. In jeder Faust trug er einen silbernen Leuchter. »Ian!« schrie Henrietta, »Hilfe!«

Der Schwarze verschwand in der Dunkelheit.

Sie fanden Neil und Ian in der Eingangshalle. Überall, auf dem Fußboden, an den Wänden, klebte Blut. Ian umklammerte Neil von hinten, der schwer atmend über Moses gebeugt stand. In seiner erhobenen Hand hielt er noch den Stein, dessen Spitze rot und nass glänzte. Er hatte seinen Fuß auf Moses' Schulter gesetzt. »Dafür schlag ich dir den Schädel ein, du schwarzer Bastard«, wisperte er heiser.
Moses lag da, seine rechte Hand, sein Gesicht zur Unkenntlichkeit zerschlagen, und rührte sich nicht. Nur seine Augen schienen zu leben. Gladys kauerte unverständliches Zeugs jammernd am Boden.
»Nein«, sagte Tita leise, »Liebling, sie lebt. Sammy lebt.«
Er hob seinen Kopf, sah seine Frau und seine Tochter an, für lange Momente offensichtlich ohne zu begreifen, was er sah. Tita legte ihm eine Hand an die Wange. »Lass ihn, dafür ist die Polizei da. Leg den Stein hin.«
»Daddy«, piepste Sammy, »Daddy, hab' Angst.«
Neil öffnete seine Hand, der Stein fiel zu Boden, und er brach zusammen. Er zuckte, als läge er im Kampf mit unsichtbaren Dämonen. Eine Art Krampf schüttelte ihn. Er schlang seine Arme um seine Familie, und es dauerte Minuten, bis das Zucken aufhörte.
»Gladys, mach Tee, eine große Kanne, viel Zucker, und bring eine Flasche Cognac!« befahl Ian.
»Henrietta, bring die drei ins Wohnzimmer. Ich ruf den Arzt und die Polizei.«
»Er ist bis obenhin voll mit Dagga«, sagte der Polizist und legte Moses Handschellen an, auch an die verletzte Hand. Er stieß ihn mit Fußtritten vor sich her. »Dafür wirst du hängen, du Kaffernschwein!«
Neil, der schneeweiß und schweißgebadet auf der Couch saß, Sammy in seinen Armen, erhob sich schwankend. »Lassen Sie ihn«, sagte er leise, »behandeln Sie ihn wie einen Menschen.«
»Das ist kein Mensch, das ist ein Kaffir«, höhnte der Polizist, »Mann, der hat Ihre Tochter aus dem Fenster geschmissen! Dafür würde ich den Kerl mit meinen eigenen Händen in Stücke reißen!« Er zerrte an den Handschellen. Moses schrie auf.
»Hören Sie auf!« brüllte Neil. »Er bekommt seine gerechte Strafe, aber hören Sie auf, ihn zu misshandeln!«

»Scheißliberaler!« brummte der Polizist und trat Moses vorwärts. Sammys Wunden waren wie durch ein Wunder nur oberflächlich, meist Risse, die sie sich durch den Sturz in die Gardenienhecke zugezogen hatte. Außer einem leichten Schock hatte sie nicht einmal eine Gehirnerschütterung. Später, sie schlief längst, saßen die Freunde noch lange zusammen auf der Terrasse. Neil starrte lange dumpf in sein Glas. »Sag's schon«, knurrte er dann.
»Was?« fragte Tita erstaunt.
»Das weißt du genau! Ich bin genauso wie alle anderen. Moses ist für mich auch nur ein Kaffir, kein Mensch, sonst hätte ich nicht so reagiert. Ich habe mich selbst belogen. Ich bin ein Betrüger.«
»Red keinen Unsinn«, sagte Ian, »es ist völlig in Ordnung, den Mann zu hassen und ihm den Tod zu wünschen, der deine Tochter aus dem Fenster wirft.«
Neil schüttelte starrsinnig den Kopf. »Du verstehst das nicht. Ich hab' das nicht über mich gewusst. Ich habe eine Lüge gelebt. Wenn ich mich im Spiegel sehe, sieht mich ein Fremder an. Ich finde mich nicht. Ich habe mich verloren.«
Tita schmiegte sich an ihn. »Du bist endlich menschlich geworden, damit erlaubst du mir, auch ein Mensch mit Fehlern zu sein. Das macht mich glücklich.«
Ian stand auf. »Wenn du diese Seite von dir akzeptierst, wirst du andere Menschen gerechter beurteilen. Wenn du sie verdrängst, wird es dich zerreißen.« Er grinste. »Hör auf mich, ich bin älter als du. Betrink dich, geh mit Tita ins Bett oder hack Holz, aber krieg diese Wut auf dich aus dem System.«
»Ich werde Moses den besten Anwalt besorgen ...«
»Der wird ihn nicht vor dem Galgen retten können.«
Neil sah seinen Freund an. »Ich werde alles, aber auch alles unternehmen, um zu verhindern, dass Moses gehängt wird. Hast du seine Pupillen gesehen? Er hat Dagga geraucht. Einen Weißen würde man nicht hängen.« Fiebriges Feuer funkelte in seinen Augen, sein Gesicht war gerötet. »Er hat Sammy damals unter Einsatz seines eigenen Lebens gerettet. Das wird auch ihn retten!«

»Das ist mein Neil«, murmelte Tita schläfrig, »ein Ritter der Tafelrunde. Edel, hilfreich und gut.«
Ein blasses Lächeln huschte über sein Gesicht. »Vergib mir, ich kann nicht anders.«
»Ich weiß«, seufzte Tita, »ich weiß. Pass nur auf, dass keiner von uns Schaden nimmt.«

Noch einmal trennten sich Ian und Henrietta, aber dieses Mal war es nur für wenige Tage. Es gab so viel für sie zu tun, dass die Tage flogen. Sie ließ Schlafzimmer und Badezimmer als Überraschung für Ian renovieren. Aber wie das so ist im Leben, passten darin die Vorhänge nicht mehr, und der ausgebesserte Dielenfußboden schrie nach einem flauschigen Teppich. Bisher stand ihr Schreibtisch im Wohnzimmer. Um Platz zu schaffen, brach Sandy Millar vom Schlafzimmer eine Tür zum südlichen Teil der Veranda durch, verglaste diese komplett und legte den gleichen sandfarbenen Teppichboden wie im Schlafzimmer. Der zusätzliche Raum war schmal und lang, etwa zwei Meter fünfzig mal acht Meter fünfzig, aber eignete sich wunderbar als Arbeitszimmer. Durch eine weitere Tür konnte man es von der Straßenseite der Veranda her betreten. So brauchte sie Besucher nicht durchs Haus zu führen. Dienstag abend spät sah sie die Rechnungen durch, als es klopfte, ein weicher, kurzer Trommelwirbel. Befremdet spähte sie aus dem Küchenfenster. In letzter Zeit waren so schwere Überfälle in der Gegend geschehen, dass sie vorsichtig geworden war. Hinter jagenden Wolken kam der Mond hervor und glänzte auf einem blonden Kopf und breiten Schultern. *Benedict!* Ihr Herz begann hart gegen ihre Rippen zu klopfen. Was wollte er? Was gab es noch zwischen ihnen? Sie öffnete die Tür. »Benedict?«
Seine weißen Zähne glänzten in seinem schattigen Gesicht. »Guten Abend, Henrietta Darling, darf ich reinkommen«
Sie trat wortlos zur Seite. Als er sie in die Arme nehmen wollte, wich sie ihm geschickt aus. »Lass das, Benedict, ich mag das nicht.«
»O Baby, hab dich nicht so, sieh mal, es tut mir entsetzlich Leid, was

passiert ist, wenn ich dich verletzt haben sollte, bitte ich dich inständig um Verzeihung. Bitte sag, dass du mir verzeihst.« Er ergriff ihre Hand mit der seinen, an der zwei Finger fehlten nach dem Biss der Puffotter. Bevor sie sich wehren konnte, küsste er sie mit weichen, feuchten Lippen.
Sie entriss ihm ihre Hand. »Benedict, lass das! Was ist los, was willst du von mir?«
Zu ihrem Entsetzen fiel er vor ihr auf die Knie, ergriff wieder ihre Hände und versuchte, sie erneut zu küssen. »Henrietta, Liebling, mein Schatz, ich liebe dich, bitte, bitte verzeih mir.«
Es war ihr nur noch peinlich, jedes andere Gefühl war tot. Mit zusammengezogenen Brauen sah sie hinunter auf ihn und überlegte, wie sie ihn schnellstens loswerden konnte. Wie hatte sie je das Greinen in seiner Stimme überhört, das Kriecherische in seiner Haltung nicht gesehen? Sie musste blind und taub gewesen sein. »Benedict, bitte – es hat keinen Zweck mehr.« Sie versuchte, ihn hochzuziehen.
Forschend sah er ihr ins Gesicht, schweigend, seine Augen wanderten über jeden Zentimeter. Was er dort sah, ernüchterte ihn offensichtlich, denn er stand kommentarlos auf. »Ich hab' gehört, du hast einen Neuen. Da hast du dich ja schnell getröstet, muss ich sagen. Ich dachte, du liebst mich, aber das war ja wohl gelogen. Na, mein Typ warst du ja eigentlich nie so richtig –«, sein Blick berührte sie körperlich, »zu groß, zu – blond«, seine Augenbrauen schossen hoch, als er sah, wie sie zurückzuckte »ich mag meine Frauen eigentlich klein und zierlich, weißt du, mit schwarzen Haaren und sanften Augen, und feminin müssen sie sein, sie müssen ihren Platz kennen, den Mund halten können, wenn es um Männersachen geht. Aber es gibt da ja Kompensationen, nicht?« Er grinste auf eine unangenehme Art. Grob nahm er ihre Hand, drehte sie, dass ihr Verlobungsring Feuer sprühte. »Ein wenig ordinär, nicht wahr?«
Sie öffnete die Tür. »Raus«, sagte sie ganz ruhig, obwohl es sie ungeheure Mühe kostete, »verschwinde und komme nie wieder.«
Er schlenderte an ihr vorbei, aufreizend, drehte sich in der Tür um, inszenierte einen Kratzfuß. »Good bye, Mylady ich denke, das wirst du einmal bereuen.« Die Tür fiel hinter ihm ins Schloss.

Schwer atmend lehnte sie dagegen. Ihre Knie zitterten, ihr Herz jagte. *Oh, Ian, beeile dich und lass mich nie mehr allein!* Spontan sprang sie ins Auto und rief ihn aus der Telefonzelle vor dem Postamt an. Den Impuls, ihn von ihrem neuen Telefon aus anzurufen, unterdrückte sie. Was sie ihm zu sagen hatte, war nicht für Beryls neugierige Ohren bestimmt.
Am zweiundzwanzigsten Januar kehrte Ian zurück. Er sprintete über das Rollfeld, warf seine Koffer auf den Boden und schwenkte sie durch die Luft. »Es hat geklappt, Liebling, wir haben es geschafft. Pete und ich haben uns geeinigt! Ich werde Geschäftsführer seiner Fabrik in Durban, wir werden den Vertrag in Kürze unterschreiben. Ich habe mir aber ausbedungen, dass ich parallel meine eigene Firma gründen und etwas für uns allein aufbauen kann. Was ich machen werde, weiß ich noch nicht, ich werde mich in Ruhe hier umsehen.« »Hast du den Vertrag von einem Rechtsanwalt prüfen lassen?«
»Pete und ich sind alte Freunde, und sein Anwalt scheint mir sehr gut zu sein, wozu also unnötige Kosten verursachen.«
Sie seufzte anbetend. Er war mit seinen siebenundzwanzig Jahren viel erwachsener und welterfahrener als sie. »Ich bin so stolz auf dich!« Sie grinste ungezogen. »Jetzt müssen wir als Erstes ein neues Bett kaufen, meins hat in den letzten Wochen ziemlich gelitten!«
Ians Bruder Patrick kam erst am Abend des vierundzwanzigsten Januar an, dem Tag vor der Trauung. Er war kleiner als Ian, aber das waren viele, vierschrötig mit einem breiten Kreuz, das von körperlicher Arbeit zeugte. Aus seinem wettergegerbten Gesicht, das die Farbe einer Walnuss angenommen hatte, lachten ihr aus einem Kranz von weißen Fältchen die unwahrscheinlich blauen Cargill-Augen entgegen. Er war ihr auf Anhieb sympathisch. Er nahm sie fest in die Arme, küsste sie herzhaft rechts und links auf die Wange und boxte Ian in die Rippen. »Gut gemacht, kleiner Bruder!«
Hinter seinem breiten Rücken tauchte eine zierliche rotblonde Frau auf, ihre Bewegungen und Gesten lebhaft und schnell, blitzende blaue Augen und ein lachender, roter Mund, der legendäre englische Teint makellos. Sie trug ein Kleid in Apricottönen aus mehreren Schichten flatternden Chiffons. Der Kontrast zu ihrem bodenständigen Mann hätte nicht

größer sein können. »Das ist Moira, meine Frau.« Patrick legte seinen Arm um sie.

»Endlich noch eine Frau in der Familie«, trillerte diese, »willkommen. Du musst mir alles, aber auch alles über deine Modefirma erzählen. Dein Kleid ist phänomenal!«

Sie ist ganz reizend, dachte Henrietta, die eigentlich eine nüchterne Schottin in Tweeds und Gummistiefeln erwartet hatte, metaphorisch gesprochen. Ihr Blick glitt über die zierliche Figur ihrer neuen Schwägerin. »Für dich würde ich gern mal ein Kleid machen.«

»Um Himmels willen«, stöhnte Patrick, »das kann ich mir sicherlich nicht leisten!«

Sie küsste ihn. »Ich näh' mein Namensschild außen auf das Kleid, dann kann ich sie als Reklame abschreiben, und es kostet dich keinen Penny!«

Das Magistratsbüro in Durban war kühl und roch nach Bohnerwachs. Staub flimmerte in den Strahlen der Morgensonne, die aus einem zart verschleierten Himmel durch die vergitterten Fenster schien. Das Büro konnte die gleichzeitige Verwendung als Gerichtsraum nicht verleugnen. Der Magistrat, ein schmalbrüstiger Mann mit armeekurzem, streng gescheiteltem Haar, lächelte und entblößte nikotinverfärbte Zähne. Patrick, Moira, die Robertsons und Glitzy und Duncan nahmen als Zeugen auf der schmalen Holzbank im Hintergrund Platz.

Henrietta und Ian standen, sich fest an den Händen haltend, wie vor einem Richter vor dem erhöhten Schreibpult des Magistrats. Die Zeremonie war so kurz und so nüchtern, dass sie hinterher auf dem Vorhof stand und nicht glauben konnte, dass durch diese paar dürren Worte ihr Leben für immer verändert wurde, dass sie von jetzt an nicht mehr als Henrietta Tresdorf, sondern als Mrs. Ian Cargill-Nicolai bekannt sein würde.

Ian machte ihr es dann nachdrücklich klar. Er küsste sie so ausgiebig, dass Neil und Duncan in Anfeuerungsrufe ausbrachen. Dann steckte er ihr einen breiten, gehämmerten Goldring auf ihren rechten Ringfinger.

»So«, sagte er, seine tiefe Befriedigung war deutlich, »nun hab' ich dich! Jetzt läufst du mir nicht mehr davon!«

Als sie nach Hause zurückkehrten, warteten Sarah, Imbali auf dem Arm, und Joshua an der Gartenpforte. Stampfend, klatschend, lachend drehte sie sich in einem wilden Freudentanz, ihr hohes Trillern stieg schrill in die stille Luft, untermalt von Joshuas cremigem Bass. Henrietta und Ian standen unter dem strahlenden afrikanischen Himmel, ihr Kopf an seiner Schulter. Bougainvillearanken wiegten sich im Wind, winzige Vögel flirrten zwischen den leuchtenden Blütenbüscheln. Über ihnen zog ein Schwarm schneeweißer Ibisse gen Norden. Sie sprachen nicht, es war überflüssig.

Es wurde ein triumphales Fest. Die Glasveranda der Oyster Box war ein kitschiger, prächtiger Traum, Kerzen überall, ein Meer von Rosen, zartrosa Damastdecken, blinkendes Silber, die hohen Rundbogenfenster waren weit geöffnet, von dem sanft atmenden Meer wehte ein feuchtwarmer Seetanghauch herüber. Sie feierten übermütig bis in die frühen Morgenstunden. Bill Haley brüllte ›Rock around the Clock‹, Henrietta schleuderte ihre Schuhe weg und legte mit Ian einen Rock'n' Roll hin, der alle zu Begeisterungsstürmen hinriss.

»Ich bin sicher, dass keine Bandscheibe mehr an ihrem Platz ist!« kicherte sie, als sie endlich ins Bett sanken.

»Wollen wir sie wieder gerade rücken?« flüsterte Ian, und seine Augen glitzerten.

Seit Neil einen Anwalt für Moses besorgt hatte, passierten beunruhigende Dinge. Tita bekam anonyme Anrufe, ihr Hund wurde vergiftet, die Reifen von Neils Auto zerstochen. Heute jedoch schien Schlimmeres passiert zu sein. Tita hielt mit quietschenden Reifen vor Henriettas Haus. Erregt kam sie auf die Terrasse. »Hier, sieh dir das an!« Sie warf einen braunen Umschlag auf den Tisch.

Es war ein Foto. Tita vor ihrem Schminktisch, Sammy spielte zu ihren Füßen. ›Sie haben eine bezaubernde Familie, passen Sie gut auf sie auf‹

war quer über das Bild geschmiert. »Es ist in unserem Schlafzimmer aufgenommen. Jemand ist auf unser Grundstück in den privatesten Bereich vorgedrungen. Henrietta lief es kalt über den Rücken. »Was macht ihr?« »Daddy besteht darauf, dass wir bewaffnetes Sicherheitspersonal auf dem Grundstück haben.«
»Was sagt Neil?«
»Neil?« Tita zog ihre Augenbrauen zusammen. »Neil verbeißt sich immer mehr in die Geschichte. Er ist wie besessen. Das hat längst nichts mehr mit Moses zu tun. Er ist im Krieg mit sich selbst. Er hasst den Teil in sich, der in Moses nichts anderes sieht als einen brutalen Wilden. Er kann es sich nicht verzeihen, dass er die Tat nicht von der Hautfarbe des Täters trennen kann. Es ist für ihn zur fixen Idee geworden, dass er Moses vor dem Galgen retten muss.«

Moses' Gerichtsverhandlung wurde für den 19. März 1963 angesetzt und dauerte zwei Tage. Das Presseaufgebot war groß, denn es hatte sich herumgesprochen, dass Julius Kappenhofers Schwiegersohn den Anwalt des Mannes bezahlte, der versucht hatte, seine Tochter zu töten. Der Prozess machte Schlagzeilen.
»Schuldig oder nicht schuldig?« fragte der Richter.
Moses stand auf und drehte sich um, bis er Tita und Neil zwischen Henrietta und Ian entdeckte. Er hob seine rechte Hand. Sie hatte nur noch drei Finger, und Neil zuckte zusammen. »Es tut mir Leid, Madam«, flüsterte Moses, sehr undeutlich, denn ihm waren in der Haft alle Vorderzähne ausgeschlagen worden. Danach sprach er nicht mehr. Während des ganzen Prozesses saß er bewegungslos wie aus schwarzem Stein gehauen auf der Anklagebank.
Sein Anwalt beschrieb, wie er Sammy gerettet hatte. Er ließ einen Gutachter aufmarschieren, der Moses Unzurechnungsfähigkeit attestierte, da er von simpler Natur sei. Allein die Tatsache, dass er, um Sammy zu retten, ins tiefe Wasser sprang, obwohl er nicht schwimmen konnte, beweise das. Obendrein hatte er Dagga geraucht und war in

diesem Zustand von ein paar Tsotsies unter Druck gesetzt worden, bei seinem Arbeitgeber einzubrechen.

Der Staatsanwalt nannte Moses einen gemeingefährlichen Verbrecher und forderte die Todesstrafe. Moses' Anwalt hielt ein trockenes, kraftloses Plädoyer und bat um eine milde Gefängnisstrafe. Der Richter, irritiert von dem Presserummel, verurteilte Moses zu zwanzig Jahren, die er im Zentralgefängnis Pretoria verbüßen sollte.

Neil brüllte seine Empörung heraus und bekam prompt eine Ordnungsstrafe von einhundert Rand. Hitzig wandte er sich an Moses' Anwalt.

»Hören Sie, Mr. Robertson«, seufzte dieser und entfernte seine Perücke, »das ist wirklich das Beste, was ich für den Mann herausschlagen konnte. Übrigens, falls Sie mal wieder einen Strafverteidiger brauchen, rufen Sie mich auf keinen Fall an.«

Fotos von Tita und Sammy erschienen in jeder Zeitung im Land, daneben eins von Moses, auf dem er besonders schwarz und brutal aussah.

Nach einer Flut von anonymen Anrufen mussten die Robertsons ihre Telefonnummer ändern. Tita flüchtete sich für Tage zu Henrietta, während eine Horde Fotografen vor ihrem Haus herumlungerte. Neil schrieb einen flammenden Artikel über die Überlebenschancen schwarzer Häftlinge und forderte ein Wiederaufnahmeverfahren für Moses. Sein Chefredakteur rief ihn zu sich.

»Der Feigling hat mich in die Sportredaktion versetzt«, fluchte Neil, als er seine Familie abends bei Henrietta abholte. »Mich! Ich kenn' ja nicht mal die Kricketregeln!« Kopf gesenkt, Schultern hochgezogen, rannte er auf der hölzernen Veranda herum. »Ich werd's denen zeigen. Ich schick den Artikel nach London!«

»Bist du verrückt«, zischte Tita, »willst du uns noch mehr in Gefahr bringen?«

»Hör auf, den Kopf in den Sand zu stecken! Wir sitzen auf einem Pulverfass. Oder glaubst du, dass dreieinhalb Millionen Weiße fünfzehn Millionen Schwarze und zwei Millionen Inder und Farbige für immer unterdrücken können?«

»Es ist genug, Neil. Du hast Moses vor dem Galgen gerettet, nun hör auf, das Gewissen der Nation zu spielen!«
»Zwanzig Jahre Pretoria Central, Tita, das ist ein Todesurteil! Robben Island wären dagegen Arbeitsferien! Er stand unter Rauschgift, andere haben ihn unter Druck gesetzt. Ich hol' ihn da raus! Jetzt hast du mal Gelegenheit, etwas anderes zu sein als Julius Kappenhofers Tochter, aber du bist zu feige dazu!«
»Bastard!« Tita warf ihm ihr gefülltes Weinglas an den Kopf.
Es zerbarst auf dem Boden.
»Verwöhntes Balg!« brüllte er.
Tita sprang auf. »Ian, könntest du Sammy und mich nach Hause fahren? Du«, sagte sie zu Neil, »kannst dir erst mal ein Hotel suchen!« Wie Kampfhähne standen sie sich gegenüber. Ian drückte Tita auf einen Stuhl. »Jetzt ist aber Schluss! Ich seh nicht zu, wie sich unsere besten Freunde völlig zerstreiten. Ihr setzt euch jetzt hin, und wir reden darüber. So geht das nicht weiter!«
»Halt dich da raus, alter Junge«, knurrte Neil aggressiv. Ian richtete sich auf, und der Raum wurde kleiner. »Hinsetzen!« sagte er ruhig.
Bockig warf sich Neil in einen Stuhl.
Plötzlich legte Tita ihre Arme auf den Tisch, verbarg ihr Gesicht darin und brach in Tränen aus. Henrietta erschrak. Noch nie hatte sie Tita weinen sehen. Für kurze Zeit war nur das raue Schluchzen zu hören.
»Kannst du nicht verstehen, dass ich einfach Angst habe?« flüsterte sie. »Wenn du so weitermachst, kann auch Daddy dich nicht mehr schützen. Ich werde immer Angst haben müssen, um dich, um Sammy, um uns.«
»Siehst du das nicht etwas dramatisch?« fragte Ian vorsichtig. »Ihr habt ja keine Ahnung«, fuhr sie hoch, »ihr seht doch nur die Oberfläche dieses Landes. Unseres wunderschönen, herrlichen, paradiesischen Landes«, setzte sie leise hinzu. »Ich habe das Gefühl, unter dem Boden unter mir ist heiße Lava. Ich muss leichtfüßig und vorsichtig gehen, sonst breche ich ein, und die Hölle verschlingt mich. Ich kann so nicht leben!« Sie sah ihren Mann ruhig an. »Ich bin nicht sehr tapfer, weißt du.«
»Tita, wovon redest du?« rief Henrietta. »Von dem Krieg in unserem Land.«

»Krieg?« Henrietta hob spöttisch ihre Braue. »Tita, du weißt doch gar nicht, was das ist! Krieg ist für euch die Zeit, als ihr keine Kaugummis kaufen konntet!«
»Es ist nicht wie euer Krieg, Henrietta«, sagte Neil ruhig, »keine klaren Fronten, keine erkennbaren Feinde. Jeder Weiße in diesem Land entscheidet für sich, auf welcher Seite er steht. Du kannst es keinem ansehen, keinem trauen. Es gibt kein gemeinsames Schicksal, das die Nation vereint.« Er kniete vor seiner Frau, hielt ihre Hand. »Titalina, Liebling, ich verspreche dir, vorsichtig zu sein, nichts ohne dein Wissen zu tun. Aber unser Land braucht eine Chance. Kannst du damit leben?«
Tita lächelte, ein bezauberndes, herzerweichendes Lächeln.
»Dann lass uns nach Hause gehen.« Zärtlich hob er seine Tochter in die Arme, und sie verließen fest aneinander geschmiegt das Haus. Tita drehte sich noch einmal um, küsste Ian herzhaft. »Pass gut auf ihn auf, Henrietta, er ist etwas ganz Besonderes.«
»Ich glaub es nicht«, sagte Henrietta, als sie allein waren, »ich will es nicht glauben. Sie dramatisieren! Hier gibt es keinen Krieg. Es ist das friedlichste Land in der Welt.« Flehentlich sah sie Ian an. »Sie übertreiben doch, oder?«
»Wenn Neils Zahlen stimmen, wird das nicht so bleiben. Tita hat recht, unter dem Boden unter unseren Füßen fließt glühende Lava. Wir müssen leichtfüßig und vorsichtig gehen, sonst brechen wir in diese Glut ein.«
»Und die Hölle verschlingt uns«, ergänzte sie und fröstelte.

In Pinetown fand Ian eine freistehende, lichtdurchflutete Halle. Das Grundstück war verwildert, Steine lagen herum, der rostrote, kahle Boden leuchtete sonnenverbrannt durch das spärliche, harte Kikuyugras. Die nächsten Wochen war er vollauf damit beschäftigt, Maschinen auszusuchen und zu bestellen. Ungelernte Arbeiter zu finden war nicht schwierig, jeden Morgen stand ein Haufen von ihnen vor dem Fabriktor. Eine bunte Mischung, Schwarze verschiedener Stämme, indische Muslims und Hindus, Farbige. Auch Weiße, die natürlich eine höhere Stellung erwarteten, sie waren ja schließlich weiß, nicht wahr? Er musste zwei von ihnen als Fahrer einstellen, denn der Beruf des Lastwagenfahrers war für Weiße reserviert. »Stell dir vor, Farbige dürfen hier keine Lastwagen fahren«, empörte er sich, als er mittags anrief, »die sind total verrückt hier.«

»Honey, vorsichtig, nicht übers Telefon!« Sie redeten noch einen Moment leise. »Ich liebe dich«, flüsterte sie, und ein Glanz lag auf ihrem Gesicht, wie der Widerschein eines Sonnenaufgangs. Er kam meist erst später am Abend, und sie nutzte die Zeit, neue Verkaufsstrategien zu planen. Ihre Kollektion sollte nächste Woche auf der Johannesburger Rand Easter Show, der großen Ostermesse, gezeigt werden, allerdings nur auf Kleiderpuppen. Die etablierten Modefirmen hatten verhindert, dass sie als Neuankömmling gleich eine Schau bekam.

»Mach dir nichts draus«, tröstete Tita, »Neid ist der beste Gradmesser für Erfolg.«

Rand Easter Show, zum ersten Mal vor internationalem Publikum! Eine neue Fabrik wuchs vor ihrem inneren Auge, schon konzipierte sie eine Werbekampagne. Hartes Klopfen an der Eingangstür riss sie aus ihren Träumen. Unmutig öffnete sie.

Zwei Männer in Polizeiuniform standen vor ihr, ein Weißer mit Uniformmütze, der Schwarze barhäuptig mit einem schweren Knüppel in der Hand. Der Weiße tippte mit dem Finger an die Mütze. »Guten Morgen, Madam. Ich bin der hiesige Bantuinspektor.« Sein Blick glitt an ihr herunter und dann über ihre Schulter in die Tiefe des Hauses, so als suche er etwas. »Sie beschäftigen eine Person namens Sarah Nyembezi.« Es war eine Feststellung, keine Frage.

Vorsichtig nickte Henrietta, unsicher, wo das Problem lag. Sarah hatte Papiere. Soweit sie wusste, war alles in Ordnung. »Wir müssen ihr ein paar Fragen stellen.« Der schwarze Polizist schlug sich als Untermalung der Worte im Takt den Knüppel klatschend in die Handfläche, ein eigenartig bedrohliches Geräusch, und wanderte im Haus umher. Zweifellos auf der Suche nach Sarah. Die aber war wie vom Erdboden verschluckt. Eben noch wurstelte sie im Schlafzimmer herum, und nun war sie weg. Ebenso Imbali. Vor ein paar Tagen war Sarah mit frischen Blutergüssen erschienen. Hatte sie sich geprügelt, jemanden verletzt? »Was ist los, Of-

ficer?« Er musterte einen Stapel Post auf dem Tisch. Obenauf lag ein Brief aus Thailand mit exquisiten, bunten Briefmarken. »Warte im Wagen auf mich«, befahl er seinem Kollegen mit einer Kopfbewegung. Der schwarze Polizist trollte sich. »Seltene Briefmarken haben Sie da, Madam, wirklich sehr hübsch.«
Sie begriff sofort. »Oh, tatsächlich? Ich bekomme so viele Briefe aus dem Ausland, und da ich keine Sammlerin bin, weiß ich nichts mit den Marken anzufangen. Darf ich Ihnen ein paar schenken?«
Seine Augen funkelten, als er ihre Schätze sah. »Sehen Sie«, sagte er beiläufig, während er die Marken durch eine Lupe studierte, »diese Sarah soll im Supermarkt Käse gestohlen haben. Ihr droht ein halbes Jahr Gefängnis, mindestens. Wenn wir sie erwischen.«
»Ich glaube kein Wort, Sarah hasst Käse!« *Ich ess' keine schlechte Milch, hatte sie gesagt, und den Käse weggeworfen.*
»Nun«, meinte er, »ich habe diese Sarah ja nicht gesehen, vielleicht war unsere Information falsch.« Er betrachtete eine Marke und schnalzte mit der Zunge. »Welch eine Schönheit!«
»Bitte, nehmen Sie sie, ich freue mich, wenn sie Ihnen gefällt.« Zu ihrem Ärger stolperte ihre Stimme, fing sich dann aber.
Er nahm die Marke und noch zehn weitere. Dann war der Spuk vorbei, eine Autotür klappte, der Motor heulte auf und verlor sich. Sie rief leise nach Sarah. Das arme Mädchen, sie war sicherlich völlig verängstigt! Lautlos öffnete sich die Kleiderschranktür im Schlafzimmer, und Sarah kroch hervor. »Sie sind weg, Sarah. Du brauchst keine Angst zu haben.« Tröstend legte sie den Arm um die Schwarze.
Sarah schnaubte verächtlich. »Paviane! Vor denen hab ich keine Angst.« Den Kopf in den Nacken geworfen, stolzierte sie davon.
Henrietta blieb die bohrende Frage, wer ihr das eingebrockt hatte? Carla? Sie spürte wieder den kräftigen, kühlen Leib der Puffotter.
»Die schüttet dir glatt Rattengift in den Tee!« Titas Stimme.
»Hör auf!« schrie es in ihr, »hör auf damit, es war Zufall, eine Verwechslung!« Sie kippte hastig ein Glas eisgekühltes Mineralwasser. Das scharfe, eiskalte Prickeln traf ihren Magen, ihr wurde übel, aber es wirkte ernüchternd. Ihre galoppierenden Gedanken liefen langsamer, ordneten

sich. Ein halbes Jahr ohne Sarah! Wem würde es nützen, ihr so zu schaden? Höchstens einem Konkurrenten, davon gab es in der Umgebung Durbans nur zwei, und die waren von so empfindsamer Natur, dass sie bei der Vorstellung lächeln musste. Cecil war eine kleine Viper, aber wirklich hinterhältig und bösartig war er nicht. Seine Waffe war seine geschliffene Zunge und seine unfehlbare Nase für große und kleine gesellschaftliche Skandale. Rudolfo dagegen, ein durchsichtiges, kleines Männchen, zart von Gestalt und Gemüt, brauchte seine ganze Kraft, um unter der Last seines Lebens nicht zusammenzubrechen. Sein Freund, mit dem harten Namen Flanagan, ein blasser, unheimlicher Kerl von vierschrötiger Statur, neigte eher dazu, einen Widersacher mit einem Fausthieb zu Boden zu strecken, als ihn hinterrücks zu denunzieren. Es war ein Zufall, entschied sie, und damit war die Sache erledigt.

Sie versuchte, Ian anzurufen, der für ein paar Tage nach Kapstadt geflogen war. Aber wie so häufig war die Leitung belegt, Beryl hielt mal wieder eines ihrer Dauergespräche. Frustriert warf sie den Hörer auf die Gabel und fuhr zur Telefonzelle vor dem Postamt im Ort. Aber Ian war nicht zu erreichen, sie war allein mit der Last ihrer Gedanken. Bedrückt machte sie sich auf den Heimweg. Die Straßen waren menschenleer, die Nachmittagshitze schimmerte über dem Asphalt.

Plötzlich brüllte eine Lautsprecherstimme durch die singende Stille.

»Hallo, Miss Henrietta, geht es Ihnen gut?«

Der Nachhall brandete wie eine Welle gegen sie, der Schreck traf sie körperlich. Sie trat auf die Bremse.

»Heiß heute, nicht wahr?« schepperte es blechern. »Soll ich Sie zu einem Tee einladen?«

Unruhig suchte sie die Umgebung mit den Augen ab. Auf der anderen Seite der Kreuzung, unter den tief hängenden Zweigen eines dornigen Akazienbaumes, halb verdeckt, wurde die tiefer stehende Sonne von der Kühlerhaube eines Autos reflektiert. Ohne diesen Lichtblitz hätte sie es nicht gesehen, das staubige Beige der Karosserie wirkte als Tarnfarbe. In dem Fahrzeug ohne Polizeimarkierung saß ein weißer Polizist. Er grüßte lächelnd mit zwei Fingern lässig an der Mütze. Versteinert saß sie hinter dem Steuerrad, konnte keinen klaren Gedanken fassen. Wartete er hier

etwa auf sie? Wie häufig parkte er, unsichtbar, unter diesem Baum? Beobachtete er sie? Was wollte er? Mechanisch, wie eine Marionette, hob sie ihren Arm zum Gruß, dehnte ihren Mund zu einem Lächeln.
Bloß weg von hier! Mühsam widerstand sie dem Impuls, mit Höchstgeschwindigkeit nach Hause zu rasen. Sie zwang sich, langsam zu fahren. Nur nicht auffallen, kein Misstrauen erregen. Normal erscheinen. Erst ein paar hundert Meter vor ihrem Haus fiel ihr ein, dass sie keinen Grund, wirklich gar keinen Grund hatte, vor der Polizei davonzulaufen. Sie trat auf die Bremse und ließ den Wagen langsam auf die Kreuzung zurückrollen. Das Auto war weg! Reifenspuren im lockeren Sand bestätigten ihr jedoch, dass es kein Hirngespinst gewesen war.
Für Tage saß das unbehagliche Gefühl zwischen ihren Schulterblättern. Sie ertappte sich, dass sie unterwegs ihre Umgebung sehr genau beobachtete, unbekannte Gesichter in bekannter Umgebung registrierte. Besonders Männer, die kein Ziel zu haben schienen, erregten ihr Misstrauen. Den weißen Polizisten sah sie Sonnabend wieder. Er trug Zivil und stand vor der Apotheke, scheinbar zufällig. Regungslos lehnte er an der Wand, ein Bein abgewinkelt. Um ihn herum strömte laut und farbig die sonnabendliche Menge. Eben wollte sie sich gesenkten Kopfes an ihm vorbeistehlen, da bemerkte sie seine Augen. Ohne den Kopf zu wenden, erfassten seine flinken Augen alles. Sie sprangen von Mensch zu Mensch, nicht ein Gesicht entging ihm. Sein Stillhalten verriet sich in den gespannt als Strang hervorstehenden Beinmuskeln als höchste Konzentration. Sie hatte er längst entdeckt und grüßte sie mit einem Nicken.
»Ich glaube, ich werde langsam paranoid«, sagte sie zu Ian, als sie ihn abends vom Flughafen abholte.
»Da bist du in guter Gesellschaft, Paranoia ist hier endemisch. Mach dich bloß nicht verrückt, der Mann wollte sich sicher nur einen Scherz erlauben.«
»Das erklärt aber nicht die Sache mit Sarah.« »Das war Zufall, verlass dich drauf!.«
Das leuchtete ihr ein. Die Fähigkeit aber, Personen zu erkennen, die nicht ins Bild passten, die zu ruhig standen und deren Augen zu unruhig waren, die ihre angespannte Wachsamkeit mit lässiger Körperhaltung tarnten, verlernte sie nie wieder. Es irritierte sie, wie eine schlecht verwachsene Narbe.

Zehntes Kapitel

OBWOHL IAN VOLL eingespannt war, rief er mindestens zweimal am Tag an. »Pete kommt nächste Woche aus Kapstadt. Er wird einige seiner Maschinen hierher transferieren, so begrenzen wir die Investition an Barmitteln für das laufende Jahr dreiundsechzig. Wir haben so viele Anfragen, wenn nur die Hälfte davon wahr wird, haben wir schon genug für dieses Jahr verdient!« Sein Ton wurde intim. »Wie geht es dir heute, Liebes?«
»Besser. Es war bestimmt irgendein Virus.« Seit einiger Zeit kämpfte sie mit Übelkeit und gelegentlichem Erbrechen. »Ich habe einen Heißhunger auf saure Gurken, Schokoladenpudding und Curry.«
»Merkwürdige Mischung! Übrigens ein riesiger Sardinenschwarm wird vor der Küste erwartet, der Erste seit drei Jahren. Für gewöhnlich erscheinen die Sardinen pünktlich jedes Jahr wie jetzt Anfang Juli. Lass uns morgen zur Tiefebbe zum Strand fahren, es soll ein unglaubliches Spektakel sein.«
Der nächste Tag war feucht und windig, der Strand schwarz mit Menschen. Jeder trug irgendein Gefäß bei sich, Eimer, Schüsseln, Säcke. »Da kommen sie!« schrie ein Junge aufgeregt und rannte in die Wellen. »Seht ihr sie?«
Die Meeresoberfläche kochte, Milliarden silbern blitzende Fische drängten sich von der offenen See zum flachen Wasser vor, um zu laichen. Wie Blitze schossen sie durch die Luft, schlugen ihre Schwänze das Meer zu Schaum. Viele sprangen heraus und landeten nicht im Wasser, sondern auf den lückenlos aneinander gepressten Rücken der anderen Fische. Sie flappten über die geschlossene Fischdecke, verzweifelt auf der Suche nach einem Loch, um in ihr Lebenselement zurückzukehren. Eimerweise schaufelten die Leute die Fische heraus. Manche zogen einfach ihre T-Shirts aus, verknoteten sie zu einem Sack und füllten sie mit den zuckenden Sardinen.

Auch Ian und Henrietta standen bis zu den Oberschenkeln im Wasser und schaufelten ihre Eimer voll, wie im Rausch. »Wann sollen wir die bloß essen?« stöhnte sie und schleppte ihren Eimer an Land. Sie hatte genug. Andere kippten die Sardinen einfach in flache Sandkuhlen, in denen sie, paniert wie Bratheringe, langsam verendeten. Es stank fürchterlich. Schwärme von Fliegen saßen als schwarze, wimmelnde Kruste auf den toten Sardinen. Ihr wurde hundeelend. Sie setzte sich in den Sand, verbarg ihren Kopf in den Armen und atmete tief durch. Ihre Lungen füllten sich mit dem Geruch der verwesenden Fische, und sie übergab sich in hohem Bogen. Bleich und zittrig watete sie durch die glitschigen Fischmassen zu Ian. »Honey, mir ist so schlecht, ich möchte nach Hause!«
Er legte seinen Arm um sie und führte sie vorsichtig zum Auto. »Ich werde sofort Dr. Tobias anrufen.«
Der Arzt mit den dunklen, ausdrucksvollen Augen in dem überanstrengten Gesicht untersuchte sie, dann legte er seine Hand auf die ihre. »Keine Angst, Mrs. Cargill, ihrem Baby geht es gut.«
»Baby?« fragte sie fassungslos, und dann war Ian schon da, ihm liefen die Tränen über das Gesicht, als er sie in die Arme nahm. »Wir kriegen ein Baby, Liebes, unser Baby.«
»Sie sind schätzungsweise in der zehnten oder elften Woche«, sagte Dr. Tobias, »es geht Ihnen sehr gut, aber es ist eine kritische Zeit, da passiert eine Fehlgeburt ganz leicht.
Also keine schweren Sachen tragen, alles etwas langsamer angehen.«
Ian streichelte ihre salzverkrusteten Haare. »Kein Wunder, dass dir ständig schlecht war, Liebling, die Kleine hat deine Hormone durcheinander gebracht.«
»Kleine?« Sie lächelte schwach. »Vielleicht ist es ein Kleiner!«
Nachts lag sie lange wach. Durch die dünnen Vorhänge fiel ein blasses, geisterhaftes Licht. Ihre Haut schimmerte grünlich. Sie betastete ihren Bauch unterhalb des Nabels, versuchte zu fühlen, ob er sich schon wölbte. Aber ihre Fingerkuppen entdeckten nichts. Für sie war ihr Bauch wie immer. Fest, glatt, ohne fühlbare Wölbung.
Ein Baby!

Ein winziges menschliches Wesen, schon jetzt mit unverwechselbaren Eigenschaften, Ians und ihr Kind, wuchs in ihr. »Ich liebe dich«, murmelte sie. Es klang wie ein Gebet. Dann schlief sie unvermittelt ein. Als sie aufwachte, zeigte der obere Teil der Tüllgardine den Goldschimmer der aufgehenden Sonne.
»Guten Morgen, Liebling«, sagte seine Stimme leise. Er streckte seine Hand hinüber und suchte ihre. »Geht es dir besser?«
Sie streichelte zärtlich ihren Bauch. »Hallo, Kleines«, wisperte sie.
»Kleines?« fragte Ian, »wer?«
Sie strahlte. »Ich konnte nicht schlafen und hab' mich mit ihm unterhalten, fast die ganze Nacht – ich hab ihm gesagt, dass wir ihn lieben ...«
Nun schien Ian zu begreifen. »Ihn?« fragte er neckend. »Ihn!« bestätigte seine Frau. »Jan.«
»Julia!« berichtigte Ian.
»Nun, gut, Julia oder Jan.« Neugierig befühlte sie ihren Bauch. »Ob die kleine Wölbung da unten wohl schon das Baby ist?«
Sarah, die eben hereinkam, lachte laut und setzte das Frühstückstablett ab. Spiegeleier, gebratene Würstchen, Schinkenspeck, dampfender Kaffee. »Oh, Madam, das Baby ist noch viel zu klein!« Sie zeigte mit ihren Fingern etwa die Größe einer Erbse, »Sie müssen noch viel essen, damit es größer wird. Madam ist viel zu dünn.« Sie machte ein vorwurfsvolles Gesicht und klickte mit der Zunge. »Der Master verdient doch genug, warum isst Madam nicht mehr? Afrikanische Männer wollen große, fette Frauen, damit jeder sehen kann, dass sie es sich leisten können, ihre Frauen zu mästen.« Sie drehte sich um und wackelte demonstrativ mit ihrem imposanten, knackigen Hintern.
Henrietta lachte so hart, dass sie sich verschluckte. Sie hustete, inhalierte den Geruch der Spiegeleier mit Speck und übergab sich. »Das kann doch nicht normal sein«, keuchte sie. Sie verkroch sich unter der Decke. Nichts hasste sie mehr, als sich übergeben zu müssen. »Ich rufe Tita an, die muss es ja wissen!«
»Ein Baby?« schrie Tita ekstatisch durchs Telefon, »ich auch!«
»Was heißt das, du auch?«
»Das heißt, dass ich gestern entdeckt habe, dass ich Nummer zwei

bekomme. Bleib liegen, rühr dich nicht, ich komme sofort rüber. Mir geht es prächtig, ich spucke bloß alle halbe Stunde!«
»Sie spuckt alle halbe Stunde«, berichtete sie Ian mit einem glücklichen Lächeln. »Du kannst getrost ins Büro gehen, alles ist in Ordnung, Tita kommt gleich. Wir werden wie die Hennen zusammenglucken und unsere Babys ausbrüten. Gib mir einen Kuss, Liebling, du kannst jetzt beruhigt gehen. Ich passe schon auf Jan auf.«
Ian küsste sie hingebungsvoll. »Julia!« sagte er, und sein Lächeln reichte von einem Ohr zum anderen.
Sie legte sich zurück ins Kissen. Sie war froh, ihn so glücklich zu sehen, denn geschäftlich hatte er Sorgen. Seit geraumer Zeit gab es immer häufiger Streitereien mit Pete Marais. Selbstherrlich traf Pete Entscheidungen, machte sich nicht die Mühe, es Ian mitzuteilen, aber hatte ihn mehr als einmal für die Folgen verantwortlich gemacht und behauptet, er habe schließlich alles gewusst. Nun hatte er ihm kürzlich einen Inder, Mr. Naidoo, als Verwalter geschickt.
»Wozu brauchen wir einen Verwalter?« wütete Ian abends, »der Mann steht nur herum und verbreitet Unruhe!« Er rannte aufgebracht auf der Veranda herum. »Ich habe einen Verdacht, obwohl ich mich weigere, das zu glauben …«
Sie legte die Arme um ihn. »Welchen Verdacht, erzähl es mir, dann wird es dir vielleicht klarer.«
Er warf sich krachend in den Korbsessel und starrte hinaus in die indigoblaue Nacht. »Ich glaube, Naidoo ist ein Spitzel, ich glaube, er soll alles, was ich tue und sage, Pete berichten.« Ihre Kopfhaut begann zu prickeln. »Wie kommst du darauf?«
»Ich kann es dir nicht sagen, es gibt da nichts Bestimmtes nur so ein Gefühl. Blicke, die ich aufgefangen habe, Telefongespräche, die er abbrach, wenn ich in den Raum kam, Sachen, die Pete plötzlich wusste, obwohl er sie eigentlich nicht wissen konnte.«
Sie erinnerte sich noch genau an das ungute Gefühl, das sie beschlich, als sie Pete Marais kennen lernte. Für einen Moment erschien es ihr, als bewege sich der Boden unter ihren Füßen. Eine Vorahnung legte sich wie ein erstickendes Tuch über sie. Nach Sekunden war der Spuk vorbei.

Aber die Vorfälle häuften sich. Pete lieferte fehlerhaftes Material, das aber trotzdem sein Werksprüfsiegel trug. Ian, dadurch getäuscht, verarbeitete es. Als bei einigen der daraus gefertigten Bootsrümpfe Risse auftauchten, bestritt Pete, dass das Material das Werksprüfsiegel getragen hatte, und tatsächlich war es auf den Restpartien nicht mehr zu finden.

»Ich konnte die Stellen sehen, wo jemand das Siegel abgekratzt hat«, sagte Ian bitter, »ich weiß nicht, was in Pete gefahren ist! Das einzig Erfreuliche im Moment ist der neue Vorarbeiter Vilikazi. Er ist intelligent und will etwas lernen. Ich bilde ihn mir als Mechaniker aus. Das ist zwar gegen das Gesetz, Schwarze dürfen nicht als Mechaniker arbeiten, aber das macht mich unabhängiger von Pete.«

Es tat ihr weh, dass sie ihm nicht wirklich helfen konnte, sie konnte ihm nur zuhören und vorsichtigen Rat geben. Sie lehnte sich in die Kissen und schloss die Augen.

Erst die laute Stimme ihrer Freundin weckte sie nach einer drei viertel Stunde. Tita stürzte herein. »Henrietta«, sie küsste sie herzhaft, »das ist ja toll, seit wann weißt du es?« Sie warf sich in den Sessel und streckte ihre Beine aus, ließ die Arme schlaff über die Lehnen hängen und machte ein Geräusch wie ein Fußball, dem die Luft entweicht. »Puh, ist mir übel«, lachte sie, »viel schlimmer als bei Sammy, muss wohl ein Junge werden! Sarah!« schrie sie. »Ich bin am Verdursten!«

»Yebo, Ma'am.« Sarah erschien ungewohnt prompt.

»Wie wär's mit einem klitzekleinen Sekt, Henrietta?«

Ihre Freundin schüttelte den Kopf. »Mir wird schon schlecht bei dem Gedanken.«

Tita seufzte. »Also dann Tee, Sarah, aber bring uns ein paar Kekse, ich muss was im Magen haben, wenn ich wieder spucken muss!« Sie holte Strickzeug hervor und begann, angestrengt Masche für Masche abzustricken. »Ich krieg immer schrecklich merkwürdige Anwandlungen, wenn ich schwanger bin, sonst rühr ich doch keine Stricknadel an.«

»Man sieht's«, amüsierte sich Henrietta, »was wird das?«

Tita drehte ihr Gestrick. »Ich glaube, ein Jäckchen, aber ganz sicher ist es noch nicht. Also, das Thema des Tages: Benedict und Carla haben am

letzten Wochenende im Juni geheiratet. Hast du gehört? Es soll eine tolle Hochzeit gewesen sein, Gertrude hat alle Register gezogen.«
»Ja, hab ich. Sie verdienen einander. Wo werden sie wohnen?«
»Auf der Beaumont-Farm. Glitzy hat mir erzählt, die es von Cori hat, dass sie dort ein Golf-Hotel planen. Alle Bankdirektoren Durbans suchen das Weite, wenn sie am Horizont erscheinen. Ein Golf-Hotel! Welch eine Schnapsidee! Wer nach Natal kommt, will sich am Strand in die Sonne legen oder Wellen reiten und tauchen, allenfalls im Busch herumkriechen und Tieren auflauern, aber doch nicht eine kleine weiße Kugel über einen Rasen schieben. Das machen doch nur alte Leute.«
»Die haben meist das Geld. Außerdem ist das Klima da oben nicht so feuchtheiß wie hier und im Winter nicht so stürmisch.« Plötzlich traf sie eine Welle von Übelkeit. Die Hand vor den Mund gepresst, raste sie ins Badezimmer und übergab sich.
Tita grinste ungerührt, als sie schweißgebadet wieder ins Bett kroch. »Daran gewöhnst du dich schon. Meist ist es nach drei Monaten vorbei, aber eine Freundin von mir hat sich noch im Entbindungszimmer übergeben.«
Sie rechnete nach. Grob geschätzt, noch sechseinhalb Monate, einhundertzweiundachtzig Tage etwa. Jans entzückendes Abbild in ihren Gedanken verblasste erheblich.
Es wurden präzise zweihundertunddrei Tage, und das letzte Mal übergab sie sich am 18. Januar 1964 auf dem Flur vor dem Entbindungszimmer. Die Schwester, die ihr Bett rollte, ergriff geistesgegenwärtig einen Papierkorb und hielt ihn ihr hin.
»Es könnten Zwillinge werden«, hatte Dr. Tobias während der Routineuntersuchung an diesem Morgen gesagt und sie durch dicke Brillengläser angeblinkt. »Sie haben wirklich sehr viel zugenommen.«
»Zwillinge!« rief Ian konsterniert. Die Emotionen jagten über sein Gesicht wie Wolken über einen stürmischen Himmel. »Um Himmels willen, wie nennen wir Julias Schwester?«
Sie lachte laut los und wollte gerade antworten, da setzte die erste Wehe ein. »Wie wäre es mit Jan?« japste sie.
Erst kam Julia, und dann, nach einer dreiviertel Stunde, kämpfte sich

boxend ein rotgesichtiges, zerknautschtes kleines Wesen ans Tageslicht, das sofort mit einer derartigen Lautstärke losbrüllte, dass es einen Moment dauerte, bevor Henrietta die Worte des Arztes verstand. »Es ist ein Junge, Henrietta.«

»Gut gemacht, mein Herz, oh, wie gut hast du das gemacht«, flüsterte Ian, als er einige Zeit später seine kleine Familie sehen durfte, und küsste sie. Dann hob er seine beiden schlafenden Kinder mit unendlicher Behutsamkeit hoch, bewunderte andächtig ihre zarten Glieder. »Lass uns noch viele von ihnen machen, Liebling.«

Henriettas Lächeln fiel etwas schief aus, nicht sehr enthusiastisch. Sie fühlte sich, als hätte sie ein Zehntonner überfahren, und ein Feuer brannte zwischen ihren Beinen, wo Dr. Tobias einen langen, zackigen Riss nähen musste. Wie alle Eltern seit Beginn der Menschheit entdeckten sie das größte Weltwunder ganz für sich aufs Neue. Sie bewunderten verzückt die winzigen Händchen und Füßchen, küssten die unbeschreiblich weichen, vom Schlaf geröteten Bäckchen und berauschten sich an dem süßen, frischen Geruch ihrer Haut. Zärtlich nahm sie ihre Kinder in den Arm, die sofort fordernd ihre Brust suchten. Bald war das einzige Geräusch in dem hellen, sonnigen Zimmer das leise Schmatzen der gierigen kleinen Münder. Ian hielt Henriettas Hand, ganz fest, und sie liebte ihn mehr als je zuvor für die hilflose Zärtlichkeit, die seine Züge weich machte und seine Augen feucht. Es fiel ihm sichtlich schwer, seine kleine Familie auch nur über Nacht allein zu lassen.

Nächsten Morgen schob Tita ihren Bauch durch die Tür. »O Gott, ich hoffe, dieser Wurm schlüpft bald. Ich fühl' mich fett und aufgedunsen, schrecklich«, stöhnte sie. Überschwänglich küsste sie ihre Freundin und lud einen Stapel Babywäsche ab, einer rosa, einer hellblau. »So, und nun stelle mir Jan und Julia vor!« Mit leuchtenden Augen wandte sie sich den Babys zu.

Schon vor dem Mittagessen tauchte Ian wieder auf, hinter einem gigantischen Rosenstrauß. »Tita. Du siehst aus, als würdest du gleich platzen. Hallo, Liebling!« Er küsste sie vorsichtig, denn Julia und Jan bekamen gerade ihr Mittagessen. »Darf ich sie streicheln, oder fühlen sie sich dann gestört?«

Sie lachte laut. »Diese kleinen Vampire? Bestimmt nicht, die stört gar nichts bei ihrer Mahlzeit.« Sie strich ihm liebevoll über die Wange. »Was ist, Liebling, du siehst besorgt aus.«
»Sarah ist verschwunden.«
»Was heißt das?«
»Ich hab sie zum Gemüsemann geschickt, und sie ist nicht wieder zurückgekommen.«
»Hat sie etwas angestellt, oder hast du sie getadelt?«
»Nein, hab ich nicht, im Gegenteil, ich hab ihr und Joshua zwanzig Rand gegeben, damit sie die Geburt der Zwillinge feiern können.«
»Was hat Sarah gesagt?«
»Danke, Master«, hatte Sarah gesagt und das Geld mit ausgestreckten Handflächen genommen. »Zwillinge?« fragte sie, während sie das Geld zusammengefaltet in die Schürzentasche steckte.
»Zwillinge«, bestätigte Ian, »Julia und Jan. Meine Frau kommt in wenigen Tagen nach Hause. Wir müssen das Haus auf Hochglanz polieren und überall Blumen hinstellen.«
Sarahs Augen hatten einen abwesenden Ausdruck angenommen. Ihr Blick schweifte durch das Küchenfenster hinaus über die Baumwipfel. »Zwillinge«, murmelte sie. Noch immer abwesend vor sich hinstarrend, band sie ihre Schürze ab, legte sie ordentlich über einen Küchenstuhl und ging hinaus. »Danach war sie verschwunden. Niemand weiß, wohin«, beendete er seine Erzählung.
»Hm«, machte Henrietta und bewegte vorsichtig einen Arm. Unter dem warmen Gewicht von Jan begann er zu kribbeln. »Klingt komisch. Ich befürchte, dass sie uns verlassen hat.«
»Und warum? Sie hat es doch wirklich gut bei uns.«
»Oh, nein, das ist es nicht. Unsere Sarah ist nicht dumm. Sie weiß sicherlich, wie viel Arbeit durch die Zwillinge auf uns zukommt. Sie hat beschlossen, dass sie daran nicht teilhaben möchte.«
»Du meinst, sie ist einfach abgehauen?« »Das sagte ich schon.«
»So ein Mist! Und was sollen wir nun machen?«
»Oh, macht euch nicht allzu viel Sorgen«, sagte Tita, »ich bin sicher, in kürzester Zeit steht eine Neue vor der Tür. Du kennst doch die Busch-

trommel!« Sie küsste Henrietta. »Es würde Sarah ähnlich sehen, dass sie euch sogar jemanden schickt. Ich muss jetzt gehen. Sagt Bescheid, wenn ihr Probleme habt, ein Mädchen zu finden.« Auf dem Weg zur Tür blieb sie plötzlich stehen. Mit einem verklärten Lächeln legte sie die Hand auf ihren Bauch. »Es kommt, dem Himmel sei Dank, es kommt!« Stöhnend sank sie in einen Stuhl und krümmte sich.

Ian rannte hinaus und kehrte kurz darauf mit dem Doktor wieder. Zehn Minuten später wurde Tita auf einer Liege hinausgefahren. »Viel Glück!« rief Henrietta hinter ihr her. »Halte durch!«

Julia öffnete mit einem Schmatzlaut ihre rosigen Lippen, ließ die Brustwarze los und fiel entspannt wie eine kleine Stoffpuppe zurück in den Arm ihrer Mutter und schlief prompt ein.

»Sind sie nicht entzückend?« flüsterte diese verklärt, in die zarte, süße Grube der Natur fallend. Sie streichelte die schlafwarme Wange. »Trotzdem könnte ich Sarah erwürgen! Mich gerade jetzt im Stich zu lassen. Wirst du zurechtkommen, Liebling? Du kannst ja zum Essen gehen, nicht wahr?«

Er lächelte amüsiert. »Ich werd' schon nicht verhungern.«

Und tatsächlich, am Tag ihrer Rückkehr nach Hause stand ein schüchternes schwarzes Mädchen vor der Tür. »Madam braucht ein Mädchen«, erklärte sie mit gesenktem Kopf. »Ich bin Muriel.«

»Hat dich Sarah geschickt?« fragte Henrietta.

»Sarah?« Muriel ließ ihren Blick vage herumwandern. »Ja – hat dich Sarah geschickt?«

Muriel kicherte hinter vorgehaltener Hand, goldene Lichter tanzten in den dunklen Augen, und Henrietta hatte das ausgeprägte Gefühl, dass sie sich über sie lustig machte. Nicht bösartig, eher so, als sei sie leicht verrückt. Sie fragte nicht weiter. Nach drei Tagen erkannte sie, welch eine Perle Sarah gewesen war. Nichts klappte mit Muriel. Sie war von untersetzter Gestalt und ziemlich übergewichtig. Sie stöhnte bei der Arbeit, und Bükken schien ihr schwer zu fallen. Außerdem schwitzte sie sehr stark.

»Sie riecht ungewaschen«, knurrte Ian am dritten Morgen schlecht gelaunt. »Kannst du ihr das nicht sagen?«

Henrietta verdrehte die Augen. »Honey, gib ihr etwas Zeit. Vergiss nicht, wie viel Arbeit ihr hier aufgebürdet wird.«

»Sarah roch nicht.«
Eins der Kinder weinte. Sie schliefen in ihrem Arbeitszimmer. Sie hatte ihren Schreibtisch in eine Ecke gerückt, bunte Tierfiguren und gelbgepunktete Vorhänge aufgehängt. Zwei gelblackierte Bettchen und ein ebenso gelber Schrank machten es zum Kinderzimmer. Als praktisch erwies sich der direkte Zugang vom Schlafzimmer. Nachdem sie Julia gewickelt und beruhigt hatte und sich eben leise aus dem Zimmer stehlen wollte, um wenigstens ihren inzwischen eiskalten Kaffee auszutrinken, brüllte Jan los, und in kürzester Zeit schrien sie im Duett. »Ich liebe meine Kinder«, murmelte sie beschwörend, »auch wenn sie brüllen und ich zusammenbreche, ich liebe sie.« Während der Mittagspause ging sie zum Khaya und brachte Muriel Waschpulver und Seife. Hoffentlich verstand sie den Hinweis!
Die Seife verschwand, Muriels Ausdünstungen nicht. Henrietta seufzte und schickte sie unter die Dusche, Muriel verbrannte prompt das Gulasch. Ihre Kochkünste waren so katastrophal, dass Henrietta auf Ians flehentlichen Blick hin das Kochen wieder übernahm. Muriel quittierte es mit mürrischem Widerwillen. »Alle Madams lassen ihre Mädchen kochen«, brummte sie. Verdrossen schweigend schlurfte sie mit düsterer Miene durchs Haus, knallte mit dem Besen gegen Möbelbeine, klapperte aufreizend mit dem Geschirr und roch.
Am Abend des achten Tages rutschte Henrietta in der Küche aus. Muriel hatte eben gewischt, wie üblich mit zu viel Seife, und der Boden war noch nass und glitschig. Henrietta schlug mit dem Kopf gegen den Ausguss und für einige Sekunden wurde ihr schwarz vor Augen, ein dumpfes Dröhnen blockierte ihre Ohren. Benommen saß sie für ein paar Minuten am Boden, ehe sie ins Wohnzimmer schwankte. Dort fand sie Ian. Sie lehnte schweißgebadet in ihrem Sessel. »Honey, ich weiß nicht, was mit mir los ist, ich fühle mich so entsetzlich schwindelig. Ich glaube, ich muss mich gleich übergeben.«
Dr. Tobias kam und stellte eine Gehirnerschütterung fest. »Bettruhe, Henrietta, und zwar streng. Für mindestens eine Woche. Haben Sie eine gute Haushilfe?«

»Ich schick dir Gladys rüber«, bot Tita an, »abends, wenn sie hier fertig ist, kann sie noch für ein paar Stunden zu dir kommen.«
Henrietta verzog das Gesicht. Typisch Tita Robertson, geborene Kappenhofer. Dickie, ihr kleiner Sohn Richard, war einen Tag jünger als die Zwillinge. Sie konnte unmöglich Gladys zumuten, nach einem anstrengenden Tag in Titas Haushalt noch in diesem Tollhaus nach dem Rechten zu sehen.
»Ich werd's schon schaffen«, knurrte Ian und nahm sich für zwei Wochen Urlaub.
Es wurde zu einer Tortur. Da Ians Kochtalent noch weniger ausgebildet war als das der jungen Schwarzen, musste diese kochen. Es schmeckte grässlich. Muriel seufzte und ächzte bei jedem Handschlag, kein Lächeln erhellte ihr dunkles Gesicht, ihr stechender Geruch hing in allen Räumen. Frustriert, mit rasenden Kopfschmerzen und einer nicht weichenden Übelkeit, lag Henrietta im Bett. »Was ist nur mit ihr los?« Sie war ratlos.
Sie sollte es nie herausfinden. Nachdem sie, die normalerweise eine Engelsgeduld hatte, sich lautstark über verbrannte Kartoffeln beschwert hatte, verschwand Muriel eine Stunde später und tauchte nie wieder auf.
»Verdammt!« schrie Henrietta und sank zurück in die Kissen. Ihr Kopf schien zu platzen.
»Honey, reg dich nicht auf«, tröstete sie Ian, »ich werde mit Gladys und Jackson reden. Wir werden ein neues Mädchen finden.«
Erschöpft schlief sie in seinen Armen ein. Morgens um halb sechs weckte sie das wütende Geschrei von Jan, der in wenigen Sekunden seine Schwester aufweckte, die sofort versuchte, ihn an Lautstärke zu übertrumpfen. Stöhnend schlug Ian seine Bettdecke zurück. »Ich hol die beiden, dann können wir vielleicht noch ein bisschen schlafen, während sie frühstücken.«
Aber sie hielt ihn zurück. »Hör mal, sie sind ruhig. Ganz plötzlich!« Sie setzte sich vorsichtig auf und wartete auf den Moment, bis das Zimmer um sie herum wieder aufhörte, sich zu drehen. »Da ist irgendetwas passiert!«
Er drückte sie in das Kissen zurück. »Ich seh nach.« Kurz darauf hörte sie

ihn lachen. Sekunden später flog die Tür auf und Sarah kam herein, mit kompetentem Griff Jan und Julia im Arm haltend, die zufrieden an ihren Fäustchen nuckelten. »Guten Morgen, Madam, die Kinder sind hungrig.« Mit diesen Worten ließ sie die beiden in die Arme ihrer Mutter gleiten. »Ich werd' das Frühstück machen.«
Henrietta war dermaßen verblüfft, dass sie kein Wort hervorbekam. Und dann überwältigte sie einfach ein so köstliches Gefühl der Erleichterung und Entspannung, dass sie anfing zu heulen.
»Sie stand einfach in der Tür«, erzählte sie Tita später, neben sich einen starken, dampfenden Kaffee, zu ihren Füßen, in ihren Bettchen die frisch gewickelten, zufrieden schlafenden Zwillinge. »Als ich sie fragte, wo sie gewesen sei, meinte sie einfach nur, zu Hause. Woher wusste sie, dass ich sie brauchte? Sie ist in der äußersten Ecke Zululands zu Hause, irgendwo bei Emangusi. Es gibt dort weit und breit kein Telefon und keine Transportmöglichkeit.«
»Sie zahlt eine Schuld bei dir ab«, antwortete ihre Freundin, »du musst ihr irgendwann einmal sehr geholfen haben. Jemand hier wird ihr berichtet haben, dass du sie brauchst.«
Eine Schuld? Imbali? Die Sache mit dem Bantuinspektor?
Weise geworden, stellte Henrietta schleunigst ein junges Mädchen namens Gracie ein, das Sarah bei der Hausarbeit half. Sarah trällerte zufrieden durch das Haus, tyrannisierte Gracie und verwöhnte die Zwillinge gnadenlos. Frieden kehrte ein in das kleine weiße Haus am Hang.
Überraschend riefen ihre Eltern an, um zu gratulieren. »Ein Stammhalter, gut gemacht, Deern«, sagte Papa, hörbar stolz. »Du musst in Afrika sehr auf Hygiene achten«, riet Mama, »ich habe von Gertrude gehört, dass ein Negerkind bei euch wohnt. Das geht natürlich nicht!«
»Mama, das ist Imbali, Sarahs Tochter. Sie liebt die Zwillinge, sie gehört zu uns.« Henrietta stand im Kinderzimmer. Imbali hockte an den Kinderbetten, presste ihr Gesichtchen gegen die Gitterstäbe und wisperte ein weiches, dunkles Zuluwiegenlied.
»Negerkinder gehören in den Kral«, plusterte Mama sich auf, »man weiß doch nie, welchen Schmutz sie hereintragen. Ich hab da in Afrika immer sehr aufgepasst, was hätte da sonst alles passieren können! Ich erinnere

mich noch gut an die Sache mit Maria. Sie war die Frau unseres Hausboys Malan. Als du geboren wurdest, hatte ich Malaria und war zu schwach, um dich zu nähren. Ich fütterte dich mit verdünnter Ziegenmilch mit Zucker, und es ist mir eigentlich ein Rätsel, wie du überlebt hast und so groß geworden bist. Nun, einmal seh' ich gerade noch, wie Malan mit dir auf dem Arm in die Richtung seines Dorfes läuft. Das war natürlich strikt verboten. Ich holte schnell unser Gewehr, wegen der Schlangen, weißt du, der Busch wimmelte davon, und folgte euch. Er verschwand in seiner Hütte, die am Rand des Dorfes stand. Eine Rundhütte, mit hübschen roten Mustern bemalt und einem weit herunterhängenden Reisstrohdach. Ich musste mich bücken, um durch die Türöffnung zu treten. Die Lehmwände innen waren ebenfalls mit roten Mustern geschmückt. Es gab eine innere und eine äußere Hauswand, und zwischen den beiden waren Bretter eingemauert und mit Fransenschurzen bedeckt. Das war dann das Bett, und dort hockte Malans Frau Maria, die vor ein paar Wochen ein Kind bekommen hatte. Stell dir vor, da hockte sie, so eine pralle Junge mit riesigen, geschwollenen Brüsten, abstoßend, sag ich dir, und an der einen Brust nuckelte ihr braunes Baby und an der anderen hast du getrunken. Na, ich kann dir sagen, das gab ein Donnerwetter!«

»Warum? Ihre Muttermilch war sicherlich besser für mich als Ziegenmilch mit Zucker.«

»Na, hör mal, das waren Eingeborene!«

Da berührte ein Geruch ihr Gesicht, rauchig, süß wie frisches Gras und warm. Ganz entfernt hörte sie leise, kehlige Stimmen. Tief sog sie den Geruch ein. Nichts, nur der feuchte Babygeruch ihrer Kinder. Es musste eine Sinnestäuschung gewesen sein. Doch Wärme füllte ihr Herz, eine unerklärliche Freude beschwingte sie. »Ist gut, Mama, ich werde aufpassen«, sagte sie und streichelte Imbali.

Elftes Kapitel

Jan fegte mit einer kräftigen kleinen Pranke seinen gefüllten Teller vom Tisch und stieß einen triumphierenden Brüller aus. Dabei fixierte er seine Mutter mit einem herausfordernden Blick. Diese wischte sich gleichmütig den Karottenbrei aus dem Gesicht. Julia presste ihren Mund fest zu, legte ihr Köpfchen auf ihre Arme und strahlte ihre Mutter aus seelenvollen Augen an, die so schön waren mit der goldgesprenkelten Iris und dem auslaufenden Türkis an den Rändern. Botticelli musste Julia in einem früheren Leben gekannt haben. »Sarah, sie mögen keine Karotten«, rief Henrietta ergeben, »mach ihnen Bananenbrei. Ich fahre gleich zu Missis Robertson.«
Sie sah ihre Kinder an. Zwei Engel, zwei bezaubernde kleine Engel, denen sie total verfallen war. Zwei dickschädelige, eigenwillige kleine Teufel, ohne die sie nicht mehr atmen konnte. In rund sieben Wochen war ihr erster Geburtstag. Vor wenigen Tagen hatten sie endlich ihre ersten Schritte allein machen können, nachdem sie, krebsrot vor Ungeduld und Neugier, ihren Po in die Luft gestreckt, flink wie hochbeinige Krebse auf allen vieren durchs Haus gekrabbelt waren. Jetzt strebten sie höhere Ziele an. Sie kletterten auf alles, was sie erreichen konnten.
»Mein Gott«, stöhnte sie, als sie bei Tita am Swimmingpool saß, »ich hab nie geahnt, dass Kinder gemeingefährliche kleine Wilde sind! Völlig unerziehbar! Man kann nur versuchen, ihre Energien in zivilisierte Bahnen zu lenken.« Der Patio hallte wider von dem Gekreisch der Kleinen. Jan und Dickie tyrannisierten die Mädchen.
Es war ein dunstiger Novembertag, warm und feucht. Gladys brachte einen Krug Orangensaft. »Aii, Madam, sie sind groß geworden«, rief sie, als sie Julia und Jan sah, »welches ist der Junge?«

»Der kleine Rüpel da«, lächelte Henrietta. Die Zwillinge waren wirklich schwer zu unterscheiden. Bis auf die Augenfarbe glichen sie sich aufs verwirrendste. »Hast du Kinder, Gladys?«
»Yebo Ma'am, vier. Drei Jungen und ein Mädchen.«
»Wie machst du das nur, Gladys?« fragte Henrietta neugierig, »du bist von morgens bis abends hier und führst diesen Haushalt. Jeden Tag, bis auf Sonntagnachmittag und donnerstags. Und an den Tagen musst du auch noch Frühstück machen und vorkochen. Wie schaffst du es, deine Familie zu versorgen?«
»Ich komm zurecht«, murmelte Gladys mit einem Seitenblick auf ihre Arbeitgeberin und watschelte ins Haus.
»Hör mal, Henrietta«, sagte Tita scharf, »solche Fragen beunruhigen Gladys nur und setzen ihr komische Ideen in den Kopf. Die kommen schon zurecht, bei denen funktioniert das anders.«
»O Tita, Familie ist Familie, was soll bei denen anders sein? Gladys' Kinder sehen ihre Mutter doch nur selten. Sie wohnt doch schließlich hier bei euch. Das heißt, dass sie ihre eigenen Kinder nur donnerstags und Sonntag Nachmittag sieht. Ihr Mann arbeitet in den Goldminen, der ist nur zwei- bis dreimal im Jahr da.«
Tita starrte sie kriegerisch an. »Es ist nicht alles so schwarz-weiß, wie ihr immer denkt. So schlecht geht es unseren Schwarzen auch nicht. Hast du gewusst, dass wir das Schulgeld und alle Schulbücher für die Kinder aller unserer schwarzen Angestellten zahlen? Und die Arztrechnungen, damit sie nicht ins King Edwards gehen müssen? Uns Südafrikanern hängt es zum Hals heraus, wenn Einwanderer, und besonders ihr Deutschen, nach kurzer Zeit in unserem Land immer viel besser wissen, wie wir unsere Schwarzen behandeln sollten. Du solltest dich da ein wenig zurückhalten.«
Stille drückte auf sie nieder. Eine Taube gurrte schläfrig im Blättergewirr.
»Unser Land, unsere Schwarzen«, hatte Tita gesagt, »wir Südafrikaner, ihr Deutschen.« Henrietta wurde flau im Magen. In letzter Zeit waren Diskussionen, die Politik auch nur am Rande streiften, sehr heikel geworden. Gedanklich und geistig verschanzten sich die Südafrikaner hinter ihrer Wagenburg, um den Feinden zu trotzen, die sie ihrer Mei-

nung nach umzingelten. Seit den Rivonia-Prozessen, an deren Ende unter anderem auch der junge, leidenschaftlich auf seines Volkes Recht auf Selbstbestimmung beharrende Rechtsanwalt Nelson Mandela zu lebenslanger Haft auf Robben Island verurteilt worden war, vermuteten auch liberal denkende Freunde hinter jeder Kritik, die nicht dem Wetter galt, Hetzkampagnen, die an den Grundfesten ihres Seins rüttelten.

»Ich kann nicht begreifen, warum sie ihn nicht aufhängen«, bemerkte Melissa Daniels einmal, ein Bild der Sanftheit und Zerbrechlichkeit in ihrem geblümten Seidenkleid und dem breitkrempigen Sonnenhut, »das ist doch die einzige Sprache, die sie verstehen.«

Henrietta dachte tagelang über diese Worte nach und versuchte das Bild der Melissa, die sie kannte, die sie mit offenen Armen aufgenommen hatte, die ihr half, wo sie konnte, die ihr ein wenig das fehlende Elternhaus ersetzte, mit dem Bild dieser Frau zu vereinbaren, die jedes dieser Worte meinte, die wirklich der Ansicht war, man sollte einen Menschen zum Galgen führen, ihm die Hände auf den Rücken fesseln, eine Schlinge um den Hals legen, sie hinter dem Ohr verknoten und dann die Falltür unter ihm öffnen und zusehen, wie er zuckend und kickend starb, ihm in die immer stärker hervorquellenden Augen sehend, bis diese brachen. Nacht für Nacht quälten sie danach diese Bilder, die auch Ian nicht wegwischen konnte. Für längere Zeit fühlte sie sich außerstande, die Daniels zu besuchen.

»Ich habe diese Gefühlsduseleien langsam satt«, unterbrach Tita ihre Gedanken, »du und Neil, ihr passt zusammen. Er ist besessen davon, ein Wiederaufnahmeverfahren für Moses zu erreichen. Außerdem schreibt er ein Buch über südafrikanische Polizeimethoden, dieser Idiot! Er stochert dauernd in einem Wespennest herum, obwohl er mir versprochen hat, vorsichtig zu sein. Es ist nur eine Frage der Zeit, wann er gestochen wird.«

Ein Wachhund schlug an, entfernte Männerstimmen hallten herüber. Kurz darauf erschien Gladys im Laufschritt. »Ma'm, Polizei!«

Tita stand auf »Was wollen die denn? Ist etwas passiert?«

»Durchaus nicht, Mrs. Robertson.« Der Mann trug einen Safarianzug, keine Uniform. »Van Zyl, CID. Wir möchten uns Ihr Haus ansehen. Begleiten Sie mich bitte.« Er hielt ihr ein Dokument hin.

Tita las es und musterte den Mann kühl. »Was glauben Sie denn dort zu finden?« Ihre Stimme war pures Eis, in ihrer Haltung lag die ganze Arroganz ihrer privilegierten Herkunft.
»Uns interessiert hauptsächlich das Büro Ihres Mannes.«
»Die Wespen greifen an«, flüsterte Tita, nur hörbar für Henrietta.
»Sie kommen bitte auch mit«, sagte van Zyl. »Wie ist Ihr Name?«
»Henrietta Cargill-Nicolai«, antwortete Henrietta. Ein Kribbeln lief ihre Wirbelsäule herunter.
»Ich will meinen Mann und den Anwalt anrufen«, forderte Tita.
»Später, Mrs. Robertson, später.« Mr. van Zyl war mit vier Leuten da, und sie durchsuchten das Haus äußerst gründlich und methodisch. Ihre Ausbeute jedoch war mager. Sie zeigten deutlich ihre Unzufriedenheit. Tita beobachtete sie mit abfälligem Lächeln. Nach zwei Stunden gingen die Kriminalbeamten. Ein paar Aktenordner nahmen sie mit. Tita knallte die Tür hinter ihnen zu. »Das war BOSS!«
»Wie kannst du nur so ruhig bleiben?« fragte Henrietta.
»Weil ich weiß, dass sie hier nichts finden können! So blöd ist nicht einmal Neil! Jetzt muss ich Daddy anrufen.«
Als eine Stunde später Neil mit einem Tross von Anwälten eintraf, verabschiedete sich Henrietta. »Seid vorsichtig, bitte!«
Tita gab ihr einen Kuss. »Mach dir keine Sorgen, Daddy bringt das in Ordnung!«

❖

Später stand Henrietta in der Küche und rührte den Brei für die Zwillinge an. »Sarah, ich möchte dich etwas fragen. Ich habe gehört, alle schwarzen Kinder müssen Schulgeld zahlen, die weißen jedoch nicht. Findest du das gerecht?«
Sarah spülte das Geschirr mit viel Geklapper und rauschendem Wasser. An ihrer Uniform fehlte ein Knopf, und unter dem Arm klaffte ein Riss, durch den der Büstenhalter zu sehen war. Sie polierte einen Teller und schien völlig in dieser Aufgabe aufzugehen. »Es ist in Ordnung«, murmelte sie mürrisch. »Seife ist alle«, wechselte sie unmissverständlich

das Thema. Sie drehte die Plastikflasche um und schüttelte sie, um zu zeigen, wie leer sie war.

Da war sie wieder, diese unsichtbare Mauer von Misstrauen, Anderssein, Ablehnung. »Warum hast du heute keine Neue gekauft?« fragte Henrietta, plötzlich unerklärlich gereizt.

»Da war noch welche da«, sagte Sarah aufsässig und ließ das Wasser heraus. Ein großer Teil des Geschirrs stand noch schmutzig in der Spüle.

»Verdammt noch mal, Sarah, so geht das nicht. Das Geschirr muss heute gespült werden. Geh ins Badezimmer und sieh, ob wir noch etwas Spülmittel da haben, sonst leih dir was von Madam Beryl. Oh, und Sarah«, rief sie hinter der Schwarzen her, »näh den Knopf an deine Uniform und repariere den Riss unter dem Arm!«

Sarahs Rücken gab keinerlei Hinweis, ob sie zugehört hatte. Henrietta kriegte eine Sauwut. *Verdammt, sie können einen wirklich auf die Palme bringen!*

»Siehst du«, lachte Tita, »dir geht es auch nicht anders!«

Die Zwillinge hingen satt und müde in ihren Hochstühlchen. Sie brachte sie ins Bett. Ian musste gleich kommen, und später erwartete sie Beryl und Edward zum Abendessen. Seit Edward für sie als Bürge bei der Aufnahme in den Country Club aufgetreten war, verband sie eine feste Freundschaft mit ihren Nachbarn, obwohl beide mehr als zehn Jahre älter waren. Im Vorbeigehen warf sie einen Blick in die Küche und blieb stehen. Das Geschirr war abgewaschen, die Küche blinkte und blitzte. Sarah saß friedlich am Küchentisch und schälte Kartoffeln. »Hast du Spülmittel von Missis Stratton bekommen?«

Sarah sah sie nicht an. »Es war genug da, nur diese Flasche war leer.« Sie seufzte abgrundtief und schob ihre Unterlippe vor. Das Abbild einer zutiefst und zu Unrecht Gekränkten.

Henrietta verbarg ein Lächeln. Sarahs schauspielerisches Talent war unübertroffen. Sie sah auf die Uhr. Zehn vor acht. Ian war um fast eine drei viertel Stunde überfällig. Unruhig blickte sie aus dem Küchenfenster. Kein Auto in Sicht. Eine Zikade schrillte ohrenbetäubend, in der Ferne tosten die Brecher einer hohen Flut gegen die Felsen. Plötzlich klingelte das Telefon.

Es war Ian. »Liebling, hier ist etwas passiert, aber mir geht es gut. Ich bin gleich zu Hause, ich kann jetzt nicht reden.« Seine Stimme brach, und er legte abrupt auf.

Sie lehnte sich gegen das Fenster und zwang sich, tief durchzuatmen. Was konnte da nur passiert sein? Die vierunddreißig Minuten, die vergingen, ehe sie endlich sein Auto hörte, erschienen ihr wie Stunden. Sie rannte den Gartenweg hinauf und flog ihm in die Arme. »Honey, was ist passiert?«

»Mein Büro ist explodiert.« Seine Züge waren wie versteinert, fahle Blässe lag unter seinem tiefen Sonnenbraun.

»Wie bitte?« Sie konnte das nicht richtig verstanden haben! »Mein Büro ist in die Luft geflogen. Während der Mittagspause, die ich eigentlich immer dort verbringe, nur heute wollte ich schnell ein paar Blumen für dich auf dem Indian Market besorgen. Ich war kaum fünfzig Meter entfernt, als das Büro explodierte. Ich hab ein paar Splitter abgekriegt, aber sonst ist alles in Ordnung. Nur«, er lächelte mühselig, »deine Blumen bekommst du ein anderes Mal.«

»Wie ist das passiert? Was sagt die Polizei?« Eng umschlungen gingen sie langsam ins Haus.

»Die Polizei schließt Brandstiftung nicht aus.«

Entsetzt blieb sie stehen. »Brandstiftung? Du meinst – heißt das, das hat dir gegolten?«

Er nahm ihr Gesicht in seine Hände. »Liebes, jetzt lass uns nicht gleich voreilige Rückschlüsse ziehen. Es kann Brandstiftung sein, es ist aber noch nichts bewiesen. Mir ist nichts passiert, das ist das wichtigste. Lass uns bitte mit niemandem darüber reden, solange wir nichts Genaues wissen.«

»Welch ein Tag!« seufzte sie und erzählte ihm von der Hausdurchsuchung bei Tita. »Sie war bewundernswert. Eiskalt!« »Daddy Kappenhofer wird's schon richten«, spottete Ian, mit einem bitteren Unterton. Es klingelte. Ihre Gäste waren angekommen. Leise schlossen sie die Tür.

❖

»Es war Brandstiftung«, sagte der Polizist und stocherte enthusiastisch in der stinkenden Asche des Büros herum. »Sehen Sie, Mr. Cargill, hier, das war der Brandsatz«, er hielt ihm einen Flaschenhals mit scharfen, zackig abgebrochenen Rändern hin, in dem noch die verkohlten Reste eines Stückchens Stoff steckten, »eine Art Molotowcocktail. Damit wurde eine hochexplosive Flüssigkeit in Brand gesetzt. Was können Sie uns dazu sagen?« Er war ein kleiner Mann mit tiefen Falten, die seine Mundwinkel umklammerten und auf einen kaputten Magen hindeuteten. In dem dunklen Anzug wirkte er wie ein ältlicher Konfirmand. Er hieß Ackroyd und roch etwas seltsam. Henrietta, die Ian begleitet hatte, hielt sich in seinem Windschatten.

»Wieso ich, was könnte ich denn dazu sagen?« fragte Ian gereizt. Er hatte beide Hände tief in die Hosentaschen gebohrt und rührte mit der Schuhspitze in der Asche herum.

Sorgenvoll blickte Mr. Ackroyd auf die Reste des Molotowcocktails. Er schien sich die Worte abzuringen. »Nun, Sie könnten ja Ihr Büro selber in die Luft gejagt haben, um äh – zum Beispiel einen Versicherungsschaden vorzutäuschen.«

»Seien Sie nicht albern, Mr. Ackroyd, warum sollte ich das? Ich verdiene meinen Lebensunterhalt mit diesem Laden hier.«

Mr. Ackroyd räusperte sich. »Nun«, sagte er bekümmert, »ich habe gehört, dass dieser – äh – Laden hier zumindest im Moment nicht sehr gut läuft.«

»Wer sagt das?« Ians schwarze Brauen zogen sich zusammen, seine Augen nahmen die Farbe von Gewitterwolken an.

Mr. Ackroyd wedelte seine blassen, schmalen Hände herum und blinzelte vage. »Nun, wir – äh – haben da so unsere Quellen.«

Mr. Naidoo drückte sich im Hintergrund herum. Als Henriettas Blick seinen traf, huschte ein Grinsen über sein dunkles Gesicht, dann verschwand er. Stirnrunzelnd sah sie ihm nach. Mr. Naidoo, der Verwalter, den Pete Marais geschickt hatte. Der eigentlich keine klar definierte Aufgabe hatte und den Ian nicht haben wollte. *Pete Marais!* Wenn sie nur einen Moment ungestört mit Ian reden könnte!

Mr. Ackroyd schob ein paar verkohlte Konstruktionszeichnungen hin und her. Sie lösten sich in weiße Aschenflocken auf, die in dem leichten Küselwind davondrifteten. »Bitte begleiten Sie mich zum Polizeirevier, Sie müssen mir noch ein paar Fragen beantworten«, sagte er seufzend, als sei ihm das alles zu viel.

»Was soll das heißen«, brüllte Ian los, dass Henrietta vor Schreck einen Satz machte, »bin ich verhaftet?«

Versteinert wartete sie auf die Antwort.

Mr. Ackroyd seufzte und wedelte wieder mit seinen Händen. »O nein, nein, alles nur Routine, keine Sorge.« Er ging zu seinem Auto, ein Wagen ohne Kennzeichnung, und öffnete die Tür. Eine Wolke von Mr. Ackroyds Körpergeruch entwich. Als Henrietta nach Ian einsteigen wollte, hielt er sie zurück. »Nein, Mrs. Cargill, Sie fahren besser nach Hause zu Ihren Kindern. Sicher haben Sie Ihren Mann bald wieder.«

Sie stand einfach da und konnte sich nicht rühren. *Sicher?* Das musste ein schlechter Traum sein, das konnte unmöglich in Wirklichkeit passieren. »Woher wissen Sie, dass wir Kinder haben?« stammelte sie.

»Oh«, machte Mr. Ackroyd, wiegte seinen Kopf, wedelte mit seinen Händen, sagte aber sonst nichts.

Ian ergriff ihre Hand durchs Fenster. »Honey, ruhig, Liebling. Ruf Cedric an, und sag ihm, er soll mich im Polizeihauptquartier treffen. Der zuständige Mann heißt Ackroyd. Nimm meinen Wagen, und fahr nach Hause.« Er zog seine Hand zurück, und sie fuhren davon.

Sie sah ihn nur noch als Silhouette im Rückfenster des Polizeiautos. Er drehte sich noch einmal um und winkte. Durch den Tränenschleier verschwammen seine Züge. Sie hatte das Gefühl, gleich ohnmächtig zu werden. Polizei, Gefängnis – o mein Gott!

Als kleines Kind war sie, wenn sie Angst hatte, in Großmamas alten Dielenschrank gekrochen, hatte ein lockeres Brett angehoben und war in die darunter liegende geräumige Schublade verschwunden. Kein Mensch hatte sie je dort gefunden. Mit hängenden Armen stand sie da, den Kopf gesenkt, und versuchte, wieder festen Boden unter den Füßen zu bekommen. Sie wünschte sich in ihr kleines, geheimes Versteck, zusammengerollt, den Daumen im Mund. Aber sie stand noch immer auf dem Fabrikhof an diesem strahlenden Tag, der Wind, aufgeladen mit dem

Duft der Frangipani, spielte in ihren Haaren, und ihr Mann saß in einem Polizeiauto und wurde beschuldigt, seine Fabrik in die Luft gejagt zu haben. Es war einfach unwirklich. Plötzlich spürte sie jemanden hinter sich. Sie fuhr herum. Ein Schwarzer stand vor ihr, geölte Haare glänzten in der Sonne, freundliche, dunkle Augen ruhten auf ihr.
Er schluckte, sein Adamsapfel hüpfte auf und ab, sodass die Narbe, die sich über seinen Hals von einem Ohr zum anderen zog, zu grinsen schien. »Machen Sie sich keine Sorgen, Madam«, flüsterte er, »ich hab ihn gesehen. Ich werde mich um ihn kümmern.«
Sie starrte die Narbe an. Wo hatte sie diese Narbe schon einmal gesehen? »Wen?« brachte sie dann heraus.
Er ging nicht darauf ein. »Geh in Frieden«, sagte er und glitt davon, lautlos und geschmeidig, obwohl er ein muskulöser, großer Mann war. Eben war er hier, dann war er weg, und die Luft hatte sich nicht bewegt. Plötzlich fiel es ihr ein. Der Mann nachts in ihrem Garten, vor etwa zwei Jahren, Sarahs Besucher! Und nun arbeitete er hier. Zufall? Wer war er? Was bedeutete das?
Reiß dich zusammen und rufe Cedric an, Ian braucht dich!
Das verängstigte Kind in ihr gehorchte. Sie lief zu einem benachbarten Bürogebäude und bat, telefonieren zu dürfen. Sie erreichte Cedric sofort. Etwas jedoch hielt sie zurück, ihm zu erzählen, was ihr der Mann mit der Narbe zugeflüstert hatte. Cedric versprach, sofort zum Polizeihauptquartier zu fahren. Dann stieg sie in Ians Auto und fuhr nach Hause. Und wartete. Sie spielte mit ihren Kindern, tauchte ein in ihre kleine Welt und schaltete ihre Gedanken ab. Sie konzentrierte sich ganz auf Julia und Jan, und irgendwie verging der Tag.
Um fünf Uhr klingelte das Telefon, und für einen Moment wirbelten ihr die entsetzlichsten Visionen in grausamen Einzelheiten durch den Kopf. Mit einer übermächtigen Willensanstrengung zwang sie sich, den Hörer abzuheben. »Hallo«, flüsterte sie rau.
»Ich bin's, Honey, ich komm' jetzt nach Hause. Es ist alles in Ordnung, mach dir keine Sorgen.«
Die Erleichterung traf sie wie eine Faust im Magen. Sie fiel auf einen Stuhl. »Was ist passiert«, brachte sie hervor.

»Gar nichts. Ich hab ein Alibi, das sie nicht erschüttern können. Ich erzähle es dir, wenn ich nach Hause komme. Denk dran, das Telefon ist nicht sicher.« Dann legte er auf.

Sie hob ihre Zwillinge hoch und tanzte mit ihnen durchs Haus. Fünfzehn Minuten später war er zu Hause. Er musste gefahren sein wie der Teufel. Wortlos fiel sie ihm in die Arme. »Es gab nur einen Zeitraum, wo der Brandsatz gelegt werden konnte«, sagte er, »und da war ich beim Zahnarzt. Ich hatte niemandem Bescheid gesagt, denn es war nur ein kurzer Termin vorgesehen, doch David Knight fand zwei große Löcher. So dauerte es wesentlich länger. Wer immer diesen Brandsatz gelegt hat, nahm wohl an, dass ich nur kurz aufs Klo gegangen war. Pech für ihn.«

Dann erzählte sie ihm von dem Mann mit der Narbe. »Ich bin sicher, dass ich ihn vor zwei Jahren nachts bei Sarah gesehen habe!«

»Vilikazi. Er ist mein Vorarbeiter. Er kommt aus Eshowe. Hat er nicht gesagt, wen er damit meint?«

»Nein, aber er wirkte wie ein Vulkan vor dem Ausbruch.« Ian lächelte etwas. »Vilikazi ist ein guter Kerl, wir verstehen uns. Er hat immense körperliche Kräfte und ist ein gefürchteter Straßenkämpfer. Hast du die Narbe gesehen? Ein Andenken an eine dunkle, gefährliche Nacht in Kwa Mashu. Drei Totsies haben versucht, ihm die Kehle durchzuschneiden. Keiner hat überlebt. Aber hat er einmal jemandem seine Loyalität geschenkt, bleibt es auch dabei.«

»Da bin ich beruhigt. Seltsamerweise flößt er mir Vertrauen ein.« Sie schmiegte sich an ihn, sie brauchte die Berührung seiner Haut. »Ich hatte furchtbare Angst, dich nie wieder zu sehen.«

»Liebes, das ist absurd. Vor Gericht hätte sich das alles geklärt.«

»Ich trau' der Polizei hier nicht, man liest so viel über ihre Brutalität. Sie haben so erschreckend viel Macht.«

»Als Weißer bist du einigermaßen sicher, als Schwarzer allerdings möchte ich hier nicht in ihre Mühlen geraten.«

»Trotzdem bin ich zutiefst dankbar, dass du zwei Löcher in den Zähnen hattest. Ich möchte wissen, wer das Feuer gelegt hat! Naidoo? Auf Befehl von Pete?«

Ian schüttelte den Kopf. »Ich kann nicht glauben, dass Pete Marais dahinter steckt. Warum, Honey, welchen Vorteil hätte er?«
»Vielleicht will er den Profit nicht mehr mit dir teilen. Du hast den Markt hier erschlossen, hast die technischen Probleme aus dem Weg geräumt. Er will den Gewinn allein einstreichen!«
»Ich weigere mich einfach, das in Betracht zu ziehen. Ich kenne Pete, ich kann und will mir das einfach nicht vorstellen.«
»Du hast Pete seit vielen Jahren nicht gesehen. Versprich mir, dass, wenn in Zukunft etwas Merkwürdiges passiert, du es unter diesem Aspekt betrachtest.«
»Versprochen«, sagte er und begann, sie zu küssen. »Du bist unglaublich sexy, weißt du das?« murmelte er.
Später saßen sie noch lange eng umschlungen auf der Veranda. »Da ist noch etwas«, sagte Ian, »Mr. Ackroyd hat mir in eindringlicher Weise nahe gelegt, dass wir die südafrikanische Staatsangehörigkeit annehmen sollten. Dann würde alles leichter sein für uns.«
»Wie ist das zu verstehen«
»Nun, er hat sich nicht sehr präzise ausgedrückt, aber er kam mehrfach darauf zurück.«
»Hättest du mich vor einem Jahr gefragt, hätte ich sofort zugestimmt. Aber jetzt!« Sie suchte nach Worten, die das schleichende Unbehagen beschreiben konnten, das bisher nur als flüchtiger, dunkler Schatten durch ihre Gedanken huschte und nur als ein unbestimmtes Gefühl der Unruhe zurückblieb. »Ich fühle mich erpresst.«
»Die Kinder sind sowieso Südafrikaner von Geburt, das weißt du, nicht wahr? Darauf wies er mich auch hin.«
Der Schatten wurde größer. »Die Kinder? Nein, das hab ich nicht gewusst. Du hast einen englischen Pass, ich einen deutschen, ich dachte, sie wären zumindest Engländer.« Sie war zutiefst besorgt. »Das Recht des Staates geht hier über das Recht der Eltern. Weißt du, was das heißt? Die können uns unsere Kinder nehmen, wenn wir einmal ausreisen wollen.« Ihre Blicke trafen sich, entsetzt. »Was sollen wir nur machen?«
»Ich werde den deutschen Konsul anrufen, ich hab seine Privatnummer.« Er griff zum Telefon. »So«, sagte er zufrieden nach einem längeren

Gespräch, »es gibt einen Ausweg. Wir beantragen offiziell den Widerruf ihrer südafrikanischen Staatsangehörigkeit beim Innenminister und gleichzeitig eine detaillierte Geburtsurkunde. Auf den normalen Geburtsurkunden sind Vater und Mutter ja nicht aufgeführt – angeblich um uneheliche Kinder zu schützen –, sondern nur, ob das Baby männlich oder weiblich ist und zu welcher Rasse es gehört. Typisch. Das ist das wichtigste hier. Mit dieser Geburtsurkunde bekommen wir deutsche Pässe für unsere beiden, dann sind sie sicher. Sonst unterläge Jan ab seinem vierzehnten Lebensjahr der Wehrüberwachung und dürfte nur noch mit staatlicher Erlaubnis ausreisen und müsste seinen Kriegsdienst hier ableisten.«

»Kriegsdienst! Welch ein perverses Wort! Wir müssen die Urkunden sofort beantragen.«

Das Telefon klingelte. »Henrietta, wie geht es Ian?« Titas besorgte Stimme. »Können wir etwas tun?«

Ein kurzer Bericht über die Explosion war bereits in der Abendzeitung erschienen. »Nein, es ist ihm nichts passiert, dem Himmel sei Dank.« Von dem Verdacht der Polizei sagte sie nichts. Nicht am Telefon. »Was ist aus der Hausdurchsuchung geworden?«

»Oh, alles in bester Ordnung«, antwortete ihre Freundin, »Daddy spielt mit dem Justizminister Golf. Neil wird nichts passieren.«

»Ich bewundere dich, Tita, ich wäre total in Panik geraten.« Tita lachte. »Oh, mein Vater ist mit dem halben Kabinett auf Duzfuß. Da kuschen selbst die Bluthunde von BOSS. Außerdem war die Sache wohl mehr als eine Warnung gemeint. Aber Neil wird sich vorsehen müssen. Die Sportredaktion ist genau richtig für ihn. Er ist zwar wütend, dass Daddy wieder alles geregelt hat, aber er beruhigt sich schon wieder.« Sie seufzte. »Er möchte so gerne ein großer Freiheitskämpfer sein, er hat einen Hang zum Heldentum. Geld und Einfluss passen da nicht ins Bild.«

»Tita, auch ein goldener Käfig ist ein Gefängnis! Wenn du nicht vorsichtig bist, wird er immer versuchen auszubrechen.«

»Manchmal, liebe Henrietta, bist du ganz und gar unerträglich deutsch!« zischte ihre Freundin und warf den Hörer auf die Gabel.

Sie lächelte. Es war Titas Art, ihr recht zu geben.

❖

Gleich am nächsten Tag ließ Ian Vilikazi kommen und fragte ihn, was er gesehen hatte.
»Er sah an mir vorbei in die blaue Ferne«, erzählte er ihr abends, »und meinte: ›Es ist besser, wenn Sie das nicht wissen, Boss.‹ Damit klappte er seinen Mund zu wie eine Muschel, und das war's.«
Vier Tage später, sie saß in ihrem Büro und überflog die Lokalseite der *Daily News*, blieben ihre Augen an einer kleinen Meldung hängen. »Die Leiche eines Mannes indischer Herkunft wurde heute aus dem Hafenbecken gezogen. Trotz schwerster Gesichtsverletzungen gelang es der Polizei, seine Identität als Mr. Muhammed Naidoo festzustellen. Als Todesursache wurde Ertrinken angegeben.« Wie in Trance griff sie zum Telefon. »Honey«, fragte sie, als Ian sich meldete, »Mr. Naidoo ist heute nicht gekommen, nicht wahr?«
Seine Stimme klang erstaunt. »Ja, woher weißt du das?«
»Heißt er zufällig Muhammed mit Vornamen?« Als Ian das wieder erstaunt bejahte, las sie ihm den kurzen Bericht vor. »Ich muss immer an Vilikazis Worte denken. ›Ich werde mich um ihn kümmern‹, sagte er wortwörtlich. Ian, denkst du, was ich denke?«
Sein Schweigen war sehr laut. »Verdammt«, sagte er, »hast du damals Cedric davon erzählt? Nein? Gut! Rede mit niemandem darüber. Wir müssen so tun, als wüssten wir nichts, sonst geraten wir da in etwas, bei dem mir schon mulmig wird, wenn ich nur daran denke!«
Und dabei blieb es. Mr. Naidoo kam nie wieder, niemand erwähnte den Vorfall. Vilikazi war nett und freundlich wie immer und lächelte jedes Mal, wenn er Henrietta sah.
Die Sache mit der Explosion wurde, nachdem Ians Alibi feststand, mit überraschender Schnelligkeit als ungelöst zu den Akten gelegt. Die Versicherung sagte ihre Zahlung zu, und Ian ließ sein Büro wieder aufbauen. Vierzehn Tage nach dem Unglück konnte er einziehen.
Das Verhältnis zu Pete Marais verschlechterte sich rapide. Ian rannte überall gegen Mauern. Brauchte er für einen großen Auftrag eine neue Maschine, zögerte Pete die Entscheidung so lange hinaus, dass die Ma-

schine zu spät geliefert wurde und der Auftrag inzwischen an die Konkurrenz vergeben worden war. Ian stand dann da mit der teuren Maschine, aber ohne Auftrag und musste sich von Pete Marais eine Tirade über Unternehmensplanung anhören.
»Es macht mich krank«, sagte er eines Morgens beim Frühstück, ungewohnt schlecht gelaunt, »ich wünschte, ich könnte mich von ihm trennen, aber daran ist vorerst nicht zu denken. Ich bin finanziell der schwächere, der viel schwächere Partner. Ich habe mich selten in jemandem so getäuscht wie in Pete.«
Seine schwarzen Haare sträubten sich. Sie unterdrückte den Impuls, darüber zu streichen. Sie war sicher, sie würden Funken sprühen, so gereizt schien er.
Ein paar Wochen später erhielten sie den Widerruf der südafrikanischen Staatsangehörigkeit der Zwillinge, unterschrieben vom Innenminister persönlich. Daraufhin stellte das Deutsche Konsulat den Kindern grüne Pässe aus, die sie unter normalen Umständen erst mit vierzehn Jahren erhalten hätten. Zutiefst erleichtert legte Henrietta die Pässe in ihren Safe.

Zwölftes Kapitel

Es versprach ein brütend heißer Dezembertag zu werden. Durban schwitzte schon morgens unter einer schwefelgelben Hitzedecke, die einem den Atem nahm und die Menschen reizbar und kribbelig machte. Henrietta rührte in ihrem Kaffee herum. An diesen Tagen ging sogar ihr das Tosen der Brandung, das nie aufhörte, das nie vollkommene Stille zuließ, auf die Nerven. »Lass uns heute Abend ausgehen, wir können beide eine Abwechslung gebrauchen.«
Lebhaft hob er den Kopf, ein erfreutes Lächeln im Gesicht.
»Gut, dass du das sagst. Vilikazi und Temba, mein Buchhalter, haben ein Iculo i Drama, wie Temba es nennt, ein Gesangsdrama geschrieben. Vilikazi die Musik, Temba den Text. Sie haben mich gefragt, ob wir für den Prospekt Fotos von der Generalprobe machen könnten. Du fotografierst doch so gut, könntest du es machen?«
»Ja, sicher, gerne. Wo ist das?«
»So genau weiß ich das nicht. Wir werden uns bei der Fabrik treffen und dann zusammen hinfahren, wo immer es ist.«
Vilikazi, Temba und vier ihrer Freunde warteten bereits vor der Fabrik und stiegen zu ihnen ins Auto. Temba presste sich neben Henrietta ans Fenster, die auf der durchgehenden Vorderbank fast auf Ians Schoß gerutscht war, der am Steuer saß. Die anderen fünf quetschten sich irgendwie auf den Rücksitz. Die tiefe Stimme Tembas, die geradewegs aus seinem beachtlichen Bauch zu kommen schien, führte sie durch ein Labyrinth von Abzweigungen, und bald wusste weder sie noch Ian, wo sie sich befanden.
Die Nacht war pechschwarz, Straßenlaternen gab es schon seit einigen Kilometern nicht mehr, über ihnen ballte sich ein Gewitter zusammen. Sehen konnten sie es nicht, aber fühlen und riechen. Die Luft war elek-

trisch aufgeladen und roch nach Schwefel, aber noch regnete es nicht. Alle Fenster waren heruntergekurbelt, doch auch der Fahrtwind war heiß und feucht. Waschküchenatmosphäre. Im Wageninneren war die Luft zum Schneiden, aber merkwürdigerweise fühlte sie sich wohl. Eingeklemmt zwischen schwitzenden schwarzen Menschen, ihre Haut gegen Tembas Haut gepresst, die ölig glänzte vor Schweiß, ihren Geruch in der Nase nach Rauch und Erde und etwas, von dem sie wusste, dass sie es kannte aus einer Zeit, lange bevor ihre Erinnerung begann, fühlte sie sich wohl und geborgen. Sie spürte flüchtige Verwunderung darüber, denn für gewöhnlich konnte sie so intensive körperliche Berührung fremder Menschen nicht ertragen.
Der Straßenbelag wurde schlechter, Schlaglöcher, eins neben dem anderen wie Pockennarben, schüttelten sie durch. Dann brach der Asphaltbelag ab, und sie fuhren auf der Wellblechoberfläche einer vielbenutzten Sandstraße. Auf dem Rücksitz herrschte anfänglich Schweigen, dann, langsam und vorsichtig, wie Tiere, die aus ihrer Deckung kamen, antworteten Vilikazi und seine Freunde auf ihre Fragen, lachten über ihre Scherze. Bald erfüllten Lachsalven das Auto, unterbrochen von Bemerkungen in gutturalem Zulu, denen wieder Heiterkeitsausbrüche folgten. Sie wusste, dass die Zulus über sie und Ian lachten. Sie wusste aber auch, dass nichts Verletzendes darin lag.
Endlich hielten sie auf einem kleinen Vorplatz vor einem einstöckigen Gebäude. In überschäumender Stimmung sprangen sie aus dem Wagen und wurden sofort von einer kleinen Menschenmenge umringt. Im Licht der noch fernen Blitze eines Gewitters, das sich mit dumpfem Grollen über dem Tal der Tausend Hügel ankündigte, glänzten dunkle Gesichter, schneeweiße Zähne leuchteten.
»Wir sind mitten in Kwa Mashu, und wir sind die einzigen Weißen«, flüsterte Ian auf Deutsch, »damit habe ich nicht gerechnet!«
Temba und seine Freunde nahmen sie in die Mitte und geleiteten sie in das Gebäude, das nur aus einer einzigen, lang gestreckten Halle bestand. Sie war aus Holz und zu klein für die vielen Menschen, die sich hineindrängten. Es war stickig und roch nach verschwitzten Körpern und Zigaretten, obwohl einen halben Meter unter der hohen Decke mehrere

Fenster geöffnet waren. Über allem lag der beißende Rauch der unzähligen Kohlefeuer, die in den Hütten der Township brannten. Strom gab es nur in den Gemeinschaftsräumen.
Temba stand neben Ian. »Sir«, wisperte er, »ich werde Ihnen die Handlung übersetzen. Nach der Pause kann Mrs. Cargill dann fotografieren.« Er, der Buchhalter, und Vilikazi waren die Einzigen, die Ian nicht Master nannten.
Eine Gruppe junger Männer lief über eine schmale Seitentreppe auf die Bühne, die völlig kahl und ohne jede Dekoration war. Einige setzten sich auf kleine Hocker, fellbezogene Trommeln zwischen den Knien. Vor sich hin summend, ein paar Tanzschritte ausprobierend, gruppierten sich mehrere Frauen auf der gegenüberliegenden Seite. Ihnen folgte eine junge Frau. Sie trug ein braunes, durchgeknöpftes Kleid, aber kein Kopftuch, und ausgetretene, flache Schuhe ohne Schnürsenkel. Sie stellte sich ganz nah an die Rampe und schloss die Augen. Die Menge verstummte. Langsam holte sie tief Luft und begann zu singen.
Es kribbelte Henrietta den Rücken hinunter, so klar und schwerelos war ihre Stimme, und doch füllte sie mühelos ohne Mikrofon die Halle.
»Sie ist eine Frau aus Kwa Zulu.«, flüsterte Temba neben Ian, »ihr Mann arbeitet in den Goldminen, sie muss vier Kinder versorgen, und er hat seit vier Monaten kein Geld mehr geschickt. Sie will sich jetzt aufmachen und ihn in Egoli, in Johannesburg, suchen.«
Der Chor der Frauen übernahm, sang von den Frauen, die im Feld arbeiten, sang von ihrer Einsamkeit, während ihre Männer zweitausend Meter unter der Erde in den Minen Egolis das Gold aus der Erde kratzten, spielte mit der Melodie, und die rauen Bässe der Männer erzeugten einen spannungsgeladenen Hintergrund. Die Sängerin warf ihren Kopf zurück und schrie ihr Schicksal heraus, ihre Stimme wurde tiefer, voller, und die Trommeln antworteten ihr. Henrietta hielt den Atem an. Es war, als liefe die Musik wie Wellen durch die Körper der Sänger, sie warfen ihre Arme hoch, wirbelten herum, stampften mit den Füßen. Die Trommler hatten ihre Augen geschlossen, Schweiß rann ihnen in Bächen über die Gesichter. Gelegentlich stießen sie hohe, helle Schreie aus. »Aiii!« schrien sie und lachten, mitgerissen von ihrem eigenen Rhythmus.

»Aiii!« antworteten die Zuschauer und begannen zu tanzen. Ian und Henrietta standen wie gebannt. Tembas Stimme ertrank in der Musik, aber die Ausdrucksstärke der schwarzen Schauspieler und Sänger genügte, um ihnen die Geschichte zu erzählen.
Nach Egoli machte sich die junge Frau auf und suchte ihren Mann. Es erging ihr schlecht auf ihrem beschwerlichen Weg, ihr Geld wurde ihr gestohlen, und sie hungerte. So musste sie sich bei einem weißen Farmer verdingen, der sie schlug. »Aber sie erreicht Egoli«, hörte Henrietta Temba sagen, »und als sie ihren Mann findet, hat er eine neue Frau, eine aus Alexandra, der großen Township in Egoli, und schon zwei Kinder mit ihr.«
Henrietta schlug den Takt mit den Füßen und wiegte ihren Oberkörper, Ian summte laut mit, um sie klatschte und tanzte die Menge, die Frauen stießen hohe, durchdringende trillernde Schreie aus. Die Trommeln zwangen Henriettas Herzschlag in ihren Rhythmus, ihr Puls jagte hoch, und dann klatschte und tanzte sie auch mitten in der dampfigen, wogenden Menge, und nur ihre weiße Haut unterschied sie von den anderen.
In der kurzen Pause ging sie auf die Bühne, um den besten Standpunkt für die Aufnahmen zu suchen. Die Trommler hatten ihre Instrumente stehen lassen, und sie setzte sich vor eine der Trommeln. Ihre Hände streichelten die Oberfläche aus straff gespanntem Fell. Mit der Handfläche schlug sie leicht darauf. Die Trommel antwortete mit einem vibrierenden Ton. Ihre andere Hand hob sich wie von allein von ihrem Schoß, und ihre Finger tanzten über die Membrane. Und plötzlich ergriff ein Rhythmus ihren ganzen Körper, hob ihre Arme, ließ ihre Handflächen, die Spitzen ihrer Finger auf die Trommel schlagen. Sie roch wieder trockenes süßes Gras, roch Rauch, hörte die kehligen Stimmen. Das berauschende Gefühl von Dazugehören hüllte sie ein. *Hier gehöre ich hin.* Traumwandlerisch sicher fand sie den Takt, sie hielt die Augen geschlossen, ihr Körper folgte der Melodie, die in ihrem Kopf dröhnte. Ihr rannen die Tränen über das Gesicht, ohne dass sie sich dessen bewusst war.
Als sie wie aus einer Trance erwachte, hörte sie die Menge im Takt klatschen, hörte ihre Rufe, sah Ian, der unmittelbar unter ihr vor der

Bühne stand und klatschte, sein erregtes, strahlendes Gesicht das Einzige weiße in einem Meer von schwarzen. Als sie endlich innehielt und aufstand, etwas verlegen, wieder mit ihren eckigen, europäischen Bewegungen, schüchtern lächelnd über ihren eigenen Exzess, trampelten, lachten, klatschten alle. »Hey«, riefen sie, »sie hat eine schwarze Seele, wer hätte das gedacht, sie kann es!«

Mit tränenglänzenden Augen lief sie in Ians Arme. Nach der Pause begab sie sich auf die Bühne, seitlich unmittelbar an die Rampe, um Nahaufnahmen der Schauspieler zu machen. Temba war ihr gefolgt, und die Schauspieler versammelten sich wieder auf der Bühne. Die Pause war zu Ende. Eine junge Frau fiel ihr auf, die ihr kleines Kind auf den Rücken gebunden trug und nicht lachte, sondern sie mit ihren Gazellenaugen bannte. Sie sang in dem Chor der Frauen mit.

»Die Frau beschließt jetzt, die andere umzubringen«, flüsterte Temba, »denn die andere hat ihren Mann verhext.«

Auf der Bühne herrschte ein großes Durcheinander, und mehr als einmal musste Henrietta sich vor dem turbulenten Geschehen in Sicherheit bringen.

»Jetzt bringt sie ihn um«, bemerkte Temba, der Autor, zufrieden. »Mit einem Panga, einem Hackmesser, während er schläft.«

Henrietta fotografierte.

Zwei Männer mit Schlagstöcken ergriffen die Hauptdarstellerin und schleppten sie, brutal auf sie einschlagend, von der Bühne.

»Sie ist verhaftet worden«, erklärte der Autor das Ende des Stücks, »und nun wird sie erst vergewaltigt und dann aufgehängt.«

Die Menge brüllte, wie mit einer Stimme, deutlich unmutig, und Temba schrie einige Worte hinunter. Er hörte sich die Antworten an und lachte sein tiefes, sattes Lachen. »Sie wollen ein gutes Ende sehen, sagen sie, das wirkliche Leben sei hart genug. Ich werde es umschreiben müssen.« Er verschwand hinter der Bühne.

Plötzlich stand die junge Frau neben Henrietta. Sie war eigentlich noch ein junges Mädchen, klein und rundlich prall mit seidiger, dunkler Haut. Sie trug einen buntgemusterten formlosen Kittel, das Tuch, das ihr Kind hielt, hatte lange Fransen. Sie hob ihr breitflächiges, offenes

Gesicht zu der weißen Frau. »Madam, helfen Sie mir«, wisperte sie.
Sie war bildhübsch. Henriettas geübtes Auge sah die edle Knochenstruktur unter dem Babyfett. *In einer anderen Gesellschaft wäre sie eine gefeierte Schönheit.* »Wenn ich es kann«, antwortete sie, eigentlich gegen ihren Willen. Sie fühlte einen Sog, der von dieser jungen Frau ausging, eine Intensität, der sie sich lieber entzogen hätte.
»Mein Mann ist verschwunden. Die Polizei kam eines Nachts, und seitdem ist mein Mann verschwunden. Ich habe Angst, dass sie ihn ins Gefängnis gesteckt haben, dass sie ihn dort totschlagen. Niemand will mir etwas sagen. Bitte helfen Sie mir, Madam.«
Sie zog die Brauen zusammen, wie zur Abwehr. »Wie kann ich das, wen sollte ich fragen?« Über die Köpfe der Menschen hinweg entdeckte sie Vilikazi. Er blickte sie unverwandt an, ein leidenschaftlicher Blick, nur an sie gerichtet. Und dann verstand sie. Mr. Naidoo. Er forderte eine Schuld ein. Sie senkte ihre Augen. »Gut«, sagte sie endlich, »ich werde es versuchen. Wie ist sein Name?«
»Cuba Mkize, Madam«, flüsterte das Mädchen und verschwand in der Menge. Henrietta blieb im Widerstreit ihrer Gefühle zurück.
Nachts um zwei verließen sie Kwa Mashu. Temba und seine Freunde quetschten sich wieder zu ihnen ins Auto und begleiteten sie sicher bis zur Fabrik. Die Filme behielt Vilikazi. »Es ist besser so, Madam, wer weiß, wer die Bilder dann im Fotolabor sieht.«
So konnte sie die Bilder dieses Abends nur als Erinnerung mitnehmen. Es war heiß und schwül diese Nacht, das Gewitter hatte keine Abkühlung gebracht. Vom ablandigen Wind über die Hügel getragen, hörten sie kaum wahrnehmbar das Dröhnen dumpfer Trommeln. Ihr unterschwelliger Rhythmus pulsierte in ihrem Blut und ließ sie lange wach liegen.
Sie erzählte Ian von der jungen Frau. »Ich habe keine Ahnung, wen ich fragen könnte. Aber ich bin sicher, dass Vilikazi von mir erwartet, dass ich etwas unternehme.«
»Frag Neil, als Journalist muss er das wissen. Er hat sicher seine Kontakte.«
Am nächsten Morgen erreichte sie Neil in der Redaktion in Durban. »Neil, Henrietta hier, wie geht es dir?«

»Hallo, welch nette Überraschung! Was kann ich für dich tun? «
»Eine junge Schwarze hat mich um Hilfe gebeten, und zwar ist ihr Mann nach einem Polizeieinsatz verschwunden. Keiner gibt ihr Auskunft, wo er ist. Du hast doch deine Verbindungen, wäre es möglich, da etwas in Erfahrung zu bringen? Weißt du, ich bin einem Freund von dieser jungen Frau in gewisser Weise verpflichtet, da möchte ich als Gegenleistung versuchen zu helfen,«
»Hm, wie heißt der Mann?« »Cuba Mkize.«
Neil bekam einen wilden Hustenanfall, konnte offensichtlich kaum sprechen. »Ich ruf dich gleich zurück«, krächzte er. Dann war die Leitung getrennt.
Minuten später klingelte ihr Telefon. »Nenn meinen Namen nicht«, hörte sie Neils Stimme, »ich rufe aus einer Telefonzelle an. Heraus damit, wo hast du diesen Namen gehört?«
»Wieso?« Sie stotterte. »Von dieser jungen Frau ...«
»Wo hast du die kennen gelernt? Ehrlich bitte!«
Sie antwortete nicht gleich. Sie war zutiefst erschrocken von dieser Reaktion und zögerte, von dem Ausflug nach Kwa Mashu zu berichten. »Das erzähl' ich dir lieber persönlich. Wir kommen heute Abend zu euch, ganz kurz nur. Ist dir das recht?«
»Okay – und, liebe Freundin, rede mit niemandem sonst darüber, aber wirklich niemandem, verstanden?« Er legte auf.
»Kommt rein«, sagte er, als er ihnen abends die Tür öffnete. Bevor er sie schloss, warf er einen kurzen, prüfenden Blick auf die Straße. Henrietta verdrehte die Augen. Er schien wirklich paranoid zu sein, wie Tita einmal bemerkte. Diese kam ihnen entgegen, träge wedelte sie sich mit den Händen Kühlung zu. Sie trug nur ein leichtes Hemd über ihrem Bikini. »Kommt bloß mit raus auf die Terrasse. Im nächsten Sommer werde ich Airconditioning einbauen lassen. Ich zerfließe gleich!«
»Scheußlich«, kommentierte Ian, »drinnen wirst du tiefgekühlt und draußen gebraten. Sehr ungesund.«
Neil beteiligte sich nicht an dem lockeren Geplänkel. Seine Miene war todernst, aggressiv. »Sag mal, Henrietta, wisst ihr eigentlich, wer Cuba Mkize ist?«

Sie zuckte die Schultern. »Nein, wissen wir nicht. Sag es uns.«
»Cuba Mkize ist einer der am meisten gesuchten Saboteure, einer der Anführer von Umkhonto we Sizwe, dem Speer der Nation, dem militärischen Flügel des ANC. Woher hast du seinen Namen?«
So erzählte sie ihren Freunden von diesem unvergesslichen Abend im Kwa Mashu. Tita starrte in ihren Whisky und ließ die Eisstücke kreisen. Neil saß wie versteinert. »Seid ihr völlig verrückt geworden? Was habt ihr euch dabei gedacht?« fragte er endlich.
»Neil, ich hab ein paar Fotos gemacht, was ist schon dabei?« »Abgesehen davon, dass es für euch lebensgefährlich war, allein in eine Schwarzensiedlung zu gehen – erinnert ihr euch nicht an die weiße Nonne, die sich für die Schwarzen in Kwa Mashu aufopferte und trotzdem von denselben Menschen bestialisch ermordet wurde? Sie ist bei lebendigem Leib in Stücke gehackt worden! Also abgesehen davon, seid ihr dort ohne polizeiliche Erlaubnis gewesen, und das noch nachts. Ihr habt haufenweise Gesetze gebrochen, und zwar die, bei denen die Polizei überhaupt keinen Spaß versteht.«
»Hör mal, alter Junge«, warf Ian ein, »wer soll denen denn davon erzählen?«
»Alter Junge«, spottete Neil, aber er lächelte nicht dabei, »glaubst du wirklich, dass du dort einen unbeobachteten Schritt getan hast? Die haben Spitzel überall! Habt ihr das mit Liz und Tom Kinnaird nicht gehört?«
»Nein. Was ist passiert?«
»Sie kamen aus der Schweiz und sind bei der Landung in Johannesburg verhaftet worden.«
Henrietta sah ihn ungläubig an. »Liz? Machst du Witze?«
»Devisenvergehen. Sie sollen illegal Geld in die Schweiz gebracht haben. Du weißt, das ist schlimmer als Mord in Südafrika.«
»Neil, welchen Grund sollten sie haben?«
»Sie haben Frank in eine Klinik in der Schweiz gebracht. Die Schweizer wollen durch eine ganz neuartige Operation versuchen, seine ursprüngliche Persönlichkeit wiederherzustellen. Um den Klinikaufenthalt bezahlen zu können, ließ Tom offensichtlich einen Prozentsatz jeder

Überweisung für Aufträge aus Übersee auf ein Schweizer Konto transferieren. Bei einer Steuerprüfung fiel dem Prüfer auf, dass die Erträge seiner Firma erheblich zurückgegangen sind, während andere dieser Branche florierten, und er bohrte nach.«

»Konnten sie die Klinik nicht offiziell von hier aus bezahlen?«

»Gesetz ist Gesetz. Man darf kein Geld aus dem Land bringen. Es ist überhaupt verboten, Auslandskonten zu haben.«

»Und deswegen kommen Kinnairds ins Gefängnis?« Ihre Kopfhaut prickelte. *Auslandskonten!* Was war ihr Erbschaftskonto? »Was ist das nur für ein Land!« rief sie unvorsichtig. »Du kriegst einen Maulkorb verpasst, Liz und Tom, die ihren Sohn retten wollen, werden gezwungen, etwas zu tun, das mit Gefängnis bestraft wird. Das grenzt doch an Diktatur!«

»Hast du endlich begriffen? Genau das meinte ich.«

Allmählich ballte sich ein ungutes Gefühl in ihrem sensiblen Magen. »Was sollen wir nun machen?«

»Hoffen und beten«, knurrte Neil. »Mkize ist bei einer Polizeirazzia angeschossen worden und seitdem verschwunden. Die Polizei sucht ihn fieberhaft, und von mir habt ihr das nicht gehört!« Er sah seinen Freund unter zusammengezogenen Brauen an. »Ian, ich meine das todernst. Muss Gladys einmal nach Kwa Mashu, setze ich sie eine Straße davor ab, ich bin noch nie in Kwa Mashu gewesen.«

Henrietta fing einen Blick von Tita auf, den sie nicht zu deuten wusste.

»Als wollte sie ihn Lügen strafen«, erklärte sie Ian, nachdem sie sich verabschiedet hatten und durch die tintenschwarze Nacht nach Hause fuhren.

»Er als Journalist war bestimmt schon heimlich in der Township, ich kenne Neil. Ich bin sicher, dass er sich politisch für sein Land gegen die Regierung engagiert, und es wäre lebensgefährlich für ihn, darüber zu reden. Sein farbloses Äußeres ist da eine ganz hervorragende Tarnung.«

»Also, glaubst du das alles?«

»Ich will es nicht glauben, aber Neil weiß, was er sagt, er neigt nicht zu Phantastereien. Ich sag es Vilikazi, und damit ist für uns die Sache erledigt.«

❖

Am Montag darauf standen Liz und Tom Kinnaird vor Gericht. Henrietta, die sich mit Tita im Gerichtssaal verabredet hatte, hatte vorher noch Besorgungen zu machen und wartete jetzt ungeduldig an der Ampel am Fuße der Weststreet. Sie war spät dran. Ein Wagen glitt an ihr vorbei, hielt wenige Meter vor ihr neben einem hochgewachsenen Inder. Am Steuer saß ein Schwarzer in dunkelblauer Chauffeursuniform. Er hatte ein schmales, langes Gesicht, nicht das runde der meisten Zulus. Der Inder, äußerst elegant in einem hellen Anzug, öffnete die Autotür und stieg ein. Das Licht fiel auf eine junge Inderin, goldbraun und klassisch schön, die ihm entgegenlächelte. Neben ihr saß ein Weißer, loses Hemd über hellen Hosen, Sonnenbrille, sandfarbene Haare, blasse Haut. Er nahm zur Begrüßung die Sonnenbrille ab.
Neil! »Neil?« rief Henrietta erstaunt. »Hallo!«
Der Inder zog die Tür ins Schloss. Der Wagen fuhr davon. Neil hatte sie nicht gehört. Verwirrt sah sie ihnen nach. Hatte sie sich geirrt? Eilig bahnte sie sich einen Weg durch die bunte, quirlige Menge. Sie kam etwas zu spät im Gericht an und musste auf das Ende der ersten Zeugenvernehmung warten. Es war ein spektakulärer Prozess. Ganz Durban drängte sich im Gerichtssaal. Neil saß vorne auf der Pressebank. Er trug ein loses Hemd über hellen Hosen, die Sonnenbrille hatte er auf die Stirn geschoben.
Liz bekam eineinhalb Jahre und Tom drei Jahre Gefängnis. Außerdem mussten sie eine hohe Geldstrafe zahlen und das Geld aus der Schweiz repatriieren, wie der Richter es ausdrückte. »Ich weiß wohl«, sagte er in der Urteilsbegründung, »dass Sie es nicht aus Gewinnsucht getan haben. Deswegen verhänge ich nur die Mindeststrafe. Ich muss mich leider ans Gesetz halten.«
»Neil wird einen Artikel über sie schreiben«, flüsterte Tita, »Unterschriften sammeln, eine Diskussion anzetteln. Sie sind schließlich keine Verbrecher.«
Ihr Lebtag vergaß Henrietta nicht die abgrundtiefe Verzweiflung, mit der sich Liz und Tom, beide in Handschellen, nach dem Urteil in einer

letzten Umarmung aneinander klammerten, ehe sie von den Wärtern auseinander gerissen wurden. »Henrietta«, rief Tom, Momente bevor sie in den Katakomben verschwanden, »es ist die Klinik in Gstaad. Du sprichst Deutsch. Bitte kümmer dich um Frank!«
»In Ordnung«, schrie sie ihnen hinterher, »macht euch keine Sorgen!« Den Gedanken an ihr Erbschaftskonto in der Schweiz unterdrückte sie mit aller Macht.
Frank überlebte die Operation, und seine Chancen, wieder völlig hergestellt zu werden, waren hervorragend. Henrietta gelang es, eine Besuchserlaubnis zu bekommen, und erschrak, wie hager Liz geworden war, wie tief ihre Augen in den Höhlen lagen. »Es geht ihm gut, Liz. So gut, dass er bald nach Hause kommen wird! Ich habe einen Brief für dich.« Unbemerkt von der Wärterin schob sie Liz den Brief zu. »Ich war auch bei Tom. Er umarmt dich und bittet dich, durchzuhalten. Er bringt den Wärtern Zulukriegstänze bei, gibt sie aber als schottische Volkstänze aus. Es amüsiert ihn sehr.«
»Gott sei Dank«, lächelte Liz unter Tränen, »ich werde dir das nie vergessen, Henrietta! Jetzt kann ich alles ertragen, der Rest wird ein Kinderspiel. Schottische Volkstänze!« Sie lächelte noch immer, als die Gittertür wieder hinter ihr ins Schloss fiel.
Neils Artikelkampagne war kein Erfolg geworden. Der Chefredakteur hatte sie sehr bald abgesetzt. »Die vorherrschende Meinung der Bevölkerung ist, dass es Kinnairds recht geschieht. Sie hätten Frank auch nach Groote Schuur in Kapstadt bringen können«, knirschte Neil. Er war mit Tita zum Abendessen gekommen. »Der Fall hat leider keinen rassistischen Aspekt, da könnte ich mich so richtig ins Zeug legen.«
»Kontakte scheinst du ja genug zu haben«, bemerkte Henrietta, »oder gehst du mit einer Inderin fremd?«
Neils Gesicht wurde ausdruckslos, ganz still, als sei es zu Stein geworden. »Wie meinst du das?«
Sie lächelte neckend. »Ich habe dich letzte Woche mit einer Inderin in einem Auto gesehen. Sie war sehr schön.«
Tita wandte sich ihrem Mann zu, wartete offensichtlich auf seine Antwort.

»Du musst dich irren«, meinte er leichthin, »ich kenne keine Inderin gut genug, um zu ihr ins Auto zu steigen.«
»Am Steuer saß ein schwarzer Chauffeur, ein großer, teuer gekleideter Inder stieg zu euch ins Auto. Du trugst eine Sonnenbrille. Ich hab dich genau gesehen.« Dann fing sie Neils Blick auf und erschrak. Es lag eine deutliche Warnung darin, fast eine Drohung.
»War sie sehr schön?« fragte Tita, ihre Stimme höher als sonst.
Plötzlich wusste Henrietta, dass ihre Antwort die Ehe ihrer Freunde zerstören konnte. Sie zwang sich zu lachen. »Ach, Neil, lass dich nicht ärgern! Der Mann war viel älter als du. Verzeih mir, ich wollte dich nur necken.«
»So kann man in Teufels Küche kommen«, lachte nun auch Neil, aber etwas zu laut. Er küsste Tita. »Du weißt doch, dass ich nur auf rote Haare und grüne Augen hereinfalle!« Über ihre Schulter nagelte er Henrietta mit einem Blick fest, der sie zutiefst beunruhigte.
Als sie zwei Tage später die Zeitung in die Hand nahm, sah sie das Bild des Inders auf der ersten Seite, die junge Inderin hinter ihm war unscharf, aber gut zu erkennen. Dr. Ismail Ramnarain, Anwalt von ANC-Mitgliedern, wurde von der Polizei gesucht. Was hatte Neil mit einem indischen Anwalt des ANC zu tun? Auf der gegenüberliegenden Seite war ein weiteres Polizeifoto. Ein Schwarzer. Walter Malope, gesucht wegen terroristischer Anschläge. Er hatte ein langes, schmales Gesicht. Auf dem Foto trug er keine Chauffeursuniform. Jetzt wurde ihr klar, dass Neil in ernsten Schwierigkeiten war. Sie saß in ihrem Büro in Mount Edgecombe, die Hand auf dem Telefon. Sollte sie ihn anrufen?
Aber dazu kam sie nicht. Er stand plötzlich in der Tür ihres Büros, Hände in den Hosentaschen, Sonnenbrille auf die Stirn geschoben. »Du hast das Bild gesehen?«
Sie nickte. »Ich habe beide Bilder gesehen.«
»Henrietta.« Er suchte nach Worten, seine Augen flackerten. »Ich weiß schon«, flüsterte sie, »ich darf nichts wissen. Ich darf niemandem etwas sagen.«
Er nickte. »Auch Ian nicht.«
»Dann muss es sehr ernst sein.«

»Menschenleben hängen davon ab.«
»Neil«, sagte sie eindringlich, »wenn ich dich gesehen habe, haben es andere auch. Denk an Tita, denk an dein Versprechen.«
Er stand auf, wippte auf seinen Fußballen. »Ich muss es tun, es geht nicht anders. Tita und die Kinder sind nicht in Gefahr, das verspreche ich dir. Wirst du schweigen?« Seine hellen Augen glühten.
»Und du? Bist du in Gefahr?«
Er zuckte die Schultern. »Wir sind sehr vorsichtig. Wirst du schweigen?« wiederholte er nachdrücklich. »Bitte, Henrietta, tu es für dieses Land, das du auch liebst!«
Dieses Land. Sie fühlte die warme, weiche Brise, die durch das geöffnete Fenster strich, roch, schwer und süß, Frangipani und Zitronenblüten. Zwei Mädchen in traditionellem Zuluperlschmuck schlenderten laut redend und lachend vorbei, ihr langgezogenes, dunkles Zulu wie Musik. In der Ferne lag Durban im Dunst. Ein gleißender Sonnenstrahl durchbrach die Wolkendecke und legte ein glitzerndes Band auf den Horizont. Ihr Paradies. Ein scharfer Schmerz presste ihr Herz zusammen. »Gut, ich schweige.« Er nahm sie in die Arme, drückte sie fest. »Danke.« Sie blieb zurück, erschöpft und lethargisch, wie nach einer langen Krankheit, ihre Emotionen seltsam träge und flach. Tita gegenüber unbefangen zu erscheinen wurde zu einer übermenschlichen Anstrengung.

Dreizehntes Kapitel

SIE STANDEN ÜBER den Esstisch gebeugt, der mit Grundrissskizzen des Donga-Hauses übersät war. »Liebling, ich muss mein Arbeitszimmer wieder für mich haben, und die Kinder sind jetzt über ein Jahr alt, sie brauchen jeder dringend ihr eigenes Zimmer. Wir müssen anbauen.«
Ian zog zweifelnd die Brauen zusammen. »Honey, ich weiß, wie du dieses Haus liebst, aber wir platzen aus den Nähten. Wir sollten uns nach einem neuen Haus umsehen.«
Sie seufzte. »Du hast recht, aber es fällt mir schwer. Hab ich dir von der Nacht erzählt, als das Wasser den Berg herunterkam?«
Ian grinste. »Häufig genug, dass ich es auswendig kann.«
»Oh.« Sie lachte. »Ich werde also einen Makler anrufen.«
Die ersten Angebote bekamen sie ein paar Tage später. »Westville ist mir nachts zu kalt«, murmelte sie, während sie die Unterlagen durchblätterte, »ich will in Umhlanga bleiben.« Sie vereinbarte einige Besichtigungstermine.
Eineinhalb Wochen danach verließen sie hinter einer ihrer deutlich überdrüssigen Immobilienmaklerin auch das fünfzehnte Haus unverrichteter Dinge. »Was suchen Sie eigentlich?« fragte die Frau gereizt, ihr verspannter Rücken sprach Bände.
»Eigentlich möchte ich lieber selber bauen«, antwortete Henrietta und fing den schreienden Jan ein, »können Sie uns ein paar Grundstücke zeigen?«
Die Maklerin seufzte tief. »Ja, aber ich habe die Unterlagen nicht hier. Ich werde Sie morgen wegen eines Termins anrufen.«
Sie fuhren auf der Straße durch die Zuckerrohrfelder zurück nach Hause. Plötzlich stieg Ian in die Bremsen. »Komm, steig aus, Liebling. Ihr bleibt im Auto«, befahl er den Zwillingen. Er nahm Henriettas Hand

und zog sie einige Schritte den Hang hinunter, der sich hier wie ein Buckel vorwölbte. »Sieh dir bloß diesen Blick an! Man kann fast bis nach Madagaskar sehen – und sieh, dort liegt Durban!« Sie befanden sich etwa achthundert Meter südlich ihres Hauses, aber etwa auf der gleichen Höhe. »Und spürst du den Seewind?«
Sie nickte. Trotz der Februarhitze fächelte er ihr kühl die Haut. Es war so klar heute, dass sie noch in kilometerweiter Entfernung Einzelheiten im äußersten Norden der Küste erkennen konnte. Die Linie, wo Meer und Himmel sich trafen, war scharf gezogen, und die Konturen der Goldenen Meile Durbans standen weiß gegen einen azurblauen Himmel. Ian machte eine grobe Lageskizze. »Ich werde mich morgen erkundigen, wem dieses Land gehört. Vielleicht haben wir ja Glück.«
»Luise von Plessing«, sagte die junge Frau im Gemeindeamt. »Das ist ja eine Überraschung«, rief Henrietta aufgeregt. »Luise«, sagte sie kurz darauf am Telefon, »ich möchte dich zum Essen einladen, aber sieh dich vor, das ist so eine Art Bestechung.«
»Wenn das eine Bestechung werden soll«, lächelte die alte Dame dann Sonnabend Abend nach dem herrlichen Obstsalat, der Karottencremesuppe und dem sahnigen Hühnerfrikassee, »ist jetzt die richtige Zeit, es bei mir zu versuchen.« »Es geht um dein Land, oben am Hang«, sagte Ian.
»Oh«, Luise von Plessing lächelte, »dann lasst mal hören.«
»Wir suchen schon so lange«, erklärte Henrietta, »dann entdeckten wir dein Grundstück. Wir würden dir gern einen Teil des Landes abkaufen.«
Mit klopfendem Herzen wartete sie auf die Antwort.
Endlich antwortete Luise. »Ihr seid nicht die Ersten und nicht die Einzigen, die gerne mein Land kaufen möchten, tatsächlich seid ihr ganz hinten in einer langen Schlange von Leuten, die über die Jahre bei mir angefragt haben. Ich habe immer abgelehnt.«
Henrietta sank das Herz, aber sie schwieg.
»Jedoch«, fuhr Luise von Plessing fort, und ihr Herz kam aus dem Keller hoch, »jedoch, es ist an der Zeit, dass ich mir überlege, was ich mit diesem Land machen will. Was habt ihr euch gedacht? Wollt ihr vielleicht ein kleines Hotel bauen oder ein paar Häuser, um damit eures zu

finanzieren? Das Grundstück wäre ja fast groß genug, um einen Golfplatz darauf zu bauen.«

Unsicher geworden, zögerte Henrietta. »Ich hoffe nicht, dass das eine Bedingung ist.«, antwortete sie leise, »wir träumen von einem Haus für uns und einem großen, üppigen Garten, in dem alles wächst, was in Natal gedeiht. Ein Hotel, auch wenn es klein wäre, ist nichts für uns.« Ihre Stimme verlief sich. Bekümmert wartete sie auf das Aus von Luise von Plessing.

Diese lachte in sich hinein, ein befriedigtes, amüsiertes Lachen. »Mein liebes Kind, das Letzte, was ich auf meinem Land sehen möchte, ist ein Hotel oder Ferienapartments. Aber alle, die bisher an mich herangetreten sind, hatten solche Pläne. Entweder eine kleine Reihenhaussiedlung – für die jungen Familien, Mrs. von Plessing, die müssen Ihnen doch auch am Herzen liegen – oder ein paar Luxusvillen – eine noble Adresse, Sie werden stolz sein, Mrs. von Plessing. So waren dann die Argumente. Doch diese Immobilienhaie hatten nur ihren eigenen Profit im Sinn. Der letzte wollte ein kleines Hotel mit Tennisanlagen bauen. Er ging so weit, mir zu drohen, wenn ich nicht verkaufen würde.« Sie lachte spöttisch. »Da muss er früher aufstehen. Was soll er mir alten Frau schon antun. Ich habe ein langes Leben und zwei Weltkriege hinter mir, da erschreckt mich nichts mehr.« Sie ließ ihr Kinn auf die Brust sinken und schwieg einen Moment, gedankenverloren in einer vergangenen Zeit. »Er war von einer gewissen burischen Organisation, die ich hasse. Sie haben meinen Mann auf dem Gewissen, das vergesse ich nie.« Ihre gütigen blauen Augen, die immer amüsiert zu funkeln schienen, musterten die jungen Leute mit durchdringender Direktheit. »Nun gut, Henrietta, Ian, lasst einen Plan zeichnen. Wenn er mir gefällt, machen wir einen Vertrag.«

Überwältigt sahen sich die beiden an. »An wie viel Quadratmeter hattest du gedacht, Luise?« fragte Ian vorsichtig.

»Nun, ich will dann alles verkaufen, und das sind etwa acht Morgen, so um die dreiunddreißigtausend Quadratmeter.«

Die Zahl hing im Raum. »Himmel«, flüsterte Henrietta, »das können wir uns bestimmt nicht leisten!«

»Ach, ich denke schon«, meinte Luise von Plessing. »Zeichnet einen Plan, dann reden wir darüber. So, jetzt möchte ich nach Hause gehen. Ich bin eine alte Frau und brauche meinen Schlaf.«

❖

Es wurde ein sehr großes Haus, mit einer luftigen Raumhöhe von fast drei Metern, viel Glas, wenig Holz, wegen der Termiten. »Es ist ein Traum.« Henrietta war hingerissen, als sie die fertigen Pläne ihres Architekten Gianfranco Carini durchsah. Gianfranco war Purist, süchtig nach klaren Formen, er liebte alle Farben, solange sie hell waren, und duldete keinerlei Schnörkel oder Schnickschnack. Sein Konzept, riesige Fenster, mediterran anmutende weiße Fassaden, zwei intime Patios, die die verschiedenen Bereiche auf den zwei Ebenen des Hauses trennten, ein Swimmingpool, in den Abhang gebaut, dass man von dort aus nur Himmel und das Meer sehen würde. Es war perfekt.
»Ich hoffe, wir finden einen Goldschatz auf dem Grundstück, denn das klingt alles entsetzlich teuer!« stöhnte Ian.
»Ich habe einen Berg von Aufträgen, und die neue Kollektion läuft wunderbar. Wir schaffen das schon!« Sie blickte ihrem Mann in die tiefblauen Augen, fühlte ihre Haut prickeln und das Blut in ihren Ohren singen. Sie legte ihre Hand auf seine nackte Brust. »Honey.« Ihre Stimme war plötzlich rau und heiser. Sie beugte sich zu ihm hinunter und legte ihre Lippen auf seine und ertrank in seinem Kuss.
Mit klopfendem Herzen fuhren sie zu Luise von Plessing.
»Kommt rein, ich bin hier hinten!« rief die alte Dame. Sie fanden sie im Garten, auf den Knien, beide Arme bis zu den Ellenbogen in der Erde, und neben ihr stand William und schützte sie mit einem knallgelben Sonnenschirm. »Hallo, meine Lieben, ich bin schon sehr gespannt auf die Pläne.« Sie stand auf, erstaunlich agil für ihr Alter, und wusch sich ihre Arme unter dem Gartenschlauch ab. Kräftige Arme, trotz der faltig hängenden Haut waren deutliche Muskeln zu erkennen. »So, nun lasst mal sehen! William, mach uns einen Tee, und dann wasche die Fenster, ich muss mir schon Löcher hineinkratzen, um etwas sehen zu können.«

William lachte in sich hinein, ein Lachen, dick wie Sahne, und stolzierte, den Schirm noch über sich, davon. Luise studierte die Pläne.
»Hm«, brummte sie endlich. »Wie ist das mit dem Garten?«
Henrietta unterdrückte ihre Nervosität, setzte ein Lächeln auf und beschrieb ihr den geplanten Garten.
Ernst hörte die alte Dame zu. »Wundervoll«, strahlte sie dann, »ganz wundervoll. So habe ich es mir vorgestellt. Euch beiden kann ich mein Grundstück getrost verkaufen. Ihr müsstet mir vertraglich zusichern, tatsächlich nichts anderes aus dem Land zu machen als ein Haus mit Garten für eure Familie. Und nun zum Preis.«
Sie wurden sich einig. Schon vorher hatten sie entschieden, keine Hypothek aufzunehmen. Henriettas Haut kribbelte in Erinnerung an Mr. Brompton, den Bankdirektor.
»Die Fabrik läuft hervorragend, Tendenz steigend. Ich sehe kein Problem«, sagte Ian und küsste sie herzhaft.
»So«, bemerkte Luise von Plessing mit tiefster Zufriedenheit, »jetzt kriegt der Kerl es nicht mehr. Das ist gut.«
Der Nachmittag versank in Glückseligkeit und Sekt.

Der Kerl stand eine Woche später vor Henriettas Tür. »Mein Name ist Hendrik du Toit, ich habe etwas mit Ihnen zu besprechen.« Bevor Henrietta wusste, wie es geschehen war, stand er im Wohnzimmer. Ein zierlicher, überraschend elegant gekleideter Mann, tief gebräunt, hellblonde Haare, wasserhelle Augen und einen harten Mund in einem Gesicht, so schmal und scharf wie ein Beil. Er setzte sich unaufgefordert in einen Sessel, schlug seine Beine übereinander, betrachtete, wie um sich Inspiration zu holen, seine polierten Fingernägel. »Es geht um das Von-Plessing-Grundstück. Ich möchte es gern von Ihnen kaufen. Ich weiß, was Sie gezahlt haben, ich biete zwanzig Prozent mehr.« Er sprach in einer dünnen, trocknen Stimme.
Schweigen breitete sich aus, Nebengeräusche drängten sich in den Vordergrund. Das Quietschen der spielenden Zwillinge im Nebenraum, das Kläffen von Beryls Zwergpinscher, ein Auto in der Ferne. »Tut mir

Leid, Mr. du Toit, wir verkaufen nicht«, sagte Ian ruhig.
»Fünfundsiebzigtausend«, unterbrach ihn der elegante Mr. du Toit und nahm eine Zigarette aus einem silbernen Etui, klopfte sie zweimal auf seinen Handrücken und zündete sie an. Er fragte nicht, ob es ihnen angenehm wäre.
»Mr. du Toit«, sagte sie scharf, »wir verkaufen grundsätzlich nicht, egal welchen Preis Sie bieten.«
Er blies den Rauch in einem geraden Strom durch die Nasenlöcher und richtete seine wasserhellen Augen auf sie. »Nun, Mrs. Cargill, jeder hat seinen Preis, und so auch Sie den Ihren. Ich muss nur herausfinden, was er ist. Ich melde mich dann wieder.« Mit einer geschmeidigen Bewegung faltete er sich aus dem Sessel.
»Hast du gehört?« wisperte sie, als er in einen großen schwarzen Mercedes stieg, »Er sagte, ›was‹ unser Preis ist, nicht wie viel. Das jagt mir Angstschauer über den Rücken, genau wie dieser Lackaffe selber.« Ihre Nase stand spitz in ihrem erblassten Gesicht. »Irgendwo hab ich den Kerl schon mal gesehen! Aber wo?«
»Keine Ahnung, aber der Vertrag ist gültig, den kann keiner brechen. Vergiss ihn!« Er legte tröstend seine Arme um sie.
Noch tagelang meinte sie, den süßlichen Rauch seiner Zigarette riechen zu können. Sie lief durchs Haus wie eine aufgescheuchte Glucke, scharte ihre beiden Kinder um sich und ließ sie nicht aus den Augen. Selbst in die Fabrik nahm sie die Kleinen mit. »Fatima, welche unserer Damen kann ich als Babysitter missbrauchen?«
Ein schüchternes, sehr junges Mädchen kam aus dem Nähraum. »Hallo, Ma'am«, kicherte sie, rollte ihre Brombeeraugen, knickste, wobei ihr kleiner, draller Körper bebte und wabbelte wie ein Schokoladenpudding. »Man nennt mich Isobel.«
»Isobel, du bleibst da, wo ich euch sehen kann, verstanden? Auf keinen Fall lässt du die beiden aus dem Garten.« Fünf Minuten später rutschten die Drei juchzend über den Boden, und es wurde klar, dass Isobel selbst eigentlich noch ein Kind war. Henrietta ging zu Fatima. »Gib mir bitte einmal ihre Papiere.« Sie suchte das Geburtsdatum. Es war nicht eingetragen. »Wieso?« fragte sie Fatima.

»Sie ist in dem Winter geboren, als kein Regen fiel.« Ein verächtlicher Zug bog die Mundwinkel der jungen Frau herunter. »Die Kaffern sind so primitiv, die kennen keine Zeitrechnung.«
Henrietta überhörte das. »Ersetze Isobel durch eines der anderen Mädchen«, ordnete sie an, vielleicht etwas kurz und barsch, »ich werde sie als Kindermädchen engagieren. Und, Fatima, sieh dir in Zukunft die Mädchen genau an. Isobel ist zu jung.«
Fatima verzog ihr hübsches Gesicht und verließ geräuschvoll das Büro. Henrietta seufzte. Letztlich reagierte Fatima so launisch, dass es das Betriebsklima störte. Sie erklärte Isobel ihre neue Aufgabe und nahm sie am selben Tag mit nach Hause. Grace, die sie kurz nach der Geburt zur Entlastung von Sarah eingestellt hatte, war nach einem drei viertel Jahr zu ihrer Familie zurückgekehrt. Obwohl sie angab, dass ihre Mutter ihrer Hilfe bedurfte und sie deswegen gehen musste, wusste Henrietta, dass sie mit Sarah nicht zurechtkam, die sie auf ihre herrschsüchtige Art herumkommandierte. Mit gemischten Gefühlen brachte sie Isobel zu Sarah in die Küche. »Sarah, das ist Isobel. Ich habe sie eingestellt, damit sie sich um die Kinder kümmert und dir im Haushalt hilft, wenn sie noch Zeit hat.«
Sarah spießte das junge Mädchen mit einem misstrauischen Blick auf und feuerte ein paar Worte in Zulu auf sie ab.
Isobel senkte ihren Kopf und flüsterte »Yebo.« Abwartend blieb sie stehen, den Blick auf den Boden gerichtet.
Sarah schien das zu gefallen. Sie gab ihr ein knappes Kommando auf Zulu, und Isobel trippelte gehorsam hinter ihr her, sammelte das Kinderspielzeug auf und badete später die Kleinen unter der strengen Aufsicht von Henrietta und Sarah. Nie verlor sie dabei ihre fröhliche Art, sie schäkerte und scherzte mit den Zwillingen, die Kinder juchzten vor Vergnügen. Henrietta war begeistert.
»Es beruhigt mich sehr. Seitdem dieser Kerl hier war, hab ich ein ungutes Gefühl«, murmelte sie abends in Ians Armen.
»Schatz, rede keinen Unsinn. Was soll du Toit denn schon machen? Er hat aufgegeben, glaub's mir.«
Sie setzte sich mit einem Ruck auf. Die elegante, schmale Gestalt, das

helle Haar! »Elaine«, flüsterte sie langsam. »Auf ihrem Hochzeitstag. Erinnerst du dich?«
»Elaine? Was meinst du?«
»Elaine Marais Liebhaber, du Toit ist ihr Liebhaber!«
Ian starrte sie an. »Du hast recht. Verdammt, welch ein unmöglicher Zufall!«
»Zufall? Pete und jetzt du Toit, ich glaub nicht mehr an Zufall.«
»Lass uns nicht paranoid werden. Außerdem, Vertrag ist Vertrag, er kann nichts machen.«
Doch sobald sie ihre Augen schloss, standen Hendrik du Toit und Pete Marais da und lachten gellend, ihre Gesichter höhnisch verzerrt. Ihre Leiber wurden zu Schlangenleibern, und aus ihren Mündern wuchsen monströse Giftzähne. Henrietta schrie im Schlaf. Ian neben ihr schlief tief und ruhig und hörte sie nicht.

Allmählich gingen die Wochen ins Land, Ostern war vorbei und fast vergessen. Sie hörten nichts mehr von Hendrik du Toit. Sie beruhigte sich, aber er war immer im Hintergrund ihrer Gedanken.
Er kennt Pete Marais! Werd nicht paranoid!
Sie seufzte. Sie konnte sich einfach nicht davon freimachen. »Isobel, ich fahre eben zur Post, bleib mit den Kindern im Garten.«
»Guten Morgen, Mrs. Cargill«, grüßte der Schalterbeamte, auf einer stinkenden, kalten Zigarre kauend, und wuchtete ein riesiges Paket über den Tresen. »He, Boy!« brüllte er nach hinten, »thata lo Paket ins Auto von der Missus!«
Als sie das Paket zu Hause öffnete, quollen zu ihrem blanken Entsetzen ihre eigenen Kreationen heraus, zusammen mit einem kurzen, präzise formulierten Brief über die Diskrepanz zwischen der Qualität und dem Preis. Der Absender war das prestigeträchtigste Modegeschäft in Kapstadt. Verdammt, seit die Zwillinge ihr Leben übernommen hatten, verließ sie sich verstärkt auf Fatima. Im Dezember erst hatte sie ihr Gehalt erhöht. In letzter Zeit jedoch benahm sie sich oft anmaßend ihr

gegenüber und ging verletzend, herablassend und arrogant mit den Mädchen um, sodass immer häufiger eine von ihnen einfach wegblieb. Der gute Lohn, den sie in der Fabrik verdienten, die vielen kleinen Extras, die sie zu der beliebtesten Arbeitgeberin der ganzen Gegend machten, konnten die Mädchen nicht halten. Und daran schien Fatima schuld zu sein. Wütend fuhr sie in die Fabrik.
Sie trat die Schwingtür auf und fegte, die reklamierten Kleider turmhoch auf ihren Arm gestapelt, in Fatimas Büro. Sie öffnete einfach die Arme und ließ die Kleider auf den Boden fallen. »Kannst du mir sagen, wie die hier abgeschickt werden konnten?« Sie riss eins hoch und knallte es auf den Schreibtisch der erschrockenen Inderin. Sie bohrte einen Finger durch eine aufgegangene Naht. »Hier, nennst du das ordentlich genäht?« Ihre Stimme wurde schrill. »Verdammt, Fatima, wie konnte das passieren?«
Die saß einen Moment wie versteinert. Dann sprang sie auf. »Ich bin keine schwarze Hilfsarbeiterin, die Sie so anschreien können!« Bebend stand sie da, ihr hauchfeiner blauer Sari umzitterte sie wie Spinnweben im Wind, die unzähligen Goldreifen an ihren Armen klirrten leise. »Ich bin hier Betriebsleiterin, ich brauche mir das nicht gefallen zu lassen.« Sie riss die Schreibtischschublade auf, kippte den Inhalt in eine Plastiktüte. »Ich gehe, Sie werden schon sehen, was Sie davon haben.«
Sie rannte aus dem Büro und stolperte auf dem staubigen Sandstreifen neben dem Asphaltband der Hauptstraße in Richtung Mount Edgecombe, eine schmale, zierliche Figur, in wogendes, schillerndes Blau gehüllt. Ein verlorener Schmetterling.
Ratlos sah ihr Henrietta nach. *Verdammte Fatima!* Sie nahm zwei Aktenordner und blätterte mit dem Daumen die abgehefteten Rechnungen durch. Auf den ersten Blick schien alles in Ordnung.
Eine kleine, rotgekleidete Gestalt schlüpfte durch ihr Blickfeld. Ein indisches Mädchen in einem roten Sari mit gelber Borte. Sie glitt, verstohlen um sich blickend, um die Ecke des Gebäudes. Sie runzelte die Stirn. Dort war die Hintertür zur Fabrik, und niemand außer den Firmenangehörigen hatte dort etwas zu suchen. Sie öffnete die Tür zu der kleinen Halle, in der mittlerweile sechzehn Mädchen an ihrer Kollektion arbeiteten. Sechs Strickerinnen ratschten monoton den Schlitten über

das Bett der automatischen Handstrickapparate, hin und her, und zehn Näherinnen saßen über ihre Maschinen gebeugt. Zwischen ihnen huschte blitzschnell das Mädchen in dem roten Sari.
Der Maschinenlärm verstummte augenblicklich. Mehrere Mädchen, alle Inderinnen, ließen ihre Arbeit sinken, sahen sich an und bewegten sich, aufgeregt in irgendeinem indischen Dialekt schnatternd, hinter dem kleinen Mädchen zur Hintertür. Die schwarzen Arbeiterinnen blickten mit offenen Mündern verständnislos hinter ihnen her.
»Und wo wollt ihr hin, bitte?« fragte sie von der Tür her. Ruckartig flogen sechzehn Köpfe herum und ebenso viele Augenpaare starrten sie verschreckt an. Das kleine Mädchen reagierte am schnellsten. Sie war so schnell zur Tür hinaus, dass ihr Bild für einen Moment reglos im Raum stehen blieb. »Leila«, sprach sie das älteste Mädchen an, »wohin wollt ihr?« Wie auf Kommando senkten die Mädchen ihre Köpfe, und sie blickte nun auf zehn geölte, schwarzglänzende Scheitel. »Leila!«
Leila, ein fettes, älteres Mädchen mit Brille und einem deutlichen Oberlippenbart, hob trotzig ihr dreifaches Kinn. »Fatima hat uns ausrichten lassen, dass uns allen gekündigt worden ist.«
»Unsinn«, antwortete sie heftig, »niemandem ist gekündigt worden, auch Fatima nicht. Setzt euch sofort wieder an die Arbeit.« Ihre ungläubigen Blicke im Rücken spürend, ging sie ins Büro und rief das kleine Mädchen, das, halb verdeckt von einem Oleander, am Straßenrand stand. Schüchtern schwänzelte das Mädchen heran.
»Sag Fatima, ich will sie sprechen.« Die Kleine eilte die Straße hinunter. Nach einer Stunde klopfte es, und ein junger Mann in einem hellblauen Safarianzug stürmte in ihr Büro. Er zerrte Fatima so brutal am Handgelenk hinter sich her, dass sie stolperte. »Ich bin Fatimas ältester Bruder«, verkündete er auf eine arrogante, herrische Art. »Sie arbeitet erst wieder, wenn Sie ihr den Lohn für die letzten drei Monate gezahlt haben. Ich informiere sonst die Polizei, dass Sie uns betrügen.« Wut brannte in seinen dunklen Augen.
Bei dem Wort »Polizei« begann ihr Puls hart gegen ihre Schläfen zu pochen. Sie saß verwirrt, wütend und momentan völlig überfordert, die Situation nüchtern einzuschätzen. »Wie bitte?« krächzte sie.

»Fatima hat seit drei Monaten keinen Lohn bekommen. Entweder Sie zahlen jetzt sofort, oder ich hole die Polizei.« Fatima hinter ihm zitterte wie Espenlaub, ihre Lippen, schwärzlich grau in ihrem aschfarbenen Gesicht.

Urplötzlich überkam sie das Verlangen, ihm in sein arrogantes Gesicht zu schlagen. »Einen Moment!« Sie wählte die Nummer ihrer Bank und ließ sich die genauen Daten der Auszahlungen der letzten Monate geben. Sie knallte sie vor ihm auf den Tisch. »Hier, hier und hier«, sie tippte mit dem Zeigefinger auf die Zahlen. »Das sind die Daten, an denen Fatimas Gehalt ausgezahlt worden ist. Und jetzt verschwinden Sie aus meinem Büro, sonst lasse ich Sie wegen Hausfriedensbruch verhaften! Raus! Du bleibst hier, Fatima!«

Der Mann, der mit zusammengezogenen Brauen die Zahlen studiert hatte, fuhr herum und prügelte unvermittelt auf Fatima ein. Laut schreiend krümmte sie sich unter den Schlägen. Ihr Bruder bewegte seine Arme wie Dreschflegel, ließ seine Fäuste auf ihren ungeschützten Kopf und Körper niedersausen. Ohne zu überlegen, umklammerte Henrietta seine Handgelenke. »Hören Sie sofort auf!«

Sein flammender Blick versengte sie, und sie glaubte, er würde sich auch gegen sie wenden. Aber als sein Blick sich klärte, hielt er schwer atmend inne, senkte den Kopf und trat zurück. »Sorry, Ma'am«, keuchte er.

»Raus!« zischte sie und gab ihm einen Stoß. Er ging. Einfach so, aber seine Fäuste hielt er geballt. »So, und nun zu dir, Fatima! Was wird hier gespielt?«

Die Geschichte, die Fatima dann stockend vortrug, war ebenso banal wie tragisch. Ihre Eltern hatten für sie einen Bräutigam ausgesucht, einen älteren, dicken Mann, der ein Gemüsegeschäft besaß und wohlhabend war. »Er riecht und hat seine erste Frau geschlagen, außerdem«, flüsterte sie, »liebe ich einen anderen.« Monoton, fast unhörbar redete Fatima weiter. Jeden Monat musste sie ihr Geld zu Hause bis auf ein kleines Taschengeld abliefern. Die letzten drei Monate hatte sie ihrer Familie die Lüge aufgetischt, dass sie keinen Lohn bekommen hatte, weil die Geschäfte schlecht gingen. Das Geld für die Flucht schaffte sie für sich und ihren Geliebten beiseite. Ihre Stimme verebbte, ihre zier-

lichen Finger spielten mit den Goldreifen. »Ich dachte, wenn ich den anderen Mädchen sage, dass ihnen gekündigt worden ist, würde meine Familie meine Geschichte glauben ...«
Sie fühlte sich hilflos. »Was willst du jetzt machen?«
Die junge Inderin verbarg ihr Gesicht in den Falten ihres Saris, und nur die zuckenden Schultern, der bebende Saum ihres Saris zeigten ihre Verzweiflung. Ein raues Schluchzen zerriss den schmalen Körper. »Ich kann nicht nach Hause, sie würden mich totschlagen, wenn sie von Jawahal erfahren. Ich bekomme ein Baby«, brach es aus ihr heraus, »ich muss heute noch fliehen.« Tränenüberströmt hob sie ihr Gesicht. »Bitte, verraten Sie mich nicht, helfen Sie mir ...«
»Fatima, das kann nicht dein Ernst sein. Soll ich mit deinen Eltern sprechen? Wir leben in den sechziger Jahren des zwanzigsten Jahrhunderts, nicht im Mittelalter.«
Fatima schüttelte langsam den Kopf, ihr schwerer, hüftlanger Haarzopf pendelte im Gegentakt. »Sie würden mich töten, Madam.« Ihre Stimme war flach und tot und ließ keinen Widerspruch zu. Sie wischte sich die Tränen ab, ihr schönes, goldbraunes Gesicht erstarrte zu einer schicksalsergebenen Maske. Sie stand da und erzählte ruhig, dass ihre Familie sie töten würde, und sie schien das nicht in Frage zu stellen, im Gegenteil, sie schien es zu akzeptiertren, als hätte das seine Richtigkeit.
Sie dramatisiert, ganz bestimmt, anders kann es nicht sein, dachte Henrietta. Impulsiv schrieb sie einen Scheck aus. Ein doppeltes Monatsgehalt. »Hier, Fatima, alles Gute – sei vorsichtig!«
Der Schatten eines Lächelns huschte über die graufahle Miene der zierlichen Frau. »Ich habe Indra alles beigebracht, was ich weiß. Sie ist ein gutes Mädchen.« Sie glitt zur Tür. »Nehmen Sie sich vor meinem Bruder in acht, Madam, er ist rachsüchtig.« Dann war sie verschwunden. Ein Hauch von Jasminöl schwebte im Raum.
Sie zuckte die Schultern. *Ihr Bruder. Was könnte er mir schon antun? Wir haben keine Berührungspunkte. Er ist Asiate, ich bin eine Weiße.* Dann ging sie in die Fabrikhalle. »Alles in Ordnung«, lächelte sie beschwichtigend, »Fatima ist nur unwohl. Sie hat sich krank gemeldet. Indra, du übernimmst vorläufig ihre Aufgaben.« Diese Notlüge gab dem armen

Mädchen etwas Vorsprung. Die Mädchen senkten ihre Köpfe, die Maschinen ratterten, aber verstohlene Blicke flogen von einer zur anderen, und getuschelte Worte summten im Raum.
Sie schloss die Bürotür, griff zum Telefon und schickte ein Stoßgebet zum Himmel, dass nicht Mrs. Ford, sondern Mr. Ford, ihr entzückender, ewig lächelnder Mann, antworten würde. Sie war eine verbissene alte Ziege, ohne jeglichen Sinn für Humor. Glücklicherweise hatte Mrs. Ford eine Passion, und das war Mr. Ford.
»Calique Moden, Beresford Ford hier, was kann ich für Sie tun?« klang die Stimme von Mr. Ford an ihr Ohr. Gott sei Dank! Nach zehn Minuten beendete sie schweißgebadet das Gespräch. Gerettet! Sie blieb Lieferantin für Calique. Erleichtert schloss sie ihr Büro ab. Heute war ihr einfach nicht mehr nach Arbeit. Auch die Mädchen hatten Schluss gemacht und standen jetzt im Schwarm zwitschernd an der Bushaltestelle.
»Guten Tag, Madam«, grüßte eine weiche Stimme aus dem Schatten des Oleanderstrauches. Henrietta fuhr herum. Vor ihr stand die Frau von Cuba Mkize. In der Rechten trug sie eine knallbunte Wolldecke zu einem Bündel geschlungen, auf ihrem Rücken schlief das Baby. Ihr Babyfett war verschwunden, ihre hohen Wangenknochen standen hervor. Sie war schön geworden, aber sehr dünn.
»Hallo«, sagte sie lahm und widerwillig. »Was willst du hier?«
»Ich brauche unbedingt Arbeit.« Mary setzte ihr Bündel in den Straßenstaub. Geduldig stand sie da und sah sie aus diesen verwirrend großen, vertrauensvollen Augen an. »Mein Name ist Mary.«
Verdammt! Henrietta war ratlos. Sie wollte mit Mary Mkize und ihrem Mann nichts, aber auch gar nichts zu tun haben. »Tut mir Leid, Mary, ich brauche niemanden. Du musst es woanders versuchen.«
Der dumpfe Fatalismus, der auch Fatimas Schultern beugte, der den meisten Schwarzen die Augen verschleierte, senkte sich auf Mary. Sie hob ihr Bündel auf und wandte sich mit gesenktem Kopf zum Gehen. Da öffnete das Baby seine riesigen, leuchtenden Augen und begann jämmerlich zu weinen. Seine Mutter zögerte. Ihre Schultern strafften sich. Sie drehte sie sich um. »Ich könnte den Fußboden schrubben. Mein Baby und ich brauchen nicht viel.«

Oh, Ian, was soll ich nur machen? Sieh doch nur das schmale Gesichtchen des Babys und wie dünn Mary Mkize geworden ist.
»Nun gut«, hörte sie sich zu ihrem eigenen Schrecken sagen, »du kannst morgen anfangen.« Verdrossen stieg sie in ihren Wagen. Im Rückspiegel sah sie Mary Mkize und ihr Baby allein am staubigen Straßenrand stehen, und ihr kam der Gedanke, dass die beiden keine Unterkunft für die Nacht hatten.
»Mach dir keine Sorgen«, beruhigte sie Ian, »die finden immer jemanden, bei dem sie unterkriechen können.«
Natürlich hatte er recht, und so wurde Mary Mkize zu einem vertrauten Anblick, wie sie mit ihrem Baby auf dem Rücken den Boden fegte, die Fenster putzte und die dicke Staubschicht, die in einer Textilfabrik täglich von neuem Maschinen und Arbeitstische bedeckte, abwischte. Sie tat es in dem gemächlichen Rhythmus der Afrikaner, der so viel sinnvoller ist in diesem heißen Klima als die Hast und Eile der Europäer. Henrietta fragte nicht, wo sie wohnte, und Mary schwieg sich aus. Es war ihr nur recht, sie wollte möglichst wenig Berührungspunkte mit der jungen Frau haben.
Danach erhöhte sie Sarahs und Isobels monatliche Rationen, kaufte Imbali ein eigenes Bett und beruhigte so ihr Gewissen, obwohl sie sich das nicht eingestand.
»Jabonga gakhulu«, flüsterte Imbali, die bisher zusammengerollt wie ein Kätzchen zu Füßen ihrer Mutter schlief Sie rannte zu den Zwillingen. Aufgeregt zwitscherten sie in Zulu miteinander, verschwanden im Kinderzimmer, rafften das Bettzeug zusammen und schleppten es hinüber in den Khaya. Neugierig folgte Henrietta ihnen.
»Wir schlafen bei Imbali.«, verkündete Jan wichtig. »Erst müsst ihr aber Sarah um Erlaubnis fragen.«
»Nein«, sagte Sarah heftig, »Imbali, trag das Bettzeug zurück.«
»Aber Umama ...!«
»Lalela! Gehorche!«
»Ich habe nichts dagegen«, bemerkte Henrietta.
»Es wäre nicht richtig, Madam.« Sie presste die Lippen zusammen, drehte ihr den Rücken zu und fuhr fort, Karotten zu putzen. Sie attackierte sie mit dem Messer, dass die Stücke flogen.

Henrietta sah ihre Kinnmuskeln arbeiten, registrierte die abgehackten Bewegungen und zog ihre Hand zurück, die sie schon ausgestreckt hatte, um Sarah zu berühren. »Sarah«, wollte sie sagen, lass unsere Kinder gemeinsam aufwachsen, sorge dafür, dass die unsichtbare Mauer zwischen uns endlich fällt.« Aber sie tat es nicht. Sie zog ihre Hand zurück. »Mach mir bitte einen Kaffee«, sagte sie und schloss die Tür zu ihrem Schlafzimmer.
Im Juni erhielt sie einen Brief von Frank Kinnaird. Erwartungsvoll öffnete sie ihn. Nachdem sie ihn gelesen hatte, rief sie Neil in der Redaktion an. »Frank Kinnaird, du erinnerst dich? Er kehrt nach Durban zurück und will seine Eltern aus dem Gefängnis holen. Er bittet uns um Hilfe.«
»Will er die Kavallerie rufen und sie mit Kanonen und Granaten befreien?« spottete Neil.
»Er denkt wohl eher an deine Unterstützung mit einem Artikel.«
Neil war skeptisch. »Ich glaube nicht, dass wir etwas ausrichten können. Hat schon beim Prozess nicht geklappt. Wann kommt er?«
»Dienstag. Ich hole ihn ab.«
»Nun gut, versuchen wir es. Wir treffen uns dann am Flughafen. Ich bringe einen Fotografen mit.«
Die Maschine hatte Verspätung. »Wie ist sein Brief?« fragte Neil, während sie warteten. »Ich meine, ist er okay im Oberstübchen? Letztes Mal, als ich ihn sah, saß er im Rollstuhl, der Speichel lief ihm aus dem Mund, und er grunzte Unverständliches.«
»Seine Schrift ist krakelig«, antwortete sie, »aber der Inhalt sehr eloquent. Doch, ich denke, dass er geistig voll da ist. Aber ob er noch im Rollstuhl sitzt, weiß ich nicht. Wie alt ist er eigentlich?«
»Er hat am selben Tag Geburtstag wie Glitzy, wenn ich mich recht erinnere.«
Sie warteten, bis der letzte Passagier der Swissair an ihnen vorbeigegangen war. Ein Rollstuhlfahrer war nicht unter ihnen.
Der Fotograf verstaute frustriert seine Kamera. »Fehlanzeige! Lasst uns gehen!«
»Henrietta?« fragte eine kräftige, fröhliche Stimme hinter ihnen.

Sie drehte sich um. Der Sprecher war ein junger Mann, etwa Mitte Zwanzig, groß, dünn, durchsichtig blass, aber seine blauen Augen unter den schwarzen Locken funkelten vor Lebendigkeit. »Ich bin Frank Kinnaird.«
»Hallo«, brachte sie erstaunt hervor. Keine Spur von einer Behinderung! Er schien ihre Gedanken zu lesen. »Der Rollstuhl ist in der Schweiz geblieben«, lächelte er. Es war ein anziehendes, einnehmendes Lächeln.
»Hi, Frank«, grüßte Neil, »dürfen wir ein paar Fotos machen?«
Der Fotograf dirigierte den jungen Mann in verschiedene Posen. Henrietta bemerkte, dass er den rechten Fuß leicht nachzog. Aber das war auch alles. Die Schweizer Ärzte hatten wirklich ein Wunder vollbracht. Sie konnte kaum erwarten, Liz' Gesicht zu sehen, wenn sie sie mit Frank im Gefängnis besuchte.
»So, und nun holen wir meine Eltern aus dem Gefängnis!« rief Frank enthusiastisch.
»Ich sehe da schwarz«, dämpfte Neil, »sie sind rechtskräftig verurteilt.«
»Oh, das weiß ich. Deswegen sollst du ja ein paar Artikel schreiben, die so richtig auf die Tränendrüse drücken.« Pathetisch hob er seine Hände. »Verzweifelter Sohn kehrt von der Schwelle des Todes zurück, um Eltern zu retten. Das wird eure Auflage erhöhen.« Er biss sich auf die Lippen. »Verdammt, ich hab alles mitgekriegt, ich war hell wach, die ganze Zeit, nur mein Körper gehorchte mir nicht. Ich war so wütend. Ich hing da, sabberte vor mich hin und konnte nichts tun. Wisst ihr, dass ich meiner Mutter in einem Wutanfall mal den Arm gebrochen habe? Und ich konnte mich nicht einmal entschuldigen. Ein Wunder, dass sie mich nicht in ein Heim gesteckt hat! – Sie haben nichts mehr, Neil, kein Haus, kein Geld, keine Zukunft. Nichts.« Er hatte sich in Rage geredet. Seine blauen Augen blitzten, seine Fäuste waren geballt. »Ihre Fabrik ist auch futsch. Einer aus Kapstadt hat sie sich billig unter den Nagel gerissen. Und nun sitzen sie als Verbrecher im Gefängnis. Meine Eltern!« Er atmete schwer. »Sie haben nur noch mich, und ich hol sie da raus, das schwör ich euch!«
Neil hatte nach seinen ersten Worten einen Block herausgeholt und alles fieberhaft mitgeschrieben. Sein Fotograf klickte pausenlos. Dann ließ

Neil seinen Bleistift sinken. »Du wohnst erst einmal bei uns, einverstanden?«
Frank nickte. »Gerne.« Er ging zur Gepäckausgabe, um seine Koffer zu holen, der Fotograf folgte ihm.
Henrietta blieb bei Neil. »Siehst du eine Möglichkeit?« Neil grinste. »O ja! Ein eindrucksvoller junger Mann, findest du nicht? Tolle Geschichte. Warte ab, was ich daraus mache.«

Nach wenigen Tagen war Frank Kinnaird berühmt. Jeder kannte seine Geschichte. Er konnte sich vor Einladungen kaum retten. Neils Zeitung richtete ein Spendenkonto ein, und alle wohltätigkeitsbeflissenen Damen stürzten sich begeistert auf ihn. Franks erster Besuch bei seinen Eltern im Gefängnis artete in eine Massendemonstration aus.
»Dieser feine, junge Mann, dieser aufrechte Südafrikaner, seht ihn euch an!« schrie einer aus der Menge, der von Neil gut bezahlt worden war, »er ist zurückgekommen, um seine Eltern aus dem Gefängnis zu holen, die nichts weiter getan haben, als ihrem Sohn, ihrem einzigen Kind, die beste ärztliche Hilfe zu ermöglichen. Dafür werden sie wie Verbrecher bestraft!«
Die Menge brüllte.
»Sie haben jeden Cent, den sie besaßen, als Strafe gezahlt – warum sitzen sie noch im Gefängnis?«
Die Menge klatschte und stampfte. Der Druck der Öffentlichkeit auf die Justizbehörden wurde immens.
Zwei Wochen später konnte Frank Kinnaird vor laufenden Kameras seine Eltern vor den Gefängnistoren in die Arme schließen. Kein Auge blieb trocken. Selbst die Gefängniswärter, die die Kinnairds in die Freiheit entließen, wischten sich verstohlen die Tränen ab. Ein paar kräftige junge Männer, auch bezahlt von Neil, hoben die drei Kinnairds auf die Schultern und trugen sie im Triumphzug ins Edwards, wo die Zeitung ein Willkommensbuffet aufgebaut hatte.
Liz und Tom saßen, sich fest an den Händen haltend, zwischen Frank

und ihren Freunden, die ausnahmslos erschienen waren, und brachten kein Wort hervor.
»Es ist zu viel, Henrietta«, wisperte Liz endlich, »es ist einfach zu viel!« Sie ließ ihren Sohn für keine Sekunde aus den Augen.
Neil stolzierte herum wie ein Pfau. Mit Frank Kinnairds Geschichte stieg die Auflage seiner Zeitung sprunghaft, und er verhandelte für Frank mit Johnny Rys, dem berühmten Regisseur über die Filmrechte der Geschichte.
Henrietta, die ohne Ian hier war, saß im Edwards neben Tita. »Sieh dir Glitzy an«, flüsterte sie, »täusche ich mich, oder himmelt sie Frank an?«
Die beiden jungen Frauen sahen hinüber zu Diamanta Daniels, die, das Kinn in eine Handfläche gestützt, wie hypnotisiert an jedem Wort Frank Kinnairds hing. Tita lächelte verträumt. »Oh, ich liebe Happy-Ends«, seufzte sie, »wir haben lange keine Hochzeit mehr gehabt.«

Vierzehntes Kapitel

Als sie nach Hause zurückkehrte, stand Ian im Wohnzimmer, und als er sich umdrehte, wusste sie, dass etwas Fürchterliches passiert war. Sein Gesicht war fahl blass unter der Bräune, scharfe Linien standen weiß neben seinem fest zusammengepressten Mund, und seine tiefblauen Augen glühten in verzweifelter Wut. Ian, der jeder Alltagskatastrophe ausgeglichen und optimistisch entgegentrat, schien wie ein Mann, unter dem sich die Hölle aufgetan hatte. Sie legte ihre Arme um seinen Hals und zog seinen Kopf an ihre Schulter, gerade so, wie sie es auch mit Jan machen würde.

»Was ist passiert, Honey? Sag es mir bitte.«

Er löste ihre Hände von seinem Hals. »Setz dich erst mal hin.« Er zog ihr einen Stuhl heran. »Um es kurz zu machen: Pete hat mich aus der Fabrik ausgesperrt. Er hat übers Wochenende alle Schlösser auswechseln lassen und mir per Anwalt unter Androhung von Strafe das Betreten des Geländes verboten. Außerdem verlangt er von mir Schadenersatz für etwas, was er Missmanagement nennt.«

»Hat er den Verstand verloren?«

»Pete hat mit Absicht einige Partien Rohmaterial mit seinem Werksprüfsiegel versehen, obwohl sie fehlerhaft waren. Wir bekamen Reklamationen. Ich machte Fotos von dem Material und stellte ein Muster sicher. Es passierte wieder, ich stellte Pete zur Rede. Er stritt alles ab und präsentierte als Beweis die Restbestände desselben Materials ohne Werksprüfsiegel. Die Stelle, wo dieses Siegel abgekratzt worden war, war deutlich zu erkennen. Auch davon hab ich Muster und Fotos. Damit kommt er nicht durch. Ich werde die Fotos vorsichtshalber in Cedrics Kanzlei deponieren. Man weiß nie, was passieren kann.«

»Und was heißt das für uns?« Ian nahm ihr Gesicht in seine Hände und küsste sie. »Liebes, du bist schneeweiß geworden. Ich weiß, was er versucht. Er will mich um meine Beteiligung bringen. Er versucht, mir diese Reklamationen anzuhängen und dann über eine Klage von Missmanagement so viel Schadenersatz von mir zu verlangen, wie meine Beteiligung wert ist. Ich denke, dann wird er mir anbieten, die Klage fallen zu lassen, wenn er dafür meine Anteile bekommt. Ich bin dann meine Firma, meine Investition und meinen Ruf los. Aber das wird ihm nicht gelingen! Ich werd' mit dem Kerl schon fertig.« Seine gepresste Stimme zeigte deutlich die Demütigung, die er fühlte, so aufs Kreuz gelegt worden zu sein. »Smithers, mein bester Kunde, hat das fehlerhafte Material gesehen, als es ankam. Wenn er mir hilft, haben wir keine Probleme, sonst kann es brenzlig werden. Er hat es leider sehr geschickt angefangen. Vorläufig hast du einen arbeitslosen Mann am Hals, der obendrein keinen müden Cent hat. Du wirst dir überlegen müssen, ob du noch etwas mit ihm zu tun haben willst.«

»Du Toit, Pete Marais, Fatimas Bruder. Manchmal fürchte ich, dass wir etwas an uns haben, was solche Menschen anzieht«, flüsterte sie an seinem Hals. »Meine Kollektion läuft gut, soll ich dir was leihen, oder willst du bei mir einsteigen?« Nun sah sie erleichtert ein richtiges Lächeln auf seinem Gesicht.

»Ich finde dich toll«, murmelte er, seine Hände glitten über ihre Schulterblätter, hielten inne und wanderten dann zielstrebig dorthin, wo die sanfte Rundung ihrer Brust unter ihren Armen ansetzte, und er begann an ihrem Ohrläppchen zu knabbern.

Ein intimes Lachen stieg aus ihrer Kehle hoch, sie bog ihren Kopf zurück und suchte seinen Mund. »Wenn du mich weiter so vom Arbeiten abhältst, kommen wir nie auf einen grünen Zweig. Ich werde mir überlegen müssen, ob ich mir dich noch leisten kann«, murmelte sie mit ihren Lippen auf seinen.

Ian trat die Schlafzimmertür mit dem Fuß auf und schloss dann ab. »Sicher ist sicher«, flüsterte er, und einen langen Moment später: »Ich bin froh, dass ich dich habe.«

❖

Cedric Labuschagne, wie immer korrekt in einem dunklen Anzug, legte seinen Füllfederhalter auf den Schreibtisch. »Das Problem ist die Zeit. So ein Prozess dauert. Die Fotos allein genügen nicht, wir müssen Zeugen finden, ich meine richtige Zeugen, keine Schwarzen. Dann werdet ihr erstmal eine Menge Geld an Gerichtskosten vorschießen müssen. Es wird mindestens zwei Jahre dauern, ehe ihr an euer Geld herankommt, und bis dahin kostet es erst einmal noch sehr viel mehr. Das weiß Mr. Marais genau, und er hofft, dass euch auf der Strecke die finanzielle Luft ausgeht.«
»Können wir ihn nicht wegen Betrugs kriegen?« Ian schob ihm mehrere Fotos hin. »Hier ist der unwiderlegbare Beweis. Mein größter Kunde, Mr. Smithers, hat das Material gesehen. Wäre er ein guter Zeuge?«
»Smithers von Smithers & Sons? O ja, der wäre sehr gut.«
Sie besprachen noch ein paar verfahrenstechnische Fragen und verabschiedeten sich bald. Cedric stand auf, als sie gingen. »Ich werde also bei Smithers einmal vorfühlen.«
Ian grinste. »Bei deinen Preisen mach ich das lieber selbst.«
Cedric zog missbilligend seinen Mund zusammen. »Nun gut, wenn du meinst, dass du mehr Erfolg hast.«

Ende Juli wurde ihre Baugenehmigung erteilt, und nach umfangreichen Rodungen niedrigen Buschwerks auf ihrem Grundstück wurde in der letzten Augustwoche der Grundstein gelegt. »Wir rechnen damit, dass wir im Sommer fertig werden«, teilte ihnen Gianfranco Carini telefonisch mit, »jetzt ist eine erste Anzahlung von zehntausend Rand fällig.« »Das wird knapp«, stellte Ian nüchtern fest, »ich musste gerade eine saftige Summe an Cedric zahlen.« Er studierte die Abrechnung des Architekten. »Es gibt nichts, was wir streichen könnten. Wir müssen den Bau vorläufig stilllegen.«
»Es gibt noch eine Möglichkeit«, sagte Henrietta, »ich werde Mr. Mueller schreiben, vielleicht kann er mir etwas vorstrecken.«
Es dauerte fast drei Wochen, bis Mr. Mueller antwortete. Er sei zu dem

Schluss gekommen, dass ihr Ansinnen durchaus im Sinne ihres Onkels gewesen wäre, schrieb er und bat noch um Auskunft, in welchem Güterstand sie lebten.

»Gütergemeinschaft«, antwortete sie, »auch das Haus ist auf unser beider Namen eingetragen. Es war mein ausdrücklicher Wunsch.« Sieben Tage später zeigte ihr Kontoauszug einen Eingang von zwölftausend Rand. Es war wie im Märchen.

»Gut«, meinte Gianfranco, »jetzt haben Sie erst mal Ruhe.« Täglich konnten sie nun den Fortschritt ihres Hauses beobachten. Mitte November zogen die Männer die Decken für die Obergeschosse, und das Richtfest rückte näher. Ende November öffnete sich der Himmel, und eine Regenflut ergoss sich über das Land, dass die Abwasserkanäle innerhalb von wenigen Stunden mit Zweigen, Ästen, Geröll und Schlamm verstopft waren. Bäume wurden weggerissen, Häuser unterspült, Hänge brachen und rutschten auf die darunter liegenden Grundstücke, Swimmingpools bekamen durch den Druck der Schlammmassen Risse und liefen aus, Häuser standen mehr als einen Meter unter Wasser, durch die Häuser an den Hängen floss ein reißender Strom, trug Schlangen, Ratten und Chamäleons mit, die sich in ihrer Todesnot an Stuhlbeinen und Bettpfosten festklammerten. Es kam zu mehreren lebensgefährlichen Schlangenbissen.

Nachdem Sarah und Joshua angesichts eines vorbeitreibenden Chamäleons schreiend das Weite gesucht hatten, schaufelten Ian und Henrietta verbissen allein die Donga frei. Im Laufe der Jahre hatten Samen dort gekeimt, und nun bedeckte ein dschungelgrüner Teppich von blaublühenden Schlingpflanzen, rosa Impatiens und großblättrigem Unkraut von mehr als einem Meter Höhe die Wasserrinne. Wie damals stürzte das Wasser hinunter und suchte sich seinen angestammten Weg, schäumte und wütete gegen die aufgebauten Barrieren, schleuderte Äste und Geröll dagegen. Am Abend des zweiten Tages änderte sich das monotone Tosen, es rauschte nur noch, wurde leiser, dann konnten sie einzelne Tropfen unterscheiden, und innerhalb einer halben Stunde herrschte Stille, tiefe, köstliche Stille. Der Wasserspiegel fiel, es gurgelte und schmatzte noch ein wenig, aber dann war der Spuk vorbei.

Nach einer unruhigen Nacht in klammen Betten fuhren sie morgens als Erstes zum Grundstück. Zwei Straßen davor mussten sie das Auto stehen lassen. Die Wassermassen hatten tiefe Rinnen und Schlaglöcher in die Straße gefressen und sie unpassierbar gemacht.

»O mein Gott!« flüsterte Henrietta und brach in Tränen aus. Ian starrte stumm auf ihr neues Haus. Alle Farbe war aus seinem Gesicht gewichen. An mehreren Stellen des Rohbaus waren die Pfeiler, die die Decken hielten, eingeknickt und die Decken eingebrochen. Die Bauarbeiter standen müßig auf ihre Schaufeln gelehnt, Gianfranco Carini stocherte in den Trümmern mit einem Stock herum. »Oh«, rief er, als er sie erblickte, »böse Sache. Böse und merkwürdig. Sehen Sie.« Er führte sie über die Steinhaufen von einem eingeknickten Pfeiler zum anderen. »Hier, hier und hier.« Er berührte die Stellen mit einem Stock. »Das war nicht die Flut, das hat jemand absichtlich zerstört. Wer will Ihnen Böses, Mr. Cargill?«

Ein Pfau rief. In unmittelbarer Nähe balzten mit ohrenbetäubendem Gekreisch einige Webervögel. Die Sonne schien wieder, jeder Wassertropfen war ein glitzernder Diamant, der Himmel tiefblau mit einer schneeweißen Wolke, die in dem unendlichen Nichts segelte, aber auf Henrietta senkte sich erstickende Schwärze. »Du Toit«, flüsterte sie, »ich wusste es.«

Ian legte den Arm um sie. »Gianfranco, stellen Sie bitte Wachen auf, Tag und Nacht, am besten mit abgerichteten Hunden. Ich hoffe doch, dass dieser Schaden durch die Versicherung abgedeckt ist?«

Gianfranco schüttelte sein Löwenhaupt. »Ich fürchte nicht. Vandalismus und Naturgewalten nicht.«

»Verdammt!« knirschte Ian. Er hob einen Ziegelstein auf, der deutliche Spuren eines Meißels trug. »Gut, dann nehmen Sie, was übrig ist von unserer Anzahlung. Wir müssen sehen, wo wir Geld herbekommen. Aber erst stellen Sie die Wachen auf!«

Henrietta würgte an ihren Tränen. Diese Katastrophe nach den vergangenen zwei Tagen, das war mehr, als sie verkraften konnte. Erschöpfung drückte auf ihre Augen, ihr Kopf schmerzte unerträglich. Niedergeschlagen stieg sie zu Hause aus dem Auto. Die seelische Erschöpfung ver-

schlimmerte ihre körperliche Verfassung bis zu dem Punkt, dass sie sich vor Muskelschmerzen kaum rühren konnte. Eine halbe Stunde später klingelte das Telefon. »Hallo«, antwortete sie, und die Müdigkeit lag auf ihrer Stimme.
»Oh, Mrs. Cargill, hier spricht du Toit.« Der Name fuhr ihr wie ein elektrischer Schlag in die Glieder, ihr Herz stolperte und verdoppelte die Schlagfrequenz. »Wie ich höre«, fuhr die körperlose Stimme fort, »haben Sie etwas Pech gehabt. Es ist ein guter Zeitpunkt, so scheint mir, das Angebot an Sie zu erneuern. Nun allerdings liegt es natürlich etwas unter dem Ursprünglichen, denn jetzt müsste ich ja erst Ihre Ruine entfernen lassen. Ich biete Ihnen fünfundsechzigtausend Rand. Das ist großzügig, Mrs. Cargill, sehr großzügig. Überlegen Sie sich das gut! Ich rufe morgen wieder an.«
Bevor die schockierte junge Frau reagieren konnte, war die Verbindung abgeschnitten. »Ian!« schrie sie, »Ian!« Sie riss die Tür zum Schlafzimmer auf. »Ian«, wisperte sie.
»Liebes, was ist passiert?«
Sie brach in Tränen aus und schluchzte die ganze Geschichte in seinen Hemdkragen. »Bitte, lass nicht zu, dass der Kerl uns kaputtmacht. Ich kann nicht schon wieder Mr. Mueller anschreiben.«
»Dieser Schweinehund«, fluchte er unterdrückt, »ich werde mich selber um Wachen kümmern, und ich werde die Polizei anrufen. Dein anhänglicher Polizist soll da mal etwas häufiger vorbeifahren. Kopf hoch, Kleines, wir lassen uns von dem Kerl nicht unterkriegen. Außerdem gehört das Geld schließlich dir. Du hast sehr gute Gründe, um frühere Auszahlung zu bitten.«
Eine Stunde später hörte sie Ian am Telefon und erschrak über seinen heftigen Ton. »Es ist mein letztes Wort, und Sie sollten wissen, dass die Polizei unser Grundstück überwacht.
Wagen Sie nicht, hier wieder anzurufen!,« Er knallte den Hörer auf die Gabel.
»Du Toit?« fragte sie.
Er nickte. »Der lässt uns in Frieden, es ist erledigt. Vergiss ihn.« Er sah auf die Uhr. »Ich muss noch einmal kurz weg. Gegen Abend bin ich

wieder hier.« Er küsste sie kurz und heftig. »Du bist einfach zu verführerisch, zieh dir bloß etwas an, ich habe jetzt keine Zeit.«
Den nächsten Tag verbrachte sie vor dem Zeichenblock. Abends ging sie noch einmal durch ihre Fabrikhalle. Vogue hatte Laufstegfotos der Londoner Präsentationen gebracht mit den ersten kniekurzen Röcken. Sie nahm ein Kleid, goldbeige, leichter Glanz, wunderbar passend zu Sonnenbräune, und einem Impuls folgend, schnitt sie den Rock oberhalb des Knies einfach ab. »Kürze alle Röcke auf diese Länge«, wies sie Leila an. »Du machst deine Arbeit gut«, lobte sie lächelnd.
Die rundliche Inderin strahlte, und für einen Moment war sie fast hübsch. Henrietta grüßte in die Runde und verschwand aus der Hintertür. Waschküchenluft schlug ihr entgegen. Seit dem großen Regen vor vier Wochen regnete es fast jede Nacht. Tagsüber hing ein schwerer, grauweißer Himmel über Natal, doch die Hitze der Sonne spürte man selbst durch diese Wolkendecke. Die Regennässe verdunstete rasch, sättigte die ohnehin prallen Wolken, die sich dann wieder über das vollgesogene Land ergossen.
Vor ihrem Haus parkte ein fremdes Auto. Beunruhigt eilte sie ins Haus. Carla saß auf der Veranda. Ihr Anblick versetzte Henrietta einen Schock, von dem ihr Gesicht aber nichts verriet. »Carla! Was willst du?«
»Ich habe etwas mit dir zu besprechen.« »Ich wüsste nicht, was.«
Carla sah zu ihr hoch und lächelte, aber ihre kühlen, silbergrauen Augen blieben wachsam. Sie trug ihre kastanienbraunen Haare hochgesteckt als Krone. Ihr zarter, schlanker Hals wirkte zerbrechlich wie ein Blütenstängel. Wie immer war sie sehr elegant gekleidet. »Wie geht es dir?« fragte sie statt einer Antwort, »du siehst gut aus.« Als Henrietta diese Bemerkung nur mit einem Neigen ihres Kopfes quittierte, sonst aber schwieg, seufzte sie diskret. »Nun«, begann sie mit einem verbindlichen Lächeln, »du wirst gehört haben, dass Benedict und ich ein sehr exklusives kleines Golfhotel bauen werden. Es hat sich nun – äh, nennen wir es einmal – ein kleiner Engpass ergeben in unserer Finanzierung. Wir sind gezwungen, kurzfristig Kapital zu finden. Wir dachten uns«, sie schenkte ihr ein blendendes Lächeln, »dass du vielleicht interessiert wärest, bei uns als Partnerin einzusteigen. Nein, lass mich erst ausreden.

Es wäre eine gute Investition. Wir haben von unserem Wirtschaftsprüfer ein paar Zahlen zusammenstellen lassen. Du kannst sie in Ruhe durchsehen. Wir brauchen erst nächste Woche Antwort. Es ist eine Möglichkeit für dich, dein Kapital zu vermehren, glaub es mir. Uns ist es lieber, wenn die Beteiligung in der Familie bleibt.«

Eine Welle der Abneigung und des Zorns überschwemmte sie, Zorn, dass sie gezwungen wurde, Stellung zu nehmen. »Oh, hör schon auf mit dem Süßholzraspeln, Carla, du kennst den Inhalt des Testamentes offensichtlich genau und weißt, dass ich noch nicht über das Geld verfüge.« Plötzlich wischte ein Wutanfall ihre Zurückhaltung weg. »Und wenn ich das Geld hier bar in den Händen hätte, würde ich mich nicht bei euch beteiligen. Ich will mit euch nichts zu tun haben! Verschwinde jetzt, und komme nie wieder!«

Carla rollte sich blitzschnell aus ihrer bequemen Haltung hoch, ihr Gesicht verzerrt, ihre perlweißen Zähne entblößt. »Du geldgierige Schlampe«, zischte sie, und Spucke traf Henrietta am Kinn, »wer weiß, wie du dir das Erbe erschlichen hast! Glaub bloß nicht, dass ich zusehe, dass wir den Bach runtergehen, während du dir mit deinem schottischen Bauern einen Palast baust!« Sie stürmte an ihr vorbei, versetzte ihr dabei einen Stoß, dass sie gegen die Wand stolperte. Sekunden später heulte ein Motor auf.

Immer noch zitternd vor Wut, rief sie Ian an. »Ich hasse sie!« schrie sie. »Ich könnte sie erwürgen!«

»Vergiss Carla«, sagte er, »stell den Sekt kalt, wir haben etwas zu feiern!« Seine Stimme klang sehr glücklich. Als er endlich nach einer Stunde kam, hielt er ihr strahlend ein Papier entgegen.

Sie studierte die Zahlen darauf »Moment, das ist eine Quittung einer Überweisung – auf mein Konto? Das sind ja zehntausend Rand, woher kommen die?«

»Ich hab über meinen Bruder die Vertretung dieser neuen Mobilkräne bekommen, und das ist die Provision für den ersten Auftrag. Ich hab der Durbaner Hafengesellschaft zwei Kräne verkauft. Kapstadt und East London sollen folgen. Jetzt brauchst du Mr. Mueller nicht um weiteres Geld zu bitten!«

»Du hast mir ja gar nichts davon erzählt.«
»Ich wollte erst sicher sein, dass es klappt, um nicht vor dir als Großmaul dazustehen, der nur leere Versprechungen macht.« Sein Kinn kam hoch, die Schultern waren straff und gerade, sein Kreuz leicht durchgedrückt. Die klassische Haltung des siegreichen Matadors. Er schloss sie in seine Arme und küsste sie. Der Sekt wurde schal und warm.
»Carla war heute bei mir«, sagte sie sehr viel später, »es gibt Schwierigkeiten mit ihrem Golf-Projekt. Sie wollte Geld.«
»Für gewöhnlich fragt man dann die Bank.«
»So ist es. Aber entweder wollen oder können sie es nicht. Ich hab sie rausgeworfen. Sie ruft Reaktionen in mir hervor, die mir sonst fremd sind. Es geht etwas Böses von ihr aus, sie vergiftet alles, was sie anfasst. Ich werde morgen Cori fragen. Vielleicht weiß sie, warum sie ausgerechnet zu mir kommt.«
Sie luden Cori und Fred zum Sonntagslunch im Country Club ein. Cori schwebte an Freddys Arm herein. Sie trug ein Kleid, so weit wie ein Zelt, und ein überaus glückliches Lächeln. »Ich bin schwanger«, hauchte sie. »Ich bekomme ein Baby! Stellt euch vor, nach all diesen Jahren hat es geklappt. Ein richtiges Baby.«
Henrietta umarmte sie. »Wie weit bist du?« Erst vor zwei Wochen hatten sie sich am Strand getroffen, da war ihr an Coris zierlicher Figur nichts aufgefallen.
»Im zweiten Monat«, grinste Fred. Unendlich liebevoll half er ihr in einen Stuhl.
»Darf ich dir ein Kissen holen?« fragte Ian ernsthaft, und Henrietta liebte ihn dafür.
Cori stopfte sich das Kissen in den Rücken, nippte Obstsaft und sah in dem weiten Kleid aus wie eine Glucke auf dem Nest. »Ganz einfach«, sagte sie, »Benny sitzen die Gläubiger im Nacken. Er hat mit Schweinebäuchen spekuliert, und davor mit Sojabohnen, obwohl ich wirklich nicht weiß, wie man mit Schweinebäuchen spekulieren kann, und das ist in die Hose gegangen. Nun wollen die ihm entweder die Schweinebäuche vor die Tür legen oder die Sojabohnen oder beides. Ich steig da nicht durch. Eigentlich wollte er die Sojabohnen mit den

Schweinebäuchen ausgleichen. Klingt wie Chinesisch für mich. Auf jeden Fall stehen ihm die Schweinebäuche bis zum Hals.«
»Schweinebäuche?« fragte Henrietta stirnrunzelnd. »Schweinebäuche!« Ian lachte. »Das ist im Prinzip wie im Lotto. Man schließt sozusagen eine Wette ab, dass, sagen wir, in drei Monaten Schweinebäuche teurer sind als heute. Sind sie es, macht man schnell Riesengewinne, sind sie es nicht, sitzt man mit einer Menge Schweinebäuche da. Quasi legalisiertes Glücksspiel. Spielcasinos sind hier verboten, also geht man an die Warenterminbörse.«
»Sie war schon überall«, sagte Cori, »alle Bankdirektoren Durbans gehen in Deckung, wenn sie naht. Sie muss sehr verzweifelt sein, dass sie zu dir kommt.« Sie aß von ihrem Salat. »Meine Güte, ist mir schlecht«, wisperte sie glücklich.
»Carla und Benny gehen hops«, meinte Freddy mit einer Grimasse, die als leichtes Schmunzeln begann und in einem Gähner endete. Er sank langsam in einen Korbsessel, Beine und Arme von sich gestreckt. Er hatte sich überhaupt nicht verändert. Das Leben schien zu anstrengend für ihn zu sein. »Wie meinst du das?« Ian streckte seine langen Beine aus.
»Über den Jordan«, sagte Freddy, »pleite.« Er lächelte wieder sein schläfriges Lächeln. »Die werden ihnen die Farm über dem Kopf versteigern. Ich hab Carla schon unser Zelt angeboten.«
Henrietta kicherte bei der Vorstellung von Carla, dem makellosen Porzellanpüppchen, in einem Zelt. »Meinst du das ernst? Ich meine, wirklich Farm weg, Haus weg?«
»Haargenau so. Benedict ist ein Spieler.« Freddy hielt sich erschöpft am Whiskyglas fest, »aber ein lausiger Pokerspieler. Ich kann sofort sehen, wenn er versucht zu bluffen. Er hat sich an der Warenterminbörse mit Schweinebäuchen und Sojabohnen gründlich verspekuliert, und jetzt gerät er in Panik. Er müsste den größten Teil seines Landes verkaufen. Dann aber würde Carlas schöner Traum, Königin von Umhlanga zu werden und als Eigentümerin des exklusivsten Golfhotels ihre Fuchtel über der hiesigen Gesellschaft zu schwingen, als Seifenblase davonschweben. Und das wäre mehr, als sie vertragen könnte.« Sein Schnauzer hüpfte auf und ab, wie ein kleines, aufgeregtes Pelztier. »Die geht eher

auf den Strich, um Geld zu verdienen, als dass sie in die Bedeutungslosigkeit abrutscht.«

»Frederick, sie ist meine Schwester!« Cori war empört.

»Muss ein Fehltritt deiner Mutter gewesen sein«, bemerkte ihr Mann ungerührt. »Wie viel wollte sie denn haben?«

»Ich weiß es nicht. Wir haben uns ziemlich gezankt, ich hab sie nicht danach gefragt.«

»Ich glaube, es sind zwischen hundertfünfzigtausend und zweihunderttausend Rand, die ihr noch fehlen«, meinte Cori. Ian pfiff durch die Zähne. »Sie macht es ja nicht klein und bescheiden, das muss man sagen.«

»Es soll ja auch ein besonderes Hotel werden. Warum investierst du nicht einen Teil deiner immensen Erbschaft in das Hotel? Dann könntest du Carla vorschreiben, was sie zu tun und lassen hätte.«

»Halt dich da raus! Solange ich weder für die Sache mit Tony dal Bianco noch für die Puffotter in meinem Auto eine plausible Erklärung habe, will ich mit ihnen nichts zu tun haben. Leih du ihr doch was, ihr habt doch mehr als genug.«

»Von mir kriegt sie keinen Cent«, knurrte Freddy. »Die nicht. Tu nicht so scheinheilig, Cori, du kannst sie auch nicht ausstehen.«

»Aber Puffottern im Auto! Glaubst du ernsthaft, dass Carla so etwas fertig bringt?«

»Ohne weiteres«, murmelte er und wischte sich den Mund ab. »Das Essen war köstlich, vielen Dank für die Einladung, aber jetzt muss ich nach Hause und mich hinlegen. Essen erschöpft mich immer restlos.« Sie gingen gemeinsam zu ihren Autos. »Carla hat übrigens einen alten Verehrer«, sagte Freddy zu Henrietta, als er den Motor anließ, »einen, der Giftschlangen züchtet.«

Sie erstarrte. »Du meinst, sie hätte sich eine Puffotter mit einem von diesen Hakenstöcken aus dem Käfig angeln können?« Um die Kehle der Puffotter lief eine ringförmige Verletzung! Von einem Fanghaken? Freddys blassblauer Blick war direkt und kühl. »Richtig!«

Sie stand bewegungslos. Der glatte Schlangenkörper zwischen ihren Fingern, die riesigen, gebogenen Giftzähne, scharf wie Säbel, schwarzblau

verfärbte Haut, gelbe Gangränblasen. Ihre Augen weiteten sich in erinnertem Entsetzen. »Sie hat wirklich versucht, mich umzubringen!«
Ian zog sie an sich und hielt sie fest, bis ihr rasendes Herz sich beruhigte und ihre Lippen weich und warm unter seinen wurden.

❖

Der Abend war feucht und mild. Henrietta und Ian gingen noch eine Weile am Strand spazieren. Sie liefen am Rand der auslaufenden Wellen dorthin, wo der Umhlanga-Fluss, umschwirrt von Myriaden von Mükken und Libellen, unter hohem, wiegendem Schilf in seinem seichten, zu einer Lagune ausgeweiteten Flussbett noch ein wenig verweilt, bevor er sich ins Meer stürzt. Ians Lippen schmeckten salzig, Salz verkrustete seine Haut, glitzerte in seinen dunklen Haaren. Sie warfen sich in die Wellen und spielten in der Brandung wie verliebte Delphine, jagten sich, und wenn sie sich fanden, versanken sie, Mund an Mund aneinander gepresst, in der Gischt. Als die Sonne unter den Horizont sank, begab sich die Natur zur Ruhe. Das Meer atmete ruhig, die Felsen wisperten ihre Geheimnisse, Winkerkrabben huschten gespensterhaft über den dunklen, nassen Sand. Eng umschlungen gingen sie nach Hause zu ihren Kindern.
Sie hörten das Telefon, als sie die Tür aufschlossen. Es war Tita. Mit einer flachen, leblosen Stimme bat sie Henrietta, zu ihr zu kommen. Aufs höchste alarmiert, fuhren sie sofort los. Tita öffnete ihnen. Tiefe Schatten lagen unter ihren Augen.
Henrietta nahm sie in die Arme. »Tita, was ist passiert? Ist etwas mit den Kindern?«
»Neil geht fremd.«
Henrietta lachte los. »Wie kommst du auf diese absurde Idee?«
Tita warf ein Spitzentaschentuch auf den Tisch. »Das hatte er in der Tasche.«
Henrietta hob es hoch. Ein süßliches, schweres Parfum, fremdartig und exotisch. Die junge Inderin? »Hast du mit Neil geredet?«
»Da gibt's nichts zu reden. Er hat eine Freundin. Kommt in den besten

Familien vor. Aber ich mag keine Gebrauchtwaren, ich lasse mich scheiden.« Ihr Ton war schnodderig, aber Henrietta sah besorgt, dass ihre Unterlippe zitterte.

»Rede mit ihm«, drängte sie, »du musst ihn anhören. Es gibt eine Erklärung, da bin ich sicher.« Sie musste schweigen, sie hatte es Neil versprochen.

»Er ist bis zum Wochenende in der Redaktion des STAR in Johannesburg. Vermutlich hat er sein Flittchen mitgenommen. Ich schick ihm einen Detektiv auf den Hals.«

»Nein, Tita, das wirst du nicht! Ich glaube nicht für einen Moment, dass er dich betrügt«, sagte Ian ruhig, »ruf ihn an. Jetzt!« Er reichte ihr den Telefonhörer.

Titas Hand zitterte. Sie wählte langsam. Als sie das Gespräch beendet hatte, war sie kreidebleich. »Neil ist nicht beim STAR«, sagte sie hölzern, »er ist seit Monaten nicht dort gewesen, und es war auch kein Besuch geplant.«

Henrietta sank auf einen Stuhl, versuchte ihr Entsetzen nicht offensichtlich werden zu lassen. Wo war Neil? Auf dem Boden lag das Spitzentaschentuch. Ein großer, eingetrockneter Blutfleck verkrustete eine Ecke. Neils Blut? »Schweige für dieses Land, das du liebst, und für die Menschen, deren Leben davon abhängt«, hatte er gesagt. Oder hatte er gelogen, wollte er nur eine banale Affäre vertuschen? Mit einer Inderin? Ständig mit der Polizei auf den Fersen, begierig, ein besudeltes Laken zu finden? Niemals, dachte sie, nicht Neil.

»Er hat mich belogen.« Titas Stimme war dünn und flach. »Alles kann ich ertragen und verstehen, nur das nicht. Das macht er nicht mit mir! Ich rufe Daddy an, er wird einen Detektiv wissen.«

Ein Detektiv! Wie ein hungriger Wolf auf seinen Spuren. Er würde Neil in Lebensgefahr bringen! »Tita, ich bitte dich, unternimm nichts, bevor du mit Neil gesprochen hast.«

Ihr Ton, ihre Körperhaltung musste mehr ausgedrückt haben als ihre Worte, denn Tita wurde aufmerksam. »Henrietta, verheimlichst du mir etwas? Gibt es etwas, was ich wissen sollte? Es war Neil, den du mit der Inderin gesehen hast, nicht wahr? War sie sehr schön?«

Henrietta wich ihrem Blick aus. Sie stand auf und sah aus dem Fenster. Die Vorboten eines Sturms heulten ums Haus. Die Nacht hinter der Scheibe spiegelte geisterhaft ihr Abbild, dahinter schemenhaft das von Tita. Fünf Jahre waren sie befreundet. Sie hatten zusammen gelacht und manchmal geweint, sie kannte jede von Titas Stimmungen, ihre intimsten Geheimnisse. Auf der einen Seite das Wohl des Landes und ihr Versprechen an Neil, auf der anderen Titas Freundschaft, außer Ian und den Kindern das Kostbarste, was sie besaß. Keine Brücke verband die beiden, nur eine tiefe, unwegsame Schlucht. Es war Zeit, sich zu entscheiden. Es musste sein. Titas bleiches Gesicht wurde fahl und durchsichtig, als sie sprach. »Ich hatte Neil mein Versprechen gegeben«, schloss sie, »nicht einmal Ian durfte ich etwas sagen.«

»Ich rufe die Krankenhäuser an«, sagte Ian. Nach mehreren Anrufen legte er erleichtert auf »Nichts. Gott sei Dank, jetzt wissen wir, dass er keinen Unfall gehabt hat.«

»Heute ist unser Hochzeitstag«, wisperte Tita, »wo immer er ist, er ruft an, und er schickt mir immer Blumen, wenn er nicht da ist. Immer. Ich habe weder einen Anruf noch Blumen bekommen. Es ist ihm etwas passiert. Oder«, ihre Stimme wurde fast unhörbar, »er hat doch was mit dieser Frau. Denk an das Taschentuch.«

»Red keinen Unsinn!« sagte ihre Freundin. Ich hoffe, ich habe recht, dachte sie. Ich hoffe, er beweist seine Verachtung der Apartheid nicht auf diese Weise.

»Ich könnte Daddy anrufen«, sagte Tita.

»Zu gefährlich«, sagte Ian, »die Telefone sind nicht sicher. Verdammt, wir können nichts tun!« Frustriert lief er im Raum herum.

Die Zeit dehnte sich. Das hohe Pfeifen des nahenden Unwetters machte die Nacht unheimlich. Tita lag auf dem Sofa, das Telefon auf dem Bauch, Henrietta saß neben ihr. Sie schwiegen. Die große, alte Uhr an der Wand tickte aufdringlich. Tita warf eine kleine Bronzestatue dagegen, sie hörte auf zu ticken, und Stille drückte auf sie nieder.

Das sanfte Klopfen dann fiel wie Hammerschläge in ihr Schweigen. Ian lief zur Tür. Henrietta erkannte die junge Inderin sofort, obwohl sie heute statt eines Saris ein weißes T-Shirt und Jeans trug. Ihre kurzen Haare hingen ungekämmt um ihr schmales Gesicht.

»Also doch!« Tita stellte sich ihr in den Weg. »Wer sind Sie? Verschwinden Sie!«

»Mrs. Robertson, bitte hören Sie mich an. Ihr Mann braucht Sie. Bitte lassen Sie mich rein, ich darf nicht gesehen werden.«

Henrietta hatte plötzlich eine entsetzliche Vorahnung. »Tita, lass sie herein. Bitte.«

Die zierliche Frau schlüpfte ins Zimmer. »Ich bin Mira, die Tochter von Dr. Ramnarain.«

»Dr. Ramnarain? Dem ANC-Anwalt?« fragte Ian.

Mira nickte. »Es gab eine Schießerei heute Nacht in Kwa Mashu. Neil wurde verletzt.« »O nein«, stöhnte Henrietta. Tita, ihr Gesicht eine weiße Maske, gerahmt von dem Flammenkranz ihrer Haare, stand ganz still. »Lebt er?«

»Ja. Aber er kann nicht dort bleiben.«

»Wie schwer ist er verletzt?«

»Die eine Kugel ging glatt durch die Schulter, Mrs. Robertson, und eine steckte im Oberschenkel. Er hat viel Blut verloren. Ein befreundeter Arzt ...«

»Ein Schwarzer?« unterbrach sie Tita.

Mira Ramnarain sah sie kühl an. »Allerdings. Er musste ihm die Kugel aus seinem Oberschenkel entfernen. Es war eine Kugel aus einem Polizeirevolver.«

»Verflucht, dieser Idiot«, knurrte Ian.

»Sie haben uns quer durch Kwa Mashu gejagt. Neil und zwei andere hat es erwischt. Sie wissen, dass ein Weißer verletzt ist. Sie durchkämmen die gesamte Township nach ihm. Es wird zu gefährlich für ihn, dort zu bleiben. Lebensgefährlich. Für ihn und die Leute, die ihn verstecken.«

»Was macht mein Mann in Kwa Mashu. Geht es um Moses?«

»Es ist besser, wenn Sie es nicht wissen. Wir bringen ihn aus Kwa Mashu heraus, Sie müssen ihn dann übernehmen, und Sie müssen damit rechnen, dass die Polizei auch Sie anhält. Es ist lebenswichtig, dass die nicht

merken, dass Neil angeschossen ist.« Sie sprach schnell und leise, als fürchte sie ungebetene Zuhörer. »Der Arzt wird seine Wunden mit einem Lokalanästhetikum betäuben, damit er den Transport übersteht.« Tita schien Schwierigkeiten zu haben, ihre Worte zu begreifen. »Kann er stehen?« flüsterte sie endlich.
»Oh, Ihr Mann ist zäh, Mrs. Robertson, hart im Nehmen. Der steht das schon durch.« Abneigung zeichnete ihr braunes Gesicht. »Sie glauben nicht, was Menschen alles ertragen können, wenn sie müssen.« Ihre Augen flammten auf »Was unsere Leute ertragen müssen! Ohne Betäubungsmittel«, zischte sie, ihre Zähne entblößt.
Tita richtete sich auf »Das ist wohl kaum meine Schuld«, sagte sie kühl. »Wo können wir meinen Mann abholen?« Alle Überlegenheit ihrer Stellung in der südafrikanischen Gesellschaft lag in dem Blick, mit dem sie dem der Inderin standhielt.
Diese schlug als Erste die Augen nieder. »Ich bring Sie hin.« Sie mussten fast drei Stunden an der dunklen Straßenecke warten. Sie sprachen nur wenig, lauschten auf jedes Geräusch. Trotzdem wurden sie von dem leisen Klopfen an der Rückscheibe überrascht. Neil war allein. Kreidebleich, seine Augen dunkel umschattet, stand er vor ihnen. Der Sturm zerrte an seinen Haaren. Seine linke Hand steckte in der Hosentasche, das linke Bein belastete er überhaupt nicht.
»Neil«, flüsterte Tita, berührte ihn aber nicht.
»Lass uns zu Hause reden.« Er sprach sehr leise. »Wir müssen zusehen, dass wir hier wegkommen.« Unbeholfen stieg er ein. Tita glitt neben ihn auf seine rechte Seite. Sein Kopf sank an ihre Schulter, Schweiß glänzte auf seinem Gesicht.
Sie standen drei Kreuzungen weiter auf beiden Seiten. Die Polizeiwagen waren unbeleuchtet, die Männer trugen keine Uniform. »CID, Criminal Investigation Department – Kripo! Steigen Sie aus!« befahl einer, schroff, ohne Verbindlichkeit. Henriettas Knie schlugen aneinander, aber sie hatte sich unter Kontrolle. »Ups«, sagte sie, »ich hab einen klitzekleinen Schwips, Officer.« Sie kicherte.
»Meiner ist überhaupt nicht klitzeklein«, nuschelte Neil undeutlich und lehnte sich an Tita. Sie umschlang seine Taille, stützte ihn. Er schwank-

te, er war grau unter der spärlichen Straßenbeleuchtung, aber er brachte ein Lachen fertig.
Die Augen des Polizisten flackerten kurz über sie hinweg. »Ihre Papiere!« Er nahm Ians Führerschein entgegen. »Ich sagte, Ihre Papiere! Ich will alle Ausweise sehen! Von jedem Einzelnen.«
Tita griff in Neils Brusttasche, berührte seine Schulter aus Versehen. Er grunzte. Ein Schmerzenslaut, und er reagierte schnell. »Sieh dich vor, ich bin kitzelig«, ächzte er und dehnte seinen Mund zu einem Grinsen.
Ein zweiter Offizier sammelte die Ausweise ein. »Treten Sie vom Auto zurück.« Er schob Tita beiseite. Sie stolperte, zog Neil mit, der sein Gleichgewicht verlor. Ian machte einen Schritt und hielt ihn mit einem Griff, der leicht wirkte. Aber Henrietta sah an seinen gespannten Halsmuskeln, dass er alle Kraft aufwenden musste, um seinen Freund vor dem Hinfallen zu bewahren. Ihre Tasche entglitt ihren zitternden Händen und fiel auf die Straße. Hastig bückte sie sich. Ihr Lippenstift lag in einer dunklen Lache, und als sie ihn hochhob, tropfte es rot herunter. Sie hatte in eine Blutlache gefasst. Entsetzt starrte sie auf Neils Hosenbein. Ein großer, nasser Fleck zog sich vom Knie zum Saum, dickflüssige Tropfen fielen auf das Pflaster. Ihr Blick flog zu seinem Gesicht. Es hatte eine leblose, teigige Blässe, die ihr eiskalte Angst einflößte. Verblutete er hier vor ihren Augen? Mit fünf Polizeioffizieren des CID um sie herum? Wenn sie vom CID kamen. Wahrscheinlicher war, dass es Agenten von BOSS waren. Er hat viel Blut verloren, hatte Mira Ramnarain gesagt. Wie viel Blut konnte ein Mensch verlieren, ohne zu sterben? Heimlich wischte sie ihre blutige Hand ab.
Neil hing mehr an Tita, als dass er selbst stand. Die Anstrengung war ihr deutlich anzusehen. Lange würde sie nicht durchhalten, und seine Verletzungen machten es unmöglich, ihn von seiner linken Seite zu stützen. Ihr wurde übel. *Übel!* Sie krümmte sich, machte Würgegeräusche. »Mein Gott, ist mir schlecht«, stöhnte sie, »Officer, können wir uns wieder in den Wagen setzen?«
Ian sprang ihr zur Seite, hielt sie eng an sich gepresst. »Musst du immer so viel trinken?« rief er. »Was ist«, wisperte er, hörbar nur für sie.
»Neil verblutet.« Ihre Stimme war nur ein Hauch. »Sein Bein.«

Er sah hinüber und nickte. »Lass dich fallen!«
Sie verstand. »Mir ist ja so übel«, jammerte sie und rutschte langsam an ihm herunter zu Boden. »Ich will ins Auto.«
Abgelenkt und irritiert sahen die Polizisten zu, so merkten sie nicht, wie Neils Kopf nach vorn fiel und seine Knie nachgaben. Henrietta traf es wie eine Faust im Magen. Doch Tita zuckte hoch, und Neil kam wieder zu sich. Henrietta übergab sich. »Ich muss mich hinsetzen«, wimmerte sie. Die Polizisten sahen sie nicht einmal an. Aufreizend langsam blätterten sie die Ausweise durch.
Es dauerte noch die Ewigkeit von zehn Minuten, bevor sie ihnen endlich die Ausweise aushändigten und den Weg freigaben.
»Himmel, ist der Kerl schwer«, fauchte Tita, »ich kann ihn kaum halten.« Sie starrte Ian an.
Er nickte. Unendlich vorsichtig umschlang er seinen Freund, hob ihn praktisch hoch und trug ihn ins Auto. Henrietta, die bereits auf dem Vordersitz saß, zitterte so stark, dass sie ihre Unterlippe mit den Zähnen halten musste. Als sie endlich außer Sichtweite der ihnen misstrauisch nachschauenden Agenten waren, drehte sie sich im Sitz um. »Tita, er verblutet, schnell, wir müssen sein Bein abbinden!« Sie öffnete den Verbandskasten.
»Halt bei der nächsten Telefonzelle!« befahl Tita. »Es ist mir scheißegal, ob die Telefone sicher sind. Ich brauche einen Arzt, und Daddy wird einen wissen.«
Er wusste einen, und der traf fast gleichzeitig mit ihnen im Haus der Robertsons ein. Er füllte Neils Kreislauf mit Plasma auf. »Ich bleibe heute Nacht hier«, knurrte er und untersuchte seine Wunden. »Gute Arbeit, geschickter Mann.« Seine Hochachtung für den schwarzen Arzt war deutlich.
Es wurde eine lange Nacht. Aber als ein schwefelgelber, stürmischer Himmel den Tag verkündete, war Neil außer Gefahr. »Wo ist Mira, ist sie in Sicherheit?« waren seine ersten Worte. Tita, die an seinem Bett gewacht hatte, wurde steif.
Henrietta legte ihr warnend die Hand auf die Schulter. »Sie war hier und hat uns geholt.« Ein winziges, erleichtertes Lächeln quittierte ihre

Worte. Sie hoffte inständig, dass er Tita eine Erklärung geben würde. Ihre steinerne Verzweiflung musste ihm doch offensichtlich sein. Aber Neil schwieg.
»Hör mal, alter Junge, wir hätten gern eine Erklärung.«
Neil hob seine Augen zu Ian. »Ich hab recht gehabt«, grinste er schwach, »Schwarze können sehr geschickt sein. Hast du gesehen, wie Dr. Ngubane mich vernäht hat? Erstklassig!«
Tita stand auf, nahm das Spitzentaschentuch und warf es ihm ins Gesicht. »Wem gehört das? Ich habe es in deiner Tasche gefunden, nachdem Henrietta dich mit dieser Inderin gesehen hat.«
Neil runzelte die Stirn, als hätte er Mühe, ihre Worte zu verstehen. »Du kannst unmöglich annehmen, dass Mira und ich ...?« Er musste die Antwort in ihrem Gesicht gelesen haben. »Bist du völlig verrückt geworden? Vertraust du mir so wenig? Ohne Mira Ramnarain wäre ich tot. Dass ich mich jetzt mit dir streiten kann, verdanke ich Dr. Ngubane und ihr. Das Taschentuch gab sie mir, als ich einmal leichtes Nasenbluten hatte.«
Die Spannung, die Tita versteifte, brach. Ihre Schultern fielen nach vorn, ein Zittern durchlief sie. Sie sank neben ihm auf die Knie. Mit seinem gesunden Arm bettete er ihren Kopf an seine Schulter. Henrietta zog Ian leise aus dem Zimmer. Es war Zeit zu gehen. Das hier war jetzt etwas, das nur die beiden anging.

Fünfzehntes Kapitel

Es war im Mai 1966. Henrietta ließ den Zeichenstift sinken. Sie saß auf ihrem Felsen, der warm und glatt unter ihren nackten Füßen war, und schob ihren breitkrempigen Sonnenhut ins Gesicht. Sie schloss von Sonnenblitzen geblendet die Augen. Da sie nichts mehr sah, nahm sie nun Geräusche wahr, die vorher in dem Rauschen der Brandung und dem Eindruck der Unendlichkeit des Horizonts untergegangen waren. Die Seeanemonen auf den Felsen öffneten und schlossen sich und stießen dabei winzige Wasserfontänen aus, ein wispernder Laut. Rücklaufende Wellen saugten Sand mit sich, wie das Einatmen eines Giganten. Hoch darüber schwebten die Schreie der Seeschwalben. Spannung lief aus ihr heraus wie Wasser aus einem Gefäß, und eine tiefe Ruhe breitete sich in ihr aus. Sie spürte jede Pore ihres Körpers. Das Kribbeln der Salzkristalle auf ihrer Haut, die heißen Finger der Sonnenstrahlen, die ihr Gesicht berührten. Trunken vor Glück, sog sie die salzige Luft ein. Dieses Gefühl hatte nichts mit Ian und den Kindern oder ihrem sonstigen Dasein zu tun, es war das Glück, dazuzugehören, ein lebendes Wesen zu sein, ein Teil dieser grandiosen Welt.
Der Wind schlug die Seite ihres Zeichenblockes um, sie öffnete die Augen. Die Skizzen für die Frühjahrskollektion waren fertig. Wie im Rausch hatte sie gezeichnet, Hunderte von Ideen, nur angedeutet, mehr Gedächtnisstützen für sie als fertige Modellskizzen. Sie kletterte von dem Felsen herunter. Es war Zeit, um zu Hause noch etwas zu essen, und dann, würde sie sich für die nächsten Stunden in ihrem Büro einschließen, das Telefon abstellen und Indra strikte Anweisung geben, nur im Notfall zu stören.
Aus Ians Terminkalender ersah sie, dass er wegen irgendwelcher Verträge bei Cedric war. Sie wählte Cedrics Nummer. Seine Vorzimmerdame

Charmaine meldete sich. Meinen Mann, bitte.« Sie sah Charmaine vor sich. Alles an ihr war zu viel. Zu viel Busen, zu viel Po, zu viel Haar und zu viel Make-up. Hochtoupiertes weißblondes Haar, pastöser, blassrosa Lippenstift auf ihren aufgeworfenen Lippen. Als Ian sich meldete, bat sie ihn, früher nach Hause zu kommen. »Die Kinder sind mit Isobel sonst allein. Ich muss die neue Kollektion auszeichnen und möchte nicht gestört werden.«
»Kein Problem! Viel Erfolg. Ruf an, wenn du fertig bist.«
Beruhigt fuhr sie nach Mount Edgecombe. »Guten Tag, Indra, alles in Ordnung?«
»Außer dass Mary Mkize heute nicht gekommen ist, ist alles okay.« Sie legte ihr ein paar Sachen zur Unterschrift vor.
»Weißt du, wo sie wohnt?«
Indras Schultern zuckten. »Weiß ich nicht, geht mich nichts an.«
Sie nickte. Das war ein Problem, das ohne weiteres bis morgen warten konnte. Dann zog sie die Tür ihres Büros hinter sich zu. Ruhe. Stille. Konzentriert und zügig begann sie, ihre Skizzen in Schnittzeichnungen umzusetzen. Nach zwei Stunden dehnte und streckte sie sich. Jetzt brauchte sie dringend einen Kaffee. Sie öffnete die Tür, um Indra darum zu bitten. Zu ihrem Erstaunen standen zwei fremde Männer im Vorzimmer. Sie wandten ihre Köpfe, als sie herauskam, griffen beide in einer Simultanbewegung in die Brusttaschen und präsentierten ihre Identifikationsausweise.
»CID«, bellte der ältere der beiden scharf. »Mrs. Cargill?« Sein glänzender schwarzer Schnauzer hüpfte beim Reden.
Warum hatte sie plötzlich einen Kloß im Hals, der sie am Reden hinderte? Warum wurden ihr sofort die Beine weich? Mühsam zwang sie sich, in einer normalen Stimme zu antworten. »Ja, bitte, was kann ich für Sie tun?«
»Wir werden Ihre Fabrik und Ihr Grundstück durchsuchen, der Durchsuchungsbefehl folgt. Bei diesem Fall ist Eile geboten. Gehen Sie in Ihr Büro, wir kommen gleich zu Ihnen.« Er schob sie einfach in ihr Büro und schloss die Tür.
Sie sank in ihren Stuhl, keines zusammenhängenden Gedankens fähig.

Sie saß einfach da, starrte dumpf vor sich hin, rang ab und zu nach Luft, als ihr rasendes Herz Sauerstoff verschlang. Mit einer bleischweren Hand hob sie den Telefonhörer ab. Vielleicht konnte sie Ian erreichen. Sie hörte jedoch nur das Besetztzeichen. Jemand im Vorzimmer blockierte die Leitung!

Nach einer Ewigkeit öffnete sich die Tür, und der jüngere, glatt rasierte, der mit den Pickeln, machte eine befehlende Handbewegung. »Kommen Sie mit, Mrs. Cargill, wir möchten Ihnen etwas zeigen.« Schweigend führte er sie, sie am Oberarm festhaltend, nach draußen. Sie stolperte einmal, aber sein Griff war so fest, dass er sie fing. Sie gingen hinten herum draußen über das dünne Gras, durch das die rote Erde Afrikas leuchtete. Hinten lehnte ein winziger Anbau an der Fabrikwand, vielleicht zwei mal drei Meter groß. Er war leer, dessen war sie sich sicher.

»Mrs. Cargill«, sagte der CID-Mann mit dem Schnauzer, »erklären Sie uns das bitte.« Er öffnete die niedrige Brettertür zu dem kleinen Schuppen. Sie quietschte. Das Geräusch kratzte auf ihren Nerven, und sie bekam eine Gänsehaut. Nachdem sich ihre Augen an das Dämmerlicht drinnen gewöhnt hatten, wusste sie, dass in diesem Raum Menschen gewohnt haben mussten. Eine Matratze lag da, eine zusammengebündelte Decke, Kochgeschirr, ein hölzerner Hocker vor einem kleinen Petroleumkocher. »Was sagen Sie dazu?«

Ihr Blick folgte seinem ausgestreckten Finger. Scharf sog sie die Luft zwischen den Zähnen ein, als sie begriff, was sie da sah: in der Ecke lag Kleidung, zerrissen, Hose, Jacke, Unterhemd. Sie waren über und über mit Blut verschmiert. Ihre Pupillen vor Entsetzen weit und schwarz, sah sie die Männer vom CID an. »Was ist das?«

»Das wollen wir von Ihnen wissen!«

Ratlos sah sie wieder hinunter auf die blutbesudelten Sachen. »Ich habe keine Ahnung, was hier vorgeht.« Sie musste sich gegen die Hauswand lehnen. *Ian, o bitte, versuche mich zu erreichen, bitte!* Aber sie hatte ihm gesagt, dass sie ungestört sein wollte. Er würde nicht anrufen, er würde nicht wissen, was hier mit ihr passierte.

»Wo ist Cuba Mkize?« Zwei Augenpaare tasteten ihr Gesicht nach jeder

Regung ab, wie Krallen hakten sie sich an ihr fest. *Sie wissen von Kwa Mashu, mein Gott, sie wissen das mit Kwa Mashu! Was soll ich nur tun?* Panik blockierte jeden geordneten Gedankengang.
»Erst bis zehn zählen«, riet Großmama, »dann sagst du nichts, was du hinterher bereust!«
Sie zählte, mit geschlossenen Augen, und die Litanei geriet zu einem Gebet. Langsam atmete sie tief ein, sodass kein Zittern ihre Nerven verriet.
»Cuba Mkize?« Dankbar hörte sie, dass ihre Stimme nicht schwankte.
»Kenn ich nicht, tut mir Leid.«
»Mrs. Cargill, lügen Sie nicht. Sie kennen Cuba Mkize, und Sie kennen Mary Mkize.«
Beide Gesichter waren jetzt dicht vor ihr. Der ältere der beiden schien Probleme mit der Nasenatmung zu haben, denn er atmete mit geöffnetem Mund, blies die Spitzen seines Schnauzers im Takt hoch. Er musste etwas Saures gegessen haben. Sie zwang sich, ihnen in die Augen zu sehen. Kleine, schwarze, stechende Augen, blank und funkelnd, wie die von Nagetieren. »Ja, Mary kenn ich, die arbeitet für mich. Sie ist heute aber nicht gekommen. Vielleicht ist sie krank.«
»Wo lebt sie?«
»Keine Ahnung.«
Der jüngere packte wieder ihren Oberarm und riss sie herum, bis sie vor der Matratze stand. »Hier hat sie gewohnt mit ihrem Mann, das wissen Sie doch. Geben Sie es zu. Sie haben Cuba und Mary Mkize hier Unterschlupf gewährt. Geben Sie es zu!«
»Weißt du, wer das ist, Cuba Mkize?« hatte Neil gefragt. »Er ist einer der am meisten gesuchten Saboteure hier. Ihr habt haufenweise Gesetze gebrochen. Das bringt euch Jahre im Gefängnis ein.« Sie unterdrückte mit aller Willenskraft ein Stöhnen. »Ich kenne Cuba Mkize nicht«, stotterte sie, »wirklich nicht. Sie müssen mir glauben. Mary bat mich um einen Job. Sie tat mir Leid. Sie hat ein kleines Kind.« Der ältere, der einen blutigen Handabdruck auf der weißgekalkten Wand untersucht hatte, sah sie nachdenklich an. »Warum haben Sie denn solche Angst, Mrs. Cargill, wenn Sie Cuba Mkize nicht kennen?« Er hatte ganz dünne, knittrige, gelbe Haut, so als sei er leberkrank. Tiefe Linien zogen sich von

der fleischigen Nase zu seinem Mund, der unter dem Schnauzer ein gerader, scharf gezogener Schnitt in seinem Gesicht war. »Antworten Sie!«
Sie starrte auf diesen Mund, der sich öffnete und schloss wie eine Falle, und für einen Moment verweigerte ihr Gehirn den Dienst, und sie verstand kein Wort. Erst als der jüngere sie schüttelte, kam sie zu sich.
»Hören Sie mal, Sie kommen hierher, halten mich in meinem eigenen Büro gefangen, durchsuchen alles, drohen mir, sagen mir aber nicht, worum es geht. Wer hätte da keine Angst?« Die Rechtfertigung klang kläglich in ihren Ohren, aber die aufkeimende Empörung half ihr.
»Sie wollen uns wirklich erzählen, dass Sie nicht gewusst haben, dass Cuba und Mary Mkize hier untergeschlüpft sind?« Die Hand schloss sich um ihren Oberarm wie ein Schraubstock.
Diese schreckliche Stimme! Wie Papas, wenn sie etwas ausgefressen hatte und sie zu ihm in die Bibliothek kommen musste. Sie wusste dann, was ihr blühte, und einmal machte sie sich vor Angst in die Hose. Sie stand vor ihm, und die Nässe rann ihr warm die Beine hinunter und tropfte auf den Boden. Nur das nicht, o bitte, nur das nicht! Nicht diese Scham, nicht vor diesen Männern! Sie straffte ihre Schultern und versuchte, ihre Panik hinunterzuschlucken. »Ich wusste es nicht, wirklich nicht. Ich weiß nicht, wer Cuba Mkize ist, und wenn Sie es mir nicht sagen, weiß ich nicht, was Sie wollen.« Zu ihrer großen Erleichterung merkte sie, wie sich der Schraubstock an ihrem Arm etwas lockerte.
»Morgen um zehn sind Sie bei uns auf der Polizeistation, und dann werden wir uns noch einmal unterhalten«, befahl der ältere und rieb sich die Magengegend. »Sie können jetzt gehen.«
Sie schwankte, als der jüngere sie losließ. Vorsichtig setzte sie einen Fuß vor den anderen, ängstlich, dass ihre Beine sie nicht tragen würden. Aber es ging gut. Immer schneller entfernte sie sich, bis sie die letzten Meter zum Büro rannte. Sie warf ihre Zeichnungen in eine Mappe und lief ins Vorzimmer. »Die Kerle sind weg, Indra, es hatte etwas mit Mary zu tun. Macht euch keine Sorgen, es ist nichts.«
»Ja, Ma'am.« Indra musterte sie mit unverhohlener Neugier. Sie knallte die Tür zu, warf sich in ihren Wagen und raste die Straße hinunter nach Umhlanga, nach Hause. Das Fenster drehte sie weit herunter, sodass der

Fahrtwind ihr die Haare nach hinten riss. Langsam bekam sie wieder Luft. Diese Schweine! Sie zu behandeln, als sei sie eine Verbrecherin. Und Mary Mkize! Sie hätte ihrem ersten Impuls stattgeben und sie wegschicken sollen. Verdammt, wie hatte sie übersehen können, dass das Mädchen offensichtlich die ganzen Wochen da gewohnt hat. Hatte sie es übersehen? Oder übersehen wollen? Sie stürmte ins Haus. »Ian! Wo bist du?«
Ian saß auf der Veranda und las die Abendzeitung. »Na, alles geschafft, Liebling?«
Ihre Beherrschung brach. Sie warf ihm die Arme um den Hals und vergrub ihr Gesicht in der warmen Grube zwischen Schulter und Kinn und heulte sich ihre Angst von der Seele. Als sie sich endlich ausgeweint hatte, völlig geschafft von dem Sturm, der über sie hinweggerast war, berichtete sie, was passiert war. Er hörte zu, ohne sie zu unterbrechen. Mit abwesender Miene streichelte er ihre Haare. »Und die glauben wirklich, dass dieser Cuba Mkize zeitweilig da gewohnt hat? Hast du nichts gemerkt?«
Sie schüttelte den Kopf, »Du weißt doch, dieser Schuppen wird nicht gebraucht. Dort geht nie jemand vorbei, obendrein wird sein Eingang durch ein paar Büsche verdeckt. Ich hatte ihn völlig vergessen. Wer hat mir das eingebrockt, wer hasst mich so? Carla, du Toit – Fatimas Bruder? BOSS? Vielleicht hat Neil doch recht. Sie haben ihre Spitzel überall. Frag bitte Cedric, was wir machen sollen und ob er es für nötig hält, morgen mitzukommen.«

Die Farbe der Wände und der Geruch auf den Korridoren und in den Zimmern, daran würde sie sich immer erinnern und an die Menschen, die dort warteten. Die gebeugten Schultern, die glanzlosen Augen, der Widerschein des grünlichen Gelbs der Wände, das ihre Gesichtsfarbe fahl und kränklich machte, zwei oder drei weiße Gesichter in einem Meer von schwarzen. Schmutzige Handabdrücke, Beweisspuren Tausender Vergessener, Verdammter, zogen sich als Girlande in Schulter-

höhe durch die Korridore. Dann der Geruch. Säuerlich und dumpf, der Geruch der Angst, und staubig und moderig, der Geruch der sich überall stapelnden Akten. Henrietta versuchte, nur flach zu atmen. Sie war allein mit Ian. Cedric meinte, dass es nach Schuldeingeständnis aussähe, käme er mit. »Sagt einfach die Wahrheit«, riet er, »die setzt sich schon durch.«
Und gerade die wollte sie unter keinen Umständen preisgeben.
»Lass sie kommen«, warnte Ian, »denk stets dran, gib ihnen nichts in die Hand, gib ihnen keine Informationen, es sei denn, sie fragen dich ausdrücklich danach. Wirst du daran denken? Auch wenn sie mich nicht mit hineinlassen, denk dran!« Er drückte sie, fest und beruhigend.
Sie nickte, zu nervös, um zu sprechen.
»Mrs. Cargill.« Er war der Jüngere, der mit den Pickeln. Auf dem größten klebte ein Stück blutdurchtränktes Toilettenpapier. »Kommen Sie herein –, oh, und Ihr Mann ist auch da. Gut. Bringen Sie ihn mit.«
Erst viel später fiel ihr auf, dass er nicht fragte, wer Ian sei. Er wusste es, er erkannte ihn. Die Tragweite dieser Tatsache jagte ihren Puls noch nachträglich hoch. Ein zerkratzter Schreibtisch, überladen mit Akten, ein hohes, vergittertes Fenster, durch das der herrliche, kornblumenblaue Maihimmel in regelmäßige, rechteckige Segmente zerschnitten wurde. »Gefängnis«, gellte es in ihr. Sie fröstelte.
»Setzen Sie sich«, befahl der CID-Officer und deutete auf einen schmalen Holzstuhl.
Sie setzte sich, sehr gerade. Ihr Rücken berührte nicht einmal die Lehne. Ian stand hinter ihr. Auf die Aufforderung hin gab sie dann ihre persönlichen Daten zu Protokoll. Der Jüngere saß an der Schreibmaschine und tippte ihre Angaben.
»Sagt Ihnen der Name Vilikazi etwas?« war die erste, überraschende Frage.
»Ja, ich denke schon«, antwortete sie vorsichtig, »ich glaube, einer der schwarzen Arbeiter in der Fabrik meines Mannes hieß so.« *O bitte, lass sie nicht auf Kwa Mashu kommen, bitte nicht.*
»Haben Sie ihn je außerhalb der Fabrik getroffen?«
»Nein«, log sie. Und sie log und log, Frage auf Frage prasselte auf sie ein.

Wie zwei Jäger versuchten die beiden sie einzukreisen. Sie kamen von hinten und von der Flanke und auch direkt von vorn: »Wann haben Sie Cuba Mkize zum ersten Mal getroffen?«

»Ich habe ihn nie getroffen, ich kenne ihn nicht.« Das, immerhin, war die Wahrheit. Sie hatte sich jetzt unter Kontrolle, und ihre Antworten, ob gelogen oder nicht, klangen ruhig und überzeugend.

»Die Matratze in dem Schuppen stammt von Ihnen, wir können das beweisen«, sagte der Ältere, der, wie sie erfuhr, van Tondern hieß.

»Von mir?« Sie war ehrlich erstaunt. »Aber unsere Matratzen sind viel größer.«

»Oh? Woher wissen Sie denn, wie groß die Matratze ist?« van Tondern lehnte sich vor, seine schwarzen Augen wie Nadelspitzen. »Haben Sie sie ausgemessen?«

»So kriegst du mich nicht«, beschied sie ihm schweigend. »Das ist leicht zu erkennen«, sagte sie laut, »wir haben ein französisches Bett, fast zwei Meter breit.« Ians Hand auf ihrer Schulter signalisierte mit leichtem Druck Anerkennung.

»Wie lange kennen Sie Mary Mkize?«

»Steht in ihren Arbeitspapieren.«

»Wann, Mrs. Cargill?« Der Jüngere hatte eine widerliche Stimme. Flach und scharf und immer aufgeladen mit einer Drohung.

»Oh, genau kann ich das aus dem Stegreif nicht sagen, aber ich denke, es muss Ende August gewesen sein.« Sie nickte. »ja, so ungefähr.« Dann wurde sie mutig. »Wer ist dieser Cuba Mkize eigentlich, was hat diese harmlose junge Frau getan?«

Mr. van Tondern spielte sinnierend mit seinem Kugelschreiber. Er tippte ihn auf den Tisch, er tippte ihn gegen die Zähne. Er sah Henrietta an. »Er ist ein gefährlicher, seit langem gesuchter Mörder. Er hat eine weiße Farmersfamilie auf bestialische Weise umgebracht. Hier.«

Er nahm eine Akte, suchte kurz und zog ein Foto heraus und warf es so vor sie hin, dass sie es ansehen musste.

Es war in Farbe, und ihr Magen rebellierte. »O mein Gott«, flüsterte sie, »waren das die Kinder?«

»Ja, das waren die Kinder.« Die Stimme des Polizeioffiziers war hart.

»Zwei kleine Mädchen, vier und drei Jahre alt, und zwei kleine Jungen, der eine, der kein Gesicht mehr hat, war eineinhalb, der andere sechs. Und das -«, wieder flog ein Foto herüber, »und das waren die Eltern. Wie Sie sehen, haben sie keine Köpfe mehr. Die fanden wir draußen auf dem Gartenzaun.«
Henrietta brach weinend zusammen. »O wie furchtbar, welche Bestie tut so etwas?«
»Cuba Mkize«, sagte Mr. van Tondern. Überraschenderweise war seine Stimme nun fast sanft. »Und nun frage ich Sie noch einmal, kennen Sie ihn, wissen Sie wo er ist?«
Sie schüttelte heftig den Kopf, unfähig zu sprechen. »Ich schwör's«, brachte sie schließlich hervor. »Ich schwör's bei dem Leben meiner Kinder, ich kenne ihn nicht, ich habe ihn nie gesehen!«
»Haben Sie oder Mr. Cargill noch Verbindung zu Vilikazi?« »Nein«, antworteten beide gemeinsam.
»Ich gebe Ihnen den guten Rat, belassen Sie es dabei. Sie können gehen.« Mr. van Tondern legte seinen Kugelschreiber hin und stand auf. Der Jüngere mit den Pickeln hielt ihnen die Tür auf. So schnell sie konnten, liefen sie Hand in Hand durch die Menge im Korridor zum Ausgang, traten in die gleißende Sonne und gingen den schmalen Weg durch den kleinen Vorgarten des Gebäudes auf die Straße. Sie sprachen lange nichts.
»Lass uns irgendwo hingehen und etwas trinken«, schlug Ian endlich vor, »ich kann jetzt noch nicht nach Hause.«
Sie fanden einen Platz auf der Dachterrasse des Biejenkorf. Lange saßen sie schweigend, ihre Finger ineinander verflochten. »Hast du das geahnt?« fragte sie schließlich.
»Nein«, antwortete er grimmig, »wir sind da in etwas sehr Gefährliches hineingeraten. Wir sind unglaublich naiv gewesen.« Er legte seine Hand auf die ihre. »Bitte verzeih mir, dass ich dich da hineingezogen habe, aber ich habe so etwas nicht im entferntesten geahnt.« Er rieb sich seine geröteten Augen. »Diese armen Kinder, diese armen Menschen.« »Glaubst du, dass sie von Kwa Mashu wissen?« »Ich denke nicht, wenn sie es uns beweisen könnten, wären wir nicht so glimpflich davongekommen.«

Sie atmete durch. »Mir ist immer noch übel.« Unter ihnen fuhr ein Polizeiauto mit Gefangenen aus der Polizeistation. Es war voll mit Menschen, und sie konnte die Handschellen um die Gelenke der Hände, die sich an den Gitterstäben festklammerten, erkennen. Schwarze Handgelenke, ausschließlich. »Da, gäbe es nicht die Gnade Gottes, würden wir fahren«, flüsterte sie auf Englisch und sah dem Wagen nach, bis er um die nächste Ecke verschwand.
Sie redeten nicht viel während ihrer kurzen Mahlzeit und fuhren danach gleich nach Hause. »Ich mache mein Büro für heute zu«, sagte Ian, lass uns mit den Kindern ins Aquarium gehen, Eis und Popcorn essen und die Delphinschau ansehen. Heute brauchen wir uns.«
Am nächsten Morgen musste sie sich zwingen, nach Mount Edgecombe zu fahren. Betont fröhlich begrüßte sie alle, holte sich von Indra die Post und zog sich in ihr Büro zurück, wo sie erst einmal tief durchatmete. Nur keine Schwäche zeigen! Sie blieb, bis alle abends gegangen waren. Erleichtert nach dem ereignislosen Tag, schloss sie ab und wandte sich zum Gehen. Routinemäßig prüfte sie mit einem Blick, ob alle Fenster geschlossen waren. Ihre Augen blieben am Schuppen hängen, und sie erstarrte. Die Tür stand offen! Beklommen trat sie näher, wagte aber nicht einzutreten. Ein schleifendes Geräusch jagte ihren Puls hoch. Sie hielt den Atem an und rührte sich nicht. Da! Da war es wieder. Und dann ein hohes Wimmern, ganz kurz, dann brach es ab. Aber sie identifizierte es doch. Ein kleines Kind? Mary Mkize? Das durfte doch nicht wahr sein! Entschlossen stieß sie die Tür auf, und da saß sie, auf dem Fußboden, ihre rechte Hand über den Mund des Babys gelegt, dessen riesige, seelenvolle dunkle Augen sie erschreckt anstarrten. »Mary!« zischte sie. »Bist du verrückt geworden, was tust du hier?«
Ihre Augen gewöhnten sich an das Dunkel. Mary war abgemagert, und zu ihren Füßen lagen die blutigen Kleider ihres Mannes. Kurz bevor ihre Augen weiterglitten, registrierte ihr Gehirn, dass es frisches Blut war, kein dunkles, verkrustetes. Ihr Blick schwang zurück. Das Bündel bewegte sich und gab einen Ton von sich, wie das Maunzen eines Kätzchens. Sie bückte sich und schlug das Tuch zurück. Ein herzförmiges, dunkles Gesichtchen, winzig, wie die beiden festgeballten Fäustchen. Ein Baby. Sie zog das Tuch

weiter zurück und sah die Nabelschnur. Sie war noch nicht durchtrennt. Ein neugeborenes Baby, nur Minuten alt. »Um Himmels willen«, entfuhr es ihr. »Mary!« Gleichzeitig wünschte sie sich, nie den Impuls gehabt zu haben hierherzukommen. Was sollte sie nur machen? Sie konnte unmöglich die junge Frau von hier verjagen, genauso unmöglich konnte diese hier bleiben, denn es wurde noch immer nach ihr gesucht. Sie war hundertprozentig sicher, dass die Fabrik und die Umgebung noch beobachtet wurden. Sie musste Mary der Polizei melden. Ich muss doch an die Familie denken, ich kann doch nicht anders! verteidigte sie sich vor sich selbst.
Das Neugeborene fiepte leise, Mary sah sie flehentlich an. »Bleib hier«, hörte sie sich sagen, »rühr dich nicht.« Sorgfältig beobachtete sie die Umgebung, bevor sie vom Schuppen in die Fabrik schlüpfte. Dort raffte sie zwei Decken und ein paar saubere Küchentücher zusammen, legte alles, was sie an Nahrungsmitteln finden konnte, hinein und verknotete sie. Wieder prüfte sie, ob sie Auffälliges entdecken konnte, und war nach einer halben Stunde zurück im Schuppen.
Mary hatte inzwischen die Nabelschnur durchtrennt. Durchgebissen, offensichtlich, denn sie hatte Blut an den Lippen. Die Nachgeburt schien auch schon dazusein. Henrietta knotete das Tuch auf und legte es vor die junge Schwarze. »Hör genau zu, Mary. Hier sind saubere Tücher für dein Baby, alles, was ich zu essen finden konnte, und hier«, sie gab der jungen Frau dreißig Rand, »mehr hab ich nicht dabei. Ich kann dir keinen Scheck geben, sie erwischen dich beim Einlösen. Du musst heute noch von hier verschwinden, hast du verstanden? Am besten gehst du nach Einbruch der Dunkelheit. Diese Fabrik wird beobachtet, also sieh dich vor. Ich hab' dich hier nicht gesehen, ich werde es abstreiten, wenn sie mich fragen. Mehr kann ich nicht tun.« *Verzeih mir, Mary!* Als einzige Antwort kam ein Nicken. Die großen, schmerzerfüllten Augen hoben sich zu ihren, und die Stimme der jungen Zulu kam wie ein Hauch. »Er hat es nicht getan, so etwas würde er nie tun, er tötet keine Kinder.«
Henrietta nickte und fragte sich, ob Mary Mkize die nächsten Tage überleben würde. Dann ging sie. »Geh mit Gott«, wünschte sie leise auf Zulu. Die geflüsterte Antwort klang wie ein Gebet.
»Muss ich jetzt diesen Kerl vom CID anrufen, um ihm zu sagen, dass ich

Mary gesehen habe?« fragte sie Ian, als sie nach Hause kam. »Wenn sie die Fabrik beobachtet haben, wissen sie, dass ich sie gesehen habe. Das arme Mädchen hat gerade ein Kind bekommen, ganz allein, da, in dem Schuppen auf dem Zementfußboden. Ich kann sie nicht anzeigen, auch wenn das gefährlich für uns ist.«
»Natürlich, aber wir müssen auch an unsere Kinder denken. Ruf morgen früh an, sag ihnen nur, dass du jemanden gesehen hast. Im Halbdunkel – es ist doch halb dunkel darin?«
»Fast dunkel, der Raum hat keine Fenster.«
»Also in dem Dunkel konntest du nicht erkennen, wer es war, und du bist weggelaufen, weil du Angst hattest. Wie findest du das?«
»Könnte von mir stammen.«
Und so machte sie es. Sie rief Mr. van Tondern an, stotterte und druckste überzeugend herum. »Ich weiß nicht einmal, ob ich mich nicht geirrt habe. Vielleicht war es nur eine Einbildung. Aber auch die kleinste Möglichkeit, diesen Mörder zu fangen, muss genutzt werden.« Sie kreuzte ihre Finger und hielt ihren Atem in den Lungen, bis sie fast platzten.
»Danke, Mrs. Cargill«, kam die kühle Stimme über den Draht, und sie sah wieder diesen Fallenmund vor sich, »das war richtig. Wir werden uns drum kümmern.« Er legte auf. Sie fiel Ian in die Arme. »Geschafft, sie haben es gefressen. O Gott, bin ich erleichtert. Und nun möchte ich nie wieder etwas von Cuba und Mary Mkize hören und sehen!«
Montag war der Schuppen leer, die blutigen Tücher waren verschwunden. Nichts verriet, dass hier noch vor zwei Tagen ein Kind geboren worden war. *Geh mit Gott, Mary Mkize; wenn es einen gibt, hoffe ich, dass er dich beschützt, dich und deine beiden unschuldigen Kinder.*
Sie spritzte den Schuppen mit dem Gartenschlauch ab, bis das Wasser von den Wänden lief und jede noch so kleine Spur verwischte. Dann verschloss sie die Tür mit einem soliden Vorhängeschloss und ließ die Büsche davor roden. Niemand sollte hier je wieder unterkriechen. Den Blick aus dem Fenster des Büros auf der Polizeistation, durch die dichten Gitterstäbe, den in schmale, senkrechte Segmente geschnittenen Himmel, konnte sie nicht vergessen. Das Kleid, das sie an dem Tag getragen

hatte, steckte sie sofort in die Waschmaschine. Es strömte diesen widerlichen, säuerlichen Geruch aus. Es war ihre eigene Angst, die sie da roch, und das machte alles noch viel schwerer erträglich.
»Ich kriege Bauchweh, schon wenn ich eine kleine Notlüge erzählen muss, und renne nie bei Rot über die Straße. Und nun hab ich die Kriminalpolizei angelogen, dass sich die Balken bogen. Ich kann es nicht fassen.«
Sie lagen im Bett, eng umschlungen. Was sie nicht aussprach, was sie sich nicht erlaubte auch nur zu denken, war die Tatsache, dass sie um Haaresbreite im Gefängnis gelandet wäre. In einem südafrikanischen Gefängnis.
Ian schien es zu spüren. »Es ist vorbei, Liebling.« Er streichelte sie, bis ihre verkrampften Muskeln weich und locker wurden. Sein Mund war auf ihrer Augenhöhe. Ein fester, kräftiger Mund mit warmen Lippen. Sie reckte sich hoch und küsste ihn, und der Horror der letzten Tage versank in der singenden Nacht.

❖

Im Juli steckte sie mitten in den Vorbereitungen für einen Großauftrag für ein Johannesburger Bekleidungshaus. »by Henrietta Tresdorf« war ein Markenname geworden. »Ich werde anbauen müssen«, sagte sie morgens beim Frühstück zu Ian, »mehr Mädchen einstellen, Maschinen kaufen, ich werde kaum noch Zeit für die Familie haben!« Sie hastete zum Wagen, sie war spät dran heute.
Die Fabrik lag ruhig. *Ruhig und dunkel!* Beunruhigt öffnete sie die Tür zur Halle. Leer und totenstill dehnte sie sich vor ihr. Wo sonst fünfundzwanzig junge Mädchen an den Maschinen standen, ihre hellen Stimmen den Höllenlärm der Strickschlitten noch übertönten, hörte sie nur das Rascheln einer losen Papierseite. Sie rannte durch sämtliche Räume, riss alle Türen auf. Nichts. Keine Menschenseele. Mit fliegenden Händen wählte sie Indras Nummer.
Eine von Indras Schwestern antwortete. »Sorry, Ma'am, Indra ist nicht da, ich weiß nicht, wann sie wiederkommt.«
Vier der anderen Mädchen hatten Telefon, und keine von ihnen war zu sprechen. Sie ließ den Hörer sinken. Was ging hier vor? Ein sanfter

kehliger Laut berührte ihr Ohr. Sie sprang auf und ging dem Geräusch nach. Zwei ihrer Zulumädchen hockten in der Sonne dieses kühlen, windigen Wintertages. Sie aßen und redeten leise.
»Jane, was geht hier vor? Wo sind die anderen Mädchen?«
Die Angesprochene, klein, drall, mit blutunterlaufenen Augen, zuckte die Schultern. »Weiß nich.« Sie kaute weiter.
»Jane, sieh mich an. Warum arbeitet ihr nicht?«
Beide Mädchen kicherten, Jane klickte etwas in Zulu, kicherte wieder und senkte ihren Blick.
Wütend starrte Henrietta die Schwarzen an. Sie wünschte sich Fatima zurück, die einen unerschöpflichen Fundus von arbeitswilligen Verwandten zu haben schien. *Fatima. Fatimas Bruder!*
Nehmen Sie sich vor meinem Bruder in acht, er ist rachsüchtig! Fatimas Stimme war ein Hauch, aber sie hörte sie deutlich.
Nervös rief sie Indras Schwester noch einmal an. »Ich brauche dringend Arbeiterinnen, kannst du mir welche besorgen?« Sie blätterte mit dem Daumen durch die Aufträge, die sich auf ihrem Schreibtisch stapelten. Alle Liefertermine für Oktober, also nur noch zehn Wochen. Ohne Indra und die Mädchen nicht zu schaffen.
»Nein, Ma'am, sorry, Ma'am.«
Frustriert knallte sie den Hörer auf. War das Hohn in der Stimme des Mädchens? So kriegt ihr mich nicht klein!
Vier Tage später stand sie in der Fabrik und versuchte, neun Zulumädchen, alles Verwandte von Sarah und Jackson, die nie zuvor eine Fabrik gesehen hatten, im Eiltempo Stricken und Nähen beizubringen. Nach zwei Wochen gab sie auf. Erschöpft und entmutigt, schloss sie in den späten Abendstunden die Fabrik. Als sie in ihren Wagen stieg, bemerkte sie eine schattenhafte Figur, die auf der gegenüberliegenden Straßenseite an einem Baum lehnend die Fabrik zu beobachten schien. Sie schaltete die Scheinwerfer ein und erkannte Fatimas Bruder.
»Er lächelte«, sagte sie tonlos zu Ian, »ich bin sicher, er steckt hinter allem. Er rächt sich, weil er Fatima nicht an diesen reichen Kerl verschachern konnte.«
»Was ist mit Sarahs Cousinen?«

»Sie haben mir kiloweise Strickgarn versaut, ich habe Stunden gebraucht, um die festgefahrenen Schlitten wieder vom Garngewirr zu befreien. Es hat keinen Sinn, die Zeit läuft mir weg, ich schaff es nicht!« Sie hockte zusammengesunken am Küchentisch. »Ich ersticke in Aufträgen, aber wenn ich keine Arbeiterinnen habe, kann ich nicht produzieren, und wenn alle indischen Familien um Verulam sich hinter Fatimas Bruder stellen, hab ich keine Chance.«

Als sie am nächsten Morgen verzweifelt ihre Lieferkontrakte durchsah, erschien ein rundlicher, älterer Inder an ihrer Tür. »Guten Morgen, Madam, ich bin Ganesh Maharaj«, sagte er mit angenehm weicher Stimme, »ich hörte, dass Sie Schwierigkeiten haben. Ich kann Ihnen helfen.«

»Tatsächlich?« Hoffnung stieg in ihr hoch.

»Ich biete Ihnen fünfzehntausend Rand für Ihre Firma«. Er lächelte milde.

Überrumpelt starrte sie ihn an. Diese Möglichkeit war ihr noch nicht in den Sinn gekommen. Die ganze Nacht hindurch diskutierte sie mit Ian.

»Fünfzehntausend ist eine Frechheit. Ich habe allein Aufträge für dreißigtausend Rand!«

»Aber keine Arbeiterinnen, sie auszuführen«, bemerkte Mr. Maharaj sanft und zwirbelte seine langen Barthaare.

Sie verkaufte ihre Firma für zwanzigtausend Rand, und sie konnte bei der Unterzeichnung des Vertrages kaum die Tränen zurückhalten. »Jetzt bin ich eine Drohne«, sagte sie mit schiefem Grinsen, als sie mit Ian nach Hause fuhr, »ich werde im Liegestuhl liegen, Schmalz triefende Schicksalsromane lesen, dabei Pralinen verschlingen und fett werden wie ein Mastschweinchen.«

»Wenigstens bleibst du als Designerin für deine Marke verantwortlich«, tröstete sie Ian und nahm sie fest in die Arme. »Wovon sollen wir leben? Das Geld reicht nicht ewig, und Signor Carinis Rechnungen sind wirklich saftig.«

»Ich gehe heute zu Smithers und bitte ihn um seine Aussage bezüglich des Materials. Dann klagen wir gegen Pete Marais auf Schadenersatz, Verdienstausfall und so weiter. Drück mir die Daumen. Ich bin gegen Mittag wieder zurück.«

»Mr. Smithers ist ein honoriger Mann, er wird dir sicher helfen.«
Es kam ganz anders. Ian kehrte erst nachmittags nach Hause zurück. Krachend öffnete er die Tür. Henrietta, die gerade einen pitschnassen, splitternackten Jan vom Planschbecken ins Kinderzimmer trug, zuckte zusammen. Dann sah sie sein Gesicht und wusste, dass etwas passiert war. Sie reichte Jan an Isobel weiter und folgte ihm ins Wohnzimmer.
»Was ist los, Liebling?«
Seine Augen blitzten von unterdrückter Wut. »Smithers kann sich an nichts erinnern. Er hat mir ganz freundlich ins Gesicht gesagt, er wäre nie in der Fabrik gewesen.«
»Der Mistkerl! Das stimmt doch nicht, du hast mir doch von dem Tag erzählt!«
Mit sichtlicher Anstrengung riss er sich zusammen. »Macht nichts, wir schaffen es auch so. Pete Marais wird bezahlen, das verspreche ich dir.«
Aber Cedric Labuschagne machten ihnen nicht viel Hoffnung. »Ohne die Aussage von Mr. Smithers wird es schwer werden, Marais zu beweisen, dass er dich vorsätzlich geschädigt hat. Um ehrlich zu sein, du wirst Mühe haben, zu beweisen, dass du nicht schadenersatzpflichtig bist.«
»Wie bitte?« Ian lehnte sich vor. »Das kannst du nicht ernst meinen. Er will mein Vermögen von mir, völlig unberechtigt. Ich hab' das nicht. Das darf nicht sein.« Er lockerte seinen blaugestreiften Schlips.
Charmaine stöckelte herein und brachte Kaffee. Sie beugte sich über Ian, ihre üppige Brust fiel fast aus dem Ausschnitt. »Kaffee, Mr. Cargill?« flötete sie, Henrietta ignorierend, und klimperte mit ihren schwarzen Wimpern. »Zucker? Milch?« »Du stimmst mir doch zu?« fragte Ian zwischen zwei Schlucken.
Der Anwalt sah ihn prüfend aus wasserhellen Augen an. Von Ian glitt sein weit geöffneter Blick zu Henrietta, ruhte einen Moment nachdenklich auf ihr, aber sie merkte, dass er sie nicht wirklich sah. Dann senkten sich seine Lider. »Es tut mir Leid, aber vielleicht solltest du über einen Vergleich nachdenken.«
»Einen Vergleich?« brüllte Ian. »Ich denke nicht daran! Der Kerl betrügt mich, bestiehlt mich, und ich soll mich vergleichen?« Er senkte den Kopf, wie ein Bulle zum Angriff.

Henrietta hatte ihn noch nie so wütend gesehen. Die Luft um ihn knisterte. »Und die Fotos, die wir haben?« fragte sie. »Die beweisen doch alles.« »Fotos?« Cedric sah hoch. »Wir haben dir doch die Fotos gegeben, die Ian damals aufgenommen hatte. Erinnerst du dich nicht?«
»Dann müssen sie in deiner Akte sein.« Der Anwalt blätterte rasch durch die umfangreiche Akte. »Hier sind sie nicht.«
Verunsichert sah sie ihren Mann an. »Vielleicht haben wir sie im Safe, so genau erinnere ich mich nicht.«
»Ich mich schon«, knurrte er böse, »aber gut, ich sehe zu Hause nach. In der Zwischenzeit, lieber Freund, denk dir etwas aus. Ich bin an einem Vergleich nicht interessiert.« Er warf sein Jackett über die Schulter und stürmte vor Henrietta aus der Tür, vorbei an der aufgeregt piepsenden Charmaine. Was mochte Cedric vorhin gedacht haben, als er ihr diesen eigenartigen Blick zuwarf? Sie war sich sicher, dass er eine Bedeutung hatte, aber welche? Verwirrt lief sie hinter Ian her.
Zu Hause durchsuchten sie sofort den Safe. Die Fotos waren nicht da. Egal wie häufig sie ihre Akten durchblätterten, die Fotos waren nicht im Safe. Ian saß auf seinen Hacken, die Brauen zusammengezogen. »Verdammt, ich hatte recht! Ich möchte wissen, wo diese Fotos sind. Sie sind sehr wichtig für uns. Ohne sie haben wir praktisch keine Chance.«
»Hast du die Negative noch?«
Er sah sie an. »Das ist es ja, auch die hatte Cedric. Ich dachte, das wäre sicherer. Vermutlich hat diese dämliche Charmaine die Sachen verschusselt. Die hat doch nur Stroh unter ihren Wasserstoffsuperoxydhaaren. Ich kann nicht verstehen, warum er diesen Blindgänger in seinem Büro duldet.«
»Unterschätze Charmaine nicht. Viel an ihr ist Getue. Ganz so blöd, wie sie aussieht, ist sie nicht. Außerdem ist sie in dich verknallt, und das zeigt mir, dass sie eigentlich sehr intelligent sein muss.«
Er lächelte schwach und küsste sie. »Na, gut. Den Blindgänger und das Stroh nehme ich zurück. Leider hilft mir das nicht.«
Die Fotos blieben verschwunden. »Ich hab' außer den Schwarzen keine Zeugen, und das wird knapp. Ich glaube nicht, dass ein Gericht Vilikazi als guten, glaubwürdigen Zeugen ansehen würde.«

»Wirst du einen Vergleich anstreben?«

»Das ist das Letzte, buchstäblich das Letzte, was ich tun würde. Vielleicht hatte Smithers nur einen schlechten Tag. Ich ruf ihn noch einmal an. – Verdammt«, sagte er kurz darauf, »Smithers ist in Europa. Pech. Es wird Wochen dauern, ehe er wieder da ist.«

Das Telefon klingelte, sie nahm ab. Es war Freddy. »Es ist ein Mädchen«, er war ganz still vor Glück, »und sie ist bildhübsch!«

»Oh, Freddy, wie wunderbar!« Cori hatte die letzten fünf Monate im Bett verbringen müssen, um ihr Kind zu behalten. Freddy umsorgte sie mit einer Liebe und Hingabe, die besonders rührend an ihm wirkte, der sonst nur an sich und seinen Projekten interessiert schien. Cori wurde rund und ruhig, aß Quark, trank Obstsaft und schnitt ihre platinfarbenen Haare auf Schulterlänge ab. Sirikit wurde in den Garten verbannt und entwickelte eine neurotische Beziehung zu Nachbars Dogge, die sie als Reittier zu missbrauchen versuchte, was bei dieser jedoch auf beißwütige Ablehnung stieß.

Mit einem Arm voll Blumen erschienen sie abends im Krankenhaus. Corinne war erschöpft, aber wohlauf. Mit anrührend schüchternem Lächeln bat sie Henrietta, Patentante zu werden. »Henrietta Frederike Morgan, klingt das nicht wunderbar?«

Die kleine Henrietta hatte kaum Haare, farblose Wimpern und eine Haut, rosig und zart behaart wie ein Pfirsich. Es war unübersehbar, dass Freddy unrettbar in sie verliebt war. »Wie laufen die Geschäfte, Ian?« fragte er, als er sie zur Tür brachte. »Was macht der Prozess gegen den Marais?«

»Die Antwort auf die erste Frage, danke, sehr gut, die Antwort auf die zweite Frage, leider nicht gut. Ein für mich sehr wichtiger Mann leidet unter akutem Gedächtnisschwund, und Fotos, die mein einziges Beweisstück waren, sind verschwunden. Ich bin sicher, dass ich sie meinem Anwalt gegeben habe, aber der hat sie nicht. Jedenfalls behauptet er das, und so sieht das alles gar nicht gut aus.«

»Gibt es etwas, was ich für dich tun kann?«

»Wenn du etwas über Pete Marais hörst, was uns nützen kann, wäre das schon gut, vielleicht hat er irgendwo Dreck am Stecken.«

»Ich werde mich ein wenig umhören.«

Sechzehntes Kapitel

NEILS' VERLETZUNGEN heilten schnell, Titas seelische Wunden nicht. »Ich kann Leute, die uns Böses wollen, nicht mehr ohne weiteres erkennen«, klagte sie, »das südafrikanische Feindbild ist schwarz. Ich muss jetzt jedem Fremden mit Misstrauen begegnen, unabhängig von seiner Hautfarbe. Denk an die Drohbriefe, die wir erhalten haben. Mein Leben lang habe ich nur Zuneigung erfahren, Menschen mögen mich. Ich habe das als mir zustehend erwartet. Ich bin Tita Robertson, geborene Kappenhofer, was kann mir schon passieren? Jetzt gilt das alles nicht mehr. Selbst Daddy kann mir nicht mehr helfen.«

Sie saßen auf der Veranda unter dem tief gezogenen Strohdach eines Rondavels der Safari Lodge. Mit den Kindern, die bereits im Rondavel schliefen, hatten sie den Tag im Busch verbracht. Henrietta lehnte an der Verandabalustrade. Grün und saftig fiel das Land zum Wasserloch ab und erstreckte sich bis in die blaue, dunstige Ferne. Ein unbeschreiblicher Friede lag über der Landschaft. Links, in etwa fünfzig Meter Entfernung, vor dichtem Busch, standen mehrere Zebras bis zum Bauch im hohen Gras, dessen Spitzen von der Sonne zu einem hellen Gelb gedörrt waren. Es wuchs wie eine Landzunge in die weite Fläche mit kurzem Gras. Ein Flusspferd bewegte sich dort gemächlich grasend zum Wasserloch, das im Licht der späten Abendsonne glänzte. In der dichten, meterhohen Bambushecke neben dem Rondavel baute ein Schwarm von Webervögeln ihre kunstvollen Nester. Wie Goldflitter glitzerten sie zwischen den tiefgrünen Halmen. Im Schatten der Schirmakazien lag ein Leopardenpaar, junge Tiere noch, Springboks tänzelten nervös am Wasser. Dan Krock, der weißhaarige Besitzer der Lodge, brachte die Getränke. »Wann wollt ihr essen?«

»Später, Dan«, antwortete Tita abwesend. Sie schien nichts von der

Schönheit des Abends wahrzunehmen. »Vor ein paar Tagen stand plötzlich ein Fremder im Garten vor mir, trotz der Wachen«, sagte sie leise. »Und ich geriet in Panik. Ich hab ihm einen Stein an den Kopf geworfen. Er fiel sofort um, glücklicherweise erlitt er nur eine Gehirnerschütterung. Er war nur ein harmloser Zeuge Jehovas auf Missionstour. Vor kurzer Zeit noch hätte ich ihn freundlich ins Haus gebeten und nicht versucht, ihn zu töten. Jetzt trage ich ständig eine Pistole bei mir. Und dann haben wir noch Julius.«
Henrietta kannte Julius. Sie war dabei gewesen, als Neil ihn ins Haus gebracht hatte. Er war ein sehniger Mann, unauffällig und schweigsam mit einem dichten Busch stumpfbrauner Kräuselhaare. »Das ist Julius, unser neuer Hausdiener. Du kannst ihm voll vertrauen«, stellte er ihn Tita vor. Der Mann war ungewöhnlich dunkel, seine Haut hatte einen blauschwarzen Unterton. »Er war lange im Norden«, erklärte Neil. Mehr nicht. »Er folgt mir und den Kindern auf Schritt und Tritt«, bemerkte Tita, »für den Haushalt habe ich einen anderen einstellen müssen.«
»Ein schwarzer Leibwächter?« wunderte sich Ian. »Hat er einen ANC-Hintergrund?«
»Ich will heute Abend nichts mehr von Politik hören«, rief Tita jähzornig, »hört endlich einmal auf damit! Ich will heute so tun, als wäre meine Welt noch heil.«
Ein Unterton in ihrer Stimme, ein Schwanken, alarmierte Henrietta. »Was ist, Tita?«
Tita stieß sie zurück, sprang heftig auf. Die Leoparden unter der Akazie hoben aufmerksam den Kopf, witterten, ihre Muskeln gespannt. »Ich habe Angst, versteht ihr das nicht? Ich fühle mich bedroht, aber die Bedrohung hat keine erkennbare Gestalt.« Mit ausgreifenden Schritten rannte sie auf der hölzernen Veranda umher. »Es gibt nur eine Möglichkeit für mich und die Kinder, dieser Bedrohung zu entkommen.« Ihre Stimme wurde leise und dünn. »Ich muss mich von Neil trennen, scheiden lassen. Je spektakulärer, desto besser. Ich muss mich öffentlich gegen ihn stellen.«
»Was?« Neil sprang auf, packte sie an den Armen, schüttelte sie. »Das kann doch nicht dein Ernst sein.«

Aufgeschreckt stoben die Springboks mit rasenden Bocksprüngen davon. Die beiden Leoparden sprangen beunruhigt auf ihren Schattenbaum und starrten herüber zu den Menschen.
»Welche Wahl habe ich?« schrie sie. »Ich schwebe in ständiger Furcht, dass den Kindern etwas passiert, bekomme bei dem Anblick jedes Polizisten Angstzustände.« Nackte Verzweiflung stand in ihren Augen. »Neil, ich kann damit nicht umgehen, ich habe noch nie vor anderen Menschen Angst haben müssen.«
Henrietta starrte an ihr vorbei zurück in eine andere Zeit. Sie hörte das Poltern schwerer Polizistenstiefel, raue Stimmen mit einem harten Akzent, sah Tony dal Biancos verzweifelte Augen. Sie spürte einen kalten Luftzug auf ihrem Rücken. »O ja«, sagte sie, »ich weiß genau, wie du dich fühlst.«
»Was soll ich machen?«
Erstaunt bemerkte Henrietta, wie klein und zierlich Tita wirklich war. Immer war sie ihr groß, schlank und biegsam zwar, aber kräftig vorgekommen. Ihre Schultern waren schmal, von zarter Knochenstruktur, wie die eines Kindes, sie hatte ihre Arme um sich geschlungen und sich darin verkrochen. Eine Haltung, die sie von Tita nicht kannte. »Was soll ich denn nur machen?« flüsterte diese.
Hinter ihnen knarrte die Rondaveltür. »Alarm, wo ist Dikkie?« Sammy stand da in kurzem, weißem Hemdchen.
Tita hob ihren Kopf »Er schläft. Geh wieder ins Bett.« »Tut er nicht. Er ist weg.«
Die Erwachsenen merkten auf. »Da ist er«, rief Henrietta, »da unten!«
Der kleine Dickie rannte durch das kurze Gras den langen Hügel hinunter zum Wasserloch. »Kätzchen!« hörten sie sein Stimmchen weit entfernt. »Kätzchen!«
Einer der Leoparden streckte sich, hob seine Nase und sog die Luft ein, langsam und neugierig glitt er den Baumstamm hinunter.
»O mein Gott!« Tita lief über die Treppe und hetzte ihm nach. Ihr Rock flog, ihre nackten Beine blitzten. »Dickie, komm zurück!« keuchte sie. Sie rannte barfuß durch das kurze, harte Gras.
Dickie war nur noch wenige Meter von dem schützenden hohen Gras

entfernt. Henrietta erstarrte. Auch er trug keine Schuhe! Die Gegend war schlangenverseucht. Puffotternland. Puffottern vertrauen ihrer vollkommenen Tarnung, sie flüchten nicht, und beide liefen barfuß!

Die Zebras stoben davon, als Dickie das hohe Gras erreichte und geradewegs hineinlief. Es reichte ihm fast bis zu den Schultern, und bald zeigten nur noch heftig schwankende Halme, wo er sich befand.

Neil sprang über die Balustrade, kam schief auf und sackte mit einem Schmerzenslaut zusammen. Er versuchte, sich aufzurappeln, doch sein Knöchel knickte weg. »Tita!« schrie er, »Oh, Tita, nein! – Ian, versuch Dan und ein paar Gewehre aufzutreiben«, ächzte er, »der Gewehrschrank ist in seinem Büro!«

Ian sprintete ins Haus.

Dickie ließ das hohe Gras hinter sich und näherte sich erschreckend rasch dem Wasserloch, Tita flog über die freie Fläche hinter ihm her. Der Leopard am Boden kauerte mit zurückgelegten Ohren und entblößten Lefzen, der auf dem Baum saß auf seinem Hinterteil und verfolgte mit vorgestrecktem Kopf jede Bewegung Dickies.

»Glaubst du an Gott?« flüsterte Neil rau.

»Heute wünschte ich es«, antwortete Henrietta und verbarg ihre zitternden Hände.

Dann stolperte der Kleine und fiel, kugelte noch ein paar Meter. Der Leopard ging in Angriffshaltung und schlich einige Meter vorwärts. Tita schrie, Henrietta hörte sie ganz deutlich, sie schrie um das Leben ihres Kindes. »Weg, hau ab, du Biest, zurück!« Der Leopard fauchte. Dickie blieb am Boden sitzen, und als Tita ihn erreichte, sprang der andere Leopard vom Baum und schlich sich von links heran. Die großen Katzen waren kaum sechzig Meter von ihnen entfernt. Henrietta wusste, dass ein angreifender Leopard nur Sekunden braucht, um diese Distanz zurückzulegen. Sie hörte auf zu atmen.

Tita hob ihren Sohn hoch und stellte sich den Leoparden entgegen. Fauchend legten die Raubkatzen die Ohren an und drückten sich ins Gras. Knurrend entblößten sie ihr beeindruckendes Gebiß und zeigten deutlich Unsicherheit in ihren Bewegungen. Langsam bewegte sich Tita rückwärts, Schritt für Schritt, sehr langsam, ihren Sohn fest an sich gedrückt.

Ein metallisches Klicken neben Henrietta war überlaut in der gespannten Stille. Sie fuhr hoch. Dan und Ian standen da, Gewehre im Anschlag. »Verdammt«, flüsterte Ian. Der Lauf einer Waffe schwang im Bogen von einem Leoparden zum anderen. »Tita kreuzt ständig die Schusslinie!«
Tita zog sich mit Dickie immer schneller zurück, und dann wirbelte sie herum und rannte.
»Lauf, mein Liebling, lauf!« wisperte Neil, »du schaffst es, es ist nicht mehr weit!« Er ballte beide Fäuste, als zerquetsche er etwas.
Ian und Dan schossen gleichzeitig, Erdklumpen spritzten vor den Raubkatzen hoch. Brüllend sprangen die Leoparden senkrecht hoch und rasten, ihre Schwänze steil in die Luft gereckt, davon. Danach war tiefe, absolute Stille. Es war vorbei. Bald hörten sie Titas Keuchen, und kurze Zeit später war sie in Sicherheit. Neil sank in sich zusammen. Henrietta hörte seine Zähne aufeinander schlagen. Tita hielt ihren Sohn in den Armen, breitbeinig stand sie da vor ihrem Mann, stark und groß, ihre Schultern gerade. Sie lächelte. Er hockte noch am Boden, starrte hoch zu seiner Frau, wollte etwas sagen, brachte es nicht heraus, sondern schlug die Hände vors Gesicht und heulte wie ein kleines Kind.
Sie sank vor ihm in die Knie und zog ihm sanft die Hände weg. »Es ist vorbei, Neil, ich bin wieder da.«
Seine Augen glühten in dem bleichen Gesicht. »Bist du sicher?« Ungehindert rann eine Träne aus einem Augenwinkel. »Ich wusste nicht, dass es solche Angst gibt. Das hast du gemeint, nicht wahr?«
Sie nickte. »Ja«, sagte sie ruhig, »das habe ich gemeint.« Plötzlich kicherte sie. Ein unerwartetes Geräusch in dieser Situation. »Ich habe zwei Leoparden die Zähne gezeigt, da wird mich BOSS nicht mehr erschrecken.« Zärtlich trug sie ihren Sohn ins Bett.
Henrietta hatte mittlerweile Neils blaurot angeschwollenen Knöchel bandagiert. »Er ist nur verstaucht«, verkündete sie fröhlich. Nun saßen sie zusammen in der samtigen Dunkelheit auf der Veranda. Auf dem blankgescheuerten Tisch brannten Kerzen, ihre Flammen standen vollkommen still.
Um sie herum vibrierte der Busch. Eine Hyäne lachte. Unten am

Wasserloch, das gespenstisch zwischen den tiefen Schatten der Akazien im Mondlicht schimmerte, bewegten sich massive, dunkle Körper.
»Büffel«, erklärte Dan, der am Holzkohlengrill stand und ihre Steaks wendete. »Später kommen die Löwen.«
Bis tief in die Nacht saßen sie zusammen und redeten. Unten am Wasserloch war das Rascheln von tausend Hufen zu hören, glühende Augen durchbohrten die Dunkelheit, dann der lang gezogene Todesschrei eines Tieres. Die Menschen auf der Veranda hoben ihre Köpfe, lauschten einen Moment und redeten dann weiter.

❖

Sie sah ihre Post durch. »Ian, Gertrude wird am dreißigsten September fünfundfünfzig. Wir haben eine Einladung bekommen! Sieht aus wie ein Friedensangebot. Was sollen wir ihr schenken?«
»Ein Futteral für ihren Giftzahn!«
Sie kicherte. »Du bist unmöglich!« Sie fand einen kleinen, exquisiten Meißener Teller. Aber sie konnte ihn ihrer Tante nicht mehr überreichen. Am Vorabend ihres Geburtstages fuhr Gertrude, das Auto mit Geschirr beladen, das sie sich von Melissa Daniels geliehen hatte, bei Dunkelheit auf dem Highway nach Hause. Der sturzbetrunkene Fahrer eines schweren Zuckerrohrtransporters verlor die Gewalt über sein Fahrzeug und rammte frontal gegen Gertrudes Holden.
»Die Steuersäule hat sie aufgespießt«, schluchzte Cori am Telefon, »sie war sofort tot – hoffentlich«, hörte Henrietta sie flüstern.
Es wurde eine große Beerdigung. Die dämmrige, überhitzte Kapelle auf dem kleinen, intimen Friedhof fasste kaum alle Trauergäste. Es war ein stickiger Tag, die Sonne stach aus einem weißen Himmel, und alle waren erleichtert, nach der Predigt dem Sarg in den luftigen Schatten der Tulpenbäume zu folgen. Carla, die zwischen Benedict und Cori ging, zündete sich eine Zigarette an. Nervös sog sie den Rauch ein. »Wir müssen Mutters Erbe besprechen«, sagte sie.
»Kannst du nicht warten, bis sie unter der Erde ist, du herzlose Hexe?« weinte ihre völlig aufgelöste Schwester.

»Er versäuft Mutters Erbe. Ihr gehörte der größte Teil der Farm« zischte Carla, »ich hole mir meinen Anteil, koste es, was es wolle. Hör auf zu flennen und tu was, sonst gehst du leer aus.«
Onkel Hans, das Gesicht kittgrau, die Augen wässrig und entzündet, packte sie am Oberarm. »Mutters Erbe steckt in der Farm, und da bleibt es!« Seine Stimme war leise, doch Henrietta hörte jedes Wort, spürte die Wut dahinter. »Ihr Mädchen bekommt ihren Schmuck zu gleichen Teilen. Auf den Rest müsst ihr warten, bis ich tot bin.«
Carla riss sich los und starrte ihn wütend an. »Das werden wir ja sehen!« Sie zog Benny, der stumm dem Streit gelauscht hatte, zum Grab, die qualmende Zigarette in der Hand. Ihr Vater folgte mit schlurfenden, hölzernen Schritten.
Gertrude wäre aufs höchste geschmeichelt gewesen, hätte sie die illustre Trauergemeinde gesehen, die sich jetzt um ihr Grab zwischen Hibiskus und Bougainvillen, die üppig blühten, gruppierte. Alle waren da, sogar Letitia Beaumont, die Tante von Benny, todschick im kleinen Schwarzen von Chanel und dicker Perlenkette.
Etwas abseits hatten sich alle schwarzen Hausangestellten und Farmarbeiter versammelt. Jackson jedoch konnte Henrietta nirgendwo entdecken. »Merkwürdig, dass ausgerechnet er nicht da ist«, flüsterte sie Ian zu.
»Vermutlich ist er froh, dass er sie los ist, sie haben sich doch ewig gestritten.«
»Arbeitet Jackson noch für Onkel Hans?« fragte sie Freddy leise.
»Er verschwand an ihrem Todestag, keiner hat ihn wieder gesehen«, antwortete dieser, seine schluchzende Frau stützend. »Übrigens, Ian, ich hab mich ein bisschen über Pete Marais herumgehört. Das Einzige, was ich dir sagen kann, ist, dass er ungewöhnlich gute Verbindungen hat. Er spielt Golf mit dem halben Kabinett und geht bei den Vorständen der Banken aus und ein, mit solchen Verbindungen wird es schwer, gegen ihn etwas auszurichten.«
Ian blickte grimmig drein. »Keine gute Nachricht, aber Südafrika ist keine Bananenrepublik, auch hier wird Recht gesprochen.«
Freddy schnaubte höhnisch. »Aber Geld hat immer etwas mehr recht.

Das ist einfach so. Geld und Beziehungen. Ich erweise dir einen Dienst, du schuldest mir einen. Das Grundgesetz der Mafia.«
Nach der Zeremonie gingen Henrietta und Ian als letzte. Aus den Augenwinkeln sah sie jemanden im tiefen Schatten der Zypresse warten. Als das Grab verlassen lag, trat er hervor. »Sieh mal«, flüsterte sie, »es ist Jackson.«
Jackson sank auf die Knie und beugte seinen Kopf, seine kraftvollen Schultern sanken zuckend vornüber. So verharrte er. Schweigend beobachteten sie seine stille Gestalt, bis die Biegung der Straße ihn ihren Blicken entzog.

❖

Carla und Cori bekamen keinen Pfennig aus Gertrudes Erbe, erst nach dem Tod ihres Vaters sollten sie erben. Carla ging vor Gericht, und Henrietta wurde als Zeugin geladen.
»Carla hat verloren«, sagte Henrietta und stieg nach der Verhandlung zu Ian in den Wagen. »Sie ist rasend vor Wut.«
Gelangweilt strich ihr Blick über den Bürgersteig. »Die Flamboyants werden bald blühen«, stellte sie fest. Am Straßenrand stand ein alter schwarzer Mann, sein spärlich wachsendes Haar war eisengrau, und eisengraue Fusseln wuchsen ihm am Kinn. Knochige, dünne Gelenke ragten aus seinen Kleidern, die lose um den gebeugten Körper hingen. Henrietta streifte ihn flüchtig mit einem Blick. In diesem Moment hob er den Kopf, und sie sah in Jacksons trübe, blutunterlaufene Augen.
»Mein Gott, Ian, das ist Jackson. Er sieht ja furchtbar aus. Halt bitte einmal an.« Sie sprang aus dem Wagen und ging auf den alten Mann zu.
»Jackson, was ist passiert?« fragte sie leise.
»Miss Henrietta.« Alles Feuer schien aus ihm gewichen. Nichts erinnerte mehr an den kraftstrotzenden, leidenschaftlichen Mann, den sie kannte.
»Sind Sie krank? Brauchen Sie Hilfe?« Impulsiv nahm sie seine Hand in die ihre. Die Haut war kühl und trocken wie Pergamentpapier, aber aufgerauht und rissig. Ehrliche Arbeitshände.
Langsam schüttelte er seinen massigen Schädel, seine Lippen bewegten

sich, aber er verschluckte die Worte. »Sie arbeiten nicht mehr für meinen Onkel?« Wieder antwortete er nicht, und sie glaubte, er hätte sie nicht verstanden. »Haben Sie Arbeit, Jackson? Ich bin sicher, dass mein Onkel Sie gerne aufnehmen würde.«
Mit knotiger Hand strich er sich über die Stirn. »Meine Seele ist leer«, grollte er dumpf. Dann wandte er sich ab und ging. Er schlurfte etwas, so als sei er unendlich müde.
»Wenn Sie Hilfe brauchen, kommen Sie zu mir«, rief sie, aber er schien sie nicht zu hören.
»Ich glaube, ihr Tod hat ihm das Herz gebrochen«, sagte sie nachdenklich zu Ian. »Sie waren doch wie Hund und Katze.« Vor sich sah sie den alten Mangobaum, mutwillig niedergemetzelt von Jackson, Gertrudes entsetztes Schreien gellte ihr wieder in den Ohren, sie hörte das Klatschen der Äste auf seinen mächtigen Oberarmen. »Ich war sicher, dass er uns umbringen würde«, sagte sie und erinnerte sich an die Wut, die aus seinen Augen sprühte, »er, der schwarze Afrikaner, der in seiner Kultur eine Frau als unter ihm stehend, seine Eigene sogar als sein Eigentum betrachten würde, wurde von einer weißen Frau verprügelt.« Aber dann war die Anspannung aus Jacksons Muskeln gewichen, passiv hatte er der weißen Frau zugesehen, ohne Wut, wie sie seine Dagga-Plantage vernichtete und unter Triumphgeheul auf dem Pflanzengrab tanzte. »Beide waren eigenartig zufrieden danach«, berichtete sie, »als wäre ein Ausgleich geschaffen worden. Gertrude hatte seine Dagga-Pflanzen zerstört, weil er ihren Mangobaum gefällt hatte.« Sie sah ihren Mann verwundert an. »Sie sind Freunde gewesen«, rief sie, »mehr noch, sie konnten ohne einander nicht leben! Warum ist mir das nicht früher aufgefallen? Er hätte Gertrude nie angerührt.«
Zu Hause ging sie in die Küche. Sarah schnippelte Pilze für den Gemüsesalat. »Ich habe Jackson heute gesehen, Sarah, er sieht furchtbar aus. Was ist mit ihm los? Ist er krank?«
»Weiß ich nicht.«
»Er arbeitet nicht mehr bei meinem Onkel, weißt du, warum?«
»Weiß ich nicht.« Sarah schnippelte mit gesenktem Kopf, deutlich schneller als sonst.

»Sarah, bitte sag es mir. Ich möchte ihm helfen.«
»Er ist nach Hause gegangen.« Sie traktierte den Kopfsalat, ein sturer Zug legte sich um ihren Mund. Henrietta seufzte. Sarah drehte ihr den Rücken zu, und ihre hochgezogenen Schultern, die heftigen Bewegungen ihrer Hände, der gesenkte Kopf mit den hervorstehenden Kinnmuskeln sandten alle eine unmissverständliche Botschaft: Frag nicht weiter, weiße Frau, das ist unsere Sache. Du gehörst nicht zu uns, verstehst du das nicht?

❖

Am 20. November 1966 fingen sie Cuba Mkize. Henrietta saß mit der Zeitung in der Hand in der Küche und las die Nachricht. Sie war groß aufgemacht, denn Cuba Mkize war ein wichtiger Mann, ein Staatsfeind, einer, der Kinder bestialisch ermordete. Ein Foto war neben dem Bericht abgedruckt. Es zeigte einen Schwarzen am Boden, das Gesicht in eine große Blutlache getaucht, zur Unkenntlichkeit geschwollen. Er lag mit dem Kopf zwischen den kräftigen Stiefeln der Polizisten wie ein erlegtes Wild. Der eine lachte siegestrunken in die Kamera, den Gewehrlauf auf den Kopf Cuba Mkizes gerichtet, sein Kollege auf der anderen Seite des Gefangenen zeigte mit Zeige- und Mittelfinger das Siegeszeichen. Sie hatten das gefährliche Raubtier zur Strecke gebracht. Sie wussten, sie waren Helden heute.
Von Mary Mkize und ihren Kindern war nicht die Rede. Henrietta ließ die Zeitung sinken. Für einen Moment sah sie, wie Cuba Mkize um sein Leben rannte, angeschossen und blutend und in Todesangst. Über dieses Bild schob sich, wie ein Dia, das Bild der vier ermordeten Farmerskinder und ihrer geköpften Eltern. Angst schnürte ihr plötzlich die Kehle zu, Angst vor dem Abgrund unter ihren Füßen. Durch das Fenster sah sie Isobel mit Jan und Julia spielen, dieses sanftäugige Mädchen aus dem Stamm der Zulu, die sich einmal mit ausgebreiteten Armen vor Jan stellte, als sie, seine Mutter, so wütend mit ihm war, dass sie ihm einen Klaps auf den Po geben wollte. »Erst müssen Sie mich schlagen, Ma'am«, rief Isobel und schützte das Kind ihrer weißen Herrin mit ihrem Körper.

Ob sie die Kinder auch vor einem Mann aus ihrem eigenen Volk schützen würde? Der Kernpunkt von Henriettas Angst war, dass sie auf diese Frage keine eindeutige Antwort fand.
»Ich hoffe, sie hängen ihn«, rief Tita heftig, »er ist ein Tier!« Sie standen in der Sonnabendmorgenmenge im Zentrum Umhlangas.
»Seine Leute nennen ihn einen Freiheitskämpfer«, konterte Neil. »Denk an die Französische Revolution und all die geköpften Aristokraten. Es kommt nur darauf an, wer gewinnt. Derselbe Mann ist auf dieser Seite des Strichs ein Terrorist, auf der anderen ein Held.«
»Leise, Neil, nicht so laut!« zischte seine Frau. »Hier weiß man doch nie, wer mithört.«
»Was passiert jetzt mit diesem Mkize?« fragte Henrietta.
»Den hängen sie auf«, antwortete Neil prompt, »am Halse, bis der Tod eintritt.«
Aufgehängt, totgemacht. Sie hörte aus der Vergangenheit die Worte von Onkel Hans, die er damals sagte, am Tag ihrer Ankunft, als diese schreckliche Sache mit dem jungen schwarzen Mädchen passierte. In einem grausamen Kaleidoskop von Bildern zuckte Cuba Mkize am Strick des Henkers, rutschte das schwarze Mädchen blutend von der Autohaube und bettelte mit aufgerissenen Augen stumm um Hilfe.
»Henrietta, was ist? Du bist ja schneeweiß!« Tita boxte sie leicht in die Seite. »Hör mal, der Kerl hat Menschen ermordet, abgeschlachtet hat er sie. Er hat es verdient. Kommt, lasst uns ein Eis essen oder einen Kaffee trinken. Henrietta ist ja ganz grün geworden.«
Sie schüttelte den Kopf. »Heute nicht, Tita.« Sie schob ihre Hand in Ians. »Ich möchte zum Grundstück fahren, ich brauche Luft und einen freien Blick.«
»Jetzt kann ich wieder atmen«, flüsterte sie, als sie auf der Terrasse ihres zukünftigen Hauses standen. Ein kräftiger Seewind strich den Hang hoch, salzig auf der Zunge und gesättigt mit dem Duft von Tausenden von Blüten. Sie schloss die Augen und lehnte sich an ihren Mann. »Mir platzt schier das Herz, wenn ich hier stehe. Nie hätte ich mir vorstellen können, dass es so etwas Schönes gibt. Und nie hatte ich mehr Angst, dass es zerstört werden könnte.«

Ein Auto bremste oben auf der Straße. Beide hoben ihre Köpfe, sie hielt den Atem an. *Hendrik du Toit?* Die in den leeren Räumen hallenden Fußtritte kamen näher. »Buon giorno.« Es war Gianfranco Carini, und sie atmete durch.
»Gianfranco, gut, Sie zu sehen.« Ian begrüßte ihn erfreut. »Können Sie uns ein definitives Datum nennen?«
Signor Carini strich seine pechschwarze Mähne zurück. Er hatte den Kopf eines römischen Feldherrn, mächtig, kühn und edel, darunter ein zierlicher Körper, zwei Größen zu klein. Kleine Füße in Lackschuhen, kleine, weiße, feinnervige Hände. Der Kopf eines Kriegers auf dem Leib einer empfindsamen, männlichen Primadonna. »Drängen Sie mich nicht, drängen Sie mich nicht.« Seine Hände flatterten. »Der Fluss versiegt sonst.«
»Der Fluss?« fragte der bodenständige Ian.
Carini sah ihn gequält an. »Der Gedankenfluss, natürlich, es strömt aus mir, die Ideen. Wenn Sie mich drängen, versiegt er.«
»Ah.« Ian grinste mit der Verständnislosigkeit eines mathematisch denkenden Menschen. »Wann können wir denn mit dem Einzugstermin rechnen?«
Mit allen Anzeichen des Unbehagens bewegte Signor Carini lautlos seine Lippen. »Fünfzehnter Dezember«, brummte er. »Wunderbar, Gianfranco, Sie sind ganz wunderbar«, rief Henrietta, die Künstler zu nehmen verstand. »Gab es noch Schwierigkeiten mit der Sicherheit?« erkundigte sich Ian im Weggehen.
Carini verneinte. »Unglaublich, unglaublich das Ganze, böse, betrunkene Buben!« Sein Haarschopf sträubte sich vor Empörung wie der eines Wiedehopfs. »Aber seitdem ist Ruhe.«
»Gianfranco hat recht, es werden irgendwelche betrunkene Kerle gewesen sein. Es ist jetzt gut zwei Monate her, und es ist nichts mehr passiert. Du Toit hätte nicht so lange stillgehalten.«
Sie schob ihre Hand in seine, ihr war leicht ums Herz. Sicher hatte er recht. Du Toit war ein Hund, der bellte, aber nicht zubiss. »Wir müssen sofort den Vertrag mit den Goldsmiths machen. Sie können Ende Dezember in unser Donga-Haus einziehen.«
Goldsmiths waren ein biederes älteres Ehepaar, Mitte Sechzig, und

eigentlich hießen sie Goldschmitt. Er hatte seine erste Familie in Bergen-Belsen verloren, und als er hörte, dass Henrietta Deutsche war, fragte er, was ihre Eltern während des Krieges gemacht hatten.
»Sie lebten weit weg, in Afrika, und da bin auch ich geboren. Ende 1944 kehrten wir nach Deutschland zurück.« Sie war zutiefst dankbar, diese Antwort geben zu können.
Erst dann unterschrieb er.
Einen Tag später flatterte die Klage von Pete Marais auf Schadenersatz ins Haus, und Henrietta brach zusammen. Es war einfach zu viel für sie. Wie Ian vorausgesagt hatte, verklagte er sie auf die Summe seiner Beteiligung plus ein Jahreseinkommen. »Wie viel ist das?« fragte sie mit erstickter Stimme.
»Zu viel«, knurrte er grimmig, »ich muss diese Fotos finden.« Aber er fand sie nicht, und der Tag des Prozesses zog herauf. Um zehn Uhr sollte die Verhandlung beginnen, und just in diesem Moment entlud sich eins der schlimmsten Gewitter seit langem über der Stadt. Es blitzte und donnerte und goss wie aus Kübeln. »Hoffentlich ist das kein Omen« flüsterte Ian und drückte Henriettas Arm. Sie warteten auf dem Flur des Gerichtsgebäudes. Der Regen hatte einen Verkehrsstau verursacht, in dem offensichtlich auch der Richter und Cedric steckten. Beide waren noch nicht anwesend. Das Klickklack von Stöckelschuhen hallte durch die hohen Gänge. Henrietta stieß Ian an. »Da ist Charmaine, was will die denn hier?« Charmaine, weißblonde Locken, pudelnass, rannte auf sie zu. »Mr. Cargill, ich hab etwas für Sie.« Sie steckte ihm einen Umschlag zu. Ihr Busen wogte, ihre Lippen waren leicht geöffnet.
Ian riss den Umschlag auf. Ein paar Fotos fielen heraus. »Meine Fotos! Wo haben Sie die her, Charmaine?«
»Gefunden«, flüsterte diese, »zufällig. Bitte sagen Sie niemandem, woher Sie sie haben.«
Ian küsste sie spontan auf die Wange. »Sie sind ein Schatz, Charmaine, ich danke Ihnen.«
Charmaine nickte und hastete nervös in die entgegengesetzte Richtung davon, als der Richter und ihr Chef gemeinsam aus dem knarrigen alten Lift traten.

»Wir haben ihn«, flüsterte ihr Ian zu, »damit gewinnen wir! Du hast recht, Charmaine ist nicht dumm, sie ist wirklich außergewöhnlich intelligent. Und hübsch.«

Sie gewannen den Prozess. Cedric reagierte konsterniert, als Ian gerade in dem Moment die Fotos aus der Tasche zog, als ein triumphierendes Lächeln über das sommersprossige Gesicht Pete Marais' blitzte, der glaubte, gewonnen zu haben. »Wo hast du die gefunden?« fragte Cedric mit unterdrückter Heftigkeit.

Ian lächelte. »Oh, du hattest recht, ich hatte sie bei mir zu Hause. Erst heute Morgen habe ich sie gefunden.«

Henrietta, die schräg hinter ihnen saß, beobachtete Cedrics Gesichtsausdruck. Sie hatte zumindest gedämpften Jubel erwartet, statt dessen beschlich sie das Gefühl, dass er fast enttäuscht war. Das strahlende Lächeln Ians lenkte sie ab. Vermutlich hatte sie sich geirrt. Warum sollte er sich nicht freuen, schließlich hatte er den Prozess für seinen Mandanten gewonnen!

Ian ballte die Faust. »Jetzt haben wir ihn!« jubelte er. »Jetzt zieh ich ihm das Fell über die Ohren. Das muss er mir büßen. Cedric, bereite eine saftige Schadenersatzklage gegen Marais vor. Er soll lernen, dass er das mit mir nicht machen kann.«

Der warf seine Akten heftig in die Tasche. »Nicht so hastig, das will gut überlegt sein. Es dauert, und es kostet Geld.«

»Wir werden jetzt unseren Sieg mit einem gepflegten Essen feiern. Wir würden dich gerne dabeihaben.«

»Tut mir Leid«, winkte der Anwalt ab, »aber ich muss mich noch mit einem anderen Mandanten treffen. Ein anderes Mal vielleicht.«

»Gut, ich rufe dich morgen an. Komm, Schatz.« Im Eingang des Gebäudes warteten sie auf das Ende des tobenden Gewitters. »Komischer Kerl, Cedric. Knochentrocken. Eigentlich hatte ich ein bisschen Begeisterung erwartet«, sagte Ian.

Ohne sie zu bemerken, hetzte der Anwalt vor ihnen durch den Regenvorhang und sprang in ein eben vorgefahrenes Auto, das aufheulend im Regennebel verschwand. Von einem Schwall Spritzwasser durchnässt, fuhr Ian zurück. »Verdammt, ich zieh dem Kerl die Kosten für einen neuen Anzug

von seiner saftigen Rechnung ab!« Empört bürstete er das Wasser ab.
»Das war Pete am Steuer«, sagte sie langsam, nicht verstehend.
»Du musst dich irren, das glaub' ich nicht.«
Doch es war Pete gewesen, sie war sich sicher, und Cedric, ihr Anwalt, saß neben ihm. Einen anderen Mandanten wollte er treffen, so hatte er gesagt. Tief in ihr regte sich wieder dieses warnende Gefühl, das sie überkam, wenn ihr Instinkt eine Fährte, einen Geruch wahrgenommen hatte, der ihren bewussten Sinnen noch entging. Dann ließ der Regen ein wenig nach, sie retteten sich in ein Taxi, und das Gefühl schlief wieder ein.
Später, wieder zu Hause, hörte sie Ian eine Melodie pfeifen, so fröhlich, so unbeschwert, dass ihr das Herz hüpfte. Vor ihrem inneren Auge erstreckte sich ihre Zukunft, hell und strahlend, sie hörte Kinderlachen und roch den Duft von Blumen und spürte eine Wärme auf ihrer Haut, die von innen kam.

❖

Der Umzug ging schnell. Abends zogen die professionellen Möbelpacker ab, ihre Freunde gingen erschöpft nach Hause. Henrietta und Ian standen allein auf ihrem Patio. Zu ihren Füßen glitzerten die Lichter Umhlangas, weiter nach rechts säumte die Lichterkette von Durbans »Goldener Meile«, der Küstenstraße, den Horizont. Wie ein funkelndes Halsband umschloss sie die Bucht. Der Indische Ozean war nur zu ahnen. Die Brandung zischte und seufzte. Der Abendwind teilte die Wolken, Mondlicht floß über das Meer, und für Momente lag die Fläche wie poliertes Silber vor ihnen. Ian zog sie in seine Arme und wirbelte sie in einem übermütigen Walzer herum, seine Zähne blitzten, seine tiefblauen Augen sprühten Feuer, ihre Füße berührten kaum den Boden. Sie drehten sich, bis ihr war, als würden sie abheben und davonfliegen in den unendlichen Nachthimmel.
Nachts ließen sie die weißen, hauchzarten Gardinen offen. Der Seewind blähte sie nach innen, die Nachtfeuchte kam herein und legte sich wie eine erfrischende Decke über sie. Sie schliefen tief und träumten Träume voller Licht und Schönheit.

Siebzehntes Kapitel

Der Umschlag kam per Kurier am Morgen des 1. 1. 1967, ihrem siebenundzwanzigsten Geburtstag. Er war dick und braun und enthielt eine Liste aller Werte, die mit heutigem Datum in ihren Besitz übergegangen waren. Von nun an genügte ihre Unterschrift und das Codewort Charlotte, der Name von Diderich Tresdorfs toter Frau, als Sesam-öffne-dich für sämtliche Konten und Bankschließfächer.
Als sie spätabends auf der Terrasse saßen, deren Fliesen die Tageshitze abstrahlten, überflog Henrietta schweigend die Summen. »Mr. Mueller muss ein sehr guter Administrator sein, er hat noch einmal eine große Summe durch Investitionen hinzugefügt.« Sie ließ das Papier sinken. »Seit Jahren weiß ich, dass ich eines Tages in den Besitz dieses Geldes kommen würde. Aber das war abstrakt, wie ein geträumter Lottogewinn. Die Wirklichkeit ist fast erschreckend. Ich fürchte den Zorn der Götter«, setzte sie leise hinzu.
Eine Lachsalve drang aus der Tiefe des Gartens. Ian hob lauschend den Kopf. »Sarah und Isobel können in dieser heißen Nacht auch nicht schlafen, sie scheinen eine Party zu feiern.«
»Sieh bitte einmal nach, wer alles da ist. Es geht einfach nicht, dass die beiden immer eine Horde von Männern zu Besuch haben. Ich glaube sogar, dass einige hier wohnen. Wir kommen in Teufels Küche, wenn der Bantuinspektor unerwartet aufkreuzt. Die Sache mit Mary Mkize steckt mir noch in den Knochen.«
Ian warf sich ein Hemd über und verschwand. Kurz darauf hörte sie die aufgeregten Stimmen der Schwarzen und dann, sehr laut, die von Ian. Bedrohung lag in der Luft. Der Revolver! Sie lief ins Büro.
»*Dumdum-Geschosse, die stoppen einen Kaffernbüffel.« Edward Strattons kühle Stimme.*

Sie zögerte nicht. Hinten im Safe lag eine Schachtel mit Patronen, deren Spitzen kreuzweise eingekerbt waren. Im Laufen lud sie die Waffe. Der Revolver lag in ihrer Hand mit einer ihm eigentümlichen Schwere und Kühle, die ihr einen erheblichen Grad von Beruhigung verschaffte. Ian stand im Lichtkreis des flackernden Feuers vor Sarahs Khaya, um ihn herum vier Frauen und sechs Männer, bis auf Sarah und Isobel ihr alle völlig fremd.

»Was geht hier vor?« fragte sie und hielt den Revolver gesenkt, aber schussbereit in den Falten ihres überlangen Hemdes verborgen.

»Madam«, begehrte Sarah auf, »das sind meine Freunde, wir sitzen hier nur und reden. Wir haben nichts getan.« Die Schwarze war sichtlich empört. »Darf ich denn keinen Besuch haben?«

»Das schon, Sarah, aber das hier sind einfach zu viel. Du weißt, dass ich Ärger mit dem Bantuinspektor bekomme, wenn jemand davon erfährt. Und jetzt möchte ich deinen Khaya sehen, bitte.« Ihr Ton ließ keinen Zweifel, dass dies ein Befehl war. Murrend öffnete Sarah die Tür, und Henrietta fand, was sie erwartet hatte. Mehrere Matratzen lagen auf dem Boden, Decken, ein paar Kleiderbündel. »Ian, sieh dir das bitte einmal an.«

Er warf einen kurzen Blick hinein. »Sarah, das geht auf keinen Fall, und du weißt das! Hier darf niemand außer dir wohnen, das Gesetz verbietet es! Schick deine Freunde bitte weg.«

Ein Schwall aufgeregten Zulus begrüßte seine Worte. Die Frauen waren besonders wütend und redeten erregt auf Sarah ein. Die Männer sprachen weniger, aber drei waren ziemlich betrunken. Der größte unter ihnen, stiernackig, muskelbepackt, hielt einen Knüppel locker an seiner Seite. Auch Sarah war angetrunken. Sie starrte Ian unter gesenkten Brauen finster aus blutunterlaufenen Augen an. Ihre Haltung hatte etwas Trotziges, Aggressives. Als Henrietta sah, dass der Große seinen Knüppel fester packte, spannte sie leise den Revolver. »Wir tun nichts, wir reden nur«, argumentierte Sarah, »warum kann ich keine Freunde hier haben? Madam hat doch auch eine große Party mit vielen Freunden im Haus gehabt. Warum nicht ich?« Ihr Ton war eigensinnig.

Die anderen standen stumm hinter ihr, und Henrietta sah sich mit einer

Mauer von kriegerischen Blicken konfrontiert. Die Schwarzen scharrten mit den Füßen, murrten mit gesenkten Köpfen und scheelen Blicken. Unterdrückte Aggression breitete sich in Wellen um sie aus.
»Verdammt«, zischte sie Ian zu, »sie weiß doch, dass sie es nicht darf. Warum macht sie diesen Aufstand?«
»Sie ist betrunken und will vor ihren Freunden nicht das Gesicht verlieren. Wir müssen vorsichtig sein. Geh am besten rein.«
»Ich bleib bei dir.« Ihre Schultern berührten sich.
»Dann halte dir den Rückzug offen«, sagte er leise auf Deutsch, »sodass du die Polizei rufen kannst, wenn es brenzlig wird!«
Misstrauisch flogen Sarahs Augen vom einen zum anderen. »Wir tun nichts, gar nichts«, rief sie schrill, »wir wollen nur zusammensitzen!« Sie verschränkte herausfordernd die Arme vor ihrer Brust. Der geblümte Kittel klaffte vorne, ihre Brüste schwangen frei. Es schien sie nicht zu kümmern. Schweiß rann ihr in Bächen den Hals hinunter, tränkte den Kragen ihres Kleides. Unter ihren Brüsten und Armen breiteten sich große nasse, dunkle Flecken aus.
Henrietta konnte sie riechen. Nicht säuerlich und eher scharf wie eine schwitzende Europäerin, sondern dumpf, erdig, mit Rauch vermischt, aggressiv wie die Ausdünstungen einer Raubkatze. Sie wich zurück. Plötzlich fühlte sie so etwas wie Angst vor der Frau, die seit Jahren in ihrem Haus arbeitete, die auf ihre Kinder aufpasste, die ihr und der Familie treu diente und, ja, so war es, die eine Freundin geworden war. Es war ihr, als hätte ein vertrautes, dreidimensionales Bild auf einmal eine vierte, unbekannte Dimension bekommen.
Metall blitzte auf. Einer der Schwarzen flippte ein Messer hoch, fing es an der Klinge auf und hob es zum Wurf.
Henriettas Reflexe waren vollkommen automatisch, nicht durch ihren Verstand kontrolliert. Blitzschnell brachte sie ihre Waffe mit beiden Händen in Anschlag. »Lass es fallen«, schrie sie, »lalela!« Sie hielt den schwelenden Blick des Zulus mit weit geöffneten Augen, unverwandt, ohne zu zwinkern, und der Revolver in ihren Händen zielte genau zwischen seine Augen. »Lass es fallen«, wiederholte sie, »sofort, oder ich schieße!« *Dumdum-Geschosse!*

Keiner rührte sich, keiner wagte auch nur zu atmen. »Lalela!« flüsterte sie heiser. »Gehorche!«

Und der Zulu gehorchte. Wie von einer unsichtbaren Macht gezwungen, senkte er seinen Wurfarm, öffnete die Hand. Das Messer klirrte auf den Boden. Er trat einige Schritte zurück. »Okay, Ma'm, sorry, Ma'm«, murmelte er. »Hamba«, stieß er hervor, »shesha!« Die Muskelspannung der anderen löste sich, sie beugten ihre Köpfe und verließen das Grundstück, einer nach dem anderen, bis nur noch Sarah und eine vor Angst bebende Isobel im Feuerschein standen.

Ian nahm ihr vorsichtig die Waffe ab. »Es ist vorbei«, flüsterte er und sicherte den Revolver. »Sarah, so etwas wird nicht wieder vorkommen, verstanden?« Seine Stimme war präzise und hart.

»Ja, Master«, maulte die Schwarze mürrisch. Dann setzte sie sich dicht ans Feuer, zog Isobel zu sich herunter. Sie steckten die Köpfe zusammen, wandten den beiden Weißen den Rücken zu.

Henrietta und Ian zogen sich zurück. »Wir müssen aufpassen«, sagte er endlich, »wir müssen sie in der nächsten Zeit ein wenig beobachten.« Er sagte es mit traurigen Augen, und sie wusste, dass auch er diese vierte Dimension gesehen hatte.

»Ich wünschte, ich könnte ihr das Stückchen Land überschreiben, dann könnte sie dort so viele Freunde haben, wie sie wollte.«

»Sei mal ganz ehrlich mit dir selber, würdest du wirklich wollen, dass Sarah das Haus besitzt? Lass es mich einmal ausmalen: Im Nu würden mindestens zwanzig Verwandte und Freunde bei ihr einziehen. Du weißt, dass sie auf Äußerlichkeiten keinen Wert legen. Alles würde verwildern, vielleicht verkommen. Bei den zwanzig würde es nicht bleiben, der Lärm würde unerträglich werden. Bald wäre der Platz zu klein, und sie würde erneut Forderungen stellen. Es wäre eine Spirale ohne Ende.«

»So schlimm würde es sicher nicht werden.« »Nein? Wirklich nicht?«

»Oh, Ian, wir werden schon so wie alle hier, ich will das nicht. Ich will nicht, dass sie recht behalten. Ich will nicht!«

Er legte seine Arme um sie. »Ich weiß, Liebling, aber es ist mit den Gesetzen dieses Landes nicht zu vereinbaren. Wir können nichts dagegen tun. Sarah hat es bei dir besser als irgendwo anders. Und das weiß sie

sicher auch. Sie wird das hier nicht aufs Spiel setzen. Heute war sie betrunken, und darüber werde ich mit ihr reden.«
Der Vorfall mit Sarah machte ihr mehr Sorgen, als sie zugeben wollte. In den nächsten Tagen merkte sie, dass sie Sarah ständig beobachtete. Ihr Verhältnis war gespannt. Die Schwarze antwortete kurz und mürrisch oder überhörte ihre Anweisungen. Am dritten Tag platzte Henrietta der Kragen. »Sarah, komm bitte einmal her.«
Die Schwarze schlurfte heran. Henrietta bemerkte, dass ihre Uniform nachlässig gebügelt war und mal wieder ein Knopf fehlte. Sie übersah es vorläufig. »Also, Sarah, was ist los?«
Sarah starrte auf den Boden. »Nichts, Ma'am.«
»Natürlich ist etwas. Bist du krank?«
»Nein, Ma'am.« Mürrischer Ton, mit dem Zeh malte sie Muster auf die Fliesen.
»Deine Freunde können hier nicht wohnen, es ist gegen das Gesetz, das weißt du doch?«
»Ja, Ma'am.« Mit rotgeäderten Augen starrte sie an ihr vorbei.
»Also, was ist los, Sarah?« »Nichts, Ma'am.«
Langsam stieg Wut in ihr hoch. So kam sie nicht weiter. »Willst du weiter hier arbeiten, Sarah?« Aha, die Augen rollten herum und trafen ihre. Sie hielt dem Blick stand, ohne mit der Wimper zu zucken.
»Ja, Ma'am.« Die Klangfärbung war eine vorsichtige Frage. »Dann wirst du das tun müssen, was ich sage. Es tut mir Leid, aber deine Freunde können nicht bei dir wohnen, verstanden?«
»Ja, Ma'am. Kann ich jetzt gehen, Ma'am?« Auf ihr Nicken hin drehte sich Sarah um und schlenderte zurück in die Küche.
Sie folgte ihr mit den Augen und erwischte sich dabei, dass sie wünschte, die Kraft und die Nerven zu haben, Sarah zu entlassen.
Gertrude lachte in ihrem Kopf. »Jetzt verstehst du, was ich meine. Jetzt bist du lange genug hier. Und du reagierst genauso wie wir!« »Hab ich was falsch gemacht?« fragte sie Tita am nächsten Tag. »Hätte ich anders reagieren sollen?«
»Unsinn, das war genau richtig. Warte mal ab, in ein paar Tagen ist sie wieder normal, und alles hat sich eingerenkt.«

Sie behielt recht. Nach wenigen Tagen normalisierte sich ihr Verhältnis, zumindest an der Oberfläche. Die Fröhlichkeit jedoch, mit der Sarah ihre Arbeit zu verrichten pflegte, war dumpfem Schweigen gewichen. Henrietta beschloss, die Kinder nur noch im Notfall mit Isobel oder Sarah allein zu lassen.

❖

Am Montag der zweiten Woche im Januar, morgens um fünf Uhr, wurde Cuba Mkize gehängt, und das Land, das weiße Südafrika, klatschte Beifall. In der Zeitung erschien ein Bild von ihm hinter den schwer vergitterten Fenstern des Gefängnisautos, das ihn von der Gerichtsverhandlung zum Zentralgefängnis brachte. Am Rand der Straße stand eine junge Frau, ein Kind, ein kleines Baby, auf den Rücken geschnallt, und eins krallte sich verängstigt in ihrem Rock fest. Die Frau hatte ihren rechten Arm zum Gruß gehoben, ihre Augen waren auf das schattenhafte Gesicht hinter den Gittern geheftet. »Das ist Mary – Ian, sieh hier, das ist Mary Mkize. Mein Gott, diese arme Frau! Sieh nur, wie dünn sie geworden ist.« Sie las weiter. Eine Versammlung der Freunde von Cuba Mkize vor dem Gefängnis zum Zeitpunkt der Vollstreckung seines Urteils wurde von der Polizei auseinander getrieben. Mit abgerichteten Hunden und Knüppeln. Einer schoss in die Menge, und ein halbwüchsiger Junge blieb auf der Strecke. Er lag, seine spindeligen, dürren Beine verdreht, im Staub, die Arme ausgebreitet, als sei er gekreuzigt. Auf dem grobkörnigen Schwarzweißfoto war sein Gesicht eine schwarze Masse, wo die Polizistenkugel, die ihn in den Hinterkopf traf, wieder ausgetreten war. Hinter ihm eine Mauer von Gewehren, schräg vor die Körper der Polizisten gehalten. Hohe Schnürstiefel, wild entschlossene Gesichter unter tief heruntergezogenen Mützenschilden. Geballte Macht. Breitbeinig, bedrohlich, bereit zum Angriff. Im ganzen Land sei die Polizei in erhöhte Alarmbereitschaft versetzt worden, stand da, weil man Ausschreitungen befürchtete.
In dieser Nacht schlief sie derart schlecht, dass sie gegen drei aufstand und sich auf die Terrasse vor ihrem Schlafzimmer setzte und in den un-

endlichen Sternenhimmel blickte, bis sich die entsetzlichen Bilder in ihrem Kopf auflösten und ihr hämmerndes Herz sich beruhigte. Seit der Sache mit Mary Mkize und der Durchsuchung ihrer Fabrik konnte sie solche Vorfälle nicht mehr von ihrer Gefühlswelt trennen. Es hatte grundsätzlich ihr Rechtsverständnis verändert, das sich vorher in fest umrissenen Bahnen bewegte, in denen sie sich sicher fühlte. Sie hatte die absolute Gewissheit, dass, solange sie innerhalb dieser Grenzen blieb, ihr nie, aber auch wirklich nie, ein Zusammenstoß mit dem Gesetz passieren konnte. Nun jedoch, in diesem Land, war sie dem Entsetzlichen, einer Gefängnisstrafe, so nahe gewesen, dass sie den Fäulnisgeruch der Zellen hatte riechen können. Den Gedanken an die Todesstrafe konnte sie nicht einmal zulassen. Sie verdrängte ihn so gründlich, mauerte ihn gewissermaßen in ihrem Kopf ein, dass der Abwehrmechanismus schon in Aktion trat, wenn sie nur das Wort las.
Doch im Traum funktionierte dieser Abwehrmechanismus nicht, die Mauer brach ein, und ihr rationales Denken außer Kraft gesetzt, ergoss sich der ganze Horror über sie in einem Strom von realistischen Bildern, den sie im Traum nicht zu stoppen vermochte. Schweißüberströmt und zitternd wachte sie dann irgendwann auf, fand sich meist in den wechselnden Schatten der Nacht nicht gleich zurecht, und wenn Ian nicht von ihrem Stöhnen aufwachte, dauerte es oft eine halbe Stunde, ehe sie sich sicher war, dass sie sich im Bett befand, zu Hause, neben ihrem Mann.
Sie kehrte in ihr Bett zurück. »War es wieder so schlimm?« flüsterte er und bettete ihren Kopf an seine Schulter. Jetzt endlich kam sie zur Ruhe, wichen die quälenden Bilder. Eine feurige Linie malte den Horizont nach und kündete die aufsteigende Sonne an, doch noch lag die Nachtfeuchte in der Luft und erlaubte ihr, noch zwei Stunden traumlos zu schlafen.

Achtzehntes Kapitel

UMHLANGA WUCHS STÄNDIG. Häuser erschienen überall wie Pilze nach einem warmen Regen, und sehr bald konnte sie sich nicht mehr erinnern, wie es dort damals ausgesehen hatte, an dem Tag vor ein paar Jahren, als sie entschied, dass hier ihre Heimat sein würde. Die kleinen Holzhäuser, die am Hang oben über dem Strand klebten, wurden durch Steinbungalows ersetzt. Das große Stück Busch am Ende des Lagoondrives war vor einigen Jahren gerodet worden, und das erste Apartmenthaus stand dort.
Im Ort hatte Mr. Knox vor zwei Jahren ein kleines Einkaufszentrum errichtet, mit einem großen Platz in der Mitte, auf dem Palmen in Kübeln wuchsen. Man traf sich dort, und der kleine Platz füllte sich mit Leben.
»Die Standard Bank hat hier eine Filiale eröffnet. Ich werde mein Konto in Durban North schließen und hier ein neues eröffnen«, teilte Henrietta Ian am Telefon mit. »Gleich heute.«
Sie erledigte schnell ihre Einkäufe bei Sammy, dem Gemüsemann, der seine Waren unter einer ausladenden, flachen Schirmakazie in seinem unverwechselbaren Singsang anpries. Die Sonne warf scharfe, extrem verkürzte Schatten, die Hitzedecke über dem Land dämpfte alle Geräusche. Sie trat in die Bank.
»Sie brauchen die Unterschrift Ihres Mannes für eine Kontoeröffnung, Mrs. Cargill.« Miss Linley hinter dem Schalter befestigte eine graue Haarsträhne in ihrem schweren Dutt und blickte über den Rand ihrer Brille besserwisserisch auf Henrietta.
»Ich will für mich ein Konto eröffnen, nicht für meinen Mann!«
»Das ist egal, Mrs. Cargill. Sie sind alleine nicht geschäftsfähig, Sie sind in Gütergemeinschaft verheiratet und benötigen für alle geschäftlichen

Transaktionen die Unterschrift, das heißt«, lächelte Miss Linley zuckersüß, »die Erlaubnis Ihres Mannes.«
Henrietta starrte sie an. Das konnte doch nicht wahr sein! »Das kann nicht Ihr Ernst sein. Ich bin siebenundzwanzig Jahre alt und habe jahrelang meine eigene Fabrik geführt.«
»Tja«, machte Miss Linley, sichtlich amüsiert, »so ist es nun einmal hier. Laufen Sie lieber und holen sich die Erlaubnis!« Henrietta fuhr wie von Furien gehetzt nach Hause. Ian war nicht zu erreichen, und impulsiv rief sie Cedric an. »Das kann doch nicht wahr sein, Cedric!«
»Doch«, antwortete er. »Du rangierst rein rechtlich zusammen mit Minderjährigen, Schwachsinnigen und entmündigten Kriminellen. Hätten du und ich Gütertrennung, wäre das etwas anderes. So bist du nicht voll geschäftsfähig. Unsere Gesetzgebung ist nun einmal so! Mach dir nichts draus, so ist das nun einmal.«
Entmündigte, Kriminelle, Schwachsinnige, die Worte hallten in ihrem Schädel. »Und, was soll ich tun?«
»Du kannst dich scheiden lassen und neu heiraten. Ich glaube nicht, dass es genügt, nachträglich einen Gütertrennungsvertrag aufzusetzen, denn ihr habt hier in Südafrika geheiratet.« »Ich weigere mich einfach, meinen Mann um Erlaubnis bitten zu müssen, ein Konto zu eröffnen!«
»Glaubst du, er würde ablehnen?« Er lachte unangenehm.
»Red keinen Quatsch – entschuldige, Cedric, aber das war eine blödsinnige Bemerkung, dafür solltest du uns besser kennen.« Sie legte auf. Natürlich würde Ian keine Sekunde zögern! Aber ihn darum zu bitten ging so sehr gegen ihr innerstes Selbstverständnis, dass ihr physisch schlecht wurde. Was wäre, wenn er nur aus Gedankenlosigkeit antworten würde: »Warum?« Noch schlimmer, viel schlimmer, wenn es keine Gedankenlosigkeit wäre und er wirklich mit ihr über die Notwendigkeit des Kontos diskutieren wollte? Dann würde es Streit geben. Unausweichlich. *Er kann doch nicht glauben, dass ich es hinnehme, dass mir eins meiner Grundrechte entzogen wird. Einfach so!* Sie merkte, wie ihr Wut und Frustration langsam die Kehle zuschnürten. Aber es gab offensichtlich keine andere Möglichkeit, als entweder Ian um eine Unterschrift zu bitten oder um die Scheidung. Welch eine Alternative! Kochend vor Wut, machte sie sich daran, die Bougainvillea

vorne am Pool drastisch zurückzuschneiden. Sie hackte die Äste ab, riss die Ranken herunter. Erst als sie Ians Auto hörte, hielt sie inne. Sie hatte die Pflanze fast vernichtet. »Endlich bist du da«, rief sie, »ich muss mit dir reden!«
»Was ist los?« fragte er irritiert, »ist irgend etwas passiert?« »Und ob!« Außer sich vor Empörung mit ausgreifenden Gesten ihre Worte unterstreichend, berichtete sie ihm. »Ist das nicht unglaublich?«
Er zuckte die Schultern. »Ich finde es eigentlich unglaublich, dass du dich darüber so aufregst. Ist doch nicht tragisch. Oder glaubst du etwa, ich würde dir die Unterschrift nicht geben?« Er hob spöttisch seine schwarzen Brauen. »Das kannst du doch nicht denken!«
Ungläubig starrte sie ihn an. »Nicht so tragisch? Mir meine Grundrechte zu nehmen und mich einzureiben in«, sie äffte die gezierte Stimme Cedrics nach, »Schwachsinnige, Kriminelle und Minderjährige, das findest du nicht schlimm?« Ihre Stimme kletterte hysterisch. »Und Scheidung als Alternative, findest du das auch nicht so schlimm?«
»Gib mir einfach das Formular, und ich unterschreib – und reg dich ab. So ist es nun einmal hier.«
»Verdammt, Ian, es geht um das Prinzip, kapierst du das nicht? Wie würdest du dich fühlen?«
»Henrietta, ich hab einen anstrengenden Tag hinter mir, lass uns das später besprechen. Vielleicht hast du dich dann etwas abgeregt.« Er stand da, entspannt, ein herablassendes Lächeln im Gesicht.
»Ich will mich nicht abregen, ich finde das unmöglich, ich seh' das nicht ein!« schrie sie, hochrot. Sie hätte ihn erwürgen können.
Jetzt änderte sich seine Haltung, wurde abweisend, und auch seine Stimme, die jenen seidigen, beherrschten Ton annahm, der zeigte, wie sehr er sich zusammennehmen musste. »Hör mal, ich hab die Gesetze nicht gemacht, ich habe dir oft genug angeboten, Gütertrennung zu beantragen. Es ist nicht meine Schuld. Wenn du dich beruhigt hast, können wir darüber reden.« Er drehte sich auf den Hacken herum und schloss die Tür. Laut und vernehmlich.
Wütend lief sie ihm nach und riss die Tür wieder auf. »Ich kann mich ja scheiden lassen, willst du das?« schrie sie unbeherrscht.
Für einen Moment war atemlose Stille. Sie sahen sich in die Augen. Sie

sah den Schmerz darin, die Linien, die neben seinen Mundwinkeln erschienen. Ihr stieg die heiße Scham ins Gesicht. Sie warf ihre Arme um seinen Hals. »Es tut mir Leid, dass ich so unbeherrscht war, dass ich dich angeschrien habe! Aber es ist so erniedrigend. Kriminelle und Schwachsinnige, stell dir das doch bloß einmal vor!«
»Liebling, ich kann dich verstehen. Hätte ich gewusst, dass Gütergemeinschaft diese Auswirkung hat, hätte ich auf Gütertrennung bestanden. Nun ist es einmal geschehen, und wir müssen damit leben. Du weißt, dass ich anders denke, also sollte es dir nichts ausmachen. Und nun gib mir dieses verdammte Formular!«
So geschah es. Sie brachte es Miss Linley und erstickte jede Bemerkung mit einem grimmigen Blick. Sie beauftragte Cedric, herauszufinden, ob es eine Möglichkeit gab, dieses Problem mit einem nachträglichen Gütertrennungsvertrag aus der Welt zu schaffen.
»Ich seh' da schwarz«, sagte er. »Allerdings verstehe ich auch deine Aufregung nicht«, bemerkte er herablassend, »es gibt doch keine Probleme zwischen dir und Ian, oder? Ich meine, du kriegst von ihm doch jede Erlaubnis. Das ist doch alles nur Formsache.«
»Typisch! So kann auch nur ein Mann denken, der seine Rechte als ein Geburtsprivileg ansieht. Finde bitte einfach heraus, ob es geht, und sag mir Bescheid.« Sie ging.
Zu Hause rief sie sofort Ian an. »Cedric ist ein Chauvinist, ein typischer südafrikanischer Chauvinist, und das ist die absolute Steigerung, was Chauvinisten angeht!« fauchte sie. »Ich werde mir einen anderen Anwalt suchen. Komm bald nach Hause, ich brauch' dich!«

❖

Mrs. Thistlecombe, die Bibliothekarin, spähte streng über ihre Brille.
»Henrietta, du hast das Buch wieder mit am Strand gehabt. Hier!« Mit einem dünnen, knotigen Zeigefinger wies sie anklagend auf Sandkörner zwischen den Seiten.
Henrietta verbiss sich ein Lächeln. »Ich gelobe feierlichst, dass ich es nie, nie wieder machen werde.«

»Hallo, Henrietta.« Die Stimme neben ihr war attraktiv heiser. Sie sah hoch und blickte direkt in Carlas kühle graue Augen.

»Hallo, Carla.« Ihr Ton kam dünn und scharf. Carla gegenüber brachte sie keine andere Stimmlage fertig.

»Hast du einen Moment Zeit, Henrietta? Bitte, es ist mir wirklich wichtig.«

Süßlich schweres Parfum stieg ihr in die Nase. Carla bat um etwas? »Was willst du?«

»Mit dir reden. Lass uns zu Flotows gehen.«

»Ich habe wenig Zeit«, sagte sie, als sie Platz nahmen. Es fiel ihr schwer, auch nur in einigermaßen zivilem Ton mit ihrer Cousine zu sprechen. »Was willst du?« Sie musste husten. Carlas Parfum reizte ihre Schleimhäute.

»Benedict und ich möchten uns mit dir vertragen.« Carla senkte ihren Blick auf ihre schlanken Hände, die ineinander verschlungen auf der marmornen Tischoberfläche lagen. »Wir sind doch Cousinen, Familie, ich möchte mit dir in Frieden leben.«

Sie fand für eine lange Minute keine Worte. Bildsplitter blitzten durch ihre Gedanken. Sie sah wieder das blutige Messer in Carlas Hand, sah den zündelnden Schlangenkopf, hörte ihre hasserfüllte Stimme, als Tony dal Bianco abgeführt wurde.

Carla schien zu wissen, was in ihr vorging. »Es tut mir alles so entsetzlich Leid«, flüsterte sie, »ich weiß nicht, was mit mir los war. Bitte sag, dass du mir vergibst.« Die Lider hoben sich über den silbrigen Augen. Mit einer graziösen Handbewegung strich sie ihre glänzende Haarmähne aus dem Gesicht und lächelte flehentlich.

Theater? Henrietta versuchte in dem zartgebräunten Porzellangesicht die wahre Absicht ihrer Cousine zu lesen. »Was willst du wirklich, Carla? Du bist doch so friedfertig wie eine hungrige Raubkatze.«

Aber diese hielt ihren forschenden Blicken stand. »Ich kann ja verstehen, dass du misstrauisch bist, aber könntest du dich nicht wenigstens dazu durchringen, mir und Benedict eine Chance zu geben?« Selbst ihre Stimme war sanft und bittend. »Ich bekomme dauernd euretwegen Ärger mit meiner Familie.« Sie lachte auf, ein brüchiger, heiserer, unfroher Laut. »Selbst Benedict und ich haben uns über dich gezankt.«

»Was willst du?« wiederholte Henrietta.

»Ich möchte euch zur Eröffnung meines Golfhotels Sonnabend in einer Woche einladen. Das ist unverbindlicher als ein gemeinsames Essen zu viert. Einverstanden?«

Sie antwortete nicht. Über den Hügeln Zululands braute sich ein Unwetter zusammen. Am Abend zuvor hatte ein heftiges Gewitter über der Küste getobt, ungewöhnlich für Ende April. Die Küstenflüsse waren durchgebrochen, auch die Sandbank vor der Lagune nördlich von Umhlanga Rocks wurde weggeschwemmt, und eine lange Zunge rötlich brauner Flusserde färbte die Brandung. Der Wind war stärker geworden und fegte in Böen über den kleinen Platz, die Palmen in den großen Betonkübeln bogen sich bis zum Boden. Was wollte diese Schlange von ihr und Ian? *Wozu braucht sie uns?*

»Henrietta«, drängte Carla, »werdet ihr kommen?«

»Oh, in Ordnung, wir kommen zur Einweihung, aber alles weitere müssen wir abwarten.«

»Ich danke dir«, hauchte Carla, lehnte sich über den Tisch und küsste die Luft neben ihrer Wange.

Sie fuhr zurück, hob schützend die Hand.

Carla lachte leise. »Keine Angst, ich wollte dich nicht beißen.« Sie stand auf. »Ich freue mich und bin dir dankbar. Am Sonnabend in einer Woche ab vier. Abends gibt es für Ausgewählte ein Essen, zu dem ihr natürlich auch herzlich eingeladen seid. Grüße Ian von mir.« Eine kühle Hand auf ihrem Arm, ein Aufblitzen der unergründlichen Augen, und sie war fort. Nur ihr Parfum hing noch lange in der Luft, haftete an Henriettas Jeanshemd. Sie hängte es auf die Terrasse in den Seewind, um den Geruch loszuwerden. »Am liebsten möchte ich meine Zusage rückgängig machen«, sagte sie zu Ian, »ich werde schon aggressiv, wenn ich Carla nur rieche!« »Was kannst du verlieren?« argumentierte Ian. »Lass uns hingehen, und dann sehen wir weiter.«

Sie akzeptierte den Vorschlag als vernünftig, und so waren sie nun heute, am Sonnabend eine Woche später, auf dem Weg zu der Einweihung.

»Todschick«, kommentierte Ian ihr Kleid.

Sie musterte sich kritisch. Ein kniekurzes Corsagenkleid aus nacht-

blauem grobem Leinen mit einer schmalen, eleganten Kostümjacke, um ihr Handgelenk eine sehr breite Armspange aus purem, schwerem Gold, die wie eine Manschette saß. »Es ist sehr einfach.«
»Eben. Es hat Klasse.« Er hielt ihr die Autotür offen.
»Meine Güte, sieh dir das an!« rief sie aus, als sie sich der Beaumont-Farm näherten. Ein im Wind knatternder Fahnenwald begrüßte sie. Dahinter versteckte sich etwas wie eine überdimensionale Sahnetorte, komplett mit kleinen Häubchen aus Zuckerguss. »Costas Plenty«, las sie die Inschrift eines großen Messingschildes. »Hat uns einen Haufen gekostet! Himmel, wie peinlich!« Sie parkten neben einem kanariengelben, chromüberladenen Schlitten, dem zwei Paare entstiegen. Die jüngere Dame trug eine Popomanschette aus Glitzerpailletten in Pink und Purpur, die andere umhüllte eine Orgie von rosa Rüschen. »Ich bin völlig falsch angezogen«, kicherte sie.
Ian kam nicht dazu, zu antworten. In dem hell erleuchteten Eingangsportal erschien eine Gold schimmernde Statue. *Carla!* Goldlamé, griechisch über eine Schulter drapiert, gehalten von einer feurig blitzenden, mit großen, bunten Steinen besetzten Spange in Form einer sich schlängelnden Viper.
Makellos stiegen ihre Schultern aus der goldenen Kaskade, stolz trug sie ihre dunklen Haare in einer kompliziert gewundenen, glänzenden Krone. »Henrietta, ich freu mich, dass du gekommen bist!« Sie entblößte lächelnd ihre Perlenzähne. »Ian.« Sie hielt graziös ihre Hand hin, an ihrem Ringfinger funkelte der Verlobungsdiamant, scharfkantig und brillant. Es war offensichtlich, dass sie einen Handkuss erwartete.
Ian schüttelte sie herzhaft. »Wir danken für die Einladung.« Carla zuckte leicht zusammen, als der Diamant sich in ihr Fleisch presste, verlor aber nicht ihr Begrüßungslächeln. Hinter ihr, unglaublich attraktiv in einem weißen Dinnerjackett, stand Benedict. »Henrietta, wie schön, dich zu sehen.« Er hob ihre beiden Hände an seine Lippen. Sein Blick ging jedoch über ihren Handrücken zu Ian.
Triumphierend, herausfordernd? Sie war sich nicht sicher. Sein Atem strich über ihre Haut, sie fühlte seine Lippen, erkannte sie wieder, sein Duft stieg ihr in die Nase und erzeugte doch nichts weiter als Abwehr in ihr. Sie entzog ihm ihre Hände. »Hallo, Benedict«, grüßte sie kühl.

Benedict richtete sich auf und bleckte seine Zähne in einer Grimasse, die ein Lächeln karikierte. »Hallo, wunderbar, euch zu sehen.«
»Dort hinten ist die Bar«, graziös neigte Carla ihren Kopf, »wenn ich unsere Gäste begrüßt habe, werde ich euch das Hotel und den Golfplatz zeigen.« Sie glitt davon, hoheitsvoll, eine goldene Göttin.
In der grellen Abendsonne warfen die Türmchen und Zinnen, Zuckerguss und Sahnehäubchen sozusagen, zackige Schatten auf die ornamentalen Fliesen. Livrierte farbige Kellner huschten, Tabletts mit Getränken balancierend, durch eine animiert plaudernde Menschenmenge. Im Innenhof türmte sich ein Buffet von unanständiger Größe.
Ian pfiff durch die Zähne. »Sie muss einen großzügigen Geldgeber gefunden haben.« Er nippte an seinem Champagner. »Die Damen scheinen hier ihren Schmuck kiloweise zu kaufen. Und dann diese Kleider! Sieh dir nur diese Rüschenkaskaden dort an.«
»Das ist Mrs. Zementlocken, die liebt solche Kleider.« »Aber in Lila!«
»Henrietta«, Benedict stand hinter ihr, »komm, ich zeige dir meine Anthurien. Sie sind spektakulär!«
Eine Wolke von Parfum kündigte Carla an. »Gut, dann kann ich Ian ja bitten, sich in unserem Gästebuch einzutragen, Henrietta kann das später nachholen.« Sie nahm Ians Hand. »Komm, Ian«, sie lächelte strahlend, »keine Angst, ich will dich nicht entführen.«
Benedict führte Henrietta über den weiten Platz. Unter einem schirmartigen Flamboyant blühte ein Teppich von Anthurien. »Wunderschön, nicht wahr?« Er streichelte ihre Hand. »Willst du dir nicht doch überlegen, dich bei uns einzukaufen?«
»Nein.«
Seine Hand wanderte ihren nackten Arm hinauf. »Du siehst sensationell aus.«
Sie wischte seine Hand herunter. »Lass es einfach, Benedict, es wirkt nur noch peinlich. Bring mich zu meinem Mann.«
Ian wartete schon auf sie. Irritiert untersuchte er seinen Füller. »Er kleckert, ich muss ihn reparieren lassen.« Sein Zeigefinger und auch der Namenszug im Gästebuch war verschmiert. Über dem I von Ian und dem g von Cargill prangte ein Tintenklecks. »Waren die Anthurien schön?«

»Sehr schön, nur Benedict geht mir auf die Nerven.«
»Hat er dich belästigt? Soll ich ihm eins auf die Nase hauen?«
Sie lachte laut und küsste ihn. »Lass uns bald verschwinden, mir liegt diese Atmosphäre nicht.«
»Ich hab' Hunger, lass uns etwas essen und dann verschwinden.«
»Lass uns verschwinden und woanders etwas essen!« »Blendende Idee.«
Unauffällig bewegten sie sich zu einem Nebenausgang. Über die Köpfe der anderen Gäste hinweg fing sie Carlas Blick auf. »Carla hat uns entdeckt«, flüsterte sie. Aber diese reagierte nicht. Ihre kühlen Augen bewegten sich zu Ian, dann zurück zu Henrietta. Dann wandte sie sich ab.
»Merkwürdig, sie hat gar nicht reagiert.«
»Vielleicht hat sie uns gar nicht gesehen.«
»Doch, sie hat uns gesehen, aber es schien ihr gleich zu sein, dass wir gehen. Vielleicht hat sie erreicht, was sie wollte.«
»Ach wo, sie hat sicher eingesehen, dass alle Mühe bei uns umsonst ist.«
Am Montag blätterte sie in der Zeitung. Auf der Gesellschaftsseite stand an prominenter Stelle ein reich bebilderter Artikel über die Einweihungsparty von Carlas Golfhotel. Ihr Blick fiel auf das größte Bild in der Mitte der Seite. Du Toit! »Ian«, schrie sie.
Er sah ihr über die Schulter. »Du Toit! Gut, dass wir nicht dageblieben sind. Mit dem Kerl kann ich nicht in einem Raum atmen.«
»Daher hat sie das Geld, kein Wunder!« Du Toit, geschniegelt und gelackt wie immer, hatte mit Besitzermiene seinen Arm um Carlas Taille gelegt. »Die beiden verdienen einander. Gibt es unter Schlangen eigentlich Kannibalismus?« Sie lachten, aber im Untergrund war dieses bohrende, kalte Gefühl, das sie nicht losließ.

Als im September die ersten Modelle ihrer Sommerkollektion in den Läden erschienen, starrte sie ungläubig in die Schaufenster. Mr. Maharaj hatte ihre Entwürfe so abgeändert, dass sie sie nicht mehr als ihre Eigenen erkannte. »Was soll das?« schrie sie ihn an. »Sie haben jeglichen Stil meiner Kleider eliminiert. Jeder Chic ist weg!«

»Sie verkaufen sich so besser«, entgegnete Mr. Maharaj schlicht und lächelte sein mildes Lächeln.
»Dann müssen Sie auf mich verzichten!« zischte sie.
Sein Lächeln verstärkte sich. Er zog ein Blatt Papier aus der Schreibtischschublade und warf es vor sie hin. »Sie brauchen nur zu unterschreiben.« Er hielt ihr seinen Füllfederhalter hin.
Ungläubig las sie ihre eigene Kündigung. »Sie haben mich absichtlich provoziert«, flüsterte sie. »Sie haben gewusst, dass ich kündige, wenn Sie meine Modelle so verhunzen.«
Er lächelte sein unergründliches asiatisches Lächeln und zuckte die Schultern. Für einen Moment bäumte sie sich innerlich auf. Sie würde es ihnen zeigen, vor den Kadi würde sie die Firma zerren, auf einen dicken Schadenersatz verklagen. Dann senkte sie den Kopf und unterschrieb. Sie warf den Füller auf den Tisch und ging mit so viel Würde, wie sie aufbringen konnte, zur Tür.
»Vergessen Sie nicht«, erreichte sie seine weiche Stimme, »dass ich Ihren Namen gekauft habe.«
Es traf sie wie ein Schlag, und sie stand für wenige Sekunden stockstill. Wie von Fäden gezogen, drehte sie sich langsam zu ihm. »Was heißt das?« presste sie mühsam heraus.
»Was ich sagte. Ich habe den Namen Henrietta Tresdorf gekauft. Er gehört mir. Sie dürfen ihn nicht mehr benutzen.« Triumph sprühte in den dunklen Augen. »Es ist nur gerecht, Mrs. Cargill, denn, sehen Sie, ich war der Mann, dem Fatima versprochen war.«
Ein glühender Knoten brannte in ihrem Magen. Sie stolperte aus dem Büro, blind für ihre Umgebung. »Er hat mir meinen Namen gestohlen«, schluchzte sie an Ians Schulter, »mir ist, als hätte er mir einen Teil herausgeschnitten! Warum hat Cedric mich nicht gewarnt?«
»Warum hast du mich nicht gewarnt?« schrie sie kurz darauf ins Telefon. »Du als Anwalt hättest das doch sehen müssen! Ich will meinen Namen wieder. Verklag den Bastard!«
»Das kostet in erster Linie viel Geld und dauert Jahre«, antwortete Cedric frostig, »überleg dir das gut. Die Aussichten sind gering. Es war

schließlich Hauptgegenstand des Vertrages, dass sie deinen Namen kaufen. Das muss dir doch klar gewesen sein.«
Er hätte ihr ebenso gut mit einer Keule über den Kopf schlagen können. »Ich werd's euch zeigen«, schrie sie, »ihr Bastarde, ihr kriegt mich nicht klein! Ich bin Henrietta Tresdorf, es ist mein Name!« Die Wut fraß sich als glühender Knoten in ihrem Magen fest, war ständig da, riss die Narben der vergangenen Jahre und Monate wieder auf Pete Marais' Verrat, der Brandanschlag, du Toit, Cuba Mkize und nun Fatimas Bruder. Brütend starrte sie auf das Meer hinaus, das ihr düster erschien, drohend, etwas Böses verkörpernd.
Die Landschaft ihres Paradieses hatte sich unwiderruflich verändert.
Sie begann wieder zu malen, in Öl, dunkle, düstere Bilder. Je tiefer sich der Knoten in ihr Inneres fraß, desto düsterer wurden ihre Bilder. Sie malte mit wütenden breiten Strichen drohende, kohlschwarze Wolken. An einem Sonntagmorgen wurde der Druck zu viel. Sie legte mitten im Strich den Pinsel nieder, ging in die Küche, zog eine Schublade auf, nahm ein großes Messer heraus und kehrte in ihr Studio zurück.
Alarmiert rannte Sarah hinter ihr her. »Master!« schrie sie angstvoll und legte ihre Arme schützend um die Zwillinge.
Henrietta trat an ihre Staffelei, packte das Messer mit der Faust und begann, methodisch die Leinwand zu zerschneiden. Danach zerfetzte sie wie im Rausch alle Bilder, derer sie habhaft werden konnte, ehe Ian hereinstürmte und ihr das Messer entwand. Er zog sie fest an sich. Ihr wutsteifer Körper wurde weich, und sie schluchzte in seinen Armen, als bräche ihr das Herz. »Ruhig, mein Liebling, ruhig«, flüsterte er und hielt sie, bis keine Träne mehr kam.
Im Dezember fuhren sie für eine Woche in den wilden Norden vom Krüger-Nationalpark, und Afrika half ihr auch jetzt. Sie fand ihr Gleichgewicht wieder, konnte wieder schlafen, und das Bild, das sie Ian zu Weihnachten malte, hatte leuchtende, ungebrochene Farben.

Neunzehntes Kapitel

„Ich muss am Dienstag nach Nelspruit, hast du Lust mitzukommen?«, fragte Ian. Es war ein warmer Märzabend, und beide lagen auf dem Bett und lasen.

Henrietta senkte das Buch. »Das ist der Zwölfte. Wann kommst du wieder?«

»Donnerstag. Ich habe Mittwoch spätnachmittags einen Termin und werde es nicht schaffen, abends noch zurückzufahren.«

»Honey, das geht nicht. Ich habe Cori versprochen, auf Klein-Henrietta Mittwoch aufzupassen. Freddy und sie fliegen für den Tag geschäftlich nach Jo'burg.«

»Schade!« Er legte eine Hand auf ihren nackten Schenkel. »Verdammt heiß heute Abend, nicht?«

Sie sah das Funkeln seiner Augen und lachte leise. »Viel zu heiß für körperliche Aktivitäten.«

Draußen schrie ein Nachtvogel, die Zikaden schrillten, und dann fielen die Baumfrösche ein, ihre Stimmchen zart und flötend. Die hauchfeinen weißen Gardinen bauschten sich sachte. Über ihnen lachte der kleine Gecko, der hinter dem Hinterglasbild wohnte, das Henrietta von dem Donga-Haus gemalt hatte, und starrte aus neugierigen Knopfaugen herunter.

»Frecher Kerl«, murmelte Ian, seine Lippen auf ihrer Schulter.

❖

Der Anruf kam am Dienstag spätabends. Sie saß allein im Patio unter wippenden Bouigainvillearanken und las. Es herrschte Windstille, und das Wasser des Schwimmbads war wie aus Glas. Der betörende Duft der schneeweißen Daturatrompeten hing in der feuchtwarmen Nachtluft. Beim ersten Zirpen des leisen Signals sah sie automatisch auf die Uhr. Elf Uhr vorbei. Ian? Sie hatten sich eben telefonisch gute Nacht gewünscht. Befremdet hob sie ab.

»Cedric!« rief sie überrascht, als sie die Stimme erkannte, die nur nach ihrem Namen fragte. »Was ist los, dass du noch so spät wach bist?« Cedric Labuschagne pflegte jeden Morgen die aufgehende Sonne korrekt in dunklem Anwaltsgrau zu begrüßen. Dafür ging er mit den Hühnern ins Bett. Eine stadtbekannte Angewohnheit, die sein gesellschaftliches Leben ruinierte.

»Ist er zu Hause, oder bist du allein?« Seine Stimme war unerwartet schroff.

»Allein«, antwortete sie und wartete. Unerklärlicherweise begann sich ein kleiner, heißer Angstknoten in ihrem Magen zu bilden. Cedric war üblicherweise ein in seine eigene Stimme verliebter, geschwätziger Mensch. Er neigte nicht zu kurzen, harten Worten.

»Hör gut zu!« Das war im Befehlston. »Fahr in den Ort, ruf mich von der Telefonzelle dort an. Frag nicht, tu es einfach, und melde dich nicht mit deinem Namen.« Ein Klick, und die Leitung war tot.

Wie in Trance legte sie den Hörer zurück. Sie schwang ihre langen Beine, die seltsam schwer geworden waren, von der Liege und stand auf. Ihre Knie versagten, prompt fiel sie wieder zurück. Schwer atmend, wie nach einem schnellen Lauf, sank sie wieder zurück und schloss die Augen. Eine riesige Angstwelle rollte auf sie zu, drohte über ihr zusammenzuschlagen. Sie atmete tief und zwang sich, Muskel für Muskel zu entspannen, zwang die Panik unter ihren Willen, bis sie aufhörte zu zittern und das Rauschen in ihrem Kopf nachließ. *Was um alles in der Welt ist passiert?* Vorsichtig stellte sie die Beine auf den Boden und erhob sich. Dieses Mal blieb sie stehen. Sie rannte in Ians Arbeitszimmer, drehte mit fliegenden Händen die Kombination des Safes, fluchte unterdrückt, als sie über die richtige Zahl hinwegrutschte und die Tür blockierte. Dann endlich schwang die schwere Tür mit sattem Schmatzgeräusch auf. Der Revolver, mattschwarz glänzend und tödlich, lag in ein weiches Tuch geschlagen in seinem Kasten. Mit einem geübten Ruck klickte sie die

Trommel heraus. Er war geladen. Die Waffe war zu groß für ihre Handtasche, der Handgriff ragte heraus. Auch gut, dadurch war ihr rascher Zugriff gesichert.

Auf Ians Schreibtisch lag, wie immer, wenn er verreist war, ein Zettel mit der Telefonnummer seines Hotels. Die vertraute Handschrift gab ihr momentanen Halt. Sie steckte den Zettel ein und ging leise in den Flur. Chicos Nägel kratzten auf den Fliesen, als er hinter ihr herlief. *Sollte sie ihn mitnehmen?* Sie stand unschlüssig. Es war dunkel und einsam nachts in Umhlanga und nicht ungefährlich. Kein Weißer wagte sich in Südafrika nachts freiwillig auf die Straße, schon gar nicht eine weiße Frau allein. Julia und Jan schliefen um diese Zeit, tief und fest, nach einem weiteren herrlichen Tag in ihrem jungen Leben, vollgestopft mit Aktivitäten. Normalerweise konnte eine Bombe neben ihnen explodieren, ohne ihre Träume zu stören. Die Kinder waren sicher mit Chico. An ihm vorbei kam keiner ins Haus, der nicht dort hingehörte. Mit einem leisen Schnalzer rief sie den großen Dobermann. Sie führte ihn vor die Schlafzimmertüren der Kinder. »Pass auf, Chico, Pass gut auf!« flüsterte sie. Sofort richtete er die Ohren steil auf, jeden Muskel seines mächtigen Körpers gespannt, fixierte er sie mit seinen wachen, tiefbraunen Augen.

Nun würde sich der große Hund quer vor die Türen legen, sich nicht von der Stelle rühren und ihre Kinder mit seinem Leben verteidigen. Ein gutes Gefühl.

Die Zeit drängte. Haustürschlüssel, Autoschlüssel, Taschenlampe. Sie musste es laut vor sich hin sagen, sie konnte sich einfach nicht konzentrieren, nicht einmal auf so banale Dinge. Sie öffnete das Garagentor, und der silberne 280er SE, Ians ganzer Stolz, glitt leise die Auffahrt hinauf. Vor ihr lag still und einsam die Straße, auf beiden Seiten gesäumt von ausladenden Bäumen. Die üppigen, kugeligen Blütendolden der Flamboyants standen als zierliche Scherenschnitte gegen den indigoblauen Nachthimmel. Nach einem heftigen, kurzen Regenguss glänzte die Straße silbrig im wechselnden Mondlicht. Baumfrösche, winzige, bunte Kerlchen in den Kehlen der großen Bananenblätter, sangen ihr trauriges, eintöniges Lied, Zikaden schrillten. Sie liebte diese Nachtgeräusche, den pulsierenden Herzschlag Afrikas.

Aber heute war alles anders. Die Schatten schienen ihr schwärzer und drohender, das Seufzen des Nachtwindes unheimlich, die Leere der Straße Furcht einflößend. Sie trat aufs Gas. Das Scheinwerferlicht fegte über den schwarzen Dschungel rechts und links von der Straße, Schatten und Formen tanzten vor ihren Augen, wo keine waren, hier und da glühten die Augen der lautlosen Nachtjäger. In Umhlanga parkte sie unmittelbar vor der Telefonzelle am Postamt. Die Autotür ließ sie offen, die Handtasche mit dem herausragenden Revolvergriff trug sie an sich gepresst. Cedric meldete sich sofort. »Ich bin es, was ist passiert?« flüsterte sie.

»Was habt ihr politisch gemacht?« Seine Stimme hallte metallisch und körperlos.

»Politisch?« fragte sie verständnislos. »Was soll denn das heißen?«

Ihr Herzschlag stolperte und begann dann hart und viel zu schnell gegen ihre Rippen zu hämmern. Eine unbestimmte, schwarze Vorahnung kroch in ihr hoch, wie ein dunkler Polyp krallte sie sich in ihr fest, drückte ihr die Luft ab. *Nicht Kwa Mashu, nicht nach all dieser Zeit!*

Seine Antwort schien aus weiter Ferne zu kommen. »Das heißt, Dr. Piet Kruger, der Generalstaatsanwalt, ist hinter euch her. Das heißt, dass euer Telefon abgehört und eure Post kontrolliert wird. Das heißt, BOSS beobachtet jeden Schritt, den ihr macht!«

Sie wirbelte instinktiv herum, suchte die Straße mit den Augen ab. Nichts. Außer wenigen, zügig an ihr vorbeifahrenden Autos, nichts. Sie fiel gegen die Wand der Telefonzelle. *Dr. Piet Kruger!* Allein der Name reichte, um ihr namenlose Angst einzuflößen. Er stand für erbarmungslose Verfolgung, höchst fragwürdige Beweisführung, eingeschüchterte Zeugen. Er erreichte immer das Strafmaß, das er beantragte, und das war immer grausam. Er stand für Verbannung, spurloses Verschwinden. Und für Hängen. Ihr Blut gefror zu Eis. *Mein Gott, Dr. Piet Kruger!* Sie kam gedanklich nicht an dem Namen vorbei, er blockierte sie, wie ein monumentaler Felsblock. »Ich versteh nicht, was meinst du?« Ihr Unterkiefer zitterte so, dass ihre Zähne Trommelwirbel schlugen. Sie presste sie zusammen, während ihre Gedanken Amok liefen. »Oh, die haben euch doch schon lange auf der schwarzen Liste. Was erwartet ihr

denn? Ihr weigert euch stur, Südafrikaner zu werden, und dann widerruft ihr obendrein noch die südafrikanische Staatsangehörigkeit eurer Kinder. Wie gesagt, was erwartet ihr denn? Dankesschreiben?« Er lachte. Ein unangenehmes Lachen, wie ihr schien, mit einem Unterton von Hohn, den sie sich weigerte zu hören. »Meine Liebe«, fuhr er fort, »seitdem du im Land bist, hast du dich quer gelegt, allein über dich existiert eine umfangreiche Akte.«
»Über mich?« schrie sie. »Ich hab doch nichts getan!« Sie begann wieder zu zittern.
Warum sagt er so etwas, warum war sein Ton so feindselig? Er ist doch unser Anwalt und seit Jahren unser Freund. Dann erinnerte sie sich wieder an seinen Gesichtsausdruck bei der Gerichtsverhandlung gegen Pete Marais, als Ian die entlastenden Fotos präsentierte. Er war nicht der eines Freundes gewesen.
»Ihr geltet als subversiv – denk an den Abend in Kwa Mashu!«
Sie bekam nur das Flüstern durch ihre zugeschnürte Kehle. »Subversiv? Was heißt das? Und der Abend in Kwa Mashu, das war doch nur ... « Ihre Stimme versagte, und dann traf sie die Bemerkung mit aller Wucht. »Woher weißt du das mit Kwa Mashu und der angeblichen Akte über mich? Woher? Antworte mir!« Das Atmen fiel ihr schwer. Der Boden vor der Telefonzelle schien sich zu bewegen, als hätte sie nicht soliden Asphalt, sondern Treibsand unter den Füßen, der sie unaufhörlich, unbarmherzig zu verschlingen drohte. Cedric, ihr Anwalt und ihr Freund, der alles immer von ihnen wusste. Nur das mit Kwa Mashu, das konnte er nicht wissen. Außer Neil und Tita wusste niemand etwas davon. Sein Schweigen dröhnte in ihren Ohren und dehnte sich ins Unerträgliche. Endlich kam seine Stimme, eisig und trocken. »Ich weiß es eben. Das muss dir genügen.«
Ihr wurde plötzlich kalt, als stünde sie in einem eisigen Wind, ohne Schutz und Zuflucht.
»Aber diesmal ist es anders«, redete er weiter, »dieses Mal müsst ihr Dr. Kruger persönlich in die Quere gekommen sein. Habt ihr einen Nachbarn geärgert oder geschäftlich jemanden ausgetrickst, der mit ihm befreundet ist? Er ist ein rachsüchtiger Bastard!«

»Ausgetrickst? Wir tricksen doch niemanden aus, und mit unseren Nachbarn haben wir ein sehr gutes Verhältnis!«
Der Anwalt unterbrach sie. »Aber da gab es doch Ärger mit eurem neuen Haus. Was war es?«
Ein Gefühl der Schwäche ließ ihre Knie weich werden. *Hendrik du Toit.* »Da gab es tatsächlich ein Problem«, antwortete sie langsam, »es hatte aber eigentlich nichts mit uns zu tun. Wir kauften das Grundstück von einer alten Dame, die uns verpflichtete, nur ein Haus darauf zu bauen und es nie an jemanden zu verkaufen, der es in einen Golfplatz oder ein Hotel verwandeln wollte.«
»Und da war jemand?« Es war eine Feststellung, keine Frage. »Ja«, gab sie zögernd zu, »da war jemand. Er drohte uns, falls wir nicht an ihn verkaufen würden. Unser Rohbau würde einmal sabotiert, aber seitdem haben wir nichts mehr von ihm gehört.« Das Scheinwerferlicht der vorbeifahrenden Autos huschte gespenstisch durch die Telefonzelle, und für Sekunden starrte sie in ein leichenblasses, verzerrtes Gesicht. Sie schrie auf, dann erkannte sie sich selbst im Spiegelbild.
»Sein Name?«
»Du Toit, Hendrik du Toit«, antwortete sie. Sie horchte angespannt in das plötzliche Schweigen. »Kennst du ihn?«
Seine Worte kamen dünn und scharf, zerschnitten den Kokon ihres beschützten Lebens und zerstörten ihn für immer. »Hendrik du Toit ist der Bruder von Dr. Krugers Frau, ihr Lieblingsbruder. Valerie Kruger ist jung, bildhübsch, und Dr. Kruger liebt sie abgöttisch. Ihr Bruder und sie haben gemeinsam eine Firma, die Hotels baut.«
Ihr wurde schlecht. *Carla und ihr Golfhotel, Hendrik du Toits Geld, Valerie Kruger, seine Schwester – die Frau von Dr. Piet Kruger! Pete Marais' Frau und du Toit – Cedric?* Wie bösartig summende Wespen schwirrten die Gedanken durch ihren Kopf. Namen, Zusammenhänge drehten sich in einem Wahnsinnskaleidoskop vor ihren Augen. Sie holte stöhnend Luft. Ein barsches Geräusch in der Stille.
»Um ehrlich zu sein«, fuhr Cedric in dieser seltsam toten Stimme fort, »mein Rat ist, dass ihr so schnell wie möglich das Land verlasst. Hier habt ihr keine Chance, nicht gegen Dr. Piet Kruger. Vielleicht ist es noch nicht

zu spät. Offiziell habe ich noch nichts gehört, ich habe lediglich etwas aufgeschnappt. Mehr kann ich nicht sagen. Und, meine Liebe, sag deinem Mann, ich will damit nichts zu tun haben. Da müsst ihr allein durch.«

»O mein Gott«, stöhnte sie, »kannst du nichts tun, Cedric, du bist doch unser Freund, du kennst uns doch – bitte!«

Es knisterte und rauschte in der Leitung. Sie hörte seine sanften Atemstöße. Er sagte nichts. Dann ein Knacken. Die Verbindung war getrennt. Und damit begann der Albtraum.

Es vergingen mehrere Minuten, während sie dastand, den Hörer in der Hand, bevor sie sich ihrer selbst wieder bewusst wurde, bevor sie ihren Körper wieder spürte. Mit geschlossenen Augen lehnte sie an der Wand der Telefonzelle, zwang sich, ihre Gedanken zu ordnen. Panik war das Letzte, was sie sich jetzt leisten konnte. Sie musste Ian erreichen. Es zeigte, wie konzentriert sie war, dass sie sich nicht verwählte und auf Anhieb Verbindung zum Hotel bekam. »Mr. Cargill, bitte.« O bitte, Liebling, sei da, ich brauch' *dich so!*

»Hallo?« Er hatte offensichtlich schon geschlafen, seine Stimme klang belegt. Sie wirkte wie ein Beruhigungsmittel. »Honey, ich bin's, ich muss dir etwas sagen, und du musst ganz wach dafür sein. Steh am besten auf, damit du nicht wieder einschläfst.« Sie hörte Rascheln und ein schurrendes Geräusch.

»So«, bestätigte er, »ich bin wach. Was ist los?«

In wenigen, klaren Worten berichtete sie ihm. »Cedric lässt dir ausrichten, dass er nichts mit der Sache zu tun haben will.«

»Der Mistkerl! – Gut, Liebling, ich komme sofort. In fünf Stunden bin ich da. Bleib zu Hause, und verhalte dich wie immer. Tu so, als seist du sehr überrascht, wenn ich komme. Wenn er recht hat und sie hören uns ab, dürfen sie nicht wissen, was du mir gesagt hast.«

»Glaubst du wirklich, die hören uns in unserem Haus ab? Das kann ich einfach nicht glauben. Unser Telefon vielleicht, aber doch nicht unser Haus. Wir können unmöglich so wichtig sein. Ich hatte den Eindruck, dass Cedric meinte, dass sie unser Telefon abhören.«

Es knackte in der Leitung, und die Stärke seiner Stimme schwankte. »Du hast recht, es hat keinen Sinn, paranoid zu werden. Trotzdem, behalte es im Hinterkopf. Fahr nach Hause, und leg dich ins Bett, ich bin bald bei dir. Ich liebe dich ...!«

»O Liebling, ich dich auch, mehr, als ich dir sagen kann. Bitte, sei vorsichtig!« Sie legte auf und fühlte sich unendlich allein in der kleinen, stickigen Telefonzelle, um sie herum fremde Geräusche und tiefe, undurchsichtige Nacht. Das Gesicht ihrer Armbanduhr leuchtete. Kurz vor Mitternacht. Scheinwerfer streiften sie. Sie hob geblendet die Hand. Das Auto wurde langsam, fuhr um den weiten, blumengesäumten Platz und kam zurück. Von plötzlicher Angst gepackt, sprang sie in ihren Wagen und drückte die Sicherungsknöpfe herunter. Ihre zitternden Hände fanden das Zündschloss nicht. Das Auto stoppte direkt vor ihr und blockierte ihren Weg. Ein Mann stieg aus, groß und breitbeinig stand er als Silhouette in dem grellen Licht und kam langsam auf sie zu. Ein Wimmern entfuhr ihr. Es war wie eine Szene aus einer ihrer schlimmsten Fantasien. Der Mann hob die Hand und klopfte hart an ihr Autofenster. Ihre Finger fanden das Zündschloss, sie schob den Schlüssel hinein und drehte ihn. Der Wagen sprang sofort an. Wieder klopfte der Mann, diesmal länger. »Öffnen Sie!« befahl er und presste etwas an die Windschutzscheibe. Im selben Moment schaltete jemand die Scheinwerfer aus. Nach einigen Sekunden Anpassung an die plötzlich veränderten Lichtverhältnisse erkannte sie den Polizisten von Umhlanga, den netten Mr. Millar, der alten Damen half und kleine Kinder herzte. Erleichtert wollte sie eben die Fenster herunterkurbeln, als sie innehielt. *Er ist Polizist!*

»Sie sind hinter euch her, sie beobachten euch«, sagte Cedric.

»Verhalte dich normal«, warnte Ian, »sie dürfen nichts merken!« Sie zwang ein Lächeln auf ihre Lippen und drehte das Fenster herunter. »Mr. Millar, bin ich froh, dass Sie es sind. Ich konnte Sie im Scheinwerferlicht nicht erkennen!«

Er tippte mit zwei Fingern grüßend an seine Mütze. »Alles in Ordnung, Mrs. Cargill?«

Klang seine Stimme anders als sonst? War sie misstrauisch? Vielleicht war es eine Fangfrage. *Wieso sollte nicht alles in Ordnung sein?* Sie konnte schließlich herumfahren, wo und wann sie wollte! »Ja«, stammelte sie, »ja, natürlich.«

»Ich meine ja nur, weil es ungewöhnlich für eine Frau ist, nachts hier zu telefonieren – Sie haben doch ein Telefon zu Hause.« Mit einer Taschenlampe leuchtete er einmal den Innenraum ihres Wagens aus. Dann kehrten seine Augen zu ihrem Gesicht zurück.

Sie waren grau und kühl, das hatte sie vorher nie bemerkt. Der Kranz der sie umgebenden Lachfältchen täuschte darüber hinweg, wie kühl sie waren. »Mein Anschluss war gestört«, stotterte sie, nie gut im Lügen, »und ich musste dringend meinen Mann sprechen.« Verdammt, warum hatte sie das gesagt? Konnte man das nicht nachprüfen? Sie umklammerte das Steuerrad und lächelte ihm ins Gesicht. »Nun muss ich aber wieder zu meinen Kindern, Mr. Millar, ich wünsche Ihnen eine gute Nacht.«

»Gute Nacht, Mrs. Cargill, seien Sie vorsichtig!« Er trat zurück und gab den Weg frei. Im selben Moment trat sie aufs Gas, und der Mercedes schoss vorwärts. Was meinte er, warum sollte sie vorsichtig sein? Eine Warnung? Oder nur ein gut gemeinter Rat? Sie hasste sich dafür, gestottert zu haben. Scheinwerfer blendeten sie im Rückspiegel. Folgte er ihr? Der Wagen zog an ihr vorbei. Ein roter Sportwagen, kein Polizeiauto!

Sie fuhr leise in die Garage. Gegen fünf würde Ian zu Hause sein. Zeit genug, um noch einige Stunden zu schlafen, doch selten war sie wacher gewesen. Dr. Alessandro hatte ihr ein Mittel verschrieben, eigentlich für Rückenschmerzen, das sie aber für Stunden kampfunfähig machte. Kleine hellblaue Pillen. Eine davon, und sie könnte sich für die nächsten Stunden in bewusstlosen Schlaf flüchten. Eine verführerische Vorstellung. Einfach ins Nichts fallen und die Welt vergessen. Aber sie brauchte die Zeit, um ihre Gedanken zu ordnen, um einen Ausweg zu finden. Leise sah sie bei den Kindern hinein. Sie schliefen tief und fest, und Chico lag treulich vor ihren Türen und hatte sich nicht gerührt. Sie ging in die Küche, der große Hund, eifrig mit dem Stummelschwänzchen wedelnd, ihr immer dicht auf den Fersen. Sie würde einen Kuchen backen, dabei konnte sie wunderbar nachdenken. Minuten später vergrub sie ihre Hände in dem warmen, klebrigen Teig und begann zu kneten.

Sie dachte an die Ungeheuerlichkeit, die Cedric vorgeschlagen hatte. Das Land sollten sie verlassen, sofort. Wie verlässt man ein Land, sodass es keiner merkt? Bestellt man einen Möbelwagen und setzt eine Anzeige zur Vermietung des Hauses in die Zeitung? Packte man lediglich ein Köfferchen für jeden und nahm das erste Flugzeug aus dem Land heraus? Und wohin? Und was dann? Sie konnten doch nicht einfach aus dem Haus gehen, die Tür abschließen und aus ihrem bisherigen Leben verschwinden. Sie walkte und knetete den weichen, warmen Teig zwischen ihren Handflächen, und langsam dämmerte es ihr, dass Cedric genau das meinte.

Sie mussten fliehen, wie ihre Tante Hildegard, die aus Ostpreußen fliehen musste. Noch heute erweckten die Geschichten, die diese von der Flucht erzählte, Bilder und Gefühle, die sie mit tiefer Angst erfüllten.

»Wir konnten nur ein paar Sachen auf einen Leiterwagen packen«, erzählte sie, »ein paar Kleider, das Geld, das wir im Haus hatten, und meinen Schmuck. Es war nur ein kleiner Haufen, auf dem deine Cousine und dein Cousin leicht Platz hatten. So zogen wir los, mitten in der Nacht.« Tante Hildegards Gesicht war zerfurcht, von teigiger Farbe und ohne jeden Ausdruck. »Es war kalt und dunkel und die Wege aufgeweicht und sehr beschwerlich, denn es regnete seit Tagen. Wir froren entsetzlich, obwohl ich meinen Pelzmantel über einen zweiten Mantel gezogen hatte. Es schien mir, als würde ich nie wieder warm werden. Klaus und Karin waren noch klein und wussten nicht, was geschah. Nachdem wir zwei Tage und zwei Nächte unterwegs waren, bekam Klaus Lungenentzündung, er war schon immer ein zartes Kind. Es ging dann sehr schnell. Ein paar Tage später wachte ich auf, und sein kleiner Körper war schon steif und kalt in meinen Armen.« Tante Hildegard fröstelte, wie immer. Selbst an heißen Hochsommertagen fröstelte sie, als sei ihr tatsächlich die Fähigkeit abhanden gekommen, je wieder warm zu werden. Cousine Karin zog sich die Masern zu und starb ebenso schnell wir ihr Bruder. »Sie sah aus wie eine Erdbeere mit Pickeln, bevor sie starb«, erzählte Tante Hildegard mit einer erschreckenden, knochenkalten Distanz zu dem Geschehen, »eine Kruste von Pickeln saß auf ihrer roten Haut. Scheußlich.«

Sie mied Tante Hildegard, und für lange Jahre mied sie auch Erdbeeren. Bis heute musste sie beim Anblick von Erdbeeren an Cousine Karin denken, die in ihrer Sterbestunde aussah wie eine Erdbeere mit Pickeln.

Ein Schauer durchlief sie. Die feinen Härchen auf ihren Armen standen hoch wie ein Stachelpelz. In der Hitze der afrikanischen Nacht bekam sie eine Gänsehaut. Nordeuropa war jetzt, Anfang März, noch fest im Griff des Winters. Einen Pelzmantel, den sie als Schutz gegen die Kälte tragen konnte, besaß sie nicht. Sie beschloss, zu planen, was sie auf ihrer Flucht unbedingt mitnehmen sollten. Auf einem Schreibblock begann sie, einige Sachen aufzulisten.

Die Nacht wurde lang. Nachdem der Kuchen fertig war, saß sie eine Weile herum, legte sich dann aufs Bett. Übermüdet und seelisch überanstrengt, döste sie unruhig, wurde aber immer wieder von den schrecklichsten Träumen geweckt, bis sie gegen vier in einen erschöpften Schlaf fiel, aus dem sie erst die ruhige Berührung und die dunkle Stimme Ians weckte. Wortlos klammerte sie sich an ihn.

Sie setzten sich in der perlmutternen Morgendämmerung auf die Terrasse vor das Schlafzimmer, aßen Streuselkuchen und versuchten, einen Ansatzpunkt in ihrem Leben zu finden, wo jemand wie du Toit einhaken konnte. Als die Sonne aus dem Meer stieg, gaben sie übernächtigt und erschöpft auf. »Ich bekomme in die ganze Sache keinen Sinn«, grübelte Ian, »wir sind nicht angreifbar. Wir haben keine Schulden, weder bei Personen noch beim Staat. Ich habe nichts getan, was die Aufmerksamkeit der Polizei erregen könnte.«

»Außer Kwa Mashu.«

Er nickte. »Außer Kwa Mashu, aber das ist ziemlich lange her, sie hätten uns früher drangekriegt, wenn sie gewollt hätten.«

»Lass uns Neil fragen.«

Danach schliefen sie ein wenig, eng umschlungen und Trost in der Nähe des anderen suchend. In der Sekunde des Erwachens, für einen gnädigen Moment, war sie sich sicher, dass es nur einer ihrer Albträume gewesen war, aber die Mainas auf der Terrasse zankten sich schrill um die Reste des Streuselkuchens, und da wusste sie, dass ihr bisheriges Leben vorbei war. Ihre Schultern fielen nach vorn, aber dann straffte sie ihr Rückgrat und hob ihr Kinn.

»Ich hab' das Haus nach Mikros durchsucht«, sagte Ian, »ich kann nichts finden, also denke ich, dass wir hier sicher sind.« Trotzdem hatte sie das

unangenehme Gefühl, ständig beobachtet zu werden. »Ich werde Neil von Anita Alessandro aus anrufen. Ich brauche ein Rezept, und während Joanne es sich von Anita unterschreiben lässt, kann ich ungestört telefonieren.« Ihr Plan klappte, Neil begriff sofort, und sie verabredeten sich in einer Stunde im Seahaven. Als Joanne mit dem Rezept aus dem Behandlungsraum kam, lag der Hörer wieder auf der Gabel. Sie verließ die Praxis, ihr Herz jagte, aber ihr Gesicht verriet nichts. Ian kam ihr entgegen. »Alles erledigt!« berichtete sie, »obwohl ich mir dabei reichlich lächerlich vorkam, als spielte ich Räuber und Gendarm für Erwachsene. Ich hätte auch von der Telefonzelle aus telefonieren können.«
»Und Hillary, unser wandelndes Tageblatt, hätte wie immer von der Zentrale im Postamt aus zugehört!«

Der Seahaven war ideal für ihr Vorhaben. Jeder, der ohne einen Grund vor dem Restaurant herumstand, fiel sofort auf. Henrietta sah sich um. Außer ihnen saß ein verliebtes junges Pärchen im Restaurant, das sich aus einer Entfernung von zwei Zentimetern in die Augen sah, die Hände ineinander verschlungen, verloren für diese Welt, und sechs Männer, nach ihren korrekten Anzügen zu urteilen, Geschäftsleute. Drei Damen mittleren Alters, mit Diamanten und Perlen behängt wie Weihnachtsbäume, die nach ihnen das Restaurant betraten, wurden vom Besitzer des Restaurants überschwänglich begrüßt. Offensichtlich Stammkunden. Sie entschieden sich für den Tisch am Fenster hinter der Säule, von dem aus sie den Eingang übersehen konnten, aber nicht im Blickfeld anderer Leute waren. Rechts lag die Länge des Piers vor ihnen, leer bis auf zwei indische Angler, links überschauten sie die Anfahrt zum Restaurant.
»Da kommen die beiden schon«, sagte Ian.
Neils dunkelgrüner Sportwagen fuhr langsam auf den Parkplatz, Titas kupferroter Schopf glühte auf. Kurz darauf standen sie neben ihnen.
»So, was ist los?« fragte Neil ohne weitere Umschweife, die farblosen Brauen zusammengezogen.
»Gestern bekam ich einen Anruf«, begann Henrietta. Es war still am

Tisch, während sie sprach, und der Gesichtsausdruck ihrer Freunde wurde äußerst besorgt. »Würdet ihr das alles ernst nehmen, oder glaubt ihr, wir sollten den Anruf ignorieren? Bitte sagt uns, als Südafrikaner, was wir machen sollen!« »Auf jeden Fall ernst nehmen«, antwortete Neil kategorisch, »todernst. Ich kenne zu viele Fälle, wo einflussreiche Leute unsere Polizei zu ihren Zwecken manipuliert haben.«

»Wenn ich wüsste, was wir getan haben sollen«, grübelte Ian, »wir haben uns lediglich geweigert, unser Grundstück an Hendrik du Toit zu verkaufen, und das ist ja nun wirklich nicht strafbar.«

»Offene Rechnungen kommen ja nicht in Frage«, fiel Tita ein, »Geld habt ihr ja genug.«

Plötzlich wurde Neil lebhaft. »Die Erbschaftskonten laufen doch auf deinen Namen, Henrietta?«

»Ja – nein, sie sind wohl auf meinen Namen, aber wir haben doch Gütergemeinschaft, und so gehört uns beiden alles.«

Neil schlug wie ein Baseballspieler seine Faust in die Hand. »Das ist es! Damit kann er euch kriegen! Das Geld liegt doch im Ausland fest, stimmt's? Daraus kann man ein Vergehen gegen das Devisengesetz konstruieren, und da ihr Gütergemeinschaft habt, hängt Ian mit drin. Ich glaube nicht, dass Henrietta angreifbar ist. Bei Gütergemeinschaft ist sie nach dem Gesetz nicht geschäftsfähig. Aber Ian können sie für Jahre ins Gefängnis stecken, wenn sie sich richtig Mühe geben. Denkt an Liz und Tom!«

»Welch ein Quatsch«, rief Henrietta aufgebracht, »das Geld stammt doch nicht von hier, es hat Südafrika doch nie gesehen!«

»Oh, für solche Kleinigkeiten interessieren sich die Herren nicht.«

Die Freunde sahen sich an. »Ihr sitzt in der Scheiße«, brachte es Tita auf den Punkt, »und zwar bis zum Hals!«

»So genau wollte ich das gar nicht wissen«, murmelte Henrietta. Draußen türmten sich die Wolken zu fantastischen Haufen, drückten tief hinunter auf die Küste. Windverwehte, zottige Fetzen eines drohenden Sturmes hingen aus ihren schwarzen Bäuchen. Fliegende Wolkenschatten jagten über den Pier, alles, was nicht niet- und nagelfest war, wirbelte herum. Henrietta fröstelte trotz der Wärme. Sie starrte mit weit aufgerissenen Augen durchs Fenster, ohne etwas wirklich zu sehen. Ein Schatten bewegte sich nicht und erregte durch seine Bewegungslosigkeit in der sturmgepeitschten Szene endlich ihre Aufmerksamkeit. Es war ein relativ schmaler Schatten, etwa mannshoch, hinter den rosa Oleanderbüschen. Sie sah genauer hin und erkannte die Konturen eines Mannes. Der Adrenalinstoß durchzuckte sie wie ein Blitz. Waren sie ihnen doch gefolgt?

»Honey, Liebling, was ist los? Du bist schneeweiß geworden!« Ian legte schützend seinen Arm um ihre Schultern.

Sie konnte nur stumm nach draußen deuten. »Da«, krächzte sie schließlich, »dort unter dem Busch.«

»Da steht ein Angler und pinkelt«, sagte Neil, »meinst du den?«

»Pinkelt?« Sie spähte konsterniert nach unten. »Ich dachte, es wäre einer von BOSS!« Es dauerte Minuten, bis sich ihr Puls seiner normalen Rate näherte. »Wie soll ich das nur durchstehen, wenn ich mich schon bei so einer Sache dermaßen aufrege!«

Ian winkte den Ober heran, und sie bestellten. Henrietta schlang ihre Alaskakrabben hinunter und bestellte noch ein Steak. »Tut mir Leid, meine Nerven brauchen viel Nahrung!« »Die beste und sicherste Art, aus dem Land zu kommen, ist der ANC-Pfad«, sagte Neil nach einer Weile.

»Was ist das?«

»Der ANC hat gut ausgetretene, geheime Pfade, jemanden aus dem Land zu bringen.«

»Neil, wie soll ich denn an den ANC herankommen, und warum sollen die mir helfen?«

»Mary Mkize!«

»Was ist mit ihr?«

»Ihr habt ihr geholfen.«

»Und wie soll mir das helfen?«

»Dein schwarzer Vorarbeiter, wie hieß er noch?« »Vilikazi.«

»Genau der.« Neil zerbröselte ein Stück Brot zwischen den Fingern. «Du wirst sehen, dass er dir helfen wird.«

»Woher weißt du das?«

Neil berührte die frische Narbe an seiner Schulter. »Meine Kontakte sind gut, schon vergessen?« Das Senken seiner Stimme signalisierte deutlich, dass er nicht weiter darüber zu sprechen wünschte.

Gequält sah Henrietta ihre Freunde an. »Wir hätten euch da nicht mit hineinziehen dürfen, bitte verzeiht, es war egoistisch, aber ich war so verzweifelt, ich wusste nicht mehr, was ich glauben sollte.« Sie kämpfte mit den Tränen.

»Oh, Henrietta, sei nicht albern!« Titas Stimme war rau. Ihr liebevolles Lächeln, die Geste, mit der sie ihrer Freundin über die Wange streichelte, sagte mehr als Worte. »Und was, bitte, sollen Henrietta und die Kinder machen, während Ian durch den Busch kriecht? Habt ihr darüber einmal nachgedacht?«

»So normal wie möglich weiterleben und dann nach einiger Zeit offiziell auf Urlaub nach Europa reisen.«

Schweigen begrüßte Neils Vorschlag. Henrietta malte Figuren aufs Tischtuch, lauter Vögel mit ausgebreiteten Schwingen. »Was passiert mit unserem Haus und den Möbeln?«

»Die Möbel sind kein Problem, die können wir euch nachschicken. Das Problem ist das Haus.«

»Wir können es ja schließlich nicht per Anzeige in der Zeitung verkaufen.« Ian dachte laut nach.

»Könnten wir es nicht irgendwie auf die Kinder übertragen ...?« Die Vögel auf der Tischdecke waren zum Schwarm geworden. »Ich kann doch nicht einfach die Tür abschließen und gehen. Das bringe ich nicht fertig.« Ihre Stimme kletterte mit einem hysterischen Unterton. »Ich lass' nicht alles, wofür wir gearbeitet haben – und wir haben das Haus bezahlt, nicht Onkel Diderichs Erbschaft –, einfach so stehen, damit dieser Lackaffe du Toit es sich unter den Nagel reißt! Ich will einfach nicht!« Die Anstrengung, trotz ihrer rotglühenden Wut leise zu reden, ließ ihr Gesicht rot anlaufen. »Was ist, wenn sich Cedric irrt oder verhört hat? Dann reißen wir unser Leben auseinander für ein bloßes Gerücht! Honey, ich kann das nicht!« Sie legte ihren Kopf auf die Arme, ihre Schultern zuckten und bebten, aber es war kein Laut zu hören.

»Hältst du es für möglich, dass er sich geirrt hat?« fragte Tita. »Nein«, Ian streichelte stumm Henriettas Rücken, »was immer ich auch sonst von

ihm halte, ich denke nicht, dass er ein unfundiertes Gerücht weitergibt.«
»Ich werde mich einmal diskret umhören, ob ich etwas über euren Anwalt erfahren kann«, bot Neil an, »Cedric Labuschagne, ja?« Neil sah seinen Freund mitleidig an. »Es ist von einigen Anwälten bekannt, dass sie dem Broederbond angehören, und ich weiß von Fällen, wo der eigene Anwalt seinen Mandanten an das Büro für Staatssicherheit verraten hat. Ich hab' ziemlich viele Kontakte, aber ich werde euch nur sagen können, was ich höre, nicht von wem ich es höre.«
»BOSS!« Henrietta hob den Kopf, eine Panikwelle trieb alles Blut aus ihrem Gesicht. »Können wir nicht einfach warten, bis wir offiziell etwas hören?« Im Moment, als sie es sagte, wusste sie, dass es eine dumme Frage war. »Verzeiht«, flüsterte sie rau, plötzlich total erschöpft, »ich weiß, dass das dumm ist.«
»Ich finde die Idee, das Haus auf die Kinder zu übertragen, sehr gut«, warf Tita ein, »so ist nichts endgültig. Wenn alles ein Irrtum war, habt ihr nichts getan, was gegen das Gesetz wäre, und ihr rettet euer Haus, eure ganze Existenz hier.«
»Gute Idee, Tita«, nickte Ian, »nur wüsste ich nicht, welchem Rechtsanwalt ich hier noch vertrauen kann.«
»Unserem Konsul, Herrn von Dittmar«, sagte Henrietta, Hoffnung in ihren Augen, »der ist Rechtsanwalt. Ich werde zu ihm gehen, ich traue ihm!«
Zwei Tage später waren sie mit Neil bei Grannys Pool verabredet. Er angelte. »Na, schon etwas gefangen?« fragte Ian und hob den Deckel des mit Wasser gefüllten Eimers. »Zwei Shads, wie lecker.« Er richtete sich wieder auf. »Sonst was Neues?«
»Ja, ihr seht euch besser vor eurem rechtsgelehrten Freund vor. Er, wie schon sein Vater, ist Mitglied im Broederbond. Wundert mich, dass er euch gewarnt hat.«
Zu schockiert, um antworten zu können, setzten sie sich neben ihren Freund in den Sand. Dieser schob Muschelfleisch als Köder über seinen Haken. »Hast du dich mal vor nicht allzu langer Zeit um Aufnahme in die hiesige Handelskammer beworben?«
»Ja.« Ian war erstaunt. »Woher weißt du das? Es hat aber leider aus mir nicht bekannten Gründen nicht geklappt.«

»Ich weiß.« Neil schleuderte den Köder mit kraftvollem Schwung weit ins Meer. »Labuschagne hat deine Aufnahme verhindert.«
»Was? Bist du sicher?«
»Glaub mir, es ist wahr.«
»Dieses Schwein! Ich dachte, Natal wäre rein englisch, und mit einem Vornamen wie Cedric hatte ich ihn eher für einen Nachfahren eines Hugenotten gehalten. Er spricht Englisch mit dem richtigen Akzent. Ich tippe auf Oxford oder ...«
»Cambridge.« Neil holte langsam seine Schnur ein. Sie war straff gespannt und sang wie eine Geigensaite. »Das muss ein Großer sein«, murmelte er und gab ein wenig nach. »Er war in Cambridge, um den Feind genau zu studieren. Er hat drei Brüder, alle sind Rechtsanwälte. Jeder sitzt in einer der großen Provinzen. Die Labuschagnes haben ihre Finger in jedem Pudding in Südafrika.«
»Ich habe ihm schon lange misstraut«, rief Henrietta, »seit dem Prozess gegen Pete Marais. Als du deine Beweisfotos hervorholtest, hab ich sein Gesicht beobachtet. Er sah enttäuscht aus, er freute sich nicht über den gewonnenen Prozess. Er wirkte, als hätte er ihn verloren. Ich hab mein Gefühl, dass zwischen ihm und Pete Marais eine Beziehung bestand, damals verdrängt.«
»Du hast richtig beobachtet, Henrietta.« Neil sah hinüber zu ihr. »Das war das Zweite, was ich euch sagen muss: Er hält siebzig Prozent Firmenanteile einer Tochtergesellschaft, die Marais gehört.«
»Das ist doch ein klassischer Interessenkonflikt! Das muss doch strafbar sein.«
»Vergiss es!« Ians schwarze Brauen trafen sich fast über der Nasenwurzel, seine Augenfarbe hatte sich stürmisch verdunkelt. »Okay, Neil, Vilikazi hat sich bei mir gemeldet. Alles, was in der nächsten Zeit passiert, werde ich dir eines Tages erzählen. Wir sehen uns heute vorläufig zum letzten Mal, ich will euch nicht da mit hineinziehen. Pass auf Henrietta und die Kinder auf, bis sie abfliegt, bitte!« Er sah seinem Freund ins Gesicht.
Für einen entsetzlichen Moment hatte Henrietta die Vision, schwarzgekleidet mit den Kindern an seinem Grab zu stehen. Der Boden schien

sich unter ihr zu öffnen, die Kehle war wie zugedrückt. »*O Gott, bitte hilf mir*«, flehte sie schweigend. Der Satz hallte wider in ihrem Kopf, mit hohlem Klang wie in einem Kirchengewölbe, wie aus weiter Ferne schien sie Chorgesänge zu hören, ein Requiem, und die Eiseskälte einer Gruft strich an ihr hoch. Sie konnte nichts sagen, sie konnte nur ihren Mann mit weit aufgerissenen Augen anstarren. Es durfte ihm nichts passieren. »O Honey«, schluchzte sie und warf sich in seine Arme.
»Liebling, es wird alles klappen, hörst du? Ich werde es schaffen! In zwei Wochen sind wir wieder zusammen und in Sicherheit. Möchtest du zu deinen Eltern?«
»O nein, bloß nicht.« Sie konnte ihre Mutter hören. »Wo Rauch ist, da ist auch Feuer«, war einer ihrer Lieblingssprüche, und: »Die Obrigkeiten werden schon wissen, was sie tun.« Nein, das konnte sie jetzt nicht verkraften. »Ich werde in die Schweiz fliegen. Da liegt unser Geld.«
»Ich kenne da ein Hotel«, sagte Ian mit träumerischer Stimme, »das Belle Epoque. Es ist ein altes Herrenhaus, das in einem großen, verwunschenen Park direkt am Genfer See liegt. Sein Besitzer verlor in den dreißiger Jahren sein Vermögen an der New Yorker Börse. Alles, was ihm blieb, war das Haus seiner Vorfahren. Er baute das Haus in ein exklusives kleines Hotel um. Der Blick ist grandios. Über den Bergketten des anderen Ufers des Sees steht der Gipfel des Montblanc. Eine unglaublich friedliche Landschaft. Du hast das Gefühl, dass es nichts gibt, was diese Ruhe zerstören kann.« Er schwieg, sein Gesicht in ihren Haaren vergraben. Aus dem nassen Sand stieg die gespeicherte Sonnenwärme in feuchten Schwaden, und das Gold am Himmel wich langsam samtig blauen und malvenfarbenen Perlmutttönen. »Es passiert nichts, Honey, ich verspreche es dir, ich lasse dich nicht allein!«
Sie konnte nur nicken, hätte sie versucht zu sprechen, wäre sie zusammengebrochen.
Neil, der eine Muräne an Land gezogen hatte, war taktvoll ein paar Schritte zur Seite gegangen. Er schnitt den wild um sich schnappenden Fisch von der Schnur, stach sein Messer dem Tier unmittelbar hinter dem Ansatz des flachen reptilienähnlichen Kopfes in den Nacken, einmal, zweimal, bis die Muräne sich nur noch schwach zuckend im Sand

wand. Sein blutiges Messer abwischend, sah er seinen Freund an. »Mach dir keine Sorgen, ihr wird nichts passieren. Das ist ein Versprechen.«
Ian legte Neil seine Hand auf die Schulter. »Sala kahle«, flüsterte er, »bis wir uns wiedersehen.« Ohne sich noch einmal umzudrehen, gingen sie eng umschlungen nach Hause.

❖

Am Abend des 17. März 1968, kurz vor Einbruch der Dunkelheit, machten sie einen langen Spaziergang den Strand entlang nach Norden zur Lagune. Sturm hatte den ganzen Tag über das Meer gepeitscht. Meterhohe, lang gezogene Brecher warfen sich gierig brüllend auf den Strand und gruben tiefe Schluchten und zogen Tonnen von Sand mit hinaus, sodass nur ein schmaler, steiler Sandstreifen übrig blieb. Die Schaumkronen wurden vom Wind zerfetzt und hinauf in die Wolken gerissen. Die ganze Strandwelt war erfüllt von einem brüllenden Tosen, wie aus den Kehlen unzähliger wilder Tiere. »Hier hört uns bestimmt keiner!« schrie Henrietta. Er brachte seinen Mund ganz nahe an ihr Ohr. »Wir müssen morgen ungesehen ins Konsulat kommen. Fahre zum Einkaufen nach Durban, ich warte auf dich in der Parkgarage schräg gegenüber von Stuttaford's.« Henrietta nickte. Eine merkwürdige Euphorie hatte von ihr Besitz ergriffen. Sie brauchte kaum Schlaf, ihre Gedanken kamen konzentriert und glasklar, ihr Adrenalinspiegel stieg, wie im Rausch durchlebte sie alles. Sie log mit leichter Stimme, lachend täuschte sie ihre Umwelt. Viele kommentierten, wie gut sie aussah, so strahlend mit ihren glänzenden Augen und den leicht geröteten Wangen. Es war die gleiche Euphorie, mit der Krieger singend in den Kampf ziehen, die sie dem Tod mit herausfordernder Arroganz begegnen ließ. Sie riss sich von Ian los und rannte mit zurückgelegtem Kopf und wehenden Haaren gefährlich nahe an den mit ungeheurer Wucht auslaufenden Brechern. Das Wasser spritzte meterhoch, spülte ihr den Sand unter den Füßen weg, zerrte und sog an ihren Beinen. »Fang mich!« schrie sie übermütig und tanzte davon, in ihrem Rausch blind für die Gefahr, lockte ihn mit sinnlichen Bewegungen ihres Körpers.

Mit ein paar Sätzen erreichte er sie, fing sie ein und zog sie hinauf auf den Hang. »Sei vorsichtig, mein Liebes, bitte sei vorsichtig«, flüsterte er und küsste sie.

Unter ihnen tobte die Brandung, der wieder zum Sturm angeschwollene Wind erfüllte ihre Welt mit einem tiefen Orgelton. Sie aber hörte nur die Stimme ihres Geliebten und spürte nur seinen Atem, nicht den Sturm.

Wie verabredet parkte Ian seinen Wagen am nächsten Morgen in der Parkgarage und stieg zu ihr in das wartende Taxi. »Liebling.« Sie küsste ihn.

»Nun, Schatz, hast du gefunden, was du suchtest?« Das war für die Ohren des Taxifahrers bestimmt.

»Ja, ich hab' alles bekommen.«

»West Ecke Grey, halten Sie dort einen Moment, dann zu Adam's Bookshop, bitte«, wies Ian den Fahrer an.

Murrend über die kurze Fahrt, trat dieser aufs Gas. Ecke Grey und West stieg Ian aus. »Bleib im Wagen, ich will sehen, ob uns einer folgt.« Er verschwand um die Straßenecke. »Alles in Ordnung«, flüsterte er, als er wieder neben ihr auf den Sitz glitt.

Kurz darauf hielten sie vor Adams Bookshop. Ian ging vor. Schweigend schlängelten sie sich durch die hohen Bücherregale hindurch und traten durch eine Tür auf eine kleine Nebenstraße. Minuten später gingen sie die Weststreet im Schatten der hohen Geschäftshäuser hinunter und betraten den Zeitschriftenladen in 320 Weststreet. Sie bahnten sich einen Weg durch die vielen Kunden, fuhren mit der Rolltreppe in den ersten Stock und nahmen den Lift, der sie zum Büro des deutschen Konsuls brachte.

»Kommen Sie mit«, sagte der Konsul und führte sie in einen winzigen Raum, der bis auf einen Tisch und vier karge Holzstühle leer war. Zwei nackte Glühbirnen hingen von der Decke und gaben ein unfreundliches, grelles Licht.

»Meine Güte, verhören Sie hier Verbrecher?« Henrietta versuchte ein Lächeln.

Er lachte. »O nein, dieser Raum ist schalldicht und außer im Putz in der Wand könnte niemand hier ein Mikrofon verstecken, ohne dass wir es

merken. Daher auch die einfache Möblierung. Glatt und übersichtlich, keine Nischen und Falten. Setzen Sie sich bitte.« Er deutete auf die zwei Stühle ihm gegenüber. »So, bitte erzählen Sie von Anfang an.« Der Konsul saß, ein Bein über das andere geschlagen, und hörte mit schräg gelegtem Kopf ihrem Bericht zu. Er war schlank und hochgewachsen, sein Rückgrat eine kerzengerade, unbeugsame Linie. Er flößte Henrietta sehr viel Vertrauen ein, und sie erzählte flüssig und emotionslos.
»Böse Sache.« Es war Herrn von Dittmar anzusehen, wie besorgt er war. Das barsche Licht der zwei Glühlampen leuchtete sein Gesicht vollkommen aus, alles an ihm war klar definiert. Seine kühlen grauen Augen, die Knochenstruktur seiner Wangen und seines Kinns, der volle, eher arrogante Mund unter der geraden und scharfen Nase. »Sie sollten es ernst nehmen. Der Apfel ist schlecht bis ins Kerngehäuse. Ich stimme mit Ihnen überein, es ist die einzige Möglichkeit, Ihnen etwas anzuhängen. Wir könnten einen Gütertrennungsvertrag aufsetzen und rückdatieren, dann sind Sie, Mr. Cargill, aus dem Schneider, Ihre Frau allerdings müsste sofort das Land verlassen.«
»Unmöglich«, sagte Ian, »abgesehen davon, dass ich meine Frau dieser Situation nicht aussetzen kann, ist es zu häufig dokumentiert, dass wir in Gütergemeinschaft leben.«
»Gut, ich werde dann die Übertragung des Hauses auf den Namen Ihrer Kinder vorbereiten. Wir werden es so schnell wie möglich eintragen lassen, und ich denke, wir schaffen das, bevor es jemand merkt. Sind die Kinder erst mal Eigentümer, kommt auch ein Herr du Toit nicht daran. Dürfte ich um die Kaufurkunde bitten?« Er nahm die Urkunde und verließ für einen Moment den Raum. »So«, sagte er, als er wieder eintrat, »alles in die Wege geleitet. Die Papiere werden fertig gemacht.«
»Ich werde in den nächsten Tagen das Land verlassen, es ist alles vorbereitet«, sagte Ian.
»Es ist besser, wenn ich nicht zu viel davon weiß. Sie vertrauen Ihren Helfern?« Als Ian schweigend nickte. »Gut, ich kann mir denken, welche Route Sie nehmen. Sie sind nicht der Erste.«
»Ist es gefährlich?« fragte Henrietta leise.
»Natürlich ist es kein Nachmittagsspaziergang, aber gefährlich ist es nur,

wenn jemand davon erfährt, der es nicht wissen soll. Ich habe Ihnen je einen zweiten Pass ausstellen lassen, einen sauberen, ohne südafrikanische Stempel. Verwahren Sie ihn gut. Sie sind in Bayern geboren, Mr. Cargill, und Ihre Mutter war Deutsche, so gab es in dieser Hinsicht keine Schwierigkeiten.« Er reichte die grünen Pässe über den Tisch. »Ihre Kinder haben ja bereits ihren eigenen Pass. Gehen Sie offiziell auf Urlaub?«
Sie sah das Mitleid in seinen Augen, und ihr fröstelte. »Ja, wir haben mit Ians Bruder gesprochen. Er wird uns anrufen und mitteilen, dass er einen schweren Unfall gehabt hat, und uns bitten, sofort zu kommen. Ich fliege dann direkt nach London.«
Eine Sekretärin brachte die vorbereiteten Papiere zur Übertragung des Hauses. Henrietta und Ian unterschrieben schweigend. Dann gingen sie. Bevor sie auf die Straße traten, verharrten sie einige Momente hinter den Glastüren. Sie suchten die Umgebung sehr sorgfältig mit den Augen ab. Es war ein geschäftiger Mittwochmorgen. Vierspurig schoben sich die Autos an ihnen vorbei, eine bläuliche Abgaswolke hing in der Straßenschlucht, Motorengeräusch und Hupen prallten mit vielfachem Echo von den Häuserwänden ab. Der Lärm war ohrenbetäubend. In dem stetigen Strom der Menschen, in dem Meer von Gesichtern jeder Hautfarbe konnte sie keines entdecken, das jene reptilienhafte Bewegungslosigkeit zeigte, die sie gelernt hatte als Merkmal von Zivilpolizisten zu erkennen. Sie verließen das Gebäude, lachend und gestikulierend.
»Sehen wir nicht ungeheuer normal und echt aus?« murmelte sie, ein breites Lächeln im Gesicht, das etwaige Beobachter täuschen sollte, und Wachsamkeit in den Augen. »Ob wir jemals wieder normal aus einer Tür kommen können, ohne erst zu prüfen, ob wir verfolgt werden? Manchmal beschleicht mich der Gedanke, dass wir ein Spiel spielen, das kein anderer mitspielt.«
»Lieber mach ich mich für ein paar Tage gründlich lächerlich, als denen in die Hände zu fallen. Tröste dich, Schatz, keiner merkt es.« Sie betraten Stuttaford's durch den Haupteingang, schlüpften wenig später durch einen Seitenausgang, liefen rasch hinüber zur Parkgarage und stiegen in ihr Auto. Schweigend lenkte Ian das Auto durch den dichten Verkehr hi-

nunter zur Strandpromenade. Die Sonne strahlte aus einem wolkenlosen Himmel, das Meer lag wie aus schimmerndem, grünem Glas. Nur wenige Leute waren so früh am Strand. »Wie kann es nur so schön heute sein?« Sie schloss ihre Augen gegen das blendende Glitzern. »Unser Leben wird zerstört, und die Sonne scheint. Es ist nicht richtig. Früher glaubte ich, dass Krieg immer nur im Winter stattfand. Als ich Bilder sah von wunderschönen Blumenwiesen und Weizenfeldern mit Kornblumen und davor zerschossene Körper, konnte ich das nicht verstehen. Ich kann es heute noch nicht.« Ihre Stimme erstickte in ungeweinten Tränen.

Ian sah zum dritten Mal in wenigen Sekunden in den Rückspiegel. »Zwei Wagen hinter uns fährt ein silbergrauer Ford. Es sitzen zwei Männer drin, man kann sie kaum erkennen, die Sonnenblenden sind heruntergeklappt, und sie tragen Sonnenbrillen. Nicht umdrehen! Du kannst sie im Außenspiegel sehen. Kennst du sie?«

Es war ein ganz gewöhnliches, unauffälliges Auto, das Silbergrau, stumpf von Staub und Salz, wirkte wie eine Tarnfarbe. Der Fahrer trug einen dichten, glänzenden Schnauzbart, sein Beifahrer war glatt rasiert, und sie konnte einen großen roten Pickel am Kinn erkennen. Das letzte Mal, als sie diese Männer gesehen hatte, waren sie so dicht vor ihr, dass sie ihren Atem hatte riechen können. Mit zugeschnürter Kehle nickte sie. »Ja«, stieß sie hervor, »ich kenne sie. Sie sind vom CID, die haben damals meine Fabrik durchsucht.« Der Wagen blieb etwas zurück, holte aber bei der nächsten Kreuzung wieder auf, bis nur noch ein Auto zwischen ihnen war.

»Wir biegen hier ab und fahren zu Colonel Davis' Steakhouse. Mal sehen, ob sie uns folgen.« Erst ganz kurz vor der Kreuzung stieg er in die Bremsen, wendete verkehrswidrig und parkte vor dem Steakhouse. »Kannst du sie sehen?«

Sie stieg aus, ruhig und kühl, ohne lähmende Angst. Eine Art Jagdfieber hatte sie gepackt, sie hörte und sah überdeutlich, alle ihre Sinne messerscharf. Es war noch eine Steigerung des rauschhaften Zustands der letzten Tage. Wie zufällig ließ sie ihren Blick über die Straße schweifen. »Sie drehen eben an derselben Stelle wie wir.«

Ian nickte. »Die Hatz hat also begonnen. Wir sollten ordentlich essen, wer weiß, wann wir das nächste Mal dazu kommen.«
Sie bestellten die größten Steaks und hinterher den üppigsten Eisbecher auf der Karte. »So«, sagte Henrietta zufrieden, »jetzt fühle ich mich dem Kampf gewachsen.« Sie sah hinaus. »Diese Idioten sitzen immer noch in ihrem Auto. Hoffentlich verhungern sie! Können wir sie nicht abhängen? So wie im Spionagefilm?«
»Dann würden sie wissen, dass wir sie entdeckt haben, und das dürfen sie auf keinen Fall. So haben wir noch Zeit. Wir sind ihnen offensichtlich schon heute Morgen entwischt, als wir beim Konsul waren. Also werden wir jetzt ganz brav und nicht zu schnell nach Hause fahren, damit sie uns ja nicht verlieren!«
Zu Hause ging Henrietta zum Postkasten. »Ich sehe nach, ob sie uns gefolgt sind.« Sie nahm die Post heraus, streifte dabei ihre Umgegend mit einem Blick. Die Motorhaube des silbergrauen Fords ragte aus der nächsten Straßenbiegung. »Sie stehen um die Ecke.«
Sie gingen hinein. »Hallo, Sarah, hat jemand angerufen oder ist gekommen?« Henrietta schleuderte ihre Schuhe von den Füßen und fing die Kinder auf, die sich ihr mit lautem Geschrei in die Arme warfen. Sie drückte sie fest an sich, nur für ein paar Sekunden, atmete ihren Duft ein, fühlte ihre junge, weiche Haut auf der ihren, spürte ihre Wärme und Lebendigkeit.
Für diesen kurzen Moment, herausgelöst aus der Gegenwart, war sie wieder zurück in ihrer kleinen, heilen Welt, die es nicht mehr gab. Bloß sich so benehmen wie immer, nur ganz normal erscheinen. Sie hatte nie gewusst, wie furchtbar schwer das war. *Verdammt, wozu hat mich dieses Land gemacht?* »Die Post ist da. Sie liegt auf dem Schreibtisch, Ma'am.« Die Post, nun gut, das war normal.
»Oh, und Ma'am, da war noch jemand. Der Mann von den Elektrizitätswerken, er wollte den Zähler ablesen, und etwas war an den Kabeln nicht in Ordnung.« Damit verschwand Sarah in der Küche.
Henrietta stand stocksteif, Ian, der die Worte ebenfalls gehört hatte, erstarrte. Nach ein paar Schrecksekunden fand er seine Stimme wieder. »Puh, ist mir heiß«, sagte er mit relativ normaler Stimme, während er

mit einem Handzeichen seiner Frau bedeutete, ihm zu folgen, »kommst du mit schwimmen?«

»Gute Idee«, brachte sie heraus. Sie wechselten kein Wort, bis sie mehrere Meter hineingewatet waren. »Glaubst du, die Mistkerle haben Wanzen im Haus versteckt und hören jedes Wort, das wir reden?« Sie schlang ihre Arme um seinen Hals.

»Ja, das müssen wir annehmen.« Er stand bis zu den Schultern im Wasser und hielt sie an sich gepresst. »Du musst mich Donnerstagabend in meinem Wagen nach Verulam fahren, und wir müssen einen Moment finden, wo wir unbeobachtet sind, damit ich aussteigen kann, ohne dass sie es merken!« Sein Mund lag an ihrem Ohr. »Hör mir genau zu. Offiziell werde ich auf Geschäftsreise gehen. Ein Freund von Vilikazi, ein Weißer übrigens, wird in derselben Nacht den Wagen holen und ihn verschwinden lassen, damit es so aussieht, als sei ich mit dem Auto gefahren. Das wiederum wird alle beruhigen, weil sie annehmen müssen, dass ich im Lande herumfahre. Bis sie merken, dass sie einem Phantom nachjagen, bin ich längst über der Grenze. Du weißt von nichts. Mach weiter so, wie wir es bisher besprochen haben. Versuche nicht, mit Vilikazi in Verbindung zu treten, das ist für dich und auch für ihn viel zu gefährlich!« Er küsste sie. »Wirst du das durchhalten, mein Liebling?«
Sie hörte seine Worte, auch verstand sie ihren Inhalt, und doch schienen sie nichts mit ihr zu tun zu haben. Nichts in ihrem bisherigen Leben hatte sie auf diese Situation vorbereitet. Es war zu viel. Ihr Gesichtsausdruck wurde leer, sie trat den Rückzug nach innen an, wo die Welt sie nicht berühren konnte, dort, wo es warm und dunkel war und sie Frieden hatte.

»Komm wieder, mein Liebling, es ist gefährlich, was du tust. Du musst es schaffen, für uns! Nimm meine Hand, ich halte dich.«
Es dauerte eine Weile, ehe sie zu ihm zurückkehrte, dann aber sah sie, dass er in ihre Seele blicken konnte. Sie war nicht mehr allein. Sie schmiegte ihr Gesicht in seine Hand, umklammerte sie wie einen Rettungsanker. »Verlass mich nicht«, wisperte sie und legte ihre Lippen auf seine. Sie schmeckten salzig, und sie war nicht sicher, ob es ihre Tränen waren oder seine.

Sie fanden ein Mikrofon in Ians Büro. »Jetzt wissen wir wenigstens, dass wir keineswegs paranoid sind«, murmelte er. »Wir dürfen es nicht zerstören, sonst schöpfen sie Verdacht.« Sie suchten nicht weiter. Sie lernten schnell, ihre Zunge zu hüten. Im Haus führten sie alltägliche Gespräche, spielten mit den Kindern, bewegten sich normal, aber ihre Augen sprachen eine andere Sprache, Ian schrieb ein paar Worte auf einen Schreibblock. »Wir müssen den Plan für die nächsten Tage besprechen. Lass uns mit den Kindern ins Eiscafé gehen.«
Die Kinder liebten das kleine Eiscafé oberhalb von Umhlanga, denn es unterhielt einen privaten kleinen Vogelpark. Eistüten in der Hand, wanderten sie zwischen den Käfigen umher.
»Wenn ich weg bin, wird Patrick dich am Sonntag Nachmittag anrufen und dir sagen, dass er einen Unfall gehabt hat und unsere Hilfe braucht. Er wird dir auch den Tag nennen, an dem er euch erwartet. Ziehe drei Tage von dem Datum ab, das ist dann der richtige Tag. Verstehst du, je mehr Fehlinformationen im Umlauf sind, desto sicherer bist du.« Er vergrub sein Gesicht in ihren Haaren, seine Stimme wurde dumpf. »Lade am besten Glitzy, Cori und ein paar andere zum Kaffee ein. Sie werden dafür sorgen, dass die Geschichte über seinen Unfall und deine Reise bekannt wird. So wird es niemanden befremden, dass du Reisevorkehrungen triffst.«
Jan stand vor dem Käfig mit dem sprechenden Papagei. »Daddy, was ist ein dreckiger Bastard?«
Ian lachte und warf seinen kleinen Sohn in die Luft. Eine ganz normale, glückliche kleine Familie für jeden, der ihnen zusah. Ihnen zuhören durfte jedoch keiner.
»Nachdem Patrick angerufen hat, geh zur Bank«, sagte er sehr leise, »hebe so viel ab, wie du legal mitnehmen kannst. Besorg dir Flugtickets und, ganz wichtig, ein Rückreisevisum für euch drei. Denk dran, dass du eine gültige Pockenimpfung haben musst. Sie darf nicht älter als drei Jahre sein.«
»Verdammt, meine ist so gut wie abgelaufen, ich muss also ins Gesundheitsamt und mich impfen lassen.«
»Katinka und Chico müssen auch geimpft werden. Tita bringt sie später unauffällig zum Flughafen. Sie bleiben erst mal bei Patrick auf der Farm.

Ihr fliegt nach London, wie wir es besprochen haben. Sei spätestens am Donnerstag, dem 28. März, im Belle Epoque. Es werden zwei Zimmer für uns und die Kinder dort reserviert sein.«

»Für uns«, wiederholte sie, fast wie ein Gebet. »Für uns. Oh, wäre es doch schon soweit!«

»Fang schon an, die Tage zu zählen. Eine Woche ist keine lange Zeit, und ich schwöre dir, dass wir uns danach nie wieder trennen!«

Als sie spätnachmittags zurückkehrten, schrillte das Telefon. »Ich geh schon«, rief Ian. Kurz darauf kam er zu ihr in die Küche und warf sich krachend auf einen Stuhl.

»Was ist los, wer war das? Du bist ganz grau geworden.« Sie hockte besorgt vor ihm und glättete liebevoll das Dreieck zwischen seinem Mund und der Nase, das weiß in seinem gebräunten Gesicht stand. »Bitte, Honey, sag's mir.«

»Das war Charmaine«, antwortete er abrupt, »erinnerst du dich, die Vorzimmerdame von Cedric, die mit der Bardot-Figur?«

Sie erinnerte sich mit größter Dankbarkeit an Charmaine. Ohne sie hätten sie nie über Pete Marais gesiegt. Dafür durfte sie auch Ian aus der Ferne anhimmeln. »Was wollte sie?«

»Sie hat einen Brief gefunden, den ich angeblich geschrieben haben soll ...«. Es fiel ihm sichtlich schwer weiterzureden. »Sie meint, der Brief würde mich ins Gefängnis bringen. Sie hat ihn kopiert. Wir treffen uns in einer Stunde zufällig im großen CNA, dem Buch– und Zeitschriftenladen in der Weststreet, nahe der Strandpromenade.« Er zog sie an sich, bettete ihren Kopf in seiner Halsgrube. »Ich schwöre dir, Liebling, ich weiß nicht, was das zu bedeuten hat. Ich habe mit Sicherheit nie etwas geschrieben, was mir Gefängnis einbringen könnte, selbst an den menschenverachtenden Gesetzen hier gemessen. Ich schwör's!«

»Shh«, flüsterte sie und küsste ihn. »Shh, mein Liebling.« Sie hob ihr Gesicht zu seinem und legte ihre Wange an die Seine. Eine Geste von unendlicher Zärtlichkeit und Vertrauen. Sie saßen so noch eine ganze Weile, bis es Zeit war, zum CNA zu fahren.

Charmaine stöckelte durch den Eingang und sah sich um. Das enge, kniekurze rosa Kleid spannte über ihren Brüsten und über ihrem

wohlgeformten, ausgeprägten Po. Sie zog alle männlichen Blicke wie ein Magnet auf sich, und es amüsierte Henrietta trotz ihrer Sorgen, dass die meisten Männer sich nicht für ein bevorzugtes Körpermerkmal entscheiden konnten. Sie merkte, dass Charmaine sie entdeckt hatte und betont auf die Modemagazine blickte.
»Ich glaube, ich gehe hinüber, du fällst bei Modemagazinen eher auf«, flüsterte sie.
Charmaine blätterte in der FAIR LADY. Als Henrietta neben ihr stand, legte sie die Zeitschrift zurück. »Tolle Modelle«, murmelte sie und verzog ihren weißrosa geschminkten Schmollmund zu einem gequälten Lächeln.
Henrietta verstand und nahm die Zeitschrift. »Danke«, flüsterte sie und ging zur Kasse. Erst im Auto suchte sie zwischen den Seiten, bis sie eine Fotokopie fand. »Ian, halt bitte an.«
Schweigend beugten sich beide über den Brief und lasen ihn. Er war an Cedric Labuschagne gerichtet, datiert vom 11.12.1967.

Lieber Cedric,
ich bitte Dich, die Rechnung um 25 % zu erhöhen und den Überschuss wie immer auf mein Konto bei der Barclay's Bank in London zu überweisen. Weiterhin werde ich mich wie versprochen an dem besagten Projekt beteiligen. Wie Du weißt, steht mir seit Anfang dieses Jahres ein beträchtliches Vermögen zur Verfügung. Ich verlasse mich darauf, dass Du diese Angelegenheit mit der strengsten Vertraulichkeit behandelst.

Es folgte, mit vielen Grüßen, Ians Unterschrift.
Alle Geräusche um sie herum schienen zu verstummen, selbst die Brandung setzte für einen Atemzug lang aus, und die Stille drückte auf sie nieder. »Ich versteh' nicht, welche Rechnung, welches Konto?« stammelte sie, sie konnte kaum sprechen, so hart hämmerte ihr Herz. Beträchtliches Vermögen, ab Anfang letzten Jahres, ihrem siebenundzwanzigsten Geburtstag. *Diderichs Erbe! Der Fluch ihres Lebens?*

»Hör auf«, schrie es in ihr, »ich glaub' das nicht, hör auf! Ian tut so etwas nicht, er würde nie mein Geld anfassen!«

Ian brachte noch immer kein Wort hervor, das Papier bebte in seiner Hand. Alle Farbe war aus seinem Gesicht gewichen, und sie fühlte, dass seine Hand kalt und klebrig geworden war.

»Ian -« Ihre Stimme brach.

»Diese Schweine«, stieß er hervor, »oh, diese Schweine, ich bring sie um!« Plötzlich stutzte er. »Sieh dir die Unterschrift an. Fällt dir etwas auf?« Seine Stimme wurde kräftiger.

Sie nahm das Papier. Es war Ians Unterschrift, ganz ohne Zweifel. Mit seinem Füller geschrieben, das konnte sie an den breiten Strichen erkennen. Zwei kleine Kleckse verunzierten die Unterschrift, einer über dem 1 von Ian, und einer verdeckte das g von Cargill. *Kleckse.* Und da wusste sie, wo sie diese, genau diese Unterschrift schon einmal gesehen hatte.

»Carlas Gästebuch! Das ist deine Unterschrift aus Carlas Gästebuch. Wie haben die das gemacht?«

»Keinen Schimmer, aber jetzt wissen wir, was Carla gewollt hat. Jetzt passen alle Teile des Puzzles! Überleg doch einmal. Carla hat sich mit du Toit zusammengetan. Er will uns fertig machen. Oh, welch ein teuflischer Plan. Und Cedric steckt mittendrin.«

»Aber warum hat er uns gewarnt?«

»Ich weiß es nicht, ich kann nur vermuten, dass sie uns so in die Enge treiben wollen, dass wir versuchen zu fliehen. Sie würden uns auf der Flucht verhaften, das genügt in diesem Land als Schuldeingeständnis vollauf. Vermutlich hat du Toit neben Cedric gesessen, als er dich angerufen hat.« Er fuhr weiter.

Alles Blut war ihr aus dem Gesicht gewichen. »Sie haben versucht, mich gegen dich aufzuhetzen, uns auseinander zu bringen. Das verzeih ich ihnen nie«, flüsterte sie, zutiefst geschockt, dass sie auch nur für den Bruchteil einer Sekunde annehmen konnte, dass Ian sie hintergehen könnte. Dann traf sie die Erkenntnis, wie teuflisch dieser Plan tatsächlich war. »Dieser Brief bringt dich wirklich jahrelang ins Gefängnis. Du musst sofort das Land verlassen! Sie haben uns, Honey, du weißt, dass sie gewonnen haben. Du kannst deine Unterschrift nicht wegargumentieren.«

»Hör auf, Liebes. Die haben uns noch lange nicht. Wir müssen nur etwas cleverer sein. Ein Vorteil ist, dass sie nicht wissen, was wir wissen, und das werden wir ausnutzen. Sie werden mit Sicherheit erst am Flughafen auf uns warten, damit es unbestreitbar ist, dass wir fliehen wollen. Also werden wir sie ausmanövrieren!«

»Die! Das ist BOSS. Unbegrenzte Geldmittel, Zugriff auf jede Information und ein dichtes Agentennetz im ganzen Land. Die sollen wir ausmanövrieren?« Ihre Stimme stieg hysterisch.

Ian sah ihr in die Augen. »Wir schaffen es. Du darfst nicht zulassen, auch nur etwas anderes zu denken! Versprich mir das! Es kommt nichts dazwischen, wir schaffen es. Am Freitag, dem 29. März 1968, treffen wir uns bei Genf. Verstanden?«

Sie konnte nur stumm nicken.

Zwanzigstes Kapitel

UM HALB SECHS UHR am Donnerstagabend, die Sonne stand tief am Himmel, doch die Hitze des Tages war noch nicht gebrochen, schlüpfte er durch die Garagentür und versteckte sich auf dem Boden seines Autos. Er trug ein kleines, festgeschnürtes Bündel, das nur die notwendigsten Kleidungsstücke und einen größeren Geldbetrag enthielt, den sie für den Notfall im Safe gehabt hatten.
Wie verabredet, rief Henrietta Sarah zu sich. »Ich muss unbedingt noch einmal weg. Mein Mann arbeitet noch in seinem Zimmer, bitte achte darauf, dass die Kinder ihn auf keinen Fall stören. Mach ihnen ihr Abendessen. In knapp einer Stunde bin ich wieder da!«
In knapp einer Stunde würde Ian verschwunden sein, verschluckt vom afrikanischen Busch, und ihr Leben würde stillstehen. Bis zu dem Moment, wo sie sich im La Belle Epoque am Genfer See, vor dem fernen Gipfel des Montblanc, wieder in die Arme schließen würden. Die nächste Woche musste sie durchstehen, für Ian, für die Liebe ihres Lebens, und für ihre Kinder. Ein paar Sekunden lehnte sie an der Wand der Garage, ehe sie hinter das Steuer glitt. »Honey, alles in Ordnung?« Sie streckte eine Hand nach hinten und fühlte seine Berührung, die sie fast ihre Fassung verlieren ließ.
»Fahr los, Liebling, sonst schaffen wir es nicht.«
Sie nickte, drückte auf den Knopf, das schwere Garagentor schwang quietschend hoch. »Bis gleich, Liebling«, rief sie wie verabredet in Richtung des Hauses. Sorgfältig achtete sie darauf, dass sie die Geschwindigkeit nicht überschritt, und in zwanzig Minuten näherte sie sich Verulam. Der silbergraue Ford folgte in gleich bleibendem Abstand. Ab und zu fiel er zurück, schoben sich zwei, drei andere Fahrzeuge dazwischen, aber er blieb an ihnen dran.

»Gut gemacht, Liebes«, wisperte er von hinten, »jetzt halte bei dem Gemüsemarkt und kaufe ein, bis er schließt. Es wird dann fast dunkel sein. Dann fährst du obenherum an den Amanzimyana Gardens vorbei, und an der Kreuzung, wo der kleine Sandweg abgeht, direkt nach der scharfen Kurve, hältst du ganz kurz an. Ich spring dort heraus, und du fährst sofort, aber wirklich sofort wieder weiter. Es darf keiner merken, dass du gehalten hast. Bitte dreh dich nicht um, Liebes, sonst gefährdest du uns alle.«
Sie konnte nur stumm nicken und umklammerte das Steuerrad wie einen Rettungsanker. Kurz darauf parkte sie den Wagen im tiefen Schatten vor dem von einer hohen Mauer umgebenen Gemüsemarkt in Verulam. Mit einem großen geflochtenen Korb wanderte sie von Stand zu Stand. Eine halbe Stunde nach Geschäftsschluss, die kurze Dämmerung zog schon auf, setzte sie sich wieder ins Auto. Der berggraue Ford stand in der Nebenstraße. Sein Dach schimmerte durch die Blätter einer Bauhinia.
»Hi«, flüsterte seine geliebte Stimme, »gut gemacht.«
»Hallo.« Sie sprach sehr leise, ohne ihre Lippen zu bewegen. »Hallo, Liebling.« Sie startete und fuhr langsam die Straße hinunter. Sie stellte ihren Rückspiegel so ein, dass sie die Mündung der Nebenstraße im Auge hatte. Lautlos, wie ein Tier auf der Pirsch, schob sich der graue Ford um die Ecke. »Haben wir Begleitung?« Die Decke dämpfte seine Stimme. »Ja«, hauchte sie mit steifen Lippen, »hinter uns, eine Straße zurück.« Sie wählte bewusst Worte, bei denen sie die Lippen kaum zu bewegen brauchte.
»Gut, wenn du hinter den Amanzirnyana Gardens außer Sichtweite bist, tritt aufs Gas, dann schaffst du es locker. Ich liebe dich, Honey, mehr als mein Leben. In einer Woche ist alles vorbei. Warte auf mich im Belle Epoque. Jetzt fahr zu!« Ihr strömten die Tränen über das Gesicht, aber sie gab keinen Laut. Sie fuhr los, wie er es gesagt hatte. Hinter Amanzirnyana Gardens trat sie aufs Gas, und der schwere Mercedes schoss vorwärts. Sie bog ab, und die lang gezogene Kurve kam in Sicht. »Mach dich fertig, Liebling, wir sind fast da, noch etwa fünfzig Meter. Ich liebe dich, mein Herz, ich liebe dich. Mach dich fertig«, flüsterte sie rau. Direkt hinter der Kurve trat sie hart auf die Bremse. »Jetzt!« Die Tür öffnete sich, ein Luftzug wehte über ihren Rücken, der Wagen

schwankte leicht. Sie widerstand mit all ihrer Kraft dem Impuls, sich umzudrehen. Die Tür fiel sanft ins Schloss, und sie gab Gas. Als der silbergraue Ford hinter ihr auftauchte, fuhr sie mit normaler Geschwindigkeit, ein Fenster hinuntergekurbelt, Ellenbogen auf die Tür aufgelehnt. Die Tränen hatte sie abgewischt, eisern beherrschte sie ihre Reaktionen. Ihre Knöchel waren weiß auf dem Steuerrad, schweißgebadet klebte ihr Rücken am Leder des Sitzes, aber sie hatte sie täuschen können, Ian war sicher.
»Hamba kahle, mein Liebling«, hauchte sie, »hamba kahle.«
Zu Hause brauchte sie einen Moment, um ihre Emotionen zu unterdrücken, bevor sie Sarah in der Küche gegenübertreten konnte. »Haben die Kinder gegessen?«
»Ja, Ma'am, sie schlafen schon. Sie wollten noch mit ihrem Daddy spielen, und ich habe an seine Tür geklopft, aber er hat nicht geöffnet. Dann sind sie ins Bett gegangen.«
Henrietta sah sie an. Sie wirkte wie immer und redete auch wie immer mit abgewandtem Gesicht, während sie auf dem Küchentisch herumwischte. Nein, sie hatte keinen Verdacht geschöpft! Eine Hand auf ihr verkrampftes Rückgrat gepresst, ging sie ins Schlafzimmer, blieb in der Mitte des hell erleuchteten Raumes stehen und sah sich um. Und plötzlich packte sie eine eiskalte, kontrollierte Wut. *Diese Schweine!* Sie waren auch hier in ihrem Schlafzimmer gewesen, ihrem Sanctum, und hatten irgendwo einen kleinen schwarzen Knopf angebracht, der alles hörte. Der Lauscher lag praktisch mit in ihrem Bett. Methodisch fing sie an zu suchen. Sie versuchte sich in die Mentalität eines solchen Menschen hineinzuversetzen. Wo könnte er die meisten Geheimnisse hören?
Sie ließ ihren Blick durch das Zimmer wandern. Hinter den Bildern, das offensichtliche Versteck. Ihre Finger tasteten die Rückseite ab. Eine Geckofamilie, sonst nichts. Sie kroch auf Knien um ihr Bett, blind an der Unterseite nach einer Unebenheit suchend. Auch nichts.
Es klebte an einem Metallteil im Schirm ihrer Nachttischlampe, winzig, silberfarben, unsichtbar. Minutenlang stand sie stumm vor Wut und starrte den kleinen metallenen Knopf an, als sei er eine Giftschlange. Dann holte sie tief Luft und schrie: »Ian, Pass auf!« Sie hob die Lampe hoch und ließ sie aus größtmöglicher Höhe auf den Boden fallen. Der

Teppichboden fing viel ab, und es zerbrach nur der Schirm, aber das Mikrofon löste sich.

»Du hast sie zerbrochen!« rief sie und zermalmte das Mikrofon unter ihrem Schuh, trampelte darauf herum, bis es nur noch aus winzigen Splittern bestand. Schwer atmend machte sie sich daran, die Glassplitter der Lampe einzusammeln. Sie ging in die Küche, wo Sarah noch die letzten Sachen wegräumte. »Mein Mann hat meine Nachttischlampe zerbrochen, ich brauche den Staubsauger, Sarah.«

»Ich werde es machen«, sagte die Schwarze und holte den Staubsauger aus dem Küchenschrank.

»Nein, nein, wir sind schon im Bett. Ich mach' das.« Sie nahm ihr das Gerät ab und saugte den Teppich gründlich. Dann setzte sie ihre Suche fort, sehr sorgfältig, fand aber kein weiteres Mikrofon. Sie brachte den Staubsauger zurück und machte schnell ein kleines Tablett mit Abendbrot fertig. Ein wenig Salat, Brot, Tomaten, kaltes Hähnchen. Sie nahm zwei Teller, zwei Gläser und zwei Bestecke. »Wir essen heute Abend in unserem Zimmer, Sarah.« Sie beherrschte sich mühsam. »Gute Nacht.« Sie schaffte es eben bis in ihr Schlafzimmer, kickte mit dem Hacken die Tür ins Schloss, setzte das Tablett ab und wurde von einem Weinkrampf geschüttelt, der ihr Innerstes nach außen zu kehren schien. Hinterher lag sie völlig ausgelaugt und zerschlagen auf ihrem Bett. Seit Cedrics Anruf vor neun Tagen hatte sie kaum geschlafen, und wenn sie endlich übermüdet döste, erhoben sich die schleimigen Ungeheuer der Nacht, fielen über sie her und quälten sie so entsetzlich, dass sie Angst hatte, die Augen zu schließen.

Dr. Alessandro verschrieb ihr ein Beruhigungsmittel. »Ist etwas passiert, Henrietta? Kann ich helfen?«

Für einen Moment war die Versuchung, alles zu erzählen, übermächtig. Dann lächelte sie. »Ach, das renkt sich schon wieder ein.«

Anita Alessandro bedachte sie mit einem prüfenden Blick, dem sie mit einem unbefangenen Gesicht standhielt, das alle ihre Kraft erforderte. »Nun gut, Henrietta, aber vergiss nicht, ich bin immer für dich da, und ich unterliege der ärztlichen Schweigepflicht.« Dann stellte sie ihr ein Rezept aus.

Henrietta stellte jedoch fest, dass dieses Medikament sie tagsüber schläf-

rig und träge machte. Ein unerträgliches Gefühl für sie und gefährlich, denn ihre Reaktionsfähigkeit war erheblich reduziert, nicht nur beim Autofahren. Es war ihr plötzlich alles egal, und zu ihrem Entsetzen fand sie sich mehrmals mitten im Zimmer wieder, völlig abwesend nur dastehend, ohne zu wissen, was sie dorthin gebracht hatte. Sie setzte die Tabletten ab. Sie existierte jetzt auf zwei Ebenen, war eine äußerlich fröhliche Frau, die Henrietta Cargill darstellend, die jeder kannte, und eine zweite innerliche, von der nur sie wusste. Wachsam und vorsichtig bewegte sie sich durch den Tag, listig und misstrauisch wie ein heimliches Tier der Nacht, das seine Jäger wittert. Ihr Wahrnehmungsvermögen erweiterte sich, sie hörte Geräusche, verstohlene Hintergrundgeräusche, deren sie sonst nie gewahr war, sie sah Dinge, augenscheinlich nebensächliche, unbedeutende Dinge, schmeckte und roch ein Bouquet von Nuancen, die ihr sonst entgangen waren. Nur ihre fiebrig glänzenden Augen, die nicht einmal lächelten, wenn sie lachte, hätten sie verraten können.
Selbst heute, nach diesem Tag, rührte sie die Tabletten nicht an, sondern wälzte sich ruhelos, bis sie kurz nach zehn ein leises Klopfen an der Terrassentür hörte. Sie hielt den Atem an. Das Klopfen wiederholte sich, und eine männliche Stimme rief leise ihren Namen.
Das Auto! Sie hatte es restlos vergessen. Sie schleppte sich zur Tür und öffnete einen Spalt. Ein junger Mann stand draußen, tief gebräunt, dichte, dunkle Haare, die ihm über den Kragen hingen, die Augen lagen im Schatten. Er hatte eine sanfte, angenehme Stimme. »Mein Name ist Craig, Henrietta, Ian wird Ihnen Bescheid gesagt haben. Geben Sie mir den Autoschlüssel. In der Garage verabschieden wir uns dann laut und vernehmlich.«
Schweigend schob sie die Tür weiter auf. Er musterte sie mitleidig. »Machen Sie sich nicht zu viel Sorgen, er wird es schaffen. Er ist nicht der erste und wird nicht der letzte bleiben!«
Sie nickte, führte ihn in die Garage und gab ihm die Autoschlüssel. »Was machen Sie mit dem Wagen?« Ihre Worte waren kaum hörbar.
»Es ist besser, wenn Sie es nicht wissen. Je weniger Sie wissen, desto weniger müssen Sie lügen, wenn jemand fragt.« Er hob seine Stimme. »Es muss sein, Liebling«, er hustete, »ich ruf dich an, ich weiß nicht, wie lange ich bleiben muss.«

»Okay, Honey«, antwortete sie gehorsam, »Pass auf dich auf und komm bald wieder.« Sie hob ihre Hand und drückte einen deutlich hörbaren Kuss auf den Handrücken, was ihr ein anerkennendes Lächeln einbrachte. Ohne ein weiteres Wort schwang er sich in den Wagen. Sie öffnete das Garagentor, schaltete vorher aber das Licht aus. Für jeden Beobachter im Nachtdunkel fuhr da Ian Cargill aus seiner Garage, und seine Frau winkte ihm zum Abschied.

Sie wartete im Schatten der Garage, bis die Rücklichter des Wagens um die Kurve verschwanden. Soweit sie erkennen konnte, folgte ihm keiner. Also wurden sie wenigstens noch nicht rund um die Uhr überwacht, sondern nur während der Tagesstunden. Dem Verlust des Wagens schenkte sie keinen zweiten Gedanken.

Sie legte sich wieder auf ihr Bett und beobachtete das Spiel des Mondlichtes auf den Gardinen und lauschte angespannt mit unterdrücktem Atem den Nachtgeräuschen. Eine schrille Dissonanz heute, kein sanftes Wiegenlied. Das betäubend grelle Pfeifen der Baumfrösche blockierte ihre Ohren für die leisen Untergrundgeräusche, die einen Eindringling verraten könnten, füllten ihren Kopf mit einem bohrenden Schmerz. Sie fürchtete sich, ihre Augen zu schließen, denn dann sah sie Ian, immer wieder Ian, wie er sich durch den schlangenverseuchten Buschurwald im Norden von Zululand kämpfte, Ian, angeschossen und allein, irgendwo da draußen verblutend, Ian in Handschellen im Gefängnis. Sie hielt ihre Augen offen, bis sie brannten.

Schließlich musste sie eingeschlafen sein, denn die Sonne auf ihrem Gesicht weckte sie. Benommen tastete sie hinüber zu Ian, griff ins Leere, und dann erinnerte sie sich. Abrupt setzte sie sich auf, wartete einen Augenblick, bis sie sich gefangen hatte. Panik konnte sie sich jetzt nicht leisten. Sie musste um Ians und der Kinder willen funktionieren. Entschlossen stellte sie sich eine Viertelstunde unter die eiskalte Dusche, bis ihre Haut rot und straff war. Dann ging sie in die Küche, wo die Kinder bereits Sarah mit unaufhörlichem Geplapper unterhielten.

»Sarah, mein Mann ist für einige Zeit überraschend auf Geschäftsreise gefahren, Frühstück also nur für mich. Bitte mach mir Kaffee.«

Sie fing Sarahs Blick auf, der schräg unter gesenkten Lidern kam und den sie nicht zu deuten vermochte. Sie zuckte die Schultern, Sarah konnte nichts wissen. Sie setzte sich an ihren Schreibtisch und machte eine Liste. Es half ihr, ihre Gedanken zu ordnen, und machte sie sicher, dass sie nichts vergaß. Die einzige Unsicherheit war, ob sie auf die Schnelle drei Flüge nach London bekommen würde.

❖

Dann waren da noch Sarah und Joshua. Sie konnte ihnen nicht kündigen, es würde zu viele Fragen aufwerfen. Sie schrieb einen Brief für Sarah, denn sie war sich nicht sicher, ob Joshua lesen konnte. Sie wies sie an, sich an die Robertsons zu wenden, die ihr alles weitere erklären würden. Tita hatte sie genug Geld gegeben, damit konnte sie die Löhne der beiden für drei Monate zahlen, samt einem anständigen Bonus für Sarah.
Sarah! Sie dachte zurück an den Tag, als das schwarze Mädchen vor ihrer Tür stand. »Man nennt mich itekenya, Madam, den Tanzfloh.« Und dann war sie in ihr Leben getanzt, lachend und singend, mit unwiderstehlicher Lebensfreude. Sie war ein wenig fülliger geworden, mütterlicher, mit einem ausladenden Hinterteil und kräftigen Oberarmen. Ihr herrlicher Humor aber hatte die Zeit überdauert. Sie machte keinen Unterschied zwischen Imbali, die inzwischen im fernen Zululand auf die Schule ging und bei Sarahs Mutter lebte, und Julia und Jan. »Meine Kinder«, nannte sie die beiden zärtlich und verwöhnte sie grenzenlos. Die Kinder liebten sie bedingungslos, rannten zu ihr, wenn sie Kummer hatten. Henrietta seufzte wehmütig. Obwohl sich zu dem ursprünglichen, unvoreingenommenen Vertrauen ihr gegenüber eine gute Portion Vorsicht und Wachsamkeit gesellt hatte, sie sich der Grenzen ihrer gemeinsamen Basis immer wieder schmerzlich bewusst wurde, würde sie Sarah genauso vermissen wie Tita, ihre beste Freundin. Lange schon hatte sie aufgegeben, zu spekulieren, was wohl wäre, wenn Sarah weiß und nicht schokoladenbraun wäre, sie eine Schulbildung wie Tita hätte.
Sie machte einen Haken hinter Sarahs Namen auf ihrer Liste. Nachdem sie diese auswendig gelernt hatte, zerriss sie sie in kleine Schnipsel und

warf sie in die Toilette. Um sich zu beschäftigen, ging sie an ihren Schrank und sortierte ihre Kleider und Wäsche vor. Sie konnte heute noch nicht packen, Sarah würde es sofort merken. Pass und alle anderen wichtigen Papiere lagen griffbereit im Safe. Als sie neben Ians Schreibtisch stand, der noch so war, wie er ihn verlassen hatte, musste sie sich an der Tischkante abstützen, so sehr schwankte sie. Dann aber richtete sie sich auf. *Jetzt noch nicht, noch durfte sie ihren Gefühlen nicht nachgehen.*
Sie sah auf die Uhr. Halb elf, Zeit für den Termin beim Tierarzt, um Chico und Katinka impfen zu lassen. »Ich möchte sie gegen alle Tierseuchen impfen lassen, die international vorgeschrieben sind«, erklärte sie dem jungen Arzt kurze Zeit später.
»Das ist nicht nötig, Mrs. Cargill, es sei denn, Sie wollen mit den Tieren ins Ausland.« Er zog eine Spritze auf und stach sie dem großen Hund in die Flanke. Chico schnappte jaulend nach ihm.
»Oh, wir fliegen nach England, und beide Tiere müssen in eine Tierpension, dort brauchen sie die Impfungen.« Sie sagte es leichthin und hielt die Luft an. *Warum fragt er so viel und unterschreibt nicht einfach?* Endlich aber hielt sie die Impfpässe der Tiere in der Hand. Erleichtert verließ sie die Praxis. Viertel vor eins. Sie rief Tita von einer Telefonzelle in Durban North an. In den vergangenen Tagen war sie so paranoid geworden, dass sie es für möglich hielt, dass auch die Telefonzellen im Ort abgehört wurden.
»Oh, Henrietta, wie schön, von dir zu hören«, rief Tita, »wir müssen uns unbedingt treffen!«
»Ich wollte dir nur sagen ...« Weiter kam sie nicht.
»Wir treffen uns im Oyster Box!« unterbrach Tita sie und legte dann auf. Sehr nachdenklich fuhr Henrietta nach Hause. Was war nur mit Tita los? Sie hatte sie praktisch daran gehindert zu sprechen. Das konnte doch nur heißen, dass sie nicht am Telefon reden wollte – oder konnte? Die feinen Härchen auf ihren Armen stellten sich prickelnd hoch. Punkt vier betrat sie die Terrasse vom Oyster Box. Tita saß mit Samantha und Dickie schon an dem Tisch direkt am Swimmingpool. »Hallo, Henrietta!« Tita sprang auf, umarmte sie. »Unser Telefon wird abgehört«, flüsterte sie dabei.

Die Faust, die sie in die Magengegend traf, raubte Henrietta für Sekunden die Sprache. *Das konnte doch nicht sein!* »Tita, das kann nicht sein! Wir sind doch keine Schwerverbrecher, bei denen man das gesamte Umfeld ausspioniert!« Ihre Stimme rutschte weg.

»Neil meint, dass es nichts mit euch zu tun hat. Er recherchiert die ungeklärten Selbstmorde, die es während verschiedener Polizeiverhöre gegeben hat. Das scheint sie nervös zu machen. Weißt du, man kann es hören, es gibt ein so merkwürdiges Echo in der Leitung. Außerdem ist etwas Eigenartiges passiert. Sieh mal.« Sie hielt eine Puppe in der Hand, eine gewöhnliche, primitiv gemachte Stoffpuppe, Gesicht und Körper schwarz, Kräuselhaare aus schwarzer Wolle. Eine männliche Puppe in einem groben, blauen Overall. »Wir fanden sie heute Morgen vor der Tür mit einem Zettel, dass sie für Sammy ist. Sieh dir mal die rechte Hand an.«

Die rechte Hand der Puppe war sorgfältig ausgebildet. Sie hatte jedoch nur drei Finger. »Moses?« fragte Henrietta ungläubig.

»Neil glaubt, dass er ausgebrochen ist. Auch das könnte ein Grund für das Abhören sein. Er wagt es nicht, nachzuforschen.«

Sie schwiegen und sahen den Kindern zu, die übermütig im Wasser herumtobten und einen ohrenbetäubenden Lärm machten, dass die Damen am Nebentisch bereits gereizte Blicke unter ihren Hutkrempen hervorschossen.

»Ian ist weg«, wisperte Henrietta, »das wollte ich euch sagen.«

Tita drückte ihre Hand und nickte. Dann unterhielten sie sich über die Kinder, über die Mode, über alles, nur nicht über das, was sie am meisten bewegte.

❖

Auf dem Heimweg fuhr sie an Luise von Plessings Haus vorbei. Sie bremste. Luise! Sie konnte dieses Land nicht verlassen, ohne sich von ihr zu verabschieden. Luise war inzwischen über achtzig, und sie würde es nicht aushalten können, eines Tages von ihrem Tod zu hören und ihr nicht Lebewohl gesagt zu haben. Sie stieg aus.

»Sie gräbt den Garten um«, knurrte William, dessen Haare eisgrau

geworden waren, »eine weiße Lady, in ihrem Alter!« Luise stand, schwarzer Strohhut tief in die Stirn gedrückt, schwarzes Kleid über kräftigen, braungebrannten Beinen geschürzt, und säte Samen in ein frisch umgegrabenes Beet. Als sie Henriettas gewahr wurde, richtete sie sich auf, schenkte ihr einen prüfenden Blick aus klaren, blauen Augen.
»Was ist passiert, Kind, du siehst furchtbar aus!«
»Ich möchte mich verabschieden, ich – fliege nach Schottland.« Sie hielt den Blick gesenkt.
Wieder musterten sie diese durchdringenden, gütigen Augen. »Henrietta«, sagte Luise sanft, »meine Zukunft wird kurz, und ich habe ein Leben gelebt und ein Alter erreicht, wo mich nichts mehr schrecken kann. Du bist das Einzige, was ich noch habe. Bitte gehe vorsichtig mit mir um.«
So erzählte sie Luise alles, die ganze Geschichte, jede Einzelheit, und es war, als sei sie einer schweren Bürde ledig geworden.
Die alte Dame streckte ihre Arme aus, zog sie fest an sich, streichelte sie mit ihren rauen Gärtnerhänden. »Mein armes kleines Mädchen«, murmelte sie, »aber habe keine Angst, du wirst es schaffen, ich kenne dich, du bist stark, und du wirst hierher zurückkehren. Ich verspreche dir, dass ich diese Welt nicht eher verlasse, als bis du wieder hier bist. Du, Ian und die Kinder.« Sie küsste ihre Wangen. »Und nun geh, mein Kind, und vergiss mich nicht.«
Henrietta ging, ohne Tränen. Es war kein Abschied zum Weinen. Luise würde hier sein, wenn sie zurückkehrte. Das gab ihr die Kraft zu glauben, dass das Leben nach dem neunundzwanzigsten März, dem Tag, an dem sie Ian wiedersehen sollte, weitergehen würde. Ihr Leben, das der Kinder und Ians.
Für Sonntag Nachmittag lud sie Cori und Fred, die Daniels und Frank Kinnaird zum Tee ein. Frank und Glitzy waren unzertrennlich.
»Wird es deinen legendären Schokoladenkuchen geben?« fragte Glitzy. »Sonst komme ich nicht!«
Sie lachte. Glitzy war unheilbar naschsüchtig. »Ich werde ihn extra für dich machen. – Wir brauchen drei Schokoladenkuchen«, wies sie Sarah an, »mit viel Creme. Miss Glitzy kommt.«
»Sie wird bald sehr fett sein«, grinste die Schwarze mit schneeweißen

Zähnen, »wie ein rosa Schweinchen.« Ihre schwarzen Augen blitzten mutwillig. »Oink, oink«, machte sie und kicherte.
»Sarah!« rief Henrietta und fühlte, wie ihr das Lachen in die Kehle stieg, unwiderstehlich. Sie sahen sich an, die Schwarze und die Weiße, und lachten, bis ihnen die Tränen herunterliefen. »Oh, Sarah«, japste sie schließlich, »das darfst du Miss Glitzy nie hören lassen!« Sie wischte sich die Lachtränen aus den Augenwinkeln und ging wieder in Ians Arbeitszimmer. Wie gut das getan hatte. *Oh, Sarah! Warum haben wir uns nicht zu einer anderen Zeit in einem anderen Land getroffen?* Sie setzte sich an Ians Schreibtisch, die Stirn in ihre Hände gestützt. Dieses verdammte, geliebte Land! Auf der Schreibtischkante lag ein Stapel mit Fotos. Von dem oberen lachte Ian ihr entgegen, und sie vergaß Sarah. Er stand am Strand, mit den Füßen im Wasser, die Hosenbeine hochgekrempelt, und lachte ihr über die Schulter zu. Seine dunklen Haare fielen ihm in die Augen, die durch seitlichen Sonneneinfall kornblumenblau aufleuchteten. Sie ertrank fast in diesem Blau, sie hörte sein Lachen und fühlte seine Haut. Für einen Moment stieg Verzweiflung hoch und drohte sie zu überwältigen, doch mit großer Willensanstrengung drückte sie ihre Gefühle beiseite. Sie musste kühl bleiben, kalkulierend, durfte kein Detail übersehen. Aus der Schublade nahm sie eine Papierschere und schnitt die Landschaft um ihn herum weg und steckte das Foto ein. Es musste für die nächste Woche reichen. Zum Weinen war jetzt keine Zeit. Später vielleicht. Wenn sie dann noch weinen konnte.
Verließen sie rechtzeitig das Land? Hätten sie nicht am Tag des Anrufs den ersten Flug nehmen sollen? Würde es sein wie bei den Mendelsons, Großmamas ehemaligen Nachbarn? »Warum haben die denn nicht rechtzeitig das Land verlassen?« fragte Mama, als Großmama einmal ihr Schicksal erwähnte. »Spätestens seit der Kristallnacht mussten sie doch gewusst haben, was ihnen blühte.« Zwei Häuser weiter hatten sie gewohnt, in einem wunderschönen alten Haus aus dem achtzehnten Jahrhundert mit viel Stuck und einer lila Glyzinie über dem Eingang. Eines Tages waren sie dort abgeholt worden und nie wiedergekommen.
»Nun, sie wollten wohl ihr Haus und ihre dicken Bankkonten nicht aufgeben«, bemerkte Großmama trocken, »man sollte eben nicht so an weltlichen Gütern hängen.«

Diese ganze detaillierte, umständliche Vorbereitung, damit sie ihr Haus behalten und auch noch Chico und Katinka mitnehmen konnten – würden ihre Freunde eines Tages einmal das sagen, was Großmama über die Mendelsons gesagt hatte? Würde es auch heißen, dass sie zu sehr an weltlichen Gütern gehangen hatten? Plötzlich klebte ihr T-Shirt am Körper, und ihr Herz hämmerte. *Weg hier,* hämmerte es, *nimm die Kinder und bringe sie in Sicherheit.* Sie hielt den Telefonhörer schon in der Hand, um die Flugpassagen für heute zu buchen, als sie sich fing.

»Dir kann nichts passieren«, sagte Neil damals im Seahaven, und der Konsul bestätigte es. »Ich denke nicht, dass man Sie wegen Devisenvergehens belangen kann, da Sie alle Geldgeschäfte nur mit der Signatur Ihres Mannes betreiben können, auch wenn das Geld eigentlich Ihnen gehört. Aber was die subversiven Tätigkeiten anbelangt, die Ihr Anwalt angedeutet hat, das kann ich nicht beurteilen. Das können nur Sie wissen. Handeln Sie danach.«

Sie hatte doch nichts getan! Nur dieser eine Abend in Kwa Mashu und die Sache mit Mary Mkize, aber deswegen hatte man sie verhört und dann schließlich wieder laufen lassen.

»Sie sind hinterhältig«, bemerkte Neil einmal und meinte BOSS, »sie spielen Katz und Maus mit dir. Sie lassen dich laufen, beobachten dich und warten, dass du sie zu anderen führst. Oder sie warten einfach nur, um zu sehen, was du so vorhast. Sie haben eine unendliche Geduld und alle Zeit der Welt. Aber sie lassen nie locker.«

Henrietta erinnerte sich bis heute an das heftige Unbehagen, das sie damals bedrängte. Damals konnte sie es beiseite schieben. Es betraf sie ja nicht. »Wenn man nichts getan hat, können sie einem schließlich nichts anhaben!«

»Sie finden immer was, und wenn nicht, denken sie sich was aus«, war Neils düstere Antwort.

Oh, Ian, Liebling, ich brauche dich! Was soll ich tun? Sie hob lauschend den Kopf. Für einen atemlosen Moment meinte sie seine Stimme zu hören, aber dann war es doch nur der Seewind in den Bäumen.

❖

Die Schokoladenkuchen waren eine einzige Verführung. Knapp eine Stunde nach Ankunft ihrer Gäste pickten die Kinder gerade noch die Krümel auf.
»Es tut Ian so Leid, dass er nicht hier sein kann«, sagte Henrietta, »er musste völlig unvorhergesehen geschäftlich weg, und das noch über das Wochenende.« Sie lächelte strahlend in die Runde. Ihr Adrenalinspiegel war wieder auf Höchststand, und die Worte flossen ihr wie von allein über die Lippen. »Er ist irgendwo in der Wildnis, in der Transkei. Ich weiß nicht einmal, in welchem Hotel er wohnt, er hat mich noch nicht angerufen. Ich warte jeden Moment darauf.«
Endlich klingelte das Telefon. »Das muss Ian sein«, trällerte sie und nahm den Hörer ab. Das Telefon hatte sie vorsorglich neben ihren Stuhl gestellt. »Hallo, Ian, bist du es?«
»Hallo, Henrietta, hier ist Moira aus Schottland!« klang die angenehme dunkle Stimme ihrer Schwägerin an ihr Ohr und im Hintergrund noch einmal ein hohles Echo. *Sie hören zu!*
»Moira!« rief sie, deutliches Erstaunen in ihrer Stimme. »Wo bist du? Von wo aus rufst du an?« Sie legte eine Hand auf die Sprechmuschel. »Es ist Moira aus Schottland«, flüsterte sie in die Runde. Das Gespräch verlief wie verabredet.
»Oh, Henrietta, Patrick hat einen Autounfall gehabt«, rief Moira und schluchzte auf, »er hat sein Rückgrat schwer verletzt, es sieht nicht gut aus. Ihr müsst sofort herkommen.«
Für einen winzigen Moment bekam sie Angst, dass Moira die Wahrheit sagte, so gut war ihre Vorstellung. »Ian ist nicht da. Ich weiß nicht, wo ich ihn erreichen kann.«
»Dann musst du schon mit den Kindern kommen. Ian soll so schnell wie möglich nachkommen. Ich hab euch am Freitag vier Plätze erster Klasse auf der BOAC, der britischen Fluglinie, reservieren lassen.«
Sie rechnete schnell. *Dienstag also, gut, je eher, desto besser!* Alles wie verabredet, die einzige Abweichung bestand darin, dass Patrick bereits gebucht hatte. Hervorragend! Somit war sie die Sorge los, Plätze auf den stets überfüllten Flügen zu bekommen.
»Oh, Moira, ich weiß gar nicht, was ich sagen soll. Wie entsetzlich. Wir kommen natürlich sofort!« Sie brachte es fertig, ihre Stimme zittern zu

lassen. Sie legte den Hörer langsam zurück. Als sie den Blick hob, fand sie aller Augen auf sich gerichtet.
»Henrietta, was ist los? Ist Patrick krank?« fragte Dirk besorgt.
»Er hat sich bei einem Autounfall den Rücken schwer verletzt.« Durch ihre Wimpern sah sie, wie der Schreck Melissa und Dirk traf, und ihr Herz wurde schwer, dass sie diese Menschen, die sie so liebevoll in diesem Land und in ihrer Familie aufgenommen hatten, so täuschen musste. Aber es musste sein. Um Ians und der Kinder willen musste es sein. *Ich mach' es wieder gut*«, versprach sie ihnen schweigend. »Er möchte, dass wir sofort kommen. Er will Familienangelegenheiten besprechen. Oh, Melissa, es klang nicht gut!«
»Wann fliegt ihr?« fragte Dirk.
»Patrick hat uns am Freitag vier Plätze auf der BOAC reservieren lassen. Ich hoffe nur, dass es Ian bis dahin schafft, sonst muss er allein nachkommen. Ich hasse es, allein zu fliegen.«
»Wenn er nicht kommt, fahre ich euch hin«, warf Fred ein und hob seine müden Lider. Sein sandfarbenes Haar war schütter geworden, der Schnurrbart zeigte einen Unterton von Grau, aber sonst war er wie immer. Schläfrig, verrückt und für das normale Leben ziemlich unbrauchbar. In seinem Hof standen inzwischen mehrere Autos, zwei Schiffsrümpfe und der Schwanz eines Flugzeugs, alles aus einem Zementfasergemisch. »Ich muss nur noch eine Kleinigkeit ändern«, pflegte er zu sagen, »dann sind sie funktionstüchtig.«
Der Rest des Nachmittags verging mit besorgten Spekulationen. Cori erzählte von einem Freund, der nach so einem Unfall queschnittgelähmt blieb und nach und nach seine Beine verlor. »Sie faulten einfach weg. Bei jeder Operation schnitten sie ihm noch ein Stück ab, bis gar nichts mehr da war.« Sie trank einen Schluck aus ihrer Tasse. »Er starb dann, als er weiterfaulte.«
Henrietta starrte sie in schweigendem Entsetzen an und musste sich energisch die Tatsache ins Gedächtnis rufen, dass Patrick in diesem Moment fröhlich mit seinem Pferd über seine Ländereien galoppierte und sich dabei bester Gesundheit erfreute. Ihre Gäste verabschiedeten sich liebevoll von ihr, trösteten sie, boten ihre Hilfe an. Es fiel ihr schwer, ihre Rolle weiterzuspielen, aber es musste sein.

Einundzwanzigstes Kapitel

ABENDS DANN PACKTE SIE. So wenig Zeit, noch so viel zu tun. Für Momente lehnte sie am Schrank. Plötzlich hatte sie das merkwürdige Gefühl im Rücken, beobachtet zu werden. Langsam drehte sie sich um. Da stand Sarah, regungslos, und sah sie an. Für Sekunden herrschte Stille zwischen ihnen. »Er kommt nicht zurück, nicht wahr?« fragte Sarah mit einer sanften Stimme, die Henrietta noch nicht an ihr kannte. »Master Ian kommt nicht zurück.« Das war keine Frage mehr, sondern eine Feststellung.

Henrietta konnte nicht antworten, sondern sie nur schweigend anstarren.

»Ich denke, die Polizei ist hinter euch her«, bemerkte die schwarze Frau überraschend.

»Wie kommst du darauf?« preßte Henrietta mühsam hervor. »Ich sehe sie draußen stehen, schon seit Tagen. Zwei Männer in einem silbernen Auto.« Tiefes Mitleid stand in ihren schönen Augen. Mit einer mütterlichen Geste legte sie ihrer weißen Arbeitgeberin den Arm um die Schultern. »Es ist in Ordnung, Madam, machen Sie sich keine Sorgen. Mary Mkize ist meine Schwester.«

Mary Mkize? Sarah? Es dauerte lange Sekunden, ehe sie die Worte begriff. *Mary – Sarah – Vilikazi?* »Du kennst Vilikazi, nicht wahr?« sagte sie, langsam verstehend. »Damals, nachts im Garten, es war Vilikazi, den ich gesehen habe. Er kam aus deinem Khaya.«

Sarah zögerte, und mit tiefer Bestürzung wurde ihr klar, daß die Schwarze abwog, ob sie ihr, der Weißen, vertrauen konnte. »Er ist Imbalis Vater«, sagte sie endlich.

Imbali, die kleine Blume, das schmale, entzückende Kind. Zart und widerstandsfähig wie ein Bambushalm. Vilikazis Tochter! Der Mann mit

der Narbe um die Kehle, der sich um Mr. Naidoo gekümmert hat. Vilikazi, der Ians Leben in seinen Händen hielt, der ihn in Sicherheit brachte. Es war ihr, als hätte sie endlich eine Tür aufgestoßen, als blickte sie in die Gesichter vieler Freunde, die lange auf sie gewartet hatten. Nun war sie nicht mehr allein in diesen furchtbaren Tagen. Und dann standen da nur noch zwei Frauen. Die eine tröstete die andere, der blonde Kopf auf einer braunen Schulter. Henrietta hob ihr tränenüberströmtes Gesicht. »Oh, Sarah«, flüsterte sie, »was soll ich nur machen.«
Mit dunkler, warmer Stimme murmelte Sarah leise in Zulu, lang gezogene, kehlige Laute, die seltsam beruhigend auf Henrietta wirkten. Der Duft der Schwarzen stieg ihr in die Nase, rauchig, erdig, vertraut. Ein Gefühl von Frieden hüllte sie ein, und plötzlich erinnerte sie sich an das Baströckchen, das ihr ihr Vater vor vielen, vielen Jahren gezeigt hatte. Es verströmte denselben Geruch. *Maria!*
»An der einen Brust nuckelte ihr braunes Baby, an der anderen hast du getrunken.«
Sie hielt ganz still, spürte die seidige Haut Sarahs, spürte ihren Herzschlag. Wärme strömte durch ihre Muskeln, ein ekstatisches Kribbeln lief ihre Nervenbahnen entlang, und für diesen einen Moment, mitten in dem Tumult der Gegenwart, fand sie, wonach sie immer gesucht hatte, fand sie ihre Zuflucht. *Das war es also. Afrika.* Ihre Heimat. *Hier ist mein Ursprung, danach habe ich mein Leben lang gesucht.* »Ich komme wieder, Sarah, das verspreche ich dir, und dann werden wir reden.«, wisperte sie und löste sich aus den Armen der Schwarzen. »Es wird Zeit. Hilfst du mir packen, bitte?«
Sarah nickte. »Madam, seien Sie vorsichtig bei Joshua. Ich glaube, er ist nicht vertrauenswürdig.«
Bei dieser Anrede zuckte sie zusammen. »Sarah, bitte nenne mich bei meinem Vornamen, so wie ich dich bei deinem Vornamen rufe. Ich heiße Henrietta.«
Ein strahlendes Lächeln, das ihre Augen zum Funkeln brachte, erhellte das Gesicht der schwarzen Frau. »Henrietta«, wiederholte sie langsam und gab dem Namen mit ihrer vollen, sahnigen Stimme eine besondere Melodie. »Henrietta.« Dann ging wieder der überschäumende afrikani-

sche Sinn für Humor mit ihr durch. »Mein Mund ist ganz voll mit dem Namen«, kicherte sie entzückt.
Sie packten zusammen, und danach deckte Henrietta den Tisch, Sarah trug auf. Sie teilten sich die Arbeit und die Mahlzeit.
»Mrs. Robertson weiß Bescheid, Sarah, sie wird auch eure Löhne die nächsten Monate weiterzahlen und dir genug Geld geben, um zu leben. Bitte Pass auf das Haus aus. Sowie ich weiß, wie es weitergeht, werde ich Kontakt mit dir aufnehmen.«
»Ja, Nkhosikazi ...«
Henrietta blickte sie an, streichelte ihr dunkles Gesicht mit den Augen. »Nicht Nkhosikazi, Sarah«, berichtigte sie sanft. »udadewenu, deine Schwester, wie Mary Mkize.«
Sarah warf den Kopf zurück, riss ihren Mund auf, alle ihre Zähne blitzten, ihre Zahnlücke klaffte, und lachte laut los. »Schwester, oho! Eine rosa und eine schwarz, sehr merkwürdige Schwestern.«
Oh, Sarah!
Kurz vor Dunkelheit fuhr sie noch schnell in den Ort, um den Wagen aufzutanken. Morgen war dafür keine Zeit.
»Hallo, Henrietta!« Glitzy stoppte ihren kleinen Flitzer neben ihr. Das blonde Haar fiel ihr locker auf die Augenbrauen, der hochtoupierte, lackierte Haarturm der früheren Jahre war einem attraktiven Stufenschnitt gewichen.
Sie blieb stehen. »Hallo, Glitzy.« *Lächeln, nichts anmerken lassen, so weh es auch tat.* »Was gibt's?«
»Seid ihr in vier Wochen wieder da? Frank und ich feiern Verlobung. Ganz Durban wird kommen!«
»Oh, Glitzy, wie wunderbar«, sie bemühte sich zu lächeln, »wir kommen mit Vergnügen.«
Wir kommen nicht wieder, wir verlassen Südafrika für immer, und ich kann es dir nicht sagen. Du hast mir so viel Freundschaft und Liebe entgegengebracht, und nun muss ich dich täuschen und anlügen.
»Gut, ich ruf dich in den nächsten Tagen an. Grüß Ian!« Sie knallte krachend den Rückwärtsgang ein.
Henrietta streckte ihre Hand aus. »Glitzy.« *Bitte bleib noch, wir werden*

uns vielleicht nie wiedersehen! Ich möchte dich umarmen, dir für alles danken. Ich möchte an deiner Schulter weinen.
»Ja, was ist, Henrietta? Ich hab wahnsinnig wenig Zeit.« Ihre Finger trommelten ungeduldig auf dem Steuerrad.
»Danke für die Einladung.« Sie sehnte sich danach, sie zu berühren.
»Alsdann, Henrietta – bye-bye!« Heftig aus dem heruntergedrehten Fenster ihres Käfers winkend, verschwand sie um die Ecke.
»Bye-bye, Glitzy«, flüsterte Henrietta. *Leb wohl, liebe Freundin. Sala kahle!*

❖

Schwerelos trieb sie in schützenden, weißen Traumwolken. Sie weigerte sich aufzuwachen. Ein Glücksgefühl zog sie hinauf durch einen lichterfüllten Raum, sie wusste, dass sie dort Ian finden würde. Sie konnte ihn sehen, er winkte ihr, rief sie. Als sie ihre Arme hob, um zu ihm zu fliegen, zischte ein blendender Blitz herunter und zerstörte sein Bild, ein krachender Donnerschlag schleuderte sie in die Wirklichkeit. Mit einem Aufschrei schoss sie im Bett hoch. Jetzt identifizierte sie das Donnern.
Jemand hämmerte dröhnend gegen die Tür. Sie erstarrte und zog den Revolver unter Ians Kopfkissen hervor. Sarahs Stimme schrillte aufgeregt, zwei Männer antworteten ihr befehlend. *Polizei?* In fliegender Eile zog sie ihre Jeans an.
Sie erkannte die Männer sofort: die beiden CID-Typen aus dem Auto. Die Pickel des Jüngeren blühten. »Was ist hier los? Was wollen Sie?« Ihre Hände steckten in den Taschen ihrer Jeans, um zu verbergen, wie sehr sie zitterten.
»Wo ist Ihr Mann, Mrs. Cargill? Wir möchten ihn sprechen!« Ihre Augen glitten über die Wände, erfassten jeden Gegenstand, blieben auf ihr haften und verweilten auf ihren halterlosen Brüsten unter dem T-Shirt.
»Auf Geschäftsreise.«
»Wo ist er denn hingefahren, Mrs. Cargill?« fragte der Ältere, van Tondern, ohne seine Augen von ihrer Brust zu heben.
Sie zwang sich, sehr ruhig zu antworten. Sie sprach etwas langsamer als

sonst, um keinen Fehler zu machen. »Er ist in der Transkei, wo genau, weiß ich leider nicht. Was wollen Sie von ihm?«
»Oh, nichts Besonderes, nur eine kurze Unterhaltung. Routine.« Er trat einen Schritt beiseite, um an ihr vorbei in das Haus sehen zu können, dann wandte er sich ihr noch einmal zu, seine Augen glühten wie polierte schwarze Kiesel. »Sie sind sicher, dass er nicht da ist? Darf ich einmal nachsehen?« Er wartete nicht auf ihre Antwort, sondern lief den Gang hinunter, stieß die Tür zur Küche auf, warf einen langen Blick ins Wohnzimmer und stand dann in Ians Arbeitszimmer. Seine Finger verschoben einige Papiere.
Ihr Herz setzte aus. *Mein Gott, wenn Ian nun dort etwas notiert hat?* »Was fällt Ihnen ein! Haben Sie einen Durchsuchungsbefehl! Was ist hier eigentlich los? Ich will eine Antwort!« forderte sie, gleichzeitig versuchte sie, die auf dem Schreibtisch liegenden Unterlagen zu erkennen.
»Nun regen Sie sich nicht so auf, Mrs. Cargill! Wir wollen nur Ihren Mann sprechen.« Er ging nach draußen. »Wenn er sich meldet, sagen Sie ihm, dass wir ihn dringend sprechen wollen!«
»Was wollen Sie von ihm?« rief sie hinter ihnen her.
Der Jüngere sah sie von oben bis unten an. »Er soll uns bei Ermittlungen helfen.« Dann stiegen sie in ihren Wagen, der hinter der Biegung parkte. Das Motorengeräusch entfernte sich.
Bei Ermittlungen helfen. Das war die sadistische Umschreibung, dass er als Tatverdächtiger gesucht wurde. Ihr rasendes Herz nahm ihr den Atem. Sie musste sich am Türpfosten abstützen.
Sarah legte ihren Arm um sie und führte sie fürsorglich zu einem Stuhl. »Die bluffen, Henrietta, die sind immer so.«
»Woher weißt du das?«
Die Schwarze lachte ein freudloses Lachen. »Ich bin schwarz, ich kenne sie.«
Eine Welle von Reue und tiefer Zuneigung strömte durch ihr Herz. *Seit vielen Jahren lebe ich mit dieser Frau unter einem Dach, und ich kenne sie kaum.* »Was haben sie dir getan, Sarah?« Ihr kam ein grässlicher Gedanke. »Warst du schon einmal im Gefängnis?« Für Sekunden fiel wieder die alte Maske über das dunkle Gesicht, kehrte sich ihr Blick

nach innen, doch dann, und Henrietta merkte deutlich, wie schwer ihr das fiel, nickte sie langsam. »Ja. Sechzehn Monate.« Sie stockte, und als sie der weißen Frau wieder in die Augen sah, schwammen die ihren in Tränen. »Sie haben mich geschlagen, ich war schwanger.« Sie zuckte hilflos mit den Schultern, fand keine Worte für ihren Schmerz. »Es war ein kleiner Junge. Ich möchte es vergessen.« Ein raues Schluchzen schüttelte sie.

»O nein!« Henrietta krümmte sich innerlich zusammen, als sie versuchte, das Bild des toten kleinen Babys zu verdrängen. *Sie muss unter zwanzig gewesen sein, selbst ein Kind noch.* Ihr tropften die Tränen aus den Augenwinkeln, als sie Sarah an sich zog. Diesmal war es ein weißer Arm, der sich um schwarze Schultern legte. »Oh, Sarah, warum haben wir so lange gewartet, uns kennen zu lernen.«

Sie klammerten sich aneinander, bis sich ihre Herzen beruhigten. Nach einer langen Zeit lösten sie sich, lächelten, ihre Gesichter ganz nah beieinander, ihre Blicke ineinander verhakt, beinahe wie Liebende. Henrietta legte ihre Hand an Sarahs Wange. »Wir sehen uns wieder, Sarah, ich verspreche dir das. Aber ich muss jetzt tun, was getan werden muss. Ich habe keine Zeit mehr. Ich lasse dir die Kinder hier. Bitte, öffne niemandem, egal, wer an die Tür klopft. Wenn du gefragt wirst, weißt du nicht, wo wir sind und was wir vorhaben. Es ist wichtig, dass du nichts weißt, für deine Sicherheit und auch für unsere. Die einzige Ausnahme sind Mr. und Mrs. Robertson.«

»Okay«, grinste Sarah, »ich werde die dumme, begriffsstutzige Schwarze spielen. Das kann ich wirklich gut.« Sie zog ihre Brauen hoch, ließ die Muskeln ihres Gesichtes erschlaffen und gab ihren Augen einen dümmlichen, abwesenden Ausdruck. »Nein, Ma'am, weiß nicht«, brabbelte sie mit losen Lippen. »Nein, Ma'am hat nicht gesagt, wo Ma'am hingeht, ja, Ma'am, danke, Ma'am.« Sie knickste vor einer imaginären Person und beendete mit einem Kichern ihre perfekte Parodie. Trotz ihrer Anspannung musste Henrietta lachen. Diesen Gesichtsausdruck kannte sie zur Genüge. Sie war offensichtlich mehr als einmal auf diese Komödie hereingefallen.

Sie ging ihre Termine durch. Pockenimpfung um halb zehn, dann Rückreisevisa in die Pässe eintragen lassen. Sie seufzte. Das war leider nicht zu umgehen, ohne Rückreisevisum konnte man keinen Cent legal aus dem Land bringen. Dann die Flugtickets Durban-Johannesburg kaufen und die BOAC-Tickets abholen. Müsste alles zu schaffen sein, nur der Besuch bei ihrer Bank brachte ihren Zeitplan durcheinander. Sie musste dort Geld in bar abheben und auf ein Konto einzahlen, das sie auf Titas Namen eingerichtet hatte, damit für Sarah und Joschua gesorgt war. Das Konto aber befand sich bei einer anderen Bank, in einem anderen Stadtteil, um die Verbindung zu verwischen. Rasch machte sie sich einen Kaffee, essen konnte sie nichts, sie bekam einfach keinen Bissen herunter, und fuhr los zum Impftermin. Nervös prüfte sie alle paar hundert Meter im Rückspiegel, ob sie verfolgt wurde. Bisher hatte sie niemanden entdecken können. Nein, korrigierte sie sich, nur der silberfarbene Ford war nicht zu sehen, ansonsten konnte jedes der hinter ihr fahrenden Autos ein Verfolger sein.

Den kleinen Ratscher, mit dem das Pockenserum unter ihre Haut gebracht wurde, spürte sie kaum. Verstohlen wischte sie die Stelle gründlich mit Speichel ab. Letztes Mal hatte sie den Arm zehn Tage in der Schlinge tragen müssen, weil sich die Schwellung bis auf den Oberkörper ausgedehnt hatte. Eine so heftige Reaktion konnte sie jetzt nicht riskieren.

Dann betrat sie das schokoladenbraune Trust-Bank-Gebände, und ihr Herzschlag wurde schneller. Das Amt für Visa-Angelegenheiten war im obersten Stockwerk. Sie fuhr im Lift nach oben. Er hielt einige Male unterwegs, ein paar Leute stiegen aus. Sie war allein mit einer älteren, bäuerlichen Frau mit einer blonden, festgedrehten Dauerwelle, die ihre üppigen Formen in ein türkisfarbenes Kostüm gezwängt hatte. Wieder hielt der Lift. In den zurückgleitenden Türen stand eine Familie. Die Frau war schmal und zierlich in einem engen, schwarzen Kleid. Ihre Haut war blassgoldenes, durchsichtiges Elfenbein ohne jedes Rosa oder gar Rot, ihre Haare hingen glatt und waren von einem tiefen, glühenden Kastanienbraun. Ihre Augen hatten das Grün der tropischen See über goldenem Sand.
Wie schön sie ist.

Aber sie ist farbig!
Unsinn, sie hat rote Haare und grüne Augen ...
Na und, sieh dir doch die Haut an, die Farbe der Lippen. Halt den Mund, ich will das nicht sehen!
Aber du weißt es. Wenn man in diesem Land lebt, erkennt man so etwas!
Oh, wie sie dieses Land dafür hasste, dass es sie über die Jahre diese Fähigkeit gelehrt hatte! Die Kinder, zwei Mädchen, es mussten ihre Kinder sein, denn aus ihren Gesichtern leuchteten die gleichen tiefgrünen Augen, zartgolden schimmerte ihre Elfenbeinhaut, waren bezaubernd. Der Vater wandte ihr den Rücken zu, seine Kopfhaltung jedoch rührte eine Saite in ihr. Er drehte sich um, und vor ihr stand Tony dal Bianco. Stumm starrte sie ihn an.
Als die Familie in die Kabine treten wollte, drückte die dicke Blonde den Knopf, um die Lifttüren zu schließen. »Nur für Europäer!« zischte sie, ihre fettgepolsterten Schultern in einer Drohgebärde hochgezogen, die kleinen, braunen Augen verschwanden in den gedunsenen, rotgeäderten Wangen.
Siehst du, die hat es auch erkannt, sofort hat sie es gesehen. So ist das hier nun einmal.
Henrietta, ihre Nerven blank und auf das äußerste gespannt, wurde von einem weißglühenden, blinden Wutanfall gepackt.
Sie fuhr herum und öffnete die Türen wieder. »Ich«, fauchte sie, »ich bin die einzige Europäerin hier, sonst sehe ich nur Afrikaner. Wenn Sie noch ein Wort sagen, werfe ich Sie raus!«
Die dicke Blonde lief dunkelrot an, sie ruderte mit den Armen, als ertränke sie. »Lassen Sie mich sofort hier heraus, es stinkt!« In der Tür wandte sie sich um, ihr Mund verzerrt. »Ich hetze Ihnen die Polizei auf den Hals, Sie Kaffirbootie, Sie!« giftete sie und marschierte zur Treppe. Alles an ihr wogte und bebte vor moralischer Entrüstung.
Die Tür schnappte ein, und der Lift stieg. »Es tut mir Leid, Tony«, flüsterte sie sehr leise, damit seine Frau es nicht hörte, »es muss so weh tun.«
»Es ist nicht deine Schuld«, antwortete er ebenso leise, aber seine Augen waren dunkel vor Schmerz und Wut und Hoffnungslosigkeit. Der Lift hielt wieder, und sie musste aussteigen. Sie sahen sich nicht mehr an.

❖

Sie stieß die Glastür zum Büro für Visaanlegenheiten auf. »Ich brauche drei Rückreisevisa.« Sie legte ihren Pass und die Pässe ihrer Kinder dem in Khaki gekleideten Mann hinter dem Tresen vor.
Der Mann, ein korpulenter Endvierziger mit fettig glänzendem Gesicht und einer schweren, schwarzgerahmten Brille, studierte die Pässe umständlich. »Ihr Sohn braucht ein Exit-Visum«, sagte er endlich und richtete seinen Blick auf sie. Seine Brillengläser waren sehr dick, hinter den konzentrischen Kreisen der konkaven Gläser blinzelten sie die optisch verkleinerten, wässrig blauen Augen an, als lägen sie zentimetertief unter Eis.
Für einen Moment war sie sprachlos. »Wie bitte?«
»Ihr Sohn ist fünfzehn, er unterliegt der Wehrüberwachung, er braucht eine Erlaubnis, das Land zu verlassen.«
»Was reden Sie da? Mein Sohn ist vier!« Sie sprang auf, entriss ihm Jans Pass, deutete mit bebendem Finger auf sein Geburtsdatum.
Mit aufreizender Langsamkeit drehte der Mann den Pass um, hielt ihn dicht vor seine Nase, dann etwas weiter weg. »Ja, Sie haben recht.« Dann blätterte er ihren Pass auf, legte ihn auf den Tisch, schloss eine Schublade auf, zog ein Buch hervor und wendete bedächtig die Seiten, als suche er etwas. Er wanderte mit seinem Zeigefinger jede Zeile entlang, stoppte, wanderte ein paar Zeilen hoch, schob den Finger waagerecht über die Seite und runzelte die Stirn. Dann nahm er wieder ihren Pass, verglich ihn mit der Eintragung im Buch, und brummte ein kurzes »Ha«. Dann verschloss er das Buch wieder und steckte den Schlüssel ein.
Henrietta beobachtete ihn mit einer Art entsetzter Faszination. »Was ist los?«
»Ihre Daueraufenthaltsgenehmigungs-Nummer, sie ist unleserlich.«
»Was? Das kann nicht sein!« Sie nahm ihren Pass. Die Nummer stand klar, mit Tinte geschrieben, deutlich lesbar vor ihren Augen. Sie las sie ihm vor.
»Tut mir Leid, ich kann sie nicht lesen, ich muss meinen Vorgesetzten

fragen.« Damit nahm er ihre Pässe und verschwand durch eine zweite Tür.
Sie war allein. Es war sehr still in diesem schäbigen Zimmer. Es roch nach Staub und Wachs und alten Akten. Der Schreibtisch des Mannes, Mr. Coetzee, wie das Schild auf dem Tresen lautete, war ein zerkratztes, tintenbeflecktes altes Möbel, ein paar abgekaute Bleistifte standen in einem alten, ledernen Knobelbecher, ein kleiner Stapel gelber Aktenordner lag präzise ausgerichtet auf der linken Kante. Die Mitte des Schreibtisches war ein unordentliches Chaos von verschiedenen Schriftstücken. Henrietta trat ans Fenster und wartete.
Nach einer drei viertel Stunde ging sie entschlossen zur Tür, durch die Mr. Coetzee entschwunden war. Sie versuchte, sie zu öffnen. Sie war verschlossen. Alarmiert lief sie zu der Tür, durch die sie selbst den Raum betreten hatte, und drückte heftig auf die Klinke. Auch verschlossen. Sie sank gegen die Wand. »O mein Gott«, flüsterte sie mit gebrochener Stimme, Panik drückte ihren Hals zu.
Zwei Stunden ließ man sie warten, zwei Stunden, nach denen ihre Nerven bloß lagen unter ihrer Haut. Mehr als einmal drückte sie vorsichtig die Klinken der Türen hinunter, nur um festzustellen, dass sie unverändert verschlossen waren. Sie verlor schließlich alles Zeitgefühl, und als Mr. Coetzee plötzlich wieder hereinkam, war sie überrascht. Sie hatte nicht mehr damit gerechnet.
»Tut mir Leid, Mrs. Cargill«, er fächerte die Pässe auf den Tisch, »ich habe niemanden gefunden, der diese Nummer entziffern konnte. Wir haben Ihre Daueraufenthaltsgenehmigung daher durchgestrichen und auf eine temporäre Aufenthaltsgenehmigung abgeändert, so wie sie alle Touristen hier benötigen und bekommen. Sie müssen das regeln, wenn Sie wieder zurückkehren.«
Er händigte ihr die Pässe wieder aus, und sie war so in Panik, dass sie die Pässe entgegennahm und aus dem Zimmer rannte, ohne zu fragen, was das für sie bedeutete. Aus der nächsten Telefonzelle wählte sie mit zittrigen Fingern die Nummer Neils in der Redaktion. »Erkennst du meine Stimme?«
»Ja, natürlich«, antwortete ihr Freund, und der Klang seiner Worte beruhigte sie etwas. »Ist etwas passiert?«

»Ich kann dir jetzt keine Einzelheiten erzählen, es würde zu lange dauern, aber man hat mir die Daueraufenthaltsgenehmigung gestrichen und eine temporäre daraus gemacht. Ich kann meine Gedanken nicht ordnen, bitte hilf mir, was bedeutet das?«

Einen Moment herrschte knisternde Stille, dann kam seine Stimme, trocken und voller Mitleid. »Diese Schweine! Du darfst keine Geschäfte hier führen, keine Bankkonten und keinen Grundbesitz haben. Mit einem Touristenvisum ist das alles illegal.«

Die Zeit blieb stehen. Das Monster war ans Tageslicht gekommen und fletschte seine Zähne.

»Wie ist es bei den Kindern?« unterbrach Neil die Stille.

»Ich weiß nicht –, lass mich nachsehen.« Sie blätterte mit fliegenden Händen in den Pässen der Kinder. »Nichts«, sagte sie dann erleichtert, »gar nichts.«

Er lachte leise und das Geräusch fuhr wie ein elektrischer Schlag in die Glieder. »Du bist aus dem Schneider. Sie haben es nicht gemerkt. Mach dir keine Sorgen, euer Haus ist sicher.«

»Im Moment interessiert mich das Haus nicht, sondern meine Sicherheit und die der Kinder!« entgegnete sie scharf. »Tut mir Leid, ich bin mit den Nerven völlig fertig.«

»Entschuldige. Ich freue mich nur immer, wenn einer den Bastarden eins auswischt. Ich hoffe, du – äh – veränderst dich bald?«

»Ja. Ich melde mich sofort, wenn ich kann. Ich danke dir für alles. Ich werde noch mit Tita sprechen. Bis wir uns wiedersehen, lieber Freund.«

Sie legte auf. In der Telefonzelle war es stickig und es stank, aber sie verweilte noch für Sekunden, ohne die Tür zu öffnen. *Bis wir uns wiedersehen -wann wird das wohl sein?*

Wenige Minuten später war sie auf dem Weg nach Umhlanga. Es war erst kurz nach ein Uhr und noch Zeit genug, zur Bank zu gehen. Die Schlange am Schalter war relativ lang, und Miss Linley, ihr schwerer Dutt noch grauer und unordentlicher, arbeitete in dem ihr eigenen, gemütlichen Tempo. Ungeduldig rechnete Henrietta nach, ob sie es noch zu der Filiale mit Titas Konto schaffen würde. »Ich möchte zehntausend Rand abheben«, sagte sie scharf, als sie endlich an der Reihe war.

Miss Linley sah hoch und zog ein säuerliches Gesicht, als sie Henrietta erkannte. Sie nahm den ausgefüllten Auszahlungsschein und zog ihre Kontounterlagen aus dem Register, stutzte und warf ihr einen merkwürdigen Blick zu. »Warten Sie einen Augenblick«, murmelte sie und verschwand in dem Büro des Filialleiters, um kurz darauf mit einem ihr unbekannten jüngeren Mann zurückzukommen. »Mrs. Cargill, ich möchte sie kurz sprechen«, sagte dieser.
Sie folgte ihm befremdet. Das Konto war mehr als gedeckt. Welches Problem konnte es geben?
»Ich vertrete unseren Filialleiter«, sagte er und schloss die Tür hinter ihr, »Mrs. Cargill, es tut mir Leid, Ihr Konto ist gesperrt.«
Sie hatte sich wohl verhört. »Wie bitte?«
»Ihr Konto ist gesperrt. Wir haben es auf Anweisung sperren müssen. Sie können im Augenblick nicht darüber verfügen.« Sie zwang sich, ruhig zu bleiben. »Wer bitte hat das Recht, mein Konto, das mehr als genügend Deckung hat, zu sperren? Ich schulde niemandem etwas!« Dankbar registrierte sie, dass ihre vorherrschende Gemütsbewegung im Moment Wut war.
»Oh, das könnte ich so nicht sagen«, wand sich der junge Mann, und Henrietta wusste, dass er log. Sie schwieg für eine Sekunde. Die Krake hatte ihre Tentakel ausgestreckt und begann, ihr langsam die Luft abzudrehen. Damit hatte sie nicht gerechnet! Sie setzte ihr arrogantestes Gesicht auf, Eis klirrte in ihrer Stimme. »Sie hören von mir. Das wird Konsequenzen haben!« Damit stolzierte sie aus dem Büro, durch den Schalterraum und auf die Straße. *Verdammt! Was nun?* Sie brauchte Geld, und zwar sofort. Sie warf sich in ihr Auto und raste nach Haus. Ohne Umwege lief sie in Ians Arbeitszimmer und öffnete den Safe. Sie sank erleichtert auf einen Stuhl. *Oh, Ian, Honey, ich danke dir!* Sie hatte geglaubt, er hätte alles Geld aus dem Safe genommen, aber da lag noch ein Umschlag. Sie zählte den Stapel nach. Fast 6500 Rand. Mehr als genug, um die Tickets zu bezahlen und Travellerschecks zu kaufen.
Sie wählte die kleine Filiale, wo sie das Konto für Tita eingerichtet hatte, und legte 2500 Rand auf den Tisch. »Ich möchte das auf dieses Konto einzahlen.« Sie reichte der Kassiererin das Formular. »Und für diesen Be-

trag«, sie schob ein zweites Bündel mit 1500 Rand über den Tresen, »möchte ich Travellerschecks kaufen, die Hälfte in Pfund, die andere in Franken, bitte.«

Die Kassiererin war jung und hübsch. Sie lächelte schüchtern. »Es tut mir Leid, aber Travellerschecks können Sie nur bei Ihrer eigenen Bank kaufen. Der Vorgang muss über Ihr Konto abgewickelt werden. Die Devisenkontrolle, wissen Sie?«

Henrietta stand wie vom Donner gerührt. Sie saß in der Falle. Was sollte sie nur machen? Sie brauchte das Geld! Sie bemühte sich, sich äußerlich nichts anmerken zu lassen, zahlte das Geld auf Titas Konto ein und verabschiedete sich freundlich. Sie fuhr wie gehetzt. Hoffentlich war Tita zu Hause! *Bitte, lass Tita dasein!*

Sie war da. »Komm rein«, rief sie, »die Tür ist offen!« Als sie Henrietta sah, reagierte sie alarmiert. »Was ist passiert?«

Sie gingen in den Garten. »Was soll ich nur tun?« flüsterte Henrietta, »Ich brauche Travellerschecks, Bargeld auszuführen ist ein Kapitaldelikt, sie kreuzigen dich dafür, außerdem ist es in Übersee nichts wert. Die Tickets kann ich bar bezahlen, aber ich kann doch nicht ohne einen Pfennig nach Europa fliegen!«

Tita biss sich auf die Lippen, als hätte sie einen inneren Kampf durchzustehen. Komm mal mit«, sagte sie endlich und zog ihre Freundin ins Schlafzimmer. Dort schraubte sie den Knopf des einen Pfeilers ihres großen Messingbettes ab und stocherte darin herum. Zum Vorschein kam eine stramme Rolle blaugrauer Pfundnoten. Schweigend hielt sie ihr das Geld hin. »Hier, meine eiserne Reserve. Verstecke sie gut. Wenn sie das Geld bei dir finden, wanderst du für Jahre ins Gefängnis. Also sei vorsichtig!«

Henrietta starrte das Geld an, als sei es eine Giftschlange. Jahre ins Gefängnis! Sie zögerte. »Wozu braucht ihr das Geld?«

Tita zuckte die Schultern. »Du weißt, dass Neil immer im Dreck herumstochert. Er weiß nicht im Voraus, wann er mal einen Volltreffer landet. Es könnte sein, dass er blitzschnell das Land verlassen in müsste, und das hier ist dann unsere eiserne Reserve.«

Sammy und Dickie spielten am Rande des Swimmingpools. Im Schatten

saß ein bewaffneter Wächter mit Hund. »Wie kannst du nur so leben? Ich würde das auf Dauer nicht aushalten.«
»Einstellungssache. Erinnerst du dich an die Leoparden?«
»Kannst du mir etwa fünfzig Pfund geben, möglichst in großen Scheinen? Ich kann mich dann notfalls damit herausreden, dass ich die bei meinem letzten Überseeurlaub in meiner Hose vergessen habe.«
Schweigend pellte Tita ein paar Scheine von der Rolle und reichte sie ihr. »Die Ausrede wird dir nicht viel helfen, sieh dich vor. Denk an die Kinnairds!«
Henrietta schlüpfte aus ihren Schuhen, legte die Scheine flach auf die Sohlen und zog die Schuhe wieder an. Prüfend machte sie ein paar Schritte. »Das geht«, murmelte sie, mehr zu sich selbst. Dann nahm sie ihre Freundin in den Arm und küsste sie. »Ich danke dir, Tita, ich weiß nicht, was ich ohne dich gemacht hätte. Eines Tages werde ich es wieder gutmachen können. Ich habe noch eine Bitte. Wenn wir in Sicherheit sind, könntest du einen Makler beauftragen, Mieter für unser Haus zu suchen? Es ist nicht gut, wenn es für unbestimmte Zeit leer steht.«
»Klar, kein Problem.« Sie drückte Henrietta fest an sich. »Komm wieder, ich brauch' dich.«
Henriettas Stimme war rau mit ungeweinten Tränen. »Danke, Tita. Oh, ich werde dich so vermissen. Übrigens, Sarah weiß Bescheid, du kannst ihr vertrauen. In allem.«
Tita zuckte zurück. »Bist du verrückt – eine Schwarze!«
Ihre Freundin lächelte leicht. »Glaub mir, du kannst ihr vertrauen. Ich kann es dir jetzt nicht erklären, aber vielleicht genügt es dir, dass ich ihr das Leben meiner Kinder, das meines Mannes und meins anvertraut habe. Ohne sie hätte ich die letzten eineinhalb Tage nicht durchgestanden.«
Tita Robertson, geborene Kappenhofer, die privilegierte, weiße Südafrikanerin, nickte, sah ihrer deutschen Freundin noch einmal forschend ins Gesicht und nickte dann wieder. »In Ordnung, wenn du das sagst.« Ein schwer zu deutender Ausdruck tauchte in der Tiefe ihrer grünen Augen auf, etwas wie Bewunderung, Frustration, vielleicht auch Neid. Henrietta war sich nicht sicher.

Sie umarmten sich, wortlos, für eine lange Zeit. »Oh, Tita, ich danke dir für alles.« Henrietta hielt ihre Stimme eisern unter Kontrolle. »Sowie ich drüben bin, hörst du von mir. Bitte sag Neil alles Liebe von mir. Wir sehen uns bald wieder, Tita, bestimmt.« Fast blind vom Tränenschleier, rannte sie zu ihrem Wagen und fuhr, so schnell sie konnte, davon. Hinter der nächsten Biegung hielt sie an und wartete, bis wenigstens ihre Hände nicht mehr zitterten und ihr Blick wieder klar war. Dann reparierte sie ihr Make-up, ordnete ihre Haare, denn niemand durfte ihr den inneren Aufruhr ansehen. Sie sah auf die Uhr. Die Tickets! Also wieder zurück in die Stadt. Verdammt! Die Zeit lief ihr davon.

Kurzerhand rief sie BOAC an. »Ja, Mrs. Cargill, die Tickets liegen für Sie in Johannesburg am Schalter bereit. Sie sind bezahlt.« Erleichtert rief sie South African Airways an. Die Tickets Durban – Johannesburg waren am Flughafen Durban hinterlegt.

Guter Patrick! Er hatte an alles gedacht. Sie notierte die genauen Abflugzeiten. Auf ihr Gedächtnis war momentan kein Verlass.

Zweiundzwanzigstes Kapitel

DER DIENSTAG BRACH AN. Der Flug ging erst gegen fünfzehn Uhr. Sie zwang sich, etwas zu essen. Sarah hatte ihr die Zeitung neben ihren Teller gelegt, und sie blätterte ein wenig darin, um sich abzulenken. Sie trank eben ihre zweite Tasse Kaffee, als sie es sah.

WEISSER BEI FLUCHTVERSUCH ERSCHOSSEN

Erstarrt las sie weiter:

> Ein bisher unidentifizierter weißer Mann ist gestern Nacht an der nördlichen Grenze von Zululand von Polizisten bei dem Versuch erschossen worden, die Grenze nach Mocambique zu überqueren.

Weiter kam sie nicht. Ihr Hals war zugeschnürt, die Tasse fiel ihr aus den kraftlosen Fingern, und ein Wimmern stieg ihr in die Kehle. »Ian, o mein Gott, Ian.« Der Kaffee rann ihr die Beine hinunter, und obwohl er brühheiß war, spürte sie es nicht. Die Zeitung zitterte derart in ihrer Hand, dass ihr die Buchstaben und Worte vor den Augen tanzten. Sie legte sie auf den Tisch und las den Artikel zu Ende. Mehr, als in der Überschrift stand, war auch dem Artikel nicht zu entnehmen. Daneben war ein unscharfes Foto, grobkörnig, auf dem zu erkennen war, dass drei Soldaten um einen Menschen, der am Boden lag, herumstanden. Der Stiefel des einen Polizisten stand direkt neben dem Kopf des Mannes und verdeckte den Großteil des Gesichtes, das aber ohnehin nicht zu erkennen war, denn schwarze Flecken breiteten sich auf der einen Seite des Kopfes über die untere Gesichtshälfte aus, Blut aus einer großen Kopfwunde.

Versteinert starrte sie auf das Foto, versuchte an der Länge der Waffen in den Händen der Polizisten abzuschätzen, wie groß der Mann gewesen sein musste. Etwa zweieinhalb Maschinenpistolenlängen. Wie lang war nun so eine Waffe? Verzweifelt sank sie auf einen Stuhl. Sie schätzte sie etwa 75 bis 80 Zentimeter. Das würde die Größe des Toten ungefähr auf einen Meter neunzig festlegen. Ian war eins neunzig.
»Nein«, sagte sie laut, »er lebt.« Sie zerknüllte die Zeitung und warf sie in den Papierkorb.
Ihr Wahrnehmungsvermögen schien eingeschränkt, als sei ihr Gehirn betäubt. Es war die gnädige Reaktion der Natur, den Teil von ihr abzuschalten, der durch die Intensität ihrer Verzweiflung ihre körperliche Gesundheit und ihr Urteilsvermögen zu zerstören drohte. Nur so konnte sie die nächsten Tage überstehen. Automatisch erledigte sie, was noch zu erledigen war, und das war relativ wenig, denn die Tage vorher hatte sie systematisch alles vorbereitet, sodass sie heute die Zeit hatte, Abschied zu nehmen.
Sie stand auf der Terrasse ihres Schlafzimmers und sah hinaus übers Meer. Es war ein endloses funkelndes Licht, das sich in perlschimmerndem Dunst verlor. Der sanfte Märzwind flüsterte in der Palme im Patio, die fedrigen Wedel hingen über die tiefe Brüstung der Terrasse. Katinka und Chico dösten in ihrem Schatten in der Morgenwärme. Bougainvillearanken wiegten sich sacht, im Zitronenbaum flirrte der Kolibri. Joshuas Stimme vibrierte durch die klare Luft, sie erkannte ein altes Zululied über die Frauen und Kinder bei der Feldarbeit, ein Lied mit lustvollen Tönen voller Leben und Sehnsucht. Unter ihr, dicht unter der Küste, strichen ein paar schneeweiß glänzende Ibisse über die smaragdgrünen Baumkronen nach Süden, wie jeden Morgen. Abends dann würden sie zurückkehren, mit schrillen, hohen Schreien, und gen Norden fliegen zu ihren Nistplätzen Sie würde dann nicht mehr hier sein.
Es musste eine große Kolonie der eleganten, zierlichen Vögel irgendwo im Norden an Natals Küste geben. Sie hatte es den Kindern schon so lange versprochen, herauszufinden, wo ihre Nistplätze waren. *Ein anderes Mal, wenn wir wieder Zeit haben.*

Und in diesem Moment wurde ihr klar, dass sie ihr Haus, ihr Paradies, ihren Traum für immer verlassen würde. Es würde kein anderes Mal geben. Es traf sie so, dass sie für Momente ohne Leben schien, sogar ihr Atem blieb weg. Als sie sich ihrer wieder bewusst wurde, atmete sie rau und stoßweise. Sie zwang sich, tief Luft zu holen, blähte ihre Lungen zum Bersten, bis ihr die Sterne vor Augen tanzten. Für Sekunden war nur das hohle Rauschen ihres Blutes in ihren Ohren und ihr eigener, harter Herzschlag. Sie ließ ihren Atem langsam und kontrolliert entweichen und wandte sich ab. Sie konnte den Schmerz jetzt nicht ertragen. Noch nicht. Sie konnte nicht zulassen, dass es sie berührte, daran würde sie zerbrechen.

Sarah verwöhnte die Kinder mit ihren Lieblingsspeisen. »Es ist das letzte Mal.« wisperte sie unter Tränen und stellte die dicke, buttergelbe Vanillesoße für den Wackelpudding auf den Tisch. Jan und Julia, nicht ahnend, was ihnen bevorstand, stürzten sich auf die Leckereien. Henrietta konnte nichts essen. »Ich krieg es nicht hinunter, Sarah, und wenn ich mich dazu zwinge, spucke ich es sofort wieder aus.«

Dann kam der Moment des Abschieds. Sie legte ihre Arme um den Hals der Zulu, atmete den vertrauten Geruch ein, und mit einer Flut von Tränen wurde all ihre Pein an die Oberfläche gespült, Trauer und Wut brachen ihre Stimme. Sie standen da und schluchzten gemeinsam, ihre Tränen vermischten sich, und jede murmelte Koseworte in ihrer eigenen Sprache. Als sie sich leer geweint hatten, das Schluchzen leiser wurde, löste Henrietta sich widerstrebend. »Wir müssen aufbrechen, sonst schaffen wir es nicht rechtzeitig. Mrs. Robertson wird Chico und Katinka übermorgen abholen und zum Flughafen bringen.« Liebkosend nahm sie Sarahs Gesicht in beide Hände. »Sarah, ich hab dir alles gesagt. Wir werden uns wiedersehen. Das ist ein Versprechen.«

Sarah drückte die Kinder, lange. »Hamba khale, meine Babys.« Die Tränen strömten über ihr schwarzes Gesicht.

Dann stiegen sie ins Auto, und Sarah öffnete das Garagentor und ließ die grelle Helligkeit hinein. Henrietta trat aufs Gas und schoss hinaus auf die Straße. Sie fuhr wie von Furien gehetzt und sah nicht einmal zurück. Sie wusste, täte sie es, wäre es ihr Verhängnis. Sie fuhr wie in Trance. Umhlanga, die Gärten von Glenashley, Durban North und Virginia flossen vor ihren Augen zu einem impressionistischen Gemälde zusammen, ein Teil von ihr verrichtete die benötigten Handgriffe, Gas, Bremse, Kupplung, wich Hindernissen aus, überholte Bummler, aber hinterher, als sie Zeit hatte zurückzudenken, fehlte jede Erinnerung an die Fahrt. Sie prüfte alle paar Minuten ihren Rückspiegel. Einmal machte sie einen Schlenker und wartete fünf Minuten in einer Seitenstraße von Durban North. Aber niemand schien von ihnen Notiz zu nehmen.

Am Flughafen parkte sie ein wenig abseits und winkte einem Kofferträger. Der Mann, dessen Sandalen aus Autoreifengummi sich im fortgeschrittenen Stadium der Auflösung befanden, schlurfte heran, und sie wurde an den Kofferträger, damals bei ihrer Ankunft erinnert. Es hätte derselbe Mann sein können. »Bring das Gepäck zum Abflug, ich komme gleich nach.«

»Yebo, Ma'am.« Ohne sie anzusehen, schulterte er einen Koffer, klemmte sich das Handgepäck unter den Arm und packte die beiden anderen Koffer. Seine Beine knickten ein, Schweißperlen sprangen ihm auf die Stirn.

»Vorsichtig, lass ja nichts fallen!« Sie nahm die Kinder an die Hand und zwang sich, mit ihren Üblichen ausgreifenden, lockeren Schritten zu gehen, obwohl ihre Schuhe drückten. Sie durfte nicht auffallen. Die fünf Noten waren länglich gefaltet, so flach wie möglich, trotzdem umspannten ihre Schuhe schmerzhaft ihre Füße. Sie trat durch die offen stehenden Flügeltüren in die Flughafenhalle, die Ankunfts- und Abflughalle in einem war. Wie immer war sie brechend voll, und die verbrauchte Luft stand wie eine Wand. Hinter ihrer Sonnenbrille sammelte sich das Schwitzwasser unter ihren Augen. Verstohlen tupfte sie es ab und sah sich um. Einige Polizisten in Uniform standen herum, aber ihr Blick glitt über sie hinweg. Diese Männer interessierten sie nicht. Langsam wendete sie ihren Kopf, während sie sich gemächlich zur Gepäckaufgabe bewegte. Dann entdeckte sie, was sie suchte. Er stand an einer der Säulen, scheinbar teilnahmslos, ohne sich zu bewegen. Seine Augen jedoch prüften methodisch jeden, der sein Blickfeld betrat. Als sie sich an das durch die schmutzigen Fenster gefilterte Tageslicht, das nicht ausreichte, auch die Mitte der Halle gut auszuleuchten, gewöhnt hatte, sah sie auch die anderen. Henrietta schätzte die Grenzen ihrer Blickfelder ab, und es war ihr klar, dass sie einer gründlichen visuellen Überprüfung nicht entrinnen konnte.

Sie zog einen knautschigen, sandfarbenen Schlapphut aus der Tasche und drückte ihn auf ihre weithin leuchtenden sonnengebleichten Haare. Er hing ihr über die Augen und gab ihr einen ländlich-spießigen Anstrich. Sie nahm Julia auf den Arm, verbarg so ihr Gesicht fast völlig und ging zur Gepäckabfertigung. Sie drückte dem Träger zwei Rand in die Hand. Er nahm sie mit ungläubigem Blick, wuchtete ihre Koffer auf das Gepäckband, versuchte ein schüchternes Lächeln und schlurfte davon.

»Ihre Tickets bitte.« Der junge Mann prüfte ihre Flugscheine. »Sie fliegen nicht weiter? Wollen Sie Ihr Gepäck durchbuchen?«

»Nein.« Verdammt, warum hatte sie die Koffer nicht einfach mit Luftfracht schon vor zwei Tagen abgesandt! Sie hatte einfach nicht überlegt, dass die Koffer in Johannesburg wieder auf sie warteten und sie sie dann quer über den Flughafen schleppen musste. Welch ein Risiko! Unter ihrer Hutkrempe blickte sie hinüber zu einem der Geheimpolizisten. Seine Augen wanderten gleichgültig, ohne zu stocken, über ihre Person. Gut!

Eine Bewegung in der Menge, am äußersten Rand ihres Gesichtskreises, fesselte ihre Aufmerksamkeit. Ein Mann, jung, braungebrannt, unbekümmertes Gesicht, sehr weiße Zähne, drängte sich wichtigtuerisch durch die Menge, die sich vor ihm teilte und hinter ihm schloss, als pflüge er durchs Meer. Er lächelte und nickte und schob sich hindurch, während er die Personen, die am Ausgang und an den Gepäckschaltern standen, suchend ansah. Er kam immer näher und zog mit seiner Aktion alle Augen auf sich, besonders die der stillen Herren, die an den Säulen lehnten. Dann blieb sein Blick zu ihrem Entsetzen an ihr hängen. Er winkte und lächelte. Sie wendete sich ab, versuchte, sich unsichtbar zu machen.

»Mrs. Cargill?« rief er laut, nur noch wenige Meter entfernt. »Sind Sie Mrs. Cargill?«

Um Himmels willen, was sollte sie tun? Wer war er? Voller Panik blickte sie wild um sich, einen Ausweg suchend. Eine Zeitung lag zusammengefaltet auf dem dunklen Holztresen neben ihr. »WEISSER BEI FLUCHTVERSUCH ERSCHOSSEN«, schrie ihr die Überschrift entgegen, und ihre Kehle war plötzlich zugeschnürt und rau wie Schmirgelpapier. *O nein, oh, bitte nicht!* Kam dieser Mann, um ihr den Tod ihres Mannes mitzuteilen? Sie stand wie festgenagelt, unfähig, auch nur einen Muskel zu rühren. Jeder Gedanke war weggefegt, da war nur ein ohrenbetäubendes Brüllen in ihrem Kopf, die Geräusche um sie herum entfernten sich.

Dann stand er vor ihr. »Mrs. Cargill?« brüllte er, nur wenige Zentimeter von ihrem Gesicht entfernt.

Er musste schwerhörig sein! Sie nickte, ihr Gesicht durchsichtig weiß. Sprechen konnte sie nicht, sie brauchte alle ihre Kraft, um nicht umzufallen.

»Masters von British Airways!« brüllte er etwas leiser, aber doch so laut, dass er meterweit zu hören war. »Ihre Tickets! Sie waren doch bei uns und nicht in Johannesburg hinterlegt!« Er lächelte sie an. »Sie wissen doch, Ihre Tickets nach London.«

Das durfte doch nicht wahr sein!

Das Brüllen wurde etwas leiser, die normale Geräuschkulisse erreichte sie wieder, und mit einer Welle von Wut und Frustration geriet wieder genügend Blut und Sauerstoff in ihr Gehirn, der drohende Zusammenbruch wurde abgewendet.

»Schreien Sie nicht so!« zischte sie ihn an, am ganzen Körper zitternd von der Reaktion.

Er zog ein schuldbewusstes Gesicht und dämpfte seine Stimme etwas. »Es ist doch nur, weil Ihre Tickets nach …«

»Geben Sie schon her!« Nervös unterschrieb sie die Quittung, versuchte gleichzeitig zu erkennen, ob die Geheimpolizisten an ihr interessiert waren. O ja, der Große mit dem Bürstenhaarschnitt fing ihren Blick auf. Erschrocken senkte sie die Lider.

»Also … «, fing der junge Mann an, und sie befürchtete eine weitere Szene.

»Halten Sie den Mund, und verschwinden Sie!« fauchte sie dermaßen

giftig, dass Mr. Masters sich umdrehte und in der Menge verschwand wie ein getretener Hund. Aus den Angenwinkeln verfolgte sie seinen Abgang bis zur Eingangstür und war immens erleichtert, dass ihn niemand aufgehalten hatte, niemand hatte ihm Fragen gestellt. *Dieser Vollidiot!*
»Ich hab Durst«, quengelte Jan, »ich will eine Cola!«
»Ich hab Hunger«, maulte seine Schwester, »und Durst.«
»Jetzt gibt es nichts, ihr müsst noch etwas warten.« Sie war noch viel zu aufgeregt durch diesen Zwischenfall, um auf die Kinder gebührend einzugehen. Prompt fing Julia in der ihr eigenen Nerven zermürbenden Art an zu jammern, die sie immer anwandte, wenn sie etwas durchsetzen wollte. *Bloß nicht das jetzt auch noch!* »Im Flugzeug könnt ihr alles haben, was ihr wollt, nur seid jetzt ruhig!«
»Versprochen?« Julia stellte die Tränen ab wie einen tropfenden Wasserhahn.
»Alles. Versprochen.« Sie schob die Kinder zum Ausgang, zum Flugsteig. Ihre Tickets wurden geprüft und abgerissen, und nun drängten sie sich durch den engen Gang zwischen den Sitzen. Wie immer war einer von ihnen an Bord. Er stand zwischen den Sitzreihen in einer der letzten Reihen. Gelegentlich strich er sich über seinen schwarzen Schnurrbart, sonst stand er absolut still, aufrecht und entspannt, locker gegen den vorderen Sitz gelehnt. Nur seine schwarzen Augen wanderten ruhelos über seine Mitpassagiere, registrierten alles, übersahen nichts. Einer von BOSS. Sie wagte nicht, seinen Blicken zu begegnen.
Glücklicherweise befanden sich ihre Plätze im vorderen Drittel der Maschine, sodass sie nicht in seinem unmittelbaren Blickfeld würden sitzen müssen. Sie schob sich quälend langsam vorwärts, behindert durch die Passagiere vor ihr, die, sobald sie ihren Sitz gefunden hatten, sich gemächlich auszogen und ihr Gepäck umständlich in der Gepäckklappe verstauten. Hinter ihnen drängten sich die anderen Passagiere, ungeduldig mit den Füßen scharrend und unterdrückte Flüche murmelnd.
Der Mann war nun unmittelbar vor ihr. Sie wandte ihren Kopf von ihm weg und machte wieder drei Schritte vorwärts. Die Pfundnoten in ihren Schuhen knisterten überlaut. Nun war sie an dem Mann vorbei. Sie fühlte seine Blicke auf ihrem Rücken, als berühre er sie tatsächlich. Alle

Nervenenden lagen blank und reagierten hoch empfindlich auf die geringste Stimulierung. »Mevrou«, sagte er da, seine Hand berührte ihren Arm, und ihr Herz blieb stehen.

Sie stand stocksteif, unfähig, sich zu rühren, für eine Zeitspanne, die ihr als eine Ewigkeit erschien, aber tatsächlich nur Sekunden betrug. Dann drehte sie sich langsam um. Hinter ihrer Sonnenbrille versteckt, lächelte sie den Mann von BOSS an. »Meinen Sie mich?«

»Ja, Mevrou.« Der Mann bückte sich, und sie bemerkte, dass er zu kreisrundem Haarausfall neigte. Auf seinem fleckenweise nackten Schädel spiegelte sich fahl die Kabinenbeleuchtung. Als er wieder hochkam, hielt er Julias Schlafhasen in der Hand. »Ihre kleine Tochter hat das hier verloren.«

Sie bleckte ihre Zähne in der Parodie eines Lächelns. »Ich danke Ihnen«, stieß sie hervor, nahm den Schlafhasen und drehte sich wieder nach vorn, wo es jetzt frei geworden war. Rasch schritt sie den Gang hinunter, es knisterte bei jedem Schritt, und sie erreichte endlich Reihe 12. Im Hinsetzen blickte sie verstohlen nach hinten.

Der Mann von BOSS stand noch immer zwischen den Sitzen, und seine Augen strichen über die Köpfe der vor ihm Sitzenden. Bevor sie ihre Augen abwenden konnte, fing er ihren Blick auf. Sein Bürstenschnurrbart bewegte sich, gelbe Zähne kamen zum Vorschein. *Der Mann lächelte!* Rasch beugte sie sich zu ihren Kindern und schloss ihre Sitzgurte. Danach vermied sie strikt, sich nach hinten umzudrehen.

Die Kinder saßen still neben ihr. Sie schienen die innere Spannung ihrer Mutter zu spüren, ihre Gesichter blass in dem grellen Schein der schräg einfallenden Sonnenstrahlen. Vergessen waren Hunger und Durst. Eine Welle von Mitleid ergriff Henrietta. Sie waren noch so klein und wussten nicht, was hier geschah, und doch spürten sie, dass etwas Erschreckendes, Unerklärliches im Gange war. Ein Schluchzen stieg in ihr hoch, und sie lehnte ihre Stirn an das Fenster und ließ ihre Haare über ihr Gesicht fallen. Der Mann von BOSS durfte nicht sehen, wie es um sie stand. Unter ihr versanken die Gärten von Virginia und Glenashley im Dunst, und der große, weiße Jet flog hinaus über die blaue Unendlichkeit des Indischen Ozeans, legte sich scharf nach links.

Die Nachmittagssonne streifte die rote Spitze des Leuchtturms vor der Oyster Box und glitzerte auf der schneeweißen Gischt, die um die schwarzen Felsen schäumte. Der Strand schien kein Ende zu haben und lag um das satte Grün der Küstenregion wie ein kostbares, goldschimmerndes Halsband.

Und dann erkannte sie das silbergraue Schieferdach ihres Hauses, oben am Hang, unter den Flamboyants. Es blitzte nur einen kurzen Augenblick zwischen dem flirrenden Grün auf, dann verschwand es in dem Meer von Bäumen. Sie sah hinunter, um sich jede Einzelheit einzuprägen. Das Flugzeug stieg steil und schnell, und Umhlanga verschwand hinter den fruchtbaren, grünen Hügeln von Natal. Zurück blieb der Abdruck dieses Bildes, das sich tief und unauslöschlich in ihr Gedächtnis prägte.

Sie grub sich die Fingernägel in die Handflächen, um ihre Beherrschung nicht zu verlieren. Sie richtete sich auf, innerlich und äußerlich, schluckte das Schluchzen hinunter. In einer drei viertel Stunde war die Landung in Johannesburg, und etwa zwei Stunden später würde sie an Bord der British-Airways-Maschine nach London dieses Land verlassen. Bis dahin musste sie durchhalten.

Mit den Getränken brachte die hochglanzlackierte Stewardess Buntstifte, Papier und zwei kleine Flugzeugmodelle für die Kinder. Das brachte wieder Farbe in die zarten Gesichter. Julia hatte ein ausgeprägtes Talent, mit wenigen Strichen Menschen zu malen, die trotz der Kindlichkeit des Ausdrucks deutlich zu erkennen waren. Ihre eigenen hellen Haare und die goldenen Schöpfe der beiden Kinder leuchteten vom Papier. »Und das ist Papi«, sagte Julia stolz und malte einen großen, kräftigen Mann mit schwarzen Haaren, der seine Arme um seine kleine Familie gelegt hatte.

Stumm streichelte sie ihre kleine Tochter, zu sprechen wagte sie nicht. Sie befürchtete, ihre Fassung zu verlieren. Sie zwang sich, in einer Zeitschrift zu blättern, bis sie sich gefangen hatte und der Kloß in ihrem Hals sich auflöste. *Oh, Ian, mein Liebling, wo bist du?*

Ein Kribbeln in ihren Füßen erinnerte sie an die Pfundnoten, ihre Zehen waren wie abgeschnürt, ihre Füße, wie so häufig in der Wärme, dick und geschwollen. Im Schutz der Sitzreihe zog sie ihre Schuhe aus und nahm die Pfundnoten heraus. *Für Jahre ins Gefängnis!* Welch eine idiotische Idee, sie in den Schuhen zu verstecken!

Nie hätte sie sich aus dieser Situation herausreden können. Fünfzig Pfund, fast fünfhundert Mark! Kein Mensch vergisst mal eben fünfhundert Mark. Erst kürzlich hatte Glitzy erzählt, dass man sie vor ihrem letzten Europaurlaub durchsucht hatte.

»So ein afrikaans sprechendes Weibsbild, das aussah wie eine Gefängniswärterin. Entsetzlich, sag ich dir. Stell dir vor, ich musste mich ausziehen! Vor einer Frau! Ich hab Blut und Wasser geschwitzt, obwohl der Diamant, den ich im Rockbund eingenäht hätte, wirklich nur klitzeklein war. Mir schlottern heute noch die Knie bei der Vorstellung, was passiert wäre, wenn sie ihn gefunden hätte. Stell dir vor, ich in einer Zuchthauskluft! Khaki steht mir doch überhaupt nicht.«

Rasch stopfte sie die Geldscheine in die Hosentasche und zog die Schuhe wieder an. Welch eine Wohltat! Aber auch in der Hosentasche konnte das Geld nicht bleiben. Eine Zehn-Pfund-Note konnte sie glaubhaft erklären. Jeder würde es ihr abnehmen, dass sie das Geld dort nach dem letzten Überseeurlaub vergessen hatte. Wohin mit den anderen vierzig Pfund? Sie sah sich um. Im Sitz verstecken? Unmöglich, es gab Passagierlisten, es war leicht nachzuvollziehen, wer das Geld dort verborgen hatte. Oder wurde sie schon langsam paranoid?

»*Gefängnis! Jahrelang*«, warnte Tita. »*Denk an Liz und Tom.*« Sie musste sie irgendwo zwischen dem Flugzeug und dem Flughafengebäude loswerden. Sie teilte das Geld. Eine Zehnpfundnote in die linke Hosentasche, die restlichen vierzig Pfund legte sie zwischen die Seiten der Zeitschrift. Unter sich spürte sie das Rattern der ausfahrenden Räder, und dann setzte die Maschine mit aufheulenden Motoren auf dem Jan-Smuts-Flughafen auf.

Die Halle von Jan Smuts summte wie ein riesiger Bienenkorb. Das Geräusch schlug über ihr zusammen wie eine Flutwelle, als sie durch die Schwingtür traten. Oben auf der Treppe blieb sie für einen Moment stehen und sah hinunter, um sich zu orientieren. Unter ihr wogte eine bunte Menschenmenge, ein internationales Kaleidoskop aus dunklen

Geschäftsanzügen, Stammestrachten, eleganten, vielfarbig bedruckten Sommerkleidern, schimmernden Saris. Sie sah jedoch nur eines: die Polizisten in ihren graublauen Uniformen mit den Maschinenpistolen, die sie locker in beiden Händen quer zum Körper hielten. Sie standen überall, an jedem strategischen Punkt der weiten Halle, und zu zweit an den Ausgängen.

Es war noch nicht möglich gewesen, das Geld loszuwerden, und nichts in der Welt konnte sie dazu bringen, mit der Zeitschrift und ihrem brisanten Inhalt dort hinunter in die Löwengrube zu gehen. Am Ende der Galerie waren die Waschräume. Sie stieß die Tür auf. Gleich vorn stand ein großer Papierkorb, bereits drei viertel voll mit gebrauchten Papierhandtüchern. Im Vorbeigehen steckte sie das Magazin hinein.

»Oh, darf ich die haben? Dann brauche ich sie nicht zu kaufen«, fragte eine junge Stimme hinter ihr.

Sie wirbelte herum. Ein junges Mädchen, zierlich, dunkle Jackie-Kennedy-Frisur, neugierig funkelnde, schwarze Augen. Sie hielt die weggeworfene Zeitung in der Hand, und Henrietta konnte erkennen, dass die Seiten automatisch jede Sekunde dort auseinander fallen würden, wo sie die Geldscheine hineingesteckt hatte. Wie hatte sie nur so dämlich sein können, das Geld auf eine so primitive, risikoträchtige Art loszuwerden? Warum um alles in der Welt war ihr nicht eingefallen, die Geldscheine einfach zu zerreißen und ins Klo zu werfen? *Um Himmels willen, was ist mit mir los?* Blitzschnell nahm sie dem Mädchen das Magazin aus der Hand. »Oje, wo habe ich nur meine Gedanken. Wie gut, dass Sie mich erinnern. Ich wollte mir noch eine Adresse aufschreiben.« Sie redete sehr schnell, und die Worte kamen ihr von allein. Sie zwang sich zu einem Lächeln. »Ich notiere sie mir, dann können Sie die Zeitschrift haben.« Sie drehte sich zum Waschtisch und ließ die vier Banknoten in ihrer Tasche verschwinden. »Erledigt.« Sie reichte dem jungen Mädchen die Zeitschrift, betrat die Toiletten, zerriss die vier Zehnpfundnoten und spülte sie hinunter, bis der kleinste Schnipsel verschwunden war.

In vieler Hinsicht erleichtert, trat sie hinaus auf die Galerie und ging in das Büro der British Airways. »Mein Name ist Cargill. Wir sind nach London gebucht. Kann ich mich bei Ihnen ausruhen?«

»Mrs. Cargill?« Eilfertig stand der freundliche junge Mann auf »Aber mit Vergnügen, Madam. Wir haben eine Lounge für unsere Erste-Klasse-Passagiere. Bitte folgen Sie mir.«
Ein Stein fiel ihr vom Herzen. Die Vorstellung, die nächsten zwei Stunden unter den wachsamen Augen der Geheimpolizisten zubringen zu müssen, erfüllte sie mit Grauen. »Mein Gepäck muss abgeholt werden, es ist nicht durchgebucht.«
»Geben Sie mir Ihre Gepäckabschnitte, ich erledige das für Sie.«
Minuten später saß sie, einen dampfenden Kaffee in der Hand, in einem tiefen weichen Sessel. »Der Salat kommt gleich, Mrs. Cargill«, lächelte die Hostess in dem schicken dunkelblauen Kostüm. »Wir werden Ihnen rechtzeitig Bescheid sagen, wenn Sie sich an Bord begeben müssen. Entspannen Sie sich. Wir sorgen für Sie.«
Sie schloss die Augen. Welch eine Wonne, nur für kurze Zeit wenigstens abschalten zu können, nur einen Augenblick an nichts zu denken. Sie hörte die Stimmen ihrer Kinder, die, jeder eine Cola und einen Eisbecher vor sich, begeistert in Mickymaus-Heften blätterten. Die große Uhr über der Tür der Lounge tickte vernehmlich. Noch eine drei viertel Stunde.
Ihr Salat wurde gebracht. »Und die Tageszeitung.« Die Hostess reichte ihr lächelnd den »Star«.
Ihr Blick streifte die Überschrift, und sie zuckte zusammen.

FLUCHT IN DEN TOD – KROKODIL ZERFLEISCHT UNBEKANNTEN WEISSEN IM LIMPOPO.

Mühsam brachte sie ein ablehnendes Lächeln zustande. Sie wollte das nicht sehen, nicht lesen, was da wirklich passiert war. Sie erlaubte sich einfach nicht, den Gedanken zuzulassen, dass auf dem verschwommenen Zeitungsfoto Ian abgebildet war, von einem Krokodil halb aufgefressen. Ihr Kopf versank in dem weichen Rückenkissen. Das gedämpfte Stimmengesumm um sie herum wirkte hypnotisch und erreichte sie nur bruchstückhaft, während sich ihre Gesichtsmuskeln langsam entspannten.
»Mrs. Cargill, es ist Zeit.« Sanft rüttelte sie jemand an der Schulter. Sie

schreckte hoch und brauchte Sekunden, um sich zurechtzufinden. Über ihr stand die freundliche Dame der BA. »Sie können nun an Bord gehen, Miss Cargill.«
»Mami, du hast geschlafen!« Jan kuschelte sich an sie. »Wir haben Pommes bekommen und Cola.« Er stieß hörbar auf.
»Und Schokolade«, setzte Julia hinzu. »Darf ich das Heft mitnehmen?« Sie hielt der BA-Hostess ihr Mickeymaus-Heft hin.
»Nein, Julia, das muss hier bleiben«, begann ihre Mutter.
»Sie kann es gern behalten, Mrs. Cargill, ihre Kinder sind wirklich ganz entzückend. Wir haben viel Spaß zusammengehabt.«
»Bye-bye«, schrie Julia in den Raum, und Henrietta musste lachen, als sie sah, wie viele der seriös gekleideten Herren, die hinter ihren *Wall Street Journals* vergraben waren, lächelnd zurückwinkten und »Bye-bye, Julia« riefen. Dann schloss sich die Tür zu der anheimelnden Lounge hinter ihr, und der Lärm von vielen hundert Stimmen und ständigen Lautsprecherdurchsagen schlug ihr aus der Halle unten entgegen. Es war dunkel geworden inzwischen, Lichter spiegelten sich in den hohen Fenstern, und die Polizeiuniformen verschmolzen mit dem Hintergrund. Zu dem Ausgang, es gab nur einen zentralen Ausgang, schob sich langsam eine lange Schlange Reisender. Zwei Polizisten, Maschinenpistolen griffbereit vor dem Körper, flankierten die Passkontrolle. Etwas abseits, mit einem Schreibblock in der Hand, standen ein Mann und eine Frau, beide in Polizeiuniform, neben ihnen ein Mann in einem uniformähnlichen khakifarbenen Anzug, aber ohne Rangabzeichen. Er sagte etwas zu der Polizistin, und sie tippte mit dem Bleistift auf eine Position auf ihrem Block. Er nickte. Mit einer fast unmerklichen Kopfbewegung deutete er auf die Schlange.
Henrietta folgte der Linie dieser Geste und bemerkte einen elegant gekleideten Mann, der einen schwarzen Aktenkoffer trug. Der Polizist trat vor und redete auf ihn ein, seine Worte durch abgehackte, unmissverständliche Handbewegungen unterstreichend. Der Mann reagierte sichtlich erregt. Der Polizist packte ihn am Arm und führte ihn durch die Tür, die im Schatten einer Säule lag. *Das Durchsuchungskommando.* Ihr Herz machte einen Satz, und sie meinte, die Zehnpfundnote in ihrer

Hosentasche knistern zu hören. Sie ging die Treppe hinunter und stand mit den Kindern in der Schlange vor der Passkontrolle. Ihr Herz jagte, die Angst schnürte ihr fast die Kehle zu, aber sie wusste, dass man ihr nichts anmerkte. Sie lachte und scherzte mit ihren Kindern wie jede junge Mutter und bot ein fröhliches, unbelastetes Bild.
Das war die Hypothek, die sie mitnahm in ihr neues Leben. Sie hatte lernen müssen, zu lügen und zu täuschen und dabei zu lächeln. Sie hatte erfahren, dass es Gerechtigkeit hier nicht gab, sondern nur Menschen, die das Gesetz nach ihren Wünschen und Zielen auslegten, die es manipulierten und drehten, bis es in ihre Pläne passte. Sie war misstrauisch und verschlossen geworden und sorgte dafür, dass außer Ian niemand wirklich wusste, was sie dachte. Es war ihr zur zweiten Natur geworden, stets mit leiser Stimme zu sprechen, die nur ihr unmittelbares Gegenüber verstehen konnte, auch wenn es sich um belanglose Dinge handelte. Südafrikas Atmosphäre verursachte solche Verhaltensweisen. Paranoia war hier endemisch. Sie nahm mit sich auch die Gabe, mit einem Blick zu wissen, ob der Mensch, der vor ihr stand, einen Vorfahren mit dunkler Hautfarbe hatte, und sie fand die Männer mit den unruhigen Augen, die diese Aura von gespannter Regungslosigkeit hatten, wie ein Raubtier vor dem Sprung, unfehlbar aus jeder Menge heraus. Das war nicht etwas, worüber man mit anderen sprechen konnte, Erfahrungen austauschen konnte. Es hatte sie in ihrem tiefsten Inneren einsam gemacht.
Dort, hinter den Beamten an der Passkontrolle lehnte einer von BOSS an der Wand. Aber das war normal. Sie suchte die Schlange vor sich ab. Der Mann mit dem schwarzen Aktenkoffer war nicht wieder aufgetaucht. Armer Kerl! Was sie wohl bei ihm gefunden hatten? Auszüge von Auslandskonten? Vielleicht ein Einwanderer, der noch Bankkonten in seinem Heimatland hatte. Hier war er ein Verbrecher, ein Krimineller, vermutlich ohne es zu ahnen. Sie schluckte trocken, denn zwischen ihr und den Männern an der Passkontrolle waren nur noch zwei Personen. Impulsiv nahm sie Julia auf den Arm, wie um sich an ihrer kleinen Tochter festzuhalten.
Und dann stand sie vor ihm. Sie musterte ihn, während er langsam Seite

für Seite ihren Pass prüfte. Er war drahtig, fast dünn, aschblonde Haare, straff gescheitelt und an den Seiten und im Nacken präzise auf wenige Millimeter geschoren.

»Sie gehen auf Urlaub, Mrs. Cargill?« Der Ton war geschäftsmäßig und neutral, aber seinen Augen, hellgrau in ihren schattigen Höhlen, entging nichts. Keine Regung ihres Gesichtes, keine Einzelheit ihrer Haltung.

»Familienangelegenheiten.« Das wenigstens war die Wahrheit.

»Hoffentlich angenehme.« Er lächelte überraschend.

Sie geriet für Sekunden in Panik. Was bezweckte er damit? »Nein, leider nicht. Mein Schwager ist lebensgefährlich verletzt«, log sie und vermied es, dem kühlen Blick zu begegnen. Sie sah nur auf seine Finger, die durch ihre Pässe wanderten. Schöne Finger, sehnig und braungebrannt, die Haut ohne jede Verfärbung und vollkommen haarlos. Der Zeigefinger stoppte. Ihr stockte der Atem, als sie erkannte, dass er die Seite mit der durchgestrichenen Daueraufenthaltsgenehmigungs-Nummer geöffnet hatte.

»Besitzen Sie Land hier?«

Diese unpersönliche, kalte Stimme! »Nein«, flüsterte sie.

»Das ist gut«, sagte der Passbeamte, »denn das gäbe jetzt Schwierigkeiten. Sie müssen sich sofort nach der Rückkehr darum kümmern. Sie kommen doch wieder zurück zu uns, nicht wahr, Mrs. Cargill?« Er lächelte tatsächlich, ganz freundlich und unverbindlich. Nur seine Augen lächelten nicht.

Sie glaubte zu ersticken, aber dann kam die Schauspielerin in ihr zu ihrer Rettung. »Aber natürlich«, rief sie, »das mit der Nummer ist ein Missverständnis, sehen Sie, ich habe den alten Pass verloren, dieser ist ganz neu. Irgendjemand hat die Nummer falsch eingetragen. Durch den Unfall meines Schwagers war keine Zeit mehr, das zu berichtigen.« Sie lachte. Es klang völlig überdreht in ihren Ohren.

»Oh.« Der Beamte senkte seinen Blick auf den Pass. »Das ist etwas anderes.« Er knallte seinen Stempel in jeden der drei Pässe und reichte sie ihr. »Gute Reise. Mrs. Cargill.«

Sie war durch! *Ich bin durch, ich habe es geschafft!* sang sie in ihrem Kopf, und dann hatte sie das Flugzeug erreicht. Wie sie das Flugfeld überquert hatte, wusste sie nicht. Ihr Wahrnehmungsvermögen setzte wieder ein, als ihr der Chefsteward auf der Gangway hilfsbereit entgegenkam und Julia abnahm. Der plötzliche Kontrast im Gewicht gab ihr das Gefühl, schwerelos zu sein. Als Erste-Klasse-Passagiere waren sie die Ersten an Bord. »Was möchten Sie trinken, Mrs. Cargill, Champagner?« Fürsorglich beugte sich der Chefsteward über sie.

»Nein«, flüsterte sie, »für Champagner ist es noch zu früh.« Erst wenn Südafrika unwiderruflich hinter ihnen lag, dann würde sie ein Glas trinken, allein hier oben, auf das Liebste, was sie hatte. Auf ihren Mann, der irgendwo im schlangenverseuchten Norden Zululands in der Dunkelheit versuchte, über die Grenze nach Moçambique zu gelangen. »Einen Tomatensaft, bitte.« Sie sah aus dem Fenster. Unter ihr lag das beleuchtete Rollfeld, zur Linken die mit kaltem Neonlicht durchflutete Abflughalle. Nur noch wenige Minuten. *Eine Ewigkeit!* In einer auseinander gezogenen Reihe, hintereinander wie die Ameisen, liefen die anderen Passagiere über den grauen Beton zum Flugzeug. Dann trat der Chefsteward zur Tür, löste einige Verriegelungen, langsam schwang sie zu. Die Anschnallzeichen leuchteten, und die Turbinen sprangen mit einem Heulen an. *Geschafft!* Sie lehnte sich in die Polster. Es hatte geklappt. Sie war sicher. Sie atmete tief durch und schloss für Momente die Augen. Noch zwölf Stunden, und sie würden englischen Boden betreten.

Plötzlich wurde ihr bewusst, dass die Turbinen langsamer liefen, der Heulton schwächte sich ab und erstarb. Alarmiert öffnete sie ihre Augen. Der Chefsteward eilte an ihr vorbei zur Tür, legte einen Hebel um, und mit einem zischenden Geräusch öffnete sich die Tür. Sie reckte ihren Hals. Zwei Männer in leichten Trenchcoats kamen durch die Glastüren und liefen auf das Flugzeug zu, gleichzeitig wurde die Gangway wieder an die Maschine geschoben. Ihr Herz begann dumpf gegen die Rippen zu hämmern, die Gedanken jagten ihr durch den Kopf. Das konnte doch nicht wahr sein! Was war jetzt los? Hatten ihre Wachhunde aus Umhlanga etwas gemerkt? Wie konnte sie nur so naiv gewesen sein, zu glauben, dass sie, eine unerfahrene Frau, die Männer von BOSS täuschen konnte?

Stocksteif vor Schock, umklammerte sie die Armlehnen ihres Sitzes. Ihre Angst war ihr nicht anzusehen, dazu war sie zu geübt im Verstellen, aber ihre Reaktionen waren reduziert auf die einer Maus bei dem Anblick einer zum Angriff aufgerichteten Schlange. Alptraumhaft verzerrt sah sie die beiden Männer die Gangway betreten, hörte ihre eiligen Schritte, hörte, wie der Chefsteward sie an Bord begrüßte. Sie drehte sich nicht um. Sie saß einfach da und wartete auf den Genickschlag. Die Männer betraten die erste Klasse. Starr sah sie geradeaus, zählte die Karos auf dem Bezug der Sitzlehne vor sich.
Und dann standen sie neben ihr. Sie hob den Kopf, im ersten Moment erkannte sie ihn nicht. Er war größer, als er im Film wirkte, und vielleicht etwas älter, aber das umwerfende Lächeln war unverkennbar. Dominik »Nick« Sinclair, der Superstar aus Hollywood. »Hi«, grinste er sie an, »tut mir Leid, dass Sie alle auf mich warten mussten, mein Wagen ist im Verkehr stecken geblieben.« Er warf sich auf den gegenüberliegenden Sitz am Gang. »Ich hab' Angst vorm Fliegen, deswegen sitz ich immer am Gang, aber sagen Sie es bitte keinem weiter.« Er zwinkerte verschwörerisch.
Sie bekam kein Wort heraus. Ihr Mund hing offen, sie blickte ihn verständnislos an. Ihr Kopf war leer, ihr Herz schlug unregelmäßig, sie hatte momentan jede Orientierung verloren. Dominik Sinclair, nicht die Schergen von BOSS! Ein Lachen stieg ihr in die Kehle, es ergriff Besitz von ihr, schüttelte sie, füllte ihren Körper bis in die Fingerspitzen aus, schwemmte ihre ganze Angst heraus. Sie lachte, wie sie noch nie in ihrem Leben gelacht hatte.
Nick Sinclair betrachtete sie mit Erstaunen und stimmte erst zögernd, dann immer ungehemmter ein. Sie sahen sich an, schrien vor Lachen, Tränen strömten ihnen aus den Augen, und sie lachten, bis sie hilflos nach Luft ringend in ihren Sitzen lagen. Erst jetzt fühlte sie, dass der große Jet bereits rollte. Schlapp, als hätte sie einen Marathonlauf hinter sich, setzte sie sich auf. Ihre Haare hingen ihr ins Gesicht, das schwarze Mascara, in Lachtränen aufgelöst, lag als rußig schwarzer Schatten unter ihren Augen.
»Sie haben das mitreißendste Lachen, das ich seit langem gehört habe«,

stöhnte der Schauspieler, »ich kann mich nicht erinnern, je so gelacht zu haben. Es ist wie Medizin.« Er beugte sich über den Gang hinüber zu ihr. »Ich bin Nick Sinclair.«

Sie hörte an seinem fragenden Ton, dass er erwartete, ihren Namen zu erfahren. Er strahlte sie aus blauen Augen an, lächelte sein weltberühmtes Grübchenlächeln, seine dichten blonden Haare fielen ihm in die Stirn. Ein Anblick, der für gewöhnlich die meisten Frauen in Ekstase versetzte. »Henrietta Cargill«, antwortete sie. »Das sind meine Kinder, Julia und Jan.« Die Triebwerke kamen auf Hochtouren, sie wurde in ihren Sitz gedrückt, als der riesige Jet über die Startpiste raste. Die Lichter Johannesburgs fielen unter ihr weg, und ihr wurde klar, dass sie südafrikanischen Boden verlassen hatte. *Aber nicht das Hoheitsgebiet, freu dich bloß nicht zu früh!* In einem weiten Bogen stieg das Flugzeug nach Norden, und bald war Johannesburg nur noch ein glitzernder Diamant auf schwarzem Samt. Aber noch entspannte sie sich nicht, noch genügte ein einziger Funkspruch, um die Maschine zur Umkehr und Landung auf Jan Smuts zu zwingen.

»Neil, so wichtig sind wir nun wirklich nicht!« hatte sie damals gespottet, als Neil sie vor versteckten Mikrofonen warnte.

» Weißt du, was du Toit seinem Schwager über euch erzählt hat? Eine Andeutung von Untergrundtätigkeiten, und ihr seid Staatsfeinde. Kwa Mashu genügt vollauf. «

»Ihr geltet als subversiv«, redete Cedric Labuschagne dazwischen, »die haben schon lange eine Akte über dich!«

»Mit dem Brief haben sie uns, Honey«, hörte sie ihre eigene Stimme, *»du weißt, dass sie damit gewonnen haben!«* Nein, für Champagner war es noch zu früh! Die Leuchtzeichen für das Rauchverbot erloschen, und der anregende Duft nach frisch gebackenem Brot kündigte das Abendessen an. Sie wagte es, sich etwas fallen zu lassen. Mit jeder Flugmeile wurde sie ruhiger. Nick Sinclair, der sich als sehr charmant und völlig unprätentiös herausstellte, unterhielt sie mit Anekdoten aus der Filmbranche. Der Chefsteward servierte gerade den Hauptgang, da meldete sich der Kapitän. »Meine Damen und Herren, wir haben soeben den südafrikanischen Luftraum verlassen und überfliegen die Grenze nach Rhodesien.«

Für einen Moment saß sie ganz still, ehe sie begriff, was das bedeutete, und dann traf es sie wie ein Hammer. »Ich hab's geschafft«, flüsterte sie, und die Tränen stürzten ihr aus den Augen und schwemmten alle Anspannungen, alle Angst und ihre Selbstbeherrschung weg. Sie war machtlos dagegen. Sturzbäche liefen ihr die Wangen hinunter, ein Schluchzen packte sie, und sie legte ihren Kopf in die Arme und heulte wie ein kleines Kind.
»Du meine Güte, Henrietta, was ist los?« Dominik Sinclair beugte sich fürsorglich hinüber zu ihr. »Kann ich Ihnen helfen?«
Sie schüttelte stumm den Kopf, wischte ihr verschmiertes Make-up und trocknete ihr Gesicht. »Nein, ich bin nur so erleichtert.« Sie winkte dem Chefsteward. »Jetzt ist die richtige Zeit für einen Champagner«, lächelte sie zu ihm hinauf Ihr Gesicht war rosig, und ihre Augen strahlten.
»Henrietta, das macht mich neugierig«, drängte Nick, »das klingt wie ein Filmscript. Vielleicht kann ich einen Produzenten für die Geschichte finden.«
Die bewährte Maske fiel über ihre Züge, die jede ihrer Seelenregungen sicher verbarg, und sie wollte eben ein paar abwehrende Bemerkungen machen, als ihr klar wurde, dass sie hier reden durfte, es konnte ihr niemand mehr schaden. Plötzlich war der Drang, endlich mit einem Menschen darüber zu reden, fast übermächtig. Sie wandte sich zu ihm und öffnete den Mund. Aber in letzter Sekunde hielt sie inne. *Ian!* Was würde passieren, wenn er es nicht, wie vorgesehen, bereits über die Grenze nach Moçambique geschafft hatte? Das Zeitungsfoto des Erschossenen blitzte durch ihre Gedanken, und für Sekunden nahm ihr erneute Angst den Atem. *Halt den Mund, setz nicht alles aufs Spiel!* »Oh, das Klima bekam uns nicht mehr«, sagte sie leichthin und verzog ihren Mund zu einem Lächeln.
Sie wurde mit einem ungläubigen Blick aus den weltberühmten Augen bedacht. »Ich bin kein südafrikanischer Geheimagent«, sagte er dann sehr leise, seine Stimme sanft und warm.
»Ich weiß«, antwortete sie, »aber ich kann nicht.« »Es gibt da also noch jemanden? Ihren Mann?«
Sie sah hinunter auf ihre Hände. »Mr. Sinclair, sein Leben hängt von meiner Verschwiegenheit ab. Bitte fragen Sie nicht weiter.«

»Okay«, nickte er, »aber Sie müssen mir versprechen, dass Sie es mir eines Tages erzählen. Abgemacht? Und nennen Sie mich Nick.«
»Abgemacht!« Sie hob das Champagnerglas. »Auf dich, mein Liebling, wir haben es geschafft«, grüßte sie ihren Mann über die dunkle Nacht hinweg.

❖

Morgens berührten die Räder des Jets quietschend den Asphalt auf Heathrow Airport. »Draußen wartet die Reportermeute auf mich, Henrietta«, sagte Nick Sinclair, »die müssen nicht mitbekommen, dass wir uns kennen gelernt haben. Das würde Ihrem Mann schaden.« Er ergriff ihre Hand und führte sie zu den Lippen. »Alles Gute, Henrietta. Wenn Sie wieder mit Ihrem Mann vereint sind, rufen Sie mich bitte an.« Er reichte ihr eine Visitenkarte. »Wer diese Nummer hat, erreicht mich immer. Ich möchte Sie wiedersehen und Ihren Mann kennen lernen.« Mit raschen Schritten ging er zum Ausgang. Minutenlang stand seine hochgewachsene Gestalt im Blitzlichtgewitter. Dann lief er die Gangway hinunter, und die Menge verschlang ihn.
Als das Reporterrudel mit Dominik Sinclair in der Mitte weit genug entfernt war, stieg sie aus. Ein kräftiger Wind trieb ihr Schneeregen ins Gesicht, es war empfindlich kalt. Eine dünne Eishaut überzog die Pfützen. Von Kälte geschüttelt, flüchtete sie in die brechend volle Ankunftshalle. Moiras Haarschopf leuchtete ihr wie eine rotgoldene Fackel entgegen. Sie küsste ihre Schwägerin. »Wo ist Patrick?«
»Er wartet im Hotel«, flüsterte sie, ihren korallenroten Mund dicht an ihrem Ohr, »man warnte ihn, dass hier noch genügend südafrikanische Agenten herumlaufen und dass es besser sei, wenn er nicht mit zum Flughafen komme, um die Mär der Unfallverletzung aufrechtzuerhalten, bis Ian in Sicherheit ist.«
»Verdammt, das kann doch nicht wahr sein! Wer hat euch das gesagt?« rief Henrietta schockiert. Ihr Adrenalinspiegel schoss in die Höhe. Unwillkürlich sah sie sich um, suchte das stille, wachsame Gesicht in der Menge, das den Agenten verraten würde. Aber die Menschenmasse

brandete um sie herum, und keiner schien ihr etwas anderes zu sein als ein Reisender in Eile.
Moira schüttelte ihren Goldschopf, Perltropfenohrringe flogen um ihr Gesicht. »Keinen Schimmer. Ich tue nur das, was man mir sagt. Komm, ich bring euch ins Hotel.«
»Mami?« Jans raues Stimmchen. »Warum sind die Boys hier weiß?« Er zeigte auf einen Fensterputzer.
»Das ist kein Boy«, antwortete sie unkonzentriert. »Warum putzt der dann Fenster?«
Jetzt hatte er ihre volle Aufmerksamkeit. »Jan ...« Sie brach ab. »Wie soll ich ihm das bloß erklären?« fragte sie Moira. »Liebling«, sie kniete vor ihm nieder. »Das ist ein erwachsener Mann, und auch die Fensterputzer in Südafrika sind erwachsene Männer. Ein Boy ist ein kleiner Junge, so wie du.«
»Ich bin weiß.« Er schob trotzig seine Unterlippe vor.
»Oh, mein Schatz«, sie nahm sein kleines Gesicht zwischen ihre Hände, »ob weiß oder schwarz, alle Menschen sind gleich. Es ist höchste Zeit, dass du das hier erlebst.«
Es versetzte ihr einen Schock, in Patricks unglaublich blaue Augen zu sehen, zu sehr ähnelten sie Ians. Er zog sie in seine kräftigen Arme. Warm und fest war seine Umarmung. Es war ein gutes Gefühl. »Meine Liebe, es tut mir so Leid, aber mach dir keine Sorgen, mein kleiner Bruder ist zäh, den bringt nichts um!« Er hockte sich vor die Zwillinge und grinste. »Hallo, ihr beiden, ich bin euer Onkel Patrick!«
»Hallo«, flüsterten sie, etwas eingeschüchtert.
Plötzlich hatte er zwei bunte Päckchen mit roten Schleifen in den Händen. »Seht mal, was ich für euch gefunden habe.«
Das brach das Eis in Windeseile. Julia lachte ihren Onkel hingerissen an.
»Werdet ihr über Hamburg fliegen?« fragte er, nachdem er ein umfangreiches Frühstück beim Zimmerservice bestellt hatte.
»Nein, ich könnte die Fragen meiner Eltern jetzt nicht ertragen. Wir fliegen von hier sofort weiter nach Genf. Dort«, sie holte zitternd Luft, »dort treffen wir uns.«

Patrick legte seine Hand auf die ihre. »Mach dir keine Sorgen, Ian schafft es. Als er mich anrief, konnte er nicht frei reden, aber er versicherte mir, dass die Leute, die ihm helfen würden, sehr kompetent seien und sehr erfolgreich.«
Er wollte sie trösten, das wusste sie, und sie schenkte ihm dafür ein schwaches Lächeln. Aber seitdem sie sich und ihre Kinder in Sicherheit wusste, wurde die Angst um Ian um so größer.
Er schien ihre Unruhe zu bemerken und drückte ihre Hand. »Jetzt ruht euch erst einmal aus. Wann willst du weiterfliegen?«
»Mit der nächsten Maschine.« Sie biss ein Stück von ihrem gebutterten Croissant, erstaunt, dass sie überhaupt etwas essen konnte. Sie fröstelte. »Ist es nicht ein wenig kalt für Ende März?«
Patrick lachte. »Du hast nur vergessen, wie kalt es hier werden kann.«
Er stand am Fenster, seine vierschrötige Gestalt verdeckte den größten Teil des durch Schneeregen gefilterten grauen Lichts. Seine Hände steckten tief in seinen Taschen. Er stand da, breitbeinig, fest im Boden verankert, unverrückbar, und Henrietta spürte plötzlich dieses überwältigende Bedürfnis, sich bei ihm anzulehnen, nur für einen Abend, und ihre Last auf diese breiten Schultern zu legen.
»Was willst du die nächsten zwei Tage allein in Genf?« rief Moira. »Da wirst du nur depressiv. Wir überlassen Patrick die Kinder, und wir beide gehen in die Stadt und kaufen ein paar warme Sachen für euch. Ich kenne da ein paar tolle Geschäfte.«
»Das kann ich bestätigen«, schmunzelte ihr Mann nachsichtig. »Ich werde für euch morgen früh Plätze nach Genf buchen. Jetzt nehmen wir zusammen einen Lunch ein, damit ihr gestärkt seid für die Tour durch die Stadt, und wir«, er umarmte die Kinder, »gehen in den Zoo.«
»Haben die auch Löwen und Elefanten, wie bei uns zu Hause?« fragte Jan, und seine Mutter zuckte zusammen. Wann würde er wohl sein Zuhause, seine Heimat wiedersehen?

Dreiundzwanzigstes Kapitel

Der Flug nach Genf war kurz und ereignislos. Eine warme, goldene Frühlingssonne empfing sie, und das Gras glänzte mit einem Schimmer von frischem Grün. Sie fühlte sich so allein wie noch nie in ihrem Leben, konnte kaum ertragen, zu sehen, wie sich glückliche Paare in die Arme fielen. Je näher der Tag kam, an dem sie Ian zurückerwartete, desto mehr stieg ihre Angst, ihn nie wiederzusehen. In der Zwischenzeit war ihre Flucht sicherlich kein Geheimnis mehr. *Wenn nun etwas schief gelaufen war, wenn Ian die Grenze noch gar nicht passiert hatte.* Sie stöhnte unwillkürlich, und das Bild des erschossenen Grenzgängers stand wieder vor ihren Augen. Sie nahm nicht viel von Genf wahr, bis ihr Taxi von der Straße abbog, durch ein hohes schmiedeeisernes Tor in einen Park fuhr und kurz darauf vor einem schönen, alten Herrenhaus aus der zweiten Hälfte des letzten Jahrhunderts hielt. Ein rundlicher, kleiner Mann mit einer langen, gestreiften Schürze kam die Stufen vom Eingangsportal herunter. »Madame, willkommen!« Er nahm ihre Koffer.
Das Innere des Hauses wirkte eher wie die Eingangshalle eines feudalen Privathauses als die eines Hotels. Meterhohe Sprossenfenster filterten das Licht der frühen Morgensonne auf die Orientteppiche, die auf dem weißen Marmorboden lagen. Eine teppichbelegte Treppe führte in die Obergeschosse, an den Wänden hingen große dunkle Porträts von pompös dreinblickenden Persönlichkeiten. Durch die raumhohen offenen Glastüren, die in einen weiten, sonnendurchfluteten Saal führten, konnte sie erkennen, dass das Haus direkt am Genfer See lag. »Mein Name ist Cargill, es sind zwei Zimmer für uns bestellt.«
Die junge Frau an der Rezeption schlug ihr großes Buch auf. »Das ist richtig, Madame, Zimmer Nr. 9 und 10. Jacques wird Sie hinauf-

führen.« Sie reichte Henrietta einen Schlüssel, an dem eine Rosenknospe aus schwerem Messing hing.
Henrietta zögerte. Sie fürchtete sich, diese Frage zu stellen, gab sich aber dann doch einen Ruck. »Gibt es eine Nachricht für mich? Einen Anruf oder einen Brief vielleicht?« Sie konnte nicht verhindern, dass ihr Ton etwas schwankte. Sie hielt den Atem an.
Die junge Frau sah in einem Fach nach und schüttelte den Kopf. »Nein, es ist nichts da.«
Henrietta nickte. Es war ja auch noch zu früh. Erst morgen war der Tag, an dem sie frühestens hoffen durfte. Ihre Schultern fielen nach vorn. Sie war so unendlich müde und unbeschreiblich allein. Sie folgte Jacques mit schweren Schritten. Oben, im letzten Stock, stieß er eine Zimmertür auf, und sie schloss geblendet die Augen. Die Sonne schien ihr direkt ins Gesicht, und unter ihr lag der See, seine weite Fläche noch bedeckt vom Morgendunst.
»Unser schönstes Zimmer«, strahlte Jacques. Er öffnete eine verdeckte Tür. »Hier ist das Zimmer der Kinder.«
Jan und Julia warfen sich quietschend aufs Bett. »Dürfen wir schwimmen gehen?«
Der Schatten eines Lächelns erschien auf ihrem Gesicht. »Nein, das ist viel zu kalt hier, aber ihr dürft im Garten spielen. Ginge das, Monsieur Jacques?«
»Aber natürlich. Madame Raymond, die Besitzerin, hat selber zwei Kinder in eurem Alter, ihr könnt mit ihnen spielen. Die Kinder sind absolut sicher«, versicherte er Henrietta, »Madame hat ein sehr gutes Kindermädchen.«
Einen Moment allein sein, ungestört, nur für kurze Zeit, ein wenig Kraft für den morgigen Tag und die nächsten Tage schöpfen! »Das wäre sehr freundlich von Ihnen.« Sie suchte einen größeren Geldschein hervor und reichte ihm diesen. Hüpfend und singend folgten ihm die beiden Kinder, und Henrietta war endlich allein.
Sie trat ans Fenster. Direkt unter ihr lag die Terrasse, auf der an diesem schönen Frühlingstag bereits die Tische gedeckt waren. Sie sah auf die Uhr. Halb elf. Erst halb helf. Am liebsten hätte sie sich auf das Bett

gelegt und die Augen geschlossen, um der Wirklichkeit zu entfliehen, um einzuschlafen und erst aufzuwachen, wenn Ian neben ihr stand. Statt dessen nahm sie das Buch aus ihrer Tasche, das sie in London gekauft hatte, einen Thriller, der atemlose Spannung verhieß, und ging hinunter auf die Terrasse. Sie sank auf einen der Stühle, legte ihre Arme auf die sonnengelbe Leinendecke und vergrub ihr Gesicht in den Händen. Ihre Gedanken rasten unkontrolliert. Den goldenen Frühlingstag um sie herum nahm sie nicht wahr. *Wie soll ich diesen Tag nur überstehen!* Sie zwang sich, das Buch aufzuschlagen, und starrte auf die Buchstaben. Sie fügten sich nicht zu Worten. Das Warten hatte begonnen.

»Was kann ich Ihnen bringen, Madame?« fragte eine dunkle, gutturale Stimme neben ihr.

Sie blickte hoch. Der Kellner, ein junger Schwarzer, schlank, feingliedrig, weites, weißes Hemd, enge schwarze Hose. Sie fühlte plötzlich eine Art Verwandtschaft mit ihm. Auch ein Vertriebener aus seinem Land, ein Flüchtling. »Sie sind sicher auch weit von Ihrer Heimat entfernt, woher kommen Sie?« Ihre Stimme klang belegt, erstickt von unterdrückten Tränen. Sie räusperte sich. »Nun? Aus welcher Gegend in Afrika kommen Sie?«

Ein weiches Lachen war die Antwort. »Ich bin in Genf geboren, Madame, ich bin Schweizer, mein Vater ist Arzt hier.« Seine dunklen Augen verspotteten sie sanft.

»Oh, natürlich«, stotterte sie verlegen, »warum auch nicht ...« Sie hielt inne und versuchte sich zusammenzureißen. »Verzeihen Sie, ich wollte Ihnen nicht zu nahe treten. Bitte bringen Sie mir einen Kaffee und ein Mineralwasser.« Über dem noch vom Nebel verdeckten gegenüberliegenden Ufer stand der schneebedeckte Gipfel des Montblanc in dem kühlen, durchsichtigen Frühlingshimmel. Seine Schneeflächen im Widerschein des klaren Morgenlichts goldglänzend, die Schatten ein Hauch von Rosa und Mauve, erschien er Henrietta von unirdischer, fast ätherischer Schönheit. Die Wärme der Sonne, tröstlich auf ihrer Haut, löste den perlfarbenen Morgennebel auf dem Wasser langsam auf, und dort, wo die Strahlen die Oberfläche des Sees berührten, funkelte er wie von Diamanten besetzt.

Es war absolut still, der See ungestört. Die alte Kastanie vor der Terrasse trug von Saft berstende Blattknospen. Ein paar runde Felsen ragten nahe dem Ufer aus dem See. Ein Reiher stand dort, bewegungslos, als Silhouette gegen das Licht, wie eine japanische Tuschzeichnung. Es war so unbeschreiblich friedlich, so ungestört, wie es doch sein sollte im Leben, selbstverständlich, konzentriert auf das Wesentliche. Sie fühlte sich als Fremdkörper hier, der Kontrast zu den schrecklichen Bildern in ihrem Kopf war einfach zu krass, ihre innere Unruhe zu groß. Sie wünschte, dass die Zeit schneller ginge, dass sie schon wüsste, was morgen sein würde, und doch wäre sie am liebsten für immer in diesem Augenblick in der Zeit verweilt, wo alles noch möglich war, wo Ian jeden Augenblick erscheinen konnte, lachend und gesund.

Ein tuckerndes Geräusch, ganz weit entfernt, regelmäßig wie ihr eigener Herzschlag, für den sie es auch anfänglich hielt, drängte sich allmählich in ihr Bewusstsein. Aus dem Dunst löste sich die Silhouette eines Segelbootes, das, begleitet von seinem eigenen Spiegelbild, über die Wasseroberfläche glitt. Lautlos. Henrietta wandte den Kopf nach rechts, versuchte, das Geräusch zu orten, aber vergeblich. Es wurde schwächer, schwoll wieder leicht an und blieb dann so lange gleichmäßig, dass sie es fast vergaß.

Dann, an der äußersten rechten Peripherie ihres Blickes, glitzerte, wie der Schweif eines Kometen im Märchen, die Sonne auf der flachen Bugwelle eines kleinen Bootes, das vom südlichen Ufer, von Genf her, zu kommen schien, und jetzt hörte sie auch wieder unterschwellig das leise Tuckern. Es musste ein Motorboot sein. Sie stützte ihr Kinn auf ihre Hand.

Ein Angler sicherlich, und sie beneidete ihn um diesen Moment in der Schwebe, der Losgelöstheit von allem Alltagsgeschehen. Sie konnte seine winzige Gestalt jetzt als Schattenriss im Cockpit des Bootes erkennen, das in einem weiten Bogen näher kam. Das Motorengeräusch wurde lauter, der Reiher auf dem Felsen merkte auf, bewegte sich aber sonst nicht. Automatisch folgte sie dem Boot mit den Augen. Es war das einzige sich bewegende Objekt in der Stille und Ruhe dieses Morgens. Nun sah sie auch, dass zwei Personen darinnen saßen, Männer offensichtlich, von der Gestalt und Haltung her zu urteilen. Sie trugen, soweit konnte sie schon Einzelheiten erkennen, Rollkragenpullover und schwere, wattierte Jacken, verständlich, denn trotz des herrlich warmen Frühlingstages war es auf dem See um diese Jahreszeit sicherlich noch empfindlich kalt.

Einer von ihnen trug eine runde, gestrickte Mütze, so wie die Fischer auf der Nordsee, der andere war barhäuptig, seine kurzen Haare standen im Fahrtwind hoch. Der mit der Mütze war kleiner, und es schien ihr, dass er von dunkler Hautfarbe war. Der andere war überdurchschnittlich groß mit breiten Schultern. Der Kleinere lenkte das Boot, sein Begleiter stand neben dem offenen Cockpit, vornübergebeugt, einen Fuß auf die niedrige Reling gesetzt.

Später konnte sie nicht mehr genau sagen, was es ausgelöst hatte, aber urplötzlich begann ihr Herz wie rasend zu schlagen. Sie stand halb, die Hände auf den Tisch gestützt, den Stuhl kaum noch berührend. Sie stand bewegungslos, ohne zu atmen. Die Schultern, die Größe, die Haltung, seine schwarzen Haare. Das Sonnenlicht, bemerkte sie, das die obersten Spitzen streifte, konnte sie nicht aufhellen.

»Ian«, flüsterte sie in irrsinniger Hoffnung, »o bitte ...« Sie stand jetzt frei, jede Faser ihres Körpers gespannt. Ihre Lippen bildeten wieder stumm seinen Namen. *Ian!* Das Boot war kaum siebzig Meter entfernt, da richtete sich der Mann auf und kam aus dem Schatten des Cockpits hervor in die Sonne. Er drehte sich ihr zu, und über die schimmernde Fläche des Wassers sah sie in die Augen ihres Mannes.

Mit einem kehligen Laut sprang sie vorwärts, stieß die Stühle und Tische beiseite, schleuderte ihre Schuhe von den Füßen, rannte die kleine steinerne Treppe hinunter auf den kiesbestreuten Weg und flog, kaum den Boden berührend, die wenigen Meter zum See. Sie konnte nicht rufen, ihr Herz schien zu bersten, sie schluchzte jubelnd, ihre Stimme klang wie die eines Vogels, der, seinem Käfig entflohen, seine Freiheit wiedergefunden hatte. *Ian, mein Leben!*

Ohne ihre Schritte zu zügeln, lief sie in das Wasser, das eiskalt an ihr hochspritzte. Sie fühlte es nicht einmal. Sie sah nur Ian, der jetzt über die Reling des Bootes gesprungen war, das, noch gut fünfzig Meter vom

Ufer entfernt, langsam an Geschwindigkeit verlor. Sie trafen sich unweit der Stelle, wo der Reiher saß. Für einen atemlosen Moment standen sie so, streichelten sich mit den Augen. Sie entdeckte eine lange, frisch verschorfte Wunde an seinem Hals, und vor ihren Augen stand das Bild des erschossenen Flüchtlings, das tote Gesicht unter dem schweren Polizistenstiefel verformt. Sprachlos vor Entsetzen, starrte sie ihn an. Streifschuss! *So nahe sind sie ihm gekommen.* In Wellen überlief sie ein Zittern, das nicht von dem eisigen Wasser verursacht wurde, ihre Zähne schlugen aufeinander. Dann aber fühlte sie seine Arme um ihren Körper, seine Kraft und seine Wärme durchfluteten sie, und das Zittern hörte auf. Ihre Lippen fanden sich, alle ihre Sinne erkannten ihn, den Geruch seiner Haut, seinen Geschmack, die Laute, die er tief in seiner Kehle formte, als er sie küsste. »Es ist vorbei, Liebes«, in seiner Stimme lag ihre ganze Zukunft, »wir haben es geschafft.«

Um sie herum schimmerte und funkelte der See, die strahlende, durchsichtige Frühlingsluft fächelte sanft. Der Reiher schrie, ein wilder Ruf, und über das spiegelnde Wasser glitt er ins Morgenlicht.

Zehntausend Kilometer Luftlinie weiter südlich, die Morgensonne trocknete die letzte Nachtfeuchtigkeit und ließ den Tibouchina leuchten wie eine purpurne Fackel, hämmerten vier uniformierte Männer an die Tür von Sarahs Khaya. Langsam stand sie auf und setzte die Schüssel mit Maisbrei vorsichtig auf den niedrigen Holztisch, den ihr Henrietta geschenkt hatte. Sie trocknete ihre Hände an ihrer Schürze. Sie waren feucht geworden. Dann öffnete sie die Tür.

»Wo ist deine Madam, wo ist der Master?« brüllte der Jüngere mit den Pickeln. »Antworte!« Er packte sie und schüttelte sie.

Ihr Kopf schnappte vor und zurück, und ihre Haut hatte einen aschgrauen Unterton angenommen. Sie entspannte ihre Gesichtsmuskeln, bis ihr Ausdruck dumpf und unintelligent war, und senkte ihren Blick. »Weiß nicht«, flüsterte sie rau. »Du wirst es uns sagen, alle tun das, nach einer Weile«, bemerkte einer der anderen, ein Hagerer mit gelben Augen

wie ein Wolf, die tief aus blauschattigen Höhlen glühten. Seine Worte kamen fast beiläufig, ohne besonderen Nachdruck.
Ein mühsam kontrolliertes Zittern lief durch Sarahs kräftigen Körper. Aber sie hob ihr Kinn und ihren Blick, der furchtlos war. »Ich weiß es nicht«, sagte sie leise, aber ihre Stimme war fest und hart. Dann ließ sie sich widerstandslos zu dem vergitterten Auto führen.
Imbali! Nun zahle ich, Henrietta, udadewethu, meine Schwester, und dann ist wieder meins, was mir gehört.
Hier hört die Geschichte auf, aber sie ist noch nicht zu Ende.

STEFANIE GERCKE

INS DUNKLE HERZ AFRIKAS

Roman

Weltbild

März 1968
Ein ausgetrampelter Nashornpfad im Busch von Zululand

Die Sommerregen waren spärlich gefallen dieses Jahr, und flirrende Hitze lag über dem weiten Tal. Die brutale afrikanische Sonne versengte Grasspitzen zu stumpfem Gold, sog den Saft aus Bäumen und Blättern, entzog der Haut aller Lebewesen auch noch den letzten Rest von Feuchtigkeit. Der glühende Himmel erstickte jedes Geräusch. Das hohe Sirren der Zikaden, das sanfte Gurgeln des Flusses, das Knistern des trockenen Buschs verstärkten nur die Stille. Die Vögel duckten sich in den tiefen Schatten, Reptilien suchten Kühlung in ihren Löchern unter den Felsen, zwei Flusspferde trieben reglos in einem Wasserloch, Augenhöcker und Nüstern aufmerksam aus dem Wasser gestreckt. Der Schlamm auf ihren massigen Rücken war zu einer gelben Kruste getrocknet.
Die beiden Männer gingen hintereinander auf dem schmalen Sandweg, der sich zwischen Dickicht und Felsvorsprüngen an dem abfallenden Ufer des träge fließenden Flusses dahinschlängelte. Der hintere trug die Kakiuniform eines Wildhüters, die Maschinenpistole hing am Riemen über seine rechte Schulter, in seiner linken Faust hielt er einen Strick, mit dem die Handgelenke des anderen Mannes auf dem Rücken gefesselt waren. Blut tropfte dem Mann, der fast einen Kopf größer war als der Wildhüter, aus einer Halswunde, trocknete auf Schulter und Rücken seines T-Shirts zu einer steifen, rostroten Fläche. Schweiß rann ihm in Strömen aus den schwarzen Haaren, lief ihm in die Augen, die er gegen die gleißende Helligkeit zu Schlitzen geschlossen hielt. Als ein Sonnenstrahl sie traf, blitzten sie in einem ungewöhnlich intensiven Violettblau auf.

Die Entzündung der Wundränder, die bereits die Haut rot färbte, verursachte ihm erhebliche Schmerzen, und der Schock über seine Gefangennahme verlangsamte noch immer seine Reaktionen. Innerlich flüchtete er sich zurück in die Arme der Menschen, die sein Leben bedeuteten, seine Frau, seine Kinder. Seine Familie. Vor vier Tagen war er geflohen, um sein Leben zu retten, und er hatte sie allein zurückgelassen. Wo mochten sie jetzt sein? Die Sonne stand noch nicht im Zenit. Etwa zehn Uhr, schätzte er es. Hatten sie die Tage ohne ihn wie immer verbracht? Hatten sie gegessen, geschlafen, waren an den Strand gegangen, hatten Freunde getroffen?
Nein, dachte er, das konnte nicht sein, es war unmöglich, dass das Leben einfach so weiterging, seit er ihr die letzten Worte zugeflüstert hatte. Ich liebe dich, Honey, mehr als mein Leben.
Ihre Antwort war nur ein Hauch gewesen, aber sie hallte in ihm nach wie Kirchengeläut. Ich liebe dich, mein Herz, ich liebe dich.
In einer Woche ist alles vorbei, hatte er ihr versprochen, warte auf mich im »Belle-Epoque«.
In einer Woche! Vier Tage ab heute gerechnet, die tiefer schienen als jede Schlucht, höher als jeder Berg, weiter als jeder Ozean. Das Seil schnitt in seine Handgelenke, er fühlte den Lauf der Maschinenpistole im Rücken. Er musste sich befreien! Ihretwegen musste er es schaffen. In vier Tagen würde sie im »Belle-Epoque« sitzen, dem Hotel am Genfer See, die Arme schützend um die Zwillinge gelegt, und warten. Jede Faser ihres Körpers würde auf ihn warten. Sie würde sich mit den Kindern beschäftigen, sich ablenken, für sie würde sie fröhlich sein, sich nur jede Stunde erlauben, auf die Uhr zu sehen. Aber die Zeit würde verrinnen wie Wasser im Sand, und sie würde warten. Wann würde sie unruhig werden? Wann würde sie wissen, dass er nicht mehr kommen würde – nie mehr kommen würde?
Plötzlich, aus weiter Ferne, irgendwo aus dem Hitzeschleier über dem Busch, klang schwach das aufgeregte Kläffen mehrerer Hunde herüber, die offenbar seine frische Fährte gefunden hatten.
Der Mann mit den gefesselten Händen zuckte zusammen, alle seine

Sinne vibrierten. Hunde! Polizisten suchten ihn, Agenten des Büros für Staatssicherheit, im Volksmund BOSS genannt. Schon seit Tagen waren sie hinter ihm her. Aufs Höchste gespannt lauschte er auf das aufgeregte Gebell der Hunde.

»Die Hunde sind am schlimmsten, riesige, gelbe Viecher – Ridgebacks, für die Löwenjagd gezüchtet. Die haben ein Gebiss wie eine Hyäne und sind angriffslustig wie ein Hai im Blutrausch«, hatte Vilikazi, sein schwarzer Freund, ihn gewarnt. »Sie mischen ihnen etwas ins Futter, es macht sie rasend. Die springen dich an und reißen dir glatt die Kehle raus!« Seine Grimasse war überdeutlich gewesen. »Dann kannst du nur hoffen, dass sie dich erschießen, bevor die Hunde dich zerfleischen!«

Wurde das Gebell lauter? Kamen die Hunde näher? Vor Jahren, nachts im Busch, hatte er jene entsetzlichen Laute gehört: Knurren, Grollen, Jaulen, dazwischen jämmerliches Blöken, dann ein Schrei, der sich ins Kreischen steigerte und in einem langen Seufzer erstarb. Danach nur noch Schmatzen, Knacken von Knochen, Schlürfen von Blut. Im Scheinwerferlicht hatte er sie dann entdeckt: eine Meute von Hyänen, die eine zierliche Impala gerissen hatten. Ihre Gesichter waren nass vom Blut der Gazelle, es tropfte ihnen von den Lefzen, färbte ihre Brust und ihre Läufe. Kurz hatten sie in das Licht gestarrt, dann machten sie sich wieder über ihre Beute her.

Würde er bald die Beute der Ridgebacks sein, würden sie sein Blut trinken?

Halt die Klappe, du Bastard, schrie er sich innerlich an, du musst für sie und die Kinder am Leben bleiben!

Die Polizei war längst bei ihr aufgetaucht, dessen war er sich sicher, die Agenten, die Männer mit den kalten Augen und harten Gesichtern. Sie würden fragen, fragen, fragen, immer wieder fragen. Wo ist Ihr Mann, raus mit der Sprache, wo ist Ihr Mann?

Und dann schoss ihm der Gedanke durch den Kopf, den er bisher nicht zugelassen hatte. Was würden diese Männer einsetzen, um sie zu einer Antwort zu zwingen?

Er stöhnte auf. Wie habe ich sie allein lassen können, was habe ich ihr

angetan? Er sah sie vor sich. Sie war so schmal geworden in den letzten zwei Wochen, ihre blauen Augen hatten ihren Glanz verloren, ihr Lachen, dieses strahlende Lachen, war verschwunden, hatte einer marmornen Versteinerung Platz gemacht,
Er stolperte, fühlte den Schlag der Waffe des Wildhüters im Kreuz, und das riss ihn aus seiner Verzweiflung, seine Kraft kehrte wieder. Ich bringe dir dein Lachen zurück, Liebes, ich verspreche es! Er richtete sich auf. Seine Häscher würden leer ausgehen.
Kleine Fliegen krochen ihm in Nase und Ohren, saßen auf seiner Wunde, bissen schmerzhaft zu, sobald sie einen Tropfen Feuchtigkeit fanden, winzige Zecken überfielen ihn, hingen mittlerweile in Trauben an seinen Beinen. Die Stellen, wo sie ihre Kieferklauen tief in seine Haut geschlagen hatten, juckten zum Rasendwerden, aber das ließ seinen Widerstand nur umso größer werden.
Das Gebell erstarb, die Hunde schienen die Fährte wieder verloren zu haben. Sein Herz schlug wieder normal. Sie gingen weiter.
Der schlammige Fluss neben ihnen gurgelte leise, der Pegel in der Sommerhitze war so weit abgesunken, dass sich Sandinseln in seinem Bett gebildet hatten. Weiße Reiher und Pelikane standen in Gruppen, putzten ihr Gefieder oder verschliefen den heißen Tag mit dem Kopf unter den Flügeln. Ein Nashornvogel quorrte. Auf den abgeschliffenen Felsen in Ufernähe lagen übereinander fußballgroße Halbkugeln.
Schildkröten, dachte der Gefangene und wünschte sich, sie seinen Kindern zeigen zu können, wie er es ihnen schon so lange versprochen hatte. Aber immer war »morgen« noch Zeit dazu gewesen. Bis zum letzten Donnerstag, als es diese Zeit plötzlich nicht mehr für ihn gab.
Vielleicht sind es ja nur Hyänen, hoffte er, und nicht die Polizisten mit ihren Löwenhunden. Gab es hier überhaupt Hyänen? Er rieb seine Handgelenke aneinander, versuchte, den Knoten zu lösen, der sie fesselte, doch der Wildhüter hielt den Strick straff. Jede Bewegung zog ihn enger zu, schnürte ihm das Blut in den Händen ab. Mistkerl!

Eines Tages werde ich sie hierher führen, schwor er sich und schätzte die Breite des Flusses ab und ob er es schaffen würde, ihn zu überqueren, bevor ihn die Kugeln des anderen trafen. Unmerklich ging er langsamer, der Strick hing durch, und mit einem heftigen Ruck gelang es ihm, die Schlinge um seine Handgelenke etwas zu lockern. Sofort drehte er sie so, dass der Wildhüter es nicht bemerkte.

Die rote Erde unter seinen Füßen war von vielen Hufen zu feinem Staub gemahlen. Kaum merklich war die Luft weicher geworden, leichter zu atmen als dieser glühend heiße Hauch, der geradewegs aus einem Hochofen zu entweichen schien. Auch die Pflanzen wuchsen üppiger, ihr Grün war saftiger als in der ausgetrockneten Savanne. Es musste ein größeres Wasserloch in der Nähe sein.

Ein lianenumrankter Ast bog sich über den Weg, Blattranken griffen nach ihm, Dornen wie große Widerhaken rissen an seiner Kleidung. Eben wollte er ihn mit den Schultern aus dem Weg schieben, als er die grüne Baumschlange entdeckte. In graziösen Schlingen hing sie im Astgewirr. Er duckte sich, wich ihr gerade noch aus. Hätte sie ihn erwischt, direkt in die Arterie getroffen, wäre er tot gewesen, bevor er den Boden berührt hätte, das wusste er von seinem Freund, der Schlangen fing, um sich sein Studium als Zoologiestudent zu verdienen – Schlangenland nannte er diese Gegend.

Der Mann war jetzt hellwach, sein Organismus arbeitete auf Hochtouren. Ich werde es schaffen, mein Liebling, ich lass euch nicht allein! Sorgfältig achtete er auf jeden seiner Schritte, aufmerksam suchte er Pfad und Buschrand mit den Augen ab, hielt nach einer Möglichkeit Ausschau, dem Mann, der ihn wie einen Hund an der Leine führte, zu entkommen. Der Weg wand sich unter ein paar Bäumen entlang, vertrocknete Blätter raschelten unter ihren Schritten.

Sie döste ein paar Meter vor ihm, das braungelbe Diamantmuster ihrer Schuppen vermischte sich so vollständig mit dem sonnengesprenkelten, toten Laub, dass er sie nur durch Zufall entdeckt hatte. Er erschrak. Eine Gabunviper.

Der Mann hatte eine solche Schlange erst einmal gesehen. Sein

Freund, der seine Doktorarbeit über diese Schlangenart schrieb, hatte sie gefangen. Er hielt die Viper am Kopf, zwang ihr Maul auf, und die fast fünf Zentimeter langen Giftzähne waren wie gebogene Injektionskanülen aus ihrem Ruheplatz im oberen Kiefer heruntergeklappt. Er massierte ihre Giftdrüsen, bis das Gift der Viper in einem scharfen Strahl herausspritzte und im Nu ein halbes Sektglas füllte.

Ohne sie aus den Augen zu lassen, ging der Gefesselte auf die perfekt getarnte Schlange zu, wich ihr nur knapp aus, wusste, dass die Gabunviper friedfertig war und sich auf ihre Tarnung verlassen und nicht rühren würde, hoffte, dass sein Hintermann sie zu spät bemerken und auf sie treten würde. Sein Herz hämmerte, als er auf den Aufschrei des Mannes hinter ihm wartete, und er dachte nicht eine Sekunde darüber nach, dass er ihn zu einem qualvollen Tod verurteilte.

Trockenes Auflachen antwortete ihm. »Lass das, Bürschchen«, sagte der Wildhüter, »ich hab sie lange vor dir gesehen.« Er zerrte an dem Strick, riss die Arme des anderen höher.

Der Gefangene stöhnte vor Schmerz, als sich durch die Bewegung seine Wunde am Hals ruckartig dehnte. Die Enttäuschung sickerte wie Gift in seine Knochen, machte ihm die Knie weich, er fühlte seinen Widerstand nachlassen. Mühsam zwang er sich weiterzumarschieren. Sein Puls blieb hart und schnell.

Immer war er ihnen Stunden voraus gewesen, durch den Busch geführt von kundigen Männern aus dem Stamm der Zulus, namenlosen Begleitern, die jeden Schritt in dieser wilden Gegend im Norden von Zululand kannten, jeden Wildpfad abseits der Straßen. Sie lasen in den Sternen, benutzten Sonne und Mond als Kompass, geknickte Zweige, abgerissene Blätter als Wegweiser. Nachts verschmolzen sie mit den Schatten, tagsüber waren sie der trockene Holzstumpf dort oder Teil jenes umKhulu-Baums, nicht zu unterscheiden von dessen braun gefleckter Borke. Sie hielten geheime Zwiesprache mit der Natur, verstanden, was der Honigvogel ihnen zurief, wenn er aufgeregt flatternd den Weg zum Bienennest wies, antworteten dem höhnischen Gelächter der Hyänen. »Ha, du Aasfresser, yebo, mpisi – ja, Hyäne, lach nur, wir fürchten dich nicht!«

Jeder der Männer begleitete ihn ein Stück des Weges, reichte ihn dann weiter an den Nächsten. Der letzte war ein älterer Mann mit ergrauten Pfefferkornhaaren und überaus lebendigen Augen gewesen. Kein Gramm Fett polsterte seine Knochen unter der ledrigen Haut. Barfuß lief er vor ihm durch den Busch, seinen Blick fest auf den Boden geheftet. Außer einer kurzen Begrüßung wechselte er kein Wort mit seinem Schützling. Nur als der überhitzt und müde auf einer Rast bestand und den dichten Schatten des Mdhlebe-Baums suchte, hielt ihn der Zulu davon ab.

»Der Baum beherbergt das Böse, er spricht zu dir und macht dich verrückt, bis du hin und her schwankst und vergisst, wer du bist.« Damit rannte er weiter, leichtfüßig, kein Schweiß verfärbte sein verblichenes Kakihemd. Manchmal sang er, eine seltsame Weise, zart wie der Windhauch, der durch die Blätter strich, beruhigend wie das Murmeln eines Bächleins, verführerisch wie die Töne einer Sirene, und ließ den Mann, der Mühe hatte, ihm zu folgen, obwohl er Jahrzehnte jünger sein musste, vergessen, dass er um sein Leben rannte. Nachts schlief der Zulu eingerollt in seine Grasmatte, und vorgestern war er nicht wieder aufgewacht. Herzinfarkt, nahm der an, den er über den Fluss bringen sollte, weil er keine andere Erklärung hatte. Die aufgehende Sonne färbte eben die höchsten Hügelkuppen feurig orange, als er ihn fand. Der alte Mann war schon kalt und starr. Betroffen verweilte er ein wenig neben dem Alten, wachte über seine letzte Reise, gefangen in einem Gefühl, das nichts mit dem alten Mann, mit dem er nur einen Tag und eine Nacht zusammen gewesen war, zu tun hatte, nur mit Abschied und Alleinsein. Für eine Weile lauschte er dem werdenden Tag, dem Konzert der Waldvögel und dem Wind in den Akazien, fand für diese kurze Zeitspanne Frieden.

Er verscharrte den toten Zulu so gut es ging, rollte ein paar Felsbrocken darüber, um seinen Leichnam vor wilden Tieren zu schützen. Er prägte sich die Lage ein und machte sich allein auf den Weg.

Alles, was er über das Leben im Busch während seiner Jahre in Afrika gelernt hatte, kratzte er zusammen. Aber die großen Wildreservate hatte er mit seiner Familie in klimatisierten Autos durchquert, nachts in komfortablen Safaricamps geschlafen, wo es fließend heißes und kaltes Wasser gab und schwarze Kellner ihnen das Vier-Gänge-Menü servierten. Sieben Meter hohe Zäune schützten sie gegen das wilde Afrika, die Nacht hatte nichts Bedrohliches. Wenn mpisi, die Hyäne, lachte, Warzenschweine grunzten und das tiefe Gebrüll der Löwen die Erde unter ihren Füßen erzittern ließ, erschraken sie nicht. Der lang gezogene Todesschrei einer Antilope, das scharfe Knacken von Zweigen unter den vorsichtigen Tritten großer Tiere – alles gehörte zur Theaterkulisse Afrika und weckte sie nicht aus ihrem Schlaf, den sie von wachsamen Begleitern beschützt wussten.
So war es dem weißen Wildhüter ein Leichtes gewesen, ihn im Schlaf zu überraschen. Das war gestern Nacht gewesen, und seitdem hatten seine Verfolger aufgeholt.
Hinter sich hörte er, wie der Wildhüter seine Maschinenpistole spannte. »Die scheinen jemanden zu suchen – dich vielleicht? Wer bist du, he? Weswegen sind die hinter dir her?« Er stieß ihm den Lauf in den Rücken. »Raus mit der Sprache, ich will wissen, welches Vögelchen ich hier gefangen habe!«
Der Puls des Gefangenen schoss wieder in die Höhe. Er hat keine Ahnung, wer ich bin, und das heißt, die Kerle mit den Hunden haben noch nicht erfahren, dass ich in ihrer Nähe bin! »Ich bin Tourist aus Deutschland, und mein Auto ist zusammengebrochen, das hab ich doch schon gesagt. Ich hab mich im Busch verlaufen!« Er legte Empörung in die Worte.
»Erzähl weiter, ich liebe Märchen! Wo ist dein Fotoapparat, he? Und all das Zeug, was Touristen so mit sich herumschleppen? Außerdem rennen die meisten Touristen, die ich kennen gelernt habe, nicht in Tarnfarben herum.« Der Wildhüter zog ihm mit dem Waffenlauf das olivgrüne T-Shirt aus der Hose, lachte dabei unangenehm. »Weißt du, was ich glaube? Ich glaube, du bist einer von den Schweinehunden, die mit dem ANC gemeinsame Sache machen, das glaube ich!

Meine Nase trügt mich nie. Ich kann riechen, wenn ein Elefant tückisch geworden ist oder ein Löwe zu alt, um zu jagen, und sich auf Menschenfleisch verlegt hat. Und Schweinehunde«, er rammte dem Mann die Maschinenpistole in den Rücken, »Schweinehunde, die riech ich aus jedem Misthaufen raus. Vielleicht hast du ja sogar eine Bombe gelegt? Antworte!« Der heftige Stoß mit dem Pistolenlauf traf den Mann an den Nieren. »Ich werd mal einen Schuss loslassen, das wird die mit den Hunden im Galopp hierher bringen, dann werden wir ja sehen, was los ist.«
Mit einem Klicken entsicherte er seine Waffe. In derselben Sekunde stolperte er plötzlich, knickte um und strauchelte. Der Kolben schlug auf den Boden, eine kurze Schussfolge löste sich, traf ihn am Kinn und riss seinen Körper herum. Die Finger seiner linken Hand öffneten sich, der Strick fiel heraus, und er verlor den letzten Halt, rutschte rückwärts über die glitschige Uferböschung und klatschte ins lehmgelbe Wasser. Die Maschinenpistole versank sofort.
Der gefesselte Mann wurde nach hinten gerissen, fiel hart auf den Rücken. Blitzschnell rollte er sich auf den Bauch, bog seine Hände auseinander, ruckte, drehte, zog, die Schlinge lockerte sich, und er bekam seine Hände frei. Er sprang auf, sah hinunter auf den Mann im Wasser.
Der Wildhüter lag mit dem Oberkörper im Uferschlamm, die Beine im Wasser. Er versuchte zu sprechen, aber die kurze Salve aus der Maschinenpistole hatte ihm den Unterkiefer zertrümmert, und die Worte quollen als blutige Blasen unter seiner Nase hervor.
Instinktiv streckte der Mann im olivgrünen T-Shirt ihm beide Hände entgegen, machte einen Schritt die Böschung hinab, als er aus dem Augenwinkel, keine zehn Meter entfernt, Schlamm aufspritzen sah. Er hielt inne, wandte den Kopf.
Eine feine, pfeilförmige Welle teilte die lehmgelbe Wasseroberfläche. Das Krokodil hob seine lange Schnauze, sog den Blutgeruch ein und schwamm dann in gerader Linie auf den Mann im Wasser zu.
Dieser schien die Gefahr zu spüren, strampelnd suchte er Halt im weichen Uferschlamm, ein Schwall von Blutblasen brach aus ihm

heraus, aber alles, was der andere hörte, war unverständliches Gurgeln.

Mit einem grässlichen Schmatzen klappte das Krokodil sein zähnestarrendes Maul auf, erwischte das rechte Bein des Wildhüters, riss es mit einem mächtigen Ruck seines Saurierkopfes ab und warf es hoch. Das Blut spritzte in weitem Bogen. Das Reptil fing das Bein im weit geöffneten Rachen auf und verschlang es mit wenigen Kaubewegungen. Der Fuß mit dem braunen Feldstiefel verschwand als Letztes.

Der Verfolgte am Ufer hörte die Knochen krachen. Unter ihm schlug der Verletzte verzweifelt um sich, durchpflügte mit den Händen den nassen Sand nach Halt. Seiner entsetzlichen Verletzung war er sich offensichtlich nicht bewusst. Er erwischte eine Baumwurzel, zog sich hoch und hakte den Arm darüber. Blut pumpte aus seinem Beinstumpf, sprudelte hellrot über den ockerfarbenen Schlamm, wurde von dem trüben Flusswasser zu einem hellen Orange verdünnt. Aber allmählich nahm seine Haut die Farbe von Roggenteig an, Schock weitete seine Pupillen. Sein Arm geriet ins Rutschen.

Der andere Mann zögerte. Lass ihn, der schafft`s sowieso nicht, sieh zu, dass du davonkommst! Es ist deine einzige Chance!

Die Hunde schienen ihre Fährte wieder aufgenommen zu haben, ihr Gebell war deutlich zu hören, noch gedämpft von dem dichten Busch, der das flache Tal bedeckte und um die Hügelkuppen wuchs, aber es schien näher zu kommen.

Alarmiert sah der Flüchtling hinüber und dann unentschlossen auf den Schwerverletzten. Bloß weg hier, die bringen dich um, wenn sie dich finden. Wie willst du beweisen, dass du ihn nicht angeschossen hast?

Adrenalin schoss ihm durch die Adern, weckte den Fluchtinstinkt. Mit einem Satz sprang er auf den Weg hinauf, rannte zehn, zwanzig Meter, doch der Blick des verletzten Wildhüters schien sich schmerzhaft in seinen Rücken zu bohren. Noch ein paar Meter rannte er, dann blieb er stehen. Nach einem kurzen inneren Kampf siegten Jahrhunderte von Zivilisation in ihm, und er zwang sich zurück zum Ufer.

Als er sich zu dem Verletzten hinunterbeugen wollte, nun bereit, sein eigenes Leben zu riskieren, um den Mann zu retten, der ihn seinen Häschern ausliefern wollte, war dieser verschwunden. Einfach weg. Wäre da nicht das in dem jetzt einsetzenden heftigen Regen rasch versickernde Blut gewesen, der Mann am Ufer hätte an eine Illusion glauben können.

Ein Hund jaulte auf, Männerstimmen brüllten Unverständliches. Der Mann fuhr zusammen.

Er erinnerte sich an das Krachen der Knochen, als das Reptil das Bein des Wildhüters zermalmte. Für einen flüchtigen Moment hoffte er inständig, dass das Krokodil den Rest seiner Beute gefunden hatte. Es würde nicht genug von der Leiche übrig lassen, als dass man die Identität und Todesursache feststellen könnte! Ein letztes Mal strich sein Blick über die vom Regen zerhämmerte Flussoberfläche, dann hetzte er über das aufgeweichte Ufer davon und verlor sich bald in der dampfenden Regenwelt.

Er lief durch Regen und tanzende Nebelschwaden, durch hohes Gras und Sumpf, durchquerte schmale, liliengesäumte Wasserarme und das Wurzelgewirr der Mangroven. Moskitos tranken sein Blut, Egel saugten sich an seinen Waden fest, und Fliegen legten Eier in die Halswunde, aus denen später Maden hervorkriechen würden. Es kümmerte ihn nicht. Er sah nur ihre Augen vor sich und hörte ihr Lachen und lief ihr entgegen.

Er lief den Rest des Tages, die Nacht und den nächsten Tag hindurch, immer nach Norden, entlang dem Pongolafluss. Seine Sinne schärften sich. Tagsüber orientierte er sich am Sonnenstand, nachts leuchtete ihm der Mond. In der zweiten Nacht begleitete ihn der dumpfe Rhythmus von Trommeln einen Teil des Weges, unheimlich, beängstigend, und er erinnerte sich, dass die Tsonga hier am Fuß der Ubombo-Berge lebten. Friedliche Menschen. Er schlief kaum, ernährte sich von wilden Feigen, trank Flusswasser und überlebte.

Als er gegen Morgen des zweiten Tages Gemurmel hörte und den Rauch eines Lagerfeuers roch, erstarrte er in der Bewegung. Erst nach einer halben Stunde, in der er die Geräusche um sich herum identifiziert hatte, das Rascheln eines Tieres durch das Unterholz, Knacken von trockenen Ästen unter Hufen, schläfrige Vögel, die für ihren Gesang zum Sonnenaufgang übten, wagte er sich wieder zu bewegen und schlich vorwärts. Er lauschte mit jagendem Puls, und dann verstand er ein paar Worte.

Kein Englisch, kein Afrikaans, sondern Portugiesisch. Er hatte die Grenze überquert, er stand auf dem Boden Mosambiks, er hatte es geschafft!

Die ersten Strahlen der aufgehenden Sonne vergoldeten die Kronen der höchsten Bäume, die Vögel schüttelten ihr Gefieder und erhoben ihre Koloratursopranstimmen zum Himmel, Ochsenfrösche sangen die Bässe, Zikaden strichen die Saiten, und die tiefen, dröhnenden Rufe der Hornraben waren wie Paukenschläge. Die gewaltige Melodie ihrer Sinfonie stieg auf und erfüllte die Welt, erfüllte das Herz eines jeden, der ihr lauschen durfte. Der Mann sank auf einen Stein am Wegesrand, legte den Kopf auf seine Arme und überließ sich dem Sturm, der ihn schüttelte.

Als sein Blick wieder klar war, ließ er ihn noch einmal zurück über das Land schweifen, das nun unter düsteren Wolken lag. Der Horizont zerfloss hinter einem silbrigen Regenvorhang. Er stand im Sonnenlicht und konnte nicht mehr erkennen, woher er gekommen war.

Hoch über ihm zog ein Flugzeug seine Bahn, malte einen glänzend weißen Kondensstreifen an den durchsichtigen Morgenhimmel. Es flog nach Norden, und der Mann sah ihm nach. Hören konnte er es nicht, dafür flog es zu hoch. Es blinkte in der Sonne, erschien ihm als Symbol für Freiheit, Losgelöstheit von aller Erdenschwere, für Zukunft.

Er folgte dem Flugzeug auf seinem Weg, und plötzlich fing sein Herz an zu hämmern. Welcher Tag war heute? Rasch rechnete er nach, musste die Finger dazu nehmen, so aufgeregt war er. Dienstag musste es sein, Dienstagmorgen! Der Tag, an dem seine Familie das Land verlassen würde. Die Tränen rannen ihm über das Gesicht. Er hob die Arme, als wollte er ihnen zuwinken, blinzelte nicht einmal, ließ das Flugzeug nicht aus den Augen, bis es zu einem silbern blitzenden Punkt wurde und dann ganz im Dunst über Afrika verschwand. Sie waren in Sicherheit.

Warte auf mich, rief er ihr hinterher, ich bringe dir dein Lachen zurück.

Er fand seine Kontaktpersonen, verließ von Lourenço Marques aus mit dem Flugzeug das Land und war zur verabredeten Zeit in dem kleinen Hotel am Ufer des Genfer Sees und schloss nach einer Woche, die ihm länger erschienen war als die Ewigkeit, seine Familie in die Arme.

Doch der Blick des Sterbenden hatte sich in seine Haut geätzt, brannte unerträglich, und er wusste, dass er diesen Blick nie vergessen würde. Bis ans Ende seines Lebens würde er den Schmerz fühlen, die Augen des sterbenden Wildhüters sehen und sich erinnern, dass er gezögert hatte und deswegen ein Mensch gestorben war.

Auch als er längst zurück in seinem Land war, in Sicherheit, als er das Lachen wieder in ihrem Gesicht gesehen hatte, hörte er noch das Splittern der Knochen als Hintergrundgeräusch, und das blutüberströmte Gesicht des Wildhüters verfolgte ihn jede Nacht in seine Träume. Das Jagdgeläut der Hunde und die drohenden Rufe der Männer, die ihm so nahe gekommen waren, hallten in ihm nach, und im Traum wandte er sich wieder ab von dem Sterbenden und floh. Er rannte und rannte und rannte, mit hämmerndem Herzen und ohne Atem, bis er wusste, dass er es geschafft hatte. Nur sich selbst gestand er im Moment des Aufwachens ein, dass er immer wieder so handeln würde.

Tagsüber verachtete er sich dafür, doch der Konflikt wirkte noch lange in seinem Unterbewusstsein nach, und dann war er sich sicher, dass er nicht zurückkehren würde, dass er seinen Kindern nie die Schildkröten auf den Felsen im Fluss zeigen würde.

Das Leben ging weiter. Die Wunde an seinem Hals verschorfte, neue Haut bildete sich, und der Schorf fiel ab. Die rosa Narbe verblasste, und er vergaß sie bald. Nach und nach änderten sich auch seine Träume, bis er eines Tages aufwachte und endlich sicher war, dass er keine Schuld an dem Tod des Wildhüters trug. Nur das diffuse Gefühl von Bedrohung blieb, irrational, gedanklich nicht zu entwirren, und er merkte, dass er mit keinem über diese Tage im Busch reden konnte, nicht einmal mit dem Menschen, der ihm am liebsten war, ihm so nahe stand, dass er ein Teil von ihm geworden war, seiner Frau.

Mittwoch, den 8. November 1989 – einundzwanzig Jahre später in Hamburg

Als Henrietta Cargill am Morgen aus dem Haus trat, war der Herbst endgültig vorbei. Ein kräftiger Wind trug den ersten Hauch von Winterkälte aus Russlands Steppen mit sich, es roch nach Frost, und sie dachte an ihren Garten in Afrika.
Dort, an dem schmalen Küstenstreifen Natals in Südafrikas heißem Osten, wurde es jetzt Sommer, schäumten Bougainvilleas wie rote Wasserfälle über Mauern und Wände, und die Jakarandas trugen hellblaue Schleier zwischen frischem Grün. Nie war es wirklich kalt gewesen dort, und das rührte nicht nur von der Sonnenhitze her.

Sie war glücklich gewesen in ihrem Garten in Afrika, aber das war lange her, und seitdem hatte sie Afrika in ihrem Kopf eingemauert und lebte hier. Das Verlangen nach Licht und Wärme blieb, aber das war ja nichts Besonderes.
Ihr Garten lag jetzt in Norddeutschland, in Hamburg, ganz in der Nähe der Elbe, wo es viele Gärten gab, mit hohen Bäumen, sauber geschnittenen Rasenkanten und Beeten ohne Unkraut. Ihr Garten allerdings war anders. Prächtige rote Kletterrosen, sonnenhungrig wie sie, ersetzten ihr die Bougainvilleas, Kapuzinerkresse mit Blüten wie flammende Orchideen gaukelten ihr tropische Farbenpracht vor, großblättrige Bergenien, immergrün wie der Gartenbambus, erfreuten ihre Seele, wenn totes Laub die Erde bedeckte und die Bäume ihre blätterlosen Äste in einen kalten Himmel streckten. Die Kletterrose trug jetzt nur noch braunes, von Rosenrost geflecktes Laub, und die späten Dahlien, die Hibiskusbüschen ähnelten, faulten von innen

her. Doch sie wusste, mit den ersten Strahlen der Frühlingssonne würde ihr Garten sich wieder regen, und an Sommertagen, wenn er sonnenüberschüttet vor ihr lag, war sie in Afrika, erinnerte sich, wie sie sich fühlte, wenn sie glücklich war.
Entfernt, ganz entfernt tanzte dann diese Melodie in ihrem Kopf, eine hingehauchte Tonfolge, flüchtig, lockend, wie eine dahinwirbelnde Elfe. Papa hatte sie oft gesummt, nur wenige Takte, und sie hatte gewusst, dass auch er dann wieder in seinem Afrika war.
»Bald gehen wir wieder rüber«, sagte er jedes Mal, wenn sie sich sahen, und meinte auf seine Insel nach Afrika. So lange sie sich zurückerinnern konnte, träumte er davon. Dann stand er am Fenster, etwas schief auf seine Krücken gelehnt, da ein Bein verkrüppelt und deutlich kürzer war. Seine wasserblauen Augen auf den südlichen Horizont gerichtet, hinter dem Afrika lag, presste er die Töne durch die Zähne, klanglos, heiser, immer und immer wieder, und wurde dabei von Minute zu Minute vergnügter. Er sehnte sich mit solcher Kraft und Leidenschaft nach seinem Afrika, dass sich in dunklen Tagen seine Lebensflamme davon nährte.
Dann erzählte er, der die Gabe besaß, mit Worten Bilder zu malen, von der Insel, wo er mit Mama so lange gelebt hatte und sie geboren wurde, und seine Worte machten sie zu einem magischen Ort, wo das Leben einfach war und schön, wo Mensch und Tier miteinander in Frieden lebten und reife Früchte an den Bäumen hingen, wo das Wasser klar war und rein und die Luft von unvergleichlicher Süße. So wie im Paradies.
Mama, die sich Schicht um Schicht mit Schweigen zudeckte, wollte nichts mehr von Afrika hören. Sie zog sich in eine innere Welt zurück, von der sie alle ausschloss, sogar Papa.

❖

Er sah sein Afrika nie wieder. Mama könne er das nicht antun. Dann starb Mama im November 1984, ganz schnell, eigentlich ohne Grund. So als hätte sie einen Blick in ihre Zukunft getan und nichts

gesehen, wofür sich die Anstrengung zu leben gelohnt hätte. Ihr Herz hörte einfach auf zu schlagen, und Papa war allein.
Sie erwartete, dass er nun seine Koffer packen und das nächste Schiff nach Afrika nehmen würde, aber er tat es nicht.
»Ein wenig Zeit benötige ich noch«, sagte er und begann sein Haus zu renovieren, »es ist noch zu früh nach Mamas Tod.«
Dann war es die falsche Jahreszeit. Zu heiß, zu nass, oder sein verkrüppeltes Bein spielte sich auf. Nach einer Weile hörte sie auf zu fragen.
Er verbrachte viel Zeit, Fahrpläne von Frachtdampfern zu studieren, die seine Insel anliefen, stellte lange Listen auf von allem, was er mitzunehmen gedachte, aber dann war es schon wieder Winter. Die Winterstürme auf der Biskaya sind entsetzlich, ich warte besser bis zum Frühjahr, überlegte er, außerdem muss ich den Garten winterfest machen. Er legte Fahrpläne und Listen beiseite und vergrub einhundertfünfzig Narzissenzwiebeln in der herbstkalten Erde. »Schön wird es hier im April aussehen«, murmelte er zufrieden.
Wenige Tage nach seinem 78. Geburtstag schlenderte er durch den Weihnachtsmarkt im Museum für Kunst und Gewerbe. Er wollte eben die lange, geschwungene Treppe hinuntergehen, als ein Schwindelanfall ihn stolpern ließ. Sein krankes Bein knickte ein, und er stürzte die einundzwanzig Stufen hinunter.
Als man ihn nach vier Wochen, querschnittsgelähmt von der Taille abwärts, aus dem Krankenhaus in ein Leben im Rollstuhl und in völliger Abhängigkeit entließ, hörte er auf, von Afrika zu träumen. »Ich bin wie ein Vogel im Käfig«, sagte er traurig und sprach nicht mehr davon, auch hörte man ihn niemals wieder sein Lied summen.
Als er zusammenbrach, ganz leise, merkte es keiner.

❖

Am Abend vor der Trauerfeier öffneten sie die koffergroße Kirschbaumtruhe, in der Papa seine Papiere aufbewahrte. Alte Geschäftspapiere, säuberlich geführte Haushaltsbücher, entwertete Pässe, deren Stempel von dem rastlosen Wandern seiner frühen Jahre zeugten. Ian zog einen Umschlag hervor. »Das Testament.« Er überflog es. »Wie zu erwarten war, du und Dietrich erbt das Haus je zur Hälfte.«

»Das gibt ein Problem. Ich weiß nicht einmal, ob das Telegramm zu Mamas Tod ihn erreicht hat. Die letzte Adresse, die ich von ihm habe, ist ein Postfach in Coober Pedy in Australien. Er soll dort nach Opalen geschürft haben, so schrieb er zumindest. Nach Mamas Tod hab ich Tage am Telefon verbracht, um ihm auf den verschlungenen Pfaden seines Lebens zu folgen, aber die Spur, die von Coober Pedy nach Bangkok führte, verlief sich auf einer der idyllischen kleinen Inseln vor Thailand. Seit 1979 habe ich nichts von ihm gehört.« Frustriert knabberte sie am Fingernagel. »Ich wette, er sitzt unter irgendeiner Palme am Meer, in jedem Arm ein hübsches Mädchen, und genießt das Leben. So war es immer.« Bitterkeit färbte ihre nächsten Worte. »Er flatterte davon, für Probleme war ich zuständig.« Sie lachte auf. »Beruflich machte er dies und das und alles höchst erfolgreich. Der schwatzt einem Eskimo eine Tiefkühltruhe auf, ohne Problem.«

»Du magst ihn, nicht wahr?«

»Oh ja, sehr, und ich vermisse ihn. Als er dreißig wurde, erklärte er uns, dass er von jetzt ab gedenke, sein Leben zu genießen. Er stand da, Hände in den Hosentaschen, ließ Papas Globus unter seiner Hand herumwirbeln und verkündete, dass er sich jetzt die Welt ansehen werde. Und das tat er«, sagte sie. »Hier!« Sie warf einen Stapel bunter Postkarten auf den Tisch. »Aus Thailand, Sumatra, Abidjan, dem Jemen – was um alles in der Welt wollte er nur im Jemen? Das Postfach seines Freundes in Sydney, das er als Adresse benutzte, ist aufgelöst. Ich weiß nicht, wo ich ihn noch suchen soll!« Abwesend baute sie ein Haus aus den Karten. »Er hat Mama das Herz gebrochen, als er verschwand.« Ungeweinte Tränen, deren Ursprung bis in ihre Kindheit zurückreichten, brachen ihre Stimme. »Und was mach ich nun? Allein krieg ich keinen Erbschein!« Ihre heftige Bewegung fegte das Kartenhaus vom Tisch. »Ich werde ihn suchen lassen. Ich will jetzt nicht darüber nachdenken.«

Sie blätterte in Papas Unterlagen. Aus den Seiten eines alten Schulheftes fiel ihr ein sepiafarbenes Foto entgegen.
Eine junge Frau, eigentlich noch ein Mädchen, kniete lachend, den Kopf in den Nacken geworfen, die Arme weit ausgebreitet, vor dem Hintergrund eines Palmenhains auf dem flachen Bug eines kleinen Schiffes. Der leichte Wind hatte ihre halblangen, dunklen Haare hochgewirbelt und die Ärmel des weißen Kleides zu Flügeln gebauscht. Das Meer war glatt, die Morgensonne umgab ihre Figur mit einem Strahlenkranz.
»Meine kleine Taube« stand darunter – unverkennbar in Papas schwungvoller Handschrift.
»Die Taube. La Paloma«, hauchte sie. Einzelne Töne formten sich in ihrer Kehle, wurden zu einer Melodie voller Sehnsucht und Verlangen. Papas Melodie.
»Wer ist das? Wie hübsch sie ist, so voller Leben – sie sieht dir ähnlich, bis auf die dunklen Haare.« Ian schaute ihr über die Schulter.
»Das ist Mama«, sagte sie langsam, Erstaunen in ihrer Stimme, »ich wusste nicht, dass sie je – so jung war. Sie hat Papas Lied gehasst. Immer wenn er es summte, spielte sie Wagner«, seufzte sie leise und kramte weiter in der Truhe. »Sieh mal, hier sind einige Briefe.« Sie legte den mit einem Gummiband zusammengehaltenen Packen auf den Tisch, entfaltete den obersten Brief.
›Mein geliebtes Täubchen‹, begann sie halblaut, verstummte dann. Es war ein bezaubernder Brief, einer der schönsten Liebesbriefe, den sie je gelesen hatte. Plötzlich schwebte ein Klingen durch den Raum, und ganz entfernt meinte sie ein junges Mädchen lachen zu hören.
»Sie haben sich geliebt! – Sie haben sich nicht sehr häufig berührt, weißt du. Ich kann mich nicht einmal erinnern, dass sie sich je auf den Mund geküsst haben.« Mit beiden Händen wischte sie sich das Gesicht trocken. »Sie haben sich wirklich geliebt«, lächelte sie versonnen und fühlte sich unerklärlich beschwingt.
Lange saßen sie eng umschlungen auf der Couch. Sie lauschte Ians Herzschlag, dachte an das junge Paar, das ihre Eltern gewesen war.

»Was ist später nur mit ihnen passiert? Was hat ihre Schultern so gebeugt, Mama so bitter gemacht?«
»Eine Liebe kann sterben, kann im Alltag versinken wie ein Mensch im Treibsand«, murmelte er, seinen Mund in ihren Haaren, »Wir müssen sehr vorsichtig mit unserer umgehen. Wir müssen immer Freunde bleiben.« Leise summte er ein paar Takte von Papas Lied. Die wehmütige Weise umwehte sie wie ein weicher Wind.
»Verlass mich nie – bitte, lass mich nie allein.«
»Dann müsste ich aufhören zu atmen.« Er öffnete wortlos seine Arme, und sie schmiegte sich in die vertraute Wärme, formte eine Schale mit seinen Händen und legte ihr Gesicht hinein. Eine Berührung, intimer als ein Kuss, eine Geste in der dreiundzwanzig Jahre gemeinsames Leben lagen.
Sein Mund streichelte ihren. Sie schmeckte das Salz auf seinen Lippen. Waren es ihre Tränen oder seine? Unter seinen zärtlichen Händen lösten sich ihre verspannten Muskeln, sie versank in dem Violettblau seiner Augen, und die Zeit setzte aus.

Papa starb im März 1986, acht Jahre nachdem sie Südafrika zum zweiten Mal verlassen hatten. Der Himmel war hoch und von durchscheinendem Frühlingsblau, als sie seine Asche von einem Fischkutter aus in die Nordsee streuten. Sie warf ihm Blumen hinterher. Die Blüten hüpften und drehten sich, die munteren Wellen trugen sie fort nach Süden, der Sonne entgegen. Nach Afrika.
»… wie blau ist das Meer, wie groß kann der Himmel sein …«, sang sie leise und sah ihrem Vater nach.
Seitdem kam sie nicht mehr zur Ruhe. In einem ständigen innerlichen Kampf zermürbte sie sich zwischen Herz und Vernunft. Das Wetter in Hamburg erschien ihr schlechter, das Licht trüber, die Menschen kühler. Sie buchte Ferien auf Mallorca und brach beim Anblick einer mickrigen Jakaranda in Tränen aus.
An einem regnerischen Abend ein paar Monate nach Papas Tod lud

Ian sie ins Kino ein. Es gab »Jenseits von Afrika«. Bei dem ersten Satz – diesen berühmten Worten: »Ich hatte eine Farm in Afrika« – blieben ihr die Kekse, die Ian gekauft hatte, in der Kehle stecken.
Auf der Leinwand wurde Afrika zelebriert, doch sie sah weder die Bilder, noch verstand sie die Worte. Sie war in Afrika. Noch nie hatte sie in einem Film geweint, konnte immer Wirklichkeit und Schein auseinander halten, doch jetzt saß sie neben Ian im Dunkeln des Filmtheaters, aufgewühlt, zerrissen, und erstickte fast an ihren Tränen.
Als sie es nicht mehr aushalten konnte, bahnte sie sich blindlings einen Weg nach draußen. Ziellos lief sie durch den feuchten Septemberabend, Ian immer ein paar Schritte hinter ihr.
»Ich weiß, dass es albern ist, dass ich immer noch Afrika hinterherweine. Ständig versuche ich, mir klarzumachen, dass unser Leben jetzt hier ist, hier in Deutschland. Die Kinder studieren hier, wir haben Freunde – wenigstens ein paar.«
Er nahm sie wortlos in den Arm, doch sie entwand sich ihm. »Ich muss mich bewegen, ich werde sonst verrückt.« Mit weit ausgreifenden Schritten lief sie vor ihm her, quer über den Jungfernstieg zwischen hupenden Autos hindurch zur Binnenalster hinunter. Sie bröselte die Keksreste aus ihrer Tasche ins Wasser. Neugierig schwammen ein paar Enten heran. Der Regen hatte aufgehört, die Nässe tropfte von den Bäumen, ein hell erleuchteter Alsterdampfer, geschmückt mit Lichtgirlanden, glitt an die Anlegerstelle. Die Menschen, die ausstiegen, schienen gut gelaunt. Ihr Gelächter schwebte zu ihr herauf.
»Henrietta, schau dich um, auch hier ist es schön!«
Sie wich seinem Blick aus. »Ja, ich weiß, es ist schön, wir sind hier sicher, niemand bespitzelt uns.« Es klang trotzig. »Wenn wir etwas gegen die Regierung haben, können wir uns auf den Rathausplatz stellen und es herausschreien, es geht uns gut, nichts und niemand trachtet uns nach dem Leben, wir leben in Frieden und Freiheit …!« – ihre Stimme war immer leiser geworden, und die nächsten Worte waren nur noch ein Flüstern – »… und trotzdem kann ich Afrika

nicht vergessen!« Schweigend beobachtete sie die tanzenden Lichter auf dem schwarzen Wasser. »Fast acht Jahre ist es her, dass wir Umhlanga Rocks verlassen haben«, wisperte sie und sah es vor sich, Umhlanga, wo ihr Garten lag, sah das Meer, den Himmel, »ich muss es vergessen ...«

Plötzlich ging ein Ruck durch sie hindurch, und als sie sich zu Ian umdrehte, leuchtete ihr Gesicht, als hätte sich eben das Paradies vor ihr aufgetan. »Warum muss ich es vergessen? Die Kinder sind einundzwanzig, auch nach südafrikanischem Gesetz volljährig. Verstehst du, es kann uns keiner mehr mit Jan erpressen! Die Kerle in Pretoria können ihn nicht mehr einziehen und in ihren Krieg zwingen!« Ihre Stimme kletterte, Aufregung rötete ihre Wangen. »Darüber habe ich noch gar nicht nachgedacht. – Liebling, wir sind frei! Jetzt hält uns doch eigentlich nichts mehr davon ab, wenigstens Urlaub in Umhlanga zu machen«, sprudelte sie, warf ihm die Arme um den Hals, bedeckte ihn mit Küssen.

Ians Gesicht verlor jeden Ausdruck, wurde zu der Fassade, hinter der er sich seit ihrer Flucht aus Südafrika so häufig zurückzog, unerreichbar für sie. Reglos stand er in ihrer Umarmung, die Arme schlaff, die Haut klamm und kalt.

»Ian! Ist etwas?« Sie trat zurück, wartete auf eine Antwort. Sie kam nicht.

Er schien sie weder zu hören noch wahrzunehmen. Blicklos starrte er vor sich hin, sah offenbar etwas, was ihr verborgen blieb.

Aufgeschreckt packte sie ihn an den Schultern, rüttelte ihn.

Als käme er nach einer Narkose zu sich, sah er sie für Sekunden verwirrt an, dann glitt sein Blick zur Seite. Er lehnte seine Unterarme auf das eiserne Geländer, starrte ins Wasser. Seine Finger verschlangen sich ineinander, kneteten und drückten sich, bis die Knöchel weiß waren. Als er endlich redete, verursachte sein kalter Ton ihr eine Gänsehaut. »Warum suchst du dir hier nicht irgendeine Tätigkeit? Zeit genug hast du wirklich, und dann würdest du nicht dauernd von Afrika träumen.«

Tief getroffen, berührte sie dennoch seine Schulter, aber nur mit den

Fingerspitzen. »Ian, Liebes, was ist?« Wie konnte er das sagen, was war in ihn gefahren?
Er blieb unerreichbar. »Wolltest du nicht ursprünglich Medizin studieren?«
Sie zuckte zusammen. »Mit neununvierzig – mach dich nicht lächerlich!«
»Eröffne doch eine Boutique.«
Zielsicher traf er einen bloßliegenden Nerv. »Du weißt genau, dass ich das Geld dazu nicht habe …«
»In Südafrika hast du sogar eine Strickfabrik aufgebaut, ganz allein und ohne Geld, nur mit deinem Talent.« Er benutzte seine Stimme wie eine Keule.
Ein Geschwür in ihr brach auf, Eiter quoll hervor, das Zersetzungsprodukt vieler Jahre. »Und wenn der Herr von Burgar vom Star Investment Holding nicht mit fast unserem gesamten Geld abgehauen wäre«, platzte sie heraus, »und sich damit jetzt ein sorgloses Leben irgendwo unter der karibischen Sonne machen würde, wäre das alles kein Problem. Dann hätte ich das Startkapital, das hier nötig ist, und würde dir nicht auf die Nerven gehen.« Sie biss sich auf die Lippen, schluckte den Rest ihrer Worte hinunter.
Und wenn du dich nicht von dem geschniegelten Kerl und seinen vielen hochtrabenden Worten hättest täuschen lassen, hätte sie am liebsten herausgeschrien, von den schönen großen Büros mit den reizenden, hochglanzlackierten Damen und den dynamischen jungen Herrchen, der Penthauswohnung, dem Ferrari und dem vielen Champagner, wenn du auf mich gehört hättest, weil ich den wirklichen Menschen hinter seiner Maske erkannt hatte, dann hätte er nicht auch noch den letzten Penny aus uns herauswringen können – aus mir, denn es ist mein Erbe von Onkel Diderich, das der Kerl jetzt verprasst!
Aber sie brachte es nicht fertig.
Sie standen sich gegenüber, keine zwei Schritte voneinander entfernt, aber zwischen ihnen war der Abgrund so tief, dass sie sich kaum erkennen konnten, und keiner von beiden streckte die Hand nach

dem anderen aus, um ihm hinüberzuhelfen. Sie fühlte sich, als taumelte sie durch die Kälte einer Weltraumnacht, so einsam war sie in diesem Moment.
Ian wandte sich ab. Mit hochgezogenen Schultern, den Kopf gesenkt, stand er da. »Entschuldige«, sagte er endlich tonlos, »es ist spät, wir sollten nach Hause fahren, ich bin ziemlich müde.«
Die Worte zwischen ihnen fielen danach nur noch als schwere Tropfen in ein immer dichter werdendes Schweigen, bis sie schließlich ganz versiegten.
Irgendwann in der Nacht fühlte sie seine Hand, die nach ihrer suchte. Sie zog ihre nicht weg und erwiderte seinen Druck. Seine Hand löste sich, glitt zu ihrer Schulter, verharrte dort, wartete auf ihre Reaktion. Sie spürte ihn, warm und vertraut. »Oh, mein Herz«, flüsterte sie und drehte sich zu ihm.
Als sie tags darauf über den Auslöser der Szene nachdachte, fand sie keine Erklärung. Sie beschloss, das ungute Gefühl, das sich als heiße Säure in ihrem Magen sammelte, zu ignorieren. Jetzt ist Winter in Südafrika, dachte sie, im Januar und Februar ist es sowieso viel schöner, es ist noch viel Zeit, ich rede später mit ihm.
Bei jeder noch so beiläufigen Erwähnung Südafrikas hatte sie dieses Versteifen seiner Muskeln, das Versteinern seiner Gesichtszüge beobachtet. »Gibt es da etwas, was ich nicht weiß? Sag es mir bitte, wie soll ich dich sonst verstehen?«, hatte sie mehr als einmal gefragt, aber er war ihren Fragen auf das Geschickteste ausgewichen, lenkte ab. Sie fand keinen Weg zu ihm, und irgendwann hatte sie aufgegeben.
Sie schrieb sich in der Volkshochschule für den Spanischkurs für Anfänger ein und zwang sich zu einem Aerobic-Lehrgang, obwohl ihr ständig übel wurde von den Ausdünstungen der enthusiastisch herumturnenden Matronen, die durchweg Ende fünfzig waren und sie mit neidischen Blicken auf ihren straffen Körper ausgrenzten. Im Umkleideraum drehten sich die Gespräche um Männer, Geld und Männer, meist allerdings nicht um die eigenen. Außerdem wurde sie von der Anstrengung so hungrig, dass sie zwei Kilo zunahm. Entsetzt gab sie auf und hob stattdessen einen Teich im Garten aus, arbeitete

sich körperlich müde bis zum Umfallen. Um ihre rotierenden Gedanken auszuschalten, ließ sie die Kassette mit Spanischlektionen laufen, betete die unregelmäßigen Verben wie eine Litanei herunter.

❖

Es half nichts. Afrika ließ sie nicht los. In den düsteren Spätherbsttagen, wenn die Blätter von den Bäumen fielen, die Nebel wie Leichentücher die sterbende Natur bedeckten, wenn die bleiche Sonne ihren Kampf gegen den ersten Ansturm von Winterkälte verlor, hielt sie es kaum noch aus, dann erwischte sie sich dabei, dass sie die ersten Takte von »La Paloma« summte, durch die Zähne, immer und immer wieder – und sie fühlte sich so unendlich allein, dass es ihr die Luft abdrückte.
Ihre Fröhlichkeit verschwand, sie verkroch sich, wurde zu einer Schneckenhausbewohnerin, und sie verlor ihre Wut, diese Wut, die ihr bisher immer zur Hilfe gekommen war, stets ihre letzten Kraftreserven mobilisiert hatte. Nun war kein Sturm mehr stark genug, sie aufzupeitschen.
Äußerlich war ihr nichts anzumerken, sie lachte, machte Scherze oder weinte. Der Haushalt lief geräuschlos weiter. Aber irgendwie war alles eingeebnet. Und dann war da dieser Abstand, dieser winzige, abgrundtiefe Abstand zu Ian. Sie vermied jeden Gedanken daran, zuckte davor zurück, als berührte sie rot glühendes Eisen.
Sonnabends studierte sie die Stellenanzeigen im »Hamburger Abendblatt«, und im Dezember, ein paar Wochen nach ihrem Streit, trat sie eine Stellung als Sekretärin und Übersetzerin in einem Zweimannunternehmen an. Ihre Chefs waren zwei Brüder, und ihre Pflichten schlossen Kaffeekochen, Botengänge, Lügen am Telefon, wenn die Gattinnen sie suchten, und Blitzableiterdasein für wütende Kunden ein. Dann entdeckte sie Ungereimtheiten, beobachtete, dass der ältere Bruder den jüngeren betrog.
Nach fünf Wochen kündigte sie.
Danach verlor Ian kein Wort mehr über eine Berufstätigkeit von ihr.

Eines Tages kam er mit einem großen Paket nach Hause, das ein umfangreiches Sortiment Ölfarben, Pinsel in jeder Stärke und ein paar schöne Leinwände, einen großen Skizzenblock und mehrere weiche Bleistifte enthielt. »Bitte«, sagte er, und es war klar, dass er meinte: Bitte, entschuldige ... bitte, es tut mir so Leid ... bitte, lass uns wieder richtig miteinander reden. Er liebte die Bilder, die sie malte, die Farben, leuchtende, ungebrochene Farben – die Farben Afrikas, ein Ausdruck ihrer Sehnsucht, Ventil ihres inneren Drucks.

Sie verlor sich in seiner Umarmung, atmete seine Wärme, hörte nichts außer den kräftigen Schlägen seines Herzens. Als sie später im Bett lagen, den Kopf in seiner Halsgrube, die Beine umeinander verschlungen, waren sie sich näher, als sie für viele Monate gewesen waren. Der Abstand war kaum noch fühlbar.

Gleich am nächsten Tag begann sie ein Bild zu skizzieren. Aber nicht Afrika, eine Winterlandschaft.

❖

Als sie an diesem 8. November 1989 aus der Stadt zurückkehrte und vor ihrem Haus aus dem Auto stieg, sah sie hinauf in den stürmischen Novemberhimmel. Die Sonne sank schon dem Abend zu, es blieben noch ein, zwei Stunden Zeit zum Laubfegen. Sie schloss die Haustür gegen den kalten Wind und brachte ihre Einkäufe in die Küche. Im Wohnzimmer lief der Fernseher. Er lief fast immer. Er gab ihr die Illusion, nicht allein zu sein. Sie hörte dem Sprecher kaum zu, der Klang seiner Stimme genügte ihr.

Rasch zog sie ihre Jeans an, öffnete die Terrassentür zur Südseite und erstarrte. Hinter dem dreißig Meter langen Zaun, der in drei Meter Entfernung von der Fensterfront ihres Wohnzimmers den Garten begrenzte, erhob sich eine drei Meter hohe, düstere Fichtenwand. In der einzigen Lücke, durch die ein schmaler Streifen weißen Sonnenlichts fiel, richtete sich gerade, wie von Zauberhand geführt, eine letzte Fichte auf, dann lag ihr Garten in tiefem Schatten. Als sie heute Morgen in die Innenstadt gefahren war, um sich ein Kostüm zu kaufen, konnte sie noch ungehindert Nachbar Kraskes Karottenfeld betrachten.

Herr und Frau Kraske bewohnten ein winziges, spitzgiebeliges Haus, das Letzte seiner Art in dieser Gegend, und pflanzten Unmengen von Karotten, Kartoffeln und Zwiebeln an. Herrn Kraskes Hätschelkind war der Tabak, aus dem er sich, nachdem er ihn über den Winter auf seinem Dachboden getrocknet hatte, entsetzlich stinkende Zigaretten drehte, die er dann auf seiner Terrasse paffte und deren Rauch Cargills von ihrer Terrasse vertrieb.

Frau Kraske war eine große, eingetrocknete Frau, dürr, mit wirren, grauen Haaren, die sie in einem Zopf um ihren Kopf gewunden trug. Jetzt kniete sie zu Füßen ihres Mannes und schaufelte auf sein Geheiß Erde über die Fichtenwurzeln. Doch wie immer konnte sie ihm nichts recht machen. Er stieß sie mit dem Fuß zur Seite, nahm die Zigarette aus dem Mund und brüllte sie in einem Ton an, der Henrietta Herzrasen bescherte und Erinnerungen beschwor: Bilder von bedrohlichen schwarzen Gestalten, das Poltern klobiger Stiefel und das Stakkatohämmern an der Tür.

Frau Kraske stand mit hängenden Armen da, starrte ihren Mann stumm aus flackernden Augen an, und Henrietta ahnte, welche Antwort nun folgen würde, denn Frau Kraske besaß eine überraschende Gabe. Sie konnte mitreißend tanzen. Manches Mal sah sie sie in der Mittagssonne über ihren schnurgeraden Steinplattenweg wirbeln, mit fliegenden grauen Haarsträhnen und leicht wie eine Feder. Es schien das Einzige zu sein, was sie nach all den Ehejahren von ihrer Persönlichkeit bewahrt hatte: die Sprache ihres Körpers.

Statt den Mund zu öffnen, hob Frau Kraske einen Fuß, schlug einen aufsässigen Trommelwirbel, tanzte trotzig, stampfte ihren Zorn auf die Steinplatten. Ihr Mann hieb ihr unvermittelt die Schaufel über den Rücken, sie stolperte, fiel in sich zusammen und war wieder die dürre, graue Frau Kraske ohne Worte, huschelig und gebeugt, so dass Henrietta glaubte, einer Sinnestäuschung aufgesessen zu sein.

Herr Kraske hasste alles Wilde, Ungezügelte. Seine Karotten standen, stramm ausgerichtet in Viererreihen auf erhöhten Beeten, die

mit ihren präzisen Kanten an Gräber erinnerten. Wühlmäuse und Ratten, die sich von seinem Komposthaufen ernährten, erweckten in ihm martialische Gelüste. Mit reichlich Gift und Fallen rückte er ihnen zu Leibe, brachte sie dutzendweise zur Strecke. Triumphierend drapierte er die kleinen Kadaver um den Komposthaufen. »Das schreckt ihre Kollegen ab!«, freute er sich.
Herüberhängende Zweige, Margeriten und liederliche Gänseblümchen, die von ihrem Grundstück herüberwucherten, und der leuchtende Sommermohn, der seine Samen auf sein Land verstreute, lösten in ihm einen Vernichtungsimpuls aus. Er hackte alles heraus, und als sie einmal mehrere Tage abwesend war, sogar auch auf ihrer Seite des Zauns.
Eiszeit brach über die Nachbarschaft herein.
Heute nun hatte Herr Kraske ihr mit einem Streich das Lebenselixier genommen. Sie brauchte die Sonne, sie konnte ohne ihre Wärme nicht leben, sie brauchte sie wie die Luft zum Atmen. Diese Fichtenwand – es waren schnell wachsende Omorikafichten – würde bald nie wieder einen Strahl Sonne auf ihr Grundstück lassen. Noch in Strümpfen rannte sie über den feuchtkalten Rasen zum Zaun.
»Sind Sie vollkommen verrückt geworden?«, schrie sie. »Was fällt Ihnen ein, entfernen Sie diese Fichten auf der Stelle, sonst hole ich die Polizei!« Als Ian vor einiger Zeit ein paar alte Baumstämme verbrannte, es war ein munteres kleines Feuer, und er erfreute sich an den sprühenden Funken, rief Herr Kraske die Polizei. Daraus folgerte sie, dass diese Institution für ihn die massivste Drohung darstellte.
Herr Kraske strich sich mit erdverschmierten Fingern über seinen grau melierten roten Haarkranz, hinterließ dabei schwarze Bahnen auf seinem eiförmigen, kahlen Schädel und lächelte gemein. »Das tun Sie denn man, das wird Ihnen gar nichts nützen.« Die selbst gedrehte Zigarette mit dem selbst gezogenen Tabak wippte in seinem Mundwinkel, mit jedem Wort stieß er Rauchwölkchen aus.
»Zum letzten Mal«, zischte Henrietta durch zusammengebissene Zähne, »nehmen Sie diese Fichtenhecke hier weg!«

»All dieses Unkraut«, seine blassen Augen wanderten über ihre abgeblühte Wildblumenwiese, »man könnte ja meinen, dass hier sonst wer haust. In dieser Gegend hat man einen ordentlichen Rasen, ohne Unkraut.« Er hackte ein erfrorenes Gänseblümchen um. »Wir schützen uns nur gegen die Verunreinigungen, die von Ihrem Grundstück ausgehen.« Es klang, als lese er einen Gesetzestext ab. Herr Kraske klopfte die Erde um die letzte Fichte fest. »Frieda, dreh den Schlauch an«, kommandierte er, und dann stand er da, ein zufriedenes Lächen auf seinem rot geäderten Gesicht, und wässerte die Bäume.

Sie lief ins Haus, holte das tragbare Telefon und rief ihren Sohn Jan in München an. Jan studierte Jura und war dank seiner Leidenschaft, immer Recht haben zu wollen, schon jetzt ein guter Jurist. Seine Zwillingsschwester Julia studierte Medizin – auch in München. Glücklicherweise nahm Jan nach dem zweiten Klingeln ab.

Schweigend hörte er sich ihre Tirade bis zum Ende an. »Die Bepflanzung mit den Fichten stellt eine geschlossene Hecke dar, und die darf in Hamburg nicht mehr als zwei Meter in der Höhe betragen. Sag ihm, er soll sie beseitigen, sonst verklagen wir ihn! Das wird ihn ordentlich erschrecken.«

Sie informierte das Ehepaar Kraske, Jan hörte mit.

»Dann verklagen Sie uns mal schön«, grinste Herr Kraske tückisch und entfernte sich. Er wirkte keineswegs beeindruckt.

»Ich hab's gehört«, sagte Jan, »Mistkerl. Der muss sich informiert haben. Klagen dauert ewig, kostet ein Vermögen, und vor deutschen Gerichten und auf hoher See ist man in Gottes Hand. Außerdem habe ich schon von sehr eigenartigen Urteilen in Hamburg gehört. Eure Grünen sind sehr aktiv! Du musst dir etwas anderes einfallen lassen.« Damit legte er auf.

Sie bewahrte ihre Beherrschung, bis sie im Haus war. »Das lass ich mir nicht gefallen!«, schrie sie die Wände an. Weinend schleuderte sie ihre herumstehenden Schuhe durchs Zimmer. Die Fichten würden unaufhörlich wachsen, ihr Himmel immer kleiner werden. Herr und Frau Brunckmöller auf ihrer Nordseite liebten Wald. Nachbar

Schubert im Westen war alt und saß schon morgens auf seiner Gartenbank, mit dem Kinn auf seinen Stock gestützt, und hing nur noch seinen Gedanken nach. Seine Buchenhecke war längst zu einer haushohen grünen Wand verwildert. Im Osten grenzte das Grundstück an die Straße. Die Eichen, die sie säumten, waren uralt und fast zwanzig Meter hoch.
Allmählich würde ihr Garten zu einer Lichtung im Wald werden, moosüberwachsen, immer feucht, bald würde ihr Himmel nur noch ein handtuchschmales Rechteck sein.
Außer sich rief sie ihre Telefonfreundin Monika Kaiser an.
»Ich könnte die Kraske umbringen«, kreischte sie, als Monika sich meldete. »Nichts wird in meinem Garten mehr wachsen, meine Margeriten, der Mohn, die Rosen, alles wird sterben!«
»Schick nachts den Baummörder rüber.« Sie hörte Monika an ihrer Zigarette saugen. Sie war Kettenraucherin.
»Was heißt das?«
»Säg sie ab oder kipp Gift darüber! Solange du keine Zeugen hast, können die dir nichts.«
Mord! Polizei – Strafe – Gefängnis! Plötzlich war da ein Geruch in der Luft, dumpf und säuerlich. Angst kroch in ihr hoch. Sie sah sich in einem Raum sitzen, hoch über sich ein vergittertes Fenster, die Wände in einem kränklichen Gelb. Sie hörte Stimmen so scharf wie ein Henkersbeil. Wie Raubtiere umschlichen sie die Polizisten, hatten ihre Krallen in sie geschlagen, trieben sie mit ihren Fragen in die Enge, ihre Mündern schnappten zu wie Fallen. Und sie hörte sich lügen, lügen, lügen.
Ihr Herz begann zu rasen, sie japste nach Luft, atmete immer tiefer und schneller. Sie musste sich festhalten, schwarze Flecken schwammen durch ihr Gesichtsfeld.
»Höraufhöraufhörauf«, rief eine schwache Stimme in ihr, »hör auf! Reiß dich zusammen!« Mit dem letzten Rest ihres Bewusstseins gehorchte sie, zwang sich aufzustehen, zwang sich, einen Fuß vor den anderen zu setzen, in die Küche zu gehen, sich ein Glas Wasser einzugießen. Schweißgebadet von der Anstrengung lehnte sie am Tür-

pfosten, trank das kalte Wasser, atmete kontrolliert, bis ihr Herz langsamer schlug, die schwarzen Flecken verschwanden. Sie wusste, es war ihre eigene Angst, die sie gerochen hatte, die sie dreiundzwanzig Jahre zurück in einen kahlen Raum des Polizeipräsidiums von Durban versetzte, als zwei Polizisten sie beschuldigten, Cuba Mkize, den schwarzen Terroristen, versteckt zu haben. Sie unterdrückte ein Zittern. In diesem Raum waren ihrer Seele Verletzungen zugefügt worden, die nie wieder verheilt waren.

»Verdammt«, knirschte sie, »nicht einmal eine hässliche, zerrupfte, unrechtmäßig gepflanzte Fichtenhecke kann ich verhindern, so klein haben die mich gekriegt!« Sie warf sich aufs Sofa und vergrub ihr Gesicht in den Kissen. Über ihr wanderte der Schatten der Fichtenwand langsam durchs Wohnzimmerfenster und legte sich kalt auf ihren Rücken, als bedecke sie jemand mit schwerer, kalter Erde.

❖

Nach langer Zeit drang die Fanfare der Tagesschau in ihr Bewusstsein. Durch einen Tränenschleier schaute sie flüchtig hin. Auf dem Bildschirm schwenkte die Kamera über eine blutige Szene. Verletzte und Tote lagen verstreut zwischen rauchenden Wrackteilen auf einer Straße. Irgendwo auf dieser Welt war eine Autobombe explodiert. Die tägliche Horrordosis in der Tagesschau. Sie drehte sich weg. Es machte sie krank.

»... in Durban, Südafrikas Hafenstadt am Indischen Ozean«, sagte die vertraute Stimme des Afrikakorrespondenten der ARD, und ihr Kopf ruckte herum.

Durban! Südafrika! Ihr verlorenes Paradies. Sofort drückte sie die Aufnahmetaste des Videorecorders. Alles, was über Südafrika gesendet wurde, nahm sie auf. Es war wie eine Sucht. Über sechzig Stunden Südafrika hatte sie mittlerweile auf Band. Nur wenn sie allein im Haus war, sah sie sich die Aufzeichnungen an. Ian und die Kinder sollten ihre Tränen nicht sehen.

Jan und Julia waren zu Europäern geworden, verbrachten ihre Ferien in Italien und Frankreich, hatten inzwischen mit der Leichtigkeit von Menschen, die mehrsprachig aufgewachsen waren, die Sprachen dieser Länder gelernt. »Wer sich durch Zulu gekämpft hat, dem perlt Italienisch von der Zunge, ich brauche Herausforderungen«, merkte Julia trocken an und vertiefte sich in Mandarin. Ihr Afrika war das Land ihrer Kindheit, unwirklich wie ein Märchen. Sie schauten vorwärts, die Welt stand ihnen offen. Dieses Gleichgewicht wollte sie nicht zerstören.

Am sorgfältigsten jedoch verbarg sie ihre Tränen vor Ian, zu sehr fürchtete sie seine unerklärliche Versteinerung, den neuerlichen Schmerz. Der feine Haarriss, den ihr Vertrauen erlitten hatte, begann an den Rändern zu verwittern, zu bröckeln, er begann größer zu werden.

Sie fühlte sich wie ein gestrandeter Zugvogel im Winter in diesem Land, sehnte sich nach Afrika, seiner Wärme, dem endlosen Himmel, sehnte sich nach dem Lachen der Menschen, die sie dort zurücklassen musste. Einmal übermannte sie das Heimweh, und sie erwähnte doch einen Besuch in Südafrika. Er fuhr zusammen, als hätte sie ihm körperliche Schmerzen zugefügt. Dieses Thema blieb als scharfkantiger Stolperstein zwischen ihnen. Ian konnte sie davor bewahren, sich daran zu stoßen, aber sie verletzte sich in unachtsamen Momenten immer wieder.

»Zwei Tote, über dreißig Verletzte«, unterbrach der Tagesschausprecher ihre Gedanken. Vor dem Hintergrund des Blaulichtgewitters der Polizeiautos und Ambulanzen, bewachten blauuniformierte Polizisten mit Maschinenpistolen die Verletzten, Toten und das zerfetzte Wrack.

Ein giftrosa Schuh lag auf der Straße, eine beringte Hand, zwei Finger nur noch blutige Stümpfe, ragte unter einem Leichentuch hervor. Eine weiße Hand.

Die Kamera glitt über blaues Meer und blühende Bäume. Es musste ein schöner Frühsommertag sein in ihrem Natal, wo ihr Garten lag. Dort, wo ihre Seele wohnte. Die Sonne schien, ein paar Schwarze standen im lichten Schatten einer Jakaranda, unter ihnen eine Frau.

Sie lachte – gerade als die Kamera sie erfasste, lachte sie, und dann verschmolz sie mit dem Baumschatten und war verschwunden.
Diese Frau lachte, während um sie herum Menschen schrien und starben. Sie lachte, wo sie Tränen des Mitgefühls erwartet hätte, denn unter den Verletzten hatte sie auch viele Schwarze gesehen. Den Kopf zurückgeworfen, lachte die Schwarze, und sie musste an Diana, die Göttin der Jagd, denken, die eine Beute erlegt hatte.
Der tägliche Bericht von den Flüchtlingsströmen aus der DDR über die Grenzen in die Tschechoslowakei folgte. Sie schaltete ab und spielte das Band zurück, fror das Lachen dieser Frau ein. Sie war nicht mehr jung, Mitte vierzig vielleicht, und Henrietta kannte sie.

Mary Mkize, Cuba Mkizes Frau. Cuba Mkize war im Morgengrauen des 10. Januar 1967 als Terrorist gehenkt worden, und Mary, die in ihrer Strickfabrik in Mount Edgecombe als Putzfrau gearbeitet hatte, war Stunden, bevor die Staatssicherheitspolizei die Fabrik nach ihr durchsuchte, verschwunden.
Und nun lachte Mary Mkize, die weißen Zähne blitzten in dem schwarzen Gesicht, und sie bekam eine Gänsehaut.
Damals hatte sie nie gelacht, war wie ein Schatten durch die Fabrikationshalle der kleinen Modefirma gehuscht. Eine magere, verschlossene kleine Person, stets in einen blauen Hausmädchenkittel gekleidet, ihr Baby mit einem Tuch auf den Rücken gebunden, von der sie nie erfahren hatte, wie und wo sie lebte, bis die Agenten von BOSS es ihr gezeigt hatten.
Mary und ihr Mann, der Terrorist, dem mehrere bestialische Morde zugeschrieben wurden, hatten unter ihrer Nase in einem Schuppen hinter der Fabrik gelebt, und sie hatte nichts bemerkt.

Die Standuhr in der Diele schlug sechs, Ian würde bald zu Hause sein. Zeit, Mary und die Bilder aus Natal hinter die Mauer zu verbannen, hinter der alles landete, was mit Südafrika zu tun hatte. Niemand wusste von dieser eingemauerten Welt, auch Ian nicht. Vor allem Ian nicht. Diese Welt war weit und in strahlend goldenes Licht getaucht, so wie man sich das Paradies vorstellt, und es gab eine Tür. Unwiderstehlich wurde sie wie von einer magischen Kraft hineingezogen. Es geschah immer häufiger, dass sie durch diese Tür in ihre Welt der Gedanken und Erinnerungen schlüpfte, nicht nur in den frühen Morgenstunden, in denen sie fast immer stundenlang wach lag, sondern auch tagsüber.

All ihre Freunde warteten dort auf sie. Tita, ihre liebste Freundin, vertrauter als eine Schwester, Tita mit den kupferroten Haaren, Tochter von Julius Kappenhofer, dem reichsten Mann Südafrikas, und Frau von Neil, dem aufrührerischen Journalisten. Sarah war da, Sarah, ihre Tochter Imbali, schmal, mit großen, brennenden Augen, eine leidenschaftliche Kämpferin für ihr Land, wie ihr Vater Vilikazi, der sein Leben riskierte, um Ian im März 1968 in einer dramatischen Flucht vor den Agenten der Staatssicherheit auf Schleichpfaden über die Grenze nach Mosambik in Sicherheit zu bringen.

Sarah, Imabali und Vilikazi Duma, ihre schwarze Familie. Sie fühlte Sarahs Arme um sich, fühlte ihren Herzschlag, kräftig, lebendig, wie die Trommeln ihres Volkes. »Udadewethu, meine Schwester«, hörte sie das Zuluwort, das weich war wie ein Streicheln. Willig ließ sie sich auch jetzt über die Schwelle ziehen, und schon fand sie sich in der Welt ihrer Erinnerungen wieder, berührten ihre Füße die warme Erde Afrikas, und sie vergaß Hamburg.

Die Jahre dazwischen – Afrika

Es war im Januar 1972, vier Jahre nach ihrer Flucht aus Südafrika, als das Telefon klingelte, ein schriller Laut in der tief verschneiten, stillen Winterwelt am Tegernsee, wo sie sich niedergelassen hatten. Jan hatte hier das Internat besucht und Deutsch gelernt.
Sie nahm ab und hörte Titas Stimme aus Südafrika. »Henrietta!«, schrie Tita tränenerstickt – sie schrie immer transatlantisch, wie um diese große Entfernung mit der bloßen Stärke ihrer Stimme zu überbrücken –, und für einen angstvollen Moment befürchtete sie, Titas Familie sei etwas zugestoßen, »Henrietta, es ist etwas Wunderbares passiert! Der Kerl hat versucht, seine Schwester umzubringen!«
Der Kerl? Für Sekunden wusste sie nicht, wen Tita meinte, doch dann traf es sie wie ein Blitz. Der Kerl! Hendrik du Toit! Der Kerl, der es 1968 zusammen mit Cousine Carla und ihrem Mann Benedict fertig gebracht hatte, sie und Ian und ihre kleinen Zwillinge, Julia und Jan, aus dem Land zu jagen.
»Hendrik du Toit? Seine Schwester ... Valerie, die Frau vom Generalstaatsanwalt Dr. Kruger?« In ein Hotel hatten diese Frau und ihr Bruder ihr Haus verwandeln wollen, Bäume fällen, Büsche roden, das Land einebnen. Ihr Land.
»Genau die!«, triumphierte Tita.
Sie vernahm Straßengeräusche im Hintergrund. »Von wo rufst du an? – Zu Hause?«
»Aus einer Telefonzelle. Hier hat sich noch nichts geändert. Abgehört wird immer noch.«
Ach so, ja, richtig. Sie blickte hinaus auf die friedliche Schneelandschaft, die, jungfräulich weiß, mit dem perlmuttschimmernden Mor-

gennebel verschmolz. Kein Lüftchen rührte sich, es war absolut still, so still, wie es nur bei tiefem Schnee ist. Einen Lidschlag lang konnte sie sich Afrika nicht mehr vorstellen.

»Routinemäßig?«

»Ach, du weißt doch, dass Neil jeden Stein umdreht, den Dreck darunter ans Licht zerrt und dann mit Genuss darin herumwühlt. Die hören bei allen Journalisten das Telefon ab.«

Ach so, ja. Richtig!

»Die beiden haben sich gestritten«, sprudelte Tita weiter, »um Geld natürlich. Angeblich wollte Valerie ihn aus der Firma werfen, die ihnen gemeinsam gehört, in der sie aber die meisten Anteile hält. Da hat du Toit die Pistole seines Schwagers unter dessen Kopfkissen herausgefischt und Valerie abgeknallt. Jetzt liegt sie im Koma, und Dr. Kruger ist fast wahnsinnig vor Sorge. Du weißt, er liebt sie abgöttisch. Er rauscht jeden Tag mit seiner Limousine und einem Schwarm von Bodyguards ins Krankenhaus und treibt die Ärzte zur Verzweiflung. Du Toit ist verschwunden, und Dr. Kruger lässt die Polizei das Land nach ihm abgrasen. Wenn er ihn erwischt hat, wird er ihn ins tiefste Verlies stecken und den Schlüssel wegwerfen, da kannst du sicher sein. Falls du Toit seine Verhaftung lebend übersteht, was ich bezweifle. Krugers Staatsanwälte haben seine gesamten Machenschaften aufgerollt, und dabei kam auch euer Fall zum Vorschein.« Dramatische Pause. »Er ist aufgeplatzt wie eine Eiterbeule, der ganze Dreck ist rausgespritzt, ein guter Teil davon über deine Cousine Carla. Wie ich ihr das gönne! Sie ist übrigens auch verschwunden, und Benedict schwimmt in Gin.« Sie lachte aufgeregt. »Als Neil mir das alles erzählte, hab ich sofort Daddys Anwälte hingejagt ... «

Henriette wurde von einem hysterischen Lachanfall geschüttelt. Der legendäre Daddy Julius Kappenhofer war also immer noch zuständig für Wunder. Wann immer Tita ein Problem hatte, egal welches oder zu welcher Tages- oder Nachtzeit, rief sie einfach Daddy an, und das Problem war gelöst. »Entschuldige, Tita«, japste sie, »und was passiert nun?«

»Ihr werdet einen wunderschönen offiziellen Brief mit einer Masse von beeindruckenden Siegeln und Stempeln bekommen, und er wird von Dr. Kruger unterschrieben sein, und dann dürft ihr wieder kommen!«
»Tita, glaubst du ehrlich, dass die Kwa Mashu vergessen? Oder Cuba Mkize? Doch nicht BOSS!«
Kwa Mashu! Eine verzauberte Nacht, mitten in der Schwarzensiedlung bei Durban, eine Nacht voller Musik und Gefühle. Eine Nacht, in der sie ihren frühesten Erinnerungen ihrer ersten Lebensjahre auf die Spur gekommen war. Eine unschuldige Nacht, aber genug, um BOSS auf ihre und Ians Fährte zu setzen.
»Ach, Daddy meint, Dr. Kruger schuldet ihm noch einen kleinen Gefallen.«
Sie schwieg. Einen kleinen Gefallen. Das klang so harmlos. Dr. Kruger besaß den Jagdinstinkt eines hungrigen Hais. Nur wenige entkamen seinen Häschern, und er setzte so gut wie immer das geforderte Strafmaß durch. Verbannung. Lebenslang. Hängen. Um ihn von einer derartigen Spur abzubringen, musste Julius Kappenhofer ihm eine Keule über den Kopf geschlagen – oder einen saftigeren Köder hingeworfen haben. »Einen kleinen Gefallen? Wie die Mafia? Ich erweise dir einen, du bist in meiner Schuld, bis ich sie einfordere?«
Sekundenlang war nur das Rauschen der unterseeischen Leitung zu hören.
»Einen kleinen Gefallen, Henrietta, liebe Freundin, glaube mir, es ist alles in Ordnung.«
Titas Stimme war fest.
»Alles in Ordnung, alles in Ordnung«, hallte es in ihr nach. Für einen Augenblick stand die Zeit still, verlor sie jede Beziehung zur Wirklichkeit.
Dann begriff sie, was Tita ihr gesagt hatte. Es war ein klirrend kalter Wintertag, vier Uhr nachmittags und schon dunkel, doch plötzlich ging die Sonne auf, Blumen erblühten, Vögel jubilierten, Musik erfüllte die Luft. Ihr stürzten die Tränen aus den Augen, eine heiße

Welle überschwemmte sie bis in die kleinsten Nervenverästelungen, färbte ihr Gesicht hochrot.

Als Ian ins Zimmer kam, erschrak er fürchterlich, bis sie ihm erzählte, dass du Toit versucht hatte, seine Schwester zu töten, und dass nun alles wieder gut wäre und sie wieder nach Afrika zurückkehren durften, und dann sah sie, dass auch seine Augen glänzten.

September 1972 – Afrika!

Am Dienstag, den 5. September 1972 standen sie wieder auf der Terrasse ihres Hauses in Umhlanga Rocks. Sie schob ihre Hand in die ihres Mannes und hielt sie fest. Sie atmete nur ganz flach, sonst würde sie sicherlich platzen vor Glück. Sie war wieder zu Hause.
Es war der erste Moment seit Jahren, in dem das Karussell ihrer Gedanken aufhörte, sich zu drehen, stillstand und ihr erlaubte, nur zu fühlen. Lange stand sie so, und erst als sie alles gefühlt, gerochen, in sich aufgenommen hatte, kehrte sie ins Jetzt zurück.
Die Kinder rannten wie aufgeregte kleine Hunde hierhin und dorthin, durch den Garten, um den Swimmingpool, in die Kinderzimmer hinauf, auf die Schlafzimmerterrasse. Dort oben stand Julia, ein Scherenschnitt gegen den gleißenden afrikanischen Himmel, und schnupperte mit geschlossenen Augen die Luft. »Ich erinnere mich an diesen Geruch.« Sie öffnete ihre Augen, lachte herunter zu ihr. »Es riecht nach Karamell – was ist es?«
»Brennendes Zuckerrohr. Die Felder liegen hinter den Hügeln ein paar Hundert Meter im Land. Nachher wird hier alles voller Ruß sein.«
»Und wenn das da hinten herunterkommt, gibt's eine schöne Schmiererei«, prophezeite Ian und deutete nach Süden. Über Durban schob sich eine dunkelgraue Wolkenbank, kam hinter dem Bluff hoch, einem langen Hügelrücken, der wie ein schützender Arm um Durbans Hafen lag, und baute sich drohend über den weißen Häusern der Marine Parade auf. »Die ersten Frühlingsstürme«, rief er, »seht euch das an!«
Eine Orkanböe fegte unaufhaltsam die Küste entlang und zog eine Spur von Verwüstung hinter sich her. Palmen wurden zu Boden ge-

peitscht, Stücke eines Wellblechdaches segelten durch die Luft, Zweige, Blätter, Papierfetzen wirbelten herum, das Meer kochte. In Umhlanga Rocks jedoch herrschte noch das schönste, ruhige Wetter.
»Die erwischt uns auch, ab ins Haus!«, rief sie und schob ihre Kinder eiligst vor sich her.
»Aber das ist doch nur Wind«, wehrte sich Julia, »warum kann ich nicht draußen bleiben?«
»Weil das hier Afrika ist und so ein afrikanischer Wind dich hochheben und davontragen kann wie einen Ballon, und dann segelst du in die Welt hinaus, sehr weit weg, und irgendwo setzt er dich dann wieder ab, vielleicht in Feuerland oder im Himalaya oder in Papua bei den Menschenfressern – und wie kommst du dann zurück zu uns?« Ian machte ein todernstes Gesicht, nur seine violetten Augen zwinkerten.
»Oh, Daddy«, seufzte Julia und verdrehte die Augen. Aber sie ging folgsam ins Haus.
»Wird das ein schlimmer Sturm, mit viel Regen?«, fragte der neunjährige Jan hoffnungsvoll. »Kommt das Wasser dann den Hügel herunter und in unser Haus? Und schwimmen dann lauter Schlangen und Ratten darin rum, wie in deinem Donga-Haus, Mami? Was ist eine Donga?«
Das Donga-Haus! Das kleine Haus am Hang über dem Meer, ihr erstes Haus, von ihrem ersten eigenen Geld gekauft. Das Haus der ersten Jahre mit Ian und den Kindern. »Nein, Schatz, dieses Haus ist nicht auf einer Donga gebaut, es steht auf solidem Grund.« Nie würde sie vergessen, wie sie bei dem Kauf des Donga-Hauses vor zwölf Jahren hereingelegt worden war. Pops Ferguson, dem Großvater von Diamanta Daniels, ihrer Freundin, hatte es gehört. Alle hatten gewusst, dass es das nächste große Unwetter nicht überstehen würde. Keiner hatte sie gewarnt, und als sich in einem sintflutartigen Regen die schlammigen Wassermassen durch das Haus wälzten, die Stützpfeiler unterspülten, hatte sie nicht geglaubt, es retten zu können. »Eine Donga ist eine natürliche Vertiefung in einem Ab-

hang, wie eine Mulde, wo sich bei Regen das Wasser, das die umliegenden Hänge herunterläuft, sammelt. Dieses Haus steht auf einer Kuppe, kein noch so starker Regen kann ihm gefährlich werden.«

Jan schob die Unterlippe vor. »Wie langweilig! Er schubste einen Stein mit dem Fuß den Abhang hinunter. »Ich denk, wir sind hier in Afrika, da laufen alle Häuser bei Regen voller Wasser, und Schlangen schwimmen ins Wohnzimmer. Ratten auch. Hast du erzählt!«, rief er vorwurfsvoll.

Die Krone des wilden Mangobaums am unteren Ende ihres Grundstücks schlug heftig hin und her, eine Herde silbergrauer Meerkatzen tobte kreischend durch die Zweige. »O Mann«, schrie Jan, abgelenkt, »sieh dir das an, Affen in unserem Garten, ich meine, richtige, echte, lebendige Affen!« Mit wenigen Sätzen verschwand er in den Büschen unterhalb des Swimmingpools. Ein Pärchen Mainas äugte neugierig hinter ihm her.

»Jan!«, brüllte Ian, »komm sofort zurück. Das ist kein deutscher Park hier, das ist afrikanischer Busch! Da gibt es Schlangen, und die Affen sind bissig!«

Die Büsche wackelten wild, Zweige knackten, dann tauchte Jan wieder auf. »Ich hab einen Drachen gefangen!« Seine Stimme überschlug sich. »Mami, einen Drachen – sieh mal!« Mit leuchtenden Augen balancierte der Kleine ein fauchendes Chamäleon auf einem Zweig. »Guck mal, er hat die Farbe gewechselt, erst war er grün, jetzt ist er fast schwarz und hat orange Streifen! Wird der mal richtig groß? Kann er mich dann fressen?« Andächtig kniete er sich vor das Reptil. »Das gibt's nicht in Bayern! Mami, können wir bitte hier bleiben?«

»Wir werden hier bleiben.« Sie hockte sich vor ihren Sohn. »Wir werden nie wieder von hier weggehen.« Ihr wurde die Kehle eng. Sie sah zu Ian auf. »Wie ich mich darauf freue, ihnen unser Afrika zu zeigen.«

Es goss die Nacht hindurch, der Sturm riss den Hauptast des alten Mangobaums ab und zerfetzte die Bougainvilleas am Swimmingpool. Dann fiel er in sich zusammen und wanderte grollend die Küste nach Norden hoch. Der gleichmäßig rauschende Regen, der folgte, wusch den Staub des zu trockenen Winters weg, und als sie gegen sechs in das blendende Licht der aufgehenden Sonne traten, waren alle Blätter hellgrün lackiert und die Blüten mit diamantenen Tropfen besetzt, die Baumfrösche sangen, und unter ihnen strich ein Schwarm weiß glänzender Ibisse über das Grün der Bäume nach Süden.

Henrietta sah ihnen sinnend nach. »Sie nisten irgendwo im Norden, an den Ufern des Tugela, fliegen jeden Morgen nach Süden auf Nahrungssuche, abends kehren sie zurück. Vor langer Zeit habe ich euch versprochen, dass wir die Nistplätze suchen werden. Damals«, ihre Stimme klang belegt, als sei sie plötzlich erkältet, »damals, 1968, hatten wir keine Zeit mehr.«

Und ich glaubte, nie wieder hierher zurückkehren zu können, erinnerte sie sich an diesen furchtbaren Moment, als ihr klar wurde, dass sie ihr Paradies für immer verlassen musste. Sie folgte den Ibissen mit den Augen, hörte ihre hohen, wilden Schreie, und ehe sie es verhindern konnte, liefen ihr die Tränen aus den Augenwinkeln. Ungeduldig wischte sie sie weg. Jetzt war sie wieder hier, es gab keinen Grund mehr zur Traurigkeit. Schon morgen könnten sie zur Tugelamündung fahren und die Nistplätze suchen.

In den nächsten Wochen ließen sie das Haus, das sie in einer Nacht-und-Nebel-Aktion 1968 auf den Namen der Kinder hatten umschreiben lassen, wieder auf ihren gemeinsamen Namen eintragen. Damals hatte man ihnen mit einem willkürlichen Federstrich die Grundlage ihres Lebens in Südafrika genommen, ihre Aufenthaltsgenehmigung. Fortan galten sie als Touristen, die weder Grundbesitz in Südafrika haben noch Geschäfte tätigen durften. Deswegen hatte ihnen der deutsche Konsul geraten, das Haus auf die Kinder zu überschreiben, die durch ihre Geburt Südafrikaner waren. Doch nun war das nur hinderlich und kompliziert, da die Kinder noch klein waren. Schon beim Anmelden gab es Fragen. Die Urkunde wurde geändert, und alles hatte wieder seine Richtigkeit.

»Nach dem Frühstück zeigen wir euch das Donga-Haus!«, verkündete sie den Kinder. »Außerdem müssen wir uns eine Haushaltshilfe suchen.«

»Und einen Gärtner.« Ian betrachete den Boden des Swimmingpools, den eine Schicht verrottender Bougainvilleablüten bedeckte.

Sie fuhren mit dem Geländewagen, den Tita ihnen geliehen hatte. »Meine Güte, ist das hier vornehm geworden, selbst die Straße ist geteert!« Sie lachte aufgeregt. Sie würde das Donga-Haus wieder sehen!

Als sie das Dach durch die Bäume schimmern sahen, zerstörte gellendes Geschrei den ruhigen Morgen. Sie zuckte zusammen. »Das kommt von Beryl Strattons Haus. Tita sagt, dass sie und Edward noch immer dort leben. Da muss etwas passiert sein – halt mal an, Ian!«

Beryl und Edward Stratton waren ihre ehemaligen Nachbarn. Edward war einst Kommandeur einer Spezialeinheit in Kenia gewesen, gehörte zu jener Gattung britischer Offiziere, denen auch Jahrzehnte in Afrika keine Prägung aufdrücken konnten, die ihr Britentum wie ein Schild vor sich her trugen. Nach einem wirtschaftlichen Desaster, das die Strattons ihre gesellschaftliche Stellung gekostet hatte, waren sie nach Südafrika gegangen, wo Edward Teilhaber eines privaten Sicherheitsdienstes wurde. Beryl, ehemals hübsch, ehemals schlank, war an Afrika gescheitert. Gefangen in vergleichsweise bescheidenen Umständen, ihre glanzvollen Tage in Kenia immer vor Augen, hatte sie begonnen zu trinken.

Die Tür flog krachend auf, und eine ältere schwarze Frau schoss wie eine abgefeuerte Kanonenkugel heraus, raste kreischend die Straße hinunter. »Das war doch Dorothy!«, rief sie erstaunt, hob das königsblaue Kopftuch auf, das Dorothy verloren hatte, und spähte befremdet durch die Weihnachtssternhecke, die das Grundstück zur Straße begrenzte. Es war nichts zu sehen.

»Seid mal ruhig«, befahl Ian, »hört ihr es? Da schreit noch jemand, klingt wie Beryl!«

Die Haustür war hinter Dorothy zugefallen, und sie rannten zum

Kücheneingang. Hysterisches Hundegekläff wies ihnen den Weg. Ian riss die Tür auf und taumelte zurück, als eine Flasche an der Wand zerbarst. »Was zum Teufel ...?«, brüllte er und duckte sich. »Komm her, du schwarze Schlampe, ich hack dich in Stücke, wenn du nicht kommst! Du sollst mir aufhelfen, du mörderischer Kaffir!« Beryl, noch beleibter als vor vier Jahren, lag auf dem Bauch auf den Fliesen, halb aufgestützt, in der Hand hielt sie ein chinesisches Hackmesser.

»Henrietta, wo zum Teufel kommst du her? Hab ich so laut geschrien, dass du es in Deutschland gehört hast?«, ächzte sie. »Egal, gut, dass du da bist – halt die Schnauze, Herkules!«, keifte sie den winzigen, hellbraunen Hund an, der sie umsprang und an ihrer Kleidung zerrte. »Diese blöde, schwarze Kuh hat ein Glas auf meinen Liegestuhl gestellt, absichtlich natürlich, und ich hab mich reingesetzt. Seht euch nur meinen Hintern an! Mit Glas gespickt, wie eine Weihnachtsgans mit Speck. Oder spickt man die nicht?« Sie stieß hörbar auf. »Ups«, lallte sie, »ich bin total blau.«

Das war sie in der Tat. Völlig betrunken. Aus ihrem breiten Gesäß ragten unzählige Glassplitter, Blutflecken verfärbten ihre hellblauen Shorts.

»Bleib liegen, Beryl, wo ist dein Verbandskasten?« Sie feuchtete ein Geschirrtuch an und wischte Beryl die schminkeverschmierten Wangen ab.

Unvermittelt verzog die ihr Gesicht wie ein kleines Kind und fing an zu weinen. »Ich bin ganz allein, keiner hilft mir, keiner liebt mich. Und diese schwarze Schlampe terrorisiert mich. Ich sollte sie rausschmeißen, aber wer kocht dann für mich und macht das Haus sauber?« Verheult, aufgeschwollen, die Augen mit Wimperntusche verklebt, musterte sie Henrietta ohne jede Freundlichkeit. »Liebt er dich noch, immer nur dich? – Gönn ich dir nicht. Hab ich dir nie gegönnt. Was hast du, was ich nicht hab?« Sie schnäuzte sich in ihr geblümtes Hemd.

Henrietta ignorierte ihre Worte, schickte die neugierig zuschauenden Kinder in den Garten. Zusammen mit Ian verarztete sie Beryl und geleitete sie vorsichtig auf die Veranda. Herkules fegte, aufgeregt jaulend nach ihren Beinen schnappend, hinter ihnen her.

»Hau ab, du Köter!«, schrie Beryl, schleuderte das Hackmesser, das sie noch immer umklammerte, nach dem quietschenden Herkules und ließ sich dann stöhnend auf einem dicken Kissen nieder, zog die Cognac-Flasche heran und schüttete sich ein Wasserglas voll. »Ich werde mir eine Dogge kaufen, eine riesengroße, pechschwarze Dogge, und ihr dieses hysterische Wollknäuel zum Frühstück vorwerfen!« Sie schwenkte ihren Cognac. »Wenn ich Glück habe, frisst das Vieh dann auch gleich Edward. – Auch einen Cognac?« Sie nahm einen tiefen Schluck. »Er will wieder Krieg spielen, könnt ihr euch das vorstellen? Er will nach Rhodesien und mit ein paar Söldnern durch den Busch kriechen und all die bösen Rebellen abmurksen. Mich lässt er dann hier allein. Ich sterbe doch schon vor Angst, wenn er einmal spät von seinen Pokerabenden heimkommt – ich dreh durch, wenn ich nur daran denke.«

»Wenn die Dogge Edward gefressen hat, bist du doch endgültig allein.« Ian bemerkte mal wieder das Offensichtliche.

Beryl nahm wieder einen tiefen Schluck. »Dann erb ich sein ganzes Geld und kriege seine Militärpension und kann mir in London ein wunderbares Haus kaufen. Dann hab ich alles, was ich brauche, und vor allen Dingen bin ich Afrika los. Ich kann dir nicht sagen, wie satt ich es hier habe, die Hitze, die Viecher, die Schwarzen, unsere versoffenen Freunde – die Langeweile, dieses öde, leere Leben. Gott, wie ich das hasse!« Die letzten Worte ertranken im Cognac.

Jan schoss herein. »Papi, hast du die Schlange gesehen?«

Ian fuhr alarmiert hoch. »Welche Schlange? Wo ist Julia?«

Jan rannte ihm voraus, zerrte ihn ins Wohnzimmer und zeigte auf eine Wand. Über die gesamte Breite der Wand, die ungefähr sechs Meter maß, hing eine getrocknete Pythonhaut. Sie konnte noch nicht alt sein, denn ihre Farben waren noch frisch. Das Rückenband schillerte in allen Tönungen von heller Kastanie bis zu zartem Graubraun. Unregelmäßige, große Flecken in sattem rauchigem Schwarzbraun erinnerten an die Fellzeichnung eines Leoparden.

Darüber geworfen wie ein zartes Netz, lag das Rhombenmuster der Schuppen.

»Die haben wir in unserem Innenhof gefunden, wo sie den Vorgänger von Herkules verdaute«, erklärte Beryl und rülpste, während sie ihr Glas wieder auffüllte. »Ich bin bald gestorben vor Schreck. Edward hat sie abgestochen. Mein Held.« Freudloses Auflachen und ein tiefer Schluck Cognac.

Ian suchte Henriettas Blick und machte ihr mit einer Geste deutlich, dass er zu gehen wünschte, und zwar umgehend. Sie verabschiedeten sich rasch, ehe Beryl, die jammernd in den Kissen lehnte, Gründe finden konnte, sie aufzuhalten.

Auf dem Weg nach draußen hopste Jan aufgeregt vor ihnen her. »Mann, hast du das Vieh gesehen!«, kreischte er. »Sogar Papi hätte in die reingepasst, und Papi ist riesig! Oh, Mann, ist Afrika toll!«

Als sie ins Auto stiegen, entdeckten sie Dorothy, die sich vorsichtig dem Haus näherte. Breit lächelnd wurden sie von ihr begrüßt. »Aii, Sanibona, Master, Madam – es ist gut, Sie zu sehen. Und die Babys, hau, Madam, wie groß sie sind und wie hübsch!«

Ian nahm ihre Hand, drehte sie im Kreis. »Dorothy – du siehst gut aus, welch eine stattliche Frau du bist! Ich wette, alle Männer sind hinter dir her.«

Dorothy lachte, kicherte, wand sich, bedachte Ian mit einem koketten Augenaufschlag. »Es ist immer noch Joseph, der mein Bett teilt, und er ist sehr stark.« Und dann erfuhren sie, wie viele Kinder dazugekommen waren, wer gestorben war in der weit verzweigten Verwandtschaft. »Dulcie ist jetzt erwachsen, sehr gutes Mädchen, sauber und fleißig. Und ehrlich«, fügte sie im Nachhinein hinzu. »Sucht einen Job.« Kalkulierender Blick unter halbgeschlossenen Lidern hervor.

Henrietta erinnerte sich an Dulcie als ein spindeldürres, kleines Ding, an der alles zu schmal und zu lang war, der Hals, die Arme und Beine. In fadenscheinige Baumwollkleidchen gekleidet, hockte sie stundenlang im Straßenstaub unter einem Schattenbaum und sang mit brüchiger Stimme afrikanische Kinderlieder. Versuchte sie, mit ihr zu sprechen oder ihr ein paar Süßigkeiten zuzustecken, stob sie aufgeschreckt davon, ihre aufgerissenen Augen in dem mageren Gesichtchen wie die einer verängstigten Gazelle. »Sie scheint nicht ganz richtig im Kopf zu sein«, bemerkte sie damals zu Ian, »außerdem hustet sie immer, ich befürchte, sie hat Tuberkulose. Wir dürfen Jan und Julia nicht in ihre Nähe lassen.« Irgendwann war sie dann nicht mehr da, und Henrietta vergaß sie.

Jetzt nickte sie. »Ich suche ein Hausmädchen, ich seh sie mir einmal an. Kann sie Englisch?«

Dorothys Blick schweifte ab. »Yebo, ja«, bestätigte sie eifrig, »jede Menge. Ich schick Dulcie morgen vorbei.« Dann wurde sie ernst. »Messer weg? Madam noch lebendig?« fragte sie lakonisch. Als Ian das bestätigte, grinste sie erfreut und watschelte fröhlich pfeifend zu ihrer Arbeitgeberin ins Haus.

Das Donga-Haus konnte mit der Python nicht mithalten. Es war während des nächtlichen Wolkenbruchs nicht überflutet worden und sah aus wie ein ganz normales Haus. Sie kehrten um und fuhren nach Hause. Als sie in der Einfahrt hielten und aussteigen wollten, hob Ian plötzlich warnend die Hand. »Die Tür ist angelehnt«, bemerkte er in einem Ton, der sie sofort in Alarm versetzte.

»Sei vorsichtig«, flüsterte sie nervös, als er langsam, die Umgebung mit Blicken abtastend, auf das Haus zuging, die Tür vorsichtig aufschob und eintrat.

»Zurück ins Auto«, befahl sie den Kindern leise, setzte sich ans Steuer und ließ den Motor an, öffnete die Beifahrertür als Fluchtweg für Ian – ganz kühl. Wie eine Gangsterbraut, dachte sie und fühlte paradoxerweise eine gewisse Art Stolz. Das hatte sie damals gelernt, in diesen letzten schwarzen Tagen in Umhlanga, und war den Häschern von BOSS immer einen Schritt voraus. Doch ihre Hände führten ein verräterisches Eigenleben. Die Knöchel glänzten weiß, so stark umklammerte sie das Steuerrad, als könne sie so nicht nur ihr Zittern, sondern auch die Bilder unterdrücken, die sie überfielen. Und die Angst, die den Rahmen zu diesen Bildern bildete und die ein Teil von ihr geworden war.

Lautes Lachen unterbrach das Karussell ihrer Gedanken, Ians Lachen. »Kommt!«, rief er und breitete seine Arme aus.
»Tee, Madam?« Übermut bebte in der rauen Stimme hinter ihr.
Sie wirbelte herum, und da stand Sarah, fein gemacht in einem dunkelblauen Kleid mit weißen Knöpfen und weißen Schuhen, ein Tablett mit Teegeschirr und dampfender Kanne in der rechten Hand balancierend. Ihre dunklen Augen sprühten. »Henrietta, udadewethu – meine Schwester, willkommen, die amadlozi haben dich zu mir geführt – ich preise sie, die meine Ahnen sind!« Sie trillerte durchdringend. »Henrietta – udadewethu ist wieder bei mir, yebo, sie ist zurückgekommen«, sang sie und schleuderte ihre Schuhe weit von sich. Ihr ausladendes Hinterteil herausgestreckt, die Füße nackt, ihren Rock zierlich angehoben, vollführte sie einen Freudentanz. Ihr üppiger Körper schaukelte im Takt, die Teekanne schwankte bedrohlich.
Henrietta rettete geistesgegenwärtig das Tablett, stellte es auf den Küchentisch.
»Halleluja!«, schrie Sarah, »lass die Seele meines Volkes in dich fahren!« Sie hob die Augen himmelwärts. »Gepriesen sei der Herr, gepriesen sei Jesus! Und die Jungfrau«, setzte sie fromm hinzu.
Sie vernahm es und lachte auf. Sarah bediente sich schon immer stets nach Bedarf bei allen Religionen, mit denen sie in Berührung gekommen war, argumentierte mit Gott und seinem Sohn und der Jungfrau Maria und ihren Vorfahren, und wenn ihr Problem sehr groß war, mit allen gleichzeitig.

Im November 1960 war Sarah in ihr Leben gewirbelt. Sarah, die Zulu, so jung wie sie, aber so alt wie das Wissen ihres Volkes. Mit ihren Geschichten öffnete sie eine Tür, nur einen Spalt breit, und erlaubte der jungen Deutschen einen Blick auf ihre Welt, die so bunt schillernd war wie das Gefieder des Nektarvogels, der im Zitronenbaum nistete.
Acht Jahre führte Sarah ihren Haushalt, arbeitete anfänglich noch an der Modekollektion mit. Als sie herausfanden, was sie einander be-

deuteten, sie und ihre schwarze Schwester, war es zu spät. Es blieben ihnen nur fünf Tage, im März 1968, um alles nachzuholen, was sie in den Jahren vorher versäumt hatten. Dann musste sie mit ihrer Familie das Land verlassen. Erst eine Woche nach ihrer Flucht entdeckte Tita, dass die Schergen von BOSS Sarah drei Tage später abgeholt und ins Gefängnis gesteckt hatten, weil sie sich weigerte, Ians Fluchtweg zu verraten. Außerdem war sie die Schwester von Mary Mkize, die Schwägerin von Cuba Mkize, die Frau von Vilikazi Duma und Vertraute der Cargills. Das genügte, um sie hinter Gittern verschwinden zu lassen und ohne Anklage unbegrenzt festzu halten. Titas Anwalt gelang es erst nach einem Jahr, sie herauszuholen.
»Sie hat Tuberkulose, und ihre linke Hand ist schwer verletzt«, sagte Tita am Telefon, »sie sieht jämmerlich aus. Arbeiten kann sie jedenfalls nicht.«
Henrietta sorgte dafür, dass sie von einem guten Arzt behandelt wurde, und hatte ihr seitdem einen monatlichen Betrag geschickt. Es dauerte lange, aber Sarah wurde wieder gesund, und sie richtete sich in Kwa Mashu einen kleinen Laden ein. Sie schrieb ihr lange, blumige Schilderungen ihres Alltags, der aufregend und farbig klang, und doch nur einen ganz gewöhnlichen, mühevollen Tag zwischen den tristen Schuhkastenhäusern in der Schwarzensiedlung Kwa Mashu beschrieb.

»Oh, Sarah«, rief sie, zog ihre Schuhe aus und setzte zaghaft ihre Füße in Sarahs Rhythmus voreinander. Anfänglich waren ihre Bewegungen steif, eckig, wurden dann runder, schneller. Ian stand daneben, stampfte mit den Füssen den Rhythmus, klatschte im Gegentakt in die Hände. Henrietta warf die Arme hoch. »Yebo!«, schrie sie und trillerte, dass sich die Kinder die Ohren zuhielten. Endlich, restlos außer Atem, schloss sie die Schwarze in die Arme. »Oh, Sarah! Ich bin wieder zu Hause.«
Julia und Jan standen stocksteif da, starrten sie verstört an. »Mami, hör auf, so blöd herumzuhopsen!« Julia war deutlich peinlich berührt. »Du siehst komisch aus – du bist doch nicht schwarz.«

Sie hielt verdutzt inne. »Weiße Menschen tanzen doch auch!«
»Aber nicht so – irgendwie ordentlicher.«
Sie ging vor ihren Kindern in die Hocke. »Es hat überhaupt nichts mit meiner Hautfarbe zu tun, wie ich tanze. Sarah ist meine Freundin. Ich habe sie sehr lange nicht gesehen, und ich bin glücklich, sie wiederzuhaben. Deswegen tanze ich. Versteht ihr das? Ihr freut euch doch auch, wenn ihr eure Freunde wieder seht.«
»Die sind weiß. Mit Eingeborenen gibt man sich nicht ab.«
Sie erstarrte. Mamas Echo! Mit Eingeborenen gibt man sich nicht ab, sie gehören in den Kral, hörte sie Mama, es sind schließlich praktisch noch Wilde, die sind doch grad erst von den Bäumen heruntergekommen. Man kann gar nicht vorsichtig genug sein, hatte sie meist viel sagend hinzugesetzt, als färbten diese Menschen ab.
Schamröte kroch ihr den Hals hoch. »Hört mal …«, begann sie hitzig, doch Sarah hielt sie zurück. »Es ist in Ordnung, sie werden es lernen. Meine Babys!« Ihre Stimme wurde tiefer, weicher. Sie legte den rechten Arm um die widerstrebenden Zwillinge, der linke steckte in der Tasche ihres Kleides. »Meine Babys, wie groß ihr seid und wie kräftig!« Sie strich ihnen über die Haare. »Erinnert ihr euch an mich?«
Jan machte sich steif, löste sich aber nicht von der schwarzen Frau. »Ich muss immer an Wackelpudding denken«, murmelte er dann unsicher.
»… mit Vanillesoße?« Julia kniff fragend ihre Augen zusammen.
»Hattest du nicht eine Zahnlücke?« Jan tippte an seinen Vorderzahn. »Hier.«
Sarah lachte, zeigte augenrollend alle ihre Zähne, der linke Vorderzahn glänzte noch weißer als ihre eigenen. »Porzellan, wie eine Teetasse«, grinste sie, »drei Jahre haben meine Hände dafür gearbeitet. Sie nahm Sarahs zur Klaue verkrümmte linke Hand. »Was ist mit deinem linken Arm passiert, Sarah?«
Sarah senkte die Lider, und ihr leuchtendes Wesen verschwand. Ein kühler Luftzug strich über Henriettas Haut, prickelte auf ihrem Rücken. Sie wusste, wie die Antwort lauten würde. Zart streichelte sie die

seidige dunkle Haut, fuhr mit dem Zeigefinger über die glänzende Narbe oberhalb des Ellbogengelenks. »Diese Schweine«, sagte sie. »Ich trage sein Gesicht in mir«, sagte die Zulu, »ich werde ihn finden.« Weder war ihr Ton besonders noch ihre Gestik drohend, doch sie wusste, dass sie eben ein Todesurteil gehört hatte. Es stand nicht mehr Sarah vor ihr, sondern ihr dunkles Zwillingswesen. Wie ein bedrohlicher Schattenvogel hockte es auf ihrer Schulter, aufgetaucht aus den archaischen Schichten ihrer Persönlichkeit, anders, fremd, etwas in Henrietta berührend, das tief in ihrem Unterbewusstsein lag.

Für Sekunden hatte Afrika ihr sein dunkles Herz offenbart. Beklommen starrte sie Sarah an, erkannte sie kaum. War es ihr eigenes Herzklopfen, das sie hörte? Oder dumpfe Stimmen, die unheilvolle Beschwörungen murmelten? Undeutliche Bilder kamen in ihr hoch, von rauchgefüllten Hütten, fellbehängten Zauberdoktoren, Schlangenhäuten, Haufen weißlicher Tierknochen, und von Victor.

Dr. Victor Ntombela, der schwarze Rechtsanwalt aus Empangeni, den sie über Vilikazi kennen gelernt hatten, ein distinguierter Mann um die vierzig. Er trug Nadelstreifenanzüge, Talar und Perücke vor Gericht, las mit Vorliebe Sartre, zitierte aus Voltaire. Sonntags röhrte er mit seinem Motorrad über Zululands grüne Hügel.

Doch dann trafen sie ihn auf einem Stammesfest in der Tracht seines Volkes und erkannten ihn kaum wieder.

Ein Kopfband aus Leopardenfell, ein volles Leopardenfell über die Schulter geworfen, an den Oberarmen und unterhalb der Knie ein geflochtenes Lederband mit dichten Büscheln langhaariger Kuhschwanzquasten; der Lendenschurz aus weichstem Kalbfell fiel bis auf seine Knöchel, und von einem Fellgürtel hingen lange Streifen Fell verschiedener Tiere. Eine imposante, überaus fremde Erscheinung. Mit dieser Tracht veränderte sich auch sein Verhalten gegenüber seinen weißen Freunden. Er stand sehr gerade, bewegte sich gemessen und würdevoll, und obwohl er kleiner war als Ian, schien er auf diesen herunterzusehen.

Aus Dr. Victor Ntombela war Ukuduma Ntombela geworden, ein wildes Wesen, das, heisere Schreie ausstoßend, in einem barbarischen Tanz barfuß auf die rote Erde Zululands stampfte, zusammengekauert in einer stinkenden Hütte zu Füßen seines Sangoma, des Zauberdoktors, hockte und sich die Knochen werfen ließ, um sich seine Zukunft deuten zu lassen.
Sie schwiegen lange, als sie an diesem Abend nach Hause fuhren. Plötzlich lachte Ian auf. »Bitte stell dir vor, ich trüge bayerische Krachlederne, einen Gamsbarthut, würde den Schuhplattler tanzen und hinterher zum Astrologen gehen.«
Sie lachte auch, aber ihre innere Verbindung zu ihren schwarzen Freunden war eine andere als Ians. Sie reichte zurück in eine Zeit, in der Worte noch keine Bedeutung für sie hatten, nur als Melodie in ihr nachklangen, in eine Zeit, in der sie die Welt atmete, ertastete, in sich hineinsog, mit ihrer Haut erfühlte.

Als sie geboren wurde, auf dieser kleinen Insel vor Afrika, war ihre Mutter sehr krank, gelb von Malaria, geschwächt durch eine Behandlung, die ihr weißer Arzt, ein versoffener alter Mann, der einzige seines Berufes auf den Inseln, Reinigung nannte. Er verordnete ihr zwei Mal täglich starke Abführtabletten und einen täglichen Einlauf, Maßnahmen, die den Magen und Darm von allen schlechten Stoffen reinigen sollten. Doch das Ergebnis war, dass sie chronischen Durchfall und dadurch schlimme Mangelerscheinungen erlitt. Mama war noch von altem Schrot und Korn, für sie war ein Arzt einer Gottheit nahe. Sie folgte seinen Anweisungen aufs Wort und brachte sich und ihr Kind fast damit um.
Sie wuchs in ihrem Bauch, ernährte sich von ihr, raubte ihr alles, was sie von ihr bekommen konnte, und das war wenig genug. Als sie endlich auf die Welt kam, war sie ein jämmerlich mageres Bündel und ihre Mutter fast tot.
Malan, ihr Hausboy, betrachtete das winzige Mädchen abschätzend. Bekümmert nagte er an seinem Daumennagel. »Sie ist noch nicht fertig, sie ist weiß wie eine Made, die noch unter der Erde lebt, sie

muss noch mal zurück.« Kopfschüttelnd bedeutete er seinen wartenden Dorfältesten, dass es mit ihr wohl nichts werden würde.
Trotzdem saß er jeden Tag auf dem Boden vor ihrer Wiege und wartete. Ihre Mutter lag im Nebenzimmer. Sie war am Ende ihrer Kräfte und dämmerte vor sich hin. Die erste Zeit überlebte Henrietta hauptsächlich mit Zuckerwasser, dem ein wenig Ziegenmilch zugesetzt war, denn Kuhmilch gab es auf den Inseln nicht.
Malan beobachtete diese Situation, sah zu, wie das Baby weniger und weniger wurde und sein Schreien so leise, dass es die Mutter nebenan nicht mehr hörte. Eines Tages hob er die Menina, das Mädchen, wie er sie nannte, aus der Wiege, wickelte sie in ein Tuch, so dass sie wie eine kleine Mumienpuppe in seinen Armen lag, und verschwand mit ihr im Busch. Von dem Tag an fing Henrietta an zu gedeihen, sie wurde zwar nicht dunkler, blieb weiß wie eine Made mit blonden Haaren, aber sie wuchs, und ihr Schreien wurde wieder laut und fordernd. Keiner verstand, wie sie mit dem Wenigen, was sie bekam, so groß und kräftig wurde, bis ihre Mutter, die mittlerweile wieder aufstehen konnte, der Sache nachging. Sie überraschte Malan, wie er mit der Kleinen im Arm über den Hühnerhof lief und durch eine Lücke in der übermannshohen Hibiskushecke schlüpfte. Sie griff sich ein Gewehr und folgte ihm.
Malan und seine Frau Maria mussten bis in ihr Innerstes erschrocken sein, als Henriettas Mutter sich urplötzlich durch die niedrige Öffnung ihrer Hütte duckte und vor ihnen stand.
Maria hatte vor kurzem selbst ein Kind bekommen. Sie hockte, nackt bis auf ihren Fransenschurz, auf ihrem Bett, einem Brett zwischen zwei Lehmwänden, mit Fransenschurzen belegt, und hielt beide Babys im Arm. Das weiße hielt sie links, damit es durch das Pochen ihres Herzens ruhiger würde, und ihr eigenes Kind rechts. Die Kleinen tranken gierig, nur ihr Schnüffeln und Schmatzen und das Gesumm vieler Fliegen war zu hören.
»Es gab ein furchtbares Donnerwetter«, erzählte ihr Mama, als sie älter war, »und Malan durfte dich zur Strafe für einen Monat nicht anfassen.«

Sie fror, als sie das hörte.

Später dann, als Malan wieder verziehen war, wurden beide zu einer bekannten Erscheinung. Der junge Schwarze im Lendenschurz mit der roten Hibiskusblüte hinter dem Ohr, auf dem Arm das juchzende kleine weiße Mädchen mit den feinen hellblonden Locken.

Nach sechs Monaten verkündete er, dass es nun gut sei, die Menina werde es schaffen, auf dieser Welt zu bleiben. Die Ahnen hatten offensichtlich noch kein Verlangen nach ihr. Die Dorfältesten nickten zufrieden und erklärten ihren Eltern in einer langen, gewundenen Rede, da sie noch nie ein Kind mit weißer Haut und weißen Haaren gesehen hätten, seien sie sicher, dass das ein Zeichen sei. Deswegen gedächten sie, das kleine Mädchen, das von ihren Eltern Henrietta genannt wurde, in den Stamm aufzunehmen.

Sie brauchten Tage, um dieses Fest vorzubereiten. Papa spendierte zwei Ziegen, und vor dem Kücheneingang wurde geköchelt und gerührt und viel versprechende Gerüche zogen in Schwaden ins Haus.

Am Morgen der Feier versammelten sich fast alle Dorfbewohner der Insel auf dem Platz vor dem Haus der Menina. Malan hielt eine kurze Rede, dann traten die Dorfältesten vor. Sie trugen einen winzigen Holzthron. Die Sitzfläche, geformt wie ein Halbmond, ruhte auf einem breiten geschnitzten Fuß.

»Vorsichtig«, mahnte Mama, als sie ihre Tochter hinaufhoben. Danach verschwanden die Männer, bevor Papa und Mama sie aufhalten konnten, mit ihr im Busch für eine geheime Zeremonie. Mama schrie, Papa versuchte ihnen zu folgen. Wie aus dem Boden gewachsen standen plötzlich mehr als zwanzig Eingeborene wie eine Mauer vor ihnen.

Nach einer halben Stunde hörte man aus dem dämmrigen Urwald das fröhliche Quietschen der Menina. Wenig später erschien eine beeindruckende Prozession. Angeführt von einem jungen Mann, der im Takt seiner Felltrommel rannte, folgten im Trab die Dorfältesten und ihnen die jüngeren Männer, die alle eine rote Haartracht aus Lehm trugen, kreisrund wie eine Kappe. Manche hatten sich mit einer Kette aus Hundezähnen geschmückt und bunte Vogelfedern an einem Reif um den Oberarm gesteckt.

Dann lief ein zeremonieller Tänzer auf den Platz. Bis auf ein schmales Tuch, dass er zwischen den Beinen durchgezogen an einem breiten Gürtel befestigt trug, war er nackt. Schnüre mit Kaurimuscheln hingen vom Gürtel über seine Hüften, an dem Stiergehörn, das mit einem breiten wulstigen Band an seinem Kopf befestigt war, baumelten dichte Büschel von getrockneten Palmblattfasern, umrahmten sein Gesicht wie die Mähne eines Löwen. Von den Spitzen der Hörner schwangen bodenlange gedrehte Kordeln mit dicken Grasquasten, mit jeder seiner Bewegungen klickten die großen Hundezähne an seiner Halskette, klingelten die Kaurimuscheln, raschelten die Grasbüschel. Um seinen Oberarm gewunden trug er ein buntbedrucktes Tuch.

»Mein Seidenschal«, zischte Mama, »deswegen konnte ich ihn nicht finden!«

Papa lachte nur ungläubig. »Na, das ist doch … !«, rief er, verstummte dann aber.

Die Männer bildeten einen Halbkreis und der Tänzer schüttelte zum Auftakt seinen Schellenstab, drehte eine Pirouette. Mit geschlossenen Augen steigerte er sich im Takt zu den harten Trommelschlägen in Trance, wirbelte, stampfte, grunzte. Nun erschienen zwei baumlange junge Männer, die auf ihren Schultern Henrietta in ihrem kleinen Sitz trugen. Ihre Haare waren mit rotem Lehm verschmiert, und um ihre winzigen Hüften lag ein puscheliger Bastrock, reich verziert mit den kostbaren Kaurimuscheln. Behutsam wurde sie von ihren Trägern gestützt.

»Allmächtiger Gott«, rief Mama, praktisch in allen Lebenslagen, »wie soll ich bloß den Lehm wieder herauswaschen!«

Sie feierten mehrere Tage, hielten ausschweifende Reden auf die Menina, aßen und tranken Unmengen, und am Ende des letzten Tages trat der Älteste aller Inselbewohner vor und hub an zu sprechen. Malan stand auf und übersetzte.

In ihrer ausschweifenden Art beschrieb er das Leben auf der Insel, malte ein ausführliches Bild der weißen Fremdlinge, die in einem Rauchboot gekommen waren und Gegenstände aus Eisen aufgestellt hatten, die sich von allein bewegten, aber keine Seele hatten. Diese seelenlosen Dinger, die die weißen Fremdlinge Maschinen nannten, fraßen unter großem Lärm Palmennüsse und spuckten Öl aus. Da man den Bauch dieser Maschinen aber immer wieder mit den Palmnüssen füllen musste, habe er den Verdacht, dass sie doch eine Seele hätten.

Als er endlich zum Schluss kam, erklärte er, dass die Menina in seinen Stamm aufgenommen worden war und dass diese Handlung durch die Namen, die sie ihr gegeben hätten, besiegelt würde. Feierlich nannte er dann diese Namen. Neben dem Stammesnamen hatte sie noch vier weitere erhalten.

Der erste der vier drückte aus, welches Problem die Menschen der Inseln in diesem Moment am meisten beschäftigte: Möge ihr Gott den Krieg beenden, damit sie wieder für den Patron, wie sie Henriettas Vater nannten, arbeiten könnten. Der zweite stand für den Tag, an dem sie geboren wurde, die Moslems unter den Insulanern gaben ihr den Namen ihrer wichtigsten Heiligen, und von dem vierten wusste sie bis heute nicht, was er bedeuten sollte. In Papas altem Wörterbuch fand sie »Hexe«. Aber das war in der Sprache der Kolonialherren, nicht der der Eingeborenen. Überall auf den Inseln und auch auf dem Festland, wo Mitglieder des Stammes lebten, kannte man sie unter diesen Namen, erkundigte man sich nach ihrem Wohlergehen und nannte sie »unsere Verwandte«.

Von Sonnenaufgang bis Sonnenuntergang trug Malan sie herum, auf seiner Hüfte sitzend oder in einem Tuch auf den Rücken gebunden. Oft hockte Malan mit ihr in einem Kreis lachender, schwatzender Stammesfreunde. Sie scherzten und spielten mit ihr, streichelten sie, schwangen sie herum. Unter dem haushohen, lichten Gewölbe eines Kokospalmenhains auf dem warmen Sandboden sitzend, der mit tanzenden Sonnenflecken wie mit heruntergefallenen Sternen übersät war, im Hintergrund das hypnotisierende Rauschen der lang gezogenen Wellen, die aus der Weite des Atlantiks heranrollten und sich an

den Inseln brachen, erzählten sie ihr Legenden, von denen sie nur Wärme erinnerte, Rot, leuchtendes Ocker, sattes Grün und eine ferne Melodie, wie das Seufzen des Windes in den Palmwipfeln in Erinnerung.
Deswegen fühlte sie ihre Freunde, sah sie nicht, wie ein Spiegel sie zeigen würde, war sich immer ihres Schattenvogels bewusst.

»Kommt in die Küche, meine Babys«, rief Sarah und war wieder wie immer, warmherzig, offen, liebevoll.
Ihre weiße Schwester aber wusste, dass sie eben mit einem Afrika in Berührung gekommen war, das ihr Angst einflößte, sie abstieß, sie nach europäischer Sanftheit und Normalität sehnen ließ. Es war das heidnische Afrika der Geisterheiler und Hexenmeister, der Menschenopfer, der mondhellen Nächte und schwarzen Schatten.
»Wir sind keine Babys!«, protestierten die Zwillinge, folgten der Zulu aber neugierig. Kurze Zeit später arbeiteten sie sich enthusiastisch durch einen himbeerroten Wackelpudding mit dicker, cremiger Vanillesoße.
Sarah wienerte die verfleckte Spüle. »Das Haus braucht ein Mädchen«, murmelte sie missbilligend.
Ian grinste frech. »Du hast Recht, Sarah – eine weiße Lady kann doch nicht auf dem Boden herumkriechen und schrubben!«
Seine Worte zündeten ein vergnügtes Funkeln in den dunklen Augen. »Ho, ho«, lachte sie und stolzierte durch die Küche, ihre rechte Hand geziert gespreizt, mit der Linken schob sie einen imaginären Hut ins Gesicht, »ich bin eine weiße Lady, sehr, sehr vornehm – sieh meine lilienweißen Hände. Sie streckte ihre Hände aus, die verkrüppelte linke und die andere heile, rosa Handflächen nach oben. »Ich kann unmöglich den Fußboden schrubben, ich bin viel, viel zu fein – das muss ein dummer Kaffer machen!« Ein sehr direkter, sehr spöttischer Blick unter gesenkten Wimpern, ein sanftes Lachen, und Henrietta wurde rot.
Sie lachte mit, fühlte sich gleichzeitig getroffen, und das schmerzte ein wenig. Aber sie war sich bewusst, dass ihr Sarah mit dieser kleinen

Parodie gezeigt hatte, dass sie tatsächlich ihre Schwester war, denn diese Seite ihres Wesen verbarg sie sorgfältig vor jedem, der nicht ihre Hautfarbe hatte. In der Welt der Weißen stellte sie sich als dümmlich und langsamen Geistes dar, sie spielte ihnen perfekt das Bild der Schwarzen vor, das zu dem in ihren weißen Köpfen passte. Es machte sie so gut wie unsichtbar, nichts weiter als ein schwarzes Gesicht, nicht zu unterscheiden von unzähligen anderen schwarzen Gesichtern. Ohne Belang.

Also lachte sie ebenfalls. »Es ist so verdammt heiß hier«, verteidigte sie lahm. »Nun gut, es stimmt, ich hasse Hausarbeit! Aber das hat gar nichts mit Schwarz und Weiß zu tun, und das weißt du ganz genau!« Sie boxte Ian in den Oberarm. »Dorothy, Mrs. Strattons Hausmädchen, schickt ihre Cousine.«

»Cousine – ha!«, brummte Sarah eifersüchtig, »alle sind immer Cousinen! Wird irgendein hergelaufenes junges Ding sein – wenn sie nichts taugt, wirf sie raus, und ich schicke dir jemanden. Ich habe eine Cousine«, sie grinste, »eine echte – sie heißt Augusta. Ich werde ihr eine Nachricht zukommen lassen, dann kannst du diese andere gleich wieder wegschicken.«

Jetzt verzog ihre weiße Freundin ironisch ihren Mund.»Du meinst, ich soll mich wie eine wirkliche weiße Lady benehmen, he?«, spottete sie, »kommt gar nicht in Frage!«

Am nächsten Morgen stand Dorothy vor der Tür, hinter ihr, halb verdeckt, eine junge Frau, ebenholzschwarz, mit der Haltung einer Königin und dem Gesicht von Sophia Loren. Aber mit schuhlosen Füßen von der Schuhgröße vierundvierzig, breit getreten mit harten Sohlen und abgeschliffenen Nägeln. »Guten Morgen, Madam«, wünschte Dorothy, »das ist Dulcie, sie sucht einen Job.«

»Guten Tag, Dulcie. Meine Güte, bist du aber gewachsen!« Sie war überrascht. »Hast du schon einmal in einem Haushalt gearbeitet?«

»Aber ja, Madam, sie ist sehr gut und sehr willig«, antwortete Dorothy schnell für ihre Cousine und betrachtete interessiert die einzelne Wolke, die über sie hinweg segelte.

»Dulcie, kannst du Englisch sprechen?«

»Guten Morgen, Madam, yebo, Madam«, nickte die junge Schwarze schüchtern, ihre Cousine Dorothy mit einem raschen Blick streifend.

»Wunderbar, du kannst gleich anfangen.« Sie handelten schnell das Gehalt aus, und Dorothy trollte sich. Rasch zeigte sie Dulcie, wo Schrubber und Staubsauger standen, und führte sie dann kurz durch das Haus. »Dulcie, bitte wasche erst das Geschirr und wisch dann Staub im Wohnzimmer, du musst jedes Buch einzeln herausnehmen, vergiss das nicht.«

»Yebo, Ma'am«, flüsterte Dulcie und verdrehte die Augen.

Henrietta lächelte aufmunternd und legte sich restlos zufrieden in den Schatten des rosa Bougainvilleastrauches am Pool. Nach zwei Stunden beschloss sie, einmal nachzusehen, was Dulcie so trieb, ob das Geschirr schon gewaschen war und die ersten Bücher wieder im Regal standen.

Das Mädchen kniete im Wohnzimmer auf dem handgeknüpften Teppich, den Ian aus Südfrankreich mitgebracht hatte, und schrubbte ihn mit viel Vim und viel Wasser. Sie traute ihren Augen nicht.

»Dulcie, was machst du da?«, krächzte sie, »Hör sofort auf!«

Dulcie setzte sich zurück auf ihre Hacken, hob stumm ihre wunderschönen, schokoladenbraunen Augen, senkte sie aber sofort wieder. Sie schluckte, sie kaute auf einer Antwort, brachte sie aber nicht hervor.

»Dulcie!«

Dulcie zuckte zusammen, wand sich, beugte ihren Nacken. Dann strömten die Worte aus ihr heraus. Wild gestikulierte sie mit den Händen, Klicks, Zischlaute, gutturale Vokale rollten über ihre Lippen, fielen in den Raum, verklangen.

»Dulcie, ich versteh dich nicht, bitte sprich Englisch!« Und sie bedauerte, dass sie sich nie die Zeit genommen hatte, besser Zulu zu lernen.

Dulcie zischelte eine Antwort, rollte verschreckt die Augen und verstummte.

Da begriff sie. Dulcie sprach kein Wort, wirklich kein einziges Wort

Englisch! Und ganz offensichtlich hatte sie noch nie einen modernen Haushalt von innen gesehen. Verdammte Dorothy!
Ian erschien neben ihr. »Sie haben also immer noch ihre alten Tricks drauf«, grinste er, »es wundert mich, dass ausgerechnet du darauf reinfällst. Du scheinst einiges verlernt zu haben.«
Seufzend bedeutete sie der jungen Schwarzen, ihr zu folgen. Sechs Stunden lang zeigte sie ihr dann Schritt für Schritt, wie man ein Haus reinigt, führte jeden Handgriff, jede Bewegung vor. Am Ende war sie völlig erledigt. Dulcie schlich mit hängenden Schultern in die Küche, um sich ihr Essen zuzubereiten. Krachend zerhackte sie Knochen, ein Topf scheppterte auf den Boden, das Wasser lief ständig, und der Eisschrank ächzte, weil sie die Tür nicht richtig geschlossen hatte.
»Sie kann nicht bleiben«, sagte sie zu Ian, »sie macht mich wahnsinnig.«
»Du bist ziemlich deutsch geworden, weißt du das? Das ist Afrika! Danach hast du dich doch ständig gesehnt.« Er musterte sie amüsiert. »Du willst doch nicht etwa den ganzen Haushalt allein machen?«
»Quatsch!«, knurrte sie, fühlte sich aber ertappt.
Dulcie blieb. Sie fuhr mit ihr am nächsten Tag zu Beryl Stratton und nahm sich Dorothy vor. »Dorothy, komm her, sofort! Ich muss mit dir reden«, befahl sie und wurde sich im selben Moment bewusst, dass sie wie die Karikatur einer weißen Madam klang. Sie räusperte sich. »Bitte«, setzte sie hinzu.
»Madam?« Dorothy kam in ihrer gemächlichen Art, sich die Hände an ihrer Schürze abwischend, aus der Küche gewatschelt. Ihre Gesichtszüge entspannten sich, die Unterlippe hing lose, der Blick ging an ihr vorbei ins Leere.
Dorothy mimte die dumme Schwarze. Diesen Ausdruck erinnerte sie nur zu gut. Ein beliebter und höchst wirksamer strategischer Zug der Schwarzen im Umgang mit Weißen. »Dorothy, versuch das erst gar nicht mit mir«, meinte sie trocken, »du kennst mich lange genug, ich bin keine unwissende Einwanderin!«
Dorothys Augen rollten herum, sahen sie an. Gleichmütig zuckte sie

mit den Schultern und grinste, völlig ohne Scham darüber, erwischt worden zu sein. »Okay, Ma'm.«
»Du hast mich angelogen, Dulcie spricht kein Wort Englisch und hat sicherlich noch nie in einem weißen Haushalt gearbeitet!«
»Wusst ich nicht, Ma'm, wirklich, Ma'm, das ist die Wahrheit, Gott ist mein Zeuge.« Die braunen Augen richteten sich himmelwärts, fromm faltete die Schwarze ihre Hände über dem Bauch. »Wirklich, Ma'm.«
Willkommen zu Hause, dachte Henrietta und seufzte ergeben. »Gut, vergiss es, aber du musst übersetzen, was ich Dulcie sagen will.« Danach lief es einigermaßen mit Dulcie.
»Wir sollten Zulu lernen«, bemerkte Ian, »es kann nicht sein, dass wir hier leben und die Sprache des größten Teils der Bevölkerung nicht sprechen können. Das Küchenzulu, das wir können, langt nicht.«
»Hier lernt man Zulu in der Schule«, berichteten die Zwillinge. Ein paar Brocken Zulu hatten sie bereits aufgeschnappt und benutzten sie als Geheimsprache.
Dulcie verschwand eines Mittags, keine fünf Wochen später, und tauchte nicht wieder auf. Mit ihr vermisste Henrietta einen Stapel Kinderkleider und einen der neuen Kochtöpfe. Sie beorderte Dorthy zu sich. »Wo ist sie«, fragte sie.
»Zurück.« Dorothy ließ ihren Blick über die grünen Hügel Umhlangas schweifen. Sie seufzte tief und schwer, die Verkörperung des Leids.
»Was heißt zurück? In ihr Umuzi zu ihren Eltern?« Henrietta versuchte, den Impuls zu unterdrücken, die Schwarze an den Schultern zu packen und kräftig zu schütteln.
»Yebo, kann sein.« Wieder diese vage Blick, der halb offene Mund. Langsam stieg Zorn in ihr auf. »Warum?« fragte sie scharf.
»Es war Zeit. Kann ich gehen, Ma'am?« Dorothy spielte mit ihrer Schürze, ein obstinater Zug erschien um ihren Mund.
»Es fehlen Kinderkleider und ein Topf, hat sie die mitgenommen?«
»Ma'am?«
Das schwarze Gesicht war zu braunem Stein erstarrt, und sie wusste,

dass es nutzlos war weiterzufragen. Dulcie würde nicht wieder kommen. Statt der paar Rand, die noch von ihrem Lohn ausstanden, hatte sie offenbar den Stahlkochtopf mit den Kupferboden genommen, der ein Vielfaches des ausstehenden Lohns wert war, aber für Dulcie eben nur ein Topf war. Nun gut.
»Ich gehe jetzt«, verkündete Dorothy und entfernte sich gemächlich. Wütend sah sie der Schwarzen nach.
»Warum fragst du eigentlich immer noch?«, bemerkte Ian hinter ihr auf Deutsch. »Du weißt doch, dass du es nicht rauskriegst. Sag Sarah, sie soll um Himmels willen ihre Cousine schicken, damit deine Laune besser wird.«
»Oh, lass mich in Frieden!«, fauchte sie und knallte mit der Küchentür.
Sarah war nur auf sehr umständliche Art zu erreichen. Der Tankstellenwart von Sam's Garage wohnte in Kwa Mashu neben ihr. Über ihn ließ sie Sarah eine Nachricht zukommen, und schon am nächsten Tag stand eine gemütliche, untersetzte Zulu vor ihrer Tür. »Ma'm, ich bin Augusta«, verkündete diese.
»Meine Güte, das war aber prompt!« Henrietta öffnete erfreut die Tür. »Hier hat sich wirklich nichts geändert. Die Buschtrommel ist immer noch höchst effektiv. Komm herein.« Sie zeigte ihr rasch alles Nötige und bekam bald den Eindruck, dass Augusta eine erfahrene Haushälterin war. Glücklich baute sie ihre Staffelei auf und begann den Nektarvogel zu skizzieren, der in ihrem Zitronenbaum nistete und in der Morgensonne Farben sprühende Kapriolen schlug.

Sarah besuchte sie kurz darauf. Sie klopfte an die Hintertür, die Tür für Bedienstete und Lieferanten. Augusta öffnete. Henrietta, die das Abendessen vorbereitete, bemerkte verblüfft, dass sich die beiden schwarzen Frauen eindeutig auf feindselige Art musterten, nicht so, als wären sie verwandt. Am Herd stehend, durch den Spalt der halb offenen Küchentür, lauschte sie ihrer Unterhaltung.

»Was willst du?«, fragte Augusta mürrisch.
»Ich will deine Madam sprechen.« Sarah schob aggressiv ihr Kinn vor.
»Wir brauchen kein Mädchen.« Augusta knallte die Tür zu. Sarah setzte einen Fuß dazwischen, ein gefährliches Funkeln stand in ihren Augen. Augusta ruderte aufgeregt mit den Armen und feuerte eine Salve klickendes Zulu ab. Ihr üppiger Körper geriet dabei in wilde Schwingungen.
»Okay«, murmelte Sarah unvermittelt und trat einen Schritt zurück. Nach einem langen stirnrunzelnden Blick wandte sie sich ab. Weniger als eine Minute später hörte sie einen weichen Trommelwirbel an der Terrassentür. »Sarah? Was war los?«
»Das ist nicht Augusta!«
»Was meinst du mit ›das ist nicht Augusta‹?«, fragte sie konsterniert.
»Du hast sie doch geschickt, und sie hat mir erzählt, dass sie Augusta heiße.« Warum war plötzlich das Kribbeln in ihrem Bauch?
»Es ist nicht meine Cousine Augusta! Ich kenne die hier, sie heißt Margaret und taugt nichts.« Sie schnalzte ungläubig mit der Zunge.
»Woher hat die nur von Augusta gewusst? Sieh dich vor! Ich hab sie mit Leuten gesehen, die nicht zu uns gehören.«
Zu uns! Wurde die Luft plötzlich kühler? Schwiegen die Vögel? Verdammt, dachte sie, nicht schon wieder! Wieso hatte sie schon wieder Blei in den Beinen? Laut Daddy Kappenhofer waren alle Polizeiakten, die sie betrafen, vernichtet worden, alle Vorwürfe, Verdächtigungen und Anklagen gegen sie und Ian vom Tisch! »Bist du dir sicher?«, flüsterte sie. Als Sarah nickte, fiel sie in sich zusammen, krümmte ihren Körper schützend um ihre Seele. Obwohl niemand das Wort BOSS ausgesprochen hatte, hing es wie ein übler Geruch in der Luft.
Rasch legte Sarah eine Hand auf ihre. »Mach dir keine Sorgen, udadewethu, ich werde mit Vilikazi reden.«
Sie hob den Kopf, forschte in der Miene ihrer schwarzen Freundin. Vor langen Jahren einmal hatte Vilikazi versprochen, sich um einen Mann namens Naidoo zu kümmern. Es hatte mit einem Brand in

Ians Fabrik zu tun. Mr. Naidoo war darauf als Leiche aus dem Hafenbecken aufgetaucht. »Reden? Wirklich nur reden?«
»Keine Angst, es wird ihr nichts geschehen.« Die Worte waren beruhigend, aber ihr Ton ließ Henrietta einen Schauer den Rücken herunterlaufen, »aber es ist besser, wenn sie einkaufen geht, wenn ich dich besuche.«
Sie hielt sich an Sarahs Hand fest. »Ich komme zu dir.«
Die Schwarze schüttelte lachend den Kopf. »Hoho, mit deiner weißen Haut und den blonden Haaren? Du siehst aus wie ein Leuchtfeuer zwischen uns Schwarzen! Viel zu gefährlich. Außerdem gibt es viele Augen in Kwa Mashu«, setzte sie unheilschwanger hinzu.
Danach schickte sie Augusta auf lange Einkaufstouren, wenn sie Sarah erwartete, die stets darauf achtete, dass niemand sah, dass sie zu ihrer weißen Freundin ins Haus schlüpfte. Meist saßen sie auf der Schlafzimmerterrasse, die für andere uneinsehbar war, und aßen den Schokoladencremekuchen, den sie immer für Sarah buk. Schokoladencreme war eine der wenigen Schwächen Sarahs.
Außer Tita wusste keiner ihrer weißen Freunde von Sarah. Es war nicht etwas, das sie ihnen erklären konnte.

Ian hatte sich noch in Deutschland auf eine Stellenanzeige in Durban beworben. »Selbstständig mache ich mich da unten nicht mehr, von Partnern habe ich die Nase voll! Eine gute Stellung, jemand, der mir monatlich ein ordentliches Gehalt überweist, und wenn Feierabend ist, kann ich abschalten.«
Ende der sechziger Jahre hatte er bei Durban mit einem Partner, Pete Marais, eine Fabrik geführt. Pete Marais, die Spitze des Eisbergs, an dem ihr damaliges Leben zerschellte.
Marais hatte das Kapital in die Firma eingebracht, Ian hauptsächlich sein Fachwissen. Auf übelste Weise versuchte sein Partner, die Fabrik an sich zu bringen. Mit allen Mitteln hatte er gearbeitet. Als sein Büro 1964 mit einem Brandsatz in die Luft gejagt wurde, konnte Ian

seinen Verdacht, dass Pete die Finger im Spiel gehabt hatte, jedoch nie beweisen. Pete wiederum tat sein Bestes, seinem Partner die Brandstiftung in die Schuhe zu schieben. Das misslang glücklicherweise ebenso wie sein Versuch, Ian mit einer Schadenersatzklage wegen angeblichen Missmanagements zu ruinieren.
Doch das Leben spielt manchmal böse Streiche. Es stellte sich heraus, dass Pete Marais' Frau Elaine, eine klapperdürre Platinblondine mit der unwiderstehlichen Anziehungskraft einiger Millionen, Hendrik du Toits Geliebte war.
Im März 1968 war dann jener schicksalhafte Anruf ihres Anwalts Cedric Labuschagne gekommen. »Was habt ihr denn politisch gemacht?«, hatte er gefragt und ihr Leben damit zerstört. »Der Generalstaatsanwalt ist hinter euch her.« Seine Stimme war kälter gewesen als Eis, und als sie erkannte, wer es auf sie abgesehen hatte, legten sich diese Worte wie eine Stacheldrahtschlinge um ihr Herz.
Zusammen mit seiner Schwester Valerie, der angebeteten Ehefrau Dr. Piet Krugers, Generalsstaatsanwalt, baute du Toit Hotels, investierte mit ihr ein Vermögen in Cousine Carlas Golfhotel. Carla, die sie so sehr hasste, dass sie vor einem Anschlag auf ihr Leben nicht zurückgeschreckt war. Gemeinsam hatten sie eine Schlammlawine ausgelöst, unter der sie und Ian fast begraben worden waren.
Nein, von Geschäftspartnern hatten sie die Nase voll. Gründlich.
Ians Bewerbung hatte Erfolg, man bot ihm die Betriebsleitung einer großen Fabrik für die Herstellung von Kunststoffteilen an. Für mehr als vierhundert Leute war er verantwortlich, für über vierhundert Männer und Frauen aller Hautfarben und Religionen. Nur die fünf Oberschichtführer waren Weiße, ein Drittel der Arbeiter waren indischer Herkunft, Muslims und Hindus, aber der überwiegende Teil gehörte verschiedenen afrikanischen Stämmen an. Ein paar Kapmalaien, die keiner Gruppe angehörten, arbeiteten im Versand. »Ich fühl mich wie ein Raubtierdompteur«, scherzte Ian.
Am Tage, als er seine Stellung antrat, fand sich eine Gruppe von acht Schwarzen vor dem Fabriktor ein, angeführt von einem grinsenden Vilikazi. »Bitte, Master«, rief er mit einem Augenzwinkern, »bitte,

hat der Master Jobs für uns? Wir sind alles gute, arbeitswillige Männer mit kräftigen Muskeln und ehrlichen Herzen!« Brüllend vor Lachen über seinen eigenen Scherz klappte er vornüber. »Das ist der Boss, verstanden!«, informierte er seine Freunde dann streng.
Jeder Stamm benannte einen eigenen Sprecher, und diese Sprecher wiederum bestimmten Vilikazi als ihre Stimme. Auch die anderen Volksgruppen hatten ihre Vertreter. Und zum Sprecher aller gegenüber der Geschäftsleitung aber wurde Ian gewählt.
Neil war mehr als erstaunt. »Ich kenne keinen anderen Weißen, der in einer derartigen Position ist.« In seiner Stimme schwangen Respekt und Bewunderung. »Sie müssen dir außergewöhnliches Vertrauen entgegenbringen.«
Ian setzte sich enthusiastisch für seine Arbeiter bei der Geschäftsführung ein, kämpfte verbissen um jeden Cent Lohnerhöhung, um jede noch so kleine Verbesserung der Arbeitsbedingungen, und bald besaß er keinen Freund mehr in der Chefetage.
Besonders Mrs. Ruth Snell, der Leiterin des Personalbüros, missfiel sein Einsatz außerordentlich. Sie wurde seine Intimfeindin.
Mrs. Snell, eine Frau unbestimmbaren Alters mit ausgehungerter Diätfigur und einer Vorliebe für mädchenhafte Kleider mit enger Taille und Spitzenblüschen, war die ältere Schwester des Inhabers und schon sehr lange geschieden. Zwei Tatsachen, die sie den Männern nie vergab. Ihre scharfe Zunge benutzte sie wie ein Messer, mit dem sie erbarmungslos alle Männer ihrer Umgebung sezierte.
»Seien Sie vorsichtig«, zischte sie ihn eines Tages am Ende einer Lohnkonferenz an, als er zäh um höhere Löhne und bessere Versorgung im Krankheitsfall gekämpft hatte, »ich hab empfindliche Nerven, und Sie trampeln dauernd darauf herum!« Wütend schüttelte sie ihre langen braunen Locken und rauschte aus dem Konferenzzimmer. Dass Ian erst ihre Flirtversuche und dann ihre Angriffe mit sanfter Ironie parierte und unbeirrt für seinen Standpunkt eintrat, erschütterte sie offenbar in ihren fest in der südafrikanischen Ideologie verankerten Grundfesten. Sie begann ein Dossier über ihn anzulegen und ließ es ihn wissen. »Ich krieg Sie!«, versprach sie ihm und zeigte

ihre Zähne in einem Lächeln, so hart, so kalt, so scharfkantig wie ein Brillant.

»Sie hat sich neuerdings so grünes Zeugs auf ihre Augenlider geschmiert, Viperngrün, passend zu ihrem Charakter«, spottete er, »sie sieht aus wie ein Clown. Gott sei Dank kann sie mir nichts anhaben. Solange wir gut produzieren und die Zahlen stimmen – und die sind wirklich sehr erfreulich –, sind meine Argumente stärker.«

In diesem Punkt irrte er sich, aber das erfuhr er erst viele Jahre später auf sehr schmerzhafte Art.

Vilikazi und seine Männer waren nicht nur wissbegierige Arbeiter, sondern sie sorgten auch für Disziplin unter den Kollegen. Ohne sie wäre auch das Problem mit der großen Produktionsmaschine nicht gelöst worden.

»Ian ist ausgerastet«, sagte sie zu Tita, als sie zusammen am Strand lagen, »und du weißt, wie lange es dauert, bis er einmal wütend wird. Es ging um irgendeine Klappe, die ständig offen stand, wenn sie geschlossen sein sollte, und dass dann Schrott produziert wurde. Genauer kann ich dir das auch nicht erklären.«

»Dass dein Ian einen Wutanfall bekommt, kann ich mir nicht vorstellen!«

»Ein Furcht erregender Anblick«, lachte sie, »er kriegt ein knallrotes Gesicht, seine Haare stehen zu Berge, und unser Jan schwört, dass sich seine Augenbrauen sträuben. Ich glaub, ich bin die Einzige, die unbeeindruckt bleibt. Meistens beeilen sich seine Leute und führen schleunigst aus, was er anordnet, aber nicht in diesem Fall! Er hatte es den Arbeitern erklärt, immer und immer wieder. Vilikazi übersetzte seine Anweisungen und Erklärungen auf Zulu. Aber es nützte nichts, die Klappe stand offen, und die Maschine produzierte Schrott. Ein Schloss, das er zeitweilig davor hängte, verschwand auf mysteriöse Art und Weise. Also bekam er einen Wutanfall.«

Wind war aufgekommen und zerrte an dem Sonnenschirm, blies trockenen Sand über die von der Sonne hart gebackene Oberfläche des Strandes. Er prickelte auf der Haut und fand seinen Weg überallhin.

Mit dem Zipfel ihres weiten, weißen Baumwollhemdes wischte sie sich ein paar Körner aus den Augenwinkeln. »Daraufhin erklärte ihm Vilikazi, dass dieses Problem eins sei, das auf Stammesebene gelöst werden müsste, und außerdem wäre es unter Ians Würde, sich mit so dummen, einfachen Leuten abzugeben. Er bestellte einen Sangoma.«

Ian hatte ihn ihr beschrieben. »Er kam in voller Montur, mit Leopardenfell, Affenschwänzen, dicker Kette aus Löwenzähnen, Lendenschurz, Federkrone. Unter seinem Leopardenfell trug er allerdings einen Armeepullover, denn es war ein saukalter Junitag. Die Zeremonie dauerte über eine Stunde, und ich durfte nicht dabei sein. Als er dann weg war, hing ein Hühnerknochen vor der Klappe, und von dem Moment an blieb die Klappe geschlossen. Der Hühnerknochen hängt heute noch da.«

»Typisch Muntu«, murmelte Tita schläfrig, »was kann man von denen schon erwarten.«

Henrietta seufzte. Sie hatte aufgegeben, ihre Freundin zu erziehen. »Aber es funktioniert«, kommentierte sie und kniff die Augen gegen das blendende Licht. Das Wasser stieg schon wieder, schäumte um die Felsen, überspülte ihre Füße. Weit draußen in der Dünung des Indischen Ozeans dümpelte das nussschalengroße Boot des Haiforschungsinstituts von Natal. Ein paar Delfine sprangen in eleganten Bogen um das Boot herum, tänzelten auf ihren Schwänzen, fielen zurück und zogen pfeilschnell hinaus aufs Meer. Der Dampfer, der auf dem Horizont schwamm, drehte den Bug nach Osten und verschwand über den Rand der Welt. Träge von der Sonne, wandte sie langsam ihren Kopf und sah die farbigen Schnorchel von Julia und Sammy in Granny's Pool auf dem Wasser tanzen. Die Mädchen waren auf der Jagd nach einem zitronengelben Doktorfisch für Julias Aquarium.

Grannys Pool wurde durch zwei parallel schräg zu den Wellen verlaufende, langgestreckte Reihen von Klippen gebildet, die die Wucht der Brandung brachen, das Meer zähmten. Dazwischen war das Wasser ruhig und nicht tief, ein Sammelplatz für Fische. Jan, der mit sei-

nen Freunden nach Langusten fischte, tauchte zwischen den Felsen auf, schob seine Tauchermaske über die Stirn und hielt triumphierend ein zappelndes Krustentier hoch.
»Die heile Welt«, murmelte sie auf Deutsch.
»Heile Welt?«, wiederholte Tita schläfrig, »was ist das?«
Ein schmeichelnder Wind war aufgekommen, und der musselinfeine Salzschleier über der Gischt verwehte in der sanften Brise. »Eine Illusion«, antwortete Henrietta, »etwas, was es nicht wirklich gibt.«

❖

Nachdem Augusta wenige Wochen bei ihr gearbeitet hatte, waren zwei Bestecksets ihres Familiensilbers verschwunden. Sie wusste, dass Augusta ihre gesamte Familie mit Lebensmitteln aus ihrer Küche versorgte, ließ sie aber gewähren. Sie konnte es sich leisten. Doch Mamas silbernes Tafelbesteck – das war zu viel. Sie rief Augusta in die Küche und beschrieb genau, was fehlte.
»Bitte, such das ganze Haus ab. Leider habe ich keine Zeit mitzusuchen, ich muss noch kurz weg.« Das würde Augusta Gelegenheit geben, das Besteck unauffällig zurückzulegen. »Wenn das Besteck bei meiner Rückkehr nicht wieder da ist, muss ich wohl zur Polizei gehen.« Ganz bestimmt nicht, aber das wusste Augusta nicht. »Dieses Besteck haben mir meine Eltern geschenkt«, setzte sie wohl kalkuliert hinzu, denn die Familie bedeutet alles für die Zulus, Augusta würde sehr sorgfältig suchen.
Eine Stunde später kehrte sie zurück. Das Besteck war nicht wieder aufgetaucht. »Dieses Mädchen, diese Sarah, hat es genommen«, rief Augusta und schnalzte empört mit der Zunge, »sie schleicht ums Haus wie eine Katze, die stehlen will«, sie schaute zur Seite, »außerdem hat sie den bösen Blick.«
Aufgebracht packte Henrietta sie am Arm. »Sag das nie wieder! Das ist Unsinn, und das weißt du!«
Augusta fuhr zusammen. »Der Tokoloshe hat es wohl weggenommen«, stotterte sie, »sehr schlimmer Geist, dieser Tokoloshe.«

Sie verbarg ein Lächeln. Der Tokoloshe war ihr bis zum Überdruss bekannt. Ein mythisches Wesen, das nur einen Meter groß war, weswegen auch Sarahs Bett immer auf Ziegelsteintürmchen stand, ein Wesen, von dem man glaubte, dass es in Flüssen lebte. Ein diebischer, boshafter Geist, der in Südafrika für jede Missetat verantwortlich gemacht wurde. Es hieß, dass es Sangomas gab, die sich einen Tokoloshe schufen, um ihn für ihre dunklen Machenschaften zu nutzen.

Sarah hatte ihr, der weißen Frau, vor vielen Jahren offenbart, wie tief die Angst vor Dämonen in ihrem Volk verwurzelt ist. Es war eine seltene, intime Situation. Sarah lag mit hohem Fieber im Bett, Henrietta saß auf einem Stuhl neben ihr und legte ihr kühle Kompressen auf Stirn und Nacken. Durch die Ziegelsteintürmchen lag die junge Zulu in Augenhöhe. Ihre Gedanken schienen zu wandern, ruhelos tasteten ihre heißen Hände nach Henriettas, ununterbrochen brabbelte sie in Zulu, und einmal mehr bereute sie, des Zulu nicht annähernd so mächtig zu sein wie Sarah des Englischen.

»Tokoloshe«, verstand sie plötzlich, »er darf nicht hereinkommen. Wenn er klopft, darf man nicht antworten, kein Wort darf man mit ihm reden und nicht die Tür öffnen.« Sarahs Lippen waren aufgesprungen, sie sprach schwer, als gehorchte ihr die Zunge nicht. »Wer ihm antwortet, wird wahnsinnig, wer ihm öffnet, stirbt.« Angstvoll umklammerte sie die weiße Hand.

»Aber, Sarah, das ist doch …« Ein angsterfüllter Blick aus fiebergeröteten Augen traf sie, und sie brach ab. Sie kannte Sarahs Volk gut genug, um sofort aufzustehen und die Tür abzuschließen.

»Nicht antworten, bitte, nicht mit ihm reden«, flüsterte die junge Schwarze eindringlich und versank wieder in Fieberfantasien.

Victor Ntombela erzählte ihnen die Sage vom Tokoloshe. »Mancher Sangoma braucht einen Tokoloshe, um böse Taten für ihn zu vollbringen. Er schneidet einer Leiche die Zunge heraus, löffelt die Augen aus ihren Höhlen und rammt einen glühenden Stab in den Körper, so dass er auf unter einen Meter schrumpft. Dann bläst er ihm Zaubermedizin durch den Mund, und der Tokoloshe wird zu seinem willenlosen Werkzeug.«

»Und das glaubst du?«, lachte Henrietta, »doch nicht ernsthaft, oder?«

Er sah sie an, sein Gesicht erstarrte zu einer ausdruckslosen Maske, als sei es aus Ebenholz geschnitzt mit Löchern für seine Augen, in denen ein seltsames Feuer glühte. Mit diesem Blick hatte auch Sarah sie oft angesehen, bevor sie sich endlich verstanden. Dieser Blick öffnete einen Graben zwischen ihnen, dieser Blick schloss sie von diesem Teil seines Lebens aus. Sie hatte etwas zerstört. Sosehr sie sich auch bemühte, gelang es ihr nicht, diesen Graben wieder zuzuschütten.

Das Besteck blieb verschwunden. Auf die Drohung, die Polizei zu holen, beteuerte Augusta zwar vehement ihre Unschuld, aber Henrietta glaubte ihr kein Wort. Sie zahlte ihr den Lohn für den laufenden Monat und warf sie hinaus. Zu ihrem Erstaunen reagierte Augusta verunsichert, setzte an, etwas zu sagen, ließ es dann aber. Eine halbe Stunde später verließ sie, düstere Drohungen vor sich hin murmelnd, den Khaya, setzte sich ihr Bündel auf den Kopf und zog davon.

Abends lag ein längliches Paket auf dem Küchentisch. Alarmiert sah sie sich um. Wer hatte dieses Päckchen hier hingelegt? Wer war in ihrem Haus gewesen? Sie packte einen Zipfel des Packpapiers und zog vorsichtig daran. Das Besteck rollte heraus. Mit zwiespältigen Gefühlen starrte sie darauf, versuchte zu verstehen.

Ehe sie Ordnung in ihre Gedanken bringen konnte, tauchte Sarah aus der Dunkelheit auf, hinter ihr ein junges Mädchen, etwas füllig, aber sehr hübsch. »Das ist Augusta, meine Cousine. Sie wird dir den Haushalt machen«, verkündete sie, und Henrietta hörte in ihrem Ton deutlich die Warnung, dass es zwecklos war, sie über die andere Augusta und das Besteck auszufragen. Widerstand regte sich in ihr. Sie wurde das Gefühl nicht los, dass Sarah etwas mit dem Verschwinden der anderen Augusta, die eigentlich Margaret hieß, zu tun hatte.

Später einmal sah sie diese an der Bushaltestelle hocken. Einem Impuls gehorchend, sprach sie sie an. »Warum hast du dich Augusta genannt? Woher wusstest du von ihr?«

Margaret betrachtete ihre Füße, schob eine leere Bierdose hin und her und brummelte etwas Unverständliches.

»Ich kann dich nicht verstehen!«

Margaret hob flüchtig ihren Blick, versteckte sich aber gleich wieder hinter ihren niedergeschlagenen Lidern. »Hab sechs Kinder, ich brauchte den Job«, presste sie endlich zwischen den Zähnen hervor, »hatte davon gehört.«

So einfach war das? Keine Verbindung zu denen, die sie am meisten hier fürchtete? Nur eine arme Frau, die sechs Kinder zu ernähren hatte und keinen Job finden konnte?

Wut, dass sie auf Sarahs Ränke hereingefallen war, stieg in ihr hoch wie eine heiße Flamme. Sie fühlte sich als Spielball, manipuliert – und ja, auch hintergangen.

»Lass es gut sein«, warnte Ian, »du weißt nicht, was dahinter steckt. Die haben das unter sich ausgemacht, halt dich da raus. Du kannst eh nichts mehr ändern.«

Sie musste zwei Stunden den Strand auf und ab laufen, ehe sie sich beruhigt hatte.

❖

Die vier Cargills fügten sich wieder in das Leben in Umhlanga ein, als hätten sie Südafrika nie verlassen, als hätten die vier Jahre in Deutschland parallel auf einer anderen Ebene stattgefunden, als wären sie nur Traum gewesen.

Sie zeigten Julia und Jan das Land, in dem sie geboren waren, und es stellte sich heraus, dass sie Afrika in ihrem Blut trugen. Jeden Tag erkannten sie mehr wieder, traumwandlerisch sicher fanden sie sich zurecht. Ein wenig leichtsinnig allerdings durchstreiften sie dichtes Buschwerk und hohes Gras, mussten noch lernen, dass es gefährlicher war als die Wiesen um den Tegernsee.

»Denkt immer daran, was Titas Mutter passiert ist«, warnte sie die beiden. Die Geschichte gehörte zum Legendenschatz der Familie

Kappenhofer. Titas Mutter war eine Dame der Gesellschaft, die berühmt war für ihre zerbrechliche Schönheit, für ihre magnolienweiße Haut, ihre roten Haare, ihre grüne Augen und der die Männer zu Füßen lagen und die Frauen die Augen auskratzen wollten. Sie war auf einer Farm in Kenia aufgewachsen, konnte reiten und schießen, einem Kalb auf die Welt helfen und elegante Dinnerpartys geben. Sie war aus bestem, härtestem Pionierholz geschnitzt. Afrika bringt solche Frauen hervor.

»Sie stand im Garten unter einem Zitronenbaum«, hatte Tita erzählt, »und besprach mit unserem Koch Jock das Menü für das Weihnachtsdinner. Sie trug ein weißes Hemdblusenkleid, das ist wichtig für die Geschichte. Sie redete und redete und merkte nicht, dass dem armen Jock vor Angst fast die Augen aus den Höhlen traten. Er fixierte einen Punkt neben ihrem Kopf, klappte seinen Mund auf und zu und bekam außer einem Grunzen nichts heraus.«

»Geht es dir nicht gut?«, fragte Mrs. Kappenhofer, etwas ungehalten über die Unterbrechung, denn schließlich besprach man hier eine wichtige Angelegenheit. »Bitte reiß dich zusammen!«

Jocks schwarze Haut wurde aschgrau, er verdrehte die Augen und sackte plötzlich vor ihren Füßen zusammen.

Irritiert starrte Mrs. Kappenhofer auf den bewusstlosen Mann. »Jock steh auf, um Himmels willen, was soll der Unsinn, deine Uniform wird ganz schmutzig!« Sie wollte sich eben zu ihm hinunterbeugen, als sie etwas Kühles, Glattes in ihrem Nacken fühlte.

»Sie wusste sofort, was es war«, berichtete Tita mit Schaudern. »Eine Schlange.« Hier pausierte sie stets, damit ihre Zuhörer sich ordentlich schütteln konnten, um dann noch eins draufzusetzen. »Sie reagierte kalt wie eine Hundeschnauze, rührte sich keinen Millimeter. Die Schlange kroch aus dem Zitronenbaum herunter unter ihr schulterlanges Haar, da, wo es schön warm und dunkel ist, fand den Rückenausschnitt ihres Kleides und glitt hinein. Das wäre der Moment gewesen, wo ich einen Herzschlag bekommen hätte, aber nicht Mummy.«

Mrs. Kappenhofer öffnete ruhig ihren Gürtel, knöpfte sacht ihr

Kleid auf und schlüpfte mit einer schnellen Bewegung heraus. In Büstenhalter und Slip marschierte sie zu dem Gewehrschrank ihres Mannes, holte eine Schrotflinte heraus und schoss die Schlange in Stücke. Dann rief sie ihren Hausboy. »Verbrenn das Biest, sonst kommt sein Gefährte und sucht es.« Danach begab sie sich ruhig ins Haus, vorbei an den glotzenden Hausangestellten, als trüge sie noch ihr Kleid und nicht nur einen weißen Spitzenbüstenhalter und ein etwas durchsichtiges Seidenunterhöschen.
Julia trug für Wochen nur Sachen, die man schnell vorne aufknöpfen konnte. Auch sonst hatte die Geschichte ihre Wirkung nicht verfehlt. Die Zwillinge achteten auf jeden Schritt, den sie außerhalb der befestigten Wege machten. Befriedigt beobachtete sie, dass sie tiefes Gras mieden, instinktiv einen großen Bogen um die Kronen der Bäume machten, im unbestellten Teil des Grundstücks nie über einen großen Stein oder einen Baumstamm stiegen, sondern erst auf ihn hinauf, um den Boden dahinter mit den Augen abzusuchen, ehe sie ihren Fuß darauf setzten.
Die afrikanische Sonne bräunte ihre Haut zu einem tiefen Bronze, verlieh ihrem Haar einen Goldton, ließ das Blau ihrer Augen intensiver leuchten. Nach ein paar unbeschwerten Wochen meldeten Ian und sie die Zwillinge in der Mount-Edgecombe-Schule an. Zur Anmeldung trugen Julia und Jan Jeans und farbige Sommerpullis, sie waren so angezogen, wie sie auch in Deutschland in die Schule gingen.
Es war gerade Pause, und die Schüler in ihren kakifarbenen Uniformen, gleichfarbigen Strümpfen und schwarzen Schuhen tobten zwischen den niedrigen Bungalows herum. Die Zwillinge flatterten wie Paradiesvögel vor dieser einfarbigen Kulisse herum.
»Die sind ja alle weiß hier«, stellte Julia fest, »wo sind denn die anderen? Ich seh Rosie gar nicht.« Dorothys Tochter Rosie hatte Dulcie ab und zu besucht, und Julia hatte sich mit dem schüchternen Mädchen angefreundet. »Ich dachte, Rosie ist auch hier, sie geht doch auch in Mount Edgecombe in die Schule.«
Sie und Ian schauten sich betreten an. Diese Schule war eine kleine Schule für Weiße, die ursprünglich von den Zuckerbaronen für die

Kinder ihrer weißen Angestellten gebaut worden war. Die Kinder der Farbigen, hauptsächlich Inder, gingen auf ihre eigene Schule, die Kinder der Schwarzen mussten wiederum in eine Schule in ihrer Wohngegend gehen. »Rosie geht in eine andere Schule ...«
»Dann will ich auch in diese Schule gehen, Rosie ist nämlich meine Freundin.« Sie streckte einem Jungen, der sie unverhohlen anstarrte, die Zunge heraus.
»Liebes, Rosie geht in eine Schule für Zulus, da kannst du nicht hingehen.«
»Das versteh ich nicht, warum denn nicht?«
Weil sie schwarz sind und das Gesetz es so will, antwortete sie ihrer Tochter schweigend. So hatte ihr vor vielen Jahren ihre Freundin Glitzy den Unterschied zwischen Schwarz und Weiß erklärt.
»Das versteh ich nicht!«, hatte sie gesagt, wie jetzt ihre kleine Julia. Dirk Daniels, Glitzys Vater, gab ihr die Antwort in einem Satz, der ihr als schwarze Wolke am Himmel ihres Paradieses zu stehen schien. »Du wirst es verstehen, wenn du erst lange genug hier lebst«, hatte er gesagt. Wie eine Keule sauste dieser Satz auf sie hinunter, wenn sie wieder etwas in dieser sehr seltsamen Gesellschaft Südafrikas entdeckt hatte, was sie nicht verstand. Sie hatte sich geschworen, nie so zu werden wie die anderen, die sie kannte.
Ein Ring von schubsenden, kreischenden Kindern hatte sich um die Cargills gebildet. Kichernd deuteten sie auf Jans Beatlefrisur – kragenlang und die Ohren bedeckend – und kommentierten die Kleidung der Zwillinge. »Wir sind doch keine Zootiere«, fauchte Julia.
Zwei Tage später bestiegen sie in ihren brandneuen Kakiuniformen den Schulbus, unterschieden sich durch nichts mehr von den anderen Schülern. Keiner machte sich mehr lustig, sie gehörten nun dazu.

»Weißt du eine Antwort?« Sie liefen wie an jedem Abend den Strand entlang. Es war Ebbe, und sie kauerte sich auf dem flachen Felsen in der Mitte des größten Felsenteichs, der nicht mehr als einen halben

Meter tief und von gläserner Durchsichtigkeit war. Eine fingerdünne Muräne, auffällig schwarzweiß geringelt, schlängelte sich flink über den Meeresboden und verschwand unter einem großen Stein.

»Natürlich nicht, es gibt keine«, knurrte Ian, »wir können nur versuchen, es ihnen zu erklären.«

»Warum wir wieder hier sind.« Sie senkte ihre Stimme, es war keine Frage.

»Ja.«

»Und wie?« Die Muräne schob neugierig ihren Kopf hervor, als ein durchsichtiges Fischchen unmittelbar vor ihr den Felsbewuchs abgraste.

»Und wie?« Die Muräne schoss vor, packte das zappelnde Fischchen und zog es unter seinen Stein.

»Ach, verdammt, sag ihnen einfach die Wahrheit, erzähle ihnen unsere Geschichte, deine Geschichte, sie sind alt genug.«

Also erzählte sie ihren Kindern von der Insel, auf der sie geboren wurde, von ihrer Sehnsucht nach Afrika, ihrem Glück, als sie zu ihrem Onkel auf die Farm in Natal geschickt wurde, wollte ihnen erklären, welche Kraft sie aus diesem Land zog, doch nach kurzer Zeit rutschten die beiden unruhig auf ihren Stühlen herum. »Gab es Schlangen auf der Farm und Affen?«, wollte Jan wissen, als habe er gar nicht zugehört.

»Sie sind erst acht Jahre, ich werd's ihnen erklären, wenn sie alt genug sind«, entschied sie, insgeheim erleichtert.

Die Zwillinge fanden rasch Freunde, trafen sich mit ihnen zum Fischen und Tauchen, durchstreiften zusammen den Hawaan-Busch am Umhlanga-Fluss, wurden zu Familienfesten eingeladen. Bald gehörten sie wieder dazu, als wären sie nie weggewesen, und Julia fragte nicht wieder.

Juni 1976 – Natal

Der 16. Juni 1976 war der Anfang vom Ende des weißen Südafrikas. Fünfzehntausend Schulkinder kämpften in Soweto vor den Toren Johannesburgs, siebenhundert Kilometer weit von Umhlanga Rocks entfernt, dagegen, dass sie ihren Unterricht in Afrikaans erdulden mussten. Sie kämpften mit Steinen und Stöcken gegen Maschinengewehre und Tränengas. Wie ein Grasbrand breiteten sich die Unruhen aus, aber die Weißen sahen die Flammen nicht, rochen kaum den Rauch. Abgeschirmt durch die Apartheid und die rigorose Zensur, die, unterstützt durch die weltabgeschiedene Lage Südafrikas – nur mit sehr starken Kurzwellenempfängern war es möglich, Sender aus Übersee abzuhören –, auch keinerlei Information aus dem Rest der Welt zuließ, erkannten sie nicht, dass sie in einem Kriegsgebiet lebten.
Auch sie ließ den Gedanken nicht zu, dass es auch um ihre Haut ging, ihre weiße Haut, denn um diese ging es mittlerweile in ganz Afrika. Die waren schwarz, und sie waren weiß. Seit den Soweto-Aufständen war das Problem auf diese simple Feststellung reduziert. Punkt. Aber auch das erkannten sie damals nicht.
Ihre Nachbarn waren enthusiastische Anhänger der Apartheid. Umhlanga Rocks, der kleine Seebadeort am Indischen Ozean, auf den sie von ihrem Haus hinunterschauten, war eine teure Gegend, und wer dort wohnte, hatte viel zu verlieren.
Deswegen kamen ihre schwarzen und indischen Freunde erst nach Einbruch der Dunkelheit, aber sie kamen immerhin. An diesen Abenden füllte ihre laute, quirlige Lebensfreude das Haus. Mit tiefen, rauen Stimmen woben sie aus ihrem Leben einen vielfarbigen Zauberteppich, flogen fort mit ihren weißen Freunden in eine ge-

heimnisvolle Welt des Übernatürlichen, bevölkert von Göttern, guten und bösen Dämonen und Schatten ihrer Ahnen, die ihr Leben überwachten, Schlangen mit Zauberkräften und grausamen Bräuchen. Verabschiedeten sie sich am Ende eines solchen Abends, waren sie wieder Rechtsanwälte, Künstler oder Ärzte. Henrietta und Ian blieben zurück und fanden keine Verbindung zwischen diesen Welten.

Sie waren ihnen sehr kostbar, diese Treffen, die immer bis zum frühen Morgen dauerten, doch sie halfen, groteskerweise, ihren Blick zu trüben. All das Hässliche und Böse, die Schmerzen und das Blut wurden hinter den Stacheldrahtzaun der Apartheidgesetze zurückgedrängt. Es blieb nur Afrika.

Im Rest von Schwarzafrika brodelte es, und die Situation im benachbarten Rhodesien glich, nachdem Sambia, Tansania und Mosambik die Guerillakämpfe gegen die weiße Minderheit unterstützten, der eines Dampfkochtopfes kurz vorm Explodieren. Lange Artikel über die Brutalität der schwarzen Terroristen füllten die südafrikanischen Zeitungen. Die Südafrikaner begannen sich hinter die Wagenburg in ihren Köpfen zurückzuziehen.

Doch Rhodesien, das war weit, weit weg, jenseits des Limpopo, tief in Afrika. Erst als Janet Hamilton mit ihrer Familie 1975 aus Rhodesien geflohen und in ihre Nachbarschaft gezogen war, hörte sie Näheres.

»Wir mussten die Kinder täglich in einem Konvoi von drei gepanzerten Fahrzeugen in die Schule bringen«, berichtete Janet ihr beim Tee, »ein Fahrzeug vorne, eins hinten mit schwer bewaffneten Soldaten, in der Mitte die Schulkinder.«

»Wie habt ihr nur so leben können?«, fragte sie entsetzt. »Warum seid ihr nicht viel früher von dort weg?«

»Es fing ganz harmlos an«, erklärte Janet. »Erst begleitete ein Vater seine Kinder in die Schule, dann waren es zwei Väter, und wie viele Rhodesier trugen sie eine Waffe, ganz normal für die Gegend. Nach einiger Zeit fand man es praktischer, alle Kinder gemeinsam in einem Kleinbus in die Schule zu bringen. Zwei Männern fuhren als Bewa-

chung mit. Nach den ersten Überfällen wurde der Bus von einem Fahrzeug mit bewaffneten Männern begleitet. Dann fand man es sicherer, die Kinder in ein gepanzertes Fahrzeug zu stecken, und so eskalierte das Ganze, bis es für uns normal war, unsere Kinder morgens in diesen gepanzerten Wagen zu setzen, dem minensichere Panzerfahrzeuge mit Schwerbewaffneten vorausfuhren und folgten. Man gewöhnt sich an jede Situation.« Janet nahm einen Schluck heißen Tee, warf ihr einen prüfenden Blick zu. »Du weißt, dass südafrikanische Truppen auf der Seite unserer Jungs kämpfen?«
Als wäre sie von einer Wespe gestochen worden, zuckte sie zurück. Südafrikanische Truppen? Südafrikaner kämpften in Rhodesien? Nein, nein, nein! Energisch stemmte sie sich gegen ihre überschlagenden Gedanken, unterdrückte die Erinnerung an Edward Stratton, einen der ranghöchsten Offiziere im Söldnerheer, der sich im Kampf gegen Mugabes Rebellenarmee hervorgetan hatte und jetzt im gleichen Rang für die südafrikanischen Armee an der angolanischen Grenze stand.
Sie wich Janets Blick aus. »Nein!«, sagte sie laut, »unmöglich, du musst dich irren!« Sicher war Janet einem der vielen Gerüchte aufgesessen, die wie Giftwolken über Südafrika zogen. Sie registrierte, dass Janet vergeblich versuchte, die Teetasse ohne zu zittern zu halten, hörte ihre Worte, aber weigerte sich, deren Bedeutung auf ihr Leben zu übertragen. »Wir sind sicher«, sagte sie, »unser Sohn ist Deutscher, sie können ihn nicht einziehen. Jan und Julia sind zwar von Geburt Südafrikaner, aber wir haben schon 1964 ihre südafrikanische Staatsangehörigkeit widerrufen. Uns kann nichts passieren.«
Sie sagte es laut und entschieden, um die Warnungen ihrer untrüglichen inneren Stimme zu übertönen. Als sie die Staatsangehörigkeit der Zwillinge widerrufen hatten, war die Notiz im selben Jahr im Staatsanzeiger veröffentlicht worden. Das brachte sie damals endgültig auf die schwarze Liste von BOSS.
Seit Anfang dieses Jahres nun wurden sie immer häufiger daran erinnert, vor allem von Banken und Behörden.
»Weiß der Teufel, woher die das wissen«, wütete Ian, als er sich wie-

der einmal mit einem überheblichen, übel gelaunten Beamten hatte herumschlagen müssen. »Sitzt der Kerl da und meint mit diesem Ohrfeigengesichtsausdruck, werden Sie und Ihre Kinder endlich Südafrikaner, Mr. Cargill, dann haben Sie keine Probleme mehr! Woher wusste er, dass unsere Kinder einen deutschen Pass haben, Liebling? Trotz des Briefes von Dr. Kruger, der uns doch einwandfrei unsere Rückkehr ermöglichte, trotz der Versicherung, dass alles in Ordnung ist, muss am Widerruf offensichtlich doch irgendwo festgehalten worden sein!«
Während eines gemeinsamen Strandspaziergangs klärte Neil sie auf. »Jemand, der es auf euch abgesehen hat und sich in einer Position befindet, euch Schwierigkeiten zu machen, muss darüber gestolpert sein. Ihr habt unsere gefräßige Armee um einen strammen Soldaten betrogen«, sagte er zynisch, »habt ihr erwartet, dass sie euch dafür die Füße küssen? Die brauchen jeden Mann an der Grenze, und in ein paar Jahren wäre Jan soweit.«
Ian brütete über den Worten seines Freundes. »Mrs. Snell. Auf sie trifft alles zu, was du sagst.« Er warf einen Stein ins Wasser.
»Ruth Snell?« Neil nickte. »Klingt plausibel.«

Kurz darauf erhielten sie noch andere Warnungen. Es war ein paar Monate später, im April 1977, an einem dieser herrlichen Spätsommertage in Natal, klar, mit leuchtenden Farben, die Sonne stieg aus der kühlen Morgendämmerung in einen Himmel wie aus Aquamarin. Sie fuhr durch Zuckerrohrfelder und eukalyptusgesäumte Wege zur Schule. Jan hatte sein Schulbrot vergessen und spätestens jetzt, um zehn Uhr, war er sicherlich am Verhungern. Die erste große Pause musste gerade angefangen haben, sie würde es ihm rasch zustecken können. Geschrei von hohen, jungen Stimmen bestätigten ihre Annahme. Auf dem Platz zwischen einer Gruppe niedriger Holzbungalows tobten dreißig oder vierzig Schüler in kakifarbenen Schuluniformen herum.
Ein kleiner, stämmiger Junge aber stand reglos, wie angewachsen inmitten der spielenden Kinder da. Sein Gesicht war unter der Son-

nenbräune von einem leblosen Grau, er röchelte und schnappte nach Luft. Es dauerte Momente, bevor sie ihn erkannte. Jonny, der Sohn von Janet Hamilton.

Nach diesen vielen Jahren in dem schlangenreichen Natal war ihr erster Gedanke, dass der Grund für seine offensichtliche Angst eine Schlange sein müsse. Sie drängte sich durch die lachenden, schubsenden Kinder und folgte seinem Blick, der auf einen Fleck etwa zwei Meter vor ihm gerichtet war. Das Gras war nur zwei Zentimeter hoch, nicht einmal ein Floh konnte sich dort verstecken. Was aber ängstigte den Jungen derart?

Jonny sog gurgelnd Luft in seine Lunge, und dann explodierte ein Schrei aus seiner Kehle, dünn und hoch und so scharf, dass er das Stimmengewirr der Kinder durchschnitt. Schlagartig herrschte Stille. Sie sprang zu ihm und riss ihn in ihre Arme, versuchte den strampelnden, kleinen Körper ruhig zu halten. Seine innere Versteinerung löste sich in hemmungslosem Schluchzen. Nur ein Wort keuchte er, monoton wie eine hängen gebliebene Schallplatte: »Bombe, Bombe, Bombe!« Sein zitternder Finger zeigte auf einen Schulranzen, der zwei Meter vor ihm auf dem Boden stand.

Ein ganz normaler Ranzen, braunes Leder, glänzend und verfleckt durch jahrelanges Tragen, Laschen geschlossen, einen Aufkleber vom Natal-Löwen-Park in der oberen linken Ecke. Nichts weiter als ein ganz normaler Schulranzen.

»Jonny, was ist? Da steht nur ein Schulranzen.« Sie machte zwei Schritte vorwärts und bückte sich, um ihn aufzuheben. Jonny schrie gellend, stürzte sich auf sie, trat sie mit Füßen. Er schien wahnsinnig vor Angst zu sein. Die anderen Kinder hatten sich in kleinen Gruppen zurückgezogen, unruhig untereinander flüsternd.

Das schmale, blonde Mädchen, das sich durch den Pulk der Schüler drängte, war ungefähr zwölf Jahren alt und sah Jonny ausgesprochen ähnlich. »Ich bin Jonnys ältere Schwester«, sagte sie und nahm ihn in die Arme. »Ist ja gut, Jonny.« Ihre Stimme war leise und beruhigend. »Es ist in Ordnung, es nur ein Schulranzen.« Über seinen blonden Kopf sah sie Henrietta an. »Wir haben in Rhodesien gelernt, jeden

herumstehenden Ranzen als Bombe zu betrachten«, sagte sie zu ihr. »Sein Freund hat einen aufgehoben und ist in Stücke gerissen worden.« Sie sagte dies ohne Gemütsregung, ganz sachlich, als würde sie etwas Übliches, ein tägliches Vorkommnis erklären.
Sie fröstelte. Kein Mensch sollte derartiges Wissen haben, und ein Kind von zwölf sollte von den Wundern des Lebens träumen, es sollte nicht wissen, dass es Menschen gibt, die eine Bombe in einem Schulranzen verstecken und den Zeitzünder so setzen, dass die Bombe mitten in einem Haufen lachender, spielender Kinder detoniert. Ihr Atem kratzte in der Kehle, als sei ihr Hals plötzlich zu eng geworden, aber sie wehrte sich gegen die Bilder, die sich ihr aufdrängten. Nein, dachte sie, das hat nichts mit meinem Afrika zu tun, und die Sache mit Jonnys Freund war in Rhodesien passiert, weit weg. Nicht hier.
Energisch wandte sie sich Jonny und seiner Schwester zu, beruhigte sie und brachte sie nach Hause. Es ging dem Jungen bald besser, und der Vorfall wurde allmählich unter den vielen kleinen Alltagsereignissen des täglichen Lebens vergraben und geriet in Vergessenheit.
Henrietta verstand auch diese Warnung nicht.
Die Sonne schien in ihrem blühenden Paradies, Afrika breitete seinen Zauber wie ein goldschimmerndes Netz über sie aus und hielt sie gefangen. Es wurde die schönste Zeit ihres Lebens.

In der Palmgrove Boy's High School, die Jan seit eineinhalb Jahren besuchte – Julia ging in eine Mädchenschule –, fanden im Winter 1978 immer häufiger vor Unterrichtsbeginn Gedenkfeiern statt für einen Ehemaligen der Schule, der an der Grenze gefallen war. Offiziell starben alle bei einem Unfall mit einer Schusswaffe, diese naiven, Kampflieder brüllenden jungen Männer, diese großen Kinder, die begeistert an die Grenze eilten, um ihr Land gegen die schwarzen Horden zu verteidigen. Das Wort Krieg war tabu, keiner wagte es in den Mund zu nehmen, keine Zeitung durfte es schreiben.

»Montags macht Zitronengesicht jetzt Gott sei Dank eine kollektive Gedenkfeier«, quetschte Jan an einem Samstagmorgen beim Frühstück auf der Terrasse zwischen zwei Bissen heraus, »sozusagen Sammelfeiern, alle Toten einer Woche in einem Abwasch, wurde auch ein bisschen nervig«, stöhnte er, »jeden Morgen diese Trauerreden ...« Er kippte seinen Kakao hinunter und zog sich einen alten Pullover über. »Ich geh angeln.« Es war ein sehr milder Wintertag, kaum Wind, und das Meer war friedlich.

»Lass mich Derartiges nicht noch einmal hören!«, brüllte Ian hinter ihm her, »außerdem sollst du Mr. Sticklewood nicht Zitronengesicht nennen, er ist schließlich euer Rektor!«

»Wir sind sicher«, murmelte sie im Schutz der aufgeschlagenen Zeitung, und es klang wie eine Beschwörung, »wir sind sicher! Jan ist Deutscher, kein Südafrikaner mehr, er hat einen deutschen Pass.« Sie ließ die Zeitung auf den Boden gleiten, streckte sich, blickte prüfend in den Himmel. Keine Wolke weit und breit. »Das Wetter wird halten. Lass uns morgen ins Umfolozi-Wildreservat fahren.« Mit einem Satz sprang sie in das Schwimmbecken, kraulte rasch zwei, drei Längen und tauchte lachend wieder auf. »Komm rein«, lockte sie ihn, »es ist herrlich erfrischend.«

Bougainvilleablüten trieben auf der Wasseroberfläche, kleine rosa Galeeren, die sich in der sanften Brise drehten. Im Hintergrund schnurrte der Rasenmäher, der würzige Duft frisch geschnittenen Grases mischte sich mit der klaren, vom kürzlichen Regen gereinigten Luft. »Sag Jimmy, dass er den Swimmingpool noch säubern muss«, rief sie Jan nach.

Augusta erschien mit einem Tablett. »Madam fertig?«

»Ja.« Sie stieg tropfend aus dem Pool, strich sich das Wasser aus den Haaren. »Bitte putze heute alle Silbersachen.«

»Yebo, Ma'm.«

Ian ließ die Zeitung sinken, wartete, bis Augusta außer Hörweite war. »Machst du dir gelegentlich eigentlich klar, welches Leben wir leben?«, fragte er nachdenklich. »Jimmy mäht den Rasen, zupft Unkraut, reinigt den Pool, Augusta räumt uns allen ständig hinterher,

wienert jede Oberfläche im Haus auf Hochglanz. Wir spielen Tennis, fahren mit unserem klimatisierten Auto in die Wildreservate oder liegen ...«, er machte eine die Terrasse umfassende Handbewegung, »... unter Palmen und Bougainvilleas am Swimmingpool.« Er hob die Hand, als sie eine Antwort geben wollte. »Wir nehmen doch gar nicht mehr wahr, wie weiß unsere südafrikanische Welt geworden ist. Wenn man in Umhlanga an einem Samstagmorgen alle Hautfarben zusammenmischt, würde nicht einmal die Farbe eines Milchkaffees herausgekommen, allenfalls ein sehr helles Sahnekaramell. Unsere weißen Freunde leben vor Europas kulturellem Hintergrund, unsere Häuser sind mit amerikanischem Komfort ausgestattet, wir fahren Luxusautos.« Er blickte hinüber zu Jimmy, dem Gärtner, einem Mann von etwa fünfundvierzig Jahren, der in seinen kurzen königsblauen Hosen, über die ein lose fallendes gleichfarbiges Hemd hing, auf einer Leiter stand und den orangefarbenen Hibiskus beschnitt. Er trug keine Schuhe.
Sie folgte seinem Blick flüchtig. Unmutig, von ihm in die Verteidigung gedrängt worden zu sein, antwortete sie schärfer als beabsichtigt. »Wir bezahlen ihre Arztrechnungen und für ihre Kinder das Schulgeld und die Schuluniformen. Ich habe ein Konto für sie eingerichtet, das Geld ist festgelegt, bis sie mit der Schule fertig sind. Und wie häufig habe ich Augusta vor ihrem versoffenen Mann bewahrt, wenn der sie mal wieder verprügeln wollte!«
»Ja, ich weiß, ich weiß! Wir zanken uns für sie mit sturen Behördenangestellten herum, machen uns mehr als unbeliebt dort, und sie haben zwei volle Tage frei. Sogar Zulu sprechen wir mittlerweile einigermaßen. Außerdem zahlen wir gut.« Sein Ton war herausfordernd.
»Sehr gut sogar«, sie fiel ihm erregt ins Wort, »so gut, dass die beiden nicht darüber reden dürfen, weil es sonst unter unseren Nachbarn eine Menge böses Blut geben würde.«
Sie sahen sich an. Sie zuckte hilflos mit den Schultern. »Was sollen wir machen? Dem ANC beitreten?« Sie stand am Tisch, schob ein paar übrig gebliebene Krümel herum. »Uns wieder mit BOSS anle-

gen, wie damals in den sechziger Jahren? Angst haben, dass man uns auf Schritt und Tritt beobachtet, das Telefon abhört?« Die Krümel türmten sich zu einem kleinen Berg. Sie starrte ihren Mann an, voller Trauer, Wut und Schmerz. »Zu wissen, dass unsere Briefe geöffnet werden? Kein Wort sagen können, ohne zu fürchten, dass sie mithören? Das ertrage ich nicht noch einmal.« Sie schwieg, kämpfte die Bilder nieder, die plötzlich vor ihren Augen standen. »Wir sind verwundbarer geworden, die Kinder sind älter, sie gehen in die Schule. Wir können sie nicht jede Minute beschützen. Genügt es nicht, was wir tun?«

Er sprang auf, hechtete in den Swimmingpool, dass die treibenden Bougainvilleablüten tief unter die Oberfläche gewirbelt wurden, kraulte mit langen Zügen mehrmals hin und her, wühlte das Wasser auf, dass es meterweit spritzte. Sie sah ihm zu, ahnte nur zu gut, was in ihm vorging. Und hoffte inständig, dass er nicht auftauchen und sagen würde, ich pack das hier nicht mehr, lass uns gehen, lass uns Afrika verlassen.

Sie hielt den Atem an.

Wie ein springender Delfin schoss er aus dem Schwimmbecken, stand plötzlich vor ihr, seine violettblauen Augen waren fast schwarz. Er nahm sie in die Arme. »Das mit dem Konto für die Kinder wusste ich nicht, das ist gut«, murmelte er, »Vilikazis Waisenkinder sind zu viele geworden, er liest ständig neue von der Straße auf. Typisch Vilikazi. Vermutlich schleppt er auch jeden herrenlosen Hund an. Sarah schafft es nicht mehr allein, für sie zu sorgen. Ihre Hand schmerzt zu sehr. Eine großzügige Spende würde sicher sehr willkommen sein.«

Sie schmiegte sich an ihn. »Möbel wird er auch brauchen. Und Schulbücher.« Sie bog ihren Kopf zurück, betrachtete seinen Mund, lachte leise, tief in der Kehle. »Du lenkst mich ab. Wie kann es sein, dass ich dir nach dieser Ewigkeit immer noch nicht widerstehen kann?«

Es war sehr still. Mittagspause. Ein paar Vögel zwitscherten schläfrig im Zitronenbaum. Ein Hauch von Karamell von den abgebrannten

Zuckerrohrfeldern strich über die Hügel herunter, würzte die klare Vorfrühlingsluft.

»Schottischer Zauber«, murmelte er. Sein Mund war warm und vertraut, und seine Berührung brachte ihren Körper zum Singen, machte sie unersättlich.

Sie waren glücklich. Bis Tita an diesem schrecklichen Freitag, dem 6. Oktober 1978, den Schleier von ihren Augen riss und die hässliche südafrikanische Wirklichkeit vor ihnen entblößte.

Die Kinder waren in der Schule. Sie packte ihre Einkäufe in die Küchenschränke, bat Augusta, ihr einen Kaffee zu machen, und legte sich auf der Terrasse in ihren Lieblingsliegestuhl. Sie schlug die Zeitung auf, als das Telefon klingelte. Sie hob ab. »Hallo, Tita!«

»Lass uns in der Oyster Box Kaffee trinken«, sagte ihre Freundin, und Henrietta wusste sofort, dass sie ihr etwas mitteilen wollte, was nicht für andere Ohren bestimmt war, denn sie hasste Kaffee, trank ausschließlich Tee.

Die Härchen auf ihrer sonnenwarmen Haut stellten sich zu einem feinen, stacheligen Pelz auf, und das hatte nichts mit der plötzlichen Böe zu tun, die durch die Palmenwedel über ihrem Kopf raschelte. In Südafrika wird man so. Nie konnte sie vergessen, wie das gewesen war in den Monaten, die diesen schrecklichen Tagen im März 1968 vorausgegangen waren, als BOSS ihr Telefon abhörte, jeden ihrer Schritte beobachtete, ihre Bankkonten überwachte, ihre Briefe öffnete. Solche Dinge vergisst man nicht, sie werden zu einem Teil des Charakters. Man spricht leiser in der Öffentlichkeit, sagt nur harmlose Sachen am Telefon und registriert, wenn ein fremdes Gesicht zu häufig auftaucht. Sie lernte, aus einer Menschenmenge einen Agenten an seiner reptilienhaften Reglosigkeit und den ruhelosen Augen herauszufinden. Eine solche Fähigkeit lässt sich nicht mehr auslöschen.

»Neil hat gehört, dass ein Gesetz vorbereitet wird«, sagte Tita, als sie auf der Terrasse des Oyster-Box-Hotels Platz genommen hatten, und nippte an ihrem Tee, »das der Regierung ermöglicht, alle Männer, die in Südafrika geboren wurden, in die Armee einzuberufen, egal welche Staatsangehörigkeit sie besitzen. Angeblich plädieren einige Parlamentarier dafür, alle Männer bis zum fünfzigsten Lebensjahr, die länger als zwei Jahre hier leben, einzuziehen. Jan und Ian hätten sie damit am Wickel. Die Abstimmung soll angeblich in drei Monaten sein. Es sind bereits Schauergeschichten im Umlauf, was passieren wird, wenn einer das Land verlässt, um der Einberufung zu entkommen und irgendwann später wieder zurückzukehren.« Sie sah sie fest an. »Du weißt, was die sich hier ausdenken können.«

In einem tropischen Garten breitete sich das flache Oyster-Box-Hotel rechts und links von seinem Glockenturm aus wie die Flügel eines Schmetterlings. Es lag direkt über dem Meer auf der Anhöhe über dem schlanken, rotweißen Leuchtturm von Umhlanga Rocks. Kaskaden blauer Trichterblumen fielen den sandigen hohen Steilhang hinunter auf den Strand. Eine meterhohe Barriere von mächtigen, rund geschliffenen, wie von einem Riesen dorthin geworfenen Felsen lag schützend vor der Küste. Es war Ebbe, und das Meer hatte sich weit zurückgezogen, die Brandung im ablandigen Wind war fast nur ein Flüstern. Die Sonne stand im Zenit, die Welt um sie gleißte und glitzerte.

Die schmerzhafte Helligkeit stach ihr in den Augen, und sie legte ihre Hand schützend darüber, um allein mit sich zu sein, Zeit zu haben, über das nachzudenken, was sie eben gehört hatte. Ian war zweiundvierzig Jahre alt, Julia und Jan vierzehn, aber in drei Monaten, am 18. Januar 1979, würden sie fünfzehn werden, und sollte dieses Gesetz durchkommen, würde Jan somit der Wehrüberwachung unterliegen. Er und Ian könnten dann das Land nur noch mit einer Ausreisegenehmigung verlassen.

»Jan nimmt nicht wie alle anderen am Kadettentraining teil.« Titas nachdenkliche Bemerkung war eine Feststellung.

Sie nahm die Hand von den Augen. »Ja, wir konnten es glücklicherweise verhindern. Den Gedanken, dass unser Sohn militärisch gedrillt und ihm Schießen beigebracht wird … den Gedanken konnten wir nicht ertragen! Er besucht mit einem anderen Jungen, der aus religiösen Gründen das Kadettentraining verweigert hat, einen Erste-Hilfe-Kurs.«

Tita spielte mit ihrem Teelöffel. »Ich hab gehört, dass es ihm das Leben nicht leicht macht.«

»Allerdings.« Sie biss sich auf die Lippen. Seine Schulkameraden hatten ihn mit Spott und Hohn überschüttet, und die Eltern begegneten ihr und Ian mit unverhohlener Aggression. Als Jan einmal während einer glühenden Hitzeperiode im Schulbus einen leichten Hitzschlag erlitten hatte – die Jungen mussten selbst im Hochsommer ihre Schuluniform, Wollblazer, Schlips und Kragen, Wollflanellhosen und Kniestrümpfe, tragen, durften nicht einmal im Schulbus, in dem Temperaturen von über sechzig Grad Celsius herrschten, die Blazer öffnen, geschweige denn ausziehen –, hatte sie auf einer Elternversammlung Uniformerleichterung beantragt und von Mrs. Grunter, einer Mutter, eine deutliche Antwort bekommen. »Unsere Jungs«, hatte sie mit stählerner Stimme gesagt, »müssen bald an die Grenze und unser Land verteidigen, da wird es Zeit, dass sie hart werden.« Sie hatte stehenden Applaus erhalten, und ihr war es plötzlich vorgekommen, als ob die strahlende afrikanische Sonne draußen ein kaltes, stechendes Licht verbreitete.

»Letzte Woche kam er mit blutig geschlagener Nase nach Hause«, sagte sie. »Einer seiner Klassenkameraden, Buddy, hat ihn Feigling genannt.« Sie verzog ihre Lippen zu einem schiefen Lächeln. »Als er da vor mir stand, mein kleiner Jan, Gesicht und Haare blutverschmiert, Hosen zerrissen, Hände und Füße viel zu groß – er wird wohl einmal Ians einsneunzig erreichen –, Schultern noch so schmal und kindlich – hat es mir das Herz umgedreht.« Sie verstummte. Edward Stratton hatte ihr den Standpunkt des Militärs einst glasklar gemacht. »Wer von diesem Land lebt, kann sich nicht drücken, der muss kämpfen, auch dein Sohn. Und dein Mann«, hatte er hinzugesetzt, »jeder, der unter fünfzig ist und einigermaßen fit, sollte sein Land verteidigen. Deserteure sind Landesverräter.« Die Drohung seiner Worte war ganz unverhüllt gewesen.

Die Mittagsglocke im Turm der Oyster Box schlug, harte Schläge, endgültig wie die Hammerschläge, die den letzten Nagel in einen Sarg trieben.

O ja, sie konnte sich gut vorstellen, was die sich hier ausdenken würden, um ihre Armee mit jungen Männern zu füttern, denn die Unfälle an der Grenze häuften sich. Auch Edward Stratton hatte es erwischt. Vor ein paar Wochen war er an der Grenze erschossen worden.

»Nun hat er, was er wollte«, bemerkte Beryl stoisch und ließ Edward verbrennen und seine Asche über dem afrikanischen Busch ausstreuen. »So bleibt er für immer in seinem geliebten Afrika, und ich hab keine Mühe mit dem Grab.«

Dann gab Beryl eine Verkaufsanzeige für ihr Haus auf, ihre war eine von Hunderten, denn der Exodus hatte begonnen, ein Aderlass, der Südafrika ausbluten sollte. Es waren die Fachleute, die gingen, die Universitätsprofessoren, die Ärzte, die die Mittel und Möglichkeit hatten, auf einem anderen Kontinent, in einem anderen Land von vorn anzufangen. Der Großteil derer, die blieben, war arm, hatte keine sehr hohe Schulbildung. Ihre Jobs waren noch geschützt durch die Apartheidgesetze, die bestimmte Berufe für Nichtweiße verboten. Die Aussicht, dass die Rassenschranken fallen könnten, ein Millionenheer von Arbeitsbegierigen auf den Markt strömen würde, ließ sie ihren Kampf gegen die schwarze Befreiungsbewegung umso brutaler führen.

Beryl verkaufte ihr Haus weit unter Preis, so versessen war sie, Afrika endlich den Rücken kehren zu können. »Hätte Edward sich nicht zwei Jahre früher erschießen lassen können?«, lallte sie in einem alkoholisierten Moment, »da hätte ich noch einen ordentlichen Preis bekommen.« Sie nahm das Geld und Edwards Pension und verließ ohne einen Blick zurück den Kontinent, in dem sie fast ihr ganzes Leben verbracht hatte. Einfach so.

Das war erst letzte Woche gewesen und beschäftigte immer noch ihre Gedanken. »Wir haben also drei Monate, um das Land zu verlassen«, sagte sie zu Tita, ganz ruhig, »denn wir werden nicht zulassen, dass Jan auf Menschen schießt, und wir lassen schon gar nicht zu,

dass er in einem Krieg kämpft, der die Apartheid verteidigt, der diesen Kerlen von BOSS und dem Broederbond den Kragen retten soll!«
»Und ihr müsst es heimlich machen. Neil meint, dass sie Jan schon jetzt nicht mehr ausreisen lassen«, antwortete ihre Freundin, ihre grünen Augen dunkel mit Mitgefühl.

❖

Sie starrte hinaus in den Hamburger Spätherbst. Das Land verlassen! Sie erinnerte sich genau, wie sie plötzlich gestockt hatte, als ihr klar geworden war, was sie da gesagt hatte. Das Land verlassen! Zum zweiten Mal sollte sie aus ihrem Paradies vertrieben werden, und dieses Mal würde es für immer sein. Sie stand auf, streckte sich, ging mit schnellen ruhelosen Schritten in ihrem Hamburger Wohnzimmer auf und ab, wieder dröhnten die Schläge der Mittagsglocke der Oyster Box in ihren Ohren.
Eine gleichmäßig graue Wolkendecke hatte die blasse Novembersonne verschluckt, und feiner Sprühregen fiel wie ein Schleier übers Land. Sie sah durch ihn hindurch, elf Jahre zurück, saß an jenem warmen Oktoberabend 1978 wieder mit Ian in ihrem Garten in Afrika und überlegte, was sie tun mussten, um ihr südafrikanisches Leben zu einem Ende zu bringen.
»Es wird für immer sein, diesmal«, hatte sie geflüstert und sich fester in Ians Arme geschmiegt. Sie hoffte inständig, dass er sagen würde, aber nein, mein Schatz, wir werden hierher zurückkehren, schon bald. Aber er sagte es nicht, er nickte nur, und ihr Herz wurde schwer. Jetzt wusste sie, dass es keinen Tag mehr geben würde wie den 1972 am Tegernsee, als das Telefon geklingelt hatte.
Und weil sie es wusste, kappte sie ihre Wurzeln, die tief, tief in Afrikas warmer Erde steckten, verzweigt, verflochten, unlösbar verankert. Die Wunde, die sie dabei davontrug, heilte nie wieder, aber als das voll besetzte Flugzeug sie durch die dunkle Nacht immer weiter von dem Land forttrug, in dem ihre Seele wohnte, trocknete sie ir-

gendwann ihre Tränen und richtete ihren Blick entschlossen nach vorn.

In den langen Stunden auf dem Flug nach Hamburg, die sie wach neben Ian und den Kindern saß, die, erschöpft vom Abschiedsschmerz, längst neben ihr eingeschlafen waren, zwang sie sich, Pläne zu machen. In ihrer Vorstellung baute sie sich ein Haus in Hamburg, richtete es ein, pflanzte einen Garten, verhinderte so, dass sie zurückblickte, denn das hätte sie nicht ertragen. Sie wanderte in Gedanken durch die Tage ihrer Kindheit in Hamburg und Lübeck, fuhr durch die Rapsfelder Schleswig-Holsteins, vorbei an dem reifen Weizen, eingerahmt von Klatschmohn und leuchtenden Kornblumen, erkundete ein Hamburg, in dem immer die Sonne schien.

Als aus der Bordküche das Geklapper der Frühstücksvorbereitungen klang, hatte sie den inneren Kampf gewonnen. Die Anstrengung aber hatte ihr alles abgefordert, sie war ausgelaugt. Als sie die Gangway in Hamburg hinuntergingen, Julia und Jan bleich und unglücklich neben ihr, Ian hinter ihr, der kalte Dezemberwind durch ihren dünnen Hosenanzug schnitt, brach sie weinend zusammen.

❖

Sie hatten ein Haus im Norden von Hamburg gemietet, die Kinder besuchten seit ein paar Tagen die Schule und genossen den ersten Schnee nach sechs Jahren Südafrika, was ihre Gemütslage beträchtlich erhellte. Die Vorbereitungen zu ihrem ersten Fest waren abgeschlossen, und Ian und sie warteten auf ihre Gäste, alte Schulfreunde Henriettas, neue Bekannte, neue Nachbarn.

»Na, Henrietta, du segelst ja noch voll auf der sechziger Fresswelle.« Heiner Möllingdorf betrachtete angewidert den in Schinken gewickelten Spargel und legte sich fünf Scheiben Wildlachs auf den Teller, den Ians Bruder Patrick in Schottland in dem klaren Fluss, der den Familienbesitz begrenzte, selbst geangelt hatte. »Aber wenigstens gibt es Lachs. Habt ihr keine Honigsoße mit Dill und Senf? Solltest du einmal probieren, das Neueste aus Schweden.« Heiner schob einen komfortablen Bauch vor sich her und trug nur Kleidung, auf der man lesen konnte, wer sie hergestellt hatte.

Mit Kennermiene untersuchte er Henriettas Aufsatzeckschrank, streichelte über die goldbraun glänzende Oberfläche. »Schönes Stück, das du hier hast, die Intarsien sind wirklich gut. Aber, meine Liebe, den musst du wirklich mal restaurieren lassen, der ist ja total verkratzt. Sieh mal hier und hier«, er legte seine Finger auf die Stellen, wo das Furnier abgeplatzt war, »und dort auch. Ich kenne da einen Kunsttischler, der macht so etwas ganz hervorragend. Wie neu sind die Stücke hinterher. Ich geb dir mal seine Adresse. Sag ihm, du kommst von mir, dann macht er es besonders gut. Wo habt ihr den gekauft?«

Sie ließ ihre Finger über das Holz gleiten. »Der Schrank gehörte meiner Urgroßmutter. Meine Großmutter und ihre fünf Geschwister, mein Vater, seine Brüder, mein Bruder und ich sind damit aufgewachsen. Dieser Kratzer hier, der ist noch frisch, der stammt von Julia.« Sie rieb ihren Finger über eine gewellte Stelle des Wurzelfurniers. »Ein Souvenir aus Natal. In der feuchten Sommerhitze hat sich das Furnier gelöst, und hier«, ihre Fingerkuppe passte gerade in das schwarzgeälterte Loch in den honigfarbenen Intarsien, »das stammt von Großmama, als Kind war ihr eine Vase umgefallen.« Sie lächelte versonnen. »Zu jedem Kratzer könnte ich dir eine Geschichte erzählen. Der Schrank trägt die Spuren von hundertfünfzig Jahren Familiengeschichte – die lass ich mir doch nicht wegpolieren.«

Heiner schob sich eine Lachsscheibe in den Mund. »Honig-Dill-Soße fehlt hier eindeutig«, stichelte er statt eines Kommentars.

Ingrid, seine Frau, trat zu ihnen. Sie war groß und sehr blond, mit dieser unverwechselbaren Politur, die nur ein dickes Bankkonto verleiht. »Wir haben ein kleines Haus in der Toskana, und da gibt es dieses entzückende Ristorante. Carlo, der Eigentümer, kocht einfach göttlich, sag ich dir – er ist sowieso göttlich«, kicherte sie mit geröteten Wangen in ihr Ohr, »seine Gambas in Knoblauchsoße, raffiniert dieser Tropfen Cognac darin ...« Sie küsste ihre Fingerspitzen und verdrehte die Augen.

»Carlos Familie stellt ihren Mozzarella natürlich selbst her, seine Tomaten mit Mozzarella mit frischem Basilikum ...«, Heiner schnurrte genussvoll, »... ein Gedicht.«
Ingrid warf ihre gesträhnte Löwenmähne in den Nacken. »Du hast dir wirklich Mühe gegeben, aber man merkt, dass du aus dem Busch kommst. Ich leih dir mal ein Buch, dann kannst du nachlesen, wie man Partys gibt, was in ist und so. Wenn du hier was werden willst, musst du das wissen.« Ein flüchtiger Blick auf ihr grünes Lieblingskleid. »Ich kenne auch ein paar tolle Boutiquen. Bald laufen die Frühjahrsmodeschauen, ich nehm dich mal mit.« Sie leerte ihr Sektglas. »Wir waren letztlich auf einer tollen Party, schicke, schicke Leute, sag ich dir, irres Haus! Es gab ein ganzes Spanferkel mit einem Apfel in der Schnauze, ganz schnutig, sag ich dir, von dem kleinen Schlachter um die Ecke, der seine Schweine noch vom Bauern bekommt. Ist das nicht originell? Solltest du beim nächsten Mal versuchen. Es war butterbutterzart, sag ich dir, zerging glatt auf der Zunge.« Sie wedelte ihr Glas. »Ich könnt noch ein bisschen Stoff vertragen.«
»Stoff?«
»Na, du hast wirklich auf dem Mond gelebt! Sekt für das Volk, Champagner, so hoffe ich doch stark, für uns!«
»Sekt für das Volk«, äffte Henrietta sie böse nach, als die Tür hinter den letzten Gästen zuklappte, »meine Güte, wie konnte ich nur ohne Mozzarella überleben. Das halte ich nicht lange aus!« Ein merkwürdiger Laut antwortete ihr. Sie drehte sich um.
Ian hatte sich einen Apfel in den Mund gesteckt und grunzte flehentlich. »Ich bin butterbutterzart, ganz schnutig, sag ich dir, ich möchte von dir gefressen werden!«
Der Abend wurde nun doch ein Erfolg.

Ganz langsam zwang sie ihr kantiges Ich in die gängige Form, wenn auch unter Schmerzen, hartnäckig versuchte sie, ihre seelischen Wurzeln in die schwere Erde Deutschlands zu bohren. Allmählich lugten die ersten gelben Krokusse unter der schmelzenden Schneedecke hervor, die frühen Forsythien brachen auf und zeigten ihr, dass alles um sie herum zu neuem Leben erwachte, dass die dunkle Zeit erst einmal vorüber war. Ihr Herz sang, wenn zur Obstbaumblüte eine Wolke aus weißrosa Blüten und Honigduft über ihrem Garten lag, und an Regentagen mühte sie sich, an zarte Aquarelle zu denken. Aber ihr Wurzelgeflecht fand seinen lockeren Bodenwuchs langsam, und nachts, wenn sie auf ihren einsamen Reisen durch wirre Traumwelten irrte, wachte sie häufig auf und spürte Nässe auf ihrem Gesicht.

Ian hielt sie dann, sagte nichts, drückte sie nur. Manchmal spürte sie, dass sein Arm zitterte oder sein Herzschlag schneller wurde, und mehr als einmal hatte sie das Gefühl, dass er ihr etwas verheimlichte.

»Ist etwas, Liebling?«, murmelte sie eines Nachts und fuhr die kräftige Linie seiner Lippen mit der Fingerspitze nach. »Hast du Sorgen? Ich spür doch, dass da etwas ist.«

Seine Hand lag locker und warm auf ihrem Arm. Bei ihren Worten jedoch wurden seine Finger zur Schraubzwinge. »Au«, quietschte sie, »das tut weh!«

»Oh, tut mir Leid, ich hab nicht gemerkt, dass ich so fest zugepackt habe.«

»Also, was ist? Dich quält doch etwas, sag's mir, Liebling, was ist es?«

Als Antwort wandte er das beste Ablenkungsmanöver an, eins, das immer Erfolg hatte. Er küsste sie, langsam und sehr zärtlich, erst auf den Mund und dann die Stellen, wo sie besonders empfindlich war.

»Mmmh«, stöhnte sie und vergaß ihre Frage.

Nachdem sie mehr als ein Jahr gesucht hatten, fanden sie in der Nähe der Elbe ein Grundstück. Mit meinem Garten in Afrika ist es nicht zu vergleichen, dachte Henrietta, sagte es aber nicht, als sie Ians Begeisterung bemerkte. Das Gebiet war nach dem Krieg als Siedlungsgebiet ausgewiesen und mit gleichförmigen Spitzdachhäusern bebaut worden. Jedes der Häuser besaß rund tausendfünfhundert Quadratmeter

Land, das zum Gemüseanbau und zur Kleintierhaltung ausgewiesen worden war. In den siebziger Jahren hatten jedoch immer größere und aufwendigere Villen die Siedlungshäuser verdrängt.

Es war ein sonniger Morgen Ende Februar 1980, Meisen sangen, Finken schlugen, und unter einem alten Apfelbaum blühte ein Büschel gelber Krokusse, als sie nach dem Notartermin zum ersten Mal als Besitzer über ihr Grundstück schlenderten. Es dauerte nicht lange, und ein Nachbar gesellte sich zu ihnen. Er trug einen korrekt geknöpften blauen Regenmantel und einen karierten Schal.

Seine karierten Hosenbeine vorsichtig lupfend, stieg er über die Pfützen des letzten Regens. »Brunckmöller.« Er hob seinen Hut. »Wir wohnen da drüben.« Er zeigte nach Norden.

Sein Haus blinkte weiß hinter dem Gewirr kahler Äste unzähliger Bäume. Gauben, Erker, Vorbauten aus Glas saßen wie Pickel auf dem ursprünglichen Siedlungshäuschen. Eine Spitzengardine bewegte sich, die Gestalt einer Frau trat in den Schatten zurück. Frau Brunckmöller, vermutlich.

Herrn Brunckmöller musterte seine zukünftige Nachbarin, einmal runter und dann wieder rauf. Sein Blick blieb an ihren ausgewaschenen Jeans hängen. »Na, junge Frau, wissen Sie denn, wie man sich in so einer Gegend benimmt?«, fragte er.

Er hätte ihr ebenso gut mit einer Keule über den Schädel schlagen können, sie hätte nicht fassungsloser dreinschauen können. Hatte er das wirklich gesagt? »Wie bitte?«

»Wir haben hier einen gewissen Standard, verstehen Sie.« Er bürstete sich ein eingebildetes Stäubchen von seinem Regenmantel.

Henrietta drehte ihrem Wappenring und dachte an Papa. Nur der Ring und sein Familienstolz waren ihm nach dem Krieg geblieben. »Ich kann euch nur eine gute Erziehung mitgeben«, pflegte er ihrem Bruder Dietrich und ihr zu erklären. Die prügelte er auch in sie hinein, wenn es nötig war. Das Lübecker Haus der Familie mit den sieben Schlafzimmern, dem Frühstückszimmer und den Salons, dem grünen, blauen und goldenen, die nach den Farben der Polstermöbel benannt wurden, war zerbombt worden. Großmama, seit Jahren Witwe, die vier Sprachen sprach, wunderbar Klavier spielte, eine gefürchtete Bridge-Turnierspielerin war und einen Haushalt mit einer Schar Dienstboten perfekt leiten konnte, musste in eine Etagenwohnung ziehen.

Ein Zustand, den sie, wie die meisten Schicksalsschläge ihres langen, langen Lebens, vorzog zu ignorieren, denn mit einem kühlen Blick in die viereinhalb Zimmer der Wohnung, Schlafzimmer mit Ankleideraum, Wohnzimmer, Esszimmer und eins, das sie Herrenzimmer nannte, bemerkte sie: »Es hat auch sein Gutes, mir sind sowieso kaum Möbel geblieben, und ich werde nur noch Lischen und die Waschfrau brauchen.« Lischen war die alte Kinderfrau der Familie, die Papa und seine Brüder großgezogen hatte und jetzt Mädchen für alles sein musste.

Als Henrietta mit ihren Eltern im letzten Kriegsjahr aus Afrika kommend bei Großmama unterkroch, betrachtete diese kritisch das abgemagerte, malariagelbe Wesen, das ihr Enkelkind war. »Das Kind braucht Vitamine«, bemerkte sie und pflanzte Tomaten in ihre Balkonkästen. Doch die mickerten vor sich hin. »Ich werde Pferdeäpfel besorgen, mein Gärtner sagte immer, dass sie als Dünger unübertroffen sind«, kündigte sie an und marschierte los. Eine hoch gewachsene, hagere ältere Dame, ganz in Schwarz, auf dem Kopf einen wagenradgroßen, schwarzen Strohhut, weil eine Dame nie ohne Hut ausgeht. Über dem Arm trug sie eine geräumige Einkaufstasche sorgfältig mit Zeitung ausgelegt, die sie, in tadelloser Haltung, vor den dampfenden Haufen graziös in die Knie gehend, allmählich mit Pferdeäpfeln füllte.

So begegnete sie jeder Situation in ihrem Leben mit unerschütterlicher Haltung und geradem Rücken und dem selbstverständlichen Bewusstsein ihres eigenen Wertes. Ihre Enkelin bewunderte sie dafür.

Jetzt hob Henrietta nur ihre Brauen, ließ ihre Augen über Herrn Brunckmöller gleiten, Eis klirrte in ihrer Stimme. »Für diese Gegend wird es ausreichen.« Man sagte ihr nach, sie ähnelte Großmama.

Ihn schien das weniger zu beeindrucken. Er stapfte zu Ian. »Verfügen Sie denn über genügend Barmittel, um sich hier ein Haus leisten zu können?«

Ian, der den Wortwechsel nicht gehört hatte, starrte amüsiert von der Höhe seiner einsneunzig auf Herrn Brunckmöller herunter, der gut eineinhalb Kopf kleiner war. »Aber sicher«, antwortete er, »wir haben eine Bank überfallen.«

Aufgebracht, als er merkte, dass er ausgelacht wurde, patschte ihr neuer Nachbar durch die Pfützen zu einer versteckt liegenden Pforte, die in seinen Garten führte, und knallte sie vernehmlich hinter sich zu.

Herr Brunckmöller wartete dann, bis der Keller stand und auch die Mauern fürs Erdgeschoss, dann legte er zusammen mit Kraskes, den Nachbarn zum Süden hin, den Bau durch einen Einspruch still, und ihnen verging das Lachen. Angeblich war das Haus zu nahe an die Grundstücksgrenze gebaut. Merkwürdigerweise waren die Grenzsteine im Dickicht nicht aufzutreiben, und als man sie fand, lag das Haus tatsächlich zu dicht an der Nachbargrenze.

Der Architekt, ein riesiger, dicker Mensch mit eleganten, kleinen Füßen und dem Temperament eines gereizten Nashorns, fühlte sich schrecklich in seiner Berufsehre gekränkt und bombadierte die Behörde mit Einsprüchen, Widersprüchen und Anzeigen. Die Affäre zog sich über ein halbes Jahr hin. Da sie bereits das gemietete Haus gekündigt hatten, gerieten sie in ernste Schwierigkeiten. Sie mussten einen Anwalt nehmen. Nach Wochen zäher Verhandlungen gelang es ihm, die Angelegenheit außergerichtlich zu lösen. Die angrenzenden Grundstücke wurden noch einmal vermessen, und siehe da, die Grenzsteine lagen falsch. Wer sie versetzt hatte, war nicht zu beweisen, und sie mussten für die Neuvermessung zahlen.

Endlich, im Februar 1981, konnte die Familie einziehen. »Ich werde eine große Einweihungsparty geben«, freute sie sich, »mit Spanferkel, Mozzarella und Gambas und Gallonen von Stoff!« Es dauerte dann vier Wochen, bis sie alle auf ihrer Einladungsliste unter einen Hut bekam. Das Datum lag drei Monate in der Zukunft. »Ich will meine Einweihungsparty jetzt feiern, nicht erst in drei Monaten«, informierte sie Ingrid gereizt, »da ist es ja schon fast wieder Zeit zu renovieren.«

Diese lächelte gönnerhaft. »Um diese Zeit ist doch kein Mensch in Hamburg, zu dieser Zeit läuft man Ski. Das musst du dir merken. Im Sommer ist man auf Sylt, im März läuft man Ski. Außerdem wirst du dich daran gewöhnen müssen, dass man in Hamburg lange im Voraus plant. Leg dir wie wir alle einen Terminkalender an, dann kriegst du deine gesellschaftlichen Verpflichtungen auf die Reihe.«

Finster prüfte sie Ingrids Kalender. Kein Tag war ohne Eintragung, jede war doppelt unterstrichen. Die Striche wiederum kreuzten die senkrechten Teilstriche des Kalenders. Für Sekunden spielte ihr die Fantasie einen Streich, machte die sich kreuzenden Striche zu Gefängnisgittern. Sie wischte sich über die Augen. Der Spuk verschwand. »Du hast ja keinen Tag mehr frei! Hast du nie das Bedürfnis, spontan etwas zu unternehmen?«

»Überhaupt nicht, ich würde in Panik geraten!« Ingrid lachte mit entwaffnender Offenheit. »Wenn du erst länger hier lebst, wirst du mich verstehen und auch nicht mehr ohne einen auskommen.«

»Aber hier«, deutete Henrietta zornig auf den Sonnabend in drei Wochen, »das ist doch nur ein dämlicher Antikmarkt, deswegen kannst du an dem Tag nicht zu meiner Einweihungsparty kommen?«

»Gib her, das verstehst du nicht!« Ingrid stopfte den Kalender in ihre gesteppte Tasche, die an einer Goldkette über ihre Schulter hing, warf ihren Kaschmirblazer über die Schulter und verabschiedete sich.

Henrietta knallte die Tür hinter ihr ins Schloss. »Ich muss mich abreagieren, ich werde unseren afrikanischen Garten malen«, erklärte sie Ian, »vielleicht wird das meine Stimmung heben.«

»Wunderbar«, lächelte Ian, »falls du die Fotos suchst, sie liegen in der Kommode.«

Nein, dachte sie, ich werde meinen Garten nicht malen, wie ein Foto

ihn zeigt, sondern meine Erinnerung an den Duft, die Farben der Blüten, das Lichtgefunkel in den Blättern, die Wärme. Die Wärme!
Sie leerte die Kiste mit ihren Malutensilien, die sie seit ihrem Umzug von Südafrika nicht mehr ausgepackt hatte, verstreute Pinsel, Farbtuben, Skizzenblock, aufgerollte Leinwände um sich herum und baute ihre Staffelei auf. Dann spannte sie eine Leinwand und starrte auf das weiße Rechteck.
Sie starrte, bis ihre Augen schmerzten. Nach einer Weile hängte sie ein Tuch darüber. Was sie fühlte, was in ihr jetzt vorging, die Bilder, die sich in ihrem Kopf drehten wie ein Mahlstrom, das konnte sie nicht auf die Leinwand bringen.
»Es würde vermutlich ein tiefschwarzes Viereck werden«, sagte sie leichthin zu Ian, brachte es fertig, die Tränen, die in ihr hochstiegen, herunterzuschlucken. Dann zerbrach sie die Pinsel, zerschnitt die Leinwände und quetschte alle Farbtuben aus, bis sich vor ihr ein Haufen farbiger Schlangen zu knäulen schien. Dann warf sie alle Malsachen in den Ascheimer, als könnte sie dadurch auch ihren Schmerz loswerden. Bis auf die Staffelei, die trug sie auf den Dachboden. Mit einem weißen Leinentuch verhängt, verstaubte sie als knochiges Gespenst in einer Ecke.

Der Terminkalender an sich wurde zum Symbol ihrer Anpassungsschwierigkeiten. Stur lud sie zu kleinen Festen ein, die nur ein, zwei Wochen später stattfanden. Doch die Anzahl der Leute, die so kurzfristig Zeit hatten, wurde immer kleiner, bis sie endlich kapitulierte, sich einen Terminkalender kaufte und ihre zwischenmenschlichen Kontakte mehrere Wochen im Voraus plante. Die Daten trug sie jeweils in aggressiver roter Tinte ein. Sie empfand sie als persönliche Niederlage.

März 1985 – Hamburg

Der Winter in Hamburg war lang und kalt gewesen, die Sonne konnte sich nur selten durch die grauen Wolken kämpfen, und Mitte März flüchteten sie sich zu einem kurzen Urlaub in den milden, blütenduftgeschwängerten Frühling Mallorcas. Sie badeten im sanften Licht der Mittelmeersonne, krochen aus dem Winterdunkel wie Schmetterlinge aus ihrem Kokon. Den letzten Abend beschlossen sie mit einem Essen im Yachtclub in der Bucht Palmas. Die lichterfunkelnde Stadt lag vor ihnen, das schwarze Wasser plätscherte leise gegen die Segelschiffsrümpfe. Stimmengesumm und Gläserklingen zeigten, dass das Restaurant gut besetzt war.
Die vier Englisch sprechenden Gäste am Nebentisch, alle teuer gekleidet, die Damen klimperten mit reichlich Schmuck, schlemmten sich fröhlich durch einen Berg von Vorspeisen. Sie erkannte ihren Akzent sofort. Zumindest die Blonde mit dem rot glitzernden Paillettenkleid, die Rotwein gläserweise hinunterschüttete, und der Dicke neben ihr, der mit unbekümmert lauter Stimme sprach, waren Südafrikaner. Er hob den Arm in einer großspurigen Geste, traf versehentlich die Hand der Blonden, und das Weinglas zerschellte vor Henriettas Füssen, Rotwein spritzte auf ihre Schuhe und durchtränkte die Beine ihres hellen Hosenanzugs. Unwillkürlich sprang sie auf.
»Verzeihung!« Die Blonde war ebenfalls aufgesprungen, entschuldigte sich überschwänglich.
»Es ist nichts«, antwortete sie auf Englisch, »machen Sie sich keine Sorgen.«
Der Dicke stand ebenfalls auf. Braune Pigmentflecken übersäten seine Haut, schimmerten durch seine strähnigen blonden Haare, ein

Lächeln teilte sein fleischiges Gesicht wie ein Messerschnitt. »Erwarten Sie noch jemanden? Setzen Sie sich doch zu uns – nein, keine Widerrede«, wischte er ihre überraschten Proteste weg, »ich werde Sie einladen, es ist das Mindeste, was wir als Entschuldigung bieten können. Ober«, brüllte er, »noch zwei Gedecke und zwei Mal Langusten! Ich nehme an, Sie mögen Langusten?« Lautstarker Jubel der anderen unterstützte ihn.

Er war ihr auf Anhieb unsympathisch. Instinktiv war sie sofort auf der Hut, und Ians Reaktion zeigte ihr deutlich, dass er dieselbe Abneigung gegen diesen Mann spürte. Sie wehrten ab, aber der Ober kam beflissen angeschossen, im Nu war ein zweiter Tisch herangerückt und eingedeckt. Sie hatten keine Wahl. Sie warfen sich einen schicksalsergebenen Blick zu und wechselten die Plätze.

»Ich heiße Len.« Der Dicke zog ihr den Stuhl heran. Groß, massig, schon fast fett zu nennen, stand er da und musterte sie aus eng stehenden Augen. Nicht seine körperliche Fülle, die abstoßend wirkte trotz des Kaschmirblazers mit Clubemblem, auch nicht die eng stehenden Augen störten sie, sondern dieser prüfende Blick, der jeden Zentimeter von ihr abtastete, der auch Ian genauestens inspizierte und dem nichts entging. Das und die Tatsache, dass das Lächeln seine Augen nie erreichte. Sie schätzte ihn auf Ende dreißig oder Anfang vierzig. Sein linker Arm war oberhalb des Ellbogengelenkes amputiert. Seine Tischnachbarn waren zweifellos in irgendeiner Weise von ihm abhängig, und die Blonde mit dem großen Busen schien seine Gespielin zu sein. Sie beschloss, sehr, sehr vorsichtig mit diesem Len umzugehen und sich möglichst bald zu verabschieden. Einen konkreten Grund wusste sie nicht einmal sich selbst zu nennen.

»Woher kommen Sie?«, fragte die Blonde und schenkte Ian einen make-up-umflorten Augenaufschlag.

»Aus der Heimat«, antwortete Len, »das hört man doch an ihrem Tonfall.« Wieder dieser durchdringende Blick!

»Du meine Güte, und dabei hab ich doch versucht, mein schnöseligstes Englisch zu sprechen!«, rief sie aus und nahm sich vor,

Sprachunterricht zu nehmen, um sich diesen verräterischen Akzent wegschleifen zu lassen. Und dann erlebte sie, wie schon so häufig, dass sie und Ian automatisch als Freunde der Apartheidregierung eingestuft wurden, als Schwarzenhasser, als Menschen, die von der Überlegenheit der weißen Rasse überzeugt waren. Weder Ian noch sie korrigierten diese Annahme. Sie ließ Len erst einmal reden.
»Wo leben Sie in Südafrika?«, fragte Len dann.
»Wir leben in Europa«, antwortete sie, bewusst unbestimmt, »schon lange.«
»Aha«, meinte Len. Mit dem Armstumpf hielt er den Schwanz der Languste auf dem Teller fest und drehte ihr den Kopf mit seiner Hand ab. Dann zerquetschte er den Panzer mit der bloßen Kraft dieser einen Hand, zog das Fleisch mit den Zähnen heraus, tunkte es in Zitronenbutter und lutschte es schlürfend in sich hinein. »Gab es Ärger in Südafrika?«, fragte er dann beiläufig, allerdings ohne sie aus den Augen zu lassen.
Die Frage traf Henrietta geradewegs im Solarplexus. Kein normaler Mensch hätte das gefragt. So etwas fragte nur ein Mensch, der von Berufs wegen im Unrat wühlte. Sie lachte. Es klang überdreht in ihren Ohren. »Warum sollte es? Im Gegenteil, es war die schönste Zeit meines Lebens.« Das wenigstens stimmte. »Wir sind noch häufig dort auf Urlaub.« Auch nur eine beiläufige Bemerkung, aber sie wusste, dass sein Misstrauen jetzt, sollte es bestanden haben, schwinden würde. Leute, die vor Jahren aus Südafrika abgewandert waren und noch immer häufig ihren Urlaub dort verbrachten, waren in Ordnung. Waren willkommen. Hatten die korrekten Ansichten.
»Haben Sie Kinder? Sind die Südafrikaner?« Wieder so eine harmlose Frage, die Len da stellte. Keiner würde dahinter Böses vermuten.
Eine Alkoholfahne wehte mit den Worten zu ihr hinüber. Sie kräuselte die Nase. »Kinder?« Ihre Stimme kletterte eine Oktave. Sie schoss Ian einen warnenden Blick zu. »Wir haben leider keine.« Die Sonne fiel hinter Len und seiner Blonden ins Meer wie ein riesiges Stück rot glühende Kohle. Henrietta glaubte es zischen zu hören, als

sie die Wasseroberfläche berührte. »Wir sind schon so lange wieder in Europa – wie geht es denn so da unten?« fragte sie Len.
»Wir haben es mit einer kommunistischen Verschwörung zu tun«, antwortete dieser, »sie kommen über die Grenze wie hungrige Wölfe und denken, sie können uns – uns! – aus unserem Land verjagen.« Ein kurzes, hässliches Lachen explodierte aus seiner Kehle. Er hatte sich zu dem Wein regelmäßig Whisky bestellt und wurde zusehends betrunkener. »Erst haben wir in Südwest aufgeräumt, und glauben Sie mir, wir haben den Kaffern klargemacht, dass mit uns nicht zu spaßen ist!« Mit verklärter Miene kippte er wieder einen Whisky, und nun zeigte sich auch Alarm in Ians Augen. Sie fing seinen warnenden Blick auf.
Len winkte dem Ober und deutete auf sein Whiskyglas. »Bis oben hin! Ohne Eis!« befahl er. »Ich zahl doch nicht für gefrorenes Wasser.« Genüsslich schlürfte er das halbe Glas leer. »Wir haben die Swapo-Terroristen abgeknallt wie tollwütige Hunde und dann ihre Leichen auf unsere Reservereifen geschnallt und sind damit durch die Dörfer gefahren. Die Dorfbewohner waren sehr beeindruckt. Wenn das nicht reichte, haben wir ein paar von denen vom Hubschrauber aus das Fliegen beigebracht. Ohne Fallschirm.« Wieder das hässliche Lachen. Seine kleinen Augen waren starr wie Fische in Aspik. Er legte mit einer imaginären Maschinenpistole an. »Babababamm! Meist gab es dann keine Probleme mehr.«
»Lenni hier, Ein-Arm-Len nennt man ihn, hat die meisten beseitigt«, strahlte die Blonde, »abends wurde gezählt, und der Sieger kriegte eine Prämie.«
Henriettas Hand mit dem Weinglas blieb auf dem halben Weg zu ihrem Mund in der Luft stehen. Dann setzte sie es auf dem Tisch ab. Der Rosé schwappte über, eine rosa Lache breitete sich auf dem weißen Tischtuch aus.
»Und das machen wir auch mit den Ratten, die Südafrika an die Kommunisten verkaufen«, röhrte Len, »babababamm!«
»Oh, Lieber, du bist so stark«, gurrend presste sich die Blonde an ihn, ihr rotes Glitzerkleid klaffte in einem abgrundtiefen Dekolleté. Die

beiden anderen nickten nur immer, murmelten ab und zu »genau« und »toll, Len«, trugen aber sonst nichts zum Gespräch bei.

Listig zwinkerte Lennie mit seinen kalten Augen. »Wir wissen nämlich immer schon im Voraus, was die so vorhaben! Sie denken, sie können es heimlich tun, und dann wissen wir es schon lange. Die denken, die können uns austricksen! Sie haben die Hosentaschen voller Diamanten und meinen, wir merken nichts. Manche kaufen sich Yachten, glauben, sie sind clever, glauben, sie können damit einfach davonsegeln!« Er kicherte geringschätzig und verwandelte sich in ein monströses, bösartiges Kind.

Ihr blieb der Bissen im Hals stecken. Eiseskälte breitete sich in ihr aus. »Dürfen sie das denn nicht?« Sie brachte es fertig, eine Unschuldsmiene aufzusetzen.

»Wir haben Krieg, Lady, einen richtigen, ausgewachsenen Krieg für harte Männer! Die Kerle gehören in die Armee in einer solchen Zeit, schließlich müssen wir die Schlupflöcher an Angolas Grenze stopfen.« Er rülpste. »Außerdem verstoßen die gegen die Devisenkontrolle. Schließlich haben sie die Mäuse in Südafrika verdient und wollen sie jetzt in irgendein Kommunistenland verschleppen, das geht doch nicht! – Bababababamm!« Er brüllte vor Lachen. »Oder – wumm!« Die Explosion war nicht zu überhören. »Wir schicken den Bastarden vom ANC nämlich gerne auch Carepakete …« Er zwinkerte wieder. Sein Whiskyglas wurde zum fünften Mal gefüllt.

»Carepakete?« fragte sie unvorsichtig.

Len blies in seinen Whisky und gluckste, dass sein Bauch auf und ab hüpfte. Es war unübersehbar, dass er völlig betrunken war. »Liebesgaben könnte man sie nennen«, lallte er, »wir sind da sehr kreativ. Dem Rechtsanwalt Moto haben wir zum Beispiel einen Kassettenrekorder geschenkt. – Mann, das hätt ich gern gesehen. Unser Feuerwerker hat Sprengstoff in die Kopfhörer gefüllt, und dann haben wir sie an einer Wassermelone ausprobiert. – Wamm, wusch, platsch! Uns ist das Zeugs noch in fünf Meter Entfernung ins Gesicht geklatscht. Mrs. Moto, die dummerweise anwesend war, soll über und über mit dem Gehirn von Mr. Moto bespritzt gewesen sein.« Er

prustete vergnügt, der Whisky schwappte über. Der intensive Alkoholgeruch mischte sich mit dem seines Rasierwassers und dem süßlich-scharfen der Langustenschalen.
Sie hob abwehrend die Hände, die so stark zitterten, dass sie wie verschreckte Vögelchen in der Luft flatterten. »Das – das –« Sie kämpfte vergebens um Worte. Ihr Stuhl polterte auf den Boden, als sie aufsprang, und sie schaffte es hinaus bis zum Geländer der Terrasse, ohne sich zu übergeben. Unter ihr murmelte schwarzes Wasser. Die Lichter der Yachten in der Bucht flimmerten, ihre Masten tanzten einen wüsten Veitstanz, und für einen Moment wurde alles dunkel. Aber irgendetwas in ihr kämpfte sich an die Oberfläche ihres Bewusstsein, riss sie wieder heraus. »Nicht vor diesem Schwein«, flüsterte sie, hielt sich an dem Geräusch ihrer Stimme fest, bis sie wieder zu sich gekommen war und hineingehen konnte.
Ian wischte sich langsam und sorgfältig mit seiner Serviette den Mund ab, stand auf. Sein Gesicht war ausdruckslos, aber sehr blass.
»Wir müssen jetzt gehen, tut mir Leid. Äh – meiner Frau ging es den ganzen Tag schon schlecht, sie muss sich irgendeinen Infekt eingefangen haben. Ich glaube, sie gehört ins Bett.« Beschützend legte er ihr den Arm um die Taille. »Oh, und danke für die nette Einladung.«
Er bezahlte ihren Anteil des Essens an der Empfangstheke, gegen den Protest des Oberkellners. »Von dem lasse ich mir nichts schenken«, murmelte er im Hinausgehen, »nicht von dem!«
»Du glaubst also auch, was ich glaube? Dass der Kerl ein Agent ist?« Sie sprach sehr leise und deutsch.
Ian kurbelte alle Fenster herunter, sog die feuchte Meerluft ein. »Er ist Südafrikaner, das steht fest, und vermutlich macht er hier nur Urlaub. – Aber ja, ich glaube auch, dass er zur Polizei gehört, und wenn du es genau wissen willst, er jagt mir Angst ein. Der schaltet sein Gehirn ja nicht ab, nur weil er Urlaub macht.«
Die Kathedrale von Palma glühte im Scheinwerferlicht, auf dem Paseo Maritimo strömte der Verkehr, die hell erleuchteten Restaurants waren trotz Nebensaison voll.

»Carepakete«, wisperte sie und schüttelte sich, fror in der lauen Frühlingstemperatur, »die Frau des Führers der südafrikanischen Kommunisten bekam 1982 ein – Carepaket. Es explodierte in ihr Gesicht ... Wie soll ich das Bild je wieder loswerden.«
»Vor ein paar Jahren ist das ANC-Hauptquartier in England in die Luft geflogen ...« Ians Stimme versickerte.
Erinnerungen wie aufgewühlter Schlamm wirbelten in ihrem Kopf herum. »Weißt du, was ich jetzt vor mir sehe? Einen Globus, unten auf Südafrika sitzt eine riesige Krake, und sie umschlingt mit ihren Tentakeln die ganze Welt.« Sie wendeten und fuhren auf der Ostküstenstraße aus Palma heraus. Nach einer Stunde öffneten sie die Tür zu dem kleinen Ferienapartment.
Henrietta ging auf die Terrasse, blickte über die knorrigen Pinien, die wie Scherenschnitte gegen den nachtblauen Himmel standen, hinunter auf die mondschimmernde Cala Gran. »Ein Onkel von mir war im Zweiten Weltkrieg bei den Russen in Gefangenschaft. Bevor er Anfang der Fünfziger nach Hause entlassen wurde, musste er dem KGB unterschreiben, nie ein böses Wort über die Sowjetunion zu sagen und nie zu erwähnen, was er in der Gefangenschaft erlebt hatte. Er hält sich bis heute daran. Er glaubt, dass sie ihn erwischen, wenn er reden würde. Die Familie hat ihn immer ausgelacht, ihm Verfolgungswahn vorgeworfen. Heute kann ich ihn verstehen.« Sie spürte ihn hinter sich und drehte sich in seine Arme, schob die Hand unter sein Hemd, fühlte seine warme Haut, die harten Muskeln. Sie blickte hoch. Seine schwarzen Haare wurden weiß an den Schläfen. Es machte ihn für sie nur noch unwiderstehlicher. »Ich mag nicht mehr darüber reden, heute nicht. – Bitte.«
Sein Mund war warm und fordernd, seine Hände fest und vertraut, es half ihr, für heute zu vergessen, was an diesem Abend vorgefallen war.
Aber als sie in Hamburg im Supermarkt vor der Obstauslage stand, lagen da große, runde Wassermelonen aus Mexiko.
Wamm, wusch, platsch! Sie brach in kalten Schweiß aus, musste sich abstützen. Als der Sternenschleier vor ihren Augen aufriss, brauchte sie einen doppelten Espresso beim Italiener, um ihren Kreislauf wie-

der ins Gleichgewicht zu bringen. Danach mied sie eine Zeit lang Obststände, und ihre Vorliebe für saftige Wassermelonen verwandelte sich in Ekel.

Zwei Wochen danach erhielten sie einen Anruf von Neil, der als Korrespondent zu irgendeinem Ereignis in die USA geflogen war und die Gelegenheit nutzte, einmal ohne die Befürchtung, abgehört zu werden, mit seinen Freunden zu telefonieren.

Sie erzählten ihm von Ein-Arm-Len und seinem Hobby. »Sag mir, dass er nur aufgeschnitten hat, dass er irgendein Würstchen mit Profilierungsproblemen ist«, bat Henrietta.

»Ein-Arm-Len? – Beschreib ihn mir bitte genau.«

»Pigmentflecken, blonde, strähnige Haare, feistes Gesicht mit Hamsterbacken, eng stehende, kleine Augen, schmaler Mund, ziemlich groß, eher dick.«

Für mehr als eine Minute hörten sie nur das Singen der Leitung. »Wir nennen ihn die Verkörperung des Bösen, und er leitet die Aktionen in Übersee. Das heißt, er ist für alle Anschläge außerhalb Südafrikas zuständig. Ab und zu kommt er wieder nach Hause und geht hier auf Jagd.« Er schwieg lange. »Die zwei Kinder eines guten Freundes, ein engagierter Anwalt, der hauptsächlich politisch Angeklagte verteidigt, bekamen vor vier Wochen ein Päckchen, abgesandt, so schien es, von ihrer Großmutter. Es enthielt lustig bedruckte T-Shirts.« Er holte hörbar Luft. »Sie waren vergiftet, die Kinder bekamen hohes Fieber, ihre Haut wurde verätzt, entzündete sich und löste sich in Fetzen ab. Die Narben werden sie für immer behalten. Es sind zwei kleine Mädchen, fünf und sieben Jahre alt.« Als er weitersprach, war seine Stimme aufgeladen mit Schmerz und Hass. »Er ist der Hauptgrund, warum ich mich –«, er zögerte, vertraute wohl nicht einmal New Yorks Telefonen, »äh – für mein Land engagiere.«

Die beiden in Hamburg räumten schweigend das unberührte Frühstück weg und liefen danach mehrere Stunden durch den frostigen Märzmorgen die Elbe entlang. Der Strom rauschte dahin, schiefergrau unter dem tief hängenden Himmel, Rabenkrähen hockten auf den noch winterkahlen Bäumen. Schwarz, bedrohlich. Wie eine böse Erinnerung.

❖

Im Sommer dieses Jahres dann gewann ein siebzehnjähriger rothaariger Bengel aus Nordbaden die Krone der Tenniswelt, das Turnier in Wimbledon, und ihr Feldzug gegen den Terminkalender fiel endgültig in sich zusammen. Eine Tennisflutwelle brach über Deutschland herein, wirbelte das gesellschaftliche Leben gründlich durcheinander. Tennisclubs hatten im Handumdrehen eine jahrelange Warteliste und Aufnahmegebühren, für die man sich locker einen Kleinwagen kaufen konnte, die ganz feinen hatten Aufnahmestopp. Tennislehrer waren die neuen Stars der Gesellschaft. Von April bis Oktober hetzten alle von einem Tennisplatz zum anderen, jedes Wochenende war ausgefüllt mit Turnieren, und die Gespräche drehten sich um Lobs und Topspins, Asse und Rückhand. Jeder, der etwas auf sich hielt, jammerte über einen Tennisellbogen.
Selbst Ingrid, die völlig unsportlich war, ließ sich von Carlo, ihrem Tennislehrer, schleifen. Als Henrietta ihn zum ersten Mal sah, wusste sie, warum. Er war groß, blond und muskulös. Eigentlich hieß er Karl-Heinz. »Sieh dir bloß diesen knackigen Hintern an«, keuchte ihre Freundin mit glasigen Augen.
Ingrid und Heiners Ehe wackelte bedrohlich, und wie ihre viele andere auch. Heiner verbrachte jede freie Sekunde auf dem Tennisplatz, quälte sich zwischendurch im Fitnessstudio den Bauch ab und Bizeps an. Der Grund hieß Bettina, hatte schwarze Locken und Schlafzimmeraugen und war gerade mal knusprige fünfundzwanzig Jahre alt.
Ingrid hechelte Carlo hinterher. »Ich weiß, dass ich mich lächerlich mache«, beichtete sie Henrietta in einer privaten Minute am Rande der Tennisplätze, »aber, weiß der Himmel, er ist es wert!« Mit den Augen streichelte sie über seinen ausgeprägten Gluteus maximus.
Um Ingrid von Carlo und Heiner von Bettina abzulenken, boten sich

beide Cargills als Tennispartner an. »Aber nur zum Vergnügen«, warnte Ian, »ich halte nichts von sportlichen Exzessen, ich richte mich da völlig nach dem Lustprinzip.«
»Also, so geht das nun nicht«, mahnte Heiner, »ihr müsst euch schon anstrengen, schließlich wollen wir in die Regionalliga aufsteigen, da heißt es ran an die Buletten, trainieren, trainieren, trainieren!«
Entsetzt machte Ian einen Rückzieher. »So weit kommt das, das artet ja in Arbeit aus«, murmelte er und kaufte ein kleines Segelboot. »Das ist schließlich auch Sport. Vielleicht werde ich sogar bei Regatten mitmachen.« Segeln wurde sein größtes Freizeitvergnügen, und er begann mit Glasfaserbauteilen für Bootsrümpfe zu experimentieren.
Henrietta versuchte verbissen, ihre überstehenden Kanten abzufeilen. Als ihre sehr entfernte Cousine Susi Cornehlsen ihren heimlichen Verlobten Ralf Popp in diesem Jahr zu ihrem traditionellen Sommerfest schleppte, ertrug sie sogar ihn. Susi war die Tochter von Markus Cornehlsen, einem entfernten Cousin ihres Vaters. Sie hatte nie ganz nachvollziehen können, in welchem Verwandtschaftsgrad sie zueinander standen, so bezeichnete sie Susi als ihre sehr entfernte Cousine.
Sie mochte Ralf Popp nicht. Er war ein Angeber, aber ein gut aussehender, gut verdienender, amüsanter Angeber, ungefähr so treu wie ein Straßenkater. Das merkten alle, aber ganz offensichtlich seine Verlobte nicht.
Als ihr Vater, Professor Doktor für Haut- und Geschlechtskrankheiten am Universitätskrankenhaus, der noch in einem Sack elegant aussah, seiner ansichtig wurde, rümpfte er verächtlich die Nase. »Nie werde ich begreifen, was meine Tochter an dem Parvenü findet!« Markus Cornehlsen hatte seine Ahnentafel in Gestalt eines sich verzweigenden Baumes von einem Kalligrafen auf schwerem, altem Pergamentpapier aufzeichnen lassen, wunderschön verziert mit kleinen Federzeichnungen und dem Wappen der Cornehlsens. Sie hing eingerahmt neben dem Kamin.
Ralf hörte seine Bemerkung, aber an seiner Selbstgefälligkeit perlte

der Sarkasmus ab wie Wasser vom Entengefieder. Außerdem hatte Henrietta den leisen Verdacht, dass er nicht wusste, was ein Parvenü war, und schon gar nicht, dass er damit beleidigt werden sollte. Er kam aus sehr einfachen Verhältnissen, zeichnete sich aber durch eine ungeheure Kraft, unbekümmerte Entschlossenheit und das Geschick aus, billig eingekaufte Artikel teuer weiterzuverkaufen. Er hatte dieses schiere, glatte Äußere des Siegertyps. Stets war er tief gebräunt, auch im dunkelsten Winter, die glatten blonden Haare immer perfekt geschnitten und geföhnt, und seine Kleidung zeigte jene sorgfältige Vollkommenheit, die jemand entwickelt, der nicht immer wohlhabend gewesen ist.
»Er will reich sein«, erzählte Susi vor der Hochzeit glücklich, »einfach nur reich. Ist das nicht beeindruckend? Die meisten Männer, die ich bisher kennen gelernt habe, wollen Arzt werden oder Popmusiker oder schneller laufen können als andere. Er will schlicht reich sein. Er ist so stark.« Sie seufzte versonnen. »Ich bin restlos verliebt in ihn.«
An einem sonnigen Tag Ende Oktober heirateten sie.
Ralf legte Wert darauf, dass Susis Erscheinung seine finanzielle Situation reflektierte. Er behängte sie mit dicken Goldketten und Diamanten und hätte am liebsten die Etiketten ihrer Modellkleider außen aufgenäht. Susi betonte zwar, dass ihr das peinlich sei, doch sie genoss die Dinge, die ihr Ralfs Geld ermöglichten. Sie fuhr einen kleinen, niedlichen Mercedes und zwängte ihre üppige Figur in Versace und Valentino. Zur Hochzeit kaufte Ralf das Haus im Alstertal. Es war ein bisschen groß nur für die zwei, ein Haus, das Kinder brauchte, um es zum Leben zu erwecken, ein altes Haus, mit winkeligen, kuscheligen Zimmern, einem Reetdach und verwunschenem Garten mit Gänseblümchen im Rasen und üppig rankenden Rosen.
»Ich will viele Kinder haben«, strahlte sie, »mindestens vier, oder fünf – eins für die Nacht der stürmischen Leidenschaften.« Sie hob ihre herrlichen schwarzen Augen und sah ihren Mann mit einem Ausdruck von so hingebungsvoller Sinnlichkeit an, dass die Hoch-

zeitsgäste je nach Charakter entweder betreten zur Seite sahen oder Beifall klatschten.
»Kinder können wir uns noch nicht leisten, wir müssen warten, bis die Geschäfte besser gehen«, knurrte er mit einer Stimme, die keine Diskussion duldete.
Henrietta erinnerte sich noch genau, dass Susi laut lachte und ihre dunkelbraunen Locken schüttelte. Sie schien das nicht wirklich ernst zu nehmen. Das war kein Wunder, denn im Vergleich zu ihren Freunden schwammen sie in Geld. Aber Ralf ließ die Gänseblümchen roden, schnitt die Rosen bis auf zwei Handbreit über den Boden zurück und hielt den Rasen kurz mit ordentlichen, sauberen Kanten. Susi ignorierte auch das, und kurz nach der Hochzeit kündigte sich das erste Kind an. Ralf geriet in Weißglut.
Susi rief sie an, obwohl sie wirklich kein enges Verhältnis hatten. Henrietta war fünfzehn Jahre älter als sie, Susi existierte bisher nur am äußersten Rand ihres Lebens. »Er will mit mir nach Holland in eine dieser Abtreibungskliniken fahren«, weinte sie, »er sagt, die machen das schnell und diskret ...« Sie schluchzte jämmerlich. »Aber das ist nicht wahr, ich merke etwas, sie werden mir mein Baby aus dem Bauch holen, sie ... sie werden es einfach töten und wegwerfen! Was soll ich machen, Henrietta?«
Henrietta versuchte ihre Emotionen unter Kontrolle zu bringen. »Dieser brutale Mistkerl«, knirschte sie, »soll Ian ihn sich einmal vornehmen? Man müsste ihn wegen geplanten Mordes belangen ... und Nötigung und seelischer Grausamkeit«, setzte sie hinzu.
»Er darf nicht wissen, dass ich dich angerufen hab.« Susis Weinen war das eines verzweifelten Kindes.
»Dann sag nein, denk an dein Baby, das wird dir Kraft geben«, sagte sie endlich. Sie wusste, dass ihre Ratschläge öfter von unbarmherziger Offensichtlichkeit waren. Tita nannte das dann ihr unerträgliches Deutschsein, aber jeder andere Rat wäre gegen ihre Überzeugung gewesen. »Ruf mich an, wenn du Hilfe brauchst.«
Erstaunlicherweise brachte Susi es tatsächlich fertig, nein zu sagen. Ein paar Tage später besuchte sie Henrietta. »Er hat mich aus dem

Schlafzimmer verbannt, er kann es nicht ertragen, wie mein perfekter Körper anschwillt, er kann dann in Zukunft nicht mehr du-weißt-was-ich-meine. Er sagt, er würde immer nur meinen aufgeblasenen Bauch vor sich sehen und ihn nicht mehr hochkriegen.« Sie seufzte. »Ehrlich gesagt, bin ich ganz froh. Ich hab im Moment sowieso keine Lust.«
In der zwölften Woche verlor Susi ihr Baby.
»Es war bestimmt irgendwie krank«, meinte Ralf erleichtert, »missgebildet oder so.«
Henrietta konnte nicht nachvollziehen, wie er es geschafft hatte, aber er brachte Susi dazu, sich einer Tubenligatur zu unterziehen. Für Wochen versank sie in einer Tränenflut.
»Ich kauf dir einen Hund«, knurrte Ralf deutlich ungehalten.
»Ich will aber ein Kind«, flüsterte Susi und verkroch sich. Blass, ihre vollen braunen Locken strähnig, Augen schmerzverdunkelt, driftete sie durchs Leben wie ein steuerloses Boot im Nebel und aß und aß und aß. Sie wurde füllig und dann dick und kaufte mit der gleichen Gier, wie sie aß. Bald füllten ihre abgelegten Kleider ein ganzes Zimmer. Das Zimmer, das als Kinderzimmer vorgesehen war.
Henrietta schenkte ihr ein Kätzchen. Ralf bestand darauf, das Tier wieder zurückzugeben. Zu Katzen hatte er kein Verhältnis, sie gehorchten nicht, waren unabhängig und unbestechlich. Hunde, mit denen konnte er etwas anfangen, die kuschten und machten Männchen. Henrietta knöpfte ihn sich vor, benutzte ihre eisigste Großmamastimme und setzte durch, dass Susi die Katze behielt.
Nachdenklich wurde sie jedoch, als sie feststellte, dass das Kätzchen in Kinderkleidung gesteckt wurde und in einem Puppenwagen schlief. Susi schleppte es ständig mit sich herum, fütterte es mit Beeftatar, angemacht mit Eigelb und einem Schälchen Sahne als Nachtisch. Das Kätzchen verwandelte sich nach und nach in eine Sofarolle und starb noch in jugendlichem Alter an Herzverfettung. Susi kaufte als Reaktion fast die Läden leer.
Ralf schickte sie zu einem befreundeten Psychiater, und der steckte sie in seine Klinik, in ein Zimmer mit Gittern vor den Fenstern und

einer strengen Schwester, die sich keinen Firlefanz von Patienten gefallen ließ.

Es ging ihr etwas besser danach, sie nahm ab, schluckte einen Cocktail von Pillen, zur Beruhigung, zur Aufhellung der Düsternis ihrer Seele, zur Blutdrucksteigerung, und die Antibabypille. Ralf achtete pingelig darauf, dass sie ihre Tabletten zu den vorgesehenen Zeiten einnahm. Er stellte den Wecker an seiner Armbanduhr, rief sie an, um zu kontrollieren, ob sie parierte. Sie funktionierte nach außen wieder als seine Frau, und das war ihm wichtig, denn als geborene Cornehlsen war sie sein prestigeträchtiges, seriöses Aushängeschild.

Allerdings entwickelte sie ein paar kleinere Phobien. Mäuse versetzten sie in kreischende Panik, wegen einer Wespe betrat sie tagelang nicht den Garten, und Spinnen verfolgten sie durch ihre unruhigen, einsamen Nächte. Und Vögel im Käfig. Die konnte sie überhaupt nicht ertragen.

Susi klammerte sich an Henrietta und teilte ihr spontan ihre geheimsten Probleme mit – immer, zu jeder Tages- und Nachtzeit, bis sich bei ihr Schlafstörungen einstellten.

Sie ließ sich eine zweite Telefonleitung legen, von der sie Susi nichts sagte. Bei der anderen zog sie ab sieben Uhr abends den Stecker aus der Wand. »Es wird mir einfach zu viel, ich kann es nicht mehr ertragen«, klagte sie Ian, »sie kennt keinen Abstand, hat keine Hemmschwelle, sie erzählt mir die unappetitlichsten Sachen und benutzt mich als seelischen Ascheimer.« Sie seufzte gereizt. »Sie kann reden, es ist unglaublich! Wenn sie alles losgeworden ist, zwitschert sie fröhlich davon, und ich hab die Depressionen.«

»Schick sie zum Arzt«, murmelte Ian abwesend, mit einem Problem für den Bau seines neuen Segelbootes beschäftigt.

❖

Der 31. Mai 1989, zehn Uhr zwölf, sollte einer dieser Momente werden, den sie nie würde vergessen können. Immer würde sie sich daran erinnern, wo sie sich befand, als sie es entdeckte, wie das Wetter war und ihre Stimmung, was sie sah, roch und hörte.

Wie immer Ende Mai weilten sie eine Woche auf einer kleinen Finca auf Mallorca, ohne die Kinder. Die zogen schon seit langem vor, ihren Urlaub mit Freunden zu verbringen. Die Sonne überstrahlte einen Himmel von mediterranem Frühlingsblau, Zikaden sangen, die Glocken einer Schafherde klangen durch den stillen Morgen. Sie hatten im Patio unter Orangenbäumen gefrühstückt, berauscht von dem süßen Duft der weißen Blüten, planten jetzt den täglichen Strandbesuch. Im Badezimmer cremte sie sich mit Sonnenschutz ein. Zwischen Kinn und Halsgrube fühlte sie es plötzlich. Ein kirschgroßer Knoten wölbte sich unter ihren Fingerkuppen. Ein Mückenstich, dachte sie automatisch, doch als ihr plötzlich bewusst wurde, dass er nicht juckte, flogen ihre Finger zurück, zirkelten, massierten, drückten das Gewächs, aber es blieb. Innerlich weigerte sie sich, den Gedanken zuzulassen, dass es etwas Ernstes sein könnte. Sie ging mit Ian an den Strand, sagte nichts, so als würde dieser Knoten durch Nichterwähnen verschwinden. Abends war der Knoten noch immer da, ihren panischen Fingern erschien er leicht vergrößert. Kein Wunder, wenn du dauernd dran herumdrückst, rief sie sich selbst zur Ordnung und zog sich zum Abendessen um. Das Wort »Krebs« blockierte sie, klammerte sich in den grauen Stunden der Nacht, als sie in einem Morast der Angst versank, an Ian, aber sie sagte ihm nichts.

Die zwei Tage, die sie noch an ihrem Ferienort blieben, vergingen in bleierner Langsamkeit. Als sie am Tag nach ihrer Rückkehr in das Gesicht ihrer Internistin blickte, wusste sie, dass es um ihr Leben ging. Der Termin im Krankenhaus zur Gewebeentnahme war am nächsten Morgen, und Ian war vormittags nach London geflogen. Sie hatte das Telefon schon in der Hand, wollte hineinrufen, bitte komm, ich brauch dich, bitte lass mich nicht allein, aber sie legte den Hörer zurück.

Es wurde die einsamste Nacht ihres Lebens. Nach nichts sehnte sie sich mehr, als in Ians Armen Trost zu finden. Nichts fürchtete sie mehr, als ihre eigene Verzweiflung in seinen Augen lesen zu müssen.

Sie ging den Gang allein. Bis heute konnte sie sich nicht erinnern, ob je in den zehn Tagen, die sie auf das Ergebnis warten musste, die Sonne schien, die Vögel sangen oder sie auch nur eine Minute geschlafen hatte.

Einen Tag, bevor sie das Ergebnis, das Urteil, erhalten sollte, stand Ingrid vor ihrer Tür. Ungewöhnlich für sie, denn sie plante alle gesellschaftlichen Kontakte mindestens vier Wochen im Voraus. »Hast du einen Moment Zeit für mich?«

Sie sah Ingrids fleckiges Gesicht, die schweren Tränensäcke, die aufgeschwollenen Lider und öffnete die Tür weit. »Was ist passiert?« Es musste etwas passiert sein. Ingrids sprudelndes, fröhliches Wesen war verschwunden. Sie saß vor ihr mit gekrümmtem Rücken und bebender Unterlippe. Hatte Heiner sie endgültig verlassen?

»Ich hab einen Knoten in der Brust«, stieß sie hervor, »morgen muss ich ins Krankenhaus. Ich halt das allein nicht durch.«

Ingrids Worte rissen einen Damm nieder. Henrietta saß ganz still, zwang ihre Hand, ruhig im Schoss zu liegen, nicht an das kirschgroße Ungetüm am Hals zu fassen, zwang sich, den Ansturm ihrer Gefühle zu ertragen. Diese abgrundtiefe Angst, den Schrei nach Ian, das Bedürfnis, Ingrid zu sagen, lass mich in Frieden, ich kann dich nicht auch noch tragen. Zwang sich, ihre Tränen nicht überlaufen zu lassen. »Das tut mir Leid.« Trocken und dünn kam es heraus. Es war alles, was sie im Moment fertig brachte zu sagen.

»Das tut dir Leid?« schrie Ingrid. »Ist das alles? Ich muss vermutlich sterben, und es tut dir Leid?« Sie zitterte am ganzen Körper.

Henrietta schloss die Augen. Der Gedanke an morgen Nachmittag, an den Telefonanruf bei ihrer Internistin, fuhr wie ein glühender Strom durch sie hindurch, jagte ihr Herz hoch. Geh weg, zitterte sie innerlich, geh weg, es ist zu viel für mich. Doch dann öffnete sie ihre Augen, nahm Ingrids widerstrebende Hand und legte den Zeigefinger auf die Stelle an ihrem Hals. »Morgen höre ich, ob es …«, Pause, ein tiefer Atemzug, »… schlimm ist.«

Ingrid holte pfeifend Luft, Mascara rann in schwarzen Bächen über ihre Wangen, der Lidstrich saß als rußiger, verschmierter Schatten

um die Augen, gab ihr eine tragische Aura. »Oh, Henrietta«, weinte sie und warf sich ihr in die Arme, »oh, Henrietta.«
Das war zu viel. Sie brach zusammen. Der Sturm, der an ihr zerrte, rüttelte an ihren Grundfesten, doch mit einem Rest von Kraft hielt sie durch, bis er vorüber war. »Meine Freundin Tita«, sagte sie, ihre Stimme noch schwer mit Tränen, »würde in einer solchen Situation das richtige Rezept haben. Einen starken Kaffee mit viel Zucker für die Seele und einen doppelten Cognac für die Nerven.«
Sie wuschen sich ihre Gesichter, tranken übersüßen Kaffee und leerten die halb volle Cognacflasche bis zum letzten Tropfen. Der Kaffee beschleunigte die Aufnahme des Cognacs, der ihr geradewegs in Kopf und Beine schoss.
»Ups«, machte Henrietta und stieß auf, »ich glaub, ich hab einen sitzen.«
»Ich auch.« Ingrid kicherte betrunken und befühlte ihre fülligen Brüste. »Ich kann ja vielleicht mit dem Chirurgen reden, vielleicht kann er aus eins zwei machen.«
»Die machen da heute Wassersäckchen rein«, informierte sie Henrietta, »so wabbelige Plastiksäckchen voll mit Wasser.«
»Und was passiert, wenn einer mal richtig dahin fasst und die Dinger platzen? Oje, stell dir das mal vor!« Ihr stürzten unvermittelt wieder die Tränen aus den Augen. »Scheiße!«, murmelte sie und vergrub ihr Gesicht in den Händen. Später fuhr sie mit dem Taxi nach Hause, packte einen kleinen Koffer und kehrte zu Henrietta zurück. Sich fest an den Händen haltend, lagen sie auf dem Ehebett, und jede verbarg vor der anderen die Tränen, machte ihr vor, dass alles in Ordnung sei.
Nächsten Morgen, nach einer Nacht, in der keine wirklich geschlafen hatte, zogen sie sich schweigend an, bedeckten ihre verquollenen Gesichter sorgfältig mit Make-up. Henrietta verzichtete aus Solidarität für Ingrid, die nüchtern bleiben musste, aufs Frühstück. Dann fuhren sie ins Krankenhaus.
»Bist du da, wenn ich aufwache?« fragte Ingrid kläglich, schon im Operationshemdchen und schläfrig von der Beruhigungspille.

Sie hielten sich fest. »Mach's gut«, flüsterten sie im Schutz ihrer umeinander gelegten Arme, »wir schaffen es!«

Dann wurde Ingrid hinausgerollt, und sie war allein. Sie hätte von einem Telefon im Krankenhaus aus anrufen können, aber das brachte sie nicht fertig. Sie brauchte dazu die Vertrautheit ihres Hauses.

Für Minuten stand sie vor dem Telefon, starrte es an, brachte es nicht über sich, es zu berühren. Sie ging in die Küche, kochte sich mit automatischen Bewegungen einen Kaffee, trank ihn aber nicht. Dann stand sie wieder vor dem Telefon, lange, und plötzlich hielt sie es in der Hand, der Wählton erklang, und die Zeit stand still.

»Alles in Ordnung, Frau Cargill, es ist gutartig«, waren die ersten Worte ihrer Internistin, die selbst Brustkrebs besiegt hatte und seitdem zuerst als Mensch und dann als Ärztin handelte.

Ein Sturzregen ging über Hamburg nieder, als sie diese Nachricht erhielt. Ohne Mantel und Schirm, nur in Jeans und leichtem Pullover, rannte sie hinaus, lief an der Elbe entlang, der Regen mischte sich mit ihren Tränen, wusch ihre Augen aus, und als die Sonne erschien, konnte sie wieder klar sehen. Sie sah schärfer, roch differenzierter, hörte genauer.

Der süßlich schwere Juniduft spaltete sich auf in das tropische Aroma des Jasmins, der regenschwer über den Wegen hing, das des Heckenrosengrüns, der nassen Erde und dem würzigen Holzgeruch des geteerten Bootsanlegers, von dem aus sie der ölig fließenden Elbe nachsah, die an ihr vorbei ins Meer strömte. Kinderstimmen klangen ihr in den Ohren, das Gemurmel alter Männer auf den Parkbänken, schläfriges Schilpen der Spatzen in der Sonne und die hohen Schreie der dicht über dem Wasser Insekten jagenden Schwalben.

Es waren Augenblicke von purem Genuss, einer unübertroffenen, nie erlebten Sinnlichkeit. Es waren die Augenblicke, in denen ihr ohne jeden Zweifel ein für alle Mal bewusst wurde, dass sie sterblich war und ihre Zeit endlich.

Sie war rechtzeitig zurück, als Ingrid aufwachte. Fast zärtlich nahm sie deren Hand und legte sie auf die Brust, die unversehrt war bis auf den winzigen Schnitt unterhalb der Brustwarze, der von dem Eingriff zeugte.

»Oh Gott, ich danke dir«, wisperte Ingrid, als ihr klar zu werden schien, dass alles gut war und das Leben vor ihr lag. »Und du?«, fragte sie, und es war deutlich, dass sie sich vor der Antwort fürchtete. Plötzlich packte es sie. »Nichts!«, schrie sie. »Nur ein dummer, kleiner Knubbel. Nichts – nichts – nichts! Ja!« Sie trillerte und wirbelte übermütig, bis eine Schwester hereinstürzte und besorgt nach einem Arzt rief. Als dieser mit einer Spritze anrückte, hielt sie inne. »Alles in Ordnung, Doktor«, keuchte sie. »Da, wo ich herkomme, drückt man so Freude und Erleichterung aus.«

Gemeinsam kehrten sie in die Außenwelt zurück, doch das Gefühl der Nähe, der Vertrautheit verschwand schnell bei den alltäglichen Handlungen von Anziehen, Kofferpacken, Autotür aufschließen. Der Abstand einer oberflächlichen Freundschaft kehrte zurück. Sie fuhr Ingrid nach Hause.

»Willst du noch auf einen Kaffee hereinkommen?«, fragte diese, sah dabei verstohlen auf ihre Uhr.

Sie registrierte es. »Nein danke, nett von dir, aber ich hab es etwas eilig, Ian kommt bald. Lass es dir gut gehen. Wir sehen uns sicher bald.«

»Ganz bestimmt!« Ingrid gab ihr links und rechts ein Luftküsschen. »Ganz bestimmt!«

Mittwochabend, den 8. November 1989 – in Hamburg

Die Haustür wurde aufgeschlossen. »Liebling«, riss Ians Stimme sie aus der Vergangenheit, »wo bist du?«
Verwirrt zuckte sie zusammen, für Momente völlig desorientiert. Erst jetzt bemerkte sie, dass es schon stockdunkel war, sah den Schnee, der als Matsch die Fensterscheiben hinunterleckte, begriff sie, dass sie sich in Hamburg befand. Rasch schlüpfte sie durch die Tür aus ihrer Traumwelt in die, die sie für die wirkliche hielt, und lief ihm durch das Esszimmer in die Diele entgegen. Er stand da, einsneunzig groß und breit wie ein Schrank. Fest und unverrückbar. Der Fels in der Brandung ihres Leben.
Sie warf sich in seine Arme und legte den Kopf in seine Halsgrube. Hier war sie sicher, hier konnte sie nichts berühren, keiner verletzen, und hier fand sie sich wieder, wenn sie einmal mehr die Kluft zwischen der Wirklichkeit und der geheimen Welt in ihrer Seele nicht überbrücken konnte. Flüchtig meinte sie den narkotisch süßen Duft der weißen Datura wahrzunehmen – der Duft ihrer ersten Nacht vor siebenundzwanzig Jahren, der bis ans Ende ihres Lebens Liebe und Geborgenheit für sie bedeuten würde. Sie wusste, dass es eine Illusion war, aber es half ihr in das Jetzt zurück. »Riechst du die Datura?«
Er lachte leise. »Hast du wieder mit den Monstern gekämpft?«
Es war ihr Kode für ihr Heimweh. »Hm«, murmelte sie und küsste seinen festen Mund, der lächelnd über ihr schwebte. Er konnte in ihr lesen wie in einem Buch. Sie würde ihre innere Tür noch fester verschließen müssen, damit er nicht merkte, wie es um sie stand. Er

hatte sich hier eingelebt, und der Erfolg seines Patentes, irgendeines hochkomplizierten Verfahrens im Verstärken von Glasfaserbauteilen speziell für den Bootsbau, hatte ihm ein inneres Gleichgewicht gegeben, das sie um keinen Preis zerstören wollte.

Sie erzählte ihm von Kraskes. Er lief ins Wohnzimmer, schaltete die Außenbeleuchtung ein und starrte ungläubig auf die Fichtenhecke. Für einen kurzen Moment stand er reglos, dann ging er ganz ruhig, ohne etwas zu sagen, durch den Garten zu ihrem Gartengerätehaus, holte die Heckenschere heraus und ein Maßband, schulterte die kleine Leiter und stellte sie am Zaun auf. Im Scheinwerferlicht maß er die Höhe von zwei Metern an der ersten Fichte und markierte sie mit einem geknickten Zweig. Dann warf er die Heckenschere an, stieg auf die Leiter und rasierte all Fichten auf diese Höhe herunter. Fassungslos lief sie in den Garten. In der grellen Halogenbeleuchtung war ihr Blick nun frei auf Herrn Kraske, der, blaurot im Gesicht und am Hals, an Worten würgte.

Ian grinste ihn zähnefletschend an. »Sie haben eine Hecke gepflanzt. Eine Hecke darf nicht höher sein als zwei Meter.«

»Wir verklagen Sie!«, kreischte Frau Kraske, die hinter ihrem Mann aufgetaucht war.

Das Grinsen Ians wurde unangenehmer. »Das, liebe Frau Kraske, wäre mir ein Vergnügen! Unser Anwalt ist sehr gut und ein ziemlich scharfer Hund!«

Frau Kraske starrte ihm mit offenem Mund nach, während er die Geräte wieder ins Gartenhäuschen trug. »Das hätten wir«, bemerkte er trocken zu Henrietta, als er zurückkam.

»Aber die wachsen doch wieder!« rief sie, »in spätestens einem oder zwei Jahren werden wir keinen Sonnenstrahl mehr auf unserem Grundstück haben! Du kannst doch nicht alle drei Monate die Bäume abrasieren.«

Das ernüchterte ihn schnell. »Wir werden ihnen Manning auf den Hals hetzen. Wozu haben wir einen so guten Anwalt.«

»Das hat keinen Sinn, kostet zu viel, dauert zu lange, und das Ergebnis ist mehr als unsicher.«

»Sagt Jan, ohne Zweifel.« Sein Ton machte deutlich, dass er Jans Ansichten gelegentlich für reichlich pessimistisch hielt. »Das werden wir ja sehen!« Er sah auf die Uhr. »Manning ist immer länger in der Kanzlei, den erwisch ich jetzt noch.« Nach einigen Minuten legte er auf, seine tiefblauen Augen stürmisch. »Jan hat Recht. Verdammt!« Er trat gegen ein Sesselbein. »Verdammt!«, brüllte er noch mal und hielt sich den Fuß. »Keine Angst, Honey«, stöhnte er, »der schafft uns nicht, die Fichten werden nicht weiterwachsen.«
Sie schüttelte den Kopf. »Das halte ich nicht durch.« Sie deutete auf die Fichtenstümpfe. »Jeden Morgen beim Aufwachen werde ich als Erstes diese Fichten sehen, und jeden Morgen werden sie mir ein wenig mehr Sonne und Licht nehmen.« Sie hob ihre Augen zu ihrem Mann. »Bitte, Liebling, das halte ich nicht aus.« Ein Spalt öffnete sich in ihrer Seele, ihr afrikanischer Garten lockte, sonnendurchglüht und voller Farben. Sie machte einen Schritt darauf zu, da spürte sie seine Hand auf ihrem Arm.
»He, Kleines, bleib bei mir«, sagte er leise.
Sie erschrak. Es war unmöglich, dass er von ihrem Schlupfwinkel wusste, doch sie sah ihm in die Augen und war sich nicht mehr sicher. Man musste auf der Hut sein vor ihm und seinen ungewöhnlichen Augen. Tiefblau, fast violett, täuschten sie durch kräftige Lachfältchen. Er kultivierte einen schläfrig verschmitzten Ausdruck, nett und harmlos sah er dann aus, wie einer, mit dem man einen amüsanten Abend verbringen konnte. Konnte man auch, höchst amüsant, war man nett und harmlos.
War man es nicht, verlor Ian für keinen Augenblick sein nettes, verschmitztes Grinsen, so etwa wie ein hungriger Hai, und diesen gefährlich schönen Augen entging nichts. Seit diesem 12. März 1968, als Cedric, ihr Anwalt, den schützenden Kokon, in dem sie gelebt hatten, mit seinem Anruf für immer zerstört hatte, gab es den netten, gelassenen, umgänglichen Ian Cargill nicht mehr.
Am 21. März hatte er sie in Umhlanga mit den Kindern zurücklassen müssen, um auf geheimen Pfaden mit der Hilfe von Vilikazi und dessen Kampfgefährten, die sie nicht kannte, lebend aus Südafrika her-

auszukommen. Ein paar Tage später hatte sie mit Julia und Jan das Land verlassen, offiziell für einen Europaurlaub.
Sieben Tage später, sieben Tage, die länger als ihr bisheriges Leben dauerten, waren sie sich am Ufer des Genfer Sees in die Arme gefallen. Er hatte einen frisch verschorften Streifschuss am Hals, war noch immer fröhlich und gelassen, lächelte verschmitzt, aber etwas in seinen Augen war anders. Wachsam, kontrolliert, abwartend, als hätte er im Busch etwas von den wilden Tieren angenommen. Manchmal hatte sie das unheimliche Gefühl, dass er geradewegs durch ihre Augen in ihre geheime Gedankenwelt sehen konnte.
Er sprach nicht über diese sieben Tage, nicht einmal mit ihr, seiner Frau. Alles wussten sie voneinander, sie waren so vertraut, dass sie sich nur mit den Augen verständigen konnten, nur über diese sieben Tagen erfuhr Henrietta nichts.
Zart berührte sie jetzt die bleistiftbreite, weiße Schussnarbe an seinem Hals. »Lass uns für eine Woche auf die Malediven fliegen«, schlug sie nervös vor, um ihn abzulenken, »wir könnten in der Sonne herumliegen, Langusten essen, schlafen«, sie küsste das unartige Grinsen in seinen Mundwinkeln bei diesen Worten, »und einfach nichts tun. Die Sonne scheint nicht nur in Afrika.«
Abwesend erwiderte er ihren Kuss, antwortete aber nicht gleich, hielt sie nur sehr fest. Die Farbe wich ihm aus dem Gesicht, als liefe das Leben aus ihm heraus. Er starrte ins Leere, aber sein Ausdruck zeigte, dass er etwas sah, was sie nicht sehen konnte, etwas, was ihn an den Rand von Panik trieb.
»He, was ist, du zerdrückst mich – ich kriege keine Luft mehr«, japste sie.
»Bitte?« Er schien weit weg zu sein, seine Augen waren ohne Leben, wie blaue Steine.
Sie bog seine Arme gewaltsam auf. »Ist etwas? Du siehst aus, als hättest du einen Geist gesehen.«
Er blickte hinunter in ihr Gesicht. Mit dem Zeigefinger glättete er die feinen Fältchen unter ihren Augen, malte die geschwungene Linie ihrer Lippen nach. »Nein«, sagte er nach einer langen Weile sehr

leise, »nein, es gibt keine Geister – ganz sicher nicht.« Sein Blick klärte sich. »Ich sag dir morgen Bescheid, ob ich mir zwei Wochen Zeit nehmen kann, ich muss erst im Terminkalender im Büro nachsehen. – Lass uns essen gehen, du brauchst Tapetenwechsel und eine gehörige Portion Zucker für die Seele. Der Dessertteller im ›Dorfkrug‹ in Volksdorf ist ein Wundermittel gegen Depressionen. Ruf Monika und Berthold Kaiser an, oder die Möllingsdorfs, ein bisschen Gesellschaft kann nicht schaden.«

Während Henrietta telefonierte und sich zum Ausgehen anzog, stand er, Hände in den Hosentaschen, am dunklen Fenster und starrte in die Nacht hinaus.

Merklich fröhlicher kam sie ins Wohnzimmer. »Kaisers kommen, und Möllingdorfs haben auch Zeit, ich hab schon einen Tisch im ›Dorfkrug‹ bestellt. In einer Dreiviertelstunde treffen wir uns.« Er schien sie nicht gehört zu haben. »Ian? Ist was?«

Seine Augen schienen auf ein unsichtbares Bild gerichtet zu sein. Als er sie ansah, wirkte er, als käme er von weit her, aus einer anderen Zeit. »Nein, mein Liebling, es ist nichts, es ist alles in Ordnung.«

»Du siehst wirklich nicht gut aus, kriegst du eine Grippe?« Besorgt legte sie ihm die Hand auf seine Stirn. »Fieber hast du ja wohl nicht …«

Er wich ihr aus. »Ich vergaß ganz, dir zu erzählen, dass Dr. Manning angerufen hat«, lenkte er ab. »Er schlägt vor, dass du deinen Bruder für tot erklären lässt, dann ist die Sache mit dem Erbe endlich geregelt.«

Die Ablenkung wirkte. »Der ist wohl verrückt, ich kann doch meinen Bruder nicht für tot erklären lassen«, fauchte sie, »das wäre ja, als würde ich ihn umbringen!«

»Irgenwann wirst du aber die Entscheidung treffen müssen, die Sache kann doch nicht ewig in der Luft hängen.«

Sie biss sich auf die Lippen. »Ich weiß«, sagte sie nach einer Weile, »aber das kann ich einfach nicht.«

❖

»Du und dein Heimweh nach Afrika!« Monika schob sich ein Stück Ente in den Mund. »Ich habe nie verstehen können, wie denkende Menschen noch in diesem Rassistenland leben konnten. Ich«, kaute sie, »ich hätte das nie gekonnt, ich meine, die schlachten die Schwarzen zu Tausenden ab, und die Weißen leben wie die Maden im Speck.«

Ian schloss seine Augen zu blauen Schlitzen, und Henrietta wusste, dass er gleich sehr wütend werden würde. »Oh, wir gehörten zu den Guten, wir haben unsere Schwarzen nur einmal in der Woche ausgepeitscht, jeden Freitag mussten sie antreten!«

»Findest du die Bemerkung passend?«, fragte Monika pikiert.

»Genauso passend wie deine. Wie oft warst du schon in Südafrika? Was weißt du von dem Land?«

Monika zuckte gleichzeitig mit den Schultern und spitzte den Mund. Sie trug sehr roten Lippenstift, der wie ein Blutfleck in ihrem weißen Gesicht saß. Schwaden eines schweren französischen Parfüms stiegen aus ihren Kleidern in Henriettas empfindliche Nase. »Ich brauch nicht dagewesen zu sein, um zu wissen, dass die schwarze Minderheit brutal unterdrückt wird. Die stehen doch mit den Knien im Blut da unten. Kannst du jeden Tag in der Zeitung lesen oder im Fernsehen sehen.«

»Du warst also noch nie da, und doch nimmst du an, dass wir ständig bis zu den Knien im Blut der Schwarzen standen!« Ians Ton war leise, aber messerscharf.

»Das ist doch alles Quatsch, Ian würde doch nicht einmal einen Hund treten«, rief Ingrid Möllingdorf. »Wir waren vor Jahren zweimal dort. Man merkt überhaupt nichts von der Apartheid! Sie laufen doch frei auf der Straße herum, man kann ganz normal mit denen reden, und sie kaufen sogar im selben Laden ein wie wir.«

Henrietta zuckte zusammen. Es klang, als spräche sie von wilden Tieren. »Schwarze dürfen nicht in einem Restaurant für Weiße essen.« Sie hörte selbst, wie läppisch das klang, gleichzeitig ärgerte sie sich, von den beiden zu dem erhobenen Zeigefinger gezwungen zu werden.

Ingrid hob spöttisch ihre Brauen. »Nun, das werden sie sich ja wohl auch kaum leisten können, nicht wahr? So werden sie es nicht vermissen. Immerhin gibt es auch Dinge, die ich mir nicht leisten kann.«

»Scheinen nicht viele zu sein, nach meinen Kontoauszügen zu urteilen«, murmelte ihr Mann boshaft.

»Ich kann ja nächstes Mal barfuß in einem Sack erscheinen, wenn du deine Geschäftspartner beeindrucken willst«, konterte seine Frau hitzig, »außerdem, warum soll ich mich bescheiden, wenn du das Zeugs für dein blödes Auto zum Fenster hinausschaufelst?«

Heiner lehnte sich vor. »Du missgönnst mir auch noch das einzige Hobby, das ich habe!«

»Hobby! Ein klappriger alter Mercedes, eng wie eine Konservendose, in dem es zieht wie Hechtsuppe – und du solltest mal sehen, wie er sich anstellt, wenn der mal einen Regentropfen abkriegt. Der lässt glatt mich im Regen stehen und hält den Schirm über seinen geliebten Oldtimer!«

»Der ist ja auch eine ordentliche Investition. Je älter der wird, desto höher ist der Wiederverkaufswert, was man von dir ja nicht behaupten kann!«

»Wenn ihr jetzt gleich wieder türknallend aus dem Lokal rennt, kündige ich euch die Freundschaft!«, drohte Henrietta, »erinnert ihr euch? Eigentlich wolltet ihr euch mit mir streiten!«

»Entschuldige«, murrte Ingrid. Sie trank ihr Weinglas leer und hielt es Ian zum Nachschenken hin. »Also erkläre mir, warum die schwarzen Südafrikaner darunter leiden, dass sie nicht in die Restaurants der Weißen dürfen.«

»Weil es nicht an ihrem Geldbeutel scheitert, sondern Gesetz ist. Hast du die separaten Eingänge, zum Beispiel beim Postamt, und die Busse nicht gesehen, auf denen steht ›Nur für Weiße‹? Erst kürzlich haben sie solche Schilder an den Parkbänken abgebaut. Die öffentlichen Büchereien dürfen sie auch nicht betreten.«

»Also, wenn es nichts Schlimmeres ist, unter dem die leiden …!« Heiner war ganz offensichtlich bemüht, sich zusammenzunehmen,

»wirklich, es geht ihnen doch viel besser als den Menschen im Rest von Afrika. Da herrscht doch nur Mord und Totschlag! Es ist so friedlich dort, keine Bettler, kaum Verbrechen.«

»Sie haben keine Stimme, sie dürfen nicht wählen, sie dürfen kein Land besitzen, und vergleichsweise friedlich ist es nur in den weißen Gegenden«, rief Henrietta heftig, »in den Townships ist die Verbrechensrate Grauen erregend.«

Verständnislos sahen Möllingdorfs sie an. »Wenn sie sich gegenseitig umbringen, ist das wohl ihre Sache. Außerdem, wie können sie denn wählen, von Politik haben die doch keine Ahnung. Die meisten können doch nicht einmal lesen. Und was die Jobs angeht, nun, sie sind doch dafür nicht qualifiziert! Bei uns dürfen auch nur ausgebildete Handwerker ein Handwerk ausüben. Außerdem ...«, triumphierte Ingrid, »der Neger an sich ist doch – nun sagen wir mal, von anderer Natur als wir. Denk doch nur mal an ihre Demonstrationen! Sie hopsen herum und singen. Kindisch so etwas!«

»Sie tanzen, sie hopsen nicht einfach«, korrigierte sie hitzig, und musste an Frau Kraske denken, »es ist ihre Tradition, ihr Tanz ist die Sprache, die sie alle gemeinsam haben. Sie brauchen dann keine Worte, um sich zu verstehen.«

»Nun, wie auch immer man das nennen mag, wir auf jeden Fall hopsen bei so einer Gelegenheit nicht«, war Ingrids schnippische Antwort, »und natürlich wohnen sie nicht zusammen mit den Weißen, das könnten sie sich ja auch gar nicht leisten, und sie wollen das auch gar nicht, hab ich gehört. Unsere Türken bleiben ja auch am liebsten unter sich. Die Wohnviertel der Schwarzen sollen ja ganz furchtbar sein, erzählte man uns im Hotel, kein Baum, kein Strauch, alles kaputt. Sie lassen alles eingehen und verlottern und kümmern sich nicht, wenn es verdreckt.« Beifall heischend neigte sie sich zu Ian, der aber schob die letzten Erbsen auf seinem Teller umher und schwieg mit grimmig zusammengepressten Lippen.

»Du bist ja noch schlimmer!«, rief Monika. Sie klemmte ihre langen schwarzen Haare hinter die Ohren und zündete sich eine Zigarette an. »Wie war das denn mit diesem Typen, den die Polizei gefoltert und ermordet hat, wie hieß er noch? Seine Geschichte ging doch um die Welt.«

Henrietta wedelte den Rauch weg. »Jim Maduna«, erwiderte sie ruhig. »Ich erinnere mich noch genau an den Zeitungsartikel. Er war relativ kurz, nur zwei oder drei Absätze. Es hieß, dass sich ein Jim Maduna in einem schlimmen Anfall, hervorgerufen durch seine Geisteskrankheit, so schwer verletzt hatte, dass er starb. Verstehst du, es war eine Meldung unter vielen, sie stand zwischen Verkehrstoten und Kricketergebnissen. Vorher hatte die Öffentlichkeit kaum von ihm gehört. Nichts an dieser Meldung hob sie von anderen ab.«

»Klingt wie ›von den Konzentrationslager hab ich nichts gewusst‹.« Berthold Kaiser warf die Worte wie einen Fehdehandschuh in die Diskussion, seine randlose Brille reflektierte weiß das Licht der Kerze, die zwischen ihnen flackerte.

Sie sah auf ihre Hände. »In gewisser Weise hast du Recht.« Sie suchte nach Worten, zögerte, fürchtete, missverstanden zu werden, aber traute sich dann doch. »Stell dir das Paradies vor«, begann sie stockend, »eine weiße Stadt am Meer, ewig blauer Himmel, immer Sonne, überall Blumen. Die Menschen, ob weiß, schwarz, braun, gelb oder milchkaffeefarben, sind freundlich, offen, scherzen und lachen mit dir. Das Leben ist leicht, und hältst du dich an die Gesetze, ist es nirgendwo auf dem Erdball schöner. Das Land liegt so weit weg, dass du den Rest der Welt vergisst, denn du hörst nichts von ihr. Die Nachrichten, die du liest und auch siehst – das Paradies hat seit 1976 Fernsehen –, sind zensiert. Was du aber als Mensch von der Straße nicht wissen kannst. Gehörst du aber zu denen, die mit dem Schmutz in Berührung gekommen sind, die zumindest ahnen, dass unter der Oberfläche dieses herrlichen Landes die Hölle liegt, hast du die Wahl.«

Ian legte seine Hand auf ihren Arm, ohne Druck, sie fühlte nur seine zärtliche Wärme, und ihre Stimme gewann an Kraft. »Du kannst hinaus aufs Meer sehen und dich nicht darum kümmern, was hinter deinem Rücken passiert, vorausgesetzt natürlich, dass du überhaupt dagegen bist, dass du nicht auch die Ansicht der Regierung teilst, dass das weiße Südafrika der letzte Hort der Zivilisation sei. Das wäre am gesündesten.« Es war still geworden an ihrem Tisch. Alle hörten ihr aufmerksam zu. »Du kannst aber auch in deiner unmittelbaren Umgebung beginnen, das System zu untertunneln. Mit Worten, mit Taten, aber möglichst unauffällig, denn die Spitzel von BOSS durchwachsen die Gesellschaft wie Schimmelpilze ein Brot. Die dritte Möglichkeit wäre, in den Untergrund zu gehen, aktiv zu werden. Dein Weg ist dann vorgezeichnet. Nicht lange, und du wirst erst deine Freunde verlieren, dann deine Freiheit, danach deine Würde und deine Gesundheit, bis du nichts mehr dein Eigen nennen kannst als dein nacktes Leben. Am Ende könntest du auch das verlieren. Aber das hast du ja von vornherein gewusst. Aber was du erst auf der halben Strecke deines Weges erkennst, wenn es viel zu spät ist zur Umkehr, ist, dass auch deine Familie diesen Weg mit dir gehen muss, ob sie will oder nicht.«

Sie sprach längst nur noch, um sich vor sich selbst zu rechtfertigen. »Das habe ich nicht fertig gebracht«, schloss sie und sah endlich den anderen in die Augen.

»Na, das glaub ich aber nicht, dass es so gefährlich war. Winnie Mandela hat ja auch geschafft zu überleben. Das ist doch eine tolle Frau, die hat Zivilcourage, daran nimm dir ein Beispiel!«

»Meine Güte, Monika, polierst du eigentlich jeden Morgen deinen Heiligenschein?«, fragte Ingrid mit beißendem Spott.

Aber der Giftpfeil prallte von Monikas moralischer Panzerung ab. »Warum seid ihr überhaupt 1972 wieder nach Südafrika ausgewandert? Unverständlich, wenn ihr das alles gewusst habt«, bohrte sie unbarmherzig.

Henrietta schwieg lange, vertiefte sich darin, ihre Serviette zu einer Seerose zu falten. Die Spitzen bog sie hübsch nach außen. Aufgeblasene Betroffenheitspute, schrie sie innerlich, was weißt du schon über unser Leben dort! Glaubst du vielleicht, ich erzähl dir von Imbali und Vilikazi, von Victor Ntombela und von dem, was Neil riskiert? Das ist mir viel zu kostbar. Und viel zu gefährlich, denn die sind alle noch da unten. Bis zu den Knien in Blut. »Ich bin da zu Hause«, erklärte

sie endlich, »es ist die einzige Erklärung, die ich dir geben kann.« Es war kein Eingeständnis, keine Entschuldigung.
Aber Monika war auf dem Kriegspfad. »Du hältst dir ja selbst hier eine schwarze Sklavin, diese Frau aus Ghana, die hier hinter dir her putzen muss!«
Henrietta sah sie an. Holte tief Luft. Zählte bis zehn. »Wenn ich mich recht erinnere, hältst du dir eine weiße Sklavin aus Polen, die hinter dir her putzt. Erklärst du mir den Unterschied?«
»Da gibt es keinen, beide arbeiten schwarz.« Heiner wieherte los.
»Darum geht es doch nun wirklich nicht, Heiner!« Monika strafte ihn mit einem strengen Blick. »Meine Frau Karlowitz ist, nun ja, sie ist eben weiß – sie kann selbst entscheiden ...«
Henrietta lächelte zuckersüß. »Ach bitte, definiere mir mal Rassismus, liebe Monika?« Ha! Hab ich dich!
Weit gefehlt!
»Du willst doch nicht ernsthaft eine studierte Polin – das hat sie nämlich, studiert, Landwirtschaft oder so – mit einer ungebildeten Schwarzen aus dem Busch vergleichen? Frau Karlowitz findet im Moment keinen anderen Job, aber deine Negerin weiß doch gar nicht, dass sie auch etwas anderes machen könnte. Sie wird doch immer auf dem Niveau einer Putze bleiben. Du verdirbst sie mit der Welt, die sie hier kennen lernt, sie will dann auch eine Waschmaschine oder einen Videorecorder und deswegen macht sie lieber schnelles Geld, als etwas Ordentliches zu lernen. Bestimmt erzählt sie dann ihrer ganzen Sippe von unserem Wunderland, und schon kommen die alle her und leben von Sozialhilfe. Dass die nicht ausreicht, weiß jeder, also handeln die Männer meist mit Drogen, und die jungen Frauen gehen auf den Strich. Ich verstehe nicht, wie du so etwas verantworten kannst!«
Sie saß da mit offenem Mund und kämpfte um eine Antwort.
»Du meinst also, es ist Henriettas Schuld, wenn ihre Haushaltshilfe auf den Strich geht und im Drogensumpf versinkt?« fragte Ian mit jener seidigen Stimme, die ihr signalisierte, dass er jeden Moment explodieren würde.

»Nicht«, murmelte sie leise, legte ihre Hand auf seinen Schenkel. Das Porzellan, das in einem solchen Ausbruch zerschlagen werden würde, wäre fast nicht mehr zu kitten.

»Genau!«, nickte Ingrid vehement. »Die kommen alle über die Grenze, die schwarzen Horden, leben von unserem Geld, lassen sich auf unsere Kosten ihre Gebisse sanieren und werden dann noch kriminell! Also wirklich, Henrietta, das geht doch nicht!«

»Die schwarzen Horden«, murmelte sie und musste an Becky denken, die zierliche Aschantischönheit aus Ghana.

»Bitte sprechen Sie Deutsch mit mir, Frau Cargill«, hatte sie in französisch gefärbtem Englisch gebeten, »ich will es lernen. Ich will Übersetzerin werden.« Es stellte sich heraus, dass sie außer zwei oder drei afrikanischen Sprachen nicht nur fließend Englisch, sondern auch Französisch sprach, da sie ein paar Jahre in Abidjan gelebt hatte. Und legal war sie auch hier. Sie hatte sich ihre Aufenthaltsgenehmigung zeigen lassen. Sie lautete auf Anna.

»Anna? Wieso Anna?« fragte sie die hübsche Becky. Becky war die englische Abkürzung für Rebecca.

»Ist einer meiner anderen Namen.« Ihr Blick wanderte interessiert über die Wand hinter ihrer Arbeitgeberin.

Für einen verwirrenden Moment fühlte sie sich an Sarah erinnert, und mit einem ungläubigen »Oh« händigte sie ihr das Papier wieder aus. »Nun, gut.« Es hatte keinen Sinn, weiterzubohren. Sie würde doch nicht mehr erfahren, aber sie war sich todsicher, dass Anna kein weiterer Vorname war, sondern dass Anna der Name derjenigen war, die die Aufenthaltserlaubnis besaß, und dass das Dokument jetzt die Runde unter ihren Landsleuten machte. In naher Zukunft würden sich die Annas aus Ghana sprunghaft vermehren.

»Kriminell, du sagst es!« riefen Monika und Ingrid mit einer Stimme. »Hörst du eigentlich zu, Henrietta?«

»Und zahlen nicht einmal Steuern!« Heiner schlug mit der Faust auf den Tisch, die Gläser klirrten, und der Wirt sah aufmerksam zu ihnen herüber.

Dieses Mal musste sie bis dreißig zählen, um ihr Temperament unter

Kontrolle zu bekommen, schaffte es aber nicht. »Das – das fass ich nicht«, sagte sie und versuchte das irre Lachen zu unterdrücken, das sich aus ihr herausdrängte, »die schwarzen Horden!«

Aus der Vergangenheit tauchte eine tonnenförmige, ältere Frau auf, mit kampfbereit vorgestrecktem Kinn. »Wir Damen vom Gartenclub lernen jetzt schießen«, hatte sie gezischt, und ihre harten Augen hatten fanatisch dabei gefunkelt, »wir müssen bereit sein, wenn die schwarzen Horden über uns kommen!«

Schießen! Es war heiß gewesen an diesem Weihnachtsabend in Natal, und auch jetzt im Dorfkrug war es wohlig warm, und trotzdem richteten sich auch heute wieder die Härchen auf ihren Armen bei diesen Worten auf. »Lernt ihr jetzt auch schießen?« fragte sie.

Monikas Mund war blutrot. »Also manchmal redest du wirklich Schwachsinn! Wer hat denn was von Schießen gesagt?«

Sie entdeckte an ihrem Zeigefinger einen Tintenfleck, rieb und kratzte daran, versuchte, ihre Beherrschung wieder zu finden. »Was, bitte«, fragte sie endlich, »ist der Unterschied zwischen einem weißen Menschen und einem schwarzen Menschen, der über unsere Grenze kommt, ob illegal oder legal? Ich gebe ja zu, dass es falsch ist, wenn jemand schwarz arbeitet, und dein Argument, dass Becky – so heißt meine Putzfrau – durch unseren Wohlstand verdorben werden könnte, ist nicht leicht zu widerlegen, obwohl wir über den Begriff ›verderben‹ diskutieren müssten. Wenn ich statt trockenes Brot auch einmal Butter und Marmelade darauf essen möchte, ist das verdorben?«

Die anderen blieben stumm. Ingrid malte Figuren auf die Tischdecke, Monika zündete sich eine weitere Zigarette an, Heiner und Berthold schienen etwas Interessantes auf dem Grund ihres Weinglases entdeckt zu haben.

»Also«, verlangte sie zu wissen, »wo zum Teufel ist der Unterschied zu einer weißhäutigen Frau aus einer ähnlich unterprivilegierten Region wie zum Beispiel aus dem Osten?« Der Tintenfleck löste sich samt einem Stückchen Haut von ihrem Finger. Ein Blutstropfen quoll an der Stelle hervor.

»Das ist doch offensichtlich – man kann es doch gleich sehen, sie sind – nun sie sind anders als wir – schwarz eben, primitiver und so.« Monikas Stimme verebbte.

»Ich muss mal zur Toilette«, murmelte sie erstickt, warf in ihrer Hast den Stuhl um und floh die Treppe zu den Waschräumen hinauf. Aus dem Spiegel im Waschraum starrte ihr ein käsig-blasses Gesicht mit hektischen roten Flecken entgegen. Automatisch begann sie, ihr Make-up zu reparieren. Das half stets, ihre innere Erregung zum Abklingen zu bringen. Als sie zurück an den Tisch kam, saß die Maske wieder perfekt.

»Deine Ansichten sind wirklich reichlich extrem, kein Wunder, dass du dauernd aneckst.« Monikas Rücken war steif, ihr Ton spitz, »Bist du sicher, dass du nicht vor etwas davonläufst?«

Sie fuhr getroffen zusammen. Weglaufen! Vor vielen Jahren in Südafrika einmal hatte ihr ein böser, alter Mann dasselbe vorgeworfen, und damals zumindest stimmte es. Sie war aus Deutschland weggelaufen, aber da meinte sie genau zu wissen, was sie wollte, sah ihr Ziel klar vor sich, ging in gerader Linie darauf zu. Doch die Zeit schritt unaufhörlich fort, und nie schien sie dem Ziel näher zu kommen. Blickte sie zurück über die Landschaft ihres Lebens, war es das, was sie sah, sich selbst, einen Berg hinaufsteigend, erwartungsvoll mit gespannter Ungeduld, sicher, dass sie von der Kuppe aus alles sehen würde, was sie suchte. Aber stets traf ihr Blick wieder einen Berg, der ihr die Sicht versperrte. Verbissen kletterte sie weiter, nicht zulassend, hinter dem nächsten Berg etwas anderes zu erwarten als die Erfüllung ihres Lebenstraums.

Berthold Kaisers Brillengläser blinkten. »Du rennst, solange ich dich kenne, bist auf dem Weg weg von hier woandershin – du läufst vor dir selbst davon. Stell dich doch endlich mal den Tatsachen! Was suchst du eigentlich?«

»Und wie meinst du das?« Ians Schultern schienen plötzlich breiter zu werden.

Sie legte schnell ihre Hand auf seine. »Nicht, bitte«, flüsterte sie hastig und verhinderte zum zweiten Mal eine Explosion. Ändert sich im-

mer das Wesen meines Traums? fragte sie sich, bin ich verdammt, immer zu suchen? Will ich wirklich nur immer weg, woandershin, wo es schöner ist? Als sie Berthold antwortete, sprach sie mehr zu sich selbst. »Einmal bin ich angekommen, und da war es gut, ich hatte mein Ziel erreicht. Mein Suchen hatte ein Ende«, sagte sie und stand wieder am Saum eines Meeres, das keine Grenze hatte, das überging in ein unendliches Strahlen, Lachen hörte sie, Stimmen, die ihren Namen riefen, und im Hintergrund die Sinfonie Afrikas. »Du hast doch Psychologie studiert, Moni ...«
»Nur eineinhalb Semester«, berichtigte Berthold spöttisch und fing sich einen wütenden Blick von Monika ein.
Sie überging die Bemerkung. »Ich bin im Paradies geboren, ich will euch nicht schon wieder damit langweilen, ihr habt es oft genug gehört ...«
»Allerdings!« Monika verdrehte die Augen. »Der Ort, an dem es nie kalt wird, immer die Sonne scheint und die Blumen das ganze Jahr blühen«, leierte sie herunter, »kennen wir.« Bei jedem Wort stieß sie ein Zigarettenrauchwölkchen aus.
Sie lächelte. »Du sagst es! Nun, da wird also dieses kleine Mädchen in Afrika geboren, wird verhätschelt und geliebt, von den schwarzen Menschen und den weißen. Es gibt keine Geräusche um sie herum, die lauter sind als Menschenstimmen, Meeresrauschen und friedliches Vogelgezwitscher. Dann landet dieses kleine Mädchen in einer ganz anderen Welt, die kalt und dunkel war und laut, in der die Nächte von Sirenengeheul und Angst, die Tage von hetzenden Menschen und Straßenlärm erfüllt waren. Zum ersten Mal fühlte das kleine Mädchen Kälte, konnte nicht verstehen, warum sie nichts zu essen bekam, wenn sie Hunger hatte. Sie konnte dem Lärm und der Angst der Erwachsenen, die sie umgeben, nicht entgehen, wusste nicht, was Krieg bedeutete, verkroch sich immer mehr in sich selbst, und seitdem ist sie auf der Suche nach ihrem verlorenen Paradies.«
Ihre Stimme gewann an Kraft. »Mein Ziel hat sich nicht verändert, es wird sich nie ändern. Ich werde weitersuchen, bis ich es gefunden habe.«

»Dein Afrika.« In Ingrids Stimme schwang ein Anflug von Verständnis. »Ich wünschte, ich würde verstehen, was dich dorthin zieht. Ehrlich gesagt, ich wünschte, es gäbe etwas, nach dem ich mich so sehnen würde.«

»Afrika, ja«, nickte Henrietta, »da erkenne ich mich.« Ihre Hände führten schon wieder ein Eigenleben, zerstörten die Serviettenrose, fältelten, knautschten den rosa Stoff. »Es ist eigentlich ganz einfach. Die Ostfriesen definieren Heimat als dort, wo ich nie wieder wegwill. Das sagt doch alles! Du weißt, wovon ich rede, nicht?« Sie forschte in Ingrids Augen, und es wurde ihr klar, dass sie ihre Freundin zum ersten Mal wirklich in ihrer ganzen Persönlichkeit wahrnahm. Als wäre ein Vorhang ein wenig zu Seite geschoben, lugte aus der Tiefe der blauen Augen eine andere Ingrid hervor, eine, die auch auf der Suche war.

Plötzlich war die Nähe dieses Augenblicks wieder da, als Ingrid im Juni aus der Narkose erwachte und beide erfuhren, dass ihr Leben weiterging.

Ingrid nickte. »Ja, ich glaube schon, und ich beneide dich.« Ihre nächsten Worte waren so leise, dass wohl nur Henrietta sie verstand. »Deine Seele hat eine Heimat, meine nicht.«

Heiner Möllingdorf und die Kaisers saßen steif und aus unerfindlichen Gründen offensichtlich betreten auf ihren Stühlen, so als hätte sich Ingrid vor ihnen nackt ausgezogen. Keiner sprach, keiner sah den anderen an.

»Hamburg ist doch schön«, sagte Heiner endlich, »du fühlst dich hier doch auch wohl.« Es klang wie ein Vorwurf.

Ingrid nickte versonnen. »Es hat nichts mit einem Ort zu tun. Es ist etwas anderes, man muss es nur für sich herausfinden. Es hat etwas mit Dazugehören zu tun, zu wissen, wer man ist, wohin der Weg führt. Ich werde darüber nachdenken.«

»Na, hoffentlich tut das nicht weh«, giftete Monika.

Heiner ignorierte den Einwurf. »Du meinst, es ist so etwas wie du dich fühlst, wenn du Blumen malst ... sie ist dann nämlich richtig verträglich«, erklärte er den anderen. »Seit neuestem malt sie Blumen und pflastert unsere Wände damit. Ich muss sagen, einige kann man direkt ansehen.«

»Ja.« Ingrid musterte ihren Mann erstaunt, »Doch. Ein wenig.«

Heiner nickte, seine Miene hellte sich auf. »Ja, dann – wenn das so ist.«

Sieh einer an, dachte Henrietta, vielleicht klappt es ja doch noch mit den beiden.

Der Wirt, ein großer, stattlicher Mann mit einer langen weißen Schürze, trat freundlich an ihren Tisch. »Hat es Ihnen geschmeckt, Frau Cargill? Was kann ich Ihnen zum Nachtisch bringen? Unsere Florentiner Creme vielleicht? Es ist unsere neueste Kreation. Weiße Mousse, karamellisierte Mandelsplitter an Orangenschaum.«

Unter diesem süßen Frontalangriff wich ihr Heimweh ein wenig zurück, und sie schlief die darauf folgende Nacht durch.

Donnerstagabend, den 9. November 1989 –
in Hamburg

Es war pechrabenschwarz draußen, die Wohnzimmerlampen spiegelten sich in den hohen, dunklen Fenstern, und der Fernseher lief, wie immer. Doch heute saß sie wie angenagelt davor. Berlin brodelte. Eine unübersehbare und merkwürdig friedliche Menschenmenge stand in Ostberlin vor dem Grenzübergang und wartete.
»Nu mach schon!«, rief einer, »mach doch auf, nur für eine Stunde!« Die Grenzpolizisten standen da wie aus Granit gehauen.
Zustimmung aus der Menge. »Aufmachen!«, schrie ein anderer, und bald wurde das Wort zum Chor. »Aufmachen! Aufmachen!«
»Tor auf, Tor auf, Tor auf!« schrien sie von hinten und drängten nach vorn. Die Bewegung wurde zu einer Welle, lief durch die Menschenreihen bis nach vorn und brandete gegen die Vopo-Mauer.
Plötzlich brachen die ersten durch, ein paar Volkspolizisten versuchten, sich dagegenzustemmen, gaben aber bald auf und schoben den Schlagbaum zur Seite. Mit schockierten, leeren Gesichtern erst, dann mit einem zaghaften Lächeln sahen sie ihren Mitbürgern hinterher, die den Westen erstürmten.
Henrietta spürte einen Kloß im Hals, ihr Herz hämmerte. Nach all diesen Jahren durften diese Menschen endlich in ihre Heimat zurück. Heimat. Daheim! Ihre Tränen liefen über, tropften ihr über die Wangen. Das Wort brachte sie immer zum Weinen, und immer musste sie dabei an Afrika denken.
Als sie dann Ians Autotür klappen hörte, trocknete sie sich energisch das Gesicht ab und setzte ein Lächeln auf. »Hallo, Liebling«, grüßte sie ihn, »komm schnell, du musst dir das im Fernsehen ansehen. Es

ist unglaublich, was da in Berlin passiert! Sie tanzen auf der Mauer, und die Vopos schauen tatenlos zu!«

Er warf seinen Mantel auf die Truhe in der Diele und folgte ihr. Gemeinsam sahen sie zu, wie die Berliner feierten. Sie wechselten kaum ein Wort, sie hätte es auch nicht gekonnt, der Kloß verschloss ihr schon wieder die Kehle.

Nach Mitternacht dann riefen die DDR-Grenzbeamten ihre Landsleute zurück. Gegen den erleuchteten Nachthimmel, im Hintergrund die Mauer, auf ihrer Krone als Schattenrisse Hunderte von Menschen, davor das Brandenburger Tor, wirkten die Vopos in ihren schweren Winteruniformen bedrohlich. Doch sie taten nichts. Sie gingen nur langsam auf die Menschenmenge zu, baten sie mit ruhiger Stimme zurückzugehen, verzichteten auf den üblichen Befehlston. Sie behielten die Nerven, und alles blieb friedlich.

Doch dann war da plötzlich diese Frau. Sie war klein und dicklich, mit vollen, graublonden Haaren, offensichtlich in Hast mit einer Art schwarzem Haarband gebändigt, rundem Gesicht, in das die Lebensjahre tief eingegraben waren. Sie stand vor diesem großen, steif dastehenden Vopo, sah zu ihm hoch, mit tränenüberströmten Augen und offenem Mund. Aber es kam kein Wort heraus. Neben ihr stand ein junger Mann mit lockigen dunklen Haaren und Oberlippenbärtchen. Er legte ihr wie zur Beruhigung die Hand auf die Schulter.

»Einmal nur durchgehen«, stieß sie hervor, ihre Unterlippe zitterte, »ich geh auch wieder zurück!« Sie verstummte, rührte sich keinen Millimeter von ihrem Platz. Mittlerweile hatten sich mehrere Volkspolizisten vor ihr postiert und schauten auf sie hinunter. »Das schwör ich!«, schrie sie unvermittelt, »beim Leben meiner Kinder!«

Sie klammerte sich an Ians Hände, als sie sah, wie dann die Frau, geleitet von zwei jungen Männern und dem Vopo-Offizier zum Brandenburger Tor ging. Diese kleine Frau, nicht jung, nicht hübsch, nicht besonders, hatte es geschafft, nur kraft ihrer Sehnsucht ihren Willen gegen die Staatsgewalt durchzusetzen, durch das Tor ihr Paradies zu betreten.

In dem Moment schien ihr alles im Leben möglich, alles. In unbändiger Hoffnung dachte sie an ihren Garten in Afrika.
Plötzlich spürte sie Ians Arm um sich. »Es ist gut, mein Herz«, flüsterte er, »du darfst auch durch dein Brandenburger Tor gehen. Ich habe eine Überraschung für dich.« Er hielt ihr einen Umschlag hin.
Sie wusste, bevor sie ihn öffnete, was er enthielt, und ihr Herz sprang. Als sie die Flugtickets herausgezogen und den Zielflughafen gelesen hatte, konnte sie minutenlang nicht sprechen. »Durban, Republik von Südafrika«, ihr Paradies, Abflug am 22. Dezember 1989.
»Mein Weihnachtsgeschenk. Tita dreht schon durch vor Aufregung und plant bereits eine Riesenparty, die von Weihnachten bis Neujahr geht!«
»Das – das geht nicht«, sagte sie tonlos, »du weißt, dass wir dorthin nicht zurückkönnen. Erinnerst du dich an unseren Streit nach Papas Tod? Worüber haben wir uns damals gestritten? Was ist heute anders?« Sie legte ihre Hand auf die verblasste Narbe am Hals.
Er nahm ihre Hand, küsste die Innenfläche, aber er hielt seinen Blick abgewandt. »Liebes, wir sind Ende 1978 ausgereist, es ist elf Jahre her, ich bin über fünfzig – wer sollte sich für uns noch interessieren?«, fragte er leichthin.
»Ich trau den südafrikanischen Sicherheitskräften alles zu, denk an Neils Worte vor vielen Jahren. Bist du ihnen einmal aufgefallen, gibt es eine Akte über dich, sagte er, dann kannst du machen, was du willst, sie wissen es schon vorher. Auch Cedric hat uns gewarnt.« Cedric, der ihr Anwalt war, zumindest bis zu dem Märztag 1968, als BOSS die Jagd auf sie eröffnete. Ihr geltet als subversiv, hatte er gewarnt, allein über dich existiert eine umfangreiche Akte.
Fast ungeduldig wischte er ihre Worte mit einer Geste weg. »Daddy Kappenhofer hat es damals mit Dr. Kruger geregelt, vergiss das nicht. Schließlich sind wir 1972 ohne Probleme wieder eingereist.«
»Trotzdem! Unsere Akte ist todsicher noch immer in ihrem Computer gespeichert. Ein paar schnelle Tastenkombinationen, und schon haben sie uns! Bei unserer Ausreise 1978 haben wir sie ganz schön ausgetrickst. Keiner hat das gern.«

»Schon, aber so wichtig können wir unmöglich sein! – Mach dir keine Sorgen, Liebes, wir haben nichts getan.« Er zog sie in seine Arme. »Sie werden uns in Ruhe lassen.« Es klang, als wollte er sich selbst überzeugen, und sie hörte es wohl.

Doch wie verführerisch waren seine Worte, wie stark ihr Verlangen, so stark, dass sie das salzige Meer riechen konnte, das Gezänk der Mainas hörte, der frechen, indischen Hirtenstare, meinte die sammetweiche Luft auf ihrer Haut zu spüren. Instinktiv ertastete sie an ihrem Hals die kleine Stelle, da, wo die Schilddrüse sitzt, die noch immer empfindlich war, nachdem der Chirurg im Mai dort die Gewebeprobe entnommen hatte. Die Tür zu ihrem Paradies flog auf, es lag vor ihr im strahlenden Sonnenlicht, ihre Freunde winkten. Sie rieb die empfindliche Stelle am Hals und ignorierte den Unterton in seinen Worten, befahl ihrer bohrenden inneren Stimme zu schweigen.

Es war nicht schwer. Von tief drinnen, als wären sie dort verschlossen gewesen wie Lava unter der Erdkruste, brachen ihre Gefühle durch, explodierten in einem ungezügelten Ausbruch. Lachend und weinend zugleich hing sie an seinem Hals.

»Hast du wirklich geglaubt, du könntest vor mir geheim halten, wie unglücklich du bist, dass du vor Heimweh ganz krank bist?«, fragte er weich, und sie wurde steif in seinen Armen, denn, ja, genau das hatte sie geglaubt. »Ich bin zwar zu blöd, einen Videorecorder zu programmieren«, fuhr er fort und grinste, denn das war ein ständiger Scherz zwischen ihnen, »aber eine Kassette einlegen und auf den Start-Knopf drücken, das kriege sogar ich fertig.« Seine violettblauen Augen, die geradewegs in sie hineinblickten, schwebten Zentimeter über ihr, die dichten Haare, mittlerweile weiß, fielen ihm in die Stirn.

»Du weißt von meinen Südafrika-Bändern?«

Er nickte.

»Oh.« Sie küsste ihn. Ihr fiel nichts Besseres ein.

❖

Sie riefen Jan und Julia an. »Ihr habt ja einen Knall«, brachte es Jan in seiner präzisen Art auf den Punkt, »das kann unmöglich euer Ernst sein.« Er fühlte sich für seine Eltern verantwortlich und war meist ziemlich streng mit ihnen. Diese rüde Formulierung allerdings verriet den Grad seiner Besorgnis.

»Es ist elf Jahre her, kein Mensch wird sich für uns interessieren, außerdem war da ja eigentlich gar nichts«, verteidigte sie sich etwas lahm, »wir sind freiwillig gegangen.«

»Leidest du an Gedächtnisschwund, du bist doch noch nicht senil!«, bemerkte Julia im gleichen Ton wie ihr Bruder, »warum sind wir denn 1978 nicht offiziell ausgewandert, sondern angeblich nur auf Urlaub gegangen? Erinnerst du dich nicht mehr, welche Vorstellung wir damals in der Bank geben mussten, als du das Geld abheben wolltest, und was du zu uns gesagt hast?«

Sie musste lächeln. Oh, doch, daran erinnerte sie sich genau! »Setzt euch hin und seht krank aus«, hatte sie gesagt, denn Miss Curtis, die Dame am Schalter, musterte ihre Kinder, die an einem Werktagvormittag ohne Schuluniform mit ihr in der Bank standen, mit gerunzelter Stirn. »Warum sind denn die Zwillinge nicht in der Schule?«, fragte sie streng. Sie trug einen kurzen dunklen Bubikopf und dicke Horngläser und stellte diesen unangenehmen Typ einer offiziellen Person dar.

»Sie sind krank«, reagierte sie geistesgegenwärtig, »Pfeifferschs Drüsenfieber.« Pfeifferschs Drüsenfieber ging gerade um. »Setzt euch hin und seht krank aus«, zischte sie den Kindern auf Deutsch zu.

»Warum?« fragte Jan und fing einen Tritt an den Knöchel von seiner Schwester ein, die bereits überzeugend ermattet auf einen Stuhl gesunken war.

Nervös beobachtete sie Miss Curtis. Die Formalitäten ihrer Abreise waren minuziös geplant. Offiziell gingen sie auf Urlaub, und wenigstens den Geldbetrag, den man dann für persönliche Zwecke ausführen durfte, wollten sie mitnehmen. Dieser Betrag musste im Pass eingetragen werden. Das konnte jedoch nicht geschehen, ohne dass sie ein Wiedereinreisevisum im Pass hatten, und das bekamen sie nur mit einem Rückreiseticket und einer gültigen, amtlich bestätigten Pockenimpfung.

Ihren Freunden erzählten sie, dass sie nach Deutschland fliegen und ihre Eltern besuchen wollten, da Mama schwer erkrankt war. Das stimmte sogar, doch sie war bereits auf dem Weg der Besserung. Nach ihrer Rückkunft, so erzählten sie vorsorglich herum, wollten sie ihr Haus vermieten und in eins der großen Luxusapartments am Strand ziehen. Bis dahin würden sie ihre Möbel auf Lager legen. Das erklärte die riesigen Umzugscontainer vor ihrer Tür.

Gelegentlich hatte sie Mühe, die Lügen auseinander zu halten, aber jeder glaubte es, und nur Tita und Neil wussten die Wahrheit. Sie war gut im Lügen geworden, das hatte sie gelernt, damals 1968, unter sehr harten Umständen.

Sie setzten eine Anzeige in die »Sunday Times«, Rubrik »Vermietungen«, und ein Mr. Norman meldete sich, ein konservativ gekleideter Geschäftsmann in den Vierzigern, der ihnen gefiel. »Ich gedenke, in kürzester Zeit zu heiraten. Dieses Haus ist perfekt für eine junge Familie«, erklärte er und lächelte charmant. Seine zukünftige Frau jedoch trafen sie nicht.

»Ich werd ihm eine meiner Cousinen als Hausmädchen schicken«, entschied Sarah misstrauisch, »dann wissen wir immer, was da so läuft. Man weiß ja nie!« Henrietta fand diese Idee ausgezeichnet, und so geschah es. Mr. Norman schwatzte ihr einen zehnjährigen Mietvertrag ab. Er hätte das Haus gern gekauft und ein kleines Ferienapartmenthaus weiter unten auf dem Grundstück gebaut.

»Wir werden dieses Haus nie verkaufen«, beschied ihm Ian in einem Ton, der Mr. Norman nicht weiterfragen ließ.

Außerdem durfte nur ein Wohnhaus auf diesem riesigen Grundstück errichtet werden, keine Tennisanlage, Reihenhäuser oder Luxusvillen oder, Gott bewahre, ein Hotel. Nur ein Haus und ein Garten, wie er nur in Natal wächst, mit Amatungulu, der Natalpflaume, umSinsi, dem Korallenbaum, der seine Flammenkrönchen im Winter trägt, und Umzimbiti, dem kleinen hübschen Baum, des-

sen Massen von aufrechten Blütendolden wie zartblaue Schleier im Dezember und Januar über dem Garten lagen.
So hatte es Luise von Plessing, diese feine, alte Dame, von der sie 1965 das Land gekauft hatten, gewollt, so lautete der Kaufvertrag.

»Henrietta!« Es war Luises Stimme, die sie vernahm und meinte sogar, schattenhaft ihre Gestalt erkennen zu können. Sie lächelte in sich hinein, vergaß Julia am anderen Ende der Telefonleitung, griff zu dem Anhänger, den sie stets um den Hals trug. Eine Münze, in der das Kreuz des Südens in Diamanten funkelte, den Luise ihr eines Tages schenkte. Ihr Mann hatte sie anfertigen lassen, als er und seine blutjunge Frau vor vielen Jahrzehnten in Natal gelandet waren.
Luise, diese wunderbare Frau, schon Ende siebzig, als Henrietta sie 1960 kennen lernte, die ihr Mutter und Großmutter werden sollte, die ihr das Leben zeigte, wie es wirklich war, aufregend, voller Herausforderung und schön.
Oh, wie schön konnte das Leben erscheinen, wenn Luise davon sprach! Sie liebte die Menschen, fand zu jedem einen instinktiven Weg, schaute mit ihren seeblauen Augen ihnen direkt ins Herz. Jan und Julia erzählte sie an langen Abenden von ihrer Farm in Zululand, die sie mit ihrem Mann aufgebaut hatte, nahm sie mit auf eine Reise in die Vergangenheit, in das wilde Afrika. Sie lehrte sie Achtung und Liebe für das Land und ihre Menschen zu haben. Zusammen wanderten sie über ihr Grundstück, das nicht weit von Henriettas Haus auf der Krone des sanft zum Meer abfallenden Landes lag.
Die alte Dame, noch immer ungebeugt, an ihrer Hand die beiden goldschöpfigen Kinder, und hinter ihnen William, der baumlange Zulu, der für sie sorgte und sie stets mit einem großen gelben Sonnenschirm schützte, wurden zu einer bekannten Erscheinung.
»Eine weiße Lady sollte ihre Haut nicht der Sonne aussetzen«, erklärte William missbilligend. Seine Vorstellungen von dem Dasein einer hoch gestellten weißen Lady ihres Alters unterschieden sich krass von denen von Luise von Plessing. Sie dachte sich nichts dabei, in glühender Sonne ihre Beete umzugraben oder die kleinen wilden

Mangos zu pflücken, die an dem knorrigen Baum am Fuße ihres Gartens wuchsen, und Chutney daraus zu kochen. »Im Sessel sitzen und stricken kann ich immer noch, wenn ich alt bin«, lachte sie und war jünger als die meisten Menschen, die Henrietta kannte.
Als sie sich damals, 1968, in diesen schrecklichen Tagen von Luise verabschiedete, ihr nur sagte, dass sie nach Schottland fliegen würde, hatte sie sie mit ihren gütigen Augen gemustert. Henrietta fühlte diesen Blick bis in ihr Innerstes. »Du bist das Einzige, was ich noch habe. Bitte gehe vorsichtig mit mir um«, bat Luise leise.
Ihre Worte durchbrachen die Schutzmauer, die Henrietta um sich aufgebaut hatte, um diese Tage durchzustehen, und sie erzählte ihr alles, die ganze schlimme Geschichte.
Luise hielt sie fest, streichelte sie. »Du bist stark, ich kenne dich«, murmelte sie, »du wirst es schaffen und hierher zurückkehren. Ich verspreche dir, dass ich auf dich warten werde. Ich werde hier sein, wenn du wiederkommst.« Noch heute fühlte Henrietta ihre rauen, warmen Gärtnerhände.
Sie hielt ihr Versprechen. Sie war da, sie wartete am Flughafen, als die Familie 1972 zurückkehrte. Sie liefen in ihre offenen Arme. »Willkommen, meine Kinder, willkommen zu Hause«, lachte Luise, »oh, ist das schön, nun bin ich nicht mehr allein!« Ihre Arme um Julia und Jan gelegt, ging sie voran mit dem federnden Schritt einer jungen Frau. William, den gelben Sonnenschirm über sie haltend, obwohl es bedeckt war, folgte ihnen mit Freudentränen in den Augen.
An einem trockenen, heißen Januarmorgen 1974, zwei Jahre später, sehr früh, stand er plötzlich vor Henriettas Tür. Er war schweißüberströmt, schien gerannt zu sein, sein Atem ging stoßweise, denn er war alt geworden. Sie las es in seinem Gesicht. Er brauchte nichts zu sagen, sie wusste, was passiert war. »Lebt sie noch?«
Er nickte, wischte sich die Augen, senkte dann seinen Kopf.
»Komm!«, rief sie, sprang in ihr Auto und hielt ihm die Tür auf.
»Sie ist im Garten, auf ihrem Hügel«, sagte William, als sie vor Luises Haus hielten. Sie rannten durch das Haus mit den schönen alten

Möbeln, hinaus in den weiten Garten, zu dem kleinen Hügel. Dort fand sie Luise auf ihrem Lieblingsplatz, Gott sei Dank nicht verletzt oder in einem unwürdigen Zustand. Sie lag in ihrem Liegestuhl unter dem Sonnenschirm, den William über ihr aufgespannt hatte. Henrietta fiel auf die Knie, nahm die alte Hand und legte ihr Gesicht hinein.

»Du brauchst nicht zu weinen, mein Kind«, flüsterte Luise, und sie konnte hören, wie schwer ihr das Sprechen fiel, »es ist nun genug. Ich bin müde, ich möchte jetzt schlafen.«

Henrietta konnte nicht sprechen. Tränen überschwemmten ihre Augen, verstopften ihr die Kehle. Sie küsste die Hand mit der weichen, faltigen Haut, den rauen Innenflächen. Alles, was sie herausbrachte, war »danke, danke«.

Sie begruben sie auf ihrem Hügel, ihren Blick für ewig auf die fernen, blauen Kuppen ihres geliebten Zululands gerichtet, dorthin, wo schon ihr Mann seine endgültige Ruhe gefunden hatte.

Der Verkaufserlös vom Großteil ihres Landes sicherte die Zukunft von William und seiner Familie, ihren Hügel vermachte sie der Gemeinde mit der Auflage, das Gelände in seinem naturbelassenen Zustand zu erhalten und für alle Menschen zugänglich zu machen. Schon immer war Luises Grundstück ein Refugium für viele Tiere gewesen, seltene Vögel brüteten im Schutz des Dickichts, und wenn die Dämmerung aufzog, erfüllte ihr Konzert weithin hörbar den Abend.

Luise war lebensnah genug gewesen, einen als aggressiv und furchtlos geltenden Anwalt als Vermögensverwalter einzusetzen, der den Immobilienhaien, die diese fette Beute begehrlich umkreisen und mit dicken Scheckbüchern vor der Nase der Gemeindeherren herumwedelten, mit Erfolg auf die Finger klopfte.

Es wurde zur Tagesroutine der Cargills, die morgens mit der Sonne aufstanden und nach einem Strandlauf im Meer schwammen, durch den Park zurück zu ihrem Haus zu gehen. Baumkronen wölbten sich über dem Pfad, tauchten alles in ein grün schimmerndes Aquariumlicht, Lianen schlangen sich um Stämme und Äste, die kleinen wei-

ßen Sternenblüten der Num-Num-Büsche verströmten intensiven Jasmingeruch, es raschelte, wisperte, fiepte. Der Weg hatte den Namen Mambapfad im Volksmund, und mehr als einmal erhaschten sie eine Bewegung in den Blättern, die nicht vom Wind verursacht worden war, gewahrten, dass der Ast vor ihnen Augen hatte.
Julia und Jan aber erbten ihr Leben, das Luise in ihrer gestochen klaren Sütterlinschrift in mehr als dreißig Schulheften aufgeschrieben hatte, ein Heft für jedes Jahr, das letzte trug die Jahreszahl 1972.
Henrietta bekam ihre Möbel und ihre Bücher, und das komplizierte die Sache, denn 1978 konnten sie ihre Möbel nicht einfach einpacken und verschiffen. Nichts, was besonderen Wert besaß, konnte man unbehelligt aus dem Land bringen.
»Das sind Antiquitäten«, sagte Tita, »die kriegst du nicht aus dem Land.«
Sie behielt Recht.
Ihrer alten Freundin und Ians Cousine, Diamanta »Glitzy« Daniels, verheiratete Kinnaird, hatten die Grenzbeamten kurzerhand einfach den Familienschmuck abgenommen, als sie mit ihrem Mann Frank das Land verließ, um nach Australien überzusiedeln. Offiziell waren sie natürlich, wie so viele, nur auf Urlaubsreise gewesen. »Sie wollen die Klunker für mich aufbewahren, bis ich zurückkehre«, schrieb sie empört aus Brisbane, »soll ich denn nackt herumlaufen?«
Ian fand den Ausweg. »Wir werden einfach eine Ausfuhrgenehmigung für die Möbel beantragen, bevor jemand merkt, dass wir abhauen!« Gleich nach ihrer Ankunft 1972 hatten sie eine kleine Im- und Exportfirma gegründet, die bestens florierte, und so gab es kein Problem, eine Ausfuhrgenehmigung für Möbel zu bekommen.
Morgens also die Ausfuhrgenehmigung beantragen, danach Pockenimpfung, Wiedereinreisevisum in den Pass stempeln lassen, Geld abheben, Betrag im Pass eintragen lassen. Gleichzeitig mussten die Möbel gepackt und das Haus geräumt werden. Sie bekam Atembeschwerden, als sie diesen Plan aufstellte, denn diese ganze Aktion musste an einem einzigen Tag über die Bühne gehen und bedurfte ei-

ner geschickten Choreografie. Aber das Schlimmste war, erinnerte sie sich jetzt, das Abschiednehmenmüssen, für immer, und außer Tita und Neil durfte das keiner merken.

Es war wirklich nicht verwunderlich, dass mir dabei dieser Fehler mit den Schuluniformen unterlief, dachte sie, während Julia auf ihre Antwort wartete. Glücklicherweise waren die Zwillinge, wie alle Kinder, begnadete Schauspieler gewesen, und Miss Curtis hatte ihnen das Pfeiffersche Drüsenfieber abgenommen.
Julias ungeduldiges Räuspern am Telefon holte sie zurück. »Nun, wie ist es, Mami, erinnerst du dich? Oder hast du das auch verdrängt?« Wie Jan konnte Julia nicht verbergen, dass sie wirklich besorgt war. Das erklärte auch ihren aggressiven Ton.
»Ach, Julia, das Ganze war doch eigentlich eine Art sportlicher Wettbewerb.«
»Dafür warst du aber ganz schön nervös, liebe Mutter. Außerdem, hast du einmal zusammengezählt, gegen wie viele Gesetze ihr damals verstoßen habt?«
Julia konnte wirklich sehr enervierend sein! Ungehalten legte sie auf. Diesen wunderbaren Tag sollte keiner verderben!
Aber die beiden ließen nicht locker. Spätabends klingelte das Telefon noch einmal. »Da war doch was mit Imbali 1976!« Jans Stimme klang vorwurfsvoll, ungeduldig und besorgt. »Glaubst du ernsthaft, die haben das vergessen?«

Richtig, da war etwas gewesen mit Imbali, Tochter von Sarah, ihrer schwarzen Schwester, und Vilikazi. Von dieser Sache mit Imbali hörten Cargills erst, als Vilikazi eines späten Abends im August 1976 bei ihnen auftauchte. Überrascht waren sie aufgesprungen, als er durch die Terrassentür schlüpfte, denn seit der Sache mit den Propagandablättern, nach denen die Agenten von BOSS die Fabrik durchwühlt hatten, war er untergetaucht und mit ihm seine acht Freunde, und sie hatten ihn nicht mehr gesehen.
Sie erinnerte sich an den Tag der Durchsuchung noch ganz genau. Es

war Anfang Februar 1975, und in der Nacht zuvor tobte ein Gewitter über Natal, das Ahnungen von der Apokalypse heraufbeschwor. Blitze zuckten über den schwarzen Himmel, sprangen von Wolke zu Wolke, zischten unter ohrenbetäubendem Krachen herunter, dass selbst Ian unbehaglich wurde. Beide standen sie auf und zogen sich an. Auch die Kinder waren aufgewacht. Niemand konnte bei diesem Inferno schlafen. Zusammen zogen sie sich in die Küche zurück, die zum Hang hin lag und dadurch nicht gefährdet war.

Sie hatten großes Glück. Der Sturm riss einen meterlangen Ast von dem Flamboyant ab, drehte ihn und rammte ihn mit aller Macht in das Fenster von Jans Zimmer und überschüttete sein Bett mit messerscharfen Splittern. Auch in der Fabrik war einiger Schaden entstanden. Deshalb kam Ian etwas später als gewöhnlich nach Hause. Die Kinder schliefen schon. So aßen sie allein auf ihrer windgeschützten Schlafzimmerterrasse. Auf der großen Terrasse am Swimmingpool stürmte es noch heftig.

Erst nach dem Essen fiel ihr auf, wie wortkarg Ian bei Tisch gewesen war. Er schien mit seinen Gedanken meilenweit entfernt zu sein. »Ist etwas, Liebling?«, fragte sie, als sie noch einen Wein tranken.

»Heute ist etwas Eigenartiges passiert«, begann er und ließ nachdenklich die bernsteinfarbene Flüssigkeit im Glas kreisen, »wir bekamen eine Ladung Material aus Holland, und als wir die Kisten öffneten, flatterten Hunderte von Antiapartheids-Propagandablättern heraus. Im Nu verschwanden sie in den Händen meiner Arbeiter, aber Mrs. Snell erfuhr davon – von wem weiß ich übrigens nicht – und rief die Staatssicherheit an. Mit vier Mann hoch erschienen sie kurz darauf und durchkämmten die Fabrik. Der, der offensichtlich der Ranghöchste war – sie trugen Zivil –, sah mich nur kurz an, so als hätte er erwartet, mich dort zutreffen. Oh, hallo, Ian, wie geht's? grüßte er, und ich war wie vor den Kopf geschlagen.«

»Einer von BOSS?«, fragte sie ungläubig. »Kanntest du ihn?«

Er sah sie an, lange und sehr ernst. »Ich habe den Mann nie gesehen, und ich möchte wissen, woher er mich kennt und warum er nicht überrascht wirkte, mich dort vorzufinden.«

Sie japste nach Luft. Ihre Kopfhaut prickelte, als hätte sie eine eiskalte Dusche bekommen. »Und?«, krächzte sie, ihre Kehle war plötzlich rau.
Er schüttelte den Kopf. »Nichts, gar nichts. Sie nahmen die Flugblätter mit, die im Übrigen plötzlich fast alle zerknüllt auf dem Boden lagen, keiner meiner Leute trug eins bei sich, dann grüßten sie mich noch einmal und verschwanden.«
»Welchen Rang hatten sie, ich meine, war es Fußvolk oder waren es höhere Chargen?«
»Fußvolk gibt es nicht bei BOSS. Fußvolk sind da Leutnants. So wie sich der benommen hat, der mich gegrüßt hat, war er mindestens Oberst. Ein gut aussehender Mann übrigens. Groß, blond, gut geschnittenes Gesicht – weißt du, Siegfried der Recke.«
»Bestimmt hat er auf Mann dressierte Schäferhunde zu Hause«, murmelte sie zynisch.
Ian füllte ihr Weinglas auf. »Aber das war noch nicht alles. Noch etwas war sehr seltsam. Im Nachhinein fiel mir auf, dass Vilikazi und seine Männer, als die Agenten die Fabrik durchsuchten, nirgendwo zu sehen waren. Sie waren verschwunden und sind bis Arbeitsschluss auch nicht wieder aufgetaucht.«
»Merkwürdig – war das alles, Siegfried hat dich gegrüßt, und das war`s, kein weiteres Wort?«
»Nichts.«
Und dabei blieb es. Ian hörte nie wieder von der Sache mit den Propagandablättern, und Vilikazi und seine Leute blieben verschwunden.
Bis heute Abend, wo Vilikazi plötzlich in der Tür stand. »Sakubona, Henrietta«, grüßte er sie mit dem Dreiergriff. »Ian, usaphila na – geht es dir noch gut?« Seine Haut glänzte ölig, die Narbe, die wie ein breiter rosa Mund unter seinem Kinn von Ohr zu Ohr verlief, ein Andenken an eine gefährliche Nacht in Kwa Mashu, bewegte sich mit seinem Adamsapfel teuflisch grinsend auf und ab. Sein schwarzes T-Shirt, Aufschrift »Ich bin schwarz, nicht dreckig«, hing über die Hose, die Hände hatte er in die Hosentaschen gebohrt, dass die Mus-

kelpakete auf seinen Oberarmen hervortraten. »Imbali ist in Soweto verhaftet worden, wir wissen nicht, wo sie ist. Sarah ist verrückt vor Angst.«
Ihre Kopfhaut zog sich zusammen. Imbali, dieses bildhübsche, zarte junge Mädchen, eine hoch begabte Sängerin, im Gefängnis. In einem südafrikanischen Gefängnis! Sie war so etwas wie ihr Patenkind und hatte die ersten Jahre ihres Lebens im Donga-Haus verbracht.
»Wie ist das passiert?« Ian reichte Vilikazi ein Bier. Damit verstieß er mal wieder gegen eins dieser unsinnigen südafrikanischen Gesetze. Man durfte einem Farbigen keinen Alkohol servieren, nicht einmal im eigenen Haus.
»Sie hat in Soweto mit Steinen geworfen«, Vilikazi grinste böse, »und getroffen!« Er kippte sein Bier hinunter und setzte das Glas auf dem Couchtisch ab. »Ian, ich brauche deine Hilfe«, sagte er und sah ihm in die Augen, und Henrietta wusste, dass er gekommen war, eine Schuld einzufordern, denn Vilikazi, langjähriges Mitglied des ANC, hatte Ians Flucht im März 1968 organisiert. Dafür standen sie in seiner Schuld, mit allem, was sie besaßen.
Ian nickte. Er hatte es also auch verstanden. »Ich kümmere mich darum. Wo kann ich dich erreichen?«
Vilikazi wippte auf den Fußballen, überlegte. »Ich ruf dich an, jeden Abend zwischen sieben und acht.« Er glitt zur Tür.
»Willst du nicht mit uns essen?«, rief sie, aber er schüttelte den Kopf, weiße Zähne glänzten, dann verschluckte ihn die Nacht.
»Frag Neil«, schlug sie vor. Neil, äußerlich farblos und unscheinbar wie ein Sandkorn am Strand, der aber funkelte und strahlte, sobald er über die Liebe zu seinem Land redete, der überall Kontakte hatte, selbst bei der Sicherheitspolizei.
Ian nickte und hob den Telefonhörer hoch, legte ihn aber wieder hin. »Man kann nicht wissen, wer alles mithört. Komm, wir fahren hin.«
Eine halbe Stunde später öffnete ihnen Gladys, Titas Hausmädchen, eine schwergewichtige Zulu, und führte sie ins Wohnzimmer. Tita und Neil saßen vor dem Fernsehschirm, denn seit dem 5. Januar 1976

war das Fernsehen auch nach Südafrika gekommen. Neil sprang bei ihrem Eintritt auf. »Hallo, schön, euch zu sehen. Kommt rein! Was wollt ihr trinken?«
Ian nahm ihn beiseite und redete für Minuten auf ihn ein. Neil nickte ein paar Mal, und dann verbrachten sie gemeinsam einen netten Abend vor dem Fernseher.
Es dauerte über eine Woche, ehe sie herausgefunden hatten, wo Imbali inhaftiert war. Sie beauftragen ihren Anwalt, sie herauszuholen, egal wie, und damit stachen sie mitten ins Wespennest.
»Unsere süße Imbali mit den riesigen, unschuldigen Augen gehört zu den Anführern in Soweto«, berichtete Ian, »und sie hat nicht nur mit Steinen, sondern auch mit Molotowcocktails geworfen. Einer davon hat einen Polizeipanzer in Brand gesteckt und die Insassen geröstet.«
Vor Henriettas innerem Auge baumelte eine Henkersschlinge. »Oh, verdammt!«, sagte sie, »verdammt, verdammt, verdammt!«
»Absolut keine Chance, sie rauszukriegen«, sagte ihr Anwalt, und sie teilten es Vilikazi am Telefon mit, als er, wie verabredet, zwischen sieben und acht anrief.
Er kam ein paar Stunden später im Schutz der mondlosen Nacht. Umständlich fischte er ein Fläschchen aus der Hosentasche und reichte es Ian. »Sieh zu, dass Imbali das erhält, dann ist deine Schuld getilgt«. Seine Augen warnten sie, weiterzufragen, und sie taten es nicht.
Über ihren Anwalt konnten sie das Fläschchen nicht ins Gefängnis schmuggeln, er wurde zwar gut bezahlt, war aber nicht eingeweiht, nicht einer von ihnen. Das Fläschchen erreichte auf einem komplizierten Weg über einen indischen Anwalt, den Neil kannte, eine Woche später Imbali. Was das Fläschchen enthielt, erfuhren sie nie.
Aber eines Abends erschien Vilikazi bei den Cargills. »Sie hat's geschafft«, grinste er glücklich, »sie ist über die Grenze. Ich musste unserem Inyanga eine Kuh für das Fläschchen zahlen. Er ist ein Meister der Kräuterkunde.« Grinsend klatschte er in die Hände und stampfte einen Triumphtanz.

Ian holte ein paar Geldscheine aus dem Safe und reichte Vilikazi einen kleinen Stapel. »Kriegt man dafür eine Kuh?«
»Ja, Mann«, lachte Vilikazi und stopfte die Scheine in seine Tasche, »ja, dafür kriegt man eine Kuh!«
Neil klärte sie auf. »Ich vermute, dass sie einen scheußlich aussehenden Ausschlag bekommen hat oder etwas ähnlich Abstoßendes. Jedenfalls hat man sie in ein anderes Gefängnis transportiert, das eine Krankenstation hat. Der Transport wurde überfallen, Imbali konnte fliehen, und ihr solltet den Kontakt zu Vilikazi und Sarah für eine Zeit abbrechen, die Bluthunde von BOSS haben eure Fährte wieder aufgenommen.«
Für einige Zeit beobachteten sie daraufhin ihre Umgebung aufmerksamer, lauschten auf den hohlen Nachklang im Telefon, der ihnen zeigte, dass abgehört wurde. Doch die Sache hatte kein Nachspiel, es passierte nichts. Vilikazi und Sarah, die sie natürlich wieder sahen, schwiegen sich über Imbali aus.

»Bist du noch dran, Mami?«, fragte Jan am anderen Ende des Telefons, »hast du mir eigentlich zugehört? Ich hatte dich etwas gefragt.«
»Natürlich! Die ganze Sache verlief im Sande, es gab nie irgendwelche Schwierigkeiten«, erwiderte sie, »ich weiß nicht einmal genau, was aus Imbali geworden ist.«
»Ihr seid für euer Alter wirklich ungewöhnlich naiv«, knurrte er in seiner Elternstimme.
»Wir können ganz gut auf uns aufpassen«, versuchte sie ihn zu beruhigen. Die Jugend heutzutage, sicher hinter einer Barriere von Rentenversicherung, Krankenversicherung, Arbeitslosengeld, Arbeitslosenhilfe, Kündigungsschutz – sogar fürs Sterben gab es einen Zuschuss –, hatte eben ein gesteigertes Sicherheitsbedürfnis. Nicht das Material, aus dem früher Pioniere geschnitzt wurden.
Auch Julia versuchte noch einmal, sie umzustimmen. »Bitte erkläre mir, Mami, was euch dazu bewegt, wieder in dieses Land zu fahren. Habt ihr nicht genug Schlimmes dort erlebt? Warum tut ihr euch das

an? Ich bin eure Tochter, ich habe das Recht, es zu wissen!« Ihre Stimme stieg um eine Oktave.

Aber ihre Mutter verschloss sich. »Das verstehst du nicht.«

»Eben, das sagte ich ja. Ich verstehe es nicht, also erkläre es mir bitte.«

Sie lehnte am Fenster. Es war sehr kalt an diesem Tag. Nebel hing in den kahlen Zweigen der Apfelbäume, der erste starke Frost hatte alle Sommerpflanzen umgebracht. Braun und schlaff lagen sie am Boden. Raureif überzog alles wie ein Schimmelpelz. »Ich brauche Farbe und Wärme, den weiten Himmel.« Sie zögerte. Wie sollte sie Julia erklären, was Afrika für sie bedeutete? Sie dachte an die Frau, die durch das Brandenburger Tor gehen durfte.

»Das kann es doch nicht sein! Das hast du doch auch auf Mallorca«, bemerkte Julia ungläubig, »da gibt es keine Malaria, keine Schlangen, und ganz besonders gibt es nicht BOSS. Wenn ihr euch einbildet, dass da Springböcke herumspringen und Nashörner durchs Unterholz galoppieren, ist es doch fast wie Afrika.«

Das stimmt, dachte sie, aber es ist eben nicht Afrika. »Ich habe keine Angst vor Schlangen und Malaria.«

»Aber sieh dir doch Afrika an, nichts als Blut und Tränen.«

Sie schwieg lange, nur ihr gemeinsames Atmen war zu hören. »Ich habe Sehnsucht«, sagte sie endlich, und ihre Stimme raschelte wie trockene Blätter, »ich habe Sehnsucht nach Wärme, die nichts mit der Sonne zu tun hat, sondern mit Menschen.«

»Mami, die Menschen haben euch nach dem Leben getrachtet! Ich will nicht, dass ihr fliegt. Ich habe Angst um euch.«

»Julia, Liebling, bitte versteh mich, ich muss herausbekommen, ob ich das wieder finden kann, was ich verloren habe. Ich muss! Meine Nächte sind zu schwarz geworden.«

»Oh, Mami, du machst dir etwas vor, nichts wird sich dort geändert haben!«, sagte Julia und legte auf.

»Oh, lass mich zufrieden«, fauchte sie durch die tote Leitung. Lächerlich, wischte sie Julias Worte innerlich weg, wovor sollte ich weglaufen? Und über BOSS will ich jetzt nicht nachdenken, wir le-

ben nicht mehr dort, wir sind nicht mehr interessant – ich lass mir mein Paradies nicht nehmen.
Denn darauf reduzierte es sich für sie. Sie liebte dieses Land so sehr, sie sehnte sich so stark nach seiner Wärme, seinen Menschen, den Farben und Gerüchen, dass es ihr gelang, alles Hässliche beiseite zu schieben. Es war, als wäre die Erdanziehung in Afrika stärker als auf anderen Kontinenten. Berührten ihre Füße seine warme Erde, wurde sie zu einem Wesen, das aus ihr geformt worden war, voller Lebenskraft und Freude, das um die Geheimnisse von Afrikas Natur wusste und traumwandlerisch sicher seinen Weg fand.
Plötzlich sah sie lachende Gesichter, ihr zugewandt, ausgestreckte Hände, hörte Stimmen, die sie riefen. Wie ein Stromschlag durchfuhr es sie. Deswegen muss ich nach Südafrika fahren, dachte sie, um herauszufinden, ob die Hände noch ausgestreckt sind.
»Du hast Recht«, stimmte sie Ian zu, »was soll uns schon passieren.«
Glücklich bereitete sie sich auf die Rückkehr in ihr Paradies vor.

❖

Es waren aufregende Tage für sie und für Deutschland, diese Wochen im Spätherbst 1989. Alle taumelten in Wiedervereinigungseuphorie. Jeder ihrer Freunde hatte irgendwo einen echten Ossi aufgetrieben, und allenthalben stiegen Wiedervereinigungspartys. Möllingdorfs schossen den Vogel ab. Als sie und Ian mit einem Blumenstrauß bei ihnen vorfuhren, parkte bereits ein exotisches Gefährt, graubeige, klein, rechteckig, hässlich, neben Ingrids Cabrio. Ein Trabbi, ein echter sozialistischer Trabbi! Die dazugehörigen Besitzer, entfernte Verwandte von Heiner Möllingdorf, trugen ausgewaschene Jeans von merkwürdiger Farbe und wirkten einfach entzückend mit ihrem sächsischen Dialekt.
Ingrid Möllingdorf half ihnen fürsorglich am Büffet. »Das ist A-vo-ka-do, schmeckt nach Nuss, und diese Tierchen hier nennen wir Gambas.« Sie hob zwei davon auf Jürgens Teller, so hieß der männliche Ossi. Sie sprach laut und langsam, was ihr einen ganz und gar un-

sozialistisch spöttischen Blick von der Ossi-Frau eintrug. Sie hieß Helga, trug zu der Jeansjacke einen geblümten Rock und eine rötliche Pudelfrisur. Sie war Chemikerin, Jürgen Maurer. Eigentlich wollte er Architektur studieren, aber er durfte nicht.
Später überhörte sie eine Diskussion zwischen Helga und Jürgen, in der es darum ging, ob sie einfach bei Möllingdorfs bleiben und nicht in den kalten Osten zurückkehren sollten. Das Haus sei ja groß genug für mindestens vier Familien.
Ingrid betrachtete sich als sehr liberal und aufgeschlossen. Ein- bis zweimal im Jahr lud sie zu ihren so genannten ethnischen Abenden ein. Sie hatten schon Partys mit verschiedenen Ausstellungsobjekten veranstaltet. Für den indianischen Abend präsentierte sie eine Indio-Familie aus Peru, am afrikanischen tanzten Becky und ihre zahlreiche Verwandtschaft aus Ghana zu dumpfen Trommelklängen, und zu dem indischen Abend bat sie ein Sikh-Ehepaar aus dem Punjab. Ingrid dekorierte dann ihr Haus dementsprechend. Die Indios beispielsweise hockten in einem Dschungel von exotischen Kübelpflanzen auf Grasmatten und schnitzten an einem Blasrohr herum. Sich in die bereit gehängte Hängematte zu legen wagten sie wohl nicht. Auch das Büffet war immer auf die Gelegenheit abgestimmt. Für den indischen Abend hatte sie bei Kohinoor, Hamburgs bestem indischem Restaurant, ein Festmahl bestellt, das einen Maharadscha begeistert hätte.
Sie meinte es wirklich gut. Jeder ihrer exotischen Gäste verließ ihr Haus reich beschenkt, und ihre Freunde nötigte sie zu Spenden, die sie mit fröhlicher Brutalität genau auf deren Geldbeutel abstimmte. Und Jürgen aus dem Ossi-Land vermittelte sie zwischen Champagner und Kanapee eine Menge lukrativer Schwarzarbeit bei ihren Freundinnen, die ständig mit Renovieren und Umbauen ihrer Häuser beschäftigt und nur zu froh waren, ein wenig dabei zu sparen. Heiner bekam den Auftrag, sich bei seinen Geschäftsfreunden für ein Tätigkeitsfeld für Helga umzusehen.
Sie sah zu Ingrid hinüber. Seit dem Abend im ›Dorfkrug‹ hatten sie die Vertrautheit jener Nacht, bevor das Urteil über ihre Gesundheit

fiel, wieder gefunden. Es verband sie die beste Art Freundschaft, eine, in der man keine Maske brauchte, sie war wie ein sanfter Regen, der den Boden für Wurzeln weich und durchlässig macht. Politisch waren sie zwar gegensätzlicher Meinung, vermieden Diskussionen, die in Streit hätten ausarten können, legten aber auch kein Schweigen darüber.

Sonntag, den 10. Dezember 1989 – in Hamburg

Am Nachmittag zwei Wochen vor ihrer Abreise, am zweiten Advent, saßen die Cargills in ihrem Wohnzimmer und tranken Kaffee. Sie hatte Streuselkuchen gebacken, das Kaminfeuer brannte, und die Kerzen auf dem Adventskranz spiegelten sich in den hohen Fenstern. Ian las Zeitung, Henrietta skizzierte die Vorlage zu einem Aquarell, »Spatzen im Schnee«. Ein Halogenscheinwerfer flutete den Garten bis zum Zaun mit bläulichem Licht, verwandelte die dünne Schneeschicht in eine kristallbestickte, glitzernde Decke. Sachte schwebten schimmernde Schneeflocken aus der Dunkelheit.
»Sag mal, weißt du, wo mein Impfpass ist? Letztes Jahr, als wir nach Bangkok geflogen sind, hab ich ihn zuletzt gesehen. Ich glaube, meine Tetanusimpfung ist wieder fällig.«
Ian schlug die Zeitung zurück. »Im Schreibtisch liegen beide Impfpässe. Bitte bring doch meinen auch gleich mit.«
Im Gästezimmer, das gleichzeitig als Arbeits- und Bügelzimmer benutzt wurde, stand der Schreibtisch. Sie blätterte rasch durch die Papierstapel in den Schubladen. Nichts. Sie zog die Mittelschublade auf. Ein paar Heftordner, Ians Terminplaner, Überweisungsformulare. Sie zog die Lade weiter auf, doch sie hakte. Sie schob ihre Hand hinein und fand ganz hinten einen verknickten DIN-A4-Umschlag. Er war offen und an Ian gerichtet. Sie legte ihn beiseite, doch der Umschlag glitt vom Tisch und fiel auf den Boden. Ein Zeitungsfoto schaute teilweise heraus.
Sie haben ihn gefunden, er trug eine Erkennungsmarke, las sie die handschriftliche Notiz. Darunter in derselben ungelenken, runden Schrift stand »Vilikazi«. Sie zögerte. Keiner von ihnen las ungefragt des anderen Post. Es ist nur ein Bild, entschied sie und nahm das Foto her-

aus. Es zeigte die tuchverhüllten sterblichen Überreste eines Menschen am Ufer eines breiten Flusses.
Wer warf Schwerverletzten Krokodilen zum Fraß vor? Mit gerunzelten Brauen las sie weiter. Das Skelett des seit fast elf Jahren vermissten weißen Wildhüters sei während der herrschenden extremen Dürre an der Grenze zu Mosambik durch den fallenden Wasserspiegel zum Vorschein gekommen. Sein rechtes Bein fehlte, die Zahnspuren in den Knochen deuteten auf ein besonders großes Krokodil hin. Der Unterkiefer des Mannes jedoch war durch einen Schuss zertrümmert. Ob er noch lebte, als ihn das Krokodil zerfleischte, war nicht mehr festzustellen.
Das Foto zeigte noch einen Mann, er schien etwa Anfang sechzig zu sein, doch die tiefen Furchen, die sein Gesicht durchschnitten, machten ihn älter. Er trug einen Schlapphut mit Nackenschutz.
Ich werde den Mörder meines Sohnes finden, schwört Koos Potgieter, Mitglied der SAP stand darunter. Das Datum war der 3.1.1979.
Befremdet drehte sie den Zeitungsausschnitt um, aber die Rückseite zeigte nichts von Interesse. Sie wandte ihn wieder um. Koos Potgieter starrte ihr in die Augen. Selbst auf diesem Zeitungsfoto minderwertiger Qualität konnte sie die Entschlossenheit erkennen, die er ausstrahlte. Ein harter Mann, einer, der nie aufgibt, dachte sie. Einer, den man fürchten muss. Sie ging ins Wohnzimmer zurück. »Sieh mal, was ich gefunden habe. Was bedeutet das? Wer war dieser Tote? SAP – das heißt doch South African Police, nicht wahr?«
Ian nahm ihr den Zeitungsausschnitt ab. »Oh«, sagte er. Das Bild entglitt ihm. Langsam bückte er sich danach, hielt sein Gesicht abgewandt. »Oh, das. Ein Freund von Vilikazi, der vor vielen Jahren verschwand. Ich kannte ihn flüchtig.«
»Ein Weißer?« Ungläubig betrachtete sie das Foto noch einmal.
Ian dehnte seinen Mund zu einem Lächeln, hob seine Augen nicht von seiner Lektüre, der er sich wieder zugewandt hatte. »Auch ich bin weiß und bin ein Freund von Vilikazi.«
»Ach so. Natürlich.« Sie schob das Bild in den Umschlag. »Ich muss Essen machen. Es gibt Kokosnuss-Curry.«

»Lecker, lecker«, murmelte er hinter seiner Zeitung.
Die Gartenpforte klappte. »Da kommt jemand.« Sie hob lauschend den Kopf. »Ich kann Schritte hören.« Im selben Moment klingelte es, und gleichzeitig flog die Eingangstür auf.
Sekunden später standen Julia und Jan im Wohnzimmer, rotwangig, übermütig ob ihrer gelungenen Überraschung. Julias türkise Augen blitzten, Schneeflocken schmolzen in ihren Haaren. »Ich kann euch doch nicht einfach so fahren lassen, ihr braucht noch einige Anweisungen! Wer weiß, was ihr sonst anstellt!« Sie warf sich ihrem Vater an den Hals. »Wir haben eine ganze Woche Zeit, unser Weihnachtsgeschenk. Über Weihnachten haben wir uns bei Freunden nach Österreich zum Skilaufen eingeladen. Sie haben sich uns armer Waisenkinder erbarmt.«
»Oh, ist das schön«, flüsterte Henrietta in Jans dunkelgrünem Pullover, und löschte das Bild des toten Wildhüters aus ihrem Gedächtnis.
Später saßen sie nach einem Besuch im Dorfkrug am Kamin. »Ich erinnere mich noch genau an unseren ersten Tag, als wir wieder nach Afrika zurückkehrten«, bemerkte Jan träumerisch. »Ich hasste es, ich hatte Heimweh nach Bayern und wollte Weihnachten im Schnee.« Er lachte. »Es dauerte genau bis zu dem Moment, als ich das Chamäleon fing!« Versonnen stocherte er im Kaminfeuer herum, dass die Funken stoben.
»Hör auf!«, befahl Julia. »Du sollst es den Eltern ausreden, nicht mit ihnen in der Vergangenheit schwelgen!«

Henriettas Stimmung sprudelte in diesen Tagen wie Sekt. »Wie blau ist das Meer, wie groß kann der Himmel sein …«, sang sie im Supermarkt, strahlte wildfremde Leute an und musste mühsam den Impuls unterdrücken, jeden Menschen mit schwarzer Haut zu fragen, was denn die Heimat so machte. Nicht einmal Herrn Kraskes Fichten konnten ihre überschießende Hochstimmung beeinträchtigen. Sie

trieb beide Kraskes ins blanke Entsetzen, als sie laut und fröhlich grüßte.
»Sicherlich grübeln Kraskes jetzt tagelang darüber nach, welche Schandtat ich plane!«, lachte sie Julia zu, während sie auf einem ihrer Beutezüge durch die Boutiquen einen Bikini in Größe 38 anprobierte. »Meine Güte, sieht das furchtbar aus!« Entsetzt starrte sie in dem unsäglichen Licht der Umkleidekabine auf die Röllchen winterweißen Fleisches über der Bikinihose. »Als wir Südafrika verließen, hatte ich eine schmale achtunddreißiger Figur, liebte Etuikleider und knallenge Hosen. Nun sehe ich in achtunddreißig aus wie eine zum Platzen gefüllte Leberwurst!«
»Was willst du eigentlich, du hast doch eine gute Figur ...«
»Ich weiß, ich weiß«, unterbrach sie, »für mein Alter, wolltest du sagen. Ich kann es nicht mehr hören! Ich werde auf eine knackharte Diät gehen.« Grimmig bezahlte sie den Bikini. »Lass uns beim Italiener einen Espresso trinken.«
»Setz dich schon hin, ich muss noch in die Buchhandlung. Bestell mir einen Espresso und einen Eisbecher, mit viel Sahne«, grinste Julia gemein und verschwand mit einem kurzen Winken.
Etwas geschafft von dem anstrengenden Einkaufstag, sank Henrietta in die blauen Polster des italienischen Eiscafés. Draußen war es grau, Regenwasser rauschte über das gewölbte gläserne Dach des Alstertal-Einkaufszentrums, die Palme im Topf neben ihr trug die bräunliche Farbe, die zu wenig Licht, zu wenig Wasser, zu wenig Liebe in Pflanzen hervorruft. »Zwei Espresso, einen Eisbecher mit Sahne, einen Obstsalat«, diktierte sie dem jungen italienischen Kellner, »ohne Zucker.« Kritisch hob sie den sonnengelben Bikini aus der Einkaufstüte. Mit brauner Haut würde er gut aussehen!
»Hallo, Frau Cargill!«, sagte eine männliche Stimme.
Sie sah hoch. »Karsten!« Sie reichte dem hoch gewachsenen, jungen Mann im schwarzen Lederblouson die Hand. »Wie geht's denn so?«
Karsten Kromberg war ein Freund Jans, der an der Hamburger Universität Maschinenbau studierte.
»Oh, mir geht's bestens, danke.« Er wischte sich die regennassen

blonden Haare aus der Stirn. Seine Stimme klang kraftlos, die klaren, blauen Augen wichen ihren aus.

Dunkle, bläulich schimmernde Ringe um die Augen, registrierte sie und die Fingernägel bis aufs Fleisch heruntergebissen. »Setz dich doch, leiste mir Gesellschaft.« Sie hatte immer einen guten Draht zu den Freunden der Zwillinge habt.

Karsten zögerte nur kurz. »Danke, gern.«

»Wie geht es deinen Eltern? Arbeitet deine Mutter noch?« Sein Vater war als Berufsschullehrer wegen eines Rückenleidens vorzeitig in Pension gegangen, seine Mutter, die als Schneiderin arbeitete, hatte gelegentlich für sie genäht.

»Oh«, er machte eine ausschweifende Handbewegung, »oh, gut, gut.« Er knetete seine Finger, vermied ihren Blick. Sie schwieg entschlossen. »Also, um ehrlich zu sein«, sprudelte er plötzlich los, »es geht ihnen nicht gut! Meine Mutter hat`s auch im Rücken, und ich bin mit dem Studium fertig und kriege keine Anstellung. Wir brauchen das Geld, meine Schwester ist auch arbeitslos.«

Der Espresso war sehr heiß. Sie trank ihn langsam. »Was machst du also?«

Er zuckte mit den Schultern. »Was soll ich schon machen? Renne zum Arbeitsamt, schreibe Bewerbungen. Passieren tut nichts, meine Zensuren sind nicht Spitze.«

Karsten war groß und kräftig mit einem gut geschnittenen, offenen Gesicht. Ein charmanter Kerl, sportlich, immer zu Späßen aufgelegt, so kannte sie ihn von früher. »Hast du schon mal über einen Auslandsaufenthalt nachgedacht?«

»Sie meinen nach Amerika gehen oder so?«

»Richtig, aber vielleicht eher in die Entwicklungsländer. Du kannst doch Englisch und Französisch. Ich bin sicher, als Maschinenbauer würde man sich nach dir die Finger lecken, in Afrika zum Beispiel oder Asien oder Südamerika.«

»Aber dann verlier ich hier den Anschluss, und wer weiß, was dann mit meiner Rente wird.«

»Karsten, du bist doch erst fünfundzwanzig oder so, du hast noch rund vierzig Jahre bis zur Rente!« Sie unterdrückte die impulsive Frage, ob er sich schon einen Platz für sein Grab ausgewählt habe. Die Jugend war manchmal recht humorlos, außerdem sah der Junge ziemlich elend aus. »Afrika oder Asien, wenn dir das lieber ist, das ist doch aufregend. Allein für das Essen in Asien würde ich zu Fuß dorthin gehen.«

»Ich hab gehört, dass die da Schlangen essen.« Seine hellblauen Augen lächelten nicht.

Sie seufzte verstohlen und ergriff seine Hände. »Karsten, du bist jung und kerngesund, du hast eine Ausbildung, die Welt ist groß, das Leben ist ein Abenteuer. Hast du nie das Gefühl, dass hinter der nächsten Ecke irgendetwas Tolles auf dich wartet?«

»Tolles? Nein, nein, wirklich nicht! Wo ich hinsehe, Arbeitslose, Krankheit und soziale Probleme. Außerdem will die Regierung das Arbeitslosengeld kürzen ... und überall auf der Welt schlagen sie sich die Köpfe ein«, setzte er hinzu.

»So siehst du die Welt?«

»Ich nicht allein, viele meiner Freunde sehen sie so.«

»Sei froh, dass es hier ein Arbeitslosengeld gibt, dass gekürzt werden kann.« Sie lehnte sich vor, ihre Augen sprühten. »Ihr tut mir Leid, Karsten. Ich glaube immer noch, dass hinter jeder Ecke eine wunderbare Überraschung auf mich warten könnte. Du könntest für eine Firma oder für die Entwicklungshilfe nach Afrika gehen, den Leuten dort helfen, vielleicht eine kleine Fabrik aufbauen. Palmöl, oder was immer sie brauchen, produzieren.« Sie redete sich in Begeisterung. »Vielleicht findest du einen Markt für die Produkte, dann fängst du ein weiteres Projekt an, vielleicht kaufst du von dem Erlös Nähmaschinen und richtest eine Schneiderei ein, die geht immer in solchen Ländern. Vielleicht kannst du einen Auftrag von einem europäischen Modehaus ergattern. Alles ist möglich! Ich garantiere dir, dass jede deutsche Firma, die hier einen Maschinenbauer sucht, dich mit Handkuss nehmen würde, wenn du so einen Unternehmungsgeist nachweisen kannst.« Ihre Wangen hatten sich gerötet, ihre Augen strahlten.

Er sah sie an. Ein Funke ihres Enthusiasmus entzündete ein unsicheres Lächeln auf seinen Zügen. »Meinen Sie?«
»Du bist noch so jung, hast du keine Träume? Du musst doch Träume haben! Nimm einen, halte ihn fest, Karsten, und renne!«
»Aber was ist im Alter?«
Sie lachte. »Woher weißt du, ob du lange genug lebst, um alt zu werden? Stell dir vor, ein Balkon in Rio fällt dir auf den Kopf!« Sie fing seinen verständnislosen Blick auf. »Das ist zwischen Ian und mir das Synonym für den Spruch, man weiß nie, was morgen passiert. Ein Bekannter von uns führte ein sehr abenteuerliches Leben. Er ist allein um die Welt gesegelt, durch den Urwald am Amazonas gekrochen, hat sich mit Grizzlys angelegt und zwischen Haien getaucht. Nie passierte ihm etwas. Dann buchte er ein paar Tage in einem Luxushotel in Rio. Am ersten Morgen trat er bei schönstem Sonnenschein vor die Tür, ein Balkon, dessen hölzerne Streben von Termiten zerfressen waren, löste sich und fiel ihm auf den Kopf. Man hat ihn dann vom Pflaster abkratzen müssen.«
Karsten druckste, biss sich auf die Lippen, dann gewann das Lachen oberhand, und sie sah den Jungen, den sie von früher kannte. »Ein Balkon in Rio!« Er stand auf. »Danke, Frau Cargill. Den Balkon in Rio werde ich immer im Hinterkopf behalten.«
»Warte, Karsten. Wir fliegen kurz vor Weihnachten nach Südafrika. Soll ich mich einmal umhorchen? Ich habe noch ein paar Freunde dort.« Sie kühlte ihr leuchtendes Gesicht mit dem kalten Wasserglas. »So jemanden wie dich brauchen die dort bestimmt.«
»Isst man da Schlangen?«
»Nein«, lachte sie, »nicht für gewöhnlich. Aber es gibt dort Termiten.«
»Und Balkons vermutlich.«
»Die auch.«
»Dann werd ich mich vorsehen müssen.« Er wippte auf seinen Zehenspitzen, grinste mit jungenhaftem Charme. »Es wäre toll, wenn Sie sich umhorchen könnten, danke, Frau Cargill.« Er lehnte sich vor und küsste ihre Wange.

Versonnen lächelnd schüttete sie zwei Löffel Zucker auf ihren Obstsalat. Irgendwie war es heller geworden, der graue Dezembertag durch ein Strahlen vergoldet. Über ihr rauschte der Regen, der Himmel war dunkel und schwer, aber irgendwie war es heller.
»Hallo, Karsten, wo kommst du denn her?« Julia glitt an ihm vorbei auf die Sitzbank. Sie warf ihren Trenchcoat über die Lehne. Ein schwarzer Gürtel mit Goldschnalle war der einzige Schmuck, den sie zu einem schwarzen Rollkragenpullover und zu einer engen, schwarzen Hose trug. Mit zehn Fingern ordnete sie gekonnt ihre dichten goldbraunen Haare, sah zu Karsten. »Was ist los? Hat jemand im Lotto gewonnen? Ihr strahlt ja so. Worüber habt ihr geredet?«
Karstens Augen blitzten. »Über die Balkons von Rio!«
Julias Mundwinkel kräuselten sich. »Sieh dich vor, meine Mutter steckt an. Sie tendiert dazu, die Gegebenheiten des Lebens zu ignorieren und ganz unvernünftige Dinge zu tun. Sie sieht nur erwachsen aus, sie ist höchstens zwölf und glaubt noch, dass das Leben wunderbar ist.«
»Und du glaubst das nicht?«
»Das zu glauben führt manchmal zu Fehleinschätzungen der Tatsachen, und das kann sich unter Umständen zu einer Katastrophe auswachsen.«
»Was Julia meint, Karsten, ist, dass unsere Entscheidung, nach unseren Erfahrungen wieder nach Südafrika zu fliegen, in ihren Augen in höchstem Maße unvernünftig ist.«
Julia fuhr hoch. »Liebe Mutter, du weißt, dass es so ist!«
Henrietta rührte mit gesenkten Lidern in ihrem Espresso. Dann sah sie ihre Tochter an. »Meine Zukunft wird kürzer«, begann sie und dachte an den Knoten am Hals und dass es noch einmal gut gegangen war, »wenn ich sterbe, will ich mich nicht in den letzten Sekunden meines Lebens fragen müssen, warum habe ich dieses und jenes nicht getan, warum habe ich immer nur davon geträumt!« Sie legte ihre auf Julias widerstrebende Hand. »Mein Liebes, es gibt kaum etwas, das ich dir für dein Leben mehr wünsche als eine Portion Unvernunft.«

»Erzählen Sie ihr die Geschichte mit dem Balkon in Rio, Frau Cargill. Dann wird sie verstehen.« Sein Lächeln jetzt war nur für Julia bestimmt. »Wie lange bist du in Hamburg, Julia? Hast du heute Abend Zeit? Und morgen und übermorgen vielleicht auch? Ich rufe dich heute an. Bis dann!« Er verabschiedete sich mit einem übermütigen Winken.

»Arroganter Affe«, murmelte Julia und sah ihm nach, bis er in der Menge untertauchte.

Henrietta lächelte in sich hinein.

❖

Abends stand sie in der Küche und schnitt Fleischstücke für ein deftiges Chili con Carne. Ian rumorte auf dem Dachboden. »Was hast du morgen vor? Kann ich ordentlich Knoblauch hineingeben?«, rief sie aus der Küchentür nach oben. Sie drehte den Küchenfernseher, der gerade Nachrichten brachte, leiser.

»Außer dir muss mich morgen niemand riechen«, kam es dumpf von oben herunter. »Weißt du, wo wir meine Tauchsachen verstaut haben? Ich bin sicher, dass Jan sie ausgeliehen und mal wieder nicht zurückgebracht hat!«

Bevor sie antworten konnte, schnitt ihr ein hoher, pfeifender Ton die Worte ab. Irritiert schaltete sie den Fernseher aus. Eine Maschine? Ein Tier? Sie horchte angestrengt. Wieder kam dieser Ton, schmerzte in ihren Ohren.

»Was war das?« Ian polterte die Treppen herunter und kam aufgeregt in die Küche gestürmt. »Ist etwas passiert? Hast du dich verletzt?«

Sie öffnete die Terrassentür. Die Nachtluft war klar wie schwarzes Eis, das Wohnzimmerlicht floss gelb über das trockengefrorene Gras, Schnee lag nur noch in schattigen Mulden. »Nein, es kommt von draußen, schalt bitte das Gartenlicht an.« Taghell lag der Garten vor ihr. Das pfeifende Schreien kam aus der Dunkelheit von Kraskes Garten. »Jetzt ist's genug«, knirschte sie wütend, »Kraskes schlach-

ten mal wieder ihre Karnickel. Ich geh jetzt da rüber. Es kann doch nicht sein, dass man einfach so Tiere umbringen kann!«
»Das ist kein Kaninchen.« Er hielt sie zurück. »Das ist ein Mensch.« Er lief zum Zaun, spähte kurz in das Dunkel und kletterte, sich an einer der Fichten festhaltend, hinüber. »Es ist Frau Kraske. Schnell, ruf einen Krankenwagen und bring die Taschenlampe mit.«
Sie fanden Frau Kraske auf dem Gartenweg. Sie lag auf dem Bauch, Arme ausgestreckt, ihre rechte Hand umklammerte noch einen Plastikeimer, sein Inhalt, Salatblätter und Gemüsegrün, war überall verstreut. Aus dem schwarzen Loch, das ihr Mund war, drang noch immer dieses markerschütternde Geschrei, der mausgraue Pullover war verschoben, Träger und der Ansatz eines lila Spitzenbüstenhalters schnitten ins welke Fleisch.
Entgeistert versuchte sie den lila Spitzenbüstenhalter mit der huscheligen Frau Kraske in Verbindung zu bringen. Frau Kraskes knochige Hand kroch mühsam hoch, zupfte vergeblich an dem Pullover. Vorsichtig zog ihn Henrietta über die Schulter, ließ ihre Hand einen Moment dort ruhen. »Danke«, klang es dumpf. »Danke«.
Ian kniete neben ihr. »Ich glaube, sie hat sich ein Bein gebrochen. Komisch, es ist doch nicht glatt. – Ganz ruhig, Frau Kraske, wir holen einen Arzt. Was ist passiert?«
»Da ... war ... etwas ... auf dem Weg«, stieß sie hervor. »Dort.« Sie zeigte in Richtung ihrer Füße.
Sie folgten ihrem Blick. »Das Schwein«, flüsterte Ian, »dieses perverse Schwein! Der Kerl hat einen Draht gespannt, hier sieh – dort ist ein Pfosten, da drüben noch einer. Das hat sie zum Stolpern gebracht.«
»Er hasst es, wenn ich tanze«, stammelte Frau Kraske. Danach biss sie ihre Zähne zusammen und sagte kein Wort mehr, auch nicht, als die Sanitäter sie auf die Trage hoben und ihr Mann, eben von seinem abendlichen Kneipenbesuch zurückkommend, die Träger anraunzte, nicht auf die Rosenbeete zu treten. Sie kniff ihre Augen zu, tat keinen Laut, und dann raste der Krankenwagen mit Blaulicht und Martinshorn in die Dunkelheit.

Herr Kraske starrte Ian aus glasigen Augen herausfordernd an. »Was glotzen Sie so? Geht Sie alles nichts an, Sie ... Sie ... Engländer!« Damit stapfte er, Schultern hochgezogen, Kopf vorgestreckt, ins Haus.
Ian rief die Polizei, doch als sie eintraf, war nichts mehr von dem Draht zu sehen. Sie fanden keine Spuren. Unaufmerksam und gehetzt nahm einer von ihnen die Angaben der Cargills zu Protokoll.
»Wir haben den Draht gesehen, meine Frau, Frau Kraske und ich.«
Zweifelnd sah der Polizeibeamte sie an. »Frau Kraske sagt, dass sie über einen Stein gestolpert und dann gefallen sei.«
Henrietta schüttelte den Kopf. »Das stimmt nicht. Sie irrt sich, vielleicht hat sie eine Gehirnerschütterung und erinnerte sich nicht richtig. Sie hat sich im Fallen an einem Stein verletzt. Hier sehen Sie – hier liegt noch einer ihrer Schuhe, und dort«, sie zeigte auf den Stein, der fast eine Körperlänge weit entfernt lag, »da liegt der Stein. Sie kann nicht darüber gestolpert sein.«
»Waren Sie dabei?«
»Verdammt!« brüllte Ian los und tat einen Schritt nach vorn.
Der Polizist, ein junger Mann mit einem nervösen Tic am Auge, wich zurück, legte seine Hand auf den Pistolenknauf und musterte ihn aggressiv. »Reißen Sie sich zusammen!«
Hastig stellte sie sich vor ihren Mann. »Wir haben den Draht gesehen, wir haben ihn sogar berührt. Aber wenn Frau Kraske ihren Mann nicht anzeigen will, ist es ihre Sache. Gute Nacht, Wachtmeister.« Widerstrebend ließ sich Ian von ihr ins Haus ziehen. Sie schaltete die Beleuchtung aus, der Garten lag wieder im Dunkel.
Ein paar Tage später hörten sie, dass Frau Kraske den rechten Knöchel und die linke Hüfte gebrochen hatte. »Tanzen wird sie wohl nie wieder«, sagte Henrietta. »Diese arme Frau.«

Freitag, den 22. Dezember 1989 –
Flug nach Durban

Am 22. Dezember passte Henrietta in ihren Bikini, ihre Haare leuchteten im schönsten Sommerblond, das aus der Tube zu haben war, und sie hatte vor Aufregung nächtelang vorher kaum geschlafen.
Als Deutsche brauchten sie nicht einmal ein Visum für Südafrika, so einfach war das Reisen dorthin geworden. Der Lufthansaflug war völlig ausgebucht gewesen, aber sie hatten noch Plätze auf der British-Airways-Maschine bekommen, was den Vorteil hatte, dass sie nicht in Johannesburg umzusteigen brauchten, sondern von London direkt nach Durban flogen.
Jan und Julia brachten sie zum Flughafen. Julia hatte ihren Skiurlaub abgesagt. »Irgendjemand muss doch auf euer Haus aufpassen.« Sie lachte wie ein übermütiges kleines Mädchen.
»Meine Lieblinge!« Ian nahm seine Familie in die Arme, sie standen zu viert, drückten ihre Gesichter aneinander, fühlten einander, atmeten im selben Rhythmus.
»Passt auf euch auf, hört ihr?«, sagte Julia heftig, »ruft sofort an, wenn ihr bei Robertsons seid.« Sie trat zurück. »Und geht den Balkons aus dem Weg.« Ohne sie noch einmal anzusehen, bahnte sie sich ihren Weg durch die Menge.
»Was meint sie?«, verblüfft sah Jan seiner Schwester nach.
Henrietta lächelte. Sie erkannte den hoch gewachsenen jungen Mann, der sich zu Julia hinunterbeugte. »Oh, ich glaube, die haben seit kurzem eine ganz neue Bedeutung für sie.«
Sie gingen durch die Sperre, legten ihr Handgepäck auf das Band für

die Sicherheitsprüfung, winkten Jan ein letztes Mal, und dann begannen sie ihre Reise.

❖

Durch eine Verspätung ihres Fluges von Hamburg kamen sie in London als Letzte an Bord. Ihre Plätze waren oben im Buckel des Jumbos in der ersten Reihe. Sie wollte sich gerade in den bequemen Sitz sinken lassen, als sie in der siebten Reihe eine junge Frau entdeckte, schwarzbrauner Lockenkopf, sehr füllig, weiße Haut. Ihre Schultern bebten.
Als sie eben überlegte, an wen die Frau sie erinnerte, hob diese ihr Gesicht, das fleckig und verquollen war und nass vor Tränen. Ihre Augen aber waren das Besondere. Groß, dunkel, leidenschaftlich, wie die einer Südländerin, umrahmt von dichten, schwarzen Wimpern. Es war Susi Popp, ihre Cousine.
»Ian, da sitzt Susi – hallo, Susi!« Sie lief winkend den Gang hinunter zu ihr. »Was um alles in der Welt ist los? Wie kommst du hierher? Wo ist Ralf?«
Als Antwort kam ein unverständliches Gestammel, das in einem Tränensturz unterging. Das Zeichen zum Anschnallen leuchtete auf, sie musste zurück auf ihren Platz. Suchend sah sie sich um. Hinter ihnen hatten zwei Geschäftsleute Platz genommen, der eine hemdsärmelig, bronzefarbenen gebräunt, besaß die robuste Ausstrahlung eines Holzfällers, der andere trug ein tadellos gebügeltes Hemd, Schlips, teure Brille, Feinsinn und Kultur strömten ihm aus jeder Pore. Das geeignete Opfer!
Gewinnend lächelnd begann sie, auf ihn einzureden. Er hielt ihr nur kurz stand und tauschte mit Susi den Platz. Dann bat sie Ian, Susi seinen zu geben.
»Die hat mir gerade noch gefehlt«, brummte er und erhob sich widerwillig.
»Nun sei nicht so, ist doch nur für kurze Zeit«, raunte sie, zog Susi auf den Sitz neben sich und schloss ihre Sitzgurte, denn die Maschine wurde startklar gemacht. »So, was ist passiert? Wo ist Ralf?«

Schwarze Mascarabäche liefen über Susis Wangen, das rechte Schulterpolster ihres roten Strickkleides saß als Beule auf ihrem Rücken. »Bei dieser Schlampe!«, stieß sie hervor und heulte ihr schwarze Flecken auf den weißen Rollkragenpulli.
Mittlerweile hatten sie den Steigflug hinter sich und die Reisehöhe erreicht. Der Purser bot Getränke an. Henrietta nahm einen Wein und zwang ein größeres Glas Cognac durch Susis Kehle. Sie hustete, bis sie krebsrot war, und hatte dann nicht mehr genug Luft zum Heulen. Geräuschvoll putzte sie sich die Nase.
»Nun erzähl mal von Anfang an, wen meinst du mit ›Schlampe‹?«, forderte Henrietta sie auf und bereute es sogleich. Susi war die geborene Märchenerzählerin. Wie ein Wasserfall fielen die Worte aus ihrem Mund, in einem stetigen, rauschenden Strom, ohne Unterlass. Das hatte Henrietta vergessen.
Ian hinter ihr räusperte sich auf eine bestimmte Weise, die zu ihrem Ehecode gehörte, und sie wusste, dass er das für eine dumme Idee hielt und dass er wieder neben ihr auf seinem Platz zu sitzen wünschte. Sie warf ihm einen Kuss zu und zuckte mit den Schultern. Susi spülte eine Pille mit dem Rest des Cognacs herunter, wischte sich das verschmierte Make-up weg. Ihr Gesicht wirkte absurd jung und sehr verletzlich. So lange Henrietta erinnerte, war ihr Selbstbewusstsein ziemlich wackelig gewesen.
»Du weißt ja«, begann sie jetzt, ihre Stimme war noch kratzig von den Tränen, »dass ich gerade mein Medizinstudium abgebrochen hatte, weil ich kein Blut sehen konnte, und im ersten Semester Psychologie war, als ich Ralf traf. Er war so stark, so männlich. Er wollte nicht, dass ich weiterstudiere. Frauen gehören ins Haus, war seine Ansicht, und als seine Frau bräuchte ich nicht zu arbeiten, das Haus sei genug Arbeit für mich. Ich lehnte mich dankbar an seine breiten Schultern und gab leichten Herzens die Psychologie auf. Vater war stocksauer. Er hat fürchterlich gebrüllt.«
Das Abendessen wurde serviert. »Ich weiß, Susi«, kaute sie, »möchtest du ein Brötchen?« Mit vollem Mund konnte man schlecht reden.

Aber Susi war nicht abzulenken. »Ralfs Mutter mag mich nicht, ich bin nicht gut genug für ihren Sohn. Zwei Straßen weiter wohnte eine Baroness von Appen, die sie sich als Schwiegertochter auserkoren hatte. Ralf hätte sich dann Popp von Appen nennen können, wie Wolf von Amerongen. Dann aber heiratete das Baronesschen einen Grafen und zog weg, und ich krieg sie dauernd vorgehalten. Ständig mäkelte sie an mir herum«, Susi stopfte sich zwischen den Worten das Essen in den Mund, so dass ihre Geschichte durch Kaugeräusche und Grunzlaute unterbrochen wurde, »und dann verlor ich auch noch das Baby.« Kauen, Schlucken, Stöhnen. Sie lehnte sich zurück und starrte ins Leere. »Ich muss dir etwas erzählen, das ich noch niemandem erzählt habe. Bitte behalte es für dich.«

Gerne hätte Henrietta gesagt, nein, bitte nicht, Susi, wir kennen uns nicht gut genug für derartige Vertraulichkeiten, aber etwas in den abgründigen braunen Augen hielt sie davon ab. Es waren die einer Ertrinkenden, die in den Trichter eines Strudels gerissen wurde. So schwieg sie.

Susi ergriff ihre Hand, schmiegte ihr Gesicht hinein. »Seit meinem vierzehnten Lebensjahr sind da diese schwarzen Löcher«, flüsterte sie fast unverständlich, »schwarze, bodenlose Löcher, die tief in meinem Innersten lauern, in den dunklen Regionen, die keiner außer mir erreicht. Ohne Vorwarnung, an den schönsten, heitersten Tagen, steigt eine schwarze Flut in mir auf. Sie wäscht über mich hinweg, zieht mich hinunter, ihr Sog ist sanft, aber kraftvoll, unwiderstehlich, und ich folge ihr willenlos.«

Im Erzählen veränderte sich ihre Sprache, wurde zu dem Singsang einer orientalischen Märchenerzählerin, mit dem sie alle in ihren Bann zog.

»Schwarze Fluten?«, fragte der bodenständige, geradlinig-mathematisch denkende Ian hinter ihnen ungläubig, »Susi, hast du getrunken?«

Susi drehte sich um. »Natürlich nicht!«, fauchte sie. Als sie weitererzählte, floss ihre Stimme wieder wie Honig. »Es genügt der schmerzlich-süße Gesang eines Vogels«, hauchte sie, »und diese ge-

fährliche Sehnsucht ergreift von mir Besitz.« Sie schlang ihre Hände ineinander. »Es geschah zum ersten Mal in dem Frühling, als ich vierzehn Jahre alt wurde. Eine Freundin, die eine unirdisch schöne Singstimme hatte, lehnte an einen Baum im Schulhof und sang ein Lied, das Schauer über meine Haut sandte und mir Tränen in die Augen trieb. Damals verstand ich die Sehnsucht nicht, die mich zu verschlingen trachtete.« Eine sorgfältig gesetzte, kurze Pause, ein kaum hörbarer Seufzer. Susi hatte ihr Publikum im Griff. »Dann stand ich eines Tages auf dem Teufelsbrück-Anleger an der Elbe. Es war schon dämmrig, der Fluss unter mir strömte dunkel. Eine Singdrossel ließ ihr klares Lied in den hellen Abendhimmel steigen.« Sie schwieg. Tränen sammelten sich in ihren Augenwinkeln.
Henrietta hörte die Drossel singen, roch das ölige Wasser, und sie sah Susi, damals schmal und zart, am äußersten Ende des geländerlosen Schiffsanlegers stehen, dort, wo die Elbe besonders stark strudelt, die Strömung reißend ist. Eine gefährliche Stelle! Sie setzte sich auf, legte die Gabel hin. Das klang unheilvoll!
»Die Flut in mir hob sich lautlos, lockte mich tückisch mit Frieden und süßer Ruhe. Als sie über mir zusammenschlug, lockerte ich meinen Griff an der Wirklichkeit und ergab mich dem Gefühl des Fallens und Vergessens.« Ihr Atem war tief, ihre Lider waren geschlossen. »Da packten mich kräftige Hände von hinten, ich hörte die Stimme eines Mannes. Nun, nun, Frolleinchen, rief er, was machen Sie denn da? Ich spürte raues Tuch, roch ein Gemisch von Motorenöl und Zigarette. Er bestand darauf, mich nach Hause zu bringen.« Sie schlug die Augen auf. »Ich hätte fast dieses Leben verlassen, ganz nebenbei, ohne eine Entscheidung getroffen zu haben.« Susis Ton war völlig ausdruckslos, und Henrietta bekam eine Gänsehaut. »Seitdem ich mein Baby verlor, passierte es immer häufiger. Ich nahm kleine grüne Pillen, die die Höhen und Tiefen meiner Seelenlage einebneten, abends, wenn Ralf aus dem Büro kam, half ich mit einem kleinen Cognac nach, manchmal wurden es auch zwei.« Ihre Worte verloren sich.
In den Bordfernsehern über ihnen lief eine Folge der Politkomödie

»Yes Prime-Minister«. Eine Welle von Gelächter schlug über den Passagieren zusammen. Henrietta lachte nicht. »Deswegen fliegst du jetzt nach Südafrika?«, fragte sie endlich.
»O nein, nicht deswegen.« Ein Lebensfunke schien sich in Susi zu rühren, ihre Stimme wurde stärker. »Gestern ist Ralf nach Moskau geflogen, für zwei Tagen, wie es hieß. Während seiner Abwesenheit wollte ich Kathrin Lorentz besuchen. Ich kann nachts nicht gut allein bleiben, Träume plagen mich, Geräusche werden lauter, Schatten schwärzer, ich kann Traum und Wirklichkeit nicht trennen, sehe aus jeder dunklen Ecke Spinnen und Mäuse hervorkriechen.« Sie schüttelte sich. »Kathrin aber hatte keine Zeit und meinte, dass ich mir einen Liebhaber suchen sollte. Der würde mich nachts schon auf andere Gedanken bringen, Ralf würde ja auch dafür sorgen, dass er nicht zu kurz kommt. Sie war richtig gemein, du kennst ja Kathrin.«
Sie nickte. Sie kannte Kathrin.
»Ich blieb also wütend zu Hause, ließ nachts alle Lichter brennen und saß bis Sonnenaufgang vor dem Fernseher.« Susi zog ihre Brauen zusammen. »Ich könnte das gar nicht, einen Liebhaber nehmen. Männer sind so entsetzlich kompliziert, finde ich. Der Purser deckte ab und brachte den Kaffee. »Einen Cognac, Madam?«
»Ja bitte.« Den konnte sie jetzt gebrauchen. »Du auch, Susi?«
Abwesend schlürfte Susi zwei davon und erzählte dann weiter.
»Heute Morgen bin ich in die Stadt gefahren, mein Kleiderschrank ist eine öde Wüstenei, und der nächste Frühling kommt bestimmt. Also zog ich mich schick an, Nerz, hohe Hacken. Mir ging es richtig gut heute Morgen. Ich kaufte mir sogar ein Eis«, ein klägliches Lächeln, »mitten im Winter. Ich stand vor einem Schaufenster mit der neuesten Frühjahrsmode, viel Gelb und Pink, breite Schultern, schmale Taille, engen Rock, und ich sah mein Spiegelbild in Größe vierundvierzig neben den Schaufensterpuppen stehen, was mich heute überhaupt nicht störte.« Ihre Stimme zeigte keinerlei Wirkung von den zwei Cognacs. »Dann aber passierte es.«
Henrietta hing an ihren Lippen.
»Hinter mir lief ein eng umschlungenes Paar durch das Spiegelbild.

Die Frau war blond, gertenschlank und hübsch auf eine etwas schrille Art. Beide lachten. Ich drehte mich um. Der Mann war mein Mann, Ralf, der eigentlich in Moskau war. Die Frau war Kathrin.« Tränen kullerten aus den braunen Augen und tropften auf Susis rotes Kleid. »Alle Geräusche um mich herum entfernten sich, mein Blick engte sich ein. Ich sah nur Ralf. Ich starrte ihn an. Er starrte mich an. Nie vorher hatte ich sein Gesicht so nackt gesehen, so bar jeder Maske. Es war, als blickte ich hinein in die geheimsten Winkel seiner Gedanken, in die dunklen Gefilde seiner Seele. Es war einer unserer intimsten Momente.«

Sie hielt es nicht mehr aus. »Und da bist du zum Flughafen gefahren, hast das nächste Flugzeug genommen, zufällig ging das nach London, und zufällig bist du dann in diesem Flugzeug gelandet, das nach Südafrika fliegt – du weißt doch, dass wir uns auf dem Weg nach Südafrika befinden, oder?«

»Südafrika?«, wiederholte Susi abwesend, »ach ja, ja, natürlich. Aber nicht gleich. Sei nicht so ungeduldig. Entschuldigt mich, bitte.« Sie verschwand in Richtung der Toiletten.

Henrietta seufzte verstohlen, signalisierte dem Purser, ihr einen Kaffee zu bringen, und glitt auf Ians Schoß. »Es scheint eine lange Nacht zu werden«, flüsterte sie mit ihren Lippen auf seinen. Sein Nachbar sah diskret aus dem Fenster.

»Die hat doch einen Vogel, sie ist vermurkst«, kommentierte Ian, »total vermurkst.« Während seine Eltern in der Welt umherzogen, hatte er am Tegernsee gelebt, und sein Deutsch war deutlich bayerisch gefärbt. Er rollte das »r« von »vermurkst?« mit Hingabe. Er liebte dieses Wort. Vermurkst war jeder, dessen Psyche er nicht mit seinem nüchternen Intellekt erfassen konnte. »Wenn du ihr noch weiter die Schulter zum Ausheulen hinhältst, haben wir sie den ganzen Urlaub auf dem Hals, und dazu habe ich gar keine Lust!«

»Ich weiß, Liebling, ich auch nicht. Aber vermurkst oder nicht, wenn du denkst, dass ich jetzt schlafen kann, bevor ich weiß, wie sie auf dieses Flugzeug gekommen ist und warum, hast du dich geirrt. Außerdem hat sie ein seelisches Tief.«

»Wenn sie Depressionen hat, soll sie zu einem Therapeuten gehen und dich nicht damit belasten. Wie ich sie kenne, braucht sie immer ein Publikum, eine Bühne, auf der sie sich darstellen kann, und hinterher geht es ihr gut, und du hast die Depressionen!«
Sie küsste ihn. »Lies deine Zeitung, Honey, und lass uns Frauen reden. Spätestens in Durban trennen sich unsere Wege, das verspreche ich dir. Sie muss ja einen Grund haben, weswegen sie jetzt nach Südafrika geflogen ist, vermurkst oder nicht.«
Susi lieferte dann das Meisterstück ihrer Erzählkunst. Henrietta lehnte sich in ihren Sitz zurück, schloss die Augen und hörte zu.
Susis Worte ließen Ralf und Kathrin vor ihr entstehen, in der Bewegung eingefroren wie ein Schnappschuss, Ralfs Arm um Kathrin, sie lachte, ihre Haare flogen im Wind. »Was hast du denn erwartet, sieh dich doch nur an. Du siehst aus wie eine Seekuh, so fett und unförmig«, hatte er gespottet, »außerdem nehm ich dir doch nichts weg – du willst doch gar nicht mehr mit mir ins Bett. Von mir willst du doch nur noch Geld für Fressen und Klamotten für deine überquellenden Schränke.«
»Die Worte taten weh«, sagte Susi leise, »aber das Schlimmste war sein Blick, so abfällig, so …«, sie suchte nach Worten, » … so bewusst verletzend. Ich wartete darauf, dass ich umfallen würde, ich betete, dass ich einfach tot umfallen würde. Diesen Blick konnte ich nicht länger ertragen.«
Aber sie war nicht umgefallen, hatte zusehen müssen, wie Ralf und Kathrin davongingen, lachend, ohne sich noch einmal nach ihr umzudrehen.
Danach war sie ziellos durch die Stadt gestolpert, stand auf Brücken, neigte sich tief über das Geländer, bereit, sich in das schwarze, kalte Wasser fallen zu lassen. Doch es waren zu viele Menschen um sie herum, die an diesem geschäftigen Freitagmorgen ihre letzten Weihnachtseinkäufe machten. So war sie weiter durch die Häuserzeilen gestrichen, ziellos, unfähig zu verkraften, dass Ralf, ihr Mann, ihre große Liebe, sie verraten hatte.
»Irgendwann später stand ich vor einem Reisebüro und sah dieses

Bild im Schaufenster.« Susi wurde lebhaft. »Es war von einer felsengekrönten Anhöhe aufgenommen worden, die aufragte wie ein Turm. Zu Füßen des Betrachters schwebten Vögel über einer üppig grünen Landschaft, die sich weit bis zum Horizont erstreckte, und in der Ferne ahnte man das Meer. ›Besucht Natal‹, stand quer darüber. Ein überwältigendes Gefühl von Freiheit und Freude durchflutete mich. Ich starrte das Bild an.« Susi atmete tief durch. »Auf einmal roch ich frisch gemähtes Gras, hörte Mauersegler schreien, fühlte mich, als könnte ich fliegen, und dann erinnerte ich mich wieder. Es passierte, als ich ein kleines Mädchen war, etwa vier Jahre alt. Ich habe vergessen, was vorher war oder nachher, aber es muss ein schöner Tag im frühen Juli gewesen sein, und ich war auf einen hohen Steinturm geklettert. Zu meinen Füßen lag die Welt, über mir war nur der Himmel, blau glänzende Mauersegler wiegten sich unter mir in der warmen Luft. Ich hob meine Arme, ein kräftiger Windstoß ergriff meine Ärmel, hob mich hoch, der Wind spielte mit mir. Die Vögel stiegen zu mir empor, wandten mir ihre Köpfchen zu und schrien. Ein herrlicher Schrei.«

Susi seufzte, und Henrietta mit ihr. Ian hinter ihnen raschelte mit der Zeitung, knurrte etwas Unverständliches. Susi ignorierte ihn. »Der Schrei einer freien Kreatur, ich antwortete ihnen mit einem Juchzen, immer höher und lauter schrie ich, mein Herz hämmerte, und dann breitete ich meine Arme aus. Ich glitt durch den Raum, die Unendlichkeit, gestreichelt von warmer Luft, Erde und Himmel drehten sich im Farbenrausch, ich war trunken vor Glück.« Sie redete, als wäre sie in Trance. »Die Mauersegler begleiteten mich, ihre hellen Schreie mischten sich mit meinen. Mein Körper fiel, meine Seele wollte sich eben allein auf den Weg machen, als ich in dem weichen Gras landete, das Bauer Wichers unten auf seinem Heuwagen auftürmte. Ich tauchte unter in der grünen Flut, die über mir zusammenschlug, atmete den Duft der frisch gemähten Halme. Ich spürte keine Furcht. Ich schloss meine Augen, versank in dem Grashaufen, in dessen Kern sich Wärme entwickelt hatte, wie in einem Nest.« Für Augenblicke horchte Susi in sich hinein. »Aber dann packte mich

eine Hand am Oberarm, riss mich hoch, eine Männerstimme stammelte Worte, die mich nicht erreichten, eine Frauenstimme kam dazu, es war die von Maman. Sie schrie, und ich wunderte mich, dass sie schreien konnte wie die Mauersegler. Maman drückte und schüttelte mich, bis ich widerwillig meine Augen öffnete. Ich wollte weiterträumen von meinem Flug, wollte mit den Mauerseglern spielen.«
Susi schlug ihre Augen auf, kehrte in die Wirklichkeit der hell erleuchteten Kabine und gleichmäßig rauschenden Flugzeugmotoren zurück. Geräuschvoll schlürfte sie die Reste ihres Cognacs.
Beifall brach um sie herum aus. Das Ehepaar, das auf der anderen Seite des Gangs saß, hatte sich vorgebeugt und ungeniert zugehört. »Wunderbar«, seufzte die Frau, »jetzt weiß ich, warum Scheherazade ihren Kopf behielt. Welch eine wunderbare Geschichte.«
Das war es, ohne Zweifel.
»Willst du uns erzählen, dass du deswegen nach Afrika fliegst«, Ian hatte sich vorgebeugt, »weil du als Kleinkind von einem Turm gefallen bist – oder es geträumt hast? Du spinnst doch, Susi!« Henrietta fing seinen »Ich-hab's-dir-doch-gesagt«-Blick auf. »Total vermurkst«, brummte er und lehnte sich wieder zurück.
»Manchmal bist du ein richtig blöder Scheißer«, fauchte Susi über ihre Schulter und gewährte ihren Zuhörern einen Blick auf eine andere Susi, eine, die unerwartet Krallen und Zähne hatte, verfiel dann aber ohne Übergang wieder in ihren Märchenerzählerton. »Ich betrat schnurstracks das Reisebüro, fragte, wo dieses Natal liege – Henrietta redet zwar häufiger darüber, aber so richtig hab ich nie zugehört –, und man sagte mir, an der Ostküste Südafrikas. Ich nahm meine Kreditkarte und buchte auf der Stelle einen Flug, und dieser hier war der einzige, auf dem noch ein Platz frei war, und das auch nur, weil irgendjemand storniert hatte. Ich fuhr nur kurz nach Hause, um meinen Pass und ein paar Sachen zu holen. Nun bin ich hier.« Zum ersten Mal lächelte sie, und man sah, welche Schönheit ihre Fettpolster verbargen. »Ich möchte auf diesem Berg stehen und noch einmal das Gefühl haben, dass ich fliegen kann.«
»Susi, was machst du, wenn du den ersten Spinnen begegnest?

Lass dir gesagt sein, dass die Spinnen in Afrika alle groß, schwarz und haarig sind und meistens giftig«, ärgerte sie Ian wieder von hinten.

Susi riss ihre Augen auf, als erwarte sie Heerscharen von schwarzen, haarigen Spinnen hier im Flugzeug. Henrietta bekam Mitleid mit ihr. »Hör auf, Liebling«, raunte sie, »siehst du nicht, dass sie völlig fertig ist?«

»Aber, Liebes, du weißt, dass die Spinnen dort riesig sind, außerdem gibt es Schlangen, von denen ein Biss genügt, um dich ins Jenseits zu befördern, Ratten so groß wie kleine Hunde, nicht zu reden von Hyänen, Löwen …«

Sie machte ihm ein Zeichen zu schweigen. Er stand auf, Spott hatte seine Mundwinkel heruntergezogen, und bedeutete Susi, dass er seinen angestammten Platz wieder einzunehmen gedachte. Dann klemmte er sich die Kopfhörer über die Ohren und sah sich den Thriller an, der im Bordfernseher lief.

Henrietta kuschelte sich an ihn und streichelte seinen Oberschenkel, bis er ihre neugierige Hand festhielt und sich seine Mundwinkel wieder nach oben bogen.

❖

Sie konnte nicht schlafen. Während das große Flugzeug durch die Nacht rauschte, um sie herum in der abgedunkelten Kabine die meisten Passagiere schliefen und nur wenige auf das flimmernde Fernsehbild starrten, war sie in Gedanken schon vorausgeeilt, war heimgekehrt, begrüßte ihre Freunde. Auch Ian schlief nicht fest, er döste nur, sie hörte das an seinem Atem.

»Samantha wird ihr Baby bald bekommen«, murmelte sie, »Tita flattert schon herum wie eine Glucke.« Vor vier Jahren hatten sie ihre Freunde zum letzten Mal gesehen, als Samantha, genannt Sammy, Tita und Neil Robertsons älteste Tochter, ihre Schwiegereltern in Italien besuchte. Sammy hatte wie ihre Mutter grüne Augen und üppige, kupferrote Locken. »Tita hat eine ausgewachsene Seelenkrise, sie kann sich partout nicht als Großmutter sehen, auf der anderen

Seite kann sie es kaum abwarten.« Sie lachte leise. »Tita als Großmutter, kannst du dir das vorstellen?«
»Hmhm«, brummte Ian und legte den Kopf an ihre Schulter. Sie schob ihre Hand in seine. Tita und ihre Familie, die Menschen, die ihnen nach Julia und Jan am nächsten standen. Ihre beiden Söhne, Richard und Michael, genannt Dickie und Micky, waren völlig unterschiedlich. Beide hatten Neils helle Haare, die hellen Augen, die nur leicht gebräunte Haut. Richard war ruhig und nachdenklich wie Neil, und ebenso leidenschaftlich, wenn er an etwas glaubte. Micky war ein charmanter Bengel mit der Lebhaftigkeit seiner Mutter, schnellem Witz und gut in jedem Sport. Henrietta und ihn verband etwas ganz Besonderes.

An einem Dienstag im Januar 1974 hatte sie Besuch von Tita und den Kinder bekommen. Sie fühlte wie damals die feuchte Hitze, die Kleidung und Haare verklebte, alle Möbelpolster durchtränkte. Jan, Julia und Dickie tobten kreischend draußen im Schwimmbecken herum. Tita und sie saßen auf der Schlafzimmerterrasse über die neuesten Modezeitschriften gebeugt, Micky, eben über vier Jahre alt, spielte zu ihren Füssen mit einer ihrer schwarzen Katzen. Sie diskutierten die Vorzüge von Miniröcken gegenüber Maxiröcken, als sie ein gellender Schrei hochschreckte, der ganz offensichtlich von May, Mickys Kindermädchen, stammte. Sie fuhren hoch. Micky war verschwunden, und auch das Geplansche der anderen war nicht mehr zu hören.
»Die Kinder, um Himmels willen!« Sie jagten durch das Haus, mit wachsender Angst nach den Kindern rufend. Tita stolperte, fiel hin, Henrietta hetzte weiter, bis sie die Terrasse erreichte. Unten im Garten stand May und kreischte, dass ihr fettgepolsterter Körper bibberte. »Micky!«, schrie sie, »Mickylein, komm herunter!«
Henrietta folgte ihrem Blick, und ihr stockte der Atem. Behände wie ein Äffchen kletterte Micky ganz oben in der Krone des alten Mangobaums herum, dort, wo die Zweige dünn und sehr biegsam wurden, höher und immer höher. Sie hörte ihn aufgeregte Rufe ausstoßen, die wie Lockrufe klangen.

Hektisch suchte sie den Baum mit den Augen ab, und dann sah sie es. Der Busch am Zaun wackelte wild, ein Schatten fegte durch das Blattgewirr, und für den Bruchteil einer Sekunde sah sie die entblößten Fangzähne der Affenmutter. Micky hatte keine Chance, nicht gegen das Gebiss einer wütenden Pavianmutter. Aber noch saß diese etwa zwanzig Meter entfernt im Gebüsch. »Augusta, komm her!«, befahl sie, während sie sich den Rock von den Hüften fetzte und mit einem Satz den untersten Ast des Mangobaums erklomm. Aus dem Augenwinkeln sah sie, dass Augusta ausnahmsweise tatsächlich rannte. »Stellt euch unter den Baum, schreit, macht Krach, verjagt die Affenmutter!«

Augusta begriff sofort. Sie stieß einen Befehl in Zulu aus, und May rannte, so schnell sie ihre Beine trugen, ins Haus und kam Sekunden später mit ein paar Töpfen und Deckeln zurück. Die beiden schwarzen Frauen veranstalteten einen ohrenbetäubenden Lärm.

»Was macht Micky da oben?« Tita kam in den Garten gestürmt.

Julia krauste ihr entzückendes Näschen, dass die Sommersprossen tanzten. »Er will mit dem Affenbaby spielen!«

»Oh, mein Gott!«, schrie Tita, »Micky, komm sofort herunter! Fass das Äffchen nicht an, es ist zu gefährlich!«

Rasch kletterte Henrietta von Ast zu Ast. Die Affenmutter am Zaun rüttelte verängstigt kreischend die Zweige einer Tibouchina, bis die Äste brachen. Armes Tier, sie hat auch nur Angst um ihr Junges, dachte sie, ertastete mit den Füßen eine Astgabel gut zwei Meter unter Micky und wusste, dass sie nicht höher klettern konnte. Ihr Gewicht war schon jetzt das Äußerste, was die alten Zweige trugen.

Sie sah zu Micky hoch, der auf einem Ast lag, ihn mit Armen und Beinen umklammerte und seine rechte Hand nach dem winzigen Fellkloß ausstreckte. Das Äffchen hing in genau der gleichen Haltung an einem noch dünneren Zweig und zitterte vor Angst.

»Micky, Liebling, lass das Äffchen. Es hat Angst vor dir.« Ganz sanft sprach sie, denn eine unachtsame Bewegung, und Micky würde rund sechs Meter in die Tiefe stürzen und auf dem Boden aufschlagen, aus dem scharfkantige Felsen herausragten.

»Mami, guck mal, das Äffchen mag mich!«, quiekte Titas kleiner Sohn aufgeregt.
Von seiner Mutter kam nur ein Wimmern.
»Nein, Micky, es hat Angst«, sagte Henrietta ruhig, »jetzt hör mir mal genau zu! Bitte dreh deinen Kopf zu mir, langsam, und sieh mich an!« Sie wartete, bis er gehorchte. Unter ihr veranstaltete Augusta mit scheppernden Topfdeckeln und lautem Geschrei einen Höllenlärm. Die Äffin sprang hin und her, bleckte ihr Furcht erregendes Gebiss, schrie wie in höchster Angst. Die Spitzen einer Gruppe wilder Aprikosenbäume auf dem Nachbargrundstück schlugen plötzlich hin und her, und sie wusste, dass sie kaum noch Zeit hatte, Titas Sohn zu retten. Die Affenherde kam der Affenmutter und ihrem Baby zur Hilfe, und vor einer wütenden Pavianherde nahm sogar ein Leopard Reißaus.
Sie verkantete sich mit dem Rücken gegen einen Ast, bis sie einigermaßen sicher stand. Es war ihre einzige Chance. Sie fing Mickys flackernden Blick ein, streckte ihre Arme so hoch sie konnte, aber sie war noch immer gut eineinhalb Meter unter ihm. »Micky, lass den Ast ganz langsam los, ich fang dich auf!«
Er sah an ihr vorbei in den Abgrund unter seinen Füßen, und plötzlich schien er gelähmt. »Hab Angst«, flüsterte er und umklammerte ihn fester.
Das aufgeregte Kreischen der Herde kam näher, bedrohlich näher.
»Micky«, ihre Stimme war ganz ruhig, »ich bin hier und fang dich auf, du brauchst keine Angst zu haben. Schnell, Kleines. Bitte!«
Er wimmerte.
»Madam, sie kommen!«, kreischte Augusta.
»Tita, bring die Kinder rein, schnell, Augusta, hol meinen Revolver aus meinem Nachttisch und schieß auf die Affen!«, brüllte Henrietta. Ihr kam nicht einmal in den Sinn, dass Augusta vielleicht nicht wusste, wie man einen Revolver benutzt. »Micky, sieh mich an!«, befahl sie. Furchtsam blickte Micky ihr in die Augen. »Jetzt lass los!« Er lockerte seinen Griff etwas, aber nicht genug. Impulsiv griff sie nach dem Ast und schüttelte ihn. Micky schrie auf, fiel wie eine reife

Frucht, und sie sah, dass sie ihn nicht auffangen würde. Ihr Herzschlag setzte aus.

Dann passierte alles gleichzeitig. Micky fiel ins Geäst, Augusta schoss, der Schuss knallte, ein Affe schrie im Todeskampf.

»Micky!« Tita kam aus dem Haus gerannt. »Oh, lieber Gott, Micky!«

Im Fallen drehte sich Micky, schlug gegen einen Ast, der seine Fallrichtung änderte und landete so auf Henriettas Brust, die das instinktiv geahnt hatte. Sie griff zu und erwischte ihn an den Beinen. Er hing kopfüber in ihrem Griff, krebsrot und strampelnd vor Angst und Panik, verschluckte sich beim Schreien, hustete, spuckte, aber sie hielt ihn fest.

Ein paar Minuten später standen sie sicher auf dem Boden. Tita fiel vor Micky auf die Knie und vergrub ihr Gesicht in seinem Haar. Die aschfahle Augusta, den Revolver mit beiden Händen umklammernd, zielte noch immer auf die kreischende Affenherde, die einen Totentanz um den Gefallenen in ihrer Mitte aufführte. Sie stießen ihn an, hoben seine schlaffen Arme hoch, berochen ihn. Als er sich nicht rührte, näherten sie sich, drohend ihre Zähnen zeigend, den Menschen.

Die Affenmutter verließ trotz ihrer offensichtlichen Angst ihren sicheren Platz im Busch, sprang herunter, und mit Riesensätzen, nur ein, zwei Meter an den Menschen vorbei, schoss sie nach oben in das Blättergewölbe des alten Mangobaums und schlang ihre Arme fest um ihr Junges.

Die Augen der beiden Mütter trafen sich für einen Moment über die Köpfe ihrer Kinder hinweg, die blutunterlaufenen der Äffin und die weit aufgerissenen der Menschenmutter. Alle Aggression war aus dem Körper der Pavianmutter gewichen. Sie stieß einen Ruf aus, einen sanften, gurrenden Laut, das Geschrei der Herde verstummte, ihr Angriff stoppte. Über Titas Gesicht huschte ein Lächeln der Erleichterung, die Äffin zog ihre Oberlippe hoch. Sie bleckte nicht ihr Furcht erregendes Gebiss, eindeutig nicht, die Winkel bogen sich nach oben, dabei schob sie das Kinn etwas vor.

»Ich schwöre dir, sie hat auch gelächelt«, berichtete sie Ian, der die Schürfwunden an ihren Armen und Beinen, die sie bei ihrem überstürzten Abstieg davongetragen hatte, untersuchte.

»Das muss desinfiziert werden!«. Er holte Jod, und nach einer schmerzhaften halben Stunde saßen sie auf der Terrasse, Henrietta an beiden Unterarmen bandagiert. »Geh morgen zu Anita Allessandro, damit sie sich das ansieht. Affen übertragen sicher alle möglichen unangenehmen Krankheiten. Musst du eigentlich immer die Heldin spielen?« Er reichte ihr ein paar Aspirin und einen Orangensaft.

»Du warst nicht da, Tita außer Gefecht, und es war keine Zeit, die Polizei zu holen, was also hätte ich machen sollen? Es ist ja nichts passiert, und die paar Kratzer sind nicht schlimm. Anita wird darüber lachen.« Anita Allessandro war ihre Hausärztin. Sie kannten sich schon seit 1960.

Aber er war besorgt. »Eine Pavianherde in der Nachbarschaft ist einfach zu gefährlich. Vielleicht haben sie unsere neuen Nachbarn gefüttert. Vermutlich sind die noch nicht lange in Afrika und wissen nicht, dass man Affen nicht füttern darf, sonst hat man bald eine ganze Herde im Garten.«

»Horstmanns? Als sie einzogen, habe ich Frau Horstmann kurz gesehen. Ich werde sie morgen einladen und fragen.« An der Peripherie ihres Blickes bemerkte sie eine verwischte Bewegung. Trotz Windstille schlugen die Büsche auf dem Nachbargrundstück geisterhaft bis auf den Boden. Schattenhafte, geduckte Figuren huschten im bläulichen Mondlicht durch die Zweige, saßen auf dem Zaun, der ihr Grundstück von dem anderen trennte. Sie packte Ians Arm. »Sieh mal, da! Da sind sie wieder.«

»Ich hol den Revolver, rühr dich nicht.« Er schlich ins Haus. Lautlos glitt er kurz darauf wieder in den Liegestuhl neben ihr. »Wo sind sie?«

»Noch drüben, und ich glaube nicht, dass sie zu uns herüberkommen werden. Sie scheinen etwas auf dem Boden zu suchen …« Schweigend beobachteten sie die Affen, die sich nur mit leisen, kurzen Rufen miteinander verständigten. Dann schien einer der Paviane gefun-

den zu haben, wonach sie suchten. Er bellte einmal, und alle anderen strömten zu ihm. Aufgeregt sprangen die Tiere auf dem Boden herum, warfen Blätter hoch, scharrten die Erde, stießen spitze, hohe Schreie aus. Ihr silbergrauer Pelz glänzte. Ein riesiger alter Pavian, dessen weißer Bart weithin leuchtete, hielt etwas gepackt und zerrte es hinter sich her, etwas Schweres. Alle anderen Affen folgten ihm. Sie zogen davon, langsam, gemessenen Schrittes und mit gebeugtem Rücken, bei jedem Schritt stützten sie sich auf ihre Arme. Nur das Rascheln ihrer Schritte im Laub störte die Stille.
»Wie ein Trauerzug.« Gebannt starrte sie hinunter.
Ian lehnte sich vor. Eine Wolke zog rasch über die Mondscheibe und warf trügerische Schatten. »Ich glaube, du hast Recht. Es ist ein Trauerzug. Sie haben ihren toten Kameraden geholt, sieh dir das an, sie schleifen ihn hinter sich her.«
»Die armen Tiere.– ich wollte sie nur aufhalten.« Noch immer gellte der Schrei des getroffenen Affen in ihren Ohren, aber gleichzeitig hörte sie Mickys Wimmern, sah seine schreckensweiten Augen. Traurig beobachtete sie die gespenstische Szene.
Die Paviane entfernten sich, und bald entschwand der letzte ihren Blicken, nur sachte erzitternde Buschkronen begleitete ihren Weg, und für eine kurze Zeit konnten sie die leisen Rufe der Davonziehenden noch hören. Dann war es wieder ruhig. Schweigend räumten sie zusammen und gingen dann ins Bett.

❖

Am nächsten Tag ging sie hinüber zu den Horstmanns, die sich schräg unterhalb des Grundstücks der Cargills, das wie eine Stupsnase aus einem Gesicht aus dem wellig zum Meer abfallenden Hang wuchs, ein Grundstück gekauft hatten. Dort, wo man sich die Wangenknochen vorstellte, stand das Nachbarhaus. Vor zwei Wochen war es fertig geworden, und letzten Dienstag waren Horstmanns eingezogen. Eine hohe, weiße Mauer, über und über berankt mit dornigen Bougainvilleas, umgab ihr Haus. Auf ihr Klingeln hin wurde sie von einer metallischen Lautsprecherstimme nach ihrem Namen gefragt.

»Henrietta Cargill von nebenan.«

Sekunden später glitt das Tor zurück, Frau Horstmann kam ihr lächelnd entgegen. Sie war eine schöne Frau. Schwarze, schulterlange Haare, dunkelbraune Augen, kurvenreiche Figur. Deutsch sah sie eigentlich nicht aus. »Frau Cargill, wie nett, kommen Sie herein.« Sie sprach deutsch.

Vor ihrem Haus standen mehrere Autos, drei Männer lehnten an einer schwarzen Limousine. Obwohl sie T-Shirts und Jeans trugen, keine Uniform oder dergleichen, bekam Henrietta den Eindruck, dass es Soldaten waren. Vielleicht war es die Lässigkeit ihrer Haltung im Kontrast zu ihren wachsamen Blicken, mit denen sie die Besucherin musterten. Es lag keinerlei sexuelle Anzüglichkeit darin, schnell, aber gründlich schienen sie diese zu überprüfen, dann ein kurzer stummer Blickkontakt untereinander, und sie setzten ihr leises Gespräch fort. Frau Horstmann schwang ihre runden Hüften, schenkte den Männern einen verführerischen Augenaufschlag und führte sie an ihnen vorbei ins Haus. Verblüfft blieb sie stehen.

Grüner, hochglänzender Marmor bedeckte Fußboden und Wände, das Sonnenlicht wurde durch seegrüne, hauchfeine Vorhänge gedämpft, mehrere tiefe Sessel und zwei überbreite Sofas, alle in Schwarz, umringten den ausladenden Glastisch. Am anderen Ende des Raumes, der so groß war, dass man ein Einfamilienhaus darin hätte unterbringen können, stand ein etwa vier Meter langer Esstisch mit polierter grauer Granitplatte. Vor der langen Fensterfront wucherten großblättrige Pflanzen. Nirgendwo auch nur ein einziges Buch. Es war, als bewegte sie sich in einem Aquarium.

»Nun?« Ihre Nachbarin lächelte erwartungsvoll.

»Das ist ... ich finde das ... fantastisch«, stotterte Henrietta, »woher haben Sie nur diesen Granittisch?«

»Oh, Freunde haben den herangeschafft. Möchten Sie etwas trinken?«

»Es ist unbeschreiblich«, erzählte sie Ian abends, »ich war so platt,

dass ich völlig vergessen habe wegen der Affen zu fragen. Sie ist übrigens Portugiesin, ziemlich hübsch, so eine mit glutvollen Augen und aufgeworfenen Lippen, er ist Deutscher. Irgendetwas aber ist seltsam dort drüben.« Sie beschrieb die drei Männer.
»Vielleicht braucht sie Leibwächter, wenn sie so hübsch ist.«
»Leibwächter! Das könnte sein. Aber drei gleichzeitig? Das glaub ich nicht.«
»Meine Güte, sicher sind es Mafiosi, die sich hier verstecken.« Er lachte sie aus. »Honey, siehst du schon wieder Gespenster? Es ist bestimmt alles ganz harmlos, vielleicht waren die drei ihre Brüder.«
Brüder? Sie bezweifelte das. Marinas Augenaufschlag und ihr Hüftwackeln waren sicherlich nicht für Brüder bestimmt. Sie beschloss, in der nächsten Zeit die Augen offen zu halten.

Mit Tita und zwei anderen Damen aus Umhlanga Rocks betreute sie ein Projekt, das etwa zwanzig Zulufrauen auf dem Land Arbeit und ein bescheidenes Einkommen verschaffte. Mit Spenden hatten sie eine Weberei für Teppiche und Möbelstoffe in Mount Edgecombe eingerichtet und zusätzlich eine kleine Schmuckproduktion begonnen. Die Frauen stellten wunderbaren Glasperlenschmuck her, und sie experimentierte mit Mustern, die den traditionellen Schmuck marktgerechter für Europa machten. Stolz hatten sie vor kurzem den ersten Auftrag aus Paris erfüllt.
Die Arbeit ließ ihr viel Zeit, da sie eigentlich nur für das Entwerfen zuständig war, das sie fast ausschließlich zu Hause machte. Ihr Studio überblickte das Grundstück der Horstmanns. Obwohl das Haus, ein weißer Klotz mit viel Glas und einem Terrassendach mit griechischen Säulen, Luftlinie gemessen etwa siebzig Meter entfernt zwischen Palmen und blühenden Büschen lag, hatte sie freien Blick, denn die Bäume, die Horstmanns gegen neugierige Blicke hatten pflanzen lassen, waren in dem letzten Regensturm mit einem Teil des aufgeschütteten Gartens den Hang hinuntergespült worden.

Die neuen Nachbarn schienen äußerst gastfreundlich zu sein, denn mehrmals in der Woche feierten sie größere Partys. Dann hielt jedes Mal der Lieferwagen des »Blauen Marlin«, des teuersten Restaurants der Umgebung, vor der Tür, und Männer in weißen Overalls schleppten schüsselweise Essen ins Haus. Herr Horstmann fuhr einen Porsche, Frau Horstmann benutzte ein Mercedes-Cabrio als rollenden Einkaufskorb, Autos, für die man in Südafrika ein Vermögen hinblättern musste. Einer geregelten Tätigkeit ging Herr Horstmann offensichtlich nicht nach.
Sie lud sie zum Essen ein, wie man das mit neuen Nachbarn tut. Marina, so hieß Frau Horstmann, kippte innerhalb kürzester Zeit mehrere Wodkas und spülte dann mit Champagner nach. Das war vor dem Essen. Henrietta wäre längst unter den Tisch gerutscht, Marina fing lediglich an zu reden.
Auf ihre Frage, ob sie die Affenherde vielleicht gefüttert habe, lachte sie laut los. »Schätzchen, ich würde die Biester abknallen und nicht füttern! Ich habe fast zehn Jahre im Busch in Zentralafrika gelebt, da füttert man keine Affen, man frisst sie höchstens!« Sie lachte wieder, und Henrietta konnte ihre Plomben zählen.
Sie fühlte sich von Marinas Ausdrucksweise und dem ordinären Gelächter abgestoßen. »Im Busch?«, kommentierte sie, eisern höflich. »Wie interessant. Wo war das?«
»Oh, hier und da«, bemerkte Jack, wie sich Herr Horstmann nannte. Er verriet nur durch seine fiebrig glänzenden Augen, dass er stockbetrunken war.
Henrietta musterte ihn schweigend. Jack Horstmann war etwa einen Meter fünfundachtzig, durchtrainiert bis in die letzte Muskelfaser, und trug die Haare millimeterkurz geschoren.
Marina, die zwischen Ian und Jack saß, bemerkte ihren Blick und fuhr ihrem Mann über die Stoppeln. Es gab ein kratziges Geräusch. »Er lässt es hier wieder wachsen, im Busch ist das unhygienisch, da nisten sich gern alle möglichen Tierchen ein. Im Busch hieß er nur der Leopard«, erzählte sie stolz, »er hilft immer mal aus, immer da, wo er gebraucht wird.«

Ian und Henrietta schwiegen.

Sie plapperte weiter. »Im Kongo half er Tschombé – hat nicht viel genützt, ist ja auch schon sehr lange her – weißt du noch in Biafra?« Sie war wieder beim Wodka gelandet. Das meiste davon lief ihr übers Kinn. Sie streckte ihren Arm aus, warf einen viel sagenden Blick auf den breiten, ungewöhnlich gedrehten Armreif aus matt schimmerndem Gold an ihrem Handgelenk. »Meine Güte! Wenn das Geld knapp wurde, haben wir uns bei den Banken und Bonzen bedient. Ein paar schöne Sachen haben wir da gefunden. Man konnte das Zeug natürlich nicht dauernd durch den Busch schleppen, wir mussten es vergraben.« Sie lehnte sich über Ian und klatschte ihm aufs Knie. Ihre Hand rutschte ab und landete zwischen seinen Beinen. »Jetzt kommen wir aus Ruanda.«

Ian entfernte freundlich ihre Hand und legte sie zurück auf ihren Schoß. »Wisst ihr denn noch, wo eure Schätze liegen? Vielleicht sind sie geklaut worden?« Ein schläfriges Lächeln.

Die beiden wechselten einen Blick. Jack massierte sein Ohrläppchen, sandte seiner Frau eine deutliche Warnung. »Das denke ich nicht.«

Marina gackerte wie ein Huhn, imitierte eine Maschinenpistole mit ihrer Hand. »Rattattattat!«, machte sie und lachte lauter.

Henrietta lief es kalt den Rücken herunter.

»Und ihr? Ihr seid schon zum zweiten Mal hier, nicht wahr, ich hab da aufregende Sachen über euch gehört, die böse, böse Polizei hat dich durch den Busch gejagt? Du musst aber ein sehr unartiger Junge gewesen sein! Hätte ich gar nicht von dir gedacht, erzähl doch mal!« Sie kitzelte Ian neckisch am Kinn.

Henriettas Blutdruck stieg. Sie atmete tief durch und quälte sich ein süßes Lächeln ab. »Möchtet ihr einen Kaffee?« In Südafrika war das ein klares Zeichen, dass der Besuch nun zu Ende war.

Doch Marina und Jack hatten die südafrikanischen Regeln wohl noch nicht verinnerlicht. Marinas Hand kroch Ians Arm hoch wie eine fünfbeinige, fleischfarbene Spinne. »Nun, Ian-Baby, raus mit der Sprache, was hast du im Busch getrieben?«

Ian fing ihre Hand ein. Sein Gesicht wurde ausdruckslos, seine Augen leer. »Oh, hier wird viel geredet, es gibt kein Fernsehen, also wird geklatscht. Du musst das nicht alles glauben. Ich bin völlig harmlos, richtig langweilig.« Seine Kinnmuskeln mahlten, seine Augen waren fast schwarz. Höchste Alarmstufe!
Später in der Nacht, als Jack und Marina Horstmann endlich gegangen waren, saßen sie noch auf der Terrasse. In der Ferne donnerte die Springflut gegen die Felsen. »Sehe ich das richtig? Der Kerl war Söldner und hat von Banküberfällen und Raubzügen gelebt, und als er seine Schätze vergraben musste, hat er seine Gehilfen erschossen, damit sie nicht reden können?«
Ian lachte und machte eine wegwerfende Handbewegung. »Geplapper von Betrunkenen, das glaubst du doch nicht ernsthaft?«
Doch, sie glaubte das. Sie schlief kaum in dieser Nacht, warf sich herum, träumte wirres Zeug, bis Ian das Licht anmachte und sie streichelte, so dass sie in seinen Armen einschlief.
Ein paar Wochen danach erregte ein Foto in der Sonntagszeitung ihre Aufmerksamkeit. *Mad Milton Miller is back* war die Schlagzeile. Der verrückte Milton Miller war wieder im Land. Ein berüchtigter Mann, ein als mordlustig bekannter Söldner, der seine blutige Schneise durch Zentralafrika geschlagen hatte, immer auf der Seite dessen, der am besten bezahlte. Die Höhe der Summe bestimmte seine Loyalität, so kam es häufiger vor, dass er erst gegen die eine Seite kämpfte und dann für mehr Geld die Seiten wechselte und nun gegen seinen vorherigen Dienstherren ins Feld zog. Die Polizei hätte ihn gern einmal gesprochen, stand in dem Artikel.
Das hieß, sie suchten ihn fieberhaft per Haftbefehl.
Ein großflächiges Gesicht, ausgeprägte Wangenknochen, kleine helle Augen, Backenbart. Sie kannte den Mann. Er hielt sich im Moment bei Jack und Marina auf, zusammen mit fünf anderen Männern. Wenn sie sich aus dem Fenster lehnte, konnte sie sie jetzt sehen. Jack hatte noch keine neuen Bäume gepflanzt.
Einer der Männer auf der Terrasse stand auf und streckte sich. Unvermittelt wandte er den Kopf und sah zu ihr hinauf. Er tat es so

plötzlich und direkt, dass sie sich nicht mehr ungesehen zurückziehen konnte. Sein Blick flog von ihr über ihr Grundstück, das Haus, zurück zu ihr. Betroffen schloss sie das Fenster. Das unangenehme Gefühl einer unbestimmten Gefahr nistete sich in ihrem Magen ein. Danach vermied sie jeden Kontakt zu den Horstmanns und pflanzte ein paar Bäume, die sie vor ungebetenen Blicken schützten.
Aber es nützte nichts.
Es fing harmlos an. Eines Sonnabends klopfte Jack an die Tür, ganz in Kaki und Schnürstiefeln, ein gewinnendes Lächeln auf seinem bärtigen Gesicht. »Henrietta! Du siehst hinreißend aus, dir scheint es gut zu gehen.«
Sie antwortete nicht, sah ihn nur abweisend an.
Aber so etwas glitt an ihm ab. »Es ist mir ja sehr peinlich«, meinte er, »aber ich habe vergessen, zur Bank zu gehen, und der Tank von meinem Porsche ist leer, kannst du mir etwas borgen – zwei-, dreihundert Rand vielleicht?«
Der Porsche schien ein Säufer zu sein, denn dafür bekam man etwa tausend Liter Benzin. Wütend auf sich selbst, dass sie nicht einfach kommentarlos die Tür zugeknallt hatte, gab sie ihm hundert Rand. Natürlich sah sie diese nie wieder. Er landete den gleichen Trick bei Ian, dem sie ihre Dämlichkeit verheimlich hatte. Unverfroren probierte er es noch ein paar Mal.
»Heb doch deine Schätze im Kongo«, fauchte sie, hielt aber betroffen inne, als er plötzlich erstarrte wie ein Raubtier vor dem Sprung, und so war auch sein Blick. Der Leopard!
Sie kicherte nervös, murmelte etwas wie, war ja nur ein Witz, und schloss ihm die Tür vor der Nase zu. Es dauerte eine halbe Stunde, bis sie ihren Puls nicht mehr in der Kehle spürte. Aufgeregt berichtete sie Ian davon.
»Oh, Liebling, hör auf, Gespenster zu sehen. Solche Typen wie die gibt es zu Dutzenden in Afrika. Sie saufen, sie schneiden auf, lügen, dass sich die Balken biegen, aber sie sind auch ganz amüsant. Marina kann sehr charmant sein. Außerdem hat Jack einen ganz interessanten Geschäftsvorschlag.«

Sie starrte ihn entgeistert an. »Das kann nicht dein Ernst sein, du willst dich doch nicht mit diesem Abschaum einlassen.«
»Henrietta, jetzt werde nicht kindisch, reiß dich zusammen!« Er knallte die Tür zu und verzog sich auf die Terrasse.
Sie rief Tita an. »Diese blöde Kuh macht sich an Ian ran, was soll ich tun? Wir haben uns schon ihretwegen gestritten!«
»Kannst du sie unauffällig erwürgen?«
»Hör auf, Witze zu machen, ich meine es ernst.«
»Halt den Mund und tu so, als merktest du nichts. Außerdem kann ich mir im Leben nicht vorstellen, dass dein Ian eine andere Frau auch nur ansieht.«
Konnte sie eigentlich auch nicht, aber Ian reagierte auf ganz bestimmte Verhaltensweisen. Brauchte jemand Hilfe, fragte er nicht, warum, sondern kam auf seinem Schimmel angepresst, mit aufgepflanztem Banner und einem heiligen Feuer im Herzen. Das hatte Marina wohl gerochen. Sie war diese Art Frau, clever, mit fein polierten Instinkten und kaltschnäuziger Rücksichtslosigkeit ausgestattet. Nutte, dachte Henrietta gehässig.
Ihr Anruf kam um halb sechs Uhr morgens, zwei Tage nach ihrer Auseinandersetzung. Ian nahm grollend ab. »Hier ist Marina«, schrie sie so laut, dass Henrietta sie deutlich verstand, »hilf mir, bitte schnell!«
Sie hatte auf den richtigen Knopf gedrückt. Ian sprang in seine Jeans und lief sofort hinüber, wütend folgte sie ihm auf den Fersen.
Horstmanns Haus war hell erleuchtet, denn jetzt im Winter herrschte um diese Zeit noch Dunkelheit. Sie fanden Marina im Wohnzimmer. Nach Atem ringend und tränenüberströmt lag sie auf dem schwarzen Sofa hingestreckt. Drei Männer standen um sie herum. »Ian«, wisperte sie kraftlos und streckte ihre Hand aus, »Gott sei Dank bist du da! Ich bin ganz allein!« Henrietta sah sie nicht einmal an.
»Was ist hier los?«, fragte er ziemlich aggressiv.
»Wer sind Sie?«, blaffte einer der Männer.
»Was geht Sie das an?«, blaffte er zurück.

Drei Männer griffen simultan in ihre Brusttaschen, und sie starrten auf drei Polizeiausweise. »C.I.D – Kriminalpolizei. Wir haben einen Hausdurchsuchungsbefehl.«
Sie zuckte zusammen. Verdammt! Wo waren sie da hineingeraten?
»Also, Namen, Adresse, was wollen Sie hier?«
Henrietta antwortete. »Wir sind nur die Nachbarn, Frau Horstmann hat uns angerufen.« Dankbar hörte sie, dass ihre Stimme nicht schwankte.
»Ich weiß gar nicht, was das soll!«, klagte Marina auf Deutsch und tupfte sich die Augen mit Ians Taschentuch. »Jack erzählt mir nie etwas über seine Geschäfte, aber er hat bestimmt nichts getan, was gegen das Gesetz sein könnte!«
Ach nein, dachte Henrietta, außer dass er Banken überfallen und ein paar Menschen ermordet hat. Vielleicht hat er aber noch nie falsch geparkt!
Die Herren vom C.I.D. hatten das Haus methodisch auf den Kopf gestellt, allerdings offensichtlich nichts dabei gefunden, denn sie verabschiedeten sich mit leeren Händen und der Bemerkung, dass Frau Horstmann noch von ihnen hören werde. Sie notierten noch die Namen der Cargills, und Henrietta sah im Geiste, wie sie die routinemäßig durch ihre Computer jagen würden.
Cargill, Ian und Cargill, Henrietta würden dann da stehen, und sie würden über die Sache mit Cuba Mkize lesen und vielleicht auch von Kwa Mashu, und sie würden wissen, dass sie 1968 ausgetrickst wurden, als sie ihnen entwischt waren, denn sie glaubte nicht für einen Moment, dass BOSS ihre Akten vernichtet hatte. »Die wühlen jetzt den ganzen Dreck wieder auf«, flüsterte sie Ian ins Ohr.
»Unsinn«, sagte er, »wir reden zu Hause darüber, jetzt müssen wir erst Marina versorgen.« Er rief einen Arzt, scheuchte Henrietta in die Küche, um heißen Tee zu machen, und geleitete Marina dann, einen Arm um sie gelegt, vorsichtig ins Schlafzimmer und half ihr ins Bett. Erst als der Arzt endlich gekommen war, verabschiedeten sie sich von ihr.
Henrietta musste sich beherrschen, nicht mit der Haustür zu knallen,

als sie Horstmanns Haus verließen. »Findest du nicht, dass du ein bisschen übertreibst mit deiner Fürsorge für Marina?«
»Sie ist krank, hast du das nicht gesehen? Und sie war allein, völlig hilflos.« Er streifte sie mit einem gereizten Blick. »Du bist doch nicht etwa eifersüchtig? Das wäre lächerlich.«
»Ich?« Ihr Lachen klang metallen. »Nein, nein, woher denn!« Sie hätte ihn am liebsten angeschrien, natürlich bin ich eifersüchtig, verdammt, ganz fürchterlich, so sehr, dass ich nicht schlafen kann! Aber sie biss sich auf die Lippen. »Und die Leute von der Kripo? Was ist, wenn die etwas in den Akten finden?«
»Denk dran, was Dr. Kruger damals geschrieben hat«, sagte er, offensichtlich ungeduldig mit ihr, »sie brauchen solche Leute wie uns. Die haben das sicher gelöscht. Er ist schließlich der Generalstaatsanwalt gewesen. Du bildest dir da was ein.« Er drehte ihr den Rücken zu und löschte das Licht.
Sie war sich da nicht so sicher. Dr. Kruger war sehr plötzlich von einem Herzinfarkt dahingerafft worden, ganz konventionell während der Nacht im Tiefschlaf, und Pietersen, der neue Generalstaatsanwalt, war noch eine Steigerung von Dr. Kruger, der bisher den Rekord im Fällen von Todesurteilen gehalten hatte. Hart, gefühlskalt, ohne Familie, ohne Hobbys, so beschrieb in Neil.
Sie lag neben ihm im Bett, draußen knatterten die Palmen in dem starken Winterwind, sein Rücken war wie eine abweisende Mauer. Lautlos rollten ihr Tränen aus den Augenwinkeln in ihre Haare und durchnässten das Kissen. Nichts und niemand war es je gelungen, sich zwischen sie und Ian zu drängen. Sie stand dieser Situation völlig hilflos gegenüber.
»Ich versteh ihn nicht«, klagte sie Tita am nächsten Tag und schluckte brav den übersüßen Kaffee, den diese ihr stets eintrichterte, wenn sie sich aufgeregt hatte. Den Cognac, der unweigerlich folgte, lehnte sie ab. »Sie ist nicht einmal sein Typ.«
Tita nahm sie in den Arm. »Da muss etwas anderes dahinter stecken, Ian hat doch nur Augen für dich!«
Ihr war ganz elend, es war als stünde zwischen Ian und ihr plötzlich

eine gläserne Trennwand. Sie konnte ihn sehen, hören, sie konnte mit ihm sprechen, aber sie konnte ihn nicht erreichen.

❖

Ein paar Tage danach, sie war den ganzen Vormittag in der kleinen Weberei in Mount Edgecombe gewesen und hatte mit Maggie, der geschicktesten der Frauen, neue Muster ausprobiert, empfing Augusta sie zu Hause schon an der Tür. »Master und Madam von nebenan warten drinnen«, informierte sie sie, ihre Hände an ihrem bunten Kittel abwischend, »sie sagen, Madam habe sie zum Tee eingeladen.« Ihr Ton trug den Vorwurf, dass sie das wohl vergessen habe, ihr mitzuteilen.
»Ich habe sie nicht eingeladen. Du sollst niemanden ins Haus lassen, wenn ich nicht da bin, das weißt du!« Henrietta war laut geworden. Augusta senkte beleidigt die Lider, schob die Unterlippe vor, schwang herum, dass ihr gewaltiges Hinterteil auf und ab wogte, und watschelte in die Küche. Empört brabbelte sie in sich hinein, gestikulierte wild mit den Händen, als rede sie mit Geistern, und knallte dann vernehmlich mit der Küchentür.
Wütend auf sie und die Horstmanns lief Henrietta ins Wohnzimmer. »Was wollt ihr?«, zischte sie Jack und Marina an.
Jack grinste. »Bei uns ist es etwas ungemütlich, wir brauchen ein paar Tage Unterschlupf.«
Die Polizei war also hinter ihnen her. Oder Mad Milton Miller, was schlimmer wäre. »Nicht hier, verschwindet!«
»Das klingt nicht nett!« Er stand auf, ergriff ihre Hände, bevor sie es verhindern konnte. »Henrietta, warum bist du so unfreundlich? Wir haben dir doch nichts getan – oder haben wir jemals etwas gemacht, was dich verletzt hätte? – Nun?« Er zog sie an sich heran, sie wehrte sich dagegen, aber er besaß eine unglaubliche Kraft.
»Ich will mit euch und euren Freunden nichts zu tun haben. Verschwindet!« Sein Atem roch nach Fisch und Zwiebeln, und ihr Magen zog sich zusammen vor Ekel. Es gelang ihr, ihm ihre Hände zu

entreißen. Sie sprang zurück. Draußen sah sie Julia über die Terrasse laufen. Schmal, langbeinig, graziös wie eine Gazelle, in einem schenkelkurzen, gelben Kleid, ihre goldbraunen, schulterlangen Haare vom Wind verwirbelt. Es war unübersehbar, dass sie mit zehn Jahren kein kleines Mädchen mehr war.
»Hübsch ist eure kleine Julia, sehr hübsch«, bemerkte Jack.
Nicht was er sagte, sondern wie er es sagte, ließ die feinen Härchen auf ihren Armen sich aufrichten. »Was wollt ihr von uns?«, fragte sie heiser. Oh, Ian, bitte komm nach Hause, bitte beeil dich!
»Ach, Henrietta, hab dich doch nicht so! Es tut dir doch nicht weh, wenn wir mal ein oder zwei Tage hier unterkriechen. Dein Haus ist schließlich groß genug, und Personal hast du auch.«
Sie starrte Marina unter zusammengezogenen Brauen an. Immer erst bis zehn zählen, meldete sich Großmutters Stimme aus der Vergangenheit, dann sagst du nichts, was eine Dame später bereuen könnte. Sie jedoch bezweifelte, ob die beiden eine Dame überhaupt erkennen würden, und brüllte los. »Habt ihr noch nicht begriffen? Ich will, dass ihr aus meinem Leben verschwindet, und wenn ihr je auch nur auf zwei Meter an meine Kinder herankommt – ich schwöre, dass ich euch umbringe. So, und nun raus!« Schwer atmend hielt sie inne. Wortlos erwiderte Marina ihren Blick, äugte tierhaft durch die unordentlichen Stirnfransen ihrer schwarzen Haare. Sie war offensichtlich beeindruckt. Gut!
Plötzlich beugte sie sich zur Seite und erbrach sich über Henriettas Kübelpalme. Schwer atmend wischte sie sich anschließend über den Mund und drehte sich triumphierend zu Jack um. »Geschafft!«, rief sie und ballte eine Faust. »Nun kriegen sie mich nicht.« Sie strich ihre Haare hinter die Ohren und stand auf. »Wir müssen gehen, Henrietta, vielen Dank für deine Gastfreundschaft.«
Sie war so überrumpelt von ihrem Verhalten, dass sie ein paar Sekunden sitzen blieb und ihnen sprachlos nachschaute. Als sie dann nach einigen kurzen Worten die Eingangstür hinter ihnen geschlossen hatte, lehnte sie verstört an der Wand. Erst die Drohung mit Julia und nun dieser merkwürdige Abgang. Sie rief Tita an. »Was bedeutet

das, kannst du dir einen Reim darauf machen?« Mit Ian konnte sie in diesen Tagen nicht über ihre Nachbarn reden.
»Keinen Schimmer«, Henrietta hörte, dass sie irgendetwas kaute, »klingt verrückt. Aber du musst mit Ian über die Sache mit Julia reden. Soll ich euch Twotimes schicken?«
Twotimes war ihr schwarzer Schatten. Eigentlich hieß er Julius, wie Daddy Kappenhofer. Neil brachte ihn vor vielen Jahren in sein Haus, damit er auf seine Familie aufpasste. Wer er war, woher er genau kam, woher ihn Neil kannte, erfuhren sie nie. »Er ist aus dem Norden«, sagte Neil, und das war es.
»Wir werden ihn Bob oder Billy nennen, Julius gibt es nur einmal, und das ist mein Vater«, verkündete Tita energisch.
»Nun aber gibt es ihn zweimal«, quiekte Dickie, der damals noch nicht ganz drei Jahre alt war, vorlaut dazwischen. Und so kam Julius zu dem Namen Twotimes. Er war nicht groß, aber sehnig, seine Haut war so schwarz, dass sie einen bläulichen Schimmer hatte. Kein Gramm Fett verwischte die Linie seines muskulösen Körpers, die hornigen Füße kannten offensichtlich keine Schuhe. Er heftete sich an Titas Fersen und ließ sie und ihre Kinder von diesem Augenblick an nicht mehr aus den Augen.
Henrietta zögerte. Es würde eine große Beruhigung sein. Mit Twotimes in der Nähe wären die Kinder sicher. Sie ahnte, dass er Männern wie Jack schon einige Male begegnet war – und überlebt hatte. Sie vermied es, sich auszumalen, wie die Begegnungen abgelaufen waren und ob die anderen noch lebten. »Ich red mit Ian und sag dir Bescheid.«
Doch dazu kam es nicht mehr. Vor ihrem Tor hielt kurz darauf ein Taxi, und eine ältere, weißhaarige Dame stieg aus. Sie trug ein blaues Kostüm und einen blauen Hut, an dem der stürmische Winterwind zerrte. Ihren beachtlichen Busen wie den Bug eines Schiffes vor sich herschiebend, Regenschirm in einer Hand, eine geräumige Handtasche in der anderen, marschierte sie entschlossenen Schrittes die Einfahrt hinunter auf Henriettas Eingangstür zu. Sie öffnete, bevor die Dame klopfen konnte.

Sie musterte Henrietta, die Jeans trug, einen lockeren, weißen Baumwollpullover und Leinenschuhe. »Ich suche das Haus von Horstmanns«, sagte sie endlich, »sind Sie die Haushälterin?« Sie hatte Deutsch gesprochen, Stuttgarter Dialekt. Ein Hauch von Missbilligung war unüberhörbar. Eine bunte Glitzerbrosche mit großen grünen Glassteinen und üppiger Strassumrandung hielt den Spitzenkragen ihrer Bluse zusammen. Ein bisschen laut für Henriettas Geschmack.
»Ganz bestimmt nicht!« Das kam unfreundlicher, als sie es beabsichtigte. »Horstmanns Haus ist dort.« Sie deutete mit dem Finger auf Horstmanns Eingangstor. »Soll ich Ihnen Ihren Koffer hinübertragen?« Ihre Neugier, wer diese bemerkenswerte Dame war, überwog ihre Abneigung gegen alles, was mit Horstmanns zu tun hat.
»Ich bin die Mutter von Klaus Horstmann. Ich habe einige Zeit nichts mehr von ihm gehört und will nach dem Rechten sehen.«
»Klaus? Ich kenne nur Jack und Marina Horstmann.«
»Jack!« Sie schnaubte. »Das hat sich diese … Person ausgedacht, Marina.« Sie spuckte das Wort aus, als wäre es etwas Verdorbenes. »Er heißt Klaus und ist mein Sohn. Er hat sich seit über einem Monat nicht mehr gemeldet. Ich hab ihm schon den Geldhahn zugedreht, aber das hat auch nichts genützt. Da steckt dieses Weib dahinter.«
Fasziniert öffnete Henrietta die Tür weiter. »Ihr Sohn ist vorhin weggefahren, möchten Sie bei mir warten?« Diese Geschichte war zu gut, sie musste mehr hören. »Diese Person?«
»Meine so genannte Schwiegertochter. Wenn sie denkt, sie hat sich Klaus geangelt, weil dieser andere verrückte Kerl sie rausgeschmissen hat, hat sie sich geschnitten. Keinen Pfennig kriegt sie von meinem Geld. Sie säuft, wussten Sie das? Wie ein Loch!«
Sie führte Klaus' Mutter auf die Terrasse, half ihr aus der Kostümjacke und wies Augusta an, ihnen einen Kaffee zu machen. »Ich bin etwas erstaunt«, begann sie vorsichtig, »Jack und Marina erzählten – nun, sie deuteten an, dass sie ein recht abenteuerliches Leben in Zentralafrika geführt hätten, dass Jacks Beruf sei, dort zu helfen, wo

er gebraucht wird, wie sich Ihre Schwiegertochter ausdrückte. Kongo, Nigeria, Angola und so weiter. Sein Busch-Name sei ›der Leopard‹.«

»Leopard! Ha!«, machte Frau Horstmann senior, es klang wie ein Pistolenschuss, »ha! Wenn der einen Leoparden sieht, fällt er in Ohnmacht! Sind das die Geschichten, die dieses Flittchen verbreitet? Also, Frau Cargill, ich will Ihnen mal was erzählen!« Sie zupfte ihre Spitzenbluse zurecht. »Diese Dame war schon einmal verheiratet, mit so einem entsetzlichen Menschen namens Mad Milton, der sich überall in Afrika als Söldner verdungen hat. Sie hat sogar einen Sohn mit ihm. Dann ging etwas schief, sie ist ihm davongelaufen und hat sich meinen Klaus geangelt, der ein leichtgläubiger, dummer, unerfahrener Junge ist, der nie gelernt hat, seinen eigenen Lebensunterhalt zu verdienen. Das braucht er auch nicht, ich hab genug«, setzte sie mit Stolz hinzu. Die Brosche an ihrer Bluse funkelte.

Kein Strass, kein Glas, das waren Smaragde und Brillanten! Da war sich Henrietta jetzt sicher.

»Mein Herbert, Gott hab ihn selig, hat Würste gemacht, die besten und größten in unserem Ländle. Die haben uns ein ordentliches Sümmchen gebracht. Seit diese Marina ihre Krallen in meinen Klaus gehakt hat, verkehrt er mit höchst merkwürdigen Leuten, rennt herum wie ein Buschkämpfer, trainiert den ganzen Tag, bis seine Knochen knacken – er ist schließlich schon Ende vierzig –, und macht sich mit seinen Kriegsspielen gründlich lächerlich ... Leopard, dass ich nicht lache!«

»Entschuldigen Sie bitte«, keuchte Henrietta erstickt und rannte aus dem Zimmer, bevor sie dem Lachanfall erlag. Sie brauchte Minuten, um ihre Fassung wiederzugewinnen. Mutter Horstmann hatte den Geldhahn zugedreht und Sohnemann konnte kein Benzin mehr für seinen Porsche kaufen? Keine finsteren Machenschaften, keine ermordeten Gefährten und Banküberfälle? Galt ihre ganze Angst einem Muttersöhnchen? Sie fühlte sich fast betrogen, und die Wut gegen Marina Horstmann wuchs. Ihretwegen hatten sie sich mit ihrem Mann zum ersten Mal ernsthaft gestritten. Sie kehrte auf die Terrasse zurück. »Wo ist denn Ihr Stiefenkel? Ich habe nie ein Kind in dem Haus Ihres Sohnes gesehen.«

»Stiefenkel, so weit kommt das! Das ist ja das Problem. Sie versteckt ihn. Dieser verrückte Söldner will ihn haben, und sie will ihn nicht hergeben. Er hat ihnen schon die Polizei auf den Hals gehetzt. Ich bitte Sie, mein Klaus und die Polizei!« Erregt betastete sie ihre verschwitzten weißen Haare. »Stellen Sie sich vor, diese Frau plant jetzt, ein Kind von Klaus zu kriegen, damit man sie nicht in Beugehaft nehmen kann – so ein Mittel zum Zweck wird dann mein Enkel!« Ihre Miene zeigte deutlich, was sie von ihrer Schwiegertochter hielt.

Henrietta saß stumm. »Geschafft!«, hatte Marina gerufen, nachdem sie sich übergeben hatte, und richtig glücklich ausgesehen. Bekam sie ein Baby? Hinter Marina waren die her, nicht hinter ihrem Mann, Jack, dem Leoparden, der Julia einfach nur hübsch fand! Mad Milton Miller war ganz sicher nicht an ihnen interessiert, und diese kernigen Typen, die sie am ersten Tag bei ihnen gesehen hatte, waren Jacks Spielkameraden. Vergeblich versuchte sie Ordnung in das Chaos ihrer Gedanken zu bringen. Lange nachdem Frau Horstmann sie verlassen hatte, grübelte sie, wie sie sich so geirrt haben konnte und wie sie das Ian beibringen konnte. Abends machte sie sich besonders hübsch, kochte sein Lieblingsessen, brachte ihm die Zeitung, redete nicht ein einziges Mal wider, war einfach zuckersüß und lieb.

Irgendwann legte er irritiert seine Gabel hin und sah ihr forschend in die Augen. »Also, Honey, was ist los, du bist heute so zahm, dass es mir unheimlich ist.«

Verlegen beichtete sie ihre Fehleinschätzung ihrer Nachbarn.

Langsam kroch ihm die Röte den Hals hoch ins Gesicht, seine tiefblauen Augen tanzten wie blaue Flammen, und dann lachte er, wie sie ihn noch nie hatte lachen sehen. Ihm liefen die Tränen herunter, er brachte kein Wort heraus, er hielt sich die Seiten, so dass sie zeitweilig besorgt war, dass er sich Schaden antun würde. »Oh, Liebling«, murmelte er endlich mit den Lippen auf ihrer Schulter, »du hast dich von der Paranoia hier anstecken lassen. Überall entdeckst du Ver-

schwörungen, fühlst dich verfolgt. Es machte mir wirklich Sorgen, und ich hab versucht, dir zu zeigen, dass die Horstmanns harmlose Spinner sind. Wie du siehst, hatte ich Recht.«
Das steckte hinter seiner Haltung den Horstmanns gegenüber? »Deswegen warst du so nett zu dieser – zu Marina, um mir zu zeigen, dass ich mich geirrt habe? Deswegen?«
»Liebes ...«, er zog sie in die Arme, »... du warst doch nicht etwa eifersüchtig? Auf Marina?« Ungläubig beobachtete er ihr beredtes Mienenspiel. »Du warst eifersüchtig! Das kann doch nicht sein!«
Seine Halsgrube roch warm und vertraut, sein Puls klopfte unter ihren Lippen. Sie schob ihre Hand unter seinen Pullover, und der Abend wurde noch wunderschön.
Die Lektion jedoch, die sie daraus lernte, brachte sie Jahre später in große Gefahr. Ihr Leben lang hatte sie sich auf ihren Instinkt verlassen können, jetzt war sie unsicher geworden. Bisher hatte sie sich durchs Leben bewegt wie ein Hochseilartist auf seinem Seil, immer vorsichtig prüfend, ob der nächste Schritt vor ihr auch sicher war. Nun hatte sie sich überreden lassen zu glauben, dass es kein Seil war, sondern ein breiter, sicherer Weg.
So legte sie ihren Balancierstab nieder und schritt munter drauflos.
Das war 1974.

Sonnabend, den 23. Dezember 1989 – Landung in Durban

Nach Afrika nimmt der Reisende in diesen Tagen ein Flugzeug, die mächtige Flugmaschine, wie Sarah es nannte. In einer einzigen Nacht jagt er in einer Metallröhre, nur getrennt durch eine dünne Aluminiumhaut vom sicheren Tod, über ein Dutzend Länder auf zwei Kontinenten. Angeschnallt auf einem engen Sitz, Mensch an Mensch, zur Bewegungslosigkeit verurteilt, starrt er auf den Fernsehschirm, wo eine Linie wie eine träge Schlange kriechend seinen Weg auf einer Landkarte nachzeichnet.

Seine Sinne spüren nichts von Afrika, den dichten Palmenwäldern des Westens, dem heißen Wind der Sahel, der alles Leben eintrocknet, ahnen nicht die göttliche Schönheit des Kilimandscharo. Seine Nase bleibt unbelästigt vom Blutgeruch Zentralafrikas, kein Duft nach trockenem Gras, Gewürznelken, und Rauch der Holzfeuer erzählt ihm eine Geschichte, er weiß nichts von der verborgenen Welt unter dem Blätterdach der ewig nebligen Regenwälder. Unter ihm breitet sich der prächtige bunte Teppich Afrikas aus, und er sieht die Farben nicht.

Sie wünschte, sie hätte Meter für Meter des Weges mit ihren Sohlen abmessen können, damit ihre Seele Zeit gehabt hätte, mit ihr nach Afrika zu reisen. Sie brauchte das Gefühl für die Entfernung, das Gefühl für den Abstand zwischen dem Hier und dem Dort. Sie wünschte, sie hätten wenigstens das Schiff nehmen können. Im Takt mit dem Herzschlag der Dampfmaschine wäre sie auf dem warmen Holzdeck hin- und hergelaufen, mit dem Horizont vor Augen, bis zur befriedigenden totalen Erschöpfung. Doch nun glitt der große

Metallvogel, nur dreizehn Stunden nachdem sie das winterliche Deutschland verlassen hatten, im Sinkflug auf das hochsommerliche Durban zu.
»Bist du nervös?« Ian legte ihr die Hand auf die Schulter. Sie war warm und fest, ihr Halt seit sechsundzwanzig Jahren.
Sie sah aus dem Fenster des Jets. Die Erde, die rote afrikanische Erde raste auf sie zu, in Sekunden würden sie in Durban landen. Nervös? Seit elf Jahren war kein Tag vergangen, an dem sie nicht diesen Moment durchlebt hatte, fast viertausend Mal, und jedes Mal hatte sie es innerlich zerrissen. »Nervös ist nicht der richtige Ausdruck, ich habe solche Angst, dass ich kaum atmen kann, und doch ist mir schwindelig vor Glück. Ich möchte auf die Knie gehen und die rote Erde da draußen küssen.«
Der Purser legte die Hebel um, die schwere Tür des Jumbos schwang nach außen, und vor ihr lag Afrika.
Die Dezemberhitze stand wie eine schimmernde Wand. Sie trat aus der kalten, trockenen Kabinenluft hinaus in diese vibrierende, leuchtende Welt, die zärtliche Luft, schwer von Meeresfeuchtigkeit und Blumenduft. Damals, vor dreißig Jahren, war sie diese Treppe im Überschwang des Gefühls hinuntergesprungen, endlich, endlich ihr Paradies gefunden zu haben. Heute waren ihre Schritte vorsichtiger. Die Last der Erinnerungen wog zu schwer.
»Ich hatte vergessen, wie herrlich die Luft hier riecht, wie grün Natal ist«, Ian legte den Kopf in den Nacken, »wie weit man sehen kann. Hast du je wieder so einen Himmel gesehen?«
Sie tauchte ein in das Blau, das kein milchiger Schleier verdünnte, immer tiefer, fand kein Ende. Wenn Endlosigkeit eine Farbe hatte, dann musste es dieses brennende Blau sein. Auch anderswo hatte sie weite Himmel gesehen, aber den in Afrika sah sie nicht mit dem Verstand, der ihr sagte, dass das Blau eine Täuschung der Atmosphäre war, sie sah ihn mit dem Herzen. Langsam schüttelte sie den Kopf. »Nein, nirgendwo.«
Er räusperte sich. »Du wirst sehen, es wird wunderbar werden. Hab keine Angst!«

Der Asphalt war an vielen Stellen aufgebrochen, die Teersäume in der Hitze aufgeweicht, der Eingang zur Passkontrolle so eng, dass nur eine Person zur Zeit hindurchgehen konnte. Mit einem Blick erfasste sie mehrere Polizisten, einer rechts und links von jedem Ausgang, Beine fest und breit auf dem Boden, Maschinenpistolen umgehängt, andere standen im Hintergrund herum. Es waren zehn oder zwölf insgesamt, schätzte sie. Ihre Puls schlug schneller.
Susi, verschlafen, zerknautscht, verheult, ging vor ihnen durch die Passkontrolle. »Ich warte draußen auf euch«, rief sie ihnen noch zu, ehe ihre füllige Gestalt in dem roten Strickkleid, den Nerz über die Schulter geworfen, durch den engen Durchgang verschwand.
Dann standen sie vor dem Passbeamten und legten ihre Pässe auf den Tresen, und ihr ganzes Sein konzentrierte sich auf diesen Moment. Ohne sie anzusehen, gab er ihre Daten in den Computer ein.
Sie hielten sich fest an den Händen. Es war still bis auf das Klicken der Tasten. Das war sehr laut. Das Hämmern ihres Herzens aber übertönte alles.
»Mr. Ian Cargill, Mrs. Henrietta Cargill?« Nun sah er sie an. Er hatte ein glattes Gesicht mit eng stehenden, wasserhellen Augen.
»Ja«, antwortete Ian. Ein Heben seiner Stimme machte das Wort zu einer Frage.
Sie versteinerte innerlich, ihre Handflächen wurden plötzlich feucht, ihr Puls klopfte härter.
Der Beamte machte eine befehlende Geste mit seinem Daumen. »Raus«, bellte er, »Sie warten, bis alle anderen abgefertigt sind.« Er klappte ihre Pässe zu, winkte einem Uniformierten, übergab sie diesem, und der verschwand damit durch eine Tür.
Sie sah den Beamten an. Sein Mund öffnete und schloss sich, sie registrierte, dass ein Vorderzahn über den anderen geschoben war und er deswegen lispelte, aber sie verstand die Worte nicht.
»Machen Sie Platz da, warten Sie da drüben.« Sein Blick ging an ihr vorbei zu der Frau hinter ihr. Diese drängte sie zur Seite. Er nahm den Pass entgegen. »Goie More, Mevrou«, lächelte er.
Der Polizist, der mit ihren Pässen hinter einer Tür verschwunden

war, kam mit leeren Händen wieder heraus. »Setzen Sie sich.« Er deutete auf eine Holzbank.
Sie blieb stehen. »Was geht hier vor?«
Der Polizist, ein weißblonder, gut aussehender Hüne mit Stoppelhaaren, war eineinhalb Kopf größer als sie. »Setzen Sie sich!«, wiederholte er und schob sie mit dem Lauf der Maschinenpistole vorwärts, eher abwesend als drohend, vielleicht sogar aus Versehen.
Sie aber blickte auf diesen blauschwarzen Pistolenlauf, spürte, wie er sich in ihren Oberschenkel bohrte. Eine unerträglich intime Berührung. Eine Welle aus Empörung und Angst schwemmte jede Vorsicht weg. Sie packte den Lauf, zog ihn ruckartig nach vorn und stieß ihn dann zurück. Er erwischte den Uniformierten seitlich im Bauch. Der stolperte rückwärts, und Bruchteile von Sekunden später starrte sie in fünf entsicherte Maschinenpistolen.
Ian schwang herum, seine Faust geballt. Drei der Waffen richteten sich auf ihn, das metallische Ratschen, als fünf Maschinenpistolen fast synchron gespannt wurden, ließ ihn erstarren. Zischend zog er die Luft durch die Zähne.
Sie lachte, hoch und zittrig. Nicht aus Wagemut, sondern aus purer, überschießender Panik. Sie lachte, drehte sich um, ging zur Holzbank und setzte sich, denn ihre Beine drohten zu versagen. »Und, wollt ihr mich nun erschießen?«
Langsam senkten sich die Maschinenpistolen, die Gesichter der Polizisten dabei von brutaler Ausdruckslosigkeit.
»Wo sind unsere Pässe?« Ihre Stimme kletterte auf der Tonleiter, ihre Gedanken rasten wie durchgehende Pferde.
»Liebling …« Er versuchte, sie zurückzuhalten, aber sie wand sich aus seinen Armen.
»Lass mich«, schrie sie, »ich will jetzt wissen, was los ist, jetzt! Ich halte das nicht mehr aus!«
»Wir müssen Pretoria anrufen«, sagte der mit den ölig schwarzen Kräuselhaaren und den goldenen Streifen auf den Ärmeln harsch.
»Pretoria?« Ihre Kopfhaut zog sich in einer unbestimmten Ahnung zusammen. »Machen Sie Witze? Was hat Pretoria mit uns zu tun?«

»Das ist der Sitz unserer Regierung.«
»Das ist sogar mir bekannt. Was hat die Regierung mit uns zu tun?«
»Das bin ich nicht befugt zu sagen.« Er öffnete im Gang, der von der Halle abging, die Tür zu einem kleinen Raum, kahl bis auf einen Tisch und zwei Stühle und einer Bank an der Wand. Gitter vor zwei Fenstern direkt unter der Decke zerschnitten den blauen Sommerhimmel in kleine Stücke. Eine Lampe mit Metallschirm baumelte über dem Tisch. Die Wände waren Gelb gestrichen, grünlich, wie das einer unreifen Zitrone, mit einem kakaobraunen Streifen in Augenhöhe. »Setzen Sie sich!«, befahl er und ging, ohne die Tür zu schließen, hinaus. Auf ein Kopfnicken stellte sich einer der Polizisten breitbeinig an die Wand im Gang, das Gewehr geschultert, und schien festzuwachsen.
Sie setzten sich auf die Bank, um sich ganz nah zu sein, schlangen ihre Hände ineinander, spürten sich, warm und vertraut. »Ich liebe deine Hände«, flüsterte er und hob sie zu seinen Lippen. Sie nahm seine, drehte sie, fühlte die warme Glätte seines Eherings. »Jan hat deine Finger …« Ihre Stimme versagte. »O Gott, die Kinder!«
»Ruhig«, flüsterte er, »ruhig, mein Herz. Ganz ruhig – atme tief ein – so ist es gut, anhalten …« Er küsste ihre Finger. »… nun atme aus …«
Allmählich wurde ihr Puls langsamer, ihr Atem regelmäßiger. »Julia«, wisperte sie, »Jan.« Ihre Hand verkrampfte sich in seiner. »Schsch«, machte er.
Die Tür des Raumes stand offen, gab den Blick frei nach draußen, auf den schmalen Ausgang, den Weg in die Freiheit. »Unsere Koffer«, raunte sie, »da draußen.« Die beiden schwarzen Hartschalenkoffer drehten einsame Runden auf dem Gepäckband. Ein Polizist nahm sie herunter und trug sie außer Sichtweite. Die letzten Passagiere marschierten durch ihr enges Blickfeld und verließen die Ankunftshalle. Sie hatten sich ihrer Wintermäntel entledigt, trugen leichte Sommersachen, einige sogar schon Sonnenbrillen. Ihr Schwatzen und Lachen hallte herüber, und jedes Mal, wenn einer von ihnen durch die Schwingtüren ging, tanzten im Takt der pendelnden Türen die

Sonnenstrahlen über die Wände und durchbohrten ihr Herz wie eine Lanze. Die Sonne Afrikas, nach der sie sich schon so lange sehnte. Als sie es nicht mehr aushielt, sprang sie auf, lief zur Tür.
Die Maschinenpistole des jungen Polizisten versperrte ihr den Weg.
»Setzen Sie sich«, fuhr er sie an. »Bitte«, fügte er jedoch hinzu.
Ian zog sie auf die Bank zurück. »Nimm dich zusammen, Liebling, die haben keine Ahnung, das sind nur die Wachhunde. Ich könnte ihn überraschen und entwaffnen«, flüsterte er ihr ins Ohr, »ein oder zwei der anderen zumindest so lange aufhalten, dass du aus dem Raum hier durch die Halle auf die Straße flüchten könntest.«
Sie kicherte völlig überdreht. »Und dann? Wohin soll ich denn fliehen. Sieh mich doch an, groß, blond, winterweiß – auffällig wie ein Leuchtfeuer, hat Sarah einmal gesagt – ich könnte mich nicht in der Menge verstecken.« Vermutlich würde keiner von ihnen beiden einen Fluchtversuch überleben, wahrscheinlich war, dass sie von Kugeln durchsiebt auf dem schmutzigen Fliesenboden der Halle sterben würden!
Hör auf, Amok zu laufen, schrie sie sich innerlich an, das ist völlig unsinnig, keiner würde auf uns schießen. »Quatsch«, sagte sie dann laut, »wir machen uns total verrückt, es muss ein Irrtum vorliegen!«
Er streichelte sie. »Natürlich, du hast Recht. Mach dir keine Sorgen, es ist bald vorbei, und stell dir vor, was wir dann zu erzählen haben! Ganze Dinnerpartys können wir damit unterhalten.« Er dehnte seine Lippen zu einem Lächeln, aber sein Gesicht schimmerte bläulich weiß.
Sie ging nicht auf seinen Versuch zu scherzen ein. »Die wollen Pretoria anrufen, Liebling, das kann doch nicht wahr sein«, sie musste sich bei ihm anlehnen, »unseretwegen wollen sie die Regierung anrufen. Wir können doch unmöglich so wichtig sein. Sag mir, dass es einer meiner schlechten Träume ist. Kneif mich, damit ich aufwache.« Ihre Haut war glitschig vor Schweiß.
Eine Tür schlug im Hintergrund, jemand betrat den Raum nebenan, eine aggressive männliche Stimme dröhnte durch die Wand. Kurz darauf knallte die Tür noch einmal, ein Mann verließ den Raum. Sie

hob den Kopf und erhaschte sein Spiegelbild in der Glastür auf der anderen Seite des Ganges. Er war stehen geblieben, kehrte der Tür den Rücken zu. Ein großer, massiger Mann, registrierte sie, breite Schultern, blaues Hemd, Ärmel hochgekrempelt, der linke baumelte leer herunter.
Leer! Es traf sie wie ein Blitzschlag. Der linke Ärmel oberhalb des Ellenbogengelenks des Mannes war leer! Bildfetzen wirbelten ihr durch den Kopf, explodierende Melonen, Leichen auf Reservereifen geschnallt, Menschen, die aus einem Hubschrauber geworfen wurden. Babababamm!
»Da«,. stotterte sie, »da ... dieser Typ ...«, pfeifend sog sie Luft durch ihre zugeschnürte Kehle, »der mit dem amputierten Arm!« Ihr Zeigefinger bebte. »Da ist er wieder! Der aus Palma!«
Sie spürte, wie Ian zusammenzuckte, sein Atem kam in unregelmäßigen Stößen. Doch nach einem Augenblick fühlte sie, wie er sich wieder leicht entspannte. »Das ist nicht Len – bei dem hier ist der rechte Arm amputiert, Len hatte seinen Linken verloren – du siehst ihn im Spiegelbild!«
Henrietta schloss die Augen. Ich habe ein Minenfeld im Kopf, dachte sie, ich weiß nicht mehr, wohin ich sicher treten kann. Wie soll ich das aushalten?
Die Halle leerte sich, und sie blieben als Einzige zurück, sie und die zehn oder zwölf Polizisten. Er sah auf die Uhr. »Wir sitzen hier seit mehr als zwei Stunden. Ich geh jetzt zu dem Kerl, der unsere Pässe hat. Ich will wissen, was los ist.«
»Sei vorsichtig!« Sie folgte ihm. Von ihm getrennt zu sein, und wenn es nur ein paar Meter waren, das konnte sie jetzt nicht durchstehen. Das kleine Büro mit den hohen, vergitterten Fenstern war fast schattenlos unter der kalten Neonbeleuchtung. Der Beamte hinter dem Schreibtisch war gedrungen und rundlich, aber nicht fett. Seine grauen Haare trug er sorgfältig gescheitelt, auf seiner Oberlippe saß ein Bärtchen, schmal wie ein Bleistiftstrich. »Bleiben Sie nebenan sitzen, Mr. Cargill, bis wir Pretoria erreicht haben.«
»Es ist Sonnabend, einen Tag vor Weihnachten, und bereits nach

drei Uhr, es wird kein Mensch da sein. Wie lange wollen Sie uns hier festhalten?«

»Bis wir Anweisungen haben, was mit Ihnen zu geschehen hat. Und, Mr. Cargill, das betreffende Büro in Pretoria ist immer besetzt.« Mit einer Handbewegung verwies er sie wieder ins Nebenzimmer.

»BOSS«, hauchte sie, und das Blut sackte ihr in die Beine, »die Staatssicherheit. Welcher Teufel hat uns nur geritten zu glauben, dass die sich geändert haben. Warum sind wir nicht in Hamburg geblieben?«

Auch Ian senkte seine Stimme. »Weil du in Hamburg nicht atmen kannst, weil deine Seele seit fast elf Jahren nur hier lebt und dein Körper immer schmaler und blasser wird und weil ich das nicht länger ertragen kann.« Er legte seine Hand flüchtig auf den weißen Narbenwulst, der unterhalb seines Ohres in den Haaren verschwand. Die Hand zitterte.

Der Streifschuss, durchfuhr es sie, mit dem sie ihn damals in Zululand erwischten! Wie konnte ich nur so egoistisch sein, welche Bilder müssen ihn jetzt peinigen, die ich nicht sehen kann? Behutsam streichelte sie die Stelle. »Es tut mir so Leid.«.

Er räusperte sich. »Red keinen Unsinn, mir ging es doch nicht anders!«

Aber sie spürte die Willensanstrengung, mit der er Haltung bewahrte. »Was meinst du, was die vorhaben?«, fragte sie.

»Wenn wir Glück haben, schicken sie uns mit demselben Flugzeug wieder zurück. Dann hat es nur Geld gekostet.«

Sie schwiegen, keiner sprach aus, welches die wahrscheinlichere Möglichkeit war.

Plötzlich stand Ian auf. »Wir fliegen zurück, noch heute Abend, das wird es sein, was sie wollen – komm!« Gleich darauf standen sie wieder vor dem Schreibtisch. Der Beamte schrieb etwas. »Geben Sie uns unsere Pässe, wir fliegen heute Abend wieder zurück, dann sind Sie uns los«, sagte Ian mit fester Stimme.

Der Beamte mit dem Oberlippenbärtchen betrachtete ihn einen Moment schweigend, dann glitt sein Blick zu ihr. Als er antwortete, er-

schien ihr sein Lächeln wie ein Zähnefletschen. »Darum geht es nicht, Mr. Cargill. Setzen Sie sich wieder nach nebenan.« Er wandte sich wieder seinen Akten zu.
Es stand ihnen also nicht frei zu gehen – es ging um ihre Freiheit! Sie standen da, hielten sich an der Hand, sagten nichts, standen nur da. Nach ein paar Augenblicken drehten sie sich um, gingen in das Nebenzimmer und setzten sich wortlos wieder auf die Holzbank.
Sie schwiegen. Lichtflecken wie Goldkonfetti wanderten die Wand hoch, als die Sonne langsam tiefer sank. Irgendwann raschelte ein daumengroßer Kakerlak über den Boden und brachte Henrietta wieder zu sich. In einer Wutexplosion zertrat sie das Insekt. »Kannst du dir zusammenreimen, was wir getan haben, dass die uns immer noch im Computer haben und hier mit Waffen bewachen? Kwa Mashu ist viel zu lange her.«
»Du hast Recht gehabt. Kein Geheimdienst der Welt löscht freiwillig Daten. Das ist bei denen pathologisch. Daddy Kappenhofer hat erreicht, dass wir rehabilitiert wurden. Das bezog sich auf die rein rechtliche Seite. Mit BOSS hat das Recht absolut nichts zu tun. Wir waren einfach unglaublich naiv, anzunehmen, dass unsere Akte vernichtet wurde, nur weil du Toit ins Gefängnis gewandert ist. Trotzdem kann das nicht alles sein.«
»Wenn«, sie atmete durch, »wenn wir getrennt werden, müssen wir versuchen, Tita anzurufen. Und wir müssen den Kindern Bescheid sagen.« Was sie nicht aussprach, war, wenn sie ins Gefängnis gebracht würden, Ian in eine Zelle für Männer und sie zu den Frauen.
»Tita und Neil wissen Bescheid. Wenn wir nicht zur verabredeten Zeit ankommen, werden sie nachforschen. Wie ich Tita kenne, marschiert dort draußen schon Daddy Kappenhofers Anwaltsarmee auf und lädt die Kanonen durch.«
Sie schwiegen, hielten sich an den Händen, atmeten im Gleichtakt, die Stunden versanken mit der Sonne. Ihr war schwindelig, als stünde sie auf einem schmalen Grat unmittelbar an einem kilometertiefen, bodenlosen Abgrund. Die tief vergrabene Angst der letzten Tage im März 1968 brach ihren Damm. Um ihre Gedanken zu fesseln, zu ver-

hindern, dass sie Amok liefen, zwang sie sich, ihren afrikanischen Garten vorzustellen, der vierzig Kilometer nördlich am Hang über dem Indischen Ozean lag. Sie sah hoch. Zwei der Polizisten lehnten im Gang an der Wand, sie hielten die Waffen gesenkt, hatten aber ihre Finger am Abzug. Sie schluckte trocken. Nur vierzig Kilometer, fünfundvierzig Minuten auf dem North Coast Highway! Es war ihr nicht möglich, so weit im Voraus zu denken. Ihre Vorstellungskraft scheiterte schon an diesen zwei Männern mit den ausdruckslosen Gesichtern. Ein-Arm-Lens hässliches Lachen dröhnte in ihrem Kopf. Liebesgaben, hatte er gesagt und dabei gekichert, und abends wird gezählt, und der Sieger bekommt eine Prämie!

Ihr Blick glitt zu Ians Narbe. Ich halt es nicht mehr aus, dachte sie, keine Sekunde länger, dieser Preis ist zu hoch. Das innere Abbild ihres afrikanischen Gartens wurde undeutlich, wie von schwarzen Schatten überlagert, ein anderes Bild schob sich darüber, von einer Wiese, irgendwo in Schleswig-Holstein.

Weich senkte sie sich zu einem gurgelnden Bach, in der Mitte wuchs ein wilder Apfelbaum, der in voller Blüte stand. Die Wiese war gelb, ein leuchtendes, strahlend gelbes Meer, aus der Nähe aufgelöst in Millionen von gelben Löwenzahnköpfen. Sie spürte die kühle Erde durch die Matte von Gras und Löwenzahn, hörte die Bienen summen, den Bach murmeln, sah einen Zitronenfalter von Blüte zu Blüte taumeln. Sie tauchte ein in eine Wolke süßen Duftes. Aber noch süßer war das Gefühl der vollkommenen Sicherheit, des Geschütztseins vor Bedrohung und Unheil. Es machte sie trunken.

Sie war allein auf ihrer Wiese; wohin sich Ian hinter seinem erstarrten Gesicht zurückgezogen hatte, wusste sie nicht. Eben wollte sie ihn in Gedanken zu sich holen, da drängte sich Onkel Hans dazwischen.

Es war in den ersten Monaten nach ihrer Ankunft in Südafrika auf der Farm ihres Onkels gewesen. Sie stand mit ihm unter einem Mangobaum, aß eine reife Frucht. Ein merkwürdiges Geräusch hatte sie veranlasst, sich umzudrehen, und ihr war die Mango im Hals stecken geblieben, als sie die Ursache des Geräuschs entdeckte: ein paar

Schritte entfernt glitt eine Schlange an ihr vorbei. Sie war wunderschön grün gewesen, fast drei Meter lang, und in ihrem Maul hatte sie einen jämmerlich krächzenden Maina gehalten. Ihr eigener Entsetzensschrei gellte ihr noch heute in den Ohren. Eine grüne Mamba! Noch einmal hatte sie geschrien, war zurückgesprungen, gegen den Baum geprallt und hingefallen.
»Was schreist du denn so, Mädel?«, hatte Onkel Hans gelacht, »die hat das Maul doch schon voll, die kann dir doch nichts tun. Merk dir, du bist hier in Afrika, und Afrika ist nichts für Memmen!«
Oh, wie hatte sie ihn dafür gehasst.
Auch jetzt stachelte sie sein Hohn auf. Afrika ist nichts für Memmen! Sie richtete sich auf, sah dem Offizier mit den öligen krausen Haaren, der durch die Tür trat, furchtlos entgegen. Schlimmeres als der Biss einer Mamba konnte ihr nicht widerfahren.
»Kommen Sie mit!«, befahl er, sein Englisch das eines Afrikaanders, hart und flach. Er führte sie wieder in das Büro nebenan. Ihre Pässe lagen vor dem Beamten auf dem Tisch.
»Pretoria ist am Telefon. Was ist der Grund Ihrer Reise?«
»Urlaub«, gab sie an, ließ Ian nicht zu Wort kommen. Sie konnte schneller und überzeugender lügen. »Wir wollen unsere Freunde besuchen, schwimmen, die Wärme genießen, Weihnachten und Neujahr feiern.« Außerdem wollen wir sehen, wie es Vilikazi und Sarah geht, herausfinden, warum Mary Mkize Bomben wirft, versuchen, Victor Ntombela zu besuchen, obwohl über ihn der Bann verhängt ist und er nur seine Familie sehen darf, eine Person zur Zeit, und eigentlich waren wir gekommen, um zu entscheiden, ob wir hier wieder leben möchten. Das alles sagte sie nicht, und keiner konnte es auf ihrem ausdruckslosen Gesicht lesen.
Der Beamte wiederholte ihre Worte auf Afrikaans, lauschte einige Momente, nickte und legte den Hörer auf. »Kennen Sie eine Imbali Duma, genannt Inyoka, die Schlange?« Er spuckte das Wort aus.
Der Name traf sie wie ein Schlag. Erschrocken senkte sie ihre Lider. Imbali! Imbali, Vilikazis Tochter, die mit einem Molotowcocktail mehrere Polizisten getötet hatte! Vorsicht!, mahnte sie sich, unter-

schätze sie nicht. Sie sind wie Hyänen. Verschlagen, gierig und sehr, sehr gefährlich. Sie entspannte ihre Züge, jeder ihrer Gesichtsmuskeln war sie sich bewusst, löschte alle sichtbaren Gefühlsregungen. Sie runzelte die Brauen, als denke sie angestrengt nach, und wählte ihre Worte mit großer Bedachtsamkeit. »Ja, ich meine, die Tochter einer meiner Hausmädchen hieß so. Aber das ist über zwanzig Jahre her.« Sie zuckte mit den Schultern und hielt dem Blick des Polizisten stand. Er hatte fast keine Wimpern, was seinen Augen etwas Starres, Fischiges verlieh.

Der Mann schrieb ihre Antwort ohne Kommentar nieder. »Sie sind auf den British-Airways-Flug am 5. Januar 1990 gebucht?« Als Ian und sie vorsichtig nickten, knallte er einen Stempel in die Pässe und setzte einen handschriftlichen Zusatz darunter und unterschrieb. Dann schob er ihnen die Pässe über den Tisch. »Am 5. Januar 1990 um 24 Uhr müssen Sie unser Land verlassen haben. Danach sind Sie hier nicht mehr willkommen. Bis dahin – genießen Sie Ihre Ferien.« Er hob die Oberlippe und dehnte sie, wie ein Hund, der die Zähne fletscht, kurz bevor er zubeißt. Er schien nicht einverstanden zu sein mit dieser Entscheidung.

Ian nahm die Pässe sofort an sich und strebte der Tür zu. Henrietta aber spürte die unterschwellige Stimmung, die Schwingungen im Raum, die sie wie Funksignale auffing, spürte deutlich, dass es noch nicht vorüber war. Die schwer bewaffneten Polizisten strichen in der Halle umher, unruhig, so kam es ihr vor, wie eine Meute hungriger Wölfe, der die sichere Beute entrissen wurde.

Sie räusperte sich. »Was werfen Sie uns eigenlich vor?«, fragte sie in einem Versuch, furchtlos zu erscheinen.

»Das, Mrs. Cargill, sollten Sie am besten wissen.«

»Ich habe keine Ahnung. Wir sind seit elf Jahren nicht mehr in Südafrika gewesen.« Wie macht man seine Stimme so seidig und gleichzeitig bedrohlich? Ob denen das beigebracht wird? Meine Herren, heute lernen wir, unsere Stimme als Waffe zu benutzen?

»Wenden Sie sich an Pretoria. Wir sind nicht berechtigt, Auskunft zu geben.«

»Ich glaub Ihnen kein Wort! – Was passiert nun? Werden wir Ihre Leute nun die ganze Zeit im Nacken haben? Wird uns immer jemand auf den Fersen sein und uns beobachten?«

»Aber nein, Mrs. Cargill, keine Sorge«, war seine Antwort, doch seine Körpersprache strafte ihn Lügen, Verschlagenheit lag in seinem Blick, Spott kräuselte seine Mundwinkel, und sein Ton klang, als würde er trachten, ein Kind zu beruhigen.

Empörung schüttelte sie wieder. »Wo sind unsere Koffer?« Ihre Stimme war eisig, arrogant. »Ich hoffe, Sie haben gut darauf aufgepasst. Hier soll ja viel gestohlen werden!« Ians Hand auf ihrer Schulter warnte sie. Sie hielt die Luft an, um diese Wut, die sie gepackt hatte wie zwei riesige Fäuste, die sie ihre Vorsicht vergessen und reden ließ, bevor sie die Worte abwägen konnte, niederzudrücken. Der mit den öligen Haaren stand plötzlich dicht vor ihr, so dass sie die Kraterlandschaft seiner großporigen, fettigen Gesichtshaut unmittelbar vor sich sah. »Mrs. Cargill, vergessen Sie nie, dass Sie Gast sind in unserem Land. Ein geduldeter Gast!« Jetzt waren seine Worte eine unverhüllte Drohung.

»Werden wir nicht«, antwortete Ian hastig, »danke … komm, Liebling.« Er drehte sie mit festem Griff um und schob sie unsanft zur Tür. »Reiß dich zusammen«, knurrte er, »du reizt sie immer mehr!«

Der Polizeioffizier führte sie durch die Passkontrolle, vorbei an den Zöllnern hinaus in die Halle. Zwei Kofferträger warteten bereits mit ihren Koffern. Der Polizist schnippte mit den Fingern, und sie setzten sich eilig in Bewegung. Auf seine Anweisung trugen sie die Koffer durch das Spalier der wenigen Reisenden, die sich an diesem Sonnabend vor Weihnachten noch im Flughafen aufhielten. Einer knappen Geste des Polizisten gehorchend, folgten die Cargills ihnen mit gesenkten Köpfen. Henrietta bildete sich ein, dass jeder wusste, was hier vorging. In Gedanken hörte sie Ketten klirren. »Was hab ich mich nur über eine läppische Fichtenhecke so aufregen können!«, sagte sie tonlos.

Susi lag wie hingegossen auf einer Bank, das rote Strickkleid war hochgerutscht, der Nerz achtlos auf den Boden geworfen, und schlief fest. Eine große Tasche aus glänzend schwarzem Leder lag auf der Seite unter der Bank.

»Verdammt, ich hatte vergessen, dass Susi hier ist. Ich habe jetzt nicht die geringste Lust, ihrem Plappern zuzuhören.« Unschlüssig stand sie vor der Schlafenden. »Ich lass sie einfach weiterschlafen. Irgendwo wird sie wohl ein Hotel gebucht haben, und sie ist eine erwachsene Frau, die kann sich allein zurechtfinden – komm.« Sie zog Ian weiter.

Susi maunzte wie ein Kätzchen im Schlaf. Ergeben seufzend drehte sie sich um. »Wie sie es fertig bringt, immer noch auszusehen wie ein kleines Mädchen, weiß ich nicht!« Unmutig rüttelte sie Susi wach.

Ihre Cousine schlug ihre großen Augen auf, reckte sich verschlafen. Als sie Henrietta erkannte, sprang sie auf. »Oh, hallo! Endlich! Kann ich mit euch fahren?«

Henrietta musste an ein freundliches kleines Hündchen denken und unterdrückte einen irritierten Seufzer. »Wo ist dein Gepäck?«

Susi deutete auf die Tasche. »Ich hab nur ein paar Klamotten und meine Zahnbürste eingesteckt.«

»Ist das alles? Wohin willst du denn? Welches Hotel hast du gebucht?« Aber sie ahnte schon die Anwort.

Susi zuckte mit den Schultern, schüttelte gleichzeitig den Kopf und brachte es fertig, auszusehen wie ein schwanzwedelnder Dackel. »Wo fahrt ihr denn hin? Kann ich mitkommen? Ihr werdet mich kaum merken.«

Oh, nein, dachte Henrietta, nicht das! Nicht bei ihrem ersten Wiedersehen mit ihrem einstigen Leben, ihren Freunden und nicht nach den Schrecken der letzten Stunden. »Wir wohnen bei Freunden«, wehrte sie ab, »aber in Umhlanga Rocks, einem herrlichen kleinen Ort direkt am Indischen Ozean, gibt es ein gutes Hotel, das Oyster-Box-Hotel. Wir werden dich dorthin bringen.«

»Ich kann aber nicht viel Englisch.« Der Dackelblick ging geradewegs an Henrietta vorbei zu Ian.

Sie wusste, wie schwer ihr Mann weiblichen Dackelblicken widerste-

hen konnte, und legte eine Hand auf seinen Arm, um ihn daran zu hindern, seinen imaginären Schimmel zu satteln und vorzupreschen. Sie war kurz davor, ihre Beherrschung zu verlieren. Jetzt brauchte sie Zeit ganz allein mit Ian, sie mussten sich berühren, miteinander reden, sich versichern, dass der andere noch da war. Und nun hatte sich Susi dazwischengeschwänzelt. »Ein paar Brocken Deutsch können die schon, sonst kannst du es ja mit Zeichensprache versuchen. Wir bringen dich jetzt ins Oyster Box. Wir müssen uns beeilen, unsere Freunde warten.«
So hatten sie das mit Tita und Neil vereinbart. Sie würden sie in ihrem Haus erwarten. Die erste Fahrt durch dieses Land nach all diesen Jahren wollten sie alleine machen, verkraften, was da an Eindrücken auf sie einstürzen würde. Wie hatte sie sich auf diese Fahrt gefreut, unzählige Male war sie diesen Weg in Gedanken abgefahren. Sie spürte den Polizisten neben sich. Der Weg würde derselbe sein – sie nicht.
Der Polizeioffizier hielt ihnen die Schwingtür auf, und sie traten nach draußen. Sie hatten ein Auto vorbestellt, und ohne dass sie sich bei der Autovermietung gemeldet hatten, stand der Wagen bereits vor dem Flughafengebäude. Ein junger Inder überreichte Ian unter den Augen des Polizisten nervös die Wagenpapiere und Schlüssel. Als die Träger ihr Gepäck in den offenen Kofferraum gehievt hatten, trat der Offizier in den Schatten zurück, und sie stiegen schweigend ins Auto, Ian übernahm das Steuer.
Sie kurbelte ihr Fenster hinunter, lehnte ihren Kopf an den Rahmen. Eine dumpfe Leere erfüllte sie. Die Tür zu ihrem Paradies war zugefallen, und es gab keinen Schlüssel mehr.
Ian beobachtete sie, zog ihre Hand auf seinen Schoß, drückte sie. »Wir könnten das Haus in Hamburg verkaufen und aufs Land ziehen«, er sprach leise, nur für sie, »wo der Himmel größer ist. – Nur Afrika wird es nicht sein.«
Sie schluchzte auf. Wieder einmal hatte er ihre Gedanken gelesen. Es blieb lange Zeit das Einzige, was sie miteinander sprachen. Susi dagegen plapperte ohne Unterlass.

»Gib doch endlich Ruhe, Susi!« Unwirsch stoppte sie den Redefluss. Es musste vor kurzem einen heftigen Regenguss gegeben haben. Die Straße glänzte metallen vor Nässe, Dreck war am Straßenrand aufgetürmt, schwamm träge auf öligen Pfützen. Auf Grasmatten unter den tropfenden Blättern eines Eukalyptusbaumes hockend, boten drei schwarze Frauen allerlei feil. Mit Klebestreifen zusammengehaltene Plastikplanen dienten als Regenschutz für ihre Waren. Die Jüngste rollte eben die Planen zusammen und verstaute sie auf einer niedrigen Astgabel, griffbereit für den nächsten Regenguss. Sorgsam ordneten sie die bunten Perlstickereien, türmten ein paar grüne Avokados aufeinander, lehnten ein Bündel Reisigbesen an den Baumstamm. Eine Horde kleiner Kinder, alle schwarz, spielte johlend im Matsch, sie bewarfen sich mit Milchtüten voll gefüllt mit Pfützenwasser, quietschten vor Vergnügen. Lebhaft gestikulierend, im Gespräch mit den Frauen vertieft, warteten ein paar schwarze Männer mit Plastikschüsselchen in der Hand auf die Mahlzeit, die die Frauen über dem glimmenden Kohlenfeuer im dreibeinigen Gusseisentopf köchelten. Eine zerschnitt Eingeweide, kratzte sie mit dem Messer sauber, schnitt sie in Stücke, warf sie in den Topf und fügte eine Hand voll Süßkartoffeln hinzu.

Armselig, jämmerlich, bemitleidenswert, so schien es. Doch die Kinder waren fröhlich, die Erwachsenen lachten, strahlten Zufriedenheit aus, als würden sie nicht barfuß sein und bis zu den Knöcheln im Dreck stehen.

»Ein Stückchen Leben aus dem großen, bunten Buch Afrika«, bemerkte Henrietta in Gedanken verloren, »als ich hier das erste Mal entlangfuhr, war mir, als würde ich durch mein Kinderbuch spazieren. Die Blumen, die Bäume, die Gerüche – alles war schöner, bunter, intensiver, als ich es je zuvor gesehen hatte. Es war – überwältigend, ich war so glücklich …«

»Es stinkt, und mir ist heiß«, maulte Susi, »außerdem ist das eklig hier, all der Schmutz und so.«

»Gewöhn dich am besten schnell daran, hier ist Afrika«, fauchte ihre Cousine, aus ihren Träumen gerissen.

Ian nahm ihre Hand und hielt sie fest. Er fuhr nicht sehr schnell. »Ich muss mich erst wieder an den Linksverkehr gewöhnen.« Sein Blick ging häufig in den Rückspiegel. Zu häufig.
Sie drehte sich um. »Der hellgraue dahinten vielleicht«, flüsterte sie und meinte, dass die drei Männer in dem dunkelgrauen Auto hinter ihnen vielleicht Leute von BOSS waren, die feststellen wollten, ob sie auch an dem Ort eintreffen würden, den sie als ihre Ferienadresse angegeben hatten. Diese Männer sahen nicht aus dem Fenster, sie redeten nicht, sie saßen wie Holzpuppen, in identische, militärisch geschnittene, kurzärmelige Safarianzüge gekleidet, da und starrten stur geradeaus. Sollten sie auskundschaften, wen sie während ihres Aufenthaltes besuchen würden?
»Was meinst du, was ist mit dem Auto?«, fragte Susi neugierig.
»Ach nichts«, wehrte sie ab.
»Sind wir hier im Militärgebiet?«, fragte ihre Cousine unbekümmert weiter, »ich meine, weil hier überall diese Stacheldrahtwürste herumliegen.«
Henrietta musste ihr bei diesem Eindruck Recht geben. Fast jedes Gebäude war von hohen Mauern umschlossen, die von endlosen Rollen blinkenden Natostacheldrahts gekrönt wurden. Nur gehörte diese Gegend nicht dem Militär, es war Industriegebiet, und die Gebäude waren normale Fabriken für Schuhe oder Klopapier oder Gummibärchen. »Paranoia ist also immer noch die Volkskrankheit«, bemerkte sie sarkastisch. Ihr lief der Schweiß herunter, obwohl sie kurz vor der Landung einen naturfarbenen Leinenrock und ein weißes Trägerhemd angezogen hatte. Um ihr Gesicht zu kühlen, hielt sie es in den Fahrtwind.
Ian hielt an der Ampel zum Victoria Embankment, mit ihnen mehrere andere Autos, deren Fenster durchweg fest geschlossen waren. Sie sah genauer hin. Ja, alle hatten die Türknöpfe heruntergedrückt.
»Tags musst du in Durban alle Fenster und Türen im Auto verschlossen halten, und nach Einbruch der Dunkelheit hält keiner mehr an einer roten Ampel«, schrieb ihr Tita schon vor drei Jahren, »es ist

einfach zu gefährlich geworden. Den Freund einer Bekannten haben sie aus dem Wagen gezerrt und erschossen.«

»Tita sieht auch schon die schwarzen Horden über den Horizont kommen«, hatte sie damals gelästert, als sie Ian den Brief vorlas. »Die schwarzen Horden! So lange ich dieses Land kenne, marschieren sie. Außerdem muss dieser Freund der Bekannten allgegenwärtig sein. Jeder Südafrikaner erzählt von ihm.« Ihr Blick streifte eine Gruppe junger Schwarzer, keine drei Meter entfernt, so nah, dass man sie riechen konnte. Dumpf, ungewaschen, nach billigem Fusel stinkend. Einer rauchte in der hohlen Hand. Der Rauch driftete ihr in die Nase, schwach süßlich, wie nach glimmendem Gras. Marihuana! Rasch drehte sie ihr Fenster hoch. »Susi, schließ dein Fenster, schnell, Ian, du auch.«

»Och, nee, mir ist viel zu heiß«, stöhnte Susi.

Sie lehnte sich über den Sitz, stieß ihre Cousine beiseite und kurbelte das Fenster hoch. »Sie rauchen Dagga.«

»Was ist Dagga?«, quengelte Susi. »Ich krieg keine Luft.«

»Getrocknete Cannabisblätter.« Einer der jungen Männer starrte ihr in die Augen. Er erinnerte sie an eine bösartige Dogge namens George, die auf der Farm ihres Onkels Hans ein Schreckensregiment geführt hatte. Sie ließ ihren Blick teilnahmslos über ihn hinweggleiten, so als hätte sie ihn nicht gesehen. Nur keinen Blickkontakt halten, das könnte sie reizen, das hatte sie schon früh in diesem Land gelernt.

Plötzlich saß sie sehr gerade. »Verdammt!«, sagte sie, »kaum bin ich hier, denke ich schon wieder wie alle in diesem Land. Selbst nach all diesen Jahren.« Demonstrativ drehte sie ihr Fenster herunter und lächelte die jungen Männer an. »Guten Abend«, grüßte sie. In dem Moment fuhr Ian an, aber sie konnte noch den Ausdruck auf ihren Gesichtern erhaschen. Befremden erst, fast erschrocken schienen sie, dann ein zögerndes Antwortlächeln. »Yebo, Madam«, riefen sie ihr nach, »guten Abend!« Ihr überraschtes Gelächter meinte sie noch lange zu hören. Ian bog ab, und sie fuhren direkt auf die Strandpromenade zu.

Dann lag es vor ihr. Das Meer. Wie lange hatte sie auf diesen Anblick gewartet! Die Schaumkronen der lang gezogenen, ruhigen Wellenberge glänzten rotgold in der untergehenden Sonne, Palmen fächerten im leichten Abendwind. Sie schmeckte Salz auf ihrer Zunge, das flüchtige Parfüm blühender Gardenien und frischer Curry würzten die Luft. Über allem lag ein süßliches Aroma wie von überreifen Bananen, Durbans ureigenster Geruch.

Ihr Durban! Ihr Zuhause! Zaghaft schlug ihr Herz ein paar Takte schneller, sie wartete auf das explodierende Glücksgefühl, die Enge der Kehle, die Tränen des Glücks, die dieses Wort doch bei ihr auslösen müsste.

Doch sie wartete vergebens.

Die Promenade – Durbans goldene Meile – der Strand, jedes freie Fleckchen, auch die Fahrbahn, war überfüllt mit Menschen. Mit Erstaunen stellte sie fest, dass es ausschließlich Schwarze und Inder waren. Kein weißes Gesicht war unter ihnen zu entdecken. Der Strand unterhalb der Promenade war immer für Weiße reserviert gewesen, Farbige hatten ihre eigenen Strände, die Inder südlich von Durban und, weit weg, damit es zu keinerlei Streiterei kam, nördlich die Schwarzen. Das war die brutale Alltäglichkeit des Apartheidsstaates gewesen.

Ihres war auch das einzige Auto. Die Menschenmenge, viele, viele Tausende mussten es sein, teilte sich vor ihrem Kühler und floss als dunkelbrauner Strom um sie herum. Sie fuhren Schritttempo, immer langsamer, bis sie anhalten mussten. Ian ließ den Motor laufen. Henrietta wusste, dass es eine Vorsichtsmaßnahme war, sie befanden sich in einer unübersichtlichen Situation, sie waren die einzigen Weißen, und das hier war Südafrika.

»Was um alles in der Welt ist hier los?« Lärm hatte sie erwartet, normal für so viele Menschen, und Geschrei, aber es war ruhig. Nicht still – ruhig. Eine friedliche Heiterkeit lag über dieser unübersehbaren Menschenmenge. Diejenigen, die sich ihnen zuwandten, lächelten. Sie lehnte sich hinaus. »Was geht hier vor?«, fragte sie einen Schwarzen mittleren Alters, elegant in einem altmodischen, hellen

Anzug, »wir kommen aus Europa und sind seit vielen Jahren zum ersten Mal wieder hier – was ist geschehen?«

»Sie haben die Strände für uns geöffnet, Madam«, lächelte er glückselig, »wir feiern.«

»Die Strände?«

»Ja, für immer. Jetzt dürfen wir an alle Strände und in die Restaurants.« Sein Lächeln wurde breiter. »Bald wird es keine Apartheid mehr geben, und wir werden gleich sein.« Er vollführte einen kleinen Hüpfer, schnalzte mit der Zunge, hob die Hand zum Abschied und entfernte sich.

Ihr Wagen kroch im Schneckentempo vorwärts, sie drehte sich noch einmal nach dem Mann um. Seine Schritte waren lang und besitzergreifend, seine Bewegungen die eines großen Jungen. Wie glücklich er war, glücklich, dass man ihm erlaubte, den Strand des Landes seiner Väter zu betreten. Sie saß stumm und empfand ein solches Mitgefühl mit diesem Mann, dass es wie ein Schmerz war, und nun kamen ihr doch Tränen.

»Warum heulst du denn?«, rief Susi erstaunt, »der Typ schien das doch toll zu finden.«

Sie blieb ihr die Antwort schuldig. Ihr jetzt Südafrikas Politik zu erklären war ihr einfach zu viel.

❖

Am Eingang zum Gelände des Oyster-Box-Hotels versperrte ihnen ein Schlagbaum die Einfahrt, ein uniformierter Schwarzer notierte zuerst ihre Autonummer, dann fragte er nach den Namen und dem Grund ihres Besuches. Befremdet machten sie ihre Angaben und wurden eingelassen. In dem Hotel hatte sich, seitdem sie es vor neunundzwanzig Jahren zum ersten Mal betreten hatte, nichts verändert. Die hohe, dunkel getäfelte Eingangshalle roch sogar noch wie früher. Honigsüß nach frischem Bohnerwachs und muffig durch die Feuchtigkeit des nahen Meeres.

Der livrierte Inder am Empfang war nicht der, den sie gekannt hatte.

»Alles voll, Madam«, antwortete er gleichgültig auf ihre Frage. Er öffnete nicht einmal sein Hauptbuch.
»Tatsächlich?«, bemerkte Ian, »sehen Sie bitte genau nach.« Der Zwanzigrandschein wechselte so schnell die Hände, dass sie es nur durch Zufall bemerkte. Das, auf jeden Fall, war auch neu! »Bob Knox hätte den früher hochkant rausgeworfen«, kommentierte sie auf Deutsch. Der Knox-Familie gehörte einmal außer dem Oyster-Box-Hotel der Großteil von Umhlanga.
Fünf Minuten später schloss ein blau livrierter Inder Susis Zimmer auf. Es lag zum Meer hin und war ziemlich klein. Eine Salzschicht auf den Fenster verhinderte den Blick aufs Meer, die geblümte Chintzdecke auf dem Bett hatte ein Loch, und das Klo war schlicht nicht sauber. »Wo ist Mr. Knox?«, fragte sie den Hoteldiener.
»Tot«, grinste der, als wüsste er genau, was sie dachte. Dann schlurfte er davon.
»Hier ist die Telefonnummer der Robertsons.« Sie legte Susi einen Zettel hin. »Erhol dich erst mal, geh morgen an den Strand, aber halte dich genau an das, was die Rettungsschwimmer sagen. Es ist gefährlich hier. Es gibt kleine blaue Quallen mit meterlangen Tentakeln, deren Berührung im besten Fall sehr schmerzhaft ist, auch töten kann, die Haie an dieser Küste sind die größten und gefährlichsten der Welt, und die Sonne ist mörderisch.« Ein Blick auf Susis entsetzte Miene sagte ihr, dass sie das alles besser für sich behalten hätte.
»Haie?« Susis Stimme kletterte die Tonleiter hinauf. »Bitte, bitte, lass mich mit euch kommen!« Sie versuchte sich an Ians Brust zu werfen, aber Henrietta schubste ihn geistesgegenwärtig aus der Gefahrenzone, und Susi plumpste auf das Bett.
»Bestimmt nicht. Bestell dir einen Cognac und entspann dich – bleib tagsüber am Swimmingpool, dann kann dir nichts passieren. Wir rufen dich in den nächsten Tagen an.« Sie entfloh. Susi war wirklich mehr, als sie im Moment ertragen konnte. Als sie vor dem Oyster Box ins Auto stiegen, entdeckte sie das hellgraue Auto mit den drei hölzernen Insassen. Es parkte vor dem Beverly Hills, und von dort hatte man die Ausfahrt des Oyster-Box-Hotels gut im Blick. Zu ihrem Er-

staunen jedoch folgte es ihnen nicht, sondern bog von der Hauptstraße nach Süden in Richtung Durban ab, während Ian den Wagen die Nordküste hoch lenkte. »Wir haben uns wohl geirrt«, bemerkte sie zu Ian, »es waren offensichtlich nur harmlose Geschäftsleute.«
Und warum sind sie dann nicht ausgestiegen, sondern einfach umgekehrt? bohrte ihre hartnäckige innere Stimme. Doch sie zwang sich, nicht hinzuhören.

❖

Robertsons waren umgezogen, in ein Haus prächtig wie ein Schloss, es saß wie eine weiße Krone auf einem flachen Hügel, etwa zweieinhalb Kilometer vom Meer entfernt. Tita und Neil warteten vor dem beleuchteten Portal, die Bougainvilleas, die rechts und links die Wände bedeckten, glühten im Lampenlicht. Ian hielt, und Tita sprang vor, riss die Wagentür auf, und sie fielen sich in die Arme.
»Du musst dir wasserfeste Wimperntusche kaufen«, lachte sie mit Tränen in ihren grün gesprenkelten Augen. »Ihr kommt spät, wir wurden schon unruhig. Wir haben den Flughafen angerufen, und die Dame von der Auskunft sagte uns, dass die Passagiere der BA schon längst durch die Passkontrolle gegangen seien. Neil war eben dabei, die anderen Fluglinien abzutelefonieren. Gab es irgendwelchen Ärger?«
»Ach, i wo!«, antwortete sie schnell, »meine sehr entfernte Cousine Susi war auf unserem Flug. Stell dir bitte vor, sie hat ihren Mann mit einer Geliebten erwischt, ist wie von Sinnen zum Flughafen gerast und in das nächste Flugzeug gestiegen. Sie spricht kaum Englisch, hat kein Gepäck und ist sich nur verschwommen klar darüber, dass sie sich in Afrika befindet. Wir haben sie im Oyster Box untergebracht und mussten noch einen Augenblick seelisch Händchen halten. Entschuldige, Tita, wir hätten euch erst anrufen sollen.«
Warum sollte sie ihr Wiedersehen mit der Wahrheit belasten? Titas freudestrahlende Miene sagte ihr, dass sie ihre Geschichte glaubte. Neils helle Augen allerdings machten ihr deutlich, dass er die Lüge

durchschaute. Gerade und unverwandt erwiderte sie seinen Blick. Er schien ihre Botschaft zu verstehen, denn er schwieg. Doch sie würden ihnen davon erzählen müssen, denn sie war sich sicher, dass sie ihre Ferien nicht unbeobachtet verbringen würden, und das würde auch ihre Gastgeber betreffen.
Tita führte sie ins Haus. Hohe Decken, große Fenster, alles war weiß und licht, nicht erdgebunden, klotzig, sondern luftig und leicht.
»Herrlich!« Henrietta drehte sich.
»Hab ich entworfen«, strahlte Tita geschmeichelt. Auf der Terrasse war für ein Abendessen gedeckt. Sie setzten sich und holten die vergangenen vier Jahre nach, redeten durch die Nacht, bis sich der Himmel im Osten türkis färbte, bis Ian und sie vor Müdigkeit berauscht waren.
Neil wartete mit seiner Frage bis zu diesem Moment, als Henrietta und Ian schläfrig waren, ihr Adrenalinspiegel auf den normalen Pegel gesunken war und ihr Abwehrmechanismus beschädigt. »Was ist am Flughafen passiert? – Heraus damit, und versucht nicht, mir zu erzählen, es sei nichts gewesen. Ihr seid nicht durch die normale Passkontrolle gegangen.« Sein Ton machte klar, dass er ihnen nicht erlauben würde auszuweichen.
Sie berührten sich mit einem Blick. Ian antwortete. »Sie hatten uns noch im Computer – nach elf Jahren hatten sie unsere Namen tatsächlich noch im Computer gespeichert. Warum, weiß ich nicht. Wir können uns einfach keinen Reim darauf machen. Es ist so lange her, dass ich mir nicht vorstellen kann, dass es für die Regierung noch wichtig ist.«
»Wir …«, ihre Stimme brach fast, »wir müssen Abschied nehmen, wir werden nicht wiederkommen dürfen.« Ihre Stimme tröpfelte in die Stille.
Neil, die Füße auf die Balustrade gestützt, kippelte auf seinem Stuhl. Unterhalb seiner Shorts glänzte auf seinem linken Oberschenkel eine tiefe weiße Narbe. Eine Polizeikugel hatte ihm Dezember 1965 nach einer wilden Jagd nachts durch Kwa Mashu eine der großen Adern verletzt. Er setzte den Stuhl auf den Boden. Das harte Ge-

räusch unterstrich seine Worte. »Ich werd mich drum kümmern. Vielleicht wissen meine Informanten etwas.«
Hatte Henrietta als Kind schlimmen Kummer und war damit zu Papa gerannt, hätte sie sich gewünscht, dass er so etwas in diesem Ton zu ihr gesagt hätte. Sie stand auf und gab Neil einen Kuss und merkte erst jetzt, dass sie zum Umfallen müde war. Sie schwankte.
Tita sprang auf. »Ihr geht jetzt auf dem schnellsten Weg ins Bett – kommt!« Sie ging voraus, begleitete sie über die Wendeltreppe in das kleines Turmzimmer. Es war sechseckig, der Teppich in warmem Gelb, und außer der Wand hinter dem großen Bett waren alle anderen Wände aus Glas. Vorhänge aus feiner weißer Musselinbaumwolle filterten das rosa Licht der Morgenröte. »Es ist euer Zimmer, solange und sooft ihr bei uns wohnen wollt. Ich werde euch zur Mittagszeit wecken«, sagte sie im Hinausgehen.
Sie legte sich ins Bett. »Himmel, ist das herrlich!«, murmelte sie und schlief ein.
Nach ein paar Stunden wachte sie auf. Ein prickelnd heißer Sonnenstrahl hatte sie geweckt. Jemand hatte die Vorhänge geöffnet. Der Wind ließ sie ins Zimmer flattern, blendendes Licht floss herein. Verwirrt setzte sie sich auf und nahm eben noch wahr, dass jemand lautlos die Zimmertür zuzog. Sie erkannte Jeremy, den Butler der Robertsons. Ihre Augen trafen sich für einen Moment, dann huschte sein Blick von ihr zum Fenster, dann wieder zu ihr zurück.
»Als ob er etwas überprüfen wollte«, meinte sie, sich an den noch schläfrigen Ian kuschelnd. »Was wollte der Kerl in unserem Zimmer? Er ist kein Zulu, kein Schwarzer, seine Haut ist zu hell, wie Terrakotta. Hast du seine Augen gesehen? Er hat etwas Asiatisches, Unergründliches, findest du nicht? Ein bisschen unheimlich.«
»Hmm«, kam es von ihm, und dann wurde sein Atem wieder regelmäßig.
Kaffeeduft kitzelte ihre Nase. Eine dampfende Tasse Kaffee stand auf ihrem Nachttisch. Erleichtert rüttelte sie Ian wach. »Jeremy hat Morgenkaffee gebracht, ich hatte vergessen, dass es hier immer noch Sitte ist. Wach auf, Tita wartet!«

Gegen Mittag servierten Jeremy und Regina, eine dralle, junge Frau mit dem hübschen runden Gesicht einer Zulu, auf der mit rosa Bougainvilleas umrankten Terrasse einen üppigen Brunch mit Papayas, Mangos, gegrillten Lammkoteletts und Steaks, Salaten und Unmengen frisch gebackener Brötchen und Waffeln.

Der Esstisch stand am Ende der riesigen Terrasse genau dort, wo ihr Blick ungehindert über die Ausläufer der sattgrünen Hügel Zululands zu dem glitzernden Band des Indischen Ozeans, das in der blauen Ferne den Horizont begrenzte, gleiten konnte. Die Sonne stand hoch hinter dem zarten Dunstschleier der aufsteigenden Mittagshitze. Gedrungende Dattelpalmen und ausladende Bäume warfen flirrende Schatten, blütenübersäte Brunfelsiabüsche verströmten ihren intensiven Jasminduft. Zu ihren Füßen wucherte die fleischige, hellgrüne Pflanze, die so gut gegen Insektenstiche half.

Henrietta brach eine der Ranken ab. »Diese Pflanze heißt Itch-me-not, Juck-mich-nicht«, hatte ihr Jackson kurz nach ihrer Ankunft auf der Farm ihres Onkels Hans erklärt, und der Nachhall seines tiefen, ansteckenden Lachens trug sie für flüchtige Momente zurück in diese erste Zeit, die voller Unschuld war, in der Afrika noch vor ihr lag, sie nur Wärme spürte und meinte, endlich zu Hause zu sein. Ihr Herz verkrampfte sich. Nie wieder würde es so sein. Nie wieder, zwei Wörter, die immer häufiger auftauchten, je weiter sie ihren Lebensweg ging. Verlangend sah sie zurück in der Zeit. Der Weg, der hinter ihr lag, war länger als der, den sie vor sich sah. Traurigkeit, dieser düstere Vogel, ließ sich auf ihrer Schulter nieder, breitete seine schwarzen Fittiche über ihr aus.

»Wisst ihr, dass es Gerüchte gibt, dass de Klerk Mandela freilassen will?« Neil hatte seine Augen geschlossen, redete mehr zu sich selbst. »Ein ... Bekannter von mir, der mitten im Wespennest sitzt, hat mir das erzählt.«

Als hätte eine Bombe eingeschlagen, fuhren alle hoch. Mandela frei? Henrietta wusste, dass Anfang Oktober Walter Sisulu, einer der führenden ANC-Köpfe, zusammen mit sechs anderen Mitstreitern von Robben Island freigelassen worden war – aber Mandela?

»Das glaub ich nicht!«, riefen alle gleichzeitig.
Ian hatte die lauteste Stimme. »Der lässt sich doch nie begnadigen, das hätte er doch schon vor Jahren haben können!«
»Nein, nein, freilassen, ohne Bedingung.«
Tita unterbrach ihren Mann. »Dann versinkt Südafrika in einem Blutbad!« Ihre Bestürzung zeigte deutlich, dass sie das als unausweichlich ansah.
Henrietta umklammerte die große Tasse Kaffee mit beiden Händen, konnte nichts sagen. Die Strände offen, Mandela frei, der Anfang vom Ende der Apartheid? Freiheit für alle – auch für sie und Ian, Freiheit, hierher zurückzukehren?
Das Blut rauschte durch ihre Adern, sie atmete tief durch, ließ die weiche, jasminschwere Luft in sich hineinströmen. Zwei Mainas gurrten und schäkerten zärtlich miteinander, kehliges Zulu, lang gezogene Laute wie das Klingen von Harfensaiten wurden von dem leichten Wind zu ihr herübergetragen, über ihr segelte eine Schar weißer Ibisse. Sie sah ihnen nach, und das schwarze Gewicht hob sich von ihren Schultern, ein Vogelschrei verhallte in weiter Ferne.
»Wir haben gestern ein bemerkenswertes Erlebnis gehabt«, erzählte sie und bot ihr Gesicht der Sonne dar, »auf dem Weg hierher wurden wir von einer riesigen Menschenmenge auf der Marine Parade aufgehalten, die, wie wir hörten, die Öffnung der Strände für alle Hautfarben feierten. Wir waren die einzigen Weißen dort, aber ich habe mich völlig sicher gefühlt. Es war – so unglaublich friedlich.«
Neil nickte. »Ich war schon frühmorgens da. Es war unbeschreiblich. Ich hatte erwartet, dass sie völlig über die Stränge schlagen würden. Nach Jahrzehnten der Unterdrückung plötzlich frei zu sein – mein Gott, welche Gefühle muss das auslösen! Ich hätte mich nicht über betrunkene Randalierer gewundert, über Prügeleien und Geschrei.«
Seine hellen Augen glänzten, seine Stimme klang rau. »Nichts, nur diese stille Freude. Es ist mir ein Rätsel, woher diese Menschen die Kraft nehmen!«
Henrietta stand auf, fand im kurz geschnittenen Rasen einen kreis-

runden Fleck roter Erde, den Blattschneiderameisen freigelegt hatten. Sie setzte ihre Füße auf die harte Erde. Warm spürte sie die aufgebrochene Kruste unter ihren Sohlen, zerkrümmelte sie zwischen den Zehen zu pudrigem Staub. »Es ist die Liebe zu ihrem Land, Neil, die Kraft Afrikas.« Dann überfiel sie es, das überschäumende Glücksgefühl, auf das sie lange vergeblich gewartet hatte, die Enge in der Kehle, die Tränen des Glücks. Sie breitete ihre Arme aus, warf den Kopf zurück. Afrika! Sein würziger Atem füllte sie aus, strömte durch die kleinsten Verästelungen ihrer Adern bis in die Fingerspitzen. Die Ibisse unter ihr schwenkten herum und strichen über die Baumkronen den Hang zum Meer hinunter, waren bald nur noch glänzend weiße Punkte vor dem dunstigen Blau der Ferne. Sie spürte Ian neben sich, suchte seine Hand. Sie brauchten nicht zu sprechen, sie wusste, dass er das Gleiche fühlte wie sie.
Tita zerstörte den Moment. »Ihr Ausländer seht das alles so romantisch verklärt.« Sie klang gereizt, aber ihr Blick streifte nicht Henrietta, sondern ihren Mann. »Afrika ist ein grausamer Kontinent.«
Es versetzte ihr einen Stich. Ausländer, hatte Tita gesagt. Das hieß, du gehörst nicht hierher, nicht zu uns. War sie eine Ausländerin?
»Tita, das ist nicht fair, und das weißt du! Schon an dem Tag, an dem ich dieses Land zum ersten Mal betrat, prophezeite man mir, dass es über kurz oder lang in seinem Blut versinken würde, dass die schwarzen Horden darauf lauerten, alle umzubringen. Warum wandert ihr dann nicht aus?«
Tita schnaubte durch die Nase, machte eine hilflose Geste, die einen Bogen beschrieb, der alles umfasste, ihr Haus, den Garten, die Hügel, das ferne Meer und den hohen Himmel, der alles vereinigte. Ihr schienen die Worte zu fehlen.
»Siehst du, liebe Freundin, genau das meinte ich. Wenigstens bist du ehrlich. Gib euch doch eine Chance! Selbst die Deutschen …«, sie stockte und verbesserte sich dann, »… wir Deutschen scheinen es zu schaffen, Grenzen zu überwinden. Die Mauer ist gefallen, ohne Blutvergießen.« Sie erzählte ihnen die Episode der Frau, die nur einmal

in ihrem Leben durch das Brandenburger Tor gehen wollte. »Sie hat es geschafft, nur kraft ihrer Sehnsucht und des Willens. Vielleicht wollen die meisten Schwarzen hier auch nur einmal durch ihr Brandenburger Tor gehen.«

»Oh, meine Güte, nimm deinen deutschen Zeigefinger herunter!« Tita sprang auf. »Also, Kinder, Schluss mit der Politik! Heute Abend gibt es eine Riesenparty, wie sich das gehört. Wir haben sogar eine Band engagiert. Es wird die größte Weihnachtsfete in Natal sein!« Sie krauste ihre Nase in einem bezaubernden Lachen, das Henrietta so gut von früher kannte, und die Kluft zwischen ihnen schloss sich wieder.

Sie seufzte glücklich. Sie liebte Weihnachten in Afrika. Afrikanisches Weihnachten ist heiß, strahlend, die Natur prunkt und prahlt mit Farben, es ist laut, bunt und ausgelassen und ganz und gar nicht besinnlich. Es ist das pure, brodelnde Leben.

Tita und sie schmückten das Haus und besonders die große Terrasse mit bunten Lichtschlangen und füllten die Vasen mit Bougainvilleas in Tönen von Aprikot über Rosa bis zu tief glühendem Rot. Ian und Neil verzogen sich mit der Sonntagszeitung an den Swimmingpool.

Gegen drei erschien der Mann vom Partyservice. Schwarzes Hemd, Goldkette auf der Brust, blonde Haare zu einem dünnen Schwanz im Nacken zusammengezwirbelt. Er schob sie resolut aus dem Weg. »Mrs. Robertson, überlassen Sie getrost alles uns.« Auf eine Handbewegung von ihm hin schwärmten ein Dutzend dienstbarer Geister aus und stellten lange Tische auf, deckten sie mit zartrosa Tischdecken und weißem Porzellan, zimmerten eine kleine Bühne für die Jazzband und schleppten drei ganze, lecker in Knoblauch und Kräutern marinierte Lämmer heran. Der Länge nach spießten sie die Lämmer auf und hakten sie in drei große Drehgrillautomaten, unter denen bereits Holzkohlenberge glühten.

»Wir sind hier überflüssig«, lachte Tita. »Komm, wir gehen schwimmen.«

❖

Samantha und Giorgio, ihr Mann, waren die ersten Gäste. Sammy trug einen Neun-Monats-Bauch vor sich her und sah hinreißend aus. Die kupfernen Locken standen als kostbarer Rahmen um ihr feingezeichnetes Gesicht, die honigfarbene Haut mit Sommersprossen überpudert wie mit Goldstaub. Sie küsste Henrietta herzhaft. »Ich glaube, ich sollte so lange tanzen, bis dieser faule Wurm zum Erscheinen bewegt wird!« Glücklich lachte sie ihren Mann an, der genauso aussah, wie man sich einen glutäugigen Italiener vorstellte. »Das Geburtsdatum ist zwar erst in zwei Wochen, aber ich habe die Nase gründlich voll!«

Neil unterbrach sie. »Henrietta, ich möchte dir einen Landsmann von dir vorstellen.« Einer seiner engsten Freunde, Journalist wie er, hatte einen älteren Geschäftsmann aus Stuttgart namens Dr. Braunle im Schlepptau.

Manchmal sehen Menschen aus wie ihre eigene Karikatur. Hätte Henrietta einen Genießer im Schlaraffenland zeichnen sollen, er hätte so ausgesehen wie Dr. Braunle. Relativ groß, weißer Tropenanzug, eine breite, goldene Uhrenkette über einem immensen Bauch, das Gesicht rosig und feist unter weißen, gewellten Haaren, dicke, volle Lippen, vom linken Mundwinkel bis zum Ohr ein tiefer Schmiss. Das Einzige, was nicht passte, waren seine Augen. Eingebettet in Fettröllchen, waren sie blau und kalt wie Gletschereis. Sie schätzte ihn auf etwa fünfundsiebzig Jahre.

Breit lächelnd ergriff er ihre beiden Hände und drückte einen feuchten Kuss darauf. »Gnä' Frau, bin entzückt!«

Sie sah hinunter auf die kahle Stelle zwischen seinen schütteren Haarwellen. In ihr regte sich wieder dieses wohl bekannte Gefühl, dieses unterschwellige Unbehagen, das sie zeit ihres Lebens gewarnt hatte, bevor sie eine Gefahr tatsächlich erkannt hatte. Aber sie dachte an die Horstmanns und rief sich zur Ordnung. Nur weil jemand feuchte Lippen hatte und eisblaue Augen, war er kein Bösewicht. Sie lächelte Dr. Braunle an und war besonders freundlich zu ihm. Er stellte Vitaminsäfte her und sandte regelmäßig ein paar Tonnen als Spende nach Südafrika.

»Ich habe den Saft für Südafrika in FORLISA umbenannt«, teilte er ihr selbstgefällig mit, »For Life in South Africa«, erklärte er mit harter teutonischer Aussprache. »Frau Tita wird nach Weihnachten die nächste Lieferung nach Zululand bringen. Wollen Sie Ihre Freundin vielleicht begleiten, gnädige Frau? Ich habe gehört, dass Sie lange hier gelebt haben.«
»O ja«, rief Tita aus, die sich zu ihnen gesellt hatte, »prima Idee. Dann hätten wir viel Zeit für uns, und außerdem könntest du da oben ein paar Freunde treffen. Sarah wohnt mit Vilikazi in der Gegend. Ich werde ihr Bescheid sagen lassen, dass sie über den Fluss in das Umuzi ihres Vetters kommt, in dem wir diesen Monat erwartet werden.«
Freude durchfuhr sie wie ein Stromschlag. Sarah, ihre schwarze Schwester! Wie lange hatten sie sich nicht mehr gesehen! Auch ihr Briefkontakt war mager geworden.

»Ich bin sicher, die öffnen meine Post«, berichtete Sarah, als sie vor zwei Jahren von einer Telefonzelle aus in Deutschland anrief. »Wir müssen vorsichtig sein«, hatte sie geheimnisvoll hinzugesetzt, und Henrietta musste an ihre verkrüppelte Hand denken und daran, wer ihr das zugefügt hatte. Hatte Vilikazi sich um denjenigen gekümmert, wie er sich einmal um Mr. Naidoo gekümmert hatte? Mr. Naidoo, der tot aus dem Hafenbecken gezogen wurde.
Sarah wich ihren Fragen aus und schrieb danach nur belanglose Postkarten, die ihr lediglich mitteilten, wie es um ihre Gesundheit stand. Ihre Tuberkulose war ausgeheilt, aber sie hatte sich im Norden Zululands eine Malaria zugezogen. Glücklicherweise nicht die Tropica, bei der sie keine Chance gehabt hätte, aber alle paar Monate bekam sie einen Anfall, wurde schwächer und schwächer. Henrietta schickte Tita Geld. »Bring sie zu einem guten Tropenarzt. Sie scheint ziemlich krank zu sein.«
Der Arzt, holländischer Abstammung und sehr freundlich, verordnete Medikamente gegen die Malaria und Aufbaumittel.
»Die Pillen streiten sich mit meiner Leber«, schrieb Sarah, »es ist

eine afrikanische Krankheit, die hat keine Angst vor kleinen runden Mehlkugeln.« Sie warf die Medikamente weg.

Henrietta wusste, dass sie ihren Inyanga, den kräuterkundigen Heiler, aufgesucht hatte. Das war vor Jahren gewesen, und nie wieder hatte sie angeblich einen Malariaanfall erlitten.

»Der Ruhm meines Inyangas ist im ganzen Land verbreitet, Hilfe Suchende kommen von weit her, um ihn zu sehen«, schrieb sie, »erinnerst du dich? Einmal hat er auch zu dir gesprochen.«

Sie erinnerte sich, nur ungern allerdings. Es war an dem Tag gewesen, irgendwann im Oktober 1967, als sie Sarah und Imbali in ihr Heimatdorf irgendwo in der äußersten Ecke Zululands begleitet hatte. Imbali war von einer Schlange in die Wade gebissen worden, und innerhalb kürzester Zeit hatte sich die Schwellung bis über ihr Knie ausgebreitet, das Bein glich einem prallen blauen Ballon, die Lymphdrüsen in der Leiste waren walnussgroß. Imbali krümmte sich vor Schmerzen.

»Hast du die Schlange gesehen – ich muss wissen, welche Art es war, damit ich das passende Antiserum spritzen kann – schnell, Sarah, es geht ihr schlecht!«, drängte sie. Wie alle, die in der Nachbarschaft von Zuckerrohrfeldern wohnten, hatte auch sie einen Schlangenbiss-Set mit verschiedenen Seren im Kühlschrank.

»Es war etwas, das im Boden wohnt, schwarz mit zwei Köpfen«, hauchte Imbali mit wild rollenden Augen, und ihre Mutter weigerte sich, sie ins Krankenhaus zu bringen, sondern bestand darauf, ihren Inyanga aufzusuchen. Wütend und sehr besorgt, trug sie das Mädchen ins Auto, um Mutter und Tochter nach Zululand zu fahren.

Der Inyanga, ein noch junger Mann, geschmückt mit der Krone seiner Würde aus Stachelschweinstacheln und üppigen Perlschnüren, saß unter dem grasgedeckten Dach, das von vier Holzpfählen getragen wurde, etwas abseits der anderen Hütten im Schatten des Büffeldornbaums. Ziegen rupften die Blätter von den niedrigen Zweigen, überall lagen fliegenbedeckte Dunghaufen. Stechender Tiergestank hing in der Luft. Auf einem Altar aus flachen Felssteinen waren die Zutaten für seine Medizin, sein Muthi, ausgebreitet: Kräuter, Tierknochen, gebleichte Tierschädel, Muschelschalen, Vogelfedern, die Borken verschiedener Bäume. In einem Topf köchelte ein Gebräu, dessen Geruch sie zum Niesen brachte. »Was benutzt er dafür?«, fragte sie Sarah.

Diese senkte ihre Lider. »Dinge von Tieren – und so.« In ungewohnt schroffem Ton, kurz angebunden, begleitet von einer vieldeutigen Handbewegung, kam die Antwort. Henrietta begriff, dass sie nicht weiterfragen durfte, erinnerte sich gleichzeitig an einen Zeitungsbericht über den Fund zweier Kinderleichen im Busch, denen gewisse Organe fehlten. Muthi-Mord, hieß es. Sie versuchte sich mit dem Argument zu beruhigen, dass diese Meldung vermutlich ein Gerücht war, von gewissen Leute mit Absicht ausgestreut, um die Angst der weißen Bevölkerung zu schüren.

Es gelang ihr nur teilweise.

Sie durfte auch nicht zusehen, was mit Imbali geschah, und erschrak, als sie dann entdeckte, dass der Inyanga zwei Handbreit über dem Knie des Kindes, eben oberhalb der Schwellung, einen Draht derartig eng um ihr Bein gelegt hatte, dass er dem kleinen Mädchen tief ins Fleisch schnitt. Es musste ihr sehr wehtun, aber sie gab keinen Laut von sich. Als sie sich übergeben musste, war Henrietta so besorgt, dass sie ihren Vorhaltungen immer lauter Luft machte. Es nützte nichts. Sarahs Ausdruck wurde immer verschlossener. Der Draht blieb.

Dann sprach der Inyanga zu Sarah, sein Blick aber glitt dabei zu ihr. Unruhig bemerkte sie, wie Sarah erschrak, ihr auswich, als sie versuchte, ihren Blick zu erhaschen. Bis heute konnte sie das Unbehagen nicht vergessen, das in ihr hochkroch, diese Gewissheit, dass der Inyanga etwas gesehen hatte, was sie noch nicht wissen konnte. Etwas, das nichts Gutes verhieß.

»Ein Sturm wird aufziehen und dich hinwegfegen«, flüsterte Sarah endlich, hielt den Kopf gesenkt und ihre Augen abgewandt, »deine Schatten sind dir nicht wohlgesinnt, du solltest sie besänftigen.«

Sie brachte ein spöttisches Lächeln zustande, eines, das eigentlich ihr selbst galt, eines, das zu überdecken suchte, wie sehr sie diese Worte beunruhigten. Energisch wehrte sie sich dagegen, fuhr mit Sarah und Imbali wieder nach Hause.

Alle sechs Stunden löste Sarah den Draht und schob ihn ein wenig tiefer, und im selben Tempo verschwand die Schwellung. Zwei Tage später war das Bein wieder glatt und normal. »Die Schwellung wäre auch von allein zurückgegangen«, belehrte sie die Zulu, »das war reiner Zufall.«

Sarah lächelte, unergründlich, geheimnisvoll, aufreizend überlegen, und zog sich in ihre Welt zurück. Henrietta wurde von dem frustrierenden Gefühl gepackt, vor einer verschlossenen Tür zu stehen, und kein Schlüssel, den sie kannte, wollte passen.

Wenige Monate später explodierte erst Ians Büro, dann mussten sie, von Agenten verfolgt, getrennt voneinander, heimlich das Land verlassen.

Ein Sturm hatte sie hinweggefegt.

Vielleicht sollte ich ihn noch einmal konsultieren, vielleicht weiß er, ob ich nach Afrika zurückkehren kann, vielleicht findet er ein Kraut gegen mein Heimweh, verspottete sie sich selbst. »Klar komme ich mit«, antwortete sie Tita, »ist es weit, wann sind wir zurück?«

»Drei Stunden hin, drei zurück, zwei dort. Wenn wir früh losfahren, sind wir nachmittags wieder zurück«, rechnete Tita. »Twotimes wird fahren.«

Titas Söhne, Michael und Richard, kamen etwas verspätet. Micky und Dickie waren noch nicht verheiratet und hatten ihre Freundinnen mitgebracht, hübsche, sorgfältig angemalte junge Südafrikanerinnen mit Schwimmerschultern und muskulösen Tennisarmen. Micky bestellte einen Rock 'n' Roll bei der Band. »Mal sehen, ob du schon eingerostet bist«, grinste er teuflisch und schleuderte Henrietta mit wilden Verrenkungen herum.

»Einen Moment!« Lachend krempelte sie den schmalen Rock ihres bodenlangen, elfenbeinfarbenen Kleides bis über die Knie hoch, zog die Schuhe aus und zeigte Micky, wie eine Rock 'n' Roll tanzt, die das schon konnte, bevor er auch nur ein Glitzern in den Augen seines Vaters war.

»Henrietta«, rief Neil irgendwann und hielt ihr das Telefon hin, »hier ist eine Lady dran, die kaum Englisch spricht. Scheint deine Susi zu sein.«

»Es ist nicht meine Susi«, japste sie, unwillig, ihren Tanz zu unterbrechen.

»Henrietta!«, quietschte es aus dem Hörer in Neils Hand.

Aufgebracht packte sie das Telefon, wich an den Rand der Tanzfläche zurück. »Was willst du?«

»Ich bin so alleine«, flennte Susi, »heute ist doch Weihnachten. Kann ich bitte, bitte zu euch kommen, ich störe auch ganz bestimmt nicht! Ich setz mich in eine Ecke und bin ganz leise.«

Sie hätte sie erwürgen können! »Hier kann keiner mehr fahren, wir haben alle getrunken.« Sie war schnell mit Ausreden zur Hand, das lernt man, wenn man lügen muss, um sein Leben zu retten.

»Ich bin stocknüchtern«, bot sich Neil an, »ich könnte sie schnell holen.«

»Toll!«, kreischte Susi, die offensichtlich mitgehört hatte. »Ich bin sofort fertig.«

»Blöde Henne«, murmelte sie auf Deutsch.

Eine Stunde später wuselte Susi, ganz in Sonnengelb gekleidet, auf die Terrasse. Sie hatte rote Ohren und glänzende Augen vor Verlegenheit. »Hi«, flüsterte sie in die Runde und sah dabei so anziehend hilflos aus, dass alle Männer einen Schritt auf sie zu machten und gleich darauf mindestens drei mit gefüllten Sektgläsern auf sie zustürzten. Einer schleppte einen Stuhl heran, und Dr. Braunle bot ihr galant seinen Arm. »Darf ich Sie zum Büffet geleiten, gnädige Frau?«

»Gerne!« Susi warf den Stuhl um, stieß mit dem Ellenbogen dem Mann zu ihrer Linken das Sektglas aus der Hand. Die bernsteingelbe Flüssigkeit ergoss sich im Schwall über Dr. Braunles gestärkte Hemdbrust. Susi hielt sich die Hand vor den Mund, kullerte mit ihren herrlichen Augen und tupfte hektisch an Dr. Braunle herum.

Henrietta grinste schadenfreudig. Gut, die beiden hatten einander verdient!

»Hoffentlich fällt sie nicht in den Grill«, mokierte sich Tita. Sie raffte den engen, geschlitzten Rock ihres leuchtend grünen Korsagenkleids und zog sie zum Haus. »Ich muss dir unbedingt jemanden vorstellen.«

Es waren zwei Mädchen, beide höchstens zwanzig. Eine ähnelte mit ihren kastanienroten Locken und grünen Augen entfernt Tita, war aber viel größer und kräftiger als sie. Die andere war relativ klein, ziemlich mollig und wirkte etwas schmuddelig. Sie starrte mürrisch in die lachende, schwatzende Menschenmenge und kratzte sich dabei zwischen ihren glatt herunterhängenden, karottengelben Haare. Das einzig Hübsche in ihrem pausbäckigen Gesicht waren große, graublaue Augen und eine cremigweiße Haut mit Sommersprossen auf dem Nasenrücken.

»Das sind Janine Kappenhofer, meine Nichte, und Isabella Beaumont, deine Nichte.«

Ihre Nichte? Ich habe keine Nichte mit diesem Namen, wollte sie gerade sagen, als es ihr einfiel. Isabella musste die Tochter von Benedict Beaumont und Carla, ihrer Cousine, sein. Carla, die einmal versucht hatte, sie zu erstechen, und Benedict, ihr einstiger Verlobter.

»Hallo, Tantchen Henri!«

Henrietta holte tief Luft. »Henri« durfte sie niemand nennen. Ihr Vater nannte sie so. Er hatte sie es nie vergessen lassen, dass er ganz selbstverständlich davon ausgegangen war, dass sein Erstgeborenes der Stammhalter werden würde, und deswegen durfte sie niemand so anreden.

»Guten Tag, Isabella. Ich heiße Henrietta, nicht Henri. Wie geht es deinen Eltern«, hörte sie sich dann zu ihrem Erstaunen fragen, denn Carlas Gemeinheiten, ihr Versuch, sie mit einem Steakmesser abzustechen, der Anschlag mit der Schlange und Benedicts Verrat – das alles hatte sie, so weit es möglich war, aus ihrem Gedächtnis gestrichen. Als die Sache 1972 mit Hendrik du Toit passierte, als ans Licht kam, dass Carla und er Unterlagen gefälscht hatten, um sich damit

Kredite zu erschwindeln, und er seine gerechte Strafe erhielt, war diese Zeit für sie abgeschlossen. Carla hatte Glück, Generalstaatsanwalt Dr. Kruger war nur wegen seiner Schwester Valerie hinter du Toit her gewesen. Carla bekam zwei Jahre auf Bewährung und eine saftige Geldstrafe.

Sie und auch Tita waren sich sicher, dass sie etwas gegen den Richter in der Hand hatte, sonst wäre das Urteil nicht so milde ausgefallen. »Vielleicht hat sie mit ihm geschlafen. Es war Oostmann, der Grabscher, ein geldgieriger Lustmolch!«, bemerkte Tita damals abfällig. »Ich trau der zu, dass sie dabei ein Tonband hat laufen lassen.«

Tita konnte Carla nicht ausstehen. Wie Henrietta wusste, hatte sie mit einem Telefonanruf bei Daddy Kappenhofer, der daraufhin mit ein paar Leuten plauderte, auf die es ankam, dafür gesorgt, dass Carla und Benedict in keinem der Renommierclubs Südafrikas aufgenommen wurden. Am meisten amüsierte es sie, dass es Carla nicht fertig brachte, ihr den Zutritt zu ihrem eigenen Golfclub zu verwehren. Im Gegenteil, sie buhlte um Tita, zog alle Register. Eine Tita Robertson, geborene Kappenhofer, war das spektakulärste Aushängeschild, das sie sich wünschen konnte.

Das wusste Tita genau. »Ach Gott, es sind doch recht merkwürdige Leute Mitglieder dort«, hatte sie einer Klatschjournalistin auf die diesbezügliche Frage geantwortet, »eher schlichten Gemüts, ein wenig laut – stellen Sie sich vor, einige tragen sogar dicke Goldketten auf ihrer haarigen Brust ...« Den Rest des Satzes hatte sie in der Luft hängen lassen. Die Wirkung war tödlich. Die Mitglieder traten scharenweise aus, und die Warteliste des Durban Country Club wurde so lang, dass viele keinen anderen Ausweg sahen, als sich mit Bestechung auf die vorderen Warteplätze zu schummeln, da sie durchweg ein Alter erreicht hatten, das vermuten ließ, dass sie die Wartezeit durch die Natur der Sache nicht überleben würden.

Carla wollte einen Teil der Beaumont-Farm verkaufen, um das Geld für die Strafe aufzubringen, doch Benedict stellte sich auf die Hinterbeine. Er lieh ihr das Geld, das er auf die Farm aufnahm, und zwang sie, ihm dafür ihr Golfhotel zu überschreiben. Am nächsten Tag

leerte sie das Geschäftskonto, kaufte angeblich Diamanten von der Summe und setzte sich nach Frankreich ab. Dr. Piet Kruger sorgte dafür, dass sie nie wieder in ihr Heimatland zurückkehren durfte. Er bürgerte sie aus. Sie war zu einem Leben im Exil verurteilt.
Henrietta versuchte das spontane Gefühl der Genugtuung zu unterdrücken, das sie auch jetzt, nach fast zwanzig Jahren, überfiel. Doch ganz gelang es ihr nicht. Geschah ihr recht, dachte sie und schämte sich nur ein klein wenig dabei.
»Weiß nicht«, antwortete ihr Isabella patzig und schob ihr Doppelkinn vor, »du warst doch mal mit meinem Alten verlobt, oder?«
Was sollte sie ihr antworten? Ja, das war ich, bis ich herausfand, dass er mich nur wegen Onkel Diderichs Erbe heiraten wollte und dieses bereits vor unserer Hochzeit verpfändet hatte? Das ging seine Tochter wohl nichts an. »Ganz kurz«, sagte sie dann, »und das ist sehr, sehr lange her. Ich kann mich kaum noch daran erinnern.« Isabella war ihr unangenehm. Aggressivität und schlechte Laune verbreiteten sich in Wellen um sie wie ein schlechter Geruch.
»Na, ich hätt's mit dem auch nicht ausgehalten.« Sie stellte sich auf die Zehenspitzen und versuchte über die Menge hinweg zu sehen. »Gibt's in diesem Laden nichts zu essen?«
»Das Büffet ist dort drüben«, Tita war ganz die liebenswürdige Gastgeberin, »obwohl …«, ihre grünen Augen glitzerten boshaft, als sie über Isabellas Fettrollen wanderten, »obwohl du vielleicht mal eine Pause machen solltest.« Sie schwang herum und zog Henrietta weg. »Entschuldige, wenn ich deine Nichte beleidigt habe, aber sie hat wirklich ungewöhnlich schlechte Manieren. Sie kommt übrigens mit nach Zululand. Sie will auf dem Hinweg eine Freundin besuchen, die auf einer Farm lebt. Auf dem Rückweg holen wir sie wieder ab.«
»Was macht Isabella? Arbeitet sie oder besucht sie die Uni?«
»Sie studiert Mathematik und englische Literatur.«
»Henrietta!«, rief ihre sehr entfernte Cousine Susi und wedelte mit den Armen, »komm doch mal! – Bitte erklär den Herren einmal, dass ich wissen will, wo dieser Berg ist und warum.« Sie hielt ihr das zerknitterte Bild unter die Nase, das sie im Reisebüro hatte mitgehen

lassen. Sieben oder acht der männlichen Gäste, im Alter zwischen vierzig und Dr. Braunle, lauschten ihr hingebungsvoll.
Sie erklärte es den Herren. Es wurden Landkarten gewälzt, Bildbände aus Neils Bibliothek geholt, und nach einer hitzigen Diskussion einigte man sich darauf, dass Susis Turm, wie sie ihn nannte, sich ganz in der Nähe des Ortes befinde, in den sie in den nächsten Tagen den Vitaminsaft bringen wollten. Nur eben den Fluss entlang, ein paar Hundert Meter weiter.
»Das ist ja ganz wunderbar, gnä' Frau, das trifft sich ja großartig«, sprudelte Dr. Braunle begeistert, »Sie werden nächste Woche schon Gelegenheit haben, mit Frau Tita und Ihrer Frau Cousine dorthin zu fahren.«
Susi strahlte in die Runde. Henrietta wünschte sie zum Teufel und Dr. Braunle mit ihr. Isabella und Susi, schlimmer hätte es nicht kommen können.

Umhlanga Rocks – kurz nach Weihnachten 1989

Nach den trägen, herrlichen Weihnachtstagen fuhren sie am Mittwochvormittag zu viert nach Umhlanga Rocks. Bis auf die kurze Fahrt zum Oyster Box, als sie Susi dort abgesetzt hatten, hatten Ian und sie die Gegend seit elf Jahren nicht mehr gesehen. »Auf dem Rückweg würden wir gern an unserem Haus vorbeifahren«, bat Ian, »vielleicht sind die Normans sogar da, und wir können kurz mit ihnen sprechen. Sie wollen den Mietvertrag auf zwölf Jahre verlängern, und da wir nie Ärger mit ihnen hatten, passt uns das ganz gut. Sie würden das Haus nur zu gern kaufen, aber das kommt nicht in Frage. Nicht unser Haus.«
»Zahlt er die Miete hier? Oder – na, du weißt schon, – woanders?«, fragte Tita.
»Wie bitte?« Dann schien er zu verstehen. »Ach so, hier natürlich, ganz legal auf ein Konto mit unserem Namen.«
Auf dem blumengesäumten Rasen im Zentrum von Umhlanga grüßten sie die prächtigen, ausladenden Indischen Mandelbäume, in deren Schatten Henrietta schon vor neunundzwanzig Jahren gesessen hatte. Unter den tief herunterhängenden Zweigen spielten ein paar Schwarze Karten, ein paar dösten, ein junges indisches Liebespaar lehnte eng umschlungen am Stamm. Mainas, die aus Indien stammenden Hirtenstare, schwatzten in den dicht belaubten Kronen, eine Gruppe braungrauer Hagedasch-Ibisse, Hadidas – so genannt, weil sie mit ihrem durchdringenden Ruf »Ha-ha-hadida« jeden Morgen die Gemeinde weckten –, stolzierte über das Gras. Es war, als wäre sie nie weg gewesen.
Trotzdem hatte sich etwas verändert. Sie schaute sich um. Die Anwesenheit von Polizisten, die an strategischen Punkten des gut über-

schaubaren Zentrums von Umhlanga standen, konnte es nicht sein. Polizei war in Südafrika immer präsent gewesen. Eine muntere, farbige Menschenmenge bevölkerte die kleine Einkaufsstraße. Unter dem breitblättrigen Baum vor dem Supermarkt hockte eine immens dicke, ältere schwarze Frau und verkaufte Schnittblumen, und im Schatten der Sonnenschirme auf dem kleinen Geviert vor dem Café aßen die Gäste sahnegekrönte Eisbecher. Eine junge indische Familie mit sechs lebhaften Kindern bestellte gerade.

Und dann erkannte sie den Unterschied. Es saßen nicht nur Weiße in dem Restaurant, und die Menschenmenge auf der Straße war wirklich farbig geworden. Hätte man heute eine Farbe daraus gemischt, wäre ein wunderschönes Goldbraun herausgekommen. Der Funke, der sich in ihr entzündete, wurde zu einem heißen Glücksflämmchen. Sie wandte ihren Kopf hierhin und dorthin. Lachende, friedliche Menschen aller Hautfarben nebeneinander unter der heißen afrikanischen Sonne.

Oh, sie schaffen es, sie schaffen es vielleicht doch, ohne dass es ein Gemetzel gibt, jubelte sie innerlich und stieß Ian an. Zu erklären brauchte sie ihm nichts, er sah, was sie sah. »Dann wäre es wirklich das Paradies«, sagte er leise und auf Deutsch.

Ihr Herz hämmerte wie wild. »Und dann könnten wir zurückkommen«, flüsterte sie die Worte wie ein Gebet. Er erwiderte nichts, drückte nur ihre Hand.

»Wir haben ein neues Einkaufszentrum – gibt einen tollen Klamottenladen dort«, rief Tita, warf das Steuer herum, der schwere Wagen legte sich schräg, die Räder quietschten ihren Protest. Tita fuhr, wie es ihrem Charakter entsprach. Impulsiv, temperamentvoll und viel zu schnell. Vor dem Gebäudekomplex aus gelbbraunem Sandstein oberhalb Umhlangas trat sie in die Bremse.

Zu Henriettas maßlosem Erstaunen mussten sie, um in das Einkaufszentrum zu gelangen, eine Sperre mit Metallsensoren passieren, wie am Flughafen, und sich dann von einem Uniformierten durchsuchen lassen. »Was ist denn hier los?«

»Ach, wir befinden uns in einer Art latentem Kriegszustand«, antwortete Neil, sein Ton zwar spöttisch, seine Miene aber sehr ernst, »wir haben einige Sprengstoffattentate auf öffentliche Einrichtungen gehabt. Man will kein Risiko eingehen.

Beim Betreten des Einkaufszentrums blies ihr der Eiseshauch einer zu kalt eingestellten Klimaanlage ins Gesicht. Schweigend hielt sie dem schwarzen Wachmann ihre Handtasche hin, dachte dabei über den unauflöslichen Widerspruch in der Seele der weißen Südafrikaner nach, die zum Schutz vor schwarzen Terroristen einen Schwarzen als Kontrolleur einsetzte. Er stocherte mit einem kleinen Stöckchen oberflächlich in ihrer Tasche herum und reichte sie ihr mit Dank zurück. Eine Handgranate hätte er dabei nicht gefunden,

Eine weiße Frau, etwa in ihrem Alter, drängte sich hinter ihr durch die Sperre. Sie hielt ihre Tasche fest an sich gepresst. »Kein Kaffir wird mit seinen Fingern in meiner Tasche herumwühlen«, verkündete sie und schob den Wachmann einfach beiseite. Er ließ sie mit einem schafigen Grinsen passieren. Die kräftige schwarze Frau im Hintergrund, ebenfalls in der Uniform des Sicherheitspersonals, sah der Weißen nach, unverhohlener Hass lag auf ihrem breiten Gesicht. Ihr Gummiknüppel sauste dabei klatschend in ihre Hand.

Immer noch schweigend folgte Henrietta Tita zu dem Modeladen. Das Erste, was ihr ins Auge fiel, war ein merkwürdiger Wandschmuck. Auf einer Platte waren sehr eigenartige Gegenstände aus grauem und ziegelrotem Plastik montiert. »Sieh hin und überlebe!« stand darüber. Ein flaches, rundes Objekt trug die Beschriftung: »Limpet Mine«, das graue Ei daneben erkannte sie als Handgranate. »Neil«, rief sie, »bitte, was soll das?«

»Hier siehst du die verschiedenen Formen von Haftminen, Handgranaten und Ähnlichem. Anhand dieser Attrappen kannst du dir die Formen einprägen, so dass du erkennen kannst, ob so ein Ding zum Beispiel unter deinem Restauranttisch oder hier hinter der Tür klebt.« Seine Stimme war ausdruckslos, seine Augen nicht.

Seine Worte trafen sie wie ein Hammerschlag. »Das kann nicht dein Ernst sein!« Sie griff Halt suchend nach Ians Hand. Es fängt alles ganz harmlos an, sagte Janet Hamilton, ihre einstige Nachbarin aus

Rhodesien, und man gewöhnt sich an jede Situation, wenn sie sich langsam entwickelt.

Für eine unkontrollierte Sekunde blitzte das Bild des Jungfernstiegs vor ihr auf, des baumbestandenen Boulevards der Hamburger Innenstadt. Sie sah ihn im Sommer im Sonnenschein: leicht gekleidete Menschen, Straßenmusiker vor dem Alsterhaus, die Straßencafés auf dem Anlieger der Binnenalster voll besetzt. Mit Dutzenden von Segelbooten, mehreren Alsterdampfern und Flotten von weißen Schwänen wirkte sie wie ein geschäftiger Marktplatz. Nirgends ein Polizist, die Türen des Alsterhauses und der umliegenden Geschäfte standen weit offen. Bevor sie es verhindern konnte, musste sie feststellen, wie wichtig ihr das Gefühl der Sicherheit und Unbefangenheit, das sie bei diesen Bildern spontan verspürte, geworden war. Sie schüttelte sich, wie um diese Erkenntnis loszuwerden. Afrika liebe ich, beschwor sie sich selbst, hier ist mein Zuhause.

Um sich abzulenken, zog sie Tita in die Lebensmittelabteilung von Buxton's. »Ich kann Guaven riechen. Seit elf Jahren träume ich von Guaven.« Links vom Eingang befanden sich die Obststände. Duftende Ananas aus Zululand, kürbisgroße Papayas, glänzend grüne Avokados und ein kleiner Stapel gelbschaliger Guaven. Daneben jedoch, als prangender Mittelpunkt der Obstabteilung, erhob sich eine mannshohe, kunstvolle Pyramide aus prallen, grünen Wassermelonen. Sie erstarrte. Wamm, wusch, platsch! Die Melonen explodierten vor ihren Augen, das rote Fleisch klatschte ihr ins Gesicht, sie meinte, Blut zu riechen.

»Ich muss raus hier, ich krieg keine Luft!«, stammelte sie, stieß mehrere Einkaufswagen zur Seite und rannte, rannte durch die Menge, durch das Einkaufszentrum, aus der trockenen Eiseskälte hinaus auf die Straße. Die feuchtigkeitsgeschwängerte Luft klatschte ihr wie ein nasser Waschlappen ins Gesicht. Sie rannte weiter. Es war heiß, es duftete süß nach Frangipani, dem asiatischen Tempelbaum, dessen Blüten Südseeschönheiten zu Kränzen geflochten ihren Gästen zur Begrüßung umhängen, Seetanggeruch mischte sich mit Autoabgasen. Das Meer lockte schimmernd durch die Lücke zwischen

dem Beverly Hills Hotel und dem straußenfederähnlichen Zweigwerk der Kasuarbäume des Oyster Box. Sie rannte.
»Warte auf mich«, rief Ian, der ihr dicht auf dem Fuße folgte, aber sie rannte und rannte und rannte. Die abschüssige Straße hinunter, über den Platz mit den Indischen Mandelbäumen, den steilen, spärlich bewachsenen Weg zwischen den Hotels hinunter zum Strand, blieb erst stehen, als sie völlig außer Atem im glühend heißen Sand versank.
Der Strand war überfüllt. Vom Cabana Beach bis zum Leuchtturm wimmelte es von farbenfreudig gekleideten Menschen, Indern, Schwarzen und – sie musste danach suchen – auch ein paar Weißen. Überrascht sah sie sich um.
Noch nie hatte sie so viele Menschen in Umhlanga Rocks am Strand gesehen, noch nie war der Strand so bunt gewesen. Vor dem Leuchtturm saß eine indische Großfamilie auf Campingstühlen um ein Feuer, das sie aus Treibholz aufgeschichtet hatten. Ein Schmorgericht köchelte in dem dreibeinigen Eisentopf. Sie schnupperte, lächelte. Curry, Ingwer, Kreuzkümmel und ein Hauch Patschuliöl. Früher roch es hier außer nach Meer und Seetang nur nach Sonnencreme, allenfalls noch nach Pommes frites. Das Glücksflämmchen flackerte munter.
Sie schleuderte ihre Schuhe von sich und lief an den Saum des Meeres, wo sich eine Barriere aus mächtigen, rund gewaschenen Felsen erhob. Auf den größten lief sie zu, wusste, wo es Einbuchtungen gab, in die ihre Füße passten, kletterte hinauf, behände wie eine Bergziege, und dann saß sie auf ihrem Felsen, auf den sie sich schon vor neunundzwanzig Jahren geflüchtet hatte, wann immer Kummer sie drückte. Hier oben war sie allein mit dem Himmel, dem Wind und den Wellen, kein Mensch störte hier ihr Einssein mit den Elementen. Seeanemonen spien winzige Wasserfontänen, Krebse schmatzten und wisperten zwischen dem Seetang, ihre Panzer schabten über den Stein. Das Wasser in den Felsenteichen gluckste.
Sie lauschte ihren Geschichten, verschmolz mit dem Stein, fühlte seine Wärme unter sich. Der Horizont war weit, der Himmel ohne Grenzen. Sie fand endlich Ruhe. Es hatte keinen Tag in den letzten

elf Jahren gegeben, an dem sie nicht von dem Zauber ihres Felsens, von diesem Moment geträumt hatte. Sie war angekommen.
Nach einer Weile spürte sie seine Hand auf ihrer Schulter, hörte die Stimme ihres Mannes. »Hast du es wieder gefunden?« Er wusste, was der Felsen für sie bedeutete.
Sie nickte. Ja, sie hatte es wieder gefunden, der Zauber wirkte noch. Das Brummen eines starken Motors riss sie aus ihrer Welt. Sie fuhr herum. Auf dem dunkelgoldenen Sand, am Rande der auslaufenden Wellen fuhr ein Auto. Ein Polizeijeep! Ein Polizeihubschrauber erschien plötzlich über ihnen, das Knattern der Rotoren übertönte selbst die Brandung, er verlor langsam an Höhe und landete auf dem flachen Gebäude direkt am Strand, das dort noch nicht stand, als sie das letzte Mal hier spazieren gegangen war, das ihr heute noch nicht aufgefallen war. Das Wort »Policestation« war so groß geschrieben, dass sie es von ihrem Felsen aus lesen konnte.
Den Tränen nahe, kletterte sie von dem Stein hinunter. Tita und Neil hatten sie mittlerweile eingeholt. »Was macht eine Polizeistation hier am Strand?«
Tita streichelte ihr über die Wange, seufzte, machte eine Handbewegung, die die wimmelnde Menschenmenge umfasste, aber antwortete nicht.
Schweigend stapften sie durch den feuchtwarmen Ufersand, beobachteten silberglänzende Fische in den flachen, glasklaren Felsenteichen, lächelten zwei älteren Zulufrauen zu, die im Unterrock mit einem seligen Ausdruck auf ihren runden Gesichtern im flachen Wasser saßen und sich von den auslaufenden Wellen wiegen ließen. Doch der Zauber war gebrochen.
»Lasst uns gleich nach Hause fahren«, bat sie, »wir können uns unser Haus immer noch ansehen. Für heute habe ich genug.« Sie drehte sich auf dem Absatz um, stieß dabei aus Versehen einem älteren Mann ihren Ellenbogen in den Magen. Vor Schmerz aufstöhnend krümmte sich der Mann, alle Farbe wich aus dem sonnengegerbten Gesicht unter den borstigen weißen Haaren. »Oh, das tut mir Leid!« Sie berührte ihn besorgt. »Hab ich Sie verletzt?«

Für einen Moment starrte er sie schweigend an, dann glitt sein Blick zu Ian und wieder zurück zu ihr. »Nein«, sagte er dann, »nein.« Seine Miene war ausdruckslos, seine Augen nicht. Feindseligkeit und Hass flackerten in ihnen wie ein kaltes, blaues Feuer.
Verstört fuhr sie zurück. Was hatte sie getan? Bevor sie ihn noch einmal ansprechen konnte, war er in der Menge verschwunden. Undeutlich regte sich eine Erinnerung in ihr. Irgendwoher kannte sie das Gesicht! Hatte sie ihn schon einmal getroffen? Oder auf einem Bild gesehen? Sie kramte in ihrem Gedächtnis, konnte keinen Anhaltspunkt finden. Nein, dachte sie, er hat wohl nur eine flüchtige Ähnlichkeit mit einem der vielen Gesichter, die ich in mir trage.
»Oh, um Himmels willen«, tönte da unüberhörbar eine etwas heisere weibliche Stimme hinter ihr, »ich bin ja auch für die große Umarmung unserer Brüder und Schwestern, aber doch nicht alle auf einmal!«
Diese Stimme kannte sie! Sie wirbelte herum, der alte Mann war vergessen. Ihre alte Freundin, Ians Cousine, Diamanta Daniels, genannt Glitzy, verheiratete Mrs. Frank Kinnaird. »Glitzy!«, sie war außer sich vor Freude, »hallo, Glitzy!«
Babyblaue Augen unter einer teuer glänzenden, blonden Mähne starrten sie für Sekunden verständnislos an, dann flog ihr Glitzy um den Hals. »Henrietta! Wo-um-alles-in-der-Welt-kommst-du-her«, sprudelte sie, ohne einmal Atem zu schöpfen, »was-machst-du-hier-du-musst-mir-sofort-alles-erzählen!« Dann warf sie sich Ian in die Arme und küsste ihn herzhaft ab. »Du kannst mir heute noch die Füße küssen, dass ich dich meiner Freundin Henrietta vorgestellt habe, Cousin!«
Henrietta lachte laut. Glitzy hatte sich überhaupt nicht verändert. Sie wirkte wie ein belebendes Glas Sekt. »O Glitzy, wie schön, dich zu sehen! Ich dachte, du lebst mit Frank in Brisbane? Wo ist er überhaupt?«
Glitzy grinste und ergriff die Hand eines hoch gewachsenen dunkelhaarigen Mannes. »Sag schön guten Tag, Joaquin, das sind meine Freundin Henrietta und ihr Mann Ian. – Kinder, das ist Joaquin,

mein Mann. Joaquin Palacios de Montero Nicolau.« Glitzy fing ihren fragenden Blick auf. »Ich hab mich vor Jahren von Frank scheiden lassen. Klappte einfach nicht mehr mit uns, er war immer so entsetzlich ernsthaft und betroffen von dem Elend dieser Welt. Ich meine, ist ja ganz lobenswert, aber da spendet man ein nettes Sümmchen und geht zur Tagesordnung über, man muss sich nicht ständig zerfleischen. Das war mir zu anstrengend.«
»Hi, ihr könnt mich Joe nennen«, grüßte der Mann mit dem klangvollen katalanischen Namen in breitestem australischem Englisch, »lasst uns einen trinken gehen. Ich vertrockne.«
»Auf zum Heavenly Bills!« rief Glitzy, den Spitznamen des Beverly Hills, des Hotels in Umhlanga, benutzend, das für seine himmelschreienden Preise berüchtigt war. Sie sauste davon, ihre braunen Beine blitzten unter dem geschlitzten königsblauen Kleid hervor.
»Wir können nicht mitkommen«, verabschiedete sich Tita, »ich muss noch ein paar Sachen erledigen. Wir kommen später nach.«
Die Terrasse vom Beverly Hills war voll besetzt. »Das haben wir gleich«, sagte Glitzy, schnippte mit den Fingern, und zwei Minuten später stand ein Tisch ganz vorn, dort, wo das Grundstück zum Strand abfiel. »Wir wohnen hier«, erklärte sie, »wir haben eine nette Suite ganz oben.« Unter dem dottergelben Sonnenschirm hatten sie nun die schönste Aussicht über die ferne Bucht von Durban im Süden, die weiße Bauten wie aufgefädelte Perlen säumten, nach Norden den Strand hinauf, der im Hitzedunst flimmerte wie eine Fata Morgana, dorthin, wo das richtige, das wilde Afrika lag.
Als sie bestellt hatten, umarmte sie ihre Freundin noch einmal. »O Glitzy, ist es schön, dich wieder zu sehen. Wie geht es deinem Bruder und deinen Eltern?«
»Duncan geht es prima! Er und Joy haben einen Haufen Kinder. Wenn ich sie in Botswana besuche, muss ich immer nachzählen, ob es nicht schon wieder mehr geworden sind. Daddy ist Anfang 1980 gestorben, und Mummy ist danach zurück nach Schottland gezogen. Sie hat sich ein altes Cottage gekauft und müht sich, unter grauen Regenwolken Rosen zu züchten.«

»Dein Vater war doch kerngesund – was ist passiert?«
»Er war auf der Jagd nach Wilderern, die uns dutzendweise die Impalas auf unserer Wildfarm abgeknallt haben, und du weißt, wie Daddy seine Antilopen hegte. Er hat einen der Kerle erwischt und nicht gemerkt, dass noch ein Zweiter im Busch versteckt war. Der hat ihn erschossen. Sein Begräbnis wurde zu einem gesellschaftlichen Ereignis.« Glitzy rührte in ihrem Daiquiri. »Wir hatten mehr als zweihundertfünfzig Leute hinterher zum Leichenschmaus auf der Farm. Daddy hätte es genossen. Er ist stilvoll in den Himmel der großen, weißen Jäger eingegangen.«
Der Sonnenschirm schlug zurück, Henrietta blinzelte gegen die Sonne, ihre Augen tränten. Sie zog den Taschenspiegel heraus, um ihr Make-up zu kontrollieren, und sah inmitten einer Gruppe aus dem Hotel herauskommender Gäste den Mann, mit dem sie zusammengestoßen war. Erstaunt drehte sie sich um, er hatte nicht wie einer gewirkt, der hier einen Drink nehmen wollte. Oder konnte. Ein kleiner Whiskey war schon sündhaft teuer. Doch sie konnte ihn nicht entdecken. Es war wohl ein Trugbild gewesen.
»Ist etwas nicht in Ordnung?«, fragte Ian leise.
Seine Frage löste Unbehagen in ihr aus. War es doch kein Trugbild gewesen? Verfolgte sie dieser Mann? Mein Gott, dachte sie aufgeschreckt, vielleicht ist es einer von BOSS! Verstohlen sah sie sich um, aber der Mann war nicht zu sehen. Langsam schüttelte sie den Kopf.
»Nein, es ist alles in Ordnung – ich dachte, ich hätte jemanden gesehen, aber es war ein Irrtum. Lebt ihr jetzt in Südafrika?«, fragte sie Glitzy und Joaquin.
»Bin ich lebensmüde? Südafrika wird bald in einem Blutbad versinken! Mandela soll freigelassen werden. Ich meine, du glaubst doch nicht, dass der und alle anderen Schwarzen einfach zur Tagesordnung übergehen? Die werden Rache nehmen – kann man ja eigentlich verstehen; wenn ich schwarz wäre, würde ich auch Bomben schmeißen«, setzte sie trocken hinzu, »nein, wir leben schön friedlich an der Küste von Queensland. Joaquins Eltern haben da Ländereien und ein paar nette kleine Fabriken für dies und das. Ich bin hier, weil wir

unsere Familienfarm in Zululand verkaufen wollen – die Wildfarm ist längst nicht mehr in unserem Besitz –, solange es noch geht. Duncan hat keine Zeit, und Mummy hat seit neuestem Rheuma. So regle ich das allein. Wir haben einen Dummen gefunden, das Angebot ist lausig, aber wir haben es angenommen, und in ein paar Tagen fliegen wir wieder ab.« Sie hielt ihrem Mann auffordernd ihr leeres Glas hin. »Auf Nimmerwiedersehen. Der Verwalter auf der Farm ist schon zum dritten Mal überfallen worden. Seine Frau war allein mit ihrem Baby, als sie kamen. Die Kleine auf dem Arm, flüchtete sie ins Haus und verrammelte die Tür. Die Kerle durchsiebten die Haustür mit Maschinenpistolen, hackten das Holz mit Pangas raus – du weißt doch, das sind die Zuluhackmesser, fürchterliche Waffen. Die Frau verbarrikadierte sich im Wohnzimmer, die Männer immer hinterher. Auch diese Tür machten sie zu Kleinholz. Sie flüchtete durch eine Nebentür nach oben in den Schlaftrakt. So ging es weiter, bis sie in ihrem Schlafzimmer landete, aus dem es keinen Ausgang gibt, aber ihr Gewehrschrank befand sich dort. Sie nahm die Elefantenbüchse ihres Mannes, und als die Einbrecher auch diese Tür erreichten, ballerte sie erst die Elefantenbüchse leer, durch die geschlossene Tür hindurch, und dann die zwei Magnums, die daneben standen. Danach war Ruhe. Man fand die Einbrecher am nächsten Morgen verblutet vor ihrer Tür liegen. Hackfleisch, sag ich dir. Jetzt will die Frau nach England auswandern, sie hat die Faxen dicke. Und was macht ihr hier?« Glitzy hatte die ganze Geschichte im Plauderton erzählt, als berichtete sie von einer alltäglichen Begebenheit.
Das versetzte Henrietta einen Schock. Südafrikanischer Alltag! Der Redestrom ihrer Freundin rauschte mit dem Getöse eines Wildbachs an ihren Ohren vorbei. Plötzlich war sie diese andere Frau, floh von Zimmer zu Zimmer, durch das wunderschöne Haus der Daniels, das für sie damals vor mehr als neunundzwanzig Jahren zum zweiten Zuhause geworden war. Sie hörte das Holz der Türen splittern, wurde von der übermächtigen Angst erfasst, wie diese Frau sie durchgemacht haben musste, und erneut überkam sie dieses Verlangen nach dem sicheren, unbedrohten Alltag Deutschlands.

»Henrietta, hörst du mir überhaupt zu?«, verlangte Glitzy zu wissen.
»Was?«, fragte sie abwesend.
»Ich erzählte gerade von Freunden, die überfallen worden sind. Von einer schwarzen Gang, natürlich. Die haben sogar die siebenundachtzigjährige Großmutter vergewaltigt, stell dir das mal vor! Diese Pottsäue! Jetzt warten alle auf das Ergebnis vom Aidstest. Ich könnt dir noch stundenlang solche Horrorgeschichten erzählen, das nur als Antwort auf die Frage, ob wir noch in Südafrika leben.«
»Halt doch die Klappe, altes Mädchen.« Joe sprach zum ersten Mal. »Siehst du nicht, dass du sie zu Tode erschreckst?«
»Oh, meine Freundin Henrietta war mal ganz schön abgebrüht«, war Glitzys sarkastische Antwort, »wenn ich daran denke, wie du uns alle verscheißerst hast, als du 1968 aus Südafrika abgehauen bist«, fuhr sie an Henrietta gewandt fort, »alle Achtung!«
»Es tut mir Leid, ich konnte nicht anders. Ich hab's euch doch später in einem Brief erklärt.« Sie klang bittend.
»Ein bisschen wenig, findest du nicht? Hast du schon mal was von Vertrauen unter Freunden gehört?«
»Du meinst, so ein Vertrauen, wie ihr es verstanden habt, als ihr sie mit dem Donga-Haus hereinlegtet?« Ians Stimme war seidig weich.
»Autsch«, grinste Glitzy unbekümmert, »das saß! Okay, wir sind also quitt!«
Die Zeit verflog mit Weißt-du-noch-und-als-wir-damals, bis Tita und Neil sich zu ihnen setzten. Sie tauschten Adressen aus, umarmten einander, versprachen, regelmäßig zu schreiben, ganz bestimmt, auf jeden Fall! Küsschen rechts, Küsschen links, und Glitzy wirbelte davon.
»Das hat gut getan«, seufzte Henrietta.

❖

Umhlanga war überwuchert von unzähligen neuen Apartment- und Reihenhauskomplexen, wie Seepocken wuchsen sie auf dem felsigen

Untergrund der Hänge. Gelegentlich erhaschte sie einen Blick durch stählerne, zackenbewehrte Eingangstore auf luxuriöse Häuser, große Schwimmbäder in traumhaft schönen tropischen Gärten. Auf den Kronen der meterhohen Mauern, in die die Tore eingelassen waren, saßen mehrere im flachen Winkel nach innen geneigte Reihen von Stacheldraht, und davor, fast unsichtbar, zog sich ein weiterer Draht.
»Wozu ist dieser Draht?«, fragte sie.
»Das ist ein elektrischer«, antwortete Neil.
Danach schwiegen sie, bis sie zu Hause waren.
Nach dem Mittagessen lagen sie faul unter den Palmen, die zwischen den Steinen der Terrasse gepflanzt waren. »Ich muss einen Verdauungsspaziergang machen«, murmelte Henrietta schläfrig. »Kommt ihr mit?«
»Wir könnten am Umhlanga Vögel beobachten«, schlug Neil vor. Sie beluden sich mit Kameras und Ferngläsern und kletterten in den Geländewagen.
Es war heiß und still im Tal des Umhlanga, iLalapalmen wuchsen am Ufer, das Ried stand hoch, die Halme bogen sich unter dem Gewicht der kunstvollen Nester der Webervögel. Insektenwolken tanzten über der Wasserfläche. Aufgescheucht stob ein Schwarm leuchtend schwarzroter Kardinalweber davon, umkreiste die Eindringlinge und landete mit schrillem Getschilpe wieder auf ihren Nestern.
Aus der Tiefe des Bambushains schossen blauschillernde Eisvögel mit leisem Platsch ins Wasser, tauchten in einem Tropfenregen, von den Strahlen der Sonne in funkelnde Edelsteine verwandelt, wieder auf, meist mit einem Fisch im langen Schnabel, den sie dann, auf dem Ast eines überhängenden Baumes sitzend, mit ruckartigen Bewegungen verschlangen. Tita beobachtete sie durch den Sucher ihrer Kamera mit dem starken Teleobjektiv.
Ein Hahnschweifwidah stieg am flachen Hang aus dem Gras auf, schüttelte sein tiefschwarzes Gefieder, wippte auf und nieder und spreizte die herrliche, gestufte Schwanzschleppe. Angeberisch sträubte der Vogel die Nackenfedern, plusterte sich auf vor seinem Weibchen, das zweifellos gut getarnt irgendwo zwischen den Hal-

men saß, lockte es mit dem weißgesäumten orangeroten Schulterfleck.

»Ich weiß nicht, warum ich jetzt an Victor Ntombela denken muss«, amüsierte sich Henrietta, als sie den balzenden Vogel beobachtete, »den müssen wir unbedingt noch besuchen. Hoffentlich stimmt seine Adresse noch.«

Auch Tita und Neil lachten, aber dann wurde Neil ernst. »Das würde ich nicht tun«, murmelte er, und sein Ton machte klar, dass er einen gewichtigen Grund für seinen Rat hatte.

»Warum nicht?« Ian spähte weiter durchs Fernglas, das dem majestätischen Flug eines Kronenkranichs folgte.

»Wäre keine gute Idee.«

Ian senkte das Glas, sah seinen Freund von der Seite an. »Raus mit der Sprache, was ist los!«

»Victor möchte momentan nicht gefunden werden, und ihr habt euch eine Zecke angelacht.«

»Zecke?« Sie wusste nichts mit diesem Ausdruck anzufangen, doch Ian schaltete sofort. »Wir werden verfolgt, beschattet.« Es war keine Frage, sondern eine Feststellung.

»Natürlich.«

Also doch! Der Mann mit den borstigen weißen Haaren, mit dem sie zusammengestoßen war? Den übermächtigen Impuls, sich umzudrehen, die stille Landschaft nach jemandem abzusuchen, der sie beobachtete, vermochte sie nicht zu unterdrücken. War es der Schatten dort, der schwärzer war als der lichte um ihn herum? Oder die Bewegung am Rand des Zuckerrohrfeldes, das an das Tal grenzte? Das kurze Aufblitzen von Sonnenlicht auf Metall, mindestens zweihundert Meter entfernt – stand dort das Fahrzeug des Agenten, oder wartete er oben an der Straße, der einzigen, die hinunter zum Fluss führte? Sie strich sich über den Arm, um die Gänsehaut zu glätten, die Neils Worte dort hervorgerufen hatten.

»Habt ihr einmal darüber nachgedacht, warum sie euch nicht einfach auf der Stelle mit dem nächsten Flugzeug zurückgeschickt haben?« Sie hob wie abwehrend ihre Hände. Nein, dachte sie, nein, darüber

will ich nicht nachdenken. Zu ihren Füßen mühte sich ein Pillendreher, seine Mistkugel eine kleine Steigung hinaufzuwuchten, nicht wahrnehmend, dass auf der anderen Seite ein Wasserloch lauerte. Sie bückte sich, legte die Mistkugel auf ebenen Boden, setzte den strampelnden Käfer dazu, der flugs weiterdrehte, ohne zu wissen, welch tödlichem Schicksal er entgangen war.
Ian, offensichtlich ahnend, was in ihr vorging, legte schützend den Arm um sie. Er machte deutlich, dass er die Berührung so sehr brauchte wie sie. Dann sah er Neil an. »Sie wollen sehen, wen wir besuchen, sie kennen unser damaliges Umfeld, hoffen vielleicht, dass wir sie auch zu Victor führen. Und sie wissen, dass du zu Victor Verbindung hast. Mit uns hat das nichts mehr zu tun – uns werfen sie am 5. Januar aus dem Land raus – sie wollen dich erwischen, Neil, sie wollen deine Kontakte herausbekommen«, antwortete er leise. »Wir sind wirklich naiv geworden in Deutschland.«
Ein Fischadler segelte auf lautlosen Schwingen hoch über ihnen, sein Schatten huschte über das Gras, und der schwarze Hahnschweifwidah verschwand blitzartig im Gras, die Eisvögel und die prächtigen Kardinalweber flüchteten in den Bambus. Sie warteten noch eine halbe Stunde, aber vergebens, die Vögel wagten sich nicht wieder hervor.

❖

In der Nacht lag sie schlaflos in Ians Arm, dachte an Victor, der nicht gefunden werden wollte und den sie nicht besuchen konnten, weil sie eine Gefahr für ihn wären, dachte an die Rollen von Natostacheldraht um harmlose Fabriken und die Minenattrappen an der Wand der Edelboutique, sah den Blick der schwarzen Sicherheitsbeamtin im Supermarkt, hörte das Klatschen ihres Gummiknüppels und das Knattern des Polizeihubschraubers. Diese Bilder fielen wie Samenkörner auf den fruchtbaren Boden ihrer Fantasie. Sie gingen bereits auf, das konnte sie spüren. Würden die Pflänzchen bald wuchern, böse, gierig, wie Giftpflanzen, und ihr Afrika umbringen?
»Elektrische Zäune ums Haus, Metalldetektoren im Einkaufs-

zentrum, überall Waffen – die leben ja im Gefängnis. Ich könnte das nicht«, brach es endlich aus ihr heraus, und sie beichtete Ian ihre Vision des Jungfernstiegs im Sommer, das Gefühl der Sicherheit, das sie dabei spürte, als hätte sie eine Schuld auf sich geladen.
Zu ihrem Erstaunen lachte er, lachte sein kehliges Lachen, bei dem ihr immer noch ein Schauer über die Haut lief. »Oh, mein Liebling«, flüsterte er mit den Lippen an ihrer Wange, »oh, mein Liebling.«
Sie schob ihn von sich, um ihm in die Augen sehen zu können. »Du bist ja froh darüber!«
»Nein«, log er rasch, »nein, aber mir geht es genauso.«
Sie vergrub sich in seinen Armen, und sein Kuss verdrängte die Bilder. Für eine kurze Zeit.

Montag, den 31. Dezember 1989 –
im Haus Robertson

Am Montag, den 31. Dezember, morgens um sechs, kurz nach Sonnenaufgang, trafen sie sich bei Tita, um nach Zululand zu fahren. Ian und Neil waren kurz vorher gemeinsam zur Redaktion gefahren.
»Sie wollen nur etwas abholen und dann zum Tauchen gehen, die Ebbe ist heute sehr früh. Wir sind wohl auch schon am frühen Nachmittag wieder zurück, so haben wir genug Zeit, das Fest zu deinem Geburtstag vorzubereiten – oder hast du vergessen, dass du am ersten Januar Geburtstag hast und wie alt du wirst?«
Tita lachte laut, als Henrietta ein Gesicht zog. Sie hatte versucht, dieses Datum zu vergessen. Aber da war es nun. Sie wurde fünfzig.
»Nicht zu fassen«, murmelte sie missmutig.
»Mach dir nichts draus, wir werden alle älter«, meinte Susi, »ich werd auch schon fünfunddreißig!«
Henrietta bedachte sie mit einem Blick, der jeden anderen auf der Stelle zu bibberndem Schweigen reduziert hätte. Sie hatte ihn von ihrer Großmutter gelernt. Susi aber lachte nur fröhlich und plapperte weiter, übersetzte den Wortwechsel sogar stockend für Isabella in holpriges Englisch.
»Ich verstehe Deutsch, meine Mutter hat es mir beigebracht«, sagte diese, krümmte ihre Hände zu tatternden Greisenfingern und wackelte mit dem Kopf. »Fünfzig!«, grinste sie anzüglich. Die Ähnlichkeit zu ihrer Mutter war unübersehbar.
Henrietta bleckte die Zähne in einem bissigen Lächeln, entschlossen, sich nicht provozieren zu lassen.
»Hört auf zu zanken, Kinder, steigt ein, wir müssen los! Es ist schon

fast sieben!« Tita hielt ihnen die Tür eines großen beigefarbenen Geländewagens auf. Sie trug wie Henrietta ausgewaschene Jeans, in leichte Buschschnürstiefel, Veldskoens, gestopft, und ein weißes T-Shirt. Henrietta hatte Ian das hellblaue, langärmelige Hemd abspenstig gemacht, weil sie die Moskitoschwärme im Busch fürchtete. Jetzt im Sommer brüteten sie zu Millionen auch in den kleinsten Wassertümpeln, sogar in den Wassertropfen, die nach einem Regen auf den Blättern standen. Auf der Ladefläche des Wagens stapelten sich mehrere Kartons mit der Aufschrift »FORLISA« und ein großer Karton mit Kleidung. Vorn am Steuer saß Jeremy. »Wo ist Twotimes, sollte der uns nicht fahren?« Mit Twotimes fühlte Henrietta sich sicher.
»Der ist über Nacht krank geworden. Brechdurchfall, kann keinen Meter laufen, ohne auf den Lokus rennen zu müssen.«
Ächzend kletterte Isabella ins Auto. Sie hatte weder die Figur noch die Eleganz ihrer Mutter geerbt. Ein schlabberiges weißes T-Shirt hing von ihren runden Schultern über sackartigen Kakishorts, die gelben Haare waren einfach zu einem schlaffen Pferdeschwanz gebunden. Freudlosigkeit umgab sie wie ein grauer Umhang. Sie holte ein Buch aus ihrer großen Tasche und schlug es auf. Auch gut, dachte Henrietta. Sie wollte mit Tita reden, nicht sich irgendwelche Kommentare von ihrer Nichte anhören. Susis Geplapper würde ihre Nerven schon genug strapazieren.
Als Jeremy den Motor anließ, stürzte Regina aus dem Haus. »Madam, Telefon, der Arzt von Miss Sammy, schnell!«
Tita wurde blass und rannte ins Haus, Henrietta folgte ihr besorgt.
»Ich komme sofort«, hörte sie sie rufen. Dann drehte sie sich zu ihr um. »Sammy hat einen Autounfall gehabt, ich muss sofort zu ihr. Sie liegt im Addington Hospital.«
Henriettas Haut wurde klamm vor Schreck. »Ist es schlimm?«
Tita hechelte wie ein Tier in Panik. »Ich weiß es nicht, sie lebt wenigstens.«
»Ich komme mit, ich kann dich fahren.«
Tita hob abwehrend die Hände. »Du hilfst mir am meisten, wenn du Jeremy und die Mädchen begleitest. Isabella ist im Busch vermutlich

völlig hilflos – obwohl sie auf einer Farm aufgewachsen ist –, sie hat ja ihre Nase meist in Büchern, von deiner Susi gar nicht zu reden.« Sie wühlte fahrig die Kommodenschublade durch, fand nicht, was sie suchte, riss sie heraus, kippte den Inhalt auf den Boden, klaubte ihre Autoschlüssel aus dem Haufen. Den Rest ließ sie liegen. »Könntest du versuchen, Neil anzurufen? Hier ist die Nummer seiner Redaktion. Er soll so schnell wie möglich ins Addington kommen.« Sie umarmte Henrietta kurz, klammerte sich an sie, dass dieser die Luft knapp wurde. »Bitte nicht, Sammy«, wisperte Tita, die Tiefe ihrer Qual offenbarend.

Sie hielt ihre Freundin ganz fest. »Sammy ist jung und stark, sie wird gesund werden und ihrem Baby wird es gut gehen.«

Tita nickte wortlos, riss sich los und lief zur Garage. »Ruf mich im Krankenhaus an, wenn du zurück bist«, rief sie, während sie den Motor anließ.

Henrietta sah dem davonschießenden Wagen nach und rief dann die Redaktion an und erreichte Neil. Der Schreck verschlug ihm anfänglich die Sprache. »Verdammt«, sagte er dann leise. »Wir fahren sofort los. Kommst du auch?« Sie berichtete ihm kurz, worum Tita sie gebeten hatte.

»Danke, Henrietta, passt auf euch auf. Mit Twotimes seid ihr sicher.«

»Twotimes ist krank«, informierte sie ihn, »Brechdurchfall. Ganz plötzlich. Jeremy fährt uns.«

»Na gut, wenn es nicht anders geht – Jeremy ist zwar erst seit kurzer Zeit bei uns, aber er ist auch ein guter Fahrer«, antwortete er nach einer kurzen Pause, »aber hol dir am besten meine Pistole aus unserem Schlafzimmer. Sie liegt in meinem Nachttisch.«

Sie fragte ihn nicht, warum sie bei diesem Ausflug eine Pistole brauchen könnte. Es war ganz selbstverständlich für sie, sie war in Afrika.

»Wir fahren sofort los. Warte mal, Ian will dich noch kurz sprechen.«

»Honey.« Ians ruhige Stimme klang aus dem Hörer. »Was ist los?«

Er lauschte ihrem kurzen Bericht. »Wartet auf mich, ich komme mit.«

»Nein, nein, bleib bei Neil, der braucht dich jetzt mehr als ich. Was soll uns schon passieren? Wir sind am frühen Nachmittag wieder zu Hause. Ehe du hier bist, dauert das mindestens eine Stunde, dann steht die Sonne hoch, und wir werden gekocht.«

»Ich nehme ein Taxi, so lange könnt ihr doch warten. Jeremy ist mir nicht geheuer. Ich will nicht, dass ihr allein mit ihm aufs Land nach Zululand fahrt!« Sein Ton war der, den er seinen Kindern gegenüber anwandte, um eine Diskussion zu beenden.

Sie reagierte prompt und heftig. »Du behandelst mich wie ein Kind! Pack mich nicht immer in Watte, ich kann sehr gut auf mich selbst aufpassen. Außerdem, was soll uns schon passieren«, schnappte sie, merkte jedoch sofort, wie ungerecht die Bemerkung war. »Entschuldige, ich hab das nicht so gemeint«, sagte sie leise, aber die Verbindung war schlecht, es knisterte und rauschte in der Leitung, sie war sich nicht sicher, ob er es verstanden hatte.

»Gut!«, hörte sie ihn, sein Ton verärgert, kurz, ein Echo ihres eigenen Tons, »aber sei vorsichtig.«

Kein Abschiedsgruß, kein Kosewort, doch sie merkte das Zögern in seiner Stimme, wollte noch rufen: doch, Liebling, du hast Recht, ich brauch dich, aber da war die Verbindung schon getrennt. Sie hielt den Hörer für einen Moment noch unschlüssig in der Hand, wollte eben Neils Nummer erneut wählen, als sie Susis quengelige Stimme hörte. Sie legte den Hörer entschlossen auf die Gabel. Es war nur eine kurze Fahrt nach Zululand, am helllichten Tag. Es würde kein Problem geben.

Neils Pistole war schnell gefunden. Automatisch prüfte sie, ob die Waffe gesichert war. Sie lag kühl und Vertrauen erweckend in ihrer Hand. Schon in den Tagen ihres ersten Aufenthaltes in Südafrika hatte sie schießen lernen müssen. Anfänglich hatte sie sich gewehrt. Waffen und Krieg gehörten zu ihren elementarsten Ängsten. Unvorstellbar für sie, dass sie je eine Schusswaffe benutzen würde. Aber irgendwann damals akzeptierte sie, dass eine Waffe in diesem Land zum täglichen Leben gehörte wie ein solides Türschloss und Gitter vor den Fenstern. Die Schreckensvision jedoch, sie könnte die Waffe auf einen Menschen richten mit der Möglichkeit, ihn damit zu verletzen oder gar zu töten, ließ sie gar nicht erst zu.

Und doch war es geschehen. In einer Nacht, wie in einem bösen Traum, war Maxwell, ihr damaliger Gärtner, gekommen, um erst sie und dann Sarah und ihre kleine Imbali zu töten. Das hatte er ihr geschworen, als sie ihn nach seinem Streit mit Sarah entlassen hatte. Als sich sein Arm mit dem langen, blinkenden Messer hob, um es auf sie niederfahren zu lassen, hatte sie automatisch reagiert. Der Impuls, der ihren Finger am Abzug krümmte, war geradewegs von der Wahrnehmung auf die Muskeln, die diesen Finger kontrollierten, übertragen worden, ohne Umweg über ihre inneren, moralisch bedingten Gefühlsbarrieren. Sie hatte geschossen und getroffen.

Bis heute war sie ihrem Schicksal dankbar, dass sie Maxwell nur verletzt hatte, dass sie die grauenvollen Bilder, die ihr in den Sekunden nach dem Schuss durch den Kopf rasten, als sie glaubte, ihn getötet zu haben, nicht mit in ihre Träume nehmen musste, aber der Vorfall hatte ihr gezeigt, dass sie die Waffe im Notfall benutzen würde.

Sie steckte die Pistole in ihre Umhängetasche und kletterte zu Susi und Isabella auf die bequemen, gepolsterten Sitze des Rovers.

»Sammy hatte einen Unfall, und Mrs. Robertson ist zu ihr gefahren, wir müssen alleine los. Jeremy, fahr bitte los, und schalte die Klimaanlage ein.«

»Die ist kaputt, Madam.« Jeremy öffnete sein Fenster und startete den Motor.

»Na, klasse«, giftete Isabella halblaut, »allein im Busch mit zwei Sauerkrauts, die ein Nashorn nicht von einem Panzer unterscheiden können, und einem Muntu, der ein halbes Schlitzauge ist, und als Sahnehäubchen obendrauf werden wir gebraten.« Sie ließ ihr Fenster herunter, und mit einem scheelen Blick auf ihre neu entdeckte Tante vergrub sie ihre Nase im Buch.

»Was ist ein Muntu?«, fragte Susi neugierig.

»Es ist ein Zuluwort, heißt eigentlich ›Mann‹, wird aber als Schimpfwort für die Schwarzen gebraucht«, antwortete Henrietta leise auf Deutsch und betätigte den Fensterheber auf ihrer Seite. Das Fenster glitt herunter. Susis langer Baumwollrock schlug im Fahrtwind hoch, entblößte ihre blassen Beine in hellen Sandalen. »Sag mal, hast du nichts anderes als Sandalen und einen Rock?« fuhr sie ihre Cousine unfreundlich an. »Und den auch noch in Weiß! Wir gehen nicht auf eine Party, sondern in den Busch!«

»Macht nichts, den kann man waschen, und die Sandalen sind doch schick, nicht?«, zwitscherte Susi fröhlich.

Sie hätte sie schütteln können. »Busch wie Urwald, verstehst du? Krabbeltiere und Schlangen!«

Das erregte endlich Susis Aufmerksamkeit. »Schlangen? Giftige?«, fragte sie verunsichert.

»Massenhaft, alles, was Rang und Namen hat«, antwortete sie unbarmherzig. Vor neunundzwanzig Jahren hatte Onkel Hans sie mit den gleichen Worten zu Tode erschreckt, auch hier waren deutliche Worte nötig. Susi zuckte zusammen, warf nervöse Blicke um sich wie ein gejagtes Tier, nestelte fahrig an den Spaghettiträgern ihres gelben Oberteils. Sie hatte Mitleid mit ihr, brachte es aber nicht fertig, ihre scharfe Äußerung abzumildern. Grübelnd verfolgte sie den Landeanflug einiger Pelikane auf das flache Wasser der fächerförmigen Mündung des Tugelas. Sie konnte sich ihre Gereiztheit selbst nicht erklären. Susis Auftauchen, die ungewollte Verantwortung, die sie für ihre sehr entfernte Cousine verspürte, trug sicherlich dazu bei, sowie auch die Sorge um Sammy und ihr Baby. Der Wortwechsel mit Ian? Natürlich. Ganz besonders der. Ganz besonders, weil sie genau wusste, dass sie überzogen reagiert hatte.

Aber da war noch etwas. Ganz tief, in den untersten Schichten ihres Bewusstseins, bohrte die Angst, dass ihr auf dieser Fahrt nach Zululand Unheil drohte. Unheil von Menschen, die sie ihr Leben lang als Freunde betrachtet hatte. Einen plausiblen Grund dafür fand sie nicht. »So ein Unsinn«, sagte sie sich laut, »denk an die Horstmanns!« Verfolgungswahn schien doch ansteckend zu sein.

»Horstmanns? Wen meinst du?«, fragte Susi.

»Ach nichts. Hat mit dir nichts zu tun. Ich hab mich nur mit einem lokalen Virus infiziert.«

»Oh, das tut mir Leid, ist es schlimm? Hast du Schmerzen?«

Schmerzen? Ja, die hatte sie. Es tat weh. Vor BOSS hatte sie Angst, Schlangen flößten ihr Respekt ein, Haie konnten sie in Panik versetzen, aber nie hatte sie das verschwommene Gefühl der pauschalen Bedrohung durch die schwarze Bevölkerung mit den anderen Weißen geteilt. Es gab Momente, in denen sie sich vor einem Einzelnen gefürchtet hatte, wie in der Nacht, als Maxwell kam, um sie zu erstechen, aber nie hatte sie einen Menschen schwarzer Hautfarbe automatisch als gefährlich angesehen.

Oh, verdammt, warum hatte sie Ians Angebot abgelehnt? Das Bedürfnis, seine Stimme zu hören, zu sagen, Liebling, verzeih mir, ich habe das nicht so gemeint, ich brauche dich, überwältigte sie. »Jeremy, halt an der nächsten Telefonzelle!«, rief sie impulsiv.

»Wozu denn das?«, murrte Isabella. »Ich will Zeit für meine Freundin haben und dann vor der Dunkelheit zu Hause sein.«

»Ich will wissen, wie es Sammy geht«, log Henrietta.

»Sammy ist hart im Nehmen, die bringt so schnell nichts um! Außerdem kannst du ihr von hier aus auch nicht helfen.« Isabella verschwand wieder hinter ihrem Buch.

Viele Kilometer der grünen Hügel Zululands flogen vorbei, die wogenden Zuckerrohrfelder wie ein endloses grünes Meer, so weit das Auge reichte. Von der Straße aus sahen sie gelegentlich weiße Farmgebäude, die sich in den tiefen Schatten ausladender Bäume duckten. Langsam aber wurde die Landschaft afrikanisch – die Zuckerrohrfelder machten trockenen, gelben Grasflächen Platz, bizarre Sisalagaven, wilde Banane und iLalapalmen wuchsen in feuchten Senken, und immer häufiger entdeckte sie Zuluhütten, rund wie Bienenkörbe aus Grasmatten oder mit rötlichen Lehmwänden und dicken Mützen aus Gras, umgeben von kleinen Maisanpflanzungen.

Eine Telefonzelle fanden sie nicht.

»Keine Telefonzelle, Madam«, bemerkte Jeremy, »soll ich nach

Eshowe reinfahren? Da gibt es ein Postamt. Dauert aber eine halbe Stunde. Mindestens.«
Sie würden mehr als eine Stunde verlieren. Viel zu viel. Isabella hatte Recht. »Nein, fahr weiter, umso eher sind wir wieder zu Hause, und umso eher kann ich Ian um Verzeihung bitten.«
Sie bogen von der Schnellstraße ins Hinterland ab, und etwas später rumpelten sie von der geteerten Straße über ein paar Meter Schotterpiste auf eine Sandstraße, die von dichtem Busch gesäumt war. In den tiefen Reifenspuren, die wohl in der Zeit der heftigen Frühlingsregen entstanden waren, trockneten die Reste eines Schauers, der kaum die Oberfläche der hart gefahrenen Erde durchnässt hatte. Ein Schmetterlingsschwarm stieg von einer winzigen Pfütze auf, bunt wie eine Konfettiwolke.
»Sind die aber hübsch«, rief Susi, »sieh mal, der gelblich schwarze dort mit dem Schwalbenschwanz – wie heißt der?«
»Keine Ahnung«, antwortete Henrietta, »weißt du es?«, wandte sie sich an Isabella, die bisher kaum die Augen von ihrem Buch gehoben hatte.
Isabella warf einen kurzen Blick zurück auf den gaukelnden Falter. »Papilio polistratus«, antwortete sie und las weiter.
»Du kennst dich aber gut aus«, bemerkte sie verblüfft.
»Hm«, machte Isabella, ohne hochzusehen.
Von einem Telefondraht am Wegesrand äugte ein blauschillernder Eisvogel herunter. Henrietta entspannte sich, ließ die ruhige, grüne Landschaft auf sich wirken. Manchmal machte sie Susi auf ein Tier aufmerksam, einmal sprang eine Herde kreischender Paviane über den Weg, mehrere Muttertiere trugen ihre Jungen auf dem Rücken, und der größte Affe, ein Männchen mit eisgrauem Fell, hielt am Straßenrand Wache.
Isabella las. Die Sonne stieg höher, es wurde heißer. Henrietta sah auf die Uhr. »Jeremy, wann erreichen wir die Farm von Miss Isabellas Freundin? Wir sind schon fast drei Stunden unterwegs.«
»Gleich, Madam, gleich.« Jeremy wechselte den Gang, um eine kleine Anhöhe zu bewältigen.

Isabella klappte ihr Buch zu, sah sich stirnrunzelnd um. »Das kann unmöglich der richtige Weg sein – hast du dich verfahren, Jeremy?«
»Nein, Madam – wir nehmen eine Abkürzung.«
Mit mürrischer Miene beobachtete Isabella einen aufgescheuchten Perlhuhnschwarm, der gackernd in niedrigem Flug über den Busch davonstrich. »Hm, hab irgendwie die Orientierung verloren, hab wohl nicht aufgepasst«, brummte sie und öffnete wieder ihr Buch.
Die Straße wurde schlechter, tief ausgewaschene Rinnen zwangen Jeremy, sehr langsam zu fahren. Geröllübersäte, enge Einschnitte zeugten von der Erosion vieler Jahrhunderte, als die Vorfahren der Zulus vor tausendfünfhundert Jahren begannen, die dichten Wälder abzuholzen und dadurch den Boden seines Schutzes zu berauben. Dichtes Buschwerk am Boden der Schluchten speicherte die letzten Reste Feuchtigkeit. Ein Pärchen grünschillernder Nektarinvögel kletterte auf den Kerzenblüten einer Bitteraloe.
Gerade wollte Henrietta Jeremy wegen des Zeitverzugs zur Rede stellen, als er plötzlich krachend den zweiten Gang einlegte. Er trat das Gaspedal bis auf den Boden durch, pflügte durch die vor ihnen liegende, schattige Bodenvertiefung, die noch rutschig vor Nässe war, und nahm die nächste Kuppe mit einem Satz, und dann raste der Wagen die abschüssige Sandstraße hinunter, die am Fuß des Hügels in einer scharfen Linkskurve zwischen Gebüsch und niedrigen Bäumen verschwand.
»Nicht so schnell, Jeremy!«, mahnte Henrietta.
Der Motor heulte, der Landrover schlingerte um die Biegung, hüpfte und rumpelte, und sie wurden unsanft hin und her geworfen. Sie sah den kleinen, schwarzen Jungen sofort. Er lag auf der Straße, hatte die Augen geschlossen, die spindeldürren Arme und Beine von sich gestreckt. Eine rote Lache verbreitete sich um seinen Kopf, blieb auf der steinhart gebackenen Erde stehen. Sein Fahrrad lag neben ihm, das Hinterrad drehte sich noch träge. Er regte sich nicht mehr.
»Stopp!«, schrie sie, »stopp, Jeremy!«
Jeremy stand schon auf der Bremse. Der Geländewagen rutschte zehn, zwanzig Meter über die Waschbrettoberfläche der Sandpiste

und knallte gegen einen Gesteinsbrocken. Sie wurde zur Seite und mit dem Kopf gegen eine der Verstrebungen geschleudert. Dann stand das Fahrzeug. Der überhitzte Motor tickte, es war das einzige Geräusch in der vollkommenen Stille. Das glänzende rote Rinnsal schlängelte sich aus den krausen, staubbedeckten Haaren des verunglückten kleinen Jungen über Schläfe und Wange in den Mundwinkel. Unvermittelt kicherte der Kleine, seine Zunge erschien, kroch wie ein glitschiges kleines Tier über sein Gesicht, schleckte die Flüssigkeit auf. Er sprang hoch, leckte das Rinnsal vollends ab, so weit seine eifrige Zunge reichte, hüpfte einen kleinen Freudentanz und verschwand im Busch. Eben war er noch da, dann war er weg.
Benommen starrte sie auf die Stelle, überzeugt, sich geirrt zu haben.
»Was war denn das?«, fragte Susi, »eine Erscheinung?«
»Ich bin mir nicht sicher ...«, sie hielt jählings inne, als sich kühles Metall an ihre Schläfe drückte.
»Kein Wort! Nicht bewegen!«
Aus den Augenwinkeln erkannte sie, dass es ein Revolver war und die Hand, die ihn hielt, eine schwarze. Sie erstarrte. Susi und Isabella schrien wie mit einer Stimme auf.
»Klappe halten«, sagte der Mann, dem die Hand gehörte, »sitzen bleiben.« Die beiden drückten sich wie furchtsame Tiere neben sie in ihre Sitze. Jeremy saß wie eine Statue. Der Mann stieß einen leisen Pfiff aus. Drei Pfiffe anworteten ihm, drei Männer erschienen. Ihre Kleidung war den Farben der Landschaft angepasst, so dass sie wie Tarnkleidung wirkte.
Er gab einen kurzen Befehl.
Alle vier hatten Wollmützen als Masken über den Kopf gezogen, in die Löcher für Augen und Mund geschnitten waren. Die Löcher hatten sie weiß umrandet, was ihnen etwas Unheimliches, Fratzenhaftes gab. Henrietta schluckte. Ihr Herz begann vor Angst zu flattern. Mit tiefen Atemzügen versuchte sie, sich zu beruhigen. Sie durfte keine Furcht zeigen, sie musste tun, was die Angreifer verlangten, aber auf keinen Fall durfte sie Furcht zeigen, das wusste sie, denn es waren Zulus. Das hörte sie an den Worten desjenigen, der

gesprochen hatte. Feiglinge verachteten sie, Mutigen jedoch zollten sie zumindest Respekt. Was sie allerdings nicht davon abhalten würde, mich umzubringen, dachte sie mit einem Anflug von Galgenhumor.

»Aussteigen!«, sagte der Maskierte mit dem Revolver und zerrte sie vom Sitz, wobei sie mit der Stirn an der Stelle über dem linken Auge gegen die Autotür schlug, wo sich bereits, wie sie fühlte, eine Beule gebildet hatte. Sie schrie auf, ihre Knie gaben nach, und sie saß plötzlich im roten Staub. Schmerzblitze zuckten hinter ihren Augen. Völlig durcheinander, momentan halb betäubt, bemerkte sie die Hand, die den Revolver hielt. Sie hatte nur drei Finger. Etwas regte sich in ihrem Gedächtnis. Eine hochgereckte schwarze Hand, der zwei Finger fehlten? Wo hatte sie diese Hand schon einmal gesehen? Aber ihre Gedanken schwammen davon, sobald sie versuchte, ihrer habhaft zu werden. Sie gab auf.

Sie blickte hinauf zum Auto. Jeremy hatte sich noch nicht gerührt, saß da, die Hände auf dem Steuerrad, Augen stur geradeaus gerichtet, er hatte sich noch nicht einmal zu ihnen umgedreht. Einer der Männer – er trug, wie die anderen auch, sein Hemd offen über einem T-Shirt und langen Hosen – kippte ihre Umhängetasche um, fand Neils Pistole und steckte sie mit einem Zungenschnalzen ein. Verdammt, dachte sie und runzelte die Stirn, stöhnte leise, als ein heißer Schmerz durch ihren Kopf schoss. Zwei Arme griffen unter ihre, und sie fühlte sich auf die Beine gestellt. Zwei der Vermummten nahmen sie in die Mitte und stießen sie über die Straße in den Busch. Die Sonne knallte brutal aus einem weiß glühenden Himmel, trocknete aus, verbrannte, drückte alles Leben unter einer Hitzedecke nieder.

Sie hörte Susi aufschreien, ein Schimpfwort von Isabella, dem ein Klatschen folgte, und dann nur noch das Geräusch ihrer stolpernden Schritte. Minuten später wurde der Landrover gestartet, der Motor jaulte, die Räder drehten auf der harten Erde durch, dann entfernte sich das Motorengeräusch, bis es sich hinter den Hügeln verlor. War es Jeremy, der wegfuhr? Sie konnte ihn nicht entdecken. Wieso wurde ihm erlaubt wegzufahren? Gehörte er zu der Bande? Sie stolperte, knickte um, und der Schmerz löschte die Frage aus.

Wie lange sie unter der erbarmungslosen Sonne abwechselnd durch Busch und hartes, hohes Gras gelaufen waren, wusste sie bald nicht mehr. Verzögerter Schock, Hitze und rasende Kopfschmerzen vermischten sich hinter ihren Augen zu einem grellen Kaleidoskop. Der Bluterguss hing wie eine überreife Frucht über ihrem Auge. Besorgt merkte sie, dass sie allmählich auf dem Auge alles nur noch durch milchigen Nebel wahrnahm. Dornen zerrissen Ians Hemd auf ihren Schultern, kratzten Blutspuren in ihre Haut, Insekten fielen über sie her. Sie kämpfte bald nur noch darum, auf den Beinen zu bleiben und nicht umzufallen.

Von Susi war nur leises Wimmern zu hören. »Oh, Scheißescheißescheißescheiße«, verstand sie. Isabella dagegen gab in farbigstem Gossenenglisch eine Litanei von saftigen Flüchen von sich, gewürzt mit den feinsten Ausdrücken, die die deutsche Sprache zu bieten hatte. Als ihr die ausgingen, wechselte sie in Afrikaans.

Henrietta begann, Respekt vor Isabella zu entwickeln. Anfänglich beeindruckte sie die Fantasieleistung und dann, Schritt für Schritt, begriff sie, dass Tita Unrecht hatte. Isabella war von anderem Kaliber, als sie angenommen hatte. Ein kleines Biest vielleicht, aber ein zähes. Schließlich war sie auf einer afrikanischen Farm geboren und aufgewachsen, sie musste mit dem Busch und alles, was in ihm lebte, vertraut sein, und sie registrierte, dass sie sich besser fühlte, nicht mehr völlig auf sich allein gestellt zu sein.

Der Busch wurde dichter, das Gelände stieg an. Sengende Hitze prallte in Wellen von den Felsen und der steinharten Erde ab, knisterte in den Akazien, Trugbilder tanzten in der blendenden Helligkeit, täuschten Wasserflächen vor, wo keine waren. Der heiße Wind trocknete ihre Haut aus, dörrte ihre Schleimhäute, bis ihre Zunge am Gaumen klebte. Sie gingen im Gänsemarsch, der mit der dreifingrigen Hand führte sie an, ihm folgte Henrietta, ihr einer der Maskierten, diesem Isabella. Die beiden anderen hatten Susi rechts und links gepackt. Sie hing als jämmerliches Bündel, ununterbrochen vor sich hin greinend, zwischen ihnen. Außer diesem Gejammer und dem Schrillen der Zikaden hörte man nur das Schurren ihrer Schritte auf dem harten, steinigen Boden.

Dem Sonnenstand nach musste es früher Nachmittag sein, als sich endlich das Tempo ihrer Entführer verlangsamte. Sie roch das Wasser, bevor sie es sah. Das Gelände vor ihnen fiel sanft ab, dichtes, saftiggrünes Buschwerk und Lianenvorhänge versperrten ihnen die Sicht, aber sie roch die warme Feuchtigkeit des nahen Wassers, die sich wie Balsam auf ihre ausgetrockneten Schleimhäute legte. Als sie einen schmalen Schilfgürtel durchquert hatten – die Halme standen höher als ein großer Mann, und der Boden war schon matschig –, erstreckte sich der Fluss vor ihnen. Träge floss er um runde Felsen, die wie Trittsteine im Bett verstreut lagen, dichtes Grün säumte das Ufer, das auf der gegenüberliegenden Seite ziemlich steil anstieg. Ein Buschbock, der im Schutz des Schilfs getrunken hatte, stob aufgeschreckt davon, und zwei Geier, die auf einer Sykomorenfeige hockten, wandten ihnen ihre Köpfe zu und verfolgten jeden ihrer Schritte.

»Wo sind wir?«, fragte sie, »wie heißt der Fluss?«

»Keinen Schimmer«, antwortete Isabella, »könnte der Schwarze Umfolozi sein oder vielleicht ein Nebenarm …«

Auf Geheiß des Dreifingrigen sprangen sie von Stein zu Stein. Es war gefährlich, denn die meisten waren nass und glitschig, nur die größten hatten eine trockene Oberfläche. Susi hinter ihr rutschte plötzlich ab und fiel quietschend ins Wasser. Eine Luftblase blähte die weißen Stoffbahnen ihres Rocks auf, so dass sie auf dem gelben Wasser trieb wie eine große weiße Blüte. Wie ein Kind patschte sie mit beiden Händen darauf und weinte. »Ich will nach Hause, ich kann nicht mehr!«, schluchzte sie, »ich hab Angst, und ich bin durstig und müde, und ich will jetzt nach Hause!« Das Letzte war ein Aufschrei.

Aus den Augenwinkeln erhaschte Henrietta eine Bewegung, ein grauer, langer Schatten glitt pfeilschnell die Böschung hinunter, Wasser spritzte auf.

»Aii, ein Krok!«, schrie Isabella und sprang mit der Behändigkeit einer Bergziege über die Felsen davon.

»Holt sie aus dem Wasser! Schnell!«, befahl Henrietta den Männern, ohne auch nur für eine Sekunde darüber nachzudenken, wem sie das befahl, und folgte Isabella. Und weil sie es gewohnt waren von dem Tag an, als sie geboren wurden, den Befehlen der Weißen widerspruchslos zu gehorchen, taten die Zulus es auch dieses Mal. Zwei der Männer packten Susi an den Armen und zerrten sie von Stein zu Stein zum Ufer, den Abhang hoch, bis sie sie auf einem Felsvorsprung absetzten. Der Busch wuchs hier spärlicher, Zweige knackten unter ihren Füßen. Sie hörte ein trockenes Schaben, wie von Schuppen auf Stein, und erstarrte innerlich. Aber es war wohl nichts als Susis stoßweises Keuchen, die sich langsam aufrichtete. Sie tat zwei, drei wackelige Schritte und blieb dann plötzlich stehen. »Mit Krok, meinst du damit ein Krokodil?« Ihre Stimme rutschte nach oben weg.

»Du bist hier in Afrika, je eher du das begreifst, desto besser für uns alle.« Der Schreck, der ihr noch in den Gliedern saß, ließ ihre Worte schroffer klingen, als sie beabsichtigt hatte.

Susi bekam einen hysterischen Lachkrampf. »Ein Krok – Krok – Krokodil, nein, wie komisch!« Schluchzend sank sie auf das trockene Gras, Tränen liefen ihr übers Gesicht, vermischten sich mit dem Speichel, der ihr aus dem aufgerissenen Mund tropfte. Isabella war mit einem Schritt neben ihr und versetzte ihr eine schallende Ohrfeige.

»Ha – ha – ha!«, machte Susi, vergrub ihren Kopf in den Armen und plärrte los.

Einer der Männer griff grob nach ihr, doch Henrietta kam ihm zuvor und nahm Susi in die Arme. »Es ist ja gut, es ist nichts passiert.« Sie streichelte die nassen Locken. Susis Haut war nass vor Schweiß, ihr süßliches Parfüm dadurch unangenehm verändert. »Susi, schnell, reiß dich zusammen, du bringst uns sonst alle in Gefahr«, flüsterte sie auf Deutsch und schob die heruntergerutschten Spaghettiträger von Susis quittengelbem Oberteil wieder hoch, zog den verdreckten Lei-

nenrock gerade. »Ganz ruhig.« Als sie spürte, dass sich die zitternden Muskeln unter ihren Händen entspannten, ließ sie Susi vorsichtig los. Die Männer bedeuteten ihnen schweigend, weiterzugehen. Sie setzten sich wieder in Bewegung.
Der Weg stieg an, lange Zweige mit nähnadelgroßen Dornen, immer einer gerade, der andere zum Haken gebogen, griffen nach ihnen.
»Wag-'n-bietje«, murmelte Isabella hinter ihr.
»Was?« Henrietta drehte sich zu ihr.
»Der Wart-ein-bisschen-Busch, die Büffeldornakazie«, erklärte ihre Cousine und deutete auf einen riesigen Hakendorn, der sich in ihr T-Shirt gebohrt hatte und sie fes hielt, »guter Name, was?«
Sie antwortete nicht, ihr war nicht nach Konversation zu Mute. Ein kahler Buckel ragte aus dem Gestrüpp wie die Tonsur eines Mönches und erlaubte ihr einen freien Blick. Schwere Regenwolken marschierten von Südosten her über den Himmel, das Tal unter ihr lag bereits in ihrem Schatten »Das sieht nach einem Unwetter aus«, sagte sie halblaut zu Isabella.
»Na, prima! Die Gegend ist berüchtigt für ihre Schlammlawinen.«
Die empfindliche Haut über Isabellas Nase, auf den Wangen und an ihrem Ausschnitt war zu einem zornigen Rot verbrannt, Schweiß hatte ihre karottengelben Haare dunkel gefärbt.
Henriettas Kopf dröhnte, und vor ihrem linken Auge flimmerten Flecken. Schlammlawinen. Sie hatte Visionen von einem breiigen, braunen Schlammstrom, der sich die Wege hinunterstürzte, Schlangen, Ungeziefer, Steine mit sich führend, jedes Lebewesen verschlingend. Sie zwang ihre Gedanken in andere Richtungen, konzentrierte sich auf die Geräusche im Busch, bemühte sich, Vogelstimmen zu identifizieren.
Deswegen hörte sie es vor allen anderen, das Fauchen wie aus der Kehle einer wütenden Katze, ein Geräusch unmittelbarer Bedrohung. Sie versuchte, es zu orten, spähte den Weg entlang, und dann gefror ihr Blut zu Eis.
Etwa sieben Meter vor ihnen, in der Mitte des hitzeschimmernden roten Pfades, stand eine armdicke schwarze Mamba auf ihrem

Schwanz. Ihr Maul zu einem tödlichen Grinsen geöffnet, stand sie aufgerichtet da, eine Erscheinung aus der Unterwelt, aus dem Sumpf aller Albträume, und überragte sogar einen mittelgroßen Menschen. Die olivgrauen, geknäulten Windungen des Schlangenleibes auf dem Boden verschwanden im trockenen Gras. Sie musste über dreieinhalb Meter lang sein.

Eine schwarze Mamba, die Königin der afrikanischen Schlangen! Sachte wiegte die Mamba ihren Oberkörper, als tanze sie zu einer unhörbaren Melodie, ihr Kopf jedoch stand absolut still, die Schuppen im Nackenbereich waren gesträubt, ihre schwarzen Augen glitzerten.

Ein hoher Ton drang aus ihrem rauchschwarzen Rachen, dessen Farbe der Schlange den Namen gibt. »Tschi tschi tschi«, machte sie, leise, aber durchdringend.

Alle waren in ihrer Bewegung erstarrt, hielten den Atem an. Nur Susi holte rasselnd Luft, und sie wusste, dass sie gleich schreien würde, sich bewegen, und die Mamba würde es sehen und mit der Schnelligkeit eines schwarzen Blitzes zuschlagen. Irgendeinen würde sie erwischen, vermutlich mehrere von ihnen. In Natal betrug die Rate der Todesfälle nach Bissen der schwarzen Mamba hundert Prozent, das wusste sie, und sie wusste auch, unter welchen körperlichen Symptomen die Gebissenen an dem Nervengift starben. Ihr Herz stolperte bei der Vorstellung.

Sie hörte Susis Röcheln, hörte, wie sich der Schrei in ihrer Kehle bildete. »Susi, rühr dich nicht!«, zischte sie.

»Ahhh«, wimmerte Susi.

»Still!« Henrietta bewegte nicht einmal die Lippen, ließ das Reptil nicht aus den Augen.

Langsam sank die Schlange in sich zusammen, alle standen wie aus Stein gehauen und wagten kaum die Augen zu bewegen. Als die Schwanzspitze im staubigen Busch verschwand, seufzte Susi und fiel um. Für eine lange Minute kam ihr keiner zu Hilfe, jeder schien zu fürchten, dass das Reptil zurückkehren würde. Es dauerte eine Viertelstunde, ehe sie und Isabella Susi wieder auf den Beinen hatten.

Leichenblass stand sie da, zitterte unkontrolliert, ihre Zähne klapperten wie Kastagnetten.
Schweigend machten sie sich wieder auf den Weg, zwei der Männer gingen voran, zwei hinter ihnen. Keiner ließ den Buschrand aus den Augen.
»Ich habe schon einige Mambas gesehen, aber erst einmal eine, die auf ihrem Schwanz tanzte«, flüsterte Isabella, und sie hörte den Schock in ihrer Stimme, »vom sicheren Auto aus, und da habe ich mir schon fast in die Hose gemacht.«
»Warum haben die Kerle sie nicht erschossen?«, weinte Susi und warf sich in Henriettas Arme.
»Ich glaube, es hat mit ihrem Ahnenkult zu tun, die Mamba ist die Seelenschlange der Zulukönige.«
Sarah hatte ihr das erklärt. »Die Seelen unserer Verstorbenen wachen über uns, begleiten uns in unserem täglichen Leben. Sie leben in bestimmten Schlangen weiter. Die Seele des Königs lebt in der Mamba, die der Häuptlinge in den grünen Baumschlangen, und die Seelen einfacher Menschen gehen in verschiedene andere Schlangen über. Wir nennen sie die Seelenschlangen.«
Einer der Vermummten lachte, der, den sie wegen seiner ruhigen, überlegenen Art für den Anführer hielt. »Es ist viel einfacher – sie hätte uns erwischt, bevor ich meine Waffe hochbekommen hätte.«
Er hatte eine angenehme dunkle Stimme, ein breites Lachen.
»Bitte, lieber Gott, mach, dass uns jemand findet, bitte, bitte.« Susis Stimme war hoch und weinerlich wie die eines Kleinkindes.
»Noch ist es zu früh, noch weiß keiner, dass uns jemand gekidnappt hat, erst wenn es Nacht wird, werden sie sich wundern, und dann ist es zu spät, um nach uns zu suchen. Vor Morgen passiert gar nichts«, bemerkte Isabella mit brutaler Deutlichkeit. Susi verstummte. Wie ein Zombie ließ sie alles mit sich geschehen.
»Sie hat einen Schock, lass sie zufrieden!«, fuhr Henrietta Isabella an, »wir müssen zusammenhalten, sonst kommen wir hier nicht raus!«
Sie gingen weiter, der Pfad wurde steiler, wand sich durch immer

dichter werdenden Busch, die Gluthitze brannte auf ihrer Haut, gelegentlich spendeten Baumgruppen Schatten, aber ihre Entführer trieben sie weiter, ließen keine Pause zu.
»Wir müssen irgendwo westlich in der Nähe der Grenze vom Hluwluwe- und Umfolozi-Wildreservat sein«, flüsterte Isabella. Henrietta nickte zustimmend.
Eine halbe Stunde später durchquerten sie ein verwildertes, auf einem sanften Hang liegendes Maisfeld. Gelbbraun hingen die Blätter, raschelten unheilvoll in dem heißen Wind, eine Ratte huschte vor ihnen weg in die Dornenbüsche, die sich schon einen großen Teil des Feldes zurückerobert hatten. Kurz darauf machten sie vor einer undurchdringlichen Wand aus ineinander verflochtenen Dornenästen Halt. Der, den sie für den Führer hielt, pfiff eine kurze Tonfolge, und nach einer Weile bewegte sich ein Segment der Dornenwand – es bestand aus ein paar der Zweige, die auf ein Brett genagelt waren – und gab eine Öffnung frei wie eine Tür. Er duckte sich und schlüpfte hindurch, die anderen schoben die drei Frauen nach, Henrietta als Letzte.
Verblüfft blieb sie stehen. Auf einem fast kreisförmigen Gelände von etwa sechzig mal sechzig Metern, auf spärlich mit Kikuyugras bewachsener rötlicher Erde standen fünf mit Grasmatten gedeckte, bienenkorbförmige Hütten im Schatten einiger Bäume. Sie gruppierten sich um einen kleinen, mit unbehauenen Ästen eingefriedeten Platz, in dessen Mitte ein paar rotbraunweiße Kühe zusammengedrängt unter einer Schirmakazie dösten. Am höchsten Punkt des Umuzis stand die größte Hütte, rechts und links vom Viehgatter je zwei etwas kleinere. Fast verdeckt von einigen Agaven und einem Busch entdeckte sie auf der gegenüberliegenden Seite eine weitere kleinere Hütte, auch grasgedeckt, aber mit einem niedrigen, mit rötlichem Lehm verputzten Wandsockel. Ein auf Pfählen ruhendes Grasmattendach, das dicht daneben direkt an der Hecke stand, diente offensichtlich als Vorratshütte, denn sie konnte ein paar gebündelte gelbe Maiskolben, die von den Dachsparren hingen, erkennen. Die Dornenwand bestand aus großen Ästen des Umlahlankosi-

Baumes, der Büffeldornakazie, und einer Reihe eng in den Boden gerammter, roher Stämme, die den Hof von außen für Mensch und Tier unsichtbar machten. Unsichtbar und uneinnehmbar. Das perfekte Versteck.

»Ein Umuzi«, flüsterte sie Susi zu, die mit verquollenem Gesicht neben ihr stand, »eine Zulu-Hofstätte.« Rechts oberhalb der Hofstätte ragte ein felsiger Vorsprung aus dem buschbestandenen Abhang, der sie vor dem heißen Nordwind schützte. Die Hütten standen auf leicht abschüssigem Boden, der in einen flacheren Teil überging und ungefähr fünfundsiebzig Meter weiter offenbar steil über eine Felskante zum Fluss abbrach. Genau erkennen konnte sie es nicht, eine Hecke junger Umlahlankosi-Bäume, die das untere Ende des Umuzis begrenzte, versperrte ihr die Sicht. Sie vermutete, dass im flachen Teil unterhalb des Umuzis die Gemüsebeete lagen, damit bei Regen der Kuhmist aus dem Umuzi auf die Felder gespült wurde und sie so gleichzeitig düngte. So hatte Sarah es ihr erklärt und hinzugefügt, dass das Viehgatter gewöhnlich aus Tambotiholz besteht, das ein starkes Gift enthält und so das Vieh, das den Reichtum einer Familie darstellte, vor Insekten schützt.

Die Hitze schlug ihnen in Wellen von der harten, roten Erde entgegen, ein kleines Hühnervolk pickte Körner im Schatten der niedrigen Bäume, eine Kuh urinierte platschend, beißender Harngeruch mischte sich mit dem Gestank der von Schwärmen schläfriger Schmeißfliegen umsummten Kuhdunghaufen.

»Igitt!« Susi zog die Nase kraus.

Plötzlich stand eine schmale, schwarze Frau vor ihnen, sie war ganz in Schwarz gekleidet, Goldreifen umschlossen ihre Handgelenke, eine dicke Goldkette trug sie um den Hals. Henrietta verschleierte erschrocken ihre Augen, gab nicht zu erkennen, dass sie wusste, wer vor ihr stand. Mary Mkize!

Mary Mkize, die gelacht hatte, während um sie herum Menschen schrien und starben, zerfetzt von einer Bombe. Sie war nicht mehr jung, Mitte vierzig schätzte sie, hager, hohe Wangenknochen, ein schönes Gesicht, harte Augen, in der Hand einen Sjambok, einen biegsamen, sich verjüngenden Stock aus Rinds- oder Nilpferdleder, über einen Meter lang. Eine Art Peitsche – sehr beliebt bei der südafrikanischen Polizei und sehr effektiv.

»Wer zum Teufel ist das?« schrie Mary die Männer an, »wo ist die Tochter von Big Boss Kappenhofer? – Ihr Idioten!« Klatschend schlug der Sjambok gegen einen Baumstamm. Susi jaulte auf.

»Thula«, fauchte Mary, und Henrietta hoffte, dass Susi aufgrund des Tonfalls verstanden hatte, dass man ihr auf Zulu befahl, den Mund zu halten.

»Sie sehen alle gleich aus, wie gekochter Maisbrei«, sagte einer der Männer vor ihr. Es war nicht der, den sie für den Anführer hielt. »Weiß ist weiß, man kann sie nicht auseinander halten.«

»An der Farbe ihrer Haare kann man sie unterscheiden, habe ich euch gesagt!« Mary stolzierte vor den Männern auf und ab, der Sjambok pfiff durch die Luft, finster musterte sie Henrietta. »Wer bist du, weiße Frau? Wo ist die Frau mit den Flammenhaaren?« Blitzschnell wirbelte sie herum, fuhr auf den Führer los, Henrietta wurde an eine zuschlagende Puffotter erinnert. »Glaubst du, dass wir für diese Krähen hier Geld kriegen, du Sohn von Impisi, der Hyäne, die den Großen Geist beleidigt hat und jetzt in einem hässlichen, stinkenden Körper leben muss und sein Loch mit dem Warzenschwein teilt – sag es mir!«

Geld? Das Wort riss den Vorhang vor Henriettas Gehirn beiseite. Sollte das hier eine ganz banale Entführung mit Lösegeldforderung sein? Kein Anschlag schwarzer Untergrundkämpfer? Denn was sonst war Mary Mkize? Neil hatte erzählt, dass einige der schwarzen Frauen im Widerstand besonders grausam und kompromisslos waren, häufig brutale Gangs von Männern um sich scharten.

»Antworte!«, kreischte die Schwarze ihr ins Gesicht.

»Mrs. Robertsons Tochter hatte einen Unfall. Sie ist bei ihr im Krankenhaus«, anwortete sie. Sie spürte ihren hämmernden Herzschlag im ganzen Körper bis in ihren schmerzenden Kopf. Ihr Blick flog über das Umuzi. Außer Mary und ihren Entführern war niemand zu sehen, der Hof schien ausgestorben, obwohl sie meinte, in dem hüft-

hohen Eingang der am nächsten liegenden Hütte eine schnelle Bewegung entdeckt zu haben.
»Ich muss Pipi machen«, verkündete Susi. Unter Marys verächtlichem Blick krümmte sie sich zusammen, klemmte die Hände zwischen die Beine.
»Sie muss aufs Klo«, übersetzte Henrietta ins Englische, ihrem rostig gewordenen Zulu nicht trauend, obwohl sie im Stande war, Marys wütende Worte zu verstehen.
Mary wies mit dem Kinn zum unteren Zaun.
»Ich seh aber keine Toilette«, lamentierte Susi, »ich mach mir gleich in die Hose.«
»Dort an der Hecke, hinter dem Busch, wird ein Loch im Boden sein, da kannst du reinmachen.« Henrietta bemühte sich, nicht spöttisch zu klingen, es war in dieser Situation nicht angebracht.
»Und Klopapier?« Susi trat von einem Bein aufs andere.
»Oh, kapierst du nicht?«, schrie Isabella. »Geh hin, pinkel in das Loch, nimm ein paar Blätter, wisch dir deinen Hintern damit ab und halt ansonsten deine Klappe.«
Susi schlich x-beinig davon und verschwand hinter dem Busch. Als sie wieder auftauchte, streckte sie mit einem Ausdruck tiefsten Ekels ihre Hände von sich. »Ich muss mir die Hände waschen.« Ihre schwarzbraunen, nass geschwitzten Locken zottelten um ihr hitzegerötetes Gesicht, ihr Blick irrte in die Runde. Henrietta beobachtete, wie sie einen Schritt auf den größten der Männer zu machte, wie sie ihm ein einschmeichelnd schüchternes Lächeln anbot, ein wenig ihre Brust vorschob, die fast aus dem aufgerissenen Oberteil fiel. In Susis Welt von Chanelkostümchen, Champagnerdinners und beflissen um sie herumtanzenden Männern hätten diese vier sich jetzt überschlagen, wären ihr zur Hilfe gekommen.
Sie aber stand vier Zulus gegenüber, die gewohnt waren, dass ihre Frauen vor ihnen den Blick senkten, ihre Lasten trugen, stets ein paar Schritte hinter ihnen gingen und immer mit ja antworteten, auch wenn sie nein meinten, denn das wäre einem Mann gegenüber äußerst respektlos gewesen. Vier afrikanische Männer, die eben von ei-

ner Frau ihres Stammes aufs Übelste beschimpft worden waren, die mit Sicherheit unzählige Male in ihrem Leben im weißen Südafrika ihren stolzen Nacken vor weißen Frauen beugen mussten.
Henrietta beobachtete, wie Susi sich ihnen näherte, bittend, fast kriecherisch, nicht gebieterisch, und sie wusste, dass sie keinen Unterwürfigkeitsreflex der weißen Madam gegenüber hervorrufen würde.
»Susi«, wisperte sie eindringlich, »du bist in Gefahr.«
»Was?« Susi drehte sich zu ihr um, ihre Unterlippe hing lose herunter.
»Wisch deine Hände am Rock ab und halt den Mund.«
Susi gehorchte. Sie hob ihren blutbefleckten Rock, er fiel vorne auf, zeigte ihre langen, von Kratzwunden blutenden Beine bis hinauf zu ihrem weißen Spitzenhöschen.
Vier paar dunkle Augen, unheimlich hinter den geschlitzten Masken, liefen über ihren Körper, blieben an diesem Höschen hängen.
»Runter mit dem Rock, du dämliche Kuh!« Henrietta hätte sie am liebsten geohrfeigt.
Mary bemerkte die Blicke der Männer. Sie lachte auf. »Emveni«, sagte sie, und als Henrietta einfiel, dass das »später« hieß, zog sich ihre Kopfhaut mit einem kalten Prickeln zusammen.
Ein Kichern zwitscherte in der stillen Luft und wie ein kleines Tier aus seinem Bau schlüpfte der kleine Junge, der, der den Fahrradunfall vorgetäuscht hatte, aus dem Eingangsloch der größten Hütte und tanzte wie ein Irrwisch um sie herum. Nacheinander erschienen zwei Männer. Der Ältere, ein würdevoller alter Zulu mit eisgrauem Fusselbart, trug ein grau gewaschenes, ehemals weißes Hemd und eine aufgekrempelte braune Hose. Er stand da, barfuß, auf verhornten, breit getretenen Füßen. Schnitte und Narben kerbten die helle Haut an den Sohlenseiten, zeugten von dem langen, beschwerlichen Weg seines bisherigen Lebens. Graue Schatten lagen um seine geröteten Augen, die um den Stock gekrallte Hand zitterte, unterstrich den Eindruck von Krankheit und völliger Erschöpfung.
Der jüngere Mann an seiner Seite glitt zu Boden, saß apathisch zu ihren Füßen, die stockdünnen Beine in den abgeschnittenen Jeans von

sich gestreckt. Henrietta schätzte ihn auf Ende zwanzig, obwohl er durch das Mumienhafte seines Körpers uralt wirkte. Als hätte ihn etwas ausgesaugt, bestand er nur noch aus Haut und Knochen.

»Das ist mein Vater«, sagte Mary Mkize, »und das ist mein Sohn.« Sie legte dem jungen Mann auf dem Boden die Hand auf den Kopf. »Meinen Enkelsohn und meine Schwiegertochter werde ich dir auch zeigen.« Sie packte Henrietta am Arm und zog sie grob zur Dornenhecke. Einer der Männer öffnete sie, und Mary stieß sie zu einer Lichtung, die in den Busch geschlagen war. »Da liegen sie.« Sie zeigte auf mehrere längliche Erdhaufen, in denen senkrecht verwitterte Holzbretter steckten. Die weiße Schrift darauf war teilweise abgeblättert. Mary starrte Henrietta aus schmalen Augenschlitzen an. Und stutzte. »Ich kenne dich, weiße Frau …«

Henriettas wusste, dass sie dem sengenden Blick der Schwarzen nicht lange standhalten konnte. Sie nickte. »Du hast einmal für mich gearbeitet, vor langer Zeit, in Mount Edgecombe in der Strickfabrik.«

»Oho«, Marys Ton senkte sich, wurde drohend, »oho! Die Frau, die mich mit meinen Kindern fortgejagt hat.« Der Sjambok klatschte gegen die Sohle ihres Halbschuhs. »Mit meinem neugeborenen Baby hast du mich fortgejagt. Es hatte noch mein Blut auf seinem Körper, und du hast mich fortgejagt.«

»Mary …«, sie streckte bittend eine Hand aus, »du weißt, warum, du weißt, dass die Polizei das Gebäude beobachtete, sie haben dich gesucht, du weißt das! Sie hätten dich ins Gefängnis gesteckt, wenn sie dich erwischt hätten. Du hättest deine Kinder nie wieder gesehen.«

»Du hast mich davongejagt«, wiederholte Mary, ihre Worte ignorierend, in ihren Augen unter den gesenkten Brauen loderte Hass, »mit meinem neugeborenen Sohn. Ich habe mich in der Nacht unter einer Brücke versteckt. Am nächsten Morgen war mein Baby kalt und steif. Ich hatte geschlafen und nicht gemerkt, wie mein kleiner Junge aus meinem Arm in eine Pfütze gerollt und dort ertrunken ist. Eine Katze hätte in der Pfütze stehen können, aber er ertrank.« Ihre

Stimme war ein gleichförmiger Singsang. »Mein kleiner Junge starb, weil ich, seine Mutter, vor Erschöpfung im Matsch unter der Brücke eingeschlafen war. Ist eins von deinen Babys gestorben? Leben deine hübschen Zwillinge noch?« Mary stieß sie mit dem Sjambok wieder zurück ins Umuzi. »Mir blieb nur mein ältester Sohn«, sagte sie, als sie das Türsegment zuschob, »jetzt stirbt er, und wenn er tot ist, wirst auch du sterben, du und die beiden anderen Frauen.« Ihr Ton verhieß Endgültigkeit, wie das Fallbeil eines Henkers.

Henrietta wusste, dass sie nur ein Wunder retten konnte. Stumm starrte sie die Schwarze an. Was hätte ich machen sollen? fragte sie Mary schweigend, es war deine und meine einzige Chance, denen zu entkommen. Auch ich hatte Kinder, an die ich denken musste.

Etwas hatte Mary grundlegend verändert. Ihre Sprache war nicht mehr die bildhafte, verschnörkelte der traditionell aufgewachsenen Schwarzen. Knapper, deutlicher, nicht umschreibend. Kasernenhofton, soufflierte Mama aus der Vergangenheit. Es war ihre Bezeichnung für einen rüden Umgangston. Solche Leute kamen ihr nicht ins Haus. Kasernenhofton! Natürlich. Henrietta hatte Gerüchte von Ausbildungslagern des ANC, Mandelas Partei, in der Sowjetunion gehört und von russischen Militärexperten, die Zulus in Mosambik trainierten. War Mary eine von ihnen?

»Stoj!« rief sie laut, das einzige russische Wort, das sie kannte. Mary fuhr herum, starrte sie ungläubig an. In diesem Moment überfiel Henrietta nackte Angst, physische, herzjagende, die Kehle zuschnürende Angst. »Was fehlt deinem Sohn?«, fragte sie heiser.

Mary schrie den Vermummten einen Satz in Zulu entgegen, und kurz darauf kam einer von ihnen mit einer Flasche zurück, hielt sie ihr vors Gesicht. Es war der Mann mit den drei Fingern an der Hand, und nun erinnerte sie sich. »Moses?«, flüsterte sie. Moses? Der Mann, der einst Samantha als Baby während eines Einbruchs aus dem Fenster geworfen hatte, dem Neil darauf in seiner Angst um seine Tochter mit einem Stein die Finger zerquetscht hatte? Moses, der auf mysteriöse Weise aus dem Gefängnis ausgebrochen war, nachdem ihm Neil den besten Anwalt gesucht hatte, den er finden konnte, ihm so das Leben gerettet, aber Tita und Samantha damit in höchste Gefahr gebracht hatte?

Der Mann stand ganz still, hielt ihr noch immer die Flasche entgegen. Dann zog er mit der anderen Hand langsam die schwarze Mütze vom Gesicht. »Yebo«, sagte er nur, »ja.« Sie sah die Narben von Neils Stein, und sie sah, dass in seinem Blick nichts lag als abgrundtiefer Hass.

Moses und Mary! Wie kamen die beiden zusammen? Die Flasche, die ihr Moses entgegenhielt, war eine der Saftflaschen aus Titas Transport. Wo aber waren dann Jeremy und der Geländewagen? Ihre Gedanken liefen Amok. »Was ist mit der Flasche?«, krächzte sie.

»Sie ist vergiftet.« Marys Worte waren ein gefährliches Fauchen.

Ein fernes Donnergrollen kündigte das Unwetter an, ein Blitz erhellte den schwarzen Horizont. Vergiftet? »Vergiftet? – Mary, nichts, was Mrs. Robertson schickt, kann vergiftet sein. Unmöglich, nicht, was von Mrs. Robertson kommt!«

»Siehst du Kinder in diesem Umuzi oder Abafana, Halbwüchsige? Nun, siehst du sie, weiße Frau? Du kannst sie nicht sehen, sie sind alle tot. Einmal war dieses hier eine große, blühende Familie mit gesunden Kindern, kräftigen jungen Männern und fruchtbaren Frauen. Sie sind alle tot. Weißt du, wie sie starben?«

Ihre Stimme traf sie wie ein Eiseshauch, der Henrietta trotz der Hitze frösteln ließ. Nein, wollte sie rufen, bitte nicht, Mary, ich habe damit nichts zu tun. Aber sie schwieg, wappnete sich, akzeptierte eine Schuld, die andere auf sich geladen und mit denen sie nur die Hautfarbe gemein hatte.

»Erst husteten sie, und in ihrem Gedärm brannte ein Feuer, und ihr Inneres entleerte sich mit grässlichen Geräuschen, Blut lief aus ihnen heraus, danach ergriffen Teufel von ihnen Besitz.« Offensichtlich bis ins Innerste aufgewühlt, war Mary wieder in die blumige Sprache ihres Volkes verfallen. »Die Teufel schüttelten sie, fraßen sie von innen auf, bis sie ganz klein wurden und fast nichts mehr von ihnen da war. Sie hörten einfach auf zu atmen. Manche wurden verrückt vor Durst, und am Ende starben sie, aufgebläht wie ein Ballon.« Sie holte aus, und die Flasche zersprang in glitzernden Scherben vor Henriettas Füßen, eine klebrige Flüssigkeit, vermischt mit feinsten Glassplittern, durchnässte ihre Jeans, lief in die Lederstiefel.

Erschrocken sprang sie zurück. Mary lachte. Es war ein schrecklicher Laut. »Unmöglich? Warum bist du dann weggesprungen? Alle, bis auf meinen Vater, haben von dem Saft getrunken. Umbani«, sie zeigte auf den kleinen Jungen, »gehört nicht zu unserer Familie. Er ist bei uns, weil er seine Mutter verloren hat und seinen Vater nicht kennt.«

Im Busch ist es nie vollkommen still. Es raschelt und wispert, Tauben rufen, Zikaden singen ihr eintöniges Lied, Bokmakieries, die gelben Buschwürger mit der schwarzen Kehle, lassen ihr schallendes Duett von den Baumwipfeln ertönen, die Geräusche vermischen sich zu einem harmonischen Klangbrei. Nun kam der Donner mit dumpfen Trommelwirbeln hinzu. »Tok tok tok kwirr kirr kirr!«, schrie der Bokmakierie eine Warnung, und Henrietta merkte auf.

Neue Klänge ertönten in der Hintergrundmusik der Wildnis, und allmählich erkannte sie die gedämpften Laute als solche aus menschlichen Kehlen. Sie hielt die Luft an. Wildhüter? Touristen? Hoffnung trieb ihr das Blut durch die Adern. Wildhüter, Game Ranger, hatten ähnliche Befugnisse wie die Polizei, waren bewaffnet.

Von Mary erhielt sie ihre Antwort. »Wer kommt da?«, fragte sie ihren Vater, »schnell, sag es mir! Erwartest du Besuch?«

»Es wird der Missionsdoktor sein«, nuschelte der alte Mann durch seine Zahnlücken. »Immer wenn drei Monate um sind, kommt er. Vielleicht sind heute drei Monate um.« Er hustete, brachte etwas hoch, wischte es mit dem Handrücken ab.

Wütend hieb Mary mit dem Sjambok auf den Boden. »Bringt die weißen Frauen in die Ixhiba, die kleine Kochhütte, beeilt euch!«, befahl sie den Männern, »tötet sie, wenn sie reden. Wenn sie jemand hört, haben wir ein Problem.«

Zwei Männer stießen sie zu der abseits stehenden kleineren Hütte und drängten sie durch den niedrigen Eingang. Backofenhitze schlug ihnen entgegen, ein Geruchsgemisch von Rauch, Kuhdung und verwesendem Fleisch raubte ihnen fast den Atem. Isabella bekam einen Hustenanfall, und Susi klappte vornüber, würgte, hustete, erstickte fast dabei. In der Mitte der Hütte war eine erkaltete Feuerstelle mit Kohleresten, die Holzverstrebungen des Daches waren rauchgeschwärzt. Neben dem Eingang lag ein Haufen blutiger, abgeschabter Kuhhäute, bedeckt von Fliegen wie von einem schwarzen Pelz. Gestört stieg der Schwarm auf und umsummte angriffslustig die Frauen.

»Reiß dich zusammen, atme flach«, zischte sie und setzte sich auf der gegenüberliegenden Seite, weit von den Häuten entfernt, auf den Boden, lehnte sich an den niedrigen, lehmverputzten Wandsockel.

Einer der Männer hockte sich, die Maschinenpistole auf den Knien abstützend, auf den festgestampften Hüttenboden vor den mit einem Kuhfell verhängten Eingang. »Thula!«, befahl er.

Die fremden Stimmen kamen näher, und Henrietta konnte deutlich eine tiefe männliche und eine klare weibliche, offenbar die einer Zulu, unterscheiden. »Sanibona«, grüßte der Mann auf Zulu, aber sie war sich sicher, dass der Sprecher ein Weißer war. Sein Zulu war holprig, beschränkte sich auf einige Phrasen. Sie wandte den Kopf, bewegte sich, sofort folgte ihr die schwarze Mündung der Maschinenpistole wie der Kopf einer Schlange ihrer Beute. Verdammt!

»Mir ist schlecht«, stöhnte Susi, »ich muss mich übergeben.«

»Thula!« Die Pistolenmündung schwang zu ihr herum.

Susi fuhr zusammen, übergab sich mit langem Stöhnen, fiel dann japsend zurück, hustete noch ein paar Mal. »Ich kann nicht mehr«, weinte sie und schrie auf, als der Wächter ihr seine Waffe in die Seite stieß.

»Lass sie in Ruhe!«, rief Henrietta, alle Vorsicht außer Acht lassend.

»Da ist ja noch jemand«, hörten sie den Fremden auf Englisch ausrufen, und Momente später wurde der Fellvorhang zur Seite geschlagen. »Hallo, meine Damen, was machen Sie denn hier?«, rief der Mann und bückte sich, um durch den Eingang zu treten. Er kam

nicht weit. Jemand versetzte ihm von hinten einen Stoß, und er fiel bäuchlings in die Hütte. »Was zum Teufel …!«, brüllte er, fuhr hoch und sah geradewegs in den Lauf der Maschinenpistole. Langsam sank er zurück, sein athletischer Körper war bis in die letzte Faser gespannt, dass die Muskelpakete an Oberarmen und Schenkeln deutlich hervortraten.
»Die Frau!«, hörten sie Moses draußen brüllen, »sie ist weggerannt!«
»Von welcher Frau reden die?«, fragte Henrietta leise, als sie bemerkte, dass ihr Bewacher abgelenkt war.
Der junge Mann drückte sich langsam hoch, immer den Wächter am Eingang im Blick behaltend. »Meine Krankenschwester Judy – ich bin der Missionsarzt –, ihre hervorstechendste Eigenschaft ist das blitzschnelle Erkennen von unangenehmen Situationen, dem dann unweigerlich der Entschluss folgt, sich derselben zu entziehen. Ich hoffe, sie findet schnell zum Auto. Es steht auf der südlichen Seite vom Fluss, nur eine gute halbe Stunde Fußmarsch von hier.«
Also haben die beiden offenbar an derselben Stelle den Fluss überquert wie wir, dachte Henrietta und kratzte eine stark juckende Stelle am Fuß. Hoffentlich ist das kein Zeckenbiss, schoss es ihr durch den Kopf. Sie rieb Speichel über die Stelle. Zeckenbissfieber war gefürchtet. Es zerstörte die Blutzellen, und der Gebissene konnte an Blutarmut und Gelbsucht sterben. Ein Dobermannwelpe war ihr in den siebziger Jahren unter den Händen weggestorben, und das einzige für sie sichtbare Anzeichen seiner Krankheit waren weißliches Zahnfleisch und weißliche Augenschleimhäute gewesen.
In dem Moment hörte sie, wie der Himmel sich öffnete und das Wasser herunterfiel, als hätte jemand einen Badewanne umgekippt. Gewaltiges Rauschen und Platschen ertränkte im Nu alle anderen Geräusche. »Der erste richtige Regen hier oben«, bemerkte der Arzt, »es wird Überschwemmungen geben, der Boden ist so ausgetrocknet, dass er kein Wasser aufnimmt. Der Fluss wird in kürzester Zeit unpassierbar sein.«
»Scheiße«, kommentierte Isabella trocken.

»Klingt wie ein Gewitter, so was hört doch auch wieder auf.« Susis Zähne klapperten aufeinander.

»Ein Gewitter in Afrika ist nicht wie ein Gewitter in Hamburg«, klärte Henrietta sie auf, »es ist, als öffnet sich ein Schleusentor da oben. Solche Wassermassen kannst du dir nicht vorstellen. Sie spülen Straßen weg, reißen Telefonleitungen herunter, ertränken dich da, wo eben noch ein ausgetrocknetes Flussbett war.« Wie zur Unterstreichung ihrer Worte prasselte der Regen auf das Grasdach, krachten Donnerschläge, dass selbst sie zusammenzuckte.

Susis Zähne klapperten noch lauter.

Der Doktor erhob sich und setzte sich neben Henrietta. »Was ist hier eigentlich los? Ich bin neu, der alte Doktor ist krank. Vorher war ich bei Kapstadt auf dem Land. – Ich bin übrigens Ronald Cox, Ron für meine Freunde.« Er lachte ein breites, jungenhaftes Lachen und klopfte den Dreck von seinem dunkelblauen Hemd und den Kakishorts.

Ihr gefiel sein offenes Gesicht unter den dichten, rotblonden Haaren. Sie deutete auf die beiden jungen Frauen. »Das sind Susi, meine Cousine, und Isabella, meine Nichte – ich bin Henrietta. Wir sind von vier maskierten Männern überfallen und hierher gebracht worden. Eine Frau, Mary Mkize ...«

»Mary Mkize? Die Witwe von Cuba Mkize?« Er pfiff durch die Zähne. »Dann haben wir ein Problem. Sie ist berüchtigt für ihre Erbarmungslosigkeit. Sie gehört offiziell dem ANC an, aber man munkelt, dass sie unter dem Mantel des Freiheitskampfes Raubzüge durchs Land macht, man sagt ihr sogar einige Morde nach – ihr persönlich! Man nennt sie die Henkerin.«

»Wie ich mich freue, das zu hören«, murmelte Isabella sarkastisch. »So beruhigend in unserer Lage.«

Susi erbrach sich wieder in hohem Bogen. »Tut mir Leid«, schluchzte sie Mitleid erregend. Ron war sofort an ihrer Seite, legte sie hin und tastete schnell ihren Bauch ab. »Tief durchatmen«, befahl er und wischte ihr das Gesicht trocken, »alles in Ordnung, das ist nur die Aufregung.« Er lächelte sie aus fröhlichen blauen Augen an, streichelte ihr fürsorglich übers Haar. »Wer weiß, dass ihr unterwegs wart, Henri?«, fragte er sie dann.

»Nenn mich nicht Henri«, äffte Isabella sie halblaut nach.

Sie überhörte es geflissentlich, für derartige Feinheiten war jetzt keine Zeit. »Mein Mann Ian und unsere Freunde, bei denen wir zu Besuch sind. Tita und Neil Robertson. Wir bringen Vitaminsaft in die umliegenden Dörfer. Meine Freundin macht diese Tour regelmäßig, aber da ihre schwangere Tochter verunglückt ist, sind wir ohne sie unterwegs. Deswegen hat Mary es wohl auch auf mich abgesehen, sozusagen stellvertretend für Tita.«

»Tita Robertson? Geborene Kappenhofer? Na, dann gibt es ja Hoffnung, ohne Zweifel wird hier bald eine Armee anrücken! Man liest ja oft, dass Vater Kappenhofer alles für sein Töchterchen tut.« Er sagte es abschätzig, schien innerlich auf Abstand zu ihr zu gehen.

»Die finden uns hier nie«, piepste Susi, »ich hab ja selbst erst gemerkt, dass hier Hütten sind, als die Kerle das Gestrüpp weggeräumt haben. Oh, Gott, ist mir schlecht.« Sie lehnte sich mit flehentlichen Blick an Rons Schulter. »Endlich ist ein Mann hier«, wisperte sie. Er reagierte voraussehbar, streichelte sie, murmelte Beruhigendes, legte seinen Arm um ihre Schulter. Susi seufzte tief und zufrieden und schloss die Lider.

»Tolle Vorstellung!«, murmelte Henrietta und befühlte ihre Beule. Blaurot, blutig, mittlerweile groß wie ein Hühnerei – sie hing so weit herunter, dass sie sie mit dem anderen Auge sehen konnte –, drückte sie das linke Auge zu einem Schlitz zusammen. Es war so gut wie blind.

»Lass mich das mal sehen, Henri.« Ron winkte sie zu sich, denn Susi hielt ihn fest umschlungen. Sie kroch zu ihm. Die Hütte war nur etwa vier Meter im Durchmesser, und nur im Mittelteil konnte man stehen. »Tut das weh?« Mit leichten Fingern drückte er verschiedene Stellen. »Ist dir schwindelig? Nein – gut, scheint keine Gehirnerschütterung zu sein, offenbar hast du Glück gehabt.«

»Ich kann nicht richtig sehen.«

»Der Sehnerv wird von dem Bluterguss gequetscht.«

»Schlimm?«

»Harmlos ist es nicht. Wir müssen hoffen, dass die Schwellung schnell zurückgeht.« Er biss sich auf die Lippen. »Was will Mary Mkize? Geld?«

»Ich bin mir nicht sicher«, antwortete sie ruhig, »sie zeigte mir vorhin mehrere Gräber, die ihrer Familie, sagte sie. Nur ihr Vater und ihr Sohn seien noch am Leben, und auch der würde nicht mehr lange durchhalten. Sie behauptet, dass alle nach dem Genuss des Vitaminsafts, den Mrs. Robertson regelmäßig hierher bringt, gestorben seien. Sie ist überzeugt, die Weißen hätten den Saft vergiftet, um ihre Sippe auszurotten. Es ist völlig unmöglich, dass Tita so etwas zulässt. Auch du scheinst die Robertsons falsch einzuschätzen. Geld verdirbt nicht immer, und in unserem Fall könnte es sehr hilfreich sein. Die Vorstellung, dass Daddy Kappenhofers Truppen im Anmarsch sind, würde mich ungemein beruhigen.«

»Sie werden euch sicher bald vermissen.« Ron wollte sie offensichtlich beruhigen.

»Nicht vor Einbruch der Dunkelheit«, warf Isabella ein, »Tantchen Henri hier wollte noch ihr ehemaliges Hausmädchen besuchen, das hier irgendwo haust. Die werden denken, die Damen haben sich verplaudert. – Oder sie glauben, dass wir eine Reifenpanne haben, gemütlich unter einem Baum picknicken, während wir unserem Fahrer beim Reifenwechseln zusehen.«

»Kaum«, Henrietta legte Zuversicht in ihre Stimme, »das Unwetter wird sie auch bald erreichen, dann spätestens wissen sie, dass wir in Schwierigkeiten sind, und Ian und Neil werden uns suchen.«

Vielleicht würde Ian schon vorher unruhig werden, hoffte sie, ein paar Mal hatte sie das erlebt. Ohne Grund hatte er dann angerufen oder war verfrüht von einer Reise zurückgekehrt. Du hast mich gerufen, ich musste kommen, war seine Erklärung, und immer war es so gewesen. Sie hatte ihn gebraucht. Seit er sie und die Kinder 1968 zurückgelassen hatte, um sein eigenes Leben zu retten, hatte er diesen Instinkt entwickelt. Sie ahnte, dass er seine Flucht als ein Versagen gegenüber seiner Familie begriff.

»Es ist wie ein eingekapselter Abszess«, beschrieb er ihr es einmal, »ich kann nicht einmal daran denken, ohne Angst zu haben, dass er aufplatzt. Ich weiß, ich würde es nicht aushalten, und je älter ich werde, desto schlimmer wird es.«

Sie gingen in der sinkenden Sonne am Strand von Umhlanga entlang, eingehüllt in die Geräusche des Ozeans, um sie herum nur Weite, Leere, kreischende Möwen. Ganz still war sie neben ihm durch den nassen Sand gestapft. Würde sie jetzt erfahren, was in diesen sieben Tagen geschehen war?

»Als ich euch allein ließ, kam mein Leben zum Stillstand. Danach hab ich nur noch in einem schwarzen Tunnel existiert, an dessen Ende es einen winzigen Lichtpunkt gab, den Tag, an dem ich euch wieder sehen würde. Das hielt mich am Leben.« Seine Hand, die ihre umschloss, verkrampfte sich. »Sieben Tage lang, sieben Mal vierundzwanzig Stunden, habe ich mich auf dieses Licht konzentriert. Ich wusste, wenn ich dieses Licht erreiche, werde ich mein Leben wieder finden.« Er zog sie weiter. Der Abend malte blaue Schatten auf den Sand, die Brandung fraß sich tief in den Strand, legte Felsen bloß, machte ihren Weg sehr beschwerlich, aber er zog sie weiter.

»Es war ein so unirdisch schöner Tag, dieser 28. März 1968. Einer der zahlreichen Freunde des ANC im Ausland steuerte das Boot. Der See war spiegelglatt, die Sonne glitzerte auf der Oberfläche, außer dem Tuckern des Bootsmotors hörte ich nichts. Alles, was ich von dieser Fahrt im Gedächtnis behalten habe, ist ein Gefühl«, zum ersten Mal sah er sie an, »ein Gefühl von Licht, von – Leichtigkeit und Freiheit. Ich kann es dir nicht anders beschreiben. Meine Erinnerung setzt wieder ein, als ich die weiße Fassade vom ›Belle-Époque‹ durch den Morgendunst schimmern sah. Ich erkannte einen hohen Kastanienbaum und die winzige Gestalt eines Menschen auf der Terrasse.« Er hielt inne, presste ihre Hand noch fester, über dem Donnern der Brandung war er kaum zu verstehen. »Die Minuten, bis diese Gestalt aufsprang, durch den Garten zum See rannte und ohne zu Zögern ins eiskalte Wasser lief, bis ich deine blonden Haare erkannte, deine Bewegungen und bis ich dich endlich in den Armen hielt, diese Minuten waren länger, als jede Ewigkeit es sein kann!« Da hatte er sich ihr zugewandt, hatte sie fest umschlungen. »In der letzten Sekunde meines Lebens, irgendwann, wenn meine Zeit kommt, werde ich dieses Bild sehen. Als ich dich am Ufer des Sees stehen sah. Und ich werde den Reiher schreien hören, der neben uns aufflog. Für immer, in meinen glücklichsten Momenten, werde ich seinen Ruf hören.«

Wie damals spürte sie wieder seine gemurmelten Worte als warmen Hauch auf ihrer Wange, zitterte am ganzen Körper. Du behandelst mich wie ein Kind, hatte sie ihm durchs Telefon zugerufen und nicht an den Abszess gedacht. Rannte er jetzt wieder durch einen dunklen Tunnel? Sah er ein Licht? Verstohlen wischte sie sich die Tränen aus den Augen. Wir werden den Schrei des Reihers hören, versprach sie ihm, ganz sicher.
»Ian wird die Krankenhäuser und die Polizeistationen anrufen, um herauszufinden, ob ein Unfall gemeldet ist, der drei weiße Frauen und einen schwarzen Fahrer betrifft. Danach wird er mit Neil die Strecke abfahren, sie werden uns finden!«, sagte sie mit Nachdruck.
Susi zog geräuschvoll die Nase hoch und presste sich noch fester an Ron. »Wie sollen die das denn bis zum Einbruch der Dunkelheit schaffen?«
Ronald Cox kam nicht dazu zu antworten. Draußen schrie Mary ein Kommando, ihre Stimme übertönte den Sturm, und ihr Wächter schlug daraufhin das Kuhfell zurück und verschwand. Henrietta, ging zum Ausgang und spähte hinaus. Ein Rauschen empfing sie, wie das Tosen eines Wasserfalls, und so kam der Regen auch herunter. Es schien, als hätte sich der Himmel auf die Erde gesenkt, ein silbernes Licht nahm allen Gegenständen die Farbe, es gab nur noch Schattierungen von Grau. »Warum lassen sie uns allein?«
»Wir kommen hier nicht weg.« Ron kniete jetzt neben ihr. »In so einem Sturzregen findet man keinen Weg mehr, alles wird überflutet sein. Sie brauchen uns nicht mehr zu bewachen. Er trat in Susis Erbrochenes, fluchte unterdrückt und versuchte, den von Fliegen um-

surrten Haufen mit Erde zu bedecken. Doch der Boden aus festgestampftem Gemisch aus Kuhdung und Erde von Termitenhügeln war zu hart, selbst für seine kräftigen Händen. Er setzte sich wieder auf die gegenüberliegende Seite der Hütte zu Susi, Henrietta und Isabella krochen zu ihnen. Eine senkrechte Falte stand zwischen seinen Brauen. Zum ersten Mal zeigte er Besorgnis.

»Wo sind wir hier eigentlich?«, fragte Henrietta.

»Mitten im Busch zwischen dem Schwarzen Umfolozi und dem Wela, am Krokodilfluss«, antwortete der Arzt, »westlich von Hluhluwe.«

»Wer könnte uns hier finden?«

»Game Ranger, Wildhüter. Vielleicht.« Seine Antwort kam langsam. »Sie kontrollieren ständig den Zustand der Straßen im gesamten Norden und durchstreifen den Busch auf der Jagd nach Wilderern – sie gehören übrigens in gewisser Weise auch der Polizei an – aber in diesem Regen ...« Sein Schulterzucken sprach Bände.

Susi hob einen bebenden Finger. »Die Wege sind nicht passierbar ...«, sie hob den zweiten Finger, »die Telefone vermutlich gestört ...«, der dritte Finger kam hoch, »und Neil und Ian wissen sowieso nicht, wo sie uns suchen sollen. Hab ich das richtig verstanden?«

Keiner antwortete. In der Hütte herrschte ein dumpfes Schweigen, der Sturm tobte, erträngte jedes Geräusch von draußen.

»Ich muss aufs Klo«, murmelte Isabella nach einer Weile, »kann mir jemand sagen, wo?«

»Du weißt ja, wo das Loch ist«, giftete Susi, der es offensichtlich besser ging, seit Ron sie im Arm hielt, »geh hin, pinkel hinein, nimm ein paar Blätter, wisch dir deinen Hintern damit ab und halt ansonsten deine Klappe«, zitierte sie Isabella und grinste schadenfroh, »die haben ein paar dicke Äste über das Loch gelegt, da stellst du deine Füße drauf und hockst dich hin – ganz einfach. Man muss nur aufpassen, dass man nicht reinfällt.«

»Du kannst mich mal«, zischte Isabella und sprintete durch den Regenvorhang.

»Wir sollten auch am besten gehen, es wird gleich dunkel«, warnte Ron, »wenn Isabella zurück ist, gehst du, Susi, und dann Henri.«
»Allein?« Susis Stimme kletterte die Tonleiter hoch.
»Kannst du nicht mal allein pinkeln?« Isabella kam zurück in die Hütte gekrochen. Wasser lief an ihr herunter, als wäre sie aus dem Schwimmbad gestiegen. »Waschlappen!«
»Los, Susi, jetzt bist du dran.« Ron gab ihr einen Schubs.
»Ich muss doch gar nicht«, quietschte sie.
»Willst du in der Nacht raus? Hier gibt es keine Straßenlaternen«, Ron wurde jetzt auch ungeduldig, »und da draußen sind massenweise Schlangen, und die sind alle ziemlich unfreundlich!«
»Bitte, bitte, Henrietta, komm mit«, bettelte Susi herzerweichend, »ich reiß mich ab jetzt auch zusammen. Versprochen!«
Sie ließ sich erweichen. Der Regen empfing sie in einem Schwall, warm, angenehm wie eine Dusche, durchnässte sie bis auf die Haut, lief in ihre leichten Stiefel. Die Oberfläche des hart gebackenen Bodens war bereits aufgeweicht, der Schlamm stand knöcheltief. Susi, barfuß, stakste wie ein Storch durch den Matsch, leise Ekelschreie ausstoßend.
Henrietta zog sich die klatschnassen Jeans herunter, stellte ihre Füße auf die von Susi beschriebenen, mittlerweile vom Regen rutschig gewordenen Äste und ging in die Knie. Es war eine äußerst wackelige Stellung. Sie setzte sich neben das Loch.
Der Regen wusch sofort alles weg, spülte es den sanft geneigten Hang hinunter, dorthin, wo die Gemüsefelder der Familie lagen.
»Praktische Angelegenheit, automatische Düngung«, bemerkte sie lakonisch und zog die Jeans wieder hoch.
Nach ihnen verschwand Ron. Er blieb länger als notwendig. »Unmöglich, hier herauszukommen«, berichtete er, als er triefend nass zurückkehrte, »der Ausgang ist mit Dornen blockiert.« In seinen Händen hatte er Matsch hereingebracht und damit Susis Erbrochenes zugedeckt. Die lehmverputzte Wand, erwärmt von der Tageshitze, heizte die feuchte Luft noch weiter auf. Sie legte sich als nasses, erstickendes Handtuch über sie, trieb ihr den Schweiß aus den Poren

und machte ihren Durst unerträglich. Wolken von Moskitos umsirrten sie, Fliegen krochen ihr in die Augenwinkel, die Ohren und zwischen die Lippen.

Susi wischte sich die Fliegen vom Mund. »Ich hasse es, ich hasse es, ich hasse es«, sagte sie, mehr zu sich selbst, »außerdem sterbe ich vor Durst.« Automatisch übersetzte Henrietta, und Ron ging zum Ausgang, fing etwas Regen in der hohlen Hand auf und ließ Susi trinken. Wie ein Kätzchen schleckte sie das Wasser auf.

Sie beobachtete, wie sich Rons Gesichtsausdruck veränderte. Er wurde weich, ein versonnenes Lächeln spielte um seine Lippen, mit zärtlicher Stimme murmelte er ein paar Worte, wie ein liebender Vater. Oder einer, der gerade seine Liebe zu einer Frau entdeckte.

Susi hob ihre schönen Augen. »Das war gut«, flüsterte sie in holprigem Englisch, »ich glaube, ich werde jetzt richtig Englisch lernen«, setzte sie auf Deutsch hinzu, schmiegte sich fest in Rons Arme.

Gleich fängt sie an zu schnurren und rollt sich auf den Rücken, dachte Henrietta missmutig. Ihr Kopf schmerzte, und sie machte sich mehr Sorgen um ihr linkes Auge, als sie vor sich selbst zugeben mochte.

»Weswegen bist du eigentlich hier, Susi?«, fragte Isabella. »Ich habe selten jemanden gesehen, der so völlig ungeeignet für Afrika ist. Weswegen bist du nicht an die Côte d'Azur oder so gefahren?«

»Das war wegen des Turms – außerdem ist es im Winter lausig kalt an der Côte d'Azur.«

Isabella lachte ungläubig. »Diese Geschichte stimmt wirklich? Du bist tatsächlich nach einem Krach mit deinem Alten in ein Flugzeug gestiegen, um hier auf irgendeinem Berg herumzuklettern? Ich dachte, du wärst besoffen, als du das bei Tita erzählt hast.«

»Der Turm hat eine besondere Bedeutung. Es ist schließlich nicht irgendein Turm. Außerdem saufe ich nicht, ich trinke höchstens gelegentlich ein Glas Wein«, stellte Susi pikiert richtig.

Henrietta dachte an ihren Cognackonsum im Flugzeug und schwieg diplomatisch.

»Ach ja«, Isabella verdrehte die Augen, »stimmt, da war noch diese

schwachsinnige Geschichte, dass du als Kind von irgendeinem Turm gehüpft bist und jetzt deswegen auf einen Berg klettern musst. Du hast doch einen Knall, Susi.«
Susi stiegen die Tränen in die Augen. »Du bist gemein, lass mich doch in Frieden ...« Sie schluchzte auf, und Ron zog sie mit einem stirnrunzelnden Blick auf Isabella an sich. »Ich werd meinen Bergturm sowieso nicht sehen, wir werden hier sterben, alle. Sie werden uns alle niedermetzeln, in Stücke hacken werden sie uns, wir werden in unserem Blut ertrinken!«
»Ach, halt die Klappe, Susi«, riefen Isabella und Henrietta mit einer Stimme.
Das silberne Licht wechselte ins Bläuliche und innerhalb einer Viertelstunde war es stockfinstere Nacht. Sie waren allein, von den Schwarzen ließ sich niemand blicken. Donner krachte, Blitze zischten herunter, zwei, drei auf einmal, der Regen prasselte hart auf den Grasdächern, als wären es nicht Wassertropfen, sondern kleine Steine. Um sie herum raschelten und schabten unsichtbare Mitbewohner über den Boden der Hütte, Käfer, Spinnen, Kakerlaken, nahm Henrietta an, und einmal spürte sie etwas, das glatt war und muskulös, kein Insekt. Sie rührte sich nicht und nach einer Zeit lang glitt es in die Dunkelheit. Fliegen und Mücken fielen in Schwärmen über sie her, doch nach und nach fielen Susi und Isabella und auch Ron in einen unruhigen Schlaf.
Henrietta lag wach. Die seelische Erschütterung, die sie durch die Stunden in Polizeigewahrsam bei ihrer Einreise am Flughafen erlitten hatte, hatte sie in den untersten Schichten ihres Bewusstseins vergraben. Noch konnte sie es nicht ertragen, darüber nachzudenken, das Erlebnis zu verarbeiten – noch nicht. Irgendwann später, aber noch nicht. Doch der Schock der Entführung, bisher verdrängt durch den Akt des Überlebens, lähmte ihre Widerstandskraft wie ein Nervengift.
Sonst war sie in den unerträglichsten Momenten ihres Lebens einfach entwischt, war auf ihren Felsen geklettert, hatte sich dem Zauber der Freiheit und Unendlichkeit hingegeben. Gleichgültig, wie

schlimm es war, dort fand sie Ruhe, auch wenn sie nicht wirklich da war, sondern weit entfernt auf einem anderen Kontinent. Die Gewissheit, dass sie zurückkehren könnte und dass er da sein würde, unverrückbar der Brandung trotzend, dort, wo der Indische Ozean und Afrika sich treffen, gab ihr stets die Kraft. Nun war ihr innerer Zufluchtsort zerstört worden. Und das war das Schlimmste.
Der Schlaf, endlich, kam mit Albträumen. Ein paar Mal schreckte sie hoch, und in ihrer Schlaftrunkenheit war ihr, als käme sie von weit her, aus der Zeit der raucherfüllten, dunklen Höhlen und flackernden Feuer, als die ersten Menschen, ihre Blöße mit Tierfellen bedeckt, sich angstvoll aneinander drückten und zitternd dem Donnergott opferten. Urangst schüttelte sie, und erst das Morgenlicht vertrieb die archaischen Schatten.
Sie legte ihre Hände vors Gesicht. Oh, Ian, bitte finde deinen Weg zu mir, finde ihn schnell, ich brauche dich! Seine Antwort, die sie zu hören meinte, verwehte mit ihrem Traum, aber plötzlich war sie sich sicher, dass er sie verstanden hatte.

1. Januar 1990 – in Marys Umuzi

Langsam kam Henrietta zu sich, sah sich um, registrierte zutiefst erleichtert, dass die Nebelflecken vor ihrem linken Auge etwas abgenommen hatten. Sie schlug das Kuhfell zurück. Es regnete noch immer, nicht mehr so heftig, aber in einem gleichmäßigen, mächtigen Rauschen floss das Wasser vom Himmel herunter, die Welt lag hinter einem grauen Vorhang, der nur Schemen erkennen ließ. Trotz des frühen Morgens machte ihr bleischwere Hitze das Atmen schwer. Die Kühe in ihrem Gehege blökten, als klagten sie über ihr stumpfsinniges Dasein. Der Boden war von mehreren Rinnsalen, die die Abdichtungen aus Lehm und Kuhdung aus dem Zweiggeflecht des Wandsockels an einigen Stellen unterspült hatten, aufgeweicht worden.

»Himmel, ist das heiß!« Isabella stand auf. »Das wird die Hölle über Mittag werden!« Sie band ihre Haare hoch – ihr Nacken war schweißnass. Mehrere rote Beulen auf ihrer Haut zeigten die Stellen, wo Moskitos sich ihre Mahlzeit geholt hatten. Sie kratzte sich abwesend, bis Blut hervortrat. Bald setzte sich eine Fliege auf die Wunde und tauchte ihren Rüssel eifrig in die nahrhafte Flüssigkeit. »Ich sterbe vor Durst. – He, ich will was zu trinken!«, schrie Isabella in den Regen hinaus, »und Hunger hab ich auch!«

»Sei leise, weiße Hündin!« Mary erschien am Eingang wie ein Geist aus dem Regengrau. Sie trug eine große Schüssel und setzte sie vor dem Eingang ab, ihre Goldreifen klirrten dabei. »Frühstück«, sagte sie und grinste teuflisch.

Isabella zog die Schüssel in die Hütte. Das Kuhfell ließ sie zurückgeschlagen. »Putu zum Frühstück«, sagte sie und roch daran. Ein Gebirge von weißlichem Brei ragte aus einer gelben Soße. »Mit Erdnussbuttersoße – dein Geburtstagsfrühstück, Henrietta! Herzlichen Glückwunsch zum Fünfzigsten! – Happy Birthday to you …«, sang sie.

»Oh, sei bloß ruhig«, murmelte Henrietta und sehnte sich nach Ian. Fünfzig Jahre lagen hinter ihr, siebenundzwanzig davon hatte sie mit ihm geteilt, mehr als die Hälfte ihres Lebens, so lange, dass sie sich kaum erinnern konnte, wie es ohne ihn gewesen war. Pack mich nicht in Watte, das waren ihre letzten Worte zu ihm gewesen, und sie hatte gemeint, ich brauch dich nicht. Ein kühler Hauch strich über ihre Haut. Ihre letzten Worte?

Wie Wunden brannten diese Worte, und alles würde sie dafür geben, sie ungesagt zu machen. Sie schloss ihre Augen und spürte ihn, roch ihn, hörte seine wunderbare Stimme ihren Namen sagen, in diesem intimen Ton, der nur ihr galt. Mit jeder Faser sehnte sie sich nach ihm, wünschte sich seine Hände auf ihrer Haut, wünschte sich, in seinem Kuss zu ertrinken.

Es werden nicht meine letzten Worte für dich sein, schwor sie ihm, du bist mein Leben! Pulsierende Wärme lief vom Zentrum ihres Körpers ihre Nerven entlang, entlockte ihr ein unwillkürliches Stöhnen. Sie schlug ertappt die Augen auf, unsicher, ob ihr die anderen diese Gedanken vom Gesicht ablesen konnten. Aber, nein, sie lächelten ihr unbefangen zu.

»Herzlichen Glückwunsch«, sagte dann auch Susi und gab ihr einen schüchternen Kuss, »das Champagnerfrühstück holen wir nach. Na ja, Erdnussbutter ist wenigstens nahrhaft, ich hab brüllenden Hunger!« Sie langte mit den Fingern in die Soße und erwischte etwas Weiches, das wie eine längliche, fingerdicke, bräunliche Nudel aussah. Sie kostete. »Scheinen Nudeln oder so etwas zu sein, oder Gummibärchen.« Sie kicherte überdreht. »Gummibärchen in Erdnusssoße. Aber sie schmecken ziemlich streng.«

»Mopane-Raupen«, sagte Henrietta trocken und verstand jetzt Marys unangenehmes Grinsen, »heißen so, weil sie auf Mopane-Büschen leben.«

»Raupen!«, schrie Susi und spuckte alles aus.

»Du wirst nicht davon sterben«, bemerkte sie und konnte eine gewisse Schadenfreude nicht unterdrücken, Susi forderte das einfach heraus, »die essen alle hier Mopane-Raupen. Die Büsche wachsen in der Gegend vom Krügerpark, hier kann man sie getrocknet kaufen. Ich kenn sogar ein Rezept dafür. Man salzt und pfeffert sie, wälzt sie in Mehl und brät sie schwimmend in Öl. Außerdem – was ist der Unterschied zu Shrimps, die sind auch weich und sehen aus wie Würmer«, setzte sie boshaft hinzu und nahm ein wenig von dem steifen Maisbrei. Die Raupen ließ sie liegen. »Kann ich nicht vertragen, ich krieg rote Pusteln davon.«
»Halt dir die Nase zu, Susi, und würg sie runter«, riet Isabella und tat genau das. »Bah!« Sie schüttelte sich. »Aber ich muss was essen, sonst fall ich um.«
»Das sind Proteinbomben«, kaute Ron. »Komm, Susi, du brauchst was im Magen, wer weiß, wann wir die nächste Mahlzeit bekommen. Iss wenigstens den Brei.«
Susi schüttelte sich nur. Ein paar Brocken des steifen Breis aß sie jedoch auch, und zum Schluss war die Schüssel leer.
Der Regen verstärkte sich noch. Henrietta saß am Eingang und starrte hinaus. Die Sehkraft ihres linken Auges war fast vollständig zurückgekehrt, und der Grad ihrer Erleichterung zeigte ihr, welche Sorgen sie sich insgeheim gemacht hatte.
»Bei so einem Wolkenbruch ist vor Jahren einmal fast mein erstes eigenes Haus den Abhang hinuntergespült worden«, erzählte sie, »Wasser und Schlamm standen meterhoch in den Räumen, die Fundamente wackelten, die Elektrizität fiel für Tage aus, Schlangen schwammen in meinem Wohnzimmer herum, sie kamen von den Zuckerrohrfeldern herunter, ein paar davon ringelten sich um die Balustrade meiner Veranda, und eine Ratte sauste unter mein Bett, wo bereits eine Schlange saß. Die Schlange hat überlebt.« Sie schüttelte sich. »Wochenlang bin ich ständig unters Bett gekrochen, um nachzusehen, ob sich eine dort versteckt.«
Susi lehnte, die Beine angezogen, Arme um die Knie geschlungen, hinten an der Wand. »Wie kann man nur in diesem Land leben«, la-

mentierte sie, »wieso bin ich Idiot nicht in Hamburg geblieben. Da wäre es jetzt schön kalt, und ich würde an meinem Kamin sitzen und Glühwein trinken, und abends würde ich meinen neuen Nerz anziehen, in ein gutes Restaurant gehen und literweise Champagner bestellen.« Sie schniefte. »Innerhalb von zwei Tagen bin ich gekidnappt worden, fast von einem Krokodil gefressen, eine Monsterschlange ist geradewegs aus der Hölle aufgetaucht, und ich hab Raupen gefressen ...«, zählte sie an ihren Fingern ab, »Raupen! Sonst würd ich die nicht mal anfassen!« Angeekelt sah sie in die Runde, wischte sich eine vollgesogene Stechmücke vom Arm. Ein Blutfleck blieb zurück. »Mir ist schlecht, ich will nach Hause«, greinte sie und rutschte Hilfe suchend an Rons Seite, kuschelte sich in seine Armbeuge.
Isabella kicherte. »Buch es auf das Konto Lebenserfahrung.«
Susi schickte ihr einen bösen Blick. »Irgendwann zahl ich dir deine Gemeinheiten heim, wart's nur ab!«
»Dann bete, dass du dazu Gelegenheit haben wirst«, kommentierte Henrietta inbrünstig und wünschte sich in das kühle Hamburg, in die einförmige Normalität ihres Alltags dort, wünschte sich in den Schutz ihrer Familie. Die Zwillinge würden heute anrufen, dessen war sie sich sicher, und Ian würde eine Ausrede erfinden. Aber Julia und Jan hatten sehr feine Ohren. Sie hoffte, dass er seine Sorgen vor ihnen verbergen konnte.
Einer von Marys Männern griff durch den Eingang und holte die leere Schüssel. »Ich hab Durst!«, bemerkte Isabella herausfordernd und glättete ihre karottengelben Haare. »Wie heißt du?«, fragte sie den Zulu, der genau wie die anderen längst seine Mützenmaske abgesetzt hatte.
Etwas blitzte auf in seinen braunen Augen. »Lukas, – Ma'am«, setzte er hinzu, »die Missionare haben mich Lukas genannt.« Es war der mit der angenehmen Stimme und dem breiten Lachen, den Henrietta als Anführer ansah. Er war groß, fast so groß wie Ian, und sein athletischer, durchtrainierter Körper ließ auf körperliche Arbeit schließen, wären da nicht seine gepflegten Hände gewesen.

»Lukas, wir haben Durst, bitte bring uns Wasser.« Isabella unterdrückte den üblichen Kommandoton, den sie sonst einem Schwarzen gegenüber anwenden würde, und sprach langsam und freundlich, wie mit einem Kind. »Amanzi ..., verstehst du, Wasser?« Ihre Hand führte ein imaginäres Glas zu ihrem Mund, »trinken ...« Sie lächelte einschmeichelnd, streckte ihre üppige Brust vor.

»Willst du ihn verführen?«, wisperte Henrietta amüsiert trotz ihrer unangenehmen Lage.

»Quatsch, ich hab bloß Durst!«, zischte Isabella.

Lukas lächelte, sanfte Ironie in den Augen, trat von einem Fuß auf den anderen, zuckte mit den Schultern, kurzum, machte ihr mimisch klar, dass ihm die Erfüllung dieses Wunsches nicht möglich war. »Ingozi, Gefahr«, flüsterte er verschwörerisch, zog zischend die Luft ein, wedelte mit einer Hand. Er übermittelte perfekt, dass er Mary für sehr gefährlich hielt.

»Lukas«, Isabella schien nicht zu merken, dass er sich über sie lustig machte, »du bist groß und kräftig wie ein Büffel, bist du auch schlau wie eine Hyäne und unsichtbar wie eine Schlange im Gras? Dann kannst du uns Wasser bringen, ohne dass es die Nkosikasi merkt.« Sie wählte die Ehrenbezeichnung für die ranghöchste Frau in der Gesellschaft der Zulus, der ersten Frau des Häuptlings.

»Wie ein Büffel – eh?« Lukas lachte ein Lachen, cremig wie flüssige Sahne. »Hau, Madam!«, zwinkerte er spöttisch und ließ die Muskeln seiner Oberarme unter dem kakifarbenen T-Shirt spielen. »Wie ein Büffel«, murmelte er und lachte wieder. »Ich war Boxchampion an der Universität, man nannte mich Muhammed Ali, obwohl ich mich eher wie Atlas fühlte, der die Last der Welt trägt.« Er sprach Englisch, fehlerfrei, im weichen Singsang der Afrikaner. Dann klickte er einen raschen Satz in Zulu, schob die Kuhhaut beiseite und war weg.

»Atlas? Wovon faselt der? Was hat er gesagt?«, wollte Isabella wissen und schaute misstrauisch hinter ihm her.

»Ich glaube, du hast da etwas angerichtet«, lachte Henrietta, momentan von ihrer Lage abgelenkt, »er hat gesagt, dass deine Haare leuchten wie ein flüssiger Sonnenstrahl, deine Augen sind wie der

Nebel des frühen Morgens, und dein Körper …«, sie schmunzelte belustigt, »… nun, es ist etwas schwierig, zu übersetzen, was er wirklich sagte, aber üppige Frauen sind sehr geschätzt bei seinem Volk.«
»Hör auf!«, unterbrach Isabella sie und lief tiefrot an, »was fällt dem ein, ein – ein –« Heftig zog und zupfte sie ihr überweites T-Shirt zurecht.
»Kaffir?«, fragte Henrietta leise, »nicht ein Mann? Er ist ein junger Mann, offensichtlich hoch gebildet, und er findet dich schön, Isabella – denk mal drüber nach, du hast ja genug Zeit hier.«
»Also, ich finde, dass er ziemlich gut aussieht«, meldete sich Susi aus dem sicheren Rund von Rons Armbeuge, »dieser Körper …«
»Ach, halt den Mund, Susi«, zischten Henrietta und Isabella gleichzeitig. »Findest du schwarze Haut abstoßend?«, fragte sie ihre Nichte dann, »ist es die Farbe? Oder wie sie sich anfühlt? Sie ist wie Seide, hast du das schon gemerkt?«
»Sei ruhig, ich will nicht darüber reden!«, fauchte Isabella und ließ ihre Haare vors Gesicht fallen. Sie spielte mit ihren Haarspitzen, und für einen Moment legte sie ihre Kratzbürstigkeit ab, das verletzliche Kind kam aus seiner Deckung. »Ich weiß, dass ich fett bin und strähnige Haare habe, meine Mutter schämt sich für mich, sie ist so zart und schlank und schön, sie kann nicht verstehen, von wem ich meinen unförmigen, hässlichen Körper geerbt habe.« Ein bitterer Zug legte sich um ihren Mund.
Carla, dieses gefühllose Biest! Henrietta rutschte zu ihr hinüber, zog ihren Kopf an ihre Schulter. »Hör nicht auf andere, Kleines.«
Isabella befreite sich. »Komm mir jetzt nicht mit dem Gesülze, dass es auf die inneren Werte ankommt und dass ich eine schöne Seele habe – hab ich nicht, ich bin gemein und missgünstig, und nachtragend bin ich auch.«
Henrietta runzelte die Stirn. »Wieder ein Urteil deiner Mutter? Und was sagt dein Vater?«
»Ach, der …«
Sie strich Isabella die verschwitzte Haare zurück. »Du hast wunderschöne Augen und eine schöne Haut, Isabella – beneidenswert.«

»Ich hasse mich!«
»Dazu hast du kein Recht! Die Isabella, die ich kennen gelernt habe, die tapfer und mutig ist, die mir mit ihrer Haltung genau in dem Augenblick geholfen hat, als ich aufgeben wollte, die wirst du gefälligst mögen!«
Isabella antwortete nicht, aber ihr Arm schob sich sachte um ihre Taille, und sie spürte, wie sich das junge Mädchen an sie schmiegte. Wortlos legte sie ihre Arme um den bebenden Körper und wischte die Tränen ab, die ihrer Nichte lautlos über die Wangen liefen. »Es muss doch jemanden in deiner Kindheit gegeben haben, der dich geliebt hat – den du geliebt hast!«
Es dauerte lange, ehe Isabella antwortete. Sie konnte ihre Worte kaum verstehen, so leise waren sie. »Nanna hat mich geliebt, meine Nanny, sie fand mich schön.« Ein trockenes Aufschluchzen. »Meine Mutter hat sie rausgeworfen, weil sie ein Kind bekam. Sie musste zurück in ihren Kral nach Zululand. Ich hab sie nie wieder gesehen.«

Henrietta nickte. Die schwarze Nanny, immer da, die Arme und das Herz immer offen für ihre weißen Schützlinge. Zu ihr rannten sie mit jedem Kummer, sie war die Hüterin ihrer kleinen Geheimnisse, bei ihr fanden sie Schutz und Liebe. Und eines Tages dann würde das Kind zum ersten Mal den Ton ihrer Eltern der Nanny gegenüber nachahmen, gedankenlos, wie das Kinder so tun, und ihr einen Befehl geben. Und Nanny würde gehorchen. Diese erwachsene Frau würde dem Befehl eines Kindes gehorchen, weil es weiß war. Damit hatte das Kind seine Unschuld seiner Nanny gegenüber verloren. Immer wieder würde es seine Macht ausprobieren, stärker, selbstverständlicher den Elternton benutzen, bis er zu dem seinen geworden war. Dieser junge Mensch, der einmal das Kind war, das seine schwarze Nanny geliebt hat, würde sie fortan behandeln, wie eine schwarze Frau von vielen weißen Südafrikanern behandelt wurde. Ungeduldig, abfällig, wie eine Art Nutztier.
Nicht wie ihren Hund, nein, der wurde gehätschelt und gelobt und sogar geküsst. Hunde standen in Südafrika hoch im Kurs. Man hatte

Hunde. Meist große und bissige. Die durften im Wohnzimmer auf dem besten Sofa liegen oder sogar im Ehebett, sie bekamen viel Fleisch und Vitamine und wurden regelmäßig vom Arzt untersucht. Sie versuchte, für sich zu beschreiben, wie eine schwarze Frau in Südafrika behandelt wurde. Sie stand auf der untersten Sprosse der sozialen Leiter, denn in ihrer eigenen Kultur rangierte sie hinter jedem Mann, musste sich ihm in traditionellen Familien auch heute noch auf Knien nähern, und doch war sie im Verband mit den anderen Frauen stark. In vielen weißen Haushalten hatte sie ihr eigenes Geschirr und Besteck. Ihrem weißen Master und der Madam, wie ihre Arbeitgeber sich auch selbst bezeichneten, wäre es nicht eingefallen, aus der Tasse zu trinken, die den Mund einer Schwarzen berührt hatte.

Ja, eine Art ungeliebtes Nutztier, dachte sie. Eine Frau, die neben dem Haushalt und den Kindern ihrer weißen Arbeitgeber ihre eigenen versorgte, sie oft ohne Mann aufziehen musste, der entweder in den fernen Goldminen am Witwatersrand Tausende von Metern unter der Erde sein Geld verdiente, indem er für die Weißen das Gold aus dem Felsen kratzte, oder sich längst aus dem Staub gemacht hatte. Diese Frau, die meist nur geringe Schulbildung besaß, verließ morgens ihre Behausung in der Township, in der Regel ein schuhkartongroßes Häuschen mit einem einzigen Raum für sie und ihre Kinder, ohne fließend Wasser, ohne Elektrizität, mit einem stinkenden Plumpsklo in einem Verschlag vor dem Haus, betrat nach stundenlangem Weg eine Welt, in der es Fernsehen, Mikrowelle, Videorecorder und Tiefkühltruhe gab.

Wie schaffte ein Mensch diesen Spagat? Wie erklärte sich eine solche Frau, dass sich ein Topf mit Essen in einem Glasschränkchen drehte, das kalt blieb, nicht glühte und trotzdem das Essen heiß und gar ausspuckte?

Zauberei des weißen Mannes, drängte sich Sarah in ihre Gedanken. Sie hatte das geschrieben, als sie in den achtziger Jahren die erste Mikrowelle kennen lernte. Denn wer sonst könnte Essen gar kochen ohne Feuer oder heiße Herdplatte?

Sarah, stellvertretend für alle schwarzen Frauen Afrikas. Stärke, Kraft, Wärme, das war das Erste, was ihr einfiel, unglaubliche Kraft. Mama Afrika. Wie viele Klischees entsprach diese Vorstellung der Wahrheit.

»Vergiss nie, dass sie dich geliebt hat«, flüsterte sie Isabella zu, »bewahre dir diesen Schatz, du wirst ein Leben lang davon zehren können.« Mit dem Daumen glättete sie die tiefe Falte auf der Stirn ihrer Nichte.
Eine halbe Stunde später erschien Lukas im Eingang, stellte eine Schale mit Wasser vor Isabella auf den Boden. »Unsichtbar wie eine Schlange«, flüsterte er, ihr mit feinem Spott zulächelnd, bevor er in sich hineinlachend verschwand.
»Wenn ihr noch ein Wort darüber verliert, werde ich richtig fies«, drohte Isabella mit hochroten Wangen, bevor sie von dem Wasser trank. Doch sie ordnete ihre Haare, steckte ihr herunterhängendes Hemd in die Kakishorts und zog den Gürtel ein wenig enger.
Lange Stunden später brachte Moses eine Blechschüssel, in der ein merkwürdiges Ding herumrollte. »Mittagessen«, verkündete er mit einem gehässigen Unterton. Er stand in knöcheltiefem Matsch, seine braunen Hosen bis zu den Knien mit Schlamm besudelt. Seine Maschinenpistole hatte er über die Schulter gehängt und sich zum Schutz gegen den Regen in eine gestreifte Decke gewickelt. Für einen Moment ruhten seine rauchgeröteten Augen nachdenklich auf Henrietta, dann drehte er sich um und ließ sie wieder allein. Durch den niedrigen Eingang beobachteten sie, wie er sich in ein paar Meter Entfernung unter das Dach der Vorratshütte kauerte, sich fester in die Decke einhüllte und erstarrte. Ron stand auf, ging zum Eingang und zog die Kuhhaut davor.
»Was um alles in der Welt ist das?«, kreischte Susi. »Igitt, ist das ein Tier?«
Mit einem Stock wendete Ron das fußballgroße Objekt. Es schepperte. Aus gekochten Augen starrte sie die Schildkröte an, mit sperrangelweit aufgerissenem Maul, im Todeskampf herausgereck-

ten Beine. »Verflucht, die haben sie in der Schale gekocht. Lebendig.«
Susi schrie los, wie von Sinnen, schrie mit weit aufgerissenem Mund, schrie bei jedem Atemstoß, schlug um sich, bis Ron sie fest an sich zog und ihr Gesicht in seinen Armen barg. Allmählich verebbte ihr Schreien, wurde zu einem kläglichen Wimmern.
»Ich muss kotzen«, keuchte Isabella und tat es. Sie wischte sich das Gesicht mit einem Zipfel ihres verschmutzten weißen T-Shirts ab.
Henrietta presste die Hand vor den Mund, um sich nicht auch zu übergeben. »Dieses Miststück, die ist ja krank«, japste sie und starrte auf das tote Reptil, stieß die Schüssel mit dem Fuß unter der Kuhhaut durch vor die Hütte. Moses lachte, noch minutenlang hörten sie ihn vor sich hin lachen, dann schien er sich zu entfernen.
Einige Zeit später erschien, lautlos im Prasseln des Regens, Lukas mit einer weiteren Schüssel. »Maisbrei«, flüsterte er, »mehr konnte ich nicht für euch besorgen.« Er stellte die Schüssel vor ihnen ab, seine intelligenten dunklen Augen aber sahen nur Isabella an, die das sehr wohl zu merken schien, denn die Röte kroch ihr erneut in die Wangen. »Ich kämpfe für die Freiheit meines Landes, und wenn ich gezwungen bin, würde ich dafür töten, aber nicht für Geld, und ich vergreife mich nicht an Unschuldigen.«
»Dann lass uns hier heraus ...« Isabella streckte ihm instinktiv ihre Hand entgegen, zog sie jedoch jäh zurück, sichtlich erschrocken über sich selbst.
»Die Wege sind zerstört, ihr würdet keine fünfzig Meter weit kommen, und noch seid ihr hier sicher.« Ein schnelles, zähneblitzendes Lächeln in Isabellas Richtung, und er war weg.
Hungrig aßen sie den Brei, selbst Susi. Der Tag verging, Henrietta vertrieb sich die Zeit, indem sie – vergeblich – versuchte, einen der Geckos anzulocken, die mit neugierigen, schwarzen Knopfaugen hinter den Dachverstrebungen hervorlugten. Es wurde Spätnachmittag. Moses hatte wieder seinen Posten vor dem Eingang bezogen. Lange schon hatten sie keinen trockenen Faden mehr auf der Haut.
»Ich schmeiß jetzt dieses Ekel erregende Zeugs raus, ich kann es

nicht mehr ertragen«, schimpfte Susi plötzlich und trat gegen die verwesenden Kuhhäute und wurde böse umsummt von dem aufgescheuchten Fliegenschwarm. Sie riss die Kuhhaut hoch, beförderte den Haufen mit Schwung in den Regen und Moses vor die Füße. »Sie stinken, schaff sie weg!«, schrie sie ihn an, ließ die Kuhhaut wieder vor den Eingang fallen und lächelte stolz in die Runde. »Dem hab ich's aber gegeben, was?« Ihre Lippen jedoch bebten, ihre Hände flogen.

»Das war sehr mutig«, nickte Henrietta, sicher, dass es das erste Mal war, dass Susi sich gegen männliche Macht aufgelehnt hatte. »Ian und Neil suchen uns längst«, setzte sie hinzu, »wir werden nicht mehr lange durchhalten müssen.« Hoffentlich, dachte sie, oh, hoffentlich!

»Klar, Titas Vater, Mr. Kappenhofer, hat ein Flugzeug, Neil fliegt es gelegentlich«, bestätigte Isabella ihre Annahme, »sie sind sicher schon in der Luft.«

Ron aber schüttelte den Kopf. »In diesem Gewitter können die uns hier nie finden. Ich glaube nicht einmal, dass sie starten können.« Wie zur Bestätigung erschütterte ein Donnerschlag die Luft, und der Regen verstärkte sich. Er floss platschend von der Kante des Grasdachs, bildete eine Pfütze unter der Kuhhaut. Die Zweige der Akazie schlugen im Sturm gegen die Hütte. Es hörte sich an, als begehre jemand Einlass.

»Sie werden uns auch viel weiter östlich suchen, auf der anderen Seite des Flusses.« Henrietta konnte nicht verhindern, dass sie entmutigt klang.

»Nein – nein«, erwiderte Ron leise, »meine Krankenschwester – sie wird Hilfe geholt haben, sie weiß, wo wir sind ...«

Susi senkte den Kopf. »Die ist bestimmt nicht durchgekommen«, sagte sie mit einem deprimierten Unterton, »kein Mensch findet sich in einem solchen Unwetter mitten im Busch zurecht. Vermutlich ist sie in den Krokodilfluss gefallen und gefressen worden.« Ihrem Gesicht war anzusehen, dass sie sich das in glühenden Farben ausmalte.

Ron lächelte. »Judy? Nicht Judy, sie ist eine Zulu in ihren Fünfzigern, die kennt jeden Stein, jeden Busch in dieser Gegend, die verläuft sich nicht, und Krokodile würden sie ausspucken. Sie ist zäh und ledrig wie ein altes Perlhuhn. Ich hoffe, sie ist so clever und läuft zu Jill Court. Kennt jemand von euch Jill Court?«

»Jill Court?« Henrietta dachte angestrengt nach, schüttelte dann den Kopf. »Nein, die kenne ich nicht.«

»Sie ist eine von den Courts von Ndwedwe, betreibt südlich des Flusses eine Gästefarm in einem privaten Wildreservat.«

Henrietta nickte. »Jetzt klingelt es! Die Zuckerbarone. Ja, von denen hab ich gehört. und ich glaube, ein Schulkamerad von Jan aus der Palmgrove Boy's High School hieß Court.«

»Das muss ihr Bruder gewesen sein. Er ist tot. Eine Briefbombe, erst vor ein paar Monaten. Angeblich war er aktives Mitglied vom militanten Flügel des ANC. Als man ihn fand, hatte er kein Gesicht mehr, und in seinem Brustkorb war ein großes Loch. Der Paketaufkleber mit seiner Adresse klebte in der Brusthöhle.«

»O mein Gott –.« Sie verstummte. Eine Gefühlswelle schlug über ihr zusammen, für irrwitzige Sekunden wähnte sie sich in einem ihrer Angstträume.

Eine große Mücke ließ sich auf ihrer Hand nieder, stach zu und holte sie in das Jetzt zurück. Sie schlug zu, wischte den Brei angeekelt an ihrer Hose ab.

Ron beobachtete sie. »Habt ihr Tabletten zur Malariaprophylaxe genommen? Um diese Jahreszeit haben wir hier täglich zwanzig bis dreißig neue Fälle, und zwar von der Tropica. Wenn die nicht innerhalb von vierundzwanzig Stunden behandelt wird, hast du keine Chance.«

»Malaria?«, fragte Henrietta alarmiert, »wir haben früher in Natal nie Tabletten dagegen genommen.«

Nervös untersuchte sie die Stichstelle, versuchte die Lymphe herauszudrücken.

Der Arzt zuckte mit den Schultern. »Der Staat sieht Terroristen als größere Bedrohung an als die Malaria. Die Kontrollen der Gesundheitsinspektoren sind sehr lax geworden. Die Anophelesmücken vermehren sich explosionsartig.«

Besorgt zog sie den Kragen von Ians Hemd am Hals zu. Minuten später war sie in Schweiß gebadet, und zwei Mücken waren ihr in den Kragen gekrochen.

»Mist!«, fluchte sie leise.

»Ich möchte wissen, wo unser Fahrer Jeremy steckt«, sagte Susi nachdenklich, »er und der Geländewagen der Robertsons. Beide sind nämlich verschwunden«, erklärte sie Ron.

»Ich glaube, er gehört zu Marys Leuten«, sagte Henrietta, »wie sonst hätte er unbehelligt entkommen können. Eigentlich kann nur er den Geländewagen gefahren haben, ich habe sonst niemanden außer unseren Entführern gesehen.«

»Da könntest du Recht haben«, nickte Isabella, »Twotimes – unser ursprünglicher Fahrer«, setzte sie zu Ron gewandt hinzu, »ist überraschend krank geworden – vielleicht hat Jeremy ihm ja etwas ins Essen getan, um ihn fahruntüchtig zu machen.«

Ron sah sie an. »Den Gefolgsleuten der Henkerin ist alles zuzutrauen.«

Danach herrschte Schweigen in der Hütte. Nach einer Weile schliefen sie einer nach dem anderen ein trotz der schwirrenden Moskitos, der Fliegen, trotz der Hitze und der Angst, die sie alle hatten.

Nur sie wurde von rasenden Kopfschmerzen bis in die frühen Morgenstunden wach gehalten. Der Schock der Erkenntnis, dass es Menschen mit schwarzer Haut waren, die sie entführt hatten, weil sie eine Weiße war, steckte ihr tief in den Knochen.

Es war nicht Marys Schattenvogel, da war sie sich sicher, der Teil ihrer Persönlichkeit, der seine tiefsten Wurzeln in der Glaubenswelt der Zulus hatte, der die Henkerin zu dem gemacht hatte, was sie heute war. Es waren die Droge Macht und – sie dachte an das Gold an ihrem Hals und um ihre Handgelenke – die Droge Geld. Afrika benutzte sie, indem sie es meisterhaft verstand, Angstfantasien in die Köpfe aller zu pflanzen.

Bei mir wird sie das nicht schaffen, schwor sie sich, ich werde ihr standhalten. Doch eine unendliche Lethargie nahm von ihr Besitz, die einen Anflug von zerstörerischer Verzagtheit hatte.

Ian, beeil dich, Liebes, ich bin nicht mehr so stark, ich brauche dich! Sie schloss die Augen, fiel endlich in einen oberflächlichen Schlaf.

2. Januar 1990

Als Henrietta den Schuss im Unterbewusstsein wahrnahm, strömte bereits graues Morgenlicht durch den Eingang. Sie hielt ihre Augen geschlossen, versuchte einen Zipfel des Traums, der sie in Ians Arme geführt hatte, festzuhalten, doch ein erstickter Schrei riss sie hoch. Auch Isabella und Susi setzten sich auf. Ron, der offensichtlich nicht geschlafen hatte, saß aufrecht am Eingang, die Kuhhaut war zurückgeschlagen, einen Finger an den Lippen, warnte er sie, leise zu sein. Henrietta glitt neben ihn und sah hinaus. Durch den treibenden Regen war die Szene, die sich vor ihren Augen abspielte, seltsam unwirklich. Mary, den Sjambok in der Hand, lief unruhig auf und ab. Mit knappen Worten befahl sie ihren Männern, außerhalb des Umuzis nachzusehen, wo der Schuss herkam.
Leise übersetzte Henrietta für Susi. »Sie ist äußerst beunruhigt, dass irgendjemand herausbekommen hat, dass sie sich im Umuzi ihres Vaters versteckt hat.«
»Gut, wenn ihr der Arsch auf Grundeis geht, macht sie vielleicht Fehler!«, bemerkte Isabella, ihre Stimme klang befriedigt.
»Die bringen jemanden«, unterbrach Ron sie.
Moses, eine Maschinenpistole über die Schulter gehängt, eine in der Hand, zwängte sich hinter einem anderen Schwarzen durch die Öffnung in der Dornenhecke. Zwei von Marys Männern folgten ihnen. Lukas war nicht dabei.
»Das ist Jeremy, Ron, unser Fahrer«, flüsterte Henrietta.
Mary ließ den Sjambok auf ihre Handfläche klatschen. »Du hast uns nach meiner Beschreibung also ohne Schwierigkeiten gefunden – hast du den Wagen dort versteckt, wo ich dir gesagt habe?« Jeremy nickte. »Gut. Nun erkläre mir, warum du uns wertlose Geiseln ge-

bracht hast!« Die Drohung in ihrer Stimme war wie das ferne Grollen eines Gewitters.

»Die Ältere, die mit den gelben, kurzen Haaren, ist die Freundin von Mrs. Robertson, sie ist wie eine Schwester für sie. Für die kriegen wir viel Geld, Mrs. Robertson wird bezahlen ...«

»Und die anderen beiden?«

Jeremy zuckte mit den Achseln, grinste. »Phinga«, sagte er und machte eine Handbewegung, die in Henrietta überfallartig Brechreiz auslöste. Dann lachte er laut.

»Du hast geschossen – warum?«, fragte Mary, hob dabei nicht ihre Stimme, aber ihr Ton machte deutlich, dass sie aufs Äußerste alarmiert war. »Antworte! Du weißt, dass du so auf unser Versteck aufmerksam gemacht hast, und du weißt, dass du der Einzige außer meinen Männern hier bist, der weiß, wo es liegt!«

»Also gehört er doch zu Marys Gang«, murmelte Henrietta, »verdammt!«

Jeremys Gesichtsausdruck war unlesbar, er schlug seine Augen für Sekunden nieder. »Ich habe jemanden gesehen, da habe ich geschossen.«

»Wo hast du jemanden gesehen?«, fragte Mary misstrauisch. Die lederne Peitsche zischte durch die Luft, unterstrich die Drohung in ihren Worten.

Vage deutete Jeremy auf die Büsche oberhalb des Umuzis. »Da oben – er hatte einen Panga, ich dachte, der will mich mit dem Hackschwert in Stücke hauen.«

Finster starrte die Henkerin ihn unter zusammengezogenen Brauen an, strich um ihn herum, geduckt, tierhaft, der Sjambok schlug im Rhythmus ihrer Schritte gegen ihre Schuhe. Die Zähne gebleckt, hatte sie ihre Augen zu konzentrierten Schlitzen verengt. Jeremy stand stocksteif da. Das Kinn gehoben, hielt er ihrem Blick stand, ohne seinen abzuwenden.

Der ist kein einfacher Mann, der sich den Freiheitskämpfern angeschlossen hat, schoss es Henrietta durch den Kopf, der muss eine militärische Ausbildung gehabt haben. Unter diesen Blicken so ruhig zu bleiben, das konnte nur jemand, der dazu ausgebildet war, dessen war sie sich sicher.

»Gut!«, Mary blieb stehen, ließ ihn aber immer noch nicht aus den Augen, »das hast du gut gemacht.«

Jeremys Schultern sackten ein wenig nach vorn, ein kleines Lächeln spielte um seine Lippen, als er sich abwandte.

»Jeremy!« Mary hatte sich nicht von der Stelle gerührt. »Ich will sehen, was du gemacht hast, als er auf dich zukam. Wie nahe war er, konntest du ihn erkennen?« Auf eine Handbewegung hin, die so subtil war, dass Henrietta sie fast übersah, bildeten die anderen, es waren nur drei – Lukas war nicht dabei – einen lockeren Kreis um Jeremy. »Zeig es mir.«

Diesem war diese Handbewegung in seiner – für Henrietta deutlich sichtbaren – Erleichterung ganz offensichtlich entgangen. »Ich war hier«, er deutete auf seine Füße, »er kam von hier …«, er schob einen Stein an die Stelle, »er ging mit dem Panga auf mich los, ich schoss und machte einen Sprung. So.« Er vollbrachte eine gekonnte Hechtrolle, rollte über seine rechte Schulter ab und stand in einer einzigen, geschmeidigen Bewegung wieder auf seinen Füßen, ein imaginäres Gewehr im Anschlag. »Rattatatat«, grinste er und sah sich Beifall heischend um.

Mary sprang zurück. »Das hat er nicht bei uns gelernt! Ich wusste es – er ist ein Mpimpi – er ist ein Polizeispitzel!«, schrie sie mit sich überschlagender Stimme. »Schnappt ihn euch, kümmert euch um ihn – aber leise!«

Jeremy wirbelte herum, rutschte auf dem schlammigen Boden aus, kam wieder auf die Füße, rannte durch den aufspritzenden Matsch zur Dornenhecke und zwängte sich durch die Öffnung.

Mary tobte. Sie gebärdete sich wie eine Wahnsinnige. Sie heulte, sie stampfte, ihre Goldreifen blitzten, sie schlug mit dem Sjambok um sich. »Ich wusste es!«, schrie sie, » er sollte mein Versteck ausfindig machen – ich wusste es!« Der Sjambok krachte gegen einen Baum. Sie streckte die Arme in den Regenhimmel. »Ich werde in die Schlangen und Affen schlüpfen und ihn finden«, keuchte sie, »er kann mir nicht entkommen – ich werde mich im Blitz verstecken und ihn erschlagen! Yebo!«

Henrietta lief es bei dem Fluch kalt den Rücken hinunter, und sie sah, wie die schwarzen Männer erstarrten. Moses hatte plötzlich einen Panga in der Hand und setzte lautlos zusammen mit einem anderen hinter Jeremy her. Der letzte Mann blieb bei Mary. Er hielt die entsicherte Maschinenpistole in Hüfthöhe.

»Oh, mein Gott, die hacken ihn in Stücke!« Sie biss sich auf die Lippen, aber Ron brach durch den Eingang ihrer Hütte, brüllend wie ein angreifender Büffel. »He, seid ihr verrückt? Ihr könnt ihn doch nicht umbringen …!«

Mary holte aus und zog ihm den Sjambok übers Gesicht. Seine Haut platzte auf, Blut quoll hervor, er schlug beide Hände vors Gesicht. Marys Leibwächter schoss. Der Schuss streifte Rons Oberschenkel und erzeugte eine tiefe, heftig blutende Furche, der zweite Schuss durchschlug seinen Oberarm, gleichzeitig hieb ihm Mary den Gewehrkolben auf den Kopf. Ron schrie auf, fiel um, blieb reglos liegen.

Henrietta und Susi stürzten beide gleichzeitig an seine Seite. »Ihr Schweine, was hat er euch denn getan, er ist euer Doktor!«, schrie Susi tränenüberströmt und warf sich neben Ron in den Matsch auf die Knie, ihre Tränen tropften auf sein blutendes Bein.

Sie versuchte, sie wegzuziehen. »Lass mich, Susi, sonst fällst du mir auch noch um, das können wir jetzt nicht gebrauchen.«

Doch Susi schob sie weg. Vorsichtig nahm sie Ron die Hände vom Gesicht. »Ganz ruhig«, murmelte sie, »ganz ruhig, Ron.« Das Blut aus der Kopfwunde lief über ihre Hände. »Das sprudelt ja wie aus einem Springbrunnen«, murmelte sie, »wo ist dein Arztkoffer – verdammt, wie heißt das auf Englisch, Henrietta? Ich brauche seinen Arztkoffer!«

Sie übersetzte, von dieser ganz neuen Susi in Verwirrung gebracht.

»Sie hat ihn!« Ron blinzelte benommen und meinte offensichtlich Mary.

Sie drehte sich zu Mary um. »Wo ist der Koffer des Doktors? Ich brauche ihn, schnell!« Ihr Ton war scharf.

»Du hast hier nichts zu befehlen, weißer Abfall«, fauchte Mary und hob den Sjambok.

Henriettas Beherrschung war vorbei. »Hol mir sofort diesen Koffer, sonst bring ich dich um!« Sie war um einiges größer als Mary, stand unmittelbar vor ihr, den Arm zum Schlag erhoben. Ihre Blicke verhakten sich. »Hast du gehört, du Hexe?« Einer plötzlichen Eingebung folgend, hob sie beschwörend beide Hände, und in ihrer Not fand sie die Worte in Zulu. »Ich werde dich sonst verfluchen, auf dass deine Schatten dir den Rücken kehren werden und du allein sein wirst in dieser Welt, auf dass du einen langsamen, furchtbaren Tod sterben wirst, schlimmer als ein Tier in der Falle«, zischte sie, und Mary wich zurück. Ha, triumphierte Henrietta innerlich, völlig hast du deine Wurzeln also nicht vergessen!

Mary bellte ein paar Anweisungen, und kurz darauf erschien ihr Leibwächter mit einem verdreckten schwarzen Koffer. Henrietta nahm ihn. »Sag mir, was du brauchst, Susi, ich helfe dir.«

»Hilf mir, Ron in die Hütte zu bringen, hier ertrinken wir ja!« Rons Gesicht wurde aschgrau, die Muskeln an seinem Hals traten wie dicke Stricke hervor, als die beiden Frauen ihn so gut es ging durch den niedrigen Hütteneingang bugsierten.

Als er in der Hütte lag, säuberte und vernähte Susi seine Wunden. »Hab ich in der Pathologie gelernt«, lächelte sie, als sie den letzten Faden zu einem Knoten schürzte, »nur wundere ich mich, warum ich nicht schon längst umgefallen bin.« Mit einer schüchternen Geste legte sie ihre Hand an Rons Wange.

Nachdenklich und verwundert beobachtete sie, mit welcher Ruhe und Umsicht Susi handelte. Nur eine Reaktion unter extremen Umständen? Oder eine bisher verborgene Seite ihrer sehr entfernten Cousine, die einer kompetenten jungen Frau, auf die man in Notfällen zählen konnte?

»Mei, mei«, spottete Isabella halbherzig, »das sind ja ganz neue Seiten in unserem Sensibelchen.«

»Halt die Klappe, Isabella«, gaben Susi und Henrietta im Chor zurück.

»Bist du Ärztin?«, stöhnte Ron.
Susi schüttelte den Kopf. »Ich hab mal Medizin studiert, aber ich bin nie weiter als bis zur Pathologie gekommen. Ich kann nämlich kein Blut sehen, ich bin immer gleich umgekippt, meist auf die aufgeschnittenen Leichen.« Sie tupfte das Blut von seiner Wange. »Was hast du eigentlich zu Mary gesagt, Henrietta, dass sie den Koffer rausgerückt hat?«
»Ich habe ihr mit dem Fluch gedroht, dass ihre Schatten sie für immer verlassen sollen. Für die Zulus sind ihre Vorfahren ständig bei ihnen, wachen über ihr Wohlergehen. Sie nennen sie ihre Schatten, und wenn diese sie verlassen, heißt das, dass sie Ausgestoßene sind, nirgendwo Unterschlupf finden. Ein Zulu wäre lieber tot, als ohne seine Schatten leben zu müssen. Mary hat offensichtlich ihre Wurzeln noch nicht gänzlich verloren, sonst würde ein solcher Fluch sie kalt lassen. Es macht sie für mich kalkulierbarer – und manipulierbarer.«
Der Kuhhautvorhang wurde zurückgeschlagen, Mary erschien. »Du da, komm mit!« Sie deutete auf Susi.
»Was will sie?« Susis Stimme war ängstlich.
»Du sollst mitgehen, nimm Rons Koffer mit«, antwortete Henrietta. »Ich werde mit ihr kommen«, informierte sie die Schwarze energisch, »sie kann kaum Englisch.«
Mary nickte und führte sie in die größte der Hütten. Der alte Mann und Umbani saßen auf einem ausgeleierten, zerschlissenen Sofa. Der Alte hustete, sein ausgemergelter Körper wurde wie von einer Faust geschüttelt, ein dünner roter Faden kroch ihm aus dem Mundwinkel. Auf einer Matte am Boden lag Marys Sohn, ein paar zusammengerollte Kleidungsstücke lagen unter seinem Kopf. Aus fiebrig glänzenden Augen, die tief in ihre Höhlen gesunken waren, starrte er blicklos vor sich hin. Seine Hände waren wie Vogelkrallen gekrümmt und kratzten ruhelos über den Boden, pressten sich auf seinen Magen.
»Hilf ihm!«, befahl Mary und stieß Susi auf die Knie vor ihm. »Ich war mit meinem Sohn bei meiner Sangoma. Sie hat ein Gewehr und zwei Ziegen verlangt. Dann hat sie Kräuter und Baumrinde gekocht

und die Leber von drei Schlangen hinzugefügt. Diesen Sud trinkt er stündlich, und er hat auch, wie sie angeordnet hat, mit Jungfrauen geschlafen. Drei hab ich ihm zugeführt, mehr konnte ich hier nicht auftreiben. Die letzte war zu klein und eng, sie taugte nichts, aber die beiden anderen waren kräftig, mit vollen Brüsten, und trotzdem wird er immer kränker.«

Henrietta zuckte zusammen. Sie sprach, als wären die jungen Frauen eine Handelsware.

Susi schluckte trocken und starrte auf den jungen Mann. »Wie stellt sie sich das vor?«, wisperte sie Henrietta zu. »Ich habe keine Ahnung, was er hat. Ich seh nirgendwo Blut und …«, sie tippte auf Arme und Beine, »es ist auch noch alles an ihm dran.« Sie wollte aufstehen.

Henrietta schubste sie auf die Knie zurück. »Susi, jetzt reiß dich zusammen, benutz deinen Kopf, er hat die Hände auf den Magen gepresst und stöhnt, also hat er da Schmerzen – ich werde fragen, ob er Durchfall oder Ähnliches hatte, und dann machst du irgendwelche Geräusche, untersuchst ihn, suchst dir irgendein Medikament aus Rons Tasche und trichterst es ihm ein. Kapierst du? Tu irgendetwas, nur mach diese Hexe glücklich, sonst geht es uns nämlich an den Kragen.« Nur zu gut erinnerte sie sich an Marys Worte über die Konsequenzen, falls ihr Sohn sterben sollte.

Susi runzelte die Stirn und piekte dem Kranken mit einem spitzen Finger in den Bauch. Aufstöhnend krümmte er sich zusammen, und Mary machte einen drohenden Schritt auf sie zu. Mit einem erschrockenen Blick legte Susi ihm schnell die Hand auf die Stirn, murmelte Unverständliches in Deutsch. »Hat er nun Durchfall gehabt oder gebrochen?«, zischte sie.

Henrietta übersetzte.

»Yebo«, bestätigte Mary, »blutigen Durchfall, und das Erbrochene war schwarz.«

»Scheiße«, sagte Susi, »dem geht's wirklich schlecht. Sieh mal hier, da hat er so ein schwarzes Ding auf der Brust – vielleicht hat er ja die Pest. Ich hab auf Titas Party gehört, dass es vor ein paar Monaten zwei Fälle bei Kapstadt gegeben hat. Sag ihr, ich muss mit Ron reden, vielleicht kann er etwas mit den Symptomen anfangen.« Sie stand auf. »Ehrlich gesagt, ist mir auch ziemlich übel. Vermutlich vor Hunger. Sag ihr, wenn ich nichts Ordentliches zu essen bekomme, kann ich ihrem Sohn nicht helfen, weil ich dann zu schwach bin. Hier, sieh mal – ich hab bestimmt ein paar Kilo abgenommen, bald pass ich zweimal in meinen Rock!« Hoffnungsvoll wartete sie, bis Henrietta übersetzt hatte.

Mary lachte nur, ein Geräusch, auf das Henrietta allmählich mit Aggression zu reagieren begann, und verließ die Hütte. »Mach dir nichts draus«, tröstete sie Susi, »es steht dir ausgezeichnet.«

In dem Moment kam Lukas in die Hütte, ein Taschentuch auf eine stark blutende Wunde an seinem Oberarm pressend. »Ich brauche ein Pflaster, sonst infiziert sich das hier.« Er nahm das blutgetränkte Tuch herunter. »Ich hab Jeremy dabei überrascht, als er heimlich in ein Funkgerät sprach. Glücklicherweise hat er ein paar Zentimeter daneben geschossen.«

Also doch! Mary hatte Recht gehabt, Jeremy war ein Polizeispitzel, ein Doppelagent, der das Versteck der Henkerin für die Polizei aufspüren sollte. Sie hatte ihn in den Haushalt der Robertsons eingeschleust, um Tita entführen zu können. Als Zugabe hatte er zweifellos versucht, für seine eigentlichen Herren alles über Neil und dessen Informanten herauszufinden. Henrietta fragte sich, wie er es geschafft hatte, Mary, die vorsichtig und misstrauisch war wie imfene, der Pavian, zu täuschen. Aber sie hoffte inständig, dass er eine Funkverbindung zustande bekommen hatte, bevor ihn Lukas erwischte. Gleichzeitig war sie sich bewusst, dass sie ausgerechnet von der Organisation Hilfe erhoffte, die ihr Leben einmal fast zerstört hatte und auch jetzt nur darauf lauerte, dass sie oder Ian einen falschen Schritt taten. Ihr wurde die Kehle eng. Die kriegen das fertig und drehen es so, dass ich Kontakt zu Mary und ihrer Schlägertruppe gesucht habe! Der Gedanke traf sie wie ein Blitz.

Für Sekunden drohte sie blinde Panik zu überschwemmen, Angstschweiß prickelte ihr auf der Haut. Sie griff nach Rons Koffer, suchte Verbandszeug, konzentrierte sich auf das, was ihre Finger fühlten,

Pflaster, Schere, Medikamentenröhrchen, Spritze. Mit dieser automatischen Beschäftigung löste sich ihre Angst langsam. Als sie die Mullrolle ertastete, konnte sie wieder frei atmen. »Halt still«, befahl sie Lukas. »Was machst du, wenn du nicht Leute entführst und unschuldige Menschen umbringst?«, fragte sie und hätte die Worte gleich darauf am liebsten hinuntergeschluckt. Angespannt wartete sie auf eine gewalttätige Reaktion.

Seine Augen verschleierten sich für Sekunden. »Doktor der Rechtswissenschaften«, antwortete er dann knapp. »Dr. Lukas Ntuli.«
Überrascht ließ sie ihre Hände sinken. Doktor der Rechtswissenschaften! »Und das hier?« Ihre Stimme war dünn, die Handbewegung, die alles umfasste, heftig. »Wie steht ein Doktor für Recht und Gesetz zu so etwas?« Sie wickelte die Binde sorgfältig um seinen Arm und befestigte das Ende mit einer Klammer.

Er presste seine Lippen aufeinander, zog die Brauen zusammen und streifte sie mit einem zweifelnden Blick, so als wägte er ab, ob es Sinn hatte, ihr das zu erklären, ihr, der Weißen aus Europa. »Ich habe in England studiert, aber ich bin ein Zulu«, sagte er endlich, und Leidenschaft machte seine Stimme rau, »mein Vater arbeitet an einer Tankstelle und wird ›Boy‹ gerufen, und meine Mutter wird von ihrer Arbeitgeberin als ihr ›Girl‹ bezeichnet. Sie muss ihr eigenes Geschirr benutzen, weil ihre Madam«, er spuckte das Wort aus, »weil die nicht von dem gleichen Geschirr essen will wie ein Kaffir, und nachts schleicht sich der alte Bock, der Vater ihrer Arbeitgeberin, zu ihr und – vergewaltigt sie«, das Wort schien ihm physisch wehzutun, »und sie muss es aushalten, weil sie ihren Job nicht verlieren will. Mein Vater ist sechzig, meine Mutter fast fünfzig. Ich kann das nicht mehr ertragen. So einfach ist das. Wenn ich einmal Kinder habe«, seine Augen sprühten, »werden sie aufrecht gehen können und sich vor keinem Menschen beugen müssen, und ich will, dass es meine Eltern noch erleben, dass sie von den Weißen mit ›Herr und Frau Ntuli‹ angeredet werden, und ich will, dass sie frei wählen können, wer ihr Land regiert.« Er schwang herum und verließ die Hütte und ließ Henrietta in Aufruhr zurück.

Er hatte gesprochen, wie Neil gesprochen hätte, mit der gleichen Vehemenz, der gleichen Leidenschaft. Könnten sie doch nur miteinander reden, wünschte sie sich, sie sind zu weit voneinander entfernt, sie können sich nicht hören. Sie wollen doch beide das Gleiche, ein Leben in Freiheit und Würde, eine Welt, in der jedermann seinen Blick frei zum Horizont heben konnte.

»Was wollte der den? Klang nicht so, als hätte er wieder von Isabella geschwärmt, im Gegenteil, er wirkte ziemlich wütend.«

»Ach, sei leise, Susi«, sagte sie abwesend. Es wollte ihr nicht in den Sinn, dass ein Rechtsgelehrter brutal Menschen abschlachten würde, auch wenn es im Freiheitskampf geschah. Schärft Bildung auch das Gewissen? Oder kann man analytischer entscheiden, welches Opfer dem Ziel unterzuordnen ist? Tötet man dann überlegter, ohne Gemütsregung? Könnte er das schwache Glied in Marys Kette sein? Sie erinnerte den Ausdruck seiner Augen, hörte wieder die Leidenschaft in seiner Stimme und war sich sicher, dass er kein kaltblütiger Mörder war.

»Wir kommen gleich wieder«, rief sie Mary, die eben aus ihrer Schlafhütte kam, impulsiv zu, »wir müssen erst den Doktor fragen!« Sie kümmerte sich nicht um Marys heftige Reaktion, den finsteren Blick, sondern packte Susis Hand und rannte mit ihr durch den strömenden Regen zu der Hütte, in der Isabella und Ron warteten. Schnell beschrieb Susi den Zustand von Marys Sohn. »Was könnte es sein?«

Ron schnaubte. »TBC, Typhus, Salmonellen, Cholera, Malaria – such dir was aus. Vermutlich mehrere Infektionen auf einmal. Die sind hier alle in einer derart heruntergekommenen körperlichen Verfassung, dass sie sich jede Krankheit einfangen. Er könnte auch irgendeine Vergiftung haben. Vielleicht hat ihm jemand Rizinusbohnen ins Essen getan. Eine beliebte Mordmethode bei den Zulus. Ich werde ihn mir ansehen.«

Henrietta drückte ihn zurück. »Du bleibst erst mal liegen – Rizinus? Ich dachte, das nimmt man als Abführmittel?«

»Oh, Rizinus ist ein Teufelszeug. Wächst hier überall. Die Zulus nehmen drei Samen, wenn sie jemanden töten wollen. Sogar die Geheimdienste bedienen sich des Giftes.«

»Verdammt«, murmelte Henrietta und dachte mit Unbehagen an die üppigen Rizinuspflanzen, die im wilden Teil ihres afrikanischen Gartens gewuchert hatten. »Isabella, hör zu!«, befahl sie dann ihrer Nichte und erklärte ihren Plan.. »Mach Lukas schöne Augen, flirte mit ihm, rede mit ihm, egal was, nur sieh zu, dass er dir vertraut – vielleicht können wir ihn auf unsere Seite ziehen.« Sie hatte Deutsch gesprochen.

Isabella starrte sie ungläubig an. »Ich soll was? Hast du 'nen Vogel? Ein primitiver ...«

»Schluck runter, was du sagen willst, hier geht es um unseren Hals, und du bist unsere einzige Chance!«, unterbrach Henrietta sie grob, »außerdem ist Lukas zwar unzweifelhaft schwarz, aber sicher nicht primitiv. Er ist Jurist, Dr. Lukas Ntuli.«

»Jurist? Lukas? – Oh!« Isabellas Augen weiteten sich, ihre Ohren glühten.

»Macht das den Unterschied?« Beißender Spott färbte Henriettas Worte. »Wenn du ihn kratzt, blutet er auch rot.«

»Du bist gemein«, flüsterte Isabella mit zitternder Unterlippe.

Henrietta hätte sich treten können. Reuevoll zog sie das Mädchen an sich. »Es tut mir furchtbar Leid, Kleines, mir sind die Nerven durchgegangen. Bitte verzeih.«

»Was ist hier los?«, ächzte Ron, »etwas, das ich wissen sollte?«

»Isabella, erklär du ihm die Sache mit Lukas, wir müssen zurück zu Mary ...« Sie griff Susi am Arm und wandte sich zum Gehen. Aber dazu kamen sie nicht mehr.

»Seid mal leise«, befahl Isabella, »ich höre Stimmen!«

Henrietta hob den Kopf und lauschte. Tatsächlich! Durch das Prasseln des Regens drangen Stimmen, die näher kamen. »Ein Kind ...«, flüsterte sie, »und eine Frau. Wo die wohl herkommen? Sind wir doch nicht so abgeschnitten?«

Ron versuchte, sich aufzusetzen, fiel aber mit einem unterdrückten Stöhnen zurück. »Verflucht!«, knirschte er und richtete sich dann

doch auf. »Einen halben Kilometer weiter ist ein Umuzi, in dem ein älteres Ehepaar mit seinem Enkel lebt, die Tochter ist angeblich im Ausland, man munkelt, dass sie im Untergrund ist. – Komische Leute – die Frau redet manchmal von ihrer weißen Schwester …« Henrietta schwang herum. »Weiße Schwester?« Ungläubig starrte sie ihn an. Sarah? »Sarah!«, rief sie dann, »es könnte Sarah sein!«
»Sarah? Wer ist das?« Ron stützte sich auf seinen gesunden Arm.
»Meine schwarze Schwester.« Sie war schon draußen. Sarah!
»Sarah!«, schrie sie in den Regen, »wo bist du?« Sie rutschte im Schlamm aus, strauchelte, rappelte sich auf, rannte den körperlosen Stimmen entgegen. »Sarah!« Und dann stand sie plötzlich vor ihr. Dunkel, warm, mütterlich. Afrika. »Sarah!«, rief sie und streckte ihre Arme aus, »oh, Sarah, wie gut es tut, dich zu sehen!«
Zähne blitzten, kräftige Hände ergriffen ihre. »Henrietta – udadewethu, meine Schwester! Mrs. Robertson hat mir die Nachricht geschickt, dass wir uns im Umuzi meines Vetters südlich vom Fluss treffen werden – was machst du hier bei meiner Schwester Mary? Hat dich der Regen hierher gespült?« Die dunklen Augen musterten sie. »Du bist immer noch mager wie ein verhungertes Huhn, gibt es nicht genug zu essen in eurem kalten Land? Pass auf, bald hast du einen Hals wie eine alte Schildkröte.« Sarah lachte herzlich, zeigte dabei ein paar Zahnlücken und zog sie unter das Dach der Vorratshütte, in deren Schutz ein dreibeiniger Topf, in dem ein weißlicher Brei brodelte, auf einem offenen Feuer stand. Ganz hinten, an der Hecke, standen einige Flaschen.
»Dafür trägst du immer noch deine Vorräte in deinem Hinterteil herum«, konterte Henrietta und umschlang sie, ihre Wange an die ihrer schwarzen Schwester gepresst.
»Lass die weiße Frau los!«, bellte Mary.
»Thula!«, befahl ihr Sarah, »sei leise!«
Mary zerrte den kleinen Jungen, der sich daumenlutschend hinter Sarahs Rücken in den Falten ihres Rockes verbarg, an beiden Ohren hervor. Sie sah ihre Schwester an, drehte die kleinen Ohren und zog hart, dass der Kleine gepeinigt aufschrie. »Lass die weiße Frau los,

sonst ...« Sie brauchte die Drohung nicht auszusprechen, Sarah begriff sofort.

Sie ließ Henrietta los und trat einen Schritt zurück, deutete mit einer Handbewegung eine stumme Entschuldigung an. »Lass Twani los!«, knurrte sie. »Warum ist Henrietta hier, was willst du von ihr?«

Mary ließ den Kleinen los. »Ihr Geld und ihr Blut«, antwortete sie und starrte dabei Henrietta an.

»Meine Cousine, meine Nichte und der Missionsdoktor sind auch hier«, fuhr Henrietta schnell dazwischen, »er ist schwer verletzt, wir müssen ihn zu einem Arzt bringen. Wie bist du hergekommen – sind die Wege frei? Bist du allein – wo ist Vilikazi?« Hoffnung schwang in ihrer Stimme. Vilikazi würde nie zulassen, dass Mary ihnen etwas antun würde.

Aber Sarah schüttelte verneinend den Kopf. »Vilikazi ist in Durban. Er weiß nicht, wo wir sind. Eine Schlammflut hat unsere Hütten den Berg hinuntergeschwemmt und auch die Wege unter sich begraben. Wir haben Glück gehabt. Wir waren gerade im Umuzi und konnten uns rechtzeitig in Sicherheit bringen. Twani und ich haben fast zwei Stunden her gebraucht. Das Wasser des Flusses hat die Ufer gefressen, Büsche und Bäume ausgerissen und im Wasser aufgetürmt, so dass der Fluss aufs Land ausweichen muss, und jetzt hat er dort einen See gemacht. Selbst das alte Krokodil, das in der kleinen Bucht vor der Flussbiegung dort unten lebt –«, sie deutete auf die Abbruchkante unterhalb des Umuzis, »– ist an Land gekrochen.«

»Also sitzen wir hier fest?«

Sarah schob Twani aus der Reichweite seiner rabiaten Großtante. »Geh – such Umbani, er muss hier irgendwo sein, lauf ins Trockene.« Dann nickte sie auf Henriettas Frage. »Es kann Tage und manchmal Wochen dauern, ehe die Wege frei sind. Weiß dein Mann, wo du bist?«

»Nein, er vermutet uns auf der anderen Seite des Flusses in dem anderen Umuzi ...«

Ein schriller Schrei drang aus dem Regenmeer, und dann noch einer, aufgeladen mit Todesangst. Sie erstarrte, Isabella und Susi stürzten vor die Hütte. Alle lauschten aufgeschreckt, auch Lukas, der aus der Schlafhütte der Männer auftauchte.

Mary hingegen nickte mit offensichtlicher Befriedigung. Sie feuerte einen Satz auf Zulu ab, zu schnell für Henrietta. Im Nachhall jedoch verstand sie ein Wort, das Mary in Englisch gebraucht hatte: »Halsband«.

Ein Halsband? Im ersten Moment erschien ihr das Wort harmlos, doch plötzlich blitzten Bilder aus dem Fernsehen vor ihrem inneren Auge auf. Ein wilder Haufen tanzender, kreischender, schwarzer Menschen, zwischen ihnen auf dem Boden etwas Entsetzliches, Schwarzes, Verkohltes. Eine menschliche Gestalt, Beine angezogen, Skeletthände in den Himmel gereckt, Zähne im Todesgrinsen gebleckt, um den Hals ein schwelender Autoreifen.

Das Halsband!

»Du kannst doch nicht einfach einen Menschen verbrennen, du widerliches Biest, einen lebenden Menschen!« Ihre Stimme überschlug sich, Jeremys Schreie füllten ihren Kopf bis zum Platzen. Etwas, das lange verschüttet gewesen war, regte sich in ihr, flackerte hoch, veranlasste sie, blindlings auf Mary einzuschlagen und dann zu rennen, dorthin, von wo die Schreie kamen.

Sarah stellte sich ihr in den Weg. »Nicht, bleib hier, du kannst nichts machen, es ist zu gefährlich!« Als sie versuchte, sich loszureißen, hielt die Schwarze sie mit ihren kräftigen Armen fest. »Henrietta – nicht – sie sind im Blutrausch, sie haben Dagga geraucht ...«

»Sie hat Recht, wir können nichts machen, keiner von uns würde das überleben.« Lukas stand plötzlich hinter ihr, seine Worte ein Flüstern, nur für sie hörbar. »Halt dich da heraus, nur so kann ich dir und dem Mädchen mit den goldenen Haaren helfen. Ich habe Jeremy das Funkgerät abgenommen, leider hat sich die Frequenz verstellt. Ich werde weiter versuchen, Hilfe zu holen.« Er verschmolz mit der grauen Regenwelt und war verschwunden.

Sie konnte kaum glauben, was sie eben gehört hatte. Lukas war auf ihrer Seite!

Die Schreie wurden schwächer, erstarben dann in einem langgezo-

genen Stöhnen. Eine schwarze, ölige Rauchwolke stieg auf, wurde vom Regen heruntergedrückt, zog dicht über dem Boden zwischen die Hütten. Sie mussten Benzin benutzt haben, um das Feuer in diesem Regen zu entzünden, dachte sie und übergab sich direkt vor Marys Füße. Die lachte nur, griff sich eine Flasche – sie konnte den Namenszug FORLISA darauf erkennen –, schüttete den Inhalt in den köchelnden Brei und lachte wieder. »Dein Mittagessen«, sagte sie.
Noch immer völlig außer sich, trat Henrietta den Topf um, der Inhalt verbrannte in Minutenschnelle zu einer schwarzen Masse. »Du wirst niemanden mehr töten, du blutrünstiges Monster, eher töte ich dich!«, schrie sie, das Blut rauschte durch ihre Adern bis in die Fingerspitzen, klopfte hart in ihren Schläfen, trieb sie an. Spontan riss sie Mary die Flasche aus der Hand, zerschlug sie an einem Pfahl der Hütte und hielt sie am Hals, den gezackten Rand auf die Henkerin gerichtet. »Komm her, du Miststück!«, keuchte sie, mit einem Satz stand sie draußen, der Regen lief an ihr herunter, machte die Flasche glitschig.
Mary lachte wieder, der Sjambok zischte, und die Flasche flog aus ihrer Hand und zersplitterte zu ihren Füßen.
Sarah berührte die Scherben mit den Fußspitzen. »FORLISA? Die sind vergiftet, udadewethu, viele von uns sind davon gestorben. Es muss Gift sein. Ich kenne keine Krankheit, die so verläuft.« Ihre Stimme klang müde.
»Sarah«, sie keuchte immer noch, »du kennst Mrs. Robertson, sie würde das nie zulassen, das weißt du. Wenn wirklich Gift in diesen Flaschen ist, dann muss es jemand anderes hineingetan haben.« Doktor Braunle, der aufrechte Schwabe mit dem Schmiss quer über sein Gesicht? Und wenn nicht er, wer dann?
Sie versuchte sich den Weg vorzustellen, den eine FORLISA-Flasche von ihrem Ursprungsland nahm. Von Stuttgart nach Hamburg im Zug, dann aufs Schiff. Im Bauch des Schiffes bis zum Kai in Durban. Von dort aus im Lastwagen zu Titas Haus. Ja, dachte sie, das war die Lücke, da könnte es passieren! – Nur, wer hatte die Möglichkeit, an die Kisten zu kommen? BOSS, die den Kindern eines aufsässigen

Journalisten vergiftete T-Shirts als Geschenk sandten? Die ANC-Aktivisten im Ausland in die Luft sprengten? Wamm, wusch, platsch! Melonen zerplatzten vor ihrem inneren Auge, blutrotes Fleisch spritzte. »BOSS, die Polizei?«, murmelte sie mehr für sich.
Wieder dieses grässliche, irre Lachen. Mary hatte das Wort verstanden, sie wusste, wer gemeint war. »Du bist weiß, BOSS ist weiß, dein Pech, wenn du für sie zahlen musst.«
Den Kopf gesenkt, wie ein Nashorn im Angriff, stampfte Sarah auf sie zu. »Sie ist meine weiße Schwester, du wirst ihr nichts tun, das sage ich dir – ich, deine ältere Schwester!« Ihre Stimme war schrill.
Mary tobte. »Weiße Schwester! Ha! – Du verrätst dein Volk! Das ist mein Krieg hier, halt dich da raus, du zahnloses altes Weib, oder du wirst auch mit dem Halsband Bekanntschaft machen!«
Die drei Frauen standen dicht voreinander, ihr heißer Atem vermischte sich. Ein animalisches Knurren drang aus Marys Kehle, plötzlich hielt sie eine Flaschenscherbe in der erhobenen Faust, zerschnitt die Luft keine zehn Zentimeter vor Henriettas Gesicht.
Sie schrie auf, machte einen Satz rückwärts, stieß fast mit den zwei Männern zusammen, die Mary hinter Jeremy hergeschickt hatte. Beißender Rauchgeruch stieg ihr aus deren Kleidung in die Nase. Wie nach einem Grillfest. Sie würgte, Mageninhalt kam hoch, verätzte ihr die Kehle.
Mit einem breiten Grinsen zog der eine mit dem Zeigefinger eine imaginäre Linie über seinen Hals.
Mary warf die Scherbe weg. »Gut gemacht«, sagte sie und lachte.
Henrietta überfiel ein Grausen, das sie bis in ihr Innerstes frieren ließ. Sie blickte zu Sarah. Aber ihr erstarrtes Gesicht verriet nicht, was sie dachte, ganz still stand sie da, fast leblos in ihrer Bewegungslosigkeit. Ihre Augen erschienen wie dunkle Fensterlöcher, hinter die sie sich zurückgezogen hatte. Henrietta bekam keinen Blickkontakt mit ihr, es war, als stünde da nur noch ihr Körper. Ihre Hände hingen an ihrer Seite. Sehr kräftige Hände. Auf welcher Seite stand sie?
Und dann war auf einmal alles zu viel für sie. Die Anfangstöne von

»La Paloma«, immer dieselben, immer wieder, schrillten in ihrem Kopf wie das Gekreisch eines irrsinnigen Derwischs, sie war klatschnass, verdreckt, hungrig, verzweifelt, todmüde, Regen lief ihr in die Augen, in den Kragen von Ians Hemd, den Hals hinunter bis in ihre Unterwäsche, in ihrer Nase saß der Geruch nach gebratenem Fleisch und verursachte ihr magenkrampfende Übelkeit. Es war einfach zu viel.

»Das nennst du Freiheitskampf?!«, schrie sie heraus, alle Vorsicht außer Acht lassend, »du mörderische Hexe, du bist eine ganz gewöhnliche, verabscheuungswürdige Verbrecherin, red du nicht von Freiheitskampf! Wir sind von der Polizei verfolgt worden, unser Telefon haben sie abgehört, die Konten überwacht, man hat uns aus dem Land gejagt, und nun müssen wir in drei Tagen dieses Land verlassen haben und dürfen niemals – nie! – hörst du? – nie wieder zurückkehren! Man hat mir meine Zuflucht genommen, und all das hat auch mit dir und deinem Mann zu tun!« Sie stand aufrecht, spürte den Boden unter ihren Füßen und die Kraft, die sie noch in sich fühlte.

Mary warf den Kopf zurück und lachte dieses grausige Lachen. »Bringt sie in die Hütte«, bellte sie dann, und die beiden Männer stießen sie mit ihren Maschinenpistolen zum Eingang der Kochhütte. Sie bekam einen Schlag in den Rücken und rutschte neben den drei anderen auf den Boden. So blieb sie einfach liegen.

»Haben sie dir etwas getan?«, fragte Susi leise.

Sie konnte nur den Kopf schütteln, hörte die Frage nur wie aus weiter Ferne.

»Was ist, was haben sie mit Jeremy gemacht – die Schreie … das war doch Jeremy?« Isabella zeigte zum ersten Mal nackte Angst. »Ich meine – haben sie wirklich … es riecht nach … nach … o mein Gott, sie haben das Halsband benutzt, nicht? Ich muss gleich kotzen!« Schweißnass und käsig legte sie sich flach auf den Boden, Augen geschlossen, Hände geballt, zitternd, ohnehin geschwächt von sturzartigem Durchfall. »Ich habe Angst«, wimmerte sie. »Hat Lukas mitgemacht?«

Henrietta schüttelte den Kopf. »Nein, im Gegenteil, er versucht, uns zu helfen. Er hat Jeremy, der offensichtlich ein Polizeispitzel ist, beim Funken überrascht und wurde dabei angeschossen – keine Angst«, beruhigte sie die jäh hochfahrende Isabella, »es ist ihm bis auf eine kleine Fleischwunde nichts passiert.« Nachdenklich musterte sie ihre Nichte, die sie fast nur abfällig über Menschen mit farbiger Haut hatte reden hören. Alles nur eine Nebelwand? Eine Art Schutz? Vor ihren eigenen Gefühlen oder der Meinung anderer? Oder lag das Geheimnis in der verdrängten Liebe zu ihrer Nanny? Der schwarzen Frau aus Zululand mit dem großen Herzen und voller Liebe, zu der sie keine Zuneigung empfinden durfte, weil sie in den Augen des weißen Südafrikas ein Mensch zweiter Klasse war, ja, im Grunde genommen kein Mensch, eher ein Gegenstand? »Du magst ihn, nicht wahr?«

Ein schneller Blick unter gesenkten Lidern, hochrote Wangen, Kopfschütteln, gleichzeitig Nicken – Isabella gab eine stumme Darstellung ihrer Zerrissenheit. »Ja«, wisperte sie und sah erstaunt aus, als sei sie von ihrer eigenen Reaktion überrascht worden. »Ja.« Sie schlang die Arme um ihre Knie, legte den Kopf darauf, ihre Haare fielen über ihr Gesicht wie ein schimmerndes Seidentuch. Für eine kurze Zeit glaubte Henrietta ein Leuchten in der dämmrigen Hütte wahrzunehmen.

Das Rauschen des Regens wurde sanfter, und als der Abend kam, sank der Sturm allmählich in sich zusammen, aber es regnete stetig weiter. Durch das feine Sirren der Stechmücken wach gehalten, döste Henrietta nur. Irgendwann schreckte sie hoch. Sanftes Rascheln, eine schattenhafte Bewegung, ein Luftzug, der anzeigte, dass jemand die Kuhhaut zurückgeschlagen hatte. Isabellas Platz war leer, sie war hinausgeschlüpft.

Sie wartete, und als sie nach zehn Minuten noch nicht zurückgekehrt war, folgte sie beunruhigt. Die Luft war feucht vom Regen und köstlich nach der stickigen Hütte, in der kein Luftzug den Gestank der faulenden Häute vertrieb, der immer noch penetrant im trockenen Gras des Daches hing und an den Lehmwänden haftete. Sie wartete vor der Hütte, bis sich ihre Augen an die Dunkelheit gewöhnt hatten und sie Konturen unterscheiden konnte. Stimmen, leise, murmelnd, ein Kontrast zu den lauten der Männer, die aus Marys Hütte drangen, berührten ihr Ohr. Sachte tastete sie sich vor. Hinter den fliegenden Wolken glühte ein sanfter Mond. In seinem fahlen Licht entdeckte sie einen goldenen Schimmer. Isabella!

Sie lehnte mit Lukas an der Wand der obersten Hütte, den Blicken Marys und ihrer Männer entzogen. Eine Hand steckte unter ihrem T-Shirt, die andere im geöffneten Verschluss ihrer Shorts, ihre Arme lagen um seinen Hals, die goldroten Haare flossen über ihren Rücken. Ihr Atem kam in rhythmischen Stößen.

Sie stand stockstill. Was sie sah, waren eine Frau und ein Mann, die sich liebten. Isabella, die behütete weiße Südafrikanerin, und Lukas, der schwarze Freiheitskämpfer. Einen extremeren Kontrast konnte sie sich kaum vorstellen. Lukas, verfolgt von Polizei und Soldaten, kaum eine Nacht im selben Bett, immer in Deckung, wie ein gehetztes Tier. Um ihren Hunger nach Liebe zu stillen, würde Isabella blindlings den Sprung über die Schlucht aus ihrer Welt in die seine wagen, zu spät merkend, dass keine Brücke die beiden verband, von ihrer Welt wäre sie abgeschnitten, in seiner wäre sie fremd. Lukas' Schattenvogel war ein freundlicher, er hatte die Grenze zwischen den Kulturen überschritten und sich dabei nicht verloren, aber er war ein Zulu, geprägt durch seine Herkunft, Erziehung und Tradition.

Nur zu gut konnte sie sich vorstellen, was Isabella in Lukas' Arme trieb. Sie hatte es klar genug gesagt. Aber war es nun das Kind Isabella, das die Liebe seiner Nanny wieder zu finden suchte, oder war es die Frau, die sich in einen Mann verliebt hatte? Oder war es, viel banaler, der Kitzel, ewiges Thema beim Kaffeekränzchen der Damen und an den Stammtischen der Herren, als Weiße mit einem Schwarzen zu schlafen?

Verunsichert sah sie den beiden einen Augenblick zu, hoffte inbrünstig, dass es einfach Liebe war und keiner von ihnen verletzt werden würde. Hoffte, dass es eine Zukunft für sie gab.

Isabellas Atem kam ruhiger, ihr goldener Kopf lag an Lukas' Schulter, er hatte sein Gesicht in ihren Haaren vergraben. Einer der intimsten Momente zwischen Mann und Frau, und sie zog sich so geräuschlos wie möglich zurück und schlüpfte wieder in die Kochhütte. Susi und Ron waren aufgewacht, hatten ihre und Isabellas Abwesenheit bemerkt. »Ich hab nur mal Luft geschnappt, ich weiß nicht, wo Isabella ist. Sie wird immer noch Durchfall haben. Sicher ist sie gleich wieder da.«
Lange starrte sie vor sich hin, ohne zu blinzeln, bis Sterne vor ihren Augen tanzten. »Morgen werde ich versuchen, hier wegzukommen«, sagte sie nach einer Weile in die Stille, »in drei Tagen spätestens müssen wir das Land verlassen haben, wenn wir nicht bis vierundzwanzig Uhr am fünften Januar raus sind ...« Sie ließ den Satz hängen, schüttelte sich.
»Wer sagt denn das?«, fragte Ron ungläubig.
»Bitte frag nicht weiter.« Sie umschlang ihre Knie, legte ihren Kopf auf die Beuge ihrer Arme, schloss die Augen und reiste zu Ian.

3. Januar 1991

Henrietta lag schon eine Weile wach, als ihr plötzlich bewusst wurde, dass der Boden unter ihr zunehmend aufweiche. Die Ursache war schnell offensichtlich. Durch die unzählige Risse im unteren Bereich der Wand drückte das Regenwasser herein. Aber eben war da noch etwas anderes gewesen. »Ich hab schon Halluzinationen«, bemerkte sie verwirrt, »ich hatte eben das Gefühl, der Boden bewegte sich.« Sie schlug die Kuhhaut zurück. Der Schwarze, der unter dem Vorratsdach saß, drehte sich zu ihr, die Mündung seiner Maschinenpistole schwang mit. Sie ignorierte ihn, suchte die Umgebung mit den Augen ab. Nichts. Trist und verregnet, aber unverändert und merkwürdig still lag das Umuzi. Von ihren anderen Bewachern war noch nichts zu sehen, nur ihre rauen Stimmen drangen aus der großen Hütte hinter der ihren.
»Du bist überreizt, da bildet man sich so etwas schon einmal ein«, hörte sie Ron murmeln.
Aber sie war sich sicher, der Boden hatte sich bewegt. Was hatte das zu bedeuten? Erdbeben? Gehört hatte sie nichts. Die Erdbeben, die sie erlebt hatte, waren unter ihren Füßen durchgerollt wie Expresszüge. Als sie eben den Kopf zurückziehen wollte, entdeckte sie Mary. Sie trat vor die große Hütte am oberen Ende des Umuzis, in der ihr Sohn lag. Einen Augenblick stand sie nur da, ihre Augen geschlossen, das Gesicht dem Himmel zugewandt. Langsam hob sie ihre Arme, und ein Laut zerriss ihre Kehle, der Henrietta die Haare zu Berge stehen ließ. Unheimlich, wie das Heulen des Windes, der im Kamin gefangen ist.
Die Totenklage der Zulus.
Sie rang nach Luft. Ihr angstvoll hämmerndes Herz verschlang

Sauerstoff. »Marys Sohn scheint gestorben zu sein«, wisperte sie ihren Freunden zu, konnte kaum die Worte formen, so sehr zitterte sie. »Wenn er stirbt, hat sie zu mir gesagt, sterben wir auch.« Zitternd setzte sie sich auf den Boden, versuchte ihre flatternden Nerven unter Kontrolle zu bringen. »Sie wird sich etwas Besonderes ausdenken«, krächzte sie, und der scharfe Geruch von verkohltem Fleisch stach ihr wieder in die Nase, das Abbild eines Menschen, verbrannt, dass sich das Fleisch als Flöckchen von den Knochen löste, flimmerte vor ihren Augen, rußige Skeletthände streckten sich ihr entgegen, eine schwarze Mundhöhle grinste obszön.

Das Halsband!

Angst überwältigte sie, die den Kern ihres Seins spaltete. Todesangst, nackte, schreiende Todesangst.

Mary schrie ihre Trauer heraus, und die vier in der Hütte lauschten mit angehaltenem Atem.

»Wir müssen hier raus!« Ron setzte sich mühsam auf. »Jedenfalls ihr drei, ich wäre nur eine Behinderung für euch, ich kann nicht ordentlich laufen.«

Seine Worte genügten, sie aus dem Strudel ihrer Gedanken herauszureißen. Soweit sie im Dämmerlicht der Hütte erkennen konnte, schien es Ron besser zu gehen. »Wie weit ist die Farm von Jill Court?«

»Die Grenze verläuft ganz in der Nähe südlich des Umfolozi, das Haus selbst liegt drei, vier Stunden Fußmarsch entfernt, bei diesem Regen braucht man mindestens noch zwei mehr. Während der ersten Nacht ist Judy sicher nicht weit gekommen, aber spätestens gestern müsste sie die Court-Farm erreicht haben ...«

»Hört zu«, sagte Henrietta leise, »ich versuche, hier wegzukommen, ich bleib hier nicht sitzen und warte, bis Mary sich ausgedacht hat, wie sie uns ins Jenseits befördert. Ron, du musst mir genau erklären, wie ich dorthin gelange. Ist es wirklich der nächste Ort, wo man Hilfe holen kann?«

»Der nächste, den ich kenne. Aber du kannst nicht allein gehen, außerdem musst du erst mal hier herauskommen, Henri. Es ist zu ge-

fährlich!« Ron umklammerte ihren Arm, als wollte er sie körperlich zurückhalten.
»Nichts kann mir so gefährlich werden wie diese blutrünstigen Verrückten da draußen! Wir müssen einen Plan machen.«
Sie spielten verschiedene Pläne durch, aber keiner hielt am Ende, was er anfänglich versprach. Niedergedrückt dösten sie eine Weile, ohne Gefühl für die Zeit, die darüber verging. Marys Klagen wurde leiser, ihre Stimme rauer, schließlich verstummte sie.
Das Phänomen des sich bewegenden Bodens wiederholte sich noch einmal. Henrietta schreckte auf. »Da! Habt ihr es nicht auch gemerkt?«
Aber die drei anderen schüttelten den Kopf, und sie versuchte sich selbst mit der Erklärung ihrer überreizten Nerven zu beruhigen.
Niemand brachte ihnen etwas zu essen, nur Lukas schlüpfte einmal herein und stellte ein irdenes, dickbauchiges Biergefäß vor sie hin. »Wasser«, flüsterte er. Er hatte nur Augen für Isabella. Sie umklammerte seine Hand, aber er legte einen Finger auf ihre Lippen, entzog sich ihr und verschwand wieder. Einer nach dem anderen tranken sie aus dem Tongefäß.
Als Letzte hob Henrietta es mit beiden Händen an die Lippen, strich über seine schwarze, seidigmatt glänzende Oberfläche. »Diese Gefäße werden oft mit Asche und dann mit Kuhfett eingerieben und mit einem glatten Kiesel poliert, bis sie glänzen«, murmelte sie. »Sarah töpfert die schönsten Biergefäße, sie lernte es von ihrer Mutter und die wiederum von ihrer Mutter, und die war die berühmteste Bierbrauerin ihrer Gegend.« Sie nahm einen Schluck von dem lauwarmen, leicht faulig schmeckenden Wasser, wischte sich mit dem Handrücken über den Mund. »Das Bier ist sehr nahrhaft. Sie weicht Mais- und Hirsekörner ein, bis sie keimen, dann breitet sie sie auf flachen Graskörben zum Trocknen aus.« Mit einem runden Stein in ihren kräftigen Fäusten hatte Sarah das Getreide danach auf einem glatten Mahlstein grob zerstoßen und den Grieß mit Wasser zu einem Brei verkocht. »Sobald der Brei abgekühlt ist, gießt sie Malz darüber und lässt das Ganze dann für ein paar Tage gären.« Sie

drehte das bauchige Gefäß in ihren Händen, fuhr mit dem Zeigefinger das eingekratzte Muster nach.

»Nun müssen wir erst den Vorfahren danken«, hatte Sarah verkündet und mit einem hölzernen Löffel ein wenig Schaum vom Bier abgeschöpft und auf den Boden geträufelt. »Selbst Zulus, die weit von ihrer Heimat entfernt in der Stadt wohnen, schütten etwas Bierschaum für ihre Ahnen auf den Boden. – So, der Rest ist für uns.« Einen ausgehöhlten, halbierten Flaschenkürbis benutzend, hatte sie das Bier gekostet und daraufhin ihre Arme ausgebreitet. »Seht, ich lebe, es ist nicht vergiftet. Früher haben wir unsere Feinde zu einem Fest eingeladen und uns ihrer so entledigt.« Sie lachte ironisch. »War einfacher, als gegen sie zu kämpfen, denke ich.« Als Erstem servierte sie Vilikazi, am Boden kniend, wie die Tradition es wollte, danach Ian und erst dann bekam Henrietta ein bis zum Rand gefülltes Tongefäß.
»Seid ihr bei Zulus eingeladen«, hatte Vilikazi grinsend bemerkt, »beachtet, in welchem Gefäß euch das Bier serviert wird. Ist es ein großes, ein uKhamba wie dieses, könnt ihr euch willkommen fühlen, sollte man euch jedoch das Kleine, umAncishana, anbieten, trinkt es aus und geht. Ihr seid unerwünscht.« Sein breites Grinsen spaltete sein Gesicht. »Sollte euch allerdings nichts angeboten werden, lauft so schnell ihr könnt, denn man hat, vor, euch umzubringen. Da lohnt es sich, nicht noch gutes Bier zu verschwenden.«
»Zuvorkommend, einem auf diese Art mitzuteilen, dass man zum Abschuss freigegeben ist, nicht wahr?« Henrietta stellte das Gefäß ab.

Susi setzte sich plötzlich auf. »Kinder, seid mal leise – hört ihr es? Da – jetzt wieder!« Der Regen hatte wieder eingesetzt, das Wasser floss platschend von dem Grasdach herunter.
Isabella schüttelte den Kopf, hielt dann aber inne. »Doch, irgendetwas höre ich – ein Knattern, wie ein Maschinengewehr, aber sehr leise?«

Unterschwellig erst, dann deutlicher vernahm Henrietta es. Jetzt hatte es sich zu einem Wummern gesteigert, kam näher, und dann wurde ihr klar, was sie hörte. »Ein Hubschrauber ...«, flüsterte sie, »... das ist ein Hubschrauber! Sie suchen uns!«, jubelte sie. »Ja!«, rief sie und ballte die Fäuste. »Ja!« Ihr Schrei ging in dem herannahenden Rotorenlärm unter, und dann war er über ihnen, zog eine weite Schleife, kam zurück, gerade als Susi und Henrietta aus der Hütte krochen und mit den Armen wedelnd einen wilden Tanz vollführten.

Plötzlich stand Mary vor ihnen, das Gesicht zu einer Furcht erregenden Grimasse verzerrt, schlug sie Susi den Sjambok über den Rücken, trat Henrietta in die Beine. Sie knickte um, fiel in den Schlamm, sah den Hubschrauber hinter den Kronen der Dornenakazien verschwinden. Mit einem wütenden Knurren rappelte sie sich auf und ging auf die Schwarze los.

Mary schrie einige Worte in Zulu, die sie nicht verstand, deren Bedeutung ihr aber schnell und brutal klar wurde. Drei ihrer Männer kamen näher, mit breitem Grinsen entledigten sie sich ihrer Waffen, öffneten ihre Gürtel und dann ihre Hosen, langsam, ohne Henrietta und Susi aus den Augen zu lassen.

Emveni, hatte Mary ihnen versprochen, später! Jetzt löste sie ihr Versprechen ein.

»Susi, lauf!«, schrie Henrietta, »versuch, dich zu verstecken!«

Doch Susi flüchtete sich zu dem einzigen Ort, der für sie Schutz bedeutete, in die Hütte und in Rons Arme, verfolgt von zwei der Männer, der andere wandte sich Henrietta zu. Aus der Hütte hörte sie Susis und Isabellas Schreie, übertönt von Rons Brüllen, das in Stöhnen endete. Dann war er leise, und Susi brach in schrilles Kreischen aus.

Sie fühlte sich von hinten gepackt, Hände fummelten an ihrem Jeansverschluss. Sie roch den Rauch in seiner Kleidung, seinen scharfen Schweiß, hörte ihn grunzen. Für Sekunden hing sie wie willenlos in seinem Griff, ihr Gehirn weigerte sich zu erkennen, dass sie vergewaltigt werden sollte. Stattdessen meinte sie die Schreie

Jeremys zu hören. Eine schwarze Welle von Übelkeit schlug über ihr zusammen.

Plötzlich war ihre Hose offen, wurde heruntergerissen, und dann stieß er sein geschwollenes Geschlecht gegen ihr Gesäß, und alles, was ihr im Kopf herumging, war die jüngste AIDS-Statistik Südafrikas. Mindestens einer von vier Südafrikanern war infiziert, Weiße mitgerechnet. Tatsächlich waren prozentual weit mehr schwarze Südafrikaner infiziert als weiße. Welcher dieser vier Männer trug die Seuche in sich?

Der hier, der sie gepackt hatte und mit seiner Hand ihre Schenkel auseinander drückte? Durch einen Trick ihrer überreizten Nerven meinte sie, ihn schon in sich zu spüren, und endlich begriff sie: dieser Mann, der tags zuvor einen anderen auf bestialische Weise umgebracht hatte, war kurz davor, ihr das Schlimmste anzutun, das einem Menschen außer dem Tod passieren konnte. Vergewaltigung.

Eine weiß glühende Stichflamme explodierte durch ihren Körper. Jählings fand sie ihre Wut wieder, diese Urkraft, die Verzagtheit und Lethargie hinwegfegte, sie stark machte. Plötzlich spürte sie wieder Kraft in ihren Muskeln, spannte sie, sie trat, schlug um sich, stieß ihm die Ellenbogen in den Magen, so hart sie vermochte, aber er lockerte seinen Griff nicht lange genug, damit sie entkommen konnte. »Ich hasse euch, ihr blutrünstiges Pack, ich hasse euch!«, schrie sie, fast von Sinnen, »ich hasse Afrika! Ich hasse Afrika!«, wiederholte sie, bekam einen Arm frei, langte hinunter, durch seinen offenen Hosenschlitz, dort, wo es weich war und gleichzeitig hart, griff zu und drehte, so stark sie konnte.

Er brüllte auf, packte sie an der Kehle. »Lukas«, schrie sie in höchster Not, bevor er zudrücken konnte, »Lukas, hilf uns!«

Lukas erschien wie aus dem Nichts, die Maschinenpistole in Anschlag, seine Augen trafen ihre, und sie sah ihn zögern.

Und dann senkte er den Lauf seiner Waffe.

Henrietta erfasste die Bewegung, »Die anderen sind in unserer Hütte, sie haben Isabella«, ächzte sie, in dem Würgegriff ihres Angreifers nach Luft schnappend. Bitte, hilf uns, du kannst das doch

nicht zulassen – nicht das!, wollte sie schreien, bekam aber keinen Ton heraus, der Kerl drückte ihr die Kehle ab.
»Umsebe«, hörte sie Lukas flüstern, »mein Sonnenstrahl.« Er holte aus, der Kolben seiner Waffe sauste herunter, und der Mann fiel wie ein Stein zu Boden und regte sich nicht mehr. Mit langen Sprüngen hetzte Lukas zur Hütte, aus der heftige Kampfgeräusche und Hilfeschreie drangen, und warf sich durch den niedrigen Eingang.
Sie hörte die dumpfen Schläge, als der Kolben erneut sein Ziel fand. Dann war Stille. Nach Luft ringend sah sie hinunter auf ihren bewusstlosen Angreifer. Sein rechter Arm lag über seinem Kopf, an der Hand fehlten zwei Finger. Moses!
»Jetzt wirst du sterben.« Marys Stimme war direkt hinter ihr!
Sie fuhr herum, taumelte. Kaum zwei Meter vor ihr stand Mary, Maschinenpistole in der Hand. Ihre Blicke verhakten sich. Langsam, gespannt wie feindliche Katzen, begannen sie sich zu umkreisen. »Pfeif deine Kettenhunde zurück!«, keuchte Henrietta, »hast du den Hubschrauber gehört? Sie haben uns gefunden, sie werden bald hier sein, und dann gnade dir Gott, wenn du einen von uns verletzt hast!«
Mary hob die Waffe, entblößte ihre Zähne, während sie langsam den Zeigefinger krümmte.
Woher Sarah gekommen war, konnte Henrietta hinterher nicht mehr sagen. Plötzlich war sie da, mit Bewegungen, kontrolliert und kraftvoll wie die einer jungen Frau, warf sie sich mit ihrem vollen Gewicht von hinten gegen Mary. Die Waffe flog auf den Boden, rutschte durch den Matsch und verschwand in einer Pfütze. Mary starrte ihr mit einem irren Lächeln nach.
Schwer atmend richtete sich Henrietta aus ihrer gebückten Stellung auf. Eine Bewegung hinter Mary fing ihre Aufmerksamkeit ein. Ein Baum wanderte vorwärts. Henrietta erstarrte. Auch der felsige Vorsprung rechts oberhalb der Hofstätte schien in Bewegung zu geraten. Vögel stiegen kreischend auf, ein paar bronzeschimmernde Skinke huschten aufgescheucht davon; an den Ast eines rot blühenden Zwergkorallenstrauches geklammert, hing ein grasgrünes Chamäleon.

Und dann spürte sie es. Der wasserdurchtränkte Abhang geriet allmählich ins Schwimmen. Er riss im Zeitlupentempo nach rechts weg, eine Spalte durch die Länge der Hofstelle öffnete sich, vorbei an den Hütten, eine Scholle bildend, auf der nur noch Sarah, Mary und sie neben der Vorratshütte standen. »Sarah!«, rief sie, »ein Erdrutsch – nach links – spring nach links.« Gleichzeitig brachte sie sich selbst in Sicherheit. Sarah, die wie Henrietta mit dem Gesicht zum Hang stand, verstand sofort und warf sich zur Seite. Mary jedoch zögerte.

Mit einem Schmatzen löste sich die Erde, schien flüssig geworden zu sein, glitt immer schneller ab, Mary strauchelte, wurde mit entwurzelten Bäumen, Ästen, der zusammengebrochenen Vorratshütte und dem unteren Teil der Dornenhecke hinweggespült und verschwand über die felsige Abbruchkante unterhalb des Umuzis.

Die Erde kam zur Ruhe, und für Sekunden schien die Welt still zu stehen, war nur das stetige Rauschen des niederströmenden Regens zu hören. Dann schrien mehrere Menschen, die Kühe blökten, Hühner gackerten. Susi und Isabella stürzten aus der Hütte, starrten mit fassungslosem Gesichtsausdruck auf die Schneise der Verwüstung, die der Schlamm geschlagen hatte. »Was ist passiert?«, rief Susi. Benommen drehte sich Henrietta zu ihr um. »Der Hang ist abgerutscht und hat Mary mitgerissen!«

Sarah watete wortlos durch den Morast auf die Abbruchkante zu, und sie folgte ihr so schnell sie konnte. Als sie die Stelle erreichten, zog sich Henrietta an den kräftigen Zweigen eines alten Umlahlankosi-Baumes, eines Büffeldorns, bis zum Rand. Seine widerhakengroßen Dornen zogen blutige Schrammen durch ihre Haut. Mary baumelte an ihren sehnigen Armen über dem Fluss, die Hände in das Zweiggewirr eines in einem Felsspalt verwurzelten Feigenbaumes gekrallt. Das Regenwasser floss über ihren Körper an ihren Beinen herunter in die Tiefe.

Sie starrte Mary in die Augen, und der Geruch von gebratenem Fleisch füllte ihre Nase. Langsam streckte sie ihre Hand aus, sich sehr bewusst, dass es nur eines kleine Stoßes bedurfte, und sie wäre

für immer von Mary befreit. Es wäre ein Unfall, versuchte sie sich zu überzeugen, eine Ungeschicklichkeit. Sie brauchte nur ein wenig an dem Ast zu rütteln, an dem Mary hing, die Rinde war vom Regen glitschig geworden, Mary würde sich nicht halten können.
Aber dann brachte sie es einfach nicht fertig. Stattdessen ließ sie den Baum los und streckte Mary ihre Hand entgegen.
»Udadewethu«, Sarahs sanfte Stimme erreichte sie. »Mary ist meine Schwester. Ich habe die Verantwortung. Lass mich das machen.« Sie zog Henrietta mit ihrer gesunden Hand hoch und weg von der Steilkante.
Da bemerkte Henrietta das grasgrüne Chamäleon, das sie auf dem Korallenstrauch gesehen hatte, auf Sarahs Handrücken. Mit grimmiger Miene, den Blick nach innen gekehrt, ärgerte Sarah das Tier mit einem Stöckchen, bis es sich groß machte und wütend zischend orangefarbene Streifen zeigte. Sie trat an die Kante, spähte hinunter.
Zu spät erkannte Henrietta, was Sarah vorhatte, und erschrak zutiefst. Das Chamäleon, der Todesbote der Zulus! Wem es erschien, musste sterben.
Vor vielen Jahren waren Sarah selbst und Joshua, ihr Gärtner, ein Berg von einem Mann mit der Ängstlichkeit einer Haselmaus, schreiend mit allen Anzeichen blinder Panik geflüchtet, als sie ihnen das kleine Reptil zeigte. Was musste es Sarah kosten, es jetzt auf der Hand zu tragen? Welche Konsequenzen drohten ihr in der Vorstellung ihrer mythischen Welt?
Impulsiv griff sie nach dem Chamäleon, wollte es Sarah wegnehmen, doch dann, und diesen Moment verschloss sie für immer in ihrem Inneren, ließ sie ihre Hand sinken, trat zurück und ließ geschehen, was geschehen musste.
Es ging sehr schnell.
Sarah kletterte hinunter. Henrietta hörte Mary etwas schreien, verstand aber die Worte nicht, dann stieg Marys Schrei an zu einem schrillen Crescendo, das Chamäleon fauchte Furcht erregend, die Zweige des Baumes, von ihrer Last befreit, schlugen hoch, und dann war Stille. Nur das Rauschen des Regens erfüllte die Luft.

Sarah kroch zurück, richtete sich auf und stand einen Moment lauschend. »Es ist vorüber. Das alte Krokodil ist in den Fluss zurückgekehrt und hat sie gefunden«, sagte sie, »ihr Zuluname war Nonhlanhla, die Glückliche, aber die Ahnen waren zornig mit ihr ...« Darauf verstummte sie und zog sich hinter ihre Augen zurück, aus denen alles Leben zu weichen schien, bis sie groß und leer und ohne Fokus waren.

Henrietta glaubte, in die Augen einer Sterbenden zu sehen, und streckte in plötzlicher Vorahnung die Hand nach ihr aus, aber Sarah war verschwunden, die Verbindung zu ihrer schwarzen Schwester war abgebrochen.

Wie in Trance, mit zeitlupenlangsamen Bewegungen brach die Zulu ein Stück des Büffeldornbaums, des Umlahlankosi, ab. »Ich werde den Schwalben folgen und in die Berge verschwinden. Es sollte so sein.« Ihre Worte kamen von weit her, Henrietta hatte Mühe, sie zu verstehen. Sarah wandte sich zum Gehen, trug mit dem grünblättrigen Zweig die Seele ihrer Schwester Mary heim, wie das ihre Vorfahren erwarteten.

Einmal noch drehte sie sich um, der Regen ertränkte ihre Worte. »Sala gahle«, verstand sie nur. Sie sah ihr nach. Schwerfällig setzte Sarah im knöcheltiefen Schlamm einen Fuß vor den anderen, warf keinen Blick mehr zurück, und in diesem Augenblick überfiel sie die Gewissheit, dass sie ihre schwarze Schwester nie wieder sehen würde. »Sarah!«, rief sie, aber diese schien sie nicht zu hören. Minuten später verschwand Sarah, den Arm um Twani gelegt, hinter dem silbrigen Regentropfenvorhang.

Es war, als würde ein Stück aus ihr herausgerissen. Henrietta stand da, aus vielen Kratzern blutend, bis zu den Knien im Schlamm, zutiefst erschöpft, und durchlebte einen der schmerzhaftesten Augenblicke ihres Lebens. Es war nicht, was Sarah gesagt hatte, sie wusste nicht, was die Worte bedeuteten, sie erkannte nur die Endgültigkeit in ihrem Ton. Als wäre alles gesagt und getan, und nichts blieb mehr. »Ich hasse Afrika«, weinte sie innerlich, »verdammt, ich hasse Afrika.« Als sie ein Jucken auf ihrem Arm spürte und eine große Mücke mit hochgestreckten Hinterbeinen entdeckte, die schon ganz geschwollen war von ihrem Blut, drehte sie fast durch. Eine Malariamücke! Am helllichten Tag. Sie schrie, schlug um sich, kämpfte gegen Heerscharen unsichtbarer Dämonen, fiel in den Matsch und blieb einfach sitzen. Es dauerte lange, ehe sie sich endlich aufraffte und durch den allmählich nachlassenden Regen zu den Hütten hinaufstapfte.

Der Schlamm saugte sich an ihren Füßen fest, machten sie tonnenschwer, aber schließlich erreichte sie das Umuzi durch die Lücke, die der Erdrutsch in die Dornenhecke gerissen hatte. Sie fand dort Moses und die zwei anderen Männer an den Palisadenzaun des Viehgeheges gefesselt. Ihre Waffen lagen auf einem Haufen etwas abseits, zu Lukas' Füßen, der im Schutz der Vorratshütte stand. Sie berichtete ihm, dass Mary abgestürzt und im Fluss verschwunden sei. Von Sarah sagte sie nichts.

Er band die Männer los, blaffte ein paar Befehle in Zulu, offenbar unmissverständlich, denn die drei sprangen auf, hasteten durch den aufspritzenden Schlamm und zwängten sich durch die Hecke. Moses zögerte, lief noch einmal zurück und bückte sich nach seiner Maschinenpistole.

»Cha!« Lukas sagte es nicht laut, aber es stoppte Moses im Lauf. »Gijima!«

Henrietta brauchte keine Übersetzung, die Reaktion von Moses genügte. Er wirbelte herum und floh über den Hof, rutschte, fiel hin, verlor einen Schuh, ließ ihn im Matsch stecken, warf sich in die Heckenöffnung und war weg. Das Geräusch brechender Äste, unterdrückter Flüche, halblauter Rufe, das die Flucht der drei begleitete, wurde schnell schwächer, und dann waren sie allein. Der Albtraum war vorüber.

»Das war wohl Zulu für ›verpisst euch‹«, bemerkte Isabella, als sie und Lukas die Hütte betraten. Sie hatte ihre Haare hoch gesteckt, dass es als rotgoldene Krone auf ihrem Kopf saß, hatte das Gesicht im Regen gewaschen und lachte. Ein völlig absurdes Geräusch für eine junge Frau, die nach Tagen von Schmerzen, Durchfall und Todesangst, knapp einer Vergewaltigung entgangen war. Aber ihr Blick ging zu Lukas, und Henrietta verstand.

Daraus kann nichts werden, das weißt du doch, die ganze Welt ist gegen euch, hätte sie ihr am liebsten gesagt, um sie zu schützen, aber ihre innere Ordnung war derartig durcheinander geraten, dass sie nichts mehr für gegeben hielt und sich nicht imstande sah, ihrer Nichte einen Rat zu geben. Stattdessen wandte sie sich an Susi. »Ist alles in Ordnung mit dir?«

Susi antwortete nicht gleich, betrachtete mit gerunzelter Stirn eine Spinne, die über den langen, blutenden Kratzer auf ihrem Arm kroch. Henrietta wartete auf ihre übliche kreischende Panik. Aber Susi schüttelte die Spinne ab, hob ihren Fuß, um sie zu töten, zögerte dann, fing das Tier behutsam ein und beförderte es mit Schwung nach draußen.

Henrietta klatschte Beifall, und Susi Popp ballte wie nach einem Sieg die Faust, ihre wunderschönen Augen funkelten im Triumph. »Oh, mir geht es bestens, danke«, lachte sie triumphierend, »ich meine, weder das Krokodil noch die Teufelsschlange, noch Mary oder diese Kerle haben es geschafft, mich kleinzukriegen – hättest du gedacht, dass ich so ein zäher Brocken bin? Hättest du gedacht, dass ich eine Spinne anfassen könnte?«

Henrietta sah die Susi von Hamburg vor sich, die im Nerz und Chanelkostüm, und musste auch lächeln. »Nein, nein, wirklich nicht! Vor sehr langer Zeit kannte ich einmal eine junge Frau, die dir entfernt ähnlich sah«, kritisch musterte sie Susis schmaler gewordene Gestalt, die hohen Wangenknochen, die allmählich durch die Anstrengungen der letzten Tage unter den Fettpolstern hervorkamen, »aber sie war lange nicht so schön wie du, und sie ist schon bei den geringsten Anlässen umgefallen, nicht einmal ein klitzekleines bisschen Blut konnte sie sehen, geschweige denn eine Spinne anfassen.«

Susi wurde rot vor Vergnügen, kringelte sich förmlich vor Freude, und im Überschwang fiel sie Ron um den Hals. Er schob seinen gesunden Arm um ihre Schultern und küsste sie lange und mit Hingabe.

Henrietta stand mitten in der Hütte, allein, von niemandem mehr wahrgenommen, und wünschte sich in Ians Arme wie noch nie zuvor. »Wir müssen versuchen, zum Fluss durchzukommen«, sagte sie in den Raum, »den Alten und den Jungen, Umbani, müssen wir mitnehmen, sie können nicht allein hier bleiben, der Alte ist ziemlich krank.«
»Er ist auch heute Nacht gestorben, seine Lunge war zerlöchert von Tuberkulose, und Umbani ist verschwunden«, informierte Lukas sie. »Ihr müsst ohne mich gehen. Es wird nicht schwierig sein, zum Fluss zu gelangen, wenn ihr den oberen Teil des abgerutschten Hangs umgeht, weiter unten wird der Schlamm das Geröll, das den Weg blockierte, mitgerissen haben, so dass der wenigstens frei sein wird. Es regnet nicht mehr, in einer Stunde solltet ihr das geschafft haben. Es ist jetzt vier Uhr, ihr habt noch drei Stunden Tageslicht. Die Leute aus dem Hubschrauber haben euch gesehen, sie werden auf der anderen Seite landen.«
Der Hubschrauber! Henriettas Herz tat einen Sprung. Das Drama der letzten Stunde hatte sie ihn vergessen lassen. Ian? Es musste Ian sein! Wer sonst sollte hier herumfliegen, und das auch noch bei diesem Wetter? Sie klatschte in die Hände. »Kinder, lasst uns gehen. Es ist Zeit, diesen ungastlichen Ort zu verlassen.«
Sie schlug ein letztes Mal die Kuhhaut zurück, die anderen folgten. Endlich! Draußen, frei, ohne Bedrohung – sie atmete tief durch. An einigen Stellen hatte die Sonne bereits Löcher in die Wolken brennen können, und zum ersten Mal seit Tagen spürte sie wieder ihre Wärme auf der Haut. Dann fiel ihr ein, was sie nicht verstanden hatte. »Lukas, was meint jemand, der sagt, dass er den Schwalben in die Berge folgen wird?«
Lukas antwortete nach einer kurzen Pause. »Er will sterben.«
Mit sanftem Schwirren strich ein Schwarm langschwänziger Mausvögel aus den Baumkronen, Zikaden sirrten durchdringend, eine kleine Lachtaube landete auf einem Busch. Gurrend äugte sie herunter, kicherte leise, dann flog sie davon. »Warum sollte sie sterben wollen?« fragte sie mehr sich selbst.

»Wer hat das gesagt?« Lukas klang beunruhigt.
»Sarah«, antwortete sie und erzählte nun genau, was passiert war. »Sarah sagte, dass das alte Krokodil in den Fluss zurückgekehrt sei. Mary ist offenbar von dem Krokodil unter Wasser gerissen worden.«
Für einen Moment starrte Lukas in die Ferne, seine Kinnmuskeln bewegten sich. Dann wandte er sich wieder um. »Mary hat noch etwas geschrien?« Als Henrietta nickte, nickte auch er. »Ich bin sicher, dass sie ihre Schwester mit einem Fluch belegt hat. Wenn dieser Fluch sehr schlimm ist, dann wird Sarah erwarten zu sterben. Das wird sie gemeint haben. Nur ein starker Sangoma kann diesen Fluch aufheben.«
»Welch ein Quatsch«, rief Susi, »wer glaubt denn an diesen dummen Firlefanz!«
Henrietta hörte sie nicht einmal. Hinter ihren geschlossenen Augen sah sie ihre schwarze Schwester, zwang ihre Gedanken, sie zu erreichen. »Ich bin auch deine Schwester, ich bin stärker als Mary, komm zurück.« Das Singen in ihren Ohren, das als leises Klingeln begann, wurde überwältigend, und sie merkte, dass sie ihre Lider nicht heben konnte. Wie lange das dauerte, wusste sie nicht.
Als Erstes gehorchte ihr die Stimme wieder. »Wirst du für mich zu einem Sangoma gehen, Lukas? Wirst du den Fluch aufheben?«, fragte sie leise. »Ich werde bei Mrs. Robertson Geld dafür hinterlegen.« Sie dachte an die Kuh, die Vilikazi für Imbalis Freiheit hatte zahlen müssen. Als sie dann die Augen öffnen konnte, ihre verkrampften Muskeln sich entspannten, meinte sie Sarahs Lachen zu vernehmen, laut und voller Lebensfreude und ziemlich spöttisch.
»Yebo.« Lukas' Ton war erstaunt. »Yebo.« Mehr sagte er nicht.
Isabella hatte ihnen mit offensichtlicher Ungeduld zugehört. »Was heißt das, du kommst nicht mit?«, rief sie, ihre Stimme eine Oktave höher, ihr Lachen wie weggewischt.
Lukas streckte seine Hand aus und berührte ihre leuchtenden Haare mit seinen Fingerkuppen. »Ich bin ein gesuchter Terrorist, Umsebe, mein Sonnenstrahl, sie würden mich einfangen, in einen Kerker werfen und einen Galgen für mich zimmern.«

Isabella stampfte mit dem Fuß auf. »Das lass ich nicht zu! Ich suche dir einen Anwalt! Schließlich hast du uns gerettet.«
»Sie würden mich nicht lange genug leben lassen, um das zu beweisen.« Seine Augen liebkosten sie.
»Ich will dich nicht verlieren!« Sie sah ihn an, nur ihn. »Ich will dich.«
Sein weiches Lächeln galt nur ihr. »Hab Geduld. – Der große Madiba wird das Gefängnis bald verlassen, dann wird sich alles ändern.«
»Mandela?«, fragte Henrietta verblüfft, »stimmt das wirklich?« Hatte Neil also doch Recht gehabt? Aber die Hoffnung, die sofort in ihr aufkeimte, erstickte sie. Noch war es zu früh, noch hatte sich nichts geändert.
»Sie verhandeln. Es wird bald geschehen. In den nächsten Wochen.« Bei diesen Worten zog er ein geflochtenes Lederband aus der Hosentasche und gab es Isabella. »Trag es um deine Stirn – bis wir uns wieder sehen, dann wirst du eins aus Perlen tragen, eins, das meine Mutter für dich gestickt hat.«
Isabella wurde rot, ergriff das Band und wand es sich um den Kopf. Für einen Moment löste sie ihre Augen von Lukas, und Henrietta sah, wie Lukas verschwand. Als Isabella ihren Kopf wieder hob, war er weg. Henrietta sah, wie die Freude in ihren Augen starb, so schnell, als hätte sie jemand ausgeblasen. Langsam nahm Isabella das Band wieder ab und steckte es in die Tasche ihrer Shorts.
»Er hat sich über mich lustig gemacht«, wisperte sie, »wie konnte ich nur darauf hereinfallen.«
»Oh, das glaube ich nicht«, mischte sich Ron ein, »ganz sicher nicht. Denn ein Zulumädchen mit einem Perlenband um die Stirn sagt aller Welt, dass sie vergeben ist.« Er grinste, seinen gesunden Arm fest um Susis Schultern gelegt.
Isabella errötete schlagartig, als glühte in ihr ein inneres Feuer, nestelte das Band wieder hervor und band es um die Stirn. »Wehe, einer von euch sagt auch nur einen Ton!« Drohend starrte sie in die Runde, traf überall auf Lächeln, lächelte zurück, leicht verlegen, aber sehr glücklich.

Sie machten sich auf den Weg. Ein paar Schmerzenslaute entrangen sich Ron bei seinen ersten Schritten, und die Wunde am Bein brach wieder auf, durchnässte schnell den Verband, aber auf Susi gestützt schaffte er es zu gehen, wenn auch nur sehr langsam. Susis gelbes Oberteil war verdreckt und zerrissen, aus ihrem ehemals hellen Leinenrock machte sie mit zwei heftigen Rucken kurzerhand einen Minirock, der sie nicht bei dem Abstieg behindern konnte.

Kurz nachdem sie das Umuzi verlassen hatten, kehrte Henrietta noch einmal zurück, holte eine ungeöffnete Flasche FORLISA. »Ich muss wissen, was es damit auf sich hat.«

Immer häufiger traf die Sonne auf den durchweichten Boden, und der Busch begann zu dampfen. »Das ist ja schlimmer als in einer Waschküche!«, stöhnte Susi.

Der Weg um den heruntergerutschten Hang war mühsam und schwierig und kostete viel Zeit. Henrietta wartete vergeblich auf das Knattern des Hubschraubers. Sorgfältig verbarg sie ihre Enttäuschung vor den anderen. Sie fühlte sich restlos ausgelaugt und völlig zerschlagen. Es hatte schlagartig eingesetzt, nachdem Sarah verschwunden war.

Nein, korrigierte sie sich, erst seit sie versucht hatte, ihre schwarze Schwester mit der Kraft ihrer Gedanken zu erreichen. Energisch schüttelte sie das merkwürdige Gefühl ab, schob ihre Erschöpfung auf die Strapazen der letzten Tage. Was sonst sollte es wohl sein? Sie strich sich die Haare aus der Stirn, die steif waren vor Dreck und Schweiß, und ging weiter.

»Geld für einen Sangoma! Ich wusste gar nicht, dass du so übersinnliche Anwandlungen hast«, kicherte Susi.

»Das geht dich nichts an«, erwiderte Henrietta, aber sie lächelte auch.

In diesem Moment entdeckten sie, dass Isabella verschwunden war.

»Ich hab nicht auf sie geachtet«, bemerkte Susi und sah sich suchend um, »ich muss auf Ron aufpassen.«

»Verdammt, ich befürchte, sie ist Lukas gefolgt.« Henrietta erkannte mit Erstaunen, wie besorgt sie um Isabella war, das junge Mädchen,

das sich selbst nicht leiden konnte, das offensichtlich jedem hinterherlief, der ihr Zuneigung zeigte. »Wir können sie doch nicht einfach so laufen lassen!«
»Lukas hat ihr das Stirnband geschenkt.« Ron Cox sank stöhnend auf einen Stein. »Er will sie zu seiner Frau machen. Er würde ihr nie etwas tun.«
Henrietta biss sich auf die Lippen. »Das ist es nicht, wovor ich Angst habe. Ich habe Angst, welche Konsequenzen es für sie haben wird, sich einem gesuchten Terroristen anzuschließen.«
»Verflucht, da hast du Recht.« Nun klang auch Ron äußerst besorgt. »Aber wir können nichts machen. Im Busch finden wir sie nie wieder, nicht, wenn sie nicht gefunden werden will. Es gibt Millionen Verstecke hier. Bei Lukas ist es etwas anderes, er findet sie sicher. Er ist zu einem Teil des Buschs geworden, er hört alles, kann jede Fährte lesen. Er wird aufpassen, dass ihr nichts passiert.«
Schweren Herzens entschied sie, weiter zum Fluss zu gehen. Den Kopf gesenkt, suchte sie sich ihren Weg. Die letzten Regenwolken wanderten nach Süden, der Himmel riss auf, die Sonne brannte herunter, und die Hitze wurde unerträglich.
»Mein Turm, Henrietta!«, rief Susi plötzlich, »sieh doch nur, mein Turm! – Ron, setz dich einen Augenblick, ich bin gleich wieder da.«
Sie wirbelte davon, kraxelte über ein Gewirr von abgebrochenen Ästen und begann den Aufstieg zu der Anhöhe, die von einem Felsen gekrönt wurde, der sich wie eine Faust in den Himmel streckte.
»Susi!«, schrien Ron und Henrietta gleichzeitig, »komm herunter!« Sie rannte hinter Susi her, erwischte sie am Arm. »Susi, es ist nicht dein Turm, auch nicht der Felsen, den du auf dem Foto gesehen hast. Komm zurück! Wir werden ihn schon noch finden! Ein anderes Mal, wir haben jetzt keine Zeit zu verlieren.«
Aber Susi lachte nur. »Das ist mir wurscht! Ich will da hinauf!«
»Ganz nach oben?« Ungläubig ließ sie ihren Blick die mit Steinen übersäte Anhöhe bis zum Felsen hochklettern. Aus seinen verwitterten Spalten wuchsen verkrüppelte Bäume, die wenigen ebenen Flächen waren von der Sonne weißgebacken, dorniges Gestrüpp über-

wucherte die schattigen Nischen. »Es wird da von Schlangen wimmeln«, griff sie nach dem letzten Strohhalm, »bleib hier!«
Aber Susi lachte wieder. »Deswegen bin ich nach Afrika gekommen, und der Weg, den ich bis hierher gehen musste, war weiter und steiniger als alle Wege, die ich vorher gegangen bin. Ich werde jetzt auf diesen Felsen hinaufsteigen und auf die Welt hinuntersehen und erkennen, wer ich bin und wohin mein Weg mich führen wird. Es kann mir nichts passieren, denn so war es vorgesehen.«
Da schwieg Henrietta, und auch Ron sagte nichts mehr. Gemeinsam beobachteten sie Susis Weg zum höchsten Punkt der Felsenfaust. Ganz oben gab es nur ein winziges Plateau, auf dem sie zu stehen vermochte, und sie richtete sich vorsichtig auf.
Dann stand Susi aufrecht, ihre nackten Füße sicher auf dem Boden, die Beine ein wenig gespreizt. Der Wind presste den gekürzten Rock gegen ihre Oberschenkel und blies die dunklen Haare nach hinten. Sie drehte sich langsam um ihre Achse, eine kleine Figur gegen einen weiten Himmel, ein paar Wolken, watteweiß, ohne Regen, segelten über sie hinweg. »Ich kann den Fluss sehen und das Tal und den Rest der Welt!« Der Wind trug ihre Stimme zu ihnen herunter. Sie riss ihre Arme hoch, warf den Kopf zurück und stieß einen Juchzer aus. Aufgescheucht, schwirrte ein Schwarm winziger Brillenvögel davon. Als sie wieder neben ihnen stand, erhitzt, strahlend, die blutigen Kratzer, die sie sich bei ihrer Kletterpartie zugezogen hatte, nicht beachtend, wusste Henrietta, dass die Susi Popp von früher nicht mehr existierte.
Die ganze Welt hatte sie sehen können, berichtete Susi, und ein mutwilliges Funkeln leuchtete in ihren dunklen Augen auf, als sie hinzusetzte, nur Ralf hätte sie nirgendwo entdeckt.
»Hast du – den Hubschrauber gesehen?« Henrietta versuchte, den Fluss zu erkennen, aber eine Wand von Büschen verwehrte ihr den Blick.
»Oh – den Hubschrauber, ja, – doch, kann sein. Ich hab was Metallisches im Busch glänzen sehen, vor dem nächsten Hügel auf der anderen Flussseite, das muss er gewesen sein.«

»Ian ...«, keuchte Henrietta und stürmte blindlings durch hüfthohes Gras den dicht bewachsenen Hang hinunter, stolperte über Steine, rutschte, löste eine kleine Geröllawine aus, fing sich, blieb an Dornen hängen und hielt nicht an, bis sie das abfallende Flussufer erreicht hatte. Ihr Blick flog über das vorbeischießende, schlammige Wasser, über die mit Büschen und niedrigen Palmen bewachsenen Inseln, die aus den Strudeln ragten, zum saftig grünen Buschgürtel des gegenüberliegenden Ufers, das flacher und stellenweise bis zu einer Breite von mehr als fünfzig Metern überschwemmt war, und wieder den in einiger Entfernung sanft ansteigenden, buschbestandenen Hang hoch.

Nichts. Kein Mensch war zu sehen.

Wie versteinert starrte sie hinüber in das Grün, hätte Susi schütteln können, dass sie nicht sorgfältiger Ausschau gehalten hatte. Flussaufwärts, etwa vierzig Meter entfernt, wand sich der Fluss um einen Hügel, wodurch der weitere Verlauf ihrem Blick entzogen war. Sie war verzweifelt. Das Wasser rauschte und gluckerte, ein Vogel schrie, einmal, zweimal – ein hoher zwitschernder Schrei, der vom Wind zu ihr herübergetragen wurde, eine blaugrünpurpurn schillernde Schar Baumhopfe stieg gackernd auf, und sie erinnerte sich daran, dass die Zulus sie Lachende Frauen nannten. Doch jählings kamen ihr Zweifel. War es ein Vogelschrei gewesen? Sie lauschte angestrengt, aber das Tosen der Fluten verschluckte alle Töne bis auf die sehr hohen. Ihre Beine bewegten sich wie von allein, flussaufwärts. Kein Pfad führte durch den dichten Buschurwald. Das geschwollene Gewässer hatte die regendurchweichte Uferböschung unterhöhlt, und sie musste sich an den glatten Ästen der Flussweiden festhalten, um nicht abzurutschen. Fliegen- und Mückenschwärme fielen über sie her, eine Herde Affen tobte schimpfend durch die Baumkronen.

»He, warte, Henrietta!«, vernahm sie Susi, aber sie ging weiter, plötzlich sicher, dass es Menschenstimmen waren, die sie da hörte, nicht die von Vögeln, konnte die Worte aber nicht verstehen, die Sprache nicht erkennen.

Dann verstand sie etwas, stand regungslos da, lauschte mit angehaltenem Atem.

»Komm zurück!«, hörte sie eine weibliche Stimme auf Deutsch, es schien die einer jungen Frau zu sein. »Verdammt, sei nicht so stur, das ist zu gefährlich!« Die Stimme stieg. »Hier gibt es massenweise Krokodile, und so ein Vieh hat dich gefressen, ehe du deinen arroganten Hintern auch nur nass gemacht hast!«

Die Stimme klang wie Julias. Es musste eine Täuschung ihrer überreizten Sinne sein, was sie da hörte. Sie rutschte aus und glitt auf ihrem Hinterteil die leicht geneigte Uferböschung hinunter und landete bis zu den Knien im Wasser, sie konnte gerade noch den Ast einer wilden Feige ergreifen, sonst wäre sie weggespült worden. Nun vermochte sie um die Biegung zu sehen.

Der Fluss verschwand in einer engen Schleife um den nächsten Berg, in der entstandenen Bucht hatte er einen großen Teil des flachen Ufers geschluckt, und sie schätzte seine Breite jetzt auf gut sechzig Meter. Etwas flussaufwärts teilte sich das Wasser, eine kleine Insel hatte sich gebildet, auf der ein paar niedrige Büsche von zwei iLalapalmen überragt wurden. Sich an einer festhaltend, so nahe, dass sie einen Kratzer in ihrem Gesicht erkennen konnte, stand Julia.

»Julia?«, flüsterte sie entgeistert, »wieso Julia?« Ihr wurde schwindelig. In ihrem Kopf war ein Brummen, wie von einem überhitzten Motor. Sie stand regungslos da und versuchte zu begreifen, dass ihre Tochter jetzt hier mitten im reißenden Krokodilfluss im Busch im Norden Natals stand und nicht in Hamburg war.

Der Fluss zerrte hungrig an einem heftig schaukelnden Schlauchboot, das offenbar an einer der Palmen festgebunden war. Julia starrte wie gebannt zu ihrem Ufer herüber. Sie folgte ihrer Blickrichtung und entdeckte Karsten. Bis zur Brust im Wasser, watete er, sich mit zwei kräftigen Stöcken gegen die Strömung stemmend, langsam ihrem Ufer entgegen. Sie sah, dass er sorgfältig vor jedem weiteren Schritt nach Halt im Flussgrund stocherte, minutenlang pausierend, um sich gegen einen besonders heftigen Strudel zu stemmen.

»Julia!«, schrie sie, aber der Wind verwehte ihren Ruf, Julia reagierte

nicht. Unvermittelt tauchte ein Mann hinter den zwei Palmen auf. Ihr Herz setzte mehrere Schläge aus, als sie ihn erkannte. Ian!
»Ian!« Ihre Stimme überschlug sich, aber auch er reagierte nicht. Er stand da – hellblaues Hemd mit aufgekrempelten Ärmeln über den Jeans hängend –, die Arme hatte er in die Seite gestemmt, während er in angespannter Haltung Karsten beobachtete. Sie steckte zwei Finger in den Mund und pfiff, dreimal kurz – ihr Signal, und das riss ihm den Kopf hoch.
Über die schäumende, rötlich gelbe Wasserfläche sahen sie sich an, und der Rest der Welt hörte auf, für sie zu existieren, alle Geräusche verloren sich im Hintergrund. Nur leuchtende Helligkeit lag noch zwischen ihnen. Es war wie damals, an dem klaren Märztag 1968, als sie sich am Ufer des Genfer Sees über das spiegelnde Wasser hinweg wieder ins Gesicht blickten.
Das Ende ihrer Flucht.
Irgendwann begann sich die Welt wieder zu drehen, der Fluss rauschte, ein Bokmakierie warnte, und dann ging alles sehr schnell. Karsten watete zurück, es gab jedoch einen bangen Moment, als er vor ihren Augen abrutschte und unter den Wellen verschwand, begleitet von Julias schrillem Aufschrei. Doch er wurde gegen einen Felsen geworfen, strauchelte, fand wieder Halt und gelangte im Zickzack durch seichtere Stellen zu der Insel, auf der Ian und Julia warteten.
Erst hangelten sich Julia und Karsten im Schlauchboot, das vorn und hinten durch Seilschlaufen zwischen einem Baum an der gegenüberliegenden Böschung und einem auf der Insel gespannten Tau vertäut war, zurück in Sicherheit, dann zog Ian das Boot wieder zu sich und folgte ihnen.
Auf der anderen Seite erblickte sie nun auch noch Jan und Neil, und sie war zu überwältigt von allem, um noch Verwunderung darüber zu verspüren.
»Henrietta!« Susis Stimme ganz in ihrer Nähe. Sie wandte sich zu ihr um. Man sah Ron die Anstrengung an, die es ihn gekostet hatte, es bis hierher zu schaffen.

Ihr Blick ging zurück zu Ian. Mimisch teilte er ihr mit, dass sie den Hubschrauber per Funk rufen würden, der einen Sitz für sie hinunterlassen und – so verstand sie seine Gesten – sie irgendwo vor dem nächsten Hügel absetzen würde, und so geschah es. Eine halbe Stunde später schwebten die drei, immer wieder durchgeschüttelt von plötzlichen Windböen, nacheinander über den Fluss, landeten kurz darauf auf einer kahlen Erhebung mitten im Dornbusch. Es dauerte nur noch wenig mehr als eine halbe Stunde, und Ian erreichte sie als Erster.

Manchmal gibt es keine Worte, um Gefühle auszudrücken, und diese Momente sind es auch, in denen Worte überflüssig sind.

Als sie sich wieder voneinander lösten, sicher waren, dass die Anwesenheit des anderen kein Trug war, zitterte sie, fror, als stünde sie in einem eisigen Wind. Ihre Haut zog sich zusammen, bis es sie schüttelte. Graue Flecken flimmerten vor ihren Augen. Sie musste sich nach unten beugen, das Blut zurück in ihren Kopf laufen lassen, sonst wäre sie umgefallen.

»Holla«, bemerkte Ron, »Malaria?« Er zählte an seinen Fingern ab. »Nein, es ist noch zu früh, die Inkubationszeit ist mindestens acht Tage. Aber lass dich trotzdem zu Hause gleich untersuchen, hörst du, Henri? Und du auch, Susi.« Er streckte Ian seine Hand hin. »Ich bin Ron Cox, der Missionsdoktor und Mitgefangener.«

Ian nahm seine Hand, ließ seine Augen über den blutdurchtränkten Verband an Rons Oberschenkel laufen. »Jetzt brauchen Sie erst mal einen Arzt, scheint mir – wie schlimm sind Ihre Verletzungen?«

»Umbringen werden sie mich nicht«, grinste Ron, aber sein fahles Gesicht glänzte vor Schweiß.

»Wo ist Isabella?« Ian schaute sich um. »Und Jeremy?«, ergänzte er. Wie sollte sie ihm das in wenigen Worten erklären? Viel Zeit blieb ihnen nicht, der Wind war stärker geworden, schwere Wolken sammelten sich erneut am südlichen Horizont. Drohte wieder ein Unwetter? »Die Geschichte ist so lang und bizarr, dass wir jetzt keine Zeit dafür haben. Isabella ist freiwillig zurückgeblieben, sie hat sich unsterblich verliebt und ist dem Mann gefolgt …«

»Einem von Mary Mkizes Männern? Das kann ich mir nicht vorstellen!«

Mit einer Handbewegung machte sie klar, dass ihr die Worte fehlten. Eine tiefe Müdigkeit lähmte sie, die sie als Reaktion auf die Erleichterung, dass alles vorüber war und dass Ian neben ihr stand, erkannte. Sie lehnte sich an ihn, schloss die Augen, überließ ihm für eine Zeit die Verantwortung für sich. Ihre Gedanken verschwammen, sie ließ sich einfach treiben, weg von den vergangenen Stunden und Tagen. Ian war hier, die Kinder auch, sie hatten überlebt, nichts weiter war wichtig. Der Prozess der Verdrängung hatte bereits begonnen.

»Mami!« Julia flog ihr an den Hals. »Also, ich wusste es doch, man kann euch nicht allein lassen. Ihr braucht Aufpasser!«

Sie zuckte hoch, fing ihre Tochter auf. Julias T-Shirt war nass, sie war verdreckt und roch verschwitzt, aber Henrietta schwelgte in der Lebendigkeit ihrer Umarmung. »Oh, mein Kleines, mein Liebling. Wie kommt ihr bloß hierher? – Jan ...«, sie streckte einen Arm nach ihrem Sohn aus und zog ihn an sich.

»Oh, Mami«, Julia brach in Tränen aus, »was machst du nur für einen Scheiß!«

»Kann mal wohl sagen!«, knurrte ihr Bruder.

Henriettas Gesicht war noch nass, als sie danach Karsten umarmte. »Wie kommt ihr nur hierher?«, stammelte sie wieder.

Julia lachte übermütig. »Es ist unser Geschenk zu deinem Fünfzigsten! Ist uns das nicht gelungen? Wir haben unsere Konten leergeräumt, seitdem leben wir von trockenem Brot und Wasser«, sie zog ihre Wangen ein, um zu demonstrieren, wie sehr sie hungern mussten, »wir konnten euch doch schließlich in diesem Land nicht allein lassen!«

Neil drückte Henrietta so fest, dass sie keuchend um Gnade bat. »Wie geht es Sammy?«

Er strahlte. »Ganz prima! Sie hat sich nur einen Arm gebrochen und den Kopf ein bisschen gestoßen, und das Baby kam drei Tage zu früh. Ein Prachtjunge, kann ich dir versichern, er heißt Nino und ist ein-

fach entzückend. Tita ist völlig durcheinander. Sie schwankt zwischen Euphorie und der Tatsache, dass es jetzt jemanden gibt, der sie Granny nennen wird!«
Henrietta lachte befreit auf. »Oh, ist das schön!«
Donner grollte gedämpft in der Ferne. Ian und Neil sahen besorgt hoch. Eine blauschwarze Wolkenwand schob sich allmählich über die Baumkronen. »Sieht ergiebig aus«, Neils Unruhe war deutlich, »und da hinten scheint es schon zu regnen. Wenn wir jetzt erneut Sturm bekommen, sind wir in Schwierigkeiten.«
Die Sonne wurde rasch von der Schwärze verschluckt, und der Hubschrauberpilot kam auf sie zu. »Wir müssen los, und zwar sofort. Ich kann aber nur drei Leute mitnehmen. Tut mir Leid, Leute, zu viel Gewicht. Ich habe nicht mehr genug Treibstoff, die Suche hat zu lange gedauert.«
»Wir fahren, du fliegst«, bestimmte Ian und schob sie vorwärts, »und Susi und Ron dann weiter ins Krankenhaus.«
Erst jetzt sah Henrietta den Geländewagen, der unter einer Schirmakazie parkte, an dessen Steuer eine ihr unbekannte junge Frau saß. Jetzt stieg sie aus und kam ihnen entgegen. Sie war etwa Anfang zwanzig, groß, sportlich, kurze dunkle Haare, sonnenbraune Haut. Ihr weißes Leinenhemd steckte lässig in Designerjeans, um ihr Handgelenk lag ein breiter goldener Armreif, und an ihrem Ringfinger funkelte ein großer Solitär.
»Sieh mal, was hier so im Busch herumkriecht«, raunte ihr Jan halblaut ins Ohr, »klasse, was?«
»Der Klunker am Finger kann doch unmöglich echt sein«, stichelte Julia.
Neil hob amüsiert die Brauen. »Jill Court würde nie unechten Schmuck tragen! Aber ich hab dir ja gesagt, du hast kaum Chancen, Jan, das ist ein Verlobungsring.«
»Wo ist der Kerl, ich fordere ihn zum Duell heraus«, scherzte Jan, doch Henrietta hörte sein Bedauern deutlich.
»Das ist Jill Court«, stellte Ian vor, »ohne sie hätten wir euch nie gefunden! Sie ist hier aufgewachsen, kennt jeden Stein und jeden Baum

hier und die meisten der Leute. Wir haben es mit einem geliehenen Allradfahrzeug bis zu ihrer Gästefarm geschafft, die wir als Basis für die Suche mit dem Hubschrauber benutzt haben.«

»Hallo, Jill, Ron Cox hat mir von dir erzählt«, sie lächelte schwach, »ich werde mir noch überlegen, wie ich dir danken kann – aber jetzt bin ich müde, so bodenlos müde. Entschuldige – bitte.« Ihre Worte kamen schleppend, als gehorche ihr die Zunge nicht mehr, sie konnte sich kaum noch auf den Beinen halten und lehnte ihren Kopf an Ians Schulter. Ihre Knie knickten ein, und hätte er sie nicht festgehalten, wäre sie zu Boden gesunken.

»Das ist die Reaktion«, hörte sie Rons Stimme, »nichts, was ein heißes Bad und eine Nacht Durchschlafen nicht kurieren könnten. Trotzdem sollte sie sich bald von einem Arzt untersuchen lassen.« Sie drehte sich um. Er saß auf einem Baumstamm, und die Anstrengung der letzten Stunden hatte tiefe, weiße Furchen in sein Gesicht gegraben, die wie Klammern um seinen Mund lagen. Susi stand hinter ihm, stützte ihn. »Also hat Judy tatsächlich die Court-Farm erreicht.«

»Stimmt«, bestätigte Ian, »schon gestern. Sie berichtete, dass der Doktor von Marys Männern niedergeschlagen worden sei und dass sie eindeutig Stimmen von Frauen gehört habe, die Deutsch sprachen, wie die Missionare auf ihrer Station. Sie konnte ziemlich genau beschreiben, wo dieses Umuzi lag, da sie Marys Vater kannte. Aber unser Pilot, der seinen Hubschrauber stundenweise zu Rundflügen über Natal vermietet, weigerte sich zu fliegen, solange der Sturm tobte.«

»Meine Güte, Ron, wer hat dich denn so zugerichtet?« Mit bestürzter Miene lief Jill zu ihrem Wagen und kam mit dem Verbandskasten zurück. »Kann mir mal jemand helfen?«, rief sie, und Julia trat zu ihr. »Ich bin Ärztin, das heißt fast, in ein paar Monaten mach ich das dritte Staatsexamen, dann bin ich Frau Doktor.« Sie kniete sich vor Ron, löste mit kompetenten Griffen die blutigen, verdreckten Verbände ab. »Er muss ins Krankenhaus, und zwar sofort!«

»Wenn ihr noch lange trödelt, müsst ihr zu Fuß gehen«, warf der

Hubschrauberpilot ein, »in das Wetter flieg ich nicht rein!« Er hielt die Tür zur Passagierkabine auf.
Irgendetwas schnappte in Henrietta wie ein zu straff gespanntes Seil, unsinnige Angst überfiel sie plötzlich. Sie würde wieder von Ian getrennt werden, wieder auf ihn warten müssen. Das nicht – ich kann nicht mehr, dachte sie, ich kann nicht mehr! »Ich fahre mit!«, sagte sie laut. Ihr Ton war so, dass kein Widerspruch von Ian kam.
Der Verband an Rons Oberschenkel zeigte einen handtellergroßen, frischen roten Fleck. Jan und Karsten hakten ihn behutsam unter, hoben ihn in die Hubschrauberkabine, Susi stieg zu ihm. Der Pilot schloss die Tür. »Wir müssen zusehen, dass wir hier herauskommen.« Er deutete auf die schwerbäuchigen Regenwolken, die im Süden dräuten. Der Motor des Hubschraubers feuerte, die herabhängenden Rotorblätter begannen sich immer schneller zu drehen, Blätter wurden hochgewirbelt, die Akazienäste peitschten zu Boden. Dann hob er ab und drehte nach Süden. Die Zurückgebliebenen gingen zum Geländewagen.
»Wir werden unter Umständen ein Stück zu Fuß gehen müssen«, warnte Jill, »ich habe eben per Funk mit unserem Nachbarn gesprochen und gehört, dass es schon wieder einige Erdrutsche auf der Strecke zur Farm gegeben hat. Der schnellste Weg führt über seine Farm, und Tricky Ritchie, unser Nachbar – er hat einen unaussprechlichen deutschen Namen, den Beinamen Tricky hat er sich als Geschäftsmann verdient –, hat einen Bagger losgeschickt, um den Weg freischaufeln zu können, falls er unpassierbar ist. Vermutlich wird Ritchie uns entgegenkommen.«
»Hat er auch eine Wildfarm?«, fragte Neil.
»Tricky Ritchie? – O nein, er betreibt die Farm rein zum Vergnügen. Seine Frau ist eine bekannte Pferdezüchterin aus Kapstadt, und er macht Geschäfte. Der hebt einen Stein am Wegesrand auf und kann den Gewinn bringend verscherbeln. Nicht umsonst heißt er Tricky Ritchie eben.«
»Klingt nicht gerade sympathisch«, bemerkte Ian, während er Henrietta in den Wagen half.

»Mag sein, aber er ist ein ausgesprochen netter Kerl, amüsant.« Sie warf den Motor an.
Als sie über die nächste Anhöhe fuhren, sah Henrietta zurück. Die Sonne kam noch einmal hinter der Gewitterwand hervor, Felsen leuchteten rötlich auf, ihre Konturen zerflossen mit gelbem Gras und dem Lila der Schatten zwischen den Dornenbüschen zu einem Bild von dramatischer Schönheit. Stumm wartete sie, bis eine Hügelkuppe ihr den Blick versperrte, dann schloss sie die Augen und lehnte sich in Ians Arm.

❖

»Da regnet es schon«, Neil deutete auf den tintenschwarzen Südhimmel, »und zwar reichlich. Es kommt rüber. Wir haben nicht mehr viel Zeit.«
»In einigen Kilometern müssen wir einen Fluss durchqueren«, sagte Jill, »für gewöhnlich ist er ein Rinnsal, aber nach diesen Regenfällen ...«
Irgendwann hörten sie ein Geräusch, das nichts mit Afrika zu tun hatte. Ein angestrengtes, wütendes Jaulen, wie von einem großen Hund, der sich in etwas festgebissen hat, und eine Viertelstunde später trafen sie auf Erdmassen, einen Bagger und Ritchie, der eben dem schwarzen Führer des Geräts klar machte, wo er die mächtige Schaufel anzusetzen hatte. Der Weg war bereits zu einem großen Teil zumindest für ein Allradfahrzeug zu bewältigen. Doch der Himmel hatte sich zugezogen, ein paar große Tropfen platschten herunter, und dann setzte der Wolkenbruch ein. Neils und Ians Mienen verfinsterten sich.
»Hallo, Ritchie!« Jill parkte neben einem schmutzig weißen Geländefahrzeug unter der riesigen Akazie, deren Krone sich wie ein Regenschirm über sie spannte, und stieg aus. »Danke, dass du so prompt reagiert hast.«
»Hallo, Jill.« Er tippte die Hand an den Schlapphut, der ihm tief ins Gesicht hing. Seine Augen waren hinter einer verspiegelten Sonnenbrille verborgen, die er trotz des strömenden Regens aufbehielt.

»Wen sollen wir hier eigentlich retten?« Ritchie war herangetreten. Sein Englisch war nachlässig, sein Akzent hart und ausgeprägt.
»Meine Frau«, antwortete Ian, der gerade ausgestiegen war. Neil folgte ihm.
»Was macht denn eine Frau allein im Busch?«, fragte Ritchie spöttisch, »Selbstfindungstrip? Touristin oder Hiesige?«
»Henrietta, meine Frau, hat Jahre hier verbracht ...«, Ians Stimme war kühl.
»Henrietta? Ich kannte mal eine Henrietta – aber das ist Ewigkeiten her. Warum ist sie bei diesem beschissenen Wetter auf eine Buschtour gegangen?«
»Sie hat eine Lieferung Vitaminsaft für ihre Freundin Tita, Neils Frau, übernommen«, seine Hand deutete auf seinen Freund, »um sie in ein paar Zuludörfern zu verteilen.«
»Und dann kam der Regen«, Ritchie nickte, »he, Tom – hierher!« Er trat mit seinen Veldskoens gegen einen Felsbrocken, der offenbar vom Regen unterspült von dem Hang links auf die Sandstraße gerollt war. Der Baggerführer legte den Rückwärtsgang ein und drehte sich aufheulend auf der Stelle, senkte die Schaufel und schob den Brocken samt Erdreich an den Pistenrand. »Gut – dann noch hier und hier«, dirigierte er, »dann können wir die feinen Herrschaften aus ihrer misslichen Lage befreien.« Er schickte einen sonnenbrillengeschützten Blick zum Wagen.
Julia, Karsten und Jan waren auch ausgestiegen, und Ian stellte sie rasch vor.
»Jan und Julia – eh? So, so. – Hallo.« Ritchie musterte sie, seine Brille jedoch entfernte er nicht. »Okay!«, brüllte er seinem Fahrer zu, »fofftein, Jungs!« Mit dem Daumen zeigte er auf seinen Geländewagen. »Was zu trinken und ein Happen zu essen sind hinten im Kühlkasten, Tom!« Er fischte eine Bierdose aus dem Kühlkasten, auf der sofort die hohe Luftfeuchtigkeit kondensierte. »Kann ich euch etwas anbieten?«, fragte er in die Runde, »meine Silky lässt mich nie in den Busch gehen, ohne mir eine Picknicktasche zu packen. Silky ist meine Frau«, ergänzte er.

»Fofftein? Klingt irgendwie hamburgisch.« Ian hatte Deutsch gesprochen.
Ritchie lachte dröhnend. »Woher weiß denn so ein Schotte wie du, dass man in Hamburg ›Fofftein‹ sagt, wenn man meint ›mach mal 'ne Pause‹? Du bist doch Schotte, oder?«
»Wir wohnen in Hamburg.«
»Ach was! Na, darauf müssen wir später mal ein paar Bier kippen, was? Was machst du hier? Geschäftlich? Privat?« Er streckte seine Nase vor, als hätte er eine Fährte aufgenommen.
»Wir besuchen Freunde«, beendete Ian das Gespräch. »Die Zeit drängt. Können wir aufbrechen, ist der Weg befahrbar?«
Henrietta stieg aus, streckte sich. »Was hält uns auf, ich fall gleich um vor Müdigkeit!«
»Das ist also Henrietta«, sagte Ritchie, »ja, wer hätte das denn gedacht!« Er setzte seine verspiegelte Brille ab.
Henrietta hob ihre Augen, und die Begrüßung blieb ihr im Hals stecken.
Er war nicht mehr schmal wie als kleiner Junge, groß war er und kräftig, sein Gesicht braun gegerbt, wie jemand, der viel Zeit im Freien zubringt. Seine Augen glänzten wasserblau wie die seines Vaters. Sein Lächeln aber war wie ihr eigenes.
Dietrich. Ihr Bruder.
»Hallo, Schwesterlein«, sagte Dietrich und lächelte breit, »es ist verflucht lange her, was?«
»Dietrich!«, rief sie atemlos, »Dietrich? Bin ich verrückt geworden? Du kannst nicht hier sein!«
Wieder sein dröhnendes Gelächter. »Silky und ich haben eine Farm hier, nur für die Ferien, nichts Kommerzielles.« Er zog ein Farbfoto hervor. »Silky und unsere drei Kinder!« Alle waren strohblond mit hellen Augen.
Henrietta starrte sprachlos von ihrem Bruder zu dem Foto, aber ihr Gehirn weigerte sich zu begreifen, was sie in den letzten Minuten erfahren hatte. »Ich werd verrückt«, stieß sie endlich matt heraus und setzte sich einfach auf die regendurchweichte Erde.

Ian half ihr zurück in Jills Wagen, flößte ihr Wasser aus einer Flasche ein und ließ nicht locker, bis sie ein wenig von dem Salat aß, den Jill in einem Kühlkasten mitgenommen hatte. Zum Schluss reichte er ihr einen Flachmann. »Whisky, runter damit!«
»Alles?«, protestierte sie kläglich, aber gehorchte.
»Ist euer Fluss passierbar?«, hörte sie Jill fragen.
»Oh, oh. Habt ihr Flinten mit? Es wimmelt da von Krokodilen.«
Jill nickte bestätigend. »Ja, natürlich haben wir welche mit.«
»Gibt es hier wirklich Kroks?«, fragte Karsten, Zweifel in seinem Ton.
»Massenweise«, grinste Ritchie, »hinterhältige Viecher, tückisch und schlau, und immer da, wo man sie gar nicht gebrauchen kann. Gedeihen prächtig dank einer Diät von jungen Frauen, die aus ihren Umuzis zum Fluss kommen, um Wasser zu holen.«
»Lass dich nicht verrückt machen, meistens fressen die Antilopen oder saufende Kühe, nur ab und zu greifen sie Menschen an«, versuchte Neil abzuwiegeln.
Henrietta spürte, wie Ian seine Muskeln spannte, sah sein Gesicht wieder zu der altbekannten Fassade werden, aber sie kam nicht dazu nachzuhaken. Tom schob mit seinem Bagger noch ein paar Schlammzungen weg, dann verabschiedeten sie sich von Tricky Ritchie. »Bei den Robertsons wohnt ihr? Ich denke, ich werde mit meiner Silky einmal vorbeikommen. Ich rufe vorher an, okay?« Damit schwang er sich in seinen Wagen und schoss durch den aufspritzenden Schlamm davon.
Alle stiegen wieder ein, und schlingernd setzte sich auch ihr Gefährt in Bewegung. Über Krokodile redeten sie nicht mehr.

Ihre Bedenken waren überflüssig gewesen, sie durchquerten den Fluss sicher, trotz strömenden Regens, und die zwei Panzerechsen, die in einiger Entfernung am Ufer lagen, rührten sich nicht. Zwei Stunden später bogen sie von der Buschpiste ab und hielten alsbald vor einem weitläufigen, riedgedeckten Haus, das hell erleuchtet vor ihnen lag. Jill sprang aus dem Wagen und führte sie über die breite,

hölzerne Veranda durch hohe, luftige Räume mit frei liegenden Dachbalken, honigfarbenen Fliesenboden und weiß gekalkten Wänden.
»Nelly, wir sind zurück!«, rief sie, und kurz darauf erschien eine mütterlich wirkende schwarze Frau, die nicht in die übliche Hausmädchenuniform gekleidet war, sondern in ein einfaches, aber recht modisch geschnittenes Kleid. Das passende Kopftuch trug sie mit einer großen Schleife auf der Stirn gebunden. Sie legte Jill eine Hand auf die Schulter, und diese lächelte sie liebevoll an. »Sag bitte dem Koch, er soll alles auffahren, was er im Haus hat.«
Nelly nickte. »Guten Abend«, grüßte sie, »willkommen. Ich werd die Badezimmer herrichten lassen«, verkündete sie mit einem kritischen Blick auf Henrietta, »Ben sagt, der Regen wird noch schlimmer. Besser, wenn deine Freunde heute Nacht hier bleiben, und du solltest früh schlafen gehen«, brummelte sie streng und verließ den Raum.
Jill seufzte, aber auf eine Art, die verriet, wie gern sie die Zulu hatte. »Sie hat mich aufgezogen, sie ist eigentlich meine Mutter, sie vergisst nur, dass ich kein kleines Mädchen mehr bin. Aber sie hat Recht, es ist besser, wenn ihr hier übernachtet. Bei diesen Straßenverhältnissen ist eine Nachtfahrt nicht angenehm.«
Nachdem sie geduscht, sich trockene Kleidung von Jill geliehen und ihre eigene, verdreckte einem untersetzten, fröhlichen Zulumädchen zum Waschen überlassen hatten, servierte Nelly das Essen.
Es war vorzüglich. Henrietta aß mit Heißhunger, sagte wenig, drückte ihr Bein an das von Ian, brauchte seine Wärme. Jan, seine Augen glänzend vom roten Kapwein, redete angeregt auf Jill ein. Jan und Julia hatten Neil in politische Gespräche verwickelt. Später standen Henrietta, Ian und Jill auf der großen, quadratischen Terrasse. Der Regen tröpfelte nur noch, trommelte mit leichten Fingern auf den Holzboden der Veranda, zitterte auf den im huschenden Mondlicht kupfern glänzenden Blüten des Bougainvilleabusches. Einzelne Baumfrösche erhoben ihre Stimmen. »Es wird bald aufhören zu regnen«, prophezeite sie, »ich kann es riechen.«

Jan tauchte aus der Dunkelheit auf. »Ihr seht müde aus«, sagte er zu ihr, »ihr solltet euch zurückziehen.« Hinter Jills Rücken machte er eine unmissverständliche Handbewegung, die Henrietta klar machte, was von ihnen erwartet wurde.

»Danke für deine reizende Sorge um deine alten Eltern«, schmunzelte sie und zog Ian ins Haus.

In ihrem Zimmer öffnete er die großen Fenster weit, und sie legten sich in das große Doppelbett. Die weißgerüschten Trompetenblüten des Daturabusches neben dem Fenster verströmten ihren süßen Duft. »Letzte Nacht hab ich hier allein gelegen«, flüsterte er mit dem Mund in ihren Haaren, »und den Sonnenaufgang herbeigesehnt, den Moment, wo mich jeder Schritt, den ich tat, dir näher bringen würde. Es war eine sehr, sehr lange Nacht.« Er drückte sie an sich.

Die Datura duftete betäubend, sie schlossen die Augen, und bald schliefen sie ein.

4. Januar 1990 – auf Jill Courts Gästefarm

Henrietta schlief fünfzehn Stunden, und als sie endlich aufwachte, starrte sie benommen auf die sonnendurchschienenen weißen Gardinen, brauchte Minuten, bevor sie begriff, dass sie in Jills Gästezimmer lag. Sie tastete neben sich. Das Bett war leer. Sie war allein. Reglos verharrte sie, den Bodensatz ihrer Träume kostend. War sie in Zululand gewesen, war sie gekidnappt worden? Das, was fast passiert wäre, wollte sie nicht mit Worten bezeichnen, um es nicht für immer in ihrem Gedächtnis zu speichern. Oder war alles nur ein Traum? Sie setzte sich auf, bemerkte Verbände auf ihren Armen, spürte ein unangenehmes Pochen über ihrem Auge.
Sie befühlte die Beule. Es war also kein Traum gewesen!
»Ich will jetzt nicht darüber nachdenken«, erzählte sie dem leeren Raum, »irgendwann, aber nicht jetzt.« Entschlossen schwang sie ihre Beine über die Bettkante und ging ins Badezimmer, noch ein bisschen wackelig, aber nach einer langen, ausgiebigen Dusche sah das Leben schon angenehmer aus.
Als sie nach einer Weile durch das Haus auf die Veranda spazierte, saßen alle anderen schon bei einem üppigen Frühstück. Ian sprang auf. »Liebling, willkommen zurück!« Er zog ihr einen Stuhl zurecht und goss ihr Kaffee ein. »Du siehst aus, als könntest du ein paar Liter von dem Zeug gebrauchen.«
Nach dem Frühstück fanden sie ihre Kleidung frisch gewaschen und gebügelt in ihren Zimmern. Sie zogen sich um und brachen auf.
Es hatte aufgehört zu regnen, die Straßen waren befahrbar. Bläuliche Feuchtigkeitsschleier verdunsteten in der rasch steigenden Sonne, und bald war der Himmel klar und hoch und tiefblau, die fedrigen Wolken über dem Horizont, zart wie hingewischte Pinselstriche,

wurden rasch von einem kräftigen Seewind zerrissen, der sich allmählich zu einer leichten Brise abschwächte.

Tita empfing sie vor dem Haus. Ohne ein Wort zu sagen, fielen sich die Freundinnen in die Arme. Eng umschlungen gingen sie hinaus auf die Terrasse, wo bereits der Mittagstisch gedeckt war. Sie setzten sich. »Erzähl«, sagte Tita, »von Anfang an.«

Die Gespräche rund um den Tisch erstarben, Henrietta bemerkte, wie Julia die Hand von Karsten ergriff und Jan seine auf den Arm Ians legte. Alle sahen sie erwartungsvoll an.

Nein, es geht noch nicht, antwortete sie ihr schweigend, ich will eigentlich überhaupt nicht darüber sprechen. Ich will es vergessen, aus meinen Gedanken entfernen. Für immer. Aber es gab Dinge, die alle wissen mussten.

»Die Entführung galt eigentlich dir, Tita«, begann sie und erzählte ihnen von dem Verdacht der Zulus hinsichtlich des FORLISA-Saftes.

Schock zeichnete Titas Gesicht. »Die sind ja völlig verrückt geworden! Neil, wir müssen mehr Wachen haben«, verlangte sie mit offensichtlicher Panik, »und die Kinder brauchen auch zumindest Nachtwachen. Wer weiß, was den Verbrechern noch einfällt. Denk an Sammy und Nino!«

Neil nickte, auch deutlich besorgt. »Du wirst keinen Schritt mehr ohne Twotimes machen, und ich werde vom Sicherheitsdienst zusätzliche Wachen für den Tag anfordern. Nachts rennen ja schon vier Leute mit ihren Hunden hier herum.«

»Ich hab ja genug Zeit gehabt nachzudenken.« Henrietta nagte nachdenklich an ihrem Zeigefinger. »Die einzige Erklärung wäre, dass Dr. Braunle vergiftete Flaschen liefert oder dass hier im Hafen Gift hinzugefügt worden ist. Die Möglichkeit aber hätte …«

»… nur die Polizei«, ergänzte Neil grimmig. »Diese Schweine. Ich werde Proben untersuchen lassen, einige nehmt ihr mit nach Deutschland und lasst sie dort testen, und dann vergleichen wir die Ergebnisse.«

»Und Jeremy?«, fragte Tita. »Wo ist er – und unser Wagen?«

»Jeremy ist tot«, begann sie, und dann erzählte sie alles – fast alles. Über Sarahs Verschwinden sprach sie nicht und auch nicht darüber, was Mary mit emveni gemeint hatte. Keiner unterbrach sie, und als sie endlich die Geschichte zu Ende gebracht hatte, sprach niemand für eine Weile, als müssten alle erst einmal verdauen, was sie da vernommen hatten.
Tita berührte den Hals ihrer Freundin, der blaurote Würgemale trug. »Ich erwarte Anita Allessandro jeden Moment. Sie kommt, um dich und Susi zu untersuchen. – Ist – ist noch etwas anderes passiert?« Ihren angstvollen Augen war anzusehen, woran sie dachte bei dieser Frage.
Ian fuhr hoch, hörte auf zu atmen. Totenstille herrschte am Tisch, alle Blicke ruhten auf ihr.
Ihre Hand flog zu den Würgemalen. Sie roch plötzlich Rauch und scharfen Schweiß, aber es gelang ihr, die aufsteigende Erinnerung zu verdrängen. »Nein«, antwortete sie, »nein.«
Ian zog rasselnd Luft ein und nahm sie wortlos in den Arm. Sie fühlte seine eiskalten Hände. Er weiß es, dachte sie, er weiß, dass mir etwas passiert ist, das ich nicht in Worte kleiden will. Ein paar Augenblicke saßen sie so. »Es ist gut«, wisperte sie, nur für ihn hörbar, »sie haben es nicht geschafft.«
Danach berührte keiner von ihnen mehr die vergangenen vier Tage. Dazu war es noch zu früh. Nur einmal fragte sie nach dem Datum.
»Es ist der vierte Januar heute«, antwortete Ian, der offensichtlich genau wusste, warum sie das fragte. »Wir haben noch mehr als vierundzwanzig Stunden, eine Ewigkeit.«
Für einen Moment schloss sie die Augen, dann nickte sie, sagte aber nichts, und niemand erwähnte mehr ihre Abreise.
Nach dem Lunch liehen sich Julia, Karsten und Jan Titas Auto aus und fuhren nach Umhlanga. »Wir wollen auf den Spuren unserer Kindheit wandeln und im Meer schwimmen«, sagte Jan.
Wenig später kam Susi aus dem Krankenhaus, wo Ron lag. »Es geht ihm schon viel besser. Er lässt euch alle grüßen«, berichtete sie strahlend vor Glück und ging, um sich umzuziehen.

Die Nachmittagshitze, die wie eine Glocke über dem Land lag, und die extreme Luftfeuchtigkeit machten jede körperliche Betätigung zur schweißtreibenden Anstrengung. Man lag gemütlich im Liegestuhl, trank Kaffee und aß Reginas frische Scones. Kurz darauf erschien Susi im Bikini und setzte sich zu ihnen.
Über ihrem Kopf wippten rosarote Bougainvilleas. Eine pflaumengroße, bunt gemusterte Spinne ließ sich an ihrem Seidenfaden langsam auf Susis Kopf hinunter. Auf Ians Zügen spiegelte sich erwartungsvolle Schadenfreude. »Achtung!«, rief er, »über dir – die wird dich gleich verschlingen!« Er lachte herzlich.
Susi blickte hoch und schoss ihm dann einen aufreizenden Blick zu. Vorsichtig nahm sie die Spinne in beide Hände, stand auf, trug das Tier hinüber zu Ian, hakte schweigend einen Finger in seine Badehose und ließ die Spinne hineinfallen. »Nun pass auf, dass sie dir nichts abbeißt!« Jetzt lachte sie, laut und herzlich.
Ian sprang brüllend auf und hechtete in den Swimmingpool. Unter Wasser fischte er die halb ertrunkene Spinne aus seiner Hose und legte sie auf den Beckenrand.
»Sie hat sogar Raupen gegessen«, Henrietta bog sich vor Lachen, »du musst dich in Zukunft vor ihr vorsehen, sie kann nichts mehr erschrecken.« Mich auch nicht, nichts und niemand mehr, dachte sie, aber nicht wegen der Raupen. Sie glitt zu ihrem Mann ins Wasser und in seine Arme. »Ich lass dich nie wieder los«, flüsterte sie.
Gegen vier fuhr Dietrich mit seiner Frau vor. »Das ist Silke, genannt Silky, meine Seidige«, stellte er sie seiner Schwester vor, so sichtlich stolz, dass es sie anrührte.
Silke war schlank, gebaut wie eine Leichtathletin, hatte herrliche goldbraune Haut, fast faltenlos, hellblonde Haare und Augen so klar und durchsichtig, wie man sich das Wasser in den Schären vorstellt, nur nicht so kalt. Wenn sie lächelte, kräuselte sie ihre Nase, bis die winzigen Sommersprossen darauf tanzten.
Dann erfuhr sie die Geschichte ihres Bruders.
»Erinnerst du dich noch an den Weihnachtsabend, an dem ich Papa sagte, dass ich mir jetzt die Welt ansehen würde und das Leben

genießen?« Er lachte amüsiert. »Ich bin bis nach Hamburg-Wellingsbüttel gekommen, auf eine Party. Dort lernte ich Birgit kennen und verliebte mich bis zum Wahnsinn. Ihrem Vater gehörte eine Pferdezucht in der Holsteinischen Schweiz. Ich meinte, das große Los gezogen zu haben. So eine tolle Frau und dann noch Tochter eines Reitstallbesitzers. Ich sah für mich schon das Leben eines Landedelmanns vor mir. Aber er jagte mich zuerst mit seinem Hund und der Mistgabel vom Hof!« Er lachte noch einmal in Selbstironie. »Am Ende kamen wir aber gut miteinander zurecht. Als Birgit bei einem Springturnier starb, verkaufte er seine Pferde, und zur Auktion kamen Käufer aus aller Welt, unter ihnen auch Silke mit ihrem Vater aus Kapstadt.«
Vergnügt ergriff er die Hand seiner Frau und küsste ihre Handfläche. »Ein Pferd hat sie nicht gefunden, aber einen Ehemann. Auf die Dauer eine bessere Investition, he, Silky?«
»Warum hast du dich nie gemeldet?«, fragte Henrietta schroff, »Papa hat dich gebraucht, und Mama sowieso – du warst immer ihr Liebling. Du hast sie sterben lassen, ohne dich noch einmal zu melden, obwohl du die ganze Zeit in ihrer Nähe warst. Mama ist 1984 gestorben und Papa ein paar Monate nach seinem 78. Geburtstag.«
»Es tut mir Leid«, sagte er nach einer Weile, »unsere Familie ist so langlebig, ich dachte, sie leben ewig – außerdem hätte ich Papas Spott nicht ertragen, und dann später ... irgendwie passte es nie. Ich hatte mein eigenes Leben.«
»Ich versuche seit Jahren, dich zu finden. Ich habe einen Haufen Schereien mit Papas Erbe, ohne dich bekomme ich keinen Erbschein. Ich war kurz davor, dich für tot erklären zu lassen! – Woher kamen denn all diese Postkarten?« Ihr Ton war aggressiv.
Er grinste ohne Verlegenheit. »Einer meiner Freunde fährt zur See. Der hat das erledigt.«
Henrietta presste ihre Lippen zusammen. Sie fühlte sich betrogen. »Du hattest kein Recht, uns so zu behandeln«, begehrte sie auf, »ich hab völlig allein dagesessen, als die Eltern starben.«
Dietrich zuckte mit den Schultern. »Ach, Schwesterlein – Recht! Ich

habe mir das Recht genommen, mein Leben zu leben, und wenn ich das so betrachte, hast du genau das Gleiche gemacht. Ian sagte gestern, dass ihr in Deutschland lebt und nicht in Afrika. Erzähl mir nicht, dass das freiwillig ist.« Sein Blick war sehr direkt, und es war ein anderer Dietrich, der sie jetzt musterte, als sei eine Maske verrutscht.

Nun war es an ihr zu schweigen.

Mit einem feinen Lächeln wechselte er das Thema und erzählte von seinem großen Haus an der Nettleton Road hoch über Kapstadt und der Pferdezucht auf der Farm von Silkes Eltern am Noordhook Strand.

»Oh, là, là!«, hauchte ihr Tita zu, »die Prominenz ist unter uns.« Ein spöttisches Kichern folgte ihren Worten. »Kennst du den Spruch, je höher ein Affe klettert, desto mehr sieht man seinen Hintern?« Sie schüttelte sich mit unterdrücktem Lachen.

Henrietta grinste schief.

Dietrich zeigte nicht, ob er mitgehört hatte. »Ihr kommt uns natürlich besuchen. Nächste Woche vielleicht – Silky?«

»Aber mit Vergnügen«, strahlte die, »wir geben eine Riesenparty, du wirst eine Sensation werden!«

Sie spürte Ians schützende Hand auf ihrem Nacken, als er für sie antwortete. »Danke, aber das müssen wir wohl vertagen. Wir fliegen morgen zurück.«

Wieder dieser andere Blick – sehr Blau, mit einem Unterton von Stahlgrau –, durchdringend und kraftvoll. Der Blick ihres Vaters. Er streifte Ian, konzentrierte sich aber auf sie. »Habt ihr Schwierigkeiten?« Auch sein Ton war verändert.

Plötzlich fühlte sie Stärke und Kraft hinter der Playboyfassade ihres Bruders. Sie öffnete ihren Mund, um zu sagen, ja, ich habe Schwierigkeiten, und ich habe Angst, kannst du mir helfen, als ihre innere Stimme sie warnte. Vorsicht, er lebt hier, er hat viele Freunde, und die wiederum haben auch viele Freunde. Jeder kennt hier jeden.

Er ist mein Bruder, versuchte sie sich selbst zu überzeugen. Trotzdem!

Verdrossen gehorchte sie dieser hartnäckigen Stimme. »Wir müssen einmal über alles reden, Ditti«, bewusst benutzte sie den Kosenamen, den sie ihm als kleinem Jungen gegeben hatte, nur sie, »leider können wir nicht länger bleiben, da hat Ian Recht. Ihr müsst nach Hamburg kommen, da ist auch noch die Angelegenheit mit Papas Erbe.« Ihr Ton war leicht, aber ihr fester Griff sollte ihm mehr sagen.
Er erwiderte ihren Druck. »Ja, doch, ich denke, wir werden bald nach Hamburg kommen. Was sagst du, Silky? Man findet nicht jeden Tag seine verlorene Schwester wieder.«
»Ich«, wisperte Henrietta, »ich war immer da, ich war nie unauffindbar.« Impulsiv umarmte sie ihn. »Es ist schön, wieder einen Bruder zu haben. Komm uns bald besuchen, ja?«
Danach verabschiedeten er und Silky sich bald.

❖

Später wanderten sie ein paar Kilometer den Strand hinauf und hinunter, immer am Saum des Meeres entlang, mit den Wellen spielend, die zischend auf dem Sand ausliefen. Sie warfen sich in die lang gezogenen Wellen, die aus der Weite des Indischen Ozeans hereinrollten, tauchten unter der Gischt hindurch, die Luft um sie erfüllt von glitzernden Wassertropfen und dem Donnern der Brandung.
Sie liefen, bis die Sonne hinter die Hügel sank und der Himmel purpurn wurde, und nahmen Abschied, nur sie zwei, ganz allein.
So verging ihr letzter Tag vor der endgültigen Abreise.

❖

Am nächsten Tag holte sie die Realität wieder ein. »Die Flüge sind ausgebucht«, berichtete Neil, »ihr werdet die paar Tage noch hier bleiben müssen«, sagte er und meinte Julia, Karsten und Jan.
»Ihr könnt mein Auto nehmen und ein wenig die Gegend ansehen«, unterbrach ihn Tita und streifte Henrietta und Ian mit einem Blick,

»ich glaube, eure Eltern würden froh sein, wenn ihr sie die letzten Stunden mit Afrika allein lasst.«

Susi bekam einen Flug in drei Tagen. »Buch bitte mit Rückflug in drei Wochen«, bat sie Neil. Sie lag im sonnenblumengelben Bikini im Liegestuhl und trank ein großes Glas Orangensaft.

Henrietta drehte sich überrascht um. »Was hast du vor? Du willst hierher zurück? Nach allem, was du durchgemacht hast?«

»Nachdem ich diesem schwarzen Schlangenmonster in die Augen gesehen und die Henkerin überlebt habe, jagt mir nichts mehr Angst ein, und über Ralf kann ich nur lachen«, grinste sie, »den schick ich in die Wüste und nehm ihm mindestens die Hälfte seiner Mäuse ab. Damit werden Ron und ich eine nette Landarztpraxis in Zululand, in Mtunzini, bauen – der Name bedeutet übrigens ›ein Platz im Schatten‹ –, mit Geckos hinter jedem Bild, Spinnen unterm Dach und Schlangen im Garten. Dann werde ich alles daransetzen, dass ein Chirurg meine Tubenligatur rückgängig macht, und eine Menge Kinder bekommen. Ich werde sehr, sehr glücklich sein.« Sie strahlte in die Runde.

Henrietta war weder erstaunt, noch bezweifelte sie das auch nur eine Sekunde. Es war eine neue Susi, die da sprach, die alte war irgendwo im Busch zurückgeblieben. Als hätte dieser Ansturm von Ereignissen Schicht um Schicht jahrelange Ablagerungen abgetragen, bis der Kern ihrer Persönlichkeit bloß lag. Einmal mehr wunderte sie sich über die eigenartige Wendung des Schicksals, das in diesen Tagen, in denen ihr Leben ständig bedroht wurde, vier Menschen das Glück gebracht hatte.

»Wir müssen Isabella suchen lassen«, erinnerte Tita, Besorgnis in den grünen Augen, »ich rufe die Polizei an.« Sie streckte die Hand zum Telefon aus. »Hoffentlich ist sie noch am Leben – ich mag gar nicht daran denken, was ihr alles zustoßen könnte.«

Henrietta stoppte sie. »Dieser Mann würde ihr nie etwas zu Leide tun. Wir können sie nicht offiziell suchen lassen, ohne ihn in Lebensgefahr zu bringen. Außerdem glaube ich, dass sie behaupten wird, auch dazuzugehören, und das würde sie auch in Lebensgefahr bringen. Wir müssen abwarten, bis sie sich meldet – wenn sie sich meldet.«

»Ich kann das einfach nicht glauben«, protestierte Tita, »Isabella und ein Zulu! Sie hasst Schwarze, nennt sie Kaffern und behandelt sie wie ein Stück Dreck. Bist du sicher, dass der Kerl ihr nichts eingeflößt hat? Dagga oder ein Muthi von seinem Sangoma? Im Trinkwasser vielleicht – ich trau denen alles zu.«

»Dazu war keine Gelegenheit, dann hätten wir das alle getrunken«, antwortete sie, »Tita, hör auf, lass einfach die Farbbezeichnungen weg. Was bleibt dann? Ein junges Mädchen trifft einen Mann, einen Doktor der Rechte, und verliebt sich unsterblich in ihn. Für Lukas ist sie eine Schönheit, in seiner Kultur liebt man üppige Frauen. – Was ist daran so ungewöhnlich?«

»Oh, ist ja schon gut, nimm deinen Zeigefinger runter.« Verdrossen schwenkte Tita ihren Drink. »Verstehen tu ich es doch nicht. Es macht keinen Sinn. Wenn du sicher bist, dass Isabella nicht unter Drogen stand, wie kannst du mir dann erklären, dass sie mit dem Kerl im Busch verschwunden ist? Dieser Mann ist ein Terrorist, verdammt noch mal, vermutlich auch ein Mörder.«

»Es ist die alte, böse Geschichte des weißen südafrikanischen Kindes, dessen Mutter nicht viel Zeit für die Tochter hatte, da blieb ihr nur ihre Nanny, die ihr Liebe gab ...«

Neil fiel ihr ins Wort. »Und dann brachte ihr die weiße südafrikanische Gesellschaft bei, dass diese Nanny ein minderwertiger Mensch sei, nicht viel besser als ein Haustier.« Seine Stimme klang bitter. »Das ist die Wurzel des Übels, die müssen wir herausreißen. Eigentlich gehören wir alle auf die Couch eines Psychiaters – würd' ein ziemliches Gedrängel geben.« Er lachte freudlos auf und schüttete seinen Gin Tonic die Kehle hinunter.

»Da ist noch etwas anderes.« Henrietta zog ihre Tasche heran und fischte ein paar Geldscheine hervor. »Ich möchte das hier für Lukas hinterlegen. Er wird es eines Tages abholen.« Sie senkte ihre Stimme, wollte jetzt noch nicht über Sarah sprechen, aber Tita ließ nicht locker, und so erzählte sie, wie ihre schwarze Schwester ver-

schwunden war. »Als Mary das Chamäleon auf Sarahs Hand erblickte, geriet sie in Todesangst ...«
Neil nickte. »... der Todesbote der Zulus ...«
»Ja, genau das. In diesem Moment war sie nicht mehr Mary, nur noch Nonhlanhla, die Zulu, zurück in der übernatürlichen Welt ihres Volkes, die von Geistern und Dämonen bevölkert und den Seelen ihrer Vorfahren regiert wird, sie wusste, dass sie von ihren Ahnen verlassen worden war und das Chamäleon ihr den Tod ankündigte. Verstehst du? Es war ihr Glaube. Es war für sie entschieden, dass sie sterben musste.« Aus den Augenwinkeln sah sie Neil nicken. »Sie schrie Sarah noch etwas ins Gesicht«, fuhr sie fort, »ich konnte es nicht verstehen, aber Lukas meinte, es sei ein Fluch gewesen. Dann ließ sie den Ast los und fiel in die Tiefe. Und das war das Ende von Mary, der Henkerin. Sarah sagte, das alte Krokodil habe sie erwischt.«
Sie erntete entsetzte Blicke. Ian saß regungslos, sagte nichts, aber als ein Hund in der Nähe bellte, zuckte er zusammen.
»Oh, mein Gott«, keuchte Julia und presste die Hand vor den Mund.
»Na, ich hoffe, das Krok hat sich nicht vergiftet«, murmelte Neil und brach den Bann.
»Sarah ging dann«, fuhr sie fort, »sie drehte sich noch einmal um und sagte, ich werde den Schwalben folgen und in die Berge verschwinden.« Sie musste eine Pause machen, durchlebte wieder, wie sich Sarah von ihr abwandte und ging, wünschte inständig, sie wäre ihr gefolgt. »Es waren ihre letzten Worte«, sagte sie und gab ihnen dann Lukas' Übersetzung.
Tita – das Champagnerglas an den Lippen – verschluckte sich. »Sarah hat ihrer Schwester Mary Mkize, die eine knallharte Verbrecherin war, ein Chamäleon hingehalten, woraufhin die vor Schreck heruntergefallen ist und von einem Krokodil gefressen wurde. Vorher aber hat sie Sarah noch schnell mit einem Fluch belegt, und deswegen wird die sterben – und du glaubst das?«
»Eben hast du es noch für möglich gehalten, dass ein Sangoma Isabella verhext habe.«
»Oh, du weißt genau, was ich meine!« Tita setzte ihr Glas hart auf

den Tisch. »Ich halte es für möglich, dass man ihr irgendeinen Pflanzensud eingeflößt hat, um sie gefügig zu machen, von Kräutern versteht ein Sangoma viel. Der Rest ist Humbug«, beschied sie. Sie klang aufgebracht, aber der unsichere Unterton, der den letzten Satz begleitete, war deutlich.

»Es ist ihre Religion«, setzte Henrietta nach, »ihr Glaube!« Sie sah ihrer Freundin in die Augen.

»Ihr Krauts seid immer so schrecklich emotional und manchmal so edel, dass es kaum auszuhalten ist«, seufzte diese.

»Mein Schatz«, sagte Neil, »du hast dich – wie die meisten von uns – nie für die Kultur der Schwarzen interessiert. Wir sind hier geboren, leben hier schon unser ganzes Leben – und über die Gebräuche des größten Teils der Bevölkerung wissen wir nichts, gar nichts! Wir sollten das schleunigst nachholen.«

Tita warf die Hände hoch, als würde sie sich ergeben. »Oh, ich weiß, du hast ja Recht – versteht ihr, ich verdränge die Vorstellung, dass mein Hausmädchen Regina, das auf unserem Grundstück wohnt, in ihrer freien Zeit an Tieropfern teilnimmt …«, sie wandte ihren Kopf, ihr Blick streifte ihren schwarzen Gärtner, der den Rasen mähte, »… oder er etwas mit diesen Muthi-Morden zu tun haben könnte, von denen man hört. Es jagt mir eine derartige Angst ein, dass ich davon nichts wissen will.« Sie spielte mit ihrem Diamantring, schien mit sich zu kämpfen.

Henrietta war aufgewühlt. »Tita …«

Diese hob ihre Augen, lächelte ein wenig. »Und ich soll Lukas das Geld geben, damit er einen Sangoma bezahlt, der Marys Fluch aufhebt, damit Sarah nicht den Schwalben folgen muss? Lukas, dem Doktor der Rechtswissenschaften?«

Sie nickte dankbar. »Lukas Ntuli, dem Zulu – genau so!«

Tita nahm das Geld. »Ich sollte BOSS hinter Sarah herschicken, die verleihen ihr sicher eine Medaille dafür, dass sie die Henkerin ins Jenseits befördert hat. – Regina, mein Glas ist leer!«, schrie sie ins Haus und hielt ihr Glas hoch.

Regina erschien im Eilschritt mit einer vollen Champagnerflasche.

»Jemand kommt«, verkündete sie gleichzeitig, »Taxi fährt den Weg hoch.«
»Frag ihn, was er will«, wies Tita sie an.
Henrietta spürte Unmut, dass ein Fremder ihren letzten Tag mit ihren Freunden unterbrach, und hoffte, dass es nur eine kurze Störung sein würde.
Regina kehrte zurück. »Besuch für Mrs. Popp«, kündigte sie an und trat beiseite, um den Besucher auf die Terrasse zu lassen.
»Ach, du Scheiße«, rief Susi plötzlich aus.
Henrietta drehte sich um, und da stand Ralf Popp. Todschicker Anzug, viel zu warm, offener Hemdkragen, gelockerter blauer Schlips, müde, rot geränderte Augen. »Was zum Teufel hast du dir dabei gedacht?«, brüllte er und ging auf Susi los.
Ian streckte ein Bein aus, und Ralf fiel der Länge nach in Titas Anthurienbeet. »Hoppla«, grinste Ian und half dem Gefallenen auf. »Hier sagt man eigentlich erst guten Tag, mein Name ist Ralf Popp, und entschuldigen Sie bitte die Störung, wäre es möglich, dass ich meine Frau sprechen könnte – aber woher sollst du das schon wissen.« Er konnte Ralf genauso wenig leiden wie Henrietta.
»Fass mich nicht an, du Arsch!« Wütend versuchte Ralf, die rote Erde Afrikas von seinem Anzug zu bürsten. Da sie aber noch nass von den Regenfällen der vergangenen Tage war, schmierte er sie sich erst recht ins Gewebe. »Sieh dir das an, das bezahlst du mir!«
Ian lachte herzlich.
Mit einem Schritt war Ralf neben seiner Frau, packte sie am Arm, hob sie mühelos aus dem Liegestuhl. »Du kommst jetzt mit, wir holen deine Sachen aus dem Hotel, und dann wirst du mir erklären, was dir eingefallen ist! Du gehörst doch in die Klapsmühle!«
»Hör mal, alter Junge, so behandelt man Damen nicht und schon gar nicht in meinem Haus.« Neil warf sich ein Hemd über seine Badeshorts und baute sich neben ihm auf. »Lass sie sofort los!« Er brauchte nicht zu drohen, sein breites Kreuz, die Muskeln seiner schwimmgestählten Oberarme sprachen für sich.
»Gehen Sie mir aus dem Weg.« Ralfs Englisch war schlecht, aber

verständlich. Er schubste den Südafrikaner. Dieser umschloss sein Handgelenk und drückte, bis Ralf, puterrot im Gesicht, mit einem Fluch seine Frau losließ, die wieder in den Liegestuhl zurücksank.
»Gut, was?«, grinste Neil, »bin doch noch ganz fit für einen Opa!« Stolz wölbte er seine Muskeln.
»Das ist mein Mann.« Susi zeigte mit dem Finger auf Ralf. Sie sagte es laut, mit fester Stimme, aber ihr Zeigefinger bebte. Ihre Unterlippe hielt sie zwischen den Zähnen fest. Sie war plötzlich wieder zu dem kleinen, unselbstständigen Mädchen geworden, das vor jedem starken Mann kuschte.
Sie tat Henrietta unendlich Leid. »Lass dich nicht unterkriegen, denk an Ron«, sagte sie halblaut. Ob Susi sie verstanden hatte, war nicht zu erkennen.
»Wie – wie hast du mich gefunden?« Sie vermied es, ihn anzusehen, beschäftigte sich damit, ihren gelben Pareo über der Brust zu befestigen.
»Du bist sogar zu blöd zum Weglaufen, mit deiner Kreditkarte hast du eine breite Spur gelegt. Jetzt komm in die Puschen, ich will hier weg.«
Ian fuhr aus seinem Liegestuhl hoch, sank aber auf ein Zeichen von Henrietta widerwillig zurück.
Susi atmete schwer, ihr Blick flatterte wie ein eingekreistes Vögelchen durch die Runde. Ihre Fingerknöchel waren weiß, so fest umklammerte sie die Lehnen ihres Liegestuhles. Sie setzte sich kerzengerade auf. »Nein«, sagte sie, ihre Augenlider zitterten, aber sie senkte ihren Blick nicht. »Nein. Ich habe hier noch etwas zu erledigen. Ich fliege in drei Tagen, und dann werde ich die Scheidung einreichen«, haspelte sie atemlos heraus.
»Bravo«, flüsterte Henrietta. Unbewusst hatte sie ihre Hände zu Fäusten geballt, die Daumen nach innen.
»Jetzt bist du völlig durchgeknallt!« Ralf zerrte seine Krawatte vom Hals und stopfte sie in die Anzugtasche. »Ich hab dich als Aushängeschild für meine Firma eingekauft und eine Menge Geld in dich investiert. Da hab ich schließlich Anspruch auf den Gegenwert! Du hast

doch alles, was du brauchst! Pack deinen Kram und sieh zu, dass du in Gang kommst, aber ein bisschen Tempo, wenn ich bitten darf!«
Susi schien sich verausgabt zu haben, ihre Unterlippe bebte, rutschte aus ihren Zähnen, Tränen standen in den Winkeln ihrer herrlichen Augen. Schützend schlang sie die Arme um sich.
Da stand Ian auf, ging auf der Terrasse umher, schien etwas zu suchen, und als er es zwischen den blauweißen Blüten des Brunfelsia-Busches gefunden hatte, wusste Henrietta, was er bezweckte. Vorsichtig löste er eine große Spinne aus ihrem Netz, eine bunte, wie die, die ihm Susi ein paar Minuten zuvor in die Badehose gesteckt hatte, und trug sie zu ihr hinüber.
Susis dunkle Augen weiteten sich, als sie offensichtlich seine Absicht begriff. Er ließ die Spinne in ihren Schoß fallen, sie fing das Tier ein, hielt es in der hohlen Hand und richtete ihren Blick auf ihren Mann.
»Hau ab«, sagte sie ruhig, »wir sehen uns in Hamburg beim Anwalt.«
Ihm schien es die Sprache verschlagen zu haben. Sein Mund stand offen, seine Zunge bewegte sich, aber außer einem Lallen brachte er nichts hervor.
Susi nippte an ihrem Orangensaft. »Es riecht hier so komisch – so billig«, sie schnupperte, »hast du deine Schlampe mitgebracht?« Sie umklammerte ihr Glas, für Henrietta das einzige Zeichen, wie schwer es ihr fiel, gelassen zu wirken.
Ralf lachte, ein hartes, böses Geräusch. »Du dich scheiden lassen? Wovon willst du leben? Dein Geschmack ist nicht gerade billig.« Er grinste hämisch. »Selbst als Putzfrau taugst du nicht.«
Susi betrachtete ihre Fingernägel, bewegte dabei die Lippen. Henrietta hätte schwören können, dass sie bis zehn zählte. »Von der Hälfte unseres Vermögens«, sagte sie dann, »... mindestens.«
»Nur über meine Leiche!«, schrie Ralf.
»Darf ich dabei nachhelfen?«, bot Ian eifrig an.
»Halt dich da raus!« Ralf war so wütend, dass er kaum die Worte bilden konnte. »Keinen Pfennig kriegst du, ich lass dich für geisteskrank erklären, Dr. Schöller wird da schon mitmachen!«

»Dann zeig ich euch beide wegen Freiheitsberaubung an«, bemerkte Henrietta ruhig, »und wir alle hier sind Zeugen.«
»Ich glaube, Sie verlassen besser mein Haus.« Titas Stimme war kühl und sehr klar. Es war die Stimme, die sie ihren Hausangestellten gegenüber benutzte und die diese dazu veranlasste, auf der Stelle ihren Wünschen zu entsprechen. Sie stand auf, jeder Zoll eine Dame, obwohl sie nur ein hauchdünnes Chasuble über ihrem Bikini trug.
Diesen Ton schien auch Ralf zu verstehen. Er strich sich die verschwitzten blonden Haare zurück, fuhr mit dem Finger in den Hemdkragen, wollte offenbar etwas erwidern, ließ es aber dann. »Wir sprechen uns noch!«, versprach er seiner Frau drohend und ging den Weg hinaus, den er gekommen war.
Susi warf sich in Henriettas Arme und schluchzte mit Hingabe. »Ich hab's geschafft, ich hab's gewagt – ich bin so glücklich! Danke«, flüsterte sie, »ich dank euch so sehr.«

Ein allerletztes Mal saß sie auf ihrem Felsen, Ian neben ihr. »Ich wünschte, es würde regnen«, sagte sie, und ihr Blick verlor sich in dem endlosen Blau über ihr, »ich wünschte, es wäre kalt und dunkel.«
Ich wünschte, der Abschied würde nicht so verdammt wehtun. Das dachte sie nur, das sagte sie nicht. Sie hatte den Eindruck, dass Ian das nicht mehr ertragen könnte. Er war sehr schweigsam geworden in den letzten Stunden, und sie war sich nicht sicher, ob auch er Abschied nahm oder ob er nicht erwarten konnte, fort von hier zu sein, weg, in Deutschland. In Sicherheit.
Als es Zeit war, stiegen sie hinunter, gingen, einander fest an der Hand haltend, aber ohne viel Worte zu wechseln, durch die auslaufenden Wellen den Strand hinauf und dann den schmalen, gepflasterten Weg zwischen zwei Apartmenthotels vorbei zur Straße, wo sie Titas Wagen geparkt hatten.
Zwei junge Männer mit alten, harten Gesichtern, Schwarze, lehnten in einer engen Biegung an der weiß gekalkten Mauer, die Beine in

den Weg gestreckt. Henrietta verlangsamte ihr Tempo nicht. In dem weißen Südafrika, in dem sie einst gelebt hatte, hätten die beiden jungen Männer ihre Beine rechtzeitig zurückgezogen, sich schmal gemacht, damit Weiße bequem an ihnen hätten vorbeigehen können.
Sie zogen sie nicht zurück, und sie und Ian hielten an. Die Augen der Zulus waren schwarze Löcher, durch die sie geradewegs ins Inferno zu schauen meinte. Sie senkte ihre nicht, das wäre ein Zeichen der Unterwerfung gewesen. »Sanibona, ich grüße euch«, sagte sie lächelnd.
Kein Antwortlächeln.
Die Brandung war hier ein gleichmäßiges Donnern, gefangen zwischen den Mauern, die den Wind abhielten, die Hitze speicherten und die auch sie und Ian gefangen hielten. Gerade zwei Schritte trennten sie von den Schwarzen. Natürlich hätten sie umdrehen können, den Weg zum Strand zurückgehen, aber sie rührten sich nicht. Sie fing den Blick des einen auf, der über Ian lief, offenbar seine Kraft abschätzend. »Die Sonne ist heiß heute, sie macht Durst.« Ihr Zulu war langsam und inkorrekt.
»Warum sprechen Sie nicht Englisch mit uns?«, knurrte der eine, dessen Haare hochgezwirbelt waren, dass sie seinen Kopf auf frankensteinsche Dimensionen verlängerten. »Halten Sie uns für zu dumm?« Er hatte sich aufgerichtet, und sie bemerkte, dass er fast so groß war wie Ian.
Sie lächelte. »Wie kann ich Sie für dumm halten, wenn ich Sie nicht kenne?« Auch sie war ins Englische gewechselt. »Ich versuchte, höflich zu sein, Sie zu grüßen, wie ich es von dem gelernt habe, der es mir beigebracht hat. Vilikazi heißt er und ist ein guter Freund von uns. Seine Tochter Imbali ist wie meine eigene.« Sie sagte es, nicht sicher, ob der Name Imbali, der einmal für Mut und Widerstand gegen die Übermacht des Polizeistaates stand, noch im Bewusstsein ihrer Leute lebendig war. Es war ja über dreizehn Jahre her.
Der Große lockerte seine Haltung, fast unmerklich, aber sie registrierte es. »Imbali – eh? Inyoka.« Halblaut sagte er ein paar Worte zu seinem Freund, unverständlich für sie. »Yebo«, sagte er dann, »Sani-

bona, ich grüße euch.« Ein langsames Lächeln verwandelte sein Gesicht. »Usaphila na? Geht es dir noch gut?«
»Yebo«, lachte Henrietta, das vorgeschriebene Ritual der Begrüßung vollendend, »yebo, mir geht es noch gut.« Sie sprachen über das Wetter, die Regenfälle in Zululand, die die Felder überschwemmt hatten und die Ernte vernichtet, die Schwierigkeit der beiden, einen Job zu finden, und wie das Wetter im fernen Deutschland war. »Steckt euren Kopf in die Tiefkühltruhe, dann werdet ihr es spüren.«
Ungläubiges Lachen. »Tiefkühltruhe – hoho, und ein Meer, das zu Eis wird. Wie ist der Regen dann, wenn es kalt ist wie in einer Tiefkühltruhe – hart?« Ein Lachen erklang, wie das Glucksen eines Baches.
»Eine Weile würde ich dort gern umherwandern«, meinte der andere. »Würde mich die Sonne sehen?«
Erst eine Viertelstunde später trennten sie sich. »Hambani kahle«, wünschten beide und hoben ihre Hand.
Henrietta und Ian setzten ihren Weg fort, und als die nächste Biegung sie den Blicken der beiden Zulus entzog, brach sie in bittere Tränen aus. Ian hielt sie nur, fragte nicht, warum sie weinte. Beide wussten es.
»Es wird kalt werden in Deutschland«, schluchzte sie.

❖

Sie stellten den Wagen vor der Haustür der Robertsons ab, die sie in weniger als einer Stunde zum Flughafen fahren würden. Eigentlich viel zu früh, doch sie hatte Ian darum gebeten. »Bitte buche einen Flug früher nach Johannesburg. Stell dir vor, unser Flug hat Verspätung oder wir bleiben in einem Verkehrsstau stecken und verpassen den Flug nach Johannesburg. Dann schaffen wir die British-Airways-Maschine nach London nicht mehr. Ich will nicht daran denken, was mit uns passiert, wenn wir um Mitternacht nicht aus dem Land raus sind.«

Regina öffnete ihnen. Tita stand im Wohnzimmer, sah ihnen schweigend entgegen. Sie stand da, mit hängenden Armen, kein Lächeln erhellte ihr Gesicht. Henriettas empfindliche Antennen fingen Signale auf, die alle ihre Sinne alarmierte. Rasch lief ihr Blick durch den Raum, durch die offene Tür auf die sonnenbeschienene Terrasse. Niemand sonst war zu sehen. »Wo ist Neil?«
Tita zuckte leicht mit den Schultern, wich ihrem Blick aus. »Er ist mal kurz weg.«
Außer Ian und den Kindern war Tita der Mensch, den sie am besten kannte. Sie konnte sie nie täuschen. Neil würde nicht jetzt weggehen, er wusste genau, wie wichtig es für seine Freunde war, rechtzeitig das Haus zu verlassen. »Ist er freiwillig gegangen?«
Die grünen Augen blickten in ihre. Das Make-up war perfekt, aber die Lider leicht geschwollen und gerötet, wie von Tränen. In den neunundzwanzig Jahren, die Henrietta sie kannte, hatte sie sie nur einmal weinen sehen. »Nein«, flüsterte Tita.
Der Schreck fuhr ihr in alle Glieder. Was Tita ihr gesagt hatte, war, dass Neil sich in seiner leidenschaftlichen Liebe zu seinem Land endgültig zu weit vorgewagt hatte und dass er von der Polizei abgeholt worden war. »Tita, warum?«
Tita wählte ihre Worte sehr sorgfältig, und das ließ Henrietta aufhorchen. »Er ist jemandem zu nahe gekommen.«
Zu nahe getreten? Nein, das war etwas anderes als zu nahe gekommen. Was wollte sie damit sagen? Konnte sie nicht frei reden? War hier ein Mikrofon versteckt, wie damals in ihrem Schlafzimmer? In der Lampe hatte sie es gefunden. »Wem?«, fragte sie und konzentrierte sich auf Titas Antwort, bereit, das zu hören, was diese nicht aussprach.
Die Antwort kam langsam, vorsichtig. »Jemandem, der nicht gefunden werden wollte.«
Die Worte weckten Erinnerungen. »Er will nicht gefunden werden«, hatte Neil gesagt, und er hatte von Victor Ntombela gesprochen. Victor, dem Anwalt, Victor, dem ANC-Aktivisten, der untergetaucht war. »Victor?«

»Es wird nicht für lange sein«, sagte Tita, »man sagt, dass er in wenigen Wochen freikommt.« Diesmal ging der grüne Blick geradewegs in ihre Augen.
In den nächsten Wochen kommt er frei, das hatte Lukas gesagt, Mandela wird das Gefängnis bald verlassen, dann wird sich alles ändern. Es wird bald geschehen. In den nächsten Wochen. »Der von der Insel?«, fragte sie, auf unverfängliche Worte bedacht.
»Hast du deinen Vater angerufen?«
Tita nickte. »Er hat die Kavallerie losgeschickt.«
Also war Daddy Kappenhofers Heer von Anwälten auf dem Kriegspfad. Ein Hurra für Daddy Kappenhofer! »Ich bewundere dich, wie du damit fertig wirst«, kommentierte sie.
Eine senkrechte Falte stand zwischen ihren grünen Augen, die schlanken, gebräunten Finger spielten mit einer Goldkette. »Oh.« Das Lächeln krauste ihre Nase mit den unzähligen Sommersprossen. »Man gewöhnt sich an alles. Entweder es bringt dich um, oder es macht dich stark. An irgendeinem Punkt hast du die Wahl. Du wirfst alles, was du hast, in die Waagschale, und dann siehst du, ob es reicht als Gegengewicht.« Noch einmal glitt dieses Lächeln über ihr Gesicht. »Es hat gereicht.«
Das war alles, was sie darüber redeten.
Sie luden ihre Koffer in Titas Wagen. Als sie einsteigen wollten, hielt Neils Wagen quietschend neben ihnen. Er sprang heraus – Hemdkragen offen, Haare unordentlich, Gesicht rot, die Augen glänzend. »Oh, gut, dass ich noch rechtzeitig hier bin, ich muss euch doch zum Flughafen bringen.« Er grinste.
»Neil?« Titas Stimme schwankte, sie umklammerte den Türgriff ihres Autos. »Neil? Was – ist?«
»Mach dir keine Sorgen, Titalina, ich bin wieder hier. Daddys Armeen haben sich wacker geschlagen!« Er nahm sie in die Arme und schwenkte sie herum, lachte dabei.
Henrietta aber sah die weißen Ringe um seine Augen, die Linien, die von seiner Nase zu den Mundwinkeln liefen, die vorher noch nicht so sichtbar gewesen waren.

»Die haben dich einfach so laufen lassen?« Tita lehnte sich in seinen Armen zurück, um ihm in die Augen zu sehen.
Diese wichen ihr aus. »Ja, ja, haben sie.«
»Tu das Tita nicht an«, Ian sagte es leise, »sag ihr die Wahrheit.«
Neil sah ihm in die Augen. Endlich nickte er. »Nun ja, ich muss mich jeden Tag auf der Polizei melden. – Keine Angst, wir müssen nicht eigens dafür früh aufstehen. Ich muss bis fünf Uhr nachmittags da gewesen sein.« Er versuchte ein Lächeln.
Tita vergrub ihr Gesicht in ihren Händen, wischte sich die Augen, sah hoch, hatte sich offensichtlich gefasst. »In Ordnung«, sagte sie kurz, »lasst uns fahren.«
Im Süden von Durban ballte sich eins der urplötzlich auftretenden Unwetter zusammen, und kurz darauf stürzte das Wasser herunter. Tita fuhr langsam. Der Regen floss die Scheiben herab. Henrietta war froh darüber. Sie konnte nichts erkennen und musste so nicht ein weiteres Mal jeden Meter dieses Weges durchleiden. Sie reiste wie in einer Kapsel durch einen gleichmäßig grauen Raum, bekam nur kurze, verwischte Ausblicke, wenn die Scheibenwischer den Regen beiseite schaufelten.
»Wir haben unser Haus nicht mehr gesehen«, sagte sie einmal leise. Ian drückte ihr die Hand, aber er antwortete nicht. Sie lehnte ihren Kopf an die Scheibe und versuchte nicht zu denken.
Mit Schwung hielten sie vor der Abflughalle. Tita sprang aus dem Auto und stieß fast mit einem weißhaarigen Mann zusammen. »Entschuldigung«, sagte sie, aber der Alte drehte sich nicht einmal um.
Dann mussten sie Abschied nehmen, und sie machten es kurz. »Wir kommen im Juli oder August nach Europa, da sehen wir uns wieder.« Tita hielt sie sehr fest, drückte sie, dass sie kaum atmen konnte, und vergrub sich dann in Ians Armen.
Sie konnte nur nicken und ließ sich von Neil umarmen. »Pass auf dich auf, sei vorsichtig.« Alle wussten, was sie meinte.
Tita ergriff Neils Hand, sie rannten durch den Regen zu ihrem Auto. Ian besorgte einen Kofferwagen. Im Flughafengebäude war es stickig wie immer, voll wie immer, und es roch wie immer, nach schwitzen-

den Menschen, faulig von der Luftfeuchtigkeit, die alle Oberflächen klebrig machte, süßlich nach Parfüm und Zigarettenrauch.
Gewohnheitsmäßig suchte Henrietta die Männer mit den flinken Augen, die so still verharrten wie eine Katze vor dem Sprung. Ja, sie waren da. An jedem Ausgang lehnten sie. »Wir sind mehr als rechtzeitig da. Unser Flug wird erst in einer Stunde aufgerufen. Lass uns irgendwo einen Kaffee trinken.«
Sie gingen in das Obergeschoss des Gebäudes, wo sich ein Selbstbedienungsrestaurant befand. Ian reihte sich in die Schlange derer ein, die langsam ihre Tabletts am Tresen vorbeischoben, Henrietta fand einen Tisch in der Nichtraucherzone bei der Treppe. Sie setzte sich, stapelte ihr Gepäck auf die freie Bank neben sich und vergrub ihr Gesicht in den Händen. Es war viel gewesen in den letzten Tagen, viel zu viel, sie hatte noch keinen Moment gehabt, in dem sie Zwiesprache mit sich selbst halten konnte. Der Stuhl neben ihr schurrte, Ian musste mit dem Kaffee gekommen sein. Sie blickte hoch.
Aber es war nicht Ian. Es war der alte Mann mit dem sonnengegerbten Gesicht und den struppigen weißen Haaren und den kalten Augen, den, dem sie in einer ungeschickten Bewegung am Strand ihren Ellenbogen in den Magen gerammt hatte, der so feindselig reagiert hatte, und es war der Mann, nur um elf Jahre älter, den sie auf dem Zeitungsausschnitt gesehen hatte, auf den Vilikazi geschrieben hatte: Sie haben ihn gefunden, er trug eine Erkennungsmarke!
Koos Potgieter, damals Mitglied der SAP, der südafrikanischen Polizei. Der Vater des Wildhüters, der von einem Krokodil zerfleischt worden war.
Er hatte einen Stuhl herangezogen und sich an ihren Tisch gesetzt. Seine Kleidung war von militärischem Schnitt, Buschjacke mit Schulterklappen, darunter sichtbar ein Kakihemd, messerscharfe Bügelfalten an den Hosen. Umständlich schob er einen zusammengerollten Stoffhut unter die Schulterklappen seiner Jacke. »Wo ist Ihr Mann?«, bellte er.
Ihr Herz setzte einen Schlag aus, bevor es hart und schmerzhaft ge-

gen ihre Rippen hämmerte. Was wollte dieser Mann von Ian? Ian konnte doch unmöglich etwas mit dem Tod des Wildhüters zu tun haben! Oder? Der Zeitungsausschnitt, auf dem sie das Bild Koos Potgieters gesehen hatte, war von 1979, der Wildhüter wurde da seit fast elf Jahren vermisst – sie rechnete nach – also seit Anfang 1968, etwa seit der Zeit, als Ian fliehen musste.
Seit jenen sieben Tagen, von denen er nie sprach.
Ihre Nackenhaare sträubten sich, sie brach in Schweiß aus, aber sie nahm sich Zeit mit der Antwort, drängte ihre aufflackernde Angst zurück, wartete, bis sie sich so unter Kontrolle hatte, dass ihre Stimme ruhig klang. »Warum fragen Sie, was wollen Sie von meinem Mann?«
»Er hat meinen Sohn ermordet, und jetzt wird er dafür zu Rechenschaft gezogen.«
Ihr Magen krampfte sich zusammen, aber es gelang ihr, die Empörte zu spielen. »Ermordet? Das ist völliger Unsinn!«, rief sie, »mein Mann kann niemandem etwas zu Leide tun!« Seltsamerweise fühlte sie so etwas wie Erleichterung, denn das wusste sie genau, nie könnte Ian, ihr Ian, einen anderen Menschen vom Leben zum Tode befördern. Ganz und gar unmöglich.
Ian trat an den Tisch, ein Tablett mit dampfenden Tassen und Gebäck in der Hand balancierend. Sein Blick sprang von ihr zu dem Mann, dann wieder zu ihr, und langsam stellte er das Tablett ab.
»Hab ich Sie endlich, Sie Mörder! Sie haben meinen Sohn getötet«, sagte Mr. Potgieter ruhig, »Sie kommen hier nicht weg!«
Ian antwortete nicht gleich. Er stellte Henrietta eine Tasse Kaffee hin, legte das Gebäck dazu, eine Hefeschnecke mit Rosinen, und berührte ganz kurz ihre Hand. »Hab keine Angst«, sagte er halblaut in Deutsch. »Wie kommen Sie darauf, dass ich Ihren Sohn ermordet habe? Wer sind Sie, wer war er?« Er setzte sich, trank einen Schluck seines Kaffees und wirkte sehr gelassen.
»Mein Name ist Potgieter. Ich bin …«, ein kurzes Zögern, »ich war Polizeibeamter. Mein Sohn war Wildhüter und verschwand 1968 auf einem seiner Kontrollgänge im Norden Zululands. 1979 kam seine

Leiche während einer Dürreperiode, in der die Flüsse fast austrockneten, in der Uferzone eines Nebenarms des Pongola zum Vorschein. Ein Krokodil musste ihn erwischt haben, aber vorher hat ihn jemand erschossen, seine untere Gesichtshälfte war zertrümmert. Er war unser einziges Kind, meine Frau hat nie aufgehört, auf ihn zu warten, und ist darüber wahnsinnig geworden.« Es dauerte eine Weile, bis er weitersprechen konnte. »Ich habe damals einen Schwur abgelegt – seinen Mörder zu finden, und wenn es bis zum Ende meiner Tage dauert. Jahrelang bin ich nicht weitergekommen, aber dann fingen wir einen ANC-Aktivisten. Er brauchte etwas Überredung, um mit der Sprache herauszurücken, aber letztendlich hat er uns alles erzählt.«

Sein Mund war gerade und hart, als er das sagte, und Henrietta hatte eine plastische Vorstellung von seinen Überredungsmethoden. Verstohlen blickte sie zu Ian. Die Sprache seiner Hände, die die Kaffeetasse umklammerten, ließen sie vermuten, dass er genau wusste, was dieser Mann meinte. Sie löste seine Rechte vom Becher. Sie lag kalt und feucht, wie leblos, in ihrer.

»Er war einer der Männer, die Sie nach Mosambik gebracht haben. Am 23. März 1968 übergab er sie einem anderen, der auch nie wieder aufgetaucht ist. Ich will jetzt wissen, was sich damals zugetragen hat, ich will wissen, wie Sie meinen Sohn getötet haben. Ich nehme an, auch den ANC-Typen haben Sie auf dem Gewissen!« Mr. Potgieter legte beide Arme auf den Tisch, öffnete sein Jacke kurz, und der Knauf einer Pistole wurde sichtbar.

Henrietta zog zischend die Luft ein. Ihr erster Impuls war, zum nächsten Telefon zu rennen und Tita anzurufen. Daddy Kappenhofers Wunder waren manchmal durchaus nützlich, und der Gedanke an eine Schar beflissener Anwälte war ungemein beruhigend in dieser Situation. Sie stand auf.

»Hinsetzen!«, befahl Mr. Potgieter mit einer Stimme, die jahrzehntelanges Kommandieren zu einer Schärfe geschliffen hatte, dass sie tatsächlich zurückzuckte, als hätte er sie geschnitten. Sie sank zurück auf den harten Plastikstuhl.

»Ich habe Ihren Sohn sterben sehen, Mr. Potgieter, aber ich bin nicht schuld an seinem Tod. Es war ein Unfall«, antwortete Ian ruhig und hielt diesem kalten, blauen Blick stand. »Wie haben Sie mich gefunden?«

»Meine Verbindungen zu meinen ehemaligen Kollegen bei der SAP sind bestens. Ich habe freien Zugang zu den Computern. Ich wusste, dass Sie wieder im Land waren. Aber ich wurde angewiesen, bis zu Ihrem Abflug zu warten, ehe ich Sie stelle. Man wollte herausfinden, ob und welche Kontakte Sie hier noch haben.« Potgieters Augen bohrten sich in seine. »Ich war mein Leben lang Polizist. Es ist mein Beruf und meine Gabe, Lügner zu erkennen. Sie haben eine Chance. Erzählen Sie mir genau, was passiert ist. Ich entscheide dann, ob Sie schuld sind oder nicht. Ihr Flugzeug geht in zwei Stunden – so lange haben Sie Zeit.«

So erfuhr Henrietta, was in diesen sieben Tagen zwischen dem 21. und 28. März 1968 geschehen war.

Der Alte lauschte konzentriert. »Er hat sich selbst ins Kinn geschossen? – Mein Sohn hat schon als Fünfjähriger gewusst, wie man mit einem Gewehr umgeht! Beweisen Sie es. Was passierte vorher?«

»Er überraschte mich nachts, als ich schlief«, begann Ian, und es schien, als liefe ein Film vor seinem inneren Auge ab, »er band mir die Hände auf den Rücken und nahm mich mit.« Ihre Hand zuckte in seiner. Er umschloss sie fest, und sie spürte, dass er ihre Berührung so brauchte wie sie seine.

»Lassen Sie nichts aus! Erzählen Sie alles, von Anfang an!«

Ian erzählte. Seine Worte brachten sie an den Rand dessen, was sie ertragen konnte. Seine Stimme war trocken und emotionslos, es war deutlich, dass er seine Worte sorgsam abwog. »Ich fand einen meiner Führer, einen älteren Zulu, morgens tot in seine Matte eingerollt. Er war im Schlaf gestorben, wahrscheinlich an einem Herzinfarkt ... er war so leicht, als ich ihn in sein Grab legte«, flüsterte er, offenbar völlig in dem Geschehen von damals gefangen, »als hätte er mit der Seele, die seinen Körper verlassen hatte, tatsächlich an Gewicht verloren. Ich habe mich danach allein durchgeschlagen«, fuhr er dann fort, »nachts war ich sehr müde, schlief zu fest, und ihr Sohn hat mich überrascht.«

»Was sagte er?«, warf Mr. Potgieter ein.

»Er trat mich in die Seite und sagte ›he, aufwachen‹, und als ich die Augen öffnete, sah ich in die Mündung seiner Maschinenpistole. Ich war schlagartig wach, kann ich Ihnen versichern. ›Was ist los?‹, fragte ich, Schlaftrunkenheit vortäuschend, schnellte aber in der nächsten Sekunde in die Höhe, wollte fliehen. Aber Ihr Sohn drückte ab, der Schuss streifte mich.« Er berührte die Narbe an seinem Hals. »Ich hab zwar keinen Schmerz gespürt, aber ich kam ins Stolpern, und da hatte er mich. Er hat mir die Hände auf den Rücken gefesselt und mit dem Lauf der Maschinenpistole vor sich her getrieben. – Ich hab geblutet wie ein Schwein«, setzte er hinzu.

»Wie war das Wetter, wo befanden Sie sich, beschreiben Sie die Gegend – los, Mann!« Mr. Potgieter lehnte sich vor.

Die Luft im Flughafenrestaurant war klebrig und abgestanden, bläuliche Schwaden von Zigarettenrauch hingen unter der niedrigen Decke, trotz Klimaanlage. Längst waren alle Plätze besetzt, an den Wänden lehnten Leute, Gläser und Teller in der Hand, Zigarette im Mundwinkel, ihre Koffer fest zwischen die Beine geklemmt. Der Lärm war ohrenbetäubend, Stimmengewirr, Tellerklappern, Kindergeschrei, scheppernde Durchsagen aus den Lautsprechern.

Ian starrte mit leeren Augen und versteinerter Miene vor sich hin. »Heiß war's, höllisch heiß.« Er fuhr mit dem Finger in seinen Hemdkragen. »Es war eine weite Landschaft, verfilztes Dickicht, niedrige Schirmakazien, hartes, grünes Gras mit goldenen Spitzen, und es war so heiß, dass es im Busch knisterte. Ich hörte das Gurgeln des Flusses, das Geschrei zankender Reiher und das Hämmern meines Herzens.« Die letzten Worte sprach er fast unhörbar leise, dann verstummte er.

»Gott im Himmel, Mann, lassen Sie sich doch nicht jedes Wort aus der Nase ziehen! Welcher Tag war das?«

Ian überlegte. »Es muss der Sonntag gewesen sein, der 24. März.«

»Ein Sonntag – mein Sohn starb an einem Sonntag«, murmelte

Mr. Potgieter. Er sank in sich zusammen, schwieg. »Und wie starb er?«, fragte er endlich.

»Die Hunde bellten ...«

Henrietta stöhnte leise vor Schmerz. Ian hatte ihre Finger so stark zusammengepresst, dass ihr der Ehering ins Fleisch schnitt.

»Welche Hunde?« Mr. Potgieters Augen verengten sich zu Schlitzen.

»Ich – ich war auf der Flucht vor der Staatssicherheit. Als die Hunde bellten, wusste ich, dass sie meine Fährte gewittert hatten. Aber ihr Sohn schien nicht informiert gewesen zu sein. ›Wer bist du?‹, fragte er, ›raus mit der Sprache, ich will wissen, was für ein Vögelchen ich hier gefangen habe!‹ Ich antwortete, dass ich deutscher Tourist und mein Auto zusammengebrochen sei und ich mich verlaufen hätte. Während der ganzen Zeit hörte ich das Bellen dieser Hunde in den Ohren, das gar nicht hundeähnlich klang, und ich musste nur daran denken, dass ein – Freund mich gewarnt hatte, dass die Agenten Ridgebacks benutzten. ›Die reißen dir glatt die Kehle raus‹, hat er gesagt, ›dann kannst du nur hoffen, dass sie dich erschießen, bevor die Hunde dich zerfleischen!‹«

Sie schob Zuckerkörnchen auf dem Tisch umher, wusste nicht, wie sie die Bilder ertragen sollte, die sie jetzt vor sich sah.

»Ich hab Ihren Sohn nicht täuschen können. Er nannte mich einen Märchenerzähler. ›Ich werd mal einen Schuss loslassen, das wird die mit den Hunden im Galopp hierher bringen, dann werden wir ja sehen, was los ist‹, drohte er. Dann nahm er seine Waffe von der Schulter, entsicherte sie und stolperte – ganz einfach«, sagte Ian und sah dem alten Mann in die Augen, »ich schwör es Ihnen, er ist ganz einfach gestolpert, der Kolben schlug auf dem Boden auf, der Schuss löste sich und zerschmetterte ihm das Kinn.«

»Und dann?« Henrietta hielt den Atem an.

»Er rutschte über die Uferböschung hinunter ins Wasser.«

»Sagte er noch etwas?« Der Vater des Wildhüters senkte seine Lider, wie um sich für die letzten Worte seines Sohnes zu wappnen.

Sie spürte den Krampf in Ians Hand, bevor er antwortete. »Er konnte nicht sprechen, es quollen nur riesige Blutblasen unter seiner Nase hervor, ich hörte nur ein Gurgeln ...«

Mr. Potgieter stöhnte, senkte den Kopf, kämpfte offensichtlich um Fassung. »Haben Sie – ein Krokodil gesehen?«, seine Stimme klang rau, fast tonlos, »lassen Sie nichts aus.«

Ian streifte ihn mit einem zweifelnden Blick, schwieg lange, ehe er nickte. »Ja, erst nur das Kräuseln der Wasseroberfläche, aber dann hob es seine Schnauze ... Ihr Sohn konnte es nicht sehen, er versuchte nur die Böschung hinaufzurobben.«

»Was dann?« Koos Potgieter ballte seine Hände zu Fäusten.

»Es ging sehr schnell«, Ians Worte kamen langsam, »das Krokodil schoss wie ein Pfeil durchs Wasser – das Tier muss riesig gewesen sein – Ihr ...«, er unterbrach sich, »der Verletzte war sofort unter der Wasseroberfläche verschwunden ...«

»Sein ... sein Bein fehlte, der Knochen war offenbar durchgebissen ...?« Es war deutlich, wie schwer Koos Potgieter diese Worte fielen.

Ian räusperte sich. »Er hat nichts davon gemerkt, er war schon lange bewusstlos, als ...« Er machte eine hilflos wirkende Handbewegung, dann schaute er dem alten Mann in die Augen. »Ich trage keine Schuld an seinem Tod, und es war kein Mord. Das Einzige, dessen ich mich schuldig gemacht habe, ist die Tatsache, dass ich ihn nicht suchte.«

Henrietta hörte die Knochen krachen und die Hunde bellen, sah hellrotes Blut sprudeln, das abgerissene Bein im Schlund des Krokodils verschwinden, und nun endlich verstand sie, was er vor sich gesehen hatte, wenn er sich hinter seine Fassade zurückzog, begriff, was die Erwähnung allein des Wortes »Südafrika« in ihm ausgelöst haben musste.

Übelkeit überfiel sie bei der Vorstellung, was sie mit ihm gemacht hätten, wäre er den Agenten und den Hunden nicht in letzter Sekunde entkommen. Das, was sie mit so vielen gemacht hatten, die in ihre Gewalt gerieten. Das, was sie mit ihm machen würden, wenn sie wüssten, dass er es war, der den Wildhüter hatte sterben sehen und ihm nicht geholfen hatte, wenn sie glaubten, dass er es war, der ihn angeschossen hatte.

Und nun war es soweit. Sie wussten es, und sie hatten ihn.

Mein Gott, was habe ich ihm nur angetan! Wird der alte Mann ihm glauben?

Mr. Potgieter sah ihn wortlos an, und langsam löschten Tränen das kalte Feuer in seinen Augen, liefen ihm über die faltige Wangen, tropften auf sein Hemd.

Zitternd zog sie ihre Hand aus Ians, suchte in ihrer Tasche nach einem Papiertaschentuch. Verlegen reichte sie es Mr. Potgieter. Er nahm es, drückte es mit beiden Händen auf seine Augen, und dann begann er am ganzen Körper zu zittern. Er legte seine Arme auf den Tisch, verbarg sein Gesicht, wie um ganz allein zu sein mit sich und den letzten Minuten im Leben seines einzigen Kindes. Seine Schultern bebten, er weinte, und die Laute, die er von sich gab, taten ihr körperlich weh. Nach einer Weile stand er auf. »Nun kann ich meinen Sohn zur Ruhe legen«, sagte er und ging, ein wenig unsicher, ein alter Mann. Er wandte sich noch einmal um, sah Ian gerade in die Augen. »Verlassen Sie dieses Land, Mr. Cargill, und kommen Sie nie wieder.« Er wollte sich entfernen.

Ian hielt ihn zurück. »Hattet ihr uns deshalb noch im Computer?« Er griff wieder nach ihrer Hand.

»O nein«, antwortete der alte Polizist, »o nein, nicht nur deswegen.« Dann tauchte er in der Menge unter, ließ die beiden im Aufruhr ihrer Gefühle zurück.

»Es tut mir so Leid, Liebling, oh, es tut mir so Leid«, flüsterte sie und meinte, es tut mir so Leid, dass du mit allem allein warst, es tut mir so Leid, dass ich dich so gequält habe.

Ian lehnte sich in seinem Stuhl zurück, atmete tief und regelmäßig. »Wir werden jetzt nicht darüber nachdenken«, sagte er mit fester Stimme, »hörst du? Wenn wir in Hamburg sind, werden wir darüber reden.« Aber ihre Hand, die er noch immer hielt, hatte er blutleer gequetscht.

Und plötzlich meinte sie Worte aus einer fernen Vergangenheit zu hören, aus ihren frühen Kindertagen. Wenn ich erst in Amerika bin, wenn ich endlich in Amerika bin, dann ... Nie hatte sie von Tante Lienau erfahren, was wäre, wenn sie endlich in Amerika sein würde. Es war Tante Lienau gewesen, erinnerte sie, erstaunt, dass der Name noch für sie greifbar war, Tante Lienau, die bei Großmutter unter dem Dach in dem kleinen Zimmer neben dem Wäscheboden hauste, das im Sommer so bullig heiß war, dass es einem den Atem nahm, und im Winter so kalt, dass Tante Lienaus Muckefuck manchmal gefror. Eiskaffee, lachte sie dann. Sie hatte ein lustiges Lachen, einmal rauf und wieder runter auf der Tonleiter. Selbst der Krieg hatte ihr ihren Humor nicht nehmen können.

Nach Amerika kam sie nie. In der Morgendämmerung in den letzten Tagen des Spätsommers 1944 war sie, wie häufig im Morgengrauen, Champignons sammeln gegangen und hatte wohl nicht richtig gesehen, denn eigentlich war sie eine Pilzkennerin. Sie legte sie, wie immer, zum Trocknen aus, als Vorrat für den kargen Winter. Man fand sie eine Woche vor Ende des Krieges, sie musste schon einige Zeit dort gelegen haben, denn ihre Haut war von dem steten Luftzug in dem Verschlag getrocknet und sah aus wie die Haut ihrer getrockneten Champignons.

So wie sie das Wort »Amerika« ausgesprochen hatte, betonte Ian jetzt das Wort »Hamburg«.

Es kann nichts mehr geschehen, sagte sie sich, es darf einfach nichts mehr geschehen! Und doch war ihr nicht möglich, weiter zu denken als bis zu dem Moment, in dem sie die Sperre am Flughafen passieren würden. Die Zeit danach erschien ihr wie ein leerer Raum. Nur dieses Zeitfragment existierte. Ihre Pässe würden ihnen aus der Hand genommen werden, und der Grenzbeamte würde wie eine Maschine die Nummern in den Computer eingeben, stutzen, lesen und dann sie beide ansehen. Die Sekunden, die dann diesem Moment folgen würden, dieser Augenblick, der jetzt unaufhaltsam und unwiderruflich auf sie zukam, würde wie ein feiner, singender, ganz und gar unerträglicher Schmerz sein. Sie hoffte, ihm standhalten zu können.

Sonst hatte sie sich immer auf ihre Beherrschung verlassen können, aber Afrika hatte ihre Schutzmauer durchlöchert. Wie unseren alten afrikanischen Tulpenbaum, den Termiten aushöhlten, dachte sie. Unbemerkt hatten die Insekten sich durch das Holz des riesigen Baumes gefressen, bis er während eines Sturmes in sich zusammenbrach und umstürzte, ein Baum, dessen Stamm fast zwei Meter Umfang hatte.

So war Afrika.

Eine Ansage hallte durch das Flughafengebäude, holte sie in die Wirklichkeit zurück. Sie lauschte. Alles, was sie verstand, war »Johannesburg«. »Das ist ja merkwürdig, ist unser Flug vorgezogen? Oder weswegen rufen sie ihn aus? Hast du es verstanden?«

Die Buchstaben ratterten auf der Anzeigetafel. Als sie einer nach dem anderen an ihren Platz fielen, konnte sie es sehen. »Johannesburg cancelled«, las sie laut und verstand erst Augenblicke später, was da stand. »Die haben den Flug gestrichen, Ian – sieh nur, um Himmels willen, was nun?«

»Mach dir keine Sorgen, dann fliegen wir mit dem nächsten, wir haben genug Zeit, das weißt du. Sie werden uns bestimmt auf die nächste Maschine umgebucht haben.« Das war wieder Ian, ihr Fels in der Brandung. Doch am Schalter erfuhren sie, dass das nicht der Fall war.

»Tut uns Leid, Mr. Cargill, wir haben technische Schwierigkeiten. Wir erwarten ein neues Triebwerk aus Kapstadt, aber nicht vor morgen. Der einzige weitere Flug nach Johannesburg ist ausgebucht. Sie werden einen Hotelgutschein von uns erhalten. Wir bitten um Ihr Verständnis.«

Sie starrten sich für ein paar Augenblicke sprachlos an, dann lehnte sich Ian über den Schalter. »Holen Sie mir auf der Stelle den Stationsleiter«, sagte er mit dieser leisen Stimme, die die Schärfe einer Rasierklinge hatte.

»Tut mir Leid –«

Weiter kam der Angestellte der South African Airways nicht.

»Sofort!«, befahl Ian, und der Mann fuhr zusammen.

Eine halbe Minute später erschien ein blasser Mensch in Dunkelblau, mit Oberlippenbärtchen und überheblichem Gehabe. »Ich höre, es gibt Probleme?«, fragte er mit blasiertem Lächeln.

»Allerdings«, antwortete Ian ruhig, »Ihre Regierung verlangt, dass wir um vierundzwanzig Uhr dieses Land verlassen haben, und Sie werden dafür sorgen, dass wir nach Johannesburg kommen und unseren Überseeflug rechtzeitig erreichen!« Er legte seinen und ihren Pass vor dem Stationsleiter auf den Tresen, die Seiten mit dem Stempel, den die von BOSS dort hineingeknallt hatten, aufgeschlagen.

Der Mann sah die Stempel, und das herablassende Grinsen war plötzlich wie weggewischt. Er warf die Pässe wieder hin, als wäre er gebissen worden. »Einen Moment, Sir!«, rief er, das »Sir« militärisch betonend, und eilte davon.

Fünf Minuten später waren ihre Tickets auf die nächste und einzige Maschine nach Johannesburg umgeschrieben, und sie wurden persönlich vom Stationsleiter als Erste an Bord begleitet, ganz nach vorn, auf die besten Plätze. Ian wunderte sich flüchtig, wer wohl ihretwegen zurückbleiben musste.

»Wenn ich nicht so aufgeregt wäre, würde ich lachen können«, flüsterte Henrietta und nahm das Glas Sekt, das ihr die offensichtlich von dem Stationsleiter eingeweihte Stewardess hinhielt, denn sie wirkte äußerst dienstbeflissen, vermied jedoch jeden Blickkontakt.

In Johannesburg wurden sie mit den anderen Passagieren der Auslandsflüge im Gänsemarsch durch ein-Mann-breite Durchgänge zur Passkontrolle geschleust, langsam, einer nach dem anderen, vorbei an Soldaten mit hartem Blick und schussbereiten Maschinenpistolen, schnüffelnden Bombenhunden und den Herren mit den flinken Augen.

»Weißt du, dass ich zum ersten Mal in meinem Leben Herzrhythmusstörung habe«, er sprach leise, von tiefen, langen Atemzügen unterbrochen, »verdammt unangenehm, kann ich dir sagen.« Er schwankte, als wäre ihm schwindelig. Sie hielten sich an den Händen, und sie fühlte seinen Puls unter ihren Fingerspitzen. Hart und schnell und unregelmäßig. Nur noch zwei Schritte trennten sie von

dem Mann in dem schusssicheren Glaskäfig, der ihren Pass überprüfen würde. In einer Minute etwa, wenn er mit der Frau vor ihnen fertig sein würde.
Der Beamte klappte den Pass der Frau zu, es war ein britischer, händigte ihn lächelnd wieder aus. Auffordernd blickte er zu Ian hinüber. Es war soweit.
Gleichzeitig strafften sie ihre Schultern, hoben das Kinn und machten die letzten zwei Schritte. Gleichzeitig legten sie ihre Pässe auf den Tresen.
Der Mann, der nicht mehr ganz jung war, kaute offensichtlich an den Nägeln. Am oberen Rand seines Zeigefingernagels war sogar ein verkrusteter Blutfleck. Der einzige Nagel, der unversehrt war, der Daumennagel, hatte einen schwärzlichen Dreckrand – von den vielen Pässen vermutlich. Mit größtem Interesse studierte sie die Leberflecken auf dem Rücken der Hand, die jetzt Ians Pass hielt. Es waren elf, und einer sah nicht gut aus. Schwarz, unregelmäßig, erhaben, mit einem zornig roten Rand.
Der Beamte gab die Nummer in den Computer ein, und sie spürte, dass Ian den Atem anhielt. Der Mann lehnte sich vor, bewegte die Lippen, als er etwas auf dem Bildschirm las, prüfte noch einmal den Pass, schoss Ian einen kurzen Blick zu, schrieb etwas in den Computer. »Mr. Cargill.« Er senkte seine Stimme am Ende des Wortes, es war also keine Frage.
Ian antwortete nicht, stand stocksteif da, als warte er auf das Fallbeil.
»Ihr Pass läuft in vier Wochen ab«, bemerkte der Beamte, knallte ein paar Stempel hinein, riss die Kopie des Einreiseformulars, das mit Heftklammern auf der letzten Seite befestigt war, heraus und reichte ihm den Pass. »Der Nächste«, sagte er und winkte Henrietta heran.
An Bord, kurz nach dem Start, bestellte Ian, völlig ungewöhnlich für ihn, einen doppelten Cognac.
»Du wirst ganz schnell einen sitzen haben«, neckte sie ihn und schaffte es, dass die Tränen, die ihr in der Kehle saßen, in ihrer Stimme nicht zu hören waren.
»Dann kipp ich noch einen drauf, dann steht er wieder«, erwiderte

er, und sie lachte laut los, auch ungewöhnlich. Seine Kalauer quittierte sie meist mit mildem Spott.

So verließen sie ihr Paradies, flogen nach London und von da aus nach Hamburg. Es war kalt und düster, als sie ausstiegen, aber Ian schien es offenbar hell und freundlich. »Es wird bald Frühling werden«, meinte er.

Henrietta verstand ihn sehr gut, wusste genau, was diese Bemerkung wirklich hieß. »Bestimmt«, flüsterte sie und zog ihren Mantel fester um sich. Ihr war schrecklich kalt.

Januar 1990 – Hamburg

Drei Tage später lag sie mit vierzig Fieber, Schüttelfrost und völlig unklaren Symptomen im Bett, und ihr Hausarzt ordnete besorgt einen Malariatest an.
Mehrere Tage, die für sie ineinander verschwammen wie Farben in einem Wassertropfen, dämmerte sie vor sich hin, lebte in einer Welt in ihrem Kopf. Einmal wurde sie wach, wusste, wo sie sich befand, und erinnerte sich. Sie hieß das Fieber willkommen, ließ sich hineinfallen in die Krankheit, war dankbar, sich nicht gleich mit den zwei vergangenen Wochen, ihren letzten Wochen in Südafrika, auseinandersetzen zu müssen.
Sie schlief und träumte, und als das Fieber zurückging, ihre Gedanken klarer wurden, fühlte sie sich stark genug, über diese Zeit mit Ian zu reden.
Sie öffnete ihre Augen. Ihr Schlafzimmer lag im ersten Stock, und die Wintersonne strömte ungehindert durch die bis zum Boden reichenden Fenster, malte ein goldenes Muster auf den ockerfarbenen Teppich, draußen verhüllte eine glitzernde Schneedecke die Welt. Ian, die Ärmel seines schwarzen Pullovers hochgeschoben, frühstückte neben ihrem Bett. »Erzähl mir, wie der Frühling wird«, flüsterte sie, noch heiser vom Fieber.
Er fuhr herum, stellte das Tablett so hart auf dem Boden ab, dass der Kaffee überschwappte, und zog sie in seine Arme. »Willkommen zurück, mein Liebes!«
»Welches Datum ist heute?«
»Der einundzwanzigste. Es ist Sonntag.«
Sie setzte sich auf, wunderte sich, welche Anstrengung sie das kostete. »Willst du sagen, dass ich zwei Wochen krank war?« Sie erin-

nerte sich an kaum etwas von dieser Zeit, nur an durcheinander wirbelnde Bilder und Dunkelheit, die, in der man sich geborgen fühlt. Manchmal war sie aufgewacht und hatte an dem Geschmack auf ihrer Zunge gepürt, dass sie etwas gegessen haben musste, wusste aber nicht mehr, was und wann.

Vor allem aber erinnerte sie sich an das Gefühl von Ruhe, Dahintreiben, Zeit, nichts entscheiden zu müssen. »Was habe ich eigentlich gehabt?«

»Keiner weiß es. Du warst ziemlich krank.« Er strich ihr die Haare aus dem Gesicht. »Wir haben alle Tests auf alle in Frage kommenden Krankheiten, auch auf Bilharziose, Malaria und sogar auf AIDS und Ebola-Fieber gemacht. Nichts.«

Sie versank in sich selbst, versuchte einen Fetzen ihrer Erinnerung an die Zeit zu erhaschen, die hinter ihr lag. Geborgen, zwischen Zeit und Raum schwebend, warm, so hatte sie sich gefühlt, eigentlich nicht krank. »Ich brauchte Ruhe, und die habe ich mir verschafft.« Ja, das war es, das hatte sie gebraucht. Zeit zu heilen. Ihre Stimme wurde kräftig und fröhlich. »Und jetzt, mein Liebling, habe ich Hunger wie ein Wolf!« Sie nahm ihren Spiegel vom Nachttisch und blickte hinein. »Ich sehe ja grauenvoll aus.« Sie bestand darauf, sich die Haare zu waschen und anschließend ein wenig Make-up aufzulegen. »Es genügt, wenn ich mich scheußlich fühle, ich muss nicht auch noch so aussehen!«

Nach einer Woche, als die grünen Spitzen der ersten Schneeglöckchen sich durch die Schneedecke bohrten, wagte sie sich zum ersten Mal ins Freie. Sie warf sich ihren Mantel über und lief in den Garten. Es war ein eisblauer Tag, klirrend kalt, ohne jeden Wind und mit einer blassen Sonne. Die Bäume ächzten leise unter ihrer Schneelast, schafften es gelegentlich, sich ihrer zu entledigen, Zweige federten, und glitzernder, weißer Puder stäubte in den kristallklaren Himmel. Sie bückte sich, legte ihre Hände um die grünen Spitzen, der Schnee schmolz, es bildete sich ein kleiner Trichter um die zarten Pflanzen, der die Sonnenstrahlen einfing. Sie richtete sich auf, blinzelte in den Himmel, direkt in die Wintersonne hinein und spürte, dass das Leben weiterging. Eine innere Flucht in ihr Afrika, so entschied sie, würde es nicht mehr geben. Schluss. Ein für alle Mal.

»Na, Frau Cargill —«

Sie fuhr herum. Herr Brunckmöller fegte Schnee auf seiner Terrasse. Er schien sie beobachtet zu haben. »Guten Tag«, antwortete sie in einem Ton, der klar machte, dass sie nicht mit ihm reden wollte.

Doch ihn schien das nicht zu kümmern. »Na, nu wird das wohl nichts mit Ihrem Garten, was?« Erwartungsvoll grinste er sie an.

»Bitte?«

»Da wird nichts wachsen, höchstens Efeu – der kriegt doch nie Sonne, mit dem Wald, den der Kraske da gepflanzt hat …« Zufrieden sah er sie an.

Wald? Sie drehte sich um. Herrn Kraskes Fichten standen wie eine Wand, beschatteten den Garten bis zum gegenüberliegenden Zaun, nur über die Terrasse wanderten ein paar Sonnenflecken. Die Fichten hatten Spitzen. Irgendwann während ihrer Abwesenheit hatte er eine zweite Reihe hinter die Fichten gesetzt, die Ian im Herbst gekappt hatte. Im selben Moment verschwand die Sonne hinter einer hohen, alten Tanne, die zwei Grundstücke weiter stand, und das Licht war wie ausgeknipst.

»Das sind nicht nur die paar Dinger da«, bohrte Herr Brunckmöller genießerisch, »der hat zehn Reihen Fichten dahinter gesetzt, und gestern hat er mir erzählt, dass er fünf Ahorn und fünf Birken gekauft hat. Weil die so schön schnell wachsen, hat er gesagt. Er wartet nur darauf, dass es regnet und der Boden auftaut. Als Nächstes setzt er bestimmt ein paar Wildschweine in seinem Wald aus, groß genug wird der bald sein!« Er lachte scheppernd. »Den müssen Sie aber mächtig geärgert haben, dass er sich so rächt.« Es war offensichtlich, dass sich Herr Brunckmöller königlich amüsierte.

Sie richtete sich auf, zog die Brauen hoch, setzte ihr hochmütigstes Großmamagesicht auf. »Er wird nicht weit damit kommen, wir werden ihn verklagen.« Damit schwang sie herum und stolperte in die Wärme ihres Hauses und in Ians Arme. »Dieser Mistkerl«, schrie sie, »warum macht er das?«

Ian streichelte ihren Rücken. »Schrei es heraus, das ist gut so. Ich hab schon Dr. Manning angerufen. Er will irgendwie auf Minderung der Nutzung klagen.«
»Ich lass es nicht zu, dass er mir das antut, nur wenn ich mich ärgere, erreicht er, was er will«, presste sie durch ihre zusammengebissenen Zähne. Ihren Kopf gesenkt und ihren Blick nach innen gekehrt, konzentrierte sie sich auf die Mitte ihres Körpers, suchte ihr Gleichgewicht, darauf bedacht, alles, was sie belasten könnte, von sich zu schieben. Mit einem tiefen Seufzer öffnete sie ein paar Minuten später die Lider. Die Sonne war wieder hinter der hohen Tanne hervorgekommen und floss milchig weiß durch ein paar Lücken zwischen Kraskes Tannen. »Wir werden Kletterrosen kaufen«, entschied sie, »die wachsen an der Schlafzimmerwand hoch, dort werden sie fast den ganzen Tag Sonne bekommen.«
Sie kochte Kaffee, Ian fuhr zum Konditor, um Kuchen zu besorgen. »Mit viel Sahne und Buttercreme, je mehr Kalorien, desto besser, das ist gut für die Seele, und außerdem bist du nur noch ein Strich in der Landschaft!«
»Mit einem Hals wie eine Schildkröte«, lachte sie, sich die Haut dort reibend. »Sarah hat mich gewarnt.«
Sarah! Einen Traum aus den vergangenen Wochen hatte sie so klar in Erinnerung, als hätte sie das alles wirklich erlebt. Sie hatte Sarah gesehen, die durch ein wogendes Feld von goldenem Antilopengras auf sie zuschritt und dann an ihrem Bett stand. Ihre Gestalt verschwamm im Licht, löste sich auf in ein körperloses warmes, dunkles Gefühl, einen Laut, beruhigend wie das Atmen des Meeres.
»Udadewethu – ich warte …« Die Worte hatte sie deutlich gehört, und dann ein gurrendes Kichern, wie das von einer Lachtaube. Sie erinnerte sich daran, dass sie kurz aufgewacht war und Ian an ihrem Bett sitzen sah. »Sarah ist wieder da«, hatte sie geflüstert, »sag es Vilikazi. Versprich mir, dass du ihn anrufst.«
Ian war mittlerweile vom Konditor zurückgekehrt, und sie fragte, ob er damals Tita benachrichtigt habe, wie sie ihn gebeten hatte, und als er das bestätigte, rief sie Tita sofort an. »Ich habe geträumt, dass sie

zurückgekommen ist. Hast du etwas gehört?« Die Worte ihrer schwarzen Schwester, die ihr sagten, komm wieder, hier in Afrika ist dein Platz, verschwieg sie. Tita hätte eine Bemerkung gemacht, die sie noch nicht ausgehalten hätte.

»Es ist unglaublich«, rief Tita, »bist du sicher, dass du keine afrikanische Seele hast? Sarah ist wieder aufgetaucht, du hattest Recht. Ich habe sie gesprochen, und alles, was sie mir sagte, war, dass jemand sie gerufen hat und sie umgekehrt ist. – Ich verstehe kein Wort! Was meint sie?«

Henrietta stand mit dem Telefon am Fenster. Eine Taube landete davor. Ihre Federn schimmerten silbrig, und sie trug einen prächtigen Kragen aus metallischem Grün. Ruhig äugte sie durch die Scheibe. Henrietta stand ganz still. Ein tiefes, lockendes Gurren, und die Taube warf sich in die Luft, ein paar klatschende Flügelschläge trugen sie weit hinauf in den Hamburger Winterhimmel. Sie drehte nach Süden. Nach Afrika.

Fliegen Tauben nach Afrika? Sie folgte ihrem Flug, bis die Taube ein winziger Punkt war, und dann war da nur noch die Melodie in ihrem Kopf. »... wie groß kann der Himmel sein ...«, flüsterte sie.

»Irgendwie kriegen wir das schon wieder hin«, unterbrach Ian ihre Gedanken, »mach dir keine Sorgen. Der Kraske schafft uns nicht!« Er schaltete den Fernseher ein. »Während du faul herumgelegen hast und die Zeit verschlafen, hat sich die Welt weitergedreht, und aufregende Dinge stehen bevor.«

Die Kamera schwenkte über eine dichte Menschenmenge zu einem imposanten weißen Gebäude mit einem riesigen Säulenportal. Sie erkannte das Parlamentsgebäude von Kapstadt. »Die Gerüchte verdichten sich, dass die Entlassung Nelson Mandelas unmittelbar bevorsteht«, berichtete der Afrika-Korrespondent der ARD, »mit Spannung erwartet die internationale Gemeinschaft die traditionelle Rede von Präsident de Klerk zur Eröffnung des Parlaments am 2. Februar.«

»Ich glaub es erst, wenn ich es sehe«, sagte sie endlich, als sie ihre plötzlich aufwallende Gefühlsregung, diese unvernünftige Hoff-

nung, wieder unter Kontrolle hatte, »ich trau denen nicht. Wie häufig haben sie jemanden entlassen, der dann ein paar Schritte in die Freiheit tun durfte, ein einziges Mal weiter sehen als nur gegen eine Betonwand, und dann haben sie ihn wieder nach dem 180-Tage–Arrest-Gesetz eingelocht. Das haben sie doch als zusätzliche Folter benutzt, diese Sadisten, und dann durfte so ein Gefangener nicht einmal mit einem Anwalt reden, wusste, dass seine Familie nicht erfahren würde, wo er war – ob sie überhaupt noch am Leben war. Kannst du dir vorstellen, was diese Leute durchgemacht haben?« Sie zog ihre Schultern hoch, als fröre sie.
Ian winkte ab. »Mit Mandela können sie das nicht machen, nicht mit ihm. Ich glaube, dann gäbe es einen Aufschrei rund um den Erdball, Honey.«
»Wir werden sehen«, sagte sie und schaltete auf einen anderen Kanal um. Sich die Konsequenzen von Mandelas Freilassung vorzustellen, ging heute über ihre Fähigkeiten. Sie musste sich dem Leben vorsichtig wieder nähern. Sie kam von weit her.

Sie gingen viel spazieren in dieser Zeit. Auf ihren Wanderungen entlang der Elbe erzählte sie, erst langsam und stockend, dann freier, über die Zeit in Marys Umuzi, über Mary, die sich so verändert hatte. »Selbst ihre Sprache war anders.« Sie suchte nach Worten. »Sie klang weiß, so blöd sich das auch anhört. Ich kann es nicht besser ausdrücken.« Zum ersten Mal auch erzählte sie ihm von dem Schattenvogel, etwas schüchtern, auf seinen leisen Spott gefasst. »Ihrer kam erst in ihren letzten Minuten zurück, da handelte sie wieder wie eine Zulu. Es kostete sie das Leben«, fuhr sie nachdenklich fort, »hätte sie reagiert wie eine Weiße, für die das Chamäleon nur ein harmloses kleines Reptil ist, wäre sie nicht abgestürzt. Merkwürdig, darüber habe ich noch gar nicht nachgedacht.«
Es war ein windiger Tag, kalt und ungemütlich, die Elbe grau mit kurzen, klatschenden Wellen, der beißende Ostwind riss die dunklen Wolken über ihnen in Fetzen. Der Frühling hatte sich weit nach Süden zurückgezogen. Ians Gesichtszüge schienen steif vor Kälte. Er

nahm ihre weißgefrorenen Hände zwischen seine und rieb sie, bis das Blut zurückkehrte.

Schattenvogel. Der dunkle Teil der afrikanischen Seele, der archaische Teil, der im Reich der Mythen lebt. »Ja, ich verstehe, was du meinst, obwohl ich es so nicht hätte ausdrücken können.« Er sah auf sie hinunter. »Manchmal meine ich, auch bei dir einen Schattenvogel zu entdecken.«

»Welch ein Unsinn!«, rief sie und lief hinunter zum Wasser. »Welch ein Unsinn!« Sie lachte zu ihm herauf. Um sie herum flatterte ein Schwarm von Möwen, die sie mit mitgebrachtem Brot fütterte. Eine landete auf ihrer Schulter, eine Lachmöwe mit silbergrauen Augen. »Vorsicht! Pass auf, dass sie dir nicht in die Augen hackt!«

Aber die Möwe beugte sich herunter und pickte artig das Brot aus ihrer Hand. Sie hockte eine ganze Weile auf ihrer Schulter, schlang die Brotbrocken herunter, die sie ihr hinhielt.

Ian stand ganz still. Es war nicht das erste Mal, dass ein wild lebendes Tier sich ihr ohne Scheu näherte, sich füttern und streicheln ließ, eine Weile bei ihr blieb, ehe es in seine Welt zurückkehrte. Die Lachmöwe stieß sich ab, entfaltete ihre graublauen Flügel und flog davon, ihr Köpfchen hierhin und dorthin wendend.

Über Lukas und über das, was Moses versucht hatte, ihr anzutun, konnte sie noch nicht reden.

Die drei jungen Leute waren Mitte Januar aus Südafrika zurückgekehrt. Julia war nicht ansprechbar, sie stand kurz vor ihrem Examen, nur gelegentlich telefonierte sie mit ihr, als es dieser besser ging, aber dann auch nur, um ein wenig über Arbeitsüberlastung stöhnen zu können.

Ian schlug die Zeitung auf und legte die Beine auf den Tisch. Der gemütliche Teil des Abends konnte beginnen. Sie hatten früh gegessen und saßen im Wohnzimmer. Ein unordentlicher Haufen gelesener Zeitungen lag neben ihnen auf dem Fußboden, ein Stapel Fachzeit-

schriften auf dem Tisch. Plötzlich stutzte er, las eine Nachricht genauer. »Es gibt Neuigkeiten um Mandela, er soll tatsächlich entlassen werden.«
Sie schalteten das Fernsehen ein. Eine der Hauptnachrichten war, dass Nelson Mandela am Sonntag, den 11. Februar, aus dem Victor Verster Prison entlassen werden würde. Er war schon 1988 in einen komfortablen Einzelbungalow auf dem Gefängnisgelände von Victor Verster verlegt worden. »Sogar einen Swimmingpool hat er und einen eigenen Koch«, erzählte Tita, die sie sofort anrief, »es darf keiner sagen, dass wir unsere Gefangenen nicht human behandeln.« Es sollte ironisch klingen, aber ihre Stimme schwang zwischen Stolz und – Henriettas empfindliche Antennen fingen das sofort auf – Angst.
»Was sagt Neil?«
»Der rennt mit einem glückseligen Lächeln und Tränen in den Augen herum und singt *Nkosi Sikelel' iAfrica*.«
Sie konnte nachempfinden, wie Neil jetzt fühlte. Neil, der sein Land so liebte, dass er selbst seine Familie nicht geschont hatte im Kampf gegen die, die es zu vernichten drohten. »Ich – bin so glücklich«, sagte sie und hörte das Echo ihrer Stimme in der Leitung. »Wie gerne wäre ich jetzt bei euch.«
»Henrietta, glaubst du wirklich, es ist alles vorbei?« Tita sprach mit müder Stimme. »Glaubst du wirklich, dass aus einem Rudel Wölfe plötzlich eine Herde schneeweißer Lämmlein wird?«
»Wen meinst du?« Für einen Moment wusste sie nicht, wovon Tita sprach.
»Oh, Himmel, du hast doch genug mit ihnen zu tun gehabt –! Sie sind auf der Jagd, schlimmer denn je. Neil – er hat ein paar Sachen erzählt –« Ihre Stimme versickerte.
BOSS und die Polizei! Natürlich. Sie setzte sich hin. Es war ihr ein wenig schwindelig, und die Beine trugen sie wohl auch noch nicht so richtig. Sie sah sie vor sich, muskulöse Polizisten, Haare kurzgeschoren, blaue Hemden, blaue Hosen in Stiefel gesteckt, bewaffnet mit Maschinenpistolen, Knüppeln und geifernden Hunden, die

im blindwütigen Jagdfieber an ihrer Leine zerrten. Die kraftvollen, schnellen Bewegungen der Männer, mit denen sie den Schwarzen nachsetzten, auf sie einprügelten, waren von solch erschreckender Brutalität, dass Henrietta, wenn diese Szenen im Fernsehen gezeigt wurden, regelmäßig den Kanal wechselte.

»Und Mandela ist auch nur ein Mensch. Glaubst du, der kommt nach über siebenundzwanzig Jahren aus dem Gefängnis und wird uns alle umarmen? Wie würdest du reagieren, wenn sie dir dein Leben gestohlen hätten?« Tita war kaum zu verstehen.

»Was macht ihr?«, fragte sie leise.

Ihre Freundin antwortete nicht gleich. Die Leitung sang und rauschte. Als ihre Stimme endlich den langen Weg um Afrika zu ihr fand, war sie brüchig. »Alle bewaffnen sich, fast jeder hat scharfe Hunde, Alarmsysteme, Mauern, Stacheldraht, der mit den Rasiermesserstacheln, oder sogar einen elektrischen Zaun, Sicherheitspersonal –«

Henrietta musste an den schwarzen Sicherheitsmann im Supermarkt von Umhlanga denken und überlegte einen Moment, welche Hautfarbe das Sicherheitspersonal in Südafrika zukünftig haben würde.

»Ich hab Angst«, flüsterte Tita, »ganz einfach. Du glaubst nicht, wie viele von uns packen und auswandern – weißt du, unsere Straßen sind schwarz geworden – ich habe mir nie klar gemacht, wie viele von denen es hier gibt. Man hat sie ja nie gesehen. Du weißt ja, sie brauchten einen Pass, um unsere Städte betreten zu dürfen, und abends mussten sie wieder raus.«

Henrietta nickte. Sie sah den endlosen Strom schlecht gekleideter schwarzer Menschen vor sich, die abends in restlos überfüllte Züge stiegen und zurück in ihre Township fuhren, ihr Getto. Nur die Hausangestellten, die auf dem Grundstück ihrer Arbeitgeber ein Khaya zur Verfügung hatten, eine Unterkunft, die meist aus einem Zimmer und einer Toilette mit Waschgelegenheit bestand, durften dort mit einer Sondergenehmigung übernachten. Sonst waren die Städte nachts weiß.

»Fühlst du dich bedroht? Sind sie aggressiv?«, fragte sie Tita.

»Der Topf brodelt, und der Deckel sitzt locker.«
»Bitte passt auf euch auf, ich könnte nicht ertragen, wenn euch etwas passiert«, sagte Henrietta, »denkt dran, ihr seid erkennbar, ihr seid weiß.« Auch Neil war in Gefahr, seine politische Haltung war ihm schließlich nicht vom Gesicht abzulesen.
Danach sprachen sie so betont nur noch von den Kindern, dass ihr mit Unbehagen klar wurde, dass Tita befürchtete, ihr Telefon würde abgehört.
Von *uns* und von *denen* hatte Tita geredet, und das, dachte sie, das war es, was dieses Land zerstörte.

❖

Am 11. Februar stellte sie das Telefon ab, setzte sich vor den Fernseher, hielt Ians Hand umklammert und sah zu, wie ein hoch gewachsener, eleganter, würdevoller schwarzer Gentleman, Hand in Hand mit seiner strahlenden Frau, die ersten festen Schritte in die Freiheit machte. Er ballte die Faust, streckte sie in den Himmel und lachte dabei ein Lachen, das keiner, der es erlebt hatte, je vergessen würde. Es war ein offenes Lachen, wie das eines jungen Mannes, von schierer Lebensfreude, ohne Triumph, ohne Häme. Noch nie hatte sie einen Menschen so bewundert.
»Wie er sich wohl fühlt, dass ihm weiße Polizisten den Weg bahnen und ihn beschützen.« Noch gehorchte ihr die Stimme nicht vollständig. »Sieh nur, wie gut er aussieht. Dieses Lächeln. Welch eine Ausstrahlung er hat! Wie macht er das nur, sein halbes Leben im Gefängnis verbracht und so viel Offenheit und Liebe im Gesicht?« Ihr Herz hämmerte. Würde es nur noch eine Frage der Zeit sein, bis sie in dem Land leben konnte, das ihre Heimat war?
Zu Ian sagte sie nichts, dachte an den Ton, mit dem er das Wort »Hamburg« ausgesprochen hatte, dachte an das, was er Mr. Potgieter erzählt hatte, und wusste, dass es da noch immer etwas gab, über das er nicht reden konnte. Außerdem war sie noch nicht bereit, sich selbst zu fragen, wie es möglich war, dass sie, eben zurück von ihrer

Reise ins dunkle Herz Afrikas, zurück in das Licht der zivilisierten Welt, schon wieder mit der Hoffnung spielte, dass sie doch wieder zurückkehren konnte nach Afrika.
Aber er musste ihre Gedanken gelesen haben. Sie wusste es, weil er ihre Hand mit der Kraft einer Schraubzwinge hielt und zusammenquetschte, bis die Finger blutleer waren.
Es ist noch viel zu früh, vertröstete sie sich selbst, jetzt kommt erst einmal der Frühling, und der Sommer, dann irgendwann werde ich darüber nachdenken.

Am nächsten Tag erhielten sie einen Brief des Institutes, an das sie die FORLISA-Proben gesandt hatten. Ian öffnete ihn.
»Und?«
Er überflog den Brief, faltete ihn zusammen. »Nichts. Gar nichts – im Gegenteil! Voller guter Sachen und Natursaft.«
»Ich werde Tita anrufen und hören, ob sie in ihrer Probe etwas gefunden haben.« Nach einem langen, teuren Gespräch legte sie auf. »Es geht ihnen gut. Sie haben das gleiche Ergebnis erhalten.« Sie kaute nachdenklich auf einem Bleistift herum. »Woran sind die dann gestorben? Aus dem Umuzi lebte zum Schluss nur noch Mary, und nur von dem Großvater wissen wir, dass er an TBC gestorben ist. In den Umuzis der Nachbarschaft scheint Ähnliches passiert zu sein. Woran sind die nur gestorben?«, wiederholte sie ihre Frage.
Die Antwort sollte sie erst über ein Jahr später auf höchst unerwartete Art und Weise erhalten.

Die Terrassentür stand einen Spalt offen, sie hatte abgestorbene Rosenzweige geschnitten, ein paar Nistkästen gereinigt und neu befestigt, und ließ noch ein wenig frische Märzluft herein, während sie in der Diele ihre Schuhe und Jacke auszog. Als sie sich umdrehte, um die Heckenschere in die Schublade in der Küche zu legen, stand er plötzlich im Wohnzimmer. Ihre Reaktion war instinktiv. Die Klingen voran, holte sie zum Wurf aus.

»Deine Klingel geht nicht«, sagte Ralf Popp.
Sie konnte der Heckenschere gerade noch eine andere Richtung geben, so dass sie im Teppich stecken blieb. »Was fällt dir ein, dich hier so hereinzuschleichen?«, fauchte sie. »Meine Klingel ist abgestellt, weil ich meine Ruhe haben will!« Sie musterte ihn wütend. »Was willst du?«
»Weißt du, wo diese Schnepfe steckt? Susi?«
»Keinen Schimmer«, log sie. Vor zwei Tagen noch saß Susi, ihre gar nicht mehr sehr entfernte Cousine, hier bei ihr, umwerfend schön in ihrem Glück. Sie hatte einen dicken weißen Rollkragenpullover über ausgewaschenen Jeans getragen, den Nerz achtlos auf den Boden gleiten lassen. Sie hatte sich sehr verändert. »Ich habe schon mit einem Gynäkologen in Südafrika gesprochen. Es gibt eine gute Chance, dass sie die Tubenligatur rückgängig machen können. Meine Tuben wurden nicht verschweißt, sondern sie haben Clips benutzt. Es besteht zu dreiundachtzig Prozent die Wahrscheinlichkeit, dass ich ein Kind kriegen kann. Oder auch zwei oder drei.« Sie lächelte, das Lächeln wurde zu einem Strahlen. »Mann, werden wir üben!«
Sie war bei einem Anwalt gewesen und hatte die Scheidungsformalitäten mit ihm besprochen. »Ich wohne in einer Einzimmerwohnung im Alstertal, zu Hause halte ich es nicht mehr aus. – Ich habe Angst vor ihm«, hatte sie leise hinzugesetzt.
»Nein«, wiederholte Henrietta und gab sich keine Mühe, ihre Abneigung vor ihm zu verbergen, »ich weiß nicht, wo sie ist, und wüsste ich es, würde ich es dir nicht sagen.«
»Komm mir nicht in die Quere, ich warne dich!« Ralf starrte sie drohend unter gesenkten Brauen an.
Sie riss die Haustür auf. »Verschwinde, und zwar sofort, und lass dich nie wieder hier blicken!«
Ralf ging. Direkt vor ihr blieb er noch einmal stehen. Sah sie von oben bis unten an. »Ich pflege auf meine Investitionen aufzupassen, denk dran!« Damit verschwand er. Sie knallte die Tür hinter ihm zu. Abends bat sie Ian, unbedingt den Weg vom Vorgarten zum Garten

hinter dem Haus mit einer Pforte versperren zu lassen. »Mit einem großen Vorhängeschloss daran! Ich will nicht, dass hier jeder Hans und Franz in unseren Privatbereich eindringen kann.«
Sie versuchte sofort, Susi zu erreichen, sie zu warnen, doch bei ihr lief nur der Anrufbeantworter. Sie hinterließ eine kurze Nachricht, aber Susi rief nicht zurück. Als Henrietta wieder an den Besuch von Ralf Popp dachte, waren fast zehn Tage vergangen. Schuldbewusst wählte sie Susis Nummer. Eine amtliche Stimme teilte ihr mit, dass es keinen Anschluss unter dieser Nummer gebe. Ratlos rief sie im Haus an, in dem Ralf jetzt allein wohnte. Es war keiner da. Beunruhigt wählte sie die Nummer seines Büros.
»Susi geht es gut«, schnauzte er sie an, »halt dich aus unserem Leben heraus!«, und legte auf.
Henrietta zog sich auf der Stelle an und fuhr zu Ralfs Haus. Sie wusste, dass er eine Haushälterin beschäftigte, und sie hatte die Absicht, nicht eher wieder zu gehen, bis diese Frau ihr alles gesagt hatte, was Susi betraf.
Sie musste ein wenig massiver werden, ehe die Frau, eine übergewichtige Ältere mit misstrauischen kleinen Augen und rotbraun gefärbten Haaren, sich bequemte, ihre Fragen zu beantworten. »Ich hol die Polizei, wenn ich nicht augenblicklich erfahre, wo meine Cousine ist!«
Die Frau flüchtete zum Telefon, zweifellos, um Ralf zu Hilfe zu rufen. Henrietta zog den Stecker aus der Wand, ohne jede Gewissensbisse, denn sie hatte den alarmierenden Eindruck, dass etwas Schlimmes mit Susi geschehen war. »Wo ist sie?«
»Im Krankenhaus.« Die Frau war an die Wand zurückgewichen, hatte beide Hände ans speckig glänzende Gesicht gelegt.
»In welchem?«
Diesmal zögerte die Frau nicht, sondern antwortete gleich. Der Name des Krankenhauses war der einer privaten psychiatrischen Klinik. Henrietta raste aus dem Haus und fuhr schnurstracks in diese Klinik. Sie schwindelte sich am Empfang vorbei und stand kurz darauf in einem geräumigen Zimmer im Parterre, das zum Garten hin

lag und eine große Terrasse hatte. Susi saß auf einem Stuhl. Ihre herrlichen Augen waren ohne Ausdruck.
»Susi – was haben sie mit dir gemacht?« Sie sank vor ihr auf die Knie.
Langsam bewegte Susi ihren Kopf von links nach rechts. »Nichts, mir geht es gut – ich bin nur so müde.«
In dem Moment flog die Tür auf und zwei weiß gekleidete, sehr aufgeregte Männer stürzten herein. Der eine war rotgesichtig mit fleischigen Händen. »Ich bin Dr. Schöller«, sagte er ruhig, »raus hier, oder ich rufe die Polizei.«
»Das wäre eine sehr gute Idee«, entgegnete Henrietta hitzig, »dann könnten wir gleich feststellen, was Sie mit meiner Cousine gemacht haben, Sie und ihr verbrecherischer Mann!«
Es nutzte ihr nichts. Die beiden Männer bugsierten sie hinaus, packten sie an ihren Ellenbogen und trugen sie am Empfang vorbei zum Parkplatz. Dort riss sie sich los, warf sich in ihren Wagen und fuhr zur nächsten Polizeistation.
Ein kahlköpfiger Beamter mittleren Alters hörte ihr unkonzentriert zu. »Freiheitsberaubung, Körperverletzung – junge Frau, mit solchen Anschuldigungen sollten Sie vorsichtig sein.«
Als sie auf stur schaltete und der Beamte offensichtlich begriff, dass er sie auf diese Weise nicht loswerden würde, griff er zum Telefon und rief den beschuldigten Ralf Popp an. Mit einem genervten Blick auf Henrietta wählte er danach die Nummer der Klinik. »So«, sagte er, als er den Telefonhörer wieder aufgelegt hatte, »es scheint, dass Sie sich strafbar gemacht haben, junge Frau. Sie sollen in die Klinik gestürmt sein, – das wäre Hausfriedensbruch«, er hob einen Finger, »und sie sollen versucht haben, eine Frau, die akut selbstmordgefährdet ist, zu entführen«, der zweite Finger kam hoch, »und das wäre sehr ernst.« Der Zeigefinger stach in ihre Richtung.
»Das ist doch Blödsinn!«, unterbrach ihn Henrietta. »Wer sagt denn so etwas?«
»Dr. Schöller, der Eigentümer und Chefarzt der Klinik und der Ehemann dieser Frau. Sie erwägen eine Anzeige.«

Sie holte tief Luft. »Diese Frau ist meine Cousine, ich kenne sie sehr gut. Sie ist eine völlig gesunde junge Frau, eine glückliche obendrein, denn sie will sich von ihrem Mann scheiden lassen und einen anderen heiraten, sie will Kinder haben und in Afrika eine Landarztpraxis mit ihrem neuen Mann eröffnen …«

»Na, sehen Sie, Sie sagen es ja selbst. Die kann ja nicht richtig im Kopf sein. Afrika! Nun gehen Sie nach Hause, junge Frau, und seien Sie froh, dass Sie keine Anzeige wegen versuchter Entführung am Hals haben.« Er schlug ein großes, dickes Buch auf und trug etwas ein. Dann stand er auf und verschwand hinter einer Tür und ließ Henrietta stehen.

Sie versuchte Ron Cox in Natal zu erreichen. Vergeblich. Auch die Nonnen der Mission wussten nicht, wo er sich aufhielt. Sie rief Susis Vater, Markus Cornehlsen, in Florida an, wo er sich als passionierter Golfspieler die meiste Zeit des Jahres aufhielt. Auch vergebens.

»Zeig ihn einfach wegen Freiheitsberaubung an, dann muss irgendetwas passieren«, riet ihr Sohn Jan.

Sie rief Ralf Popp abends an, um ihm die Anzeige anzudrohen. Zu ihrem größten Erstaunen meldete sich Susi. »Susi? Du bist wieder zu Hause? Was ist passiert?«

»Oh, nichts, nichts. Mir geht es wieder gut, der Arzt sagt, ich bin gesund.« Ihre Stimme klang schleppend.

O ja, wütete Henrietta innerlich, und bis obenhin voll mit irgendwelchen Beruhigungsmitteln. »Ich werde dich morgen besuchen«, sagte sie.

Gegen Abend gelang es ihr, Ron Cox zu erreichen. Kurz berichtete sie ihm, was ihrer Meinung nach passiert war.

»Dieses Schwein! Den nehm ich mir vor«, knurrte er, und drei Tage später stand er vor ihrer Tür. Wie er es geschafft hatte, auf den chronisch überbuchten Flügen einen Platz zu ergattern, blieb sein Geheimnis.

»Dieser Drachen von Haushälterin wird vermutlich gegen elf zum Einkaufen gehen, dann können wir mit Susi sprechen.« Sie saßen in Henriettas Auto und beobachteten den Hauseingang. Es hatte ange-

fangen zu nieseln, und es war empfindlich kalt geworden. Ron, der offensichtlich keinen warmen Mantel besaß, fror in seiner ungefütterten Windjacke erbärmlich. Kurz darauf kam die Frau heraus und fuhr auf dem Fahrrad davon. Die beiden stiegen aus und klingelten. Eine lange Weile passierte nichts, dann rüttelte jemand von innen zaghaft an der Türklinke. »Wer ist da?«, hörten sie Susis kraftlose Stimme.
»Ich bin's, Henrietta, mach auf Susi, ich hab eine Überraschung für dich.«
»Ich kann nicht, ich bin eingeschlossen.« Das kleine Fenster neben der Haustür, das vergittert war, öffnete sich knarrend, und Susis blasses Gesicht erschien. Sie starrte Ron an, als wäre er eine Erscheinung. »Ron? Oh, Ronnie!« Ihre Verwirrung war deutlich, sie schien nach Worten zu suchen, stand offensichtlich unter dem Einfluss von schweren Beruhigungsmitteln. »Hilf mir«, flüsterte sie endlich, »bitte.«
Ron lief ums Haus herum, kletterte durchs Küchenfenster und öffnete dann Henrietta von innen die Terrassentür. Susi hing hemmungslos weinend an seinem Hals. Sie drehte sich weg. Ron beruhigte Susi mit Koseworten, küsste sie, streichelte sie, bis ihr Schluchzen leiser wurde und nur noch gelegentlich ein Laut wie ein Schluckauf kam.
Henrietta räusperte sich. »Kinder, ich will euch ja nicht auseinander reißen, aber wir müssen uns beeilen, wir wissen nicht, wann der Drachen wiederkommt.«
»Drachen?« Susi hatte etwas Farbe kommen.
»Die Haushälterin.«
Nun zeigte sich auf Susis Gesicht ein flüchtiges Lächeln. »Das ist ein sehr treffender Name. Ich fürchte mich vor ihr. Dauernd füttert sie mich mit Tabletten, und ich werde so müde von denen, dass ich nur schlafen möchte.«
Ron ließ sich von ihr die Medikamente zeigen. Es waren Kapseln. Gemeinsam öffneten sie jede, schütteten das Pulver heraus und füllten sie mit Puderzucker. »Du musst in den nächsten Tagen viel trin-

ken, am besten Tee und Wasser, um die Gifte aus dem Körper zu spülen. Es kann sein, dass du für ein paar Tage Angstzustände bekommst oder Kreislaufstörungen und dich zittrig fühlst, das sind Entzugserscheinungen, aber die gehen vorbei. Ich wohne bei Henrietta, ruf mich immer an, wenn es zu schlimm ist … geht der Hausdrachen jeden Tag einkaufen?«

Susi schien die Sprache verloren zu haben, sie nickte stumm, aber jetzt leuchteten ihre Augen.

»Ich werde jeden Tag vor der Tür stehen, wenn sie nicht da ist. Sowie es dir besser geht, hole ich dich.«

Jan hatte ihnen davon abgeraten, sie gleich mitzunehmen. »Man könnte euch vorwerfen, dass sie eine hilflose Person war und ihr sie entführt habt.«

Am fünften Tag stand Susi bei ihnen vor der Tür, Koffer in der Hand, blitzende Augen, energische Schritte. »So, jetzt gehe ich zum Anwalt, reiche die Scheidung ein und zeige Ralf und den Fleischklops wegen Freiheitsberaubung an.«

Ian hatte ihr Dr. Manning empfohlen. »Der ist bissig, ist nicht so ein Vergleichsanwalt«, grinste er.

Ein paar Tage später saß Susi vergnügt, eng an Ron geschmiegt, abends bei ihr und Ian und berichtete von ihrem Besuch bei Dr. Manning. »Es kostet Ralf ein Vermögen – ich meine, ein richtiges, ernsthaftes Vermögen, mit vielen, vielen Nullen vor dem Komma. Und das Haus! Er tobt. Aber das wird ihm gar nichts nützen, sagt Dr. Manning, er soll froh sein, wenn er nicht ins Gefängnis kommt.« Sie kuschelte sich an Ron und schmiedete Pläne. »Ich werde das Haus behalten und vermieten. Mieten im Alstertal für solche Objekte sind richtig hoch, außerdem könnte es doch sein, dass Ron und ich irgendwann einmal da wohnen wollen«, ihre Stimme wurde träumerisch.

»Keine schwarzen Löcher mehr?«, fragte sie lächelnd.

Ron merkte auf. »Schwarze Löcher?« Seine deutsche Aussprache war sehr apart. Seit Susis Abreise aus Südafrika hatte er begonnen, ihr zuliebe Deutsch bei den Schwestern seiner Missionsstation zu lernen.

Susi wollte das Thema mit wenigen Worten abhandeln, aber Ian verhinderte das. »Erzähl es ihm und auch die Sache mit dem Turm«, grinste er, »mit allen lyrischen Ausschmückungen, sonst kennt er dich doch gar nicht richtig.«
Das tat Susi dann.
Ron seufzte hingerissen. »Magst du Gedichte?«
»Ich liebe Gedichte«, hauchte seine Angebetete mit einem betörenden Augenaufschlag.
Sie wartete das Scheidungsurteil nicht ab, sondern flog noch im Mai mit Ron zusammen nach Südafrika. Eine schlanke, bildschöne Frau, voller Lebenslust, eine, die genau wusste, wohin ihr Lebensweg sie führen würde. Henrietta und sie trennten sich als Freundinnen, Freundinnen von der Art, wie Tita eine Freundin war. »Ihr müsst bald kommen und uns besuchen!«, rief Susi, als sie schon durch die Passkontrolle gegangen war.
»Aber ja«, antwortete Ian, »sicherlich.« Und Henriettas Herz krampfte sich zusammen.

❖

Julia bestand ihr abschließendes Staatsexamen mit Auszeichnung. Ian ließ ein völlig uncharakteristisches »Jippih!« hören und holte den besten Sekt aus dem Keller. »Sie wollte es uns wirklich zeigen, und das hat sie. Ist unsere Kleine nicht toll?« Er schwang Henrietta durch die Luft und küsste sie herzhaft, dann immer verlangender. Der Sekt wurde mal wieder warm und flach. Später öffneten sie einfach eine neue Flasche.
Der einzige Wermuttropfen war die Wahrscheinlichkeit, dass Julia und Karsten mindestens für zwei Jahre nach Südafrika gehen würden. Karsten hatte sich ohne Julias Wissen bei einem Großkonzern beworben, der Schiffsantriebsmotoren in Durban baute, und sofort einen Zwei-Jahres-Kontrakt erhalten. »Mit der Aussicht, ihn nach Ablauf der Zeit zu verlängern!« Er erzählte es, als sie gemeinsam mit Jan zu einem Abendessen bei Henrietta und Ian waren.
»Wie hast du dir das vorgestellt?«, empörte sich Julia. »Ich krieg ein

Kind, und da brauch ich meinen Mann, da kannst du doch nicht einfach nach Südafrika abhauen …!«

Für einen Moment herrschte tiefstes Schweigen, dann redeten alle durcheinander, Karstens kräftige Stimme setzte sich durch. »Ich werd verrückt – wann?«

»Voraussichtlich am 7. Oktober.« Julias türkisfarbene Augen leuchteten, ihre Wangen waren gerötet, sie sah hinreißend aus, und Karsten starrte sie anbetend an.

Henrietta und Ian sahen sich an. »Opa?«, fragte sie. »Oma?«, antwortete er. »Du?«, fragten sie gemeinsam.

Jan lachte laut los. »Die meisten Omas, die ich kenne, haben graue Kriselhaare und Kleidergröße Kartoffelsack, sie backen Apfeltorte und lesen in Frauenzeitschriften über das Leben von Prinzessinnen. Du wirst dich diesem Klischee anpassen müssen.«

Alle lachten, und dann lagen sie sich in den Armen, und jeder küsste jeden.

Dann wurde Julia ernst. »Wie hast du dir das gedacht, ich hier und du zehntausend Kilometer weit entfernt?«

»Ich dachte, du kommst mit«, warf er schafig ein, kam aber nicht weiter.

Julia fuhr hoch. »Ich bin nicht das kleine Frauchen, ich bin Ärztin, ich hab einen Beruf – verdammt noch mal!« Sie verschwand keuchend im Badezimmer.

Karsten verkroch sich als Häufchen Elend in seinem Sessel und blickte so verschreckt drein, dass Henrietta Mitleid bekam. Sie rief Anita Allessandro an, ihre Ärztin in Umhlanga Rocks, die sie schon seit 1961 kannte und schätzte. Diese war begeistert. »Sie muss die südafrikanische Zulassung erwerben – wie ich sie einschätze, macht sie das mit Links –, und dann kann sie mit Kusshand bei mir arbeiten.«

❖

Dietrich kündigte immer wieder seinen Besuch an, verschob ihn aber jedes Mal. »Das wird dieses Jahr nichts mehr«, teilte er ihr am Tele-

fon mit, »wir haben Stress mit den Pferden.« Er besuchte dann doch zwei- oder dreimal sein Heimatland, aber nie reichte die Zeit aus, um einen Abstecher nach Hamburg zu machen. »Keine Zeit, Schwesterlein, keine Zeit. Business, weißt du, ständig Termine, Termine, Termine. Heute hier, morgen da. Das ist Stress, kann ich dir sagen, richtiger Stress.« Er stöhnte laut. »Stress« schien eins seiner Lieblingswörter zu sein, und »Termine«. »Wir sehen uns. Bald, ganz sicherlich.«
Henrietta legte auf, schüttelte die Enttäuschung ab, die in ihr hochkroch. Bald, ganz sicherlich.

In dieser Zeit begannen Ian und sie ihr Leben zu ändern. Den Plan hatten sie nach ihrer Krankheit gefasst. »Es hat keinen Sinn. Wir werden uns etwas mehr Mühe geben müssen, uns hier einzuleben. Ich werde mich um ein Theaterabonnement kümmern, und wir müssen besprechen, in welchen Tennisclub wir eintreten wollen.«
Ian hatte sich bereits um die Mitgliedschaft eines Hamburger Segelvereins beworben, und sie lernte Bridge.
»Lerne Bridge, Kind«, hatte Großmutter ihr vor vielen, vielen Jahren einmal geraten, »dann bist du im Alter nicht allein. Wir Tresdorf-Frauen werden alle uralt.«
Die Schlussfolgerung, dass Ian gestorben sein müsste, wenn sie im Alter allein sein würde, hatte sie bisher davon abgehalten, das Spiel zu lernen. »Alte Frauen spielen es«, wehrte sie ab.
Ian grinste herausfordernd. »Vielleicht verlass ich dich ja vorher, dann wäre es doch gut, wenn du einen Zeitvertreib hättest, oder?« Er flüchtete johlend, als sie ein Kissen nach ihm warf und ihn durchs Haus jagte. Sie landeten im Bett, und als sie später aneinandergeschmiegt unter der Dusche standen, schlug er ihr vor, gemeinsam Bridge zu lernen.
Wegen des Beitritts zum Tennisclub luden sie Ingrid und Heiner Möllingdorf ein und fragten diese nach dem angenehmsten Club.
»Wir wollen also in Zukunft ganz ernsthaft spielen, und auch für Liga-Spiele zur Verfügung stehen«, versprach Ian bei einem Bier auf

ihrer Terrasse. Sie lag im tiefen Schatten der Kraske'schen Fichten, obwohl es erst vier Uhr war und Anfang Juni.

»Tennis?« Heiner machte eine wegwerfende Handbewegung, »mein Lieber, Golf ist jetzt in – Handicap und so. Wir lernen jetzt gerade die Platzetikette!« Stolz warf er sich in die Brust. »Tennis kann man doch nicht mehr spielen, der Plebs hat sich in den Clubs eingenistet.« Heiner kam aus einer kleinbürgerlichen Familie, er hatte Betriebswirtschaft studiert und machte viel Geld als Börsenmakler. Er benutzte solche Worte gern. Ein anderes war »Gesocks«.

»Platzetikette?«

»Nun, wie man sich zu benehmen hat. Kleiderordnung, welche Schuhe man trägt und so weiter.« Sein Schlips zeigte lauter kleine, gestickte Golfschläger.

Sie und Ian sahen einander an. »Ach, du heiliger Strohsack«, brummte Ian, der schon als Junge in Schottland Golf gespielt hatte. »Platzetikette!«

Trotzdem luden Möllingdorfs sie öfter zum Spielen ein, und an diesem Tag hatte Heiner Ian und Henrietta für ein gemischtes Doppel zugesagt. Keinem entging das Zwinkern, das Ingrid Carlo, dem Tennislehrer, zuwarf.

»Der Kerl könnte doch dein Sohn sein!«, brüllte Heiner mitten auf dem Tennisplatz. »Du machst dich lächerlich!«

»Ach, und dieses Flittchen, diese Bettina? Sagt sie Papi zu dir?« Ingrid verzog gehässig ihren Mund.

In diesem Moment hustete Heiner, griff sich ans Herz. »Mir ist so schlecht«, ächzte er, fiel erst auf die Knie und rollte dann langsam auf die Seite in den roten Sand. »Mein Gott, tut das weh!«

Ingrid lachte laut. »Lass die Vorstellung, das beeindruckt mich auch nicht. Steh auf!«

Ian kniete neben ihm. »Halt den Mund, Ingrid, dem geht's wirklich nicht gut.« Er öffnete Heiners Polohemdkragen. »Honey, hol den Notarzt!«

Henrietta war schon losgerannt.

Ingrid kicherte hysterisch »Heiner, was soll das, komm hoch, deine

Shorts werden ganz rot, du weißt doch, wie schwer das Zeugs rausgeht!«
»Reiß dich zusammen, verdammt noch mal!«, fuhr Ian sie an. »Hol lieber einen Sonnenschirm, dass er Schatten bekommt.«
Wie eine Marionette stakste sie über den Platz und kehrte kurz darauf mit einem Schirm zurück. Danach saß sie stumm neben Heiner auf dem Boden und hielt seine Hand, bis der Notarztwagen eintraf. Tagelang schwebte er zwischen Leben und Tod, bekam bei einer Herzkranzgefäß-Dilatation einen Re-Infarkt, der ihn fast über die Schwelle stieß.
Danach veränderte sich das Leben der Möllingdorfs für immer. Bettina und Carlo verschwanden in der Vergangenheit. Heiner gab seinen Beruf auf. »Herzinfarkt ist eine Börsenmaklerkrankheit, sollte von den Kassen als Berufskrankheit anerkannt werden«, scherzte er, nicht ohne einen ernsten Unterton.
»Er hat wieder angefangen zu tischlern«, berichtete Ingrid auf ihrem wöchentlichen Treffen mit Henrietta, »ich male, er tischlert. – Es tut gut.« Sie wirkte zufrieden. Ein paar Pfund hatte sie zugelegt, aber es stand ihr gut.
Sie verabredeten sich oft, bummelten zusammen durch die Stadt. Die Tage vergingen in Gleichförmigkeit. Henrietta rüttelte noch ein paar Mal an den unsichtbaren Gitterstäben, von denen sie sich umgeben fühlte. Aber vergebens.
Kein Unkraut überlebte ihre wütenden Attacken auf den Garten, dessen trostloser Anblick daraufhin ihren Trübsinn nur noch steigerte. Im Schatten der Fichten waren die Pfingstrosen im Mai verkümmert, der Mohn und die Seerosen im neu angelegten Teil hatten keine Knospen angesetzt. Im Juni wuchsen die Margeriten klein und schwach, fielen um, als ihre dünnen Stängel die Blüten nicht mehr trugen. Ab und zu hoben sie müde die Köpfe vom Boden, nur ein paar Zentimeter, um dann wieder niederzusinken. So schlängelten sie sich, auf und ab, wie fadendünne grüne Schlangen über die Erde. Dazwischen klafften die Wunden ihres Wütens. Nur auf einer Seite bekam die Terrasse in den Mittagsstunden Sonne, die andere Seite

war vermoost und feucht, und der Efeu wucherte begierig, verschlang Meter für Meter.

Um sich abzureagieren, räumte sie den Dachboden auf. In dem schweinsledernen Überseekoffer von Luise, der über und über mit Aufklebern aus den dreißiger Jahren bedeckt war, lagen die Hefte mit Luises Afrikageschichten. Von ihrer Großmutter hatte sie gelernt, Sütterlin zu lesen. Sie schlug das erste Heft auf, und die Wirklichkeit wich zurück.

Als sich die Sommerdämmerung ankündigte, hatte sie alle Hefte durchgelesen. Sie schlug das Letzte zu, saß noch lange, unwillig, ins Jetzt zurückzukehren, bis sich langsam die Geräusche von draußen – Kinderstimmen, Vogelstimmen, Autos, Polizeisirenen – in ihre Wahrnehmung drängten und sie zurückholten.

In den nächsten Tagen übertrug sie die Erzählungen nach und nach in die Schreibmaschine. Luise war mit ihr im Raum, während sie schrieb, flüsterte ihr mit ihrer ruhigen Stimme die Worte zu, nahm sie mit auf eine Reise in das Land, in dem sie so glücklich gewesen war.

Als sie den letzten Satz getippt hatte, sanken ihre Hände in den Schoß. Luise beschrieb ein Paradies, in dem alles im Einklang war. Tier und Mensch lebten friedlich miteinander, Schwarz und Weiß, Löwe und Antilope. Nichts Grausames oder Böses störte die glatte Oberfläche, kein Kräuseln verriet das lauernde Krokodil. Sie schrieb über einen Ort im Nirgendwo, geschützt gegen das Böse, wie das mythische Königreich Shangri-La, in dem die, die reinen Herzens waren, für immer lebten.

Sie setzte die Haube auf die Schreibmaschine. Luise muss gewusst haben, dass es so nicht wirklich gewesen sein kann, dachte sie, nicht in Afrika, wo der Stärkere den Schwächeren verschlingt, sobald sich ihm nur eine Gelegenheit bietet.

Es war warm draußen, und sie machte sich für einen Spaziergang fertig. Hatte sie ein Problem, das sie überdenken musste, lief sie den Elbwanderweg hinauf und hinunter, stand am Ufer, sah den Möwen nach und den großen Schiffen, die ausliefen, um die Erde zu umrunden, beobachtete die Hafenbarkassen, die die Schauermänner zu den Pieren brachten, und plötzlich wusste sie es. Auch Luise hatte ins dunkle Herz Afrikas gesehen, und es war zu viel für sie gewesen. Um sich gegen die Wirklichkeit zu schützen, hatte sie diese Geschichten geschrieben, die erzählten, wie es eigentlich hätte sein sollen, nicht, wie es war.

Zufrieden machte sie sich auf den Heimweg. Die Schreibmaschine stand noch auf dem Esstisch, der Stapel Hefte daneben. Sie nahm die Haube ab, spannte einen Bogen Papier ein und begann über ein Afrika zu schreiben, das schön war und großartig, das herausforderte und den vernichtete, der nicht auf der Hut war, aber das stark machte und spüren ließ, dass man lebte. Hier hatte der Mensch seinen Platz, nicht als Herrscher und Eroberer. Wollte er überleben, musste er nach Afrikas Regeln leben, als ein Teil der Natur, so wie es eigentlich gedacht war.

Sie schrieb und versetzte sich dabei so sehr in das Land, das ihre Heimat war, dass sie Sonnenwärme fühlte, wo keine war, und der Indische Ozean in ihren Ohren rauschte, wenn um sie nur die Stille des leeren Hauses herrschte. Viele Stunden am Tag verbrachte sie in Afrika. Der Graben zwischen ihren zwei Welten wurde immer tiefer, sie verlor sich in endlosen Weiten, ging auf in der Süße Afrikas, vergaß die Zeit, den Raum, die Wirklichkeit.

Sie geriet völlig aus dem Gleichgewicht, und eines Tages schaffte sie den Sprung über den Graben nicht mehr. Sie stand von ihrer Schreibmaschine auf, trug alles Geschriebene hinaus in den Garten, grub ein großes Loch und schichtete das Papier darin auf. Dann zündete sie es an und schürte die Flammen, bis sie ihre Erinnerungen verzehrten. Sie zerstieß die flockige Asche, füllte die Grube mit Erde auf und trat sie fest.

Etwas von ihrem Lebenssaft sickerte aus der Wunde, die sie sich so zugefügt hatte. Manchmal wurde sie jetzt sehr müde.

❖

Am 7. Oktober 1990 kam der stündlich erwartete Anruf von Karsten. »Es ist ein Mädchen!«, schrie er aufgeregt ins Telefon. »Und sie ist bildhübsch!« Bis zuletzt hatten die beiden geheim gehalten, ob sie einen Sohn oder eine Tochter erwarteten.

Sie fuhren sofort in die Klinik. Die Kleine schlief, Fäustchen ans Gesicht gepresst, der goldene Haarflaum stand wie ein Heiligenschein um ihr Köpfchen. Ian und Henrietta verliebten sich rettungslos in ihre Enkeltochter. »Wie wollt ihr sie nennen?«

»Olivia«, antwortete Julia.

»Franziska«, gab Karsten an, »nach meiner Großmutter.«

Ein sehr direkter, türkisfarbener Blick. »Darüber reden wir noch«, versprach ihm Julia.

Seit Wochen schon hatte Henrietta Ian durch die Babyausstattungsgeschäfte geschleift, und nachdem Julia mit Olivia in die kleine Wohnung zurückgekehrt war, die sie und Karsten bis zu ihrer Abreise nach Weihnachten gemietet hatten, erschienen sie regelmäßig mit Bergen von Einkaufstüten.

Ian verknipste drei Filme.

»Meine Güte, Daddy, du hast doch schon drei Alben von unserer Hochzeit!« Ein Wirbel in Weiß, Rosenduft, Mozarttöne wie klingende Tautropfen, Konfettiregen, ein exquisites Dinner im Dorfkrug und später die lebenssprühenden Rhythmen von New-Orleans-Jazz, das war ihre Hochzeit gewesen.

Ian murmelte dann etwas davon, dass man ja unter Umständen einen Entwicklungssprung verpassen könnte, zum Beispiel heute habe sie ihn mit Sicherheit schon einmal angelächelt.

»Daddy, sie hat Blähungen, sie lächelt dich noch nicht an! Sie ist noch viel zu klein!«

»Wie kannst du das sagen, ich hab es genau gesehen.« Er nahm sie hoch. Die Kleine gurgelte und saugte an seinem Fingerknöchel. Er sprach leise mit ihr, und als ihre Lider flatterten und sich senkten, ihr Köpfchen zur Seite fiel, ihr Atem einen sanften, regelmäßigen Rhythmus bekam, hielt er sie fest und sicher im Nest seiner Arme und wachte über ihren Schlaf.

Henrietta überflutete eine tiefe Zärtlichkeit bei diesem Bild. Unsere Familie, der Schatz, den wir im Leben gefunden haben, dachte sie, das ist es, worum es eigentlich geht, das Einzige am Ende, was bleibt.
»Ich freu mich auf Afrika«, bemerkte Julia wie nebenbei.

❖

An einem Tag Mitte Oktober, die milde Sonne wärmte noch, doch ahnte man schon den kommenden Herbst, saß Henrietta im Wohnzimmer und klebte die sechsundneunzig Fotos von Klein Olivia und ihren Eltern in Alben ein. Die Terrassentür war weit geöffnet. Ein paar Spatzen pickten lustlos auf ihrem schattigen Rasen. Plötzlich wurde im Nachbargarten eine Motorsäge angeworfen, und die Spatzen stoben aufgescheucht davon. Schrill kreischend fraß die Säge sich durch Holz.
Henrietta sprang auf, der Bilderhaufen rutschte auf den Boden, sie rannte auf die Terrasse, stand fassungslos, sah, wie in Kraskes Garten eine Fichte nach der anderen fiel und der schmale Streifen Sonnenlicht, der über ihren Garten floss, immer breiter wurde, bis endlich der ganze Garten in voller Sonne lag. Nun wurde auch die Person sichtbar, die das verursacht hatte.
»Frau Kraske!«, schrie sie entgeistert.
Frau Kraske stand am Zaun, graue Haarsträhnen hingen um ihr erhitztes, verdrecktes Gesicht, schwer atmend hielt sie die noch immer kreischende Motorsäge in den Händen. »So, nu isses gut«, keuchte sie, schaltete die Säge ab und ließ sie fallen. Henrietta sah in glasige Augen, die sie aber nicht wahrzunehmen schienen. Frau Kraske bürstete ihre lila Strickjacke ab, hob ihren braunen Rock an und stieg über die gefällten Bäume und humpelte ins Haus.
Es war das erste Mal, dass Henrietta sie ohne ihre Krücken sah. Das Bein, das sie sich damals bei ihrem Sturz gebrochen hatte, war nie wieder ganz geheilt.
Sie brauchte Minuten, um zu verdauen, was sie da gesehen hatte. Vorsichtig näherte sie sich dem Zaun, befürchtete, dass alles nur eine

Illusion sei. Aber dann stand sie in der Sonnenflut, die sich bis zur Fliederhecke auf der anderen Seite ergoss. Sie stürzte ins Haus und ans Telefon. »Du wirst es nicht glauben, was hier eben passiert ist«, rief sie aufgeregt, als Ian sich meldete, »ich glaub, die ist auf einem Drogentrip oder so!«

»Was? Alle Fichten sind weg? Wo ist denn ihr ekelhafter Mann, der bringt sie doch glatt um, wenn er das sieht!« Sich Frau Kraske auf einem Drogentrip vorzustellen überstieg offenbar seine Fantasie. »Hat er es endlich erreicht, sie in den Wahnsinn zu treiben?«

Aber Herr Kraske blieb unsichtbar, die Fichten blieben liegen, die Sonne schien, und Henriettas Blumen streckten dankbar ihre schwachen Blätter in das Licht des Lebens.

Wenige Tage später löste sich das Rätsel des verschwundenen Herrn Kraske. Zwei Polizeiwagen und ein Unfallwagen heulten die Straße hoch und hielten quietschend vor dem Kraske'schen Haus. Henrietta gesellte sich zu ihren Nachbarn, die aufgeregt diskutierend in Grüppchen auf der Straße standen.

Herrn Kraskes Schwester, eine kugelige, kleine Frau mit spärlichen weißen Haaren, empfing die Polizeibeamten, völlig in Tränen aufgelöst. »Sie hat ihn vergiftet!«, schrie sie, »mit Rattengift, hat zugesehen, wie er elendiglich verreckt ist!« Ihr Schreien wurde immer wieder durch Weinkrämpfe unterbrochen. »... und dann hat sie ihn auf ... den ... Komposthaufen abgelegt ...« Einer der Sanitäter brachte die alte Frau in den Unfallwagen, und Frau Kraske wurde abgeführt.

Alle aus der Umgebung gingen zu Herrn Kraskes Beerdigung, auch Henrietta. Er war schließlich ein Nachbar gewesen.

Bald begann sich Kraskes Grundstück zu verändern. Unkraut bemächtigte sich begeistert seiner Zwiebel- und Karottenbeete, kletterte eifrig über abgeerntete Erdbeerpflanzen und bohrte sich zwischen die gefallenen Fichten und überzog sie bald mit einem dichten grünen Pelz, Schimmelpilze sponnen ihre feinen Fäden und zersetzten die Rinde. Käfer und Würmer vermehrten sich, legten ihre Eier in das tote Holz. Es wurde porös und begann zu zerfallen.

Eines Tages erschienen smart gekleidete, zackig auftretende Immobilienmakler und führten Scharen von Kaufinteressenten durch die Wildnis, und eines Sonntags, Ende November, klingelte es an ihrer Tür, und ein junges Paar stand davor.
»Grüß Gottle«, sagte die junge Frau in dem langen wollenen Mantel, »mer wolle uns vorstelle, mer san die neue Nachbarn.« Strahlend blinzelte sie durch eine starke Brille.
Bald rumpelten Bagger auf das Grundstück, Scharen von Handwerkern stürzten sich auf das Haus, ein Gerüst wuchs an den Außenmauern empor. Jeden Morgen wurde Henrietta nun vom Hämmern, Sägen und Bohren geweckt. Eines Morgens, als die Meisen und Finken den Frühling ankündigten, blieb alles ruhig.
Sie stand auf und öffnete das Fenster. Es war empfindlich kalt und roch nach Schnee. Hinter den kahlen Obstbäumen schob sich die weiße Sonne in den milchigen Himmel, glitzerte auf den hauchzarten Nebelschleiern, die auf dem nassen Gras lagen. Henrietta lief in ihren Garten. Familie Härtl hatte die Fichtenstumpen roden lassen, Rasen gesät und Blumenrabatten angelegt. Ungehindert fielen die Sonnenstrahlen jetzt auch in die letzten Ecken ihres Gartens, kitzelten die ersten gelben Krokusse, lockten bereits die prallen roten Blattknospen der Bauernrosen heraus.
Sie kniete davor und freute sich auf den Frühling und den Sommer, hob eine Hand voll Erde hoch und zerbröselte sie in den Fingern, spürte, wie sich etwas in ihr regte. Sie zog ihre Schuhe aus und stellte ihre nackten Füße fest auf die angewärmte Oberfläche, bewegte ihre Zehen, fühlte, wie locker der Boden war – so locker, dachte sie, dass auch meine Wurzeln sie durchdringen könnten. Sie blinzelte in die Sonne und meinte plötzlich, weiter sehen zu können als nur bis zum Sommer.

❖

Südafrika erschien mittlerweile häufig in den Nachrichten. Es wandelte sich vom Stinktier der Welt zum Liebling aller. Die Südafrikaner verzauberten mit ihrer überschäumenden Lebensfreude, dem

Optimismus, mit denen sie die unüberwindlich erscheinenden Schwierigkeiten angingen, jeden, der damit in Berührung kam.
Die Touristen entdeckten das Land neu, und bald ergoss sich ein steter Strom Abenteuerlustiger dorthin. Kamerateams reisten hinunter, drehten unzählige Reiseberichte, die meist auf den Weingütern der Kapregion begannen, wildromantische Bilder von luxuriösen, privaten Wildreservaten zeigten und in den multikulturellen Schickimicki-Discos Kapstadts endeten. All das unterlegt mit den ins Blut gehenden Gesängen schwarzer südafrikanischer Sänger. Sogar die nüchternen TV-Politmagazine wurden von dieser Musik untermalt, so dass Monika Kaiser nach ihrem ersten Besuch in Kapstadt etwas enttäuscht berichtete, dass man diese Musik gar nicht an jeder Straßenecke höre, wie sie geglaubt hatte, sondern dass der Alltag die gleichen Geräusche habe wie in Europa.
Überall wurden Förderungsprojekte für südafrikanische Musik und südafrikanische Kunst ins Leben gerufen, Spielfilme und Fernsehserien wurden wieder dort gedreht. Die Afrikaromantik war ein Riesenrad, das langsam Schwung bekam.
Fast alle Freunde der Cargills flogen dorthin, fuhren mit dem Luxuszug Blue Train von Johannesburg nach Kapstadt oder, nachdem sie sich durch die Weinkeller am Kap durchprobiert hatten, gemächlich in einem Mietauto von Kapstadt die Gartenroute hoch, besuchten Hluhluwe und Umfolozi oder eins der vielen anderen Wildreservate. Einige übernachteten in Umhlanga Rocks. Zurückgekehrt, veranstalteten sie Filmabende, und Henrietta und Ian waren immer unter den Gästen.
Monika begann von ihrem Kapstadt zu reden, wie sie vorher von ihrem Mallorca sprach und überlegte, ihr kleines Apartment auf Mallorca zu verkaufen, um sich in Kapstadt ein Ferienhaus zuzulegen.
»Du kriegst einen Palast für das Geld in dem Land, mit Swimmingpool und Hausmädchen«, schwärmte sie und breitete Fotos von wunderschönen weißen Villen in grünen Gärten und mit Blick auf den Atlantischen Ozean vor ihr aus.
Henriettas Brauen schossen in die Höhe bei dieser Bemerkung, aber

sie kommentierte sie nicht. Sie wünschte, Monika würde ihre Fotos einpacken und lieber über Mallorca reden. Das konnte sie ertragen.
Ingrid und Heiner Möllingdorf brachten als Überraschung für sie Fotos mit, die sie von der Straße aus von ihrem Garten in Natal gemacht hatten. »Ein paar Bäume blühten«, erzählte Ingrid, »einer leuchtend blau, der andere rosa. Am Eingang vorn, du weißt sicher, welche ich meine.« Sie zog Bilder aus der Tasche, deren Betrachtung Henrietta alle Selbstbeherrschung kostete.
Es waren die Tibouchinas, die ihr Tita zum Einzug geschenkt hatte, die rechts und links vom Eingang standen. Durch ihren üppigen Blütenflor schimmerte silbergrau das Schieferdach ihres Hauses. Eine zusammengerollte Katze döste im sonnengefleckten Schatten, den die Zweige in der tief stehenden Nachmittagssonne warfen. Es war die Stunde, zu der die Ibisse zu ihren Nistplätzen auf den Bäumen an der Uferzone der Flüsse heimkehrten, die Mainas sich langsam zu ihrem Abendschwätzchen auf den Bäumen versammelten, die Mungos aus ihrem Hitzedämmerschlaf erwachten und auf der kleinen Lichtung unter den Korallenbäumen ihre Kapriolen schlugen.
»Schön«, sagte sie, ihre Stimme sorgfältig kontrollierend, und reichte Ingrid die Bilder zurück, nichts weiter als höfliches Interesse zeigend, »aber das ist ja nun vorbei.«
Fernsehen mied sie weitgehend, besonders die unzähligen Dokumentarfilme über glückliche Löwen und schnaubende Flusspferde und diese, in leuchtendes Licht getauchten, endlosen afrikanischen Landschaften, über die sich ein Himmel wölbte, der einem das Gefühl gab, bis in die Ewigkeit sehen zu können. Die mied sie besonders. Zeitweilig mied sie auch die Nachrichten. Der Anblick der überglücklich in den Straßen tanzenden Südafrikaner, Schwarze und Weiße Arm in Arm, die herzergreifende Melodie von *Nkosi Sikelel' iAfrica*, die nicht mehr sehnsuchtsvoll klang, sondern triumphierend aus Hunderttausenden Kehlen in den zartblauen afrikanischen Winterhimmel stieg – das konnte sie nicht verkraften.
Auch die Berichte über die prominenten Exilsüdafrikaner wie Mi-

riam Makeba, die in Begleitung der internationalen Presse nach langen Jahren zu ihren Wurzeln zurückkehrten, ertrug sie nicht. Zu sehen, wenn sie ihren Fuß auf die Erde ihres Landes setzten, neue Kraft durch sie hindurchzuströmen schien, sie aufrichtete, deutlich machte, dass jetzt ihr Leben von neuem beginnen würde, war zu viel für sie.
Das würde Zeit benötigen. Viel Zeit. Mindestens bis ans Ende ihres Lebens.

Einmal im Monat sprach sie am Telefon mit Tita, die zwischen Zweckoptimismus und Niedergeschlagenheit schwankte. »Ich war in Johannesburg«, berichtete sie eines Montags im September, »Neil und ich waren am Wochenende in Johannesburg und haben in einer Disco in Soweto mit seinen schwarzen Freunden gefeiert. Wir sind zusammen durch die Shebeens, die illegalen Bierspelunken, gezogen, und es ist nichts passiert, wir haben zusammen *Nkosi Sikelel' iAfrica* gesungen und waren alle eine große, glückliche Familie. Heute Morgen ist der Besitzer der Apotheke in Umhlanga – du erinnerst dich doch an ihn? –, der alte John Miller, an der Hauptkreuzung im Ort von zwei Schwarzen, nachdem sie das Seitenfenster mit einer Eisenstange eingeschlagen hatten, aus dem Auto gezerrt worden. Als sie davonfuhren, lehnten sie sich aus dem Fenster und schossen ihm zwischen die Beine. Er ist verblutet, bevor der Krankenwagen eintraf. Sein Auto hat man kurz darauf als Wrack im Straßengraben am North Coast Highway gefunden. Sie haben es nur für eine Spritztour geklaut.« Tita verstummte.
Sie sah die Kreuzung in Umhlanga vor sich, gesäumt von üppigen Blumenrabatten und Blütenbüschen, Gruppen schwatzender Menschen im Schatten der Indischen Mandelbäume auf dem großen Rasenplatz und ein paar Meter weiter, in der kleinen, geschäftigen Ladenstraße, Mr. Millers Apotheke. »Oh, Tita ...«, war alles, was sie sagen konnte.
»Irgendwie werden wir's schon schaffen – wir müssen! Ich will nicht woanders leben müssen«, antwortete Tita, »aber es gibt noch einen

Grund für meinen Anruf. Isabella war bei mir und hat das Geld für den Sangoma abgeholt!«

»Oh!«, rief sie. »Geht es ihr gut? Wo kam sie her? Was ist damals passiert? Ist sie noch mit Lukas zusammen?«

Tita lachte. »Ja, es geht ihr offensichtlich gut; wenn mich nicht alles täuscht, ist sie schwanger. Sie hat mir weder erzählt, woher sie kam, noch, was damals passiert ist, aber sie lässt dich grüßen und dir ausrichten, dass sie Nanna wieder gefunden hat. Du wüsstest dann schon Bescheid.«

Henrietta lächelte. »Nanna war ihre Nanny, sie hat sie mehr geliebt als ihre Mutter – du hast Recht, es geht ihr offensichtlich gut. Ich freue mich sehr für sie.«

Januar 1991, Hamburg

An jenem eiskalten 16. Januar 1991, als Präsident Bush unter dem Decknamen »Wüstensturm« den Irak mit einem Bombenteppich überzog, war sie allein. Ian war seit zwei Tagen auf einer Werft in Rotterdam, die sich für sein Patent interessierte. Sie war mit Kopfschmerzen aufgewacht und verspürte keine Lust aufzustehen, als das Telefon sie aus ihrem Dämmerschlaf riss.
Es war Ingrid. Sie klang sehr aufgeregt. »Mach das Fernsehen an, wir haben Krieg!«
Aus dem Telefon dröhnten Flugzeugmotoren, Sirenen jaulten. Ihr Herz klopfte plötzlich bis zum Hals. Krieg? »Was meinst du mit Krieg?« Sie konnte das nur falsch verstanden haben. Rasch vergewisserte sie sich, wo sie sich befand. In ihrem Haus in Hamburg, und hier war kein Krieg! Amseln flöteten, das Baby ihrer Nachbarin brüllte, der Lärm der einen Kilometer entfernten Ringstraße klang wie das Rauschen eines fernen Meeres. Dieses Wissen, sicher zu sein, das war das Fundament, auf dem sie ihr Leben hier aufbaute.
»Was redest du für einen Unsinn«, zischte sie ihre Freundin an, »und das zu nachtschlafener Zeit.« Es war erst sieben Uhr morgens, absolut nicht die Zeit, zu der sie zu derartigen Scherzen aufgelegt war, außerdem hatte sie Kopfschmerzen.
»Liebe Henrietta, die Amis schmeißen Saddam Hussein Bomben auf den Kopf, und der wird sich das nicht gefallen lassen, sagt Heiner, der wird zurückschlagen, und wir sind die, die es abkriegen werden, sagt Heiner, nicht die Amis, die sind schön weit weg. Aber vorher hauen wir zwei ab, das versprech ich dir, nach Australien oder so, so weit weg wie möglich!«
Henrietta warf den Hörer von sich, als hätte er sie gebissen, und ver-

kroch sich unter der Decke. Kaum hatte sie die Augen geschlossen, überfielen sie Bilder aus dem anderen Krieg, dem Krieg, den sie als kleines Mädchen in Lübeck erlebt hatte. In ihrer Erinnerung mischte sich Sirenengewimmer mit dem Rasseln von Kettenpanzern und dem hohen Pfeifen nahender Bomben, der flackernde Feuerschein brennender Häuser mit der schwarzen Angst, die sie damals gepackt hielt.

Um diesen Bildern zu entgehen, stand sie auf und schaltete das Fernsehen ein. Flugzeugmotoren donnerten, Bomben detonierten, es krachte und blitzte, Sirenen heulten – es klang wirklich wie Krieg! Ihre Kopfschmerzen steigerten sich ins Unerträgliche. Das Trommelfeuer der aufgeregten Stakkatostimmen der CNN-Korrespondenten, die nonstop in Sondersendungen über den Krieg berichteten, schmerzte sie körperlich, und sie wünschte, Ian würde bei ihr sein, würde ihr Ruhe und Schutz geben, die Welt draußen ausschließen.

Als hätte er ihren Wunsch vernommen, klingelte das Telefon, und sie hörte seine Stimme. »Ich bin in vier Stunden bei dir. Ich weiß doch, was das Wort »Krieg« für dich bedeutet. Bald bin ich da, hab keine Angst!«

Er hatte die Kriegsjahre auf den elterlichen Ländereien in Schottland im gemächlichen Alltag eines großen Gutshofes verbracht und nicht einmal in der Nachkriegszeit Hunger gelitten. Krieg war für ihn etwas, was immer mal wieder regional aufflackerte und sich dann wieder erledigte. »Verrückte und geldgierige Verbrecher wird es immer geben«, war sein häufigster Kommentar, und seine Frau beneidete ihn um seine innere Unversehrtheit.

Nach dreieinhalb Stunden stürmte er ins Haus und schloss sie in die Arme. »Ich wette, die Militärs sind glücklich, dass sie endlich mal ihr Spielzeug ausprobieren können. Es wird die Rüstungswirtschaft tüchtig ankurbeln. Mach dir keine Sorgen, der Spuk ist bald vorbei. Und jetzt gehen wir essen!« Seine Stimme klang leicht und sorglos.

Der Spuk dauerte fast sechs Wochen. Am Ende brannten die Ölfelder von Kuwait, und Frau Brunckmöller vergaß ihre Abneigung gegen Henrietta und klingelte voller Panik an ihrer Tür.

»Die Ölwolke kommt«, sprudelte sie, »wir werden keine Luft mehr kriegen und jahrelang nur Winter haben, ich habe schon genügend Lebensmittel für ein Jahr in unseren Bunker geschafft, eigentlich wollten wir nach Florida zu meinem Bruder fliegen, aber es heißt, sie schießen alle Flugzeuge nach Amerika ab, ach Gott – hoffentlich überleben wir das!« Sie rang die Hände, war völlig außer Atem.

Henrietta bat sie herein, trichterte ihr, getreu nach Titas Rezept in Notsituationen, übersüßen Kaffee ein und bot ihr einen Cognac an. »Einen klitzeklitzekleinen vielleicht, mehr vertrag ich nicht, mein Herz, wissen Sie, mein Blutdruck«, antwortete ihre Nachbarin, und als sie zu Henriettas Faszination drei große Cognacs in sich hineingegossen hatte, fasste sie wieder Mut. »Vielleicht kriegen wir ja Nordwind, dann wird die Ölwolke Saddam Hussein wieder ins Gesicht gepustet. Die Engländer sollten diesen James Bond dahinschicken, um den Kerl umzulegen, dann wär das Problem erledigt!« Kichernd wankte sie zurück in ihr Haus.

Die Ölwolke fiel bald in sich zusammen, und Brunckmöllers lebten monatelang von Konserven.

Die Welt atmete nach der Kapitulation des Irak tief durch, und im Juni versanken die zurückkehrenden amerikanischen Soldaten in New York bis zu den Knien im Konfetti. Das Gespenst des dritten Weltkrieges hatte sich in sein schwarzes Loch verzogen.

Henrietta vergrub auch diese Erfahrung in dem inneren Müllhaufen, auf dem im Laufe der Jahre alle derartigen Erinnerungen landeten, und nahm ihr Leben erleichtert wieder auf, erkannte, wie gut sie es doch hatte.

Ende Juni fiel ein angeschmutzter, blaugrauer Brief durch ihren Briefschlitz. Als Absender war nur *Udadewenu, deine Schwester* angegeben. »Sarah!«, rief sie glücklich und riss den Brief auf.

Mein Leben fließt wieder wie ein ruhiger Fluss, schrieb Sarah, *nur manchmal sind Stromschnellen im Weg. Vilikazi geht es gut. Er ist jetzt ein wichtiger Mann im ANC und läuft nur noch in einem Anzug mit*

Schlips herum. Manchmal vergisst er allerdings, wer er ist, und zieht einfach mitten auf der Straße die Schuhe aus, wenn sie drücken, läuft barfuß, wie er es im Busch tun würde!

Das Foto, das sie beigelegt hatte, zeigte Vilikazi, wie sie ihn beschrieben hatte, mit einem breitkrempigen Hut, den er seitlich tief in die Stirn gezogen hatte. Seine Narbe war ein heller, breiter Strich über dem steifen Hemdkragen und dem bunten Schlips, ein weißes Taschentuch steckte in seiner Brusttasche, nur Schuhe trug er nicht, und Henrietta lachte laut, so wie Sarah bestimmt gelacht hatte.

Liebe Schwester, las sie weiter, *es geht etwas vor in Deinem Haus. Meine Cousine glaubt, dass Mr. Norman nichts Gutes vorhat. Es wäre besser, wenn sich Deine Freundin mit dem vielen Geld darum kümmert, denn ich habe etwas erfahren, was mir nicht gefällt. Es gibt jetzt eine Mrs. Norman, und ihr früherer Name war Kruger. Ich hab ein wenig herumgeschnüffelt. Es ist Valerie Kruger, die Witwe von unserem ehemaligen Generalstaatsanwalt, die, die Dein Haus schon immer wollte.*

Henrietta warf den Brief hin, als hätte sie sich verbrannt. Valerie Kruger! »Ich dachte, die wäre längst tot! Was kann sie vorhaben?«, rief sie aufgeregt durchs Telefon, als sie Ian endlich in seinem Betrieb erwischte. »Sie kann uns das Haus doch nicht wegnehmen! – Oder?«, setzte sie mit kleiner Stimme hinzu. Nervös zwirbelte sie eine blonde Haarsträhne.

»Ich ruf Neil an, vielleicht kann er etwas herausbekommen«, versprach Ian. Kurz darauf rief er sie zurück. »Ich kann ihn nicht erreichen. Wir müssen es heute Abend noch einmal versuchen.«

Abends hatten sie Glück. Tita meldete sich.

Schweigend hörte sie sich die Geschichte an. »Diese Ferkel!«, fauchte sie dann aufgebracht. »Denen werden wir in die Suppe spucken! Ich werde ihnen Daddys Anwälte auf den Hals hetzen. Macht euch keine Sorgen«, setzte sie tröstend hinzu, »das schafft die Kruger nicht. Daddy muss wohl mal wieder eine Runde Golf mit ein paar Leuten spielen.«

»Es kann nicht sein«, flüsterte Henrietta beschwörend, »irgendwie habe ich angenommen, dass es sie nicht mehr gibt. Naiv, ich weiß,

denn wo sollte sie schon leben? In Südafrika trifft man sich immer wieder.«
»Eine sehr kleine Welt, allerdings, aber sie kann uns nichts anhaben. Sarah sieht sicherlich Gespenster.«
Daddy Kappenhofer persönlich rief am Freitagabend an, und Ian stellte den Lautsprecher an, damit sie mithören konnte. »Ian, mein Junge, wie geht's der Familie?« Nachdem sie die Familienneuigkeiten ausgetauscht hatten, kam der alte Herr zur Sache. »Eure Daueraufenthaltsgenehmigung ist durch eure lange Abwesenheit verfallen, und die Herrschaften haben aus irgendetwas eine Steuerschuld errechnet. Ob zu Recht oder nicht, tut jetzt nichts zur Sache. Da ihr ja nun keine Adresse mehr in Südafrika habt, behaupten sie, dass sie euch relevante Papiere nicht hätten zustellen können, und jetzt versteigern sie euer Haus zur Deckung dieser Steuerschuld.«
»Scheiße«, sagte Ian mit Nachdruck, und Henrietta schreckte hoch.
»Da ist noch etwas«, unterbrach ihn Daddy Kappenhofer, »Mrs. Norman ist tatsächlich die frühere Mrs. Kruger, und die hat doch schon einmal versucht hat, sich euer Haus unter den Nagel zu reißen, nicht wahr?«
Und das hatten Valerie Kruger und Hendrik du Toit mit allen Mitteln versucht. Kurz vor dem Richtfest ihres neuen Hauses hatte ein schwerer Sturm nachts über Natal getobt, die Straßen waren überflutet, abgerutschte Gartenhänge, Geröll und Schlamm machten sie unpassierbar. Gleich morgens früh, nachdem sie die Nacht hindurch bis zur totalen Erschöpfung gearbeitet hatten, ihr Donga-Haus zu retten, waren sie zu ihrem Neubau gefahren. Über Felsbrocken, umgestürzte Bäume und durch eine dicke Schlammschicht mussten sie sich ihren Weg dorthin bahnen. Der Sturm hatte dem Haus nichts angetan, aber irgendjemand hatte die Pfeiler, auf denen die Decken ruhten, angesägt. Die Decken waren teilweise eingebrochen. Der Architekt eröffnete ihnen, dass die übrigen Pfeiler eingerissen werden müssten, denn auch sie waren beschädigt und nicht mehr sicher.
Henrietta war in tiefste Verzweiflung gestürzt und abends, als das Telefon klingelte und die näselnde Stimme du Toits sich gemeldet hatte,

vollends zusammengebrochen. Nur zu genau erinnerten sie sich an das, was er gesagt hatte. »Jeder hat seinen Preis, und so auch Sie den Ihren. Ich muss nur herausfinden, was er ist.«
Das, was Daddy Kappenhofer ihnen jetzt erzählte, legte die Vermutung nahe, dass die eigentliche Drahtzieherin du Toits Schwester gewesen war. Als sie aufgelegt hatten, sahen sie sich besorgt an. »Honey, woher sie die Steuerschuld errechnet haben, weiß ich nicht«, sagte Ian, »denn wir haben alle Steuern bezahlt, als wir das Land verließen. Die einzige Erklärung ist, dass unsere gute Valerie dran gedreht hat. Als Witwe des Generalstaatsanwalts hat sie sicher noch großen Einfluss und kann immer Hilfe von seinen Freunden in allen hohen Positionen des Staates und der Wirtschaft erwarten.«
Als das Ausmaß seiner Worte einsank, konnte sie ein Zittern ihrer Hand nicht verhindern.
Er ergriff sie und hielt sie fest. »Nicht«, sagte er, »du weißt, Daddy Kappenhofer wird`s schon richten. Er hat uns doch versprochen, dass seine Anwälte Überstunden einlegen werden.«
»Trotzdem möchte ich, dass wir mit Jan darüber reden.« Er war als frisch gebackener Rechtsanwalt in eine von Hamburgs renommiertesten Kanzleien aufgenommen worden, und sie war ungeheuer stolz auf ihn. »Mit Julia natürlich auch, ich möchte nicht noch einmal den Fehler machen und die Kinder nicht einweihen. Sie sind alt genug.«
»Er hat doch gar keine Erfahrung, weder auf einem solchen Gebiet noch mit Menschen wie Valerie Kruger. Da wäre es klüger, Dr. Manning zu konsultieren, obwohl ich nicht glaube, dass uns ein deutscher Rechtsanwalt helfen könnte. Das ist ein Fall für Daddy Kappenhofers Wunder.«
»Mag sein«, antwortete sie und rief Jan trotzdem an. »Wie soll er denn sonst Erfahrung sammeln?«
Aber Jan reagierte ganz anders, als sie erwartet hatte. »Ich kann mir nicht vorstellen, dass ein Staat eine Steuerschuld errechnet, wo keine ist«, hielt er ihr vor und ließ den Satz so verklingen, dass deutlich wurde, dass er annahm, der Vorwurf bestehe zu Recht.

»Meine Güte, bist du naiv«, unterbrach sie ihn enttäuscht, »die sind noch zu ganz anderen Sachen fähig! So eine kleine Steuerschuld zu erfinden bedeutet keinerlei Problem für die.«

Sie hatten ihre Kinder nie ganz darüber aufgeklärt, was 1968 wirklich passiert war. Als sie es, viel zu spät, einmal während eines gemeinsamen Essens versuchten, die Zwillinge waren gerade einundzwanzig geworden, hatte ihnen Jan kurz das Wort abgeschnitten.

»Ihr dramatisiert«, warf er ihnen vor, »Geheimagenten, Polizei, Beschattungen, Bombenattentate ... das gibt es doch nicht im wirklichen Leben. Vermutlich habt ihr euch das alles eingebildet, es kann nicht so gewesen sein, Verfolgungswahn scheint da unten ja eine Nationalkrankheit zu sein.«

Henrietta hatten die Worte ihres Sohnes wie Keulenschläge getroffen, Ian war nur erstarrt. Im ersten Moment hatte sie mit einem seiner seltenen, an Jähzorn grenzenden Wutanfälle gerechnet, aber es passierte nichts. Er war vom Tisch aufgestanden und aus dem Zimmer gegangen, was sie mehr erschreckt hatte, als jeder Wutanfall es getan hätte.

»Sieh, was du angerichtest hast!«, zischte sie und rannte Ian hinterher. Aber er hatte auch ihr den Rücken zugewandt, sich ihrer Hand entzogen, mit der sie ihm liebevoll den Nacken massierte, eine Geste, die hieß, ich bin für dich da, rede mit mir. Aber er verschanzte sich hinter einer Barriere, die keine Tür für sie hatte.

Außer sich, hatte sie sich ihren Sohn vorgenommen, und es war zu dem ersten ernsthaften Streit zwischen ihnen gekommen, und anscheinend schwelte sein Feuer immer noch.

Daran musste sie jetzt wieder denken. »Daddy Kappenhofer hat nachgegraben, und ...«

»Daddy Kappenhofer«, unterbrach Jan, und sie vernahm mit einem sinkenden Gefühl den verachtungsvollen Unterton, »einer, der die Schwarzen brutal ausnutzt, einer der schlimmsten Nutznießer der Apartheid. Wenn ihr euch von dem helfen lasst, macht ihr euch doch zu seinen Handlangern. Wie, glaubst du, hat er erreicht, dass wir unbehelligt 1972 wieder nach Südafrika zurückkehren konnten, wenn all das stimmt, was ihr uns erzählt? Wie hoch muss der Preis gewesen sein!«

Was sollte sie ihm nur darauf antworten, wenn sie für sich selbst nie eine befriedigende Antwort auf dieselbe Frage gefunden hatte? Bedrückt legte sie auf.

Ian nahm sie in den Arm, wohl ahnend, wie die Unterhaltung verlaufen war. »Denk nicht drüber nach, er ist noch jung, nicht vom Leben abgeschliffen. Wir waren auch einmal so.«

»Das Schlimmste ist«, wisperte sie, »dass er Recht hat. Oder weißt du, wie Daddy Kappenhofer das damals gedreht hat?«

»Hör auf, Liebes, es hat keinen Sinn, es ist so viele Jahre her.« Er zog sie fester an sich, wie um zu verhindern, dass sie weiterredete.

Sie stemmte ihre Hände gegen seine Brust. »Aber siehst du denn nicht, dass wir das herausfinden müssen? Um Jans willen? Du hättest ihn hören müssen!« Zu spät merkte sie, dass sie sehr laut geworden war.

Schweigen stand plötzlich zwischen ihnen, ein Schweigen, das aufgeladen war mit der Last der Vergangenheit. Seit Tagen schon war es ungewöhnlich heiß und schwül, der Garten lag in jenem seltsamen Licht, das einem Gewitter vorausgeht und das alle Farben zum Glühen bringt. Ian ballte die Hände in den Taschen seiner Shorts. Seine Kinnmuskeln standen hervor, ein sicheres Zeichen, dass er einen Wutausbruch unterdrückte.

Er verheimlicht mir etwas, schoss es ihr durch den Kopf, er weiß bestimmt, was Daddy Kappenhofer dem Kruger als Köder vorgeworfen hat! Ein Nerv unter ihrem linken Auge begann zu zucken. Hat Daddy Kappenhofer das Gesetz der Mafia angewandt. Für uns? Er belügt dich! Ihre innere Stimme, die, die sie nie zum Schweigen bringen konnte, verschaffte sich Gehör. Was gab es noch, das BOSS gegen ihn in der Hand hatte?

Sie ballte die Fäuste. Unsinn, nicht Ian!

Ach, und wie war das mit dem Wildhüter? höhnte diese nervtötende andere Henrietta. Der Vater des Wildhüters hat es gesagt. Es ging nicht nur um den Tod seines Sohnes.

Hör auf, lass mich zufrieden!
Die Sätze zischten wie Blitze durch ihr Gehirn.
Den Abend lang hockten sie trübsinnig beieinander und zermarterten sich auf der Suche nach einer Lösung den Kopf. Es fiel ihnen nicht einmal auf, dass sie im Laufe der Stunden zwei Flaschen Wein geleert hatten, ein Indiz, wie sehr sie die Sache mitnahm. Sie saßen beide auf dem Sofa zurückgelehnt – Beine auf dem niedrigen Wohnzimmertisch – und grübelten, jeder für sich. Nach dem kurzen Gewitter standen beide Flügel der Terrassentür offen, der Juniduft nach frischem Heckenrosengrün wehte sanft herein, doch heute waren alle ihre Sinne von diesem Problem in Anspruch genommen. Erst weit nach Mitternacht standen sie auf, steif von dem langen Sitzen, entmutigt von der ergebnislosen Suche nach einem Ausweg, und fielen ins Bett.
Sie schliefen unruhig. Ian warf sich so heftig hin und her, dass Henrietta fast seekrank wurde. Sie beobachtete den wandernden Mondstrahl, der durch einen Spalt in den Vorhängen fiel, lauschte auf die ersten Vogelstimmen, und als das Konzert in den Bäumen den Höhepunkt erreichte, stand sie auf. Die Morgenluft war feucht und kühl und schmeckte würzig nach frischer Erde.
Lange starrte sie in den langsam heller werdenden Morgen hinaus. Dann hatte sie die Auseinandersetzung mit ihrer inneren Stimme gewonnen. Nie wieder, schwor sie sich, nie wieder würde sie diesem bösartigen Virus Zweifel erlauben, ihr Blut zu vergiften. Jetzt würde sie hineingehen, einen wunderschönen Frühstückstisch decken und Ian wecken.
Eben wollte sie sich von dem Korbstuhl erheben, auf dem sie gesessen hatte, als sie ein Geräusch hinter sich hörte. Sie wandte sich um.
Er lehnte an der Terrassentür, nackt bis zur Taille, Hände in den Taschen seiner Shorts. Im Mai hatten sie eine Woche auf Mallorca verbracht, und seine Bräune war noch nicht verblasst. Himmel, sieht der Kerl gut aus, fuhr es ihr durch den Kopf, mein Gott, wie ich ihn liebe!
»Also gut«, Ian zog die Hände aus den Hosentaschen, »ich werde heute Tita anrufen, sie bitten, ihren Vater zu fragen, was damals war,

und sie bitten, es uns zu faxen. Das werden wir Jan zeigen und die Sache ein für alle Mal klären. Ich glaube nämlich nicht, dass Daddy Kappenhofer Mafiamethoden anwenden würde.« Er schaute sie fest an. »Wärst du damit zufrieden?«
Selten hatte sie sich derartig geschämt. »Oh, Honey«, brachte sie nur hervor, bevor sie ihm die Arme um den Hals warf und ihr rotes Gesicht in seiner Halsgrube verbarg.
Er lächelte, sie hörte es an seiner Stimme. »Ist ja gut, Kleines, ist ja gut.« Als wüsste er genau, was in ihrem Kopf vorging.
Sie schämte sich noch mehr, ihr wurde heiß bei der Vorstellung, dass er vielleicht doch auf irgendeine Weise ihre Gedanken lesen könnte. Um ihre Verlegenheit zu überspielen, knabberte sie versuchsweise an seinem Ohrläppchen. Seine Umarmung wurde enger, und sie ließ ihre Lippen weiterwandern. Langsam den Hals hinunter, sie spürte seinen Puls mit ihren Lippen, spürte ihn schneller werden, glitt rechts ab über die Wange und streichelte seinen Mundwinkel mit der Zunge. Sie wusste, dass er dort kitzelig war.
Er machte diesen Laut tief in seiner Kehle, einen Laut, den nur sie kannte, und schob seine Hand unter ihren Baumwollpullover. Warm, ein wenig rau und köstlich vertraut lag sie auf ihrer Brust. »Hexe«, murmelte er und zog sie zurück ins Schlafzimmer.
Sie stöhnte leise, als er sie hier berührte und dort. Sie fand seinen Mund, und sie begaben sich auf die Reise in das schönste Land im Universum.
Spatzen fielen in den Kirschbaum vor ihrem Fenster ein, turnten an den Zweigen herum, machten einen Höllenlärm. Einer hüpfte auf das Fensterbrett, das von den ersten Strahlen der Sonne gewärmt wurde, spähte neugierig durchs Fenster, tschilpte fragend.

❖

Ian wählte die Nummer der Robertsons. Während er auf eine Antwort wartete, stellte er den Lautsprecher an. Das taten sie immer, um gemeinsam mit den Freunden sprechen zu können.

»Was willst du?«, fauchte Tita ins Telefon. »Oh, Ian, – entschuldige, ich dachte, es wäre dieser Mensch, mit dem ich verheiratet bin!«
Henrietta verspürte Mitleid mit ihrem Freund Neil. Tita auf dem Kriegspfad war ein eindrucksvolles Ereignis.
»Was hat er denn wieder angestellt?«, fragte Ian. Tita antwortete nicht gleich, und beide hielten den Atem an. War Neil in Schwierigkeiten?
Als sie dann antwortete, wurde offensichtlich, dass er in schlimmen Schwierigkeiten steckte. »Er hat Lippenstift auf dem Hemdkragen gehabt, der Mistkerl«, knirschte sie, »seit ein paar Wochen hat er eine neue Kollegin, so eine ehrgeizige, blonde Zicke! Sie trägt dieselbe Farbe wie die auf seinem Hemdkragen! Ich werde ihn erwürgen! – Sie ist fünfzehn Jahre jünger als ich«, klagte sie mit tragischer Stimme.
Ian prustete los, und auch Henrietta lachte laut. Titas Eifersucht war so vehement, wie sie unangebracht war.
»Ich würde ihn vierteilen«, riet ihr Ian, gespieltes Mitgefühl in der Stimme, »und aufs Rad flechten. Mindestens. Und sie würde ich auch ins Jenseits befördern.«
Tita schnaubte. »Niemand nimmt mich ernst! Männer!«, fauchte sie, aber sie hörten das Lachen in ihrer Stimme. »Also, meine Lieben, was wollt ihr? – Gut«, antwortete sie, als Ian es ihr erklärt hatte, »ich ruf euch so schnell wie möglich zurück.«
Ihre Antwort kam zwei Stunden nach ihrem Anruf per Fax. Ian überflog es und reichte es Henrietta weiter.
Julius Kappenhofer kannte in New York zwei Spezialisten für Schädel-Hirn-Trauma und hatte sie für Valerie Kruger einfliegen lassen. In einer hochkomplizierten, achtstündigen Operation hatten sie Mrs. Kruger nicht nur das Leben, sondern auch die Funktion ihres Gehirns gerettet. Dr. Kruger hat alles aus eigener Tasche bezahlt, Titas Vater hatte lediglich die Kontakte hergestellt.
»Dr. Kruger ließ sich eure Akte noch einmal kommen und prüfte sie genau – das Resultat kennt ihr«, hatte Tita in ihrer unordentlichen Handschrift darunter geschrieben, »er hätte Daddy auch öffentlich

die Füße geküsst, wenn der das verlangt hätte. Sicherlich ist Dr. Kruger davon beeinflusst worden, dass Daddy hinter euch stand, aber das finde ich völlig in Ordnung.«
Henrietta rief Tita sofort in Natal an. »Hast du den Stein poltern hören, der mir eben vom Herzen gefallen ist?«, rief sie. »Meine Güte, bin ich froh!«
Als sie das Gespräch beendet hatte, sah Ian auf die Uhr. »Zwölf Uhr, es ist Sonnabend, unser Sohn dürfte gerade aus dem Bett steigen. Eine gute Zeit, um ihn zu besuchen!«
Verschlafen und mürrisch öffnete Jan, deutlich ungehalten über die frühe Störung. Er gähnte laut, kratzte sich über die Bartstoppeln. »Muss das sein, es ist mitten in der Nacht! Ich bin erst um drei ins Bett gekommen!«
»Meine Güte, du Armer, das Leben ist wirklich hart«, sagte sie ernst, aber ihre Augen funkelten amüsiert. »Wir waren gerade in der Gegend und wollten nur sehen, ob es dir gut geht.«
»Ihr wollt doch etwas von mir«, argwöhnte er, »raus damit, ihr klettert doch nicht freiwillig fünf Stockwerke hinauf.« Er wohnte in Eppendorf in einer dieser Wohnungen mit hohen Stuckdecken, knarrenden Holzdielen, antiquierten Wasserhähnen und winzigen, schmiedeeisernen Balkons, die bedrohlich ächzen, betritt man sie mit mehr als zwei Personen.
»Wir wollten dich zum Essen einladen«, eröffnete sie ihm listig. Geflissentlich übersah sie die chaotische Unordnung in der Wohnung.
»Zum Essen? Zu dieser Tageszeit? Wie wär's mit Frühstück!«
Sie klaubte Hemd und Schuhe aus dem Wust heraus und hielt sie ihm hin. »Ein Grund mehr, dich zu beeilen!«
Sie setzten sich in das französische Bistro gegenüber, und sie warteten weise, bis ihr Sohn den dritten Kaffee schlürfte und seine zweite Brioche dick mit Honig bestrich, ehe sie ihm Titas Fax über den Tisch schoben. Henrietta löffelte den Obstsalat, der hier besonders delikat war, und wappnete sich seelisch für das, was jetzt kommen würde. Jan neigte gelegentlich zu unangenehm präziser Formulierung seiner Ansichten.

Mit offensichtlichem Misstrauen, das die Grundvoraussetzung für den Anwaltsberuf zu sein scheint, zog Jan das Fax mit spitzen Fingern zu sich heran und studierte es genauestens, kaute dabei seine Brioche, schluckte und schwieg dann so lange, dass Henrietta unruhig wurde.
»Hm«, brummte er endlich, »ist zwar nicht ganz korrekt, aber damit kann ich leben.« Er musterte seine Eltern, sein Ausdruck immer noch skeptisch. »Was passiert nun? Hat Daddy Kappenhofer seinen Zauberstab geschwungen?«
Ian schüttelte den Kopf. »Nein, ich habe gerade einen Vorschuss an seine Anwälte überwiesen, die graben jetzt nach, was dahinter steckt.«
Mit zusammengezogenen Brauen hörte ihm sein Sohn zu. »Ich mach das«, verkündete er plötzlich und hätte sie nicht mehr überraschen können, »wenn ihr den Flug bezahlt!«, erpresste er sie lachend, »ich werde mich sofort über die Rechtslage schlau machen. Denen werd ich zeigen, dass sie sich mit mir besser nicht anlegen!«
Henrietta seufzte irritiert. Eine von Jans hervorstechenden Eigenschaften war ein unerschütterliches Vertrauen in sein eigenes Können und Wissen. »Jan, du hast keine Ahnung von südafrikanischem Recht und dort keine Zulassung als Anwalt.«
»Ich werde mir erst mal diesen Mr. Norman und seine Frau vorknöpfen, man muss sich ja nicht immer gleich vor Gericht prügeln!«
»Versprich, dass, falls du in Schwierigkeiten geraten solltest, du dich sofort an Julius Kappenhofer wendest oder uns anrufst. Bitte!«
Jan fuhr hoch. »Ganz bestimmt nicht! Du weißt, was ich von dem halte.«
Finster sah ihn sein Vater unter zusammengezogenen Brauen an. »Hör mal, Sohn«, beharrte er, »du hast keine Ahnung, mit wem du dich da anlegst, wozu die fähig sind!«
Angriffslustig senkte Jan den Kopf. »Das ist unsinnig, Südafrika ist schließlich ein Rechtsstaat.«
Schweigen knisterte zwischen ihnen. Schon seit dem späten Morgen türmten sich wieder schwere Wolken über der Stadt auf, schwüle Luft stand zwischen den Häusern, und das dumpfe Rumpeln der

Vorboten des Unwetters untermalte die Stimmung zwischen Vater und Sohn, die sich gegenseitig fixierten wie zwei Kampfhähne.
Henrietta schluckte den sarkastischen Kommentar hinunter, der ihr auf der Zunge lag. Er würde der Auftakt zu einem lautstarken familiären Streitmarathon sein, dem sie sich heute nicht gewachsen fühlte. Auf einmal erschien es ihr bodenlos leichtsinnig, Jan, ihr Kind, in die Höhle des Löwen zu schicken.
Obwohl er in Afrika geboren war, war er kein Afrikaner mehr, hatte er verlernt, mit welcher Vorsicht man sich durch den Dschungel bewegen musste, verlernt, auf Schatten zu achten, Steinen aus dem Weg zu gehen, die ihn zum Stolpern bringen konnten, sich vor Schlangen in Acht zu nehmen.
Ian wischte mit einer entschiedenen Bewegung mit der Hand über den Tisch. »Vergiss es, wir werden das anders regeln.«
»Du wirst mich kaum daran hindern können.«
»Ich zahl das Ticket nicht!«
»Ist dir entgangen, dass ich ein monatliches Gehalt bekomme? Ich bin erwachsen, ich bin Anwalt, und ich bin vorsichtig, wie du weißt. Ihr seid doch diejenigen, die gelegentlich zur Unvernunft neigen.«
Er grinste auf seine Art, die geradewegs in ihr Herz traf, sie hilflos machte in ihrer Liebe zu ihm, und schob seinen Stuhl zurück. »Der Kaffee treibt, ich komm gleich wieder.« Er schlängelte sich zwischen den gut besetzten Tischen hindurch, sein Weg wurde von den aufmerksamen Blicken mehrerer Frauen begleitet, und Henrietta sah für Momente nicht ihren Sohn, sondern einen attraktiven Mann Ende zwanzig durch das Lokal gehen. »Gib ihm eine Chance«, bat sie Ian, »denk dran, was wir schon alles mit siebenundzwanzig gemacht haben!«
»Wir waren ja auch erwachsen«, war seine Antwort, die deutlich machte, von wem Jan seine Selbsteinschätzung geerbt hatte, aber seine verkrampften Schultern lockerten sich, die mahlenden Kinnmuskeln kamen zur Ruhe.
Sie seufzte verstohlen.
»Langsam erwache ich zum Leben«, bemerkte Jan, als er zurück-

kehrte, goss sich einen weiteren Kaffee ein und butterte seine vierte Brioche. »Wie ist das Wetter jetzt da?«

Henrietta, die von Tita genau wusste, dass seit Tagen der kalte Südost ums Kap heulte und Regenwolken aus dem Südatlantik gegen die Küste schleuderte, zog es vor, diese Frage zu überhören. »Ich möchte dir ein paar Ratschläge geben, ob du sie befolgst, ist dann deine Sache.«

Ihr Sohn verzog das Gesicht, schwieg aber. Ian hatte ein kleines Lächeln in den Mundwinkeln. Sie wusste, was er dachte. »Mutterglucke« nannte er sie liebevoll, wenn sie sich um ihre Kinder sorgte. Sie ignorierte beide. »Wirst du bei Julia wohnen?«

»Klar, aber ich werd mir ein Auto mieten müssen.«

»Kein Problem«, beantwortete sein Vater die unausgesprochene Frage, »im Rahmen natürlich.«

»Verschließe immer alle Türen und schließe immer die Fenster, deswegen brauchst du einen Wagen mit Klimaanlage. An roten Ampeln halte so viel Abstand zu deinem Vordermann, dass du bei einem Überfall entkommen kannst.«

»Das kannst du nicht ernst meinen!«

»Todernst«, erwiderte sie heftig und übersah geflissentlich Jans genervte Miene, entschlossen, zu sagen, was ihr auf der Seele brannte, »geh nicht nach Einbruch der Dunkelheit auf die Straße, fahr nicht allein in einsame Gegenden. Halt dich an Neil, der wird dir am besten raten können.«

»Ich brauch keinen Wachhund!«

»Dann blasen wir alles ab.« Mutter und Sohn starrten sich schweigend an. »Vergiss nicht, du warst erst vierzehn, als du das Land verlassen hast, und es war eine ganz andere Zeit damals. Im Vergleich zu heute geradezu friedlich.«

Jan trat den Rückzug an. »Du rufst Neil aber nicht vorher an und gibst ihm Anweisungen, was er mir zu sagen hat!«

»Natürlich nicht«, log sie und lächelte süß, »wie lange hast du Zeit?«

»Och«, grinste ihr Sohn und sah dabei seinem Vater unglaublich ähnlich, dass ihr Herz sich zusammenzog, »ich werde mir ein wenig

Urlaub nehmen. Ich denke, ich nutze die Gelegenheit und mache eine kleine Safari.« Mit Appetit zerteilte er das Rührei auf seinem Teller und kippte Ketchup darüber.

Ian lachte schallend, ein befreites, herzliches Lachen. »Lass mich raten – sollte dich deine Safari vielleicht auf die Wildfarm von Jill Court in Nord-Natal führen?«

Jans unglaublich blaue Cargill-Augen tanzten. »Könnte sein.«

❖

Er flog Mitte Juli an einem windigen, pollengeschwängerten Freitag. Als sie sich verabschiedeten, lächelte Henrietta mit eiserner Disziplin, ertrug seine überschwängliche Vorfreude. Afrika, dachte sie, Afrika, vergaß dabei sogar die Sorgen, die sie sich um seine Sicherheit machte. »Ich muss mich ablenken, lass uns ins Kino gehen«, bat sie, als sie vom Flughafen kommend durch die Stadt fuhren. Nach dem Film, einem knallharten Thriller, der ihre ohnehin überreizten Nerven strapazierte, aßen sie noch eine Kleinigkeit. Erst um eins kehrten sie nach Hause zurück. Die Nacht war fast geschafft, in drei Stunden würde die Sonne aufgehen.

Beim Frühstück schwieg sie, vergrub sich in der Zeitung, trank abwesend mehrere Tassen Kaffee, entschlossen, die Bilder zur Seite zu schieben, die vor ihr standen. Jan im Flugzeug über Afrika, berührt von den ersten Strahlen der afrikanischen Sonne, später auf dem Flug von Johannesburg nach Durban, unter ihm das ockerfarbene, verdorrte Gras des Highvelds, das allmählich grüner wurde, saftiger, bis er die zerklüfteten Hänge der Drakensberge überflog und über den grünen Hügeln Natals schwebte, zum Meer hinunter, mit jedem Meter Durban näher, das weiß im Dunst des Morgens schimmerte.

»Jetzt müsste er in Durban landen«, bemerkte Ian gegen Mittag, »hoffentlich holt ihn Julia ab.«

»Ja«, sagte sie, »ja, sicherlich. Julia ist pünktlich. Er wird sicher gleich anrufen.« Sie holte den Spaten aus dem Gartenhäuschen und machte sich über das Dreiblatt her.

Aber das Telefon blieb still.

Am frühen Nachmittag war das letzte Unkraut vernichtet. Schwer atmend lehnte sie auf ihrem Spaten. »Ich verstehe nicht, warum Jan sich nicht meldet«, rief sie Ian zu, der im Liegestuhl lag, »er hatte doch versprochen anzurufen, sobald er gelandet ist. Er müsste seit Stunden da sein.«

»Er wird mit Julia und Karsten Wiedersehen feiern. Vielleicht sind sie auf dem Weg vom Flughafen im Stau stecken geblieben – es gibt so viele Möglichkeiten! Mach dir keine Sorgen.« Entspannt blätterte er in der Zeitung.

Sie warf den Spaten hin und ging unter die Dusche. Danach, von einer unerklärlichen Unruhe ergriffen und unfähig, sich auf die Zeitung zu konzentrieren, schaltete sie ziellos von einem Fernsehprogramm auf das andere. »Kein Flugzeugabsturz gemeldet, Gott sei Dank. Aber es ist etwas passiert«, murmelte sie, »ich spür's.« In der nächsten Stunde, die quälend langsam vorbeitickte, vermochte sie kaum noch stillzusitzen. »Ich ruf Julia an, ich muss wissen, ob alles in Ordnung ist.« Ihre Hand lag schon auf dem Telefon, als es klingelte. Sie riss den Hörer ans Ohr. Im ersten Augenblick erkannte sie die hysterische, von Weinkrämpfen geschüttelte Frauenstimme nicht. »Ich kann nichts verstehen!«, rief sie verzweifelt.

»Mami!« Es war Julia! »Mami, er ist entführt worden.«

»Was?« Schlagartig zog sich ihr Inneres zusammen, als hätte jemand einen Kübel Eiswasser über sie geschüttet. Sie stellte das Telefon auf Lautsprecher, dass Ian mithören konnte. Die eigene Angst unterdrückend, gelang es ihr, Julia so weit zu beruhigen, dass sie zusammenhängend erzählen konnte, wie und wo sie Jan zuletzt gesehen hatte.

»Sag ihr, dass ich Neil alarmieren werde«, flüsterte Ian und benutzte ihre zweite Leitung im Schlafzimmer, um seinen Freund in der Redaktion in Durban anzurufen. »Neil wird sich darum kümmern«, berichtete er ihr kurz darauf, »er wird Daddy Kappenhofer anrufen, der den Polizeiminister kennt. Neil meint, der wird seine Mannen ausschwärmen lassen. Ich soll dich grüßen und dir sagen, dass er dir verspricht, Jan zu finden.«

Sie teilte es Julia mit. »Bleib am besten zu Hause, falls er anruft, mein Liebes, und verlass dich auf Julius Kappenhofer, wenn einer ihn finden kann, ist er es.« Hoffentlich, zitterte sie, oh, hoffentlich!

❖

Die Nacht in Hamburg war hell und warm, eine Nachtigall sang, und das Mondlicht machte Scherenschnitte aus den zarten Bambuswedeln am Teich, zauberte silbrig glänzende Lichtreflexe auf die Wasseroberfläche. Sie saßen am Terrassentisch, die Ratatouille auf ihren Tellern war kalt und unberührt, und warteten.
Henrietta war erfahren im Ritual des Wartens. »Wir müssen unsere Gedanken ablenken, lass uns Schach spielen.« Sie stellte die Figuren auf und ließ Ian die Farbe wählen.
»Es geht nicht«, kapitulierte sie nach einer zähen halben Stunde, »ich kann mich nicht konzentrieren.« Sie schaltete den Fernseher ein. »Vielleicht finden wir einen anständigen Thriller.« Der einzige, den sie fanden, handelte von einer Entführung. Sie schaltete aus. Die Zeit dehnte sich, die Nacht hüllte sie ein.
»Wir können während der Nacht nichts ausrichten, wir könnten ebenso gut ins Bett gehen«, schlug Ian vor, machte aber keinerlei Anstalten dazu.
Ich überlebe es nicht, dachte sie, wenn Jan etwas passiert, überlebe ich es nicht. Mein Kind!
»Nein«, sagte Ian, als hätte sie laut gesprochen, »nein, das wird nicht passieren!« Er zog sie in seine Arme, und sie warteten weiter.
»Trotzdem werde ich mir nie vergeben, dass wir ihn nicht davon abgehalten haben, dass wir zugelassen haben, dass er sich in diesen Sumpf begab.«
»Ich weiß. Ich auch nicht.«
Sie zahlten ihren Preis in dieser Nacht, denn gegen Mitternacht rief Julia noch einmal an. »Wie konntet ihr zulassen, dass Jan in so etwas reingerät! Wie konntet ihr zulassen, dass er euren Krieg führt!« Ihre Stimme überschlug sich.

Henrietta, die das Gespräch angenommen hatte, wollte eben dieser Anschuldigung eine hitzige Antwort entgegenschleudern, als Ian ihr den Hörer aus der Hand nahm. Er legte die Hand über die Muschel. »Lass mich mit ihr sprechen, Streit ist das Letzte, was wir jetzt gebrauchen können. Sie hat doch nur Angst um ihren Bruder.« Aber auch er schaffte es nicht, Julias feindselige Haltung zu entschärfen. »Wenn Jan etwas passiert, seid ihr schuld!« Damit unterbrach sie die Verbindung. Sie sanken niedergeschlagen zusammen.
Sie wachten durch die lange, schwarze Nacht, litten durch die erstickende Stille, in der sie meinten, immer tiefer in einen Tunnel zu laufen, der keinen Ausgang besaß. »Wenigstens sind wir zusammen«, flüsterte sie und dachte zurück an den März 1968, als sie auch warten musste, auf ihn, allein.
Daddy Kappenhofers Anwälte hatten wohl Überstunden gemacht, denn um halb sieben Uhr morgens, halb acht in Durban, klingelte das Telefon, Ian schaltete sofort den Lautsprecher ein. »Ian, mein Junge«, schallte die tiefe, ruhige Stimme von Titas Vater durch den Raum, »wir haben ihn! Außer ein paar blauen Flecken und einer Handverletzung fehlt ihm nichts. Nur sein Stolz ist etwas angeknackst!« Dann erklärte er den beiden in Deutschland, wo er ihren Sohn aufgetrieben hatte.
»Durban Central«, flüsterte Henrietta entsetzt, »das Zentralgefängnis – o mein Gott!«
»Heute Nachmittag haben wir ihn da raus«, schloss Julius Kappenhofer, »keine Angst. Die haben sich zwar ein paar Sachen ausgedacht, aber die haben wir schnell vom Tisch.«
Er hielt sein Versprechen, und sie musste ihre gesamte Selbstbeherrschung aufbieten, um nicht vor Erleichterung loszuweinen, als sie nach weiteren bangen Stunden die Stimme ihres Sohnes am Telefon hörte. »Geht ... «, sie musste sich räuspern, »geht es dir gut?«
Er antwortete nicht gleich. Sie hörte nur das Knistern und Singen der unterseeischen Leitung. Mit angehaltenem Atem wartete sie auf seine Antwort, verbat sich, an die Berichte zu denken, die drastisch beschrieben, was in den überfüllten südafrikanischen Gefängnissen

passierte. »Es geht mir gut«, sagte er endlich, »alles in Ordnung.« Noch eine lange Pause. »Es geht mir wirklich gut. Ich will nur nicht darüber reden«, sagte er noch einmal leise und hängte auf.
Er ließ sie mit der Angst zurück, dass doch etwas vorgefallen war, etwas, das ihn für immer verletzt hatte. Doch die unerträgliche Spannung der letzten Nacht löste sich. Als wäre sie plötzlich ohne Halt, fiel sie in Ians Arme.
Telefonklingeln riss sie wieder hoch. Es war Tita. Schon am frühen Morgen, als sie es nicht mehr aushielt, hatte sie die Robertsons aus dem Bett geklingelt und seitdem im Stundentakt bei Tita angerufen.
»Wie geht es ihm?«
»Er hat eine geschlagene Stunde unter der Dusche gestanden, er ist in Ordnung, aber steht noch ziemlich unter Schock. Ich hab ihm erst mal süßen Tee und einen Cognac eingetrichtert, und jetzt schläft er.«
Titas Patentrezept für die unangenehmen Situationen des Lebens!
»Oh, Tita«, sie lachte und weinte gleichzeitig, »ich liebe dich!«

❖

Am nächsten Tag rief Jan an, nachdem er mit den Anwälten von Julius Kappenhofer zusammengesessen hatte. »Mr. Kappenhofer bietet uns an, das Haus zu übernehmen …«, ein ohrenbetäubendes Rattern unterbrach sie. »Ein Zuckerrohrtransporter, ich bin in einer Telefonzelle, soll sicherer sein, angeblich wird hier immer noch abgehört«, erklärte er. »Er bietet euch dafür sein Haus in Chelsea, London, so – äh – gleicht sich das finanziell aus.«
»Damit unterläuft Julius die Devisenkontrolle«, flüsterte Ian, »hoffentlich bekommt er keine Schwierigkeiten.« Jetzt verstanden sie die Vorsichtsmaßnahme.
Seine Stimme erreichte sie wieder. »Falls, und das hab ich ausgehandelt«, sein Ton zeigte deutlich, wie stolz er auf sich selbst war, »falls sich die Verhältnisse hier ändern und ihr wieder nach Afrika zurückkehren könnt, kann die Vereinbarung rückgängig gemacht werden.«

Ihr Herz stolperte. Falls ihr wieder nach Afrika zurückkehren könnt, hatte er gesagt. Keine Vorwürfe, kein Angriff!
»Ich bleibe noch ein paar Tage bei Julia und komm dann zurück«, schloss Jan, »Tita lässt euch grüßen.« Kurze Pause. »Und Julia.«
Absurderweise stiegen ihr die Tränen in die Augen – sie hatte diese merkwürdige Eigenschaft, in Tränen auszubrechen, wenn sie besonders glücklich war. Sie drückte Ians Hand so fest, dass ihre Fingerknochen knackten. »Du wolltest doch noch auf Safari gehen?«, fragte er mit einem Lächeln in der Stimme. Keine Antwort, nur Knistern und Rauschen. »Jan? Bist du noch da?«
Lange Sekunden verstrichen. »Ein anderes Mal – vielleicht«, sagte er endlich.
Henrietta wurde starr. Ein Hauch von Vorahnung kräuselte die Oberfläche ihrer Freude. Er wird todmüde sein, beruhigte sie sich jedoch, kein Wunder schließlich! Als er aufgelegt hatte, wählten sie sofort Julias Nummer.
Doch mit tränenerstickter Stimme hielt sie ihre Eltern weiter auf Abstand. »Ich hab kurz mit ihm gesprochen. Er wird noch ein paar Tage bei uns bleiben, ehe er zurückfliegt.«
Wieder diese Vorahnung. Henrietta zog sich der Magen zusammen. »Julia, was ist, weißt du mehr als wir? Ist ihm etwas passiert?«
Wieder dieses knisternde Schweigen, wie bei ihrem Zwillingsbruder. »Ich weiß es nicht. Ich muss jetzt auflegen. Olivia muss ins Bett.«
»Lass ihnen Zeit. Sie sind zusammen, du weißt, das ist das Beste. Sie werden sich gegenseitig heilen.«
Er hatte Recht, ganz bestimmt.
Sie nahmen das Angebot von Julius Kappenhofer mit großer Dankbarkeit an. Mr. Norman wurde der Mietvertrag sofort gekündigt, und bald sollte einer von Kappenhofers Direktoren in ihr Haus einziehen.
Nach einer Woche kehrte Jan zurück.
Sie stand am Flughafen mit hängenden Armen vor ihm, Erwartungsangst ließ sie frösteln und die Furcht, zurückgestoßen zu werden. Er trug ein breites Pflaster am Hals, ein grünlich verblassender Blut-

erguss zog sich von da bis zum Ohr, seine rechte Hand war verbunden. »Es tut mir so Leid«, wisperte sie.
Er machte einen Schritt auf sie zu, hob die Arme, legte sie um sie und hielt sie fest. »Ich hab selbst Schuld, ich hätte besser auf dich hören sollen. Sagt auch Julia.« Da war es wieder, sein altes, übermütiges Grinsen, dieses strotzende Selbstvertrauen.
Und nun kamen ihr wirklich die Tränen.

❖

Der Esstisch auf der Terrasse bog sich unter seinen Lieblingsspeisen. Sie sprachen lange über belanglose Sachen, das Wetter dort, dass er in ihrem Haus gewesen war und dass die umSinsi-Bäume dieses Jahr besonders schöne Flammenkrönchen trugen. Sehr behutsam gingen sie miteinander um, und jeder von ihnen wusste, dass da noch etwas war, das gesagt werden musste.
Wie Katzen, die um den heißen Brei herumschleichen, schoss es ihr durch den Kopf.
Plötzlich ließ Ian den Löffel mit der Himbeercharlotte sinken. »Es ist notwendig für dich, darüber zu reden, und es ist notwendig für uns, zu wissen, was geschehen ist.«
Jan aß schweigend ein paar Löffel. »Gut«, sagte er dann, »es ist aber eine lange Geschichte.«
Er hatte Papas Talent geerbt, mit Worten Bilder zu malen, alltägliche Begebenheiten konnte er in farbige Geschichten verwandeln. Schon immer. »Mein Flugzeug war zu früh gelandet«, begann er, »ein starker Rückenwind hatte es nach Durban gepustet, und ich stand ein wenig verloren in der Ankunftshalle herum und suchte Julia.«
Henriettas Herz hämmerte. Sie unterdrückte den übermächtigen Impuls, wegzulaufen vor dem, was sie jetzt hören würde. Was war ihm widerfahren, was hatte man mit ihm gemacht? In welchen Abgrund würde er sie mit seiner Geschichte führen?
Ich muss es ertragen, ich muss!

»Sie war noch nicht da«, fuhr Jan fort. »Ich klemmte meinen Koffer und die Reisetasche mit meinem Laptop, den Papieren, Kreditkarten und Julias Adresse fest zwischen die Beine. Sicher ist sicher, dachte ich. Julia hatte mich gewarnt. Sie klauen alles, hatte sie gesagt, sie sehen dir dabei direkt ins Gesicht, und du merkst es nicht, und vergiss nicht, die sind gefährlich. Sie klang wie du«, grinste er sie an, »und ich fand das alles übertrieben. Das sollen die mal versuchen, lachte ich sie aus, ich lass mich nicht so leicht überrumpeln. Während ich so herumstand, kam eine junge Frau in die Halle, und ich wachte schlagartig auf! Sie sah umwerfend aus. Halblange Haare, dunkelbraun mit rotgoldenen Lichtern darin, Teint wie aus Elfenbein, helle Augen, ob grün oder blau, konnte ich auf die Entfernung von gut fünfzehn Metern nicht erkennen. Ausgewaschene Jeans, tolle Figur, richtig niedlicher Po. Knallenges Top, curryfarben ...« Seine Hände formten zwei Schalen, etwa so groß wie reife Äpfel.
Ian schmunzelte, Henrietta lächelte nur angespannt.
Jan erzählte weiter. Sie war näher geglitten, und er hatte entdeckt, dass ihre Augen ein schimmerndes Aquamarin waren, mit goldenen Flecken, wie das Wasser einer Lagune im Sonnenlicht. »Ich starrte sie restlos fasziniert an, und sie lächelte zurück. Sie streifte dicht an mir vorbei, und ich glaubte ihre Haut zu spüren, dann erhielt ich urplötzlich einen Stoß. Er war so stark, dass ich vornüber der Länge nach auf die schmutzigen Fliesen fiel. Ich schrie nur ›Scheiße, was soll das‹, wollte mich aufrappeln, da beförderte mich ein weiterer Stoß wieder in den Dreck.« Er machte eine kurze Pause. »Ich hörte nur das Trappeln rennender Füße und ein paar Flüche, dann war alles vorüber. Ich saß auf dem Boden, und meine Reisetasche war weg! Ich hab noch mal Scheiße geschrien, bin aufgesprungen und hinter dem Mädchen hinterhergejagt, meinen Koffer hatte ich stehen lassen. Schön blöd, wie sich herausstellen sollte.«
Die aquamarinäugige Schöne war wie ein currygelber Blitz durch die Schwingtüren nach draußen verschwunden, und er war mit einem kahlen, dicken Mann zusammengestoßen, der unglaublich nach Knoblauch roch und ihn mühelos einen Moment festgehalten und

ihm einen Vortrag über Rücksichtslosigkeit gehalten hatte, so dass das Mädchen einen satten Vorsprung erlangt hatte.
»Als ich mich von diesem dicken Idioten losgerissen hatte, sah ich sie keine dreißig Meter vor mir aus dem Schatten des Flughafenvordachs zwischen den parkenden Autos durchhetzen. Plötzlich hörte ich meinen Namen. Da stand Julia mit Olivia auf dem Arm und sah aus wie die Kuh, wenn's donnert! Ich rief nur, bin gleich zurück, und schoss an ihr vorbei um die Ecke. Ich bin gerannt, als wäre eine Meute Hunde hinter mir her, und als die Diebin strauchelte, machte ich einen Satz und hatte sie!« Er war ganz außer Atem durch seine Erzählung. »Ich hol mir noch 'ne Cola aus dem Eischrank …« Wie Susi hatte er die irritierende Angewohnheit, im spannendsten Moment eine Pause einzulegen.
Ian, der offensichtlich wusste, was ihr durch den Kopf ging, nahm ihre Hand. »Du musst dir immer nur sagen, er sitzt vor uns, er ist gesund, er hat es weggesteckt, dann werden wir das auch können!«
Zu einer Antwort kam sie nicht, denn in diesem Augenblick kehrte Jan mit zwei Coladosen zurück. »Wo war ich? Richtig, ich hatte das kleine Biest erwischt! Das ist meine Tasche, schrie ich, her damit, du Miststück! Ich hatte sie am Arm gepackt, herumgeschwungen und wurde für eine Sekunde von diesem unglaublichen Aquamarinblau abgelenkt, was sie sofort ausnutzte, indem sie mir kräftig zwischen die Beine trat.« Er grinste schief. »Ich hab gebrüllt wie ein Stier, bin vornüber geklappt und hielt mir … nun ja, ihr wisst schon! Als es aufgehört hatte, in meinen Ohren zu klingeln, sah ich jeansbekleidete Beine in abgewetzten Sportschuhen neben meinem Gesicht stehen.«
»He, Junge, weißer Boy!«, hatte er eine langsame, spöttische, männliche Stimme gehört. »He, was willst du von meiner Schwester? Lass sie los, ich mag das gar nicht. Da werde ich wütend, und das tut dann meistens weh. Dir, nicht mir!«
Jan lachte, wie den Mann nachahmend, übertrieben jovial und herzlich, und sie zuckte zusammen. Die Imitation war beunruhigend.
»Ich spürte nur diesen höllischen Schmerz, der zwischen meinen

Beinen tobte, konnte nicht reden. Ich verrenkte den Kopf, um den Mann zu sehen. Breite, silberfarbene Gürtelschnalle, schwarzes Hemd, offen bis auf die Brust. Eine kaffeebraune Brust! Buschige, gekräuselte Haare, platte Nase, breite Lippen. Der Mann war schwarz. Dann sah ich die drei anderen, die um ihn herumstanden. Auch sie waren schwarz. Einer davon hielt meine Reisetasche in den Fäusten. ›Welche Schwester?‹, krächzte ich. ›Gib meine Tasche her, du Schwein!‹ Da legt dieser Mensch einen Arm um das Mädchen und sagt: ›Ich bin Sixpack, und das ist Lizzie, meine Schwester.‹ – Stellt euch vor, aquamarinblaue Augen, elfenbeinfarbene Haut, Haare eher kastanienbraun, süße Nase, und das sollte ihr Bruder sein? ›So'n Quatsch‹, quiekte ich, ›du bist doch schwarz.‹ Brüllendes Gelächter war die Antwort. ›Der Scheißkopf kennt keine Milchschokolade‹, kicherte Lizzies Bruder böse.«

Gekonnt porträtierte Jan Lizzie und ihre Kumpane durch Gesichtsausdruck und Gesten. »Dann ging's rund! Ich wusste erst gar nicht, wie mir geschah. ›Die Cops‹, kreischte Lizzie auf einmal, ›haut ab!‹ Und dann hörte ich Trampeln von Polizistenstiefeln auf dem Pflaster und wurde mutig. Trotz der Schmerzen warf ich mich vor und umklammerte Lizzies Beine, die losheulte wie eine Sirene. Sixpack hämmerte mir seine Faust zwischen die Schultern und zwang mich, die Arme zu öffnen und sie freizugeben. Statt ihrer packte ich meine Reisetasche, entschlossen, sie nicht loszulassen. Aber die hoben mich einfach an Schultern und Hosenboden hoch wie einen Kartoffelsack und warfen mich auf die Ladefläche eines Kleintransporters, eines Pick-ups. Mit der Reisetasche in der Hand! Das Mädchen sprang hinterher, kroch über mich hinweg und setzte sich auf die Holzbank.« Er schloss für Momente die Augen. »Sie roch gut – so heiß, so lebendig. Süß.« Die letzten Worte kamen sehr leise, als hätte er sie nur für sich gesprochen, und längst schien es Henrietta, als würde er alles noch einmal durchleben. »Wir jagten um die Ecken«, fuhr er fort, »die Türen des Pick-up waren offen, schlugen hin und her. Der Polizeiwagen hinter uns jaulte. ›Bist du verrückt‹, fauchte Lizzie ihren Bruder an, ›was sollen wir mit diesem Quarkarsch? Der hat uns

doch alle gesehen!‹ – Mir ging der Hintern auf Grundeis, kann ich euch versichern, denn sie hatte Recht.«
Sixpack hatte ein stilettähnliches, äußerst unangenehm aussehendes Instrument hervorgezogen und gelacht. »Scheiße, Mensch, ich will doch nur diese Reisetasche, und der blöde Kerl lässt sie einfach nicht los, und mit dem Ding hier krieg ich seine Handgelenke nicht durchgesäbelt!«
»Dann hat er mir den Fuß in die Seite gerammt und wieder gelacht.« Er machte es vor. Ein raues, vergnügtes Hehe, dann ein höhnisches Hohoho, und ihr lief es kalt den Rücken hinunter.
»Ich versuchte so vorsichtig zu atmen, dass meine Rippen nicht zu sehr schmerzten, dachte an Julia, überlegte, was sie wohl jetzt unternehmen würde. Angst hatte ich nicht, ich war viel zu wütend. Dann fiel mir der Koffer ein. ›Mein Koffer steht noch in der Halle‹, brüllte ich, ›wie krieg ich den jetzt wieder, ihr Mistkerle?‹ – ›Keine Angst Bruder‹, sagte Sixpack und knallte mir einen Koffer auf die Zehen. – Es war mein Koffer! Ich hatte nicht mal mitgekriegt, dass sie den auch geklaut hatten!« Er schnaubte voller Selbstironie.
Entzückt hatte der sehnige, aufgestylte Typ mit Rastalocken und Silberkette mit Haifischzahn um den Hals dann Jans Laptop hervorgezogen. »Was haben wir denn da! – Na, das hat sich aber gelohnt!«, hatte er gestrahlt, »wusst ich's doch, dass so ein schniekes Bürschchen etwas Anständiges dabeihat.«
»Dann hat er mich in die Seite getreten, genau auf die Stelle, wo schon Sixpacks Fuß gelandet war.« Jan rieb sich die Stelle. »Lizzie kaute an einer Haarsträhne und quäkte etwas wie ›und was machen wir mit ihm?‹. Der Dicke, der neben Sixpack saß, ein riesiger Kerl mit einem Vollmondgesicht und einer hässlichen Narbe da, wo sonst ein Ohr sitzt, der bisher noch nicht ein Wort gesprochen hatte, sah mich nur an.« Jan beäugte sie mit dem Ausdruck eines hungrigen Löwen. »›Knallt ihn ab und schmeißt ihn raus – Sense!‹ Ich kann euch sagen, die Stimme von Vollmondgesicht schien direkt aus dem Bauch der Hölle zu kommen. Ich hab vor Schreck nur gejapst …«
Er nahm einen Schluck Cola, und sie hätte ihn gern berührt, wagte es

aber nicht. Mit gesenktem Blick drehte er dann die Coladose in den Händen herum. »Rastalocke hatte meine Brieftasche entdeckt und blätterte in meinen Papieren. Er trat mir wieder in die Rippen und brüllte Vollmondgesicht an, er solle sein Maul halten, dann warf er meinen Pass Lizzies Bruder zu und jubilierte: ›He, Sixpack, wir haben uns hier einen echten deutschen Nazi gefangen.‹ Sixpack begutachtete den Pass und steckte ihn ein, bekam leuchtende Augen, als er in der Brieftasche das Geld und die Kreditkarte entdeckte. Aufgeregt wedelte er damit herum. Seine Zähne blitzten. ›Spuck die Geheimzahl aus, Zuckerpüppchen!‹ schrie er, und ich bekam wieder einen Tritt in die Seite. ›Na, wird's bald!‹ – Tat ganz schön weh, sag ich euch«, Jan rieb sich die Seite, »aber was mir wirklich Sorgen machte, war dieses irrlichternde Flackern in Sixpacks Augen, seine Pupillen waren nadelkopfgroß, und ich war mir sicher, dass er mit Drogen bis unter die Augenbrauen voll gepumpt war. Der Pick-up ratterte über Stock und Stein, ich knallte im Takt mit dem Kopf auf den Boden. Rastalocke soff Brandy, als wäre es Wasser. Auch seine Pupillen waren klein und unnatürlich glänzend. Er packte mich am Kragen und zerrte mich hoch auf die Holzbank.«

Jan schüttelte sich. »Er stank. Eine Mischung aus stechendem Schweiß, ranzigem Fett, Alkohol und etwas, was mich an einen Raubtierkäfig erinnerte. Scheußlich.« Er stand auf und streckte sich. »Slums ergossen sich über die Hügelhänge, und nach einer reifenkreischenden, steineschleudernden Rechtskurve holperte der Kasten über eine von Schlaglöchern zerklüftete Straße hinein in ein immer enger werdendes Labyrinth von Wellblechhütten, und irgendwann hielt er dann an.«

Henrietta war aufgestanden, zerpflückte abwesend die Blüten einer prächtigen Strauchrose. Du musst es durchhalten, sagte sie sich, er muss darüber reden können.

Ich kann's aber nicht ertragen!

Reiß dich zusammen, sei nicht so ein Jammerlappen!

Sie ging zurück zum Stuhl. »Und, wie ging es weiter?«, zwang sie sich, ihren Sohn zu fragen.

»Der Polizeiwagen war weder zu sehen noch zu hören, und da begriff ich. Ich war allein mit diesen Typen irgendwo in einem dieser illegalen Slums, wo ein Menschenleben den Preis einer Zigarette hat. Nicht witzig, kann ich euch sagen. Der mit dem Vollmondgesicht ohne Ohr stieg aus und verschwand zwischen den Hütten. In fünf Minuten wollte er wieder zurück sein. Im Nu wurde das Auto von einer Bande Jugendlicher umringt.«

Keines der Gesichter, der Älteste von ihnen konnte kaum älter als vierzehn gewesen sein, hatte die Fröhlichkeit eines Kindes gezeigt, nur die dumpfe Leere von Hunger und Habgier. Alle hatten auf Jan gestarrt, den Weißen. Dutzende schwarze Hände waren am hinteren Autofenster erschienen, die Tür war aufgerissen worden, die Kinder hatten sich näher geschoben, ihre Hände hatten nach ihm gegriffen, an ihm gezerrt.

»Der Schwarze hinter dem Steuer zog eine hinterhältig aussehende Pistole. ›Suka!‹, brüllte er, und die jungen Kerle stoben davon. ›Ich will seine Jacke‹, teilte er dann Sixpack mit, im Ton, als ginge es um ein Stück Brot.«

Der Mann war dann ausgestiegen und hatte vor ihm gestanden. Er war groß und schmal und eigentlich hübsch gewesen, mit übergroßen Augen wie Goldtopase, und er hatte ein ärmelloses, eng anliegendes, schwarzes T-Shirt getragen und schwarze, hautenge Hosen.

»›Jamaica ist unser Modepüppchen‹, stellte Lizzie ihn mir kichernd vor, und danach ist alles sehr schnell gegangen. Jamaica hat mich aus dem Auto gezerrt, mir meine heiß geliebte Lederjacke von den Schultern gerissen, die Docksides ausgezogen und sie erfreut glucksend anprobiert. Dann hat Rastalocke mich wieder auf die Straße geworfen und mir mit einem Ruck Hose und Unterhose heruntergerissen, Sixpack hatte bereits meine Uhr am Handgelenk und mein Hemd an.« Jan lachte trocken. »Malt euch das bitte aus! Ich lieg da so gut wie nackt, hilflos wie ein Käfer auf dem Rücken, nur im Unterhemd – ohne Hose! Lizzi und die Kerle um mich rum, dahinter drängelt sich ein Haufen kreischender Straßenkinder, Sixpack über mir und die Spitze seines Stiletts genau unter meinem Adamsapfel.«

Zischend zog Henrietta die Luft durch die Zähne, setzte an, etwas zu sagen.
Doch Jan hob mit einem ironischen Grinsen die Hand. »Warte, es wird noch richtig lustig. Rastalocke begutachtete kritisch, was da, vor Schreck und Angst zusammengeschrumpft, so schlapp und leblos zwischen meinen Beinen lag. ›Nicht viel los mit dir, weißer Boy, he?‹, hatte er gegrinst und es mit zwei Fingern hochgehoben und lang gezogen. »Jamaica, der is nix für dich!«
Sie griff nach Ians Hand und spürte, dass sie nass war vor Schweiß.
Jan verzog den Mund. »Ihr könnt mir glauben, dass ich mich noch nie so beschissen gefühlt hab! Aber ich biss die Zähne zusammen! Auf einmal bewegte sich mein Koffer, der neben mir auf der Straße stand. Ihm wuchsen plötzlich Beine, lauter kleine, braune Beine, auf denen er im Schlund des Slums verschwand, der aufgewirbelte Staub geriet mir in Nase und Mund, aber ich wagte nicht, zu husten oder zu spucken, denn das Stilett saß noch immer unter meinem Adamsapfel.«
Dann hatte Lizzie Sixpacks Messer beiseite geschoben, und er hatte ihre Aquamarinaugen über sich gesehen. »Vielleicht ist er etwas für mich?« Die Berührung ihrer Lippen war sanft gewesen, ihre Hände, die ihm durchs Haar gestrichen waren, zärtlich. Ihre Lippen hatten nach Pfefferminz geschmeckt, sie war so nah gewesen, dass ihm unter dem süßen Parfüm der Duft ihrer Haut in die Nase gestiegen war.
»Sie roch würzig, wie ein sonnenwarmer Apfel, etwas verschwitzt, aber sehr süß«, er lachte, »unwillkürlich hab ich tief eingeatmet, musste dann krampfhaft schlucken, weil ich wieder Sixpacks Messer am Hals hatte. Vollmondgesicht stand plötzlich da und hielt einen Packen Geldscheine in der Faust, die er an seine Kumpane verteilte. Dann zog er einen Plastikbeutel mit Zipverschluss hervor, in dem sich viele kleinere Plastikbeutel mit einer weißen Substanz befanden. Ich brauchte nur ein paar Sekunden, um zu kapieren, dass ich in die Hände von Rauschgifthändlern gefallen war. Das war nicht der erste Moment, wo ich wünschte, auf euch und Julia gehört zu haben.«
Er kratzte sich am Kopf. »Zum ersten Mal geriet ich in Panik, meine Pumpe hämmerte so schnell, dass ich anfing zu hecheln wie ein

Hund, da jaulte plötzlich eine Polizeisirene, und dann eine zweite und dritte. ›Shit, shit, shit!‹, kreischte Jamaica, ›die Cops!‹ Der Druck des Stiletts an meinem Adamsapfel ließ nach, ich setzte mich auf, aber Sixpack rammte das Messer zurück und verletzte mich.« Er berührte die verpflasterte Stelle am Hals. »Ich wurde so wütend, dass ich das Gefühl hatte, eine Stichflamme schießt in mir hoch.« Er legte die unverletzte Hand auf den Arm seiner Mutter. »Ich hab das von dir geerbt, Gott sei Dank, diese Wut, die alle Kraftreserven freisetzt. Ich griff in die Klinge, spürte nicht, dass sie mir die Handfläche aufschlitzte, drückte das Stilett zur Seite, trat im Liegen blindlings um mich und erwischte Vollmondgesicht. Dem flog die Tüte mit dem Rauschgift aus der Hand, und die Päckchen verteilten sich über mich.« Er stand auf und dehnte und streckte sich, machte ein paar Schritte. »Dann brach die Hölle los! Bremsen quietschten, und dann kamen sie von allen Seiten, rennend, schießend, brüllend. Ich krümmte mich zu einem kleinen Ball zusammen, rollte mich unter die Ladefläche und stellte mich tot. Über mich hinweg tobte der Krieg. Querschläger sirrten durch die Luft, Steine flogen, Blechbüchsen mit brennender Flüssigkeit landeten auf der Straße, Flaschen zerbarsten.«
Henrietta verschränkte ihre Arme, als müsste sie sich vor etwas schützen. Ian lauschte mit gerunzelter Stirn.
»Wie lange ich da so gelegen habe, weiß ich nicht, aber plötzlich spürte ich eine Fußspitze unter meinem Bauch, und ich wurde auf den Rücken gerollt. ›Und wen haben wir denn hier!‹, hörte ich eine tiefe Stimme. Ich hab vorsichtig hochgeblinzelt und erblickte ein weißes Gesicht und kräftige weiße Fäuste, die eine Maschinenpistole hielten. Es war ein Polizist! Ihr könnt euch nicht vorstellen, wie froh ich war, den zu sehen. Ich bin aufgesprungen, das Dumme war aber, dass mein Unterhemd nur bis eben unterhalb des Nabels reichte. Hektisch zog ich es vorn herunter, worauf es hinten hochrutschte.« Er stand auf und führte die Situation vor.
Ian lachte laut, selbst Henrietta musste lächeln.
»Eine Mauer von Polizisten in Blau umringte mich, bis auf einen

Schwarzen alles Weiße. Mehrere hatten ihre Maschinenpistolen auf mich gerichtet. ›Hoch mit den Pfoten!‹, befahl einer in der völlig humorlosen Art, die Polizisten so an sich haben. Ich verstand gar nichts, hob aber meine Hände. Schwupps, rutschte mein Unterhemd hoch über den Nabel. Ich ließ die Arme instinktiv wieder fallen und fing einen Stoß in die Rippen ein. Ich hab denen dann erklärt, dass ich Tourist aus Deutschland sei, dass man mich entführt und beraubt hatte. Blöderweise lagen zu meinen Füßen die kleinen Tütchen von Vollmondgesicht mit dem Rauschgift, und mein Koffer und die Reisetasche waren verschwunden.«

Er öffnete die zweite Dose Cola, setzte sie an den Mund und trank. Dann wischte er sich den Mund mit dem Handrücken ab. »Der ranghöchste Polizist hatte eins der Tütchen aufgehoben und geöffnet. Er steckte einen Finger hinein und kostete das weiße Pulver. ›Speed‹, knurrte er, ›entführt, was? Beraubt sicherlich, aber entführt? Weißt du, was ich denke, wer du bist, Bürschchen? Ein Rauschgiftdealer, der seine Kunden beschissen hat, und die waren gerade dabei, dir zu zeigen, wie wütend sie darüber waren. – Ladet ihn ein!‹, bellte er, und einer seiner Männer trieb mich mit dem Lauf seiner Waffe vor sich her und beförderte mich unsanft auf die harte Bank des vergitterten Abteils des Pritschenwagens. Ich verlangte einen Anwalt, wiederholte wie eine Litanei, dass ich Deutscher, Tourist und unschuldig sei. Ich drohte ihnen Konsequenzen an mit dem Hinweis auf Freiheitsberaubung und verlangte, sofort mit dem Botschafter zu sprechen. Die hat das überhaupt nicht interessiert!«

Er schlug auf den Tisch, und Henrietta zuckte zusammen. »Im Gegenteil, einer zielte seine Waffe genau auf meine Magengegend.« Er rieb sich gefühlvoll die Stelle. »Als ich sagte, dass ich mein Hemd ausziehen wollte, kam keine Reaktion, so hob ich Zentimeter für Zentimeter mein Hemd, zog es sehr, sehr langsam über den Kopf.«

Seine Nacktheit hatte er als das Erniedrigendste empfunden, was er bisher erlebt hatte. Unter dem kalten, wachsamen Blick seines vierschrötigen Wächters hatte er sich sein blutbeflecktes Unterhemd um die Hüften gewickelt, die Enden wie eine Windel zwischen den Bei-

nen durchgezogen und sie mühselig verknotet, denn eigentlich waren sie zu kurz gewesen.
»Meine Hand tat teuflisch weh, und der, der mich bewachte, ein kräftiger, untersetzter Kerl, hatte Augen von derartig brutaler Kälte, dass ich langsam anfing zu glauben, was ihr mir erzählt hattet! Sie waren zu fünft im Auto, drei bei mir im Käfig, zwei vorn. Mit kreischenden Reifen und Sirenengeheul rasten wir im Konvoi aus dem Slum raus über den Highway nach Durban. Ich saß da als jämmerliche Witzfigur mit meiner Windel. ›Steckt ihn zu Venus, der wird schon was mit ihm anfangen können!‹, rief einer meiner Aufpasser. Ihr röhrendes Gelächter, die viel sagenden Blicke und eindeutigen Gesten ...«, Jan stand auf, wanderte gesenkten Kopfes auf der Terrasse umher, »... mir ... drehte sich der Magen um, ich hatte eine Scheißangst! Kurz darauf hielten wir im Hof des Polizeihauptquartiers, der mit den kalten Augen brüllte: ›Willkommen im Hotel ohne Wiederkehr‹ und schob mich ins Gebäude.« Er schwieg, bückte sich, hob einen Marienkäfer hoch, ließ ihn an seinem Zeigefinger hochklettern, und als der davonschwirrte, sah er ihm lange nach.
Auch sie verfolgte den kleinen Käfer so lange mit den Augen, bis dieser nur noch ein winziger Punkt im Sommerhimmel war.
»Halt durch, er muss darüber reden«, flüsterte Ian neben ihr.
Sie nickte, schlang ihre Hände ineinander und wartete.
»Ich hatte das Gefühl, keine Verbindung mehr zu meinem Körper zu haben«, drang die Stimme Jans wieder an ihre Ohren, monoton, ohne jeden Ausdruck, als könne er seine eigenen Worte nicht ertragen, »ich ... ließ einfach mit mir geschehen. Man fummelte an mir herum, packte meine Hände, jemand wischte das Blut von den Fingern und drückte sie auf das Stempelkissen, stieß mich auf einen Stuhl vor eine weiße Wand. Blitzlicht blendete mich ... es kümmerte mich nicht, versteht ihr? Das war nicht ich, mit dem das passierte, ich sah nur zu.« Jan hatte wieder begonnen, auf und ab zu wandern. »Jemand warf mir dann ein Bündel Stoff zu, das sich, als es auseinander fiel, als Hemd und Hose entpuppte, und befahl mir, es anzuziehen ... das Zeug war steif vor Dreck und kribbelte auf der Haut, und es stank

fürchterlich, so nach Angst und Erbrochenem, aber wenigstens bedeckte es meine Blöße. Dann gab man mir eine Binde, und ich konnte endlich meine Hand verbinden.«

Henrietta hörte seine Worte nur aus weiter Ferne. Die Anspannung schlug ihr auf den Kreislauf, ihr war ein wenig schwindelig, als hätte sie zu viel Alkohol getrunken.

»›Name?‹ Der, der mir Hemd und Hose zugeworfen hatte, saß am Computer, Zigarette zwischen den Lippen – seine Zähne und Finger waren ganz gelb von Nikotin. ›Jan Cargill‹, antwortete ich ihm, und die Computertasten klickten. Plötzlich pfiff er durch die Zähne. ›Ach, sieh einer an, wen haben wir denn da?‹ Er druckte die Information aus und ging hinaus und kam in Begleitung eines älteren Polizisten, der ein paar goldene Streifen auf den Schulterklappen seines Hemdes trug, zurück. Sie musterten mich schweigend. ›Das Alter stimmt nicht, es muss der Sohn sein‹, sagte der Ältere, der mit seinem rosigen Gesicht und hellblauen Augen hinter der tropfenförmigen Brille eher wie ein Geistlicher oder Arzt aussah als ein Polizist.«

Jan hielt in seinem rastlosen Wandern inne, wirbelte herum. »Könnt ihr euch vorstellen? Die haben mich mit Daddy verwechselt, die haben euch immer noch im Computer!«

Henrietta musste die Augen schließen, um den Schrecken aufzufangen, der sie durchfuhr. Hörte das denn nie auf? Würde sie sich nie aus den Fängen der Vergangenheit befreien können? Wie durch Watte gedämpft hörte sie Jans Stimme.

»Es dauerte eine Weile, bis sie merkten, dass ich Jan bin, nicht Ian. Dann fanden sie aber heraus, dass ihr unsere Staatsangehörigkeit widerrufen habt, und das machte sie erst richtig sauer! – ›Drückeberger‹, beschimpften sie mich, ›Hosenscheißer, du hast dein Land im Stich gelassen!‹ Sie haben mich angesehen wie ein Versuchstier auf dem Seziertisch, und mir wurde kalt, als mir dämmerte, dass alles, was ich euch nicht glauben wollte, wahr sein musste.«

»Nicht einmal im Traum wäre mir eingefallen, dass so etwas passieren kann«, warf Ian ein, »mein Gott, ich wünschte, ich hätte es verhindern können.«

»Die Zellentür krachte hinter mir zu. Das war der schrecklichste Ton, den ich in meinem bisherigen Leben gehört hatte, und der weckte mich endlich auf, und ich schlüpfte in meinen Körper zurück. Ich sah mich einem Ring von Gesichtern gegenüber. Einige waren weiß, die meisten schwarz, ein paar braun wie Milchkaffee, alle aber hatten den Ausdruck von Schlangen, die ihr Opfer betrachteten. ›Hi‹, erreichte ein weicher Singsang meine Ohren, ›hi, ich bin Venus.‹ Und dann schob sich ein schönes Gesicht an mich heran, goldbraun, edel geschnitten, umrahmt von blauschwarzen Haaren. Venus war ein Inder, zierlich wie eine Frau, und seine blauen Augen waren kälter als Splitter aus Eis. Er lächelte, und ich sah, dass alle seine Zähne zu rasiermesserscharfen Spitzen geschliffen waren ...« Jan schwieg, offensichtlich verloren in der Vergangenheit.

Ian und sie saßen stumm und starr, sie berührten sich nicht, jeder litt für sich allein.

Jans Atem rasselte in seinen Lungen, als er tief durchatmete. »Die angespitzten Zahnreihen erinnerten mich an die Tigerfallgruben im alten Indien, er grinste mich zähnefletschend an, und dieser grässliche, nervzerfetzende, betörende Singsang, der aus Venus' Kehle zusammen mit dem Gestank seines verrotteten Mageninhalts entwich, schwebte vor mir wie eine giftige Wolke, und mir wurde unbeschreiblich übel, die Welt drehte sich in rasender Geschwindigkeit um mich, ein irrwitziges Kreischen zerriss mir das Zentrum meines Gehirns, Flecken tanzten vor meinen Augen. Ich war kurz davor, das Bewusstsein zu verlieren. Mit ungeheurer Willensanstrengung zwang ich mich, tief und ruhig zu atmen, bis die Flecken verblassten, die Übelkeit wich.«

Er setzte sich wieder hin. »Ich erinnere mich genau. Ich fühlte einen unerträglichen, brennend heißen Druck auf meiner Blase und hatte das Bedürfnis, mich in die tiefste, verborgenste Höhle zu flüchten, alles um mich herum auszublenden, mich zusammenzurollen und zu warten, bis ich aus diesem Albtraum aufwachte. Nie hatte ich es für möglich gehalten, jemals von einer solchen Angst besessen zu sein!«

Er unterbrach seine Erzählung immer wieder, schien Mühe zu haben, das Erlebte in Worte zu fassen. »Dann hörte ich das irre Gekicher von Venus und sah, dass sein Eisblick an einem Fleck zwischen meinen Beinen klebte. Entsetzt merkte ich, dass ich mir in die Hose gepinkelt hatte. Und dann – endlich – stieg wieder diese herrliche Wut in mir auf, und ich dachte: nein, das nicht! Ich blickte in dieses schöne Gesicht, hob das Knie, rammte es Venus zwischen die Beine, und als der vornüber zusammenklappte, gab ich ihm einen Kinnhaken. Venus wand sich vor Schmerzen wimmernd am Boden, die anderen standen erstarrt daneben. Ich hob meine Hände, in der Art, wie ich das in Kung-Fu-Filmen gesehen hatte …« Er krümmte demonstrativ seine Finger zu Krallen, bewegte sie zeitlupenlangsam hin und her. »›Ha!‹, schrie ich dann und sprang auf die Männer zu …« Er lächelte sie an. »Als ich ihre Lider flattern sah, hab ich mir vor Erleichterung fast noch einmal in die Hose gemacht. Um mich herum war plötzlich Platz. Einer von ihnen, ein Schwarzer mit Fäusten wie Vorschlaghämmer und einer tiefen, sahnigen Stimme, sagte ein paar Worte auf Zulu, und die lang gezogenen Vokale weckten eine längst vergessen geglaubte Erinnerung. Ich lauschte dem Klang der Worte. ›Ibhubesi‹, hatte der Zulu gesagt, Löwe, und dann hörte ich eine andere Stimme, eine junge, hohe. ›He, Ibhubesi‹, schrie sie, und plötzlich war ich zurück im Busch mit Malabuli. Erinnert ihr euch?«

»In Botswana?« Ian lachte auf. »Die Episode werden wir wohl nie vergessen!«

Sie waren in eins der Wildreservate irgendwo im südlichen Zipfel von Botswana gefahren und hatten Malabuli, den jüngsten Sohn von William, Granny von Plessings treuem Schatten, mitgenommen, der außer im Haus der Plessings noch nie woanders gewesen war als in seinem kleinen Dorf in Zululand. Sie schliefen im Buschcamp in komfortablen Zelten, immer zu zweit, Henrietta und Ian, Julia und eine Freundin und die beiden Jungs, Jan und Malabuli, dessentwegen sie nach Botswana gefahren waren, wo zwischen Schwarz und Weiß offiziell kein Unterschied gemacht wurde. Tagsüber durchstreiften sie zu Fuß mit zwei Game Rangers, einem Weißen und einem

Tswana, den Busch, und abends servierte ihnen ein schwarzer Koch in blütenweißer Kochmütze ihre Mahlzeiten am Lagerfeuer im flackernden Kerzenschein unter einem endlosen, samtigen Sternenhimmel, und die Luft war erfüllt von den Klängen Afrikas.
»Afrikas Wiegenlied«, hatte sie geflüstert, »hörst du es?«
Aber er hatte nur das Schrillen der Zikaden gehört und das Blöken der Ochsenfrösche. Manchmal hatte ein größeres Tier im Busch geschnauft, nur Meter entfernt, und gelegentlich ein Nachtvogel geschrien. »Wiegenlied?«, war seine verständnislose Gegenfrage gewesen. »Nein – ich hör bloß den Radau, den die Frösche machen. Hätte ich ein Gewehr, dann würde ich die abknallen, damit endlich Ruhe ist!«
Sie hatte ihn nur entsetzt angestarrt und etwas von mutierendem Erbgut gemurmelt.
Nach dem Dinner am letzten Abend hatten Johnnie und Jan heimlich das Camp verlassen. »Wir gehen auf Pirsch, und dazu brauchen wir ein Gewehr«, hatte Jan Malabuli erklärt, »alle Wildhüter haben eins.« Die anderen saßen noch am Feuer, im Zelt des weißen Wildhüters hing eins der Gewehre am Zeltmast, die Patronen fanden sie in einer Schachtel unter dem Bett. Es war eine Schrotflinte, und sie war geladen, er steckte aber noch zwei Patronen ein. Malabuli hatte verlangend über den polierten Kolben gestrichen. Er war vierzehn, zwei Jahre älter als sein weißer Freund, und beide träumten sie davon, Wildhüter zu werden. Geräuschlos waren sie im mondbeschienenen Busch verschwunden.
Es wäre sicher alles ganz anderes gekommen, wenn er nicht in der Aufregung über sein verbotenes Abenteuer vergessen hätte, dass Nahrung ihren vorbestimmten Weg durch den Körper nimmt, um dann unweigerlich in veränderter Form wieder ans Tageslicht zu drängen. Mitten im Busch musste er mal.
»Dann red nicht so viel, pinkel, und komm weiter«, hatte Malabuli ihn angezischt.
»Ich muss nicht pinkeln, ich muss mal richtig«, hatte er gequält geantwortet.

Malabuli hatte ihm einen Stoß gegeben, dass er ins dichte Gebüsch taumelte. »Such dir einen freien Platz und scheiß zu!« Im Busch raschelte es, Zikaden kreischten, ein Grunzen ganz in seiner Nähe hatte ihn zusammenfahren lassen, ein Schnauben wie von einem Blasebalg und schwere Tritte hatten ihm den Herzschlag in die Kehle gejagt. Rasch war er in den Schatten eines Busches geschlüpft, trat dabei in etwas Breiiges, Warmes, fluchte angeekelt und hockte sich ein paar Schritte weiter hin. Eine Wolke zog über den Mond, es wurde finster. Fliegen summten, feuchte, brutige Wärme legte sich auf ihn. Er drückte.
Der Biss war kurz, heftig und äußerst schmerzhaft gewesen, hatte ihn an der fleischigsten Stelle seines Gluteus maximus getroffen. Er hatte aufgebrüllt, wie er noch nie gebrüllt hatte, sicher, dass er seinen Darminhalt auf eine Schlange entleert hatte.
»He, Ibhubesi, großer Löwe!«, hatte sein Freund gespottet. »Was brüllst du so?«
Er hatte nicht antworten können. Die Welt um ihn war in Bewegung geraten, heißer Brodem blies ihm ins Gesicht, es stank nach Kuhstall, und dann glitt die Wolke zur Seite, der Mond kam hervor, und er hatte in die glühenden Augen riesiger, schwarzer Ungetümer gestarrt, die im Kreis auf ihn zudrängten, die gefährlich gebogenen Hörner gesenkt.
Er saß, Hosen runter, Hintern nackt, mitten in einer Herde von Büffeln, den gefährlichsten und angriffslustigsten Tieren Afrikas. Das war der Moment, als ihn der zweite Biss traf. Er quiekte, die Büffel rückten näher. Er schrie, schlug um sich, und die Büffel wichen einen halben Meter zurück.
»Du musst Afrika die Stirn bieten«, hörte er seine Mutter sagen, »sonst verschlingt es dich. Nur wer Stärke zeigt, überlebt.«
Und er brüllte. »Ha!«, brüllte er, »haut ab!« Eine Lücke zwischen den massigen Körpern tat sich auf, er schoss hindurch, seine Hose blieb zurück, und dann rannte er und schrie und schrie, bis er im Lager war und sein Vater ihn auffing. Danach war alles sehr schnell gegangen. Ian hatte ihn auf sein Campingbett gelegt und untersuchte

die Bissstellen genau. »Hast du gesehen, welche Schlange es war? Es ist wichtig, damit wir das passende Serum spritzen können.«
Er hatte nur den Kopf geschüttelt. Sprechen konnte er nicht, seine Zähne klapperten im Schock.
Auch Henrietta hatte sich über ihn gebeugt, die Bisse betrachtet. »Wir müssen wissen, welche Art es war. Er ist allergisch gegen ein paar Proteine, und das Serum könnte einen Schock auslösen. Wir können das nur riskieren, wenn es eine von den großen vier gewesen ist, Mamba, Kobra, Puffotter oder Gabunviper.« Wieder hatte sie die Bisse untersucht. »Sie sehen merkwürdig aus, sehr breit, nicht sehr tief. Ich glaube nicht, dass es eine Mamba war, sonst wäre es jetzt schon zu einer Reaktion gekommen.«
»Johnnie! Zeig uns, wo es war. Vielleicht finden wir das Biest noch!« Mit diesen Worten hatte der weiße Game Ranger, ein drahtiger Mann mit üppigem, rotem Bart, den bibbernden Malabuli im Laufschritt zurück in den Busch gezerrt. Nach fünf oder sechs Minuten waren sie zurückgekehrt, und der Ranger hielt etwas in seiner Faust und warf es auf den Tisch. Es war ein totes Perlhuhn, dem jemand das Genick umgedreht hatte. »Er hat auf ein verfluchtes Perlhuhnnest geschissen, und Mutter Perlhuhn hat ihm das übel genommen und ihn in den Hintern gehackt!«, hatte er hervorgepresst, bevor er brüllend vor Lachen auf einen Campingstuhl gefallen war.

Auch Henrietta lachte jetzt.
Jan grinste schief. »Die Narben an meinem Hinterteil sind noch heute fühlbar. Daran erinnerte ich mich jetzt im Durban Central und musste trotz meiner ausgesprochen unangenehmen Situation auch lachen. Die Kerle zuckten verunsichert zurück. Wie damals bei den Büffeln brüllte ich los und vollführte meinen Kung-Fu-Tanz. – Es wirkte! Mann, war ich erleichtert. Die Männer zogen sich zurück, einer lachte, und plötzlich war ein Platz direkt am Gitter frei, wo die Luft am erträglichsten war. Ich hab an den Gitterstäben gerüttelt. ›Ich bin deutscher Tourist‹, hab ich gerufen, so laut ich konnte, ›ich will meinen Botschafter anrufen, jetzt sofort!‹ Die einzige Antwort

war ein höhnisches Kichern aus der Tiefe des Zellenkomplexes und ein lautes ›Maul halten!‹ von einem der Wärter.

Irgendwann dann erschien Julius Kappenhofer mit seinen Anwälten und walzte alle platt, äußerst höflich, äußerst zivilisiert, aber effektiv wie eine Dampfwalze. Das Konsulat in Durban stellte mir einen Ersatzpass aus, denn meiner blieb verschwunden. Sixpack, Rastalocke und Lizzie fingen sie – Vollmondgesicht ist ihnen entwischt – und stellten sie mir gegenüber. Lizzie heulte und sah so jämmerlich aus, dass ich denen sagte, dass sie nichts getan habe. War gelogen, aber was soll's! Sie haben sie freigelassen.«

»Wie haben sie dich nach Julius Kappenhofers Auftritt behandelt?«, fragte Ian.

»Mich? Wie ein rohes Ei! Offensichtlich war Julius Kappenhofers Freund, der Polizeiminister, sehr deutlich geworden. Tita und Neil holten mich dann ab. Etwas abseits wartete Lizzie, das currygelbe Oberteil eng unter der Brust geknotet, der oberste Knopf der Jeans offen, so stand sie da und spielte herausfordernd mit dem Glitzerstein, den sie im Nabel trug. Tita muss meinen erstaunten Blick gesehen haben. ›Kennst du die‹, fragte sie, »manche von ihnen sind wirklich Schönheiten, nicht? Ich hab sie nur angestarrt, ich verstand nicht, was sie meinte. Sie erklärte es mir dann. ›Farbige. Sie ist eine Farbige. Indische Mutter vielleicht und ein gemischter Vater, sonst hätte sie nicht die Augen und diesen herrlichen Teint. Beneidenswert.‹« Er nahm noch einen Schluck Cola aus der Dose, ehe er fortfuhr. »Milchschokolade, ich dachte nur an Milchschokolade und an ihre Lippen. Süß und klebrig von Pfefferminz waren sie gewesen, und der sonnenwarme, reife Apfelduft ihres Körpers stieg mir wieder in die Nase. Aber der Raubtiergeruch von Rastalocke, der Gestank nach Erbrochenem und Angst – meiner Angst – überdeckten ihn in Sekundenschnelle, und ich wandte mich von Lizzi ab. ›Scheiß Land‹, sagte ich auf Deutsch und stieg in Neils Wagen. – Den Rest kennt ihr.« Jan stand auf, ging in den Garten.

Henrietta schloss die Augen, musste für ein paar Augenblicke für sich allein sein. Er war in Ordnung, er hatte keine bleibenden Verletzun-

gen. Ihr Lebensfluss hatte, wie Sarah es ausdrücken würde, mal wieder eine Stromschnelle passiert. Eine äußerst gefährliche diesmal.
»Schwein gehabt«, murmelte Ian.

❖

Am Sonnabend danach entdeckte sie im »Hamburger Abendblatt« eine Verkaufsanzeige für schwarze Halbsiamesenkätzchen. Nun saß sie in Shorts und ärmellosem blauem Oberteil im Garten, von einem großen Schirm gegen die Augustsonne geschützt, auf den Knien eine Schreibmaschine, und schrieb an Julia. Zwischen ihren Füßen lag aufgerollt ein winziger, schwarzer Fellkloß mit leuchtend blauen Augen. Katinka hieß das Kätzchen, wie die andere Katinka, die sie von Bob Knox, dem Eigentümer des Oyster Box, zum Einzug in das Donga-Haus geschenkt bekommen hatte. Zweimal war Katinka mit ihnen zwischen Afrika und Deutschland hin- und hergezogen, ehe sie mit einundzwanzig Jahren in dem heißen Sommer 1982 in Hamburg gestorben war.
»Wenn ich irgendwo wieder sesshaft werde, kauf ich mir wieder eine Katinka«, hatte sie immer gesagt, und jetzt, so hatte sie fest beschlossen, war es soweit. Was das für Ian bedeutete, konnte sie allerdings nicht ermessen. Er baute einen großen Kratzbaum für Katinka, schnitt eine Katzenklappe in die Terrassentür und bepflanzte ein Beet mit Katzenminze. »Damit sie sich hier richtig wohl fühlt«, sagte er mit Hoffnung in der Stimme, denn er meinte nicht nur die kleine Katze.
Sie zog Julias Brief zu sich heran. Er war sehr anschaulich und lebendig geschrieben, man fühlte sich sofort nach Natal versetzt, und mittlerweile fürchtete sie diese Briefe. Auf schmerzhafteste Weise riefen sie ihr die verzauberte Zeit wieder in Erinnerung, als sie selbst Afrika entdeckt hatte, machten ihr den Verlust noch unerträglicher. Ihr Blick blieb an einem Absatz hängen, in dem Julia von dem Haus berichtete, das sie sich mit Titas Hilfe in dem alten Teil von Umhlanga gemietet hatten.

Wir haben einen Swimmingpool, stell Dir das nur vor, schrieb sie, *und in wenigen Minuten sind wir zu Fuß am Strand! Ein paar Webervögel nisten in unserem Garten, sogar ein roter ist dabei, ein Kardinal, und neulich landete bei Sonnenaufgang ein Kronenkranich. Jeden Morgen stehen wir mit der Sonne auf und laufen zusammen am Strand. Cathy, unser schwarzes Hausmädchen – eine Perle, sag ich Dir! –, passt auf Olivia auf. Tita hat sie mir vermittelt.*

Entschlossen übersprang Henrietta den Rest, las erst weiter, wo Julia von Olivia erzählte. Die mitgesandten Fotos zeigten ein bildhübsches, lachendes Kleinkind, das sich bereits am Couchtisch hochzog und ihrer Mutter verblüffend ähnlich sah.

Es ist so unglaublich schön, hatte sie mit der Hand unter den Brief geschrieben, *jetzt verstehe ich endlich, was Afrika für Dich bedeutet! Karsten plant, seinen Vertrag auf unbestimmte Zeit zu verlängern.*

Im Wohnzimmer legte Ian den Camcorder-Film, den Karsten aufgenommen hatte, in den Videorecorder. »Komm her, Liebling, sieh dir das an – die haben schon wieder neue Apartments in Umhlanga gebaut, fürchterlich, nicht wahr? Sie verderben die Küste, es sieht aus wie Klein-Miami! Scheußlich.« Er sagte es ohne innere Bewegung, eine beiläufige Bemerkung zu einem unwichtigen Thema. Nie war deutlicher, wie groß sein innerer Abstand zu ihrer alten Heimat geworden war.

Die Kamera schwenkte über die Brandung und die auslaufenden Wellen, die die blauschwarz glänzenden, seidig glatten Basaltfelsen überspülten, die einst als glühende Lava dort ins Meer leckten, und blieb an einer mächtigen Felsengruppe ein paar Hundert Meter weiter vor dem Leuchtturm hängen. In ihrer Mitte, zwei Meter über den Übrigen, erhob sich ihr Felsen, rund geschliffen von der ewigen Brandung, ockerfarben wie der Sand, aus dem er vor Millionen von Jahren gepresst worden war, warm und mütterlich – ein Teil von Afrika. Schneeweiße Gischt spritzte an ihm hoch, die hauchfeine Salzkristallschicht, die sie hinterließ, glitzerte in der Nachmittagssonne. Der Anblick tat ihr weh, wie ein Schnitt durch ihre Mitte.

Ich will das nicht sehen, wollte sie ihm sagen, bitte, ich kann es nicht.

Aber sie biss die Zähne zusammen, kniff ihre Augen zu schmalen Schlitzen, und öffnete sie weit nur, wenn Julia und Olivia zu sehen waren. »Sie hat Julias Haare«, versuchte sie, sich abzulenken, »ganz golden ...«

»Und ihre Augen«, ergänzte Ian. »Hoffentlich besuchen sie uns bald, sonst verpassen wir die schönste Zeit ihrer Kindheit.«

Olivia saß in einem Felsenteich an Umhlangas Strand, einen kornblumenblauen Sonnenhut auf dem Kopf, und spielte im seichten Wasser. Das weiße Hemdchen klebte an ihrer zartgebräunten Haut und zwischen ihren prallen Beinchen huschten winzige, silberglänzende Fischchen. Vor Henriettas Blick schob sich ein Bild aus der Vergangenheit, Julia und Jan in demselben Felsenteich.

Ihre Gedanken liefen weg. Sie spürte den heißen Sand unter den Füßen, hörte die Felsen flüstern. Es roch salzig nach Seetang, und alles schien in flimmerndes Licht getaucht. Das Blau des afrikanischen Himmels spiegelte sich auf der Wasseroberfläche. Die Kinder zu ihren Füßen juchzten – oder waren es die Rufe von Möwen? »Thula wena, sei ruhig«, hörte sie, ein weicher Wind trug die kehligen Laute eines Zuluwiegenliedes an ihr Ohr, sie schwebten zu ihr herüber, süß wie Honig und so vertraut, so nahe, dass sich ein Schluchzen in ihrer Kehle fing, aber es gelang ihr, es hinunterzuschlucken.

Energisch zwang sie sich in die Wirklichkeit zurück. Keine Fluchten mehr! Sie war hier, und hier war Hamburg, Deutschland, und hier würde sie bleiben.

»Thula, Umntwana, thula«, vernahm sie wieder, und ihr Atem stockte. Ruhig, mein Prinz, ruhig, hatte die tiefe raue Stimme gesagt – eine Stimme, die ihr bekannt vorkam. »Muhle«, verstand sie, mehr nicht. Schön, hatte der Mann gesagt, und eine hohe weibliche Stimme zwitscherte die Antwort. In Zulu, und das war keine Einbildung gewesen! Das Dielenfenster stand offen, die Stimmen mussten aus dem Vorgarten kommen!

Sie sprang auf und rannte durchs Haus und riss die Eingangstür auf. Urplötzlich stand ein baumlanger Schwarzer in heller Hose und weißem Hemd vor ihr, der ein milchkaffeebraunes Baby auf dem Arm

trug. Hinter ihm tauchte eine vollschlanke, junge Frau in einem prächtigen afrikanischen Gewand auf. Ihre cremigweiße Haut war mit Sommersprossen übersät, ihr rotgoldenes Haar fiel ihr bis auf die Hüfte, ein perlbesticktes Stirnband, leuchtend blaugrün wie ihr bodenlanges afrikanisches Gewand, schmückte ihren Kopf. Unentwegt redete die junge Frau in Zulu auf den Mann ein.
»Isabella? Lukas?«, rief sie entgeistert. »Das-kann-doch-nicht-sein-wo-kommst-du-denn-her–was-macht-ihr-hier–wie-geht-es-euch?« Nach Luft schnappend, hielt sie inne, bemerkte, dass sie sich anhörte wie ihre Freundin Glitzy. »Was um alles in der Welt ist passiert?«, setzte sie ein wenig ruhiger hinzu.
»Sakubona«, grinste sie, »das ist Themba! Sag hallo zu deiner Tante«, forderte sie den Kleinen auf, »Themba heißt Hoffnung«, lächelte sie. Themba musterte sie ernsthaft aus leuchtenden, goldbraunen Augen, blies ein paar Blasen und schob den Daumen in den Mund.
»Wo kommt ihr her?«, wiederholte Henrietta.
»Guten Tag, Henrietta«, grüßte Lukas auf Englisch.
»Hallo, Lukas.« Ihre Begrüßung fiel kühl aus. Noch war Lukas für sie einer der Männer, die sie gekidnappt und tagelang festgehalten hatten, einer der Männer, denen Mary versprochen hatte, emveni! Er hatte sie gerettet, ohne ihn hätte sie Moses nicht entkommen können, dessen war sie sich klar. Aber sie wusste, dass sie von ihm hören musste, warum er gezögert hatte, warum er so lange gewartet hatte, bevor er sich entschied, ihr beizustehen, um in ihm einen anderen Menschen sehen zu können als Lukas, den Terroristen.
Sie führte ihre Besucher ins Haus. »Ian, du wirst nicht erraten, wer hier ist!«
Ian saß noch immer vor dem Fernseher im Wohnzimmer und schaute sich den Film mit seiner Tochter und Enkelin an. Er sah hoch, als sie eintraten. »Isabella?«, fragte er in dem gleichen ungläubigen Ton wie Henrietta. »Wie kommst du denn hierher?« Er umarmte sie herzlich, dann stellte Henrietta ihm Lukas vor. Ian zog die Brauen zusammen, musterte ihn finster.
Henrietta bemerkte seine Reaktion mit Beunruhigung. Verstohlen

sah sie ihn an. Mahlende Kinnbacken, Augen stürmisch, Schultern leicht hochgezogen – deutliche Anzeichen für sie, dass er schäumte vor unterdrückter Wut. Was war nur in ihn gefahren? Sie legte ihre Hand auf seinen Arm, spürte die angespannten Muskeln. »Was ist?«, flüsterte sie.

Er schloss sie in die Arme, lehnte seine Stirn an ihre. »Ich werde dafür sorgen, dass du in Zukunft ruhig schlafen kannst, Liebes, dass deine Albträume endlich aufhören. Bitte überlass das hier mir.« Damit schob er sie sanft beiseite und baute sich vor Lukas auf. »Ich will jetzt von dir wissen, was damals in Marys Umuzi mit Henrietta passiert ist. Raus mit der Sprache!«

Lukas rührte sich nicht. Themba, offenbar aufgeschreckt durch Ians harschen Ton, starrte ihn mit offenem Mund an.

»Als ich sie am Fluss sah, wusste ich sofort, dass ihr etwas zugestoßen war, aber sie wollte nicht darüber reden.« Seine Augen verengten sich zu Schlitzen. »Alles, was sie sagte, war, dass sie – wer immer sie sind! – es nicht geschafft haben – und das, alter Junge, ist etwas anderes, als hätte sie mir versichert, dass nichts passiert ist. Etwas ist vorgefallen, und es muss so gewesen sein, dass sie bis heute nicht darüber sprechen kann.« Die beiden Männer starrten einander aus wenigen Zentimetern Entfernung in die Augen. »Das ist so ihre Art, weißt du, sie hat Angst, ein schreckliches Erlebnis in Worte zu kleiden, als ob es dadurch erst wirklich würde.« Ian atmete heftig.

Henrietta neben ihm spürte seine Wut wie eine heiße Welle. Lukas wich nicht zurück, sein Gesicht war ausdruckslos, nur tief in seinen Augen brannte ein Feuer, das seine Gefühle verriet. Themba klammerte sich an seinen Vater, lutschte aufgeregt schmatzend an seinem Daumen, und Isabella war so blass geworden, dass ihre Sommersprossen wie dunkelbraune Flecken hervorstanden.

Ian packte Lukas am Oberarm. »Setz Themba ab, wir zwei unterhalten uns jetzt – nein, Henrietta, halt dich da raus!« Er schob den Zulu, der nur wenig kleiner war als er, mühelos vor sich her durch die Diele und aus der Tür hinaus in den durch hohe Hecken gegen die Nachbarn geschützten Vorgarten. Themba sah ihnen mit großen Augen nach. Isabella hob ihn hoch, wollte den Männern folgen, aber Henrietta hielt sie zurück. »Bleib mit Themba hier!«, rief sie und folgte ihnen voller Angst, dass einer der beiden die Beherrschung verlieren würde. Nur selten hatte sie Ian so wütend gesehen. Unbemerkt von den beiden stand sie im schützenden Schatten der Haustür, nur drei oder vier Meter entfernt, und hörte jedes ihrer Worte, keine Geste entging ihr.

»Sie träumt davon«, zischte Ian, »jede Nacht! Ich wage nicht nachzufragen, sondern warte auf den Tag, an dem sie ertragen kann, es mir von selbst zu sagen.« Er hielt Lukas noch immer gepackt, schüttelte ihn. »Ich will von dir jetzt wissen, was meiner Frau damals passiert ist, warum sie immer noch Angstträume hat – denn es ist etwas passiert!« Sein Zeigefinger stach auf Lukas' Brust. »Diese Männer haben ihr etwas angetan, und du bist einer von ihnen gewesen, also hast du besser eine sehr gute Erklärung und überzeugst mich, dass du ihr geholfen hast, dass du einer von den Guten gewesen bist!«

Lukas sah ihn ruhig an. »Ich bin entsetzt über das, was passiert ist, aber ich wusste im Voraus, das solche Vorkommnisse die unvermeidliche Konsequenz meiner Entscheidung waren, mich dem militärischen Kampf meiner Leute anzuschließen. Menschen werden in einem Krieg verletzt und getötet, auch unschuldige. Das ist so. Das weiße Apartheid-Regime hat uns diesen Krieg aufgezwungen, wir haben ihn nicht angefangen.«

»Ich will keine glatten Juristenformulierungen, ich will wissen, was passiert ist und welche Rolle du gespielt hast! Jetzt red mal Klartext, alter Junge, was war los? Ich will, dass Henrietta endlich Ruhe hat.«

Ian stand, Beine breit, Oberkörper vorgeneigt, Arme in die Hüften gestemmt. Er wirkte etwa zwei Meter fünfzig groß und breit wie ein Schrank.

Lukas rieb sich sein Kinn, wippte auf den Zehenspitzen, vermied sorgfältig Ians wütenden Blick. »Es ist nichts passiert, ich bin rechtzeitig dazugekommen. Mary hatte die anderen auf die Frauen gehetzt …«

Ian wurde schlagartig blass, als er zu begreifen schien, was Lukas da

gesagt hatte. »Um sie zu – vergewaltigen?« Seine Stimme glitt ab. Er hatte offenbar Schwierigkeiten, das Wort auszusprechen.
»Ja.«
»Wenn nichts passiert ist, wenn du sie gerettet hast, warum hat sie immer noch diese grauenvollen Träume? Sie ruft um Hilfe, und dann weint sie – fast jede Nacht! Raus damit, da muss noch etwas gewesen sein.« Er packte den Zulu, der sich abgewandt hatte, wieder am Arm und riss ihn herum. »Spuck es aus!«
Lukas' schöne, intelligente Augen verdunkelten sich. »Sie rief um Hilfe, und ich habe gezögert. Ich sah nur die weiße Frau, und alles, was ich denken konnte, war, dass nun endlich jemand dafür bezahlt, was meinen Eltern, meiner Mutter angetan wird. Deswegen wohl kann sie es nicht vergessen – weil ich es fast geschehen ließ.« Die Worte drängten sich aus seinem Mund, als hätten sie lang darauf gewartet, gesagt zu werden.
Schweigen trennte die beiden Männer. Jeder vergrub sich offenbar in seiner eigenen Gedankenwelt. Ian hatte den Zulu losgelassen, stand da, Kopf gesenkt, Hände in den Hosentaschen geballt. »Ich bring's nicht fertig«, knurrte er schließlich, »ich kann es einfach nicht nüchtern sehen, ich kann deine Handlungsweise nachvollziehen, aber mit Henrietta im Zentrum …« Er fuhr sich mit beiden Händen durch seine weißen, widerborstigen Haare, eine Geste, von der sie wusste, dass sie ihm half, seine Gedanken zu sammeln. »Warum hast du den Frauen dann doch geholfen? Sag es mir!« Sein Ton war aggressiv, aber seine Bewegungen zeigten, dass die Wut aus ihm gewichen war.
Henrietta hielt den Atem an. Sosehr sie immer darüber gegrübelt hatte, die Antwort auf diese Frage hatte sie bisher nicht gefunden.
Lukas wich Ians Blick nicht aus. »Alle drei Männer hatten AIDS, wie alle in dem Umuzi, daran sind die übrigen gestorben. Es war die Strafe, die Mary für Tita Robertson vorgesehen hatte. Für sie war diese Frau der Inbegriff der Gesellschaft, die das Blut unserer Leute aussaugte und davon lebte und fett wurde. So weit aber gingen mein Hass und meine Rachegelüste nicht.«

Für endlos erscheinende Sekunden herrschte angespannte Stille. Ians Gesicht verlor alle Farbe, er versuchte offensichtlich den Inhalt dieser unglaublichen Worte zu begreifen. »O Gott«, flüsterte er tonlos, »o Gott.« Er kämpfte sichtlich mit sich und seinen Gefühlen, seine Züge verzerrten sich, als litte er starke Schmerzen. »Verdammt!«, schrie er so laut, dass Lukas zusammenzuckte. »Ich weiß nicht, ob ich dich niederschlagen oder umarmen soll!«

»Danke!« Die beiden Männer fuhren beim Klang ihrer Stimme herum.

Ian war mit zwei Schritten neben ihr. »Wie lange stehst du schon da?«

»Lange genug«, flüsterte sie, schmiegte sich in den Schutz seiner Umarmung, streichelte sein Gesicht, war ganz allein auf der Welt mit ihm in diesem Augenblick. Er hielt sie fest, als wollte er sie nie wieder aus seinen Armen lassen. »Es ist in Ordnung, Lukas«, sagte sie und hob ihren Kopf aus Ians Halsbeuge, um den Zulu anzusehen, »ich verstehe es, und ich bin dir dankbar, denn jetzt werde ich wieder schlafen können – willkommen in unserem Haus.« Sie reichte ihm die Hand.

Er ergriff sie im traditionellen afrikanischen Dreiergriff – erst drückten sie sich auf westliche Art die Hand, dann umfasste jeder den Daumen des anderen, dann folgte wieder der Händedruck. Sie wiederholten diese Zeremonie dreimal, um ihre besondere Herzlichkeit auszudrücken, und währenddessen hielten beide die linke Handfläche unter den rechten Unterarm. Das hieß, wie Henrietta wusste: Sieh hier, meine linke Hand ist leer, ich halte keine Waffe versteckt. »Yabonga gakhulu«, sagte Lukas, »ich danke dir – mögest du für immer im Licht wandeln. Ich möchte euch noch sagen, dass ich heute weder Inkatha noch dem ANC angehöre, ich bin ein Zulu, nichts weiter.«

Lächelnd nahm sie seinen Dank entgegen. »Eins muss ich aber genau wissen, bevor wir wieder hineingehen. Die Menschen sind an AIDS gestorben, nicht an einer Vergiftung?«

Lukas nickte. »Das war Marys Idee. Sie verbreitete, dass der FORLI-

SA-Saft von den Weißen vergiftet worden sei und dass die Umuzibewohner daran gestorben seien. Jeder mit einer schwarzen Haut wird das geglaubt haben. Bis auf wenige Umuzis waren alle mit AIDS infiziert, und die, die starben, starben an der Seuche. Mary konsultierte ihre Sangoma, die eine der berühmtesten Zauberinnen und Heilerinnen der gesamten Region ist, die den Kranken ein Muthi aus Schlangenlebern, Baumrinde und Kräutern mischte. Sie sollten es stündlich trinken. Weiter empfahl sie, dass alle Männer mit Jungfrauen schlafen sollten, dann würden sie geheilt. Das Ergebnis war, wie ihr euch denken könnt, katastrophal. Die Krankheit wurde in alle umliegenden Umuzis getragen und von dort aus weiter und immer weiter, bis sie wie eine Welle Zululand überrollte. Die jungen Frauen, die Jungfrauen, sind inzwischen auch entweder schwer krank oder tot. – Es fiel Mary sehr leicht, die Leute gegen Weiße wie Mrs. Robertson aufzuhetzen.«

»Sie muss ein Teufel gewesen sein«, bemerkte Ian, »ich kannte sie nur als verhuschte junge Frau. Das ist fünfundzwanzig Jahre her, und ich kann dieses Bild, das ich von ihr habe, nicht in das einer Frau verwandeln, die Bomben geworfen, Menschen sadistisch gequält und mit den grausamsten Methoden getötet hat. Es gelingt mir einfach nicht.«

»Sie war nicht immer so. Sie hatte lange Jahre, um von Meistern ihres Faches zu lernen«, warf Lukas bitter ein. »Nachdem sie ihren Mann gehenkt hatten, ist sie gejagt worden wie ein wildes Tier, die Polizei hat ihre Familie und Freunde gequält und ermordet, sie hat Jahre in der Verbannung verbracht. Wisst ihr, was das heißt? Jahrelang durfte sie nie mehr als eine Person zur selben Zeit sehen – auch nicht von der Familie. Sie durfte nie das entlegene, einsame Dorf verlassen, in das man sie verbannt hatte. In der Öffentlichkeit durfte nichts über sie erwähnt werden. Nichts, was sie gesagt hatte, durfte gedruckt oder berichtet werden. Sie war eine Unperson, ein lebende Tote. Jahrelang. Vielleicht wird man so, wenn man so etwas durchmachen muss.«

Sein Mund verzog sich zu einem freudlosen Lächeln. »Sie hatte ei-

nen unfehlbaren Instinkt entwickelt, Polizeiagenten zu riechen. Außer Jeremy hatte sie schon ein paar aufgespürt. Eines Tages«, seine Stimme wurde tonlos, so als fürchte er, durch mehr Betonung den Horror nicht ertragen zu können, »eines Tages erwischte sie einen, der dafür bekannt war, dass er jede Nacht mindestens ein Mädchen aus einem der Dörfer im Bett hatte. Sie ließ ihn ein wenig bearbeiten. Er gestand ihr, dass ihn Polizeiagenten geschickt hätten. Er war mit AIDS infiziert, und sie haben ihn instruiert, die Krankheit unter den Schwarzen zu verbreiten. Mary ließ ein paar Autos mit Weißen überfallen und zwang diesen Kerl, sich an allen zu vergehen.«
Schockiertes Schweigen folgte seinen Worten. Ian war der Erste, der seine Stimme wieder fand. »Ich kann mir nicht einmal vorstellen, wie ein Leben verlaufen muss, um einen Menschen so zu verformen.«
Henrietta hob abwehrend die Hände. »Ich kann darüber jetzt noch nicht nachdenken, es ist zu viel. – Lasst uns hineingehen und Willkommen feiern.«
Gemeinsam gingen sie zurück ins Haus. Isabella stand mit Themba im Wohnzimmer und musterte sie furchtsam.
Henrietta umarmte sie. »Alles in Ordnung, Isabella, Lukas hat uns alles erklärt, und nun ist es gut. – So, nun werden wir einen gemütlichen, typisch deutschen Kaffeeklatsch machen«, verkündete sie, »bitte setzt euch.«
»Wir müssen nach Stockholm«, berichtete Isabella, als sie alle Platz genommen hatten, »Lukas ist für Geheimverhandlungen hier«, sie war sichtlich stolz, »Inkatha und der ANC zerfleischen einander, sie bringen sich gegenseitig um, und um dem ein Ende zu machen, treffen sich Vertreter beider Seiten auf neutralem Boden, und Lukas wird zusammen mit einigen anderen als Vermittler dabei sein. Vorher wollen wir hier in Hamburg noch zwei Freunde besuchen.«
»Der ANC versucht, uns Zulus unter seine Knute zu bekommen, und das werden wir nicht zulassen.« Lukas ballte seine Faust, wie um seine Worte zu unterstreichen.
Themba nahm den Daumen aus dem Mund und maunzte. Als nichts

passierte, fing er an zu brüllen, und aller Aufmerksamkeit wandte sich ihm zu. Isabella knöpfte ihr Kleid auf und holte ihre Brust heraus, legte Themba an, und augenblicklich trat Ruhe ein. Seine Mutter lächelte versonnen, und Henrietta konnte sich kaum an die frühere Isabella erinnern, die ständig schlecht gelaunt war, die Missmut wie eine Wolke umgab, so sehr hatte sie sich verändert. Verschwunden war der bittere Zug um ihren Mund, die scharfe Falte zwischen den Brauen. Sie trägt keine Maske mehr, dachte Henrietta, sie lässt das Leben ganz nah an sich heran, und sie scheint sehr glücklich zu sein. Rasch setzte sie Kaffee auf und stellte eine tiefgekühlte Torte in den Ofen. »Nehmt ihr Sahne?«, rief sie zur Terrasse hinaus.
»Oh, ja«, strahlte Isabella, »viel.«
»Du hast es gut, ich kann mir das nicht leisten!«, bemerkte sie neidvoll, »ich brauche nur an Schlagsahne zu denken, und schon habe ich ein Kilo mehr auf den Hüften.«
»Um als Zulu als schön zu gelten, müsstest du dir mindestens noch zwanzig Kilo anessen«, kicherte ihre Nichte, »sieh mich an!« Sie erhob sich halb und wackelte fröhlich mit ihrem beachtlichen Hinterteil, und Henrietta wurde plötzlich an Sarah erinnert. »Meine Mutter nennt mich Ithekenya, den Tanzfloh«, hatte diese gerufen und stolz ihr ausladendes Gesäß geschwenkt. Das ist es, dachte sie erstaunt, sie ist wie Sarah! Sie hat sich gefunden, ist ein fertiger Mensch geworden. Sie weiß, wer sie ist und wo sie hingehört.
Sie beobachtete ihre Nichte, die wie selbstverständlich ihr Baby nährte, dabei erzählte und gestikulierte, mit sprühenden Augen und lachendem Mund. Sie stellte sich die kleine Isabella vor, das kleine, einsame Mädchen, das von einer Zulu erzogen wurde, ihren Geschichten und Liedern lauschte, lange bevor sie die Sprache ihrer Eltern verstand. Das sind ihre Wurzeln, dieser Teil von ihr war verschüttet gewesen, dachte sie, und auf einmal wurde sie von glühendem Neid gepackt. Ich will zurück in mein Afrika, trotzte sie innerlich, ich will! Ich will endlich nach Hause!
Äußerlich sah man ihr allerdings nichts an, denn sie hatte ihre Gesichtsmuskeln perfekt unter Kontrolle.

Ian, der offenbar auch nichts bemerkte, tätschelte ihr den Po. »Ich mag meine Blondinen auch üppig …«
»Oh, Männer!«, rief sie, verdrehte die Augen und verschwand in der Küche, gefolgt von Isabella, die Themba auf den Schoß seines Vaters gesetzt hatte. In der Küche entledigte sie sich ihrer Riemchensandalen, bewegte genüsslich ihre Zehen. Die unzähligen Kilometer, die sie barfuß auf Afrikas roter Erde gelaufen war, hatten die rissige Hornhaut ihrer Sohlen rötlich verfärbt. Sie trägt Afrika mit sich, wo immer sie hingeht, schoss es Henrietta durch den Kopf, und erneut packte sie der Neid. »Du siehst gut aus, wie ist es dir ergangen? Du musst mir genau erzählen, wie du Lukas im Busch gefunden hast!«
Isabella lachte. »Ich hab ihn nicht gefunden, er fand mich. Natürlich hatte ich mich im Nu verlaufen, fand weder zurück zu euch, noch fand ich auch nur eine Spur von Lukas. Irgendwann am Abend bin ich dann auf einen niedrigen Baum geklettert und dort eingeschlafen, ewig in Angst, dass irgendwer oder irgendwas mich entdecken und fressen oder einfach nur abmurksen könnte. Als ich wieder aufwachte, sah ich unter mir ein Feuer und den Rücken eines Schwarzen. Bevor ich vor Schreck sterben konnte, drehte er sich um. Es war Lukas. Magst du Kaffee zum Frühstück? fragte er, und das war's. Wir haben uns seither nie wieder getrennt.«
»Gott, wie romantisch«, seufzte sie und hatte neiderfüllte Vorstellungen, wie Isabella gehorsam hinter ihrem Zulu-Ehemann durch den Busch lief, unter den Sternen in seinen Armen schlief und sein Feuer hütete, während er umherstreifte und für Nahrung sorgte. Nur sie beide, weit weg von der Welt.
»Er nennt mich jetzt Jane und ich ihn Tarzan«, setzte Isabella kichernd hinzu, als hätte sie ihre Gedanken gelesen.
Der tiefgekühlte Kuchen war aufgebacken und kam duftend auf den Tisch. »Geheimtreffen?« Ian sah Lukas forschend an, während ihm Henrietta Kaffee eingoss. »Ich dachte, das wäre vorüber. Hier hört man, dass Verhandlungen mit de Klerk offen laufen, seitdem Mandela in Freiheit ist.«
»Mit de Klerk hat das nichts zu tun. Das ist eine schwarz-schwarze

Sache. In Johannesburg haben ANC-Anhänger eine Gruppe von Inkatha aus dem Hinterhalt überfallen, acht Mann haben sie abgeschlachtet! Die Inkatha-Leute ziehen jetzt angetan mit Fellen und traditionellen Streitäxten – einige sind sogar mit Kalaschnikows bewaffnet – durch die ANC-Viertel in den Townships und bringen jeden um, der ihnen vom ANC in die Quere kommt, und manchmal schlagen sie erst zu und fragen danach, wer der Getötete war. Auf dem Land brennen sie gegenseitig ihre Dörfer nieder, vergewaltigen die Frauen und stehlen Vieh.« Er schnaubte. »De Klerk lehnt sich zufrieden zurück und sagt, dass er nicht daran denke, die Macht abzugeben, bevor eine neue Verfassung besteht. Die Presse hat sich mit Wonne darauf gestürzt. Die Atmosphäre ist so überhitzt, dass wir uns auf neutralem Grund treffen wollen. Ich bin der Ansicht, dass die Regierung Agenten als Provokateure in unseren Reihen – beim ANC sowie bei Inkatha – hat. Die hetzen uns aufeinander, und wenn wir uns dann ausgerottet haben, ist ihr Ziel erreicht.« Tiefe Falten um seinen Mund ließen seine Verbitterung ahnen.

Danach schlossen sie Politik und ihre Auswirkungen konsequent aus ihrer Unterhaltung aus. Als Isabella erzählte, dass die zwei Freunde, die sie und Lukas besuchen wollten, Mitglieder einer gerade in Hamburg gastierenden Folklore-Band aus Südafrika waren, stellte Henrietta sofort mit ein paar Anrufen fest, dass sie auf Einladung einer Kirchengemeinde in deren Gemeindesaal auftraten, und bestellte vier Karten für denselben Abend. »Was machen wir mit Themba? Soll ich meine Nachbarin fragen, ob sie auf ihn aufpasst?«, fragte sie ihre Nichte.

»Iwo«, lachte diese und band Themba mit einem Tuch auf ihren Rücken, wo er sofort tief und fest einschlief. »Unendlich praktisch, der schläft jetzt durch«, bemerkte sie und ordnete die Falten ihres weiten Kaftans. Vor dem Dielenspiegel flocht sie ihre Haare in mehrere Zöpfe und steckte sie wie eine rotgoldene Krone auf ihrem Kopf fest.

Das Konzert war überraschend gut besucht, der Gemeindesaal überfüllt. Helfer hatten bereits das Gestühl beiseite geschoben, um Platz für alle zu schaffen. Zwischen den in nordeuropäisch gedeckten Farben gekleideten Menschen tummelten sich ebenso viele farbenprächtig gewandete Afrikaner.

Die zehn Männer, zwei davon Trommler, und fünf Frauen der Band waren mitreißend gut. Es gelang ihnen mühelos, alle Anwesenden in Schwingungen zu versetzen, und Henrietta fühlte sich an einen Abend zurückversetzt, der mehr als fünfundzwanzig Jahre zurücklag, den Abend in Kwa Mashu, der Township vor Durban. Aber das war anders gewesen. Das war Afrika – ursprüngliches, unverfälschtes Afrika, und Ian und sie waren die einzigen Weißen gewesen. Das hier war, obwohl viele der Zuschauer mittlerweile mittanzten, trotz allem eine Show. Auch sie summte die Melodien mit, die sie kannte, stampfte mit den Füßen im Rhythmus der Trommeln, wagte auch gelegentlich ein paar Tanzschritte. Aber es war nicht Kwa Mashu.

Mit einem Krachen flog plötzlich die Tür zu dem Saal auf, und ein paar junge Männer in Lederjacken mit blanken Nieten, hohen Schnürstiefeln und kahl rasierten Schädeln stapften breitbeinig herein, einer wirbelte eine Fahrradkette herum. Ein einsames Haarschwänzchen wippte auf seinem geschorenen Kopf.

»Oho«, sagte Ian halblaut, »hier kommt Ärger. Wie gut bist du im Nahkampf, Lukas?«

Lukas grinste unangenehm. »Richtig gut, ich hab alle schmutzigen Tricks drauf, und meine Freunde hier ebenfalls!« Er rief ein paar Worte in Zulu, und zwei der Sänger lösten sich aus der Gruppe. Sie krempelten die Ärmel ihrer weiten afrikanischen Hemden hoch und entblößten beeindruckend muskulöse Arme. Der einzige weiße Sänger, ein massiger, hünenhafter Mann, zog sein Hemd aus und rieb sich in offensichtlicher Vorfreude die Hände.

Ian warf Henrietta sein Jackett zu. »Mädels, verzieht euch ein bisschen! – Lukas, auf in den Kampf, einer für alle, alle für einen!«

Isabella löste das Tuch, das Themba auf ihrem Rücken hielt, und drückte ihn Henrietta in den Arm. »Das sind doch kleine Jungs, an denen könnt ihr euch nicht vergreifen, lasst mich mal«, protestierte sie und schob ihren überraschten Mann und Ian zur Seite, bahnte

sich mit ein paar Schritten den Weg durch die unruhig murmelnde Menge und ging auf die Eindringlinge zu. Die jungen Männer in den Nietenlederjacken glotzten sie an, die Fahrradkette wirbelte.
Dicht vor ihnen blieb sie stehen. »Wollt ihr damit etwa tanzen?«, fragte sie mit strenger Stimme, zeigte auf die schweren Springerstiefel. »Wir lassen hier nicht jeden rein, nur wer mitmacht, ist willkommen. Du da«, sie packte einen der Skinheads am Arm und zog ihn auf eine freie Fläche, rief der Band etwas in Zulu zu.
»Oh, yebo!«, antwortete einer der Trommler mit breitem Lachen und begann einen harten Takt zu schlagen. Ein Zucken lief durch die Sänger, sie duckten sich, unter dumpfem, rhythmischem Gesang sprangen sie ein paar Schritte in einem kraftvollen Scheinangriff vorwärts, die Skinheads wichen unwillkürlich zurück, murrten. Isabella hielt ihren Tänzer fest. Wie eine Woge bewegten sich die Sänger vor und zurück, die Trommeln wurden lauter, die Frauen trillerten schriller, die afrikanischen Zuschauer klatschten den Rhythmus, sangen mit, einige tanzten auf der Stelle.
»Runter!«, schrie Isabella und zwang dem völlig überrumpelt wirkenden jungen Mann ihre Bewegungen auf. »Vor und zurück, vor und zurück – ja, so ist es richtig!« Er gehorchte. Sein Haarschwänzchen flatterte. Sie winkte den anderen. »He, kommt her, alle in einer Linie aufstellen –!« Sie tanzte ihnen ein paar Schritte vor, ihre Haarkrone schimmerte, Augen und Zähne blitzten. »So… und so… seht ihr?« Sie drehte sich, ihr Gewand entfaltete sich wie eine Blume.
Der Rhythmus war bezwingend, die Afrikaner gerieten in Bewegung, auch die jungen Unruhestifter konnten sich ihm offensichtlich nicht entziehen. Die Fahrradkette verschwand in einer Hosentasche, Füße scharrten unentschlossen, das Murren verstummte. Zögerlich stampften sie ein paar Takte, ungelenk ahmten sie Isabellas Schritte nach, und ein paar Minuten später dröhnten die Springerstiefel im Takt der Trommeln. Nach und nach gesellten sich auch die restlichen Zuschauer dazu, die weißen. So wurde es doch noch ein richtig afrikanischer Abend.
Wie in Kwa Mashu.

Henrietta sah, dass der Kameramann des lokalen Fernsehens, der gelangweilt in einer Ecke an seiner Coca genuckelt hatte, plötzlich aufwachte. Wie elektrisiert filmte er, und Isabella machte am nächsten Tag Schlagzeilen. Als die weiße Zulu wurde sie zum Liebling der Talkshows.
Lukas flog allein nach Stockholm, und Isabella sammelte Verehrer, Angebote für Interviews und eine erkleckliche Summe für ein Schulprojekt in Natal.
Wo immer sie hinging, wurde sie von einer Gruppe junger Männer in nietenbesetzten Lederjacken und Springerstiefeln begleitet. Sie trugen Themba, wenn sie beschäftigt war, erledigten Einkäufe und Botengänge, wachten über sie und den Kleinen. Als Isabella und ihre Familie nach Südafrika zurückkehrten, standen sie hilflos mit geröteten Augen am Flughafenschalter und wussten ganz offensichtlich nicht, wie sie ausdrücken sollten, was sie bewegte.
Isabella fand dann die Worte. »Jungs«, sagte sie, denn so nannte sie sie immer, »Jungs, ihr geht jetzt Geld verdienen, und sowie ihr genug für einen Flug zusammen habt, kommt ihr zu uns. Ihr könnt bleiben, solange ihr wollt.«
Die Jungs grinsten, umarmten Isabella, küssten Themba und reichten Lukas die Hand. »Bis bald, Mann«, sagte der Älteste unter ihnen, ein vierschrötiger junger Mann mit roten Haarstoppeln und blonden Wimpern, »und pass auf sie auf, hörst du, nicht dass uns Klagen kommen.«
Der mit dem Haarschwänzchen schnäuzte sich umständlich aber vernehmlich.
Ian stellte drei von ihnen als Aushilfe in seinem Betrieb ein und sorgte dafür, dass die anderen bei befreundeten Betrieben unterkamen. »Keine Randale«, warnte er, »ich würde es sofort Ilanga sagen!«
Ilanga war der Name, den Lukas' Familie Isabella gegeben hatte. Sonne. Die Lebensspenderin.
Weniger als vier Monate später hatten die Jungs genug Geld zusammen und flogen nach Südafrika. Vorher hatte ein Fernsehsender eine

Spendenaktion veranstaltet, und ein Filmteam begleitete die jungen Männer, im Gepäck einen ansehnlichen Scheck für Isabellas Schulprojekt. Neil, dem Henrietta von dieser Sache geschrieben hatte, wartete mit seinem Fotografen am Flughafen.
Die jungen Deutschen wurden begeistert empfangen. Bereitwillig gaben sie Auskunft zu allen Themen, zu denen sie befragt wurden, und ihre Ansichten waren herzerfrischend ehrlich. Alle Menschen, die mit ihnen zu tun hatten, fühlten sich ein wenig besser, ahnten, dass es das Paradies doch geben könnte, und Ilanga, die Sonne, breitete ihr goldenes Licht über das kleine Wunder hier am Rande der Weltgeschichte.

Der Winter wurde lang und dunkel, die Tage kurz und sehr kalt. Henrietta engagierte sich für Isabellas Schulprojekt und übernahm die Patenschaft für ein Zulu-Geschwisterpaar, das auf dem Land irgendwo im Westen Natals lebte. Sie konnte den Ort auf keiner Landkarte finden. Von Isabella angehalten, berichtete ihr das Mädchen jeden Monat in gestochen klarer Schrift von ihrem Leben.
Henrietta las von der Dürre der letzten Jahre und der Hitze, schmeckte den Staub des kargen Landes, las, wie es sich mit acht Menschen in einem zweiräumigen Haus lebte, das unter dem Blechdach im Sommer zum Backofen wurde und nachts im Winter bis auf den Gefrierpunkt abkühlte. Lieber hätte sie von den saftigen, grünen Hügeln von Zululand, von dem Leben in einem Umuzi gehört, aber ganz tief drinnen ahnte sie, dass es besser so war. Es schmerzte nicht so sehr und half ihr doch, bis die Tage heller wurden und die milchige Sonne einen goldenen Rand bekam.
Wie das Leben so geht, geht es auch uns gut, schrieb das Mädchen in dem umständlichen Englisch der schwarzen Südafrikaner, *hier in Südafrika ist es Winter, aber nicht zu kalt in diesem Jahr. Gott hat unsere Mutter gesegnet und ihr Zwillinge geschenkt, wir sind jetzt sechs, und unsere Eltern werden im Alter gut leben können. Wir möchten mit einer Flugmaschine über unser Land fliegen und weiter, und eines Tages wird*

die Flugmaschine uns in Deutschland absetzen, damit wir dort arbeiten können, denn Arbeit gibt es hier nicht.
Henrietta antwortete ihr in einem langen Brief, dass es nicht nur reiche Leute in Deutschland gab, sondern viele, die keine Arbeit hatten und kein Auto. Sie schrieb ihr auch, dass sie hier sicher krank werden würde vor Einsamkeit und Kälte.

Frühjahr 1994 – Hamburg

An vier Tagen, vom 26. April 1994 an, fand in Südafrika ein seltsames Spektakel statt. Millionen von schwarzen Menschen wanden sich als schier endlose, disziplinierte Schlange um Häuserblocks, über die schlaglochübersäten Straßen der Townships an Wellblechhütten und Prachtvillen vorbei, über die Felder und Hügel des weiten Landes. Junge, Alte, Gesunde, Kranke auf Krücken oder in Rollstühlen, in sengender Sonne und in strömendem Regen, die Nacht hindurch warteten sie geduldig auf den Moment, für den sie mehr als vierzig Jahre gekämpft hatten. Das Recht, in ihrem eigenen Land zu wählen. Die Weißen in dieser Schlange gingen fast unter in der schwarzen Flut.

Es war ein wunderschöner Morgen, schrieb Sarah ihr ein paar Tage später, *ich bin mit der Sonne aufgestanden, denn mein Weg war weit. Ich habe mir mein Sonntagskleid angezogen, das ich immer zur Kirche trage, und den roten Sonnenhut, den Du mir geschenkt hast. Vilikazi zog seinen neuen Anzug an und seinen guten, weißen Hut. Auch unsere Nachbarn waren in ihre besten Sonntagssachen gekleidet, und wir machten uns gemeinsam auf den langen Weg durch den Busch und über die Sandstraßen zu unserem Wahllokal, um unsere Stimme abzugeben. Mit uns kamen viele hundert Menschen.*

Eine weiße Lady, die hinter uns in der Schlange wartete, genau wie wir in der heißen Sonne stand, half mir, als ich nicht mehr stehen konnte. Ich wollte mich auf die Erde setzen, was auch nicht mehr so leicht ist für mich, udadewethu, denn meine Knie wollen nicht mehr so, wie ich will, und sie, die weiße Lady in einem feinen geblümten Kleid und weißen Schuhen, bot mir den kleinen Stuhl an, den sie für sich selbst mitgebracht hatte. Sie machte mir die Ehre, ein wenig von meinem uPhutu, meinem Maisbrei, zu kosten,

den ich in einem kleinen Topf vorsichtshalber mitgenommen habe, denn ich weiß, was es heißt, zu warten und hungrig zu sein. Ich habe viel in meinem Leben hinter den Weißen stehen und warten müssen.
Erst als die Sonne sich schon hinter den Hügeln versteckte, waren wir an der Reihe. Ich machte mein Kreuz – wo, kann ich Dir nicht sagen, denn die Wahl war geheim. Noch ist Mandela nicht Präsident, obwohl es sicher ist, dass er es wird, aber hast Du schon einmal gehört, dass ein Leopard plötzlich Streifen trägt und seine Zähne stumpf werden? Der Leopard verliert nie seine Flecken, und seine Zähne bleiben messerscharf, auch wenn er versucht, in Verkleidung aufzutreten. So kann man nie wissen, und deswegen, weiße Schwester, sag ich Dir nicht, wen ich gewählt habe, um unser Land in den Frieden und die Freiheit zu führen. Unser Land, udadewethu, unser Land!
Henrietta brühte sich eine Tasse Kaffee auf und setzte sich ans Fenster. Der Apriltag wurde seinem Namen gerecht. Es regnete und schneite, und ein trübes Licht lag über Hamburg. Sarah hatte nichts von ihrem praktischen Menschenverstand verloren, ihrem gesunden Misstrauen allen gegenüber, die heute so und morgen anders reden. Sie glättete den Brief und las weiter.
Ich steckte den Umschlag in die Urne, fuhr Sarah fort, *es war ein großer Moment für mich. Ich habe meine Würde wiedergewonnen. Ich bin nicht mehr Sarah, das Girl, ich bin Mrs. Duma, Frau von Mr. Duma. Es ist ein sehr gutes Gefühl, eins, das mich stolz macht.*

Sie lächelte versonnen. Sarah verstand sich darauf, sich einer Gelegenheit gemäß anzuziehen und ihr eine besondere Würde zu verleihen. Als im Oktober 1976 die Transkei unter Häuptling Kaiser Mantanzima als Premierminister als unabhängiges Homeland ausgerufen wurde, sollte das Fernsehen dieses Ereignis übertragen. Sarah nahm sich den betreffenden Tag frei und bat, sich die Zeremonie bei Henrietta im Fernsehen ansehen zu dürfen. Babykino, nannte sie es. Fernsehen gab es erst seit kurzer Zeit in Südafrika, und selbst Sarah, die Zusammenhänge meist schnell erkannte, untersuchte in einem Moment, in dem sie sich unbeobachtet glaubte, diesen schwarzen

Kasten von hinten, ob da nicht doch ein kleiner Mann drinsäße, wie Ian ihr mit ernstem Gesicht erklärt hatte. Sie hatte nur kurze Zeit gebraucht, um zu begreifen, dass zwischen dem Schalter an der Wand und der Lampe an der Decke eine Leitung lief, die dann im Sicherungskasten an der Hauswand draußen endete, wo sie von dem dicken Kabel gespeist wurde, das die Männer von der Elektrizitätsgesellschaft dorthin gelegt hatten.
Henrietta überhörte, wie sie einer ihrer Freundinnen dieses Phänomen erklärte. »Elektrizität«, erläuterte sie mit überlegener Miene, »ist etwas, was man nicht sieht, es läuft wie ein schnelles Feuer die Leitungen entlang, und dann brennt es in der Lampe.« Demonstrativ schaltete sie das Licht ein. »Sieh, ich hab Recht, es brennt!«, rief sie triumphierend.
Aber das Fernsehen war zu viel für ihre Vorstellungskraft. Henrietta, die selbst Mühe hatte, wirklich zu verstehen, wie die laufenden Bilder auf die Mattscheibe gelangten, stotterte eine komplizierte, gewundene Erklärung. Sarah hörte sich diese aufmerksam an, zuckte dann mit den Schultern, hob die Augen himmelwärts. »Zauber des weißen Mannes also«, befand sie knapp, und somit war es erklärt.
An dem Sonntag im Oktober erschien sie dann ein wenig vor der festgesetzten Zeit, um ein paar Höflichkeiten mit ihren Gastgebern auszutauschen. Sie kam allein, denn Vilikazi konnte es sich nicht leisten, gesehen zu werden. »BOSS würde sich gern mit mir unterhalten«, meinte er grimmig zu Ian, als er sich einmal wieder nach Einbruch der Dunkelheit zu ihnen geschlichen hatte, »ich bin aber noch nicht bereit. Ein wenig muss noch getan werden.«
Ian und Henrietta vermieden sorgfältig nachzufragen, was noch getan werden musste. Es war gesünder, das nicht zu wissen.
Sarah erschien in einem neuen Kleid, weiß mit schwarzen Punkten, und in weißen Schuhen mit durchbrochenem Muster. Dazu trug sie eine schicke, selbst gehäkelte Mütze, auch in Weiß, die sie verwegen ins Gesicht gezogen hatte, und eine weiße Handtasche. Sie setzte sich nach Henriettas Aufforderung aber nur auf die Kante des Sessels – ihre Füße nebeneinander –, die Handtasche vor sich auf die

Knie gestellt. Henrietta, die über ihre Shorts nur ein lockeres Hemd geworfen hatte, ließ sie kurz allein und erschien dann in einem schilffarbenen Hemdblusenkleid und Schuhen mit hohen Hacken. Sie hatte Tee und Kuchen vorbereitet.

Sarah kommentierte die Zeremonie unentwegt, argumentierte laut mit Mantanzima, als er seine Rede hielt, und nippte dabei, die Untertasse in der einen, die Tasse elegant in der anderen Hand haltend, ihren Tee. Als alles vorüber war, stand sie auf, bedankte sich förmlich bei ihr und ging, aufrecht, ihre Tasche und Schuhe übereinander gelegt auf dem Kopf tragend, barfuß über den roten Sand des Feldweges durch das Zuckerrohr zur Bushaltestelle.

Henrietta nahm den Brief wieder in die Hand.

Vilikazi und ich warteten, bis unsere Nachbarn auch gewählt hatten, und dann machten wir uns gemeinsam auf den Weg nach Hause. Gestern haben wir gefeiert, denn da haben wir erfahren, wer gewonnen hat. Wir haben ein Feuer angezündet und alle Nachbarn kamen zusammen. Ich hatte eine große Menge Bier frisch gebraut, und Vilikazi hat eine Ziege geschlachtet. Danach haben wir getanzt und gesungen. Es war ein sehr schönes Fest, würdig für unser Land und unsere Familie, denn es kommt ein großes Ereignis auf uns zu, udadewethu, eins, das uns mit größtem Stolz erfüllt. Imbali, unsere Tochter, wird in der neuen Regierung einen Posten übernehmen, im Erziehungsministerium. Am 10. Mai wird nicht nur unser neuer Präsident in sein Amt eingeführt, sondern es wird der stolze Tag, an dem wir, unsere Familie, direkt daran teilhaben werden. Wir werden dorthin reisen, Vilikazi und ich, und Du wirst bei uns sein, denn Du hast Imbali als Baby das Leben gerettet. Ohne Dich könnte sie heute nicht sein, wo sie jetzt ist. Schalte Deinen Fernseher ein, ich werde hinten stehen und winken. Vielleicht können wir uns sehen!

Henrietta starrte einen Moment in den Regen. Die Sonne war herausgekommen und malte einen Regenbogen über die Bäume. Sie faltete den Brief und legte ihn zu den anderen, die sie von ihrer schwarzen Schwester erhalten hatte. O Sarah, Sarah, dachte sie, aber dann schnitt sie ihre Gedanken ab und ging in den Garten und rückte dem Unkraut zu Leibe.

Sie hackte und grub, verfolgte das Dreiblatt erbarmungslos. Auf ihren Fersen sitzend, riss sie die langen Rhizome aus der Erde, stundenlang. Als sie Hunger verspürte, drückte sie sich aus der Hocke hoch. Ein Schmerz schoss ihr ins Knie, so durchdringend, dass sie sofort wusste, dass hier etwas ernsthaft nicht in Ordnung war. Sie wollte ins Haus gehen, aber kaum tat sie ein paar Schritte, explodierte etwas wie eine Splitterbombe in ihrem Knie, so dass sie sich keinen Zentimeter mehr rühren konnte. Sie stand in Schrittposition auf der Terrasse, und es ging weder vor noch zurück. Nach ein paar qualvollen Minuten gelang es ihr, durch Rufen Frau Brunckmöller, ihre Nachbarin, auf sich aufmerksam zu machen, die seit dem Golfkrieg wieder mit ihr redete. Glücklicherweise war diese praktisch veranlagt. Sie nötigte Henrietta, sich in die Schubkarre zu setzen, und karrte sie so ins Wohnzimmer zum Telefon.

Ian kam sofort nach Hause und fuhr sie zu ihrem Orthopäden. »Lassen Sie sich eine Überweisung ins Krankenhaus geben«, wies dieser sie nach einer kurzen Untersuchung an. »Was Sie hatten, war eine Gelenksperre, das sieht nach einer Gelenkmaus und einem bösen Knorpelschaden aus.«

»Das sollte dir eigentlich etwas sagen«, knurrte Ian liebevoll, als sie aus der Narkose aufwachte, das Knie hochgelegt, der Tropf noch in ihrer Armbeuge, »du musst Südafrika endlich aus deinem System kriegen, so geht das nicht weiter.«

In den langen Wochen, in denen sie sich nur auf Krücken bewegen konnte, dachte sie viele Stunden darüber nach. Er hatte Recht, so ging es wirklich nicht weiter.

»Erinnerst du dich an Luises Geschichten?«, fragte sie ihn, als sie an einem der seltenen warmen Sommerabende auf der Terrasse lag, die Krücken standen an ihren Liegestuhl gelehnt. »Sie erzählten von einem Afrika, das es nie so gegeben haben kann, und ich hatte angefangen, von dem Afrika, wie ich es kenne, zu schreiben. – Wusstest du das?«

Er hatte die Zeitung sinken lassen, sagte jedoch nichts, sondern sah sie nur unverwandt an mit seinen tiefblauen, behexenden Augen.
»Es hat mir damals das Herz zerrissen, es war zu kurz nach dieser Reise Weihnachten 1989, als sie uns bei der Einreise …« Sie stoppte, schluckte den Rest, war still für einen Moment, ehe sie fortfuhr. »Ich konnte einfach nicht weiterschreiben. Ich hab Luises Hefte und meine Geschichten verbrannt. Heute wünschte ich, ich hätte es nicht getan. Zumindest für die Kinder hätte ich sie behalten sollen.«
Ian lachte sein leises Lachen, tief in seiner Kehle, bei dem sie noch immer ein Schauer überlief, und stand auf. »Ich komme gleich wieder«, sagte er und verschwand im Haus. Als er zurückkam, hatte er einen dicken Umschlag in der Hand. Er legte ihn auf ihren Schoß. »Als ich merkte, dass du immer unglücklicher wurdest, habe ich geahnt, was du machen würdest, ich kenne dich und deine radikalen Befreiungsschläge gut genug. Ich habe die Geschichten heimlich fotokopiert. Hier sind sie, vollständig.«
Sie hatte mit Tränen in den Augen ihre Notizen fast durchgelesen, als spätabends das Telefon klingelte und Julia aus Südafrika anrief.
»Wir kriegen unser Zweites!«, rief sie, und Henrietta hörte deutlich, dass sie mit den Tränen kämpfte, denn sie hatte fast die Hoffnung auf ein zweites Baby aufgegeben. »Wenn es drei Monate alt ist, werden wir euch besuchen«, versprach sie, »drückt uns die Daumen, dass es ein Junge wird.«
Sie saßen noch lange auf der Terrasse und riefen sich gerührt die Kindheit ihrer Zwillinge in Erinnerung, wie Eltern das tun, wenn sie Großeltern werden.
Keiner von beiden gestand dem anderen ein, wie sehr es schmerzte, in dieser Zeit nicht bei ihrem Kind sein zu können.

❖

Ganz vorsichtig näherte Henrietta sich ihren Geschichten, zuckte manches Mal vor Erinnerungen zurück, verlor sich an anderen Tagen völlig in diesem anderen Leben. Außer Ian wusste niemand, dass sie

schrieb. Fragen, warum sie sich so wenig blicken ließ, wehrte sie mit der Erklärung ab, dass sie Ian Büroarbeit abnehmen würde.
Nach hundertfünfzig Seiten stellte sie fest, dass es der falsche Weg war, Südafrika aus ihrem System zu entfernen. Ganz im Gegenteil. Es machte ihr Heimweh nur noch schlimmer. Gerade wollte sie ihre Schreibmaschine wieder wegstellen, Ian eröffnen, dass sie es doch noch nicht ertragen könne, dass es immer noch zu früh war, da erreichte sie Ende November ein Telefonanruf von Julia, die ihr heulend erzählte, dass sie gestürzt war und sich ein Bein gebrochen hatte, vier Wochen vor der Entbindung.
»Karsten muss für zwei Wochen nach Kapstadt, er kann seine Zusage nicht rückgängig machen, es hängt zu viel davon ab. Ich wünschte, ihr wärt hier, ich bin ganz allein!«, rief sie in tragischem Ton.
»Wir kommen«, sagte Ian, und Henrietta setzte das Herz aus.
Postwendend schrieb er an die neue Regierung. Er schrieb, wer er war, berichtete ihnen von dem Unfall ihrer Tochter und bat um Erklärung, was gegen sie vorlag, warum ihnen die Einreise nach Südafrika verwehrt wurde.
Die Antwort kam ein paar Wochen später. Henrietta konnte den Brief, als sie den Absender las, nicht öffnen. Zu groß war ihre Angst, etwas lesen zu müssen, was mehr wäre, als sie verkraften könnte. Sie wartete, bis Ian nach Hause kam. Der Brief lehnte am Spiegel und schien von einer magischen Anziehungskraft zu sein. Es war ihr unmöglich, daran vorbeizugehen, ohne ihn anzusehen, und mehr als einmal streckte sie die Hand aus, um ihn an sich zu nehmen und aufzureißen. Aber sie tat es nicht. Sie wartete.
Er stand in der Diele, geschäftsmäßig in seinem dunkelgrauen Anzug und der rot gepunkteten Fliege, und drehte den Brief in den Händen. Seine Haare waren mittlerweile vollständig weiß, das reine Weiß der Schwarzhaarigen, nicht das gelbliche der Blonden, und feine Linien machten sein Gesicht noch markanter.
Sie fühlte eine so überwältigende Liebe in diesem Moment, wusste, dass sie sehr stark sein musste, um ihn zu schützen, falls der Brief et-

was enthielt, was ihm eine unheilbare Wunde zufügen konnte. Welche Anschuldigung war es gewesen, die sie 1989 fast ihre Freiheit gekostet hätte? Hatten sie – BOSS – kurzerhand etwas Kriminelles daraus gemacht, stand in irgendwelchen Akten die Lüge, dass er ein Landesverräter war oder ein Betrüger oder Schlimmeres, wie bei so vielen anderen, denen sie damit nicht nur die Freiheit, sondern auch noch die Ehre nahmen?

Er holte seine Lesebrille hervor und schlitzte den Brief auf. Das Geräusch schien ihr schier das Trommelfell zu zerreißen. Das Schreiben war offensichtlich kurz. Ian überflog es, schloss sekundenlang seine Augen und reichte es dann an sie weiter. Bestürzt entdeckte sie eine Träne an seinen Wimpern. Aber sie fasste all ihren Mut zusammen und las den Brief.

Er war tatsächlich kurz, nur einen Satz lang.

Es freut uns, Ihnen mitteilen zu können, dass alle gegen Sie verhängten Beschränkungen aufgehoben wurden und dass Sie und Ihre Frau uns willkommen sind.

Das war alles, aber es erschütterte sie mehr, als ein Erdbeben es gekonnt hätte. »Heißt das …«, sie stotterte, »ich meine, heißt das wirklich …?«

Er nickte nur. Mit einem Jubelschrei flog sie ihm um den Hals. Seine Freude war stiller, sie teilte sich ihr fast ausschließlich durch seine Hände mit. Sie streichelten sie, berührten ihre Lippen, ihre Haare, drückten sie, schließlich legte er sie an ihre Wangen, hob ihr Gesicht und küsste sie, langsam und zärtlich. Sein Kuss gab ihr einen Frieden, wie sie ihn seit Jahren nicht gekannt hatte.

Dass sie noch immer nicht erfahren hatten, warum sie so verfolgt worden waren, ging in ihrer Freude restlos unter.

Jan war entsetzt, ja, er reagierte wütend. »Warum tut ihr euch das an, ich versteh euch nicht! Manchmal denke ich, ihr habt einen geistigen Defekt, so etwas wie einen Todestrieb, wie die Lemminge! Wartet doch wenigstens ein paar Jahre, bis die sich da aussortiert haben!«

Er war direkt aus der Kanzlei zu ihnen gefahren und lümmelte sich ihr gegenüber in einem Sessel – Krawatte gelockert, blaues Hemd, oberster Hemdknopf offen – und stocherte in dem Kuchen, den ihm Henrietta hingestellt hatte. Der Brief lag vor ihm auf dem Tisch.

»Diese Kerle, die das Land bisher regiert und diese Scheußlichkeiten begangen haben, die jetzt durch die Presse gehen – die sind doch nicht einfach verschwunden!«

»Julia braucht uns, abgesehen davon, will ich nicht immer nur warten, ich will nicht mit siebzig aufwachen und erkennen, dass ich mein Leben vergeudet hab«, antwortete seine Mutter, »dass ich versäumt habe, etwas zu tun, wofür es dann zu spät ist. Du musst einfach verstehen, dass wir nicht anders können!«

»Julia kann sich auch eine Hilfe holen, Tita würde ihr sofort helfen, das wisst ihr!« Er musterte seine Eltern und seufzte. »Ich seh schon, das wird nichts!« Er biss vom Kuchen ab. »Das Original bleibt hier im Safe, ihr lasst eine notariell beglaubigte Abschrift machen und ein paar Fotokopien. Die Abschrift nehmt ihr mit, ein paar der Fotokopien auch. Seht zu, dass jeder von euch mindestens eine hat, eine nehme ich mit in die Kanzlei – und«, er schlug die Kuchengabel im Takt seiner Worte auf den Tisch, »ruft mich sofort an, wenn ihr da seid!«

Sie war gerührt. Je rüder Jan wurde, desto besorgter war er in Wirklichkeit. So war das schon immer gewesen. Sie nahm ihren sich sträubenden Sohn, dem es nicht lag, große Gefühle zu zeigen, in den Arm. »Mach dir keine Sorgen, Liebling, die Abschrift ist schon beantragt, die Fotokopien liegen bei unseren Tickets. Wie du siehst, sind deine Eltern ziemlich lebenstüchtig.«

Brummig sah er sie an. »Muss es sein?«, fragte er dann. Als sie nickte, drückte er sie einmal kurz. Eine seltene Demonstration seiner Liebe.

Das letzte Kapitel

Es gibt Momente im Leben, da fragt man sich, wie um alles in der Welt man in die gegenwärtige Situation geraten ist, welcher innere Dämon einen bis dorthin getrieben hat. Es ist der Moment, wo die Gedanken wie gefangene Vögel im Kopf herumflattern, unfähig, einen Ausweg zu finden, wo die Beine aus Blei sind und das Herz verzagt.
Dieses war so ein Moment. Nach dem langen Flug mit der überfüllten Lufthansamaschine aus Frankfurt stand Henrietta in der Menschenschlange vor der Passkontrolle im Jan-Smuts-Flughafen in Johannesburg. Sie stand dicht an Ian gepresst, eingekeilt zwischen Menschen, die, müde von dem langen Nachtflug, gereizt ihr schweres Bordgepäck mit den Füßen vor sich her stießen, und fragte sich, wie es dazu gekommen war, dass sie jetzt hier stand und den Einwanderungsbeamten beobachtete, der in seiner Glaskabine eingehend den Pass eines ihrer Mitreisenden studierte. Es hatte ihr einen kleinen Schock versetzt, zu sehen, dass er schwarz war, wie auch die meisten seiner Kollegen. Sie konnte es kaum glauben. Auch die Sicherheitsoffiziere, die sie sehen konnte, waren schwarz. Schwarze Beamte in Südafrika. Deutlicher konnte der Wandel nicht illustriert werden.
In der Nebenschlange wartete der vierschrötige Mann, der sich im Flugzeug mit seinen Sitznachbarn so lautstark über das neue Südafrika unterhalten hatte, dass Henrietta und Ian, die zwei Reihen hinter ihm saßen, jedes Wort verstanden. Er sprach von Kaffern, schwarzen Bastarden und de Klerk, dem Landesverräter, während er ständig nach den Flugbegleitern klingelte, sein leeres Brandyglas zum Nachschenken hinhielt und sich zwischen den Drinks mit Erd-

nüssen voll stopfte. Seine Worte waren wie Splitter aus Eis in ihrem heißen Herzen.
Auch jetzt, neben ihr in der Schlange, ließ sie seine grobe, alkoholschwere Stimme nicht los.
»Inkompetent, dumm sind die«, höhnte er, »tun so, als ob sie lesen und schreiben können – wussten Sie«, fragte er in die Richtung von Henrietta, »dass die 'ne Gehirnschale haben, die viel dicker ist als unsere, und dass ihr Hirn dadurch viel kleiner ist?« Er lachte dröhnend. »Wenn die 'ne Fliege verschlucken, sind sie viel schlauer als vorher!« Er wippte fröhlich auf den Fußspitzen, schaute sich Beifall heischend um. Er hatte dicke Hängebacken und ein rotes Spitzmündchen, das nicht so recht zu dem Eindruck vom harten Mann passte, den der Safarihut mit dem Leopardenfellband und seine Jacke mit den militärischen Achselklappen erwecken sollten.
»Dann würde ich an ihrer Stelle schleunigst nach der nächsten Fliege Ausschau halten und sie frühstücken! Vielleicht hilft's auch Ihnen.«
Ians Stimme war sanft und nicht sehr laut, aber die Umstehenden hatten ihn verstanden.
Unterdrücktes Gelächter begleitete seine Worte. Der Mann hörte auf zu wippen, schnaubend beäugte er Ian, und Henrietta wurde an ein bösartiges Rhinozeros erinnert. Ian begegnete seiner Wut amüsiert lächelnd.
Vor ihnen stand ein schwarzer Geschäftsmann, sehr konservativ im dunkelblauen Nadelstreifenanzug und schneeweißen Hemd. Er gluckste und lachte in sich hinein, wiederholte leise Ians Worte, lachte wieder, sein ganzer Körper vibrierte vor Lachen.
»Willst du Ärger, Mann?«, knurrte der Vierschrötige, machte einen Schritt auf Ian zu, »komm her, und ich hau dich platt!«
In die nach dieser Aufforderung entstandene Stille fiel ein Klatschen. Henrietta drehte sich um. Ein paar der Sicherheitsoffiziere näherten sich. Den Mann mit dem Safarihut im Visier ihrer kühlen Blicke, schlugen sie im Gleichtakt ihre Schlagstöcke in die Handflächen.
Dieser senkte seinen bulligen Kopf. »Bleibt mir vom Leib, ihr …

ihr …« Das Klatschen wurde lauter, und er verschluckte das Wort, das ihm auf der Zunge zu liegen schien. Henrietta sah einen weißen Polizisten, einen Riesenkerl mit militärisch kurzen Haaren und einem schwarzen Oberlippenbärtchen heranschlendern. Der Mann mit dem Safarihut schien ihn auch entdeckt zu haben. »Officer!«, brüllte er triumphierend. »Scheuch diese Buschbabys hier wieder in den Busch, Mann! – Und der hier«, ein fleischiger Finger zeigte auf Ian, »der hier hat mich beleidigt.«

Der Polizist zog einen Notizblock hervor. »Name?«, bellte er.

Hämisch grinsend wartete der Mann.

»Name!« Der Polizist hatte sich vor ihm aufgebaut.

Das Grinsen auf dem hamsterbäckigen Gesicht war wie weggewischt. »Meiner? Wozu denn das?«

»Name!« Der Polizist beherrschte die Modulation seiner Stimme perfekt. Diesmal kam das Wort leise, wie ein Zischen.

Es wirkte. »Pieterse«, presste der Mann hervor. Sein Hals färbte sich langsam hummerrot. Die schwarzen Polizisten steckten ihre Schlagstöcke weg und zogen sich zurück. Der ganze Vorfall hatte nur ein paar Minuten gedauert.

Der Einwanderungsbeamte hatte inzwischen einen der Ankommenden abgefertigt und wartete auf das Ergebnis der Computerabfrage für den nächsten. Er ließ seinen Blick über die Passagiere schweifen, ohne jemanden zu fixieren, doch Henrietta, die ihn beobachtete, war sich sicher, dass ihm nichts entging. Sie erkannte diesen Blick, musste ein Erschauern unterdrücken. Betont gelangweilt sah sie sich um. Das Neonlicht bleichte alle Farbe aus den Gesichtern, Ians erschien bläulich weiß. Oder war es Angst? Sie prüfte zum hundertsten Mal, ob die Kopie des Briefes in der oberen Tasche ihres Leinenblazers steckte. Er knisterte Vertrauen erweckend.

Die Reisenden mussten einzeln vortreten und ihre Pässe vorlegen, die Nachfolgenden wurden von einer schwarzen Beamtin angehalten, hinter einer Linie zu warten. Ehepaare durften jedoch gemeinsam gehen. Sie dachte zurück an die anderen Male, die sie in einer solchen Schlange auf diesem Flughafen gewartet hatte, und ihre Gefühle von damals schlugen als heiße Welle über ihr zusammen. La Paloma, Papas Lied, schwirrte durch ihren Kopf. Unbewusst summte sie mit. Irgendwie hatte sie jemand vorgeschoben, irgendwie hatte sie diese weiße Linie überschritten, und jetzt stand sie vor der Glaskabine, und eine schwarze Hand wartete darauf, dass sie ihren Pass hineinlegte. Als sie nicht reagierte, nahm Ian ihr ihren Pass aus der Hand und legte ihn zusammen mit seinem auf den Tresen, und die Welt hörte auf sich zu drehen.

Die wenigen Sekunden, die es dauerte, bis ihre Pässe eingelesen worden waren, währten länger als die letzten sechzehn Jahre. Das trockene, harte Geräusch, mit dem der Mann ihre Dokumente stempelte und zuklappte, schien wie das Zuschlagen einer Tür. Ihr Puls jagte hoch. Würde der Weg durch die Passagierschleuse hier ein Weg in die Hölle oder das Paradies werden? Jetzt!

»Genießen Sie Ihre Ferien in unserem Land«, lächelte der Mann mit fröhlichen braunen Augen.

Ganze zehn Schritte lang hatte sie ihre Gefühle unter Kontrolle, dann stieß sie eine geballte Faust in das trübe Neonlicht. »Ja!«, schrie sie, »ja!« So laut, dass sich mehrere der anderen Passagiere befremdet umdrehten.

»Oh, Mann«, war alles, was Ian sagte.

In einem Pulk von ungefähr zwanzig Reisenden gingen sie den breiten Gang auf die Sicherheitskontrolle zu. Neben den Durchleuchtungsgeräten standen auch mehrere bewaffnete Sicherheitspolizisten. Schwarze Sicherheitspolizisten. Einer las etwas auf dem Bildschirm eines Computers.

Henrietta und Ian befanden sich inmitten des Passagierschwarms. Sie waren noch gut fünfzehn Meter von der Sicherheitskontrolle entfernt, als sich der Polizist, der den Bildschirm beobachtet hatte, aus der Gruppe löste und ihnen entgegenkam. Eine Gasse teilte sich für ihn, und ohne auch nur einen der anderen Passagiere anzusehen, ging er geradewegs auf Henrietta und Ian zu und blieb vor ihr stehen. Verwirrt sah sie ihn an.

Ein breites Lächeln erhellte sein Gesicht, seine dunkelbraunen Au-

gen sahen tief in ihre. »Willkommen daheim«, sagte er mit dieser wunderbaren rauen afrikanischen Stimme.
Sekundenlang blieb ihr Mund offen stehen, glaubte sie, sich verhört zu haben. Aber er stand noch immer da, lächelte sie an, als wüsste er genau, wie es jetzt in ihr aussah.
»Danke, danke ...«, stammelte sie dann, »oh, danke – wenn Sie nur wüssten, was das für mich heißt!«
Wieder dieses Lächeln. »Ich weiß«, sagte er sanft, »willkommen daheim.«
Sie stand ganz still da, bestand nur aus Sinnesfasern, spürte, dass auch Ian den Atem angehalten hatte.
Willkommen daheim, zitterte der Nachhall seiner Worte in der Luft.
Es kam dann so, wie sie es immer geträumt hatte, und doch wurde sie von der Stärke der Explosion überwältigt, die die Gefängsnismauern wegsprengte, die ihre Seele so lange gefangen gehalten hatten. Sie schluchzte aus vollem Herzen, ein unbeschreiblich lustvolles Gefühl, ihre Nerven sangen, es überlief sie heiß und kalt, und sie wünschte sich Flügel, um in den Himmel aufzusteigen und zu jubilieren.
Ihr Glück verändert die Atmosphäre dieses frühen Morgens. War sie vorher ein müdes Graugrün gewesen oder ein neutrales Braun, schimmerte sie jetzt in einem lichten Goldgelb. Auch der Geräuschpegel hatte sich verändert. Kaum jemand hatte vorher mit seinem Nachbarn geredet, jeder war mit sich beschäftigt, jetzt hatten sich Grüppchen gefunden, man lächelte sich an, vertiefte sich in lebhafte Unterhaltung, während die ersten Gepäckstücke auf das Förderband plumpsten.
Als umgäbe sie eine besondere Aura, riefen sie die erstaunlichsten Reaktionen bei ihren Mitmenschen hervor. Die junge Frau am Ticketschalter, ebenholzfarben und sehr kompetent, schenkte ihnen ein sehnsüchtiges Lächeln, als Ian ihr die Tickets reichte. »Ich gebe Ihnen die zwei Plätze neben dem Notausgang – da sitzen Sie ganz allein ... Sie sind doch frisch verheiratet, nicht wahr? – Sie wirken so glücklich!«
Auch die Verkäuferin am Juicy-Lucy-Stand, eine Grauhaarige mit

Eulenbrille und mütterlicher Figur, sah sie verträumt an, während sie den Guavensaft ins Glas und dann überlaufen ließ. »In den Flitterwochen, was? Werdet glücklich, Kinder!«, seufzte sie. »Mein Gott, so romantisch und noch in eurem Alter.«
Henrietta war völlig durcheinander. Lachend, aber in Tränen aufgelöst, hatte sie sich ihren Weg durch die Sicherheitskontrolle gebahnt, hätte jeden Menschen umarmen und küssen können, trank nun glücklich den Guavensaft, und die Tränen strömten ihr dabei über das Gesicht, sie schluchzte mit strahlenden Augen, während sie im klaren Licht des Hochlandmorgens über Transvaals verbranntes Grasland flogen, das Gelb des verdorrten Grases, den fliederfarbenen Dunst der Ferne, das Rot der Erde Afrikas, durch ihren Tränenschleier verwischt zu sanft schimmernden Farben, und sie weinte hemmungslos, als die ersten saftig grünen Hügel Natals aus dem Licht auftauchten.
Sie fühlte die Wärme seiner Hand auf ihrem Nacken. »Ich beneide dich darum, dass nach allem, was dir dieses Land zugefügt hat, deine Seele intakt geblieben ist«, hörte sie ihn leise sagen, hörte das Erstaunen in seiner Stimme und wusste, dass er sein Schutzschild noch nicht endgültig beiseite gelegt hatte. Noch nicht.
Der Jet landete, rollte aus, und durch die geöffnete Tür strömte das hellste Licht, das sie meinte je gesehen zu haben. Sie nahm Ians Hand und trat hinaus.
Es war eigentlich mehr, als sie jetzt schon ertragen konnte, alles auf einmal. Afrika. Der köstliche Duft von Frangipani und reifen Früchten, nach Teer und feuchtem Holz, das Salz des nahen Ozeans, das sich auf ihre Lippen legte, die Sonne, die ihr Blut zum Singen brachte, die Musik der schwarzen Stimmen, die sanfte Wärme der Luft, weich und zärtlich auf ihrer Haut. Und Ians Hand fest in ihrer.
Nur einmal war ihr Ähnliches widerfahren. Als sie die Nachricht erhielt, dass der Knoten in ihrem Hals gutartig sei, dass das Tor des Lebens wieder weit offen stand. »Wird es jetzt immer so ein?«, fragte sie.
Er atmete tief ein, füllte seine Lungen. Die Mittagssonne flimmerte

und glitzerte, die Linie zwischen Himmel und Erde zerfloss vor ihren Augen in Licht. »Ja«, antwortete er, »ja, denn sieh mal, es gibt keinen Horizont heute. Wir können in die Ewigkeit blicken.«
Sie standen noch immer oben auf der Gangway, ihre Mitreisenden drängten an ihnen vorbei. Endlich ließen auch sie sich mittragen. Kurz darauf, Koffer zu einem Turm gestapelt, schoben sie den Gepäckkarren auf die breite, weit offene Tür der Ankunftshalle zu, deren Ausgänge hinaus auf die Straße ebenfalls offen standen. Sonne flutete herein, machte die Gruppe, die ihnen entgegenkam, zu Scherenschnitten.
Alle waren gekommen. Julia im Rollstuhl, einen Gipsverband bis zum Knie und ein strahlendes Lächeln über einem enormen Bauch, blühend schön in einem sonnengelben Umstandskleid, neben ihr Karsten mit Olivia auf dem Arm. Tita stand da mit Neil, sogar Samantha, mit Nino an der Hand und einem Achtmonatsbauch. Im Hintergrund, etwas abseits, entdeckte sie die massige Gestalt von Vilikazi und daneben Sarah, fremd in einem dunkelblauen Kostüm. Alle winkten und riefen ihre Namen.
Sie blieb stehen. Es war die Szene aus ihrem Traum. »Oh, Liebling!« Sie bekam kein weiteres Wort heraus.
Da strampelte sich Olivia vom Arm ihres Vaters herunter und rannte auf ihre Großmutter zu. »Omami Henri – ich hab einen Hund gekriegt, einen ganz kleinen mit großen Ohren, Mami kriegt dafür ein Baby, damit sie nicht traurig ist!«, schrie sie und sprang Henrietta in die Arme.
Sie war warm und feucht und roch nach Aprikosen, ihre Augen hatten das Türkis ihrer Mutter, und ihr Haar war dicht und fein und hatte die Farbe von flüssigem Honig. Henrietta presste sie an sich und konnte ihr Glück nicht fassen.
»Susi lässt dich umarmen, sie konnte nicht kommen«, berichtete Julia, »ihr erstes Baby kommt in den nächsten Tagen, und Ron hat ihr jede Anstrengung verboten. Du solltest sie sehen! Sie schwebt mit einem glückseligen Lächeln auf dem Gesicht wie ein kleiner Heißluftballon durch die Gegend.«

Ian grinste. »Hier scheint ein äußerst fruchtbares Klima zu herrschen!«
Danach regierte Chaos. Alle redeten auf einmal, jeder küsste jeden, Tita fiel ihrer Freundin weinend um den Hals, Neil drückte sie so fest, dass ihr die Luft wegblieb. »Ist das Leben nicht schön!«, murmelte er an ihrer Wange. Es war eine Feststellung, keine Frage, und sie bedeutete, dass auch für ihn die Zeit der Angst vorbei war.
»Ich habe dich gehört, und ich bin gekommen«, sagte Sarah und beäugte sie kritisch, »du bist weiß wie ein Fischbauch, udadewethu, gibt es keine Sonne bei euch?« Eben war sie eine ältere, würdige schwarze Dame, plötzlich warf sie ihren Kopf zurück. »Aiii!«, trillerte sie, streckte ihren Hintern heraus, stampfte ein paar Tanzschritte und lachte, lachte aus voller Kehle, mit dem ganzen Körper, dieses herrliche afrikanische Lachen, das über alle Unbill des Schicksals siegt. »Willkommen zu Hause«, sang sie, »willkommen in unserem Land.«
Ein erneuter Tränenstrom schwemmte die Reste von Henriettas Make-up weg.
Vilikazi, ein sehr ungewohnter Anblick in grauem Anzug – trotz der Hitze hatte er den Schlips nicht gelockert –, begrüßte Ian mit dem Dreiergriff. Sein breites Lachen sagte, was er mit Worten offenbar nicht ausdrücken konnte. Seine Narbe grinste rechts und links unter dem weißen Hemdkragen hervor, im gleichen Schwung nach oben wie sein Mund. Ian legte ihm die Hand auf die Schulter, drückte sie, fand aber offensichtlich auch keine Worte.
Dann stritten sich Ian und Henrietta fröhlich um Olivia, ein Streit, den Ian gewann. Er trug seine Enkelin triumphierend auf den Schultern nach draußen in die Sonne. Die anderen folgten. Neil war im Geländewagen gekommen, in dem alle Platz nahmen, außer Sarah und Vilikazi, die stolz die Tür zu ihrem eigenen Wagen öffneten. Vilikazi machte eine Handbewegung, die Henrietta entgangen wäre, wären daraufhin nicht zwei junge, schwarze Männer neben ihm aufgetaucht, große, kräftige Kerle. Einer setzte sich hinter das Steuer. Sarah fing ihren erstaunten Blick auf. Sie kicherte. »Du weißt doch,

udadewethu, mein Mann ist jetzt ein wichtiger Mensch. So wichtig, dass er zwei Kindermädchen braucht – hoho!« Sie lachte wieder, ihr üppiger Körper bebte, ihre Augen tanzten.

Jetzt erst bemerkte Henrietta die gute Qualität von Vilikazis Anzug, die teure Uhr, die unter der weißen Manschette hervorschaute, die polierten Schuhe und den Nierengrill seines weißen Wagens mit der blauweißen Plakette auf dem Kühler.

»Er hat es weit gebracht«, bemerkte Ian, »beeindruckend. Er scheint geschäftlich sehr erfolgreich zu sein.«

»Und wie hart und dornig ist der Weg gewesen! – Oh, ich gönne ihnen das so sehr.« Henrietta rutschte auf den Platz neben Ian im Geländewagen. Olivia krabbelte auf den Schoß ihres Großvaters. Fürsorglich setzte er sie in den Kindersitz und schnallte sie fest.

»Es heißt, dass er bald in die Regierung berufen wird.« Neil folgte dem BMW Vilikazis auf die Hauptstraße nach Durban. »Er ist ein wichtiger Mann, und als Zulu im ANC lebt er nicht ungefährlich, denn viele seiner Stammesgenossen sehen Zulus, die ANC-Mitglieder sind, als Verräter an. Die zwei sind seine Bodyguards, und sein Haus wird Tag und Nacht bewacht.«

Henrietta schwieg erschrocken. Gefährlich? Immer noch? »Was heißt das?«, verlangte sie heftig zu wissen. »Ich denke, seit Nelson Mandela Präsident ist, ist hier alles Friede, Freude, Eierkuchen.«

»Anhänger der in KwaZulu-Natal regierenden Inkatha und die des ANC ermorden sich gegenseitig. Es sind schon Tausende in Zululand umgekommen.«

»Du sagst also«, fragte Ian ungläubig »dass Vilikazi und Sarah Jahrzehnte lang ihr Leben riskiert haben, um sich von der Terrorherrschaft der Apartheidregierung zu befreien, um endlich unbehelligt und ohne Angst ihr Leben in ihrem Land in Frieden zu leben, nur um jetzt vor lauter Angst vor ihren eigenen Stammesgenossen rund um die Uhr von Bodyguards bewacht werden zu müssen?«

»Na ja, – so ähnlich.«

»Lukas Ntuli, Isabellas Mann, war einundneunzig in Stockholm als Mittler bei irgendwelchen Geheimverhandlungen zwischen dem

ANC und Inkatha. Scheint nichts gebracht zu haben.« Ian hob seine Stimme.
Neil schüttelte den Kopf. »Auf der obersten Ebene der Parteiführung sind sich alle einig, aber die Basis, die Masse, ist außer Rand und Band geraten. Die Zulus würden sich als Nation am liebsten von Südafrika abspalten und ihr Königreich allein regieren, und das passt der ANC-Regierung natürlich nicht. – Im Gegenteil, anstatt eine echte Föderation aus Südafrika zu machen, entmachten sie die Provinzfürsten, die Ministerpräsidenten, immer weiter, und auch den traditionellen Häuptlingen der einzelnen Stämme beschneiden sie die Flügel. Die allerdings haben immer noch den größten Einfluss.«
Das darf nicht sein! Henrietta starrte aus dem Fenster. Sie fuhren in dichtestem Verkehr auf der Stadtautobahn, rechts und links der Straße krochen Slums – Wellblechteile und Plastikplanen zu windschiefen Hütten zusammengefügt – wie alles verschlingende Amöben über die grünen Hügel auf die Straße zu. Es musste vor einiger Zeit geregnet haben, die Plastikplanen hatten dicke Wasserbäuche. Es wimmelte von Menschen zwischen diesen elenden Behausungen, unzählige Kinder spielten in den Müllhaufen, die sich unmittelbar neben den Hütten aufhäuften. Am Rand der Slums wucherten Bougainvillas und großblättrige Elefantenohren, die Überreste städtischer Grünanlagen. Darüber wölbte sich ein unschuldig blauer Himmel. War das Afrika heute? »Das sind alles Zulus?«, fragte sie ungläubig.
»O nein«, antwortete Neil, »nein, absolut nicht. Weißt du, Südafrika ist jetzt das gelobte Land Afrikas, und sie strömen zu Zigtausenden aus dem Norden illegal über die Grenzen, selbst aus Guinea kommen sie herunter, quer durch den ganzen Kontinent. Es sind Menschen, die unvorstellbar grausame Kriege überlebt haben, Hungersnöte, Krankheiten. Die haben nichts zu verlieren, und sie sind Überlebenskünstler. Sie handeln mit allem, mit Drogen, Waffen, Schmuggelware, und überall, wo Geschäfte zu machen sind, sind sie dabei. Sie stehlen unseren Leuten die Jobs, weil sie für einen Hungerlohn arbeiten, unsere Schwarzen haben keine Chance gegen sie, auch die

Regierung scheint machtlos zu sein«, er sah Ian an, »ihr in Deutschland habt doch ähnliche Probleme, wie ich gehört habe.«
»Man munkelt, dass sie den elektrischen Zaun an der Grenze zu Mosambik wieder aktivieren wollen.« Es war das erste Mal, dass Samantha sprach. »Sie hatten den Strom nach dem Regierungswechsel abgestellt«, erläuterte sie.
Ian hatte bisher nichts gesagt. In einem Arm hielt er Olivia, den anderen hatte er fest um die Schultern von Henrietta gelegt, die in Schweigen versunken war. »Vor vielen, vielen Jahren habe ich einmal einen Film gesehen, den ich nie wieder vergessen habe«, begann er nachdenklich, »es ging um die Zukunft der Menschheit. Es gab die hier drinnen und die da draußen. Die hier drinnen lebten luxuriös unter Glas in einer künstlichen Atmosphäre, die da draußen waren elende, zerlumpte Gestalten, die in einer völlig zerstörten Welt vegetierten. Die drinnen hatten ewig Angst, dass die von draußen in ihre schöne Welt eindringen und sie übernehmen könnten.«
Eine Gruppe schwarzer Jugendlicher sauste zwischen den fahrenden Autos hindurch. Neil fluchte und drückte anhaltend auf die Hupe. Einer der Schwarzen kam zurück, schlug mit der flachen Hand auf seine Motorhaube und zeigte ihm den Mittelfinger. Der Schlag donnerte durchs Auto, und Olivia fing an zu weinen. Das schwarze Gesicht presste sich an die Windschutzscheibe, eine hassverzerrte Fratze, die Augen schienen in Blut zu schwimmen, so sehr war das Weiß der Augäpfel gerötet. Die Sonnenbrille hatte er auf die Stirn geschoben, ein großer goldener Ohrring baumelte im linken Ohrläppchen. die schwarzen Nietenlederhosen saßen hauteng. Auf dem weißen T-Shirt spannten sich die Worte »Shit is heaven« – Heroin ist das Himmelreich – über die schmale Brust.
Henrietta fuhr zurück. Neil bediente die Zentralverriegelung, trat aufs Gas, und der Wagen machte einen Satz vorwärts. Mit dem Kotflügel berührte er den Jugendlichen, der zur Seite geworfen wurde, nicht schlimm, er fiel nicht einmal hin, aber es genügte. Ein schriller Pfiff von ihm, und seine Freunde rotteten sich zusammen, hatten plötzlich Messer und Fahrradketten in der Hand.

»Neil, hau ab!«, schrie Tita. »Schnell!«
Aber der Wagen stand eingekeilt im Verkehr. Neil öffnete eben das Handschuhfach, um, wie Henrietta ahnte, seinen Revolver hervorzuholen, da wechselte die Ampel auf Grün, und die Autos fuhren an, Neil fand eine Lücke und zog davon.

»Verdammt, Neil«, Titas Stimme überschlug sich, »lass das, du bringst uns noch in Teufels Küche!«

»Diese Scheißkerle – jahrelang hab ich für sie gekämpft – für uns, damit wir zusammenleben können – aber ich habe nicht für dieses Gesocks, diese Tsotsies, gekämpft, die Klebstoff schnüffeln, mit Rauschgift handeln, Frauen vergewaltigen – dafür nicht!«

»Was hast du vor? Jetzt weiter deinen Privatkrieg zu führen? Soll ich wieder Angst haben, wie damals, als die Polizei hinter dir her war oder als dieser Verbrecher in unseren Garten eindrang und Sammy und mich bedrohte, weil du Moses das Leben gerettet hast? Ich kann nicht mehr, hörst du? Jetzt ist Schluss!« Sie warf sich schwer atmend in die Polster zurück.

»Tita!«, rief ihre Freundin schockiert. »Das kann nicht wahr sein. Ihr habt in den Straßen getanzt, als Mandela Präsident wurde, ihr habt euch umarmt, ich habe es gesehen, jeden Tag im Fernsehen. – Ian, kneif mich mal, ich glaub, ich hab einen meiner Albträume!«

»Tut mir Leid, Henrietta, ich wollte dir nicht deine Ankunft verderben.« Neil sah über seine Schulter. »Es macht mich nur so wütend. Es hat so lange gedauert und so viel gekostet, und jetzt machen solche Typen das kaputt – aber vergiss es für heute einfach, bei uns draußen ist es so friedlich wie immer.« Er bog auf den North Coast Highway ein, die breite, autobahnähnliche Küstenstraße, die von üppiger Vegetation und Villenvororten gesäumt war. Auf dem Mittelstreifen blühten Frangipanis in allen Schattierungen von Weiß über Gelb bis Rot, Hibiskus prangte, haushohe Benjamina-Ficus hingen weit über die Fahrbahn. Es war verführerisch schön. So wie immer. Henrietta atmete auf, legte ihren Kopf an Ians Schulter.

»Wie endete der Film?«, frage Julia.

Ian hielt Olivia auf dem Schoß. Pausenlos erzählte sie, ihr hohes

Stimmchen klang wie Vogelgezwitscher, sie zeigte hierhin und dorthin auf die Wunder der Welt da draußen, mit blanken Augen und staunendem Mund. »Als alles zerstört war, als es die Welt, wie wir sie kennen, nicht mehr gab, keiner mehr etwas zu essen hatte, fraßen sie sich gegenseitig.«
Keiner sagte etwas, der einzige Laut war Olivias Gezwitscher.
Julia schlang die Arme um ihren Bauch. Ihre Nase war spitz geworden, ihre Mundwinkel bebten. »Das ... das wird bestimmt nie so werden.«
Karsten zog ihren Kopf an seine Schulter, streichelte sie. »Es ist nicht zu spät, Kleines, wir werden aufpassen – wir haben noch eine Chance.« Er war erwachsener geworden in den Jahren in Afrika, ein junger Mann, der sein Leben fest in beide Hände genommen hatte.
Olivia legte ihr Händchen auf den Bauch ihrer Mutter. »Will das Baby kommen, Mami?« Sie hob den Rocksaum von Julias Umstandskleid hoch. »Kann ich es sehen?«
Alles lachte, und sie kehrten in die Wirklichkeit zurück, in der noch die Sonne schien, Blumen dufteten und Kinder fröhlich spielten.
»Ich würde gern durch Umhlanga fahren«, bat Henrietta.
Neil hupte. Vilikazi, der vor ihnen fuhr, drehte sich um, und Neil bedeutete ihm, dass sie in den Ort abbiegen würden. Vilikazi nickte, und sein Wagen bog nach links in die Abfahrt ein. Der Highway verläuft oberhalb Umhlangas und gewährt einen Panoramablick auf die Umgebung. Das Meer war noch immer blau, der Himmel weit, die Grünanlagen üppig, Touristen bummelten gemächlich zwischen den geschäftig umhereilenden Einheimischen. In Umhlanga schien sich der Anspruch der Regenbogennation zu erfüllen. Schwarze, Inder, Weiße, alles mischte sich in munterem Durcheinander. Ein schwarzer Bettler saß auf einem Stuhl vor dem OK-Bazaar-Kaufhaus und spielte auf der Mundharmonika, seine Augen verbarg er hinter einer Sonnenbrille mit Goldrahmen. Gekleidet war er wie ein Dandy. Rotes Polohemd, schwarze Hose mit Bügelfalte und tief in die Stirn gezogener, schwarz karierter Hut.
»Unser Platzhirsch«, meinte Tita ironisch, »kein anderer hält sich

neben ihm, angeblich ist er blind. Kannst du die Typen da hinten sehen …«, sie zeigte auf drei auf einer Bank hingelümmelte Gestalten mit kastenförmig geschnittenen Kraushaaren, beachtlichen Bizepsen unter schwarzen T-Shirts, dunklen Brillen, mehreren Goldringen, »… seine Augen«, sie schnaubte. »Ich bin sicher, dass er ausgezeichnet sehen kann und irgendwo hinter den Häusern seinen Mercedes versteckt hat.«
Umhlanga hatte sich baulich seit 1990 nicht verändert. An den großen Hotels, die direkt am Meer lagen, fuhren sie zur Unterführung, um wieder auf den Highway zu gelangen. An einer Fußgängerampel mussten sie halten.
Wie es geschah, konnte keiner hinterher mehr genau sagen. Es ging so schnell. Ein Mann riss die Fahrertür auf, hielt Neil eine Pistole an den Kopf und schrie: »Raus, raus, raus!« Mit der Hand packte er Neil am Kragen, und dass es eine weiße Hand war, traf Henrietta wie ein Faustschlag. Ein anderer riss die Tür neben Tita auf und zerrte sie aus dem Auto. Auch er war weiß, aber noch sehr jung, höchstens achtzehn, sonnengebleichte Zotteln hingen ihm in die Augen, er war unrasiert und sein Hemd ungewaschen. So stank er auch. Als er auch ihre Tür aufriss und sie mit der Pistole nach draußen orderte, schlug ihr eine Wolke seines Körpergeruchs entgegen.
»Nimm Olivia!«, befahl Ian, »Karsten, hilf mir mit Julia!« Weder er noch Neil leisteten Widerstand. Die Pistolen sprachen eine zu nachdrückliche Sprache.
Einer riss Nino am Arm heraus, der sofort anfing zu weinen. Samantha stolperte, als sie aussteigen wollte, fiel hin. »Beweg dich, du Fotze!« Der Jüngere trat zu, aber Karsten warf sich dazwischen und fing den Tritt mit seinem Körper ab. Er stöhnte auf.
Samantha kroch wimmernd ein paar Meter über den Boden, bis sie Nino erreicht hatte, der käsebleich auf seine Mutter starrte. Olivia in Henriettas Armen fing an zu schreien.
Vilikazis BMW hatte angehalten, und mit einer einzigen geschmeidigen Bewegung sprang Vilikazi aus dem Auto und stürmte auf sie zu. Seine Bodyguards folgten ihm mit gezogener Pistole. Lautlos rann-

ten sie rechts und links der Straße im Schatten überhängender Zweige. Auch Vilikazi hielt eine Waffe in der Hand. Die Gangster schienen sie nicht zu bemerken.

Der Ältere, der mindestens vierzig war und krank aussah, filzte hastig Neils Taschen. »Her mit dem Geld, Mann, wo hast du es, soll ich dir erst das Hirn rausblasen?« Er fand Neils Brieftasche, klappte sie auf. »Nur Kreditkarten!«, schrie er enttäuscht und schleuderte sie auf die Straße. »Mann, ich will Geld!« Er bohrte seinen Revolver in Neils Wange.

»Fallen lassen«, befahl Vilikazi hinter ihm mit einer Stimme, die Tod verhieß, und zur gleichen Zeit erreichten seine Bodyguards den Jüngeren. Aber etwas ging schief, ob sich Vilikazis Männer gegenseitig behinderten, konnte Henrietta nicht feststellen. Der Junge trat einem der Bodyguards zwischen die Beine, der aufjaulend zu Boden stürzte. In der anschließenden Verwirrung riss er sich von dem zweiten Leibwächter los, hetzte über die Straße und verschwand im dichten Gestrüpp eines unbebauten Grundstücks. Der unverletzte Bodyguard jagte hinter ihm her.

Für den Bruchteil eines Augenblicks nur war Vilikazi abgelenkt, der Ältere stieß seinen Ellbogen hoch und traf Vilikazis Waffe, die in hohem Bogen scheppernd auf den Asphalt fiel. Der Mann tänzelte vor Vilikazi herum. »Was willst du, alter Mann?«, schrie er, hielt ihm den Revolver ins Gesicht und spannte den Hahn.

Das Schussfeld des zu Boden gegangenen Bodyguards, der wieder auf die Beine gekommen war, war durch Samantha und Nino verdeckt. Henriettas Herz setzte aus. Vilikazi!

Die Bewegung war so schnell, dass sie kaum zu erkennen war. Eben noch sprang der Gangster herum, und nun lag er am Boden auf dem Rücken, Vilikazi hielt seinen Revolver in der Hand, sein Fuß stand auf dem Hals des Mannes.

Der Mann am Boden wimmerte. »Bitte, Sir«, bettelte er dann, »bitte, tun Sie mir nichts, meine Familie hungert – ich habe keinen Job – bitte!« Seine Stimme wurde leiser, er brabbelte ein Gebet, Spucke rann ihn aus dem Mund.

Henrietta starrte auf die Szene. Sie musste an den Film denken, von dem Ian im Auto erzählt hatte. Das hier hatte nichts mit Afrika zu tun, hier standen sich Besitzende und Besitzlose gegenüber. Das war nicht mehr der Vilikazi, den sie kannte, Sarahs Mann, Imbalis Vater, loyaler Freund – der Zulu. Da stand ein Mann, ein Kämpfer, dem Tod und Folter vertraut waren, sein Gesicht voll kalter Entschlossenheit, das Erreichte mit allen Mitteln zu verteidigen. Sein Schattenvogel, das Afrikanische in ihm – das grausam sein konnte, aber nie kalt –, machte sich leise auf weichen Schwingen davon, und sie wusste, dass der weiße Gangster das hier nicht überleben würde.
Aber Afrika ist ein zähes Luder. Es siegte am Ende doch.
Sarah marschierte auf ihren Mann los, ihren Regenschirm, den blauen mit den weißen Tupfen, fest in der rechten Hand. Energisch schob sie ihn zur Seite und piekte dem am Boden Liegenden die Spitze des Schirms in die Kehle, nicht so, dass es ihn verletzte, doch so, dass es sehr unangenehm sein musste, denn er röchelte, fing an zu husten. »Wie viel Kinder hast du?«
»He –«, krächzte der Mann und zeigte das Weiße seiner Augen, wie ein ängstliches Pferd, »was?«
Sarah bleckte ihre Zähne. »Antworte, Käsegesicht!«
Vilikazi senkte seine Waffe.
»Bist du gesund?« Sie bohrte ein bisschen mit der Schirmspitze.
Der Mann nickte mühsam. Seine Zähne klapperten.
Ein genießerisches Lächeln umspielte Sarahs Mundwinkel, ihre Augen sprühten mit diebischem Vergnügen, und Henrietta schöpfte Hoffnung, denn sie kannte diesen Gesichtsausdruck ihrer schwarzen Schwester. Sarah heckte irgendetwas aus. Ihr Herzschlag verlangsamte sich.
»Hast du einen Garten?«, wollte Sarah wissen.
Der Mann konnte offensichtlich nicht glauben, was er gehört hatte.
»He?«, stieß er mit losen Lippen hervor.
»Hast du einen Garten, ist die Frage zu schwer für dich?« Wieder piekste die Schirmspitze, und der Mann jaulte auf.
»Ja«, wimmerte er.

»Kannst du mähen, Unkraut zupfen und so?«
Henrietta unterdrückte ein irres Auflachen. O Sarah, udadewethu, ich danke den Göttern, die dich geschaffen haben!
Der Mann nickte eifrig, und die Schirmspitze wurde zurückgezogen.
»Ich brauche einen Gärtner, ich zahle dir fünfhundert Rand, dafür will ich aber, dass mein Garten aussieht, als hättest du ihn mit der Nagelschere geschnitten, verstanden, weißer Mann?«
Henrietta hing hilflos kichernd an Ians Schulter, keiner sagte etwas, offenbar waren sie alle unfähig, ein Wort herauszubekommen, auch der Mann auf dem Boden konnte nur nicken. Vilikazi – nach einem langen Blick auf seine Frau – seufzte, steckte seine Waffe weg, pfiff seinen Bodyguards, und eine Minute später saß der Weiße als Häufchen Elend zwischen den Bodyguards auf der Rückbank des BMW.
»Oh, ich glaub das nicht«, stöhnte Tita, die langsam wieder Farbe bekam, »das kann nicht wirklich passiert sein! Vilikazi, ich zahl euch für die nächsten zwei Jahre das Gehalt von dem Kerl!«
Sarah hatte die Augen geschlossen, ihr Gesicht zum Himmel gehoben. Ein Ausdruck tiefster Zufriedenheit verklärte ihre Züge. »Oh, das war gut«, sagte sie, »das hat meiner Seele gut getan. Yebo, das war gut.« Sie öffnete ihre Augen, lachte, drehte eine kleine Pirouette, legte ein paar Tanzschritte ein, und während sie ihren Mann zum Auto zog, hüpfte sie alle paar Meter mit einem Schnalzer in die Höhe. »Yebo, das war gut, oh, war das gut«, hörte man sie singen, als sie einstieg.
»*Nkosi Sikelel' iAfrica*«, flüsterte Henrietta inbrünstig, »Gott schütze Afrika.«

Tita hatte ein Mittagessen in ihrem Haus vorbereitet. Twotimes öffnete ihnen das Tor. Die Jahre hatten Furchen in sein blauschwarzes Gesicht gemeißelt, die buschigen Haare waren grau. Er war immer ein schweigsamer, geheimnisvoller Mann gewesen, der alles mit seinen intelligenten, wachsamen Augen in sich hineinzutrinken schien, aber jede Gemütsbewegung hinter seinen wie aus Holz geschnitzten

Gesichtszügen verbarg. Doch jetzt erweckte ein breites Lächeln diese Maske zum Leben. »Sanibona«, grüßte er und hob seine rechte Hand. »Willkommen!«
»Twotimes«, rief Henrietta, »wie schön, dich zu sehen! Wie geht es so? Gibt es etwas Neues?« Sie begrüßte ihn mit dem Dreiergriff.
Er antwortete, wie es immer seine Art gewesen war. »Mit mir ist alles immer gleich, Madam, meine Tage fließen dahin wie ein ruhiger Strom. Wie ist es mit Ihnen?«
Sie strahlte. »Mir geht es gut, auch in meinem Lebensfluss gibt es keine Hindernisse mehr«, antwortete sie ihm, unwillkürlich seine Sprechweise nachahmend. »Ich bin sehr glücklich.«
»Das erfreut mein Herz«, antwortete Twotimes und neigte gravitätisch seinen Kopf, »wird dieser Fluss sein Bett in unserem Land finden?«
Seine Frage hing zwischen ihnen, alle hatten sie gehört, alle hoben den Kopf. Niemand sagte etwas, alle schienen auf ihre Antwort zu warten.
Seine Frage kribbelte wie ein leichter Stromschlag, lief ihre Nervenbahnen entlang bis zu ihrem Zentrum. Es ist noch zu früh, ich kann das nicht beantworten, dachte sie, sah Mary vor sich und Ein-Arm-Len, fragte sich, hinter welcher Maske er sich heute wohl versteckte, dachte an den Vater des Game Ranger, an das, was er gesagt hatte, und dass sie es noch immer nicht wussten, was in den Polizeicomputern stand. Sie durchlebte noch einmal den Überfall, der noch keine Stunde zurücklag, hörte das, was Neil über die Gefahr erzählt hatte, in der Vilikazi und Sarah schwebten, und für einen flüchtigen Moment sah sie den Jungfernstieg im Sommer vor sich. Eine endlose Reihe von Gesichtern zog vor ihrem inneren Auge vorbei, und ganz am Schluss stand der schwarze Polizist, der gesagt hatte, willkommen, willkommen daheim. »Wird dieser Fluss ein sicheres Bett in eurem Land finden? Ohne Stromschnellen, ohne Untiefen?«
Twotimes' ernster, dunkler Blick lag auf ihr. »So wird es sein, Madam.« Plötzlich aber funkelte es in seinen Augen, die Maske des würdevollen alten Afrikaners verrutschte. Er richtete sich auf. »Mandela

wird diesen verdammten Tsotsies schon Beine machen. Für die haben wir nicht gekämpft. Es gibt keinen Platz für Kriminelle in unserem Land!« Er schlug sich mit der Faust in die Hand. »Es wird sicher sein für Sie und Ihre Familie. Haben Sie keine Angst. Kommen Sie zurück! He, Neil, hab ich Recht?«
Henrietta und Ian starrten ihn sprachlos an, als wäre er vor ihnen aus seiner alten Haut geschlüpft, wie ein Schmetterling aus seiner Puppe. Twotimes?
Neil hob seine Hand. Nickte. »Du hast Recht. Er hat immer Recht«, grinste er, seine Zuneigung war deutlich. Ganz offensichtlich waren sie Freunde, nicht Arbeitgeber und Untergebener, sondern Freunde, Kampfgefährten, die einen langen Weg gemeinsam gegangen waren.
»Meine Güte, Twotimes! Ich hab dich noch nie so viel reden hören!« Tita stand deutlich ins Gesicht geschrieben, dass auch sie diesen Twotimes zum ersten Mal sah.
»Yebo«, grinste er vergnügt, »es war die Zeit dazu. Jetzt kann ich der sein, der ich bin. Ich brauche mich nicht mehr zu verstecken.« Dann half er Julia aus dem Auto, setzte sie gemeinsam mit Karsten in den Rollstuhl, nicht mehr der geheimnisvolle Schatten von früher, sondern ein überaus lebendiger Mensch, der ahnen ließ, was in ihm steckte.
Seine Frage war vergessen, sie brauchte sie nicht zu beantworten. Nicht jetzt.
»Wir essen auf der Terrasse«, rief Tita und ging ihnen voraus. »Ich habe eine neue Köchin, ihr Essen ist Manna vom Himmel, sag ich euch! – Ellen, wir sind da und sterben vor Hunger!«, rief sie durch die geöffnete Küchentür.
»Wird auch langsam Zeit«, hörte man eine brummige, schlecht gelaunte Stimme.
Tita kicherte. »Sie ist eine Furcht erregende Frau, wir haben alle Angst vor ihr. Wage ja nicht, dein Essen nachzusalzen, Henrietta, sie wird dich vierteilen, wenn sie es merkt.«
Sie setzten sich um den Tisch, die Tür flog auf, und eine Frau mittle-

ren Alters, rund wie eine Tonne, Oberarme wie zum Bierseidelstemmen gemacht, mit einer weißen langen Schürze über einem buntgeblümten Kleid und wunderschönem, blondem Haar, das zu einem glänzenden Knoten gewunden war, kam mit einer dampfenden Suppenterrine heraus. Henrietta starrte nur, versuchte ihre Verwirrung zu verbergen.
Ihre Freundin, die neben ihr saß, beobachtete sie mit einem vergnügten Lächeln, schien genau zu wissen, was ihr durch den Kopf ging.
»Da staunst du, was? Das ist das neue Südafrika«, wisperte sie. Dann stellte sie ihre neue Köchin vor. »Das ist Ellen van Oosterhuizen, die gute Seele unseres Hauses. Was gibt's heute, Ellen?«
»Suppe und Salate«, knurrte Ellen mit tiefer Stimme und knallte die Terrine auf den Tisch. »Guten Appetit!«, setzte sie drohend hinzu.
Die Suppe war köstlich, frische Muscheln mit Kräutern, Weißwein und Sahne, dazu eine aufgeschnittene Baguette. »Wo hast du Ellen aufgetan?«, fragte Henrietta.
»Ich hab sie einer Freundin abspenstig gemacht«, antwortete Tita fröhlich.
Kurz darauf stand Twotimes in der offenen Terrassentür. »Besuch, Nachbarn«, verkündete er, sich auf das Wesentliche beschränkend.
»Ach je, die Leute von der Bürgerwehr – ich habe völlig verschwitzt, dass sie heute kurz vorbeikommen wollten. Nette Leute, neu in der Gegend. Tut mir Leid, Liebling«, entschuldigte sich Neil bei seiner Frau, »soll ich sie auf morgen vertrösten?«
Statt einer Antwort winkte Tita Twotimes zu sich. »Sag Ellen bitte, dass wir vier weitere Gedecke brauchen und ...«, ihr Blick flog prüfend über den Tisch, »sie soll die Suppe etwas strecken, die Salate werden reichen.«
Ians Augenbrauen schossen in die Höhe. »Bürgerwehr? Hier?«
Neil fuhr sich mit beiden Händen durch die Haare. Sie waren im Laufe der Jahre nicht weiß geworden, sondern einfach farblos. »Ihr wisst, wir liegen ziemlich einsam hier, die Häuser haben große Grundstücke, unseres grenzt an ländliches Gebiet, in dem weit und breit kein Mensch wohnt. Deswegen haben sich die Nachbarn zu-

sammengetan. Wir sind per Funk oder Telefon miteinander verbunden, und wir haben ein paar fähige Leute engagiert, die ständig in der Gegend patrouillieren.« Er schob seinen Stuhl zurück, als die Nachbarn von Twotimes auf die Terrasse geleitet wurden. Neil ging ihnen entgegen.

Es waren zwei Paare, und Henrietta hatte Mühe, ihr spontanes Erstaunen zu verbergen. Neil stellte sie mit einer umfassenden Handbewegung vor. »Das sind Maya und Dullah, Zanele und Vincent.«

Dullah, ein hoch gewachsener Mann, blinzelte kurzsichtig durch dicke Brillengläser. Alles an ihm war schmal und dünn, Schultern, Hände, Gesicht, nur seine schwarzen Haare wuchsen in unbändiger Fülle. Seiner Kleidung, einem cremefarbenen, legeren Anzug, entströmte ein feiner Gewürzgeruch, der sie an Curry erinnerte. Maya an seiner Seite war ein schillerndes Märchenwesen in ihrem Sari aus vielen Lagen hauchzarter, grüner Seide mit eingewobenen Goldfäden. In ihrem linken Nasenflügel glitzerte ein Diamant, unzählige Goldreifen umschlossen ihre Arme bis zu den Ellenbogen, ihr blauschwarzes Haar floss vom Mittelscheitel auf die Schulter. Sie legte ihre schmalen Hände zusammen und verbeugte sich in traditioneller indischer Weise. Henrietta versank in ihren mandelförmigen, kohlschwarzen Augen, fühlte sich wie ein ungelenker Trampel neben der zierlichen, eleganten Inderin. Sie reichte ihr die Hand zum europäischen Gruß, und die beiden Kulturen trafen sich mit einem Lächeln.

»Dullah hat eine der größten Gewürzfabriken in Durban«, erklärte Neil.

Dullah verneigte sich geschmeichelt. »Sagen Sie mir, wenn Sie Gewürze brauchen«, sagte er an Henrietta gerichtet, »ich werde sie persönlich für Sie mischen.«

Vincent, in offenem schwarzem Hemd, hellbraunem Jackett, das eng über dem breiten, arbeitsgewohnten Kreuz saß, hob seine Hand, die rosa Handfläche nach außen. »Hallo«, sagte er und nickte in die Runde. Offensichtlich kannte er die anderen. Auch Julia und Karsten, wie Henrietta bemerkte. Dann begrüßte er Ian mit dem Dreier-

handschlag. »Ich begrüße Sie in unserem Land«, sagte er ernst und würdevoll wie ein regierender Fürst.
Henrietta erwartete von ihm nur ein kurzes Kopfnicken, denn er war ein Zulu, und sie war eine Frau, in seiner Kultur ihm untergeordnet. Aber er bedachte sie mit einem Lächeln von großer Anziehungskraft und reichte auch ihr auf afrikanische Art die Hand. »Guten Tag.«
Sie stotterte einen Gruß. Ein indisches Ehepaar und ein afrikanisches. Die neuen Nachbarn der Robertsons! Die Regenbogennation.
Vincents Frau Zanele, prächtig anzusehen in einem rot gemusterten Kaftan mit ausladenden, gebauschten Ärmeln und einem passenden Turban, begrüßte sie und Ian mit festem Händedruck und einem geraden Blick aus ihren herrlichen afrikanischen Augen.
Die vier nahmen am Tisch Platz. Zanele saß neben Ian, und sie erfuhren, dass sie Naturheilerin war und eine Ausbildung zur Homöopathin in London absolviert hatte. »Doch mein größter Schatz ist das Wissen, das mich meine Mutter lehrte. Sie war eine berühmte Heilerin in Zululand«, erklärte Zanele. »Besuchen Sie unser Land zum ersten Mal?«
»O nein, nein«, erwiderte Henrietta, »wir haben vor langer Zeit viele Jahre hier gelebt ...« Ihre Stimme verebbte.
Die Mienen der Neuankömmlinge verschlossen sich, das Lächeln erstarb, ihre Rücken wurden steif. Vincent streifte Neil mit einem kurzen, fragenden Blick, den Henrietta, die ihm gegenübersaß, mit sinkendem Herzen auffing. Wie Ein-Arm-Len hielten sie Neils Nachbarn automatisch für Apartheid-Sympathisanten.
Ehe Neil reagieren konnte, legte Tita den Arm um sie. »Ian und Henrietta waren hier viele Jahre nicht willkommen, erst die neue Regierung hat ihnen erlaubt zurückzukehren«, rief sie stolz. »Ihr habt uns noch nicht erzählt, ob alles gut ging bei der Einreise.«
Vier erfreut aufleuchtende Augenpaare richteten sich auf sie, auch die anderen am Tisch lehnten sich vor, drückten lebhafte Anteilnahme aus.
Henrietta erzählte. Sie erzählte von dem schwarzen Sicherheitsoffi-

zier und gab seine Begrüßungsworte wieder. »Es ist unglaublich«, seufzte sie, »ich bekomme schon wieder einen Kloß im Hals, wenn ich nur daran denke!«
»Vielleicht haben die ja Sternchen neben den Namen von den Leuten, die aus dem Exil zurückkehren«, mutmaßte Ian, »bis heute wissen wir nicht, warum, was die wirklich gegen uns hatten.«
»Ich dachte, das wüsstet ihr?«, fragte Neil erstaunt. »Ich dachte, er hätte es euch gesagt.«
»Wer?« Henriettas Kehle wurde auf einmal merkwürdig eng. Der Tag war angenehm warm und windstill, nirgendwoher konnte dieser kalte Hauch kommen, der ihr jetzt über die Haut strich.
»Vilikazi! Das war ganz einfach. Er und seine acht Freunde benutzten Ians Fabrik als Basis für ihre ANC-Aktivitäten. Eure Bekanntschaft ging bis zum Anfang der sechziger Jahre zurück. Das genügte. Du hast zumindest als passiver Anhänger des ANC gegolten, und Vilikazi war Mitglied des militanten Flügels der Partei, des Umkhonto we Sizwe, des Speers der Nation. Ist euch das wirklich nie klar geworden?«
Sie konnten nur stumm den Kopf schütteln.
»Es ist eine simple Sache der Arithmetik. Zählt doch einmal alles, was ihr so im Laufe der Zeit getan habt, zusammen. Eins«, er hob einen Finger, »Henrietta hat Sarah vor der Polizei versteckt, zwei«, der zweite Finger kam hoch, »sie hat Mary zur Flucht verholfen, als sämtliche Agenten von BOSS sie suchten, und dass – drei – Cuba Mkize ohne ihr Wissen in ihrer Fabrik untergekrochen war, wird ihr niemand geglaubt haben. Nummer vier wäre Kwa Mashu, das betrifft euch beide. Ian hat sich für seine Leute ständig mit allen möglichen einflussreichen Leuten angelegt, jedem auf die Zehen getreten, ohne zu beachten, wessen es waren. Nie habt ihr eine Gelegenheit ausgelassen, laut zu sagen, was ihr denkt. Und eure Flucht 1968 hat schon damals endgültig den Eindruck zerstört, dass ihr aus Versehen in alles hineingerutscht seid.« Er lächelte anerkennend. »Wenn ich daran denke, wie elegant ihr zwei damals die Polizei ausgetrickst habt, könnt ich mich immer noch freuen wie ein Schneekönig. Ich bin si-

cher, sie hatten euch als leichte Beute angesehen, und dann – wupps, weg wart ihr! Dass ihr obendrein nicht nur euren gesamten Haushalt, sondern auch noch eure Katze mitgenommen habt, vor ihrer Nase, ich glaube, dafür haben einige der Herren empfindlich gelitten! Hoffentlich!« Er hob beide Hände, alle Finger waren jetzt gespreizt. »Euer Konto war wirklich schwer im Minus, was BOSS betraf. Als Vilikazi mit seinen Leuten sich bei Ian in der Fabrik eingenistet hatten, haben die bloß alle eure Vergehen zusammengezählt, die Summe aller Dinge genommen.«

Das letzte Stück des Puzzles fügte sich, und das Bild stand vollständig vor ihnen. Bestürzt schauten Ian und sie sich an. Von dem Tag an, als Vilikazi vor dem Fabriktor stand, hatte BOSS Bescheid gewusst. Nicht die Sache mit dem Wildhüter, die war ein privater Rachefeldzug des Vaters des Toten, hatte ihnen diese unnachgiebige Verfolgung damals, die Eintragung im Computer, die ihnen 1989 fast zum Verhängnis wurde, eingebracht – es war Vilikazi gewesen, ihr Freund.

»Sarah hat es gewusst, sie muss es gewusst haben.« Ihre Stimme klang müde. »Sie ist seine Frau, meine schwarze Schwester, die mich immer heimlich besuchte, und Imbali war eine der Anführerinnen der Soweto-Aufstände.«

Sie wurde in einen Strudel gegensätzlicher Gefühle gerissen. Das Gefühl, getäuscht worden zu sein, das Gefühl von Verrat und Vertrauensbruch war das stärkste, und sie wehrte sich dagegen, aber konnte nicht verhindern, dass ihr die heftige Erregung deutlich vom Gesicht abzulesen war. »Und wir haben dich auch noch mit hineingezogen, als wir dir das Muthi des Sangomas gaben, das Vilikazi uns für Imbali zusteckte und das am Ende zu ihrer Flucht beitrug. Wir haben von dir verlangt, es zu ihr ins Gefängnis zu schmuggeln.«

Neil winkte ab. »Ich lass mich nicht manipulieren, ich habe genau gewusst, was ich tat, liebe Freundin, mach dir keine Gedanken. Vielleicht kann ich es dir leichter machen, wenn ich dir sage, dass ich es weder für Vilikazi noch für euch oder Imbali getan habe, auch nicht für mich, sondern weil ich nicht anders konnte.« Er spielte mit dem

Salzfass, rollte es auf der Tischdecke hin und her. »Vilikazi und Sarah haben ihr eigenes Leben riskiert«, fuhr er fort, »und das ihrer Kinder und Eltern, auch für Ian und dich. Sie konnten auf dein Leben keine Rücksicht nehmen.« Der winzige Vorwurf in seinen Worten ließ sie zusammenzucken.

Natürlich nicht! Sie lehnte sich zurück, schaute weg, entzog sich dem Gespräch. Das musste sie erst für sich verkraften. Das grüne Land zu ihren Füßen fiel in Wellen zum Wasser ab, ein Schwarm Kanarienvögel schwirrte durch die flachen Kronen der Bäume wie vom Wind umhergewirbelte Goldpapierfetzen. Die Sonne stand im Nordwesten, lag auf den runden Hügeln Zululands, diesem fruchtbaren, blühenden Land, das Meer gleißte silbern, aber Gewitterwolken, die sich über der Nordküste auftürmten, warfen einen schwarzen Schatten, der schwer über dem Land lag.

Das Land unter dem Schatten erschien anders. Bedrohlich, düster. Es erstreckte sich weit hinter dem grau verwischten Horizont ins schwärzeste Mittelalter, wurde von Dämonen bewohnt, und die Schatten der Verstorbenen regierten die Geschicke der Lebenden. Menschen dort besaßen übersinnliche Kräfte, sprachen mit Hexen und Geistern, lasen ihr Schicksal aus geworfenen Tierknochen und brachten ihren Ahnen Tieropfer dar.

Sie sah Vilikazi vor ihrem geistigen Auge, ihren Freund, angetan mit Fellen und Lendenschurz, hinter dem flackernden Feuer die dunkle Gestalt des Sangomas, eine lebende Schlange um den Hals, schweißüberströmt mit starren Augen, hörte das leise Klicken, als er die Knochen warf. Ließ auch er Kinder schlachten und ihre Organe auf Geheiß der Geister als Medizin verwenden? Mr. Naidoo, der tot aus dem Hafenbecken gefischt worden war, zog an ihrem inneren Auge vorbei, und Jeremy, verkohlt, der Autoreifen um seinen Hals noch schwelend. Hatte auch Vilikazi Verrätern das Halsband umgelegt, wie Mary es mit Jeremy getan hatte? Was passierte mit denen, die vor vielen Jahren in dieser schlimmen Nacht in Kwa Mashu versucht hatten, ihm die Kehle durchzuschneiden? Auge um Auge, Zahn um Zahn in seiner reinsten, archaischen Form, im Guten wie im Bösen?

Derselbe Vilikazi, der sich in seinem anderen Leben, das Äonen entfernt war, aber doch gleichzeitig stattfand, sicher durch eine moderne, computergesteuerte Welt bewegte, bald vielleicht Mitglied der neuen Regierung sein würde, der jedoch, wohin er auch ging, in seinem Herzen immer das dunkle Afrika trug. Vilikazi, ihr Freund, dem sie Ians Leben verdankte, dem sie auch ihr eigenes und das ihrer Kinder anvertraut hatte, der Mann ihrer schwarzen Schwester. Sarah! Mary. Das Chamäleon. Kannte sie ihre schwarze Schwester wirklich?
Ein großer Schatten huschte über sie hinweg. Sie zuckte zusammen. Für eine beunruhigende Sekunde glaubte sie an einen Schattenvogel, erkannte nicht, dass dort nur ein Kranich kreiste. »Das dunkle Herz Afrikas«, wisperte sie und wünschte sich plötzlich weg von hier, in das andere Land, weit im Norden, in dem alles sanfter ist, wenn auch ein wenig kühler, die Farben verwaschener, aber der Fluss des Lebens ruhiger. »Es verschlingt dich.«
War das Angst? Vor Afrika? Fassungslos horchte sie in sich hinein. Ihr schwindelte. Sie stand auf dem schmalen Grat eines einsamen Felsens mitten in einem reißenden Wasser, beide Ufer waren unerreichbar weit.
Aber Ian reichte ihr die Hand. »Wir haben Zeit, wir haben die Wahl, wir sind frei«, sagte er ganz leise und zog sie mit den Worten hinüber auf festen Boden.

Und die Wolkentürme sanken in sich zusammen, trockneten allmählich weg in der Hitze, der Schatten über dem Land zog sich zurück und verschwand. In der Dattelpalme über ihnen raschelte der Seewind, die Sonne malte flirrende Muster aufs Tischtuch. Am Fuße des Grundstücks, das von einer Reihe ausladender, uralter Natalflammenbäume begrenzt wurde, etwa hundert Meter unter ihnen, gingen ein paar Zulus, behäbige, ältere Frauen in bunten Blusen und dunklen Röcken. Jede balancierte einen geflochtenen Korb mit gelben Maiskolben auf dem Kopf. Der Singsang ihrer Stimmen machte ihre laute Unterhaltung zu einer Sinfonie, ihr ungehemmtes Gelächter erzählte von ihrer Lebensfreude.

Afrika!

Es bot ihr Wärme und Geborgenheit, Schutz vor Kälte, lockte mit Freundschaft und Dazugehören. Sie fühlte seinen unwiderstehlichen Sog, diese magische Kraft.

»Wer sich mit dem Teufel einlässt, wird verbrannt?«

Sie erschrak, als Karsten mit dieser Frage in ihre Gedanken einbrach. Vilikazi, der Teufel? »Vilikazi, der Teufel?« Die Pause, die sie einschob, war kurz, und sie hoffte, dass außer Ian, der seinen Arm wie zum Schutz um ihre Taille legte, sie keiner bemerkt hatte. »Nein, natürlich nicht.« Ihre Stimme verriet nichts von dem Tumult in ihrem Inneren. Angst vor Afrika?

Doch Neil beobachtete sie aufmerksam, seine wasserhellen Augen ließen sie nicht los. Langsam streckte er seine Hand über den Tisch und berührte ihre, die zur Faust geballt neben ihrem Teller lag. Er bog ihre Finger auseinander, strich behutsam über ihre Handfläche. Seine Worte dann zeigten ihr, wie gut er sie wirklich kannte. »Warum seid ihr beiden zweimal aus diesem Land geflohen, habt alles hier aufgegeben? Warum hast du Mary geholfen, warum hat Ian sich für seine farbigen Arbeiter mit jedem angelegt und sich und euch gefährdet?«

Die Gesichter um den Tisch waren ihr zugewandt. Ihre Stimme war ein Seufzer wie der sanfte Wind in den Palmen über ihr. »Wir konnten nicht anders, es ging nicht«, flüsterte sie und verstand jetzt, was er meinte.

»Seht ihr, genau so haben Vilikazi und Sarah gehandelt. Sie konnten nicht anders. Ihr gehört doch zu uns, sie hätten keinem Außenstehenden diese Seite von sich gezeigt.«

»Yebo!«, grinste Vincent zustimmend. »Abangane!«

Stille zitterte in der Luft. Freunde, hatte er gesagt.

Sie vernahm die Worte, auf die sie so lange hatte warten müssen, schmeckte sie, atmete ihren Duft, ließ sich von der Wärme durchströmen. Weit unter ihnen segelte der Kranich, sie flog mit ihm,

schwebte im Aufwind der Tageswärme, ließ sich hinaustragen in die blaue Unendlichkeit. Du gehörst zu uns, du bist eine von uns!
Mein Ziel. Das Paradies.
Ihr Herz, ihr unbelehrbares, unbezähmbares Herz tat einen Sprung.
Es wurde spät, ehe die Freunde auseinander gingen. Olivia und Nino schliefen längst in den Gästebetten. Tita und Neils neue Nachbarn verabschiedeten sich als Erste. »Wir sehen uns!«, sagte Vincent und verabschiedete sich von ihnen mit dem traditionellen Handschlag, ehe er zu Zanele in seinen Wagen stieg. »Unser Haus ist euer Haus«, lächelte Maya, »kommt bald.«

❖

Am nächsten Morgen wachte sie ganz kurz vor Sonnenaufgang im gelben Turmzimmer auf. Ian schlief noch. Leise huschte sie zum offenen Fenster. Die weißen Musselingardinen blähten sich sacht im warmen Wind, ein Hauch von Rosa überzog das schimmernde Perlmutt des Himmels, über dem Meer zeichnete ein goldener Strich den Horizont nach und verhieß, dass bald die Sonne aus dem Wasser steigen und ein weiterer strahlend schöner afrikanischer Tag anbrechen würde.
Sie hörte einen Laut und fühlte gleich darauf Ians warme Hände in ihrem Nacken. Er küsste ihr Ohrläppchen, und sie bog den Kopf nach hinten und suchte seine Lippen. »Hmm«, schnurrte sie und drehte sich in seinen Armen.
»Lass uns ausreißen und am Meer entlanglaufen und zusehen, bis die Sonne aufgeht«, flüsterte sie nach einer Weile, »ich habe so lange darauf gewartet.«
Sie nahmen Titas Wagenschlüssel, legten ihr einen Zettel hin und schlüpften lautlos aus dem Haus.
Über die leeren Straßen fuhren sie hinunter zum Strand und parkten unter den ausladenden Zweigen eines Indischen Mandelbaums. In seiner Krone hockten drei lärmende Hadida-Ibisse. Der Strandweg neben der Cabana Beach war noch derselbe, das Pflaster schadhaft,

die vom ewigen Seewind gepeitschten Bougainvilleas zerzaust. Atemlos verharrte sie einen Moment. »Die Polizeistation ist verschwunden!«, rief sie aufgeregt und lief auf die Aussichtsterrasse des Restaurants, das stattdessen jetzt dort stand, blickte den schattigen Strand hinauf und hinunter.

Feuchte Wärme stieg aus dem Sand auf, der Geschmack nach Salz und Seetang legte sich auf ihre Lippen, das Meer atmete ruhig. Es war Ebbe, die lang gezogenen Wogen rollten aus der Weite des Ozeans heran, leckten seufzend an den Strand, gurgelten träge um das vorgelagerte Riff, als wären auch sie noch von der Trägheit der Nacht erfasst. Im Osten wich das pflaumenfarbene Morgengrauen allmählich einem Strahlen, das aus dem Meer zu kommen schien. Ein singendes Schweigen war zwischen ihnen, sie liefen über den nassen Sand, brauchten keine Worte, um sich zu verstehen.

Sie waren allein in der endlosen Weite, nur eine alte schwarze Frau, braun gekleidet, stand neben den Felsen am Rande des Ozeans. Eine einsame Gestalt, wie aus diesen Felsen gehauen, schwer, rund, erdverbunden. Sie stand da, die auslaufenden Wellen zerrten an ihr, aber ihre Beine waren fest im Sand verankert, und sie schien unverrückbar. Henrietta streifte sie mit einem verstohlenen Blick. Sie besaß ein gutes Gesicht, verwittert und zerfurcht, mit einem breiten, kräftigen Mund und Lachfalten um die Augen. Sie hatte die Arme verschränkt und starrte übers Meer. Sie rührte sich nicht, schien sie nicht zu bemerken, und sie gingen mit leichten Schritten an ihr vorbei, um sie nicht zu stören.

Bald saßen sie auf ihrem Felsen, eng aneinander geschmiegt. Die raue Oberfläche war noch kühl. Um sie herum erwachte die Natur. Dicke Krebse mit breiten Scheren pickten geschäftig ihr Frühstück zwischen den Seepocken heraus, in dem Teich zu ihren Füßen flirteten zwei Feuerfischchen, durchsichtig wie venezianisches Glas.

Die beiden Menschen auf dem Felsen verschmolzen zu einer lichtumflossenen Silhouette, schauten und atmeten und fühlten. Sie ließen ihre Blicke nach Norden schweifen, über die grüne Küste, die Hügel Zululands, noch verhüllt vom perlfarbenen Dunst der Mor-

gendämmerung, und weiter, viel weiter in die aufsteigende Helligkeit, in das ferne Land der kühlen Morgen und sanften Farben.
»Wir haben die Wahl«, sagte er. Nur diesen einen Satz.
Über ihnen wiegten sich Möwen leise schwatzend in der warmen Luft, ihre Flügel glänzend rosa in der Reflexion des anbrechenden Tages.
Sie schloss die Augen, meinte Papas Lied zu hören. »Ich bin so leicht, ich könnte fliegen …«
Er sagte nichts.
Der erste Sonnenstrahl blitzte auf wie ein einzelner Diamant, und dann erschien sie, die Lebensspenderin, und glitzerte und funkelte, dass das Meer und der Himmel ein einziges, schimmerndes Licht zu sein schienen.
Als würde alles, was sie jemals erlebt hatten, alles, was sie durchmachen mussten, zusammenkommen. Die schlimmen Tage, die schwarzen Nächte – jetzt bekamen sie einen Sinn.
Es musste so sein, damit diese Sekunde, hier auf ihrem Felsen, dieser Tropfen aus dem Fluss der Zeit, so sein konnte, wie er jetzt war.
Jetzt und für immer.

Da bewegte sich die alte Frau, wandte ihren Kopf und sah hinauf zu ihnen. Dann deutete sie übers Meer.
»Wo ist das Ende?«, fragte sie. »Wo ist das Ende?«